George Baxt · Mordfall für Greta Garbo

GEORGE BAXT

Mordfall für Greta Garbo

KRIMINALROMAN

AUS DEM AMERIKANISCHEN
VON
WERNER SCHMITZ

HAFFMANS VERLAG

Die Originalausgabe
»The Greta Garbo Murder Case«
erschien 1992 bei St. Martin's Press, New York

Die deutsche Erstausgabe erschien
1994 im Haffmans Verlag.

In Liebe und Dankbarkeit
für
Hope Dellon
und
Eleanor Sullivan

Veröffentlicht als
Haffmans-Kriminalroman Nr. 26, Sommer 2000
Umschlagbild von Klaus Dill

Gesamtherstellung: Ebner Ulm
ISBN 3 251 30126 8

EINS

Sie wollte um Hilfe schreien, wagte es aber nicht. Wie sollte sie, falls jemand zu ihrer Rettung herbeikäme, die Situation erklären? Konnte sie etwa zugeben, daß sie spionierte? Eine Verschwörung belauschte beziehungsweise das, was sie und ihr Auftraggeber dafür hielten? Eine ganz brenzlige Sache, der Stoff, aus dem die Schundromane sind? Sie unterbrach ihre Flucht, um Luft zu holen und die Sandalen auszuziehen. Barfuß lief es sich besser auf dem Sand. Sie blickte hinter sich und sah und hörte nichts. Aber die Verfolger waren ihr womöglich noch immer auf den Fersen und würden sie töten, wenn sie sie erwischten. Diese Verschwörer kannten keine Gnade. Gnade ist in Kriegszeiten entbehrlich. Und die Vereinigten Staaten befanden sich im Krieg mit Nazi-Deutschland und Japan. War es nicht erst einen Monat her seit der Niedertracht von Pearl Harbor? Gott, wie die Zeit verfliegt, wenn man in Gefahr ist.

Sie erklomm eine Düne und hockte sich einen Augenblick hin, um die Orientierung wiederzufinden. In der Verdunkelung des Pazifiks war so gut wie nichts zu erkennen. Nur die Sterne blinzelten, wie nur die Sterne über Santa Monica blinzeln konnten. Vor dem Mond hing ein Dunstschleier, und die Wellen brachen sich an der Küste mit dem Stakkato von Maschinengewehrfeuer.

Garbo. Was zum Teufel hat die Garbo mit dieser Sache zu tun? Beim Lauschen an der geschmacklos eingerichteten Villa nur wenige hundert Meter hinter Marion Davies' riesigem Strandhaus hatte sie Garbos Namen mehrmals gehört.

»Die Garbo wäre genau die Richtige.« Der tiefe Bariton eines Mannes, deutscher Akzent. Obwohl man sich im

Krieg befand, konnte Deutscher ebensogut Schweizer oder Österreicher bedeuten.

»Ist sie nicht ein bißchen alt?« Weibliche Stimme, europäisch, fragte sich nur aus welcher Ecke? Schwer zu sagen.

»Siebenunddreißig. Ist das so alt?« Angenehme Stimme. Ebenfalls europäisch, aber aus welchem Teil Europas? Frankreich? Ungarn? Er wiederholte die Frage. »Ist siebenunddreißig *so* alt?«

»Es ist mir völlig egal, wie alt sie ist. Wir *brauchen* sie.« Der tiefe Bariton, sehr nachdrücklich. Zweifellos gewohnt, Befehle zu geben und von anderen Respekt zu erwarten.

»Warum nicht die Dietrich?« Die Frau, europäische Stimme.

Verächtliches Schnaufen, dann die Stimme des Baritons: »Du meinst, die Garbo ist zu alt? Die Dietrich ist dreiundvierzig, Gott schütze sie.«

»Unmöglich. So göttlich, wie sie aussieht.« Kam einem irgendwie bekannt vor. Wahrscheinlich Italien. In England aufgewachsen. Männlich.

»Ich will die Garbo.« Der Bariton nagelte ihnen seine Forderung an die Ohren.

»Still.« Die Frau, europäische Stimme. »Ich glaube, da draußen ist jemand.«

Die Frau hielt den Atem an. Es war ihr gelungen, das Fenster leicht anzuheben, ohne von ihnen gehört zu werden. Was hatte sie sich jetzt verraten? O Gott, ein Pudel. Ein widerlicher schwarzer Pudel mit Bändern in seiner eleganten, kostspieligen Frisur. Er leckte ihr schwanzwedelnd das Gesicht, und sie stieß ihn grob von sich weg. Tief gekränkt gab der Hund Laut, worauf die Frau aus Angst vor Entdeckung das Weite suchte. Zum Glück setzte der Hund ihr nicht nach. Dafür hörte sie eine Tür aufgehen und dann eine Stimme rufen: »Da! Da drüben! Richtung Dünen! Da ist was!«

»Hier! Seht mal! Das Fenster steht leicht offen. Jemand hat uns belauscht.«

»Hört auf zu schreien! Ruhe! Sonst weckt ihr William Randolph Hearst noch auf.«

»Das würde aber auch langsam Zeit.« Wahrscheinlich Italiener, in England zur Schule gegangen.

»W-w-w-was zum Teufel g-g-geht da draußen vor?« Marion Davies stand im umzäunten Garten ihres Strandhauses in Santa Monica, eine Hand auf der linken Hüfte, in der anderen einen frischen Highball: ein perfekter Vamp in den mittleren Jahren.

»Ich höre nichts«, sagte ihr melancholischer Gast, eine Frau mit rauchiger Stimme, heiser vor Verzweiflung.

»Ich f-f-frage mich, wer in dieser B-b-b-bruchbude wohnt.«

»Ich höre nur das Krachen der Brandung.« Sie kicherte hart und trocken. »Besser, das Krachen der Brandung zu hören als das Krachen von Karrieren. Stimmt's, Marion?«

»J-j-j-ja, Greta.«

»Marion, warum stotterst du eigentlich auf der Leinwand nicht?«

»S-s-selbstb-beherrschung. Nimm dir noch einen Sherry.«

»Ich hab noch.«

»Dann nimm dir mehr. Wir schwimmen in Amontillado. Der alte Scheißkerl hat gewußt, daß es Krieg geben wird, und deshalb hat er sich das Zeug aus Spanien, oder wo man es kriegt, gleich gallonenweise kommen lassen.«

»Du stotterst ja gar nicht.«

»Das kommt und geht.«

»Du bist eine Schwindlerin.«

Davies lächelte. Sie bewunderte die einzigartige Schönheit ihres Gastes. William Daniels, der Kameramann, hatte von ihr gesagt: »Greta Garbo ist von allen Seiten fotogen. Egal, wo man die Kamera hinstellt, am Ende sieht sie atemberaubender aus als ein alter Meister.«

»Warum hast du John Gilbert nicht geheiratet?« fragte Davies.

»Er wollte Kinder haben.«

»Ach?«

»Irgendwo gibt es ein ungeborenes Kind, das sich ungeheuer freut, daß ich nicht seine Mutter bin.«

»Wie schrecklich, so was von sich selbst zu sagen.«

»Warum hast *du* keine Kinder gehabt?«

»Ohne Trauschein? Bist du wahnsinnig?«

Das Lachen der Garbo klang, als ob Dynamit explodierte. »Da hast du jahrzehntelang in Sünde gelebt . . . hahaha . . . und nie daran gedacht, dir einen Bastard zuzulegen?«

»Ich *habe* mir einen zugelegt. Er schläft da oben. Was glotzt du so?«

»Würmer.«

»Was für Würmer?«

»Bestimmt ohne Einfluß. Völlig sorgenfrei. Die haben morgen früh keinen Termin bei Louis B. Mayer.«

»Du stehst noch immer bei Metro unter Vertrag?«

»Auf dem Papier, ja. In meiner Seele, nein.«

»Du hast seit einem Jahr keinen Film mehr gemacht. Ich fand *Die Frau mit den zwei Gesichtern* irgendwie süß.«

Die Garbo erhob sich von ihrem Stuhl und streckte überschwenglich die Arme aus. »1941 hat es zwei große Katastrophen gegeben: Pearl Harbor und *Die Frau mit den zwei Gesichtern*.« Sie beugte sich vor und starrte wieder die Würmer an. »Marion?«

»Ja, meine Liebe.«

»Ich frage mich, wie Würmer Liebe machen.« Davies unterdrückte ein Schaudern und kippte ihren Highball runter. »Meinst du nicht, sie finden einander abstoßend? Und trotzdem gibt es so viele Würmer, Millionen und Milliarden. Wenn ich so darüber nachdenke, müßten Würmer eigentlich sehr sexy sein.«

»Greta, darf ich, falls du dich je zu einer Analyse entschließt, an ein paar Sitzungen teilnehmen?«

Die Garbo konzentrierte sich jetzt auf den dunstverhangenen Mond. »Sieh dir den Mond an.«

»Den habe ich bereits gesehen.«

»Sieh dir den Dunst an. Man nennt das den Mond der Bomber.«

»Ist das wahr?«

»Allerdings. Genau das richtige für Luftangriffe. Nicht zu hell, um die Bomber zu verraten, nicht zu dunkel, um die Ziele unsichtbar zu machen.«

»Wo zum Teufel schnappst du bloß solche Sachen auf?«

»Im *›Reader's Digest‹*«, lautete die weltverdrossene Antwort. »Ich glaub, ich geh jetzt nach Hause.«

»Das gibt's doch nicht! So früh schon?«

»Ich muß früh aufstehen, für meinen Strandlauf.«

»Was für eine strapaziöse Vorstellung. Ihr Schweden seid unglaublich. Kein Wunder, daß es in Schweden so eine hohe Selbstmordrate gibt.«

»Danke fürs Essen, es war wunderbar.«

»Ach?« fragte Davies aus ihrer alkoholischen Dunstglocke. »Wir haben gegessen?«

Fünfzehn Minuten später saß die Garbo allein und gedankenverloren auf ihrer Veranda mit Blick aufs Meer. Wie sie es allzu häufig tat, wühlte sie morbide in der Vergangenheit. Ihr vulgärer, alkoholsüchtiger Vater. Ihre passive, freizügige Mutter. Dann dachte sie an Marie Curie und fragte sich, warum Louis B. Mayer das Interesse an der Verfilmung von Curies Lebensgeschichte verloren haben mochte.

»Da passiert doch nichts!« hatte Mayer bei ihrem letzten Treffen behauptet. »Sie entdeckt Radium! Fabelhaft!«

»Aber Sie haben *zwei* Filme über Thomas Edison gemacht.«

»Die beide nichts eingespielt haben!« Mayer paffte heftig an seiner Zigarre. »Eine Weile habe ich überlegt, Ihnen mal eine ganz andere Rolle zu geben, zum Beispiel die der Mother Goddam in *Im Banne von Schanghai*. Sie wissen schon, von Sternbergs Flop. Aber dann dachte ich, was soll's, Sie haben schon genug Huren gespielt. Obwohl eine chinesische Hure natürlich mal was andres gewesen wäre.« Er lächelte gütig. »Also hab ich Sie gar nicht erst damit belästigt.«

»Danke, daß Sie den guten Geschmack besitzen, mich mit Ihrem schlechten Geschmack zu verschonen.«

Und morgen vormittag käme es also zur nächsten Konfrontation mit dem verachteten Chef von Metro-Goldwyn-Mayer. Ich bin siebenunddreißig, dachte sie, und noch immer eine schöne Frau. Ich bin sehr reich, ich habe für den Rest meines Lebens ausgesorgt. Dieser lästige Krieg, wie lang das wohl noch weitergeht? Ein Jahr, vielleicht zwei, dann könnte ich wieder auf Reisen gehen. Der Ferne Osten, wie ich mich nach dem Fernen Osten sehne. Diese verdammten Japaner. Diese verdammten Deutschen. Dieser verdammte Louis B. Mayer.

»Wer ist da?«

Sie hörte ein Geräusch von unterhalb der Veranda. Als sie übers Geländer blickte, glaubte sie hinter einem Rosenbusch eine Frauengestalt auftauchen und über den Sand zu Peter Lorres Haus laufen zu sehen. Sie überlegte, ob sie die Polizei alarmieren sollte, ließ die Idee aber gleich wieder fallen. Ein Haufen Polizisten im Haus entsprach nicht ihrer Vorstellung von absoluter Ruhe. Wahrscheinlich irgendein junges Mädchen, das mit seinem Geliebten Verstecken spielte.

Geliebter. Wie lange ist es her, seit ich einen Geliebten hatte? Und wenn ich jetzt einen hätte, wie würde ich die Sache anfassen? Meine Karriere taumelt auf den Abgrund der Vergessenheit zu, die Welt befindet sich im Kriegszustand, und ich bin zum Soldaten nicht geschaffen. Ich könnte ein Führer sein, aber kein Mitläufer. Was soll ich tun? Was soll ich tun? Sie schnippte mit den Fingern. Ich mach mir eine Ovomaltine.

Peter Lorre war Weltmann genug, seinem unwillkommenen Gast ein charmantes Lächeln zu schenken.

Sie hatte an seiner Hintertür gekratzt, und für einen Augenblick meinte er, es wäre vielleicht ein Hund aus der

Nachbarschaft, der um Essensreste bettelte. Andererseits konnte es auch die Polizei sein. Während er seinen Kokainvorrat in die Speisekammer schaffte, wurde das Scharren nachdrücklicher. Er ging zur Hintertür und öffnete sie einen Spalt. »Ja, Sie wünschen? Wissen Sie nicht, daß wir Verdunkelung haben?«

Sie flehte ihn an: »Bitte, lassen Sie mich rein. Ich habe mich verlaufen. Ich muß mir ein Taxi rufen.«

Es war eine junge Stimme, und junge Stimmen kamen gewöhnlich von jungen Gesichtern, und junge Gesichter gehörten gewöhnlich zu jungen Körpern, und Lorre hatte eine Schwäche für junge Körper. »Schnell rein.« Er zog die Tür auf, und sie huschte hinein. Sie trug eine Handtasche und Sandalen, der Wind hatte ihr die Haare ins Gesicht geweht, aber das konnte ihre Schönheit nicht verschleiern.

»Danke, sehr freundlich von Ihnen.« Dann erkannte sie ihn. »Sie sind Peter Lorre.«

»Ja«, bestätigte er eifrig, »und meine Frau ist nicht zu Hause.«

»Wenn Sie mir das Telefon zeigen könnten?«

Er wollte ihr etwas ganz anderes zeigen, aber erst kürzlich hatte Jack Warner ihm seine Taktlosigkeit beim Umgang mit jungen Frauen vorgehalten. »Mit Vergnügen zeige ich Ihnen mein Telefon. Ich glaube, Sie werden es recht ansprechend finden. Es ist fliederfarben, das einzige fliederfarbene Telefon in ganz Hollywood.« Sie folgte ihm in das geschmackvoll möblierte Wohnzimmer, das normalerweise eine phantastische Aussicht auf den Pazifik bot, jetzt aber mit schweren Vorhängen behängt war, die das Licht drinnen und die Aussicht draußen halten sollten. »Sie sehen ja ganz abgehetzt aus. Hat Sie jemand verfolgt?«

»Ich bin mir nicht sicher. Ich glaube ja. Ich war am Strand spazieren . . .«

»Das ist sehr gefährlich bei Verdunkelung . . .«

»Ich mache das oft. Bis jetzt ist nie was passiert.«

Weil du Lorre noch nicht getroffen hast, dachte er und erteilte sich eine stumme Verwarnung. »Sie waren am Strand spazieren, und . . .?« fragte er.

»Plötzlich hörte ich hinter mir so ein Geräusch, so ein Schlurfen, wissen Sie, wie wenn jemand mit Schuhen über den Sand läuft.«

»Ah, verstehe. Ich bin ein Schlurf-*Mejwn*.«

»Mejwn?«

»Fachmann, jiddische Ausgabe.« Sein richtiger Name war Laszlo Lowenstein.

»Mejwn«, wiederholte sie feierlich. »Gefällt mir.«

»Können wir auf das Schlurfgeräusch zurückkommen?«

»Wenn Sie darauf bestehen. Jedenfalls fing ich an zu laufen. Bin einfach in Panik geraten. An Marion Davies' Haus vorbeigelaufen . . .«

»Warum haben Sie dort nicht um Hilfe gebeten?«

»Ich konnte die Hintertür nicht finden.«

»Marion verlegt auch ständig was.«

»Und dann habe ich mich hinter einem Rosenbusch unter einer Veranda versteckt . . .«

»Das dürfte bei Gretas Haus gewesen sein.«

»Garbo?«

»Wohl kaum Rabinowitz.«

»Greta Garbo hätte ich gern mal kennengelernt.«

»Nun, anscheinend haben Sie Ihre Verfolger abgeschüttelt.« Es klopfte fest an die Hintertür. »Anscheinend doch nicht.« Er zeigte auf die Tür zu ihrer Linken. »Der einzige, der in diese Kammer sieht, ist meine Frau. Kleiderkammern sind ihr heimliches Laster und bei gewissen Unbesonnenheiten mein Verderben.« Das Klopfen wurde heftiger.

»Vielleicht ist es Ihre Frau.«

»Du meine Güte, nein. Sie hat einen Schlüssel. Sie kann sogar damit umgehen.« Während sie in die Kammer schlüpfte, ging er zur Hintertür. Er machte auf und erkannte einen der von der Gemeinde angeheuerten Privatpolizisten, die hier, seit der Krieg erklärt worden war, auf Streife gingen.

»Ach, Thomas Toth, na so was. Was führt Sie denn um diese Zeit an meine Hintertür?«

»Haben Sie eine junge Frau gesehen?«

»Wenn ja, würde ich es Ihnen nicht sagen.«

»Ist das nicht Grouchos Text?«

»Was für eine junge Frau schwebt Ihnen denn so vor?«

»Eine auf der Flucht. Zuletzt beobachtet von Miss Garbos Nachbarin, wie sie unter deren Veranda herumschlich.«

»Unter Gretas Veranda kann sich jeder sicher fühlen.«

»Sie haben sie offenbar nicht gesehen.«

»Offenbar. Ist das mein Stichwort, Sie auf einen Drink einzuladen?«

»Nein, danke. Mein Partner wartet bei Ihrer Düne auf mich.«

»Eine sehr gemütliche Düne. Habe sie selbst entworfen.«

»Mr. Lorre, Sie sind schon eine komische Nummer.« Er verschwand in der Dunkelheit; als Lorre die Tür zumachte, hoffte er, das Licht aus der Küche hätte nicht irgendwelche japanischen Bomber angelockt, die da oben wie die Irren herumtobten. Er eilte ins Wohnzimmer zurück und öffnete die Tür der Kleiderkammer. Sie war nicht mehr da.

»Hallo?« Er schloß die Tür und ging nach nebenan in die Bibliothek. Auch dort war sie nicht. Er ging durch alle Zimmer, fand aber nirgends eine Spur von seiner nächtlichen Besucherin. »Es gibt sie gar nicht«, sagte er laut. »Ich habe mir das Ganze nur eingebildet. Ich sollte mit dem Kokain etwas vorsichtiger umgehen.«

Um zehn Uhr am nächsten Morgen saßen sich Greta Garbo und Louis B. Mayer gegenüber. Neben ihm saß seine rechte Hand und Meisterspionin Ida Koverman. Die Garbo fragte sich, ob Kovermans ewiges Lächeln ihr aufs Gesicht geklebt sei.

»Also, Greta, meine Liebe«, sagte Mayer behaglich, »selbstredend wollen wir auch weiterhin Filme mit Ihnen machen, aber Sie müssen verstehen, große Budgets sind nicht mehr drin.« Die Garbo sagte nichts. Eine Sphinx spricht nie. »Ihr wichtigster Markt existiert für uns nicht mehr.« Er war verlegen. »Europa ist weg. In Europa sind Sie groß, sehr groß, aber Ihr amerikanisches Publikum haben Sie verloren. Trotzdem, meine Liebe, möchten wir Ihnen auch weiterhin Hauptrollen geben. Wir lagern die Filme ein, und wenn der Krieg vorbei ist, wird Europa damit bombardiert.«

Endlich sagte sie etwas, düster: »Das arme Europa. Dauernd wird es bombardiert.«

»Sie sind doch einverstanden, Ida?«

»O ja«, flötete Koverman, die schon seit Jahren die Kunst beherrschte, à la Hollywood ja zu sagen.

»Sie verstehen schon, Greta, wir können für Ihre nächsten Filme nicht viel Geld ausgeben. Wir müssen dafür die gleichen Budgets ansetzen wie für die *Andy Hardy*- und *Doctor Kildare*-Serien.«

»Verstehe.«

»Aber wir können ein paar reizende Stoffe verfilmen. Wir haben eine Idee für einen, wo Sie Zwillingsschwestern spielen ...«

Sie stöhnte: »Ich habe einmal Schwestern gespielt, und es war eine Katastrophe.«

»Aber das waren keine richtigen Schwestern«, warf Koverman ein, »sondern eine Frau, die sich als ihre eigene Zwillingsschwester ausgab ...«

»Bitte, Ida, erinnern Sie mich bloß nicht daran.«

Mayer ging schnell dazwischen. »Mit diesen Zwillingsschwestern hier ist es ganz anders. Eine ist Lehrerin in Brooklyn, und die andere spioniert für die Nazis. Und die Lehrerin wird mit der Nazi verwechselt und bekommt Ärger mit Conrad Veidt ...«

»Die Rolle war nicht Greta Garbo zugedacht, Louis.«

Mayer rieb sich die Augen. »Wir haben ein Stück von Noël Coward, *We were Dancing*. Norma Shearer ist interessiert, aber ich denke, das kann ich ihr ausreden.«

»Bitte nicht. Wie ich höre, macht sie gerade eine schlimme Zeit mit Mickey Rooney durch.«

»Alles Lüge!« brüllte Mayer.

»Ach Louis, es ist mir egal, ob es stimmt oder nicht. Noël ist sehr komisch, ich bin nicht komisch. Ich bin traurig.«

»Gut, ich sage Ihnen was. Jack Warner plant einen Film mit dem Titel *Ring der Verschworenen*. Starbesetzung. Natürlich werden Sie an erster Stelle genannt. Er hat nach Hedy gefragt, aber ich weiß, wenn ich ihm sage, daß Sie interessiert sind, wird er vor Freude in die Luft springen.«

»Sie wollen mich an Jack Warner ausleihen?«

Mayer breitete die Hände aus. »Warum nicht?«

Die Garbo sagte unglücklich: »Louis, ich will keine Leihgabe sein.«

ZWEI

Als die Garbo später an diesem Tag mit ihrer engsten Freundin und Vertrauten Salka Viertel auf der Veranda saß, fragte sie düster: »Was soll nur aus mir werden, jetzt, da ich vergessen und verlassen bin?«

Salka führte lächelnd ein Streichholz an ihre Zigarette. »Du wirst nie vergessen sein und niemals verlassen.« Die Frau hatte sich als polnischer Flüchtling nach Hollywood durchgeschlagen, im Handumdrehen Englisch gelernt und es zu einer der höchstbezahlten Drehbuchautorinnen der Filmindustrie gebracht. Sie hatte an mehreren Garbo-Filmen mitgearbeitet und zählte zu den wenigen Leuten, die sich das Vertrauen und die Wertschätzung des Stars erworben hatten.

»Mayer wollte mich Andy Hardy oder Doctor Kildare spielen lassen.«

»Unverschämtheit!« Salkas Empörung schwelte, kurz vorm Ausbrechen. Sie konnte Louis B. Mayer nicht ausstehen.

Die Garbo lächelte. »Eigentlich nicht. Er wollte mich bloß sehr billige Filme machen lassen.« Sie verschränkte die Arme vor der Brust und sah nachdenklich in den schönen Himmel. »Nach all den Jahren bin ich jetzt also kein MGM-Star mehr.«

Salka riß die Augen auf. »Er hat deinen Vertrag gekündigt?«

»In gegenseitigem Einvernehmen. Scheidung ist immer das beste, wenn es keinen Sinn mehr hat, eine kaputte Ehe fortzusetzen.«

»Ha! Sämtliche Studios in der Stadt werden sich um dich reißen!«

Die Wirtschafterin der Garbo, Lottie Lynton, trat auf die Veranda und fragte: »Soll ich den Tee servieren, Miss Garbo?«

»O ja«, sagte die Garbo begeistert, »trinken wir Tee! Du möchtest sicher auch einen, stimmt's, Salka?«

Die Autorin sagte trocken: »Dafür würd ich zum Mörder werden.«

Die Garbo sagte zu ihrer Haushälterin: »Dazu bitte Kekse, die mit Schokoguß. Und vielleicht ein paar von diesen komischen schmalen Sandwiches mit Gurken und Radieschen. Oder macht das zuviel Umstände an einem so schönen Tag?«

»Ganz und gar nicht, Madam.« Sie hatte mitbekommen, daß die Garbo nicht mehr bei Metro war, und entfernte sich unglücklich. Gewiß, ihre Arbeitgeberin war reich, doch ebenso gewiß litt sie an Fernweh. Andererseits, wohin sollte sie, bei dem Krieg jetzt, schon gehen können, außer vielleicht in den Yosemite National Park; aber daß die Garbo auf Schusters Rappen durch die Gegend zog und Tiere erschreckte, war ziemlich unvorstellbar.

»Ich habe noch nie eine Nonne gespielt. Vor Jahren hat Mayer mir *Die weiße Schwester* angeboten, was ich aber abgelehnt habe; Lillian Gish hatte das schon wunderbar in einem Stummfilm getan. Also hat Helen Hayes die Nonne gespielt.«

Salka spürte, dies war der Auftakt zu einer erstaunlichen Enthüllung.

»Vielleicht sollte ich Nonne werden.«

»In welchem Orden?«

Die Garbo ignorierte den Spott in der Stimme ihrer Freundin. »In keinem bestimmten Orden.«

»Du könntest nie als Nonne leben.« Salka blies einen Rauchring, verließ ihren Korbsessel und gesellte sich zu Garbo auf das Korbsofa. Sie nahm eine Hand ihrer Freundin und drückte sie sanft. »Nun hör mir zu, Liebes, du bist noch viel zu jung für ein Leben in ständiger Abgeschiedenheit.«

»Ich habe das Gefühl, daß Gott mich braucht.«

»Ich weiß nicht, ob dir das schon mal aufgefallen ist, aber Gott ist in letzter Zeit eine ziemliche Nervensäge. Aber selbst er wird wissen, daß jemand dich braucht. Du solltest dich in der Welt umsehen.«

»Die Welt befindet sich im Kriegszustand. Ach! Ich könnte Krankenschwester sein! Weißt du noch, wie ich in *Der bunte Schleier* Leute gepflegt habe?«

»Saublöder Film.«

»Aber Salka, das war doch eins von deinen Kindern! Du hast am Drehbuch mitgeschrieben.«

»Eins meiner Kinder, die besser nicht auf die Welt gekommen wären. Und jetzt laß die Unkerei und sieh den Tatsachen ins Gesicht.«

»Das tue ich doch. Deswegen bin ich ja so einsam.«

»Das hast du dir selbst zuzuschreiben. Jetzt ist es Zeit, daß du aus deinem Schneckenhaus herauskommst und dich wie die anderen für den Krieg engagierst.«

»Ich wäre bestimmt ein guter Soldat. Bin eine sehr gute Schützin. Soll ich mich freiwillig melden?«

»Greta, kannst du nicht dein Wolkenkuckucksheim vermieten und auf die Erde zurückkommen?«

Die Garbo war aufgestanden und ging unruhig auf und ab. »Es hat keinen Sinn, Salka. Ich kann nicht wie Carole Lombard und Dorothy Lamour Werbekampagnen für Kriegsanleihen machen, weil Menschenmengen mich in Panik versetzen. Ich kann nicht Krankenhäuser besuchen und die Verwundeten und Sterbenden aufheitern, weil Verwundete und Sterbende mich krank machen. Ich wüßte nicht, was ich ihnen sagen sollte. Ich kann nicht mit den Jungs im Hollywood-Kasino tanzen, weil ich keine gute Tänzerin bin.«

»Du bist eine wunderbare Tänzerin.«

»Clark hat das nicht gefunden.«

»Dieser Affe. Was weiß der denn schon?«

»Was meinst du, ist es schwer, in die Schweiz zu kommen?«

»Was zum Teufel willst du in der Schweiz?«

»Sie ist neutral. Da wäre ich in Sicherheit.«

»Verdammt noch mal, hier bist du in Sicherheit.«

»Bin ich nicht. Letzte Nacht ist hier jemand rumgeschlichen.«

»Wirklich?«

»Eine Frau. Unterhalb meiner Veranda, hinter dem Rosenbusch.«

»Verstehe. Du warst drüben bei Marion und hast mal wieder getrunken.«

»Doch nur Sherry. Amontillado angeblich. Warum kaufen reiche Leute eigentlich billigen Wein?«

»Warum trinken reiche Leute das Zeug?« Der Seitenhieb entging der Schauspielerin nicht. »Hast du Anzeige erstattet?«

»Natürlich nicht. Die Polizei hätte doch bloß in meiner Privatsphäre herumgeschnüffelt.«

»Wenn da wirklich jemand war, hätte man dich ausrauben oder sogar umbringen können.«

»Und ob da jemand gewesen ist.« Sie erkannten Peter Lorres charakteristische Stimme sofort. Beide lächelten. Sie bewunderten ihn sehr. So ziemlich jeder in der Branche mochte diesen gnomenhaften Schauspieler mit seinem schrägen Sinn für Humor. Er kam vom Strand herauf und hockte sich aufs Holzgeländer der Veranda. »Es war eine Frau. Eine sehr hübsche Frau.« Er erzählte ihnen von seiner Begegnung in der vorigen Nacht.

»Und sie hat sich in Luft aufgelöst?« Die Garbo hielt sich eine Hand an die Kehle, eine Geste, die sie auch in ihrem Stummfilm *Eine skandalöse Frau* benutzt hatte.

»Pfff!« machte Lorre. »Mr. Saloman hat sie angezeigt.«

»Saloman? Der Alte von nebenan?« Salomans Haus stand zwischen denen von der Garbo und Marion Davies. Es war ein bescheidenes Haus, wie es sich für einen pensionierten Versicherungsangestellten gebührte.

»Er machte zufällig gerade ein Fenster auf, um zu lüften;

da hat er sie unterhalb Ihrer Veranda gesehen. Anscheinend hat sie sich hinter Ihrem Rosenbusch versteckt.«

»Da hast du's, Salka!« Ihre Augen funkelten triumphierend. »Ich hatte keine Halluzinationen!«

»Von Halluzinationen habe ich nichts gesagt.«

»Das war auch nicht nötig, aber du hast es gemeint. Danke, Peter, ich danke Ihnen. Womöglich hätte man mich in eine Irrenanstalt gesteckt.«

»Ich hoffe, das wird nie geschehen«, sagte Lorre, »Sie würden die Insassen zum Wahnsinn treiben.«

»Was haben Sie in diesem Umschlag?«

»Ein Drehbuch.«

»Haben Sie's gelesen?«

»Ja.«

»Ist es gut?«

»Es ist sehr gut.«

Lottie Lynton kam mit dem Teewagen und drei Tassen und Untertassen; sie hatte Lorres Ankunft mitbekommen. »Soll ich einschenken, Miss Garbo?«

»Nein, danke, Lottie. Wir versorgen uns selbst.« Die Haushälterin zog sich zurück, und Salka Viertel ergriff das Kommando über das Teeservice. Sie rümpfte die Nase über die preziösen Sandwiches, denn als gute Polin zog sie herzhaftere Speisen vor. »Und, kleiner Peter, worum geht es in dem Drehbuch?«

»Um die Jungfrau von Lothringen.«

»Johanna? Johanna von Orléans?«

»Genau die.«

Die Garbo sagte: »Aber wer will denn heutzutage die Jungfrau von Orléans auf der Leinwand sehen? Ich meine, im Vergleich mit dem heutigen Armageddon hat sie doch bloß einen lachhaft kleinen Krieg geführt.«

Salka warf ein: »Sie ist eins der großen Freiheitssymbole. Für mich persönlich war sie eine dumme Bauerngans, die einen der größten Schwindel der Geschichte abgezogen hat. Aber das hat sie nur um so mächtiger gemacht. Immerhin wurde sie zur Heiligsprechung nominiert, und sie hat die Abstimmung haushoch gewonnen.«

Die Garbo hatte sich majestätisch aufgerichtet und die Hände vorm Busen gekreuzt. »Ich werde eine Heilige sein.«

Lorre zündete sich lächelnd eine Zigarette an. »Sie würden eine höchst eindrucksvolle Heilige abgeben.«

»Ich meine das ernst, Peter. Auch ich kann eine Märtyrerin sein.«

»Ich habe Ihnen das Drehbuch zum Lesen mitgebracht.«

»Zucker, Peter?« fragte Salka.

»Absolut. Es ist wirklich ein sehr gutes Buch.«

»Ich meine, in Ihren Tee, mein Lieber. Zucker oder Zitrone?«

Er nahm Zucker und fragte sich, warum die Reichen nie Kandiszucker anboten.

»Warum soll ich das Buch lesen? Ach so! Da ist eine gute Rolle für Sie drin, und Sie wollen meine Meinung hören. Fühle mich sehr geschmeichelt.«

»Hören Sie, Greta, machen Sie Schluß mit der Peter-Pan-Nummer und lassen Sie mich Ihnen etwas Vernunft einreden.«

»Bravo, Peter, nehmen Sie doch eins von diesen widerlichen kleinen Sandwiches.«

Peter wischte Salkas Bemerkung mit einer abrupten Handbewegung beiseite. »Greta, Sie wären eine phantastische Jungfrau von Orléans.«

»Ich bin zu alt.«

»Unsinn. Sie können alles spielen, was Sie wollen.«

»Ginger Rogers kann ich nicht spielen.«

Kein Widerspruch. Lorre meinte: »Ginger könnte die Jungfrau von Orléans nicht spielen.«

Salka schnaubte: »Versuchen Sie das mal *ihr* zu erzählen.«

»Trotzdem, ich bin zu alt. Johanna war ein verspieltes junges Fohlen. Ein sehr einfältiges und eigensinniges Wesen. Erfolg hatte sie nur, weil sie mit Leuten zu tun hatte, die noch dümmer waren als sie selbst. Nehmen Sie zum Beispiel den französischen Kronprinzen . . .«

»Das habe ich getan«, sagte Lorre, nachdem er an seinem Tee genippt und ihn lau und abscheulich gefunden hatte. »Die Rolle habe ich übernommen.

»Wirklich? Aber Sie sind doch viel zu alt.«

»Heute nachmittag hat ihre Platte einen Sprung«, sagte Lorre zu Salka. »Zu alt, zu alt, zu alt. Als Sarah Bernhardt mit Hamlet triumphierte, war sie sechzig und hatte ein Holzbein!«

»Trotzdem war sie viel zu alt.« Sie nahm einen Keks mit Schokoguß. »Ich nehme an, mit einem guten Kameramann, sagen wir William Daniels, könnte ich . . .« Der Rest des Satzes trieb aufs Meer hinaus, ging auf dem Weg nach Westen in der Brandung unter. Salka zwinkerte Lorre zu. Sie wußten, daß die Garbo angebissen hatte.

Greta machte es sich auf dem Korbsofa gemütlich und knabberte wie eine wohlerzogene Maus an ihrem Schokoladenkeks. »Welches Studio produziert den Film?«

»Eins von den unabhängigen.«

»Ach bitte, Peter, ich habe alles gelesen über die Unabhängigen, die da draußen wie Pilze aus dem Boden schießen. Denen geht ständig das Geld aus.«

»Dem hier kann nie das Geld ausgehen. Der Produzent und Geldgeber heißt Albert Guiss.«

Salka stieß einen Pfiff aus. Greta zog eine Schnute. Dann sagte sie: »Wie hat ›Life‹ ihn genannt? Die internationale Rätselgestalt.«

»Sein Geld ist jedenfalls kein Rätsel«, sagte Lorre. »Das Budget für den Film beträgt fünf Millionen Dollar.«

»Seien Sie nicht albern«, schimpfte die Garbo. »Mit soviel Geld könnte man fünf aufwendige Filme produzieren. *Vom Winde verweht* hat nur ein Drittel davon gekostet!«

Salka bestätigte: »Ich brauche das Drehbuch gar nicht zu lesen, um Ihnen sagen zu können, daß eine Million schon mehr als genug wäre, die Jungfrau zu verfilmen. Vielleicht etwas mehr, wenn sie Greta wirklich haben wollen. Sie arbeitet nicht mehr für ein Trinkgeld.«

»Sie bieten Greta eine Million Dollar an«, sagte Lorre.

Jetzt stieß die Garbo einen Pfiff aus. »Das ist obszön.«

Lorre zuckte die Achseln. »Zu einer solchen Obszönität würde ich nicht nein sagen.«

»Albert Guiss.« Wie die Garbo den Namen aussprach, klang er irgendwie wagnerhaft. »Kennen Sie ihn?«

»Ach ja. Dank seiner fabelhaften Verbindungen komme ich an mein Kokain.«

»Ach, Peter«, stöhnte die Garbo, »diese Sucht wird Sie eines Tages noch umbringen.«

»Seien Sie nicht albern. Ist doch nur eine liebe Gewohnheit. Jeder in der Branche weiß, wie ich damit umgehe.«

»Es wird Sie ins Verderben stürzen.«

Er lachte. »Bela Lugosi nimmt mehr als ich, und er arbeitet ununterbrochen.«

Salka wies ihn zurecht. »Bela ist ein noch größerer Narr als Sie. Sie wissen, wie tief er gesunken ist, was er jetzt macht. Billige Horrorfilme für einen Bruchteil der Gage, die er bekommen könnte.«

»Ich habe tolle Neuigkeiten für Sie. Gerade in dieser Woche hat Universal Pictures ihn wieder zu seiner alten Gage unter Vertrag genommen. Dank des Krieges sind Horrorthriller wieder in. *Dracula, Frankenstein, Der Wolfsmann.* Man hat versucht, mich dafür zu gewinnen, aber Jack Warner wollte meinen Vertrag nicht lösen. Dafür soll er in der Hölle braten.«

»Aber den Film für Guiss läßt er Sie machen«, sagte Salka.

»Zu Albert Guiss sagt niemand nein.«

»Ist schon ein Regisseur unter Vertrag?« fragte die Garbo.

Lorre stellte Tasse und Untertasse ab und bedeutete Salka, daß sie ihm nicht mehr nachschenken sollte. »Ein alter Freund von Ihnen.«

»Ach ja? Wer?«

»Erich.«

Sie dachte kurz nach, und dann gingen ihr die Augen auf wie die Büchse der Pandora. »Von Stroheim?«

»Sie scherzen.« Salkas Verblüffung war ungekünstelt.

»Das ist seine Chance für ein großes Comeback.«

Greta rieb sich tief in Gedanken das Kinn und sagte: »Kein Wunder, daß fünf Millionen Dollar dafür angesetzt sind. Erich wird sie bis auf den letzten Penny ausgeben.«

»Er wird einen brillanten Film machen.«

Die Garbo nickte. »Ja. Möglich. Erich kann durchaus brillant sein. Sogar seine Fehlschläge sind mit seinem Genie gespickt. Wird er auch selbst mitspielen?«

»Nein. Er bleibt strikt hinter der Kamera. Das hat Guiss sich ausbedungen.«

»Wie schön für ihn. Eins zu null für Guiss. Wie sieht der Drehplan aus?«

»Drei Monate.«

»Viele Schlachtszenen?«

»Jede Menge.«

»Dann wird von Stroheim mit drei Monaten nicht auskommen. Er wird sechs Monate brauchen. Sie wissen doch, wieviel ihm an einer realistischen Darstellung liegt!« Wieder ging sie auf und ab, die ganze Breite der Veranda nutzend. »Er wird echte Leichen verlangen! Hahaha!« Auch Salka lachte, aber die Garbo meinte es ernst. Sie kannte den Ruf des arroganten und verschwenderischen von Stroheim. »Er wird echtes Blut vergießen. Mit Tomatensuppe läßt von Stroheim sich nicht abspeisen, höchstens zum Abendessen. Hahaha!« Sie hielt inne und legte sich eine Hand an die Kehle. »Mein Gott! Und wenn Johanna auf dem Scheiterhaufen verbrannt wird . . .«

»Hör auf damit, Greta!«, rief Salka entrüstet. »Er würde es nicht wagen, dich auf dem Scheiterhaufen zu verbrennen. Sonst könnte er keine Szenen wiederholen lassen.«

»Die Inquisitoren sind phantastisch besetzt.« Lorre hatte ihre Aufmerksamkeit zurückerlangt.

»Boris Karloff spielt den Großinquisitor.«

»Ah gut, gut, das ist sehr gut.« Salka nickte beifällig, während die Garbo weitersprach. »Die Branche hat ihm nie eine Chance gegeben, zu beweisen, was für ein wirklich guter Schauspieler er ist. Wer sonst noch?«

»Jean Hersholt.«

»Auch gut. Wir haben zusammen in *Susan Lenox* gespielt. Mit ihm kann man gut arbeiten. Ein uneigennütziger Mann. Selbstlos.«

»Victor Jory.«

»Wird ebenfalls von der Branche mißhandelt. Das klingt schon alles sehr eindrucksvoll. Aber ...«

»Greta«, sagte Lorre ernst, »behalten Sie Ihre Zweifel für sich.«

Sie ging schweigend hin und her. Dann legte sie ihre Hände aufs Geländer und starrte auf den Pazifik hinaus. Ihr Gesicht zeigte nichts anderes als eine atemberaubende Schönheit. Sie sah Delphine herumspringen, doch ihre Augen spiegelten nichts wider. Das Ganze war eine Kopie ihrer Schlußszene in *Königin Christine*, als sie nach dem Tod ihres Geliebten an der Schiffsreling stand und nichts fühlte, nichts hörte, nichts sagte, Kopf und Gesicht vollkommen leer. Endlich sprach sie. »Ich werde das Drehbuch lesen.«

»Lesen Sie es mehrmals«, beschwor sie Lorre.

»Ich werde es lesen und darüber nachdenken. Sie können das nicht begreifen, Peter, aber in meinen siebzehn Jahren beim Film habe ich nur für ein einziges Studio gearbeitet, für Louis B. und Metro.« Ihr Blick verschleierte sich. »Es war mein Zuhause. Die Leute haben sich um mich gekümmert. Sie haben mir jeden Wunsch erfüllt. Sie haben mich wie eine Tochter behandelt, mehr als meine eigenen Eltern es je getan haben. Aber jetzt haben sie mich verstoßen, ich bin eine Waise. Meine nächsten Eltern muß ich mir sehr kritisch und sorgfältig aussuchen.« Sie drehte sich vom Meer weg und richtete den Blick auf Peter Lorre. »Ich weiß nicht, ob ich Albert Guiss zum Vater haben will. Eine Mutter brauche ich eigentlich nicht.« Sie schenkte Salka Viertel ein warmes Lächeln. »Salka ist eine gute Mutter. Meine gute Mutter.« Sie trat an die Ältere heran und legte ihr die Hände auf die Schultern. Dann zog sie die Hände abrupt zurück und begann wieder auf und ab zu gehen. »Man spricht von Flüchtlingen und Vertriebenen. Man flüstert von Konzentrationslagern. Seht mich an! Ich bin ein Flüchtling! Ich bin vertrieben!« Sie machte eine ausladende Armbewegung. »Und das hier ist mein Konzentrationslager!«

»Immerhin haben Sie fließend warmes und kaltes Wasser«, bemerkte Lorre trocken.

»Spotten Sie nicht.«

»Hören Sie auf, sich zum Gespött zu machen. Schluß mit dem theatralischen Getue. Lesen Sie das Drehbuch.«

»Ich lese es heute abend nach meinem einsamen Abendessen.«

»Wenn Sie möchten, leiste ich Ihnen Gesellschaft«, bot der Schauspieler an.

»Ich ziehe die Einsamkeit vor. Du gehst schon, Salka?«

»Ich muß an mein Drehbuch zurück.« Sie trat an die Garbo heran und gab ihr einen flüchtigen Kuß auf die Wange. »Ruf mich an, wenn du das Buch gelesen hast. Kommen Sie, Peter.«

Als sie außerhalb der Hörweite der Garbo waren, fragte Lorre: »Was meinen Sie? Wird sie es machen?«

»Johanna ist eine Herausforderung für sie. Und Sie kennen Greta.«

»Ob sie wirklich jemand kennt?«

»Ein paar von uns schon. Sie hat eine Schwäche für Herausforderungen. Und glauben Sie nur nicht diesen Unsinn, Metro hätte sie zur Waisen gemacht. Sie kann den Laden nicht ausstehen. Sie ist froh, da raus zu sein. Die Vorstellung, noch einen Film für die zu machen, hat sie in Panik versetzt. Übrigens, wie war das mit dieser Frau letzte Nacht?«

»Na ja, sehr seltsam.« Das Thema brachte ihn in Schwung. »Sie war ziemlich schön, und ich habe den Verdacht, daß sie Europäerin war. Sie sprach zwar ohne Akzent, aber mit diesem reizenden singenden Tonfall, der typisch für Ausländer ist, die ihr Englisch in England gelernt haben. Sie wissen schon, so wie ich.«

»Für Sie ist das ein reizender Tonfall?«

»Seien Sie nicht unfreundlich.«

»Wie alt war diese Frau?«

»Höchstens Anfang zwanzig. Aber ihre Angst war echt. Marion Davies meint, sie hat irgend etwas mit dieser häßlichen Villa auf dem Grundstück nebenan zu tun.«

»Wer wohnt denn dort?« fragte Salka.

»Das ist es ja. Anscheinend niemand. Auf alle Fälle ist dort niemand ein und aus gegangen, seit die Wolheims im vorigen November so überstürzt dort ausgezogen sind.«

»Ach ja. Die Wolheims. Seltsame Familie. Falls es eine Familie war.«

»Sie kennen sie?«

»Nur vom Sehen. Greta und ich haben sie ein paarmal gesehen, wenn wir am Strand spazieren waren. Vater, Mutter, drei Söhne und eine Tochter. Jedenfalls haben wir sie dafür gehalten, Vater, Mutter, Söhne und Tochter. Aber ähnlich sind sie sich nicht gewesen.«

»Vielleicht waren die Kinder adoptiert.«

»Peter, Sie denken auch an alles.« Sie erreichten Salkas Auto auf der Einfahrt der Garbo. »Sagen Sie, mein Lieber, wie sind Sie an Albert Guiss gekommen?«

»Albert Guiss ist an mich gekommen.«

»Tatsächlich? Wie das?«

»Er hat einen Mann namens Werner Lieb zu mir geschickt; er und eine gewisse Risa Barron werden die eigentlichen Produzenten des Films sein. Guiss wird als leitender Produzent auftreten. Lieb ist ein rechter Charmeur. Ich glaube, er ist ursprünglich Deutscher, aber er hat gesagt, er sei in Italien und England zur Schule gegangen. Sein Akzent ist auch so einer, den ich nicht unterbringen kann. Sie wissen, ich stamme aus Deutschland. Und ich weiß, Sie stammen aus Polen. Aber diese neuen Flüchtlinge, die jetzt ins Land strömen, das sind komische Kreuzungen. Ich meine, auch Guiss ist schwer zu definieren. Und dann sein tiefer Bariton. Wenn er spricht, bebt das ganze Zimmer. Ich glaube, schon sein Flüstern könnte Glas zerspringen lassen.«

»Warum die Jungfrau von Orléans?« fragte Salka. »Warum so was Finsteres und Ernstes? Greta hat mit *Ninotschka* bewiesen, daß sie Komödien spielen kann; warum nicht was Leichtes und Anmutiges mit Cary Grant oder Fred MacMurray als Partner? So etwas wäre für Greta im jetzigen Stadium ihrer Karriere genau das richtige. Peter, sie steht vor einer schweren Entscheidung, und sie ist sich vollkommen im klaren darüber. Greta ist nicht dumm. Sie macht sich nichts vor. Sie ist absolut realistisch, auch wenn man ihr manches falsch auslegt.«

»Werner Lieb hat es mir ebenso dargestellt; Sie werden einige Überraschungen erleben, wenn Sie das Drehbuch lesen.«

»Ach ja?«

»Ach ja. Lieb meint, Guiss habe einen inspirierenden und sehr patriotischen Film im Sinn. Diese Johanna ist sehr frech und aufmüpfig. Sie erzählt sogar pikante Witze.«

»Stirbt sie lachend?«

»Es ist eine inspirierte Johanna. Keine langatmigen Deklamationen über Stimmen, die sie hört. Sie ist eine sehr demokratische junge Dame, die zum Kampf gegen die Unterdrücker ihrer Zeit auszieht. Ich finde das Drehbuch großartig, und ich habe in letzter Zeit nicht viele großartige Drehbücher zu Gesicht bekommen.«

»Ich kann es kaum erwarten, was Greta dazu sagt.« Salka setzte sich ans Steuer ihres Wagens. »Ich nehme an, die Rolle des Kronprinzen ist sehr gehaltvoll?«

»Und ob, eine herrliche Rolle. Ich darf viele böse Dinge tun.«

»Wer hat dieses Meisterwerk geschrieben?«

»Ein gewisser Gustav Henkel. Sehr angenehmer Mensch.«

»Henkel. Offenbar ein Deutscher.«

»Das habe ich auch gedacht, aber als ich ihn fragte, sagte er, er sei aus Ungarn.«

»Den Ungarn kann man nicht trauen.«

»Das Drehbuch muß tatsächlich noch überarbeitet werden. Ich habe vorgeschlagen, Bertolt Brecht dafür zu gewinnen.«

»Und Henkel hatte nichts dagegen, einen anderen Schriftsteller an sein Skript zu lassen?«

»Ganz im Gegenteil. Das schien ihm geradezu angenehm.«

»Dann kann er kein echter Ungar sein. Die haben doch immer was zu meckern.«

»Was haben Sie gegen die Ungarn?«

»Einer von ihnen hat mir die Unschuld gestohlen.« Sie ließ den Motor an, während Lorre sich die Bemerkung »leichter Diebstahl« verkniff.

Greta Garbo hatte Salka und Peter Lorre vom Wohnzimmerfenster aus bei ihrem Gespräch beobachtet. Jetzt trat Lottie Lynton ein und fragte: »Kann ich etwas für Sie tun? Ich habe die Teesachen abgeräumt.«

Die Garbo sagte mit belegter Stimme: »Ich wünschte, ich könnte von den Lippen lesen.«

DREI

Chefinspektor Herbert Villon von der Polizei Los Angeles erwartete den soeben vom diensthabenden Beamten angekündigten Besucher. Er las Louella Parsons Klatschspalte in der Hearst-Zeitung und runzelte die Stirn. Lolly, wie Louella in der Branche genannt wurde, ging streng mit Greta Garbo ins Gericht, weil diese sich nicht für den Krieg engagieren wollte. Lollys Rivalin und Erzfeindin Hedda Hopper war ihr an diesem Morgen in jener faszinierenden Prosa, die man Analphabeten gemeinhin zuschreibt, mit der Enthüllung zuvorgekommen, daß Königin Garbo von dem mächtigen Louis B. Mayer entthront worden sei und sich damit unter die anderen arbeitslosen Schauspielerinnen eingereiht habe. Hedda zählte zu Mayers kriecherischem Gefolge, und er hatte ihr schadenfroh den Leckerbissen von der Fahnenflucht der Garbo zugeschoben.

Mayer hatte ihr am Telefon gesagt: »Stellen Sie es so dar, als ob kein anderes Studio an ihr interessiert sei.«

»Das wird nicht einfach sein, Louis«, sagte Hedda, während sie ihr Gesicht in einem Handspiegel studierte und das Horrorprodukt eines Hutmachers auf ihrem Kopf einer Neubewertung unterzog. »Ihr Schwiegersohn will sie für eine Verfilmung von Robert Hichens *Der Fall Paradin* verpflichten.«

»Das macht dieser *Mamser* nur, um mich zu ärgern. So viele heiratsfähige Männer in Hollywood – und meine Tochter mußte sich ausgerechnet für David O. Selznick entscheiden. *O ach, o weh.*«

»Warner will sie für *Ring der Verschworenen.*«

»Zu spät, die Sache mit Hedy ist bereits abgemacht.«

»Herb Yates von Republic will ihr in *Lady from Louisiana* eine Rolle neben John Wayne anbieten.«

»Kaum anzunehmen, daß sie darauf eingeht. Am Ende muß er Ona Munson oder irgendeine andere unerfahrene Gans verpflichten.«

»Komisch«, sagte die Hopper, während sie den Handspiegel auf ihren Schreibtisch legte, »ich kann mir Metro ohne die Garbo gar nicht vorstellen. Wie eine Oper ohne Arien.«

»Ich weiß, ich weiß. Aber sie war zu keinem Kompromiß bereit. Sie wollte keine Gagenkürzung akzeptieren. Sie wollte auf keine Produktionen mit kleinerem Budget eingehen. Dieses schwedische Miststück hat es einfach drauf ankommen lassen! Aber warte nur! Wird schon sehen, wie das ist, wenn sie für diese anderen Arschgeigen arbeiten muß. Die kommt auf Knien zurückgekrochen.«

»Ich setze mein Geld auf Greta.«

Mayer explodierte. »Und ich habe Sie für meine Freundin gehalten!«

»Das bin ich, Louis, das bin ich. Aber Greta hat mir immer Respekt abgenötigt. Sie ist immer nett zu mir gewesen, wenn ich kaputt und fast am Ende war.«

»Habe ich Sie nicht immer mit kleinen Rollen über Wasser gehalten? Oder etwa nicht?«

»Doch, Louis, ja. Sie erinnern mich ja oft genug daran.«

»Dann seien Sie jetzt ein braves Mädchen. Verpassen Sie ihr eine Breitseite.«

»In Ordnung, Louis.«

Was dann aus Hoppers Schreibmaschine kam, war eine Spur gnädiger, als Mayer erwartet hatte, aber noch immer ziemlich starker Tobak. Die Parsons hingegen schoß aus allen Rohren und vergaß dabei ganz, daß die Garbo eine von Marion Davies' persönlichen Favoritinnen und Davies selbst die Geliebte ihres Chefs war. Später, als Hearst und Davies ihr einen strengen Verweis erteilten, nahm die Parsons die Vorwürfe tapfer hin, ließ sich davon aber nicht abhalten, der Garbo auch in Zukunft gelegentlich eins auszuwischen.

Als sein Besucher leise an die Tür klopfte, warf Chefinspektor Villon die Zeitung in den Papierkorb.

»Kommen Sie rein!« rief Villon.

Ein großer blonder Mann trat ein, er war um die Dreißig und hatte ein kräftiges Gesicht. Sein jungenhaftes Lächeln wirkte beinahe schüchtern. Er schloß die Tür und ging mit ausgestreckten Händen auf Villon zu, der aufgestanden war, um ihn zu begrüßen. »Arnold Lake. Entschuldigen Sie die Verspätung.«

»Nehmen Sie Platz, Arnold.« Sie setzten sich. »Wann sind Sie angekommen?«

»Nach dem Lunch. Der Zug hatte sechs Stunden Verspätung. Dauernd hat man uns auf Nebengleise geschoben, um Truppenzüge vorbeizulassen. Man hat mich in Washington gewarnt, daß die Fahrt kein Vergnügen würde.«

»Konnten Sie nicht mit einem Truppentransporter fliegen?«

»Das machen die Kommißköpfe nicht gern. Wittern überall Spione. Sie sind hoffentlich kein Spion?«

»Nein, ich bin bloß ein kinosüchtiger Bulle. Heute schon Louella Parsons gelesen?«

»Nein, ich nehme ihre Zeitung nur zum Mülleinwickeln.«

»Sie hat Greta Garbo attackiert.« Das hörte sich niederträchtiger an als der Überfall auf Pearl Harbor.

»Warum geben Sie ihr nicht eins aufs Maul?« fragte Arnold.

»Ich kann eine Frau nicht schlagen.« Dann erkannte er, daß er aufgezogen wurde. Er lachte. »Wissen Sie, wenn man hier in L. A. lebt, hier aufgewachsen ist, mit Filmen großgeworden ist – kommt mir vor, als ob alle in der Branche alte Kumpel von mir sind, ob ich sie persönlich kennengelernt habe oder nicht. Und ich habe schon die Stummfilmzeit erlebt. Aber die Garbo. Die Garbo greift man nicht an. Sie ist eine Heilige. Eine Göttin. Eine lebende Legende.« Er unterbrach sich. »Ich rede wie ein jugendlicher Kinonarr.«

»Sie reden sehr erfrischend. Nun, sollen wir anfangen?«

Er breitete eine Akte auf dem Schreibtisch aus. »Meine Referenzen.« Villon prüfte sie flüchtig.

»Gut. Man hat Sie also hierhergeschickt, um sich mit Albert Guiss anzulegen.«

»Die lustigen Aufträge gehen immer an mich.«

»Gibt es irgendwelche Beweise, daß er mit den Deutschen zusammenarbeitet?«

»Keinen einzigen, bloß die Spur eines Verdachtes. Ich hatte eben auf die Schnelle ein Sandwich mit einer meiner Kolleginnen. Sie werden sie noch kennenlernen.«

»Hübsch?«

»Sehr.«

»Kann's kaum erwarten.«

»Ich dachte, Sie sind verheiratet.«

»Das war einmal. Künstlerische Differenzen.«

»Jedenfalls hat meine Kollegin eine Frau beschattet, Risa Barron, die Guiss sehr nahesteht.«

»Wie nahe?«

»Wie eine Geliebte.«

»Aha.«

»Gestern nacht ist sie ihr zu einem Haus am Strand von Santa Monica gefolgt. Es gelang ihr, ein Komplott zu belauschen; es geht um etwas, das Ihre Göttin betreffen könnte.«

»Die Garbo?« Villon traf beinahe das hohe C. »Die Garbo soll mit Spionen zu tun haben?«

»Man versucht, die Garbo da hineinzuziehen. Und wir wissen nicht, ob es Spione sind oder nicht. Es gab eine Menge Palaver über die Jungfrau von Orléans, und sie wollten unbedingt, daß die Garbo . . .«

Villon lehnte sich in seinem Drehstuhl zurück. »Da geht's um Filme, Arnold. Nicht um Spione.«

»Seien Sie nicht zu voreilig. Sämtliche Beteiligten an diesem Treffen haben mit starkem ausländischem Akzent gesprochen.«

»Das ist heutzutage bei jedem zweiten Film so, der aus den Studios kommt.«

»Das Treffen wurde von Guiss geleitet.«

»Persönlich?« Villon richtete sich auf.

»Sein Double war's jedenfalls nicht. Und warum sollte eine Geschäftsbesprechung im Schutz der Dunkelheit in einem unbewohnten Strandhaus abgehalten werden?«

»Nicht zu fassen! Spionage direkt vor meiner Nase. Aber hören Sie, Guiss ist als stinknormaler Exzentriker bekannt.«

»Das ist ein Oxymoron.«

»Ochse was? Egal. Praktisch seit es die Nazis gibt, steht Guiss im Verdacht, mit ihnen zu sympathisieren«, erklärte Villon.

»Aber man hat ihm nie etwas nachweisen können. Er hat Kontakte zu Dutzenden windiger Vereine und Organisationen. Wir vermuten, daß er eine großangelegte Geldwäscherei für die Fünfte Kolonne betreibt. Wir sind sicher, daß er Franco in Spanien unterstützt hat, aber wir können ihm nichts nachweisen.«

»Und Amerika hat ihn mit offenen Armen aufgenommen.«

»Warum nicht? Er hat hier Milliarden investiert. Bekommen Sie kalte Füße bei der Vorstellung, daß er wahrscheinlich bei einer ganzen Reihe von Unternehmen der Rüstungsindustrie als stiller Teilhaber fungiert?«

»Meine Füße werden Monate brauchen, bis sie aufgetaut sind.« Sie schwiegen ein paar Sekunden. Dann fuhr Villon fort: »Und jetzt geht er also zum Film.«

»Korrekt. Aber wir kommen nicht dahinter, warum. Dieser Film, an dem er beteiligt ist, handelt von der Jungfrau von Orléans.«

»Die Jungfrau von Orléans? Ach, kommen Sie. Für die Rolle ist Ingrid Bergman aber besser geeignet als die Garbo.«

»Das sehe ich nicht so.«

»Ach was, Arnold. Ingrid ist jünger als die Garbo, sie ist viel besser dafür geeignet.«

»Ich dachte, Sie wären ein Fan der Garbo.«

»Sicher, bis der Tod uns scheidet, aber so sehr ich sie auch liebe – mit dem, was sie spielen soll, muß man doch realistisch sein. Sie ist einfach zu alt für diese Rolle.«

»Was streiten wir uns eigentlich? Die Bergman ist bei Selznick unter Vertrag, sie ist die ganz große Nummer, und er wird sie niemals an einen Unabhängigen ausleihen.«

»Machen Sie sich nichts vor. Er ist knapp bei Kasse, wie man so hört, und . . .«

Arnold Lake hob die Hände. »Lassen wir diesen Disput. Ist doch schnurz, wer die Jungfrau spielt. Von mir aus kann Hattie McDaniel die Rolle haben. Ich bin hier, um mir Guiss zu greifen, falls er das nötig hat.«

Villon fuhr sich mit einem Taschentuch über die Stirn. »Wenn's um Rollenverteilungen geht, bin ich immer Feuer und Flamme. Macht mehr Spaß als Mord. Okay, Arnold, ich werde mir was für Sie ausdenken. Kein Problem. Sie sind hier mit einem Spezialauftrag, den Sie zusammen mit mir bearbeiten. Und was ist mit Ihrem Mädchen?«

»Ist beim Schnüffeln gestern nacht beinahe erwischt worden. Um besser hören zu können, hat sie ein Fenster aufgehebelt, aber irgend jemand hat das spitzgekriegt und die Verfolgung aufgenommen. Am Ende hat sie sich bei Peter Lorre in Sicherheit gebracht.«

Villon schmolz vor Arnold Lakes Augen dahin. »Peter Lorre. Mein Held. Haben Sie ihn in seinem ersten amerikanischen Film gesehen, *Wahnsinnige Liebe*?« Ohne die Antwort abzuwarten, sprang er auf und schlüpfte in Lorres Rolle. »›Ich, ein armer Bauer, der die Wissenschaft erobert hat.‹« Es war unheimlich, wie er Lorres Stimme nachahmen konnte. »›Warum kann ich die Liebe nicht erobern?‹«

»Bravo«, sagte Arnold leise, während er sich fragte, ob draußen auf dem Flur schon ein paar Männer in weißen Kitteln warteten.

»Ich trete gelegentlich als Imitator auf«, sagte Villon mit leicht geröteten Wangen. »Peter Lorre hat sie also gerettet.«

»Nun ja, nicht ganz. Als Lorre kurz mal abgelenkt war,

hat sie die Fliege gemacht. Ihr fiel nämlich plötzlich ein, müssen Sie wissen, daß bei dem geheimen Treffen nicht nur von der Garbo, sondern auch viel von Lorre die Rede gewesen war.«

Villons Kinnlade klappte hinunter. »Peter Lorre – ein Spion?«

»Warum nicht?« konterte Arnold mit verschlagenem Lächeln. »Die perfekte Besetzung.«

Die Garbo ging allein am Strand spazieren; sie hatte einen großen Schlapphut tief ins Gesicht gezogen und den Leib in graues Ölzeug gewickelt. Über ihr flatterten Möwen und kreischten über die Störung, aus der Ferne kamen die düsteren, bedrückenden Signale eines Nebelhorns. Falls sonst noch jemand in der Nähe war, bemerkte sie ihn nicht, so tief war sie in ihre heimlichen Gedanken versunken.

Johanna von Orléans.

Peter Lorre.

Albert Guiss.

Erich von Stroheim.

Louis B. Mayer.

Salka Viertel.

Sehr eindrucksvolle Versammlung. Vielleicht nicht der große Publikumsmagnet, aber wenn Greta Garbo hinzukam, konnte man sich immerhin Qualität davon versprechen.

Ich bin siebenunddreißig Jahre alt. Mir gehört ein riesiges Stück dieser Küste hier. Mir gehören große Ländereien am Rodeo Drive in Beverley Hilly. Mir gehört ein Grundstück in Schweden und eine Wohnung in New York. Ha, ganze Wohn*häuser* in New York. Mir gehört das Haus hier am Strand. Ich besitze Pelze und Juwelen und Aktien und Wertpapiere und Anleihen und meine Gesundheit, warum also sollte ich mich nicht vom Filmgeschäft zurückziehen? Warum sollte ich die Johanna von Orléans spielen? Wahrscheinlich war sie Lesbierin, und es gibt schon genug Gerüchte, daß ich lesbisch bin. Trotzdem, soll diese schreckliche *Frau mit den zwei Gesichtern* als mein letzter Film in die Geschichte eingehen? Hat man meine *Kameliendame*, meine *Ninotschka*, meine *Anna Karenina* vergessen? Manche Leute finden es tragisch, daß ich nie einen Oscar bekommen habe, aber was soll's? Louise Rainer hat zwei hintereinander bekommen, und jetzt kräht kein Hahn mehr nach ihr – dafür hat Louis B. Mayer gesorgt, als sie von Metro weggegangen ist. Und jetzt versucht er, mich mit Hilfe der Klatschspalten genauso fertigzumachen. Die arme Hedda. Louis knallt mit der Peitsche, und Hedda springt. Die arme Lolly, mit ihrer undichten Blase und ihrem versoffenen Mann – wer ist sie, daß sie den ersten Stein werfen kann, oder den zweiten oder überhaupt einen?

Sie stieß einen Seufzer aus, der eine Wand zum Einsturz hätte bringen können. Dann nahm sie den Hut ab und stand reglos wie ein Leuchtturm, der verirrten Schiffen Orientierung anbot, aber es waren keine Schiffe in Sicht. Es war sechs Uhr abends, zwei Stunden nach ihrem Gespräch mit Salka und Peter Lorre, der Vorhang der Dunkelheit hatte sich herabgesenkt. Am Himmel standen Mond und Sterne, um sie zum Haus zurückzuführen; doch wo waren der Mond und die Sterne, die sie in die Zukunft führen konnten?

In Peter Lorres Haus hatte die Standuhr im unteren Flur die sechste Stunde geschlagen. Der Schauspieler stand hinter der Bar und goß sich einen großen Scotch mit Wasser ein. Bei der gegenwärtigen Schnapsknappheit wachte er eifersüchtig über seinen Whisky. Er schritt durch das Zimmer zu seinem Lieblingssessel, um noch einmal das Drehbuch von *Johanna die Große* (wie es kürzlich umbenannt worden war) zu lesen, als die Türklingel läutete. Er murmelte einen Fluch, stellte seinen Drink auf einen Beistelltisch und ging zur Vordertür. Sie war, entsprechend den Verdunkelungsvorschriften, mit einem dicken schwarzen Vorhang verhängt. Nachdem er den Vorhang ein wenig zur Seite geschoben hatte, zog er die Tür einen Spalt weit auf. Er erkannte einen alten Freund in schwarzem Filzhut und schwarzem Samtumhang, der vermutlich von einem Vampir entworfen worden war.

»Bela«, sagte Lorre, »wie nett, daß Sie mal vorbeikommen.« Freundlich, aber unaufrichtig.

»Guten Abend, Peter«, sagte Bela Lugosi mit seinem gutgeölten ungarischen Akzent. »Ich bin gekommen, um mich Ihnen auf Gnade und Ungnade auszuliefern.«

»Kommen Sie herein. Schnell.«

Als er Lugosi ins Wohnzimmer führte, wo noch sein Drink auf ihn wartete, fragte der Besucher mit reizendem Lächeln: »Könnte ich mir wohl bei Ihnen eine Tasse Kokain ausborgen?«

Lorre blieb wie angewurzelt stehen. »Eine Tasse? Das reicht ja für ein halbes Jahr!«

»Tasse ist bloß eine Metapher für mein Elend. Ich hatte Außenaufnahmen, und in dieser Zeit wurde mein Lieferant mit einer Wäscheleine um den Hals vor dem Pier in Venice aus dem Meer gefischt. Offenbar hat er jemanden verstimmt, der keinerlei Sinn für Humor hat. Mein Lieferant war ein sehr komischer Mensch.« Seine Bemerkung bezog sich auf die Ortschaft Venice nördlich von Santa Monica, eine Brutstätte von Bodybuildern; die von ihnen bewohnte Gegend wurde Muscle Beach genannt.

»Nehmen Sie Platz, Bela. Ein Drink gefällig?«

»Rotwein?«

»Selbstverständlich.« Lorre ging an die Bar. »Ich bin ziemlich knapp dran mit Kokain. Der Krieg, Sie verstehen, macht den Import ein wenig schwierig.«

»Ja, das ist mir durchaus bewußt. Die Bundespolizei hat die Wachen an der mexikanischen Grenze vervierfacht. Man könnte natürlich jederzeit einen Ausflug dorthin unternehmen und einen ordentlichen Vorrat mitbringen, aber das ist reichlich riskant.«

»Besonders, wenn man im Ausland geboren ist. Wenn man erwischt wird, bekommt man eine Geldstrafe und Gefängnis. Anschließend wird man ausgewiesen, und dies ist wohl kaum die Zeit, in der man als Paket nach Ungarn zurückgeschickt werden möchte.«

»Es gibt überhaupt keine Zeit, in der ich in meine Heimat zurückgeschickt werden möchte.« Er nahm den Wein von Lorre entgegen und nippte daran. Beim Anblick seiner lüstern befriedigten Miene glaubte Lorre, er höre in der Ferne bereits das Klagegeheul von Wölfen, Draculas Kindern der Nacht. »Köstlich. Sie sind freilich schon immer ein Kenner gewesen. Aber was ist das?« Er hatte das Drehbuch von *Johanna die Große* erspäht.

Lorre erzählte ihm von der geplanten Produktion. »Die Garbo soll die Rolle der Johanna übernehmen.«

»Die Garbo?« Lugosi dehnte ihren Namen, als zöge er an einem Kaugummi. »Ich habe mit ihr in *Ninotschka* gespielt. Eine ganz reizende Einsiedlerin.« Er dachte kurz nach. »Sie ist zu alt für die Johanna. Da muß eine Jüngere her, Jane Withers zum Beispiel.« Lorre hatte sich an seinem Drink verschluckt. »Alles in Ordnung?« Nach Atem ringend, setzte Lorre sich hin. »Ist da für mich was drin?«

»Um die Wahrheit zu sagen, schon möglich. Die Rolle des Gefängniswärters. Keine große Sache, aber effektvoll.«

»Wäre nett, mal wieder bei einer prestigeträchtigen Produktion dabeizusein. Ich bin jetzt wieder bei Universal.«

»Hab's schon gehört. Gratuliere.«

Lugosi zuckte die Achseln. »Man kann davon leben. Als reicher Mann werde ich gewiß nicht sterben, aber immerhin kann ich meine Hypothek bezahlen ...«

»... und das Kokain ...«

Lugosi zuckte noch einmal die Achseln. »In meinen Kokainträumen gibt es weder Kriege noch verpaßte Gelegenheiten. Können Sie mir aushelfen, und wenn's auch nur mit einer Prise wäre?«

»Selbstverständlich helfe ich Ihnen. Kennen Sie Erich von Stroheim?«

»Nicht sonderlich gut. Wieso?«

»Er ist der Regisseur des Films. Sie werden seine Zustimmung brauchen.«

»Warum sollte er meiner Mitwirkung nicht zustimmen?«

»Erich ist ein sehr merkwürdiger Mensch. Er wird von einer Reihe grotesker Privatgespenster geplagt. Er ist ein ausgesprochener Pechvogel.«

»Wie können Sie das sagen, wenn er gerade als Regisseur für diesen Millionen-Dollar-Ausstattungsfilm verpflichtet wurde?«

»Er ist ein Spielball der Götter. Einerseits beschenken sie ihn reichlich, andererseits jagen sie ihn in den Bankrott. Ich hoffe, diesmal klappt's für ihn. Wir werden sehen. Ich hole jetzt das Kokain.« Er ließ Lugosi allein. Lugosi nahm das Drehbuch und begann zu lesen. Er kicherte. Dann lachte er. Dann brüllte er. »Meine Güte, hab gar nicht gewußt, daß die Jungfrau von Orléans so zum Schreien komisch sein kann. Muß wohl mehr als einen Grund gehabt haben, daß sie der Star der Stadt gewesen ist, möchte ich meinen.«

Greta Garbo las das Drehbuch. Wie gewöhnlich runzelte sie anfangs die Stirn, dann machte sie »Hä?«, blätterte um und lächelte, dann stieß sie ein »Ha!« aus und sagte zu niemand Bestimmtem, da sie allein im Zimmer war: »Die brauchen nicht mich, die brauchen Fanny Brice.« Pause. »Die ist auch zu alt.«

VIER

»Erich, wie schön, Sie wiederzusehen.« Gretas Hände streckten sich ihm entgegen; er nahm sie und sonnte sich in der Wärme ihrer zärtlichen Begrüßung. »Zu viele Jahre ist das jetzt her.«

»Seit *Wie du mich wünschst*«, erinnerte er sie.

»O Gott, ja. Da hat Hedda meine Schwiegertochter gespielt!« Sie lachten gemeinsam, schienen vergessen zu haben, daß von Stroheim mit Gustav Henkel, dem Verfasser des Drehbuchs, gekommen war. Im Hintergrund wartete Lottie Lynton auf Anweisungen von Greta Garbo, die jetzt Henkels Anwesenheit zur Kenntnis nahm. »Und wer ist das?«

»Gütiger Himmel, Gustav, entschuldigen Sie. Ich sehe die große Garbo so selten, daß ich jedesmal in Ehrfurcht versinke und alles andere vergesse.«

»Erich, Sie sind zu gütig.« Sie nahm Henkel an der Hand und führte den schlicht aussehenden jungen Mann ins Wohnzimmer. »Sie also sind Gustav Henkel, ein sehr guter Autor.«

Er sagte mit schlichter Stimme: »Sie sind zu gütig.«

»Ganz und gar nicht. Ich bin dankbar, endlich mal wieder ein ganz passables Drehbuch gelesen zu haben.«

Von Stroheim erstarrte. »Nur ›ganz passabel‹?«

Lottie Lynton zitterte. Der Mann hatte für sie etwas Bedrohliches.

Die Garbo lächelte von Stroheim an. »Die Bibel hat Mr. Henkel jedenfalls nicht geschrieben.«

»Was wissen Sie denn«, höhnte von Stroheim, »von der Bibel? Die haben Sie doch sicher nie gelesen.«

»Nicht ganz. Nur die pikanten Stellen. Hahaha. Lottie, fragen Sie unsere Gäste, was sie haben möchten. Was zu trinken? Tee? Was zu essen?« Man bat um Wein, und Lottie machte sich an die Arbeit. »Also, Erich.« Sie zeigte ihnen, wo sie sich setzen sollten. »Für Sie ist dieses Drehbuch perfekt?«

»Natürlich nicht, Greta. Auch Gustav räumt ein, daß es überarbeitet werden muß.«

Gustav nahm das Wort. »Aber sicher muß es überarbeitet werden. Das Problem ist nur, ich weiß nicht genau, wie diese Arbeit aussehen soll. Verstehen Sie, dies ist mein erster Versuch, ein Drehbuch zu schreiben.«

»Ach? Also, für einen ersten Versuch ist es ziemlich gut. Wenn auch ein wenig frivol. Ich meine, ich kann mir nicht so recht vorstellen, daß Johanna mit ihren Wächtern Würfel spielt. Zumal ich denke, daß es damals noch gar keine Würfel gegeben hat.«

Henkels verwirrendes Lächeln ließ etwas sichtbar werden, das wie Roquefort-Käse aussah. »An solchen Respektlosigkeiten habe ich sehr hart gearbeitet. Ich finde, wir nehmen unsere Heiligen viel zu ernst. Ich meine, bevor sie in diesen hohen Stand erhoben wurden, waren sie doch ganz normale Leute. Wären sie heute noch am Leben, dürften die meisten von ihnen sich ziemlich wundern über dieses Theater.«

»Wären sie heute noch am Leben«, sagte die Garbo melancholisch, »würden wir sie nicht brauchen.« Sie unterbrach sich, bis Lottie die Getränke serviert hatte und in die Küche verschwunden war. »Nun, Erich, das ist ein ziemlich großes Projekt. Fünf Millionen Dollar. Fast schon genug, um Dresden wiederaufzubauen.«

»Nicht ganz. Aber doch ein stattlicher, ein phantastischer Betrag. Albert Guiss will sich mit diesem Film ein Denkmal errichten, so wie Mr. Griffith es mit *Die Geburt einer Nation* für sich getan hat.«

»Sie mögen diesen Mr. Guiss?«

»Bis jetzt habe ich keinen Grund gefunden, ihn nicht zu mögen.«

»Es ist so viel über ihn geschrieben worden, alles so geheimnisvoll, so rätselhaft, er ist wie ... wie ... ah! Wie Orsons *Citizen Kane*! Warum faszinieren uns Männer wie Albert Guiss immer so? Mr. Henkel, wie gut kennen Sie Albert Guiss?«

Henkel starrte in seinen Chardonnay, aber dort stand auch nichts geschrieben, das ihm weiterhalf. »Er ist sehr nett zu mir gewesen.«

»Er hat Sie gut für das Drehbuch bezahlt?« Dann hastig: »Ich nehme das zurück. Es geht mich nichts an.«

»Für einen Anfänger habe ich einen recht anständigen Betrag bekommen.«

Von Stroheim übernahm die Regie. »Sagen Sie mir, was Sie an dem Drehbuch stört, Greta.«

Sie nippte an ihrem Bordeaux, stellte das Glas auf den Couchtisch, schlug die Beine übereinander und richtete ihren Blick fest auf den Regisseur. »Die Konstruktion muß verbessert werden. Etwa in der Mitte des Drehbuchs verschwindet Johanna für sage und schreibe zehn Seiten, das ist viel zuviel. Nicht weil es die Hauptrolle ist, sondern weil das, was sich während ihrer Abwesenheit von der Leinwand abspielt, reichlich uninteressant ist. Wer will denn wissen, was ihre Familie davon hält, daß sie das Kommando über die Armee übernommen hat? Es reicht, wenn man sieht, daß Johanna sie in die Schlacht führt. Familien machen sich nichts aus erfolgreichen Kindern, denen geht's nur um das Geld, das sie nach Hause schicken.«

»Verstehe. Leuchtet mir ein. Henkel?«

»Was? O ja. Einleuchtend. Sehr einleuchtend. Familien sind langweilig.«

Dieser kleine Mann ist irgendwie unwirklich, dachte die Garbo. Kleine Männer. Henkel, ein kleiner Mann. Von Stroheim, ein kleiner Mann. Lorre, ein kleiner Mann. Sie hörte, wie von Stroheim sie fragte: »Was sonst noch, Greta?«

»Der Dialog ist über weite Strecken ungeheuer amüsant. Ja, Mr. Henkel, ein paarmal habe ich laut gelacht, und das kommt bei mir sehr selten vor.« Sie räusperte sich. »Aber zu oft sind die Witze überflüssig. Ich meine, falls Sie vorhaben, über Johanna von Orléans eine Farce zu drehen, dann muß sie von jemand wie Martha Raye gespielt werden.«

Henkel lächelte. Die Garbo bemerkte es nicht. Wie war sie darauf gekommen, daß er für Martha Raye schwärmte?

»Absolut richtig«, sagte von Stroheim. »Das Ganze strahlt viel zuviel Heiterkeit aus.«

Die Garbo beugte sich vor und befingerte die Perlenkette um ihren Hals. »Erich, sollten wir nicht in Betracht ziehen, sie am Ende doch auf dem Scheiterhaufen verbrennen zu lassen?«

»Wenn wir das machen – hätten Sie dann nicht wieder was an meinem krankhaften Streben nach Realismus auszusetzen?«

»Nur Kritiker wagen es, die Garbo zu verbrennen.« Sie hielt den Kopf schief. »Denken Sie darüber nach, Erich. Wenn es wirklich überflüssig ist, lassen wir die Sache weg. Die Falconetti war so großartig in ihrer Rolle, aber das war schließlich bloß ein Stummfilm, wie?«

»Und entsetzlich lahm und langweilig. Meine Johanna wird sich in gleichmäßigem Tempo bewegen«, sagte von Stroheim und unterstrich seine Behauptung, indem er mit den Fingern schnipste wie ein Maschinengewehr. »Zack, zack, zack, daß das Publikum keine Sekunde mit den Gedanken abschweifen kann. Greta, Sie müssen verstehen, daß wir Revisionen erst vornehmen können, wenn Sie fest für das Projekt verpflichtet sind. Soll heißen, wenn der Vertrag von Ihnen unterschrieben und besiegelt ist.«

»Natürlich, natürlich.«

»Haben Sie mit Ihrem Agenten darüber gesprochen?«

»Ich habe meinen Agenten entlassen. Ich vermute, die unerfreuliche Sache kürzlich hat er mit Louis B. Mayer zusammen ausgeheckt. Ich bin mein eigener Agent.« Von Stroheim warf Henkel einen Gott-steh-uns-bei-Blick zu. Die Garbo war als durchtriebene Geschäftsfrau bekannt, die sehr hart verhandeln konnte. »Peter Lorre sagt, Guiss will mir eine Million Dollar anbieten.«

»Ja, das ist richtig.«

»Mayer sagt, ich bin nur auf dem europäischen Markt etwas wert. Wo will Mr. Guiss denn dann seine Investitionen wieder reinholen? Oder interessiert ihn das nicht, ist er so reich?«

»Es interessiert ihn. Er ist Geschäftsmann. Aber in diesem Fall handelt er eher als Patriot. Er findet, die Johanna ist ein einleuchtendes Symbol für den Kampf gegen die Unterdrücker, hier also die Schurken von den Achsenmächten.« Garbo sah Henkels Augen heftig blinzeln, wie Semaphoren, die Amok laufen.

Die Garbo sagte: »Albert Guiss, in die Fahne des Patriotismus gehüllt, kann ich mir kaum vorstellen. Der Mann ist doch zweifellos ein Land für sich selbst.«

Henkel sagte hitzig: »Mr. Guiss ist ein großer Patriot. Ein sehr großer Patriot. Er ist ein sehr großer Mann.«

»Immer mit der Ruhe, Henkel«, warnte von Stroheim. »Was ist mit uns, Greta?«

Sie riß verwirrt die Augen auf. »Was soll mit uns sein?«

»Werden wir miteinander auskommen?«

»Wie soll ich das wissen, bevor wir angefangen haben, miteinander zu arbeiten?«

Von Stroheim lächelte. »Und Sie nennen Guiss rätselhaft. Machen Sie mit?«

»Ich bin nicht abgeneigt. Aber ich muß das mit jemand besprechen.«

»Aber Peter Lorre hat mir erzählt, daß Salka Viertel Sie drängt, bei diesem Projekt mitzumachen.«

»Ja, allerdings. Aber es gibt da noch jemanden. Eine treue alte Freundin, die außerdem medial veranlagt ist.«

Er warf die Hände hoch. »Ach! Medial! Ich kann das Wort nicht ausstehen!«

Henkel bemerkte auf seine urheberrechtlich geschützte undefinierbare Art: »Ich bin sicher, Sie möchten Albert

Guiss gern kennenlernen. Ich weiß, er ist ein großer Fan von Ihnen.«

»Das sollte er auch sein, bei einer Investition von fünf Millionen Dollar!« sagte sie gutgelaunt, und Henkel verzog sein Gesicht zu etwas, das wohl ein Lächeln sein sollte. Sie war froh, daß er nicht den Mund aufgemacht hatte. Der Anblick dieser schauderhaften Zähne war zum Fürchten. Falls sie den Film machte, würde sie verlangen, daß er sich die Zähne entweder irgendwie bedeckte oder ziehen ließ.

Peter Lorre kam von der Veranda herein. »Störe ich?«

Von Stroheim war froh, ihn zu sehen. »Peter! Helfen Sie mir, Greta zu überzeugen, daß sie unsere Johanna spielt.«

Lorre sah die Garbo an wie ein ungezogenes kleines Mädchen.

»Aber natürlich müssen Sie diesen Film machen!« Er setzte sich auf die Couch neben die Garbo. »So viele von unseren Flüchtlingsfreunden, die jetzt in der Tinte sitzen, könnten dadurch Arbeit bekommen.« Der Garbo fiel kein einziger Name ein; all den Flüchtlingen, die sie in Hollywood kennengelernt hatte, schien es ganz gut zu gehen, besonders den Untalentierten. Lorre sagte zu von Stroheim: »Haben Sie ihr nicht gesagt, daß Hanns Eisler die Musik zu dem Film schreiben wird?« Sein Blick stürzte sich auf Henkel. »Und wir werden Bertolt Brecht bitten, das Drehbuch aufzupäppeln. Und in den Nebenrollen spielen außer denen, die ich gestern bereits erwähnt habe, Greta, noch Fritz Kortner, Alexander Granach«, er zählte die Namen an den Fingern ab, »Hertha Thiele, Albert Bassermann, seine Frau Elsa . . . ah, und eine Reihe anderer. Wir brauchen buchstäblich Hunderte, stimmt's, Erich?«

»Eine unglaubliche Besetzung.«

»Ich bin überwältigt«, sagte die Garbo.

Von Stroheim sagte zu Lorre: »Greta befürchtet, unsere Johanna ist ein wenig zu frivol.«

Die Garbo klatschte in die Hände. »Hören Sie. Ich hatte eine Idee, wie ich die Johanna spielen könnte, aber ich hatte

Angst, Sie könnten das, nun ja, ein wenig geschmacklos finden.«

Von Stroheim sagte unerschütterlich: »Aber das Geschmacklose liebe ich ja! Ich selbst bin geschmacklos. Sagen Sie, sagen Sie mir schnell, wie Sie sich die Rolle vorstellen?«

Die Garbo erhob sich, turmhoch stand sie wie Gulliver über drei Liliputanern. »Ich halte es durchaus für möglich, daß Johanna in Wirklichkeit ein Mann gewesen ist.« Lorre biß sich auf die Lippe. Von Stroheim spürte, wie ihm das Blut aus dem Gesicht wich. »Ein Transvestit!« Henkel zeigte sein schauriges Lächeln, und die Garbo drehte ihm angewidert den Rücken zu. »Wie wär's, wenn ich die Rolle androgyn interpretieren würde?«

Von Stroheim fand endlich die Sprache wieder – und er verlor sie wahrlich nur selten. »Greta, wir müssen an die Katholische Liga für Anstand denken. Diese Wachhunde der amerikanischen Moral sind sehr streng und sehr gefährlich. Wenn die uns ihr Gütesiegel verweigern, verlieren wir Hunderttausende von Dollars, weil uns die Zuschauer weglaufen.«

»Ich verstehe.« Sie rieb sich am Kinn. Ihr fiel eine Lösung ein, und die teilte sie ihnen mit: »Diese Leute können mich doch nicht daran hindern, zu *denken*, daß ich androgyn bin?«

»Natürlich nicht«, sagte von Stroheim.

»Na also, das wird unser Geheimnis sein. Wenn ich die Rolle übernehme.«

»Wenn, wenn, wenn!« schimpfte Lorre. »Natürlich spielen Sie die Rolle!«

»Peter, drängen Sie mich nicht.« Sie vernahmen die Drohung in ihrer Stimme, und Lorre setzte sein bekanntes Koboldsgrinsen auf.

Er sagte: »Wir wollen doch bloß endlich anfangen.«

»Ich weiß. Ich weiß. Aber bitte, verschonen Sie *mich* damit. Ich bin gerade erst einen Klotz am Bein losgeworden.

Und ich muß gründlich darüber nachdenken, ob ich mir noch mal so was aufhalse.«

Von Stroheim warf sich hastig dazwischen: »Das hier ist kein Klotz am Bein, Greta. Das wird ein Meilenstein der Filmgeschichte. Ihre Johanna wird mit Beifall überschüttet werden!«

»Auch von der ›New York Times‹?« Ihre Augen funkelten.

Von Stroheim legte ihr seine Hände auf die Schultern. »In *Wie du mich wünschst* haben wir gemeinsam gespielt. Seitdem habe ich mir immer gewünscht, bei einem Film mit Ihnen Regie zu führen. In meinem französischen Exil habe ich mit dem Gedanken gespielt, Gaumont zu bitten, mich bei *Madame Bovary* Regie führen zu lassen.«

»Ach! Warum haben Sie's nicht getan?«

»Ich bin zu spät gekommen. Sie hatten bereits angefangen. Aber jetzt, Greta, jetzt bietet mir die Jungfrau von Orléans die Gelegenheit, meinen Traum zu verwirklichen. Greta, erfüllen Sie mir diesen Wunsch. Eine Gelegenheit wie diese kommt niemals wieder.«

»Doch, bestimmt. Wenn ich mitmache, und wenn es ein Erfolg wird, wird man sich nur so um Sie reißen. Morgen, Erich. Morgen. Morgen erhalten Sie meine Antwort.«

Von Stroheim ließ nicht locker: »Ein so phantastisches Angebot wie dieses werden Sie nie mehr bekommen.«

Sie legte den Kopf schief, wie immer, wenn sie etwas amüsierte. »Ach ja? Angenommen, ich sage Ihnen, mir liegt bereits ein ganz phantastisches Angebot vor, allerdings schon seit mehreren Jahren.«

Lorre stemmte wütend die Hände in die Hüften und fragte: »Und was war das?«

»Adolf Hitler hat um meine Hand angehalten.« Verblüfftes Schweigen. »Haben Sie nicht gewußt, daß ich einer seiner drei Lieblingsstars bin? Er hat mir das Angebot durch den deutschen Botschafter hier in Los Angeles übermitteln lassen. Natürlich habe ich es ausgeschlagen. Ich habe bereits einmal, 1925, in Deutschland gelebt. Es war furchtbar. Wissen Sie, wer seine beiden anderen Favoritinnen sind?« Sie machte eine effektvolle Pause, und dann sagte sie es ihnen: »Marlene ... und Minnie Mouse. Hahahahaha!«

»Du bist gestern nacht ein törichtes Risiko eingegangen«, sagte der junge Mann, dessen Name Martin Gruber war. Er saß mit seiner Gefährtin in der Nische eines Coffeeshops im Culver-City-Bezirk von Los Angeles, nur wenige Straßen entfernt von den imposanten MGM-Studios am Washington Boulevard.

»Ich habe nur meine Arbeit getan«, sagte Lisa Schmidt. »Wie hast du davon erfahren?«

»Guiss hat heute morgen am Telefon davon gesprochen.«

»Und du denkst, diese Frau war ich?«

»Ich kenne sonst niemand, der so unbesonnen und voreilig ist. An deiner Stelle würde ich das nicht noch einmal versuchen.«

»Warum haben sie dieses Haus genommen?«

»Weil es das einzige von Guiss' Häusern ist, das vom FBI nicht mit Wanzen ausgestattet wurde. Die wissen nicht, daß es ihm gehört.«

»Jetzt wissen sie's.«

Gruber kicherte. »Er wird schon was anderes finden. Er ist wirklich wunderbar.«

»Hat Guiss Vertrauen zu dir?« fragte Lisa.

»Bestimmt nicht. Er vertraut niemandem.«

»Nicht einmal Risa Barron?«

»Wohl kaum. Sie ist ehrgeizig. Machtgierig. Nehme an, im Bett hat er Spaß mit ihr. Also macht er sie zur Koproduzentin des Films. Ist ja bloß ein Titel.«

»Aber gut bezahlt«, sagte Lisa apodiktisch.

»Guiss bezahlt in der Tat sehr großzügig. Er kann es sich leisten. Er besitzt Milliarden.«

»Wer ist Guiss denn eigentlich?« fragte Lisa.

»Wer er ist? Er ist seine eigene Erfindung. Und er versetzt eine ungeheure Menge Leute in Schrecken und Erstaunen.«

»Macht er dir keine Angst?«

»Manchmal. Er scheint mich kaum wahrzunehmen. Ich bin ein Angestellter, und als solcher bin ich ihm nützlich. Ich bin unaufdringlich. Ich stelle nur Fragen, die sich auf meine Arbeit beziehen. Ich arbeite gern für ihn.« Lisa sah auf ihre Armbanduhr. »Hast du es eilig?«

»Noch nicht. Ich nehme noch einen Schluck Kaffee.«

»Wichtige Verabredung?«

»Ehrlich gesagt, ja. Es geht um einen Job.«

»Aber du hast doch einen Job«, sagte Gruber.

»Meine Zeit reicht noch für einen zweiten.« Die Kellnerin, die er herbeigewinkt hatte, schenkte ihr nach. »Mein Boss möchte, daß ich den Job nehme, wenn ich ihn kriegen kann.«

»Worum geht's da?«

»Arbeit an einem Film, der demnächst in Produktion geht.« Gruber hatte den Verdacht, daß Lisa mit ihm spielte, und so war es auch.

»Und was machst du da?«

»Regieassistentin.«

»Und der Name des Films?«

»Johanna die Große.« Sie schlürfte ihren Kaffee, ihre Augen blickten ihn über den Rand der Tasse an.

»Du bist wahnsinnig.«

»Nicht wahnsinniger als du in der Rolle von Guiss' Privatsekretär.«

»Lisa, bitte. Tu das nicht. Halt dich da raus. Gestern nacht hast du noch Glück gehabt. Die Verdunkelung hat dir geholfen. Aber diese neue Verrücktheit . . .«

»Martin, mein Lieber, ich kann selbst auf mich aufpassen. Und stell dir nur vor, wenn ich den Job bekomme, werde ich nicht nur mit dem verrückten Erich von Stroheim arbeiten, sondern auch die große Greta Garbo kennenlernen. Das Glück ist auf meiner Seite, Martin. Das fühle ich. Ich weiß es. Kopf hoch, Martin. Das Ganze ist ein großartiges Abenteuer, die Chance meines Lebens.«

Er fügte düster hinzu: »Eines sehr kurzen Lebens.«

Sie schlürfte ihren Kaffee und wandte den Blick von ihm ab. Eines sehr kurzen Lebens. Möglicherweise hatte er recht.

FÜNF

Kleine Leute, dachte die Garbo, plötzlich bin ich von kleinen Leuten umgeben. Sie saß der winzigen, aber exotischen Mercedes de Acosta gegenüber, einer gebürtigen Kubanerin, die jetzt als Drehbuchautorin in Hollywood lebte und früher einmal kurz ihre Geliebte gewesen war. Ihre geschmackvoll möblierte Wohnung befand sich in einem neuen Hochhaus am Doheny abseits des Sunset Boulevard und bot eine prächtige Aussicht auf Hollywood. Es war zehn Uhr morgens, und sie tranken starken Kaffee, der von starker Sahne geschwächt wurde.

»Wie wär's mit einem Zwiebelbrötchen und Rahmkäse?«

Die Garbo schüttelte den Kopf. Nein. »Warum habe ich bei diesem Film solch böse Ahnungen? Ich bin so unruhig. Als ob etwas ganz Furchtbares über mir schwebt. Und doch, je mehr ich darüber nachdenke, um so mehr drängt es mich, die Johanna zu übernehmen.«

»Du bist zu alt dafür. Andererseits warst du auch für die *Kameliendame* zu alt und hast die Sache brillant gemeistert.«

»Zu alt, zu alt. Ach, bald werde ich in einem Alter sein, wo es nur noch sehr wenig gibt, was ich spielen kann. In drei Jahren bin ich vierzig. Was werde ich dann tun?«

»In drei Jahren existiert die Welt vielleicht nicht mehr, also halt dich an die Gegenwart, und zwar mit beiden Händen. Was du brauchst, ist ein Liebhaber.«

»O Gott, nein.« Die Stimme der Garbo war so gewaltig, daß ein Kronleuchter erbebte. »Ich habe beide Hände voll mit mir selbst zu tun.«

»Was ist mit Guiss? Hast du ihn schon kennengelernt?«

»Nein, aber ich habe diskrete Nachforschungen angestellt. Manche finden ihn über jeden Verdacht erhaben. Andere halten ihn für unter aller Kritik. Was geht mich Guiss an? Er ist der Geldgeber, ich bin die Künstlerin. Ich bin so hin- und hergerissen. Es schmerzt mich so sehr, daß Hollywood sich von mir abwendet.«

Mercedes schnaubte. »Was kümmert's dich? Hollywood ist bloß ein Geisteszustand, in dem Heuchelei zur Kunst erhoben ist.«

»Ich werde keine Freunde haben.«

»Du kannst dir immer neue kaufen.«

»Das ist grausam.«

»Das ist Hollywood. Mach den Film.«

Die Garbo belebte sich. Es tat ihr gut, daß diese Frau ihr Rückhalt gab. Sie hatte großen Respekt vor ihr, denn Mercedes besaß einen wachen Verstand, einen bemerkenswerten Geschmack und ein einzigartiges Talent für Freundschaft. Und schreiben konnte sie auch, war aber noch nicht so erfolgreich damit wie Salka Viertel. Salka und de Acosta verband eine vorsichtige Freundschaft, die davon getrübt war, daß sie beide die Garbo für sich allein haben wollten. Die Garbo war ihr gemeinsamer Nenner. Sie beteten sie an, sie verehrten sie; daß sie sie kannten, machte ihr Leben erst richtig schön.

Die Garbo war glücklich, und wenn sie glücklich war, sah sie zehn Jahre jünger aus. »Du meinst wirklich, ich soll das machen? Ganz bestimmt?«

»Absolut. Überleg doch mal, Greta. Du wirst arbeiten. Du wirst einen Grund haben, freudig den Morgen zu begrüßen; du kannst aufstehen, ins Studio gehen und dort regieren, wie es dir als Königin zusteht. Glaub mir, meine geliebte Greta, du wirst immer unerreichbar bleiben. Du wirst die Legende sein, von der man nur mit Ehrerbietung spricht.«

»Könnte ich eine Heilige werden?« Die Garbo hielt die Hände gefaltet, während sie beobachtete, wie eine neugierige Taube auf dem Balkon eine Dreipunktlandung durchführte.

»Warum nicht?«

Die Garbo lächelte. »Da ist eine Taube auf deinem Balkon. Meinst du, sie bringt eine Botschaft?«

»Wenn sie was bringt, dann höchstens Dreck. Sch-sch, du dreckiges Ding«, schrie Mercedes, als sie in ihren grotesken Schuhen, in denen sie kaum das Gleichgewicht zu halten vermochte, auf den Balkon hinausklapperte. Die Taube starrte sie ein paar Sekunden lang trotzig an, flog dann aufs Geländer und machte sich mit einer arroganten Kopfbewegung auf die Suche nach einer gastfreundlicheren Umgebung.

Als es klingelte, reagierte Garbo mit Verärgerung. »Du hast mir nicht gesagt, daß du jemand erwartest.«

»Ich erwarte niemand. Vielleicht ist es der Hausmeister mit der Post. Er bringt sie mir meistens selbst nach oben. Jetzt reg dich ab und nimm dir noch was Kaffee. Ist mir heute morgen ziemlich gut geraten, auch wenn ich das selbst sagen muß.« Sie machte die Tür auf. »Alysia!«

»Du bist überrascht? Hast du vergessen, daß du mich zum Kaffee eingeladen hast?«

»O mein Gott. Verzeih mir! Das habe ich vollkommen verschwitzt. Greta hat mich wegen eines Drehbuchs um Rat gefragt, und . . .«

»Wenn du willst, komme ich später wieder.« Die Frau hatte die vierzig überschritten und trug Kleider, die einige Jahre früher der letzte Schrei gewesen wären. Sie klammerte sich nervös an eine verschlissene Handtasche, ihre Schuhe hätten längst mal zum Schuster gemußt. Sie sprach, wie die Garbo feststellte, mit entschieden deutschem Akzent, und ihre Stimme war voller Trauer und Enttäuschung. Die Garbo war aufgestanden und sagte jetzt großzügig:

»Mercedes! Hol deine Freundin doch rein. Es ist genug Kaffee für uns alle da.«

Mercedes zeigte das Lächeln, mit dem sie so viele Liebhaber bezaubert hatte. »Komm rein, Alysia. Greta hat gute Laune. Machen wir das beste draus. Es ist ein historischer Augenblick.« Die Frau folgte Mercedes ins Wohnzimmer, wo die Garbo mit einem freundlichen Lächeln, das ihre Lippen zierte, sie erwartete.

Ah, gut, dachte die Garbo, sie ist so groß wie ich. Das könnte ein Zeichen sein, eine Wende meines Schicksals. »Hallo«, sagte sie, »ich bin Greta«, als ob die Frau es nötig hatte, daran erinnert zu werden.

Mercedes nahm das Wort. »Greta, Alysia Hoffman, eine alte Freundin von mir.«

»Alysia Hoffman!« stieß die Garbo hervor. »Aber natürlich! Wie dumm von mir, daß ich Sie nicht erkannt habe! Wir haben in Schweden zusammen *Gösta Berling* gedreht!«

Die Hoffman lachte. »Sie erinnern sich! Ach, wie wunderbar!« Zu Mercedes sagte sie: »Es schmeichelt mir, daß Greta sich an mich erinnert, ich hatte doch nur eine so kleine Rolle. Und Mauritz Stiller, der Regisseur, ist so gut zu uns allen gewesen.«

Stillers Name warf einen Schatten auf Garbos Gesicht. Mercedes bemerkte die Veränderung sofort und fragte: »Ist was?«

Die Garbo lächelte rasch wieder. »Ach, nichts. Es macht mich noch immer traurig, wenn ich Stillers Namen höre. Obwohl er jetzt seit über einem Jahrzehnt tot ist, muß ich noch immer daran denken, wie übel man ihm hier mitgespielt hat.« Zu Alysia sagte sie: »Als Metro ihn 1925 zurückhaben wollte, wollte er den Vertrag nur unterschreiben, wenn sie mich auch nehmen.« Sie setzte sich, und Alysia nahm ihr gegenüber Platz. Mercedes brachte dem Neuankömmling Tasse und Untertasse, und die drei machten es sich um den Kaffeetisch gemütlich. »Er war so tapfer und so töricht, wir beide waren so pleite, daß wir unsere Hotelrechnung nicht bezahlen konnten.« Sie lachte. »Aber nach vielen Verzögerungen wurde *Gösta* dann freigegeben, und Stiller bekam endlich den Beifall, den er verdiente. Und Louis B. Mayer, können Sie's glauben, war zu dieser Zeit in Berlin und hat ihm ein Angebot gemacht. Aber Stiller hat mich geliebt . . .«

»Ich dachte, er war homosexuell«, unterbrach Alysia.

»Aber nicht richtig. Nur so nebenbei. Wissen Sie, so wie man gelegentlich in einer Essaysammlung stöbert. Mauritz hat mich geliebt, und nur mich. Er wollte mich heiraten. Ich war so unschuldig und so *fett.*« Die drei lachten. »Ehrlich, ich war, wie sagt man, *mollig.* Als Mayer schließlich einwilligte, mich zu engagieren, mußte ich mich verpflichten, fünfzehn Pfund abzunehmen. Es wurden zwanzig. Als ich nach Hollywood kam und sah, wie schlecht man Stiller dort behandelte, ist mir der Appetit vergangen. Ich hatte schlaflose Nächte. Um einzuschlafen, habe ich Produzenten gezählt.« Sie sah an den zwei Frauen vorbei aus dem Fenster und über den Balkon in den blauen Himmel, aus dem aus langjähriger Verdrängung die Erinnerungen auftauchten. »Dann habe ich Yonnie kennengelernt.«

»John Gilbert«, dolmetschte Mercedes für Alysia.

»Na ja, seitdem ist viel Wasser den Bach hinuntergeflossen. Nun sagen Sie mir, Alysia, wie lange sind Sie schon in Amerika?« fragte die Garbo mit ungeheucheltem Interesse.

Alysia stellte ihre Tasse auf den Tisch. »Ich bin über Mexiko hierhergekommen. Vor etwas mehr als einem halben Jahr. Es war nicht einfach, aber ein Freund von mir hatte einen sehr einflußreichen Freund, und am Ende habe ich mein Visum bekommen.«

Ein Freund von mir hatte einen sehr einflußreichen Freund, dachte die Garbo und stellte irritiert fest, daß diese Bemerkung sie gleich an Albert Guiss denken ließ. »Und Sie haben ein Engagement?« Sie bereute die Frage ebenso schnell, wie sie sie gestellt hatte. Es war zu offensichtlich, daß die arme Frau sich in einer kläglichen Lage befand.

»Ich versuche, mich zu betätigen. Ich hatte zwei Nebenrollen, aber mit zwei Nebenrollen kann man seine Karriere kaum aufrechthalten. Es ist nicht einfach, nachdem man es in Deutschland zu Hauptrollen gebracht hat. Da habe ich neben Connie Veidt, Jannings und Werner Krauss gespielt.«

Die Garbo sagte hastig: »Erwähnen Sie Connies Namen

nicht im gleichen Atemzug mit den beiden anderen. Das sind Nazis.«

Alysia breitete die Hände aus und sagte leise: »Für mich ist entscheidender, daß sie Künstler sind. Jedenfalls arbeite ich jetzt in Teilzeitjobs. Ich passe auf Babys auf, ich helfe einer Näherin – Gott sei Dank hat meine Mutter mir das Nähen beigebracht. Haben Sie etwas zum Ausbessern? Ich könnte Ihnen einen Sonderpreis machen.«

Die Garbo war peinlich berührt. Was Armut bedeutete, hatte sie in ihrer Jugend gelernt, und mit der Armut anderer Leute wollte sie sich nicht mehr abgeben. Verblüffenderweise sagte sie jetzt: »Wir müssen versuchen, Sie in meinem neuen Film unterzubringen.«

Mercedes lächelte. Das war's. Sie mußte Salka und Peter Lorre anrufen. Die Garbo spielt die Johanna, definitiv.

Alysia Hoffmans Augen trübten sich. »In Ihrem neuen Film?«

Mercedes übernahm die Erklärung. Einmal entflammt, war sie ein Dynamo. In weniger als drei Minuten erfuhr Alysia Hoffman alles über den Film, den Regisseur und die voraussichtlich Mitwirkenden, und Alysia war bezaubert.

Sie sagte zu der Garbo: »Vielleicht könnte ich Ihr Stand-in sein. Wir sind gleich groß, wir haben einen ähnlichen Teint ...«

»Würden Sie nicht lieber *vor* der Kamera stehen?« fragte eine erstaunte Garbo.

Die Frau erwiderte pragmatisch: »Ein Stand-in arbeitet so lange, wie es dauert, den Film zu drehen. Eine Rolle«, sagte sie wehmütig, »die könnte eine Sache von wenigen Wochen oder auch bloß von wenigen Tagen sein.«

Die Garbo brauste auf. »Der Regisseur heißt von Stroheim. Also wird er eine Ewigkeit für den Film brauchen. Unter seiner despotischen Regie werden wir alle alt und grau.« Sie lachte. »Wir werden täglich die Gesichter nach neuen Runzeln absuchen. Tiefe Furchen werden sich mir in die Stirn graben, und ich werde ein Magengeschwür bekommen.«

»Entzückend«, sagte Mercedes trocken. »Mit dieser Einstellung wirst du es nicht weit bringen.«

»Mach dir um mich keine Sorgen, Mercedes«, sagte die Garbo. »Du solltest meinen seltsamen Sinn für Humor doch allmählich kennen. Immerhin nennt man mich, obwohl ich Schwedin bin, die Melancholische Dame. Nicht sehr komisch, wie? Nun geh schon, Mercedes.«

»Wohin soll ich gehen?«

»Ans Telefon. Salka und Peter Lorre und wahrscheinlich auch von Stroheim anrufen. Du hattest nicht vergessen, Alysia für heute vormittag zum Kaffee einzuladen, denn sie wurde ja gebraucht, um die Trauer der heimatvertriebenen Schauspielerin zu vertiefen ...«

»Sei nicht so gemein, Greta«, fuhr Mercedes sie an.

»Ich bin nicht gemein. Ich bin froh, daß ich mich entschlossen habe.« Sie erhob sich zum Gehen. »Alysia, Sie werden bald im Studio arbeiten. Das verspreche ich Ihnen, obwohl ich sicher bin, daß dieses Versprechen von jemand anderem bereits vor mir abgegeben wurde.«

Die Frau stand auf. »Entschuldigung. Ich wollte Sie nicht beleidigen.«

»Aber ich *bin* nicht beleidigt. Ich finde das sehr komisch – hahaha. Jetzt muß ich gehen und mich in die Jungfrau von Orléans versenken.« Sie marschierte zur Tür, machte sie auf und wandte sich mit einem geradezu glückseligen Lächeln an Alysia. »Wirklich, es freut mich, daß mir die Entscheidung abgenommen wurde. Jetzt habe ich für die nächsten sechs oder sieben Monate ein Ziel.« Sie ließ einen schweren Seufzer folgen. »Aber, o Gott! Was mache ich danach?« Und knallte die Tür hinter sich zu.

Alysia Hoffman sagte: »Ist sie nicht wunderbar?«

Mercedes antwortete: »Das bildet sie sich gern ein. Nun, Alysia, Sie haben eine reizende Vorstellung abgegeben. Was hätten Sie getan, wenn sie angeboten hätte, Ihnen einen Armvoll Kleider zum Ausbessern vorbeizubringen?«

»Die Kleider ausgebessert. Ich kann *wirklich* nähen. Sie

haben nicht zufällig noch ein Zwiebelbrötchen in der Küche?«

Ein paar Stunden später saßen Herbert Villon und Arnold Lake mit Lisa Schmidt in einem Chinarestaurant beim Mittagessen. Lake fand die Schönheit dieser Frau so atemberaubend, daß er den Blick nicht von ihr abwenden konnte. Er brachte den Mut zu der Frage auf: »Warum haben Sie nicht versucht, Schauspielerin zu werden?«

»Was ... und verhungern?« Sie sah zu, wie Villon sich mit einem Paar Eßstäbchen Mu-gu-gai-pan in den Mund schaufelte. »Wissen Sie, Arnold, genau dieselbe Frage haben Sie mir vor über einem Jahr gestellt, als ich neu in die Abteilung gekommen bin.«

»Ich erinnere mich nicht.«

»Verständlich. So betrunken, wie Sie da waren. Es war in Ihrer Wohnung, etwa zehn Minuten bevor Sie versucht haben, mich zu vergewaltigen.«

»Hab ich nicht!«

Sie lächelte Villon an. »Hat er. Aber ich habe es ihm leichtgemacht, er war ganz allerliebst.«

»Bin ich noch immer«, sagte Arnold.

Villon hatte zu essen aufgehört und labte sich jetzt an Lisas Schönheit. »Ein süßer Käfer wie Sie sollte ein solches Risiko nicht eingehen.«

»Gefährlich leben – das war das Motto meines Vaters. Er war Hochseilakrobat im Zirkus.«

»Und jetzt macht die Tochter den Hochseilakt«, sagte Villon, »symbolisch gesprochen.«

Arnold fragte Lisa: »Wann fangen Sie mit der Arbeit für von Stroheim an?«

»Morgen, wie Sie sicher gern hören werden.«

»Unabhängig davon, ob die Garbo mitmacht oder nicht?«

»Von ...« Sie lächelte. »Als er mir das Knie tätschelte, hat er mich gebeten, ihn so zu nennen. Von. Wie auch immer, Von ist jedenfalls sicher, daß sie es machen wird. Man hat schweres Geschütz gegen sie aufgefahren, und ihre Freundin Mercedes de Acosta, die Instruktionen hat, sie für die Mitarbeit an dem Film zu gewinnen, hat sie heute morgen in die Zange genommen. Was stört Sie daran, Arnold?«

»Ich denke, Miss Garbo könnte ernstlich in Gefahr geraten«, sagte Arnold. Villon ließ den Zahnstocher fallen, mit dem er zwischen seinen Zähnen herumgepult hatte. »Die sind mir zu gierig, sie und nur sie zu bekommen.«

»Sie ist eine große Berühmtheit«, sagte Lisa, »auch wenn ihr letzter Film ein Reinfall war. Dieser neue Film wird in Europa ein Vermögen einspielen, wenn der Krieg erst mal vorbei ist. Albert Guiss kann es sich ohne weiteres leisten, so lange zu warten, bis er seine Investitionen wieder reinholt.«

Arnold fragte: »Können Sie Guiss' Sekretär vertrauen?«

»Martin vertrauen? So sehr, wie ich jedem anderen bezahlten Informanten vertrauen kann. Martin hat die Moral eines Straßenköters. Er muß seine Arbeit schon sehr gut machen, sonst würde Guiss ihn nicht halten. Es ist das erste Mal, daß er einen männlichen Sekretär genommen hat. Vor Martin waren es immer Frauen.«

»Was hat Guiss dazu gebracht, umzusatteln?« fragte Villon.

»Nach dem, was Martin in Erfahrung bringen konnte, haben ein paar von ihnen Informationen an Zeitungen und Zeitschriften verkauft, und ich weiß, daß eine von ihnen sich mit ihm eingelassen hat und dann bei der Abtreibung gestorben ist. Jedenfalls arbeitet Martin jetzt seit mehreren Jahren für ihn, und wir wollen dankbar sein ...« – sie lächelte kokett – »... daß er auch für meine Schönheit empfänglich ist.«

»Passen Sie auf, daß er Sie nicht aufs Kreuz legt«, warnte Arnold.

»Wenn er das versucht, schneid ich ihm den Piephahn ab. Noch jemand Tee, die Herren?«

Samuel Goldwyns Studios lagen im Herzen von Hollywood

am Santa Monica Boulevard, und Goldwyn hatte nie etwas dagegen, Räumlichkeiten an unabhängige Produzenten zu vermieten. Hier also sollte *Johanna die Große* gedreht werden. Der Mietvertrag lief über drei Monate und konnte monatlich verlängert werden.

Goldwyn saß in seinem gut ausgestatteten Büro und sagte zu seiner treuen Assistentin Sophie Gang: »Glauben Sie mir, Sophie, dieser Mietvertrag mit Albert Guiss ist so gut wie eine Rentenversicherung. Der kann nicht alle Tassen im Schrank haben, daß er von Stroheim Regie führen läßt.«

»Es wäre besser, wenn Von nichts davon mitbekäme, was Sie von ihm halten. Er kann ausgesprochen unangenehm werden.«

»Ach ja? Sollte ich je erfahren, daß er irgend etwas nicht Salonfähiges über mich verbreitet, kriegt er eine Anzeige wegen Rufbepinkelung. Glauben Sie mir, da können Sie Gift und Galle drauf nehmen. Und jetzt an die Arbeit. Was steht als nächstes auf der Kappesordnung?«

Sophie verdrehte die Augen, riß sich aber schnell wieder zusammen. »Gary Cooper ist nicht gerade wild darauf, Lou Gehrig zu spielen.«

»Gott verdammich!« brüllte Goldwyn. »Der Kerl geht mir langsam auf den Dackel!« Er hob seinen Stuhl vom Schreibtisch weg und ging ans Fenster. Er labte sich am Anblick seines Königreichs, und seine Zufriedenheit kehrte zurück. »Gott sei Dank gehört mir dieses Studio mit allem Drum und Dran. Es ist mein Garten Eden, Sophie. Mein Paradox.«

Der Produktionsstab von *Johanna die Große* nahm eine ganze Flucht von Büroräumen auf Goldwyns Gelände in Anspruch. Erich von Stroheim schritt in seinem frisch gestrichenen, neu tapezierten und neu möblierten Büro auf und ab und hieb mit einer Reitpeitsche in die Luft. Er trug eine prächtig gearbeitete Reithose und einen braunen Rollkragenpullover, der ihn noch kleiner machte, als er ohnehin schon war. Greta Garbo saß in einem Sessel, sie trug eine schön geschnittene marineblaue Hose, eine rosa Bluse und auf dem Kopf eine diabolisch arrangierte Baskenmütze. Lisa Schmidt, solide mit Rock und Bluse bekleidet, das Haar straff zurückgekämmt und mit einer blauen Spange befestigt, saß auf einem Stuhl neben von Stroheims überdimensionalem Schreibtisch und machte Notizen.

»Zur Kenntnis genommen und genehmigt«, diktierte von Stroheim, »Adrian wird Miss Garbo ein Kostüm für die Rolle der Johanna entwerfen.«

Garbos Finger bildeten eine Brücke. »Warum sind die Produzenten nicht hier?«

»Die werden nicht gebraucht. Das sind bloß Aushängeschilder. *Ich, von Stroheim«*, sagte er und schlug gnadenlos mit der Reitpeitsche in die Luft, »bin der wahre Produzent dieses Epos. Sonst noch was?«

»Die Schauspielerin Alysia Hoffman. Ich möchte sie als mein Stand-in haben.«

Von Stroheim blieb abrupt stehen. »Gewöhnlich suche *ich* die Stand-ins aus.«

Das Kinn starr vorgereckt, sagte die Garbo: »Ich möchte sie haben.«

Von Stroheim fragte streng: »Hat sie die richtige Größe? Ist ihr Teint annehmbar?«

»Zweimal ja«, bellte die Garbo zurück. Lisa Schmidt fand sichtlich Gefallen an dieser Machtprobe. Zwei Olympier im Kampf miteinander; sie war entzückt.

»Schicken Sie sie zu mir. Miss Schmidt«, kläffte er sie an, »machen Sie einen Termin mit dieser Alysia Hoffman.«

»Machen Sie ruhig einen Termin mit ihr, denn Sie sollten sie in der Tat kennenlernen; aber wenn sie nicht mein Stand-in ist, werde ich nicht zu den Dreharbeiten erscheinen.«

»Miss Garbo! Sie haben einen Vertrag unterschrieben!«

Miss Garbo, dachte Lisa, nicht Greta? Jetzt *sind* wir aber böse.

»Miss Garbo wünscht Miss Hoffman. Und wenn Miss

Garbo Miss Hoffman nicht bekommt«, sagte sie und rutschte nachdrücklich auf ihrem Stuhl herum, »wird Miss Garbo sehr krank werden und das Haus hüten müssen.« Sie hob die Stimme. »Es ist doch vollkommen gleichgültig, wer mein Stand-in ist.«

»Mir ist es keineswegs gleichgültig! In meinen Produktionen hat alles perfekt zu sein!«

»Ich kann mit Perfektionisten nichts anfangen. Die bringen nie was zustande, die sind zu sehr damit beschäftigt, perfekt zu sein. Ach, reden wir von etwas anderem. Guiss hat mich für heute abend zum Essen eingeladen, und ich freue mich nicht gerade auf diese Zurschaustellung.«

»Sie sind sein Star. Sie schulden ihm die Höflichkeit, mit ihm essen zu gehen.«

»Reiche Leute sind mir unangenehm. Ich bin sicher, er ist größenwahnsinnig, monomanisch und Adventist vom Siebenten Tage.« Sie stützte ihr Kinn auf eine Handfläche. »So langsam erfüllt mich dieses Projekt mit einer beunruhigenden Melancholie. Ich kann nicht arbeiten, wenn ich nicht glücklich bin.«

Lisa beobachtete von Stroheims Gesicht. Es war in Stein gemeißelt. Dann erstrahlte es jählings zu einem Lächeln, das so echt war wie ein Vier-Dollar-Schein. »In Ordnung, Greta. Sie sollen Ihre Alysia Hoffman haben.« Er wandte ihr den Rücken zu und trat ans Fenster. Die Garbo sah Lisa an und zwinkerte. »Alysia Hoffman. War die nicht vor Jahren mal in Deutschland sehr populär?«

»Ja, ziemlich populär.«

»Und jetzt will sie als Stand-in arbeiten?«

»Sie nagt am Hungertuch. Sie hat ihren Stolz eingemottet. Vielleicht könnten Sie ihr auch eine Rolle geben. Das wäre ein Segen.«

»Ja. Mal sehen, was ich tun kann. Entschuldigen Sie, daß ich so ein unnötiges Theater veranstaltet habe.«

»Schon gut, war mir ein Vergnügen. Sollen wir weitermachen?«

Die Rückkehr der Garbo zum Film sorgte für landesweite Schlagzeilen. Hedda Hopper und Louella Parsons hatten stark daran zu kauen und mußten wegen der sich daraus ergebenden gastronomischen Störungen beinahe ins Krankenhaus. Louis B. Mayer geriet bei der Nachricht dermaßen in Wut, daß er mehrere Verträge kündigte, und so mußten sich Joan Crawford, die formidable Norma Shearer und Myrna Loy dem Exodus aus seinem Studio bald anschließen. Zeitungsredakteure drohten unter Bergen von Briefen zu erstikken, in denen der Frevel eines Fünf-Millionen-Dollar-Budgets für einen Film in diesen schrecklichen Zeiten gegeißelt wurde. Die Entscheidung der Garbo, die Millionen-Dollar-Gage zu akzeptieren, wurde von verschiedenen Seiten kritisiert; dabei war sie fest entschlossen, einen großen Teil davon an verschiedene Kriegs-Hilfsorganisationen zu spenden – allerdings nicht ans Rote Kreuz, da ihr die Farbe nicht gefiel. Das Bundesfinanzamt geiferte schon beim Gedanken an die Steuern, die es von sämtlichen Mitwirkenden an *Johanna die Große* einkassieren würde.

Arnold Lake saß bei Herb Villon im Büro; die beiden studierten sorgfältig die von Lisa Schmidt heimlich besorgten Mitarbeiterlisten; jeder einzelne Name, unabhängig von seinem Ansehen in der Branche, wurde zur Sicherheitsüberprüfung nach Washington übermittelt. Arnold steckte sich eine Zigarette an und fragte Villon: »Was glauben Sie, warum hat die Garbo so unnachgiebig darauf bestanden, Alysia Hoffman als ihr Stand-in zu bekommen?«

»Sie haben gehört, was Lisa gesagt hat. Kleiner Machtkampf. Eins zu null für die große Garbo.«

»Eng befreundet sind die zwei nicht. Die Garbo hat sie '25 in Schweden mal kurz kennengelernt. Bis diese de Acosta sie wieder zusammengebracht hat, hatten die beiden keinerlei Kontakt.«

»Mit Kontakthalten hat die Garbo nichts am Hut.«

Arnold blies einen Rauchring. »Neunzehnhundertfünfundzwanzig. Die Garbo dreht in Deutschland den Film *Die freudlose Gasse*. Neunzehnhundertfünfundzwanzig. Hitlers Nazi-Partei betritt die politische Bühne.«

»Ach hören Sie auf, Arnold, Sie wollen mir doch nicht weismachen, daß Sie da irgendeine Verbindung sehen? Sie war jung, naiv, eine unschuldige Zwanzigjährige. Ein ahnungsloses Kind. Selbst heute hat sie kein Interesse an Politik. Geht nicht mal wählen.«

»Kann sie nicht. Ist nicht eingebürgert.«

»Aha.«

»Aha. Ich werfe der Dame nichts vor. Ich denke nur laut. In der Spionage ist alles möglich. Heute abend wird sie Guiss also endlich kennenlernen.«

»Tja. Dinner in seiner Bel-Air-Villa. Sehr abgelegen, streng bewacht.«

»Nur die zwei?«

Villon las eine Notiz auf seinem Schreibtisch, Nachricht von Lisa Schmidt via Martin Gruber. »Es kommt noch Guiss' Freundin Risa Barron. Dann der angebliche Koproduzent Werner Lieb. Natürlich bloß Aushängeschilder. Von Stroheim hat bereits klargestellt, daß nur er das Sagen hat.«

»Und das haben die geschluckt? Niemand fühlt sich auf den Schlips getreten?«

»Lisa zufolge: nein. Und Ihr Mädchen ist gut, sogar sehr gut«, sagte Villon.

»Seltsam. Aber das ist ja erst das Vorgeplänkel. Warten wir ab, wie sie sich aufführen, wenn die Dreharbeiten angefangen haben. Wer sonst noch?«

»Gustav Henkel, der das erste Skript geschrieben hat.« Villon rieb sich das Kinn.

»Es gibt ein zweites Skript?«

»Zur Zeit in Arbeit. Man hat Bertolt Brecht dafür genommen.«

»Was ist Bertolt Brecht?«

»Brillanter deutscher Autor. *Die Dreigroschenoper* und ein paar andere.«

»Was ist *Die Dreigroschenoper?*«

»Keine Ahnung. Nie gesehen. Und dann noch William Haines.«

»Der Filmkomiker? Von dem hat man seit Jahren nichts mehr gehört. Wo ist der denn plötzlich rausgekrochen?«

»Nachdem er vor acht Jahren für den Film erledigt war ... zu viele Knaben ...«

»Einer von *denen?«* fragte Arnold, als ob er auf ein Wesen aus dem Weltraum anspielte.

»Genau. Er hat sich auf Raumausstattung verlegt, und dank Joan Crawford, die ihm eine erste Chance auf diesem Gebiet gegeben hat, konnte er sich eine ganz neue Karriere aufbauen. Er ist einer der wenigen, mit denen die Garbo sich überhaupt abgibt.«

Arnold fragte: »Was ist mit dem Sekretär, Martin Gruber? Meinen Sie, er wird ebenfalls anwesend sein?«

»Ganz bestimmt.«

»Das ist gut. Ich traue ihm nicht.«

»Das ist gut, und Sie trauen ihm nicht. Was soll dann gut daran sein?«

»Gut ist es, weil er Lisa die Informationen weitergibt.«

»Für einen ansehnlichen Preis.«

»Und schlecht ist es«, erklärte Arnold, »weil Informanten allesamt Ratten sind und ich keinem von denen über den Weg traue. Irgendwann wird er Mist bauen.«

»Vielleicht auch nicht.«

»Alle Informanten bauen Mist, früher oder später. Werden zu selbstsicher, und dann machen sie einen Fehler. Guiss hat schon eine ganze Latte von Sekretärinnen verbraucht, und keine einzige von ihnen hat es zu etwas gebracht, außer einer, Ilse Koch, die leitet jetzt in Deutschland ein Konzentrationslager.« Er quetschte die Zigarette in einem Aschenbecher aus. »Sie werden sehen. Früher oder später wird Gruber eine Dummheit machen. Das ist immer so.« Er schüttelte traurig den Kopf. »Das ist immer so. Sind keine von den prominenten Mitwirkenden des Films eingeladen?«

»Sie meinen von Stroheim oder irgendwelche Schauspieler? Dieser Notiz von Lisa zufolge nicht. Ich nehme an, Guiss will die Garbo ganz für sich allein. Er ist ein großer Fan von ihr. Fängt schon an zu sabbern, wenn er nur ihren Namen hört. Wenn ich so darüber nachdenke: Was würde ich nicht geben, selbst dabeizusein?«

SECHS

Später am selben Nachmittag hatte Alysia Hoffman ihren Termin bei von Stroheim. Lisa Schmidt hatte die Schauspielerin, nachdem sie von Mercedes de Acosta ihre Telefonnummer bekommen hatte, mühelos aufgespürt, und die scharfsinnige de Acosta hatte Alysia den Rat gegeben, zu Hause zu bleiben, in der Nähe des Telefons, denn sie ahnte, daß der Imperator von Stroheim sie demnächst zu sich bitten würde.

Immer noch hübsch, dachte Lisa, als die Empfangsdame Alysia ins Büro brachte. An den Mundwinkeln zeigen sich die ersten Fältchen, ihre Augen haben einen sonderbar harten Ausdruck, woran vermutlich die Hölle schuld ist, die sie bei der Ausreise aus Europa durchgemacht haben muß, aber ihre Größe und ihr Teint stimmen tatsächlich.

Von Stroheim war überraschend freundlich zu ihr, und die Schauspielerin wirkte bewundernswert gefaßt. »Sie sind eine alte Freundin von Greta?« Er schlug sich leise mit der Reitpeitsche in die offene Hand. Alysia erzählte ihm, sie hätten sich vor neunzehn Jahren in Schweden kennengelernt, als sie aus Deutschland, wo es nur wenig Arbeit gab, fortgegangen sei, um zu sehen, ob die aufstrebende schwedische Filmindustrie ihr eine Chance bieten würde.

»Sie sprechen Schwedisch?«

»Im Stummfilm war das nebensächlich«, sagte sie lächelnd. »Als meine Karriere erst einmal richtig in Gang gekommen war, habe ich in ganz Europa Filme gemacht. Frankreich, Italien, Österreich. Wir alle haben das getan.«

»Gewiß«, sagte von Stroheim. »Ich selbst hatte viele Angebote, war aber damals schon hier zu sehr eingespannt. Sie wollen also Gretas Stand-in sein.«

»Ich brauche den Job.«

»Ihre Größe und Ihr Teint sind in Ordnung. Auch der Meinung, Schmidt?«

Lisa überlegte, ob sie vor ihm salutieren sollte, unterließ es dann aber. »Ich denke, Miss Hoffman wäre genau die richtige.«

»Frauen.« Er spie das Wort verächtlich aus. »Ihr haltet immer zusammen.«

»Darauf würde ich mich nicht verlassen«, sagte Lisa schüchtern. Sie konnte sehen, daß die Schauspielerin nervös wurde.

»Seien Sie nicht so frech.« Er wandte sich wieder Alysia zu. »Miss Garbo meint, es wäre edelmütig von mir, wenn ich Ihnen eine Nebenrolle in dem Film verschaffen könnte.«

»Sie ist ja so freundlich.«

Von Stroheim verkniff sich eine häßliche Bemerkung über den Star, obwohl ihre unnachgiebige Forderung, Alysia als ihr Stand-in einzustellen, ihn noch immer heftig wurmte. »Es gibt da eine kleine, aber interessante Rolle, die Ihnen liegen könnte. Eine Ketzerin, eine Anhängerin der Johanna. Sie wird vom Pöbel zu Tode gesteinigt.« Er sagte das mit solchem Behagen, daß Lisa schon glaubte, er werde in schadenfrohes Kichern ausbrechen.

»Damit werde ich sicher fertig.«

»Selbstverständlich.« Er war aufgestanden und ging jetzt auf und ab. »Aber bedenken Sie, wenn es um Realismus geht, mache ich keine Kompromisse. Ich beabsichtige, *echte* Steine zu verwenden.« Er beugte sich vor und sah ihr in die Augen. »*Echte* Steine. Sie schrecken nicht zurück? Kein Protest? Sie sagen nicht: Vielen Dank, aber da bleib ich doch lieber hinter der Kamera? Ich mache Ihnen keine Angst?«

»Mr. von Stroheim«, sagte sie ruhig und gelassen, mit einer Stimme, die Lisa Bewunderung abnötigte, »nach dem, was ich in den letzten zwei Jahren durchgemacht habe, kann mir gar nichts mehr angst machen.«

Er war wieder hinter seinem Schreibtisch. »Das überzeugt

mich. Sie sind engagiert. Miss Schmidt wird die notwendigen Vorbereitungen treffen. Sie erhalten den Drehplan eine Woche vor Beginn der Arbeiten.«

»Und wann ist das?« Sie konnte ihre Besorgnis nicht verhehlen. Lisa fragte sich, ob sie ihr einen Fünfer anbieten sollte.

»Das wird in den nächsten Tagen entschieden. Wir haben das Studio erst Anfang dieser Woche bezogen. Es sind noch nicht alle Rollen besetzt. Und ich warte noch auf die Entscheidung, ob wir in Technicolor drehen oder nicht.« Er sagte genüßlich: »Können Sie sich vorstellen, wie Technicolor die Schlachtfelder zur Geltung bringen wird? Ströme von echtem rotem Blut, die an Toten und Sterbenden vorbeifließen; die qualvollen Schreie der Pferde, wenn sie niedergemacht und verkrüppelt werden; die Fontänen, die aus den Rümpfen Enthaupteter sprudeln; ah, bei Gott, das wird mir den Oscar einbringen, den diese verdammten Flachköpfe mir seit Jahren vorenthalten.«

Lisa Schmidt entschuldigte sich und stürzte zur Toilette, um sich zu übergeben.

»Lottie.« Ernst kam der Name ihrer Haushälterin aus dem Munde der Garbo. Sie saß in ihrem spartanischen Schlafzimmer und schlürfte eine Bouillon, danach wollte sie baden und sich für Guiss' Dinnerparty umkleiden. Ihre Haushälterin legte das Ensemble zurecht, das die Garbo für diesen Abend ausgewählt hatte. »Die kommenden Monate könnten sehr schwierig für Sie werden.«

Lottie blickte von dem Slipper auf, den sie gerade polierte, und sagte hastig: »Nichts ist einfach, sage ich immer.«

»Ach, Lottie, Sie sind ja eine Philosophin!«

»Miss Garbo, daß mir harte Zeiten bevorstehen, ist mir klar, seitdem ich beschlossen habe, in Stellung zu gehen. Darf ich Ihnen sagen, was ich von mir und anderen in meiner Position denke?«

»Aber sicher, natürlich dürfen Sie. Welch eine große Ehre

für mich!« Als hätte sie soeben erfahren, daß sie das große Los gezogen habe.

»Nun, Madam. Ich denke, wir sind einzigartig. Wer den Entschluß faßt, andere Leute zu bedienen, muß ein besonderer Mensch mit einer ganz besonderen Persönlichkeit sein. Verstehen Sie, was ich meine? Dienstmädchen, Butler, Haushälterinnen – wir sind etwas Besonderes. Und Gute sind verdammt schwierig zu finden, wie Ihnen durchaus bewußt war, als ich schließlich bei Ihnen auf der Schwelle stand.«

»O ja, das war mir sehr bewußt. Sie sind so gut zu mir gewesen, Lottie.«

»Und Sie sind gut zu mir gewesen, Madam, und sehr großzügig. Ich bin die einzige Hausangestellte in Santa Monica, die eine abgetragene Chinchilla-Opernstola ihr eigen nennen darf.« Sie lächelte, was sie sonst nur selten tat. »Ich führe sie gern in meinem Schlafzimmer spazieren.«

»Es freut mich, daß sie Ihnen gefällt. Ich habe sie in *Totentanz der Liebe* getragen, ach, wie viele Jahre ist das her . . . Es war ein Stummfilm.«

»Ich weiß. Hab ihn gesehen. Sie waren großartig.« Sie räusperte sich. »Verstehen Sie, Vorstellungsgespräche sind für uns die reinste Hölle. Als ich vor zwei Jahren hierhergekommen bin . . .«

»So lange sind wir schon zusammen?«

»Ja, Madam, zwei Jahre. Ich weiß noch, wie ich zu meinem Bewährungshelfer gesagt habe: ›Die Garbo wird mich niemals einstellen, wenn sie hört, daß ich in San Q. gesessen habe.‹«

»Hab ich aber. Das hat mich ja so fasziniert! Eine Hausangestellte zu haben, die den Mut hatte, ihren Mann zu vergiften.« Die Garbo hielt die Hände gefaltet, ihre Miene drückte schiere Verzückung aus.

»Vergiften! Dieser Mistkerl hat ewig gebraucht, bis er tot war.«

»Ach, das haben Sie auch herausgefunden? Wie schwierig es ist, Leute loszuwerden, die uns nicht mehr amüsieren.

Wenn ich doch nur Ihren Mut besäße. Wie müssen Sie mit sich gerungen haben, ehe Sie endlich soweit waren, ihm was in die Suppe und den Kakao zu mischen ...«

»Schokolade.«

»Wie müssen Sie mit sich gerungen haben, ehe der Entschluß feststand, ihn zu töten.«

»Ich habe überhaupt nicht mit mir gerungen. Verrückt hat mich nur gemacht, wie lange er brauchte, bis er tot war. Natürlich hatte ich mich über Gifte informiert, aber es war verteufelt schwierig, eine tödliche Menge davon zusammenzukriegen. Wie er da immer herumgeschlürft und nach mehr verlangt hat! Ich sage Ihnen, das war verdammt frustrierend! Ich mußte mir ja wirklich wie ein Tölpel vorkommen. Ich meine, ich hatte ein paar Freunde zu Besuch, als er plötzlich von meinem Spezialeintopf aufblickte, Linsen und Erbsen ... mit Speck und feinen Lauchstreifen als besonderem Pfiff«, sie zwinkerte verschwörerisch. »Jedenfalls stöhnt er auf, sagt ›Ach du Scheiße!‹ und kippt mit dem Gesicht in die Suppe. Und ich bin so erleichtert, daß mir rausrutscht: ›Wurde aber auch Zeit.‹ Meine große Klappe hat mich verraten. Aber ich hatte einen ganz schön ausgefuchsten Anwalt – halb Itaker, halb Jude –, der hat mir den Kopf aus der Schlinge gezogen. Aber was haben Sie eben gesagt? Wir haben eine harte Wegstrecke vor uns?«

»Ja. Eine sehr harte. Die Johanna ist überaus schwer zu interpretieren, und von Stroheim ist überaus schwer zu ertragen. Außerdem muß ich mit dieser seltsamen Schwedenplatte von Koproduzenten, Autoren, Musikern und heimatvertriebenen Schauspielern fertigwerden, die zweifellos alle ihre eigenen Methoden haben. Ach Gott, wie werden wir aneinandergeraten!«

»Ich setze mein Geld auf Sie, Miss Garbo.« Lottie attakkierte den Slipper mit neuem Schwung.

»Ist das wahr?«

»Miss G., wenn Sie auftreten, werden alle anderen von der Leinwand gefegt.«

Die Garbo war traurig. »Nicht immer. In meinem letzten Film hat mich Constance Bennett in den Schatten gestellt.«

»Das war ein gräßliches Machwerk. Huch. Tschuldigung.«

Die Garbo lachte. »Sie brauchen sich nicht zu entschuldigen. Ihre Ehrlichkeit ist erfrischend.« Sie sah auf ihre Armbanduhr. »Ich muß mich jetzt anziehen. Der Wagen wird bald kommen.«

»Sie haben noch viel Zeit. Erst wird Mr. Haines abgeholt. Der wohnt meilenweit von hier.«

»Und jetzt erfahre ich, daß der Film in Technicolor gedreht werden soll. Ich habe noch nie in Technicolor gedreht. Ich werde auf Probeaufnahmen bestehen. Technicolor ist was für Musicals. Ich muß sicher sein, daß ich da nicht wie Betty Grable aussehe.« Sie ging zu ihrem Ankleidespiegel und stellte sich mit dem Rücken dazu. Dann sah sie über die Schulter nach ihrem Spiegelbild – wie die Grable auf ihren Pin-up-Fotos. Nach einigen Sekunden war sie überzeugt davon, daß sie nie wie Betty Grable aussehen würde.

Guido's war ein wenig einnehmendes und nicht sehr teures italienisches Restaurant in der Nähe der Goldwyn-Studios. In einer stillen Nische im hinteren Teil des Lokals saßen Lisa Schmidt und Alysia Hoffman beim Essen; beide hatten sich für Kalb *piccata* und Spaghetti entschieden.

»Ist das lecker«, schmatzte Alysia. »Wirklich sehr nett von Ihnen, mich zum Essen einzuladen.«

Lisa drehte Nudeln auf ihre Gabel. »Um ganz ehrlich zu sein, ich hatte nichts anderes zu tun, und ich war nicht in der Stimmung, in meiner Wohnung zu sitzen und Fannie Hurst zu lesen. Aber es hat mir gefallen, wie Sie mit von Bastard umgesprungen sind.«

»Ist er denn wirklich so ein Ekel?«

»Das meiste ist sicher bloß Theater. Er lebt noch immer in den alten Zeiten, als er seine Meisterwerke drehte, auch wenn die Studios sie verstümmelt haben.«

»Trotzdem, wie viele Regisseure gibt es schon, die solche Meisterwerke erschaffen konnten? *Gier* ist ein ergreifender Film.«

»Sind Sie Jüdin?«

»Was?« Alysia fiel beinahe die Gabel aus der Hand. Lisa sah ihrer Begleiterin mit festem Blick ins Gesicht. »Jüdin? Ich? Kein bißchen.«

»Warum mußten Sie Deutschland dann verlassen? Sie sind dort immer noch ein großer Star. Warum verzichten Sie auf Ihre Karriere und stürzen sich in die Hölle des Exils?«

Alysia nippte an ihrem Chianti. »Wie kann ich Ihnen das begreiflich machen?«

»Ist eigentlich nicht so wichtig. Ich meine, ich bin nun mal sehr neugierig, und ich weiß, daß ich zu viele Fragen stelle ...«

»Nein nein nein nein. Das ist durchaus berechtigt ... berechtigt, sagt man so? Berechtigt?«

»Durchaus berechtigt.« Das Kalb war sehnig.

»Gut. Die Frage ist durchaus berechtigt. Sehen Sie, Lisa, Juden sind nicht die einzigen, die vor Hitler fliehen. Ich war ... wie soll ich das ausdrücken? Ja, ein Rebell, eine Unruhestifterin. Ich habe gegen die Nazis rebelliert, gegen alles, was sie vertreten. Und ich habe kein Blatt vor den Mund genommen. Dumm von mir, nehme ich an.«

»Ich finde, Sie haben einiges auf dem Kasten, wovon Sie noch gar keinen Gebrauch gemacht haben, Alysia.«

»Auf dem Kasten?«

»Das sagt man so. Wenn jemand Talente hat.«

»Ach so. Sehr nett. Danke. Ich konnte jedenfalls nicht den Mund halten, und das brachte mir Ärger ein. Goebbels, der die Filmindustrie kontrolliert, hat mich immer wieder wegen meines geschwätzigen Mundwerks ermahnt. Naja, und ich habe mich für so groß gehalten, daß ich es mir leisten könnte, seine Drohungen einfach abzutun. Aber dem war nicht so. Bald wurde ich überwacht, meine

Post wurde geöffnet, man überprüfte meine Liebhaber, ob womöglich Juden darunter wären, und natürlich waren einige dabei . . .«

Lisa legte leise die Gabel auf ihren Teller und musterte die Frau, die gleichzeitig redete und gierig aß.

»Und dann wurden meine Freunde verhört.«

»Was ist mit Ihrer Familie?« fragte Lisa.

»Ich habe keine Familie. '26 habe ich geheiratet, aber das hat nicht sehr lange angehalten. Ich habe nicht die geringste Ahnung, wo er jetzt steckt. Sein Name war Heinrich, er war Preisboxer.«

»Wie Max Schmeling?«

»Ah, nicht so gut, obwohl Schmeling vor den Nazis kapituliert haben soll, wie ich in Mexiko erfahren habe.«

»Es muß schrecklich gewesen sein, nach Mexiko zu kommen.«

»Zuerst habe ich natürlich versucht, ein Visum für die Staaten zu bekommen, wurde aber abgewiesen. Dann habe ich mich verpflichtet, in Spanien einen Film für Franco zu machen; schreckliches Drehbuch, aber ein guter Vorwand, aus Deutschland rauszukommen. In Spanien bekam ich ein Angebot von den Cherubusco Studios in Mexico City für einen Film mit Luis Buñuel. Sie kennen ihn?«

»Ja. Er ist phantastisch.«

»Nun, dieser Film ist nie zustande gekommen. Aber das Projekt wurde erst nach meiner Ankunft in Mexico City gestrichen, da war ich in Sicherheit. Die Behörden ließen mich bleiben. Aber es gab keine neuen Angebote. Das Geld ging mir aus, und ich mußte mich irgendwie durchschlagen. Es war nicht einfach.«

»Aber Ihrem Spanisch hat es gutgetan.«

Alysia lachte. »Spanisch konnte ich bereits fließend. In Sprachen bin ich immer sehr gut gewesen. Mein Englisch wird auch bald besser werden, wie?«

»Ganz sicher. Nachtisch?«

»Ich glaub, ich hab keinen Platz mehr!«

»Sie müssen unbedingt Guidos *zabaglione* probieren. Das ist eins der wenigen Dinge auf der Speisekarte, für die er sich nicht zu schämen braucht. Bestellen Sie schon mal, ich muß noch einen Schauspieler anrufen, der morgen zu einem Vorstellungsgespräch kommen soll. Für mich bitte einen Espresso.«

Alysia zündete sich eine Zigarette an, während sie Lisa zu dem Wandtelefon auf der anderen Seite des Raums gehen sah. So schön, dachte sie, so wunderschön. Irgendwie scheint sie in der Rolle als von Stroheims Assistentin fehl am Platz. Trotzdem war es gut, sich freundlich mit ihr zu stellen. Sie hatte schon bald nach ihrer Ankunft gelernt, daß man in Hollywood nie genug Freunde haben kann.

William Haines, ehemaliger MGM-Star und jetzt erfolgreicher Innenausstatter, konnte seine Begeisterung für den jungen Mann, der diese prächtige Limousine steuerte, nicht unterdrücken. Es war aber auch zu schön. Der Wagen verfügte über eine beeindruckend ausgestattete Bar, einen kleinen Kühlschrank mit *hors d'œuvres,* Erdnüsse und Brezeln, etliche Kartenspiele, ein Damebrett, ein Schachbrett und ein Parcheesi-Spiel. Und dazu noch dieser junge Mann, der den Wagen zügig nach Santa Monica zu Greta Garbo lenkte. Dieses Profil, diese breiten Schultern, ein herrlicher Jüngling, auch wenn seine Sprechweise anscheinend von den Katzenjammer Kids stammte.

Haines schlug ein Bein übers andere und begann seinen Feldzug. »Wie heißen Sie?«

»Ludwig.«

»Wie bei Beethoven?«

»O ja, sicher.«

»Wie lange sind Sie schon im Lande?«

»Nicht lange.«

Das wird harte Arbeit, dachte Haines. Aber eine rechte Herausforderung für einen alten Kämpfer. »Wie lange fahren Sie schon für Mr. Guiss?«

»Lange.«

»Aha. Da haben Sie also schon in Europa für ihn gearbeitet.«

»Lange aus Europa weg.«

Das soll einer kapieren, ich tu's nicht, dachte Haines. Die Sache begann ihm Spaß zu machen. »Also, Sie sind noch nicht lange hier, und Sie fahren schon lange für Guiss. Was haben Sie in der Zwischenzeit gemacht?«

»Fahren.«

Schlaues Kerlchen, dachte Haines. »Ist das alles, was Sie machen? Fahren?«

»Nur fahren.«

»Noch niemals eingelocht?«

»Pardon?«

»Vergessen Sie's. Kleiner Scherz.« Er sank auf dem Sitz zusammen. Auf die Garbo freute er sich, aber nicht auf die Gestalten, die sie wahrscheinlich zum Essen begleiten würden. Wie jeder andere mit einer gesunden Neugier war er froh über die Gelegenheit, Albert Guiss aus nächster Nähe kennenzulernen. Und er war froh, daß Garbo die Johanna spielen würde, denn er wollte sie um einen Gefallen bitten.

So etwas tat er nur sehr ungern. Nachdem er vor acht Jahren in Ungnade gefallen war, als Mayer anfing, seine Karriere und seine Glaubwürdigkeit in Hollywood kaputtzumachen (Möchte wissen, ob der miese Hund je spitzgekriegt hat, daß ich es ein paarmal mit Gable getrieben habe), war die Garbo eine der wenigen gewesen, die sich für ihn eingesetzt hatten. Damals hatte er gedacht, er sei nur Luft für sie. Fast zehn Jahre lang hatten sie im selben Studio gearbeitet, aber wenn sie einander begegneten, hatte sie nie auch nur ein Wort an ihn gerichtet. Gewiß, sie ging auch praktisch allen anderen im Studio aus dem Weg (»Sie ist sehr schüchtern, Bill. Mach dir nichts draus.«), aber trotzdem, ihr mußte doch bewußt sein, daß er Metros Hofnarr war! Immerzu den Kasper spielen, dauernd haarsträubende Albernheiten zu allem und jedem von sich geben, bis er selbst zur Zielscheibe von Spott und gemeinem Gelächter geworden war.

Joan Crawford war stets eine zuverlässige Freundin gewesen. Und ausgerechnet Norma Shearer, die Frau des mächtigen Irving Thalberg, nahm es immer wieder auf sich, ihn trotz der Vorhaltungen ihres Mannes zu ihren Partys einzuladen. Aber der Vormittag, an dem die Garbo ihn telefonisch zum Lunch eingeladen hatte – *das* hatte ihn überwältigt. Als er jetzt daran dachte, kamen ihm vor Rührung die Tränen. Sie hatte Marion Davies, Salka Viertel und Mercedes de Acosta eingeladen, und sie tranken Gin mit Orangensaft, bis sie alle einen sitzen hatten. Und dank Davies erschien einige Tage darauf in Louella Parsons Kolumne die freundliche Meldung, er sei jetzt sehr damit beschäftigt, Angebote von unabhängigen Produzenten zu sichten. Unabhängig, daß ich nicht lache! Habenichtse. Und weil er das Geld brauchte, machte er tatsächlich bei ein paar Billigproduktionen mit. Greta war an ihn herangetreten – auch dies einer ihrer gelegentlichen Widersprüche. Sie war kein Eisberg. Sie hatte wirklich ein Herz. Einmal hatte er gesehen, wie sie dem kleinen Sohn eines Türstehers den Kopf streichelte. Das mußte sie eine Menge Mut gekostet haben.

»Was? Was haben Sie gesagt?« Der Chauffeur war in seine Träumereien eingedrungen.

»Wir sind da. Bei Miss Garbo.«

»Ah. Na, das ging ja schnell. Ich geh sie holen.« Beim Öffnen der Wagentür sagte er über die Schultern: »Machen Sie bloß keine Scherze und fahren weg, sonst muß ich weinen.«

Der Chauffeur beobachtete, wie Haines zu Garbos Haustür schritt und auf die Klingel drückte. Er murmelte einen bösen Fluch und lehnte sich zurück, um von der Rückkehr nach Deutschland und in den Krieg zu träumen, von dem Ruhm, den er ernten würde, wenn er den Feind mit Kugeln und Bajonetten und Handgranaten und seinem schlechten Atem dezimieren würde.

»Ach, Billy, mein Lieber, Billy, warum gehen wir zu dieser muffigen Dinnerparty?« Sie nippte an einem Wodka mit Eis, und für ihn hatte Lottie den üblichen Scotch Highball vorbereitet.

»Weil Sie müssen und ich Ihnen unmoralische Unterstützung leisten will.« Er hob sein Glas. »Auf die abwesenden Freunde.«

»Wie traurig«, sagte die Garbo. »Das erinnert mich an Todesanzeigen. Das erste, Billy, das erste, was ich in der Zeitung lese, sind die Todesanzeigen.« Ihr Gesicht legte sich in schmerzliche Falten. »Lesen Sie auch die Todesanzeigen?«

»Ohne sie wäre ich längst tot.«

»Ist Ihnen aufgefallen, wie viele unbekannte Nullen in letzter Zeit sterben? Das müßte verboten werden. Sollen wir vornehm zu spät zum Dinner kommen?«

»Ja. Nehmen Sie doch Platz.« Sie setzte sich neben ihn auf die Couch. »Greta, Sie waren immer eine wunderbare Freundin.«

»Ah, bitte.«

»Doch. Ich werde Sie in meinem Testament bedenken.«

Sie lachte. »Bitte nicht. Ich besitze doch schon so viel. Vermachen Sie das Ganze Ihren Knaben!«

»Diesen undankbaren Hurensöhnen? Die sollen von mir aus alle verhungern. Jetzt aber mal im Ernst.«

»Hemingway?« Er starrte sie an. »Gefällt Ihnen mein kleiner Scherz nicht?«

Er tätschelte ihre Hand. »Er ist allerliebst. Seien wir egoistisch und behalten ihn für uns.«

»Ich sollte keine Witze machen. Salka sagt immer, ich kann keine Witze erzählen. Sie werden ungeduldig mit mir. Bitte nicht. Dieses Dinner macht mich sehr nervös. Das ganze Projekt macht mich sehr nervös. Ich habe einen schrecklichen Fehler gemacht und kann jetzt nicht mehr zurück. Wenn ich doch nur einen Nervenzusammenbruch kriegen könnte.«

»Greta, hören Sie, bitte. Meine Geschäfte als Raumausstatter laufen so gut, daß ich sie ausdehnen möchte.«

»Ausdehnen? Aber wohin denn?«

»Filmausstattung. Cedric Gibbons und der Rest können von mir aus die Kulissen entwerfen, aber lassen Sie mich die Möbel und Dekorationen auswählen. Glauben Sie nicht, daß ich das großartig meistern würde?«

»Ach Billy. Sie können alles meistern, was Sie anfangen. Wenn es nicht so abartig wäre, könnten Sie auch Präsident der Vereinigten Staaten sein.«

Er nahm ihre Hand. »Legen Sie ein Wort für mich ein. Vielleicht geben sie mir eine Chance.«

»Sie meinen von Stroheim? Gott.« Sie war aufgestanden und ging hin und her. »Ich habe ihm bereits Alysia Hoffman aufs Auge gedrückt.« Sie erzählte ihm, wie sie das Problem zu ihren Gunsten entschieden hatte. »Und nun bitten Sie mich, dem Drachen in seiner Höhle noch einmal die Stirn zu bieten.« Er zog jetzt eine so klägliche Miene, daß sie ihren Drink abstellte und ihn in die Arme nahm. »Ich kämpfe gern mit dem Drachen. Das bringt mein Adrenalin in Schwung. Ich werde es für Sie tun, Billy.« Sie ließ ihn los, sah auf ihre Armbanduhr und erhob sich mit ausgebreiteten Armen. »Wie sehe ich aus?«

»Sensationell.«

»Sie meinen nicht, der Rückenausschnitt ist zu gewagt?« Von Ausschnitt konnte gar keine Rede sein; es war in der Tat ein gewagtes Kleid.

»Es gibt Leute, bei denen es einen Herzanfall auslösen könnte.«

»Albert Guiss wird bezaubert sein?«

»Soweit ich weiß, ist er bereits bezaubert. Haben Sie vor, sich einen geheimnisvollen Milliardär zu angeln?«

»Ich weiß nicht.« Lottie hielt ihnen die Haustür auf. »Ich muß mir selbst ein Bild von ihm machen. Ihn sehr sorgfältig studieren. Mit ihm sprechen. Und er hat ja schon eine Geliebte.«

»Ich bin sicher, für *eine* ist noch Platz.«

»Hahahaha. Sie brauchen nicht auf mich zu warten, Lottie. Ich weiß nicht, wann wir zurückkommen werden. Früh, wenn Gott ein guter Mann ist. Also, meine Liebe, machen Sie nur ein Glas Milch und ein paar Hydrox-Kekse für mich zurecht.«

SIEBEN

Spannung lag in der Luft. Das spürte die Garbo sofort, als das riesige Eingangsportal nach innen schwang, um sie und Haines einzulassen. Sie hatte es schon gespürt, als die Limousine zu dem Schloß, und nicht anders konnte man es nennen, in der exklusiven Festung von Bel Air hochfuhr. Als sie vor dem schmiedeeisernen Tor ankamen, das Guiss' Schloß vor unerwünschten Invasionen schützte, ließ eine Fotozelle das Tor aufspringen. Haines war überrascht, daß es keine bewaffneten Wächter gab. Andererseits konnten hinter den Brustwehren und Türmchen des prachtvoll imposanten Bauwerks ohne weiteres jede Menge gefährlicher Scharfschützen versteckt sein.

Die Garbo bemerkte gleichmütig: »Sehr beeindruckend.« Mit Schlössern kannte sie sich aus. Sie hatte die schwedische Königin Christine dargestellt. Die Limousine hielt am Fuß einer breiten Steintreppe.

Haines zählte dreizehn Stufen. Goldig. Man ist nicht abergläubisch. Und dann schwang das riesige Portal nach innen. Als keine Orgel aufbrauste, war Haines enttäuscht. Aber es gab einen Butler und sechs Lakaien und vier Dienstmädchen, und Haines fragte sich, ob sie von einem Choreographen abgerichtet worden waren.

Der Butler, eine Kopie des berühmten Charakterdarstellers Gustav von Seyffertitz, kam zweifellos vom Zentralen Besetzungsbüro. Er sprach genau wie Herman Bing, ein Komödiant, der hauptsächlich Kellner spielte. Seine Art, die Lakaien und Dienstmädchen zu dirigieren, war das reinste Gottesgeschenk. Er hieß Kriegman, und als die Garbo ihn nach seiner Herkunft fragte, erzählte er, seine Familie stamme aus Ostpreußen.

Kriegman führte sie eine dick mit Teppichen ausgelegte Treppe hinauf; die Tapisserien zu beiden Seiten mußten mindestens sechsstellige Beträge gekostet haben, da war sie sicher. »Ein bißchen protzig, finden Sie nicht?« flüsterte sie Haines zu.

Er nickte und witzelte aus dem Mundwinkel: »Alles Angeberei. Aber als Hauptgericht gibt's Frankfurter und Sauerkraut. Sollen wir wetten?«

»Ach, hoffentlich!« sagte sie aufrichtig begeistert, »hoffentlich!«

Haines fragte sie: »Wo mag er die Komparsen mit den Lanzen herhaben?«

Die Lanzenträger standen bedrohlich zu beiden Seiten einer Flügeltür, auf die Kriegman sie zuführte. Sie trugen schwarze Uniformen mit goldenen Tressen, und es fehlte jetzt nur noch, dachte Haines, daß ein Sopran und ein Tenor zu singen anfingen. Als die drei sich der Tür näherten, wurden die Wächter lebendig und stießen sie auf. Die Garbo unterdrückte ein Stöhnen. Der gewaltige Raum zeugte auf atemberaubende Weise vom großartigen Geschmack seines Bewohners.

»Ich bin neidisch«, sagte Haines.

Die Garbo wußte sofort, daß der große, elegante, tadellos gekleidete Mann, der jetzt mit ausgestreckten Armen auf sie zukam, Albert Guiss war. »Endlich kommen wir zusammen«, sagte er mit einer Stimme, die verführerisch klingen sollte. »Ich bin Albert Guiss.« Er küßte ihr beide Hände. »Wie ich sehe, sind Sie von der Dekoration überwältigt; dabei stellen Sie mit Ihrer strahlenden Erscheinung das alles weit in den Schatten.«

Was für ein Text, dachte Haines; ich wette, damit hat er schon viele Fische gefangen. Die Garbo wirkte geradezu hypnotisiert.

»Mr. Guiss . . .«

»O bitte. Sagen Sie Albert zu mir.«

»Und Sie sagen Greta zu mir.« Ihre Zähne funkelten wie

ihr Lächeln. »Darf ich vorstellen: mein Freund William Haines.«

»Sagen Sie Billy zu mir«, sagte Haines mit seinem berüchtigten Grinsen, das allenfalls treuherzige Naturen für ein Lächeln gelten ließen.

Guiss trat zwischen sie, nahm Greta am rechten und Haines am linken Arm und führte sie zu den anderen Gästen. »Auf diesem Zweiersofa hier, Greta, sitzen Ihre beiden Produzenten, meine Wachhunde, hehe. Risa Barron und Werner Lieb.«

Lieb stand auf und verbeugte sich mit steifem Oberkörper. Risa Barron streckte eine Hand aus, die die Garbo freundlich streifte. Haines staunte, daß Risa bei dem vielen Schmuck, der daran hing, den Arm überhaupt heben konnte.

»Miss Garbo, endlich«, sagte Risa Barron.

»Greta. Ihr müßt alle Greta zu mir sagen. Immerhin werden wir viele Monate zusammenarbeiten, da müssen wir uns mit Vornamen anreden und gute Freunde werden.«

»Sie wunderbare Frau«, sagte Risa mit einer Stimme, die wie Dampf von einer überhitzten Heizung aufstieg. Billy Haines fragte sich, wie es möglich war, daß so viele häßliche Züge sich zu einem so faszinierenden Gesicht zusammenfügen ließen. Sie hatte eine lange Nase, einen breiten Mund, ein spitzes Kinn und asiatisch geschnittene Augen. Ihre Lippen waren sinnlich rubinrot angemalt, und sie hatte gerade genug Lidschatten aufgetragen, um angemessen geheimnisvoll zu erscheinen. Die Puppe weiß sich zu verkaufen, dachte Haines voller Bewunderung; er konnte verstehen, daß sie Guiss erobert hatte. Wie es der Zufall wollte, saß der Kopf auf einem absolut hinreißenden Körper.

Werner Lieb war von anderem Kaliber. Haines meinte, er könnte als Hilfskontrolleur in einer Wurstfabrik durchgehen. Er war blaß und dünn, und er trug seinen Abendanzug mit Elan und das Monokel im linken Auge mit der Souveränität eines erfahrenen Monokelträgers. Auch er küßte der

Garbo beide Hände, wobei er hervorsprudelte: »Ein Traum wird wahr, Greta. Sie endlich kennenzulernen, und dann auch noch mit Ihnen zu arbeiten.«

»Vielen Dank. Ich bin sicher, der Film wird für uns alle ein mehr als denkwürdiges Ereignis. Aber sehen Sie, Billy! Ein alter Freund von mir!« Gustav Henkel stand mit einem Glas Champagner in der Hand unweit des kolossalen Kamins. Sie betete, daß er nicht lächeln möge. Pustekuchen. »Das ist Gustav Henkel, der das Drehbuch geschrieben hat, das jetzt von Brecht umgeschrieben wird. Gustav scheint das nichts auszumachen. Sehen Sie! Er lächelt immerzu!«

»Kriegman!« bellte Guiss. »Getränke für Miss Garbo und Mr. Haines.« Sie bat um Champagner, Haines bat um seinen Scotch Highball.

Greta nahm Guiss am Arm und schritt mit ihm durch den Saal, blieb hier vor einem Tintoretto stehen, dort vor einem Picasso, hier vor einem Renoir und dort vor einem Degas; erstaunlicherweise gab es auch einige Moderne wie Max Ernst und Salvador Dalí. »Was für eine fabelhafte Sammlung! Wie haben Sie nur diesen einzigartigen Geschmack erworben?«

Haines wünschte, er könnte erfahren, wie der Mann sein einzigartiges Vermögen erworben hatte, ließ es aber bei einem Smalltalk mit Risa Barron bewenden. »Ihre Smaragde machen mich sprachlos.«

»Vielen Dank. Und was ist mit den Rubinen?«

»Blutrot und umwerfend.« Er fragte sich, ob es Geschenke oder Trophäen waren.

»Billy? Waren Sie nicht der Filmstar William Haines?«

»Jaja, irgendwann im Mittelalter.«

»Aber warum haben Sie aufgehört? Sie waren doch manchmal ganz komisch.«

»Das Resümee meiner Karriere: manchmal ganz komisch.« Er nahm seinen Highball von Kriegman entgegen und dachte, der müßte eigentlich auf Rollschuhen laufen, wenn er die ungeheure Strecke bis zu Greta Garbo bewältigen wollte, bevor ihr Champagner schal wurde. »Schon aufgeregt wegen des Films?« fragte er.

»Wer wäre das nicht? Es war so wunderbar von Albert, Werner und mich als Koproduzenten zu engagieren.« Sie neigte den Kopf und flüsterte: »Natürlich müssen wir irgendwie mit von Stroheim fertigwerden.« Sie lachte. »Ich bin schon mit Schlimmerem fertiggeworden. Hitler und Mussolini zum Beispiel.«

Haines war beeindruckt. »Sie kennen die beiden?«

»Aber natürlich«, lautete die sachliche Antwort. »Hitler wollte mich zur Mätresse nehmen. Das war vor Eva Braun. Aber mit einem Mann, der dauernd an seinen Zähnen saugt, kann ich nicht zusammenleben. Jetzt ist ein Preis auf meinen Kopf ausgesetzt. Ich stehe auf Adolfs Abschußliste. Naja, hoffen wir, daß es nicht meine Grabschrift ist.«

Die Garbo sagte zu Guiss: »Ja, es freut mich sehr, daß wir in Technicolor drehen werden, aber von Stroheim muß Probeaufnahmen mit mir machen. Westmore soll mir für die Farbkamera ein passendes Make-up entwerfen. Schließlich kann die Johanna zu ihren rosigen Wangen keine orange Lippen und grünen Augen haben. Gewiß, das Drehbuch ist stellenweise ganz witzig, aber Johanna selbst darf niemals Anlaß zum Lachen sein – wie können wir sonst vom Publikum erwarten, daß es Mitgefühl für sie entwickelt?«

»Vollkommen richtig. Ich werde es Von übermitteln. Apropos, wo wir jetzt in Farbe drehen – er denkt ernsthaft über Ihren Vorschlag nach, Sie auf dem Scheiterhaufen zu verbrennen.«

Sie lachte. »Das könnte ihm so passen. Johanna schmort in phantastischem Technicolor. Eine Orgie in Kirschrot und Orange und Braun und Gelb. Von Stroheim wird seine wahre Freude daran haben. Wir brauchen jemand, der sich mit Technicolor auskennt und ihn beraten und mäßigen kann. Sonst geht er zu weit.«

»Ich weiß.« Guiss steckte sich eine Zigarette an und klemmte sie in eine mit Perlen verzierte Spitze.

Sie standen vor einem Botticelli. »Albert«, sagte die Garbo, »wieso haben Sie sich für von Stroheim entschieden? Verstehen Sie mich nicht falsch, wir haben einmal gemeinsam vor der Kamera gestanden, und das war sehr schön. Aber kein anderer in der Branche nimmt ihn als Regisseur, und da kommen Sie und geben ihm großzügig fünf Millionen Dollar zum Spielen.«

»Spielen? Das soll er mal wagen«, sagte er schnarrend und mit zusammengekniffenen Augen; die Garbo faßte dies als Hinweis auf, daß der Mann nicht den Dilettanten spielte. Das jähe Aufblitzen von Grausamkeit ließ ihr ein leises Prickeln über den Rücken laufen. In freundlicherem Tonfall fuhr er fort: »Glauben Sie mir, von Stroheim war nicht meine erste Wahl. Als erstes bin ich an den nächstliegenden Mann für diesen Job herangetreten. Cecil B. deMille.«

»Sicher, der ist so herrlich banal.«

»Er hat eine Zeitlang darüber nachgedacht. Aber offenbar hatte er die Johanna bereits als Stummfilm gemacht, mit Geraldine Farrar.«

»Ach ja? Ich muß versuchen, eine Kopie davon aufzutreiben. Würde ich gern mal sehen.«

»Ich habe den Film gesehen. Entsetzlich primitiv. Ich hab's bei vielen anderen versucht, sogar bei Alfred Hitchcock, aber der hat bloß abgewinkt, mit der mysteriösen Bemerkung ›Da ist keine Spannung drin‹.«

»Richtig. Das ist wie *Hamlet*, man kann den Schluß nicht mehr ändern«, sagte die Garbo.

»Als nächstes habe ich Josef von Sternberg gefragt.«

»Und er wollte Marlene für die Rolle der Johanna.«

»O nein, keineswegs. Die beiden sprechen kaum noch miteinander. Er wollte Ingrid Bergman.«

»Ach? Aber die konnten Sie nicht kriegen?«

»Ich hab's nicht mal versucht. Ich wollte Sie und sonst niemand.« Seine Stimme war sanft und verführerisch. Er nahm ihre Hand und streichelte sie, während er mit den Augen ihr Gesicht verschlang. »Und jetzt habe ich Sie.«

»Sie haben Greta, die Schauspielerin.«

»Und wenn ich Greta, die Frau, haben will?«

Sie sah einen weiteren Gast eintreffen und unterbrach ihn abrupt. »Wer ist dieser Mann?«

»Martin? Martin Gruber ist mein Privatsekretär. Er kommt so spät, weil ich ihn auf Besorgungen geschickt habe. Martin! Kommen Sie, ich will Sie Greta Garbo vorstellen.« Gruber eilte durch den riesigen Raum auf sie zu.

»Der Ärmste«, sagte die Garbo. »Bis er bei uns ist, wird er außer Atem sein. Was für ein riesiger Raum. War das früher ein Ballsaal?«

»Nein, der Ballsaal ist im Nordflügel. Dort werde ich eine Party geben, wenn die Dreharbeiten abgeschlossen sind.«

»Bis dahin können noch Jahre vergehen«, sagte sie düster.

»Miss Garbo! Miss Garbo! Sie machen mich sprachlos.« Gruber konnte nie den Mund halten. »Ich bin einer Ihrer größten Bewunderer. Ich habe alle Ihre Filme mindestens ein Dutzend Mal gesehen.«

»Tatsächlich? Kein Wunder, daß Sie eine so dicke Brille tragen.«

»Ich bin furchtbar kurzsichtig.« Zu Guiss sagte er: »Ich habe mich um die Sache gekümmert.«

»Gut. Ich sehe, Kriegman hat die Tür zum Speisesaal geöffnet. Das Essen ist angerichtet.«

»Wunderbar. Frankfurter und Sauerkraut!«

»Frankfurter und Sauerkraut? Wie kommen Sie denn auf so was? Derlei Fraß ist für Statisten und Komparsen«, erklärte er stolz. »Es gibt heute abend Fasane unter Glas und Chateaubriand und Forelle Marie Antoinette.«

»Forelle Marie Antoinette? Habe ich nie gehört«, sagte die Garbo.

Guiss sagte mit butterweichem Lächeln: »Das sind Forellen, denen der Kopf abgetrennt wurde.«

Sie fanden ihre Tischkarten und nahmen Platz. An der Zahl leerer Gläser und der Menge von Tafelsilber bei jedem Gedeck konnte die Garbo erkennen, daß es ein sehr langer Abend werden würde. Vor ihr stand bereits ein Teller pâté de foie gras mit Trüffeln und Gewürzgurken (»Ah, alles noch lebendig«, flüsterte Haines der völlig konfusen Risa zu), und sie machte sich mit ihrem berühmten Enthusiasmus darüber her.

»Greta ißt für ihr Leben gern«, sagte Haines zu Risa. »Hätte sie das Licht der Welt in Afrika erblickt, wäre sie Kannibalin geworden.«

Martin Gruber labte sich zu gleichen Teile am pâté und an Garbos Gesicht. Er war ganz hingerissen von ihrem kehligen Lachen, von der Art, wie sie jedes Wort von Guiss zu verschlingen schien und wie sie immer wieder seinen Ärmel streifte. Falls das alles Verstellung war, erlebte er eine wahrhaft großartige Darbietung.

Werner Lieb wünschte Guiss zum Teufel, weil er ihn neben Gustav Henkel placiert hatte. Der Drehbuchautor aß lieber mit den Fingern als mit der Gabel und begegnete den prächtigen Trüffeln mit wenig Respekt. Er kaute mit offenem Mund und machte dazu ähnlich häßlich saugende Geräusche wie der Schlammbagger auf dem Hof von Werners Großvater im Elsaß. Werner versuchte Konversation zu machen: »Haben Sie schon was von Brechts Neufassung gesehen?«

»Ich wollte. Er war sehr höflich, als ich mich bei ihm vorstellte. Dann hat er mich die Treppe runtergeworfen.«

»Ja, er soll furchtbar launisch sein.«

»Und dauernd kaut er auf diesen billigen stinkenden Zigarren herum. Und seine Zähne!« Henkel zeigte seine eigenen, und Werner schüttelte sich. »Seine Zähne sind einfach schauderhaft!«

Suppe und Fisch verliefen ohne Zwischenfälle. Die Fasane unter Glas veranlaßten Haines zu der Bemerkung: »Ich hab's gesehen, sie haben sich bewegt.« Risa Barron nahm eine Hand vor den Mund und entschuldigte sich für einen Augenblick. Haines sah zur Garbo und zu Guiss hinüber. Offenbar hielten sie sich unterm Tisch an den Händen. Er fragte sich, warum ihn das beunruhigte.

Er hörte Martin Gruber fragen: »Haben Sie je daran gedacht, ein Comeback als Schauspieler zu versuchen, Mr. Haines?«

Die Frage ärgerte ihn jedesmal, und so entschied er sich für eine scherzhafte Antwort: »Ach nein, ich erwäge, Spion zu werden.«

Seine volltönende Stimme machte ihn sofort zum Mittelpunkt der Tafel.

Die Garbo tupfte sich mit ihrer Serviette die Lippen ab. »Ein Spion, Billy? Sie? Aber das ist unmöglich. Sie können kein Geheimnis für sich behalten! Hahahahaha!«

Der einzige, der mit ihr lachte, war Billy Haines.

ACHT

Binnen weniger als einer Woche nach dieser Dinnerparty waren Greta und Guiss in aller Munde. In ihrer NBC-Radioshow, die sonntagsabend um Viertel nach neun im Anschluß an Walter Winchells atemlose und atemberaubende fünfzehn Minuten gesendet wurde, verkündete Louella Parsons schwärmerisch: »Greta Garbo und Albert Guiss scheinen einander gefunden zu haben. Kennengelernt haben sie sich auf einer Dinnerparty, die vorige Woche zur Feier des Beginns der Dreharbeiten am Comeback der Garbo *Johanna die Große* gegeben wurde. Nach Auskunft meiner Spione sind die beiden seit diesem Abend unzertrennlich. Der geheimnisvolle Finanzier wurde mit Greta im Kosmetikhaus Westmore gesichtet, wo sie und von Stroheim, der Regisseur des Films, für Greta ein farbiges Make-up entworfen haben. Wie ich höre, unternehmen Greta und Guiss an manchen Abenden lange Spaziergänge am Strand von Santa Monica, wo Greta ein hübsches kleines Haus besitzt. Vielleicht sprechen sie ja wirklich nur über den Film, dessen Drehbeginn für morgen angesetzt ist, oder aber wir haben es mit einer Romanze in Guiss-Dur zu tun. Warten wir es ab.«

Obwohl es Sonntagabend war, herrschte im Samuel-Goldwyn-Studio Betrieb wie in einem Bienenkorb. Licht- und Tontechniker waren fieberhaft bemüht, ihre Geräte zu von Stroheims Zufriedenheit aufzubauen. Damit Peter Lorre, der von Jack Warner für einen Film mit Sydney Greenstreet gebraucht wurde, den Kronprinzen spielen konnte, mußte der Drehplan geändert werden. Die Verwendung von Technicolor machte die Installation einer elektrischen Schalttafel erforderlich, die stark von den üblichen Ausmaßen abwich. Der Palast des Kronprinzen war nach einem wunderschönen Entwurf von Cedric Gibbons gebaut worden, den man sich mit dem überraschend gütigen Segen von Louis B. Mayer bei MGM ausgeliehen hatte. Als die Garbo davon erfuhr, bemerkte sie stirnrunzelnd zu William Haines: »Der führt doch was im Schilde. Warum ist er so entgegenkommend? Erst überläßt er mir Adrian als Kostümbildner, und jetzt läßt er Gibbons die Kulissen entwerfen.«

»Angeblich hat ihn fast der Schlag getroffen, als er hörte, daß ich die Innenausstattung mache.«

»Apropos. Kein Chintz, Billy. Die hatten damals noch keinen Chintz.«

»Die hatten auch sonst nicht viel«, sagte Haines geknickt. »Bloß immer Sack und Asche.«

Die Garbo schritt in ihrer Garderobe auf und ab. »Das Kostüm gefällt mir. Und Ihnen?«

»Wie haben Sie ihn dazu gebracht, die Schulterpolster wegzulassen?«

»Meine Schultern brauchen nicht ausgestopft zu werden. Ich habe eine gute Figur.« Sie musterte sich voller Bewunderung in dem Ankleidespiegel, den sie eigens hatte aufstellen lassen, und war zufrieden.

Haines fragte: »Was spielt sich eigentlich ab zwischen Ihnen und Guiss? Lolly hat heute abend ihren Millionen Zuhörern erzählt, sie vermute, ihr beide hättet einen Narren aneinander gefressen.«

»Narren ist gut. Aber von gefressen kann noch keine Rede sein.« Sie setzte sich vor den Spiegel ihres Schminktischs und zündete sich eine Zigarette an. »Finden Sie nicht, daß er sehr attraktiv ist?«

»Wenn man den Typ mag. Ich finde, Nils Asther wäre die bessere Besetzung.«

Die Garbo explodierte. »O nein, niemals. Nils ist zu passiv. Er hat keine Führungsqualitäten. Er ist von einer Nachgiebigkeit, die auch Albert manchmal an den Tag legt, besonders wenn wir am Strand spazierengehen und er von der

Zukunft redet.« Sie untersuchte ihre Fingernägel. »Er hat vor, sich eines Tages nach Südamerika zurückzuziehen. Nach Brasilien. Hat sich einen Dschungel und einen Fluß gekauft. Läßt den Dschungel roden und dort eine kleine Stadt errichten.«

»Sie meinen, ein kleines Königreich, stimmt's?«

»Manchmal weiß ich nicht, was ich meine, und manchmal weiß ich nicht, was er meint. Er besteht aus lauter Widersprüchen.«

»Meinen Sie, er ist in Sie verliebt?«

Ihr Gesicht nahm einen schelmischen Ausdruck an. »Aber natürlich, was denn sonst? Faszinierend wie ich bin. Ich bin die Garbo, die schwedische Sirene. Haben Sie all die Männer vergessen, die ich in meinen Filmen erobert und zugrunde gerichtet habe? War ich als Mata Hari nicht phantastisch?«

»Bei den Liebesszenen mit Ramon Novarro konnte ich kaum ernst bleiben.«

»Wir auch nicht. Er dachte an einen der Statisten, die er haben wollte, und ich dachte an eine Reise nach Europa, und irgendwie haben wir die Sache hinter uns gebracht. Aber auf der Leinwand hat es doch irre gut ausgesehen, oder?«

»Das hat nur an Ihnen gelegen. Gott, wenn Sie einen Mann küssen, verschlingen Sie ihn.«

»Aber Billy, wenn man so richtig in einen Mann verliebt ist, küßt man ihn doch, um ihn zu verschlingen. Wenn ich verliebt bin, liebe ich mit alles verzehrender Leidenschaft.« Sie rückte ihrem Daumennagel mit einer Papiernagelfeile zu Leibe. »Ich habe vergessen, wie das ist, es ist schon so lange her. Wieviel Uhr ist es?«

»Kurz vor zehn.«

»Ich bin müde. Ich will nach Hause.«

»Worauf warten Sie dann noch?«

»Auf Peter Lorre. Morgen früh soll als erstes die Szene zwischen dem Kronprinzen und Johanna gedreht werden. Ich wünschte, Erich könnte das nach der Mittagspause ansetzen. Es ist eine sehr schwierige Szene. Wir müssen das proben.« Es klopfte an die Tür. »Vielleicht ist das jetzt Peter. Herein!«

Lisa Schmidt trat ein. Sie sagte zu Haines: »Ich dachte mir, daß ich Sie hier finden würde. Der Meister ist im Studio und schreit herum. Er hat etwas gegen diese Ministatue von dem nackten Gladiator, die Sie ins Schlafzimmer des Kronprinzen gestellt haben. Sie sollen sofort kommen.«

»Dieser Scheißkerl hat keinen Sinn für Ästhetik!« explodierte Haines. »Steht nur auf häßliche Fratzen und körperliche Mißbildungen. Wartet's nur ab. Er wird als Komparsen hauptsächlich Blinde nehmen, Einarmige, Einbeinige, Bucklige und Zwerge und weiß Gott was sonst noch alles. Da versuche ich, das Ganze mit einem knackigen, muskulösen Gladiator ein bißchen aufzupeppen, und ihm muß gleich der Hut hochgehen. Aber was andres geht bei dem ja sowieso nicht mehr hoch.« Als er losstürmte, um den Löwen im Studio zu stellen, brüllte er: »Der nächste Schrei, den ihr hört, wird von mir kommen!«

Sie beobachteten seinen Abgang, und Lisa fragte mit müder Stimme: »Was dagegen, wenn ich mich kurz hinsetze?«

»Aber bitte! Möchten Sie Kaffee? Ich hab noch heißen in der Thermoskanne. Außerdem zwei Thermoskannen mit Hühnerbrühe und Schokolade. Meine Haushälterin ist ein Schatz.«

»Vielleicht etwas Schokolade.«

»Sie macht wunderbare Schokolade. Hat ihren Mann damit vergiftet.«

»Ich nehme Kaffee«, sagte Lisa. »Sie auch etwas?«

»Nein, ich riskiere den Kakao. Das Vergiften hat Lottie wohl seit langem aufgegeben. Jedenfalls sind wir gute Freunde.«

»Was ist es für ein Gefühl, wieder zu arbeiten?«

»Na ja«, sagte die Garbo, »wie ein Vulkan, der aus seiner Untätigkeit erwacht.«

Lisa goß mit vielsagendem Gesicht die Getränke ein. »Finden Sie nicht, das Ganze ist reichlich seltsam?«

»Seltsam? Sagen wir, ein bißchen extraordinär. Risa Barron fasziniert mich. Sie und Werner Lieb haben nicht die leiseste Ahnung vom Filmemachen und stellen ihre Unwissenheit zur Schau, als wär's Expertentum! Und die Juwelen, die sie trägt! Mein Gott! Die müssen ein Vermögen wert sein. Aber ich mag sie. Sie amüsiert mich. Sie scheint nichts dagegen zu haben, wie Albert mir den Hof macht.«

»Unter uns gesagt«, bemerkte Lisa, während sie die beiden Tassen zum Schminktisch trug, »für mich ist sie das Meisterwerk eines Präparators. Wer sind diese Leute? Wo kommen die her?«

Garbo sah Lisa klug und forschend an, als sie von ihr die Schokolade entgegennahm. »Sind *Sie* neugierig, oder ist *von Stroheim* neugierig?«

Lisa setzte sich und lachte. »Wir sind beide neugierig. Guiss ist Guiss. Mehr als das wenige, was wir über ihn wissen, werden wir nie über ihn erfahren, denke ich. Oder ist es Ihnen gelungen, seinen Panzer zu durchdringen?«

»Ach, ich weiß nicht. Eine Mutter und einen Vater wird er ja wohl gehabt haben?« Sie betrachtete ihre Schokolade, die stark und sahnig war. Kein Wunder, daß Mr. Lynton sich so gierig zu Tode getrunken hatte. »Aber ich habe nicht die geringste Ahnung, wer das war. Wissen Sie, was ich glaube? Ich glaube, daß er schon früh in seinem Leben den Ehrgeiz verspürte, ein sehr reicher und sehr mächtiger Mann zu werden. Ich halte ihn für vollkommen skrupellos . . .«

Lisa gab sich schockiert. »Meine Güte!«

Die Garbo lächelte. »Ich habe Ihnen nichts gesagt, was ich nicht auch ihm gesagt habe. Er gibt zu, daß er aus eigener Kraft emporgekommen ist, daß er immer auf Macht und Reichtum aus gewesen ist; und um so gepriesene Ambitionen zu verwirklichen, muß man zum mindesten völlig skrupellos sein. Ich bin skrupellos. Von Stroheim ist skrupellos. Jeder größere Star und Unternehmer in dieser Branche, jeder Politiker und Diktator auf der ganzen Welt ist skrupellos. Das muß man sein, wenn man seine Ziele erreichen will. Und hat man sie einmal erreicht, muß man sogar noch skrupelloser sein, um sie nicht wieder zu verlieren. Nehmen Sie Risa Barron. Sie hat Billy Haines erzählt, sie sei einmal mit Hitler und Mussolini befreundet gewesen. Hitler habe sie zur Mätresse nehmen wollen. Halten Sie das für möglich?«

»Warum nicht? Bei einer Frau wie ihr ist alles möglich. Gott, diese Juwelen.«

»Ich bin sicher, daß Gott nichts damit zu tun hat.«

»Hitler und Mussolini. Ein tolles Gespann. Und doch ist sie hier, weil sie vor den Faschisten abhauen mußte.«

»Das war bestimmt Alberts Werk.«

»Jetzt, wo Europa in die Hände der Kriegstreiber geraten ist, frage ich mich, wie sehr das Albert ans Portemonnaie gegangen sein mag. Ich habe irgendwo gelesen, daß er in Deutschland, Italien, Frankreich und Österreich riesige Besitztümer hatte, die jetzt alle konfisziert sind.«

Die Garbo lachte. »Ich bin sicher, er hat noch jede Menge übrigbehalten.«

»Wie ich höre, gefällt Ihnen Bertolt Brechts Neufassung des Drehbuchs.«

»O ja, finde ich sehr gut. Es hat jetzt wunderbare Schattierungen. Die Dunkelheit wird nicht mehr wie bei Henkel vom Licht überwältigt. Es hat jetzt viel mehr etwas von einer Parabel und wirkt daher bei weitem kraftvoller. Ich bin ganz begeistert davon. O Gott, ich höre schon am Klopfen, daß da Werner Lieb vor der Tür steht. Nehme an, er hat militärische Ausbildung.« Lisa verfolgte die Garbo mit den Augen, als sie an die Tür ging. »Er geht, er spricht, er verbeugt sich aus der Hüfte und er klopft an die Tür wie ein echter Junker.« Sie machte die Tür auf. Dahinter stand Werner Lieb. »Ich hatte recht. Kommen Sie herein, Werner, was gibt's?«

»Ich wollte Ihr Kostüm sehen.« Die Garbo warf sich in Pose. »Sehr gut, wirklich sehr gut.« Lisa fragte sich, ob er mit seinem Monokel auch ins Bett ging. Sie rätselte sehr viel über ihn und seine Freunde und war stets bestrebt, Arnold Lake und Herbert Villon an ihren Theorien teilhaben zu lassen.

»Gütiger Gott, was ist das für ein Geschrei?« Die Garbo schritt zur Tür zurück, machte sie auf und sah von Stroheim, der seine Reitpeitsche schwang und hinter Billy Haines herrannte. »Nun seht euch diese zwei Dummköpfe an! Und da kommt Peter!« Eine Zigarette im Mundwinkel, das Drehbuch unterm Arm, das Jackett ziemlich schief auf den Schultern, die Hände tief in die Taschen geschoben, trat Peter Lorre in Gretas Garderobe.

»Von Stroheim«, sagte er matt, »wird noch der Schlag treffen, wenn er so weitermacht.« Er blickte sich sorgfältig in der Garderobe um, die genaugenommen ein Wohnwagen war. »Ich glaube nicht, daß man mir ein solches Luxusquartier gewähren wird.«

»Ich habe nicht darum gebeten«, sagte die Garbo abwehrend. »Guiss hat es mir förmlich aufgedrängt.«

»Taugt er was im Bett?«

»Warum fragen Sie nicht jemand, der mit ihm im Bett gewesen ist? Kommen Sie rein. Sie sind spät dran.«

»Ich mußte noch meine Frau verprügeln. Das mache ich sonntagabends immer, wenn sie Lollys Sendung hört. Sie hat das gern. Danach schläft sie besser. Sie leidet gelegentlich unter Schlaflosigkeit.« Er ging an der Garbo vorbei, die die Tür zumachte und an den Schminktisch zurückkehrte. »Hallo, Werner. Sind Sie je als Koproduzent tätig gewesen?«

»Ich kann Ihnen versichern, daß Risa und ich durchaus Kompetenz besitzen.«

Die Garbo hoffte, das Gift in Liebs Stimme möge sich als tödlich erweisen. Lisa Schmidt versuchte unauffällig zu verschwinden. Greta fragte: »Sie wollen uns verlassen, Lisa?«

»Ich dachte, ich könnte Billy vor von Stroheim retten.«

Der Rauch, der ihm von seiner Zigarette in die Augen stieg, trübte Lorres Sehkraft keineswegs. Als Lisa sprach, drehte er sich zu ihr herum und nahm damit erstmals ihre Anwesenheit zur Kenntnis. Was er sah, gefiel ihm. Eine schöne Gestalt, prächtige Beine; da sie der Tür zustrebte, konnte er ihr Gesicht nicht genau erkennen. Blitzschnell fragte er sich, ob sie willig und zu haben sein mochte.

»Lisa?« fragte er. »Wer ist Lisa? Warum bin ich Lisa nicht vorgestellt worden?«

»Lisa, ich warne Sie. Mr. Lorre ist ein raubgieriges Ungeheuer. Wahrscheinlich, weil er in *M* so ein brillanter Kinderschänder war.«

Lorre sagte kichernd: »Aber Lisa sieht mir kaum wie ein Kind aus. Drehen Sie sich um, meine Liebe, damit wir uns bekannt machen können.«

Lisa ballte die Fäuste. Ihr Mund war trocken. Sie sprach ein stilles Gebet, ein Gebet, in dem sie Gott bat, er möge Peter Lorre mit irgendeiner Form von Gedächtnisschwund schlagen; dann setzte sie ein überschwengliches Lächeln auf und drehte sich zu ihm herum. »Schön, Sie kennenzulernen, Mr. Lorre.«

»Ah, ich bin überwältigt! Welche Schönheit! Welch hinreißende Schönheit! Greta, sind Sie nicht eifersüchtig?«

»Nein. Ihr Aussehen ist ihr nicht sehr wichtig, und das macht sie zu einer sehr klugen jungen Frau.«

Lorre ging langsam auf Lisa zu und studierte ihr Gesicht, obwohl der Rauch ihm noch immer die Augen trübte. Sie verschränkte die Arme und wartete.

Werner Lieb war von Lorres Vorstellung fasziniert. Er spürte, daß der Schauspieler etwas vorhatte, daß er Katz und Maus mit Lisa spielte, die auch wirklich aussah, als sollte sie gleich gefressen werden.

»Ich glaube, wir sind uns schon einmal begegnet«, sagte Lorre schließlich. »Habe ich recht?«

Lisa sagte fest: »Ich bin Ihnen noch nie begegnet, Mr. Lorre. Das weiß ich ganz genau.«

»Ich bin doch nicht verrückt. Etwa einen Monat ist das her. Vielleicht auch länger.«

»Ich muß jetzt gehen, Mr. Lorre. Sie müssen mich entschuldigen.«

»Was soll denn diese Eile. Warten Sie mal. Lassen Sie mich nachdenken.« Er nahm die Zigarette aus dem Mund und hielt sie zwischen zwei Fingern. »Ja, natürlich. *Sie* waren das.«

Die Garbo sagte ungeduldig: »Ach Peter, hören Sie auf, mit Lisa zu spielen. Seien Sie nett zu ihr. Sie werden sie noch brauchen. Sie kommt hervorragend mit von Stroheim zurecht und ist sehr brauchbar. Lisa, schauen Sie nicht so verängstigt drein. Peter ist harmlos. Peter, benehmen Sie sich.«

»Ich *benehme* mich ja«, sagte Lorre gereizt. »Lisa und ich sind uns schon mal begegnet. Stimmt doch, Lisa, oder?« Sie schwieg. Sie wünschte, ein Blitz möge niederfahren; sie wünschte, es würde irgend etwas geschehen, das sie retten würde, so wie sie in jener Nacht, als sie auf dem Strand verfolgt wurde, um Rettung gebetet hatte. »Es stimmt, und Sie und ich wissen das. Einnern Sie sich an diese Nacht am Strand, Greta?«

»Ach? Jetzt werde ich auch noch da reingezogen?« Sie warf die Papiernagelfeile beiseite. »Peter, wollen Sie bitte Platz nehmen und Lisa weiterarbeiten lassen. Gehen Sie, Lisa. Wir sehn uns dann später.«

»Greta, ich lasse mich nicht wie einen Idioten behandeln!« tobte Lorre plötzlich los. »Das da ist die Kleine vom Strand, die vor irgendwas weggelaufen ist und sich hinter dem Rosenbusch unter Ihrer Veranda versteckt hat. Die Ihr Nachbar gesehen hat, dieser, wie heißt er noch . . .?«

»Saloman.« Greta machte ein verblüfftes Gesicht.

»Richtig, Saloman. Und dann hat sie bei mir Zuflucht gesucht. Hat mich gebeten, das Telefon benutzen zu dürfen. Als Toth . . . Sie wissen schon . . . von der Privatpolizei, für die wir bezahlen . . . als er bei mir an die Tür klopfte, hab ich sie in der Kleiderkammer im Wohnzimmer versteckt . . . da, wo meine Frau nie reinsieht . . . und während ich mit Toth gesprochen habe, ist sie abgehauen. Verdammt!« Werner

Lieb sah fasziniert zu, wie Lorre einen anklagenden Finger auf Lisa Schmidt richtete. »Diese Frau sind Sie! Sie waren es, die da verfolgt wurde, und es hatte irgend etwas mit dem Haus zu tun, in dem früher diese seltsame Wolheim-Familie gewohnt hat.«

Lisa brachte ein verzweifeltes Lachen zustande. »Es tut mir schrecklich leid, Mr. Lorre. Aber Sie verwechseln mich mit jemand anderem. Ich muß jetzt gehen.« Sie entfloh.

»Aber ich schwöre, beim Kopf meiner Frau«, versicherte Lorre, an die Garbo und Lieb gewandt, »das ist die Frau! Sehen Sie doch, was für eine Angst sie hat!«

»Ich hätte auch Angst, wenn Sie so über mich herfallen würden wie eben über Lisa. Also wirklich, Peter, ich erinnere mich jetzt an diese Nacht. Ich hatte bei Marion etwas getrunken und bin dann nach Hause gegangen. Ich habe tatsächlich etwas unter meiner Veranda weglaufen sehen, aber nur undeutlich, wegen der Verdunkelung. Und was Sie betrifft, Sie waren zu dem Zeitpunkt doch wahrscheinlich von Kokain benebelt. Vermutlich ist da überhaupt kein Mädchen gewesen.«

»Wollen Sie mir einreden, ich wäre wahnsinnig? Ich sage Ihnen«, sagte er und wies mit einem Finger in die Richtung, in die Lisa Schmidt entschwunden war, »das war die Frau, die in dieser Nacht in mein Haus gekommen ist!«

»Das ist ja alles furchtbar dramatisch«, unterbrach Werner Lieb, »aber ich muß jetzt ins Büro zurück. Ich habe Albert versprochen, Ihr Kostüm zu begutachten und ihm Bericht zu erstatten. Ich werde ihm sagen, daß ich sehr zufrieden damit bin.«

»Überflüssig. Ich bin zufrieden. Alles andere zählt nicht, was dieses Kostüm betrifft.«

Lieb schlug die Hacken zusammen und machte seine steife Verbeugung aus der Hüfte. »Auf Wiedersehn.« Zu Lorre sagte er: »War nett, Sie mal wiederzusehen.«

Ein befremdeter Ausdruck zog über das Gesicht der Garbo. Sie sah, daß Lorre auf Liebs Bemerkung fast genauso reagierte, wie Lisa Schmidt auf Lorres Bezichtigung reagiert hatte. Sie sah Lieb hinausgehen und fragte sich, ob er in dieser stocksteifen Haltung auch schlafen mochte. Lorre warf sein Drehbuch auf die Couch und zerquetschte die Zigarette im Aschenbecher. Als sie allein waren, fragte die Garbo: »Wann haben Sie Werner Lieb kennengelernt?«

»Lieb? Sie meinen den Mann, der eben gegangen ist? Den habe ich noch nie zuvor gesehen.«

»Aber er hat gesagt: ›War nett, Sie mal wiederzusehen.‹«

Lorre zuckte die Schultern. »Hat mich von der Leinwand wiedererkannt. Jeder erkennt mich. Ich habe überhaupt kein Privatleben mehr.«

»Peter«, sagte die Garbo ernst, »Sie kennen ihn genauso wenig, wie Lisa Schmidt angeblich Sie nicht kennt.« Sie nahm eine Bürste, wandte sich dem Spiegel zu und begann sich die Haare zu kämmen. »Ihr alle seid sehr faszinierend. Wie aufregend das Leben auf einmal wieder ist. Schätze, dieser Film ist eine Brutstätte für Intrigen und verborgene Geheimnisse. Gefährliche Geheimnisse, nehme ich an. Habe ich recht, Peter?«

Er steckte sich die nächste Zigarette an. »Gehen wir unseren Text durch, Greta. Ich bin bei meinem noch etwas unsicher.«

»Peter.« Sanft sprach sie seinen Namen. »Ich habe den Verdacht, Sie sind bei etwas ganz anderem unsicher als bei Ihrem Text.« Dann sprach sie volltönend ihren Dialog in der Neufassung von Brecht, die sie binnen weniger Tage ihrem Gedächtnis einverleibt hatte: »Mein Kronprinz, mein Prinz, Majestät, ich bin ein schlichtes Bauernmädchen und bin gekommen, um Euch zu dienen. Meine Stimmen ... meine Stimmen haben Euch meiner Obhut anvertraut ... O Sire ... Ihr müßt mir glauben ...«

Lorres erste Zeilen vernahm sie nicht. Sie fragte sich, woran *sie* noch glauben konnte. Sie machte sich Sorgen, und sie hatte ein wenig Angst. Sie mußte mit Salka Viertel reden.

NEUN

Lisa Schmidt mußte mit Arnold Lake und Herbert Villon reden. Sie fand Arnold in seinem Hotel, dem Garden of Allah an der Ecke Sunset Boulevard und Crescent Heights. Das Haus hatte früher der ebenso stürmischen wie exotischen Stummfilmdiva Alla Nazimova gehört. Als sie Geld brauchte, wurde das Anwesen verkauft und zu einer Reihe entzückender Bungalows umgebaut, in denen literarische Koryphäen wie Robert Benchley, Dorothy Parker und Robert Sherwood und auch etliche Filmstars zwischen ihren Ehen häufig zu Gast waren. In der beliebten Bar des Hotels wurde jeder, der nicht trank, entweder mit Argwohn betrachtet oder gleich als subversives Element gebrandmarkt.

Arnold wiederum hinterließ bei verschiedenen Kontrollstellen Nachrichten für Herb Villon, der bald ausfindig gemacht wurde und sich zu Arnold und Lisa im Garden of Allah gesellte.

In Arnolds Bungalow hörten sie sich Lisas Bericht von ihrer Begegnung mit Peter Lorre an. Als sie fertig war, sagte sie: »Ich glaube nicht, daß mich jemand beim Verlassen des Studiogeländes gesehen hat. Ich sollte wieder zurückgehen.« Die beiden Männer schwiegen. »Werner Lieb ist einer von Guiss' Gefolgsleuten. Ich bin absolut sicher, daß er bei dem Treffen am Strand dabeigewesen ist.«

Endlich sagte Arnold etwas. »Zurückgehen könnte gefährlich sein.«

»Nicht zurückgehen«, sagte Villon, »könnte genauso gefährlich sein.«

»Das finde ich auch«, sagte Lisa. »Ich bin dafür, daß ich zurückgehe und einfach alles abstreite. Was ist das Schlimmste, das mir passieren könnte?«

»Sie könnten getötet werden«, sagte Arnold leise. Lisa atmete aus und griff nach dem Scotch mit Eis, den er ihr eingeschenkt hatte. »Wir wissen genau, daß da irgend etwas Subversives und Gefährliches im Gange ist. Der Film dient bloß als Fassade für irgendwelche heimlichen Aktivitäten. Das Ganze stinkt zum Himmel.«

Lisa versuchte gar nicht erst, ihre Skepsis zu verbergen. »Sie glauben doch wohl nicht, daß die Garbo sich an irgendwelchen subversiven Aktivitäten beteiligen würde, oder?«

»Wer weiß? Denken Sie an die Leute von der Fünften Kolonne, die wir hochgenommen haben. Da waren angesehene Politiker dabei, die Stützen der Gesellschaft: ein einziges großes Nest von kommunistischen Untergrundaktivisten.«

»Ich dachte, die Roten sind unsere Verbündeten«, warf Villon ein.

»Neuerdings. Aber wer weiß bei diesem Scheißkerl Stalin schon, was es als nächstes gibt? Die Garbo hat 1925 in Deutschland gelebt und gearbeitet. Dieser Film damals . . .«

»Die freudlose Gasse«, sagte Lisa.

»Hat sie Ihnen nicht erzählt, daß einige der Schauspieler, mit denen sie da gearbeitet hat, Nazis geworden sind?«

»Hat sie«, sagte Lisa und fügte hitzig hinzu: »Aber einige sind es auch nicht geworden. Das alles ist passiert, Jahre nachdem Greta in die Staaten gekommen ist. Ich sage Ihnen, sie ist vollkommen unpolitisch. Sie ist nicht dumm, aber so klug ist sie auch wieder nicht. Sie ist – sie ist clever und denkt nur an sich. Die Frau gibt keinen Zentimeter preis, erst recht keinen Meter. Ich denke, sie ist in diese Sache reingezogen worden; und sie zu kriegen, war nicht schwer, so verwirrt und aufgeregt wie sie war, weil Metro sich von ihr getrennt hatte.«

»Was ist«, beharrte Arnold, »mit ihrer Affäre mit Guiss?«

»Ich glaube, das ist nichts Ernstes. Es amüsiert sie. Sie findet ihn und seine Clique lustig. Ich hab's Ihnen doch gesagt, sie kann über den ganzen Verein nur lachen. Sie bekommt eine Million Dollar, da kann sie sich das Lachen leisten.«

Lisa steckte sich eine Zigarette an. »Ich frage mich nur, wie paßt Lorre in dieses Szenario? Damals am Strand ist sein Name gefallen. Und er war es, der Guiss' Antwort an Garbo übermittelt hat.«

»Und es waren ihre zwei Freundinnen, die sie weichgeklopft haben, endlich bei der Sache mitzumachen«, fügte Arnold hinzu.

Villon fragte Arnold: »Viertel und de Acosta sind aber doch unbelastet?«

»Scheint so, oberflächlich betrachtet«, sagte Arnold. »Sie engagieren sich heftig für die antifaschistische Sache. Sie arbeiten in einer Menge Komitees. Im Gegensatz zur Garbo.«

»Die Garbo ist die Garbo«, sagte Lisa. »Wie gesagt. Sie ist kein politisches Wesen. Sie wissen, daß sie die Öffentlichkeit immer gescheut hat. Sie ist sehr wählerisch, was ihren Umgang betrifft. Mich wundert, daß sie mich anscheinend sofort sympathisch gefunden hat.«

»Sie haben einen direkten Draht zu von Stroheim. Das kann sie sich zunutze machen.«

»Sie hat versucht, mir Lorre vom Hals zu halten. Das hätte sie nicht nötig gehabt.«

»Dieser Werner Lieb«, fragte Villon.

»Ich bin sicher«, sagte Lisa, »er glaubt Lorre. Diese Bande hat mich damals an dem Abend verfolgt, zumindest einer davon. Jetzt sehen sie, daß ich mich in die Produktion reingeschlängelt habe. Ich bin sicher, die empfinden mich als Bedrohung.«

Arnold sagte ernst: »Hören Sie, Schätzchen, Sie sind mein Mädchen. Sie sind wichtig für mich. Aber jetzt sind wir in der Klemme. Wenn Sie verschwinden, wissen die genau, daß wir ihnen auf der Spur sind, und wir werden nie mehr was erfahren.«

»Meinen Sie, ich wüßte das nicht?« Sie lächelte. »Die Garbo könnte uns womöglich helfen.«

Villon kicherte. »Sind Sie verrückt? Die Garbo als Spionin, das soll wohl ein Witz sein.«

»Wenn jemand an Informationen rankommen kann, dann sie.« Lisa nippte an ihrem Drink. »Behalten Sie sie im Auge. Sie wird mich wegen Lorres Anschuldigung ins Kreuzverhör nehmen. Was sollen wir mit ihm anfangen?«

Villon sagte: »Ich kenne ihn ein bißchen. Haben am Donnerstagabend zusammen in diesem Dampfbad geschwitzt, wo die Prominenten hingehen. Sie wissen schon, Bogart, Eddie Robinson, Vic McLaglen ...«

»Hüten Sie sich vor Vic McLaglen«, sagte Arnold schneidend.

»Vor diesem Trottel?« fragte Villon ungläubig.

»Wissen Sie nicht, daß er seine eigene Privatarmee besitzt? Kavallerie. Treffen sich jede Woche zu Manöverübungen und tragen schwarze Hemden. McLaglen ist Ire. Und die Iren sind ziemlich auf Hitlers Seite. Hitlers Schiffe und U-Boote laufen irische Häfen an, wenn sie repariert oder aufgetankt werden müssen.«

»Nicht zu fassen«, sagte Villon.

»Das ist kein Geheimnis. Besonders Nordirland. Die haben für Großbritannien nicht viel übrig. Wollen die Unabhängigkeit.«

Lisa sagte: »Miserable Liebhaber.«

Arnold lächelte. »Wir können Sie nach Mexiko schicken, bis die Sache sich gelegt hat.«

»Das Essen dort bekommt mir nicht. Nein, meine Herren, die Dame hat die Hosen gestrichen voll, aber sie wird ins Studio zurückgehen. Falls mir was zustößt, wissen Sie wenigstens, wo Sie recherchieren und wen Sie überprüfen müssen. Übrigens, diese Risa Barron, die mit dem vielen Schmuck, erzählt überall herum, sie habe was mit Hitler und Mussolini gehabt.«

»Genau wie Guiss.« Sie lauschten Arnold gebannt. »Und Hitler hat der Garbo seine Welt versprochen, falls sie nach Deutschland zurückkehrt.«

»Nun«, sagte Villon, »sie hat ihm offenbar einen Korb gegeben.«

Arnold Lake war sehr müde. »Ich sollte schon längst im Bett sein.« Er fragte Lisa: »Wollen Sie bestimmt noch heute abend zurück? Warum gehen Sie nicht nach Hause und schlafen sich mal aus? Morgen ist Drehbeginn, das wird ein harter Tag werden.«

»Sie haben recht. Ich geh nach Hause. Und ich bleibe ständig in Verbindung.« Arnold gab ihr einen Kuß. »Und, Arnold, vergessen Sie nicht, meinen Eltern auszurichten, daß ich sie sehr liebhabe.«

»Wann?«

»Weiß nicht. Nur für alle Fälle.«

»Ich bin so schnell gekommen, wie ich konnte. Bei Verdunkelung fahren ist die reine Hölle. Ist noch Kaffee da?« Salka Viertel zog ihre Wildlederjacke aus und warf sie über eine Stuhllehne.

»In einer von den Thermoskannen.« Die Garbo sah ihre Freundin die Thermoskannen öffnen und schließen, bis sie die mit dem Kaffee gefunden hatte.

»Also, was gibt's? Du siehst schrecklich müde aus. Du solltest nach Hause. Wann hast du die erste Szene?«

»Ist jetzt auf den Nachmittag verlegt. Von hat ernste technische Probleme. Setz dich, Salka. Ich habe etwas sehr Wichtiges mit dir zu besprechen.« Sie erzählte ihr von Lorres Auseinandersetzung mit Lisa Schmidt.

»Und? Was meinst du, hat das zu bedeuten?«

»Ich meine, es bedeutet, daß hier irgendwas Gefährliches im Gange ist. Lisa Schmidt könnte irgendwas mit Spionage zu tun haben.«

Salka lachte. »Mußt du alles übertreiben!«

»O nein. In dem Fall nicht. Sie wurde auf dem Strand verfolgt, falls sie es denn war. Wir meinten, diese Wolheim-Familie sei ein komischer Verein, weil die sich alle überhaupt nicht ähnlich sehen. Guiss und seine Sippschaft. Und dieser häßliche Gustav Henkel. Ich glaube nicht, daß er das erste Drehbuch für die *Johanna* geschrieben hat.«

»Greta, also wirklich.«

»Ich meine das ernst, Salka. Welcher Autor kämpft nicht dafür, die Neufassung selbst schreiben zu dürfen? Er lehnt sich ruhig zurück und läßt es zu, daß man Brecht die Arbeit machen läßt? Er hat bloß einen Entwurf geschrieben. Könnte wenigstens verlangen, die erste Revision selbst durchführen zu dürfen. Aber nein, er läßt sich in aller Ruhe ausbooten, ohne einen Muckser. Und Risa Barron? Mit ihrem phantastischen Schmuck, der Maria Montez vor Neid in den Selbstmord treiben würde? Prahlt mit ihren Beziehungen zu Hitler und Mussolini herum. Und Guiss? Wie er mir den Hof macht? Wie er mir die Welt verspricht, wenn ich seine Geliebte werde?«

»Bist du's?«

»Ich will die Welt nicht haben. Schwierig genug, mit Hollywood zurechtzukommen.« Sie dachte kurz nach. »Peter haben sie mit dem Angebot vorgeschickt. Und dann haben sie von Stroheim angeheuert, als sie angeblich niemand anderen kriegen konnten, nicht einmal von Sternberg. Aber der ist Jude.«

Salka war verwirrt. »Worauf willst du hinaus?«

»Aber von Stroheim ist ebenfalls Jude. Er und Joe sind nicht mit ihren ›Vons‹ auf die Welt gekommen. Haben sich das ›von‹ vor den Namen gestellt, als sie ihre Karriere anfingen; wollten den Anschein erwecken, sie seien von Adel. Hahaha! Greta von Garbo! Wie findest du das? Hahaha!« Die Garbo setzte sich auf einen Stuhl und schlug die Beine übereinander.

»Hört sich ganz entsetzlich an. Greta, was macht dich so mißtrauisch?«

»Diese Leute. Ich denke, das sind Betrüger.« Sie beugte sich vor und hypnotisierte die Viertel mit einem festen, durchdringenden Blick. »Warum habt ihr zwei, du und Mercedes, euch so ins Zeug gelegt, mich zu überreden, die Johanna zu spielen? Warum?«

Salka probierte den Kaffee, aber der war lauwarm. Sie

stellte die Tasse auf die Untertasse zurück. »Wir haben es für von Stroheim getan. Wir drei – Peter, Mercedes und ich. Ohne dich käme der Film nicht zustande. Guiss hat das ganze Projekt nur angeleiert, um dich kennenzulernen. Der ist völlig verrückt nach dir. Schon seit Jahren.«

»Fünf Millionen Dollar für Greta Garbo? Verglichen damit war das, was Louis mir gezahlt hat, ein Almosen. Und ich besitze trotzdem Millionen. Lächerlich, wie das Schicksal so spielt. Wirklich, Salka. Ist das alles? Ist das wirklich alles? Hat Guiss seine Beziehungen zu den Deutschen abgebrochen?«

»Davon weiß ich nichts. Ich weiß nicht, was für Beziehungen er zu den Faschisten hatte, außer daß er behauptet, sie hätten ihm Besitztümer im Wert von Milliarden Dollar konfisziert. Du solltest eigentlich mehr darüber wissen als ich! Louella sagt ...«

»Ach, zum Teufel mit Louella.« Sie ging jetzt auf und ab, rang erregt die Hände, und ihre Augen zuckten hin und her wie die eines verängstigten Spatzen. »Ich habe böse Ahnungen, Salka. Irgend etwas Schreckliches wird passieren.«

»Sei doch nicht albern, Greta. Was ist in den anderen Kannen? Die müssen noch warm sein. Trink einen Schluck, und dann gehen wir nach Hause.«

»Nach Hause. Ja. Nach Hause zu meiner Lottie. Die wird mich beschützen.«

»Die Schokolade duftet herrlich.«

»Damit hat Lottie ihren Mann vergiftet. Mit Schokolade.«

»Vergiß die Schokolade. Ah! Hühnerbrühe. Riecht lekker. Was hat Lottie mit Hühnerbrühe verbrochen?«

»Ach Salka, Salka. Ich habe Angst um Lisa Schmidt. Peter, dieser Idiot. Sie vor Werner Lieb zu beschuldigen.«

»Lieb?«

»Auch so ein Handlanger. Angeblich Koproduzent. Wenn Lisa was zustößt ... o Gott!« Sie warf sich auf die Couch. »Ich sollte in die Schweiz gehen, die ist neutral.« Sie blickte zu Salka auf. »Glaub mir, Salka, irgend etwas ist faul in diesem Studio. Ich weiß nicht, was; aber es ist da. Ich habe viel nachzudenken. Ja, ich denke, ich fahre nach Hause.«

ZEHN

»Lisa Schmidt eine amerikanische Agentin?« Albert Guiss schluckte die Nachricht, die Werner Lieb ihm gegeben hatte, brauchte einige Zeit, sie zu verdauen, und sagte dann: »Sind Sie absolut sicher?«

»Absolut sicher nicht. Wir haben nur die Aussage von Peter Lorre.«

»Wie wir alle wissen, können Lorres Aussagen genauso zweifelhaft sein wie seine Gesundheit. Nun, wenn sie wirklich die Schnüfflerin am Strandhaus war, kann sie nicht allzuviel gehört haben. Wir haben nur über den Film gesprochen. Risa, was denkst du?«

Risa dachte, sie wäre jetzt lieber im Bett, um den so nötigen Schönheitsschlaf zu machen. Sie starrte Gustav Henkel an, der in seinem Sessel zu dösen schien; aber bei dem konnte man nie sicher sein. Vielleicht stellte er sich nur schlafend. Das tat er oft, wenn Gespräche ihm zu hoch waren und er nicht mitkam. »Ich denke, daß Gustav eingeschlafen ist.«

Guiss sah den Autor an und grinste. »Vielleicht nicht, vielleicht ist sein Geist auf Wanderschaft.«

»Ohne Straßenkarte bestimmt nicht«, meinte Risa, die Henkel nicht mochte. Sie hielt ihn für gewöhnlich und ziemlich mittelmäßig und wünschte nur, er würde mal was für seine Zähne tun.

»Kommen wir auf Lisa Schmidt zurück. Was hast du für eine Meinung von ihr, Risa?«

»Meinung? Meinung? Was für eine Meinung?« Wenn sie müde war, wurde sie gereizt. »Ob sie ein Spion ist? Wie soll ich das wissen? Ich kenne sie nur von ihrer Mitarbeit bei dem Film. Und da ist sie voll auf Draht. Ich weiß, daß von

Stroheim sehr zufrieden mit ihr ist, und als vorige Woche seine Frau ins Studio kam, dürfte sie kaum glücklich über die Feststellung gewesen sein, was für eine Schönheit Lisa ist. Greta scheint sie zu mögen.«

»Sogar sehr«, ergänzte Lieb, während er sein Monokel mit einem seidenen Taschentuch polierte.

»Das ist wichtig«, sagte Guiss. »Greta vertraut so wenigen Menschen.«

Henkel bemerkte leise: »Sie stellt eine Menge Fragen.«

Guiss wölbte eine Augenbraue: »Greta?«

»Lisa Schmidt.«

»Was für Fragen?« hakte Guiss nach.

»Wie lange sind Sie schon hier. Wo kommen Sie her. Wo haben Sie Ihre Familie. Seit wann arbeiten Sie für Guiss und so weiter und so weiter. Manchmal wird mir schwindlig vor lauter Ausflüchten. Ich habe mir eine komplett neue Biographie für mich ausgedacht, nur um ihre Neugierde zu befriedigen. Das Dumme dabei ist nur, daß ich mich kaum an die Hälfte der Lügen erinnern kann, die ich ihr aufgetischt habe.«

»Wenn sie wirklich FBI-Agentin ist, hat man deine Lügen aufgeschrieben und überprüft. Und da du ein so brillanter Lügner bist, wird man deine Angaben sicher höchst unterhaltsam finden.«

Werner Lieb schaltete sich ein. »Was soll mit Lisa Schmidt geschehen?«

»Jetzt, nach Lorres dürftigen Hinweisen, gegen sie vorzugehen wäre meiner Meinung nach eine große Dummheit.« Guiss hatte seinen Standort hinter dem Schreibtisch verlassen und ging zu einer gerahmten Weltkarte, die an der Wand gegenüber hing. Die unvermeidliche Zigarette in der Perlmuttspitze hatte er fest zwischen die Zähne geklemmt. Nachdem er die Karte studiert hatte, verschränkte er die Hände auf dem Rücken und ging in dem Arbeitszimmer auf und ab. »Wir dürfen nichts unternehmen, was den Fortgang des Films gefährden könnte. Wir haben viel investiert, und unser Schicksal liegt in den Händen eines krankhaft selbstsüchtigen Regisseurs und einer manisch-depressiven Schauspielerin, die aus Gründen, die weit über mein Verständnis hinausgehen, eine Heilige werden will.«

Risa sah Guiss prüfend an. Geliebter, Freund, Philantrop, Sadist, Bonvivant. Wahrlich ein Chaos von Widersprüchen. Sie sagte: »Albert, ich stimme dir zu. Gegen Lisa vorgehen würde bedeuten, sie umzubringen, und das bringt uns die Polizei auf den Hals, und wenn sie wirklich eine Agentin ist, kann sie nur vom FBI sein. Auf diese Gesellschaft legen wir keinen Wert. Wir müssen also sehr vorsichtig sein. Wir müssen Lorre irgendwie verklickern, daß es uns lieb wäre, wenn er nicht mehr von ihr reden würde . . .«

»Kein Problem«, sagte Werner. »Wir könnten ihm drohen, ihn nur noch mit minderwertigen Rauschmitteln zu versorgen. Zum Beispiel mit diesem Sumpfgras, das irgendwelche krummen Hunde aus Mittelamerika importieren.«

»Es ist nach eins«, erklärte Risa ungeduldig. »Wir sollten uns was hinlegen. Morgen früh müssen wir schon wieder im Studio sein. Der erste Drehtag. Ist das nichts? Wenigstens das haben wir geschafft! Ich bin sehr zufrieden!«

»Sehr zufrieden, von mir aus«, sagte Guiss, »aber werd bloß nicht selbstgefällig. Gute Nacht.«

Um sieben Uhr am nächsten Morgen trafen sich Martin Gruber und Lisa Schmidt zum Frühstück in dem Coffeeshop in Culver City, in sicherer Entfernung von den Goldwyn-Studios, wo niemand sie zusammen sehen würde. Sie erzählte ihm von der Begegnung mit Lorre; Gruber zerbröselte seinen Pflaumenstrudel, anstatt ihn zu essen, doch im übrigen war ihm nicht anzumerken, daß der Vorfall ihn beunruhigte. Sein Mund zuckte nicht wie sonst, wenn ihm etwas Sorgen machte. Dann erzählte sie ihm von ihrem Treffen im Garden of Allah, und als sie mit diesem Vortrag fertig war, biß sie endlich in ihr Butterhörnchen.

Gruber bedeutete der Kellnerin, mehr Kaffee zu bringen,

und bat sie, den ruinierten Pflaumenstrudel zu entfernen und statt dessen ein Vollkornmuffin mit Rosinen und Frischkäse zu bringen. Eine Zeitlang saßen sie schweigend. Lisa kaute ihr Hörnchen, Gruber sah an ihr vorbei aus dem Fenster nach dem Metro-Studio weiter unten an der Straße, die allmählich zum Leben erwachte. Schließlich sagte er: »Guiss hatte heut nacht eine Besprechung. Werner, Risa, Henkel. Ich war ausgeschlossen.«

»Macht dir das Sorgen?«

»Überhaupt nicht. Ich kenne das Muster inzwischen. Wenn es um streng geheime Dinge geht, bin ich ausgeschlossen. Aber ich kann mir denken, daß du der Gegenstand ihrer Diskussion gewesen bist.« Er wartete, bis die Kellnerin sein Muffin abgestellt und Kaffee nachgeschenkt hatte, und fuhr dann fort: »Guiss ist zu clever, sich ausgerechnet jetzt die Polizei oder das FBI auf den Hals zu holen. Früher oder später wird es wahrscheinlich passieren, aber nicht jetzt. Denn wenn sie in dir eine Agentin vermuten und dich umbringen, wird es zu Nachforschungen kommen, an denen ihnen bestimmt nichts gelegen ist. Schließlich«, sagte er mit schüchternem Lächeln, »wo Blut ist, sind die Bluthunde nicht weit.«

»Reizend. Gib mir ein Stück von deinem Muffin. Sieht gut aus.«

»Bedien dich.« Er schlürfte seinen Kaffee. »Geh ins Studio. Mach deine Arbeit. Nach dem, was ich so mitbekomme, bist du beliebt. Risa Barron sagt auf alle Fälle nur Gutes über dich.«

»Na, das tröstet mich.«

»Die einfachere Lösung wäre es natürlich, die ständige Bedrohung durch deine Anwesenheit auszuschalten, indem sie dir behutsam den Stuhl vor die Tür setzen, anstatt durch einen Mord an dir in ein Wespennest zu stechen. Für mich jedenfalls wäre das die sinnvollste Vorgehensweise.«

»Falls sie nicht von selbst drauf kommen, sag ihnen bloß nichts davon.«

»Mach dich nicht lächerlich.«

»Angenommen, Lorre rückt mir weiter auf den Pelz?«

»Ich habe Grund zu der Annahme, daß er keinen Ärger mehr machen wird, Lisa. Lorre ist selbst in einer schwierigen Lage. Seine Familie und die Familie seiner Frau sind noch in Europa. Lorre ist Jude. Solange er sich gut mit Guiss stellt, sind die Familien geschützt.«

»Er hat versucht, sie da rauszuholen. Hat eine Eingabe beim Weißen Haus gemacht.«

Gruber kicherte. »Das Weiße Haus! Da kann selbst das Weiße Haus nichts mehr machen. Es ist Krieg, und außer den Agenten der Achsenmächte kommt da niemand mehr raus.« Er sah auf die Wanduhr über dem Tresen. »Mußt du jetzt nicht ins Studio? Guiss wird mich bestimmt bald vermissen. Ich laß die Rechnung kommen. Wir teilen doch wie üblich, ja?«

»Bei deinem nächsten Job verlangst du ein Spesenkonto.«

Goldwyn und Sophie Gang begaben sich über das Studiogelände zum Drehort von *Johanna die Große*. Er begrüßte jeden Start einer Miet-Produktion, indem er persönlich am Schauplatz erschien, um die Neuankömmlinge willkommen zu heißen. Geschäftiges Treiben hatte er gern; es machte ihm Spaß, Schauspielern und Technikern zuzusehen, die eifrig ihrer Arbeit nachgingen. Das Filmemachen war sein Leben, und die Projekte seiner Konkurrenten begeisterten ihn ebensosehr wie seine eigenen. »Sophie, notieren Sie.«

»Ich habe mein Buch nicht dabei.«

»Dann notieren Sie im Kopf!« schäumte er. »Später holen wir's da raus. Ich habe einen pfanntastischen Entschluß gefaßt. Ich werde *Die Brüder Karamasoff* verfilmen.«

»Aber Mr. Goldwyn . . .«

»Kein Aber! Mein Entschluß steht unwiderrücklich fest!«

»Aber Mr. Goldwyn«, sagte Sophie mit einer Stimme, die ihren Boss anflehte, vernünftig zu sein. »Die Kinobesitzer schreien nach Filmen für Frauen. Mit Kriegsfilmen sind sie bis obenhin eingedeckt. Sie brauchen romantische Filme, und zwar dringend. Filme, die Frauen sich ansehen!«

Goldwyn dachte kurz nach, dann strahlte er auf. »Na schön! Nennen wir's *Die Schwestern Karamasoff!* Und zusätzlich biete ich Greta die Rolle der Grushenka an. Na, was sagen Sie?«

»Mr. Goldwyn, wie kann es eine Grushenka geben, wenn Sie die Brüder zu Schwestern machen? Sie ist doch die Frau, um die sie kämpfen.«

Er dachte kurz nach. »Dann kann Greta eine der Schwestern spielen. Aus der Grushenka mache ich Goldfarb und biete John Wayne die Rolle an. Da kommt dieser ekelhafte von Stroheim. Schrecklicher Mensch, ganz schrecklicher Mensch. »Hallo Erich! Warum sind Sie nicht bei mir vorbeigekommen und haben hallo gesagt?«

Von Stroheim wollte gerade einen Elektriker zur Minna machen. »Ah, Sam. Nett, daß Sie mal vorbeischauen.«

»Sagen Sie, Erich, kennen Sie *Die Brüder Karamasoff*?«

»Flüchtig.« Er schnappte den Elektriker, der sich davonschleichen wollte, beim Kragen.

»Kommen Sie mich mal besuchen. Ich habe Ihnen einen interessanten Vorschlag zu machen. Wo ist Greta? Ich kann sie nirgends entdecken. Sehen Sie nur all diese Leute, Sophie. Das wird wahrhaftig ein minimentales Epos. Sehen Sie nur all die Schauspieler und Schauspielerinnen! Sieht aus wie ein *Who's Who* der Beschäftigungslosen. Sophie, da sehen Sie Eddie Quillan und Mary Gordon. Und da drüben Cliff Edwards, meine Grütze. Was hat denn Ukulele Ike in einem Film über die Jungfrau von Orléans zu suchen?«

»Vielleicht hat man herausgefunden, daß sie Ukulelen gerngehabt hat«, sagte Sophie.

»Meinen Sie?« Er starrte verblüfft in die Runde. »Und diese Aufbauten. Müssen ja ein wahres Vermächtnis gekostet haben. Wissen Sie was, Sophie, ich glaube, ich sollte diesen Albert Guiss mal kennenlernen. Was meinen Sie?«

»Das ist der da drüben, mitsamt seinem Gefolge.« Guiss

stand mitten im Studio, umringt von Risa, Werner und Gustav Henkel. Sophie führte Goldwyn zu ihnen.

Goldwyn baute sich vor Guiss auf. »Mr. Guiss, nehme ich an. Wenn ich mich vorstellen darf. Ich bin Samuel Goldwyn. Dieses Studio gehört mir.«

Guiss und Goldwyn gaben sich die Hand; dann stellte Guiss die anderen vor.

Goldwyn fuhr fort: »Viel Glück. Sehr viel Glück. Mein Riecher sagt mir, daß Sie einen großen Hit in petto haben.«

»Ich danke Ihnen sehr, Sam.«

»Natürlich werden Sie nicht viel einnehmen, ehe dieser Krieg vorbei ist und Sie den Film in Europa zeigen können. In Europa ist die Garbo ein Kassenmagnet, und was für einer. Aber bis dahin werden Sie auf der Stelle treten.« Goldwyn lief allmählich warm. »Ich will, daß Sie großen Erfolg damit haben, das ist dann so, als ob wir diesem scheußlichen Hitler ins Gesicht spucken. Johanna wird genauso siegen, wie die Alliierten siegen werden. Die hauen Hitler die Nase platt wie Brei, und dann sperren sie ihn, wie ich schon einmal vorgeschlagen habe, in einen Käfig und schicken ihn auf Welttournee, damit alle ihn sehen können. Natürlich sollten sie ein Trittgeld nehmen, da können sie ein Vermögen absahnen. Vielleicht kann ich da auch noch einsteigen.« Es war ihm entgangen, daß er sein Publikum verloren hatte.

Als sie weg waren, bemerkte Sophie: »Äußerst seltsamer Verein.«

»Und auch nicht gerade höflich«, schnaubte Goldwyn. »Kommen Sie, begrüßen wir Greta.«

Als die Garbo, gefolgt von Lottie Lynton und Mercedes de Acosta, ihre Wohnwagen-Garderobe betrat, war sie angenehm überrascht. »Seht nur die vielen Blumen! Hier sieht's ja aus wie in einem Treibhaus! Gar kein Platz mehr für uns, Mercedes! Und Champagner!« Mindestens ein halbes Dutzend Kübel Champagner, dazu Whisky-, Wodka- und Brandyflaschen. »Und hier! Gekühlter Kaviar, genau wie ich ihn liebe, mit gehackten Zwiebeln und Eiern und saurer Sahne. Lottie, meine Liebe, bitte richten Sie mir etwas davon an.«

Mercedes sagte: »Und sieh mal hier, Greta. Von Louis B. Mayer eine Portion gehackte Leber. Hat er wahrscheinlich selbst gemacht.«

Garbo kämpfte sich aus einem übergroßen Pullover. »Die Blumen spenden wir Krankenhäusern. Aber das Essen behalten wir für uns«, sagte sie und rieb sich lüstern grinsend die Hände. Sie nahm von Lottie ein mit Kaviar überhäuftes Brötchen entgegen und biß gierig hinein. Mercedes reichte ihr eine Papierserviette, damit sie sich den Geifer vom Kinn wischen konnte.

»Greta Garbo!« sagte Goldwyn streng, als er und Sophie eintraten. »Warum spielen Sie die Jungfrau von Orléans für diese Ausländer und nicht für mich?«

Die Garbo mochte den Mann; er und seine schöne Frau Frances waren ihr immer sympathisch gewesen. Sie schluckte den Bissen hinunter und sagte: »Sie haben mich nicht gefragt. Und außerdem haben Sie die Johanna bereits vor Jahren als Stummfilm gemacht. Wozu sollten Sie den Stoff noch einmal verfilmen?«

Er breitete die Hände aus, Handflächen nach oben: »Damit ich Sie reden hören kann! Ich hab nichts gegen aufgewärmten Kohl. Habe ich nicht *Der dunkle Engel* und *Stella Dallas* zweimal verfilmt? Wer hat Ihnen alle diese Blumen geschickt?«

Sophie flüsterte ihm aus dem Mundwinkel zu: »Die weißen Nelken sind von Ihnen.«

Seine Zunge reagierte wie der Blitz. »Sehen Sie sich meine weißen Nelken an, sind sie nicht eine wahre Pracht?«

Die Garbo kicherte. »Ja, Sam, eine wahre Pracht. Und ganz reizend. Aber diese vielen Blumen machen mich sprachlos! Sind die für den neuen Film oder für ein Begräbnis?«

Lisa Schmidt war unauffällig eingetreten. Mercedes war die erste, die sie bemerkte und ihre Schönheit bewunderte.

Sie kannte sie nicht, nahm aber an, daß sie zum Produktionsstab gehörte. Lisas Schönheit gefiel ihr sehr. Mercedes wollte sie näher kennenlernen. Sie hörte, wie die Garbo von Blumen und Essen und den Strapazen eines ersten Drehtages plauderte, wie sie Lottie um eine Tasse Schokolade bat, wie sie, den Bügel mit ihrem Kostüm hochhaltend, Goldwyn und Sophie fragte, ob es ihnen gefalle, wozu Sam, dem es nicht gefiel, eine Antwort schuldig blieb, und wie sie dann auch sie selbst, Mercedes, danach fragte, und Mercedes hörte sich säuseln, das sei aber wirklich ein absolut brillant entworfenes Stück, womöglich werde es schon bald eine neue Modewelle auslösen.

»Daran habe ich noch gar nicht gedacht«, sagte die Garbo, plötzlich ernüchtert. »Durchaus möglich, wie? Wißt ihr noch, wie populär ich damals den Pillboxhut gemacht habe? Ohne je einen Pfennig dafür zu sehen. Mercedes, erinner mich daran, daß ich mit Adrian spreche.«

Nun setzte sich Goldwyn mit seinem Angebot in Szene, *Die Schwestern Karamasoff* mit ihr zu verfilmen; aber warum dies mit hysterischem Gelächter quittiert wurde, sollte ihm ewig ein Rätsel bleiben. Sophie Gang erlöste ihn mit dem Hinweis, daß sie noch einen Termin mit Aldous Huxley und Christopher Isherwood hätten. In der Annahme, sie habe womöglich noch nie etwas von den beiden britischen Autoren gehört, erklärte Goldwyn der Garbo: »Das sind nicht nur gute Autoren, sondern auch Verbündete. Ich will sie für einen Film verpflichten, den ich über Bulldog Drummond zu drehen beabsichtige, Sie wissen schon, den Safeknacker.« (Tatsächlich sagte er »Bullfinch Drumming«.) »Für meinen neuen Starkomiker Danny Kaye.«

»Mr. Goldwyn, wir sind spät dran«, drängte Sophie.

»Na und? Ich bin Sam Goldwyn, also? Habe ich je geahnt, daß ich mal Sam Goldwyn sein werde? Ich habe das Recht, zu spät zu kommen. Auf Wiedersehen, Greta. Viel Glück. Ich wette, die gehackte Leber kommt von Mayer.

Und wenn ich recht habe, holen Sie lieber einen Vorkoster. Ziehen Sie mich nicht so am Ärmel, Sophie!«

Als sie draußen waren, sank die Garbo auf einen Stuhl. »Ja, der erste Tag ist immer der schlimmste. Und der letzte Tag ist immer der traurigste. Aber bis zum letzten Tag ist es noch ein weiter Weg. Nun, Lisa Schmidt, was stehen Sie so herum wie eine verlassene Maus?«

Lisa trat vor. »Ich würde es nie wagen, mit Sam Goldwyn um Ihre Aufmerksamkeit zu kämpfen.«

»Wohin sind Sie gestern abend verschwunden? Ich habe versucht, Sie zu finden.«

»Ich war müde, und Lorre hat mich ziemlich aufgeregt. Ich bin nach Hause gegangen.«

»Ja, das war sehr unartig von Peter, Sie so aufzuziehen. Peter ist nicht gerade berühmt für seine Art, mit Frauen umzugehen.« Sie ging zum Schminktisch, ließ sich davor nieder und sah, wie Mercedes Lisa mit den Augen verschlang. »Aber, aber, hast du keine Manieren?« Während sie die Frauen einander vorstellte, packte Lottie mehrere Schachteln mit allerlei Schnickschnack aus, Sachen, die die Garbo mitgebracht hatte, um die Garderobe gemütlicher und behaglicher zu machen. Und dann noch Konservendosen und ein Sortiment Käse, Aufschnitt und Brötchen, was sie alles in den Schränken beziehungsweise im Kühlfach der Kochnische verstaute. Garbo fragte Lisa: »Waren Sie das damals am Strand?«

Lisa lächelte: »Ganz bestimmt nicht.«

»Was meinst du, was wollte diese Frau wohl ausspionieren?« rätselte Mercedes.

»Nicht ›was‹, sondern ›wen‹.« Die Garbo dachte kurz nach. »Wen?« Sie tat die Sache mit einer Handbewegung ab, die nur knapp eine Fliege verfehlte. Mercedes wiederholte die Frage.

Die Garbo sagte: »Dieses Haus steht seit langer Zeit leer. Ich frage mich, wem es gehört.«

Lisa wollte schon herausplatzen: »Guiss!«, sagte aber nur:

»Das müßten doch eigentlich die Makler dort in der Gegend wissen?«

»Möglich«, sagte die Garbo. Dann klärte sie Lisa auf: »Eine Zeitlang hat dort eine sehr seltsame Familie gewohnt – die Wolheims. Ein furchtbar häßliches Haus, die Art von Architektur, die vor dreißig Jahren in Mode war. Seltsames Haus, seltsame Familie.« Sie betupfte sich das Gesicht mit Kühlsalbe. »Salka und ich haben sie ein paarmal gesehen. Ein Vater, eine Mutter, drei Söhne und eine Tochter. Aber sie alle waren sich überhaupt nicht ähnlich.«

»Vielleicht hatten sie die Kinder adoptiert«, schlug Mercedes vor.

»Salka hat das auch für möglich gehalten. Komisch«, sagte sie, während sie die Gesichtscreme mit kleinen Wattebäuschen abwischte, »die sind aus dem Nichts aufgetaucht und genauso unerklärlich wieder verschwunden. Wenn ich jetzt darüber nachdenke – daß das Haus nicht mehr bewohnt war, ist mir letztes Jahr aufgefallen, Anfang Dezember. Ich weiß noch, wie ich meinen Nachbarn, Mr. Saloman, gefragt habe, ob er wüßte, wann diese seltsame Familie ausgezogen sei; er sagte, am achten Dezember. Der Tag des Überfalls auf Pearl Harbor.«

Lisa hatte sich etwas von Lotties Kaffee eingeschenkt und sagte jetzt mit seltsamer Stimme: »Vielleicht waren es deutsche Spione.« Lottie blitzte sie entgeistert an.

»Halten Sie das für denkbar?« fragte die Garbo und wölbte die Augenbrauen.

»In dieser Stadt ist alles möglich. Erinnern Sie sich, wie diese Leute ausgesehen haben?« Mercedes hielt ein Streichholz an eine Zigarette.

»Nicht genau. Die Kinder haben ganz gewöhnlich ausgesehen. Die Mutter, die Mutter, wenn ich's mir überlege . . .« – sie lachte mit abwesendem Blick – ». . . wenn ich's mir recht überlege, die Mutter sah aus wie eine perfekte Bürgermeistersgattin. Wissen Sie, wie die Frau eines deutschen Kleinstadtbürgermeisters. Von denen habe ich viele gesehen, als ich an Wochenenden, wenn ich nicht vor der Kamera stehen mußte, mit Mauritz durch die Gegend gefahren bin. Und der Vater, den habe ich nur einmal richtig zu Gesicht bekommen.« Sie setzte sich um, so daß sie nicht mehr mit ihren Spiegelbildern im Spiegel zu reden brauchte.

Mercedes fragte: »Groß, klein? Dünn, dick? Vielleicht eine Glatze?«

»Da fällt mir was Komisches ein. Jetzt weiß ich, an wen mich Kriegman erinnert.«

»Wer ist Kriegman?« fragte Mercedes.

»Alberts Butler. Als ich Kriegman zum erstenmal sah, bei diesem Abendessen, hatte ich ein Déjà-vu-Erlebnis. Ja, er hat mich an Wolheim erinnert. Ist das nicht komisch?«

ELF

»Kriegman.«

Arnold Lake stand in Herb Villons Büro. »Wer ist Kriegman?« fragte Villon.

»Guiss' Butler. Ich habe mit Lisa gesprochen.«

»Dachte ich mir. Keine Reaktion auf gestern nacht?«

»Von Lorre nicht. Ist noch nicht im Studio aufgetaucht. Dreht erst am Nachmittag. Lisa hat heute früh mit Gruber gesprochen. Er denkt über Lisas Situation das gleiche wie ich. Die werden erst gegen sie vorgehen, wenn sie es für absolut unumgänglich halten. Er ist sicher, daß sie sich weder die Polizei noch uns FBI-Agenten auf den Hals laden wollen.«

»Was ist mit Kriegman?« hakte Villon nach.

Arnold erzählte ihm, was Lisa von der Garbo über die mutmaßlich falsche Familie Wolheim erfahren hatte. »Ich denke, wir sollten uns das Haus einmal ansehen.«

»Einen Durchsuchungsbefehl bekommen wir ohne weiteres.«

»Warum gehen wir nicht einfach hin und brechen ein Fenster auf?«

»Ich muß doch sehr bitten, Arnold. So was nennt man Einbruch. Das ist gesetzwidrig. Ein Verbrechen.«

Die Hände in die Hüften gestemmt, fragte Arnold: »Sie haben so was noch nie gemacht?«

»Doch, sicher. Aber dieses Haus steht am Strand von Santa Monica. In einer Reihe mit denen der großen Filmstars. Noble Gegend. Die Leute von Santa Monica sind nicht gerade verrückt nach uns einfachen L.-A.-Polizisten. Wir müssen vorsichtig vorgehen und uns an die Gesetze halten. Ich besorge den Durchsuchungsbefehl. Es gibt da draußen ein ganz gutes Fischrestaurant. Da können wir essen.«

Albert Guiss saß an seinem Schreibtisch in dem eigens für ihn auf dem Goldwyn-Gelände hergerichteten Büro und diktierte Martin Gruber ein Memorandum. »Darüber hinaus«, sagte er sehr präzise, als ob er jedes Wort einzeln ausstanzte, »kann es dem Film meiner Ansicht nach nur schaden, wenn er bereits in dieser Frühphase der Produktion allzuviele Schlagzeilen macht. Wie nennt man das noch mal, Martin?«

»Rummel.«

»Rummel«, sagte er amüsiert. »Rummel. Gefällt mir. Wo war ich? Ah ja.« Er lehnte sich auf seinem Stuhl zurück und betrachtete die Decke. Es war ein warmer Tag, die Fenster standen weit offen. Er hörte das rege Treiben draußen und spürte als jemand, der vorher nie etwas mit dem Film zu tun gehabt hatte, jene wundersame Dynamik, die allein in der ersten Erregung zu Beginn einer Produktion zu finden ist. Bald schon würde er die Nase voll haben von der endlosen Warterei auf die Fertigstellung einzelner Szenen, von der täglichen Last, die Musterkopien über sich ergehen lassen zu müssen, zumal es sich um von Stroheims Musterkopien handelte, also Tausende von Metern Film mehr, als andere Regisseure verbrauchen würden. Er fuhr mit seinem Diktat fort. »Selbstverständlich ist die Rückkehr der Garbo und von Stroheims eine Sensation, aber wir können davon ausgehen, daß die Aufregung sich mit der Zeit legen wird und andere Dinge von aktuellerem Interesse an ihre Stelle treten werden, so daß wir eine konzentrierte Kampagne erst starten sollten, nachdem die Dreh- und Schneidearbeiten zu jedermanns Zufriedenheit abgeschlossen sind und der Film dann mit großem Trara auf den Markt gebracht werden kann ... Trara ist doch richtig?« Martin nickte. »Mit großem Trara und Tamtam und hoffentlich dickem Gewinn.«

»Soll ich Ihnen das noch einmal vorlesen?« fragte Gruber.

»Nicht nötig. Ich weiß Ihre Zuverlässigkeit zu schätzen.«

»Danke sehr.« Guiss war nicht immer zu Komplimenten aufgelegt. Ein Lob kam ihm nicht leicht von den Lippen.

»Lisa Schmidt.«

»Nettes Mädchen«, sagte Gruber, ohne den Blick von seinem Notizblock zu heben.

»Ich bitte nicht um Ihre Fürsprache, Gruber. Ich möchte, daß Sie herausfinden, wer sie ist.«

Gruber, ein ausgezeichneter Schauspieler, hatte einmal mit dem unsterblichen Max Reinhardt gearbeitet. Aber Reinhardt hatte seinen Hintern zu dick und seine Stimme zu dünn gefunden. »Ich kann vom Personalbüro ihr Bewerbungsschreiben besorgen.«

»Ich möchte, daß Sie noch gründlicher forschen, Gruber.«

»Verstehe. Darf ich fragen, ob Sie einen bestimmten Verdacht haben?«

»Wenn es nicht so wäre – würde ich Sie dann bitten, mehr über sie herauszufinden, als einem lächerlichen Bewerbungsformular zu entnehmen ist? Da wird doch sowieso fast nur gelogen.«

Und das meiste von dem, was ich für Sie herausfinden werde, Herr Guiss, wird auch gelogen sein, aber Teufel noch mal, es werden entzückende Lügen sein.

Guiss, der jetzt am Fenster stand und nach draußen sah, wobei er eine Zigarette in die geliebte Perlmuttspitze stopfte, sprach weiter. »Schmeißen Sie sich an sie ran. Laden Sie sie zum Essen ein. Vielleicht ist sie noch frei. Machen Sie ihr schöne Augen. Bei einer so schönen Frau dürfte das nicht schwierig sein. Sehen Sie. Da unten ist sie.« Gruber trat zu ihm ans Fenster. Lisa sprach mit Peter Lorre.

Lorre sagte zu ihr mit kindlicher Unschuld, jener Miene, die er im Film aufsetzte, wenn er einen besonders grauenhaften Mord begangen hatte: »Sie müssen mir verzeihen, Miss Schmidt. Wie konnte ich Sie gestern nacht nur so in

Verlegenheit bringen? Ich schäme mich sehr. Als ich nach Hause kam, war ich so außer mir, daß ich meiner Frau ans Schienbein getreten habe.«

»Schon gut, Mr. Lorre. Die Vorstellung – ich, mitten in der Nacht, bei Verdunkelung, allein am Strand – war halt ein wenig erschreckend. Ich bin wie eine alte Jungfer, die erst unterm Bett nachsieht, bevor sie sich schlafen legt.«

»Ach wirklich?«

Allmählich begann sie die Frauen zu verstehen, die ihn attraktiv fanden. Angeblich hatte er eine Affäre mit einer aus Deutschland geflohenen Schauspielerin, Kareen Verne, und die war eine ausgesprochene Schönheit.

»Ob ich Ihnen demnächst mal helfen darf, abends unterm Bett nachzusehen?«

Sie brachte mühsam ein sehr heiseres Lachen zustande.

»Vielleicht sehen Sie eines Abends unter Ihrem Bett nach, und ich warte dort, von Ihnen ertappt zu werden. Jedenfalls war Greta sehr verärgert über mich, und das mit Recht. Es war Vollmond in dieser Nacht und ziemlich neblig, und es kann schon sein, daß ich mir eine kleine Prise Koks zuviel genehmigt hatte. Jetzt sind wir Freunde, ja?«

»Sicher.«

»Gut. Warum gehen wir heute abend nicht ins Mocambo? Xavier Cugat spielt dort mit seinem Orchester, und ich bin ein berüchtigter Rumbatänzer.«

»Geht leider nicht. Wir arbeiten bis in die Nacht.«

»Ah ja. Natürlich. Ganz vergessen. Herrje. Greta wird in die Luft gehen. Wir sollten längst proben. Also bis später.« Er hastete davon wie Alice' Weißes Kaninchen, als käme er zu spät zu einer sehr wichtigen Verabredung.

Irgend etwas veranlaßte sie, den Blick nach der zweiten Etage des Verwaltungsgebäudes zu wenden. An einem Fenster sah sie Guiss und Gruber, die zu ihr hinabblickten. Guiss bemerkte nicht, daß Gruber ihr zublinzelte. Lisa verzog sich eilig.

In Garbos Garderobe fragte Lottie Lynton: »Soll ich das Essen machen, Miss Garbo?«

»Warten wir, bis Mr. Lorre kommt, falls er denn jemals kommt«, fügte sie gereizt hinzu. »Mercedes, es ist so lieb von dir, mir Gesellschaft zu leisten, aber wenn du was Besseres zu tun hast . . .«

Dafür hatte Mercedes Intrigen viel zu gern. »Meinst du, daß Kriegman tatsächlich Wolheim war?«

»Ach? Sind wir jetzt wieder bei dem Thema? Schön. Ich liebe Rätsel.« Sie legte einen Finger an ihre Wange. »War Wolheim auch Kriegman? Ich weiß es nicht. Ich habe doch nicht gesagt, daß er es war, oder? Ich glaube, ich habe gesagt, Kriegman erinnere mich irgendwie an Wolheim. Viele Leute erinnern mich an irgendwelche anderen Leute. Es gab Zeiten, da habe ich Goldwyn und Mayer für austauschbar gehalten, aber dann habe ich mich daran erinnert, wie sehr die beiden einander verachten – sie können also nicht ein und dieselbe Person sein.«

»Ich frage mich, wer den Wolheims das Haus vermietet hat? Derjenige müßte eigentlich was über sie wissen. Die müssen doch Referenzen gehabt haben.«

»Ein interessanter Gedanke.« Sie klatschte in die Hände. »Ach, Mercedes? Meinst du, wir sollten Polizei spielen?«

»Gute Idee«, sagte die kleine Frau und paffte an ihrer Zigarette.

»Könnte aber gefährlich sein«, bemerkte Lottie aus der Kochnische.

Die Garbo erinnerte Mercedes: »Mit der Polizei hat Lottie viel Erfahrung. Sie kann sie nicht leiden.«

Es klopfte an der Tür. Peter Lorre wartete nicht ab, bis man ihn aufforderte einzutreten. »Hier riecht es gut«, sagte er.

»Allerdings«, sagte die Garbo stirnrunzelnd. »Lottie! Ich denke, ich habe Sie gebeten, das Essen erst zu servieren, wenn Mr. Lorre da ist.«

»Er ist doch da, oder?«

Die Garbo zuckte die Achseln. »Mit einer Perle soll man sich nicht streiten.« Dann zu Lorre: »Warum kommen Sie immer zu spät?«

Er setzte sich auf einen Stuhl. »Diesmal ist mir Lisa Schmidt dazwischengekommen. Sehen Sie mich nicht so an! Ich war sehr nett zu ihr, ich habe sie wegen gestern abend um Verzeihung gebeten und für heute abend zum Tanzen eingeladen, aber sie wollte nicht.«

»Sehr klug von ihr.«

»Warum so unfreundlich, Greta? Verstehe ich recht, daß Sie mich zum Essen einladen?«

»Das spart Zeit. Machen wir uns an die Arbeit.« Sie griff nach ihrem Drehbuch auf dem Schminktisch.

Lottie reichte ein Tablett mit Appetithappen herum. »Ihre Leibspeise«, sagte sie überaus selbstzufrieden, »enthäutete und entgrätete Sardinen auf getoastetem Weizenbrot mit Butter.«

Die Garbo stopfte sich ein Stück in den Mund und machte ein verklärtes Gesicht, das Mercedes an die Kuh Elsie erinnerte, mit der eine Milchfirma für ihre Produkte warb. Die Garbo fragte Lorre: »Gefällt Ihnen die Neufassung?«

»Sehr brechtianisch.«

»Was soll das heißen?«

»Was soll das heißen: Was soll das heißen?« schnaubte Lorre zurück. »Haben Sie nie was von Brecht gelesen?«

»Salka hat mir was von ihm zum Lesen gegeben, *Mutter Courage*. Sie wollte, daß ich die Rolle übernehme. Ich bin zu jung. Hat mich gelangweilt.«

»Brecht ist ein sehr eigenwilliger Schriftsteller. Er ist sehr boshaft, sehr bitter und sehr geistreich. Ich besitze eine gedruckte Fassung seiner Filmbearbeitung der *Dreigroschenoper*. Die hat er zusammen mit Kurt Weill geschrieben.«

»Dem Mann von Lotte Lenya?« fragte Mercedes.

»Ja«, sagte Lorre. »Wenn Sie wollen, Greta, zeige ich Ihnen den Film.«

»Kann man was draus lernen?« fragte Greta.

»Er kann Sie mit der Arbeit dieses Mannes vertraut machen. Andererseits ist der Film langatmig und ein wenig ermüdend. Auf der Bühne wirkt das Stück besser. Vor meiner Flucht nach England habe ich in Berlin die Premiere gesehen.«

»Warum haben wir Brecht nicht kennengelernt?« fragte die Garbo.

»Darauf sollten Sie verzichten«, riet Lorre. »Er hat noch schlechtere Zähne als Gustav Henkel, sein Mundgeruch ist tödlich, und wenn er beschließt, ein Bad zu nehmen, werden im ganzen Land die Flaggen gehißt.«

»Entzückend«, sagte Mercedes. »Aber er ist ein verdammt guter Schriftsteller.«

Lottie war jetzt dabei, für jeden ein Omelett anzurühren. Es duftete betäubend. Lorre schnupfte ein wenig Kokain und sagte: »Greta, fangen wir an. Am ersten Drehtag habe ich immer Schwierigkeiten mit dem Text.«

»Noch etwas anderes macht Ihnen Sorgen«, bemerkte die scharfsinnige Schauspielerin.

»Ach was. Nein. Ich hab letzte Nacht nicht gut geschlafen.« Er steckte sich eine Zigarette an. Ich habe eine Menge Sorgen, dachte er. Meine Familie, die in Europa festsitzt. Guiss, der mich in der Hand hat. Und Lisa Schmidt. Für wen arbeitet sie? Für wen?

Marion Davies und Randolph Hearst saßen auf der Veranda im ersten Stock einander gegenüber und aßen zu Mittag. Marions Augen waren ein wenig blutunterlaufen – Andenken an ihr einsames, schweres Trinkgelage in der Nacht zuvor. Sie hob ein Glas und trank.

»Was trinkst du da?« quiekte Hearst streng. Seine Stimme war so abnorm hoch, daß, wenn er sprach, die Leute sich jedesmal ängstlich umblickten, ob irgendwo ein Nagetier herumlaufe.

»Dasselbe wie du. Vichyssoise.« Sie pflegte Vichyssoise stets aus einem Glas zu trinken. Dies hier war mit einem guten Schuß Gin versetzt. Sie hielt es ihm hin. »Mal probieren?«

»Ich hab selbst genug. Was starrst du so?«

»Da sind zwei Typen, die sich an der Eingangstür des Monstrums nebenan zu schaffen machen. Warum läßt du das Ding nicht einfach abreißen?«

»Bevor ich es abreißen kann, muß ich es erst einmal besitzen.«

»Und warum kaufst du's dann nicht?«

»Weil ich es nicht haben will.«

»Okay, dann kaufe ich es.«

»Nein, das tust du nicht.«

»O doch. Ich habe selbst einen Haufen Geld.« Sie fragte sich, ob er schon dahintergekommen war, daß sie sich in den Wolkenkratzer an der Südostecke Park Avenue und East-Fifty-seventh-Street in New York eingekauft hatte. Sie hatte den Anteil auf den Namen ihrer Schwester erworben.

»Ich will nicht, daß du dein Geld für unprofitable Objekte verschwendest.«

»Ich will von diesem verdammten Monstrum nicht profitieren, ich will es abreißen lassen. Jesses, die gehen da rein. Hältst du es für möglich, daß die da einziehen wollen?« Sie machte Anstalten, ihnen etwas zuzurufen, aber sie waren bereits im Haus verschwunden, außer Sicht, außer Hörweite.

Im Innern des Hauses sagte Herbert Villon zu Arnold Lake: »Wir hätten Badeanzüge mitbringen und das Wetter ausnutzen sollen.«

»Wir hätten Gasmasken mitbringen sollen.« Ein perfider Gestank durchdrang das Haus. Arnold bedeutete Villon, die Fenster zu öffnen, was diesem nur mit Mühe gelang. Die Fensterrahmen hatten sich wegen seltener Benutzung verzogen und klemmten. Die Eingangstür führte in ein riesiges Wohnzimmer, dessen Einrichtung der junge Caligula besorgt haben könnte. Während Arnold die Anrichten und

Beistelltische absuchte, schnüffelte Villon in Schränken und hinter Möbelstücken herum. Nichts, was sie interessierte. Arnold öffnete eine Tür am hinteren Ende des Zimmers. »He, die Bibliothek.«

»Na prima«, sagte Villon, der sich verzweifelt bemühte, einen Erstickungsanfall abzuwehren. »Hoffen wir, daß es dort einen Wandsafe gibt. Wandsafes knacke ich für mein Leben gern, besonders wenn sie hinter einem gerahmten Druck versteckt sind.«

Bücher gab es keine in der Bibliothek. Nur einen großen Schreibtisch und ein Sortiment von Möbeln, die jeder Beschreibung spotteten. Nichts paßte zusammen. Villon gluckste zufrieden, als er hinter einem schlecht gerahmten Druck von *Whistlers Mutter* den Wandsafe entdeckte. Während Arnold in den Schreibtischschubladen herumwühlte, machte Villon sich daran, den Safe zu knacken. Über die Schulter fragte er Arnold: »Schon was gefunden?«

»Bis jetzt ein eselsohriges Taschenbuch mit den gesammelten Werken von Schiller ...«

»... Wer auch immer das sein mag ...«

»... Ein paar Quittungen von Lebensmittelgeschäften, eine verfaulte, halb gegessene Birne ...«

»... Der Bewohner war ein Schwein ...«

»... Eine tote Kakerlake ... Todesstarre muß vor mehreren Wochen eingesetzt haben ...« Er zog die letzte Schublade auf. »... Ein Suspensorium ...«

»... Ausgerechnet in der Schreibtischschublade?«

»Der Bewohner war entweder schlampig, oder er hatte einen perversen Sinn für Humor. Wo zum Teufel kommt dieser Gestank her?«

»Vielleicht aus dem Keller.«

»Das Haus hat keinen Keller.«

»Vielleicht vom Dachboden.«

»Gibt's hier auch nicht.«

»Nun, dann war der Bewohner ein Geizkragen. Voilà!« Die Safetür schwang auf. Arnold stellte sich daneben. Villon murmelte: »Genau wie bei der alten Mother Hubbard. Rückte sie näh'r, war der Schrank leer.« Enttäuscht trat er von dem Safe zurück. Er ging zu einer Tür und machte sie auf. »Ich habe die Küche gefunden.«

»Ein Punkt für Sie.« Sie betraten die Küche und fielen über den Kühlschrank und die Schränke her. »Billiges Geschirr, Töpfe und Pfannen aus dem Kaufhaus, ererbtes Besteck aus uralten Zeiten ...« Arnold fuhr mit der Bestandsaufnahme fort – verschlissene Spültücher, geschmacklose Tischdecken und Servietten –, während Villon den Inhalt des Kühlschranks untersuchte.

»Hier drin ist es genauso entmutigend«, sagte Villon. »Irgendwas Vergammeltes, könnte Cheddar gewesen sein; ein halbleeres Glas Erdnußbutter; dito Apfelgelee; ein Teller mit einem Klumpen drauf, den ich lieber nicht beschreiben will – geht über meine Kräfte ...«

Arnold bemerkte angewidert: »Wer auch immer diese Wolheims waren, Mrs. Wolheim jedenfalls war eine miserable Haushälterin.« Er öffnete eine Tür. »Die Vorratskammer. Haben Sie Lust, die Vorratskammer zu untersuchen?«

»Wenn wir schon mal hier sind, sollten wir auch nichts auslassen.« Sie traten in die Vorratskammer. Ihre Stimmung hob sich keineswegs. Auch dort gab es, abgesehen von einem Regal mit diversen Abführmitteln, nichts von Belang oder Interesse. »Der Bewohner hatte Probleme«, stellte Villon fest. Neben der Vorratskammer führte eine Tür nach draußen in einen umzäunten Garten. Dort sahen sie eine marmorne Vogeltränke, etliche verschiedene Gartenmöbel – von Rohr- bis Eisengeflecht war alles vertreten – und etwas, das aussah wie die Reste eines Hundes oder Kojoten.

Arnold fragte: »Gibt es das öfter, daß Kojoten aus den Bergen kommen und bis zum Strand vordringen?«

»Nur wenn sie mal baden wollen.« Villon schritt ihm voran ins Haus zurück. »Der Gestank geht nicht von dem

Tier aus. Muß von oben kommen. Falls Sie mit dem Geruch nicht vertraut sind, sollte ich Sie warnen. Sehr wahrscheinlich werden wir da oben eine Leiche finden.«

»Oh, bitte. Nicht vor dem Essen.«

Sie fanden sie in dem Raum, der allem Anschein nach das Elternschlafzimmer gewesen war. Sie war auf dem Bett aufgebahrt, ihre offenen Augen zeigten entweder Angst und Schrecken oder schlicht und einfach altmodische Überraschung. Villon untersuchte die Leiche, während Arnold voller Ekel die Fenster aufriß. Villon sagte: »Alter fünfzig bis sechzig. Größe etwas über einsfünfzig; sehr korpulent. Haar in ungepflegtem Zustand, Farbe irgendwie misthaufenbraun. Sie trägt einen schmalen, sehr billigen Ehering und eine Armbanduhr von Farber.«

»Deutsches Fabrikat«, sagte Arnold, der sich widerstrebend zu Villon ans Bett stellte.

»Ich weiß nicht warum, aber ich denke, daß dies vermutlich Mrs. Wolheim ist.«

»Sieht aus wie ein liegengebliebener deutscher Kartoffelkloß. Mit etwas Glück funktioniert vielleicht das Telefon, was meinen Sie?«

Das Telefon stand auf einem Beistelltisch gegenüber dem Bett. Arnold nahm den Hörer ab, lauschte und lächelte. »Allah ist groß. Die Vermittlung? Ihre Leute kommen lassen?«

Villon nahm ihm den Hörer aus der Hand. »Das wäre ziemlich dreist. Hier ist die Polizei von Santa Monica zuständig. Aber ich fühle mich sehr niederträchtig heute. Bei dem Gestank dreht sich mir alles.« Er rief sein Revier an und bat um einen Fotografen, ein paar Leute von der Spurensicherung und den Coroner.

»Was werden Sie tun, wenn die Polizei von Santa Monica vor Ihren Leuten hier auftaucht?«

»Amnesie vortäuschen.«

»He, Willie.« Marion Davies stand am Geländer ihrer Veranda; sie trug jetzt eine Matrosenmütze und in der rechten

Hand ein Glas kalten Scharv mit einem kräftigen Schuß Wodka.

»Was gibt's, Schatz?« piepste er, während er Louella Parsons Kolumne zu lesen versuchte.

»In dem Haus geht irgend etwas vor. Herrgott noch mal, komm jetzt endlich und sieh dir das an! Du bist doch angeblich Journalist. Bist du nicht neugierig? Die Autos sind nicht gekennzeichnet, aber wenn das keine Polizisten sind, die da ins Haus strömen, will ich Greer Garsons Tochter sein.«

Hearst stellte sich hinter sie und sah mehrere Männer aus einem Ford und einem Chevrolet steigen und in das Haus hineingehen. »Tja«, sagte er schließlich, »sieht in der Tat so aus, als könnte es sich um eine Polizeiaktion handeln.«

»Ein Treffen des örtlichen Bnai Brith ist es ganz bestimmt nicht.«

Hearst ließ sie stehen, um drinnen mit seinem Chef vom Dienst zu telefonieren. Marion ging in ihr Schlafzimmer, rief über ihren Privatanschluß die Goldwyn-Studios an und ließ sich mit Greta Garbos Garderobe verbinden.

Lottie Lynton nahm ab. »Ah, hallo, Miss Davies. Miss Garbo ist im Studio. Wie lange noch, weiß ich nicht. Heute ist der erste Tag, und da sind alle ziemlich nervös, wissen Sie. Mr. von Stroheim hat einen Komparsen geohrfeigt, und der verpaßte ihm einen Kinnhaken, und noch mehr so kleine Zwischenfälle ... aber warten Sie ... Moment ... da kommt sie ...«

Die Garbo kam durch die Tür gestürmt wie ein gefährlicher Tornado. »Dieser Mistkerl. Dieser dämliche Deutsche. Wagt es, mir Ratschläge zu geben, wie man Komödie spielt. Lustig heißt für ihn, eine Katze bei lebendigem Leib sezieren!«

Lottie hielt diskret eine Hand auf die Sprechmuschel. »Ich habe Miss Davies am Apparat.«

»Ich kann jetzt mit niemandem sprechen. Bin viel zu aufgeregt.«

Lottie wiederholte die Worte der Garbo in gedrängter

Form. Dann lauschte sie, machte große Augen und berichtete aufgeregt: »Sie sagt ... äh ... das Haus wimmelt von Bullen ...«

»Bullen? Was für Bullen?« Garbo steckte sich eine Zigarette an und machte einen heftigen Zug.

»Polizei!«

»Welches Haus? Wovon reden Sie?«

»Wo die Wolheims gewohnt haben!«

Die Lust an Intrigen verdrängte ihren Zorn. Garbo nahm den Hörer und fragte: »Marion? Was ist los?«

Sie hörte die Davies sagen: »Vor ungefähr einer Stunde habe ich zwei Männer da reingehen sehen. Jetzt sind plötzlich noch zwei Wagen aufgetaucht ...« In der Ferne konnte sie das Heulen einer Krankenwagensirene hören. »... Und was da ausgestiegen ist, waren bestimmt noch mehr Polizisten, Zivilbeamte. Einer hatte eine kleine schwarze Tasche dabei, das wird der Medizinmann gewesen sein ... der ... ähm ... ah ja ... der Coroner. Also haben sie in der Bruchbude wahrscheinlich eine Leiche gefunden.« Marion amüsierte sich prächtig. »Wenn das nichts ist? Mord im Nachbarhaus! O Gott, Willie telefoniert mit seinem Redakteur. Dann wimmelt's hier von Reportern und Fotografen, die mich ausfragen wollen, und ich seh aus wie ein aufgewärmtes Stück Scheiße! Ethel! Ethel!« schrie sie nach ihrem Hausmädchen. »Komm her, du mußt mich auf jung zurechtmachen! Gleich kommen Fotografen! Greta? Ich halt dich auf dem laufenden!«

Marion Davies knallte den Hörer auf und hastete in das Zimmer, das sie als Schönheitssalon eingerichtet hatte. Ethel war bereits da und rührte in Apothekerschalen Zaubertränke an. »Und hol die Klammern, du mußt mir die Haut am Hinterkopf strammziehen. Ich setz den goldenen Brokatturban auf, dann sieht man sie nicht.« Sie schrie ein anderes Mädchen an, das eben ins Zimmer getreten war. »Geh zum Haus nebenan und versuch rauszufinden, wer da ermordet worden ist.« Der Krankenwagen war jetzt vorgefahren, die kreischende Sirene erstickte abrupt. »Der Leichenwagen ist da! So aufgeregt bin ich nicht mehr gewesen, seit Charlie Chaplin mich gevögelt hat!«

Während der Polizeifotograf die Leiche aus sämtlichen Blickwinkeln fotografierte, knöpfte sich die Spurensicherung das Zimmer vor. Dem Coroner reichte ein einziger geübter Blick auf die Haut der Toten zu der Feststellung, daß der Tod vor fünf bis sieben Tagen eingetreten sein dürfte.

»Können Sie schon sagen, woran sie gestorben ist?« fragte Villon. Neben ihm stand Arnold Lake; er hielt die Hände in den Taschen und ahnte, daß der Mord an dieser Frau binnen kurzem zu einer gewaltigen Explosion internationaler Intrigen führen würde. Wenn das hier die mutmaßliche Mrs. Wolheim war und wenn die Wolheims deutsche Agenten waren, dann stand zu erwarten, daß ihre Ermordung in Agentenkreisen eine ganze Serie von Morden auslösen würde.

Er hörte den Coroner sagen: »Wenn Sie ihren Kopf ansehen, bemerken Sie am Schädel Stellen, wo sie büschelweise Haare verloren hat.« Er räusperte sich: »Ursache dafür könnten verschiedene Blutkrankheiten sein. In diesem Fall aber wette ich jeden Betrag auf Thalliumnitrat. Das ist ein hochgiftiges Metall.« Sie traten beiseite, als die Leute vom Leichenwagen mit einer Trage hereinkamen und sich anschickten, die Tote fortzuschaffen. »Es wird selten in einer einzigen Dosis verabreicht. Meist gibt man es wie Zyanid über einen gewissen Zeitraum in kleinen Portionen, so daß das Opfer erst nach Wochen stirbt. Zu den Symptomen zählt außer dem Haarausfall ein schmerzhaftes Brennen in den Füßen. Mehr werde ich wissen, wenn ich sie aufgeschnitten habe.« Er sah zu, wie die Leiche aus dem Zimmer getragen wurde, und bemerkte tadelnd zu Villon: »Herbie, Sie sind mir ein schlimmer Finger. Gehört die Frau nicht den Jungs von Santa Monica?«

»Wer zuerst kommt, mahlt zuerst«, sagte Villon mit Unschuldsmiene.

Im Studio führte Martin Gruber geflissentlich eine Begegnung mit Lisa Schmidt herbei. »Ah, Miss Schmidt. Genau Sie habe ich gesucht.«

»Mr. Gruber? Was kann ich für Sie tun?«

Er führte sie außer Hörweite der Belegschaft, die mit dem Aufbau der nächsten Szene beschäftigt war. »Guiss hat mich beauftragt, so viel wie möglich über dich herauszufinden.«

»Er ist also immer noch mißtrauisch?«

»Er ist hartnäckig. Und sehr gründlich. Also dachte ich, wir setzen uns zusammen und denken uns eine Biographie für dich aus, die für alle Seiten befriedigend ist. Wohlgemerkt, nichts Übertriebenes. Nur eine Geschichte, die ihm etwas gibt, ohne ihm etwas zu geben. Dann ist er zufrieden und gratuliert mir zu meiner guten Arbeit. Vielleicht kriege ich sogar eine Gehaltserhöhung.«

»Sollen wir uns treffen und das zusammen machen? Was meinst du?«

»Wie wär's, wenn ich eine grobe Skizze entwerfe, die du dann erweitern, kürzen und ausschmücken kannst? Du bist vierundzwanzig, richtig?«

»Richtig.«

»Früh verwaist und von einer herzlosen unverheirateten Tante aufgezogen?«

»Nein, tatsächlich war es eine herzlose Großmutter mütterlicherseits, die behauptete, ich sei unehelich geboren.«

»Das hat dich bedrückt?«

»Nicht im geringsten. Ich weiß noch, wie Mutter mich bei zahlreichen Frühstücken einer ganzen Reihe von Onkels vorgestellt hat. Onkels in allen möglichen Variationen. Die meisten davon fand ich hinreißend, besonders die, die mir Geld gaben, wenn sie mich mal anfassen durften. Aber

Scherz beiseite, ich wurde in Cleveland geboren, meine Eltern waren bayerische Einwanderer und kamen vor drei Jahren bei einem Zugunglück ums Leben.«

Gruber dachte kurz nach. »Nein, zu banal. Laß mich mal machen, ich werde bald eine grobe Skizze fertig haben.«

Mit übertrieben lauter Stimme sagte sie: »Ich werde diese Notizen für Mr. Guiss abtippen lassen, Mr. Gruber. Ja, unverzüglich.«

Von Stroheim war, ohne daß Gruber ihn gesehen hatte, an sie herangetreten. »Was für Notizen?« knurrte er.

Gruber übernahm. »Mr. Guiss verlangt einen täglichen Arbeitsbericht.«

Der Regisseur kniff die Augen zusammen. »Wieso?«

»Na, weil er wissen will, wie Sie vorankommen. Ist es nicht üblich, daß der Regieassistent einen täglichen Bericht darüber anfertigt, wie viele Minuten Film pro Tag geschafft wurden?«

Von Stroheim lief dunkelrot an und explodierte: »Ich lasse mich nicht schikanieren! Wir haben heute erst mit Drehen angefangen, und schon versammeln sich die Geier, um mich fertigzumachen!«

»Beruhigen Sie sich, Mr. von Stroheim«, beschwichtigte Gruber.

Der Regisseur brüllte: »Wenn Sie Mr. von Stroheim beruhigen wollen, kommen Sie mir bloß nicht in die Quere, Mann! In diesem Studio herrsche ich allein! Absolut und unumschränkt. Wenn Mr. Guiss einen täglichen Arbeitsbericht haben will, sagen Sie ihm, daß dabei nichts Genaues rauskommen kann, weil ich von einem Tag zum andern nie genau weiß, was ich geschafft habe. Das weiß ich erst, wenn ich die Musterkopien geprüft und entschieden habe, was brauchbar ist und was neu gedreht werden muß. Und das dauert bei mir *sehr lange*! Und jetzt scheren Sie sich zum Teufel!«

Gruber floh.

Von Stroheim nahm Lisa beim Arm und stieß sie zur Seite. »Was haben Sie mit Peter Lorre?«

Sie spürte, wie sie erbleichte. »Nichts«, brachte sie heraus.

»Er ist völlig durcheinander. Gibt eine sehr schlechte Vorstellung. Wie ich höre, hatten Sie beide gestern abend eine Auseinandersetzung; seitdem ist er aufgeregt, nervös und unglücklich. So etwas kann ich nicht dulden.«

Lisa berichtete ihm von dem gestrigen Streit und dann von Lorres Entschuldigung am frühen Nachmittag dieses Tages. »Das war alles«, sagte sie abschließend, »bloß eine harmlose Verwechslung.«

Von Stroheim war etwa so groß wie sie, circa einsdreiundsechzig. Sie standen fast Nase an Nase voreinander. »Sagen Sie mir die Wahrheit, junge Frau. Haben Sie was mit verdeckten Ermittlungen zu tun? Spionieren Sie für Hedda Hopper?«

Sie brach in schallendes Gelächter aus, von Stroheim lächelte. Sie ist ein gutes Mädchen, dachte er, ein sehr gutes Mädchen. Ich muß sie in ein unauffälliges Motel in Laguna Beach locken und dort mit ihr Schlitten fahren.

ZWÖLF

Als zwischen Herb Villon und der Polizei von Santa Monica ein kleiner Krieg auszubrechen drohte, veranlaßte Arnold Lake seine Vorgesetzten, Villon Beistand zu leisten, was zu einem prekären Waffenstillstand führte. Die Polizei von Santa Monica litt sehr unter der illegalen Einmischung und sann auf Rache.

William Randolph Hearst stach mit Erfolg die Zeitungen seiner Konkurrenten aus und kaufte Marion ein Diamantendiadem, das sich später in der Schmucktasche befand, mit der sie ihn, als sein Zeitungsimperium an den Rand des Bankrotts geriet, zum Pfandleiher schickte.

Als die Garbo an diesem Abend mit Lottie Lynton aus dem Studio nach Hause kam, traf sie Herb Villon und Arnold Lake, die in Villons geparktem Wagen auf sie warteten. Villon entschuldigte sich für die Störung, aber da sie und Salka Viertel, soweit er wisse, die einzigen seien, die die Wolheims gesehen hätten, könne sie womöglich die Tote identifizieren, falls es sich dabei tatsächlich um Mrs. Wolheim handeln sollte.

Die Garbo sagte erschöpft: »Kommen Sie herein, meine Herren. Meine gute Freundin Salka Viertel muß jeden Augenblick kommen. Vielleicht kann sie dabei helfen, die Frau zu identifizieren.« Lottie nahm den Mantel der Garbo und eilte aus dem Zimmer, um Getränke zu holen. Villon und Arnold sahen die Garbo zum Sofa gehen und darauf niedersinken. Das also ist die legendäre Garbo, dachte Villon, das ist sie leibhaftig, und sie ist noch schöner und verführerischer als auf der Leinwand.

Die Garbo, dachte Arnold Lake. Na und? Später brachten ihm die Geschichten über seine Freundin Greta etliche Einladungen zum Essen ein, jedenfalls so lange, bis man sich in Washington einig war, ihn vorerst nicht mehr zu gesellschaftlichen Ereignissen einzuladen, in der Hoffnung, er würde sich in der Zwischenzeit eine neue Nummer ausdenken.

Sie hörten die Garbo sagen: »Ich bin sicher, daß auch Saloman die Wolheims gesehen hat. Das ist einer meiner Nachbarn. Ein pensionierter Versicherungsmakler. Witwer. Lebt allein.« Sie zeigte mit einer müden Handbewegung in die Richtung, in der Mr. Saloman womöglich zu finden wäre. »Ich könnte ihn ja telefonisch hierherbitten, aber ich habe ihn noch niemals eingeladen und wüßte nicht, warum ich jetzt einen Präzedenzfall schaffen sollte. Sie haben doch sicher ein Foto von der Toten. Warum gehen Sie damit nicht zu Mr. Saloman? Salka kommt wahrscheinlich erst später, und ich hätte gern noch ein wenig Zeit, mich darauf gefaßt zu machen. Der erste Drehtag ist immer sehr strapaziös. Man arbeitet hauptsächlich mit Schauspielern, mit denen man noch nie gearbeitet hat, und auf so viele Leute muß man sich erst einmal einstellen. Es ist, als ob man in eine neue und fremde Familie kommt, verstehen Sie?«

Sie verstanden. Villon bot sich freiwillig an, Saloman aufzusuchen. Arnold blieb und nahm gierig den Scotch mit Soda, den Lottie ihm brachte. Die Garbo schlürfte ebenso gierig ihren Wodka mit Eis und schleuderte ihre Schuhe weg. Sie musterte Arnold eine Zeitlang; ihr inquisitorischer Blick war ihm so unangenehm, daß er dachte, sie könnte damit selbst Torquemada in den Schatten stellen. Schließlich sagte sie: »Sie sind von der Bundespolizei, sagen Sie?«

»Ja.«

»Ein FBI-Agent.«

»Ja.«

»Wie James Cagney?«

»Der ist nicht beim FBI.«

»Doch, in einem Film, den ich vor Jahren gesehen habe.

Da hat er einen entzückenden FBI-Agenten gespielt. Gibt es sonst noch FBI-Agenten, die entzückend sind?«

»Ich wüßte nicht, daß wir uns als entzückend bezeichnen.«

»Ich finde Sie entzückend.« Sie grinste. »Nehmen Sie mich nicht ernst. Nach einem Tag mit Erich von Stroheim und Peter Lorre ist es wohl begreiflich, daß mir ein wenig donquichottisch zumute ist.« Sie hielt inne und bemerkte dann: »Die Rolle würde ich gern mal spielen.«

Er vermochte ihren geistreichen Sprüngen kaum zu folgen. »Welche Rolle?«

»Die Figur, von der sich das Wort ›donquichottisch‹ herleitet. Cervantes' Don Quichotte. Korrekt ausgesprochen wird das aber ›Ki-hote‹. Sehen Sie, da sind Sie baff. Die Garbo ist gebildet.« Sie lachte. »Eigentlich nicht so sehr. Ich war eine schlechte Schülerin. Gelernt und Kenntnisse erworben habe ich erst, als ich älter wurde. Deshalb bin ich auch meistens still. Ich bin still, weil ich zuhöre und lerne. Ah! Ich höre Salkas Wagen! Lottie! Mrs. Viertel ist da! Bringen Sie ihr einen trockenen Sherry als Kompliment für ihren trockenen Witz.« Die Garbo ging zur Tür. Salka Viertel kam herein, und während die Garbo sie gerade mit Arnold bekannt machte, kam Herb Villon zurück.

Salka fand sofort Gefallen an den beiden Männern. Sie sahen gut aus und strahlten eine Nüchternheit aus, die ihr sympathisch war.

Villon berichtete: »Mr. Saloman hat die Frau einwandfrei identifiziert.«

»Ja?« Die Garbo legte den Kopf schief. »Zeigen Sie mir das Bild.« Er nahm das Foto aus einem braunen Umschlag. Sie und Salka studierten es. Die Garbo zog eine Grimasse. Salka sagte: »Ja, das ist die Dicke, das arme Ding.« Die Garbo bestätigte. Salka fragte: »Wie wurde sie umgebracht?«

»Der Coroner tippt fürs erste auf Thalliumnitrat, das ist ein toxisches Metall. Wie Sie sehen, hat sie viele Haare verloren. Das ist eins der Symptome.«

Die Garbo trat ans Fenster und blickte aufs Meer hinaus. »Sieh nur, Salka, sieh nur! Da draußen tummeln sich die Delphine!«

Salka erklärte den Männern: »Sie ist vernarrt in Delphine.«

Lottie brachte ein Tablett mit Hors d'œuvres aus der Küche und reichte es den Gästen der Garbo. Sie lächelte Villon an. Er dachte, ich kenne diese Frau. Die habe ich schon mal gesehen. Aber ich weiß nicht mehr wo. Wird mir noch einfallen. Wie immer.

»Herb, was machen Sie für ein komisches Gesicht?«

Er sagte Arnold, daß er Lottie von früher her zu kennen glaube.

Arnold meinte: »Warum fragen Sie sie nicht? Hatten Sie den Eindruck, daß sie Sie erkannt hat?«

Villon konnte nicht antworten, weil die Garbo und Salka jetzt vom Delphinebeobachten zurückkamen und sie mit Fragen zu bombardieren begannen. Salka fing an: »Gab es in dem Haus irgendwelche Hinweise auf ihre wahre Identität? Wolheim ist doch offensichtlich ein Pseudonym.«

»Nein, nichts«, erklärte Villon. »Keine Handtasche, keinerlei Ausweispapiere. Ihre Kleider sind von der Stange, den Etiketten nach aus irgendeinem billigen Kaufhaus in L. A., dürfte nicht leicht zu ermitteln sein. Die Spurensicherung hat das ganze Haus abgesucht, aber nichts von Bedeutung gefunden. Ein paar Fingerabdrücke wurden zur möglichen Identifizierung nach Washington geschickt. Reste von Erdnußbutter und Apfelgelee, die wir im Kühlschrank gefunden haben, werden im Labor auf eventuelle Spuren des Gifts untersucht.«

Salka fragte interessiert: »Der Kühlschrank war an? Der Strom war nicht abgeschaltet?«

»Das Telefon hat auch funktioniert«, ergänzte Villon.

»Dann müssen Sie bei den Versorgungsbetrieben nachforschen, wer die Rechnungen bezahlt.« Die Garbo stand wieder im Rampenlicht. »Nun, habe ich recht?«

Villon war fassungslos. »Ein Punkt für Sie, Miss Garbo. Darauf hätten wir selbst kommen müssen.«

»Aber die Leute, die die Rechnungen bezahlt haben, sind wahrscheinlich unter falschem Namen aufgetreten.« Sie rieb sich am Kinn. »Ja? Richtig? Ist doch logisch, oder? Wenn die Wolheims deutsche Agenten waren, dann wird derjenige, der die Rechnungen bezahlt hat, nicht seinen richtigen Namen benutzt haben. O mein Gott!« Sie hielt sich den Mund zu.

»Greta, was ist?« rief Salka bestürzt. »Was hast du?«

»Kriegman!«

Arnold fragte: »Wer ist Kriegman?«

»Guiss' Butler. Lottie, ich brauche noch einen Wodka.«

Die Garbo setzte sich. »Ich habe heute in meiner Garderobe mit Peter Lorre und meiner Freundin Mercedes de Acosta über die Wolheims gesprochen. Peter hatte irrtümlich eins der Mädchen, die für von Stroheim arbeiten, für eine geheimnisvolle Frau gehalten, die vor einigen Wochen bei uns am Strand vor irgend etwas auf der Flucht gewesen war. Nettes Mädchen, Lisa Schmidt.« Villon und Arnold unterließen es, einen Blick auszutauschen. »Jedenfalls hatte ich, während wir über Mr. Wolheim sprachen, so ein Gefühl, als hätte ich schon mal jemanden gesehen, der ihm ähnlich war, und dann wußte ich plötzlich, wen ich meinte. Kriegman!«

Arnold fragte noch einmal: »Wer ist Kriegman?«

»Der Butler von Albert Guiss!«

Diesmal tauschten Villon und Arnold einen Blick aus. Villon sagte: »Diesen Butler Kriegman müssen wir kennenlernen.«

»Ich kann Albert für Sie anrufen, wenn Sie wollen«, bot die Garbo an.

»O nein, nein. In diesem Fall brauchen wir das Überraschungsmoment«, sagte Villon eisern. »Es wäre uns lieber, unangemeldet bei Mr. Guiss aufzutauchen.«

Die Stimme der Garbo klang traurig. »Bei Mr. Guiss kann

man nicht so ohne weiteres auftauchen. Er bewohnt ein Schloß in Bel Air, das mit sehr raffinierten elektrischen Anlagen zur Abwehr von Eindringlingen ausgestattet ist. Ich bin mehrmals dort gewesen. Ich weiß Bescheid.« Lottie schenkte ihr Wodka nach.

Villon wandte sich unvermittelt an Lottie: »Verzeihen Sie. Aber wir sind uns schon mal begegnet?«

Lottie schenkte ihm ein strahlendes Lächeln. »Ja, selbstverständlich. Vor knapp zehn Jahren. Als Sie mich verhaftet haben.«

Der Mund der Garbo stand offen. Salka sagte: »*Was* hat er?«

»Er hat mich verhaftet«, beteuerte Lottie. »Ich werde das nie vergessen. Er war ungeheuer höflich und sehr nett. Sie hatten Ihre blonde Freundin dabei«, erinnerte sie Villon.

»Hazel Dickson.«

»Ja, genau. Hazel Dickson. Die war Klatschkolumnistin oder so was Ähnliches.«

»Richtig.«

»Was ist aus ihr geworden? Sie haben mit ihr Schluß gemacht?«

»Nein. Sie ist zur Armee gegangen. Ist jetzt Captain beim Women's Army Corps.«

»Da wird sie eine gute Figur abgeben.«

»Zur Zeit hat sie einige Schwierigkeiten. Sie kann viele der Mädchen, die unter ihr dienen, kaum noch davon abhalten, sich untereinander zu verloben. Sagen Sie, wie war noch gleich Ihr Name?«

Sie stemmte verärgert die Hände in die Hüften, als wollte sie sagen: *Wie können Sie es wagen, sich meiner nicht zu entsinnen.* »Lottie Lynton, verdammt noch mal!«

»Lottie ...«

». . . Lynton«, betonte sie ungehalten. Salka schüttelte ungläubig den Kopf und ging an die Bar, um sich Sherry nachzuschenken.

Die Garbo war entzückt über die unerwartete Begegnung. »Lottie arbeitet seit über zwei Jahren für mich. Ihr Bewährungshelfer hat sie meiner Obhut anvertraut. Jetzt gehört sie mir. Sie ist ein Schatz.«

Villon erinnerte sich wieder. »Sie haben Ihren Mann getötet.«

»Und wie! Dieser miese Schweinehund. Ständig habe ich ihn gewarnt, mich nicht mehr zu schlagen. Der blöde Idiot hat es darauf ankommen lassen, also habe ich ihn umgebracht. Meine Narben sind noch immer nicht verheilt.«

»Jetzt weiß ich wieder«, sagte Villon. »Sie haben ihn vergiftet.«

»Volltreffer!«

»Irgendwas mit Kakao oder so, stimmt's?«

»Heiße Schokolade!« kreischte die Garbo, die vor Lachen nicht mehr an sich halten konnte.

»Richtig!« schrie Villon. »Heiße Schokolade!«

Lottie hatte sich stolz aufgerichtet. Daß sie ihren Mann vergiftet hatte, war eine Heldentat, von der sie bis ans Ende ihres Lebens prahlen würde.

»Mit Zyanid, richtig?« fragte Villon.

»Falsch.« Sie verschränke die Arme. »Mit Thalliumnitrat!« Garbos Lachen erstarb. Lottie begriff nicht, warum es plötzlich so still war. »Nun, so hieß das Zeug. In unserer Bücherei gab es ein Buch über Gifte, da habe ich mich informiert. Die arme Sau. Hat Wochen gebraucht, bis er tot war. Und ich mußte mir ständig sein Gebrüll anhören, die Füße würden ihm verbrennen. Und dann fielen ihm büschelweise die Haare aus, wenn er sich kämmte, und ich sage Ihnen, es hat mir schon den Appetit verschlagen, ihn bloß herumgehen zu sehen. Aber schließlich ist er doch gestorben. Ich wurde überführt, dann wegen guter Führung entlassen, und da bin ich nun.«

»Ja, allerdings«, stimmte Villon zu. »Da sind Sie nun.«

DREIZEHN

Ein paar Stunden später konnte Villon in Musso und Franks beliebtem Restaurant am Hollywood Boulevard noch immer nicht über Lottie Lyntons unverfrorene Aufführung in Greta Garbos Wohnzimmer hinwegkommen. »Die hat sich über den Giftmord an ihrem Mann ausgelassen, daß man meinen könnte, sie hätte die Sicherheitsnadel erfunden. Nehmen Sie einen Reibekuchen.«

Arnold verzichtete. »Glauben Sie, sie hat Mrs. Wolheim kaltgemacht?«

»Kein Motiv. Warum sollte sie? Bloß, um in Übung zu bleiben?«

»Nun, wir haben einen Thalliumnitrat-Mörder in der Nachbarschaft eines Thalliumnitrat-Opfers. Wie zufällig kann ein Zufall sein?«

»Thalliumnitrat ist sehr beliebt. Ich hatte vor zwei Monaten einen Fall mit so einem Irren, der seine Frau, deren Mutter und Vater und drei minderjährige Kinder auf diese Weise aus dem Weg geräumt hat. Hat behauptet, Gott habe ihm den Auftrag dazu erteilt.«

»Welcher Gott?«

»In seinem Fall? Vermutlich Buddha. War eine chinesische Familie. Hatten ein Restaurant.«

Arnold spießte eine gekochte Karotte auf und wollte sie gerade seinem Mund überantworten, als er die Gabel sinken ließ und sagte: »Martin Gruber.«

»Was ist mit ihm?«

»Der Butler. Kriegman.«

»Mann, können Sie nicht Klartext reden?«

»Gruber kann ein Foto von Kriegman machen und uns geben. Wir haben eine neue Kamera, die sensationelle Innenaufnahmen liefert. Im örtlichen Revier haben sie bestimmt eine.«

»Arnold, Sie sind ein Genie.«

»Ich werde mich gleich morgen früh darum kümmern.«

»Angenommen, Gruber macht nicht mit? Er kann doch nicht hinter Kriegman herrennen und schreien: ›He, Kriegman, bitte recht freundlich!‹«

»Er ist schlau. Einer der besten Informanten, die wir je hatten. Stammt aus einem alten Verrätergeschlecht. Hat nicht viel Training gebraucht, als Lisa ihn uns gebracht hat.«

»So gut ist er? Und Sie sind sicher, daß er kein doppeltes Spiel treibt?«

Arnold dachte darüber nach. »Daß er für uns arbeitet und gleichzeitig für sie? In dem Spiel ist alles möglich.« Er schüttelte den Kopf. »Nein, Gruber nicht. Er hat uns im Lauf der letzten zwölf Monate zu viele überaus wertvolle Informationen geliefert. Er hat uns geholfen, zwei Codes zu knakken; er hat uns eine phantastische Liste von Leuten besorgt, die in diesem Land für die Fünfte Kolonne arbeiten; und so gut zahlen die Deutschen nicht. *Wir* zahlen *wirklich* gut.«

»Wie lange ist er schon bei Guiss?«

»Seit über einem Jahr jetzt.«

»Und es ist ihm noch immer nicht gelungen, Guiss und seine Trabanten festzunageln?«

»Herb, Sie sind vielleicht naiv. Wenn wir hier raus sind, erzähle ich Ihnen ein paar Gute-Nacht-Geschichten.«

»Was mißfällt Ihnen denn hier?« fragte Villon, indem er den Kampf mit einer schlaffen, zerkochten Spargelstange aufnahm.

»Man kann nie wissen, wer in der Nische nebenan sitzt.«

»Ich weiß, wer in der Nische nebenan sitzt. Zwei französische Schauspielerinnen, Fifi D'Orsay und Yola D'Avril. Nette Mädchen.«

»Sind das Freie Franzosen?«

»Weiß ich nicht. Ich hatte keine Veranlassung, ihnen ein Angebot zu machen.«

»Ich schwöre, Herr Guiss, ich schwöre, ich habe sie nicht umgebracht! Das letzte Mal habe ich sie vor über einer Woche gesehen, als sie ihre Sachen packte, um nach Kanada zu gehen.« Kriegman betupfte seine feuchte Stirn mit einem Taschentuch. »Unsere Leute in Toronto sollten sie nach Deutschland zurückbringen. Ist es nicht so, Herr Henkel? Sie haben ihnen doch die Nachricht durchgegeben.«

Außer Henkel waren noch Risa Barron und Werner Lieb in Guiss' Büro; sie alle machten sich Sorgen über die Folgen, die der Mord an Mrs. Wolheim nach sich ziehen könnte. Henkel unterdrückte ein nervöses Gähnen. »Ja, so ist es. Aber die wollten sie nicht unbedingt zurückhaben.«

»Wieso das?« fragte Guiss.

»Sie hatten in der Heimat keine weitere Verwendung für sie. Hätten es lieber gesehen, wenn sie hierbliebe. Wollten ihr Arbeit bei einer Familie in Boston verschaffen, Kennedy war der Name, glaube ich. Aber Anna wollte nach Hause. Sie hatte Angst.«

»Ja«, brüllte Kriegman, »sie hatte große Angst. Wenn sie nicht gerade Sandwiches mit Erdnußbutter und Apfelgelee in sich reinschlang, hat sie die Hände gerungen und dazu unaufhörlich ›Achtung, Achtung!‹ gemurmelt. Außerdem hat sie über Haarausfall und brennende Schmerzen in den Füßen geklagt.«

»Das sind die Nerven«, stellte Risa Barron kategorisch fest, »nur die Nerven. Einer meiner Schwestern sind die Augenbrauen, Wimpern und Schamhaare ausgefallen, nachdem ihr Mann sie in Marokko wegen einer Hure verlassen hatte. Später, als sie sich in einen Apotheker verliebte, ist natürlich alles wieder nachgewachsen. Das sind nur die Nerven.«

Kriegman quasselte weiter. »Sie haben selbst gesagt, wenn ein Agent die Nerven verliert, kann man ihn vergessen. Wenn wir in dem Haus geblieben wären, wenn Sie uns nach der Bombardierung von Pearl Harbor nicht gezwungen hätten, von dort zu verschwinden . . .«

»Das Haus hatte seine Schuldigkeit getan. Ich habe Sie

hier gebraucht, genau wie ich die Jungen für meine bewaffnete Wachmannschaft gebraucht habe.« Guiss fragte Risa: »Das Mädchen? Bist du noch immer unzufrieden mit ihr?«

Risa spielte nervös am Verschluß ihres Armbandes herum. »Sie gibt sich große Mühe. Aber sie ist so gewöhnlich. Wie ist sie bloß zum Geheimdienst gekommen? Sie ist so alltäglich, so gewöhnlich. Sie sollte einen Metzgergehilfen heiraten und Kinder kriegen.«

»Weiß sie, daß Mrs. Wolheim getötet wurde?«

»Natürlich weiß sie das. Sie liest die Zeitungen.«

»Hat sie dir irgend etwas gesagt?«

»Eine ganze Menge. Sie hat Angst. Abendliche Spaziergänger haben sie am Strand gesehen, zum Beispiel dieser Jude Saloman, der Nachbar von Greta. Und Greta selbst auch, und ihre Freundin Salka Viertel. Und Marion Davies wahrscheinlich auch, als sie und Hearst am Strand Nachlaufen spielten. Gott im Himmel! Wir sollten sie alle nach Deutschland zurückschicken, je früher, desto besser.«

Kriegman erbleichte. »Bitte! Schickt mich nicht zurück! Ich will nicht zurück. Dort gibt es nichts für mich zu tun.«

»Halten Sie den Mund, Idiot!« schrie Guiss. Er stand auf und entfernte sich von seinem Schreibtisch, um laut nachzudenken. »Sie hatte also gepackt, um nach Deutschland abzureisen. Sollte jemand sie zum Zug begleiten?«

»Ja, ich«, sagte Henkel. Dann mit einem Lächeln: »Sie hatte mich ziemlich gern.«

»Warum haben Sie sie nicht zum Zug gebracht?«

»Als ich sie abholen wollte, war sie weg. Niemand hat sie verschwinden sehen.«

»Und niemand weiß, wie sie ins Haus zurückgekommen ist.«

»Ihr Mörder weiß es«, sagte Risa Barron mit honigsüßer Stimme. »Meinst du, die vom FBI haben sie umgebracht? Meinst du, die haben sie getötet und ins Haus zurückgebracht, sozusagen als Warnung, daß sie uns durchschaut haben?«

»Wenn sie uns durchschaut haben«, bemerkte Guiss sachlich, »werden sie uns holen kommen.«

Risa machte große Augen. »Die Aussicht macht dir keine Angst?«

»So leicht macht man mir keine Angst.«

Werner Lieb polierte sein Monokel mit einem Stück Seidenpapier und fragte: »Ist Ihnen schon mal der Gedanke gekommen, daß der Mörder sich unter uns befinden könnte?«

»Durchaus«, sagte Guiss, »aber wer von uns sollte einen Grund haben, sie zu töten?«

»Muß denn jeder Mörder ein Motiv haben?« fragte Lieb. »Gibt es nicht Mörder, die bloß aus Spaß am Töten töten? Sie war für unsere Sache nicht mehr zu gebrauchen. Demnach war sie entbehrlich.«

Risa beugte sich auf ihrem Sessel vor. »Das klingt sehr plausibel, wie Sie das sagen. Am Ende haben Sie sie umgebracht.«

»Ich bin Pragmatiker, Risa. Ich denke, die Ermittlungen sollten der Polizei überlassen bleiben. Die Zeitungen berichten nichts davon, *wie* sie getötet wurde; nur, daß im Schlafzimmer eines Strandhauses in Santa Monica, in der Nachbarschaft einiger sehr prominenter Zeitgenossen, die Leiche einer Frau namens Wolheim gefunden wurde. Hearst selbst ist damit seiner Konkurrenz zuvorgekommen. Ich denke, wir sollten uns jetzt eher mit der dürftigen Leistung unserer Darsteller am ersten Drehtag befassen. Von Stroheim hat keine zwei Minuten brauchbares Material geschafft. Das ist sehr unbefriedigend.«

»Nach dem, was ich von der ersten Szene mit der Garbo und Lorre gesehen habe«, steuerte Risa bei, »wirken ihre Leistungen sehr enttäuschend.«

»Die werden sich steigern«, sagte Guiss zuversichtlich; »und von Stroheim hat versprochen, Tempo zu machen. Die sind alle nervös. Der erste Tag, sagt man mir, ist niemals einfach.«

»Das ist richtig«, sagte Risa mit bösem Grinsen, »es ist

wie die erste Nacht auf einer Hochzeitsreise. Nichts als unbeholfenes Gefummel.«

Guiss steckte sich eine Zigarette an. »Morgen, wenn wir uns die Musterkopien ansehen, werden wir mehr wissen. Mag sein, daß Greta sich nicht gut anhört, aber auf alle Fälle sieht sie gut aus. Die Farbtests waren beachtlich.« Er lächelte bei der Erinnerung. »Würde ja zu gern mit ihr ins Bett gehen.«

Zum erstenmal, seit sie Guiss kennengelernt hatte, tat Risa der Mann leid. In Gedanken bei der unerreichbaren Garbo, wirkte Guiss wie ein trauriger, verwundbarer Schuljunge.

Auf dem Weg zu Arnolds Bungalow, wo sie ihr Gespräch über Guiss und Konsorten fortsetzen wollten, machten Arnold und Villon auf einen Drink Zwischenstation in der belebten Bar des Garden of Allah. Herb Villon war verrückt nach großen Namen, und in dem Lokal wimmelte es von Prominenten. An einem Tisch saß Dorothy Parker mit ihrem Mann Alan Campbell und dem Komiker Charles Butterworth. Sie hörten, wie Butterworth Mrs. Parker fragte: »Haben Sie Steinbecks neues Buch gelesen?«

»Ein wenig.«

»Und wie ist es?«

Sie antwortete: »Kaffeesatz ist eine gehaltvollere Lektüre.«

An einem anderen Tisch trank der Autor und Regisseur Preston Sturges mit dem Schauspieler und Humoristen Robert Benchley. Benchley sprach über einen Schauspieler, den Sturges für seinen nächsten Film ins Auge gefaßt hatte. »Ich finde ihn ziemlich mittelmäßig«, sagte Benchley.

Sturges erwiderte mit schwerer Zunge: »Er ist nicht talentiert genug, um mittelmäßig zu sein.«

Am Tresen versuchte die Schauspielerin Miriam Hopkins, sich nicht über ihren Begleiter, den Schauspieler Vince Barnett, zu langweilen, der gerade aus heiterem Himmel zu ihr sagte: »Wissen Sie, Miriam, ich habe das Gefühl, mein Leben fängt jetzt erst an.«

Sie sagte fröhlich: »Dann lernen Sie mal Windeln wechseln.«

Arnold stieß Villon an: »Fahren wir zu meinem Bungalow. Mir reicht's.«

Im Bungalow legte Arnold sein Jackett ab und schenkte zwei Drinks ein. Villon ließ sich in einen Sessel sinken und zündete eine Zigarette an. Arnold sagte: »Wissen Sie, was ich denke, Herb? Ich denke, die Frau wurde von einem aus ihrer eigenen Clique umgebracht.«

»Ich denke, Sie könnten recht haben.«

»Ich muß recht haben. Soweit wir wissen, hatte sie außer ihrer falschen Familie niemanden. Wahrscheinlich hat sie sonst keinen Menschen in L. A. gekannt.«

»Mich stört bloß die Frage«, sagte Villon, »wo sie in der Zwischenzeit untergetaucht war, also vom 8. Dezember an, wo sie das Strandhaus verlassen hat, bis zu ihrer Ermordung? Das sind immerhin zwei Monate.«

»Vermutlich hatten sie sie in einem ihrer sicheren Häuser versteckt. Davon sind uns allein in der Gegend hier mindestens drei bekannt.« Arnold dachte kurz nach. »Jemand muß sie für eine Bedrohung gehalten haben, oder aber sie hatten keine Verwendung mehr für sie und fanden es einfacher, sie umzubringen, als sie nach Deutschland zurückzuschicken. Die haben eine Rückzugsroute über Kanada.«

»Habe davon gehört. Ist unseren freundlichen Nachbarn im Norden eigentlich klar, wie gastfreundlich sie zu den Nazis sind?«

»O ja, glauben Sie mir, das wissen sie.«

»Okay, und was ist mit Guiss und seinen Spielkameraden?«

»Wir wissen«, sagte Arnold, »daß Guiss aus Wien stammt und daß er als Kavallerist bei der Wiener Armee gedient hat. In dieser Zeit hat er erstaunliches diplomatisches Geschick bewiesen und die Freundschaft und Bewunderung einiger sehr einflußreicher Leute gewonnen. Nun, das ist gut zwanzig Jahre her. Man kann davon ausgehen, daß er ein Kriegsheld war, aber ich bezweifle, daß wir je die Ehre haben werden, seine Orden mit eigenen Augen zu sehen. Dann kommt eine Lücke von fünf Jahren, und als er wiederauftaucht, ist er ein sehr sehr reicher Mann und von lauter Geheimnissen umgeben.«

»Keine Frau? Keine Kinder?«

»Kein gar nichts. Jede Menge Gerüchte, was Mätressen betrifft. In den letzten zwei Jahren nimmt Risa Barron diese Rolle ein. Er hat sie mit einem Vermögen an Schmuck überhäuft.«

»Was ist mit der Barron? Haben Sie die mal kennengelernt?«

»Ich habe Fotos gesehen, Wochenschauen: ein häßliches Weibsbild, das gelernt hat, gut auszusehen. Alles in ihrem Gesicht ist falsch, aber wenn man es so zusammensetzt, wie sie es tut, kommt das heraus, was die Schundschreiber eine ›faszinierende Abenteurerin‹ nennen. Hat sich an eine Menge fieser Kerle rangeworfen. Hitler und seine Bande, Mussolini und seine Spaghettis. Soll auch in einem Harem gelebt und von dort den Rechtsanspruch auf eine Ölquelle mitgebracht haben. Sie war wirklich verknallt in Guiss, aber es gibt Verdachtsmomente, die belegen, daß die Sache sich bereits abkühlt. Er ist hinter der Garbo her.«

»Ich wette, die kriegt er nicht«, sagte Villon.

»Dann haben wir noch Werner Lieb. An dem ist alles falsch. Sein Name, sein Monokel, seine Stellung als Koproduzent des Films. In Wirklichkeit ist er Guiss' Adjutant. Guiss hat ihn vor etwa zehn Jahren in Südamerika aufgelesen, wohin er sich nach irgendwelchen Betrügereien aus Deutschland verdrückt hatte. Hatte alten Damen ihr Geld abgegaunert.«

»Das tun Warenhäuser auch.«

»Es gab auch eine Anklage wegen Päderastie. Guiss hat das alles für ihn aus der Welt geschafft. Er hat in Lieb den

Typ von Kriecher erkannt, der ihm nicht an den Karren pinkeln würde. Guiss mag ihn sehr, und Lieb ist schlau genug zu wissen, daß ihm gar nichts Besseres passieren konnte.«

»Und Henkel? Wie sieht's mit dem aus?«

»Der war mal Buchhalter. Hat versucht, Kurzgeschichten zu schreiben, aber nie welche verkauft, jedenfalls nicht daß ich wüßte. Wir nehmen an, daß er kein Deutscher ist. Wie schmeckt der Drink?«

»Ausgezeichnet. Erzählen Sie weiter. Ich bin fasziniert.«

»Wir bezweifeln, daß Henkel sein richtiger Name ist. Die Jungs haben Fotos von ihm untersucht und meinen, er könnte Slawe sein, oder Pole, oder womöglich Lette. Es gibt einen Schnappschuß von ihm, wie er grinsend eine Prozession von Badenixen beobachtet, und, allmächtiger Gott, da sehen seine Zähne aus, als hätte man ihm eine Ladung Schrot reingeschossen.«

»Und dann haben wir unseren Mann Gruber. Vergessen Sie nicht, die Kamera mal auf ihn zu richten.«

»Wir haben auch noch unsere Frau Greta.«

Villon richtete sich auf. »Sie wollen doch nicht etwa sie mit dem Mord an Mrs. Wolheim in Zusammenhang bringen.«

»Nein, keineswegs. Aber sie hat eine Zeitlang in Deutschland gelebt und dort eine Menge Leute kennengelernt, die heute aktive Nazis sind.«

»Na und? Pola Negri ist auch wieder in der Stadt, um ein Comeback zu versuchen. Kennen Sie sie noch?«

»Stummfilme?«

»Richtig«, sagte Villon. »Aber wissen Sie, wo sie war, bevor in Europa der Krieg ausgebrochen ist? Sie war in Deutschland und hat für Goebbels Filme gedreht! Wird sie deshalb auf dem elektrischen Stuhl gebraten?«

»Wir haben ein komplettes Dossier über sie. Sie ist harmlos. Hat in Deutschland gearbeitet, weil sie keine anderen Angebote hatte und ihr der Schmuck zum Versetzen ausgegangen war.«

»Sie wollen mir doch nicht weismachen, daß die Garbo eine Sympathisantin sein könnte. Sie war ganz schön clever heute abend. ›Forschen Sie bei den Versorgungsbetrieben nach, wer die Rechnungen bezahlt!‹ Warum sind *wir* da nicht drauf gekommen?«

Arnold zuckte die Schultern. Er war müde. Er wünschte, Lisa Schmidt würde sich melden. Sie mußte Gruber die Kamera bringen. Er wünschte, daß er nicht so besorgt um ihre Sicherheit wäre. Ihm war kein einziger faschistischer Fanatiker bekannt, bei dem nicht leicht die Sicherung durchbrannte. Heute heißt es »Bringt sie nicht um«, und morgen schon könnte es »Was, die Frau lebt noch?« heißen. Diese Leute machten ihm angst. Sie waren nicht menschlich, entsprachen nicht dem, was man ihm in der Sonntagsschule über Menschlichkeit beigebracht hatte. Sie waren unwirklich. Er sagte es laut und erschreckte damit Villon. »Guiss ist unwirklich!«

»Was zum Teufel soll das heißen?«

»Ich hatte grade so ein Gefühl. Irgend etwas an Guiss bringt mich auf den Verdacht, daß er ein Schwindler ist.«

»Sie meinen, daß er gar nicht so reich ist?«

»Ich meine, vielleicht ist es gar nicht sein Geld.«

Villon genehmigte sich noch einen Drink. »Ich weiß, worauf Sie abzielen. Interessante Prämisse. Irgendein Milliardär, ein Unbekannter, hat ihn entworfen und erschaffen. Als Mittelsmann. So was haben die Gangster in den zwanziger Jahren oft getan. Wußten Sie, daß die George Raft erschaffen und dann dafür bezahlt haben, daß er ein Star wurde, bloß um irgendwie nach Hollywood reinzukommen? Haben Sie das gewußt?«

»Der ist doch immer noch ein Star, oder?«

»Das soll einer verstehen. Kein Talent, und sein Name erscheint noch immer über dem Titel.«

»Bei Guiss ist es, figürlich gesprochen, ebenso. Aber worin besteht sein Talent? Warum bringt man ihn dazu, fünf Millionen Dollar in eine Mißgeburt über die Jungfrau von

Orléans zu pumpen? Warum kostet das Ding fünf Millionen? Lisa Schmidt meint, die Aufbauten seien zwar nicht billig, aber auch nicht gerade verschwenderisch. Abgesehen von der Million für die Garbo kriegen die anderen Schauspieler nicht überdurchschnittlich viel Honorar, nur das Übliche. Sie meint, zwei oder zweieinhalb Millionen dürften mehr als genug sein, die Kosten der Produktion zu dekken. Wer also steckt den Rest in die Tasche?«

Das Telefon klingelte. Es war Lisa Schmidt. Arnold erzählte ihr von dem Plan mit der Kamera, und sie versicherte ihm, es wäre kein Problem, sie Gruber zu bringen. Sie berichtete von Guiss' Anweisung, ihre Vorgeschichte gründlich zu durchleuchten. Dann kamen sie auf den Mord zu sprechen.

»Haben Sie herausgefunden, wie die Leiche ins Haus geschafft wurde«, fragte Lisa, »oder hat sie im Haus noch gelebt? Ist sie dummerweise dort gestorben, und der Mörder hat gemeint, dann könne er sie genausogut auch dort liegenlassen?«

»Guter Gedanke.«

Sie sprachen über Strom und Telefon. Lisa sagte: »Das Anwesen gehört Guiss. Gruber hat mir das vor langer Zeit erzählt. Deswegen funktionieren die Anschlüsse noch. Warum sonst haben sie ihr Treffen dort abgehalten? Warum sonst haben die Wolheims dort so lange gewohnt? Ich wette um einen ganzen Wochenlohn, daß die einen Kurzwellensender hatten und als Relaisstation fungiert haben. Verdammt, Arnold, es steht in einem meiner Berichte, daß Guiss der Eigentümer des Hauses ist.«

»Ich behalte nie was von dem, was ich lese«, bellte Arnold. »J. Edgar gibt mir so viele verdammte Berichte, daß ich mich manchmal frage, wo er noch die Zeit hernimmt, so viele Leute zu hassen.«

»Ich glaube, es spricht vieles dafür, daß sie von ihren eigenen Leuten getötet wurde. Vielleicht hat Guiss den Befehl gegeben. Falls Kriegman wirklich Wolheim ist, hat die Frau vielleicht aus irgendeinem Grund damit gedroht, die ganze Chose zu verpfeifen. O Gott, bin ich müde. Ich kann nicht mehr denken. Sagen Sie mir Bescheid, wenn Sie die Kamera haben, dann vereinbaren wir ein Treffen.«

»Was ist mit der Biographie, die Sie und Gruber sich für Sie ausgedacht haben?« fragte Arnold.

»Die ist phantastisch. Vielleicht können wir die Filmrechte verkaufen.«

»Vielleicht. Gehen Sie schlafen. Entschuldigung, daß ich Sie angeschnauzt habe. Bin ziemlich durcheinander.«

»Wir sind alle ziemlich durcheinander. Also bis morgen.«

»Und, Lisa, verriegeln Sie Türen und Fenster.«

»Ich bin Ihnen weit voraus. Längst erledigt. Sehr stickig hier drin. Gute Nacht.«

Als Villon sich den nächsten Drink einschenkte, sagte Arnold: »Nicht so hastig mit dem Zeug. Sonst haben Sie morgen einen Riesenkater.«

»Ich habe nie einen Kater. Aber ich kann schlecht einschlafen. Der Fusel hilft dagegen. Ich muß Ihre Theorie über Guiss durchdenken. Was hatte Lisa zu berichten?«

Arnold erzählte von Lisas Überlegung, ob die Frau bereits tot ins Haus gebracht worden sei oder eben zufällig dort den Geist aufgegeben habe.

Villon sagte: »Sie haben etwas vergessen. Das Gift wurde über einen gewissen Zeitraum verabreicht. Jemand kannte ihre Lieblingsspeisen und hat ihnen Gift beigemischt. Da halte ich jede Wette.«

»Erdnußbutter und Apfelgelee?«

Villon sah auf seine Armbanduhr. Die Leute von der Spurensicherung waren wahrscheinlich noch bei der Arbeit. Es war erst kurz nach zehn. Manchmal saßen sie die ganze Nacht über ihren Experimenten, besonders wenn sie überlastet waren. Er rief sein Revier an, ließ sich mit der Spurensicherung verbinden und gab Anweisung, die Erdnußbutter und das Apfelgelee auf Spuren von Thalliumnitrat zu untersuchen.

Jack Kelly von der Spurensicherung teilte Villon mit: »Genau das haben wir gerade gefunden. Sie muß das Zeug über mehrere Wochen gegessen haben, zwei Wochen, vielleicht weniger, falls sie es in sich reingeschlungen hat.«

»Danke, Jack.« Villon legte auf und sagte: »Wenn sie so verrückt auf das Zeug war und es trotzdem im Kühlschrank hat liegenlassen, dürfte sie sich vor dem Rückzug in das Haus einen neuen Vorrat besorgt haben.«

»Wahrscheinlich hat man es ihr besorgt«, sagte Arnold, »als Abschiedsgeschenk.«

Villon seufzte. »Arnold, für Ironie ist es zu spät am Abend. Ich gehe nach Hause. Könnten Sie mich zur Tür bringen?«

Die Garbo saß im Dunkel ihres Wohnzimmers und paffte eine Zigarette; während sie aufs Meer hinausstarrte und das Auf und Ab der Wellen an der Küste beobachtete, gingen ihr Gedanken durch den Kopf, die ihr bis dahin fremd gewesen waren. Gift und Mord und Leichen in einem Nachbarhaus. Lottie Lynton und ihre Freude daran, sich als Gattenmörder betätigt zu haben. Villon hatte sich als Kriminalbeamter ausgewiesen, aber was war mit dem anderen? Sein Name, sein Name ... sie wühlte in ihrem Gedächtnis. Ah ja. Arnold Lake. Hat er sich als Kriminalbeamter vorgestellt? Nein, hat er nicht. Aber was ist er dann? Sicher, er hat sich nicht als Kriminalbeamter vorstellen müssen, der andere war ja bei ihm. Die beiden schienen gute Freunde zu sein. Haben sich gut verstanden. Und gut zusammengearbeitet.

Plötzlich dachte sie an Peter Lorre. Sie beide hatten heute nicht gut zusammengearbeitet. Gewiß, es war der erste Tag, und es war schon was dran an diesem alten Spruch, daß der erste Drehtag immer der schwierigste ist, und sie war ja auch wirklich nervös gewesen; aber Peters Nervosität, davon war sie überzeugt, hatte irgendeinen anderen Grund.

Angst.

Angst? Aber wovor hat er Angst? Etwa vor Lisa Schmidt?

War es möglich, daß er sie in jener Nacht tatsächlich am Strand gesehen hatte? Daß sie in seinem Haus um Hilfe gebeten hatte? Vielleicht hatte sie nicht geglaubt, ihn eines Tages wiederzusehen. Peter war im Studio so felsenfest überzeugt davon, sie sei die fragliche Frau gewesen, daß er fast aus der Haut gefahren ist. Und heute, nur einen Tag später, sagt er, er hätte sich geirrt. Gestern ein wütender Hund, heute ein netter Schmusekater. Da stimmt was nicht.

Sie drückte die Zigarette aus, ging an die Bar und machte sich einen Wodka mit Eis. Mit dem Glas in der Hand öffnete sie die Hintertür und trat auf die Veranda. Von dort konnte sie das geheimnisvolle Haus beobachten. In das unheimliche Licht des Vollmondes getaucht, machte es einen bösen und bedrohlichen Eindruck. Mrs. Wolheim.

Mr. Wolheim. Kriegman. Jetzt in einer neuen Rolle als Guiss' Butler. Ahnt Guiss, daß Kriegman ein feindlicher Agent ist?

»O mein Gott«, flüsterte sie, »bin ich blöd! Ich bin ja so dumm. Natürlich weiß er es!«

Sie eilte ins Haus zurück, verschloß die Tür, zog, um den Verdunkelungsvorschriften zu genügen, die Vorhänge vor und rief Salka Viertel an. Salka hörte sich die Informationen und Vermutungen, die ihre Freundin hervorsprudelte, aufmerksam an und sagte schließlich: »Greta, hör mir zu. Was auch immer du vermutest, behalt es für dich. Es könnte gefährlich sein.«

»Wann habe ich je eine Gefahr gefürchtet? Habe ich nicht sogar in einem Film mit John Barrymore gespielt?«

»Greta, bitte. Wenn diese Leute das sind, wofür du sie hältst, und wenn sie befürchten, daß du Bescheid weißt, bist du womöglich in Lebensgefahr. Gott im Himmel, es steht schon in der Zeitung, daß wir Mrs. Wolheim identifiziert haben. Also ist doch wohl klar, daß wir auch *Mr.* Wolheim identifizieren könnten. Und falls er tatsächlich Kriegman ist und er jetzt für Guiss arbeitet ... o mein Gott, Greta. Am Ende stehen wir schon auf der Abschußliste!«

»Sei nicht so melodramatisch, Salka. Du hast zu viele Drehbücher geschrieben. Wer würde es wagen, die Garbo zu töten?«

»Albert Guiss.«

»Meinst du wirklich? Welch entzückende Vorstellung. Das macht ihn ein bißchen interessanter.«

Salka sagte gereizt: »Red nicht so dumm daher. Vielleicht sollten wir diese Polizisten anrufen, die in dem Haus gewesen sind. Vielleicht solltest du *denen* von deinem Verdacht erzählen.«

»Meinst du nicht, die sind clever genug, von allein darauf zu kommen? Haben einen recht intelligenten Eindruck gemacht. Ach Salka. Ist das nicht wunderbar?«

»Was ist wunderbar?«

»In Gefahr zu sein! Ich glaube, ich bin noch niemals richtig in Gefahr gewesen. Ach Salka, das ist ein ganz neues Gefühl für mich, und was habe ich mich nach etwas frischem Wind in meinem öden Leben gesehnt! Ich bin in Gefahr! Herrlich! Am liebsten würde ich sofort Louella und Hedda anrufen, aber nein, das laß ich bleiben. Dieses Gefühl gehört mir, mir allein, und ich werde es für mich behalten, habgierig und egoistisch wie ich bin. Ich will noch einen Wodka trinken und darüber nachdenken. Geh schlafen, meine Liebe. Geh schlafen. Wir reden morgen weiter.« Sachte legte sie den Hörer auf.

Schlafen gehen? Ist sie verrückt? Salka schleuderte ein Kissen durchs Zimmer und wußte, daß ihr eine schlaflose Nacht bevorstand.

Die Garbo schenkte sich den versprochenen Wodka ein und ging dann wieder auf die Veranda. Glaubte sie, Salka etwas vorgemacht zu haben? Hatte sie zu dick aufgetragen? Glaubte Salka wirklich, daß Greta keine Gefahr fürchtete? Die Nachtluft ließ sie zittern. Die Nachtluft? Oder die Angst? Gott, du Idiot. Geh wieder rein. Weg von der Veranda. Hier draußen im Mondlicht bist du eine gute Zielscheibe. Sie stürzte ins Haus zurück. Sie verriegelte sorgfältig die Tür. Sie eilte ins Schlafzimmer und faßte den Entschluß, Villon und Arnold ihre Vermutungen mitzuteilen.

VIERZEHN

Villon und Arnold waren begeistert. Die Garbo hatte sie früh am Morgen angerufen und gebeten, ins Studio zu kommen. Jetzt saßen sie bei ihr in der Garderobe und ließen sich die von Lottie Lynton servierte Schokolade schmecken. Die Garbo fragte sich, ob sie vergessen hatten, daß Mr. Lynton mit Schokolade ins Jenseits befördert worden war. Lottie brachte auch einen Teller Toll-House-Kekse, die sie an diesem Morgen gebacken hatte. Die Männer empfanden nichts als Bewunderung für die Schauspielerin. Ihre Schlußfolgerungen waren intelligent und sorgfältig durchdacht. Sie besaß einen scharfen, mit unsterblicher Schönheit getarnten Verstand. Sie bewunderten sie und sagten ihr das auch.

Die Garbo klatschte vergnügt in die Hände, ein kleines Mädchen, das den Beifall seiner Lehrer errungen hatte. »Und was ist das für eine interessante Kamera, die Sie da haben, Mr. Lake?«

»Ähm, die habe ich in Südamerika entdeckt, als ich mal für ein paar Monate da unten war.«

»Sieht schrecklich raffiniert aus. Ich selbst habe nur eine kleine Brownie. Aber man kann sehr schöne Bilder damit machen. Darf ich mir die Kamera mal ansehen?« Arnold gab sie ihr, und sie spähte lachend durch den Sucher. »Sie beide sehen so ernst aus. Ist ein Film eingelegt? Ich würde Sie gern fotografieren.« Als Lake sie bat, das zu unterlassen, zog sie eine Schnute. »Glauben Sie mir, ich bin eine sehr gute Fotografin. Ich bin bei Meisterfotografen in die Lehre gegangen. Cecil Beaton, Louise Dahl Wolfe, Robert Capa, der jetzt als Kriegsfotograf in Europa ist. Aber wenn Sie sich nicht fotografieren lassen wollen . . .« Ihre Stimme verlor sich in kindlicher Enttäuschung, als William Haines ins Zimmer trat. Sie stellte ihn ihren Besuchern vor und sagte dann zu ihm: »Sie sehen mitgenommen aus. Was haben Sie?«

»Wie Dr. Jekyll einmal gesagt hat: Ich bin heute nicht ganz bei mir. Von Stroheim ist furchtbar schlecht gelaunt. Als er sich heute morgen mit der Wiener-Schnitzel-Bande die Musterkopien angesehen hat, gab es einen Aufruhr.« Haines grinste. »Ich wußte ja, daß er diesen Film genauso verpfuschen würde wie alles andere, was er anfaßt. Von den zig Kilometern, die er gestern gedreht hat, sind vielleicht ein oder zwei Minuten brauchbar. Sie hätten mal hören sollen, wie Guiss ihn zur Sau gemacht hat. Der arme Von konnte mir beinahe leid tun, aber er hat es ihm bei Gott gut zurückgegeben. Hat Guiss gesagt, wo er sich die Musterkopien reinschieben soll, wenn er so unzufrieden damit ist.«

Er führte ihnen eine boshafte Parodie des Regisseurs vor, indem er auf und ab stolzierte und dazu mit einer imaginären Reitpeitsche in die Luft hieb. »›Amateure wie Sie wollen mir erzählen, was gut und was schlecht aussieht? Sie haben doch keine Ahnung, wie man Musterkopien beurteilen muß. Nur der erfahrene Blick des Regisseurs und seiner Cutter kann entscheiden, was brauchbar ist und worauf verzichtet werden sollte. Und manchmal übersehen selbst *wir* eine gute Szene und müssen uns die Musterkopien immer und immer wieder ansehen, bis wir genug Schnipsel zusammenhaben, mit denen sich was Vernünftiges anfangen läßt. Sie haben von Stroheim engagiert?‹« Haines warf sich in die Brust und reckte das Kinn vor. »›Dann müssen Sie absolutes Vertrauen zu von Stroheim haben! Ich bin nicht so ein Pfuscher wie von Sternberg, der in dieser Branche erledigt ist!‹« Die Garbo zuckte zusammen. Ihr und Haines war bewußt, daß von Stroheim ohne diesen glücklichen Zufall jetzt wahrscheinlich im Büro seines Agenten sitzen und sich überreden lassen würde, vor die Kamera zurückzukehren, um schurkische Nazis zu verkörpern, Rollen, die ihm zur Zeit dutzendweise angeboten wurden. Der Mann mußte sich über die Verblüffung der ganzen Branche im klaren sein, daß jemand ihm noch einmal einen Regieauftrag gegeben hatte.

Haines setzte seine Vorführung fort. »›Also, wenn Sie mich feuern wollen, bitte sehr. Wenn nicht, verschwinden Sie und lassen mich den Film weitermachen. Greta ist phantastisch, und Lorre wird sich noch steigern . . .‹«

Greta kreischte vor Vergnügen. »Hat er wirklich gesagt, ich sei phantastisch? O Billy, wie mich das freut! Dann werden Lorre und ich heute wunderbar sein. Ich werde Peter an der Gurgel packen und zu einer guten Leistung zwingen. Er denkt zuviel an die geheimnisvolle Frau am Strand.«

Es war unheimlich, aber genau aufs Stichwort klopfte jetzt Lisa an die Tür, die so weit offen stand, wie Haines sie gelassen hatte, und trat ein. »Guten Morgen allerseits.« Dann sagte sie zu Greta: »Es wird Sie freuen zu hören, daß das Ungeheuer Sie in den Musterkopien großartig findet. Ich übrigens auch.«

»Sie haben sie gesehen?«

»Selbstverständlich. Ich bin doch Regieassistentin. Ich muß mit dem Notizbuch neben ihm sitzen und sein Geknurre übersetzen.«

Die Garbo war amüsiert. »Erich knurrt?«

»Er gibt eine Menge Geräusche von sich, die wenigsten davon sind angenehm.«

»Sie mögen ihn nicht?«

»Na ja, allmählich wird er mir sympathisch.« Sie schenkte sich Kaffee ein und nahm von Lottie Lynton einen Keks. »Er wächst mir ans Herz. Seine Beleidigungen werden melodiöser, und seinem Gemecker fehlt nur noch die Harfenbegleitung.« Sie biß in den Keks und nahm einen Schluck Kaffee. »Das ganze Geschrei soll bloß seine Angst kaschieren.«

»Aber was fürchtet er denn?«

»Mißerfolg!« kläffte Haines. Er wandte sich an Villon und Arnold: »Mißerfolg ist die Beulenpest von Hollywood.

Wer keinen Erfolg hat, fliegt raus; man kriegt keine Angebote mehr; man wird nicht mal mehr als Komparse gebraucht, um irgendeine Tischgesellschaft zu vervollständigen. Also verlegt man sich, falls man nicht sowieso schon süchtig ist, auf Alkohol oder Drogen oder beides, oder man geht nach Europa, um dort Arbeit zu suchen, nur daß es heutzutage in Europa kaum noch Stellenangebote gibt.«

»Oder man ist so klug und macht eine ganz neue Karriere als Filmausstatter«, sagte die Garbo und bedachte Haines mit einem bewundernden Lächeln.

Aber Haines ließ sich nicht ablenken. »Oder man ist so verrückt, Filmausstatter zu werden und nur noch vor dem ewigen Gezeter eines wahnsinnigen Diktators davonzulaufen.« Plötzlich schrie er auf: »›*Fuchsienrot!*‹« Arnold staunte nicht schlecht über diesen Ausbruch, während Villon mit seinen Augen unauffällig Lisas Aufmerksamkeit erst auf sich und dann auf die Kamera in Arnolds Hand lenkte. »Der blöde Hund hat was gegen Fuchsienrot! Erinnert ihn ans Schlafzimmer seiner Mutter. Wie konnte eine Mutter einen solchen Sohn in ihr Schlafzimmer lassen?«

Die Garbo erinnerte ihn melancholisch: »Aber er war doch früher genauso ein unschuldiger kleiner Junge wie Sie selbst.«

Haines gab hochmütig zurück: »Ich bin niemals unschuldig gewesen. Ich war der cleverste Bursche im ganzen Viertel. Ich habe immer mit den richtigen Leuten geschlafen und dauernd Eis und Bonbons und Eintrittskarten fürs Kino geschenkt bekommen. Ach zum Teufel damit. Ich habe Louis B. Mayer überlebt, ich werde Erich von Stroheim überleben.« Er wandte sich zu Lisa. »Ich nehme an, er hat Sie auf der Suche nach mir hierhergeschickt?«

»Nein, er ist gerade dabei, Mr. Lorre die Haut abzuziehen. Er droht, ihn durch Donald O'Connor zu ersetzen.«

Die Garbo war entsetzt. »Ein halbwüchsiger Steptänzer als Kronprinz von Frankreich?«

»Warum nicht?« fragte Lisa, amüsiert, daß die Garbo die Drohung von Stroheims ernstzunehmen schien. »Bedenken Sie, er hat auch mal versucht, aus Fay Wray eine ernsthafte Schauspielerin zu machen, und am Ende hat sie bloß einen Riesenaffen frustriert.«

Haines fragte von linksaußen: »Was ist mit diesem Mord am Strand? Haben Sie die Frau gekannt, Greta?«

»Nur vom Sehen. Ich nehme an, Sie haben die Zeitungen gelesen. Dort steht, daß Salka und ich sie erkannt haben. Sehr tragisch, so ein einsamer Tod. Andererseits, auch ich werde wohl einsam sterben. Aber lassen wir das Thema. Der Tod ist ohnehin allgegenwärtig und unvermeidlich, und ich bin glücklich, wieder arbeiten zu können, und möchte wenigstens so lange in glücklicher Stimmung bleiben, bis ich meine Szenen mit Peter abgedreht habe. Die sollen komisch sein, und komisch kann ich nur sein, wenn ich glücklich bin. Ach, Alysia. Kommen Sie rein. Werde ich im Studio verlangt?«

Alysia Hoffman trat ein. Die Garbo merkte sofort, daß mit der Frau, seit Mercedes sie mit ihr bekannt gemacht hatte, eine dramatische Veränderung vorgegangen war. Sie trug neue Kleider, schlicht, aber geschmackvoll. Waren ihre Bewegungen damals ängstlich und zaghaft gewesen, trat sie jetzt offen und selbstsicher auf. Die Garbo fragte sich, ob sie vor ihrer Schauspielerkarriere womöglich Sportlehrerin gewesen war. Alysia berichtete, von Stroheim mache noch immer Theater wegen der Kameraeinstellungen.

Das Wort »Kamera« erinnerte Arnold an ihren eigentlichen Auftrag hier im Studio. Er hörte, wie die Garbo ihn und Villon Alysia Hoffman vorstellte, und fragte sich, warum das Gesicht der letzteren sich verfärbte, als die Garbo sie als Kriminalbeamte bezeichnete. Er fragte sich, wie die Hoffman reagieren würde, wenn er die Garbo korrigierte und sich, was freilich dumm genug wäre, als Agent der Regierung zu erkennen gäbe. Die Garbo erklärte noch, sie seien mit der Untersuchung des Mordes am Strand befaßt.

Arnold fragte sachlich: »Ich nehme nicht an, daß Sie durch irgendeinen verwickelten Zufall mit Mrs. Wolheim bekannt gewesen sind?«

»Ich? Woher sollte ich die denn kennen? Sie meinen, weil ich ebenfalls Deutsche bin?« Sie lachte, aber es war ein sehr schwaches Lachen, das ihr einiges an Kraft abverlangt haben mochte. »Wir Flüchtlinge sind nicht alle untereinander bekannt. Es gibt ja so viele von uns.« Villon verkniff es sich, »zu viele« zu sagen. »Jedenfalls habe ich, seit ich hierhergekommen bin, aufgrund meiner ökonomischen Situation in einer Art selbstauferlegter Isolation gelebt. Inzwischen geht es mir besser, und ich werde versuchen, mich ein wenig in die Welt hinauszuwagen, nein?«

Lisa gratulierte ihr zu dem schicken Kostüm, das sie anhatte. Alysia dankte. Haines fragte die beiden Gesetzeshüter auf seine klugscheißerische Art: »Habt Ihr schon eine heiße Spur?«

Villon verschränkte die Arme und sagte: »Wir verhaften die üblichen Verdächtigen.«

»Womit Sie mir zu verstehen geben wollen, ich soll mich um meine eigenen verdammten Angelegenheiten kümmern.« Haines seufzte, legte einen Finger an die Wange und sagte mit Schuljungenstimme zu der Garbo: »Warum wollen die großen Jungen nie mit mir spielen?«

Die Garbo überhörte die Frage und teilte Villon und Arnold mit: »Alysia war so freundlich, sich als mein Stand-in zur Verfügung zu stellen.« Lisa empfand tiefen Respekt für diese großmütige Erklärung. Die Garbo fuhr fort: »In Europa war sie ein viel größerer Star als ich.«

»O nein, nein«, protestierte Alysia, aber nicht allzu energisch, dachte Lisa.

»O doch, doch. Alysia hat in allen bedeutenden europäischen Studios Filme gemacht.« Die Garbo sagte die ganze Liste auf. Villon und Arnold blickten interessiert, obwohl sie endlich mit Lisa allein sein wollten, um ihr unauffällig die Kamera übergeben zu können. »In diesen Winkel der Welt hat es sie verschlagen, weil sie für einen Film, aus dem dann leider nichts geworden ist, nach Mexiko gehen mußte. Von dort war es ein mühseliger Weg nach Amerika. Gütiger Himmel!« Sie fuhr sich mit einer bekannten Garbo-Geste an die Schläfen. »Wenn ich jetzt das Land verlassen würde, bekäme ich womöglich keine Einreiseerlaubnis mehr!«

»Warum nicht?« fragte Villon.

»Weil ich nicht eingebürgert bin! Auch ich bin Ausländerin!«

Villon fragte: »Wollen Sie nicht eingebürgert werden?«

»Gewiß. Das wäre wohl besser, wie? Ich lebe seit siebzehn Jahren hier, da wird es Zeit, daß ich etwas Konkretes unternehme. Ich werde an Eleanor Roosevelt schreiben und sie bitten, sie möchte ihren Mann veranlassen, mir die Staatsbürgerschaft zu besorgen. Wissen Sie«, begann sie kichernd, »sie hat mir einige Verehrerbriefe geschrieben. Nachdem sie mich als Kameliendame gesehen hatte, wollte sie eine Haarlocke von mir haben.« Das Kichern gedieh zu schallendem Gelächter.

Arnold sagte durch den Lärm: »Mrs. Roosevelt bittet viele Frauen um eine Haarlocke.«

Die Garbo verstummte und zog eine Augenbraue hoch. »Ach wirklich? Na ja, wenn das so ist, bin ich eben kein Einzelstück mehr. Du liebe Zeit, wie frustrierend.« Dann kicherte sie wieder. »Es war sowieso nicht mein Haar, was sie bekommen hat. Ich habe Freddie Bartholomew eine Locke abgeschnitten und ihr die geschickt.«

»Ich muß ins Studio zurück«, sagte Lisa Schmidt. »Wenn von Stroheim mich vermißt, kriegt er einen Anfall.«

Arnold unterbrach sie hastig: »Wir könnten uns nicht mal das Studio ansehen? Ich bin noch nie in einem Filmstudio gewesen.«

Lisa sagte: »Aber natürlich. Kommen Sie mit.«

Greta brachte die drei zur Tür und sagte zu Villon und Arnold: »Sie halten mich über Ihre Fortschritte auf dem laufenden?« Villon genoß den verschwörerischen Ton in ihrer

Stimme. »Seitdem ich geholfen habe, diese arme Frau zu identifizieren, kommt es mir vor, als sei ich selbst an Ihrem Fall beteiligt.«

»Sie hören bestimmt von uns«, versicherte Arnold.

Alysia Hoffman murmelte, auch sie werde wahrscheinlich im Studio gebraucht, und folgte den dreien aus der Garderobe. Die Garbo sagte traurig: »Sie wollten sich nicht von mir fotografieren lassen.«

»Vielleicht sind sie auf der Flucht?« meinte Haines.

Die Garbo erwiderte ungehalten: »Seien Sie nicht so kindisch. Was wollen Sie jetzt mit dem Fuchsienrot machen?«

Er stemmte die Hände in die Hüften und sagte schmollend: »Ich streiche das Fuchsienrot und überschütte den Blödmann mit Schockrosa. Mit etwas Glück kriegt er davon einen tödlichen Durchfall.« Kichernd zog er ab.

Die Garbo war mit ihren eigenen Sorgen beschäftigt. Als sie an die letzte halbe Stunde zurückdachte, hatte sie das beunruhigende Gefühl, es habe da etwas ganz Seltsames in der Luft gelegen. Was störte sie an Arnolds Kamera? Angeblich hatte er sie in Südamerika gekauft, aber sie hatte nirgends eine Herstellermarke entdecken können. Sie hatte die Kamera sorgfältig untersucht, weil Kameras sie faszinierten, und sie hatte in ihrer langen Karriere eine ganze Menge davon gesehen. Sie verlangte von ihren Fotografen stets vollständige und eingehende Auskünfte darüber, wie sie sie ins Bild rückten und was sie zu erreichen versuchten. Sie hatte Arnold fragen wollen, ob er ihr eine solche Kamera besorgen könne, hegte aber den Verdacht, daß dieses Fabrikat nur für Ordnungshüter bestimmt sein könnte. Mit Kameras kannte sie sich aus, und dies war ein ganz besonderes Exemplar gewesen.

Lottie Lynton brachte ihr noch eine Tasse Kaffee und ging, als sie ihren Gesichtsausdruck bemerkte, in die Kochnische zurück, um sie ihren Gedanken zu überlassen. Die Garbo beschäftigte sich jetzt mit Alysia Hoffman. War sie verrückt, oder hatte die Frau wirklich einen verärgerten

Eindruck gemacht, als sie Villon und Arnold erzählte, wie berühmt Alysia gewesen und wie sie über Mexiko hierher gekommen war?

Die Garbo saß an ihrem Schminktisch und sah sich kurz ins finstere Gesicht. »Meine Güte, Greta! Du mußt glücklich aussehen. Du mußt dich glücklichen Gedanken hingeben. Du hast eine glückliche Szene zu spielen! Hast du gehört, was Lisa gesagt hat, Lottie? Ich sehe großartig aus in den Musterkopien. Das muß ich Salka und Mercedes erzählen, ich werde sie anrufen. Mercedes ist heute ein bißchen sauer auf uns. Eifersüchtig, weil wir Mrs. Wolheim identifiziert haben. Arme Mercedes. Vielleicht hat sie ja auch mal Glück und findet ein Mordopfer, das sie identifizieren kann.«

Samuel Goldwyn sagte zu Sophie Gang: »Ich gönne es ihm nicht, aber das muß man von Stroheim lassen. Er ist immer noch ein Original.« Er hatte sich im Projektionsraum heimlich die letzten Musterkopien angesehen und dabei mit seiner Zigarre die Luft verpestet, bis dem Vorführer schlecht wurde. »Er ist ein Meister der Komposition. Und Greta ist in Hochform. An die kommt niemand ran.«

»Peter Lorre soll enttäuschend sein.«

»Der wird noch besser. Wenn von Stroheim ihm die Musterkopien zeigt, wird er sich schämen und heute eine bessere Leistung abliefern. Er ist ein wunderbarer Schauspieler. Hollywood ist nichts für ihn. Er sollte den Hamlet spielen ...«, er sprach den Namen wie »Omelett« aus, »oder auch diesen König ...«

»Lear?« fragte Sophie.

»Ganz recht, Lear. Oder in dem Stück mit diesem Schwarzen ...«

»*Othello*?«

»Ja, hab ich mit Paul Robeson am Broadway gesehen. Da sollte er den Unruhestifter spielen, diesen ...«

»Jago.«

»Sagen Sie mal, Fräulein Schlauberger, wie kommt's, daß Sie so viel von Shakingspeares wissen?«

»Mein Hauptfach auf dem College war englische Literatur.«

»Sie waren auf dem College? Das ist mir völlig neu. Na so was. Dann war Ihre Einstellung ja ein richtiger Volltreffer.« Er sprach, als hätte er an der Wall Street ein dickes Geschäft an Land gezogen. »Jedenfalls wird Peter sich noch steigern. Warten Sie's nur ab, wenn Peter einmal in Fahrt kommt, halten keine Dämme mehr.«

Es ging alles so schnell, daß niemand etwas davon mitbekam, wie die Kamera von Arnold zu Lisa und von Lisa zu Martin Gruber wanderte. Getrieben von der Sorge, in sein Büro zu kommen und die Schmuggelware in einer eigens für diesen Zweck mitgebrachten Einkaufstasche zu verstecken, begegnete Gruber auf dem Rückzug Alysia Hoffman, die eben auf dem Weg ins Studio war, und überhörte ihr »Hallo, Martin«. Komisch, dachte Alysia, sonst ist er nie unhöflich.

Fünfzehn Minuten später trat Gruber in Guiss' Büro, wo der Finanzier mit seinen drei Mitarbeitern Kriegsrat hielt. Lieb sagte gerade: »Wir sollten uns eingestehen, daß von Stroheim ein Fehlgriff war.«

Guiss erwiderte: »Es wäre voreilig, ihn jetzt schon ersetzen zu wollen. Wir haben erst das Ergebnis eines einzigen Tages gesehen. Vielleicht hat der Mann recht. Wir müssen warten, bis er mehr Material gedreht hat, mit dem er arbeiten kann; also bis er den Anfang einer Sammlung zusammenhat, wie er das nennt. Dann werden wir seine Leistung besser beurteilen können.«

Lieb ließ nicht locker: »Aber sehen Sie sich diese Verschwendung an! Wenn das Tag für Tag so weitergeht, wird der Film den Etat sprengen. Das darf auf keinen Fall passieren.«

Guiss explodierte. Martin Gruber machte lediglich Notizen; es belustigte ihn, wie diese Amateure sich jetzt schon in den Haaren lagen, obwohl gerade erst ein paar Meter im Kasten waren. Guiss brüllte: »Seit wann sind Sie denn Finanzexperte? Bei einem Film werden die Ausgaben nicht auf Tagesbasis abgerechnet, da wartet man erst mal ein paar Wochen ab, und *dann* sieht man, wo es langgeht. Richtig, Henkel?«

»Woher soll ich das wissen? Das ist mein erster Film.«

Risa sah ihn mit unverhohlener Abscheu an. Manchmal hatte Guiss einen unglaublich seltsamen Geschmack, was seine Mitarbeiter betraf. Sie fragte sich, wo ihr Liebhaber diesen Kerl bloß aufgetrieben haben mochte. Er hatte schon lange vor ihrer Ankunft hier gelebt, und es war nicht einfach, ihm irgendwelche Auskünfte über sich aus der Nase zu ziehen. Wenn es darum ging, Antworten auszuweichen, war er so geschickt wie ein Bauer, der auf der Weide um jeden Kuhfladen einen Bogen macht.

Guiss schlug mit der Faust auf den Schreibtisch. »Ich habe recht, und ich dulde keinen Widerspruch!«

Aha, dachte Gruber, er fühlt sich in Hollywood schon zu Hause.

Risa zündete sich eine Zigarette an, blies einen Rauchring in Guiss' Richtung und sagte dann mit fester, energischer Stimme: »Meine Herren, wir sind dabei, ein dringenderes Problem aus dem Blick zu verlieren.«

»Und was soll das sein?« fragte Guiss; er versuchte seine Stimme zu beherrschen, in der noch immer ein Rest von Ärger mitschwang.

»Kriegman. Was fangen wir mit Kriegman an? Wenn Greta und Salka Viertel schon Hannah Baum erkannt haben ...« – so der richtige Name der angeblichen Mrs. Wolheim – »... wird es Greta auch nicht entgangen sein, daß Kriegman als Mr. Wolheim aufgetreten ist.«

Guiss rückte nervös auf seinem Stuhl herum und schlug die Beine übereinander. »Sie hat ihn mehrmals gesehen. Und sie hat nichts gesagt.«

»Vielleicht spielt sie ein Spiel«, sagte Henkel. »Sie spielt doch gern, wie?«

»Im Halma ist sie unschlagbar«, räumte Guiss ein.

»Leider mußte ausgerechnet sie zu den Leuten gehören, die Hannah erkannt haben. Das könnte ein ernstes Problem aufwerfen«, sagte Risa.

»Das heißt?« Guiss war offensichtlich nicht erfreut über dieses Gespräch.

»Das heißt: früher oder später, falls es ihr nicht längst aufgegangen ist, wird sie darauf kommen, daß Kriegman und Wolheim tatsächlich ein und derselbe waren. Die drei Trampel, die als seine Söhne aufgetreten sind, wird man kaum erkennen können in diesen Operettenkostümen, in denen du sie als Lanzenträger herumlaufen läßt; andererseits kommt vielleicht einmal die Zeit, wo sie auch *die* wiedererkennt. Und was diese schwabblige Matschkuh betrifft, die jetzt bei mir als Hausmädchen arbeitet, könnte Greta schon bald dahinterkommen, daß *sie* Wolheims Tochter gewesen ist.«

Guiss sagte: »Greta wird das Haus bestimmt nicht so bald betreten. Sie hat unmißverständlich klargestellt, daß sie, solange sie dreht, keine gesellschaftlichen Einladungen annimmt.«

Risa bemerkte sarkastisch: »Für eine solche Hingabe an die Kunst kann man nur Bewunderung empfinden.«

Werner Lieb sagte: »Miss Garbo ist zu einem Risiko geworden. Sie ist eine Gefahr für uns und unsere Arbeit.«

Guiss knetete an seinen Fingern herum. Martin Gruber verwünschte sich, weil er schwitzte. Guiss sagte: »Wollen Sie damit andeuten, daß wir sie eliminieren sollen?«

Lieb sagte nichts. Er beobachtete Henkel, der sein ewiges nervöses Gähnen zu unterdrücken versuchte.

»Und was soll aus diesem Projekt werden? Was wird aus *Johanna die Große*?« fragte Henkel.

Lieb erklärte nüchtern: »Wer mit dem Feuer spielt, verbrennt sich die Finger.«

Wieder explodierte Guiss. »Sie sind ja wahnsinnig! Greta

ermorden? Würden Sie es wagen, das Lincoln-Denkmal in die Luft zu sprengen?«

»Das wird bereits erwogen.«

»Dummkopf! Wenn Kriegman und die anderen entlarvt werden, bestreiten wir schlichtweg jede Kenntnis ihrer Vorgeschichte. Wir behaupten, wir hätten sie erst kürzlich eingestellt, um mein Personal zu verstärken. Wie hätte ich ahnen können, daß es subversive Elemente sind? Sie hatten ausgezeichnete Referenzen, und in diesen schweren Zeiten ist es gar nicht so einfach, vernünftige Haushaltshilfen zu bekommen. Entsprechend dankbar bin ich gewesen, sie zu finden und einstellen zu können! Ist das klar? Und kein Wort mehr davon, Greta zu eliminieren, haben Sie gehört? Kein Wort mehr davon!«

Henkel unterdrückte ein Gähnen.

FÜNFZEHN

Es brauchte Mut, Geduld und Gerissenheit, aber am Ende bekam Martin Gruber sein Bild von Kriegman doch. Er entdeckte ihn zufällig bei einem Spaziergang im Garten, wo er ein erregtes Selbstgespräch führte. Gruber stellte sich, von Kriegman unbemerkt, hinter eine Ligusterhecke und machte eine Reihe von Schnappschüssen, die in Kriegman, wenn er sie gesehen hätte, womöglich den Wunsch nach einer Karriere als Dressman entfacht haben würden.

Gruber verabredete sich mit Lisa Schmidt, um ihr die Filmrolle auszuhändigen. Es war vereinbart, daß er niemals mit Arnold im Garden of Allah oder mit Villon auf dessen Revier Kontakt aufnehmen sollte, denn man befürchtete, daß irgendein deutscher Agent ihn beobachten und erkennen könnte. Die lauerten an allen Ecken, hatte Arnold ihm eingeschärft. Einer von ihnen, der als Masseur der Stars ein kleines Vermögen machte, hatte eine lukrative Nebenbeschäftigung gefunden, indem er die gierigen Klatschkolumnisten der Stadt mit Stoff versorgte.

Am nächsten Abend kam Lisa nach der Arbeit im Studio auf einen Drink in den Garden of Allah und setzte sich neben Arnold Lake an die Bar. Während sie freundlich plauderten, schob Lisa die Filmrolle in Arnolds Jackentasche. Nach ihrem dritten Sidecar war Lisa nicht mehr abgeneigt, sich Arnolds Bungalow von innen anzusehen. Und so hatten sie schließlich beide was von diesem Abend.

Nach dem ersten Drehtag wurden die Musterkopien immer besser, und Peter Lorre steigerte sich zu Leistungen, die seine Mitakteure zu der Überzeugung brachten, er sei ein sicherer Kandidat für eine Oscar-Nominierung. Auch von der Arbeit der Garbo sprachen sie mit Ehrfurcht, erinnerten sich dabei aber daran, daß die Schauspielerin noch niemals von der Akademie ausgezeichnet worden war und daß es dazu wohl auch niemals kommen würde. Hollywood hatte etwas gegen Einzelgänger. Einzelgänger machten die Wahlmänner der Akademie nervös und ängstlich.

Mercedes de Acosta gelang es, Greta Garbo nervös und ängstlich zu machen. Die Garbo brachte es fertig, ihre wahren Gefühle zu verbergen, und fragte ihre Freundin: »Du meinst also ... wie hast du es ausgedrückt ... jetzt bin ich an der Reihe?«

»Nun hör mal zu, Greta, es ist doch ganz klar, daß diese Wolheims, oder wie zum Teufel die nun wirklich heißen, im Auftrag höherer Stellen gearbeitet haben. Und diese Auftraggeber sind mit Sicherheit furchtbar skrupellose und gefährliche Leute. Die werden vor nichts zurückschrecken, um sich aus der Affäre zu ziehen; denen ist es völlig egal, wen sie umbringen, wenn es um ihre eigene Haut geht. Greta«, sie sprach den Namen wie Donnergrollen, »ich bin Kubanerin und habe den Sturz der Regierung überlebt. Meine Familie ist aus Kuba geflohen, weil das Leben meines Vaters in Gefahr war.« Greta dachte, Mercedes hätte Schauspielerin werden sollen. Sie trägt zwar ein bißchen dick auf, versteht es aber zweifellos, dem Publikum etwas zu verkaufen. »Greta«, sagte Mercedes; das Donnern in ihrer Stimme war noch lauter und beängstigender geworden. »Niemand von uns ist unbesiegbar. Wenn du ein Mitglied dieser falschen Familie identifiziert hast, müssen sie fürchten, daß du den Rest ebenfalls identifizieren kannst.«

»Aber ich weiß doch nur, wo Kriegman ist. Wo seine Söhne und die Tochter sind, weiß ich nicht.«

»Würdest du sie erkennen, wenn du sie sehen würdest?«

»Ich glaube schon. Ja.«

»Dann stellst du *eindeutig* eine Gefahr für sie dar. Wenn Kriegman in Guiss' Schloß arbeitet, wie kannst du wissen, ob die anderen nicht auch dort sind? Nach deinem ersten

Besuch dort hast du selbst erzählt, daß da eine Horde von Statisten und Komparsen als Wächter, Lanzenträger, Hausmädchen und Küchenpersonal arbeitet. Die vier könnten ohne weiteres in diesem Gewimmel untergetaucht sein.«

»Ja«, stimmte die Garbo zu, »in Hollywood ist alles möglich.«

Lottie kam auf die Veranda, um Villon und Arnold zu melden. Die Sonne ließ sich behaglich Zeit mit dem Untergehen, schon kämpfte der Mond sich über den Horizont. Obwohl es ziemlich frisch hier draußen war, verzichtete Mercedes dankend auf Lotties Angebot, ihr eine heiße Schokolade zu bringen, und bat statt dessen um einen Bourbon pur. Greta begrüßte ihre Besucher und machte sie mit Mercedes bekannt. Während Lottie die Drinks zubereitete und servierte, wiederholte die Garbo, was Mercedes an Befürchtungen und Vermutungen geäußert hatte.

Arnold sagte: »Ich kann Ihnen versichern, daß sie Miss Garbo nicht nach dem Leben trachten. Und was den Aufenthalt dieser angeblichen Söhne und der Tochter angeht, vermuten wir bereits, daß sie in Guiss' Haus arbeiten; aber wichtig wären sie für uns nur, wenn einer von ihnen Zeuge des Mordes gewesen wäre, und das ist höchst unwahrscheinlich. Herb und ich sind der Ansicht, daß Mrs. Wolheim ins Haus zurückgebracht wurde, weil der Mörder die Geduld verloren hat. Sie hat zu lange zum Sterben gebraucht. Er hat gemeint, das Gift hätte längst Wirkung zeigen müssen, bei den gewaltigen Mengen, die sie davon aufgenommen hatte. Wir nehmen an, daß er sie ins Haus gebracht hat, um ihr den Rest zu geben.«

Die Garbo unterdrückte ein Schaudern. Wie kalt und sachlich dieser Mann seine Theorie über die Ermordung eines Menschen ausbreitete. Was auch immer diese Mrs. Wolheim gewesen sein mochte, sie war ein Mensch gewesen, ein Mensch, der eines gräßlichen Todes gestorben war und daher in den Augen der Garbo ein wenig Mitleid verdient hatte.

»Manche Leute haben eben Glück«, setzte Villon die Ausführungen Arnolds fort. »Er bringt sie ins Haus, wahrscheinlich klagt sie über brennende Schmerzen in den Füßen und ständige Übelkeit, und plötzlich bricht sie zusammen, ihre Augen sind völlig verdreht, ihre Haut ist grau und klamm ...«

»Mr. Villon, bitte«, flehte die Garbo.

»Pardon. So plastisch wollte ich's nicht schildern.« Wie er sich sehnte, von ihr Herb genannt zu werden. Wie er schmachtete, sie Greta nennen zu dürfen. Wie er sich fragte, was für ein Gefühl es wohl wäre, ihre Zehen zu streicheln und zu küssen. Wie groß ihre Füße waren, war ihm gleichgültig; es waren die Füße von Greta Garbo, und wenn es nach Herb Villon ginge, würden sie zu nationalem Kulturgut erklärt.

Er hörte Arnold sagen: »Er trägt sie also ins Schlafzimmer, legt sie dort hin und verschwindet.«

»Wo ist ihr Gepäck?« Sie spitzten die Ohren. Die Garbo lächelte. »Wenn sie angeblich das Land verlassen sollte, muß sie doch Gepäck gehabt haben. Wenigstens eine Reisetasche. Und einen Paß?«

Arnold sagte: »Für die Fahrt mit einem U-Boot braucht man keinen Paß. Der neugierige Blick der Garbo veranlaßte ihn zu der Erklärung: »Das ist das übliche Transportmittel, mit dem sie ihre Leute zwischen Nordamerika und Europa hin und her befördern. Also, Herb, wo ist das Gepäck der Frau?«

»Entweder in Union Station oder auf einem Busbahnhof aufgegeben. Ich tippe auf Union Station. Übrigens bin ich Ihnen voraus. Ich habe bereits zwei Leute darauf angesetzt.«

Arnold zog einen Umschlag aus der Innentasche seines Jacketts. »Miss Garbo, würden Sie sich das bitte einmal ansehen?«

Sie griff nach dem Umschlag und nahm die Fotos von Kriegman heraus. »Er ist sehr fotogen, wie? In Fleisch und Blut hat er so nichtssagend gewirkt, aber hier, hier macht er eine sehr imposante und beeindruckende Figur. Er war offenbar ziemlich erregt, als diese Fotos gemacht wurden. Aber ja, das ist Kriegman alias Mr. Wolheim. Aber Kriegman ist bestimmt auch nicht sein richtiger Name.« Sie starrte Mercedes an. »Was bist du so aufgeregt, Mercedes?«

»Du reitest dich immer tiefer rein! Kann dich denn gar nichts mehr aufhalten?«

»Aber, Mercedes, ich bin doch nicht bloß Greta Garbo, die Schauspielerin. Ich bin auch Greta Garbo, die Soldatin. Ich diene meinem Land. Wenn Louella und Hedda das wüßten, würden sie aufhören, diese schrecklichen Lügen über meinen Mangel an Patriotismus zu schreiben, aber wir sagen ihnen doch nichts davon, oder, meine Herren?«

»Diesen beiden bestimmt nicht«, sagte Villon; er dachte an Hazel Dickson, die als Soldatin für ihr Land kämpfte, und fragte sich, was sie wohl dazu sagen würde, daß er, Herb, bei Greta Garbo auf der Veranda saß. Für ihn war das ebenso wichtig, wie es für John Wilkes Booth wichtig gewesen sein mußte, auf Präsident Lincoln zu zielen.

»Du bist ja völlig verrückt«, sagte Mercedes. »Ich brauche noch einen Bourbon.« Lottie wurde gerufen und zum Dienst verpflichtet. Sie hatte die Verdunkelungsvorhänge zugezogen. Niemand verspürte Lust hineinzugehen, und so blieben sie im Finstern sitzen.

Die Garbo erzählte, die Dreharbeiten machten deutliche Fortschritte; von Stroheim gehe nun endlich mit dem von Guiss gewünschten Tempo vor. Lorre habe sich ungeheuer gesteigert, und auch mit ihrer eigenen Leistung sei sie sehr zufrieden. Dann stellte sie die unausweichliche Frage: »Wann werden Sie Kriegman verhaften?«

»Wieso?« fragte Villon.

»Weil er ein Spion ist!«

»Das können wir nicht beweisen.«

»Aber ich habe ihn als Wolheim identifiziert. Und ich bin sicher, Salka und Mr. Saloman werden es bestätigen.«

»Damit ist er bloß als ein Mann identifiziert, der sich als

ein geheimnisvoller Mr. Wolheim ausgegeben hat. Daß sie Spione sind, können wir nicht mit Bestimmtheit sagen. Wir haben den starken Verdacht ...«

»Um das mindeste zu sagen«, warf Arnold ein.

»Wir haben nicht die Spur eines Beweises. Im übrigen, Miss Garbo ...«

»Ach bitte, sagen Sie Greta zu mir. Wir arbeiten doch zusammen. Sie sind Herb. Und Sie sind Arnold. Sind wir nicht letzten Endes Kampfgefährten?«

Villon strahlte. Herb. Greta Garbo hatte ihn beim Vornamen angesprochen. Herb. Das hatte einen anderen Klang, eine andere Bedeutung. Wenn seine Mutter wüßte, daß ihr geliebter Herbert seinen Vornamen aus dem Mund der glorreichen Greta Garbo vernommen hatte, würde sie aus ihrem Grab aufschweben und ihnen beiden ihren Segen spenden.

Arnold fragte sich, warum Herb Villon so ein blödes Gesicht machte. Er sah aus wie Stan Laurel, der mit feixenden Grimassen einen großen Triumph über Oliver Hardy bejubelte.

Mercedes nahm das Wort. »Ich verstehe nicht, warum Sie die Gefahr, die von diesen Leuten ausgeht, so herunterspielen. Das sind Mörder aus Passion. Ich weiß es, ich war nämlich in Hamburg, als dieser Wahnsinnige da herumlief und aufs Geratewohl Leute umbrachte; er ist immer noch auf freiem Fuß. Haben Sie nicht davon gelesen? Das war ein Giftmörder. O mein Gott, er hat in einem Restaurant irgendwie an den *Spetzel* herumhantiert und damit eine ganze Essensgesellschaft ausgelöscht.« Herb dachte: Wenn bloß keiner an meinem *Spetzel* herumhantiert.

»Mercedes, willst du damit sagen, daß dieser Hamburger Giftmörder den weiten Weg von Deutschland hierher gemacht hat, um die unglückliche Mrs. Wolheim zu vergiften?«

»Spotte nicht, Greta. In diesen Zeiten ist alles möglich! Denk nur an den Erfolg von Abbott und Costello!«

Die Garbo lächelte. »Mich amüsieren die beiden. ›Wer schlägt zuerst?‹ Hahahahaha!«

»In Düsseldorf ist es zu einer neuen Mordserie gekommen«, berichtete Arnold.

»Woher wissen Sie das?« fragte die Garbo. Woher sollte er wissen, was in Nazi-Deutschland vorging?

Arnold räusperte sich. »Ich habe nun mal Zugang zu gewissen Informationen.«

»Weil Sie FBI-Agent sind?«

»Sie haben's erfaßt.«

»Kann ich FBI-Agentin werden?«

»Dazu müßten Sie ein abgeschlossenes Jurastudium haben.«

Mercedes war doppelt unglücklich. Ein FBI-Agent, auch das noch!

Herb dachte, Arnold hätte sich das verkneifen sollen. Lag es an seiner Faszination von dem Star, daß er sich vor dieser de Acosta – und Lottie Lynton hörte womöglich auch noch mit – einen solchen Ausrutscher erlaubte, oder steckte eine Absicht dahinter?

Die Garbo fragte Mercedes: »Wo kann ich Jura studieren, Mercedes?«

Mercedes konnte nicht mehr an sich halten. »Du redest«, explodierte sie, »wie ein gottverdammter Idiot! Du brauchst kein Jurastudium, du brauchst einen Psychiater!«

Die Garbo sagte ruhig und mit dem Anflug eines Lächelns: »Einen Psychiater würde ich bloß zum Wahnsinn treiben. Ich bin vor langer Zeit mal bei einem gewesen. Er hat mich um ein Autogramm gebeten.« Sie erklärte den anderen: »Ich gebe niemals Autogramme.« Dann fragte sie Arnold: »Sollte es nicht vertraulich bleiben, daß Sie Agent der Regierung sind?«

Arnold sagte: »Meine Vorgesetzten meinten, um gewissen Leuten so richtig einzuheizen, sei es an der Zeit, die Maske abzunehmen.«

»Das hätten Sie mir ruhig sagen können«, meinte Villon.

»Wollte ich ja, aber Greta ist mir zuvorgekommen; sie hatte ja schon alles verraten.«

»O mein Gott«, flüsterte sie, »tatsächlich! Verzeihen Sie, bitte verzeihen Sie mir.«

Ist das nun echt oder Schauspielerei? fragte sich Villon. Er hörte, wie Arnold die Garbo beschwichtigte, und beobachtete de Acostas verwirrtes Mienenspiel.

Die Garbo schlug sich aufs Knie. »Aha!« Sie zeigte mit einem Finger auf Arnold. »Sie wollen, daß Guiss und seine Leute Ihre wahre Identität erfahren. Sie haben mich absichtlich dazu gebracht, daß mir das rausrutschen soll! Indem Sie sagten, Sie hätten Mittel und Wege zu erfahren, was in Deutschland vorgeht. Sie wußten, daß meine Neugier Sie dazu bringen würde, Ihre ...« – sie verzog das Gesicht, um den richtigen Ausdruck zu finden – »... Ihre ... Ihre ... jetzt hab ich's ... Ihre Tarnung auffliegen zu lassen.« Sie sah triumphierend in die Runde. »So geht das also, wenn man auffliegt! Muß ziemlich aufregend sein. Aber Moment mal!« Sie stand auf, ging hin und her, umschlich sie wie eine Löwin, die sich jeden Augenblick auf ihr Opfer stürzen wird. »Deshalb wurden die Wolheims aus dem Haus abgezogen: aus Angst, daß sie auffliegen könnten. Demnach hielt man sie tatsächlich für eine Gefahr! Sie fürchteten um ihre Sicherheit, mein Gott, um ihr Leben.« Sie fuhr zu Arnold herum. »Werden Spione in Kriegszeiten nicht exekutiert? Ach, die arme Mrs. Wolheim. Sie wollte nicht sterben. Sie wollte in die Heimat zurück und wieder Hausfrau sein. Sie wollte nicht verhaftet und hingerichtet werden. Und ganz bestimmt wollte sie nicht vergiftet werden. Arnold? Meinen Sie, sie hat gewußt, daß sie langsam ermordet wurde? Die brennenden Schmerzen in den Füßen, die Übelkeitsanfälle. Meinen Sie, sie hat gemerkt, daß man sie kaltblütig ums Leben brachte? Ach, die arme Frau. Ich frage mich, ob sie wohl Kinder hinterlassen hat.«

»Bedenken Sie folgendes«, sagte Arnold. »Bedenken Sie, daß Mrs. Wolheim im Lauf ihrer Tätigkeit selbst über Leichen gegangen sein könnte. Vielleicht hat sie Informationen weitergegeben, mit deren Hilfe Schiffe versenkt und Munitionsfabriken oder Flughäfen zerstört wurden. Womöglich hat sie den Tod von Tausenden von Soldaten und Matrosen zu verantworten.«

»Ah, was für eine schreckliche Frau! Gehen wir hinein. Hier draußen ist es so dunkel, daß ich keinen mehr erkennen kann. Lottie! Machen Sie das Licht im Wohnzimmer aus. Wir kommen jetzt rein!«

»Wollen Sie ausgehen?« fragte Lieb Martin Gruber, der die Einkaufstasche mit Arnolds Kamera in der Hand hatte.

»Ja, ich bin zum Essen verabredet. Mr. Guiss braucht mich heute abend nicht.«

»Was für eine hübsche Reisetasche. Haben Sie die in L.A. gekauft?«

»Ja. In einem Geschäft am Beverly Boulevard.«

Lieb griff nach der Tasche. »Interessantes Muster. Darf ich mal einen Blick drauf werfen?« Gruber überließ sie ihm. Lieb hielt sie hoch und zog eine Show ab, als könnte er das Muster gar nicht genug bewundern. »Hoppla, was bin ich doch für ein Trottel.« Er hatte die Tasche fallen lassen. Die Kamera purzelte heraus. »Herrje, hoffentlich hab ich die Kamera nicht kaputtgemacht.« Er bückte sich schnell und schnappte sie Gruber vor der Nase weg, um sie dann eingehend zu untersuchen. »Sehr interessant. Was ist das für ein Fabrikat?«

»Ein südamerikanisches, glaube ich«, sagte Gruber. »Gehört nicht mir. Hab's von einem Freund geliehen, um im Studio ein paar Fotos zu machen.«

Lieb schraubte sich das Monokel ins Auge. »Man kann damit Innenaufnahmen machen?«

»Nur wenn genug Licht da ist, und im Studio ist es ja strahlend hell.«

»Wie interessant. Die Fotos würde ich gern mal sehen.«

»Ich habe sie zum Entwickeln fortgegeben. Wenn sie fertig sind, zeig ich sie Ihnen.« Verdammt, dachte Gruber, so ein blöder Mist. Jetzt muß ich die Kamera behalten und auch noch Fotos im Studio machen. »Ich muß jetzt gehen, Herr Lieb . . .«

»*Mister* Lieb. Merken Sie sich das. Was sind Sie so nervös? Was schwitzen Sie so?«

»Ich werde zu spät kommen. Ich komme nicht gern zu spät.«

»Tut mir leid, wenn ich Sie aufgehalten habe. Lassen Sie die Dame nicht warten.«

Gruber brachte ein schwaches Lächeln zustande. »Habe ich was von einer Dame gesagt?«

»Ach, ich nahm an, Sie würden sich mit Lisa Schmidt treffen. Sie beide machen im Studio so einen befreundeten Eindruck.«

»Doch nur, weil wir zusammenarbeiten. Wir haben kein Interesse aneinander, das kann ich Ihnen versichern.«

»Warum müssen Sie mir das versichern?« fragte Lieb kalt. »Ihr Privatleben ist Ihre Sache. Ich habe bloß so dahergeredet, das ist alles.« Er lächelte ein dünnes, eisiges Lächeln. »Sie ist sehr schön. Ich würde Ihnen keinen Vorwurf machen, wenn Sie versuchen würden, bei ihr zu landen. Auch ich hätte nichts gegen so einen Leckerbissen einzuwenden. Gute Nacht, Gruber.« Er ließ Gruber unvermittelt stehen und schritt aus der Eingangshalle, in der sie einander begegnet waren.

Gruber eilte aus dem Haus zu seinem Wagen. Als er, die Einkaufstasche neben sich, auf dem Fahrersitz saß, packte er das Steuer mit beiden Händen und wartete, daß die Panik sich legte. Plötzlich fühlte er sich beobachtet. Er ließ das Steuer los und drehte den Zündschlüssel. Aus dem Augenwinkel hatte er gesehen – das hätte er schwören können –, wie jemand an einem Fenster den Vorhang leicht beiseite geschoben und ihn beobachtet hatte. Als er den Fahrweg zum Eisentor hinunterfuhr, floß ihm der Schweiß übers Gesicht. Vielleicht war da gar nichts, hoffte er, vielleicht entwickle ich Verfolgungswahn. Vielleicht ist Werner Lieb schlauer, als wir denken. Vielleicht ahnt er, daß diese Kamera ein Spezialgerät ist. Ich muß heute nacht mit Lisa ins Studio und Aufnahmen machen. Dieser gottverdammte Kerl! *Mister* Lieb. Nicht *Herr* Lieb. Auf einmal war ihm schwindlig. Ach was, was soll's. Heute Herr, morgen tot.

Lisa Schmidt war nicht gerade glücklich über Grubers Begegnung mit Lieb, und sie wußte, Arnold und Villon würden das nicht anders sehen. Noch weniger glücklich war sie, daß sie mit Gruber ins Studio zurück und sich bei dem Nachtwächter am Tor eintragen mußte. Na ja, ihr würde schon ein Vorwand einfallen, weshalb sie, nachdem die anderen längst gegangen waren, noch einmal ins Studio müßten. Zum Glück waren Nachtaufnahmen erst für kommende Woche angesetzt. Es war sieben Uhr. Von Stroheim hatte kurz vor sechs Feierabend gemacht. Er wollte ein paar Stunden mit seinen Cuttern arbeiten. Wahrscheinlich hatte er sich jetzt mit ihnen im Schneideraum eingeschlossen und bereitete die Musterkopien für den nächsten Morgen vor. Nach der ersten Kontroverse mit Guiss legte er nun Wert darauf, die Musterkopien auf eine vernünftige Länge zurechtzustutzen und seine Exzesse sorgfältig herauszuschneiden. Er wollte diesen Film nicht verspielen. Er brauchte die Viertelmillion, die man ihm garantiert hatte. Er hatte beträchtliche Schulden. Er mußte Geld verdienen und anfangen zu sparen. Der Krieg würde nicht ewig dauern. Wenn das hier seine letzte Regiearbeit war, würde er anschließend wieder Nazischurken spielen müssen. Und wenn der Krieg vorbei war, wären solche Rollen nicht mehr gefragt.

Es war das erste Mal, daß von Stroheim sie ins Vertrauen gezogen hatte. Sie fühlte mit ihm. Sie wollte, daß er mit dem Film Erfolg hatte. Aber es gab etwas, das sie wußte und das von Stroheim nicht wußte, und sie war nicht bereit, dieses häßliche Geheimnis mit ihm zu teilen. Arnold Lakes Vorgesetzte hegten den Verdacht, daß der Film niemals zu Ende gedreht werden würde.

SECHZEHN

Punkt acht Uhr abends betrat Guiss das Speisezimmer. Am Tisch saß niemand. Der Majordomus, der im Speisezimmer die Aufsicht führte, begrüßte ihn mit einem warmen Lächeln und zog in der Erwartung, daß Guiss Platz nehmen und sich bedienen lassen würde, den Stuhl am Kopfende des Tisches zurück.

Doch Guiss war verwirrt und ärgerlich. »Wo sind die anderen?«

»Ich weiß es nicht, Sir. Sie sind bestimmt noch unterwegs.«

»Wo ist Kriegman?«

»Ich weiß es nicht, Sir. Ich habe mich während der vergangenen drei Stunden in der Küche aufgehalten. Dort habe ich nur das Personal gesehen.«

Guiss machte abrupt kehrt und verließ das Speisezimmer. Der Majordomus schob mit einem bösen Fluch den Stuhl an seinen Platz zurück. Er besah den Serviertisch, der unter der Last von Rechauds und abgedeckten Platten stöhnte, eine Überfülle von Speisen, mit denen man die Hungernden in Europa hätte sättigen können, und es wäre immer noch etwas für morgen übriggeblieben. Er hatte das Gefühl, es werde niemand kommen, dies üppige Mahl zu verzehren.

Guiss hatte Risa Barrons Hausangestellte Agathe abgefangen, die als Wolheims Tochter aufgetreten war. Ihre Hände flatterten wie die Flügel eines Schmetterlings, der fürchtet, aufgespießt und unter Glas ausgestellt zu werden. »Sie hat mir nicht gesagt, wo sie hinwollte. Sie hat ihre Diamant- und Rubinarmbänder und ihre Amethystkette angelegt, und als sie aus der Wohnung ging, hat sie den Zobel hinter sich auf dem Boden schleifen lassen und gesagt, sie müßte heute abend allein sein.«

»Und Henkel? Und Lieb? Wissen Sie, wo die geblieben sind?«

»Wenn sie nicht hier sind, Sir, sind sie weg.«

»Und Kriegman? Was ist mit Kriegman?«

Sie hatte feuchte Handflächen vor Angst und rieb sie an der Schürze ab, um sie zu trocknen. »Ich habe ihn seit mehreren Stunden nicht gesehen, Sir. Er ... er hat sich seltsam benommen und komische Reden geführt, Sir. Er ... er hat Angst. Seitdem man Hannah ermordet aufgefunden hat, hat er Angst. Ach Sir«, stieß sie hervor, und Tränen stürzten ihr in die Augen, »ich habe auch Angst. Wenn Hannah getötet wurde, werden sie uns alle töten wollen.«

»Benimm dich nicht wie eine dumme Gans. Wer sollen denn diese ›sie‹ sein, die euch alle angeblich töten wollen?«

»Die Leute da oben. Die Leute, von denen die Befehle kommen.« Sie zeigte an die Decke.

»Sie sind ja nicht ganz dicht, Agathe. *Ich* bin die Leute da oben, die Leute, von denen die Befehle kommen. Glauben Sie, ich will Sie umbringen?«

Sie wich zurück. »Ich hoffe nicht. Ach bitte, kann ich nicht nach Hause gehen?«

»Schämen Sie sich, Agathe, schämen Sie sich. Während Ihrer Ausbildung hat man mir gesagt, aus Ihnen könnte mal was Großes werden. Und jetzt sehen Sie sich an. Heulen da herum, ringen die Hände, fürchten sich vor Ihrem eigenen Schatten. Sie widern mich an.« Er ließ die Verängstigte im Flur stehen und fragte sich, wohin denn Kriegman nun wirklich verschwunden war.

Als Agathe auf ihr Zimmer eilte, erinnerte sie sich an ihr Gespräch mit Kriegman in der Bibliothek, die immer ein sicherer Treffpunkt für sie beide war, wenn die anderen sich im Studio aufhielten.

Kriegman hatte gesagt: »Einer von denen hat Hannah ermordet. Es mußte sein. Da bin ich ganz sicher. Und wenn sie *sie* für eine Bedrohung gehalten haben, dann sind wir alle, die wir als Familie Wolheim aufgetreten sind, in Gefahr.«

»Aber ich denke, sie wurde ermordet, weil sie nach Hause zurück wollte und weil man sie dort nicht haben wollte.«

»Willst du nicht nach Hause zurück? *Ich* will nach Hause. Ich hasse diese scheußliche Stadt mit ihren Palmen und Tennisplätzen. Und sieh mich an. Er läßt mich den Butler spielen. ›Kriegman tu dies, Kriegman tu das, Kriegman leck mich am Arsch.‹ Ich! Doktor der Philosophie an der Universität Hamburg! Und mußte mich von denen als Spion anwerben lassen. Was bin ich doch für ein Idiot, was für ein Idiot. Ich will dir was sagen, Agathe, ich werde bestimmt nicht still hier sitzenbleiben und auf das Beil des Henkers warten. Einer von *denen* hat Hannah umgebracht. Vielleicht Guiss persönlich.«

Sie machte große Augen. »Glaubst du wirklich?«

»Möglich ist es«, beharrte er. »Der Mann ist eine eiskalte Bestie. Er hat weder ethische noch moralische Grundsätze, er ist eine Parteimaschine. Wer ist er überhaupt? Wo kommt er her? Ich nehme an, er ist eine reine Erfindung.«

»Was?« fragte sie ungläubig.

»Er ist nicht echt. Der Mann ist nicht echt. Irgend etwas an ihm kommt mir falsch vor. Ich habe immer das Gefühl, er spiele eine Rolle. Und eines Tages wird man ihm die Maske abnehmen. Wenn ich nur herausbringen könnte, wem gegenüber er verantwortlich ist.«

»Du meinst, er ist gar nicht so ein hohes Tier?«

»Sicher ist er ein hohes Tier, aber nur auf einer sehr niedrigen Stufe. Sei vorsichtig, Agathe. Sei wachsam. Wir sind in Gefahr. Du, ich, die Jungen. Wir sind in schrecklicher Gefahr.«

Jetzt war sie in ihrem Zimmer, konnte aber die Tür nicht

abschließen. Sie klemmte einen Stuhl unter die Klinke und setzte sich aufs Bett; sie legte die zitternden, feuchten Hände in den Schoß und überlegte, was zu tun war. Sollte sie versuchen wegzulaufen? Aber wohin? Sich den Behörden stellen und um Gnade bitten? Man würde sie ins Gefängnis stekken, aber na und? Lieber eingekerkert als tot. Sie hatte diese amerikanischen Filme über Frauen in Gefängnissen gesehen. Das wäre doch gar nicht so schlimm, jedenfalls nicht, wenn die freundliche Jane Darwell Gefängnisdirektorin wäre.

»Was machen Sie hier noch so spät?«

Lisa und Gruber schraken zusammen. Von Stroheim war leise ins Studio getreten; in seiner Begleitung befand sich, wie Lisa überrascht bemerkte, Alysia Hoffman. Sie ertappten Gruber, wie er den Thron des Kronprinzen fotografierte. Lisa war eine gute Schauspielerin. »Sie sind noch hier?«

»Offenbar. Ich wollte Alysia gerade zum Essen ausführen. Was machen Sie da, Gruber?«

»Ich fotografiere die Aufbauten, für Miss Garbo.« Sehr schlagfertig, dachte Lisa.

»Und wozu braucht sie Fotos von den Aufbauten?«

Lisa antwortete für Gruber. »Für ihr Sammelalbum. Sie behauptet immer wieder, dieser Film sei ihr Schwanengesang, und die Fotos sollen sie später an die gute Zeit erinnern, die sie hier verlebt hat.«

»Sie arbeitet gern an diesem Film?«

»Teufel auch, ja«, sagte Lisa, »das hat sie in eine wunderbare Stimmung versetzt. Merken Sie das nicht, wenn Sie die Musterkopien sehen?«

Endlich sagte Alysia etwas. »Ja, das ist ganz offensichtlich. Sie sieht sogar jünger aus. Na los, Von, du merkst es, gib's zu.«

Von, dachte Lisa. Die Dame kommt schnell voran. Sie möchte wieder ein Star werden. Na dann viel Glück, Schätzchen.

Von Stroheim lachte. »Ja, sie ist zauberhaft. Na schön, machen Sie Ihre Bilder, wir sehen uns morgen früh. Moment noch. Ich möchte mir die Kamera mal ansehen.« Gruber gab sie ihm. Von Stroheim hielt sie hoch, damit Alysia Hoffman einen genaueren Blick darauf werfen konnte. »So eine habe ich noch nie gesehen. Bestimmt kein amerikanisches Fabrikat, wie?«

Lisa erklärte: »Ich glaube, Greta hat gesagt, sie sei aus Südamerika. Irgendein Freund oder Verehrer hat sie ihr geschenkt.«

»Das muß ein ausländisches Fabrikat sein«, stimmte von Stroheim zu, »viel zu kompliziert, als daß es von uns sein könnte.« Er gab Gruber die Kamera zurück. »Lisa, erinnern Sie mich daran, daß ich Greta frage, wo sie die herhat. So eine würde ich gern meinem Sohn schenken. Komm, Alysia. Wie wär's mit Romanoff's? Bin heute abend in festlicher Stimmung. Vielleicht ist Bogie da. Ich liebe es, Beleidigungen mit ihm auszutauschen.«

Lisa blickte ihnen nach, während Gruber wie gelähmt stehengeblieben war. Lisa meinte: »Unsere Alysia macht sich ja prächtig.«

Gruber antwortete: »Ja, prächtig. Wir haben genug Bilder gemacht. Verschwinden wir.«

»Wir müssen uns mit Greta wegen der Kamera und den Fotos absprechen. Gehen wir ins Büro und rufen sie an, danach geben wir den Film in Schwab's Drugstore ab. Vielleicht wartet dort irgendein Filmproduzent und entdeckt mich wie weiland Lana Turner.«

Guiss saß in seinem Arbeitszimmer und starrte auf den knisternden Scheiterhaufen im Kamin, der ihn an das Schicksal der Jungfrau von Orléans erinnerte. Zwischen seinen Handflächen wärmte er einen Cognacschwenker. Das Verschwinden seiner Kameraden wollte ihm nicht aus dem Kopf, es ärgerte ihn, daß sie ihn ohne Vorwarnung im Stich gelassen hatten. Gewiß, sie gingen häufig ihren privaten Geschäften nach, ohne ihn von ihren Plänen in Kenntnis zu setzen, aber im letzten Monat waren sie geradezu unzertrennlich gewesen, und dies erregte ein menschliches Gefühl in ihm, Einsamkeit, und dieses Gefühl behagte ihm nicht. Wie wird die Garbo damit fertig? Sie genießt es, sie hegt und pflegt ihr Alleinsein wie ein Geizhals, wie die geizige ZaSu Pitts in von Stroheims *Gier*. Er nippte an dem Brandy und war so mit seinen Gedanken beschäftigt, daß er Henkel nicht eintreten hörte.

»Du trinkst allein?« Guiss fuhr zusammen und machte ein Geräusch, das sich wie das Jaulen eines jungen Hundes anhörte. »Kein gutes Zeichen.«

»Du hast mich erschreckt.« Dann streng: »Wohin bist du verschwunden?«

»Ich hatte Lust auf *gefilte Fisch*, da bin ich zu Cantor's auf der Fairfax Avenue gefahren.«

»Ich würde das in meinem Tagesbericht nicht erwähnen.«

Henkel steckte sich eine Zigarre an. »Wen kümmert das schon. Du mußt zugeben, die Juden haben der Welt einige Dinge hinterlassen, die sich durchaus sehen lassen können: *Gefilte Fisch, Knisches, Kischke, Bagels* und *Lox*. Ich glaube, ich werde mir auch einen Brandy genehmigen.«

»Kriegman ist geflohen«, sagte Guiss.

»Ach? Bist du sicher?«

»Beim Dinner war er nicht; ich habe allein gegessen.« Henkel machte kein schuldbewußtes Gesicht. »Ich war in seinem Zimmer. Alles durcheinander, als ob er hastig gepackt hätte. Ich habe nach seinem Paß gesucht, aber der war auch weg. Er ist geflohen, der Idiot. Agathe hat auch schon Angst. Ich habe mit ihr gesprochen. Hoffentlich macht sie keine Dummheiten.«

»Warum sorgen wir nicht dafür, daß es nicht dazu kommen kann?«

»Gustav, liegt dir daran, den Anschein zu erwecken, als habe das Monster von Hamburg seinen Wohnsitz nach Hollywood verlegt?«

Henkel schritt achselzuckend zu einem Sessel neben Guiss und nippte an seinem Brandy. »Bisher hat es nur einen Mord gegeben, den an Hannah. Damit kann man wohl kaum von einer Epidemie sprechen. Hat dieser Mord Ihnen irgendwelche Kritik eingebracht?«

»Seltsamerweise nein.«

»Na, dann ...«

»Ich frage mich, wo Werner ist. Er geht sonst kaum alleine aus«, sagte Guiss.

»Vielleicht hat er den Drang verspürt, heute abend Madam Frances aufzusuchen.« Madam Frances war die Inhaberin eines bei Filmschaffenden beliebten Freudenhauses.

»Ich hätte selbst nichts gegen einen Besuch dort einzuwenden. Risa zeigt mir in letzter Zeit die kalte Schulter«, meinte Guiss verdrießlich.

»Kannst du ihr das vorwerfen, wenn du Greta so auffällig den Hof machst?«

»Aus einem Verhältnis mit Greta kann nichts werden. Ich glaube, die Frau ist asexuell.«

»Da bin ich aber anders informiert. Sie soll einen ganzen Katalog voller sexueller Erinnerungen haben.« Er betrachtete seine Zigarre und sagte dann: »Wir haben noch nie über diese Polizisten gesprochen, Albert.«

»Villon und Lake? Die sind aus einem Varieté entsprungen.«

»Ich war so frei, über Villon und Lake Erkundigungen einzuziehen.«

Guiss war angenehm überrascht. »Und? Was hast du herausgefunden? Irgendwas Kompromittierendes?«

Henkel antwortete langsam und bedächtig. »Villon ist ein hochangesehener Kriminalbeamter. Er hat manchen Mörder nicht weniger erbarmungslos zur Strecke gebracht als Javert damals auf seiner Jagd nach Valjean.« Er zog an seiner Zigarre.

»Und Mr. Lake?«

»Er gehört nicht zur Polizei von Los Angeles.«

»Vielleicht ist er Reporter.«

»Reporter können es sich nicht leisten, im Garden of Allah zu wohnen. Ich nehme an, er ist vom FBI.«

Guiss' Gesicht wurde hart. »Wenn das stimmt, kann er es nicht mit mir aufnehmen.«

»Trotzdem, wenn es stimmt, sind wir in Gefahr.«

»Wieso? Wir drehen einen Film. Jede Menge Ausländer haben hier unabhängige Produktionsfirmen gegründet. Ist doch einleuchtend, daß wir das auch tun müssen.«

»Aber wenn sie nachforschen, woher unsere Gelder kommen?«

»Tja, das könnte gefährlich werden. Aber das gehört schließlich zu unserem Job, oder? Profis wie wir sind immer in Gefahr. Komm, Gustav, ich habe immer noch Hunger. Plündern wir den Kühlschrank.«

»Meinen Sie?«

»Allerdings«, sagte Arnold.

Sie waren in Villons Büro. Nach dem Besuch bei der Garbo hatten sie noch etwas arbeiten wollen und sich zum Abendessen Sandwiches und Kaffee besorgt. Jetzt, drei Stunden später, hatten sie alles zu Papier gebracht, was sie über die *Johanna*-Produktion wußten. Eine Liste aller Beteiligten: nicht nur der Schauspieler, sondern auch derer, die hinter den Kulissen mitwirkten. Arnold wartete auf Nachricht aus Washington über die wahre Identität der Wolheim-Familie. Irgendeiner von ihren ausgezeichneten europäischen Agenten, die in Deutschland ihr Leben riskierten, würde ihnen diese Information mit Sicherheit bald liefern können.

Jetzt hatte Arnold die Theorie aufgestellt, Guiss sei gar nicht der Leiter dieser Operation. Er hegte den Verdacht, Guiss bekomme seine Befehle von höherer Stelle. »Und diese höhere Stelle hat Mrs. Wolheims Ermordung angeordnet. Und Mord kann ansteckend sein. Kann sich ausbreiten. Ich jedenfalls rechne mit weiteren Toten.«

»Wie langwoilig, Schatzi«, schäkerte Villon und reckte sich. »Was ist mit von Stroheim und Alysia Hoffman?« Lisa Schmidt hatte angerufen und von ihrer und Grubers Begegnung mit dem Regisseur und der Schauspielerin berichtet; danach hatte sie mit der Garbo telefoniert und ihr geraten, das Märchen, sie habe um Fotos aus dem Studio gebeten und die Kamera sei ihr Eigentum, zu bestätigen.

»Von Stroheim, wer weiß? Alysia, eine unbekannte Größe. Offenbar ist sie hinter von Stroheim her. Sie war einmal ein großer Star, sie möchte wieder ein großer Star werden. Sie ist nicht mehr das junge Ding von vor zwanzig Jahren, andererseits kann man in der Filmbranche nie so genau wissen.«

»Ich muß zugeben«, begann Villon, »ich fand es ziemlich beeindruckend, daß sie in ganz Europa gearbeitet hat. In den Zeiten des Stummfilms hat das wohl keine Probleme bereitet. Da muß sie jede Menge Kontakte geknüpft haben.«

»Allerdings. Mit denen hat sie es bis nach Mexiko und dann in die Staaten geschafft.«

»Meinen Sie, sie könnte Guiss oder irgend jemand aus seiner Bande in Deutschland kennengelernt haben?«

Lake rieb sich die Nase. »Wir könnten sie fragen. Aber ich bin sicher, sie wird das abstreiten. Lisa behauptet, sie gebe sich im Studio durchaus nicht freundlich zu diesen Leuten. Genaugenommen hält sie es einzig und allein mit Greta.«

(Meiner Greta, dachte Villon mit albernem Grinsen.)

»Jetzt machen Sie schon wieder dieses blöde Gesicht.«

»Hmmm? Was? Ah, tschuldigung. Was haben Sie gesagt?«

»Ich sagte, sie hält sich nur an Greta, die ihr den Job besorgt hat.« Er fragte sich, ob Herb womöglich an leichten Verdauungsstörungen leide. »Jetzt ist sie dabei, mit von Stroheim anzubändeln. Nun, er hat vor dem Krieg viel Zeit im Ausland verbracht.«

»Er hat ein paar gute Filme in Frankreich produziert«, sagte Villon. »*Die große Illusion* ist umwerfend. Ein ausgesprochener Antikriegsfilm. Die Nazis haben keine Antikriegspropaganda gemacht.«

»Nein, bloß einen Haufen antisemitischer Scheiße und kindische Operettenfilme mit Zarah Leander. Sie ist Schwedin, arbeitet aber ausschließlich für die Nazis. Komische Vögel, diese Europäer.« Arnold kratzte sich den Handrükken. »Ob von Stroheim auch zu dieser Bande gehört? Jahrelang wollte niemand etwas mit ihm zu tun haben. Das heißt, seit 1933, als Fox ihn bei *Hallo, Schwester!* ausgebootet hat. Danach sind schwere Zeiten für ihn angebrochen. Miese Billigfilme. Und dann taucht er plötzlich in Frankreich auf und ist wieder der große Star.«

Villon nickte. »Da drüben hält man den Alten viel länger die Stange. Während wir sie auf den Müll schmeißen und so tun, als hätte es sie nie gegeben. Wie kommt es nur, daß das Altwerden hier bei uns als etwas Peinliches betrachtet wird?« Er tupfte einen Krümel von seinem Schreibtisch und schnippte ihn weg. »Ich glaube nicht, daß von Stroheim vorbelastet ist. Er hat einfach plötzlich Glück gehabt, und ich hoffe, er ist darauf gefaßt, daß ihm die ganze verdammte Sache um die Ohren fliegen kann. Arnold?«

»Was ist?«

»Könnten Sie Greta nicht eine FBI-Dienstmarke besorgen?«

»Also wirklich, Herb. Werden Sie erwachsen.«

»Okay, und jetzt zu Alysia Hoffman . . .«

Die fragliche Dame las ihrem Regisseur aus der Hand. Das Licht in Mike Romanoffs Restaurant in Beverly Hills war schmeichelhaft gedämpft, und kein Humphrey Bogart ließ sich blicken, um mit von Stroheim spitze Bemerkungen auszutauschen. Überhaupt waren nur wenige Prominente anwesend, aber das war an einem Abend mitten in der Woche nichts Ungewöhnliches. Die arbeitenden Schauspieler lernten zu Hause ihren Text oder gönnten sich ein wenig dringend nötigen Schlaf; die arbeitslosen Schauspieler konnten es sich nicht leisten, auswärts zu essen, schon gar nicht bei Mike Romanoff; Mike war ein Betrüger aus Brooklyn, der von sich behauptete, aus dem russischen Zarenhaus abzustammen.

Hollywood amüsierte sich über ihn, und das Essen in seinem Restaurant war gut.

»Was siehst du sonst noch?« fragte von Stroheim, während er dem Kellner winkte, noch mehr Champagner zu bringen. Er glaubte nicht an Chiromantie, Astrologie, schwarze Magie oder irgendein Leben nach dem Tod, hielt es aber für klug, dieser Frau, die offenbar unbedingt ihren früheren Status als Filmstar wiedererlangen wollte, ihren Willen zu lassen.

»Ich sehe eine sehr verwirrende Zukunft.«

»Das ist in Kriegszeiten unvermeidlich.« Er zog seine Hand aus der ihren und griff nach dem Champagnerglas. »Sag mir, Alysia, wenn es vorbei ist, bleibst du hier, oder gehst du nach Deutschland zurück?«

»Wird der Krieg jemals aufhören? Und Deutschland. Deutschland wird in Trümmern liegen. Die Filmindustrie wird lange brauchen, um wieder auf die Beine zu kommen. Bis dahin hat man mich längst vergessen.«

»Hier kennt man dich noch kaum, deine Filme sind selten exportiert worden. Aber dort wirst du noch immer ein großer Star sein.«

»Meinst du? Erinnerst du dich an Lil Dagover und Dorothea Wieck?« Er erinnerte sich. »Nun, die wurden in den dreißiger Jahren mit großem Trara und Riesentamtam hierhergebracht. Und wozu? Um Greta und Marlene Konkurrenz zu machen. Sehr witzig. Und nachdem sie kläglich durchgefallen waren, sind sie nach Deutschland zurückgegangen. Und was gab's da für sie noch? Ein paar Charakterrollen, kleine Nebenrollen, und ab in den frühen Ruhestand.«

»Dein Gesicht wird anders, wenn du verbittert bist.«

Sie lächelte breit. »Sieht es dann besser aus?«

»Sehr viel besser. Alysia, hast du Guiss oder einen von den anderen in deiner Heimat kennengelernt?«

»Nein, bestimmt nicht. Warum fragst du? Du sprichst wie diese Polizisten.«

»Guiss beunruhigt mich. Irgend etwas stimmt nicht mit ihm.«

»Inwiefern?«

»Er kommt mir absolut unecht vor. Wie ein Schauspieler, der seinen Text gut, aber völlig gefühllos vorträgt. Als ob alle seine Bewegungen und Äußerungen von außerhalb gesteuert würden.«

»Das hört sich an, als würdest du ihn für einen Roboter halten.«

»Genau das denke ich. Er ist ein Roboter. Nun denn, meine Liebe, das war ein überaus reizender Abend, aber es wird spät, und morgen früh müssen wir ausgeschlafen im Studio erscheinen. Also, gehn wir zu dir oder zu mir?«

»Aber Miss Garbo, Sie dürfen nicht ganz allein spazierengehen. Das ist zu gefährlich.«

Die Garbo wischte Lotties Bedenken beiseite. »Ich kann auf mich aufpassen. Ich muß nachdenken. Im Haus kann ich das nicht. Mir fällt die Decke auf den Kopf. Seit dem Mord wimmelt es am Strand von Privatpolizisten. Da kann mir nichts passieren.«

»Nehmen Sie wenigstens einen stumpfen Gegenstand mit! Hier, dieses Schlachtermesser.«

Die Garbo lachte. »Ich wüßte doch nichts damit anzufangen. Am Ende schneide ich mich selbst, und wäre das nicht töricht?«

Ein paar Minuten später stapfte sie am Strand entlang. Als sie am Haus von Hearst und Marion Davies vorbeikam, hörte sie die beiden streiten. Hearst fiepte wie ein bedrängter Kanarienvogel, Marion brüllte Beleidigungen, vor denen es die Garbo schauderte. Dann erschien ein Mann aus dem Nichts, aus dem Dunkel der Nacht; sie blieb stehen und wartete, daß er sich zu erkennen gab. Da er nichts sagte, sprach sie selbst. »Wer sind Sie? Was wollen Sie?«

»Ach, Sie sind's, Miss Garbo.« Tom Toth hatte ihre vertraute, heisere Stimme erkannt. »Ich bin's. Tom Toth.«

»Ah, schön, Thomas. Sie sind bei der Arbeit. Sie beschützen uns.«

»Ich würde nicht zu weit gehen, Miss Garbo. Die Nacht ist sehr bewölkt.«

»Das sehe ich. Ich brauche nur einen kleinen Spaziergang. Mir passiert schon nichts.« Sie setzte ihren Weg fort. Er beschloß, ihr in sicherer Entfernung zu folgen. Wenig später fragte er sich: Was mag sie an diesem Mordhaus so faszinierend finden?

Was die Garbo faszinierte, war die Tatsache, daß die Eingangstür einen Spalt weit offenstand. Und sie bemerkte den schwachen Widerschein einer trüben Lichtquelle, so schwach, daß nichts davon in die Verdunkelung hinausstrahlte und Alarm auslösen konnte. Es trieb sie nicht der Wunsch, ihre Angst zu überwinden oder falschen Mut zu beweisen, sondern bloß ihre unverbesserliche Neugier. Sie schob die Tür weit genug auf, ihren schlanken Leib hindurchzuschieben.

Was zum Teufel hat sie da drin zu suchen, fragte sich Toth. Kehrte der Mörder an den Ort seiner Tat zurück? Mörder? Die Garbo? Verrückt.

Sie war entsetzt von dem abscheulichen Mobiliar. In dem Raum war es eben hell genug, daß sie sich mit angewidertem Blick umsehen konnte. Das Licht kam aus dem angrenzenden Zimmer. Kein Laut drang von dort zu ihr hin. Daß Toth an der Vordertür stand und sie beobachtete, merkte sie nicht. Er sah, wie sie die Tür zum Nebenzimmer aufstieß. Es war die Küche.

Die Garbo schnüffelte. Hier hatte jemand gekocht. Auf der Spüle stand eine offene Dose. Sie ging hin und sah nach. Eine beliebte Cornedbeef-Marke, billig, aber schmackhaft. Ab und zu ließ auch sie sich von Lottie eine Portion zubereiten. Das Licht kam von einer kleinen Lampe über dem Herd. Die Lampe war abgedunkelt. Schrecklicher Raum. Wer mochte hierhergekommen sein, um Cornedbeef zu essen? fragte sie sich.

Und dann wußte sie es.

Er saß in der Frühstücksecke und zog ein entsetzlich qualvolles Gesicht. Vor ihm auf dem Tisch lagen Essensreste, offenbar Cornedbeef. In seiner Rechten hielt er noch die Gabel umklammert. Die Linke war zur Faust geballt. Er sah aus wie ein Richter, der eine Gerichtsverhandlung führt, aber der Verurteilte war er selbst.

Tom Toth sagte hinter ihr: »Gott.«

»Nein«, korrigierte die Garbo ihn ruhig, »das ist Kriegman, der früher als Mr. Wolheim aufgetreten ist. Hoffentlich funktioniert das Telefon noch. Wir müssen Hilfe holen.«

SIEBZEHN

»Bei Gott, die haben schon wieder eine Leiche in dem Kasten gefunden!« schrie Marion Davies von ihrem Balkon. »Greta hat sie entdeckt, es ist doch nicht zu fassen! Ausgerechnet Greta! Die nie aus ihrem Schneckenhaus will. Wenn das nicht das Allerletzte ist!« Sie nahm einen ordentlichen Schluck aus ihrem Glas Borschtsch, der mit einem ordentlichen Schuß Tequila versetzt war. Hearst kam auf den Balkon gestürzt und zwitscherte:

»Sie spricht mit keinem Reporter. Hat sich mit zwei von ihren Harpyien, Viertel und de Acosta, in ihrem Haus verbarrikadiert. Marion, geh mal rüber. Versuch mit ihr zu reden. Zu dir hat sie Vertrauen.«

»O Gott. Das heißt, ich muß mich anziehen. Ich kann doch nicht im Pyjama da rüberlatschen.« Sie schrie nach dem Hausmädchen. »Geh zum Schrank und hol mir das neue Blaue mit den Pailletten, den rosa Florentiner mit den gelben Bändern und die rosa Slippers mit den Saphirschnallen. Nein, das Glas kannst du nicht haben, ich bin noch nicht fertig!«

Hearst hörte sich jetzt an wie eine Pikkoloflöte. Er fragte streng: »Was hast du in dem Glas?«

»Borschtsch!« zeterte sie. »Die Roten sind jetzt unsere Verbündeten, stimmt's? Sie trinken Borschtsch. Also trink ich jetzt auch Borschtsch. Alles für unsere Verbündeten.« Sie nahm einen langen Zug, leckte sich die Lippen und segnete Hearst, der ihr jede Lüge abkaufte. Das ist die wahre Liebe.

Der Mordfall Kriegman schwirrte durch den Äther. Kurzwellen trugen die Kunde ins Land und um die ganze Welt. Der Giftmörder von Santa Monica war zur dicken

Sensation geworden, weil er ein zweites Opfer gefunden hatte. Manche meinten, Kriegman müßte sich, wo auch immer seine Seele gelandet sei, jedenfalls geschmeichelt fühlen, von der göttlichen Garbo entdeckt worden zu sein. Villon und die Polizei von Santa Monica veranstalteten kein Tauziehen um Kriegman. Man kam stillschweigend überein, den Fall den sehr kompetenten Händen von Villon und Arnold Lake zu überlassen. Es gab ohnehin nur wenig Polizisten in Santa Monica, und der Aufklärung eines Mordfalls waren sie kaum gewachsen.

Der Schauplatz des Verbrechens war – notgedrungen – wegen der vorgerückten Stunde ins gleißende Licht einer Bogenlampe getaucht. Das verstieß zwar gegen die Verdunkelungsvorschriften, aber die Behörden bezweifelten, daß irgendwelche japanischen Flugzeuge sich in diesem Gebiet aufhielten. Die schafften es bis Hawaii, aber niemals bis zur kalifornischen Küste. Villons Leute schwärmten überall herum. Der Coroner fragte brummend, warum Leichen nicht zu einer vernünftigen Zeit entdeckt werden könnten. Und zu Villon und Arnold sagte er, es würde ihn nicht im geringsten wundern, wenn auch in diesem Fall eine Thalliumnitratvergiftung vorliegen sollte.

Dieser Mord gab Villon und Arnold einen Hinweis auf den *modus operandi* des Täters. Villon erklärte: »Es muß so gewesen sein: Mr. X, unser Killer . . .«

»Warum ausschließen, daß es eine Madam X gewesen sein könnte?«

Villon stimmte ihm zu. »Sicher, auch das wäre möglich. Aber der Klarheit halber – lieber einen halben Klaren, als gar nichts zu trinken«, Arnold schnitt eine Grimasse, »bleiben wir mal bei Mr. X. Also, er ist beiden Opfern bekannt und genießt ihr Vertrauen. Er bietet ihnen ein Versteck, bis sie aus L.A. ins Hinterland, in die Provinz, nach Südamerika oder wohin auch immer verschwinden können, wo sie in Sicherheit zu sein glauben. In Sicherheit nicht vor uns, sondern vor ihren eigenen Leuten. Mr. X ist natürlich ein

Schwindler. Seine Versprechungen sind Lügen. Er hat Befehl, die Abtrünnigen zu töten. Er kennt sich mit Gift aus. Er bereitet Mrs. Wolheim ... wie sagten Sie noch, soll ihr richtiger Name sein?«

»Hannah Baum.«

»Bleiben wir bei Wolheim. Das macht die Sache übersichtlicher. Wo war ich?«

»Er bereitet Mrs. Wolheim ...«

»Ja. Richtig. Er bereitet sie ganz allmählich auf jene geheime Mission im Himmel vor; anfangs hat er keine Eile. Aber als sie ihm auf die Nerven geht und immer gefährlicher wird, sagt er, sie soll ihre Sachen packen, gibt das Gepäck in Union Station auf, wo wir es gefunden haben, und bringt sie hierher, vorgeblich, um sie bis zur Abfahrt des Zuges zu verstecken. Wahrscheinlich schüchtert er sie mit der Behauptung ein, die Stadt sei voller Nazi-Agenten, die auf der Jagd nach ihr seien. Sie stirbt. Er läßt sie hier. Warum nicht? Der Ort ist so gut wie jeder andere, und es gibt keine Spuren, die ihn verraten könnten.«

»Mit Kriegman hatte er es offenbar sehr eilig.« Arnold beobachtete, wie die Assistenten des Coroners sich abmühten, Kriegman die Gabel aus der Hand zu winden.

»Offenbar. Der Sprecher des Schlosses ... wie heißt er noch?«

»Gustav Henkel, der Drehbuchautor.«

»Ah ja. Der jedenfalls behauptet, Kriegman sei heute gegen drei Uhr nachmittags von einem der Hausmädchen zum letztenmal gesehen worden. In seinem Zimmer fehlen Kleidungsstücke und ein Koffer, er muß also ganz spontan beschlossen haben, das Weite zu suchen.«

Arnold verzog das Gesicht, er war tief in Gedanken. »Wie wär's damit? Versuchen wir's mal so. Als Martin Gruber diese Bilder von ihm im Garten machte, war Kriegman ziemlich erregt. Beunruhigt, in Panik. Mrs. Wolheims Tod war der Auslöser, er hatte Angst, er könnte das nächste Opfer sein.«

Villon spreizte die Hände und sagte: »Und er hatte recht, richtig?«

»Der Mörder erkennt das Warnsignal. Er bearbeitet Kriegman und gewinnt sein Vertrauen. Dieselbe Masche wie bei dem weiblichen Opfer. Aber er muß schnell machen. Er überzeugt Kriegman, daß er ihm eine gefahrlose Ausreise arrangieren kann, aber bis zur Abfahrt müsse er sich hier draußen verstecken. Dann sind die beiden hier. Er hat, wie günstig, eine Dose Cornedbeef mitgebracht. Ich mach Ihnen was, bietet er Kriegman an, der zweifellos kein Abendessen gehabt hat. Und dann rührt der Mörder ihm genug Gift ins Essen, um eine Footballmannschaft umzubringen.«

»Wissen Sie das genau?«

»So muß es gewesen sein. Die Wirkung mußte schnell eintreten.«

Der Coroner legte Kriegman eine Hand auf die Schulter und sagte zu seinen Leuten: »Okay, Jungs. Packt ihn ein und legt ihn zu den Akten.«

Villon fragte ihn nach der Todesursache. Ob es wieder Thalliumnitrat sein könne?

»Durchaus«, sagte der Coroner. »Giftmörder bleiben immer bei ihrer Marke. Nehme an, sie fühlen sich wohl dabei, wie in Gesellschaft eines alten Freundes. O ja, es war eine sehr starke Dosis. Betrachten Sie sein Gesicht, falls Sie das über sich bringen. Vermutlich hat er das Essen hastig in sich reingestopft und daher das meiste schon intus gehabt, bevor die Wirkung eintrat. Und dann hat's ihn mit Karacho erwischt. Wie Sie sehen, muß er grauenhafte Schmerzen gehabt haben. Beachten Sie die stark abgespreizten Beine unterm Tisch. Mann, was müssen dem die Füße gebrannt haben.« Seine Leute hatten Schwierigkeiten, ihn aus der Frühstücksecke zu ziehen. Die Leichenstarre hatte bemerkenswert schnell eingesetzt. »Immer mit der Ruhe, Jungs, brecht ihm nicht die Knochen.«

Villon führte Arnold aus der Küche. »Was meinen Sie, Arnold? Wer ist der nächste?«

»Logischerweise die Jungen, die als Söhne der Familie aufgetreten sind, und das Mädchen, das die Tochter gespielt hat.«

»Ich werde die Garbo unter Polizeischutz stellen. Nachdem sie die Leiche entdeckt hat, könnte jemand auf die Idee kommen, sie wisse mehr, als sie wirklich weiß, und sie auf die große Reise schicken wollen. Hier können wir jedenfalls nichts mehr machen. Der Mörder hat bestimmt keine Spuren hinterlassen. Die Jungs bringen die Cornedbeef-Dose ins Labor, um nach Fingerabdrücken zu suchen, werden aber wohl nichts finden. Fahren wir zu Greta. Ich würde lieber zu Fuß gehen, kann es aber nicht ab, Sand in den Schuhen zu haben.«

Als sie vor dem Haus der Garbo hielten, wurden sie von einer kleinen Armee von Reportern und Fotografen, die draußen kampierten, mit Fragen bombardiert. Villon versprach ihnen für später am Tag einen großen Durchbruch, ansonsten hielten die beiden sich bedeckt. Im Haus trafen sie außer der Garbo noch Salka und Mercedes an. Zu ihrer angenehmen Überraschung war auch Marion Davies da, die aussah wie ein zur falschen Jahreszeit geschmückter Weihnachtsbaum. Sie trank Schokolade mit einem Schuß Sliwowitz aus dem Flachmann in ihrer Handtasche. Greta machte sie mit den beiden bekannt und schlug dann vor, daß Tom Toth, der mit einigen seiner Leute die Rückseite des Hauses absicherte, Marion Davies nach Hause begleiten sollte. Was die Garbo ihren Freunden zu sagen habe, sei nur für ihre Ohren bestimmt. Wenn Davies etwas von der drohenden Gefahr mitbekäme, würde sie damit gleich zu Hearst laufen.

»Ihr wollt mich loswerden, wie?« fragte die Davies, als Toth ihr seinen Arm anbot. Allzu sicher stand sie nicht mehr auf den Beinen. »Schon gut, Greta. Ich verstehe. Danke für das Interview. Ich habe dich doch interviewt, oder? Deswegen hat Willie mich rübergeschickt. Habe ich irgendwelche Informationen erhalten? Welches Jahr haben wir? Wo bin ich? Nicht so schnell, Meister«, ermahnte sie Toth, »ich lasse nichts von dem Zeug umkommen. Sliwowitz ist heutzutage gar nicht leicht zu kriegen. Die Polen exportieren es nicht mehr, in der gegenwärtigen Lage.« Sie kippte den Rest ihres Drinks hinunter und reichte Lottie das leere Glas. Dann nahm sie Toths Arm, winkte mit der freien Hand den anderen zu und sagte: »Wir sehen uns in der Kirche.« Toth schaffte sie auf die Veranda hinaus. Lottie schloß die Tür hinter ihnen und fragte sich, wann Miss Garbo endlich einmal Schlaf finden werde.

»Lottie, Sie sollten zu Bett gehen. Ich brauche Sie heute nacht nicht mehr.«

»Und was ist mit Ihnen? Sie müssen morgen früh raus.«

»Keine Sorge. Gehen Sie, bitte. Wir haben eine Menge zu besprechen.«

»Ja, Ma'am.« Es klang gereizt. Lottie war sehr verärgert, daß man sie ausschloß. Sie wollte anbieten, frische Schokolade zu machen, aber da es um einen Giftmörder ging, hielt sie es für klüger, sie nicht daran zu erinnern, daß auch sie sich früher einmal in diesem Metier versucht hatte.

Als Lottie gegangen war, berichtete Arnold den Damen, daß Kriegman auf ähnliche Weise wie Mrs. Wolheim getötet worden sei. Dann sagte er, Mrs. Wolheims richtiger Name sei Hannah Baum. Villon nahm ihm das Wort und erklärte, wie er und Arnold sich den Tatablauf vorstellten. Sie seien überzeugt, daß der Mörder sich im Schloß aufhalte.

Greta ließ sich von Villon Feuer geben und ging qualmend im Zimmer auf und ab. Sie war besorgt und sah keinen Grund, ihre Gefühle zu verbergen. Es war ihr bewußt, daß sie selbst in großer Gefahr sein könnte, aber sie schüttelte den Gedanken mit einem Achselzucken ab.

Garbo die Furchtlose, dachte Villon und verspürte den heftigen Wunsch, sie mit leidenschaftlichen Küssen zu erobern. Dann dachte er an seine geliebte Hazel Dickson, die mit ihrer Einheit irgendwo im Kriegsgebiet war, während er selbst wegen eines Lochs im Trommelfell hatte zurückbleiben müssen.

Arnold wünschte, Villon würde sich endlich diesen idiotischen Gesichtsausdruck abschminken.

»Ich habe viel Zeit mit Guiss verbracht«, sagte die Garbo. Sie stand jetzt mitten im Zimmer unter einer grauen Wolke Zigarettenrauch. »Ich habe ihn sehr sorgfältig beobachtet und bin mir absolut sicher, daß mit dem Bild, das er von sich gibt, etwas nicht stimmt.«

»Der Mann ist gefährlich, Greta«, sagte Mercedes. »Hör auf, die Polizistin zu spielen. Ich bin sicher, diese Männer hier sind durchaus in der Lage, die beiden Mordfälle allein aufzuklären.« Villon verkniff es sich, ihr eine Kußhand zuzuwerfen.

»Meine Liebe«, sagte die Garbo, »es geht hier nicht bloß um den Mord an zwei feindlichen Agenten. Wir müssen auch, und zwar an erster Stelle, darüber nachdenken, welchen weiteren Schaden die Überlebenden unserem Land zufügen können. Könnte es nicht noch andere geben, die eine Bedrohung darstellen und beseitigt werden müssen? Könnte es nicht sein, daß ihre subversiven Machenschaften sich unkontrolliert ausbreiten wie eine schlimme Seuche? Und die wichtigste Frage, jedenfalls ist sie mir sehr wichtig«, sagte sie, nun direkt zu Villon und Arnold gewandt, »was steckt in Wahrheit hinter dieser Produktion? Was soll dieser Film, warum gibt man so absurd viel Geld dafür aus? Was spielt sich hinter den Kulissen ab?«

Arnold sagte entschlossen: »Greta, seit einigen Stunden weiß meine Dienststelle beträchtlich mehr. Wir kennen die wahre Identität der Wolheims.« Er teilte es ihnen mit. »Wir kennen den Zweck dieser Produktion. Die fünf Millionen werden mit Sicherheit nicht vollständig für den Film ausgegeben.«

Salka lachte. »Ach nein? Warten Sie ab, bis von Stroheim damit fertig ist.« Mercedes pflichtete ihr mit wissendem Nicken bei.

»Er hat Sparmaßnahmen eingeleitet«, sagte Arnold. »Meinen Informationen zufolge schnallt er den Gürtel enger.«

»Ja«, stimmte die Garbo zu, »er verzichtet auf überflüssige Filmmeter. Ich schätze, er hat einen Tagesschnitt von drei bis vier Minuten. Das ist sehr gut bei einer Produktion wie dieser, mit all den Schlachtszenen und Panoramaaufnahmen, zu denen scharenweise Statisten gebraucht werden. Also, Arnold, wozu soll denn nun der größere Teil des Geldes verwendet werden?«

»Zur Finanzierung ihrer diversen Organisationen in diesem Land. So einfach sieht die Sache aus. Sie müssen Gelder hierherleiten, um ihren Spionagering zu finanzieren.«

»Aber wie haben sie diesmal die Millionen ins Land gebracht?« Die Garbo stellte keine Frage, es war eine Forderung.

»Die Deutschen bringen das Geld nach Nordirland. Die Iren haben in Amerika Scheinfirmen aufgebaut, die das Geld nach Erhalt ausbezahlen.«

»Aber das ist ja schrecklich!« meinte Salka.

»Sehen Sie, Salka«, erklärte Arnold. »Die Nordiren führen seit fast dreihundert Jahren einen vergeblichen Kampf für ihre Unabhängigkeit. Sie hassen die Briten. Um sie zu besiegen, schrecken sie vor nichts zurück. Werden die Engländer geschlagen, bekommen sie ihre Unabhängigkeit.«

»Was sind das für Scheinfirmen?« fragte Mercedes.

»Bedaure«, sagte Arnold, »das ist Dienstgeheimnis. Aber warten Sie, bis der Krieg vorbei ist. Die Welt, und besonders Wall Street, kann sich auf einen großen Schock gefaßt machen, wenn wir die Schurken entlarven.«

»Demnach sitzen wir im Zentrum eines Wirbelsturms, Arnold.« Die Garbo knabberte geistesabwesend an einem Hydrox-Keks. Sie sah ihre Freundinnen an und kicherte.

»Was ist daran so komisch?« fragte Mercedes.

»Wir drei, wir sind die drei Hexen von Shakespeare.« Schaurig rezitierte sie: »›Wann kommen wir drey uns wieder entgegen. In Donner, Blitzen oder Regen?‹ Ich wollte die böse Hexe im *Zauberer von Oz* spielen, aber der arme Louis B. bekam einen Anfall, als ich ihn fragte. Dabei hätte ich's umsonst getan.« Sie seufzte dramatisch auf. »Wie oft mich solch kleine Niederlagen quälen.« Dann warf sie den Keks auf den Tisch und sagte zu Villon und Arnold: »Leute, kommen wir auf Albert Guiss zurück. Irgend etwas an ihm läßt mir keine Ruhe. Er ist überlebensgroß. Mehr als überlebensgroß. Sein Lebensstil, sein übertrieben exzentrisches Gebaren. Das Schloß. Die Dutzende von Hausdienern, die meisten davon überflüssig. Wer leistet sich schon heutzutage einen Majordomus als Küchenaufsicht? Vollkommen lächerlich. Und diese Lanzenträger mit ihren albernen Uniformen.« Sie lachte. »Das ist alles so dämlich. Aber wenn die Zeitschriften anfragen, ob sie Fotos von den Innenräumen machen dürfen, treffen sie auf einen eisernen Vorhang des Schweigens. Besten Dank, bloß keine Publicity. Dieser ganze lächerliche Protz ist nur zu unserem eigenen Vergnügen da. Sagt mir, wenn ich mich irre, Freunde, aber habt ihr nicht auch den Verdacht, daß Guiss nicht sein eigener Herr ist?«

»Kluge Frau«, sagte Arnold; er hoffte, dem Stolz der Garbo zu schmeicheln, aber sie hatte noch anderes auf dem Herzen, was sie loswerden mußte.

»Mißverstehen Sie mich nicht, ganz bestimmt ist Albert Guiss in mancher Hinsicht ein sehr mächtiger Mann; aber sagen Sie mir, Arnold, Ihre Leute haben bei der Entlarvung der Wolheims und bei der Ermittlung so vieler anderer wichtiger Tatsachen so großartige Arbeit geleistet, aber warum weiß man noch immer nicht, wo Guiss' Reichtum herkommt? Oder weiß man es doch?«

»Wir wissen nichts Genaues. Wir haben den starken Verdacht, daß er der Strohmann einer mächtigen Gruppe von Geldgebern ist.«

»Und, wer sind diese Geldgeber?« Die Garbo sah ungeduldig die Frauen an, die ihre Neugier teilen sollten.

»Wir wissen es nicht«, antwortete Arnold wahrheitsgemäß. »Wir können nur vage Vermutungen anstellen, aber wir wissen nichts Genaues.«

Die Garbo fragte provokativ, beinahe flirtend: »Und was vermuten Sie?«

Arnold spielte mit. »Sie sind eine kluge Frau. Was glauben Sie, was wir vermuten?«

»Hahaha. Na schön, ich sag's Ihnen. Ich glaube, Albert Guiss wurde lanciert, um in den Zusammenbruch der freien Welt zu investieren. Ich denke, während der letzten zehn Jahre, oder wie lange das gedauert hat, haben die Achsenmächte Albert Guiss zu diesem bombastischen Finanzmenschen gemacht, damit er frei und ohne Verdacht zu erregen in der Welt herumreisen und die Investitionen tätigen konnte, die sie zum Aufbau der gewaltigen Kriegsmaschinerie brauchen, mit der die Alliierten geschlagen werden sollen. Klingt das vernünftig?«

»Greta, haben Sie Zugang zu unseren Akten gehabt?« Arnold war beeindruckt.

»Nein, das wissen Sie doch. Ich genieße es nur sehr, Teile meines Gehirns zu entdecken, für die ich bisher keine Verwendung hatte. Salka, Mercedes, ich möchte euch beiden ein Vorbild sein. Kümmert euch weniger um Drehbücher und Flüchtlinge, und konzentriert euch mehr darauf, euren Verstand für neue Tätigkeitsfelder zu aktivieren.«

»Blasiertheit steht dir nicht«, sagte Salka. »Es ist spät, ich denke, wir sollten jetzt alle nach Hause gehen, damit Greta ein wenig schlafen kann. Meine Herren, Ihnen ist sicher bewußt, daß Greta selbst in Gefahr sein könnte. Da sie es so eilig hat, ihre reizenden Schlüsse mit jedermann zu teilen, werden Guiss und seine widerlichen Kreaturen auf den Gedanken kommen, daß sie sich am Ende zur richtigen Lösung durchschließen könnte. O Gott, Greta, warum mußt du nur so selbstmörderisch sein?«

»Wie sollte ich aus meiner Haut können? Ich bin Schwedin. Wir haben die höchste Selbstmordrate in der ganzen Welt. Kannst du dir das vorstellen? Das muß an diesen vielen dunklen Wintermonaten liegen. Gute Nacht, meine Lieben. Kommt gut nach Hause. Nein, Arnold, Sie und

Herbert warten noch kurz. Ich bin noch nicht fertig mit Ihnen.«

Villon dachte daran, ihr anzubieten, über Nacht zu bleiben, aber was würde geschehen, wenn er aufgefordert würde, das Bett mit ihr zu teilen, fragte er sich und gab sich gleich selbst die Antwort. Er würde sich als ungeschicktes Nervenbündel anstellen, über das sie und ihre Freundinnen sich schieflachen würden.

Jetzt waren die drei allein. »Ich mußte sie loswerden«, sagte Greta, »die schweben meinetwegen in tausend Ängsten, als ob ich dünn und zerbrechlich wäre. Bin ich aber nicht. Ich bin ziemlich stark. Fühlen Sie mal meine Muskeln, na los, fühlen Sie schon.« Es war ein sehr starker Muskel. Villon fragte sich, ob sie wohl Lust auf eine Runde Armdrücken hätte.

Nachdem sie ihren Wunsch erfüllt hatten, fühlte die Garbo sich neu gestärkt und wurde wieder ernst. »Also, Leute, da draußen läuft ein Mörder herum, der unsere Freunde bedroht. Lisa und Gruber sind sicher in Gefahr, oder?« Arnold nickte. »Wissen Sie was? Ich habe so eine Ahnung, daß Guiss über die Morde sehr verärgert ist. Ich bin sicher, für ihn waren diese Taten überflüssig.«

»Wie kommen Sie darauf?« fragte Villon.

»Mord erregt unerwünschte Aufmerksamkeit, richtig? Da wird Kriegman ermordet, und Kriegman war Alberts Butler; jetzt werden ihm Polizei und Presse die Tür einrennen, und auf diese Art von Aufmerksamkeit wird er bestimmt verzichten können. Richtig, Leute?«

»Absolut richtig«, sagte Arnold.

»Also ist Guiss nicht der Mörder. Werner Lieb könnte es sein, oder Gustav Henkel, vielleicht Risa Barron ...« Sie dachte kurz nach. »Wie sagt man doch? Giftmörder sind meistens Frauen, ja?«

»Ja«, sagte Villon, »Gift hat für Frauen etwas Verlockendes. Viele von ihnen bringen ihre Opfer damit um.«

»Und Risa Barron ist so bezaubernd, ich finde sie wirklich bezaubernd. Ich beneide sie um diese Fähigkeit. So hart, wie ich selbst daran arbeiten muß.«

Heuchlerin, dachte Villon.

»Risa ist so eine, die könnte jemanden in ein falsches Gefühl von Sicherheit wiegen. Sie könnte einen ängstlichen Menschen davon überzeugen, daß sie ihm nur helfen will, sie hat so etwas an sich. Schade, unter anderen Umständen hätten sie und ich Freunde werden können. Starke Frauen, starke Menschen ziehen mich immer an. Salka und Mercedes sind sehr stark. Nehmen Sie zum Beispiel Salka. Ihr Haus ist der Treffpunkt aller großen Geister, die im Exil leben. Eines Tages nehme ich Sie mal zu einem ihrer Empfänge mit. Sie werden dort Einstein und andere große Wissenschaftler sehen. Die größten Schriftsteller der Welt. Thomas Mann, Lion Feuchtwanger, Ferenc Molnár. Die Konversation ist umwerfend, überwältigend, und ich, die angeblich göttliche Garbo, verziehe mich in eine Ecke und bete, daß die anderen mich nicht bemerken.«

»Nach dem Wissen, das Sie heute abend offenbart haben«, sagte Arnold, »dürften Sie sich, wenn Sie nur wollten, gegen die anderen behaupten können.«

»Lassen Sie sich nicht von mir veralbern, ich behaupte mich schon. Immerhin bin ich die Garbo. Die anderen nicht. Aber die Garbo ist eine Fassade, die von Hollywood gemacht wurde. Hinter dieser Fassade verbirgt sich, wie Sie bestimmt schon erraten haben, ein sehr ängstliches Mädchen. Aber genug davon.« Sie unterbrach sich, um die nächste Zigarette anzuzünden. »Arnold, Herbert, ich möchte etwas sagen, das Sie möglicherweise für reichlich dumm halten werden. Etwas sehr Melodramatisches, das gut in einen Film mit Basil Rathbone passen würde.«

»Lassen Sie hören«, sagte Arnold.

»Ich denke, daß derjenige, der Albert Guiss seine Anweisungen gibt, sich hier, hier in Los Angeles aufhält. Ich glaube wirklich, daß es so jemanden gibt; wahrscheinlich sind wir ihm bereits begegnet. Dieser Mensch ist viel mächtiger als Guiss und daher auch viel gefährlicher. Was meinen Sie? Ist das logisch, oder ist es melodramatischer Unsinn?«

Arnold Lake sagte: »Ich denke, das war mal wieder ein Volltreffer, Greta.«

Sie klatschte in die Hände. »Nun, dann liegt es wohl bei mir, dieses geheimnisvolle Wesen zu finden und zu entlarven.« Ihre Augen wurden schmal. »Und ich bin ziemlich sicher, daß es mir gelingen wird. Versuchen Sie nicht, mich zu entmutigen. Es spornt mich an, etwas für mein Land zu tun. O ja, es ist mein Land. Ich werde die Staatsbürgerschaft annehmen.« Sie lächelte sanft. »Und ich hoffe, Sie beide als Zeugen dabeizuhaben.« Sie klatschte noch einmal in die Hände. »Anschließend gehen wir in irgendeinen stillen Saloon in der Nähe des Gerichtsgebäudes, trinken uns einen schönen Schwips an und verraten uns vielleicht gegenseitig ein paar Geheimnisse, die man besser für sich . . . ach was. Was sind schon Geheimnisse? Doch bloß Nebensachen. Rede ich dummes Zeug?«

Villon sprach aus tiefster Seele: »Sie reden wunderbar. Und ich liebe Sie.«

»Natürlich«, sagte die Garbo, »natürlich.«

ACHTZEHN

Binnen weniger als einer Woche wurden die ungelösten Mordfälle von der Presse praktisch aufs Abstellgleis geschoben. Der Krieg eroberte die Schlagzeilen zurück. Die Arbeiten an *Johanna die Große* wurden mit Volldampf fortgeführt. Von Stroheim setzte jeden, insbesondere Guiss, mit seiner gesteigerten Tatkraft in Erstaunen. Fast war es soweit, daß die Kulissenarbeiter nicht mehr Schritt mit ihm halten konnten. Er schrie weniger herum, und wenn er etwas verlangte, tat er es höflicher. Er hielt mit seinen Gefühlen für Alysia Hoffman nicht hinterm Berg, und niemand war sonderlich überrascht, als er ihr die herausgehobene Rolle einer der Kurtisanen des Kronprinzen anvertraute. Die Gefahr, daß sie als Mitgefangene Johannas enthauptet werden könnte, war damit abgewendet. In der Forschungsabteilung wurde ohnehin bezweifelt, daß es damals bereits irgendeine Art von Guillotinen gegeben habe; andererseits – warum sollte man Johanna eigentlich den Kopf abschlagen, anstatt sie auf dem Scheiterhaufen zu verbrennen?

Die Garbo freute sich für Alysia und sagte ihr das auch. »Sind Sie in Von verliebt?«

Alysia hielt sich bedeckt. »Er war nett zu mir. Er lebt von seiner Frau getrennt. Er liebt seinen Sohn über alles. Er scheint nicht viele Freunde zu haben, und ich habe eine sehr schöne Zeit mit ihm. Ist das verwerflich?«

»Natürlich nicht«, versicherte die Garbo, »solange Sie im Kopf behalten, daß Von kein Mann für dauerhafte Bindungen ist. Er hatte, als er in Frankreich arbeitete, eine Reihe von Geliebten, und glauben Sie mir, ich meine es nicht böse, wenn ich Sie warne, daß die Konkurrenz auch hier nicht fern sein könnte.«

Alysia lachte. »Das stört mich nicht. Ich lebe nur von heute auf morgen.«

»Sehr klug. Genau wie ich.«

Martin Gruber erschien aus dem Nichts. Er trug eine große Blumenschachtel. Lottie Lynton schnüffelte und sagte: »Noch mehr Blumen.«

»Von Mr. Guiss natürlich«, bemerkte Gruber mit knappem Lächeln.

Die Garbo zu Alysia: »Er überschwemmt mich mit Blumen. Ich schicke sie an die hiesigen Krankenhäuser weiter. Was hat er nur?«

»Ach, Sie sind ein Schalk, Greta. In der letzten Woche sind Sie, soweit ich weiß, mindestens dreimal nach den Dreharbeiten mit ihm ausgegangen.«

Die Garbo setzte eine überhebliche Miene auf. »Sie brauchen nicht mitzuzählen, Alysia. Das bringt Unglück.« Und zu Gruber gewandt: »Die Aufnahmen waren ausgezeichnet, Martin. Sie sind ein sehr guter Fotograf.«

»Hat Von nicht wissen wollen«, fragte Alysia, »wo er so eine Kamera kaufen kann?«

»Richtig, Martin hat mich gefragt. Aber ich habe keinen blassen Schimmer. Ich habe nicht die leiseste Ahnung, ob sie in diesem Land erhältlich sind.«

Gruber sagte: »Ich habe mich erkundigt, in einigen Fotogeschäften nachgefragt. Aussichtslos. Die Marke scheint hier nicht lieferbar zu sein.«

Alysia sagte: »Vielleicht ist es ein Einzelstück.«

Die Garbo saß am Schminktisch und hellte ihren Lidschatten auf. »Wäre das nicht ungewöhnlich? Es ist doch bestimmt unrentabel, nur eine einzige Kamera herzustellen, eine klitzekleine Kamera. Man stelle sich vor, General Electric würde nur einen einzigen Kühlschrank herstellen, oder nur einen Toaster. Ha! Das gäbe ein wirtschaftliches Chaos! Wissen Sie, ich habe schon überlegt, ob ich Erich die Kamera schenken soll, wenn der Film fertig ist, aber jetzt finde ich sie nicht mehr. Lottie und ich haben das ganze Haus danach abgesucht, aber wir können sie nicht finden.«

Lottie sagte aus der Kochnische: »Also ich kann mich nicht erinnern, das verdammte Ding jemals im Haus gesehen zu haben. Sind Sie sicher, daß Mr. Gruber sie Ihnen zurückgegeben hat?«

»Absolut sicher«, sagte die Garbo.

»Ja, ich erinnere mich genau«, sagte Gruber. »Lisa war dabei, als ich sie Ihnen zurückgegeben habe.«

»Nicht aufregen, Martin. Ist nicht so wichtig. Ich habe genug andere Kameras, und diese wird auch wiederauftauchen. Ich verlege ständig was, und Tage später finde ich es wieder. Martin, sagen Sie Mr. Guiss, ich werde ihm persönlich für die Blumen danken. Später.«

Martin ging, und Alysia sah zu, wie Lottie die langstieligen Rosen in einer Vase arrangierte. Von ihrer geheimnisvollen Miene merkten die anderen nichts.

Sam Goldwyn hörte sich die Litanei von Sophie Gangs Mitteilungen an.

»Mrs. Goldwyn hat angerufen, sie habe eine Geldspende für ihr Kinderhilfswerk erhalten. Es war ein hoher Betrag, aber ohne Absender, und jetzt weiß sie nicht, wem sie danken soll.«

»Was regt sie sich auf? Es ist eben eine synonyme Spende.«

»Ich habe Mr. Guiss Ihr Budget für *Bewaffnet Aufwärts* vorgelegt. Er sagte, er wird in wenigen Tagen Bescheid geben, ob er bereit ist zu investieren.«

»Zum Teufel mit ihm. Wer braucht sein Geld? Sie wissen, ich finanziere immer selbst. Holen Sie das Budget zurück.«

Sophie war entgeistert. »Das kann ich nicht. Das wäre unhöflich.«

»Ich kann den Mann sowieso nicht leiden. Irgendwas stimmt nicht mit ihm. Er speist nie mit uns anderen in der Kantilene. Für wen hält er sich denn? Hitler? So ein Blödmann.«

Sophie warf einen »Himmel-hilf«-Blick an die Decke und kam auf ihre Notizen zurück. »Anruf aus New York. Random House schickt uns sehr interessante Fahnen. Von einem Buch, das im Herbst erscheinen soll. Die sind ganz begeistert davon.«

»Und? Wovon handelt es?« Er biß das Ende einer Zigarre ab.

»Es geht um Euthanasie.«

»Heiliges Abflußrohr! Sophie! Wie käme ich dazu, einen Film über Kuhkrankheiten zu produzieren?«

Werner Lieb war mit Henkel und Risa Barron in Guiss' Büro auf dem Studiogelände. Der Stand der Dreharbeiten hatte Guiss in Hochstimmung versetzt. »Von Stroheim leistet wirklich Außerordentliches«, sagte er. »Im Vergleich zu den schrecklichen ersten Tagen hat er sich ungeheuer gesteigert.«

Risa befingerte ihre Lapislazulikette und sagte: »Alysia Hoffman hat ihn beflügelt. Jetzt hat sie eine größere Rolle. Greta sollte sich vorsehen. Bald wird die Hoffman die Johanna spielen. Machen Sie nicht so ein Gesicht, Henkel.«

»Für die Johanna ist sie eine Nummer zu klein. Was sind das für Bilder, die Sie da haben, Werner?«

Lieb nahm das Monokel aus dem Auge, hauchte es an und polierte es mit einem Taschentuch. »Das sind Bilder vom Studio, die Martin mit einer sehr seltsamen, sehr ungewöhnlichen Kamera aufgenommen hat.« Er erzählte ihnen von der Episode mit Martin und der Kamera am Anfang der Woche, das heißt an dem Tag, an dem Kriegman ermordet wurde.

»Das sind also die Fotos, die er gemacht hat?« fragte Guiss. »Er hat Ihnen diese Abzüge gegeben?«

»So ist es. Ich fand die Kamera so ungewöhnlich, da hat er versprochen, mir die Bilder zu zeigen. Greta habe ihn gebeten, die Aufnahmen zu machen, hat er gesagt.«

»Stimmt«, sagte Guiss. »Sie hat sie mir gezeigt. Sind recht gut geworden.«

»Sie sind ausgezeichnet«, stimmte Werner Lieb zu. Er gab die Bilder Risa, die sich nicht dafür interessierte und sie an Henkel weiterreichte. Lieb fuhr fort: »Kriegman wurde am vierzehnten ermordet. Beim Entwickeln wird auf der Rückseite immer das Datum vermerkt. Drehen Sie ein Bild um, Henkel. Welches Datum steht da?«

»Der sechzehnte.«

»Tja. Das hier sind also nicht die Fotos von dem Film, der in der Kamera war, als ich mit Martin auf dem Flur gesprochen habe. Diese Aufnahmen sind später entstanden. Demnach muß auf dem Film in der Kamera offensichtlich etwas ganz anderes gewesen sein.«

Henkel fragte: »Sie meinen, er hat die Kamera benutzt, um etwas anderes zu fotografieren?«

»Bin ich der einzige von uns«, fragte Lieb, »dem aufgefallen ist, daß Martin und Lisa anscheinend sehr eng befreundet sind?«

»Und? Was ist daran auszusetzen?« fragte Risa. »Sie ist jung und schön, und er ist jung und ansehnlich. Wie hat man früher im Stummfilm gesagt? ›Jung und jung gesellt sich gern‹?«

Lieb fuhr fort: »Peter Lorre meint, sie sei die Frau vom Strand, in der Nacht, als wir belauscht wurden.«

»Ach?« zweifelte Guiss. »Genauso schnell hat er gesagt, er habe sich geirrt.«

»Viel zu schnell«, sagte Lieb. »Angenommen, sie war wirklich diese Frau. Und sie haben Lorre unter Druck gesetzt, um sie zu schützen. Er hat verdammt gute Augen.«

»Er hat unter Drogen gestanden, Werner«, sagte Risa überdrüssig. Schauspieler langweilten sie. Dreharbeiten langweilten sie. Sie wollte in Brasilien sein, in Rio, wohin die meisten ihrer Freunde sich verdrückt hatten. Wo sie in Saus und Braus lebten. Internationale Intrigen langweilten sie. Sie hatte es satt, ständig über die Schulter zu blicken, ob jemand ihr folgte. Auch die Männer in diesem Zimmer und ihre ständige Gegenwart hatte sie satt.

Lieb sprach ruhig, kühl und eindringlich. »Ich denke, Lisa Schmidt war diese Frau am Strand. Ich denke, man hat Martin Gruber diese raffinierte Kamera gegeben, damit er Kriegman fotografiert – weil Greta vermutete, er sei Wolheim. Gruber hat sein Foto gemacht, die Garbo hat ihn identifiziert, und Kriegman wurde beseitigt.«

Guiss stützte sich mit den Ellbogen auf seinen Schreibtisch und baute aus seinen Fingern eine Pyramide. »Warum sollten sie ihn beseitigen? Warum nicht verhaften? Fürs FBI wäre es das Vernünftigste gewesen, ihn dingfest zu machen und gnadenlos ins Verhör zu nehmen. Wissen Sie, so wie wir es bei Edward G. Robinson gesehen haben. Daß sie Kriegman und Hannah Baum umgebracht haben sollen, ergibt keinen Sinn. Absolut keinen Sinn. Völlig unlogisch.«

Risa Barron hatte eine neue Zigarettenspitze, die mit kleinen Splittern kostbarer Edelsteine besetzt war. Sie nahm einen Zug, einen langen und wohligen Zug, atmete aus und bemerkte dann sachlich: »Jetzt stellt Greta eine Gefahr für die anderen dar.« Sie genoß die Verärgerung, die sich in Guiss' Miene zeigte. »Sie kann Agathe und die drei Jungen identifizieren. Wenn Agathe verhaftet wird, dürfte sie, um sich zu retten, die Seiten wechseln. Die Ermordung Kriegmans hat ihre angeschlagene Moral nicht gerade gestärkt.« Sie gluckste. »Beim kleinsten Geräusch springt sie vor Angst vom Stuhl. Ehrlich, heute morgen hat sie das Rattern des Rasenmähers mit einer Maschinengewehrsalve verglichen. Ist das zu fassen? Und, Albert, wozu brauchen wir so viele Gärtner? Die laufen überall herum. Man kann unmöglich im Park spazierengehen, ohne daß einer von ihnen plötzlich hinter einem Baum oder Busch auftaucht und man sich zu Tode erschreckt. Aber ich muß sagen, das Personal vom Swimmingpool ist sehr jung und attraktiv. Findest du nicht, Albert? Greta ist eine Gefahr für unsere Sicherheit!«

»Falls sie es je war, ist sie es jetzt nicht mehr.«

»Du scheinst dir sehr sicher zu sein«, sagte Risa.

»Ich habe Grund zu der Annahme, daß Greta ihre Zusammenarbeit mit den Behörden bedauert. Du weißt, wieviel Wert sie auf ihr Privatleben legt. Seitdem sie Kriegmans Leiche gefunden hat, ist ihr Leben die reinste Hölle. Ihr Strandhaus wird von Reportern und Fotografen belagert. Du hast selbst gesehen, wie sie ihr am Studioeingang auflauern. Jetzt will sie nur noch den Film zu Ende drehen und Hollywood verlassen.«

»Und wohin?«

An einem Abend vor wenigen Tagen waren sie durch den Schloßpark geschlendert – die Garbo mit verschränkten Armen, einen Pullover locker umgehängt zum Schutz gegen die kühle Abendluft. Guiss legte ihr einen Arm um die Schulter. In letzter Zeit ließ sie ihn gewähren, wenn er das tat. Sie war überzeugt, daß er sie liebte. Sie kannte die Zeichen. Sie war noch immer eine Meisterin in der Kunst, sich Liebhaber zu machen. »Hier in Hollywood«, sagte sie mit rauchiger Stimme, »herrscht eine ungesunde Atmosphäre. Das liegt nicht nur am Krieg, sondern mehr noch an der Branche selbst. Die Juden haben die ganze Branche im Griff. Mayer, die Warner Brothers, Sam Goldwyn. Dazu kommt jetzt der Zustrom von Juden aus Europa, und auch die sind mit diesem Bedürfnis, dieser krankhaften Machtgier infiziert. Das gefällt mir nicht. Ich muß hier weg.«

»Wohin wollen Sie denn?«

»Das überlege ich mir noch. Für eine Weile werde ich wohl nach New York zurückgehen. Dort warte ich das Ende des Krieges ab. Dann gehe ich in die Schweiz. Salka besitzt ein Haus in Gstaad.«

»Und Salka ist eine Ausnahmejüdin, die nicht machtgierig ist?« Er hatte die Hand von ihrer Schulter genommen, um sich eine Zigarette anzustecken.

»Haben Sie nie einen Juden kennengelernt, den Sie gemocht haben?«

»Ich hatte nie sonderlich viel mit ihnen zu tun.«

»Sie nehmen mich auf den Arm!«

»Ich wünschte, es wäre so.«

»Seien Sie ernst. Sie haben keine Geschäfte mit jüdischen Finanzleuten gemacht? Wie haben Sie das denn geschafft, Sie Dummer!«

Guiss' Miene erstarrte. »Ich bin nicht dumm. Die Leute, mit denen ich Finanzgeschäfte betreibe, bedeuten mir nichts. Was interessiert mich ihre Herkunft, wichtig sind nur die Konditionen ihrer Banken. Ich habe früh gelernt, alle Gefühle zu unterdrücken. Ich bin ein harter Geschäftsmann, Greta, und zwar deshalb, weil ich mir die Mächtigen gesellschaftlich vom Leibe halte. Sicher, ich trinke mit ihnen, gehe notgedrungen mit ihnen essen oder auf Reisen, aber ich habe eine strenge Regel: keine Vertraulichkeiten.«

Sie lachte. »Wie Sie sich widersprechen! Da bin ich hier allein mit Ihnen unter den Sternen, in einem himmlisch duftenden, herrlich duftenden Garten, Sie haben mir den Arm um die Schulter gelegt: Ist das keine Vertraulichkeit?«

»Hier geht es nicht um Geschäfte. Sondern um Mann und Frau«, er nahm ihre Hand und küßte sie, und dann flüsterte er: »Greta, ich will dir die Welt zu Füßen legen.«

»Auf die Welt kann ich verzichten«, sagte sie ungehalten. »Viel zu viel Arbeit, damit fertigzuwerden. Im übrigen bieten Sie mir damit eine beschädigte Ware an. Würde die Welt mir gehören, wäre ich für die Instandsetzung und Rekonstruktion all der zerstörten Städte und Völker verantwortlich. Was für eine entsetzliche Vorstellung.«

»Ich mache dich zur Königin der europäischen Filmindustrie.«

»Aha, jetzt verkleinern Sie Ihr Angebot. Erst bieten Sie mir die Welt, und jetzt ist es nur noch Europa.« Sie fand, die Zeit sei reif für den entscheidenden Schritt: »Sagen Sie mir die Wahrheit, Albert. Sie sind ein Freund von Hitler, stimmt's?« Sie standen im Schatten eines Pavillons. Mondsichel und Sterne spendeten wenig Licht. Sie konnte sein Gesicht nicht deutlich sehen, aber so, wie er Atem holte, mußte sie ihn an einer empfindlichen Stelle getroffen haben. »Ich muß es wissen, Albert. Meine Zukunft hängt davon ab.«

»Warum?« Die Art, wie er diese Worte aussprach, gab ihr keinen Hinweis auf seine Gefühle.

»Ich sage Ihnen warum, und Sie werden dieses Geständnis gewiß genauso respektieren wie ich das Ihre. Vor dem Krieg hat Hitler mir über seine hiesige Botschaft angeboten, ich könnte nach Deutschland zurück und dort Filme machen. Er hat mir die Ufa-Studios zur Verfügung stellen wollen. Ein großartiges Gelände. Ich hoffe, die Alliierten zerbomben es nicht bis zur Unkenntlichkeit. Eines Tages werde ich es wohl besitzen. Ich habe das Angebot damals nicht nur abgelehnt, weil ich es für unverschämt hielt, sondern auch, weil meine Karriere dank des Erfolgs von *Ninotschka* steil nach oben ging.«

»Da hatten Sie mit lauter Juden zu tun.«

»Sehr begabte Leute – Lubitsch, Billy Wilder, Melvyn Douglas.«

»Ina Claire?«

»Gütiger Himmel, nein. Das ist eine Schickse, eine ganz schlimme Frau. Wußten Sie, daß sie meinen John Gilbert geheiratet hat, nachdem ich ihn am Altar versetzt hatte? Egal, ist nicht so wichtig. Eine alte Geschichte, und ich bin keine Historikerin. Albert, ich habe in letzter Zeit viel über mich und meine Zukunft als Schauspielerin nachgedacht. Wenn es eine Zukunft für mich gibt, dann bestimmt nicht in diesem Land. Nur Europa kommt in Frage. Ich beherrsche mehrere Sprachen. Meine Muttersprache Schwedisch, Französisch, mein Spanisch ist nicht übel, und Deutsch kann ich ziemlich fließend. Wenn Sie direkten Kontakt zu Hitler haben und sein Angebot noch steht, bin ich interessiert.«

»Bravo! Bravo, Greta!« Er nahm sie in die Arme und küßte sie mit einer Inbrunst, die sie überrumpelte. Sie rang nach Luft.

»Ach Albert, deine Leidenschaft sagt mehr als tausend Worte!«

»Ich bin verrückt nach dir!«

»Nein, nicht verrückt sein, mit Verrücktheit komme ich so schwer zurecht. Ich habe meinen Vater immer für verrückt gehalten, dabei war er nur brutal.«

Während er sie weiter in seinen Armen hielt, bombardierte er sie mit Worten, die sie Villon und Arnold unbedingt wiederholen mußte. »Bravo, nicht weil du bereit bist, ins Vaterland zurückzukehren; sondern bravo, weil deine Worte mich zuversichtlich machen, daß du die Überzeugung hegst, wir werden den Krieg gewinnen ...«

Vaterland. Wir werden den Krieg gewinnen. Und doch, warum reiße ich mich nicht aus seinen Armen? Warum? Weil ich ein guter Soldat bin. Außerdem bin ich Spion, und zwar, auch wenn ich das selbst sagen muß, ein verdammt guter.

»... wir werden siegen«, fuhr Guiss fort, ohne Luft zu holen. »Greta, Greta, meine bezaubernde Greta, mein kostbares Juwel, heirate mich, wenn all das vorbei ist, o mein Liebling, heirate mich.«

»Wenn all was vorbei ist? Meinst du den Film? Manche Szenen werden sicher neu gedreht werden müssen.«

Er gab sie frei. Sie schob ein paar verirrte Haare an ihren Platz. »Du machst Witze«, sagte er. »Du machst dich über mich lustig.«

»Der Gedanke an die Ehe beunruhigt mich meistens. Ich bin kein Mensch, der sich von einem Ring und einem Stück Papier fesseln läßt. Wenn es sein muß, reden wir ein andermal darüber. Entschuldige, Albert. Ich bin für die Ehe nicht geschaffen und werde es auch niemals sein, denke ich. Wenn das also die Voraussetzung unserer Beziehung ist, sollten wir beide dieses Gespräch lieber vergessen und so tun, als hätte es nie stattgefunden.«

Er sah zu, wie sie von ihm fortschlenderte. Seine Worte brachten sie zum Stehen. »Ich werde dieses Gespräch nicht vergessen. Dafür liebe ich dich zu sehr. Ich werde mich an Goebbels wenden, und der sagt es Adolf. Ich bin sicher, die beiden werden sich, trotz schwerer Verluste auf den Schlachtfeldern, sehr freuen. Eva Braun ist ein großer Fan von dir.« Garbo erschauderte. »Ihr zwei werdet bestimmt eine Menge zu reden haben, wenn ihr euch kennenlernt.«

»Falls wir etwas finden, das wir gemeinsam haben«, sagte die Garbo. Sie führte ihn zum Schloß zurück.

Sie hatte Angst. Sie hatte zu viel erfahren. Guiss würde seiner üblen Dreierbande alles erzählen, worüber sie gesprochen hatten, und irgendeiner von ihnen würde ihr den Wunsch, nach Deutschland zurückzukehren, nicht abkaufen. Aber trotzdem, erinnerte sie sich, ich bin Soldat und habe einen Auftrag, und daß es ein furchtbar gefährlicher ist, wußte ich schon, als ich ihn übernommen habe. Ich habe keine Angst mehr. Ich bin stolz auf mich. Sehr stolz auf mich. Und Villon und Arnold Lake werden auch stolz auf mich sein. Und wenn Arnold mich nicht zur FBI-Agentin machen kann, macht er mich vielleicht zu einem Junior-G-man. Ich will auch die Haferflocken essen, von denen das gesponsert wird, und mir andächtig deren Radiosendung und natürlich auch *Portia Faces Life* und *Just Plain Bill* anhören.

Risa Barron konnte nicht aufhören zu lachen. Sie sah im Geiste schon die komische Szene vor sich, wie Garbo und Eva Braun Schnittmuster austauschten.

»Reiß dich zusammen, Risa«, sagte Guiss streng.

»Ich kann nichts dafür. Eva Braun ist so eine dumme Gans!« Sie lachte weiter.

Werner Lieb sagte: »Miss Greta Garbo dürfte inzwischen ein wenig zuviel über uns wissen.«

Guiss schlug mit der Faust auf den Schreibtisch. »Sie ist absolut vertrauenswürdig! Ich weiß es genau! Seit gestern nacht ist sie meine Geliebte.«

Risa erbleichte und stieß eine Zigarette in ihre Spitze. »Gratuliere«, sagte sie gleichmütig. Eifersucht konnte ihr nichts anhaben. Die primitiven, gewöhnlichen Gefühle ihrer

Schwestern waren ihr fremd. Frauen wie Risa Barron betrachten Männer, zumal sehr reiche Männer, als Gebrauchsgegenstände. Es hatte vor Guiss schon andere gegeben, und nach ihm würden andere kommen. Sie hatte sehr von ihm profitiert, ihre kostbare Schmucksammlung, die Investitionen, die er für sie getätigt hatte. Es ging ihr außerordentlich gut, und sie war entschlossen, den Krieg und sämtliche Folgen der Niederlage Deutschlands zu überleben. Bereits mehrere Monate vor Ausbruch des Konflikts hatte sie einen sicheren Fluchtweg nach Südamerika organisiert. Jetzt lag ihr etwas anderes auf dem Herzen, und sie sprach es aus. »Nun müssen wir uns also vor drei Leuten vorsehen. Lisa Schmidt, Martin Gruber und Miss Greta Garbo!«

»Risa, ich warne dich«, sagte Guiss unmißverständlich drohend.

Der Anflug eines Lächelns zeigte sich auf ihrem Gesicht. »Liebe kann so zerstörerisch sein.« Dann mit erhobener Stimme: »Sie hat dein Hirn lahmgelegt! Du, das große Genie, erschaffen von noch größeren Genies, du bist ein liebeskranker Schuljunge geworden. Das ist ein Klischee, stimmt aber trotzdem.«

»Es darf keine Morde mehr geben.« Guiss hatte ihre ungeteilte Aufmerksamkeit. »Der Mord an Hannah und Kriegman war eine Dummheit. Eine ungeheure Dummheit. Hätten sie weitergelebt, wären uns Polizei und FBI nie auf die Spur gekommen.« Niemand widerlegte seine Behauptung. »Haben Sie gehört, Werner?«

»Ich habe eine ganze Menge gehört«, sagte Lieb, während Gustav Henkel wieder einmal ein nervöses Gähnen unterdrückte.

»Und ich will kein Wort mehr über Greta Garbo hören. Wir haben von Stroheims Rohfassung gesehen. Dieser Film ist ihr Meisterwerk, und in gewisser Weise«, fügte er selbstgefällig hinzu, »ist er auch *mein* Meisterwerk!« Er stand auf und verkündete stolz: »Millionen rund um den Globus werden es lesen.« Er schwenkte die Arme wie ein Dirigent: »›Albert Guiss präsentiert Greta Garbo in Erich von Stroheims *Johanna die Große*‹. Klingt sehr beeindruckend, auch wenn ich es selbst sagen muß.« Mit verträumten Augen setzte er sich wieder hin. Daß seine Mitarbeiter verstimmt und wütend waren, kümmerte ihn nicht. Er merkte nicht, daß er auf einem Pulverfaß saß. Er war völlig versunken in selbstsüchtige Gedanken an künftigen Ruhm, an eine gemeinsame Zukunft mit Greta Garbo, und daß eben diese Träume seine Achillesferse ausmachten, fiel ihm nicht ein.

Die Garbo traf sich mit Villon und Arnold in Salka Viertels Haus. Sie hatten vereinbart, sich nicht mehr im Studio zu treffen, es sei denn, es gab einen offiziellen Grund für eine Polizeivisite. Das Strandhaus sollte tabu bleiben, bis die Presse ihre Jagd auf den Star eingestellt hatte.

»Salka, du bist jetzt also am Krieg beteiligt. Dein Haus ist unser geheimer Treffpunkt! Bist du nicht stolz, daß du auch einen Beitrag leistest?«

Salka schniefte und ging ins Arbeitszimmer, dort wartete ihr Feind, die Schreibmaschine. Sie haßte die Arbeit, aber wenn sie überleben wollte, brauchte sie Geld. Sie mußte mehrere Freundinnen unterstützen, die vom Pech verfolgt wurden. Und damit die anderen *sie* nicht verfolgten, mußte sie hart arbeiten. Sie setzte sich an die Schreibmaschine und verweilte in Gedanken noch einige Sekunden bei Greta Garbo; dann strich sie das Wort »Gefahr« aus ihrem Kopf und versuchte einen Dialog für Joan Crawford zu dichten.

Die Garbo erzählte Villon und Arnold alles. Sie verfügte über ein großartiges Gedächtnis und konnte ihnen die Szene mit Albert Guiss im Garten von vorn bis hinten vorspielen. Besonderen Nachdruck legte sie auf die Worte »Vaterland« und »Wir werden den Krieg gewinnen« und beteuerte, sie hege nun keinen Zweifel mehr, daß er eine Kreatur der Achsenmächte sei. Daß sie mit Guiss geschlafen hatte, verschwieg sie ihnen. Dergleichen verlangte Diskretion, und darin war sie eine Meisterin.

Arnold sagte: »Es ist nicht so, daß wir je daran gezweifelt hätten, daß diese Leute deutsche Agenten sind, aber jetzt haben wir endlich den Floh husten hören.«

»Was? Die Garbo? Ein Floh?« sagte sie mit gespielter Entrüstung. »Na ja, Salka meint, ich hätte ihr einen Floh ins Ohr gesetzt. Hahaha! Ich hab's also gut gemacht, ja?«

»Absolut brillant«, sagte Arnold.

»Dann kann ich also Junior-G-man werden?« Sie war direkt vom Studio zu dem Treffen gekommen und hatte Lottie mitgebracht, die sofort in die Küche gestürmt war, um Snacks und ihre unvermeidliche heiße Schokolade zuzubereiten. Während sie jetzt im Wohnzimmer, wo sie sich berieten, den Kaffeetisch deckte, staunte Arnold über die Widersprüche der Garbo.

Sie war ein großer Star, eine starke Frau, die sich selbst und ihr Schicksal, wie auch immer das aussehen mochte, offenbar in der Hand hatte, und doch hatte sie auch diese andere, diese amüsante und bezaubernd kindliche Seite. Etwa wenn sie »Leute« oder »Freunde« zu ihnen sagte oder »FBI-Agentin« oder gar »Junior-G-man« werden wollte. Oder verarschte sie sie nach Strich und Faden? Eine besonders witzige Frau war sie nicht, aber sie besaß einen wunderbaren Sinn für Humor. Ihre Freunde beteten sie an, und auch sie schien sie anzubeten. Trotzdem, er fand, daß sie etwas Trauriges und Rührendes an sich hatte. Ihr Verlangen nach Einsamkeit. Die wilde Entschlossenheit, ihren eigenen Weg zu gehen. Ob sie Verwandte hat? fragte er sich. Und wenn ja, würden sie für sie dasein, wenn sie sie einmal brauchen sollte?

Villon sagte gerade: »Es ist doch interessant, daß sie ausgerechnet Goldwyns Studio für die Produktion genommen haben. Ich meine, Sam Goldwyn – jüdischer geht's ja wohl kaum. Sie haben nicht zufällig gehört, daß Guiss ihn mal als ›Itzig‹ oder was ähnlich Unfreundliches bezeichnet hat?«

»Nein, Guiss doch nicht, der ist, was seine Abneigungen und Aversionen angeht, ein vollendeter Gentleman. Aber

Sie erinnern mich an was. Da war jemand anders, der die Juden als ›Itzigs‹ bezeichnet hat. Damals habe ich es nicht beachtet, aber jetzt... gibt es mir zu denken. Möchte jemand Schokolade?«

NEUNZEHN

Die Milchflasche stand im Flur neben Lisa Schmidts Wohnungstür. Der Milchmann kam früh, und allerlei Getreideflocken mit Milch waren Lisas Lieblingsfrühstück. Manchmal war dazu nicht Zeit genug, dann frühstückte sie erst im Studio. An diesem Morgen hatte sie jede Menge Zeit. Sie stellte die Flasche auf ihren kleinen Eßtisch und goß Milch über die Cornflakes. Der Flaschenverschluß saß ein wenig schief; das war ihr schon ein paarmal aufgefallen. Sie mußte dem Milchmann einen Zettel hinlegen, daß er nicht so unordentlich sein sollte. Er war nur Ersatzmann, wie sie von einem Nachbarn erfuhr. Seinen Vorgänger hatte der Krieg geholt.

Während sie gemächlich aß, dachte sie über manches nach. Die Guiss-Bande, wie sie diese Leute bei sich nannte; das Foto; von Stroheims Interesse an Alysia Hoffman. Die Hoffman selbst, eine entthronte Filmkönigin, die verzweifelt nach einem neuen Königreich suchte. Martin Gruber und das Risiko, das er mit der Kamera eingegangen war; Teufel auch, die Risiken, die sie alle eingingen, und dann wieder dieses Brennen in ihren Füßen. Das kam und ging jetzt schon die ganze Woche, immer morgens, wenn sie zu Hause frühstückte. Brennen in den Füßen ... *o mein Gott.*

Sie rief Villon an. Sie werde ohne jeden Zweifel vergiftet, erzählte sie ihm. Ihre Frühstücksmilch. Nein, sie sei nicht in Panik, aber sie habe Angst. Sie wisse nicht, wieviel Gift sich in ihrem Organismus befinde. Sie sei nicht sicher, wieviel Milch sie getrunken habe, aber sie bekomme täglich einen Liter. Sie esse gern Süßes und mache sich daher öfter mal Eiercreme oder Schokoladenpudding, viel zu oft eigentlich. »Kommen Sie schnell, Herb. Ich falle gleich um. Mir ist schlecht. Meine Füße brennen wie Feuer. Herb ...«

Villon kannte die Geräusche. Das Fallen des Telefons; Lisa, die zu Boden sackte. Keine Zeit mehr, Arnold anzurufen. Er holte einen seiner Beamten und fuhr wie der Leibhaftige, um zu retten, was von Lisa zu retten war. Um in die Wohnung zu gelangen, brauchten sie einen Dietrich; sie fanden sie auf dem Boden ausgestreckt. Villon hob sie auf und beauftragte den anderen, die Milchflasche mitzunehmen. Sie rasten mit Lisa zur Notaufnahme einer Klinik, wo Villon sich auswies und dem untersuchenden Arzt erklärte, es bestehe Verdacht, daß sie eine Thalliumnitratvergiftung habe. Der Doktor pfiff, nicht ganz in der richtigen Tonart, vor sich hin und gab Anweisung, Lisa den Magen auszupumpen. Ihre Atmung ging nicht mehr normal, und er fürchtete um ihr Leben.

Villon schickte den Beamten mit der Milchflasche aufs Revier zurück und fluchte über den Trottel, weil er sie nicht in ein Taschentuch gewickelt hielt. Er rief im Garden of Allah an, aber Arnold war nicht im Haus. Villon hinterließ auf seinem Revier Nachricht für ihn und sagte auch der Garbo Bescheid, falls Arnold bei ihr anrufen sollte.

Die Garbo erbleichte, als sie von Lisas Zustand hörte.

»Wir müssen uns um Gruber kümmern«, sagte Villon. »Gehen Sie und warnen Sie ihn. Und, Greta, Sie müssen auch aufpassen.«

»Tja nun, aber ich esse und trinke nur, was Lottie mir zubereitet. Und ich glaube nicht, daß sie vorhat, mich zu vergiften. Oder doch, Lottie?«

Lottie lächelte und wandte sich wieder ihrem Thunfischsalat zu.

»Ich werde Gruber warnen«, sagte Greta und legte auf. Sie rief im Studio an und bat die Zentrale, Gruber ausrufen zu lassen, nahm die Bitte aber gleich wieder zurück. Wenn die hören, daß ich Gruber ausrufen lasse, werden sie argwöhnen, daß ich was im Schilde führe. Der Mörder wird annehmen, daß das Gift seine Wirkung bei Lisa Schmidt getan habe. Der Mörder. Der Giftmörder. Dieser Irre, oder ist es eine Frau? Es klopfte an die Tür, und Lottie ging aufmachen. Davor stand Martin Gruber mit einer Blumenschachtel. Die Garbo dankte nicht Gott, sondern Guiss. »Kommen Sie rein, Martin. Lottie, schließen Sie die Tür. Legen Sie diese dummen Blumen weg.« Sie erzählte ihm von dem Attentat auf Lisa. Von den Milchflaschen.

»Wird Lisa durchkommen?« fragte Martin. Er war verliebt in sie, und erst jetzt, da ihr Leben an einem Faden hing, konnte er sich das eingestehen.

Die Garbo sagte: »Wer könnte wissen, wo sie wohnt?«

»So ziemlich jeder, der mit der Produktion zu tun hat. Jeder erhält eine Liste mit den Adressen und Telefonnummern der Beteiligten.«

»Und die hatten natürlich Zugang dazu. Diese Ungeheuer von Guiss' Spießgesellen. Martin, wir sind in schrecklicher Gefahr. Sie müssen sehr vorsichtig sein.«

»Um mich machen Sie sich mal keine Sorgen. Ich paß auf mich auf. Ich glaube nicht, daß sie hinter mir her sind.«

»Seien Sie nur nicht so sicher. Die haben wegen der Kamera ein ziemliches Theater aufgeführt. Unterschätzen Sie diese Leute nicht. Ich habe sie in den letzten Tagen gründlich kennengelernt. Es ist keiner dabei, dem ein Mord nicht zuzutrauen wäre.«

»Ich glaube nicht, daß Guiss dahintersteckt. Ich kenne von ihm diktierte Vermerke, in denen er sein Mißfallen über die Morde an Hannah Baum und Kriegman äußert.«

»Möchte wissen, ob jemand bemerkt hat, daß Lisa nicht zur Arbeit gekommen ist. Ich hab's! Ich ruf die Bande mit verstellter Stimme an, gebe mich als eine Freundin von Lisa aus und sage, sie sei ins Krankenhaus eingeliefert worden. Gute Idee, oder?« Sie war klug genug, nicht den Hauptanschluß zu wählen, sondern ließ sich mit dem Produktionsstudio verbinden und gab die Nachricht einem Assistenten durch. Dann legte sie auf und sagte strahlend: »Bin ich nicht eine erstklassige Agentin? Immerhin habe ich in *Der Krieg im Dunkel* eine Spionin gespielt, und als Mata Hari war ich auch nicht übel, auch wenn June Knight mich bei den Tanzszenen doubeln mußte. Haha, was wird Marlene eifersüchtig sein, wenn sie das erfährt!«

Im FBI-Hauptquartier in Los Angeles, wohin er zu einer, wie sich herausstellte, folgenschweren Besprechung zitiert worden war, hängte Arnold Lake sich ans Telefon und erkundete Herb Villons Aufenthaltsort. Man verwies ihn ans Krankenhaus, wo Herb ihm mitteilte, daß Lisa Schmidt ein zähes Ringen mit dem Tode führte. Er habe zusätzliche Schutzmaßnahmen für die Garbo angeordnet und zwei Beamte ins Studio geschickt, die Martin Gruber zu seiner eigenen Sicherheit abholen sollten.

»Hoffentlich kommt sie durch, ich bin verrückt nach ihr«, sagte Arnold. Die zunehmende Zahl ihrer Bewunderer hätte Lisa vielleicht aufgerichtet. »Herb, ich bin im Hauptquartier. Schon seit heute morgen. Wir haben Nachricht, daß die Deutschen eine Reihe ihrer Agenten nach Hause holen wollen; das heißt, wir müssen zuschlagen, und zwar schnell. Guiss und seine Bande werden heute noch hochgenommen.«

»Aber dann fällt der Film ins Wasser! Das wird ein schwerer Schlag für Greta und von Stroheim.«

»Pech, mein Freund. So ist das Leben.«

»Wann soll die Operation beginnen?«

»Läuft schon. Im Schloß.«

Einige Wochen zuvor hatte Agathe, die als Wolheims Tochter aufgetreten war und jetzt als eins von Risa Barrons Hausmädchen arbeitete, den Mut aufgebracht, das Schloß heimlich zu verlassen und sich Herb Villon zu stellen. Herb und Arnold wiederum überzeugten sie davon, daß sie ihnen in Freiheit auf dem Schloß nützlicher wäre als in Polizeigewahrsam.

»Aber man wird mich vergiften!« hatte Agathe unter Tränen beteuert.

»Sie können als feindliche Agentin hingerichtet werden«, log Herb.

»O mein Gott, überall lauert der Tod.«

»Sie haben im Schloß nichts zu befürchten. Dort wird man niemanden umbringen, schon um uns keinen Vorwand zu bieten, dort einzudringen. Seien Sie clever, Agathe, so clever, wie Sie in dem Dossier dargestellt werden, das wir über Sie angelegt haben . . .«

»Dossier«, wiederholte sie mit Geisterstimme.

Arnold sagte verschlagen: »Dossiers sind unsere Spezialität. Gehen Sie ins Schloß zurück. Beobachten Sie sorgfältig, was dort vorgeht. Berichten Sie unseren Leuten, die wir da drin haben.«

»Leute? Da drin?«

»Sind Sie bereit, zurückzugehen?« ließ Villon nicht lokker.

Agathe sagte ernst: »Wie heißt doch das Sprichwort? ›Wer A sagt, muß auch B sagen.‹ Okay. Auf der Spionageschule hat man sich die größten Dinge von mir versprochen. Na, von wegen. Als Fräulein Wolheim hab ich nichts getaugt. Jetzt habe ich Gelegenheit, mein Versprechen einzulösen. Sie werden von meiner Ausbildung profitieren, ha! Witzig, wie? Also, wer sind Ihre Leute da drin?«

Erst verblüfft und dann entzückt vernahm sie, daß etliche Gartenarbeiter und Küchenhilfen, Teile des Personals vom Swimmingpool sowie der für die Bedienung des Rasenmähers zuständige Gärtner allesamt FBI-Agenten waren, die man sorgfältig in Guiss' Dienste eingeschleust hatte, um seinen Sturz vorzubereiten.

»Der Mann mit dem Rasenmäher? Das ist lustig.«

»Wieso ist das lustig?« fragte Herb.

»Weil ich mit ihm geschlafen habe.« Sie zuckte die Achseln. »Rasenmähen kann er besser.«

Villon rief die Garbo an und erzählte ihr Arnolds Neuigkeiten. Sie atmete aus, als hätte sie einen Schlag in den Magen erhalten. Dann sagte sie ebenso rasch: »Es ist besser so.

Aber, Herbert, wie wollen Sie den Giftmörder ermitteln? Werden Sie je herausfinden, wer hier in Los Angeles Guiss' Vorgesetzter ist?« Sie dachte kurz nach und fuhr dann fort: »Wissen Sie, ich glaube, ich weiß, wer das sein könnte. Ich werde diese Person zur Rede stellen.«

»Greta!« rief Villon alarmiert. »Begehen Sie keine Dummheit! Sie sind diesen Leuten nicht gewachsen!«

»Nicht gewachsen! Habe ich sie nicht ausgetrickst! Habe ich sie nicht überlistet! Und ob ich denen gewachsen bin!«

Sie hörte nicht, daß die Tür aufging. Lottie klapperte mit Töpfen und Tiegeln in der Kochnische. Er kam mit einer geöffneten Champagnerflasche herein. Dann sah sie ihn im Garderobenspiegel, sah die Champagnerflasche und hatte eine kluge Eingebung: »Wie nett von Ihnen, Mr. Henkel! Champagner! Und meine Lieblingsmarke!«

»Nicht trinken!« brüllte Villon.

»Bis bald, Herb«, sagte sie freundlich. »Lottie, Gustav Henkel hat mir Champagner gebracht. Gustav, es ist noch ein wenig früh am Morgen für Champagner. Möchten Sie nicht lieber etwas von Lotties ausgezeichneter Schokolade?«

Henkel war in seinem Büro gewesen, als er hörte, wie zwei von Villons Beamten eintrafen, um Martin Gruber in »Gewahrsam« zu nehmen. Da wußte er, daß die Zeit knapp wurde, und zwar sehr knapp. Um Lisa Schmidt hatte er sich gekümmert; Martin Gruber würde ihm entwischen; aber die Garbo war noch übrig, und sie gehörte ihm. Der Mord an ihr würde ihn unsterblich machen. Er hatte eine Flasche Champagner für sich und die anderen vorbereitet, das heißt mit Gift versetzt. Die Behörden sollten ihn lebendig nicht zu fassen bekommen, das hatte er sich vor langer Zeit geschworen. Und die anderen würde er auch erlösen. Lieb, dieser Größenwahnsinnige, hatte Henkels Hilfe dringend nötig.

Guiss war gut zu ihm gewesen. Er hatte ihn aus Hamburg verschwinden lassen, als die Polizei ihm immer näherzurücken begann. Ah, welche Lust, Leute umzubringen! Welch wundervolles Gefühl, zu wissen, daß sie unter gräßlichen Schmerzen starben, mit brennenden Füßen und Eingeweiden, die vor Ekel platzten – und er war der Herr ihres Schicksals. Nun wäre es bald aus damit, aber noch galt es, ein großes Ziel zu erreichen. Er nahm die Champagnerflasche, die mehr als genug Thalliumnitrat enthielt, und ging in Guiss' Büro. Lisa Schmidt tötete er mit kleinen Dosen, um ihre Qual auszudehnen; er hatte sie nicht ausstehen können, seit sie ihm unverfroren den Namen eines guten Zahnarztes genannt hatte.

Guiss war allein im Büro. Grubers »Verhaftung« hatte ihn furchtbar aufgeregt. Henkel tat sein Mitgefühl kund. Guiss suchte aus Akten und Schubladen hektisch alles heraus, was als Belastungsmaterial angesehen werden konnte. »Champagner? Ausgerechnet jetzt willst du Champagner trinken?«

»Warum nicht?« sagte Henkel blasiert. »Ich habe diese Flasche gerade für eine solche Gelegenheit aufgespart!« Er holte zwei Gläser von der Bar, stellte sie auf den Schreibtisch und schenkte ein. »Komm, Albert, das könnte unsere letzte Chance sein, zusammen ein Glas zu trinken.«

»Ich sollte überhaupt nicht mit dir trinken. Du ermordest Hannah Baum und Kriegman, und bevor Gruber in Haft genommen wurde, hat er mir erzählt, daß Lisa Schmidt in ernstem Zustand im Krankenhaus liegt. Ach Gustav, du hast so viel zu verantworten. Wo zum Teufel steckt Werner? Wo zum Teufel steckt Risa? Diese Idioten.«

»Komm, Albert, trink aus.« Henkel hob sein Glas. »Auf die abwesenden Freunde!«

Guiss leerte sein Glas auf einen Zug. Henkel schenkte nach. »Vorzüglich, Gustav. Hast du das Zeug aus Hamburg mit hierhergebracht?«

»Nein, es stammt aus unserem Keller im Schloß. Trink aus.«

Während Guiss sich anschickte, das zweite Glas mit seinem tödlichen Inhalt zu leeren, bemerkte er: »Weißt du, ich hätte dir das schon längst sagen sollen. Im Ernst, Gustav, du solltest mal was wegen deiner Zähne unternehmen.« Er leerte sein Glas und fühlte sich benommen. Er sank auf seinen Stuhl. »Gustav. Irgendwas stimmt nicht mit mir. Tu was. Ruf jemand. Ich fühle mich furchtbar. Meine Füße brennen. Mir ist entsetzlich schlecht . . . Gustav! Du elender Mistkerl!«

Das Schloß wurde ohne Zwischenfälle eingenommen. Die unter die Belegschaft gemischten FBI-Agenten wußten, wer von den anderen aus Deutschland stammte und wer, geschickt von irgendeiner Vermittlungsagentur, als harmlos gelten konnte. Werner Lieb hatte sich in seinem Schlafzimmer verbarrikadiert, wo er zu Risa Barrons Enttäuschung Selbstmord beging, indem er sich eine Kugel in die rechte Schläfe schoß. Risa Barron hörte den Schuß, schüttelte traurig den Kopf und fragte sich, warum Agathe, die doch sonst so nervös und aufgeregt war, ganz gelassen am Fenster stand und zusah, wie die FBI-Agenten ihre Gefangenen aus dem Schloß in Polizeiautos verfrachteten. Risa hielt ihre Schmuckschachtel und einen kleinen Koffer bereit. Am nächsten Einsatzort würde sie ihre luxuriöse Garderobe wieder auffüllen. Mit einer raren Anwandlung von Freundlichkeit fragte sie Agathe: »Wollen Sie nicht mit mir kommen? Nach Südamerika, nach Rio? Sie können dort ein völlig neues Leben anfangen.«

»Nein«, sagte Agathe. »Aber bitte. Vielen Dank. Ich möchte hier in Amerika bleiben. Ich glaube, es wird mir hier gefallen.«

Risa lächelte. »Sie haben mit denen zusammengearbeitet, stimmt's?«

»Um meine Haut zu retten, ja. Ich habe die elektronischen Geräte unschädlich gemacht. Um herauszufinden, wie das geht, mußte ich mit einem Techniker schlafen, er war aber ganz nett. Sind Sie sicher, daß Sie denen entkommen werden?«

Risa drückte auf ein Fach in der Wandvertäfelung. Dahinter tat sich ein Geheimgang auf. »Meine Liebe, ich habe dieses Haus gemietet. Das Schloß wurde von einem berühmten und köstlich perversen Stummfilmregisseur gebaut. Durch diesen Gang konnte er vor der Nase seiner arglosen Gattin seine Freundinnen hereinschmuggeln. Ich wünsche Ihnen alles Gute, Agathe. Vielleicht sehen wir uns einmal wieder.« Sie stürzte in den Geheimgang und direkt in die Arme eines FBI-Agenten, der im Gartenpavillon den Eingang zu diesem Tunnel entdeckt hatte.

»Sie trinken den Champagner nicht, Greta?«

»Ich sagte bereits, es ist zu früh für mich.« Villon mußte schon unterwegs sein. Lottie kam mit zwei dampfenden Tassen Schokolade aus der Kochnische und sagte zu Greta:

»Trinken Sie bloß keinen Champagner. Heute morgen werden Sie auf dem Scheiterhaufen verbrannt. Da müssen Sie einen klaren Kopf haben. Denken Sie an Ihre Stichworte für das Feuer. Das kann sehr gefährlich werden. Es kümmert mich nicht, wieviel Vorkehrungen die angeblich getroffen haben. Unfälle gibt es immer wieder. Hier, Mr. Henkel, vergessen Sie den Champagner. Ich sorge dafür, daß sie ihn trinkt, wenn die Szene abgedreht ist. Hier«, sagte sie herzlich, »trinken Sie mit Miss Garbo meine Spezialschokolade.« Sie schwenkte eine Tasse vor seiner Nase herum. »Ist das nicht verführerisch?«

»O ja. Sehr verführerisch.« Er nahm die Tasse. Lottie brachte die Champagnerflasche in die Kochecke. Henkel beobachtete, wie die Garbo an ihrer Schokolade nippte und verzückt die Augen schloß. Er nahm selbst einen Schluck. Wirklich köstlich. Er sagte zur Garbo: »Die Polizei hat Martin Gruber verhaftet.« Sie schwieg. Er trank noch einen Schluck. »Sie sind nicht überrascht. Sie haben uns alle durchschaut. Sie haben Albert hereingelegt. Sie haben ihm weisgemacht, daß Sie ihn liebten, daß Sie nach dem Krieg nach Deutschland kommen wollten.« Noch ein Schluck.

»Sie waren sehr clever, Greta. Haben Sie erraten, daß ich der Giftmörder von Hamburg war?«

»Eigentlich hatte ich Werner Lieb in Verdacht. Er ist in Hamburg zur Schule gegangen. Wußte Guiss, daß Sie die Wolheims ermordet haben?«

»Ja.«

»Er hat Sie geschützt. Warum? Er war gegen diese Morde.«

Er kicherte und nahm noch einen Schluck Schokolade. Lottie kam mit einer Kanne aus der Küche. »Wir sind Brüder. Wir hatten uns sehr gern.« Er grinste, und seine Zähne sahen widerwärtiger aus denn je. Er hielt Lottie seine Tasse hin. »Sie möchten mir unbedingt noch mehr Schokolade einschenken. Sie ist so heiß wie meine Füße. Ich weiß, was Sie mit mir machen.« Er zwinkerte Lottie zu. »Ich kenne Ihre Vergangenheit, Lottie Lynton. Wir haben Sie gründlich durchleuchtet. Ist Thalliumnitrat nicht ein herrliches Zeug?«

Während Lottie ihm nachschenkte, bemerkte sie sachlich: »Manchmal ja und manchmal nein. Als ich es bei einem Pferd ausprobierte, kam die Wirkung ziemlich schnell. Es war eine alte Stute, wir hatten sie in der Scheune hinterm Haus. Sie hat den Wagen meines Mannes gezogen. Er war Schrotthändler und wollte den Gaul sowieso loswerden, viel zu alt und fast blind.«

Die Garbo hob eine Hand vor den Mund. Obwohl Henkel mit dem Tode rang, verschüttete er, wie sie staunend feststellte, keinen einzigen Tropfen seines Getränks und ließ dabei Lotties Gesicht nie aus den Augen.

»Aber Henry hat ewig gebraucht«, sagte Lottie, ihre Fingernägel bewundernd. »Er hatte die Konstitution eines Ochsen. Über zweihundertfünfzig Pfund, und alles Muskeln. Es kam mir wie eine Ewigkeit vor, bis er endlich tot war. Geben Sie mir die Tasse. Sie kleckern ja.« Sie bemerkte Gretas entsetzte Miene. Der Anblick des Sterbenden lähmte sie.

Henkel hielt sich krampfhaft den Magen. Er richtete seinen Blick auf die Garbo. Armes Ding. Ihr war das zuwider. Sie hätte mal sehen sollen, was Hannah Baum und Kriegman durchmachen mußten, bevor sie den Geist aufgaben. Meine Füße, meine Füße, o lieber Gott im Himmel, meine Füße. So fühlt sich das also an? Wie konnte ich nur. Was bin ich für ein Unmensch. Er stieß hervor: »Albert ist tot. Er hat den Champagner getrunken. Sie hätte ihn sowieso umbringen lassen. Er hätte das nicht überlebt. Sie hat mir befohlen, Hannah und Kriegman zu töten. Sie hatte eine Liste und war entschlossen, sie alle zu vernichten. Diese Schmidt, Gruber und Sie, Greta Garbo, sie hat Sie verachtet . . . o mein Gott . . . o mein Gott . . . trotz ihrer Macht in der Nazi-Partei . . . sie wollte sein wie *Sie* . . .« Er sah Lottie in die Augen. *»Danke.«*

»Bitte«, gab Lottie zurück, während sie zuschaute, wie er zu Boden sank.

Villon kam, Gretas Namen schreiend und von Arnold gefolgt, in die Garderobe gestürzt.

Die Garbo war aufgestanden. »Mir geht's gut. Alles bestens. Lottie hat die Champagnerflasche.« Sie zeigte auf Henkels Leiche. »Er hat mir alles gesagt. Da ist er, Leute, mausetot. Wußten Sie, daß er Alberts Bruder war? Und es gibt jemand, der noch mächtiger war als Albert.«

»Wissen wir«, sagte Arnold. »Seine Frau. Seine Witwe.«

Der Scheiterhaufen war in der Mitte des Tonstudios aufgeschichtet. Der Szenenaufbau erinnerte Peter Lorre an die frühen impressionistischen deutschen Stummfilme. Eine Atmosphäre wie bei *Caligari* und *Warning Shadows*, und für kurze Zeit sehnte Lorre sich wehmütig nach der Heimat zurück. Vielleicht nach dem Krieg . . . Das Erscheinen der Garbo mit Villon und Arnold unterbrach seine Gedanken. Es waren über zweihundert Statisten anwesend. Die Schauspieler, die die Inquisitoren darstellen sollten, waren äußerst ungeduldig. Boris Karloff bekam Zustände wegen der Hitze der Scheinwerfer, die für die Technicoloraufnahmen benötigt wurden. Bela Lugosi, der in dieser Sequenz nicht gebraucht wurde, war da, um zuzusehen, wie von Stroheim die Verbrennungsszene ins Werk setzen würde. Von Stroheim fummelte hektisch an Alysia Hoffman herum, die als die arrogante Adlige, die er sie spielen ließ, einfach umwerfend aussah. Sie sah die Garbo eintreffen. Sie sah Villon und Arnold. Sie klammerte sich an von Stroheims Handgelenk.

»Was ist los mit dir, Alysia?«

»Es ist so warm. Verläuft mein Make-up?«

»Du siehst phantastisch aus. Ich mach zuerst die große Nahaufnahme von dir, bevor ich Johanna in Brand stecke. Und dann noch einmal, wenn die Flammen auf deinem Gesicht flackern. Ich sage dir, die Kritiker werden begeistert sein. Was hast du denn bloß? Was zitterst du so? Ach, Sie sind's, Greta. Ich habe nicht nach Ihnen geschickt. Ich brauche Sie frühestens in einer Stunde.«

»Weit gefehlt, Erich. Ich werde jetzt gebraucht. Mr. Villon und Mr. Lake kennen Sie ja. Sie bringen sehr schlechte Neuigkeiten. Erich, es tut mir leid, Ihnen das sagen zu müssen, aber aus *Johanna die Große* wird nichts mehr werden.«

Wie aus dem Nichts tauchten Sam Goldwyn und Sophie Gang vor von Stroheim auf. Goldwyn, der soeben erfahren hatte, daß ein feindlicher Agentenring in sein Studio eingefallen war, hätte beinahe der Schlag getroffen. Sophie Gang konnte ihn mit einem kräftigen Schluck Brandy beschwichtigen, aber vorher verlangte er, diese Spione müßten »hergerichtet« werden.

»Hingerichtet«, korrigierte Sophie.

Greta hätte von Stroheim am liebsten in die Arme genommen und getröstet. Er hatte einen Schock erlitten; für ihn war die Welt zusammengebrochen. Zu ihrer Verblüffung machte Goldwyn ein Angebot: »Ich übernehme die Sache. Ich habe die Musterkopien gesehen und finde sie im großen ganzen ausgezeichnet. Hier und da ein wenig verstiegen, ein bißchen überkandidelt«, sagte er, indem er von Stroheim einen Arm um die Schulter legte, »und wir werden viele Meinungsverschiedenheiten haben, wie in alten Zeiten, okay, Erich?«

Von Stroheim war so überwältigt, daß ihm die Worte fehlten. »Sam, Sam, ich . . . ich liebe dich, Sam.«

»Sachte!« warnte ihn Goldwyn, »was sollen die Leute denken. Schöner wär's, wenn Greta mich lieben würde. Endlich arbeiten wir zusammen. Wo steckt sie? Wo ist sie hin?«

Die Garbo sprach mit Alysia Hoffman, die von Villon und Arnold flankiert wurde. Alysia stand wie eine Königin, die Hände, zu Fäusten geballt, an den Seiten, das Gesicht der Inbegriff von Trotz und Verachtung. »Und leider bin ich es, die Ihnen sagen muß, daß Albert tot ist. Sein Bruder hat ihn vergiftet.«

»So? So?« kreischte Alysia. »Jetzt wissen Sie also alles, wie? Vermutlich soll ich jetzt verhaftet werden, ha! Sehr witzig.« Und dann mit höhnischem Grinsen: »Jahrelang bin ich durch die europäischen Hauptstädte gereist, um für Albert Guiss diese mächtige Organisation aufzubauen. Guiss! Ha! Als ich ihn dazu bestimmte, der reichste Mann der Welt zu werden, hieß er Reinhard Henkel. Göring gefiel die Sache nicht, aber ich besitze mehr Macht als dieses fette Schwein, mehr Macht als dieser abscheuliche Krüppel Goebbels; manchmal hat sogar Hitler vor mir Angst. Und Sie, Greta Garbo, Sie und Ihre Freundin Mercedes habe ich geformt wie Wachs. Sie haben mir so willig in die Hände gespielt!«

Von Stroheim sagte zu Goldwyn: »Wahrscheinlich werden wir alle ihre Szenen neu drehen müssen. Wir können doch nicht einen Film herausbringen, in dem eine der Hauptrollen von einer Meisterspionin gespielt wird!«

Goldwyn war begeistert. »Sind Sie verrückt? Das gibt eine sensationelle Publicity. ›Life‹ und ›Look‹ und sämtliche anderen Zeitschriften werden sich nur so balgen, um einen Exklusivbericht zu bringen. Und ich werde ihnen allen einen verkaufen.«

»Aber ich brauche die Nahaufnahmen, die ich heute drehen wollte! Und daraus wird jetzt nichts mehr.«

Goldwyn klopfte von Stroheim auf die Schulter. »Ach ja? Lassen Sie mal den alten Irving machen.«

»Ihr Name ist Sam, Mr. Goldwyn«, erinnerte ihn Sophie Gang. Das ewige Leid stand ihr ins Gesicht geschrieben.

»Ich kenne meinen Namen, Sie dumme Frau.«

Goldwyn trat an Arnold Lake heran, die Garbo beobachtete Alysias Gesicht. Die Lippen der Frau zuckten, es kam aber kein Ton heraus. Sie blinzelte wild und fummelte ohne jeden Grund an ihrer kunstvollen Frisur herum. Die Garbo zog sich zurück und nahm Villon bei der Hand. Ein Prikkeln durchrieselte ihn. »Herb, Herb, sehen Sie doch. Alysia Hoffman. Ich glaube, sie dreht durch. Sie wird wahnsinnig.«

Alysia Hoffman ging langsam auf von Stroheim zu. Sie blickte in die Runde nach ihrem Publikum. Es war vollkommen still geworden. Jemand stieß ein irres Lachen aus. Sie merkte nicht, daß sie es selber war. Und dann sprach sie mit einer von Hysterie gezeichneten Stimme: »Mr. von Stroheim, ich bin bereit für die Nahaufnahme!«

EPILOG

Die Medien überschlugen sich mit Artikeln über die Zerschlagung von Alysia Hoffmans Agentenring. Es wurde heftig spekuliert, wer sonst noch im Lande für den Feind arbeiten könnte. Als Gegenleistung für die Zusage wohlwollender Behandlung übergab Risa Barron dem FBI eine umfangreiche Liste mit Verrätern in dessen Reihen. Die Konfiszierung ihrer sagenhaften Schmucksammlung machte einen ziemlichen Wirbel; Risa schäumte: »Hol euch der Teufel! Dafür habe ich hart gearbeitet!« Man zweifelte nicht daran, behielt die Sachen aber in Aufbewahrung, bis nach dem Krieg ein gewiefter jüdischer Anwalt ihre Freilassung und die Rückgabe ihres Eigentums erwirkte; sie floh nach Brasilien und eröffnete dort eine Kette von Juweliergeschäften.

Als *Johanna die Große* fertig war, verließ Greta Garbo Hollywood, wobei sie kaum ahnte, daß sie nie mehr einen Film drehen würde. Zwar machte sie Jahre später Probeaufnahmen für eine geplante Walter-Wanger-Produktion, und es gab auch Gerüchte, sie werde in einer etwaigen Verfilmung von Prousts *Auf der Suche nach der verlorenen Zeit* eine spezielle Nebenrolle annehmen, aber aus all dem wurde nichts, weil sie, dazu verdammt, ständig auf Achse zu sein, in der Welt herumreiste wie der Fliegende Holländer, bis sie schließlich in einer Wohnung in New York City zur Ruhe kam.

Solange *Johanna* noch gedreht wurde, blieb die Garbo mit Villon und Arnold in Kontakt. Sie waren jetzt gute Freunde, und obwohl sie jeden Grund zu der Annahme hatte, daß Herb Villon hoffnungslos in sie verliebt war, tat sie nichts, was ihn hätte ermutigen können. Seltsamerweise fehlte es im Verlauf der abschließenden Dreharbeiten sowohl bei der Darstellung der Garbo als auch bei von Stroheims Regie an jeglicher Begeisterung und Leidenschaft. Er gestand keiner Menschenseele, wie sehr er sich auf Alysia Hoffman festgelegt hatte, und machte einen lustlosen und unglücklichen Eindruck.

Mercedes de Acosta veröffentlichte 1960 bei Reynal eine brisante Autobiographie, *Here Lies the Heart*, in der sie schamlos und brühwarm von ihren angeblichen lesbischen Beziehungen berichtete, und zwar nicht nur mit der Garbo, sondern auch mit der Dietrich, Claudette Colbert und Eva Le Gallienne, um nur die Bekanntesten zu erwähnen. Ihre Behauptungen wurden mit sensationellen Fotos illustriert, darunter mehrere, die die Garbo nackt auf einer einsamen Insel zeigten.

Salka Viertel zog sich in die Schweiz zurück. Ihr Sohn Peter, der am Drehbuch für *African Queen* mitgearbeitet hatte, schrieb ein Buch über John Huston und die Verfilmung von *Weiße Jäger, schwarzes Herz*, das wiederum von Clint Eastwood verfilmt wurde, der dabei gleichzeitig Regie führte und Huston darstellte. Peter besaß Geschmack genug, Deborah Kerr zu ehelichen.

Peter Lorre und Bela Lugosi wurden Opfer ihrer Drogensucht. Nur mehr ein Schatten ihrer selbst, spielten sie im weiteren Verlauf ihres Lebens nur noch in billigen B-Filmen mit.

Von Stroheim widmete sich wieder der Schauspielerei, um bis zum Ende des Kriegs meist die Rolle des bösen Deutschen zu übernehmen. Dann ging er nach Europa zurück und arbeitete, hauptsächlich in Frankreich, weiter vor der Kamera, bis Billy Wilder ihn 1950 nach Hollywood zurückholte, wo er neben Gloria Swanson in deren brillantem Comeback *Sunset Boulevard* die Hauptrolle spielte. Der Film half der Karriere der beiden aber auch nicht mehr auf die Sprünge.

William Haines wurde nach dem Krieg verhaftet. Die Anklage lautete auf Belästigung eines Minderjährigen. Er entging einer Gefängnisstrafe, aber sein Leben war ruiniert. Sechs Monate nach seinem Tod nahm sich sein verzweifelter Geliebter das Leben.

Agathe, die mit Nachnamen Schulman hieß, veräußerte ihre Memoiren aus dem Leben einer Spionin an einen gierigen New Yorker Verleger. Das Buch verkaufte sich gut und wurde zur Grundlage einer erfolgreichen Fernsehserie. Es war zwar ein reines Phantasieprodukt, machte Agathe aber zur reichen Frau. Sie heiratete einen mexikanischen Playboy, der sie regelmäßig verprügelte und mit viel Geschick fast ihre ganzen Ersparnisse durchbrachte.

Marion Davies sollte es nicht gelingen, das Haus zu kaufen, das Schauplatz der beiden Morde gewesen war. Kurz nach dem Krieg stand Hearst am Rand des Bankrotts, und es fehlte nicht viel, daß er sein riesiges Zeitungsimperium verloren hätte. Marion, tapfer und loyal bis zum Ende, überließ ihm in einer Papiertüte ihren gesamten Schmuck, bei dessen Anblick Risa Barron der Schlag getroffen hätte, und Hearst war gerettet.

Arnold Lake kehrte nach Washington, D. C., zurück, heiratete eine vertrocknete Debütantin und versuchte, sich um das Amt des Präsidenten der Vereinigten Staaten zu bewerben. Nachdem er damit gescheitert war, kehrte er in seine Anwaltspraxis zurück und zeugte drei Söhne, allesamt fanatische Antisemiten. Herb Villon bekam jedes Jahr eine Weihnachtskarte von ihm.

Hazel Dickson kam aus dem Krieg als neue Frau zurück. Herb Villon hoffte sie zu heiraten, aber sie wollte nichts davon wissen. Ehemals Klatschkolumnistin eines Zeitungssyndikats, verlegte sie sich vom Klatsch auf politische Analysen und wurde zu einem Albtraum in Schwarz-auf-Weiß. Herb heiratete keine andere. Er zog sich nach Las Vegas zurück und blieb bis zu ihrem Tod mit der Garbo in Kontakt.

Vor Billy Haines' Tod und vor ihrem endgültigen Umzug nach New York lud die Garbo ihn einmal zum Lunch nach Beverly Hills in das Hotel ein, in dem sie vorübergehend ihren Wohnsitz aufgeschlagen hatte. Als er kam, stellte sie fest, daß er auch nicht mehr der Billy Haines von früher war.

»Sie sind so traurig, Billy. Warum gehen Sie nicht mit mir nach New York? Hollywood gibt es nicht mehr. Hier sind Sie bloß noch ein Dinosaurier.«

»Schlimmer. Ich bin ein Aussätziger. Ich kann mich nicht einmal an Crawfords Schulter ausweinen. Sie ist nach New York gezogen. Aber was soll's. Ich habe ein Haus, ich habe Geld, und so bleibe ich eben dieser perverse Alte auf dem Hügel. Was ist denn nun eigentlich aus *Johanna die Große* geworden?«

Die Garbo rieb sich das Kinn. »Ich bin nicht ganz sicher. Goldwyn meinte, der Film sei zu schlecht, er könne ihn nicht herausgeben. Und jetzt liegt er irgendwo auf Lager, unerwünscht, ungeliebt, genau wie ich.«

»Albert Guiss hat Sie geliebt.«

»Ja, das hat er. Sehr tragisch. Er hätte ein großer Mann sein können, aber er hat sich den falschen Leuten angeschlossen.« Sie lachte. »Wissen Sie, ich habe das noch nie jemandem erzählt, Billy«, sie beugte sich mit verschlagener Miene vor, »ich bin mit ihm ins Bett gegangen. Hahaha.«

Haines hob eine Augenbraue. »Ich auch, meine Liebe, ich auch!«

Nach so viel Trübsinn tat ihnen das gemeinsame Lachen gut. »Sie hätten die Kommentare meiner geliebten Lottie Lynton hören sollen, als sie argwöhnte, ich hätte Alberts Annäherungsversuchen nachgegeben. Die liebe Lottie, armes Ding.«

»Sagen Sie, was ist aus ihr geworden?«

»Ach, das wissen Sie nicht? Sie hat sich in einen Mann verliebt, einen Tankstellenbesitzer aus Pasadena. Aber die Ehe ging schnell kaputt, und wissen Sie was?«

»Nein. Was?«

»Er hat sie vergiftet! Hahahahaha!«

ANMERKUNGEN

Junior-G-man: Es geht um einen seinerzeit beliebten Kinder-Club, der von einer Haferflockenfirma im Rahmen einer von ihr gesponserten Radiosendung gegründet wurde. Der Witz ist nun der, daß FBI-Agenten in Amerika »G-men« (G wie Government) genannt werden. Weder das Wortspiel noch die nostalgische Reminiszenz lassen sich ins Deutsche retten.

Portia Faces Life und **Just Plain Bill:** populäre Radio-Seifenopern im Amerika der 40er Jahre.

George Baxt, geboren am 11.6.1923 in Brooklyn, schreibt für Bühne, Film und Fernsehen; lebt in New York; im Haffmans Verlag erscheinen seine Prominenten-Krimis. Bisher: *Mordfall für Dorothy Parker, Mordfall für Alfred Hitchcock, Mordfall für Tallulah Bankhead, Mordfall für Noël Coward.*

Gunter Gerlach
Herzensach

Robert Gernhardt
Das Buch der Bücher
Die Falle
Gedichte 1954-1997
Herz in Not
Klappaltar
Der letzte Zeichner
Lichte Gedichte
Ostergeschichte
Septemberbuch
Unsere Erde ist vielleicht ein Weibchen
Vom Schönen, Guten, Baren
Was deine Katze wirklich denkt
Wege zum Ruhm

Robert Gernhardt, Bernd Eilert, Peter Knorr
Erna, der Baum nadelt
Es ist ein Has' entsprungen

Max Goldt
Ä
Die Aschenbechergymnastik
Die Kugeln in unseren Köpfen
'Mind-boggling' – Evening Post
Okay Mutter, ich nehme die Mittagsmaschine
Quitten für die Menschen zwischen Emden und Zittau
Die Radiotrinkerin
Schließ einfach die Augen und stell dir vor, ich wäre Heinz Kluncker

Max Goldt & Gerhard Henschel
Erntedankfäscht

Nikolaus Heidelbach
Kleine Akte

Eckhard Henscheid
Dolce Madonna Bionda
Die Lieblichkeit des Gardasee
Maria Schnee
Über Manches
Roßmann, Roßmann ...

Gerhard Henschel
Der alte Friedensrichter und seine Urteile

Ludwig Homann
Der weiße Jude
Klaus Ant

David Huggins
Der große Kuß

K.W. Jeter
Blade Runner II

Norbert Johannimloh
Appelbaumchaussee
Roggenkämper macht Geschichten

Gabriel Josipovici
Jetzt

Roger Judenne
Der Marder und der Marschall

Ernst Kahl
Kahls Tierleben

Dorothea Keuler
Die wahre Geschichte der Effi B.

Hermann Kinder
Alma

Norbert Klugmann
Hallo, Nachbarn!

Volker Kriegel
Manchmal ist es besser, man sagt gar nix
Olaf, der Elch
Olaf hebt ab

Karin Kusterer
Sturzflüge

Hugh Laurie
Der Waffenhändler

Charles Lewinsky
Der A-Quotient
Der Teufel in der Weihnachtsnacht
Schuster!

David Lodge
Bittere Wahrheiten
Ins Freie
Kleine Welt
Die Kunst des Erzählens
Ortswechsel
Saubere Arbeit
Sommergeschichten – Wintermärchen
Therapie

Joachim Lottmann
Deutsche Einheit

Ludger Lütkehaus
Nichts

Moy McCrory
Nancy und der allerletzte Affe

Gerhard Mensching
Komm rüber

Spike Milligan
Puckoon

Monty Python's Flying Circus
Sämtliche Worte in einem Band

Monty Pythons Fliegender Zirkus
Sämtliche deutschen Shows (Alle beide)

Tom Murphy
Die Verführung der Moral

Harold Nebenzal
Café Berlin
Hafen der Düfte
Der Löwenkult

Kim Newman
Der rote Baron

Geoff Nicholson
Alles und noch mehr
London, London

Michael Palin
Hemingways Reisen
Hemingways Stuhl
Rund um den Pazifik

Gerhard Polt
Im Schatten der Gans
Kinderdämmerung
Menschenfresser und andere Delikatessen

Gerhard Polt & Hanns Christian Müller
Nikolausi
Fast wia im richtigen Leben

Erwin Puls
Das Mittel

Der Rabe
Magazin für jede Art von neuer Literatur

Jan Philipp Reemtsma
Das Buch vom Ich: Aristipp und einige seiner Zeitgenossen
Der Liebe Maskentanz
Der Vorgang des Ertaubens nach dem Urknall

Jürgen Roth
Verona Feldbusch

Harry Rowohlt
Pooh's Corner

Tex Rubinowitz
Und für Leute, die überhaupt nicht lesen können, ist die Zigarette durchgestrichen

Walter Satterthwait
Eskapaden
Oscar Wilde im Wilden Westen

Oliver M. Schmitt & J.W. Jonas
Gute Güte, Göthe!

Karla Schneider
Almuth und Helene

Margit Schreiner
Nackte Väter
Die Unterdrückung der Frau, die Virilität der Männer, der Katholizismus und der Dreck

David Sedaris
Holidays on Ice
Nackt

Fritz Senn
Nichts gegen Joyce
Nicht nur Nichts gegen Joyce

Shel Silverstein
Raufgefallen

Vladimir Sorokin
Die Herzen der Vier
Marinas dreißigste Liebe
Ein Monat in Dachau
Der Obelisk
Roman
Die Schlange

Michael Sowa
Arche Sowa
Bilder aus zwei Jahrhunderten

Jakob Stephan
Lyrische Visite

Ross Thomas
Die im Dunkeln

Angelika Waldis
Tita und Leo

Tim Waterstone
Lebensläufe

Joseph von Westphalen
Lametta Lasziv

Roger Willemsen
Das Kaff der guten Hoffnung

Nigel Williams
2 ½ Männer im Boot

Hans Wollschläger
Herzgewächse oder Der Fall Adams

Walter Wolter
Flirt mit zwei Nonnen
Gefallene Männer
Sau tot

Dieter E. Zimmer
RedensArten
So kommt der Mensch zur Sprache

George Baxt · Mordfall für Alfred Hitchcock

GEORGE BAXT

Mordfall für Alfred Hitchcock

KRIMINALROMAN

AUS DEM AMERIKANISCHEN
VON
RUTH KEEN

HAFFMANS VERLAG

Die Originalausgabe
»The Alfred Hitchcock Murder Case«
erschien 1986 bei St. Martin's Press, New York

Die deutsche Erstausgabe erschien
1993 im Haffmans Verlag.

Für Fred Terman, Barbara Ferris,
John Quested, Madge Ryan

und in weiteren Hauptrollen
Sally Ann Howes und Douglas Rae

Dieser Roman wurde von Alfred Hitchcock weder autorisiert noch genehmigt, ebensowenig von seinem Nachlaß, seinen Erben oder jenen Personen oder Gesellschaften, die rechtlichen Anspruch darauf haben, den Namen »Alfred Hitchcock« zu verwenden. Es handelt sich hierbei schlicht um einen historischen Roman, eine frei erfundene Erzählung, in der Alfred Hitchcock als eine der handelnden Figuren auftritt.

Mit Ausnahme einiger Filmleute der Zeit und natürlich Alfred Hitchcock und seiner Familie (deren wahre Namen verwendet werden) sind die Charaktere in diesem Roman frei erfunden und sollen keineswegs Ähnlichkeiten zu lebenden oder verstorbenen Menschen aufweisen. Genauso sind die Story des Romans und die Ereignisse, die hier beschrieben werden (auch solche, die lebende oder verstorbene Menschen behandeln), frei erfunden, obgleich einige Lokalitäten und historische Begebenheiten, die im Roman erwähnt werden, tatsächlich existieren bzw. belegt sind.

Veröffentlicht als
Haffmans-Kriminalroman Nr. 26, Sommer 2000
Umschlagbild von Michael Sowa

Gesamtherstellung: Ebner Ulm
ISBN 3 251 30126 8

TEIL EINS

München, Juni 1925

Erstes Kapitel

Die Furien kamen immer näher. Er konnte ihnen nicht davonlaufen, er war zu dick. Seine Verlobte, Alma Reville, rief ihm eine Warnung zu.

»Zurück!« schrie er. »Zurück! Ihr Schweine!«

Aber sie jagten ihn weiter, lachten dämonisch und versuchten, mit Fingern wie Eisenklauen nach ihm zu greifen.

»Warum liebst du mich nicht?« Ein kläglicher Ruf, den Hitch an seinen Vater richtete. Aber der untersetzte Gemüsehändler, der einen Bund Sellerie wie eine Waffe schwenkte, holte ihn zunehmend ein. Der Schutzmann, der ächzend und keuchend neben ihm herlief, fuchtelte mit seinem Gummiknüppel und drohte Hitch Gefängnis an. Hitch hatte nicht die leiseste Idee, wohin er seine Verfolger führte. »Ich habe keine Ideen!« brüllte er.

»Was soll das heißen, du hast keine Ideen?« Die Stimme klang vertraut. Hitch schaute nach rechts, wo er seinen Produzenten Michael Balcon erblickte, der das Tempo vorgab. »Was zum Teufel soll das heißen, du hast keine Ideen? Ich lege meinen Hals in die Schlinge, um die da oben zu überzeugen, daß du genau der Richtige für diesen Film bist, deinen ersten verdammten Film überhaupt, und dann erzählst du mir, daß du keine Ideen hast? Ich sorge dafür, daß der Film hier in München gedreht wird, damit dir die Sponsoren nicht reinreden können, und du hast keine Ideen? Das ist stark, Hitch!«

»Gib uns unser Geld zurück!« schrien Hitchs Gläubiger. Wie zum Teufel waren sie eigentlich in diese Szene geraten? fragte sich Hitch, als er das Getrampel ihrer Hacken hinter sich auf dem Bordstein hörte.

»Macht, daß ihr wegkommt!« rief Hitch ihnen über die

Schulter zu. »Ihr habt in dieser Szene nichts zu suchen! Ich dulde keine Improvisation in meinem Film! Raus aus der Szene! Raus! Raus! Raus mit euch, verdammt noch mal!«

»Hitch, Hitch«, sagte Alma leise. »Wach auf, Hitch, du schreist noch das ganze Haus zusammen.« Sie rüttelte ihn sanft, und das Bett wackelte.

»Herr Hitchcock, waking zie up!« Das war Frau Schumann, die Wirtin der Pension; im Gegensatz zu jenen anderen Schumanns war sie schrecklich unmusikalisch und schrecklich laut. Sie fuchtelte mit einem rasselnden Schlüsselbund vor Hitchcocks Gesicht herum. »Wachen Sie auf, Herr Hitchcock!«

Er riß die Augen auf. »Was zum Teufel ist hier los?«

»Du hattest einen Alptraum«, erklärte Alma, »und Frau Schumann hat deine Tür aufgeschlossen.«

»Das klingt ja fast obszön.« Hitch richtete sich mühsam auf und begrüßte die Wirtin und seine Verlobte. »Guten Morgen«, verkündete er feierlich. »Ich hatte einen äußerst beunruhigenden Alptraum.«

»Das war auch nicht zu überhören«, bemerkte Alma. Frau Schumann sagte etwas von Kaffee und Brötchen und ließ sie allein, wobei sie die Tür hinter sich zuknallte. Hitch ergriff Almas Hand und erzählte ihr alle Einzelheiten seines Alptraums, an die er sich noch erinnern konnte. Nachdem sie einige Minuten schweigend zugehört hatte, sagte Alma: »An dieser Stelle kam ich ins Zimmer. Du hast immer wieder denselben Alptraum, seitdem wir in München angekommen sind.«

»Ich kann doch nichts dafür«, sagte Hitchcock niedergeschlagen. »Ich würde lieber heute als morgen eine neue Rolle einlegen, aber dieser Film entzieht sich meiner Gewalt. Ich wünschte, mein Vater würde einmal seine Schürze waschen lassen, und die Art, wie er seinen Strohhut so keck nach hinten schiebt, steht ihm überhaupt nicht. Dieser Stinkstiefel von einem Schutzmann an seiner Seite ist derselbe Unhold, der mich als Kind auf Wunsch meines Vaters eine Viertelstunde in eine Zelle gesperrt hat. Und daß mir Mickey Balcon vorwirft, ich hätte keine Ideen, das grenzt schon an Verrat!«

»Hitch, Liebling.« Alma stand neben dem Bett und zog den Gürtel ihres etwas schäbigen Bademantels fest. »Mickey glaubt an dich, er hat für dich gekämpft.«

»In meinem Alptraum hat er mich aber ziemlich aus der Fassung gebracht!« Hitch war aufgestanden; in seinem zerknitterten Pyjama sah er aus wie ein altbackenes Brötchen. Er zwängte sich in einen Morgenrock, und Alma stellte fest, daß es sich um jenes Exemplar handelte, das sie ihm letztes Jahr zum Geburtstag geschenkt hatte. »Und dann diese Gläubiger, die mit ihren tödlichen Klauen nach mir greifen . . .« Er schauderte, und Alma ging zu ihm und legte ihm die Arme um den Hals.

»Mein Liebster, du wirst diesen Film pünktlich herausbringen und den Etat nicht überziehen. Vielleicht wird es nicht das denkwürdigste Debüt in der Geschichte des Films sein –«

»Du hast kein Vertrauen zu mir! Ich hab's ja gewußt! Das konnte ich gleich am ersten Tag, als wir uns die Muster angesehen haben, von deinem Gesicht ablesen!«

»Gleich am ersten Tag, als wir die Muster sahen, wußte ich, und zwar voller Stolz, daß mein Zukünftiger ein großes, vielversprechendes Talent ist, dem traurigerweise kein gutes Drehbuch zur Verfügung steht.«

»Es *ist* eine ziemlich miese Story, was?«

»Solange du das im Auge behältst. Aber was ich in den Mustern außerdem sehe, ist eine wunderbare Gabe, ein mittelmäßiges Drehbuch mit exzellenter Filmarbeit zu kaschieren.«

Hitchcock lächelte. »Ich wußte, daß ich die rechte Wahl getroffen hatte, als ich dich bat, meine Frau zu werden.« Er küßte sie sanft auf die Wange. »Jetzt laß mich allein, während ich mich rasiere, bade, anziehe und versuche, ein paar gewagte neue Kameraeinstellungen aus dem Ärmel zu zaubern. Oje, oje, was für eine tödliche Handlung!«

Irrgarten der Leidenschaft, Alfred Hitchcocks Debüt als Filmregisseur, erzählt die Geschichte zweier Freundinnen, die in einer Revue eines Varietés tanzen, das The Pleasure Garden heißt. Als Hauptdarstellerinnen hatte man die beiden amerikanischen Schauspielerinnen Virginia Valli und Carmelita Geraghty nach Deutschland importiert in der Hoffnung, daß ihre Namen einen Vertrag mit einem amerikanischen Verleih zustande brächten. Ihre Co-Stars waren die englischen Schauspieler Miles Mander und John Stuart, die hauptsächlich ihren eigenen Familien bekannt waren. Aus irgendeinem nicht nachvollziehbaren Grund spielt der Höhepunkt des Films in einem dieser trostlosen Dörfer auf einer Insel im Indischen Ozean, wie sie gewöhnlich Somerset Maugham bevorzugt. Leider hatte Maugham mit der Story dieses Films nichts zu tun, ebensowenig der Drehbuchautor, wie Hitchcock fand, so daß Alma damit beschäftigt war, heimlich einiges umzuschreiben, wobei sie ein erstaunliches Talent für Drehbucharbeit an den Tag legte.

Eine Stunde später saßen sie in einem Taxi, das sie zu den Emelka-Studios fuhr. Hitchcock blätterte im Script und fand die Szenen, die für den heutigen Drehtag vorgesehen waren. Kurz darauf seufzte er und sagte: »Wir brauchen eine Vergewaltigungsszene.« Der Taxifahrer blickte seine Fahrgäste leicht schockiert und angewidert durch den Rückspiegel an.

»Wer wird vergewaltigt und warum?« fragte Alma, während sie einen Fingernagel mit einer Nagelfeile bearbeitete.

»Ich finde, Miles Mander sollte versuchen, Carmelita zu vergewaltigen.«

»Wann? Wo? Warum?«

»Woher soll ich das wissen? Denk darüber nach.«

»Wie bald willst du es haben?«

»Ich weiß nicht. Ich weiß nicht einmal, ob wir die Szene brauchen. Vielleicht kommt der Film auch ohne die Szene aus, wenn er erst mal geschnitten ist. Ich würde zu gern wissen, ob Kinderkriegen so schmerzhaft ist wie Filmekriegen.«

»Das kann ich nicht beurteilen. Eines Tages hoffentlich,

aber im Moment kann ich dir leider noch mit keinem Ratschlag dienen.«

Hitchcock blickte aus dem Fenster. »Was ist das für eine wunderschöne Stadt.«

»Ich finde sie beunruhigend.«

»Warum, um Himmels willen?«

»Ich meine eigentlich nicht so sehr München, sondern Deutschland. Ich finde Deutschland beunruhigend. Die Wirtschaft ist eine Katastrophe. Die Mark ist kaum einen roten Heller wert.«

»Zum Glück für uns, wenn du mich fragst.«

Der Taxifahrer schaute feindselig drein.

»Und dann diese Unruhen, diese grauenhaften Faschistengruppen und die Bedrohung, die von ihnen ausgeht. Ich spüre das sogar im Studio.«

»Tatsächlich? Hast du eine Bedrohung in unseren Reihen aufgedeckt?«

»Keine, die ich genau erkennen oder irgendwie benennen könnte, aber ich habe das Gefühl, daß das Lächeln, mit dem man uns begrüßt, nicht immer von Herzen kommt. Ich weiß, daß sie alle froh sind, Arbeit zu haben, da ja so viele ihrer größten Talente nach Hollywood abwandern . . .«

Hitchcock rutschte herum und mühte sich vergeblich, die Beine übereinanderzuschlagen. Seufzend gab er den Versuch auf und sagte: »Wer kann es ihnen übelnehmen? Lubitsch war der erste, der ging. Und er schrieb derart begeisterte Berichte über das Gold, das auf den Straßen liegt, nach Hause, daß bald darauf F. W. Murnau und Paul Leni und ein ganzer Troß von Schauspielern nachfolgte – und wen haben sie jetzt noch?« Er seufzte wieder. »Mich und ein paar andere aus der zweiten Garnitur.«

»Ach, hör doch auf! Fritz Lang ist nicht zweite Garnitur, und Pabst auch nicht. Sie machen hervorragende Filme. Du hast hoffentlich nicht vergessen, daß wir heute mit den Langs zu Abend essen?«

»Diese fürchterliche Ehefrau. Thea ist eine Faschistin. Fritz ist faszinierend, aber Thea muß man einfach gesehen haben. Versprich mir, daß du nie so fürchterlich wirst, wenn wir verheiratet sind.«

»Ich werde mich nach Kräften bemühen, aber ich habe hin und wieder auch meine Anwandlungen. Ich finde nicht, daß der Film eine Vergewaltigung braucht.«

»Irgendwas braucht er aber.« Hitch blickte aus dem Fenster, während sie an der Peterskirche vorbeifuhren, die aus dem elften Jahrhundert stammte. Alma wartete, und ihre Geduld wurde bald belohnt. Seine Miene hellte sich auf. »Ich weiß, was wir brauchen. Wir brauchen einen herrlich grausamen, blutigen Mord! Je blutrünstiger, desto besser.« Der Taxifahrer zuckte zusammen und konnte gerade noch einem Fußgänger ausweichen.

Alma ließ die Schultern hängen. »Wie soll ich bitteschön einen Mord in eine Geschichte über zwei Revuegirls einbauen? Hast du auch nur die Spur einer Ahnung?«

»Wenn ich eine Spur hätte, hätten wir einen Mord.« Er faltete die Hände über dem Bauch zusammen. »Ich sollte Krimis drehen. Das sollte ich machen.«

»Mein Liebling, wenn du diesen Film auch nur halbwegs erfolgreich abdrehst, wird Mickey Balcon ein offenes Ohr für alles haben, was du ihm vorschlägst.«

»Dann laß es mich dir schonend beibringen: Mickey hat mir einen Brief geschrieben, der gestern ankam; mein neuer Film ist bereits beschlossene Sache.«

»O Hitch, wie wunderbar! Warum hast du mir nichts davon erzählt?«

»Weil der Film zu deprimierend ist. Er heißt *Der Bergadler.*«

»Wo soll er spielen?«

»Auf einem Berg, wo sonst?«

»Hast du das Drehbuch gelesen?«

»Ja. Mickeys Brief war ein Begleitschreiben zum Drehbuch. Ich glaube, daß er meinen erneuten Alptraumanfall ausgelöst hat. Das Drehbuch ist grauenhaft, gelinde gesagt. Und es soll wieder ein amerikanischer Filmstar die Hauptrolle übernehmen. Nita Naldi.«

»Der Vamp? Handelt der Film von einem Vamp? Sind Vamps nicht ein bißchen passé?«

»O ja, Vamps sind schrecklich passé. Darum hat ja auch Miss Naldi so begeistert zugestimmt, mit uns in München zu drehen.«

Almas Unterkiefer klappte hinunter. »Willst du damit sagen, daß wir noch einen zweiten Film in München machen müssen?« Hitchcock nickte ernst. Alma sah unglücklich aus. Der Taxifahrer ebenfalls.

Zehn Minuten später schlenderten sie Arm in Arm zu der Bühne, die man für das Filmprojekt aufgebaut hatte. Der Himmel war verhangen, und der graue Tag verlieh dem Studio die Atmosphäre eines Gefangenenlagers. Alma dachte, daß das Wetter zu rauh und feucht für einen Junitag war, sie sehnte sich nach der Sonne und der Wärme Italiens, wo sie vorher einige Außenaufnahmen gedreht hatten.

»Ich fand unseren Taxifahrer ziemlich finster«, sagte Hitchcock.

»Wirklich? Ich habe nicht einmal bemerkt, wie er aussah.«

»Er sah finster aus. Er hat jedes Wort gehört, das wir gesprochen haben. Ich habe ihn andauernd dabei ertappt, wie er auf unser Gespräch reagierte. Seine Reaktionen waren schrecklich unfreundlich. Vielleicht ist er ein Spion.«

»Warum sollte uns irgend jemand nachspionieren?«

»Warum sollten sie uns nicht nachspionieren? Wir sind Engländer, die in ihrem gottverlassenen Land mit amerikanischen Schauspielerinnen und einer teilweise englischen Crew einen Film drehen. Wahrscheinlich fragen sie sich, warum wir nicht zu Hause geblieben sind, wo wir hingehören.«

»Es wird ihnen wohl klar sein, daß wir hier sind, weil wir in Deutschland billiger drehen können. Der Wechselkurs zwischen Pfund und Mark ist so hoch, daß es schon peinlich ist.«

»Ich weiß nicht, ob ihnen etwas dergleichen überhaupt klar ist. Genausogut könnten wir in ihren Augen vom britischen Geheimdienst eingeschleust worden sein, um vor Ort über diesen aufkeimenden Faschismus Studien aus erster Hand zu betreiben. Das ist eine absolut geniale Idee. Warum ist noch niemand darauf gekommen?«

»Du bist ja gerade darauf gekommen. Mach etwas daraus.«

»Was für ein merkwürdig aussehender Mann.«

»Wechsle nicht das Thema.«

»Was für ein grandios häßliches Gesicht er hat.«

Alma sah den Mann an. Er war über einsachtzig groß, fürchterlich dünn und hager, und sein Gesicht sah aus, als wäre es irgendwann einmal zertrümmert und danach wieder schlecht zusammengesetzt worden. Es war ein beängstigendes Gesicht, in dessen Kinn und Wangen sich tiefe Narben gruben. Sie fragte sich, ob ihm dieses Mißgeschick im Krieg zugestoßen sei. Denn niemand durfte vom Schicksal so gestraft werden, daß er mit einem solchen Gesicht geboren wurde. Wahrscheinlich war er jünger, als er aussah, vielleicht noch nicht einmal dreißig. Den Mann, mit dem er sich gerade unterhielt, kannten sie, es war Friedrich Regner, ein Drehbuchautor. Alma und Hitchcock mochten Regner. Der gebürtige Wiener war Mitte zwanzig und ein gutaussehender Bursche. Die beiden standen neben dem Eingang der Tonbühne.

»Ich muß unbedingt herausfinden, ob er Schauspieler ist. Eines Tages, wenn ich meinen ersten Krimi drehe, möchte ich einen Schauspieler mit genau so einem Gesicht.«

»Er würde einen herrlichen Mörder abgeben.«

»O nein. Nicht mit so einem Gesicht. Es wäre zu offensichtlich, daß er der Mörder ist. Ich würde ihn als Täuschungsmanöver einsetzen.«

Alma lächelte. »Dein MacGuffin.«

»O ja, er ist ein absolut hinreißender MacGuffin.« In Hitchcocks Wortschatz war ein MacGuffin jener Kunstgriff, der das Publikum vom wahren Kern der Handlung ablenkte, ein Trick, der ihm im Zusammenhang mit einigen Ideen für Originaldrehbücher eingefallen war, die ihm ständig im Kopf herumgingen, die er aber bisher nicht hatte verkaufen können. Alma entwikkelte allmählich eine große Liebe zu Hitchcocks MacGuffins. In *Irrgarten der Leidenschaft* gab es keinen. Dazu fehlte dem

Film diese Art von Story, falls man es überhaupt eine Story nennen konnte. Er bot Hitchcock lediglich eine wunderbare Gelegenheit, einen Fuß in die Tür zur Regie zu bekommen. Er war ein guter Regisseur, das wußte sie aus der Zusammenarbeit mit ihm, und wenn sie seine ersten Ergebnisse mit denen jener Lohnsklaven verglich, für die sie in England als Regieassistentin gearbeitet hatte, fühlte sie sich in ihrem Urteil bestätigt. Hitchcock besaß eine grenzenlose Phantasie, einen wunderbar kreativen Blick, einen herrlich hintergründigen Humor, und sie wußte, daß er zu einem der besten Regietalente des Films heranwachsen würde, wenn man ihm weiterhin die Gelegenheit gab, sich zu beweisen. (Dem Himmel sei gedankt, daß Mickey Balcon, der nur drei Jahre älter war als Hitch, soviel Vertrauen in ihn setzte, denn Hitch war erst sechsundzwanzig.)

»Wo ist er hin?« Hitchs Stimme riß Alma aus ihren Gedanken.

»Wo ist *wer* hin?«

»Mein MacGuffin. Ich habe nur einmal mit den Augen geblinzelt, und schon war er verschwunden! Hallo! Freddy!«

Friedrich Regner erblickte Hitchcock und Alma, und sein Gesicht strahlte. »Hallo, Hitch! Alma!«

»Wo ist er hin?« Hitch war verärgert und frustriert.

»Wo ist *wer* hin?« fragte Regner, dem es beinahe gelang, so unschuldig wie ein neugeborenes Baby auszusehen.

»Der Mann, mit dem Sie sich unterhalten haben!«

»Ach, *der* Mann.«

»Was für ein Gesicht! Was für ein absolut einmaliges Gesicht. Ist er Schauspieler?«

»Ich habe nicht die leiseste Ahnung.«

»Aber Sie haben sich doch mit ihm unterhalten!«

»Er suchte Bühne Drei. Ich habe ihm den Weg gezeigt.«

»Dann holen Sie ihn mir zurück!« befahl Hitchcock; der gereizte Unterton in seiner Stimme war nicht zu überhören. »Ich möchte ihn kennenlernen und für späteren Gebrauch vormerken.«

»Soll das ein Witz sein?« Regner war, wie die meisten Mitarbeiter im Studio, mit Hitchcocks kleinen Scherzen vertraut.

»Selbstverständlich ist das kein Witz. Es ist sein Gesicht. Ein wunderbares Gesicht. Ein perfekter MacGuffin.«

Regner sah aus, als wollte er gleich Selbstmord begehen. Alma erlöste ihn, indem sie ihm den MacGuffin erklärte. Regner lachte. »Ich gehe ihn suchen.«

»Und finden Sie ihn«, brummte Hitchcock, »sonst werde ich die Schande Ihrer Geburt offenbaren.« Alma folgte ihm zur Tonbühne, während Regner eine Pfeife aus seiner Brusttasche hervorholte, sie in den Mund steckte und tief in Gedanken versunken stehenblieb.

Die Hitchcock-Bühne glich einem emsigen Bienenstock. Tischler hämmerten an der Bühne des Pleasure Garden Varietés herum, damit sie der Tanznummer, die Hitch heute vormittag drehen wollte, standhalten konnte. Elektriker kletterten wie wildgewordene Affen in den Soffitten herum, brachten Bogenlampen in Position und erneuerten ausgebrannte Farblichter. Der Aufnahmeleiter bellte unsichtbaren Adressaten Befehle zu, und in einer stillen Ecke spielte sich ein Drei-Mann-Orchester ein, das man engagiert hatte, um die amerikanischen Schauspielerinnen mit Stimmungsmusik zu versorgen. Es bestand aus einem Pianisten und zwei Geigern. Der Klavierspieler, Rudolf Wagner, improvisierte gerade eine Melodie, an der Alma sofort Gefallen fand. Während Hitch sich mit dem Kameramann besprach, ging Alma zu den Musikern hinüber und stellte sich neben den Pianisten. »Das ist wunderschön«, sagte sie zu Wagner, «so rührend, so elegisch, so . . .«

»So wehmütig«, sagte Wagner.

»Nein, eigentlich nicht wehmütig. Nicht wehmütig im Sinne von Tod oder Tragödie.«

»Wehmütig kann auch vieles andere bedeuten.« Sein Englisch war außerordentlich gut; Alma und Hitch und die anderen Nicht-Deutschen wunderten sich überhaupt immer wieder darüber, wie viele Deutsche perfekt englisch sprachen. Wagner wiederholte die Melodie. »Wehmütig kann auch die Erinnerung an ein vergangenes Glück bedeuten, das man nie wieder einfangen kann; es kann auf den Verlust der Unschuld anspielen.« Alma summte mit, als Wagner spielte. »Ich freue mich, daß Ihnen meine kleine Melodie gefällt.«

»Stammt sie von Ihnen?«

»Von mir persönlich. Es sind ja nur ein paar Takte. Ich habe noch keine Ahnung, wie sie sich entwickeln wird, falls sie sich entwickelt. Vielleicht bleibt es ja dabei.«

»Also, ich finde sie vollkommen. Oje. Ihre Tochter wirft uns strafende Blicke zu.«

Ein Anflug eines Lächelns spielte auf Wagners Lippen. »Rosie kommt sehr nach ihrer Mutter. Ihre Mutter sah auch alles und jeden strafend an. Sie blickte mich strafend an, als ich sie bat, meine Frau zu werden. Sie blickte mich während unserer Hochzeitsnacht strafend an. Sie schaute strafend drein, als Rosie geboren wurde, und mit einem strafenden Blick im Gesicht starb sie letzten Winter.«

»Das tut mir sehr leid.«

»Mir nicht. Sie war eine ausgesprochene Langweilerin. Das einzige, was ich vermisse, sind ihre strafenden Blicke. Meine Frau hatte für jede Gelegenheit einen strafenden Blick auf Lager, und keine zwei strafenden Blicke glichen sich. Rosies strafenden Blicken fehlt es an Finesse, sie gibt sich keine Mühe. Rosie mißbilligt mich. Sie ist erst siebzehn Jahre alt . . .«

»Wirklich? Ich hätte sie viel älter geschätzt.«

»Das liegt an ihrem teigigen Gesicht und ihrer schwammigen Figur und an ihrem mausbraunen Strippenhaar. Rosie hat mich von Geburt an abgelehnt. Ihrer Geburt, nicht meiner.«

»Ist sie ein Einzelkind?«

»O mein Gott, *ja.* Nach Rosie kam uns der Gedanke, weitere Nachkommenschaft zu zeugen, ungehörig vor. Als ich im Krieg war und erfuhr, daß München bombardiert worden war, hatte ich diese herrliche Phantasie, daß meine Frau und Rosie verschwunden wären. Aber ein solches Glück war mir natürlich nicht vergönnt. Ich kehrte heim, und jedes Haus in der Straße lag in Schutt und Asche. Nur unseres nicht. Es stand da wie ein Fels in der Brandung, im Eingang meine Frau und Rosie, die mir strafende Blicke zuwarfen.« Alma lachte. »Soll ich Ihnen sagen, warum uns Rosie jetzt so strafend ansieht? Ich muß mich nicht einmal zu ihr umdrehen. Ich kann Ihnen genau sagen, was sie gerade macht. Sie hält ihren Notizblock und ihren Bleistift in der Hand und versucht, weniger unwichtig auszusehen; sie mag es nämlich nicht, nur die Assistentin eines Scriptgirls zu sein. Rosie mag es nicht, wenn man unwichtig ist. Darum mag sie mich nicht. Ich bin unwichtig. Ich spiele Stimmungsmusik für Schauspielerinnen, die eine Menge Stimmung gebrauchen können, anstatt ein weltberühmter Musiker und Komponist zu sein. Als sie noch ein Kind war und ich keine Anstellung finden konnte, sagte Rosie einmal zu mir: ›Warum hat dir nicht im Krieg eine Bombe die Hände weggefetzt, dann müßtest du jetzt nicht als mieser Pianist dein Talent verschwenden.‹«

»Wie entsetzlich!« Alma hoffte, daß Rosie nicht hören konnte, was ihr Vater sagte.

»Oh, sie ist wirklich entsetzlich. Gerade heute früh ging sie vor mir über die Straße und sah nicht, wie ein schwerer Lastwagen auf sie zuhielt. Zum erstenmal seit Wochen war ich gut gelaunt. Dann schrie ihr irgendein verdammter Idiot eine Warnung zu, und sie sprang dem Lastwagen aus dem Weg, und jetzt steht sie hinter mir und schaut strafend drein. Außerdem ist sie noch Jungfrau.«

Rosie gesellte sich zu ihnen. »Mußt du eigentlich ununterbrochen diese Melodie klimpern, Vater?«

»Es ist doch eine so wunderschöne Melodie«, protestierte Alma.

»Sie finden es nicht langweilig, daß er sie pausenlos wiederholt?« Rosie starrte Alma an, als wäre sie ein Wesen von einem anderen Stern.

»Im Gegenteil. Ich habe sie auswendig gelernt.« Sie summte mit, als Wagner die Melodie aufs neue spielte, der sich ungemein darüber freute, wobei ihm der merkwürdige Ausdruck auf Rosies Gesicht entging. Kein strafender Vorwurf, sondern ein aufkeimender Verdacht lag jetzt in ihrem Blick.

»Alma!« Hitchcock klang verärgert.

»Die Stimme meines Herrn«, sagte Alma und ließ die beiden

stehen, um zu Hitch zu gehen, der anscheinend ein Problem mit dem Kameramann hatte.

»Miss Reville ist sehr hübsch.« Aus Rosies Mund klang diese Feststellung wie ein Todesurteil.

»Sehr«, stimmte ihr Vater zu, der jetzt einen Wiener Walzer anstimmte.

»Bildest du dir was auf sie ein?«

»Sie ist überhaupt nicht eingebildet. Sie steht mit beiden Beinen auf dem Boden.«

»Du weißt genau, was ich meine. Du möchtest mit ihr schlafen.«

Seine Hände sausten krachend auf die Tastatur. Köpfe drehten sich zu ihnen um, und er beeilte sich, seinen Walzer wiederaufzunehmen. »Hau ab, Rosie. Ich seh dich zu Hause schon genug.« Anna Grieban, das Scriptgirl, gesellte sich zu ihnen.

»Rosie, ich hab ein paar Änderungen für Miss Valli.« Sie hielt dem Mädchen ein Blatt Papier hin. »Würdest du sie ihr bitte geben?« Rosie nahm das Blatt und begann zu lesen. Anna sagte zu Wagner: »Was war das gerade für eine herrliche Melodie, die du vor ein paar Minuten gespielt hast? Sie ist bezaubernd.« Lächelnd trug Wagner wieder seine Eigenkomposition vor. Mit strafend gerunzelter Stirn begab sich Rosie auf die Suche nach Virginia Valli.

»Rosie gefällt die Melodie nicht«, erzählte Wagner Anna.

»Es gibt nicht viel, was Rosie gefällt.« Sie begann mit Wagner mitzusummen. »Wie wunderschön. Wirklich wunderschön.«

»Miss Reville gefällt sie auch. Sie hat sie auswendig gelernt.«

»Ach wirklich?«

»Ja.«

La-la-la-la . . . la-la-la . . .

Eine Viertelstunde später hatte Hitchcock alle Vorbereitungen für die erste Einstellung getroffen. Die Kamera stand genau dort, wo er sie haben wollte, und Virginia Valli und Carmelita Geraghty wurden zum Set gerufen. Obgleich beide keine großen Filmstars waren, hatten sie immerhin schon einen beneidenswerten Ruf, was ihre Schönheit und ihr Schauspieltalent betraf, wobei Virginia Valli als besonders begabt galt. In ihren Revuegirl-Kostümen wirkten sie auf provokante Weise sexy. Sie begrüßten jeden mit einer herzlichen Freundlichkeit, und Hitchcock stellte erleichtert fest, daß die Damen beim Team und den anderen Schauspielern gut ankamen. Hitchcock umarmte beide Frauen und begann dann, ihnen den Ablauf der Szene zu erklären. Er führte sie auf die Bühne des Pleasure Garden, wo er sie mit Hilfe des Choreographen aufstellte und ihnen zeigte, wo die Kamera die einfachen Tanzschritte verfolgen würde, die man für sie vorgesehen hatte. Während Hitch mit seinen Hauptdarstellerinnen und der Chorus Line beschäftigt war, gab der Regieassistent den an den Tischen sitzenden, Musikhallenpublikum verkörpernden Statisten und Nebendarstellern noch einige Anweisungen. Viele von ihnen rauchten, und die Luft wurde allmählich dick von ihrem Zigarren- und Zigarettenqualm. Alma hätte gern gewußt, ob ihr mageres Budget die Kosten für eine Gasmaske abdeckte. Sie fragte einen der Assistenten, ob es möglich sei, einen Ventilator aufzutreiben, und als der Mann sich auf die Suche machte, hörte sie, wie Rosie Wagner sie fragte: »Glauben Sie, daß mein Vater eine besondere Begabung im Komponieren von Melodien hat?«

»Das hat er. Und Sie sollten nicht so pessimistisch in bezug auf ihn sein. Er ist ein sehr netter und ein sehr talentierter Mann.«

»Das glauben Sie, ja?«

»Das glaube ich, ja.«

»Und darum lernen Sie seine Melodie auswendig?«

»Haben Sie was dagegen?« Sie summte die Melodie. »Ich wünschte, es gäbe einen Text dazu.«

»Vielleicht gibt es ja einen.« Sie hörten, wie Anna Grieban nach Rosie rief, die Alma noch einmal mit ihrem rätselhaften Mienenspiel beglückte, bevor sie zu Anna ging.

Was für eine merkwürdige, unattraktive, ewig beleidigte kleine Leberwurst sie ist, dachte Alma. Dann erschien plötzlich ein Lächeln auf ihrem Gesicht. Rudolf Wagner spielte wieder seine Melodie. Alma wandte sich dem Trio zu. Dicht hinter den

Musikern, halb verborgen von einer Kulisse, sah sie Hitchs MacGuffin. Schnell lief sie zu Hitchcock hinüber.

»Hitch, er ist hier auf der Bühne.«

Aber Hitch wollte nicht unterbrochen werden. »Nicht jetzt, Alma. Wir proben eine sehr knifflige Aufnahme . . .« leise fügte er hinzu: ». . . wenn man bedenkt, daß keine der beiden Damen auch nur einen Schimmer vom Revuetanzen hat.«

»Dein MacGuffin ist hier.«

Hitch drehte sich zu ihr um. »Dieses Gesicht? Hier? Wo?«

Sie zeigte in Richtung des Trios. »Da drüben, gleich hinter . . .« Er war nicht mehr da. »Er ist fort.«

»Ja, Liebling. Natürlich, Liebling.« Er wandte sich wieder dem Problem zu, einen Film zu drehen.

»Ich habe ihn aber gesehen«, sagte Alma, zu niemandem speziell. Noch später erinnerte sie sich an den kalten Schauder, der ihr plötzlich in dem rauchgeschwängerten und überheizten Bühnenraum über den Rücken lief.

Zweites Kapitel

Alma saß in ihrem spartanisch eingerichteten Schlafzimmer in Frau Schumanns Pension vor dem Frisiertisch und betrachtete ihr Spiegelbild. Das Gesicht war attraktiv, wenn auch blaß und angespannt. Ihre Gedanken waren genauso trübe und verhangen wie der Himmel dieses Tages; sie mochte das ungute Gefühl nicht, das sie am Vormittag im Studio wie ein dunkler Schleier umhüllt und nicht mehr losgelassen hatte. Der Mann mit dem merkwürdigen Gesicht ging ihr nicht aus dem Kopf, auch nicht der Haß, der zwischen Rudolf Wagner und seiner seltsamen Tochter Rosie bestand, genausowenig wie die wunderbare Melodie, die Wagner vermutlich an diesem Morgen komponiert und den ganzen Tag über unablässig gespielt hatte. Sie summte sie jetzt leise vor sich hin und wünschte, daß sie damit aufhören könnte, aber die Melodie hatte sie gefangen und Besitz von ihr ergriffen.

»Alma!« Hitchcock trommelte gegen die gemeinsame Wand. »Wir kommen zu spät!«

»Gleich fertig!« rief Alma, während sie hastig den Lippenstift auf die Lippen strich und Puder auf das Gesicht auftrug. Sie hörte, wie er sein Zimmer verließ und abschloß. Er klopfte leicht an die Tür. Als sie ihm zurief, daß offen sei, trat er ein, schloß die Tür und lehnte sich mit verschränkten Armen dagegen.

La-la-la-la . . . la-la-la . . .

»Herrgott noch mal, Alma, laß es gut sein! Diese Melodie wird allmählich so ein Ohrwurm wie ›Ausgerechnet Bananen‹.«

»Ich habe mich heute vormittag in sie verliebt; mich wieder zu entlieben fällt mir doppelt schwer.« Sie prüfte den Inhalt ihrer Handtasche. »Aber ist sie nicht hübsch? Er sollte Filmmusik und Operetten komponieren, meinst du nicht?«

»Ich meine, daß wir uns zum Abendessen mit den Langs verspäten werden, wenn du nicht endlich aufhörst, in dieser Handtasche da herumzustöbern.«

Sie ließ die Tasche zuschnappen und stand auf. »Fertig.«

»Was ist los mit dir?«

»Oje, ist es so offensichtlich?«

»Du pfeifst durch die Zähne. Das macht mich immer nervös. Denn es bedeutet, daß Miss Alma Reville nervös ist. Ist heute irgend etwas passiert, das dich aus deinem ansonsten so bewundernswerten Gleichgewicht geworfen hat?«

»Hör auf, so geschwollen zu reden.« Sie setzte sich wieder auf ihren Stuhl. Er ließ sich auf dem Bett nieder, das unbequem und klumpig war. »Mein ungutes Gefühl ist absolut unerklärlich, aber es ist da, und ich weiß nicht genau, wie ich damit umgehen soll. Vielleicht nach einem oder zwei Gläsern Wein . . .«

»Wirst du immer noch ein ungutes Gefühl haben, und darüber hinaus beschwipst sein, und dann wird dir schlecht. Liegt es an dem Mann mit dem Gesicht? Die Tatsache, daß er gar nicht da war, obwohl du behauptet hast, ihn gesehen zu haben?«

»Oh, er war wohl da. Ich habe keine Halluzinationen. Er war halb hinter einer Kulisse versteckt und starrte Rudolf Wagner am Klavier an, der immer wieder diese wunderbare Melodie spielte. Ich bin ganz sicher, daß er gemerkt hat, wie ich dich auf ihn aufmerksam machen wollte, und darum hat er sich verkrümelt.«

Hitchcock zuckte die Achseln. »Na und? Schließlich sind wir ja keine Protagonisten in einem Spionage-Melodram, weißt du.«

»Und dann Wagners Tochter, Rosie. Sie sagte etwas sehr Merkwürdiges zu mir.«

»Rosie ist ein sehr merkwürdiges Kind.«

»Ihr Vater verabscheut sie.«

»Hundert Punkte für Wagner. Sie ist ja auch abscheulich. Sie sieht aus wie ein Pudding, der nicht aufgegangen ist.«

Alma berichtete ihm von ihrer Unterhaltung mit Wagner und seiner Ablehnung sowohl seiner Frau als auch seiner Tochter. »Und später, als Rosie mich Wagners Melodie summen hörte, hat sie mich herausgefordert.«

»Zum Duell?«

»Könntest du vielleicht einmal auf die Zwischenbemerkungen verzichten, Hitch, und mich bitte ausreden lassen?« Er sah aus, als würde er gleich einschlafen, was er ohnehin lieber getan hätte, als mit dem Regisseur Fritz Lang und seiner Frau Thea von Harbou, einer begabten Drehbuchautorin, zum Abendessen auszugehen. Er hörte Alma sagen: »Rosie fragte mich, ob ich denn die Melodie wirklich so gut fände, und ich antwortete, natürlich, und daß es schade sei, daß es keinen Text dazu gäbe. Und dann sagte sie etwas ganz Merkwürdiges. Sie sagte: ›Vielleicht gibt es ja einen Text dazu.‹ Dann warf sie mir einen sehr merkwürdigen Blick zu. Dann rief sie Anna Grieban und – ach, zum Teufel damit – lassen wir die Langs nicht länger warten.« Sie stand auf und warf einen letzten verstohlenen Blick in den Spiegel. Hitchcock war bereits an der Tür, die er für sie aufhielt.

»Und ist das alles, was dich beunruhigt?« Sie bedeutete ihm, vor ihr aus dem Zimmer zu gehen, damit sie die Tür schließen konnte.

»Es ist eher ein bohrendes als ein beunruhigendes Gefühl, verstehst du, was ich meine?«

Er nahm ihren Arm und führte sie zur Treppe. »Natürlich verstehe ich das.«

Ein verschmitztes Lächeln machte sich auf seinen Zügen breit. »Irgendwie steckt in alledem ein MacGuffin.«

»O Hitch, zum Donnerwetter, du und deine verdammten MacGuffins!«

Jeder, der in München etwas beim Film oder Theater darstellte, ließ sich regelmäßig im Alten Hackerhaus an der Sendlinger Straße blicken, einem der ältesten Restaurants der Stadt. Hitchcock liebte es, weil dort großzügige Portionen der schwerverdaulichen deutschen Küche aufgetischt wurden. Alma mochte es, weil das Streichquartett über ein breites Repertoire an amerikanischen und englischen Schlagern verfügte. Die Langs saßen bereits am Tisch, als Hitchcock und Alma eintrafen.

»Entschuldigen Sie die Verspätung«, sagte Alma, als der Oberkellner ihr den Stuhl zurechtrückte. »Es war mal wieder so ein Tag.« Hitchcock bestellte eine Flasche Wein und fühlte, wie Thea von Harbous Augen ihn durchbohrten.

Hitch sah Thea an. »Ja?«

»Etwas an Ihnen gibt mir Rätsel auf, Alfred.« Sie rammte eine Zigarette in ihre Zigarettenspitze, und Lang zückte ein Streichholz, bereit, es in dem Moment anzuzünden, in dem seine Frau sich zum Rauchen bequemte. Alma beobachtete Theas beinahe attraktives Gesicht und wartete darauf, daß sie ihre verbalen Attacken vom Stapel ließ. Sie mochte die Frau nicht, hatte sie vom ersten Augenblick an nicht gemocht, als sie sich einige Wochen zuvor auf einer Cocktailparty des Studios zum Empfang der ausländischen Filmgesellschaft kennengelernt hatten. Auf der Party hatte sie sich mit Hitchcock die salbungsvollen Vorträge der Harbou über die politische und ökonomische Zukunft Deutschlands anhören müssen, die, wie sie meinte, in den Händen der sprießenden nationalsozialistischen Partei lag, unter der Führung eines gewissen Adolf Hitler. Alma hatten diese Tiraden ganz und gar nicht gefallen, und sie hoffte, daß ihnen nicht noch weitere während des Essens blühten.

»Was gibt Ihnen Rätsel auf?« fragte Hitchcock mit seinem ewig gütigen Gesichtsausdruck.

»Ihr Mangel an politischem Engagement.« Alma stöhnte innerlich auf. Lang lächelte, als er die Bemerkung hörte, und riß das Streichholz an, um seiner Frau Feuer zu geben.

»Oh, aber ich *bin* doch politisch engagiert.«

»Ach ja?« Mit ihrem erwartungsvoll zur Seite geneigten Kopf glich die Harbou eher einem neugierigen Spatz als einem bedrohlichen Geier.

»Aber sicher doch. In England wähle ich immer die Monarchie.« Der Weinkellner erschien und hielt Hitch zur Begutachtung eine Flasche vor die Nase. Hitchcock las in Ruhe das Etikett, während die Harbou einen Rauchkringel blies und sich sammelte. Der Wein fand Hitchcocks Zustimmung, und der Kellner machte sich daran, die Flasche zu öffnen und einzuschenken.

»Sie wollen mich wohl auf den Arm nehmen«, verkündete die

Harbou mit einer Stimme, als wollte sie auf dem Münchner Hauptbahnhof die Abfahrtszeiten ansagen.

»Ich denke nicht im Traum daran, besonders nicht in der Gegenwart Ihres Gatten.«

»Meine Frau«, sagte Lang, »ist eine unglaublich gute Drehbuchautorin, aber irgendwie habe ich das Gefühl, daß ihre wahre Berufung woanders liegt.« Seine Frau starrte ihn aus zu Schlitzen verengten Augen an. »Sie gehört auf den Rücken eines weißen Pferdes, mit einem riesigen Schild in der linken und einem gefährlichen Speer in der rechten Hand, eine echte Wagner-Heldin, die ihren Schlachtruf über die Landschaft jodelt und der Menschheit eine strahlende Zukunft verkündet, in der ...«

»Das reicht!« Die Hand der Harbou sauste auf die Tischplatte nieder, so daß Hitchcocks Wein über den Rand des Glases schwappte. Alma entging sein gequälter Gesichtsausdruck nicht, und sie erwog, in Ohnmacht zu fallen, besann sich aber eines Besseren, als ihr knurrender Magen sie daran erinnerte, daß sie hungrig war.

»Warum denn?« fragte Lang und steckte sich ein Monokel ins rechte Auge. »Wir sitzen doch heute abend als Künstlerkollegen zusammen und nicht als Sprachrohre für einen anmaßenden kleinen Schwätzer, der glaubt, daß Deutschland wieder zum Wohlstand erblüht, wenn es die Juden loswird.«

»Was für ein köstlicher Wein«, trällerte Alma. »So trocken und natürlich!«

»Ich wußte gar nicht, daß Sie eine Weinkennerin sind«, bemerkte Lang.

»Ist sie auch nicht«, sagte Hitchcock, und seine Augen glänzten schelmisch, »aber sie ist eine Expertin im Ablenken von unangenehmen Gesprächen.«

Die Harbou hob die Hände wie ein Verkehrspolizist. »Also gut! Also gut! Keine Politik! Dann sagt mir doch, meine Lieben, was ich Fritz zum Geburtstag schenken soll?«

»Seine Freiheit«, schlug Hitchcock vor. Lang brüllte vor Lachen. Die Harbou funkelte Hitchcock böse an, und Alma machte sich auf eine vernichtende Antwort gefaßt, aber es kam keine. Statt dessen wandte sich die Harbou Alma zu und legte ihre Hand auf Almas.

»Erzählen Sie mal, meine Liebe, wie gefällt Ihnen München?«

»Oh, ich finde es wunderbar.«

»Haben Sie schon die Sehenswürdigkeiten besichtigt? Haben Sie die herrlichen Parks und die Peterskirche gesehen?«

»Wissen Sie«, sagte Alma schwach, »wir waren zu sehr mit dem Film beschäftigt.«

»Wir arbeiten mit einem sehr knappen Budget«, sagte Hitchcock. »Wir haben keine freie Minute.«

»Das ist eine Sache, wovon wir Regisseure etwas verstehen«, sagte Lang und zündete sich eine kleine dünne, schwarze Zigarre an. »Knappe Budgets. Aber im Moment, bei meinem neuen Film *Metropolis*, darf ich sehr weit ausholen . . .«

»Und sehr viel Geld ausgeben«, warf seine Frau ein.

»So hast du es ja geschrieben, mein Liebling.« Er erklärte den anderen: »*Metropolis* handelt in der Zukunft, einer sehr düsteren, harten, unheilschwangeren Zukunft, wo Maschinen und Roboter die Welt beherrschen und Männer und Frauen unterirdisch zusammengepfercht wie die Sklaven leben müssen . . .«

»Wie furchtbar!« entfuhr es Alma. »Gibt es auch etwas zu lachen?«

»Aber nicht doch! Nicht in Theas Zukunft! In Theas Zukunft gibt's nichts zu lachen!« Und Lang lachte schallend, während Alma dachte, daß es in Theas Gegenwart wirklich nichts zu lachen gebe.

»Ich bin schrecklich hungrig«, verkündete Hitchcock, »und möchte die Speisekarte sehen. Hat denn sonst niemand Hunger?«

Lang gab dem Kellner ein Zeichen, die Speisekarte zu bringen. Fünf Minuten später hatten alle gewählt, und der Kellner verschwand katzbuckelnd in Richtung Küche. Lang winkte einem vertrauten Gesicht im Saal zu.

»Ist das nicht Conrad Veidt?« fragte Hitchcock. »Er ist ein hervorragender Schauspieler.«

»Connie ist wirklich wunderbar«, stimmte Lang zu. »Er verläßt uns, um nach Hollywood zu gehen.«

»Wie alle anderen«, brummte die Harbou.

Lang ignorierte sie. »Papa Laemmle von Universal Pictures hat ihn sich geschnappt. Veidt nimmt seine neue Frau, Lily, mit.«

»Sie ist sehr hübsch«, sagte Alma.

»Sie ist Jüdin«, sagte die Harbou.

»Sie ist eine sehr kluge Frau«, sagte Lang und blickte seine Frau böse an. »Connie hat sie in einem Café kennengelernt, wo sie als Serviererin arbeitete.«

»Ich finde sie fürchterlich dominant«, sagte die Harbou mit giftgetränkter Stimme. »Sie bestimmt Connies Leben von vorn bis hinten.«

»Zu seinem Besten, muß ich sagen«, fügte Lang hinzu. »Immerhin schminkt er sich nicht mehr Lippen und Wangen rot und besucht dekadente Homosexuellenbars. Lily hat alldem ein Ende gemacht.«

Hitchcock erwachte wieder zu neuem Leben. »Vermutlich mit ihren Lilien-Veidt-Fingern.« Alma stieß ihn unter dem Tisch sanft mit dem Bein an.

»Du liebe Güte«, sagte Lang mit gespieltem Staunen, »heute abend scheint ja Gott und die Welt hier zu sein, dabei ist erst Donnerstag. Da drüben sitzt Hans Albers mit Lil Dagover. Vielleicht erinnern Sie sich an sie, sie hat im *Kabinett des Dr. Caligari* mitgespielt.«

»Ist sie nicht wunderbar?« stellte Alma mit ihrer üblichen Großzügigkeit fest.

»Und wer ist die hübsche Blonde an dem Ecktisch?« fragte Hitchcock.

»Hitch schwärmt für Blondinen«, erklärte Alma.

»Und wie rechtfertigt das Sie?« fragte die Harbou.

»Alma braucht keine Rechtfertigung«, sagte Hitchcock, »nur ein gutes Essen und noch etwas Wein.« Er winkte dem Kellner, nachzuschenken.

»Die hübsche Blonde am Ecktisch«, sagte Lang und ergriff

bereitwillig die Gelegenheit, sie zu belehren, »heißt Anny Ondra. Gar keine schlechte Schauspielerin.«

»Aber auch keine gute«, warf die Harbou ein.

»Sie wird Fortschritte machen«, sagte Lang. »Sehen Sie die Brünette, die der Ondra und ihrem Begleiter gegenübersitzt? Ich habe sie für eine Rolle in meinem nächsten Film vorsprechen lassen. Sie heißt Marlene Dietrich.«

»Sie müßte dringend abnehmen«, sagte Hitchcock, ungeachtet seiner eigenen wachsenden Leibesfülle.

Lang lächelte. »Sie ist herrlich saftig. Sie paßt überhaupt nicht in meinen Streifen, aber ich glaube, daß sie eine Zukunft beim Film hat. Ah! Da kommen die Vorspeisen!«

»Endlich«, sagte Hitchcock und schnurrte zufrieden. Er lächelte Alma zu, aber ihre Aufmerksamkeit galt einem anderen Tisch. »Alma? Das Essen ist da.«

»Anna Grieban auch.« Sie sprach so leise, daß Hitchcock sich zu ihr hinunterbeugen mußte.

»Wo?«

»Da drüben. In der abgeschiedenen Ecke neben den Geigern.«

»Sie ist mit *ihm* da«, sagte Hitchcock. Die Langs waren fasziniert.

»O mein Gott!« rief die Harbou aus, »was für ein schreckliches Gesicht! So was müßte in der Öffentlichkeit verboten werden!«

»Thea, um Himmels willen«, knurrte Lang, »der arme Mann hat wahrscheinlich im Krieg die Hölle durchgemacht.«

»Ich finde sein Gesicht wunderbar«, sagte Hitchcock, »finden Sie nicht auch, Fritz? Würde er nicht eine fabelhafte falsche Spur in einem . . .«, er lächelte Thea an, ». . . Politkrimi abgeben? Ich bin froh, daß er ein Freund von Anna Grieban ist. So kann ich ihn bestimmt kennenlernen.«

»Und wer ist Anna Grieban?« fragte die Harbou, während sie einen Hering zerlegte.

»Sie ist unser Scriptgirl«, sagte Alma.

»Was? Nur ein Scriptgirl? Und sie kommt in *dieses* Restaurant?«

Alma fühlte, wie sie vor Wut errötete, und sie ballte die Fäuste unter dem Tisch. Ob es wohl ein politisches Nachspiel zwischen England und Deutschland gäbe, fragte sie sich, wenn sie Thea von Harbou an den Schultern packen und versuchen würde, ein bißchen Verstand in diese arrogante, bigotte Pute zu rütteln?

»Oh, wie schade!« rief Lang. »Sie streiten sich!«

Anna Grieban und der Mann stritten sich zweifellos, ihre Pantomime, bis hin zum Tisch, wo Hitchcocks Gruppe saß, sprach Bände. Der Mann warf seine Serviette auf den Tisch, als Anna Grieban ihren Stuhl wegrückte, ihre Handtasche ergriff und eilig das Lokal verließ.

»Jetzt werden Sie ihn doch nicht kennenlernen«, sagte Lang mit gespieltem Bedauern.

»Morgen ist auch noch ein Tag«, sagte Hitchcock.

Der Mann legte einen Stapel Markstücke auf den Tisch und verließ hastig das Restaurant.

»Sehen Sie?« sagte die Harbou zu Alma. »Untermenschen wie Ihr Scriptgirl da machen immer solche Szenen.«

»Aber bei dieser«, sagte Hitchcock, »wurde nicht besonders gut Regie geführt.«

Der Mann trat genau in dem Moment vor das Restaurant, als Anna in ein Taxi stieg und davonfuhr. Er fluchte und winkte sich dann ein eigenes Taxi.

Währenddessen wurde im Lokal der erste Gang aufgetragen, und Lang rief gerade: »Aber das ist ja herrlich. Hitchcock! Ich bin entzückt, daß Sie noch einen weiteren Film bei uns drehen werden.«

»Ich nicht«, sagte Hitchcock, während er die Schweinshaxe und Knödel begutachtete und bald darauf mit ungezügeltem Appetit in Angriff nahm.

»Ach ja?« fragte die Harbou. »Ihnen gefallen wohl unsere Arbeitsbedingungen nicht?«

»Meine liebe Thea«, erläuterte Hitchcock, der allmählich verstand, warum Alma die Frau nicht leiden konnte, »die Arbeitsbedingungen hier in Deutschland sind absolut zufriedenstellend, aber die Filme, die man mir zuweist, bieten mir kaum mehr als mittelmäßige Lohnarbeit, obwohl ich selbstverständlich äußerst dankbar dafür bin, auf diese Weise mein Handwerk zu lernen. Trotzdem möchte ich endlich bessere Filme drehen.«

»Sie dürfen nicht so ungeduldig sein«, wies ihn die Harbou zurecht. »Sie sollten in Deutschland bleiben. Mit Ihrem Talent könnten Sie die Schweine ersetzen, die jetzt alle nach Hollywood überwechseln, Huren, die sich von den jüdischen Millionen kaufen lassen. Ein Wort in das richtige Ohr, und ich könnte Sie ganz groß als Regisseur bei uns herausbringen. Ich habe viel Gutes über Sie gehört!« Alma haßte Leute, die beim Essen sprachen. Ein weiterer Minuspunkt für Thea von Harbou. »Was Sie mittelmäßige Lohnarbeit nennen, so berichten mir meine Freunde im Studio, drehen Sie mit viel Flair und Phantasie. Ist es nicht so, Fritz?« Fritz nickte und aß weiter, und Alma hätte gern gewußt, ob er nicht insgeheim auf eine Gelegenheit hoffte, sich von den jüdischen Millionen Hollywoods kaufen zu lassen. »Was sagen Sie dazu, Alfred?« Theas Stimme wurde immer angespannter und schriller, wie die eines Werbeoffiziers, der soeben erfahren hat, daß der Feind schon vor den Toren der Stadt steht.

»Ich möchte wieder nach Hause«, sagte Hitchcock mit der Einfachheit eines kleinen Jungen, und Alma verpürte den Drang, sich vorzubeugen und ihn zu küssen.

»Ach!« Thea ließ entsetzt Messer und Gabel fallen.

»Was schmeckt dir nicht, meine Liebe?« erkundigte sich Lang. »Hitchcock oder das Essen?«

»Sie sind beide unverdaulich«, kläffte die Harbou. Sie wandte sich Alma zu. »Sagen Sie, Alma, haben Sie dieses Wochenende schon etwas vor?«

»Ich habe vor, mich auszuruhen.« Gibt es denn kein Entrinnen? dachte sie, kein Entrinnen vor dieser grauenhaften Frau? Sie und Hitchcock tauschten Blicke.

Hitchcock fragte schnell: »Was ist mit Ihrem nächsten Film, Fritz? Knüpft er an *Metropolis* an?«

»Man hat mir einen Thriller angeboten, der irgendwo in Indien spielt. Ich denke nicht, daß ich nach Indien reisen möchte.«

»Oh, aber ich!« sagte Alma. »Ich würde zu gern die Welt bereisen.«

»Das ist nichts für mich«, sagte Lang. »Der Drehort ist so versteckt, daß nicht einmal die Russen Spione dort haben.«

»Und was ist das für eine Melodie, die Sie summen?« fragte Thea Alma.

»Oje, Verzeihung.«

»Warum denn? Sie ist einfach entzückend. Ich habe sie noch nie gehört.« Alma erklärte ihren Ursprung. »Ach so? Dieser Rudolf Wagner ist Klavierspieler und komponiert eine so entzükkende Melodie? Ist sie nicht entzückend, Fritz?«

»Sehr nett.«

»Vielleicht sollten wir diesen Wagner kennenlernen. Er könnte eine Entdeckung sein, ein echter Fund. Und vielleicht wird er sogar derjenige, der die Musik für *Metropolis* komponiert.« Hitchcock und Alma erklärte sie: »Wir sind sehr darauf erpicht, die Kinos von unseren eigenen Vorstellungen über die Musik in *Metropolis* zu überzeugen. Dem Film fehlt noch die richtige Stimmungsmusik, nicht wahr, Fritz?«

»Die fehlt ihm in der Tat, aber er wird sie nicht bekommen. Ach, Hitchcock, wäre es nicht herrlich, wenn der Film sprechen und singen könnte und wir dann alles selbst bestimmen könnten?«

Anna Grieban stieg die Stufen zu ihrer Wohnung hinauf, die sich im Dachgeschoß eines Mietshauses an der Isar befand. Ein Geruch von gekochtem Kohl und Rüben stach ihr in die Nase, sowie von abgestandenem Urin, der aus den Gemeinschaftstoiletten auf jedem Stockwerk drang. Sie war müde, beunruhigt und hungrig, und sie verfluchte sich, daß sie so dumm gewesen war, sich mit dem Mann zu streiten, bevor sie das Essen bestellt hatten. Dieser Mann. Dieses Gesicht. Früher war es ein ansprechendes, ja schönes Gesicht gewesen. Sie blieb auf dem Flur vor ihrer Tür stehen und lauschte. Kam jemand hinter ihr die Treppe herauf? Sie schaute über das Geländer nach unten in die Leere, aber dort war niemand. Sie spitzte die Ohren, konnte jedoch nichts hören, nur das Tröpfeln der undichten Dusche in dem kleinen Kabuff neben ihrer Wohnung. Sie fischte den

Schlüssel aus ihrer Handtasche und schloß die Tür zu ihrer unordentlichen Wohnung auf, deren einziger Raum als Wohn- und Schlafzimmer diente. Dann verschloß sie die Tür, warf ihre Handtasche und den Hut auf das Bett und stellte fest, daß die Nachttischlampe brannte. Hatte sie sie den ganzen Tag angelassen? Oje, die Stromrechnung! Sie mußte die Lampe angelassen haben. Das Zimmer war nämlich, schon als sie es betrat, schwach beleuchtet gewesen, und sie hatte den Lichtschalter nicht angemacht. Zum Teufel damit. Sie ging zu einem Stuhl, während sie ihre Jacke ablegte. Sie setzte sich und streifte Schuhe und Strümpfe ab. Dann stand sie auf und zog Bluse und Rock aus, wobei sich ein unordentlicher Kleiderhaufen auf dem Boden bildete. Sie schlängelte sich aus ihrem Hüfthalter und ließ, zufrieden seufzend, den Bauch hängen. Sie kratzte sich sachte, gähnte und streckte sich. Von einem Haken an der Tür nahm sie einen geschmacklosen Seidenbademantel, der mit übergroßen Blumen gemustert war, das Geschenk eines alten Verehrers – ihrer Mutter. Von einem anderen Haken nahm sie ein Handtuch und eine Duschhaube. In einer Schublade fand sie Seife und einen Waschlappen. Hatte sie den Inhalt der Schublade wirklich so unordentlich zurückgelassen? Sie öffnete eine weitere Schublade, und noch eine.

Jemand war in ihrem Zimmer gewesen. Jemand, der die Lampe angeschaltet und angelassen hatte, als er beim Klang ihrer sich nähernden Schritte auf der Treppe aus dem Raum geflohen war. Sie ging auf Zehenspitzen zum Schrank hinüber und holte einen Schuhkarton vom Regalbrett herunter. Sie stellte ihn auf den Frisiertisch, nahm den Deckel ab und untersuchte gründlich den Inhalt des Kartons. Nichts fehlte. Nichts war angerührt worden, nicht einmal die Perlenohrringe, die Herbert ihr geschenkt hatte, bevor er eingezogen wurde. Der Eindringling hatte keine Zeit gehabt, die Privatsphäre ihres Schranks und des Schuhkartons zu verletzen. Sie stellte den Karton wieder an seinen Platz im Schrank, schloß die Tür und lächelte. Wer immer der blöde Idiot auch war, er war jedenfalls ein Amateur. Was hatte er in dieser schäbigen und ärmlichen

Umgebung zu finden gehofft? Wer bestiehlt schon die Armen? Sie summte vor sich hin, während sie die Dose mit Fettsalbe fand und nachlässig ihr Make-up entfernte.

Die Armen. Ich Arme. Armer Herbert. Arme Perlenohrringe, die sich Herbert vermutlich monatelang vom Munde abgespart hatte, um sie ihr kaufen zu können. Armes Deutschland. Und Wagners verdammte Melodie – trotzdem, sie war wichtig.

La-la-la-la ... la-la-la ...

»Was für eine entsetzliche Frau!« Alma und Hitchcock saßen in dem Taxi, das sie zu ihrer Pension fuhr. Hitchcock unterdrückte ein Gähnen. »Dir ist doch wohl klar, Hitch, daß sie mit den Faschisten sympathisiert?«

»Was du nicht sagst.«

»Ach *du.*«

»Immerhin hat sie die Drehbücher zu all seinen Erfolgsfilmen geschrieben.«

»Er mag sie nicht. Ich habe es genau gemerkt. Findest du nicht auch?«

»Ich glaube, Fritz wartet nur darauf, daß der rechte Augenblick kommt.«

»Und was will er dann machen?«

»Überlaufen.«

»Nach Hollywood? Und zu ...« Alma ahmte die Harbou gnadenlos nach: »... ›all den dreckigen jüdischen Millionen?‹ Wie kann er sie nur so daherreden lassen?«

»Ich weiß es nicht. Zumal er, wie ich gehört habe, Jude ist.«

»O nein!«

»Merkwürdig, Anna Grieban in dem Lokal zu sehen, noch dazu mit meinem MacGuffin. Glaubst du, er hat sich gestern ihretwegen im Studio herumgedrückt?«

»Wenn das der Grund war, warum hat uns dann Freddy Regner erzählt, daß er ihm den Weg zum Studio Drei gezeigt hat? Wir sind doch in Studio Eins.«

»Das stimmt allerdings, nicht wahr? Nun, meine Liebe« – er

tätschelte ihre Hand –, »da haben wir ja schon wieder einen MacGuffin!«

Anna Grieban steckte ihr Haar unter eine Badehaube und versuchte wieder einmal, die Tür der Duschkabine zu schließen. Verdammter Idiot, wer immer es gewesen war, der das Schloß kaputtgemacht hatte. In der Dusche stand ein Holzschemel, den sie gegen die Tür lehnte. Zumindest würde sie hören können, wenn einer der anderen Mieter eintreten wollte, während sie duschte. Nicht daß besonders viele von ihnen die Vorzüge der Duschanlage beanspruchten, vermutete sie, wenn sie ihrer Nase trauen durfte. Sie stellte sich unter die Dusche und zog den Vorhang zu, dann wappnete sie sich, während sie die Hähne öffnete, für den ersten Strahl kalten Wassers. Das Wasser traf sie mit aller Wucht, und sie unterdrückte einen Schrei; warum sollte sie unnötig den Nachbarn einen Schreck einjagen. Dann begann das warme Wasser zu fließen, und sie seifte sich kräftig ein. Sie begann, lauthals Wagners Melodie zu trällern. Armer kleiner Wagner. Armer, mit Füßen getretener kleiner Mann, geschlagen mit dieser widerlichen Tochter Rosie. Warum hatte sie sich von diesem Schauspieler, Hans Meyer, dazu überreden lassen, Rosie einzustellen? Meyer war auch so ein armseliges Würstchen. Na ja. Vielleicht vögelte er sie. Aber wer in Gottes Namen wollte jemand so Unappetitliches wie Rosie Wagner vögeln?

Sie hörte nicht, wie die Tür leise aufgestoßen wurde und eine Hand vorsichtig und ganz sachte den Hocker beiseite schob, um den Eindringling nicht zu verraten. Anna hielt ihr Gesicht in den brausenden Wasserstrahl und konnte nichts hören. Sie fühlte nicht einmal, wie die Messerklinge das erste Mal in ihren Körper eindrang. Vielleicht auch nicht das zweite Mal. Und als die Klinge zum drittenmal zustieß, lähmte sie der Schock.

Blut begann aus den Wunden zu strömen, und bald darauf krümmte sie sich in einer Flut von Wasser und roter Farbe am Boden der Duschkabine. Hörte das Messer denn gar nicht mehr auf? Wieder und wieder und wieder stach die Klinge auf sie ein, bis sie am Boden lag, die Augen im Tode, die Hände in einer flehenden Geste geöffnet, und es nutzte ihr gar nichts.

Drittes Kapitel

Am nächsten Morgen ging ein kalter Sprühregen auf Münchens Straßen nieder, der einem in die Knochen fuhr. Das britische Kontingent erinnerte sie an London, und sie lächelten, als sie im Tonstudio Eins eintrafen, um mit den Dreharbeiten des Tages zu beginnen. Hitchcock stand am Imbißwagen und bestellte einen Kaffee und eine süße Semmel, als ein gutaussehender junger Mann mit einem Kopf voller schwarzer, dichter Locken und einem bleistiftdünnen Schnurrbart neben ihn trat.

»Sind Sie Herr Hitchcock?« fragte der junge Mann mit einer Stimme, die in Trüffel verpackt zu sein schien.

Hitchcock war damit beschäftigt, das Tablett mit den süßen Brötchen und Kuchen eingehend zu untersuchen. Deutsche Bäcker und Köche waren sein Untergang, und er nahm diesen Untergang mit einem zufriedenen Lächeln hin. Geistesabwesend erwiderte er: »Der bin ich.«

Der junge Mann schlug die Hacken aneinander und machte eine Verbeugung von der Hüfte abwärts. Hitchcock zuckte zusammen. Die Formalitäten der Deutschen gingen ihm auf die Nerven. »Bitte, darf ich mich vorstellen?«

»Aber durchaus.« Hitchcock fragte sich, ob ein Kuchenteilchen, das sein Interesse weckte, eine Fruchtfüllung enthielt.

»Mein Name ist Hans Meyer. Ich bin Schauspieler.«

Hitchcock verdrehte die Augen. »Oh, bitte nicht. Nicht vor dem Frühstück.«

»Wie ich erfahren habe, spielt Ihr nächster Film im Gebirge, ja?«

Hitchcock wählte ein Teilchen und biß hinein. »Verdammt. Mit Käse.«

»Im Gebirge, ja?«

Hitchcock zeigte ihm den Inhalt des Gebäcks. »Das ist Käse.«

»Sie mögen keinen Käse?«

»Und Berge hasse ich auch.«

»Ich kenne mich im Gebirge gut aus.« Auf der Stirn des nervösen jungen Mannes zeigten sich Schweißtröpfchen. »Ich bin schon oft geklettert.«

»Ich brauche keine Bergsteiger. Ich brauche Schauspieler.«

»Ich bin Schauspieler, der hin und wieder auch klettert. Verstehen Sie?«

Hitchcock hatte den Blick der mittelalterlichen Frau eingefangen, die für den Imbißwagen zuständig war. Seiner Meinung nach sah sie aus wie eine Bäuerin aus den Karpaten, die ständig nach Blutfehde sinnt. »Dieser Käse ist hin«, verkündete Hitchcock traurig, aber deutlich hörbar.

»Wohin?« fragte die Frau, deren Englisch genauso unvollkommen war wie ihre Kuchen.

»Er ist ranzig.« Hans Meyer übersetzte die Aussage ins Deutsche, woraufhin die Frau zutiefst gekränkt einen Schritt zurücktrat und sich an die Brust griff. Hitchcock erschien sie wie eine aufgeblasene Lillian Gish. Die Frau protestierte, aber Hitchcock blieb eisern. »Bringen Sie dieses Teilchen zum Bäcker zurück, und verlangen Sie Schadensersatz.« Er ließ das Gebäckstück auf das Tablett fallen, woraufhin die Frau es auflas und hineinbiß. Hitchcock beobachtete ihr Widerkäuen mit Abscheu.

»Es ist gut!« sagte die Frau. »Es ist gut, sag ich Ihnen!«

Hitchcock schnaubte verächtlich und sagte zu Hans Meyer: »Die Frau leidet an einem unterentwickelten Gaumen.« Zu ihr sagte er: »Es ist verdammt ungenießbar, und ich werde mir etwas anderes aussuchen.« Was er mit einer Geste tat, die jedem König angestanden hätte, sodann die Frau bezahlte und zu seinem Regiestuhl schlenderte, wobei ihm der junge Schauspieler auf den Fersen folgte. Er sah, wie Friedrich Regner, der Drehbuchautor, mit einem Script in der Hand auf ihn zukam.

»Guten Morgen, Herr Hitchcock«, sagte Regner. Sein Lächeln entblößte zwei Reihen scheinbar perfekter Zähne.

»Guten Morgen. Übrigens bin ich froh, daß Sie da sind. Dieser merkwürdig aussehende Mann –«

»Welcher? Es gibt hier so viele von der Sorte.«

Hitchcock machte es sich in seinem Regiestuhl bequem, während Regner und Meyer stehend auf ihn hinabstarrten.

»Der, von dem Sie erzählten, daß Sie ihm gestern den Weg zur Bühne Drei gewiesen hätten. Sie müssen sich an ihn erinnern. Niemand kann so ein Gesicht vergessen, wenn er es einmal gesehen hat, der arme Teufel.«

»Oh, *der.* Natürlich. Was ist mit ihm?«

»Nun ja, wenn Sie ihn zu Bühne Drei geschickt haben, wieso ist er dann bei uns herumgeschlichen?«

»Ich habe keine Ahnung.«

»Alma Reville hat ihn gesehen, als er hinter einer Kulisse hervorlugte. Lauerte ist wahrscheinlich das bessere Wort. Wissen Sie, ob er Schauspieler ist?«

»Ich kenne ihn überhaupt nicht. Ich habe ihn gestern zum erstenmal gesehen, und seitdem nicht wieder.«

»Äußerst seltsam.« Er wandte sich Meyer zu. »Kennen Sie sich mit Schauspielern genausogut aus wie mit Bergen? Wie sagten Sie gleich noch mal, war Ihr Name? Das ist Freddy Regner . . .«

»Wir sind uns schon begegnet«, sagte Regner.

Hitchcock biß ein Stück von seinem Kuchen ab und kaute nachdenklich. Er schluckte und fragte Meyer: »Kennen Sie jemanden mit einem herrlich entstellten Gesicht?«

»Nicht daß ich wüßte, nein.«

»Nein«, wiederholte Hitchcock.

»Herr Hitchcock«, sagte Regner besorgt, »dieses Manuskript . . .« Hitchcock beäugte es mißtrauisch, als könnte es jeden Moment explodieren. »Wäre es Ihnen vielleicht möglich, es bei Gelegenheit zu lesen?«

Hitchcock seufzte. Rudolf Wagner und die Geiger spielten halbherzig die Weise »I Dreamt I Dwelled in Marble Halls«; Hitchcock wünschte, auch er weilte in Marmorhallen. »Ich könnte mir durchaus die Zeit nehmen, es zu lesen«, sagte Hitchcock, »aber wenn es mir gefällt, weiß ich nicht, wann ich mir die Zeit nehmen kann, es zu verfilmen. Wie Sie wissen, bin ich dazu verdonnert, diesen verfluchten Bergfilm zu drehen . . .«

»Berge sind sehr majestätisch.« Was Hans Meyer von seiten Hitchcocks einen Blick des Abscheus, von seiten Regners einen der Gereiztheit einbrachte.

»Ich wäre schon zufrieden, wenn Sie mir nur Ihre Meinung darüber sagen«, beharrte Regner.

»Stehen Sie denn hier nicht unter Vertrag?« fragte Hitchcock.

»O nein. Keineswegs. Ich arbeite freiberuflich.«

»Aber ich sehe Sie doch ständig auf dem Filmgelände um alle möglichen Leute herumscharwenzeln.« Hitchcock hatte genug von dem Gebäck und warf es in den nächsten Abfalleimer.

»Bitte sehr, nebenan auf Bühne Zwei verfilmen sie ja gerade ein Drehbuch von mir. Einen Spionagefilm.«

Hitchcocks Miene hellte sich auf. »Einen Spionagefilm! Wie gern würde ich einen Spionagefilm machen, mit lauter MacGuffins!«

»Bitte?« fragte der verblüffte Autor.

»O ja, sehr gern.« Er nahm Regner das Drehbuch ab und blätterte darin. »Ist das auch ein Spionagefilm?«

»Es ist ein Krimi, ja. Werden Sie ihn lesen?«

»Ich werde ihn lesen. Jetzt gehen Sie, und nehmen Sie diesen Bergschauspieler mit. Ich habe zu arbeiten.« Er blickte sich suchend nach Alma und Anna Grieban um.

»Bitte, Herr Hitchcock. Sie werden doch an mich denken, wenn Sie Ihren Bergfilm drehen?« Hans Meyer klang so verzweifelt, daß Hitchcock schon glaubte, die Polizei sei hinter ihm her.

»Ich werde an Sie denken. Hinterlassen Sie Ihren Namen, Ihre Telefonnummer und Ihre Referenzen bei meinem Scriptgirl, Fräulein Grieban – falls Sie sie auftreiben können. Und wenn es Ihnen gelingen sollte, sagen Sie ihr bitte, daß ich sie jetzt bei mir haben möchte, damit wir endlich mit den Dreharbeiten zu diesem kläglichen Schlamassel, mit dem ich mich hier herumschlagen muß, anfangen können. Alma!« Er hatte Alma entdeckt, die gerade mit Miles Mander, einem der männlichen Hauptdarsteller, plauderte. Alma winkte Hitchcock zu, um zu zeigen, daß sie ihn gehört hatte, und begab sich zu ihm, als Hans Meyer und Friedrich Regner sich in verschiedenen Richtungen entfernten.

»Die Schauspieler werden langsam ungeduldig«, sagte Alma. »Wann fängst du mit der ersten Einstellung an?«

»Die Schauspieler können sich glücklich schätzen, daß wir sie engagiert haben, und du darfst mich zitieren.« Hitchcock gab sich keine Mühe, seine schlechte Laune zu verbergen. »Und was das Anfangen betrifft, ich bin so lange nicht bereit, bis dieses Scheiß-Scriptgirl hier aufkreuzt, um sich mit mir abzusprechen, damit ich mich mit dem Scheiß-Kameramann absprechen kann. Die Scheiß-Kuchen waren heute früh ziemlich beschissen.«

»Abgesehen davon, mein Liebling, wie fühlst du dich?«

»Ich fühle mich dankbar, daß du bei mir bist« – seine Stimme wurde sanfter – »und mir dabei hilfst, dieses schlechtbesetzte Abenteuer erträglicher zu machen. Und wenn dein gutes Betragen weiter anhält, werde ich darauf bestehen, daß wir einen Termin für die Hochzeit ansetzen, damit wir uns garantiert frohen Herzens unserer Jungfräulichkeit entledigen können.«

»Oh, sei still, Hitch. Rosie! Rosie!«

Rosie Wagner sah an diesem Morgen noch unattraktiver aus als sonst. Sie unterhielt sich gerade mit dem Schauspieler Hans Meyer, als Alma sie rief, und drehte sich verschreckt um, wie ein Kind, das man beim Plündern der Keksdose erwischt hat. Rosie begab sich schleunigst zu Alma und Hitchcock. »Guten Morgen, Fräulein Reville. Herr Hitchcock. Ist was?«

»Es ist allerdings was«, sagte Alma spitz. »Wo ist Anna Grieban heute früh abgeblieben?«

»Oh? Sie ist nicht da?« Sie sah aus wie ein waidwundes Reh.

»Ist sie nicht. Melden Sie sich denn nicht morgens als erstes bei ihr?«

»Ich tippe ja schon den ganzen Morgen Drehbuchkorrekturen.« Sie zeigte jetzt stolz die Seiten vor, die sie hinter ihrem Rücken versteckt hatte, als handele es sich um eine Schatulle mit kostbaren Juwelen.

»Dann gehen Sie sie suchen. Wir fangen heute früh schon viel zu spät mit den Dreharbeiten an, was wir uns nicht leisten können.«

»Und wer ist *das*?« fragte Hitchcock, als ein großer Mann Mitte Vierzig mit Regenmantel und Melone auf sie zukam. »Lieber Gott, laß es nicht noch einen Bergschauspieler sein.«

Der Mann nahm die Melone ab und erkundigte sich: »Herr Hitchcock?«

»Ich hoffe, Sie sind kein Schauspieler. Ich habe heute früh schon einen Schauspieler zuviel gehabt.«

»Ich bin Kriminalinspektor Wilhelm Farber.« Hitchcock wurde blaß. Er hatte eine panische Angst vor der Polizei.

Hitchcock zwängte sich tapfer aus seinem Stuhl heraus und ergriff die ausgestreckte Hand des Mannes. »Guten Tag. Ich habe leider keine Rolle für einen Polizisten in diesem Film vorgesehen, Herr Inspektor.«

Der Mann lächelte. Hitchcock gefiel ihm auf den ersten Blick. Er nickte Alma zu, während Rosie eilig davontrippelte, um Almas Befehl auszuführen. »Ich suche keine Rolle als Schauspieler, obgleich . . .« Hitchcock fing an zu zittern, ». . . man mir einmal gesagt hat, daß ich eine Zukunft beim Theater hätte. Aber ehrlich gesagt empfinde ich die Polizeiarbeit als eine viel größere Herausforderung. Können wir uns irgendwo in Ruhe unterhalten?«

»Ich glaube mich zu erinnern, daß man mir irgendwann ein Büro zugewiesen hat. Alma, habe ich nicht irgendwo in der Nähe ein Büro?« Alma führte sie zum Büro. Nachdem alle drei Platz genommen hatten, Hitchcock hinter einem wackligen Schreibtisch, mit über dem Bauch gefalteten Händen und der stillen Frage, ob Alma in der Lage wäre, eine Feile in einen Kuchen zu backen, fragte er Herrn Farber: »Wie lautet die Anklage gegen mich?«

»Oho, man klagt Sie überhaupt nicht an, Herr Hitchcock. Warum verteidigen Sie sich andauernd?«

Allerdings, dachte Alma, die Hitchcocks Angst vor der Polizei kannte und die sich vornahm, sehr bald etwas dagegen zu tun.

»Ich verteidige mich gar nicht«, sagte Hitchcock. »Ich habe

nur einen kleinen Scherz gemacht. Ziemlich klein, wenn Sie ihn nicht mal komisch finden.«

»Anna Grieban war bei Ihnen beschäftigt?« Alma gefiel der Gebrauch des Wortes *war* überhaupt nicht.

Hitchcock offenbar auch nicht. »Was meinen Sie damit, ›war‹?«

»Sie ist tot.«

»O Gott«, stieß Alma hervor. Hitchcock befürchtete das Schlimmste. Polizisten schauten nicht mal eben vorbei, um einen Tod durch Herzversagen, einen Autounfall oder einen entzündeten Niednagel zu verkünden.

»Das ist ja schrecklich«, sagte Hitchcock in einem besonders ernsten Tonfall. Er war versucht hinzuzufügen: Und wo zum Teufel kriege ich auf die Schnelle wieder ein so kompetentes Scriptgirl her?

»Sie ist ermordet worden«, sagte Farber.

»Das ist ja noch schrecklicher«, bemerkte Hitchcock.

»Auf ziemlich brutale Weise.« Alma hielt die Hand vor den Mund, ihre Augen waren vor Schreck geweitet.

Farber lenkte seine Aufmerksamkeit auf Alma. »Sie haben auch mit diesem Film zu tun? Mit Herrn Hitchcock?«

Hitchcock antwortete für sie. »Sie ist meine Assistentin und meine Verlobte, in keiner speziellen Reihenfolge. Und von diesem Augenblick an ist sie außerdem mein neues Scriptgirl, ohne Gehaltserhöhung.«

»Hitch, bitte«, sagte Alma. Es war offensichtlich, daß die furchtbare Nachricht sie stark mitgenommen hatte.

»Wie ist Fräulein Grieban gestorben?« fragte Hitchcock. Farber erzählte es ihnen, ohne die grausigen Einzelheiten auszulassen.

»Neunundzwanzig Einstiche?« fragte Hitchcock fassungslos, während er insgeheim dachte, wie herrlich! »Neunundzwanzig! Entweder handelt es sich um die Tat eines Wahnsinnigen oder eines Messerstechers, der sehr viel Übung braucht.«

»Sie war kein schöner Anblick. Ihre Leiche wurde von einem Mieter gefunden, der zur Zeit wegen des erlittenen Schocks im

Krankenhaus behandelt wird.« Er schaute von einem zum anderen. »Sagen Sie mir bitte: Was wissen Sie über Fräulein Grieban?«

»Ich weiß eigentlich gar nicht viel über sie«, sagte Alma, »obwohl ich es war, die sie engagiert hat. Da wir aus England kamen, um hier zu drehen, waren wir mit der Filmszene in München nicht sonderlich vertraut, darum haben wir herumgefragt und uns Vorschläge bezüglich der Mitarbeiter machen lassen. Bei Anna war es nicht anders, ich glaube, wir haben sie auf Empfehlung von Freddy Regner eingestellt.«

»Wer ist Freddy Regner?« Farber zückte Notizbuch und Bleistift aus der Innentasche seines Jacketts und begann mitzuschreiben, nicht ohne vorher, wie Hitchcock bemerkte, die Bleistiftspitze zu belecken. Was für eine wunderbare Idee, dachte Hitchcock, Tod durch Bleivergiftung beim Belecken einer Bleistiftspitze. Er hörte, wie Alma Farber erzählte, daß Regner Drehbuchautor sei. Hitchcock fügte hinzu, daß im Nachbarstudio ein Film von Regner gedreht wurde. »Ich würde mich gern mit diesem Regner unterhalten.«

»Er ist in der Nähe«, sagte Hitchcock. »Er hat mir sogar heute früh ein Drehbuch zum Lesen gegeben.« Zu Alma sagte er: »Ich habe es auf meinem Stuhl liegenlassen. Hoffentlich klaut es niemand.« Alma interessierten anderer Leute Drehbücher nicht im geringsten; sie war in Gedanken viel zu sehr mit dem scheußlichen Mord an Anna Grieban beschäftigt. »Möchten Sie, daß Alma Freddy holen geht?«

»Gleich. Wir haben ja Zeit.«

O nein, wir haben keine Zeit, dachte Hitchcock. Ich habe noch einen ganzen Drehtag vor mir, und jede Minute, die wir mit Ihnen verbringen, kostet uns Geld, das wir nicht übrighaben. Er hörte, wie Alma das Essen mit den Langs am Vorabend erwähnte.

»Natürlich«, rief Hitchcock. »Wir haben sie gestern abend gesehen. Wahrscheinlich waren wir sogar die letzten, die sie lebend gesehen haben!« Alma fragte sich, wie der Mann angesichts der Tatsache, daß eine Kollegin auf brutalste Weise ins

Jenseits befördert worden war, mit einer solchen Hingabe sprechen konnte. Aber, ermahnte sie sich, so war Hitch eben. Sein Sinn für Humor übertraf nun einmal seinen Sinn für das Tragische. »Sie war mit einem rasend faszinierenden Mann zusammen. Gespenstisches Gesicht, fürchterlich entstellt. Schlecht gemachte plastische Chirurgie, oder vielleicht nichts, was plastische Chirurgie noch verbessern kann. Zweifellos ein Veteran der letzten Unerquicklichkeit.«

»Sie meinen natürlich den Krieg.« Farbers Bleistift raste über die Seite.

»Oh, selbstverständlich meine ich den Krieg. Mein Film ist ja noch nicht fertig.«

»Und haben Sie mit Fräulein Grieban und diesem Mann gesprochen?«

»Ich hätte es zu gern getan«, erklärte Hitchcock. »Dieses Gesicht, wissen Sie, ist so markant, daß ich es im Film einfangen möchte. Aber sie haben sich gestritten.«

»Aha! Haben Sie gehört, worüber?«

»Leider nein, sie saßen am anderen Ende des Restaurants, neben dem Streichorchester.« Von der Tonbühne her konnten sie vernehmen, wie Rudolf Wagner und die Geiger eine Léhar-Melodie anstimmten. »Aber wir konnten sehen, wie Anna mit der Hand auf den Tisch schlug und sehr zornig aussah . . .«

»Eine verschmähte Frau vielleicht?« mutmaßte Farber.

»Eine verärgerte Frau, das kann ich Ihnen versichern«, entgegnete Hitchcock.

»Und nachdem sie auf den Tisch geschlagen hat?«

»Ergriff sie ihre Handtasche und suchte das Weite.«

»Mit ihrem Begleiter auf den Fersen?«

»Nein, er mußte erst die Rechnung bezahlen. *Dann* folgte er ihr auf den Fersen.«

»Und Sie haben keine Ahnung, wie der Mann heißt?«

»Nicht die geringste.«

»Vielleicht weiß es Freddy Regner«, schlug Alma vor. »Wir haben gestern gesehen, wie er hier im Studio mit dem Mann gesprochen hat.«

Farber ließ Block und Bleistift sinken und blickte interessiert auf. »Sie haben ihn vor gestern abend noch hier gesehen?« Alma und Hitchcock nickten. »Und Sie hatten keine Gelegenheit, sich zu *dem* Zeitpunkt mit ihm zu unterhalten?«

»Leider nein«, sagte Hitchcock, der wie ein herrenloses Hündchen aussah. »Er bewegte sich erstaunlich agil. Er war überall und nirgends. Alma hat ihn sogar hier auf der Tonbühne dabei ertappt, wie er aus einer Kulisse hervorlugte. Jedenfalls behauptet Alma, daß sie ihn gesehen hat. Ich nämlich nicht.«

»Ich habe ihn ganz bestimmt gesehen«, sagte Alma. »Er schien von einer Melodie fasziniert zu sein, die unser Pianist Rudolf Wagner komponiert hat.«

»Wagner hat sich anscheinend in den Kopf gesetzt, sie die ganze Saison über zu spielen«, meinte Hitchcock.

»Sie ist wunderschön.« Alma begann sie zu summen und errötete. Sie war entsetzt über ihre eigene Pietätlosigkeit, wo doch Anna Grieban wahrscheinlich schon im Leichenschauhaus aufgebahrt war.

»Charmant«, sagte Farber. »Das ist alles, was Sie mir sagen können?«

Hitchcocks Gesicht war vollkommen ausdruckslos. Alma zuckte hilflos die Achseln. »Vielleicht«, begann Hitchcock, »sollte ich vor der Truppe eine Ansage über diese entsetzliche Tragödie machen, und vielleicht melden sich dann ja noch einige andere, die hilfreiche Hinweise über Anna geben können. Trotzdem muß ich jetzt mit meinen Dreharbeiten beginnen, Herr Inspektor.«

»Aber natürlich. Ich möchte jetzt bitte diesen Friedrich Regner kennenlernen.«

»Ich hole ihn«, erbot sich Alma und ging.

Als Hitchcock den Polizisten aus seinem Büro geleitete, fragte Farber: »Geht es in Ihrem Film um Mord?«

»Nein, es geht um Revuegirls, die es, falls ich das hinzufügen darf, verdient hätten, ermordet zu werden.«

»Sie scheinen nicht besonders viel Vertrauen zu Ihrem Film zu haben. Warum drehen Sie ihn dann?«

»Weil er mir auf einem silbernen Tablett serviert wurde. Es ist meine erste Gelegenheit, Regie zu führen.«

»Gratuliere! Dann wünsche ich Ihnen viel Erfolg!«

»Und ich wünsche Ihnen, daß Sie Ihren Mörder fassen.«

Hitchcock erklomm die Stufen zur Bühne des Pleasure Garden und bat die Truppe laut um Aufmerksamkeit. Er verkündete die Nachricht vom Mord an Anna Grieban, die allgemein erregtes Keuchen und »O-nein«- und »Du-lieber-Gott«-Rufe auslöste. Hitchcock stellte Kriminalinspektor Farber vor und bat darum, sich ihm gegenüber äußerst kooperativ zu zeigen. Vorläufig, fügte er hinzu, werde Miss Reville die Funktion des Scriptgirls übernehmen und die Arbeit unverzüglich beginnen.

Alma hatte Regner aufgespürt und übergab ihn dem Inspektor, der ihn in eine abgelegene Ecke der Tonbühne führte. Regner war keine große Hilfe. Ja, er konnte sich an den Mann mit dem entstellten Gesicht erinnern, aber nein, er hatte keine Ahnung, wer er sei, er war ihm völlig unbekannt. Der Polizist wußte nicht, daß Regner erklärt hatte, er habe dem Mann den Weg zur Bühne Eins gewiesen, da Hitchcock und Alma unterlassen hatten, es ihm zu erzählen. Ja, er hatte Anna Grieban empfohlen, weil sie bereits für zwei seiner früheren Filme als Scriptgirl gearbeitet hatte und sehr tüchtig gewesen war. Als die Truppe im Studio mit den Dreharbeiten begonnen hatte, war sie schon monatelang arbeitslos und wußte nicht mehr ein noch aus; er war froh, ihr einen Job verschaffen zu können. »Sie haben doch gesehen«, erinnerte er Farber, »in was für einer Bruchbude sie hauste.«

»Sie sind demnach dort gewesen?« Farber stellte erfreut fest, daß der Autor errötete.

»Nun ja, einmal. Sie ... äh ... hat mich zu einem Glas Schnaps eingeladen.«

»Ich hoffe, der Schnaps war gut.«

»Nicht schlecht«, sagte Regner mit einem breiten Grinsen.

Farber unterhielt sich als nächstes mit Rosie Wagner, nachdem er von Alma erfahren hatte, daß sie Annas Assistentin gewesen war. Rosie duckte sich, als der Polizist mit seinem Verhör begann. »Was ist denn mit Ihnen los?« fragte er.

»Ich habe Angst!«

»Wovor?«

»Vor Ihnen!«

»Warum denn das, um Himmels willen?«

»Werden Sie mich nicht verhaften?«

»Weshalb denn?« Er war versucht zu sagen, besser wäre es schon, wenn eine so häßliche Vogelscheuche hinter Schloß und Riegel wäre, als zuzulassen, daß sie weiterhin die Landschaft verschandelte.

»Als ich noch ein kleines Mädchen war, hat mir mein Vater immer damit gedroht, mich ins Gefängnis zu werfen!« Farber brannte darauf, einen Mann mit soviel Charakterstärke und Urteilsvermögen kennenzulernen.

Statt dessen sagte er: »Man sollte den Eltern verzeihen, wenn sie ihre kleinen Kinder mit dummen Geschichten einschüchtern. Es ist nicht leicht, Mutter oder Vater zu sein. Ich habe selbst drei Kinder. Jedes einzelne von ihnen ein Monster. Besonders die beiden Mädels. Sehr verschlagen und sehr gefährlich. Sie lassen ihre Rollschuhe am Treppenabsatz stehen, damit ich darüber stolpere.«

Rosie sagte etwas, das wie »hehe« klang. Farber entschied zu ihren Gunsten und unterstellte einmal, daß es ihre Art zu lachen war. Sie wirkte jetzt nicht mehr so angespannt und drückte an einem Pickel auf ihrem Kinn herum. »Werden Sie meinen Vater verhören?«

»Warum?« Farbers Hand, die den Bleistift hielt, blieb in der Luft hängen.

»Er kennt Anna Grieban ja auch. Ich meine, kannte sie. Er sitzt da drüben. Am Klavier.«

»Aha! Er hat doch die Melodie komponiert, die Miss Reville so charmant summen kann. Wie nett, daß Vater und Tochter zusammenarbeiten.« Er fragte sich, ob das, was er eben gehört hatte, ein »Pah!« gewesen war. »Was können Sie mir also über Anna Grieban erzählen?«

»Sie hat mich schikaniert. Sie mochte mich nicht.« Farber begann, das verstorbene Scriptgirl aufrichtig zu bewundern. »Ich kann aber gut arbeiten.« Farber fragte Rosie nach dem Mann mit dem entstellten Gesicht, aber sie konnte nichts über ihn sagen; wie sich herausstellte, hatte Farber mit Rosie zehn Minuten seiner Zeit vergeudet. Er entließ sie und ging zu ihrem Vater.

»Arme Anna«, sagte Wagner, der gerade eine freie Minute hatte, weil Hitchcock damit beschäftigt war, an einer kniffligen Trickeinstellung herumzutüfteln. »Sie war eine sehr intelligente Person, aber sie hatte sehr viel Pech.«

»Wie kam das?«

»Sie haben ja das elende Loch gesehen, in dem sie gehaust hat.«

Farber lächelte. »Hat Sie ihnen dort Schnaps serviert?«

»Keinen Schnaps. Tee und Kekse. Trockene Kekse. Sie war völlig verarmt.«

»Aber wenn sie Arbeit hatte, verdiente sie doch gutes Geld, nicht wahr?«

»Sie machen wohl Witze, Herr Farber. Was kann man in unserer miesen Wirtschaftslage noch als gutes Geld bezeichnen?«

»Ja, ja, ich verstehe. Selbst Millionäre haben es jetzt schwer.«

Wagner hätte gern gewußt, ob der Inspektor Kommunist war. Da war ja dieser Tage einiges im Schwange, aber er besaß nicht den Mut, ihn direkt zu fragen.

»Und dann gab es ja auch diese Tragödie mit ihrem Mann.«

»Sie hat einen Mann?«

»Hatte.«

»Kannten Sie ihn?«

»Oh, der war schon lange verschwunden, bevor ich Anna kennenlernte. Ich traf sie erst vor ungefähr zwei Jahren, bei Dreharbeiten zu einem Film. Den Mann hatte sie vor dem Krieg geheiratet. Sie war damals noch ein halbes Kind, wie sie mir erzählte. Aber sie hat ihn sehr geliebt. So wie sie ihn beschrieb, muß er wie ein griechischer Gott ausgesehen haben.«

»Nicht wie ein deutscher Gott?«

»Ich kann mich nicht entsinnen, daß unsere Götter ihrer Schönheit wegen gerühmt werden.«

»Dieser Ehemann ist also im Krieg gefallen, nehme ich an?«

Wagner zuckte die Achseln. »Ich weiß nicht, ob er gefallen ist oder nicht, jedenfalls kam er nicht zu ihr zurück.«

»Jetzt kommt die übliche Frage bei einer Ermittlung: Wissen Sie, ob sie irgendwelche Feinde hatte?«

Wagner teilte ihm höchst zufrieden mit: »Meine Tochter hat sie gehaßt.«

»Soviel habe ich auch schon mitbekommen. Aber würden Sie Ihrer Tochter einen so scheußlichen Mord zutrauen?«

»Rosie ist eine sehr scheußliche Tochter.«

»Meine auch. Ich habe zwei.«

»Herzliches Beileid.«

»Kennen Sie einen Freund von Anna Grieban, der ein tragisch entstelltes Gesicht hat?«

Wagner ließ seine Finger über die Tasten gleiten. »Mir gegenüber hat sie eine solche Person nie erwähnt.« Er fing an, leise seine Komposition zu spielen.

»Sie haben ihn nicht gestern hier im Studio bemerkt?«

»Im Studio bemerke ich nur mein Klavier und meine Arbeitgeber. Ich versorge die Schauspieler mit Stimmungsmusik, ich und die Geiger, mehr machen wir hier nicht.«

»Eine reizende Melodie spielen Sie da. Sie haben sie selbst komponiert, nicht wahr?«

Wagner schaute von der Tastatur auf. »Woher wissen Sie das?«

»Miss Reville hat sie mir vorgesummt. Sie hält Sie für sehr begabt.«

»Miss Reville ist eine wunderbare Frau. Sie hat mir erzählt, daß Sie mich gestern abend dem Regisseur Fritz Lang empfohlen hat.«

»Oho, das ist erste Garnitur. Kein Vergleich zu diesem fetten Herrn Hitchcock.«

»Überschätzen Sie nicht Fritz Lang, und unterschätzen Sie nicht Alfred Hitchcock. Gibt es sonst noch etwas, was ich Ihnen erzählen könnte?«

»Ich weiß nicht«, sagte Farber freundlich, »gibt es etwas?«

Hitchcock hatte das Problem der Trickeinstellung gelöst.

»Also gut, Leute!« schrie er, »versuchen wir diese Aufnahme in einem Take zu drehen! Die Schauspieler bleiben bitte auf ihren Positionen, bis ich Action rufe.«

»Musik!« rief Alma. Die Musik setzte ein. Kriminalinspektor Farber stand jetzt hinter Hitchcock und beobachtete, wie das Hinterteil des Regisseurs bebte, während er die komplizierte Szene vorbereitete. Alma stand neben ihm, und hinter ihr stand Friedrich Regner. Der Schauspieler Hans Meyer, der sich als Bergkenner bezeichnet hatte, spazierte auf Zehenspitzen im Hintergrund umher.

Hitchcock bellte die beiden Befehle: »Kamera! Action!« Der Klappenjunge hielt das Brett vor die Kamera, auf dem die Nummer der Szene und das Datum vermerkt waren, und der Kameramann kurbelte los. Virginia Valli und Carmelita Geraghty kamen mit der Chorus Line angetanzt, strahlend lächelnd und krampfhaft bemüht, ihre Beinschwünge im Takt zu halten. Alma litt schon wieder, wie am Vortag, unter der Übelkeit, die die Zigaretten und Zigarren rauchenden Statisten an den Tischen des Pleasure Garden bei ihr hervorriefen. Das Orchestertrio versorgte die Schauspieler mit einer schmissigen Melodie, die nach einer Verfälschung von »Alexander's Ragtime Band« klang.

Ein Mädchen in der Chorus Line stolperte.

»Verdammte Scheiße!« brüllte Hitchcock und raufte sich das schütter werdende Haar. »Schnitt! Schnitt! Schnitt, verflucht noch mal!«

Tödliche Stille legte sich über die Tonbühne, eine tödliche Stille, die von einer donnernden Dissonanz der Klaviertastatur jäh gebrochen wurde.

»Behalten Sie Ihre Kommentare für sich, Herr Wagner!« schrie Hitchcock, was einiges nervöses Kichern auslöste.

Der Schreckensschrei einer Frau gellte über die Bühne. Farber drehte sich in die Richtung des Schreis.

»Mein Vater! Mein Vater!« kreischte Rosie Wagner. »Jemand hat meinen Vater ermordet!«

Rudolf Wagner war über die Tastatur gefallen. Ein Messer

stak in seinem Rücken, und ein strafender Blick lag in seinen Augen.

Viertes Kapitel

Inspektor Wilhelm Farber kochte vor Empörung. Wie konnte man praktisch vor seiner feinen Nase einen Mord verüben, während er dabei war, in einem anderen Mordfall zu ermitteln? Und wieder gab es keine Zeugen. Die beiden Geiger, die ihre Namen mit Martin und Johann angaben, behaupteten, daß sie in der Pause, die ihnen das tolpatschige Revuegirl gewährt hatte, damit beschäftigt waren, ihre Noten zu sortieren. Als die Kakophonie aus der Klaviertastatur erklang, hatten sie angenommen, daß Wagner auf diese Weise seiner Frustration und Ungeduld Luft machen wollte.

»Er war ziemlich oft frustriert und immer ungeduldig«, sagte Martin und schnaufte, was er stets tat, wenn er nervös war.

Johann fügte hinzu: »Ich glaube, es hat ihn auch aufgeregt, daß dieser Mensch ihn aus den Kulissen angestarrt hat.«

Farber fragte Hitchcock, der nun endgültig davon überzeugt war, daß sein Film ein Reinfall würde: »Glauben Sie, daß damit unser Freund mit dem entstellten Gesicht gemeint ist?«

»Könnte gut sein.« Er fragte die Musiker: »Hat einer von Ihnen diesen Mann gesehen?«

Johann kratzte sich am Kinn. Martin trat von einem Fuß auf den anderen. Beide fühlten sich nicht wohl in ihrer Haut und waren auf der Hut. Sie waren Kriegsveteranen und mißtrauten jeder Autorität, ja sie verachteten sie sogar. Sie waren alte Freunde, die überleben konnten, weil sie sich mit dürftigen Ambitionen zufriedengaben.

Farber bohrte weiter. »Hin und wieder hat sich hier ein Mann mit einem fürchterlich entstellten Gesicht blicken lassen. Haben Sie ihn gesehen?«

Johann zögerte einen Augenblick und sagte dann: »Gestern ist er kurz hier aufgekreuzt. Aber heute nicht. Heute habe ich ihn nicht gesehen. Martin? Hast du den Mann gesehen?«

»Ich sehe nichts außer meinen Noten. Du weißt doch, daß ich mich verspiele, wenn ich mich nicht genau konzentriere.« Hitchcock und Farber erklärte er: »Ich brauche völlige Konzentration. Und wenn ich mich konzentriere, kann um mich herum die Welt untergehen, ich kriege nichts mit.«

»Vielen Dank, die Herren. Sie haben mir sehr geholfen«, sagte Farber. Hitchcock fragte sich, ob er immer zu derart drastischen Übertreibungen neigte. Als sie sicher außerhalb der Hörweite der Musiker waren, sagte Farber: »Sie durften soeben zwei wunderbare Exemplare jener Spezies bewundern, die dafür verantwortlich ist, daß Deutschland sich nur so langsam von der Katastrophe des Krieges erholt. Zwei Idioten. Lieber Hitchcock, ich gebe zu, daß ich mit meinem Latein am Ende bin.«

»Was wir brauchen, ist eine starke Tasse Tee.« Er führte Farber zum Imbißwagen. Fast zwei Stunden waren inzwischen seit dem Mord an Wagner vergangen. Farber hatte mit einer Effizienz, die den anspruchsvollen Regisseur beeindruckte, mehr als zwei Dutzend Menschen verhört, die sich alle in der Nähe aufgehalten hatten. Das Ergebnis war niederschmetternd, doch Farber ließ sich nicht eine Sekunde seine Enttäuschung anmerken, selbst als Wagners Tochter Rosie einen hysterischen Weinkrampf bekam und ein Beruhigungsmittel einnehmen mußte, was Hitchcock und Alma ziemlich suspekt war, da sie von der Feindseligkeit zwischen dem Mädchen und ihrem Vater wußten. Einer von Farbers Untergebenen stellte sich zu ihm, während er seinen Tee umrührte, und teilte ihm etwas mit. Farber hörte mit ernstem Gesichtsausdruck zu, bedankte sich bei dem Mann und starrte nachdenklich in seinen Tee. Hitchcock fragte sich gerade, ob die Hüterin der Backwaren, die Verkörperung der karpatischen Bäuerin, ihn zum Armdrücken herausfordern würde, wenn er sich noch ein Stück Kuchen nahm.

»Nun, Herr Hitchcock«, sagte Farber, »es sieht ganz so aus, als sei das Messer, mit dem Wagner getötet wurde, dieselbe Waffe, mit der Anna Grieban umgebracht wurde.«

Hitchcock riß erstaunt die Augen auf. »Wollen Sie damit sagen, daß der Mörder einfach die Waffe mit ins Studio gebracht hat, frech wie Oskar?«

»Warum nicht? Man kann sie in einer Aktentasche tragen, einer Handtasche, einer Papiertüte, die augenscheinlich nur ein Pausenbrot und Obst enthält; sie kann zwischen den Seiten einer Zeitung versteckt sein. Und wir wissen jetzt mit Sicherheit, daß zwischen Grieban und Wagner eine Verbindung bestand.«

»Vielleicht waren sie ein Paar, und ein eifersüchtiger Liebhaber beschloß, der Sache ein Ende zu machen.«

»Ich kann mir die beiden schwer als Turteltäubchen vorstellen, Sie?«

»Jedenfalls kann ich mich nicht entsinnen, daß zwischen ihnen hier bei den Aufnahmen eine besondere Vertrautheit bestand. Aber andererseits bekomme ich ohnehin nicht viel mit, außer daß ich drauf und dran bin, hinter meinem Drehplan herzuhinken, was ich mir schlecht erlauben kann. Ich weiß, daß sie sich schon eine Weile kannten, aber das ist in Filmkreisen nicht ungewöhnlich, besonders in solchen, die so inzestuös sind wie dieser hier in München. Filmleute sind fürchterlich gesellig, selbst wenn sie einander hassen wie die Pest.«

»Wie viele Drehtage bleiben Ihnen noch?«

»Zehn kann ich mir noch leisten. Dann muß ich mich auf den nächsten Film vorbereiten.«

»Vielleicht taucht ja noch eine Lösung auf, bevor Sie hier fertig sind.« Hitchcock bezweifelte es, schwieg aber. Soviel verstand auch er von Mord: Man mußte sich, wenn es weder Zeugen noch Spuren gab, damit abfinden, daß die Chancen, den Mörder zu fassen, äußerst gering waren.

»Übrigens«, fragte Hitchcock, der wissen wollte, ob es nicht doch eine Spur gäbe, vielleicht eine Information, die Farber ihm lieber vorenthalten wollte, »waren Fingerabdrücke auf dem Messer?«

»Der Griff war sorgfältig abgewischt. Und, was noch schlimmer ist, es handelt sich um ein gewöhnliches Küchenmesser, eins, das man in jedem Laden kaufen kann. Ein sehr billiges Küchengerät.«

»Aber wirksam.«

Sie sahen, wie Alma sich ihnen mit forschem Schritt näherte. »Aha, Fräulein Reville«, sagte Farber lächelnd, »wie geht es der Tochter?«

»Sie werden es nicht glauben, aber Rosie hat sich mit ihrer Hysterie in einen katatonischen Zustand hineingesteigert. Man hat sie in eine Nervenheilanstalt gebracht.« Alma nahm Hitchcocks Tasse und trank einen Schluck Tee. »Schrecklich.«

»Ja, das ist wirklich tragisch«, sagte Farber.

»Ich meinte den Tee.«

Hitchcock verlangte seine Tasse zurück. Sein Gesicht nahm einen nachdenklichen Ausdruck an, und er starrte ins Leere. Alma bestellte sich Kaffee und ein Sandwich, während Farber sich auf seinem Block Notizen machte. »Ich würde gern wissen, ob man eine Katatonie vortäuschen kann.«

»Nicht in diesem Fall«, sagte Alma. »Ich war dabei, als man sie im Büro des Studioarztes untersuchte. Dieser nette junge Schauspieler . . . wie heißt er gleich . . . Hans Irgendwas . . .«

»Meyer . . . Hans Meyer . . . er ist Bergsteiger . . .«

»Genau, Hans Meyer. Er half dabei, sie ins Büro zu tragen. Wir haben mit angesehen, wie sie diese Zustände bekam, und einen Augenblick lang dachte der Doktor, sie hätte einen Herzschlag oder eine Art Schlaganfall. Sie wurde ganz grau . . .«

»Das war sie vorher schon«, sagte Hitchcock.

»Noch eine Schattierung blasser, Liebling, und dann bekam sie diesen schrecklich kalten, feuchten Schweißausbruch, und *so was* kann man nicht vortäuschen, mein Herz.«

»Nein, ich schätze, das geht wirklich nicht.«

»Ich nehme an, Herr Farber, daß Sie das ohnehin mit dem Doktor selbst besprechen wollen.«

»O ja. Ich werde es mit dem Doktor besprechen. Dann werde ich meinen Bericht schreiben, und tüchtiger Polizeibeamter, der ich bin, alle Spuren verfolgen, vor allem, wenn sie so nichtexistent sind wie in diesem Fall, und mich dann einem anderen Fall widmen. Und eines Tages in der Zukunft, der nahen Zukunft, wenn wir Glück haben, gibt es vielleicht einen plötzlichen Glückstreffer, und irgend jemand erinnert sich an etwas und erzählt mir davon, und ich werde meinen Mörder haben. Und nachdem ich Ihnen jetzt eine meiner Lieblingsphantasien verraten habe, verabschiede ich mich und werde mit dem Doktor reden.« Er klopfte Hitchcock auf die Schulter und ergriff dann, zu Almas Überraschung, ihre Hand, die, die das Sandwich hielt, und küßte sie. »Ah«, sagte er, »Knackwurst. Wie ich Knackwurst liebe.« Und damit begab er sich auf die Suche nach dem Arzt.

»Hast du das gesehen! Noch nie im Leben hat mir jemand die Hand geküßt.«

»Komm bloß nicht auf den Geschmack. Ich beherrsche diese Festlandmanieren nicht. Ich nehme an, es wird nicht viel Zweck haben, noch vor der Mittagspause weiterzudrehen.«

»Die Truppe ist schon seit einer halben Stunde beim Mittagessen. Ich habe dem dritten Assistenten die Erlaubnis dazu erteilt, als wir Rosie ins Büro des Doktors brachten. Ich darf noch hinzufügen, daß unsere beiden amerikanischen Stars in ihr Hotel zurückgefahren sind . . .«

»Das kann doch nicht wahr sein!«

». . . weil sie durch den Mord an Wagner viel zu aufgewühlt waren, um uns heute noch vor der Kamera von Nutzen zu sein. Sie haben versprochen, uns morgen in aller Frühe und Frische zur Verfügung zu stehen.«

»Aus der Traum.« Er suchte Trost im Kuchentablett.

»Keineswegs. Ich habe mir erlaubt, eine Sequenz von Genreaufnahmen mit den Revuegirls, den kostümierten Statisten et cetera, et cetera anzuberaumen, das wird uns den ganzen Nachmittag beschäftigen. Außerdem hast du dann mehr Material, mit dem du arbeiten kannst, wenn wir mit dem Schneiden beginnen. Der Film wird auf diese Weise ein bißchen teurer aussehen.«

Hitchcock lächelte entzückt, während er Almas Wange streichelte. »Sie sind teuflisch klug, Miss Reville. Versprechen Sie mir, für alle Zeiten in meinem Team zu bleiben.«

Sie versprach es, indem sie in einer übertriebenen Geste die Hände vor der Brust faltete. Dann wechselte sie das Thema. »Was hältst du davon?«

»Wovon?«

»Von den Mordfällen natürlich.«

»Ehrlich gesagt, ich bin mir nicht sicher, was ich davon halten soll.« Er gab die Informationen, die er vom Inspektor erhalten hatte, an sie weiter, dann gingen beide eine Zeitlang schweigend im Studio auf und ab. »Es ist doch sonnenklar, daß Anna und Wagner gemeinsam in irgendeine Sache verwickelt waren, oder aber über dieselben gefährlichen Informationen verfügten.«

»Was könnten das deiner Meinung nach für Informationen gewesen sein?«

»Ich bin mir nicht sicher. Das entstellte Gesicht hat etwas damit zu tun, darauf wette ich meinen letzten Shilling. Da war auch noch der Ehemann der Grieban, weißt du.«

»Von dem man annimmt, daß er verschollen ist.«

»Keineswegs. Das wissen wir überhaupt nicht. Wir wissen nur, daß es *nach* dem Krieg kein Lebenszeichen von ihm gab. Er soll übrigens ein ganz besonders hübscher Kerl gewesen sein.«

»Hitch! Glaubst du etwa, daß das entstellte Gesicht der Mann von Anna Grieban ist?«

»Genau das denke ich, so merkwürdig es klingt.«

»Und wenn er es ist, kam er zurück und stellte fest, daß sie eine Affäre mit Wagner hatte, und brachte sie beide um.«

»1925, sieben Jahre nach Kriegsende? Das ist eine ziemlich lange Zeit des Zauderns, besonders für einen eifersüchtigen Ehemann.«

»Nimm mal an, er hat die ganze Zeit im Krankenhaus verbracht, um sein Gesicht wieder zusammenflicken zu lassen.«

»Das Ergebnis haben wir ja gesehen. Er sollte sie verklagen.«

»Laß bitte die Witzchen und konzentrier dich auf die Fakten.« Sie saßen jetzt auf der Bühne des Pleasure Garden, und

Alma, die längst das Interesse an ihrem Sandwich verloren hatte, wärmte sich die Hände an der Kaffeetasse. »Vielleicht verbrachte er mehrere Jahre im Krankenhaus und war von der Welt abgeschnitten. Solche Fälle hat es in England auch gegeben. Sagen wir einmal, drei oder vier Jahre.« Sie hielt inne.

»Ich warte.« Die Schauspieler fanden sich nach und nach wieder auf der Bühne ein, und Hitchcock brannte darauf, seine Arbeit wiederaufzunehmen.

»Schließlich wird er entlassen. So, wie er aussieht, und anständig, wie er ist . . .«

»Anständige Leute begehen keinen Mord.«

»In einem Anfall von Leidenschaft tun sie es doch. Selbst die Anständigen werden unanständig, wenn die Schlange Sex neugierig aus dem Korb hervorschaut.«

»Was verstehen *Sie* denn davon, Fräulein Tugendhaft?«

»Ich hab Elinor Glyn gelesen. Auf jeden Fall, nachdem er das Krankenhaus verläßt, verhält er sich anständig und bleibt erst mal im Hintergrund.«

»Hätte denn Anna Grieban nicht erfahren, daß er im Krankenhaus war?«

»Es ist mehr als wahrscheinlich, daß sie es nicht wußte. So wie sein Gesicht zerschmettert war, weiß nur der liebe Gott, was mit dem Rest seines Körpers passiert ist. Der arme Kerl muß sehr gelitten haben.« Einen Augenblick lang sah sie sehr betrübt aus, dann fuhr sie mit ihrem Vortrag fort. »Wahrscheinlich war ja alles oder fast alles an ihm weggesprengt worden . . .«

»Ach du Schande, doch nicht *alles*!«

». . . seine Papiere . . . alles in der Art . . .«

»Deine Theorie hat aber einen Schwachpunkt.«

»Nämlich?«

»Seine Fingerabdrücke. Die seltenen Augenblicke, in denen wir einen Blick auf ihn werfen konnten, haben uns zumindest gezeigt, daß seine Finger bestens intakt waren.«

»Hitch, mußt du so eine Nervensäge sein?«

Er stand auf. »Zeit, mit der Arbeit anzufangen.« Dann wurde er merkwürdig still.

»Was ist los?«

»Du hast doch gesagt, daß dieser Schauspieler, Hans Meyer, dabei behilflich war, Rosie Wagner in das Büro des Doktors zu tragen.«

»Ja, er schien sehr besorgt zu sein.«

»Was hat er hier überhaupt noch zu suchen gehabt? Ich habe am frühen Morgen mit ihm gesprochen. Ich dachte, ich wäre ihn längst losgeworden.«

»Offensichtlich nicht.«

»Ob er sich noch hier herumtreibt?«

»Nein, er ist mit Rosie im Krankenwagen mitgefahren.«

»Ein völlig Fremder begleitet das kranke Mäuschen in die Nervenklinik? Wie merkwürdig.«

»Vielleicht waren sie sich ja gar nicht so fremd. Du hast ja selbst gesagt, wie inzestuös die Filmkreise hier sind.«

»Irgendwie habe ich den Eindruck gewonnen, daß diese unappetitliche Rosie Wagner nicht gerade die Sorte war, die irgendwer gern angeknabbert hätte. Farber war auch der Meinung.«

»Ach, hör doch auf, Hitch. Wir kennen doch haufenweise Männer und Frauen, für die Häßlichkeit das höchste der Gefühle ist. Wie heißt sie bloß, diese Musical-Komödiantin, die immer in dunklen Ecken unter den Brücken herumstromert und sich Penner sucht, und dieser, wie war doch gleich sein Name, dieser komische Theaterautor, der völlig verrückt auf Frauen mit einer Mißbildung ist? Und dieser Dingsda, der Schriftsteller, der seine Frau verlassen hat, um mit einer zweifach Amputierten in die Schweiz durchzubrennen?«

»Ich muß schon sagen, meine liebe Miss Reville, ich bin über diese Enthüllung Ihrer Bildung unter der Gürtellinie gehörig erstaunt.«

»Spiel nur nicht den Unschuldigen.«

»Also, ich nehme an, daß Herr Farber – übrigens ein netter Mensch – sich Hans Meyers annehmen wird. Das ist nicht unser Problem. Unser Problem liegt direkt vor unserer Nase . . .«, was er mit einer Geste seiner Hände unterstrich, die die ganze Bühne miteinbezog, »darum laß uns jetzt anfangen.«

La-la-la-la ... la-la-la ...

»Oje«, sagte Alma und blieb im letzten *la* stecken, »der arme Rudolf Wagner wird nie veröffentlicht werden.« Und zu Hitchcocks großer Bestürzung brach sie in Tränen aus.

In einem Londoner Büro in Whitehall brannte, weit nach Geschäftsschluß, noch helles Licht. Sir Arthur Willing war ein großer, vornehm aussehender Gentleman Mitte vierzig von soldatenhafter Statur. Im Moment aber saß er vornübergebeugt in seinem Stuhl vor einem Konferenztisch und vermittelte daher seinen Kollegen den Eindruck, daß er geschrumpft sei. Die beiden Männer, die bei ihm waren, sahen zu, wie Sir Arthur vorsichtig ein brennendes Streichholz an den Kopf seiner Bruyèrepfeife hielt. Zweifellos waren die anderen Männer seine Untergebenen, weil sie artig wie Untergebene warteten, bis sich ihr Häuptling endlich seine Pfeife angesteckt hatte und das Wort an sie richtete. Der dünne junge Mann mit dem spärlichen roten Haar hieß Nigel Pack. Nigel hatte sich mittlerweile zwei Stunden zum Abendessen mit einer Sekretärin verspätet, aber sie war ihm so hörig, daß sie ihm gesagt hatte, er könne zu jeder Nachtstunde in ihrer Wohnung aufkreuzen und wäre immer herzlich willkommen. Die Wohnung teilte sie sich mit zwei anderen Mädchen, aber zum Glück besaßen sie getrennte Schlafzimmer. Nigel gegenüber saß ein weiterer junger Mann, der Basil Cole hieß. Basils Koteletten und Schnurrbart trafen auf seinen Wangen zusammen, so daß er wie ein ewig neugieriges Äffchen aussah. Frauen konnten sich manchmal nicht entscheiden, ob sie ihn küssen oder mit Erdnüssen füttern sollten.

»Meine Herren«, sagte Sir Arthur und lehnte sich mit einem unzufriedenen Gesichtsausdruck zurück, »wie mein Vater in einem seiner selten nüchternen Momente gesagt hätte: Wir sitzen in der Scheiße.«

»So schlimm wird es wohl nicht sein, Sir, nicht wahr?« fragte Nigel.

»Oh, überhaupt nicht«, spottete Sir Arthur. »Wir verlieren zwei unserer besten Informanten in München, was nichts anderes bedeutet, als daß der Himmel weiß, ob sich die anderen nicht auch in Gefahr befinden, und dann sagt der Mann: ›so schlimm wird es wohl nicht sein‹, als würde er einen verstauchten Knöchel diagnostizieren. Und was meinen *Sie*, Cole?«

Basil Cole verschränkte die Arme und sprach mit Überzeugung. »Ich stimme Ihrem Vater zu. Wir sitzen in der Scheiße.«

»Und können nichts daran ändern«, fügte Sir Arthur verdrießlich hinzu. Er wandte sich Nigel zu. »Ich nehme an, daß die anderen gewarnt wurden?«

»Duncan ist irgendwo in Oberbayern untergetaucht. Der andere hat sich entschlossen, in München die Stellung zu halten, um Hitchcock und Miss Reville beobachten zu können.«

Sir Arthur beugte sich vor, faltete die Hände auf dem Tisch und schaute gequält drein. »Was macht die beiden eigentlich verdächtig?«

»Miss Reville schien sich ziemlich für Rudolf Wagner zu interessieren.« Es war Nigel Pack, der gesprochen hatte, und Basil Cole rutschte auf seinem Stuhl herum.

Sir Arthur sagte: »Nun ja, Wagner hatte schon ein bißchen den Ruf, ein Frauenheld zu sein, nicht wahr? Mit Anna Grieban hat er doch auch was gehabt, oder?«

Basil Cole sagte: »Hatte das nicht jeder? Wir wissen, daß die Frau leichte Beute war. Eine Zeitlang ist sie sogar auf den Strich gegangen. Aus ihrem Dossier geht hervor, daß sie ihren Körper praktisch jedem zur Verfügung gestellt hat, mit Ausnahme der Wissenschaft.«

»Sie hat saubere Arbeit geleistet.« Und für Sir Arthur war das die höchste Auszeichnung. »Sind Miss Reville und Hitchcock nicht verlobt?« Cole nickte. »Und keiner von beiden hatte vorher schon mal ein Verhältnis?«

»So ist es«, sagte Cole.

»Dann ist es kaum wahrscheinlich, daß Miss Revilles Interesse an Wagner sexueller Art war.«

Nigel Pack nahm den Faden wieder auf. »Trotzdem hat sie sich die Mühe gemacht, die Melodie auswendig zu lernen, und das ist äußerst lästig.«

»Eine entzückende Melodie«, sagte Sir Arthur. »Es wäre schrecklich, wenn wir sie verlieren würden.«

»Sie ist in Sicherheit«, sagte Cole.

»Du meinst, bis jetzt«, sagte Pack.

»Wie dem auch sei, immerhin hat Alma Reville dem Regisseur Fritz Lang Wagner als fähigen Komponisten empfohlen.«

»Genau das macht mir Sorgen«, sagte Sir Arthur, der plötzlich aufstand und im Raum auf und ab lief. »Seine Frau arbeitet im stillen für diese Hitlerbewegung. Sie ist eine berüchtigte Antisemitin.«

»Von dieser Art Leute sind selbst unsere Reihen nicht frei«, sagte Cole.

»Aber sie sind nicht so leidenschaftlich aktiv wie diese Frau. Sie kann uns noch gefährlich werden. Glauben Sie, daß sie versucht hat, Hitchcock und Miss Reville für ihre Sache zu gewinnen?«

»Das können wir nicht mit Sicherheit sagen«, meinte Pack, »aber wir werden die beiden zukünftig stärker überwachen. Sie bleiben noch in München, um einen weiteren Film zu drehen. Und das ist eine ziemlich plötzliche Entscheidung gewesen.«

»So plötzlich nun auch wieder nicht«, sagte Basil Cole. »Balcons Unternehmen . . .«

»Balcon?« fragte Sir Arthur gereizt.

»Michael Balcon. Hitchcocks Produzent und enger Freund.« Basil Cole warf einen prüfenden Blick auf einige Unterlagen, die vor ihm auf dem Tisch lagen. »Balcons Unternehmen lebt von der Hand in den Mund. Er macht seine Abschlüsse, wann immer und wo immer er kann. Offenbar ist die deutsche Seite mit Hitchcocks Leistung sehr zufrieden, man hat ihm angeboten, die Arbeit mit einem zweiten Film fortzusetzen. Er soll *Der Bergadler* heißen.«

»Es könnte aber genausogut Teil eines ausgeklügelten Plans sein, Hitchcock und Alma Reville einen Vorwand zu liefern, in München zu bleiben, ohne Verdacht zu erregen, nicht wahr?« Sir Arthur hatte Probleme mit seiner Pfeife, die immer wieder ausging, und sah aus, als würde er ihr gleich den Krieg erklären.

»Das ist eine Möglichkeit«, sagte Cole, »aber irgendwie habe ich das Gefühl, daß Hitchcock und Reville nichts weiter als harmlose Zuschauer in dieser Sache sind.«

»Vielleicht haben Sie recht, trotzdem bin ich dafür, sie genauestens zu bewachen. Da drüben in Deutschland braut sich ein gefährlicher Hexenkessel zusammen. Darum werden wir Mr. Hitchcock und Miss Reville im Auge behalten, wenn Sie nichts dagegen haben.«

»Oh, selbstverständlich nicht, Sir«, sagte Cole und konnte sich nicht verkneifen hinzuzufügen, »das dicke Ende kommt meistens noch.«

Es wunderte ihn nicht, daß seine Bemerkung mit eisigem Schweigen quittiert wurde.

Zwei Wochen später saß Hitchcock in seinem kleinen Büro des Münchner Filmstudios und führte ein Telefongespräch mit Michael Balcon in London. Die Verbindung war wie immer katastrophal, und beide brüllten.

»Ich habe gesagt, daß wir die letzte Aufnahme vor einer halben Stunde gedreht haben!« schrie Hitchcock. »Der Film ist fertig! Gott sei Dank ist er fertig!« Er lauschte. »Ich hab dich nicht verstanden! Was? Was?«

»Gratuliere! Ist er wenigstens gut geworden?« schrie Balcon.

»Nach dem Rohschnitt werde ich schlauer sein! Alma und ich setzen uns gleich morgen früh mit dem Cutter zusammen, und dann geht's los!«

»Ihr müßt euch beeilen! Die Dreharbeiten für *Der Bergadler* sind für Mitte Juli anberaumt!«

»Wir halten den Termin, keine Sorge. Sag mal, Mickey, uns geht allmählich das Geld aus!«

»Was hast du gesagt?«

»Ich sagte, uns geht das Geld aus!«

»Ach Geld, Geld, natürlich, diese lästige Nebensache. Ich werde dir spätestens nächsten Montag einen Bankscheck anweisen.«

»Nein, unbedingt eher! Wir leben auf Pump!«

»Mach dir keine Sorgen, das geht schon in Ordnung!«

Alma betrat das Büro und setzte sich auf einen Stuhl. Hitchcock warf ihr einen »Gott-sei-uns-gnädig«-Blick zu und rief ins Telefon: »Es ist wirklich ausgesprochen lästig, nicht bei Kasse zu sein!«

»Und die Polizei?«

»Ich denke nicht im Traum daran, die Polizei anzupumpen!«

»Du Knalltüte, ob sie eine neue Spur in den Mordfällen haben, will ich wissen!«

»Keine Ahnung. Inspektor Farber hat sich tagelang nicht blikken lassen.«

»O doch, hat er wohl«, warf Alma ein.

»Was? Was? Moment mal, Mickey.« Er legte die Hand über die Sprechmuschel. »Ist Farber hier?«

»Nein, er ist nur bis zur Bühne gekommen. Eigentlich wollte er dich sprechen, aber ich habe ihm gesagt, daß du gerade in einen Schreiwettkampf mit Mickey Balcon in London verwikkelt bist, darum hat er mir die Nachricht überbracht.«

Hitchcock schaute sie erwartungsvoll an. »Weiß er, wer die Morde verübt hat?«

»O nein. Wunder hat es keine gegeben. Es geht um Rosie Wagner. Sie ist aus der Nervenheilanstalt verschwunden. Ohne jede Spur.«

»Herrgott, wie denn?«

Alma zuckte die Achseln. Hitchcock gab die Neuigkeiten brüllend an Mickey Balcon weiter. Dann mußte er Balcon daran erinnern, wer Rosie Wagner war.

»Sag mal, Hitch!« schrie Balcon. »Glaubst du, daß man aus dem Stoff einen guten Thriller machen könnte?«

»Versuch bloß nicht, das Thema zu wechseln!« schrie Hitchcock. »Schick uns das verdammte Geld, sonst springen wir auf den nächsten Zug nach London!«

»Wagt es ja nicht! Das Geld ist schon unterwegs. Und bis es eintrifft, werde ich unsere Leute im Studio instruieren, daß sie dir genug vorschießen, um dich über Wasser zu halten. Wie geht's Alma?«

»Sie verhungert!« brüllte Hitchcock und knallte den Hörer auf. Wutschnaubend lehnte er sich in seinem Stuhl zurück. »Was zum Teufel ist hier eigentlich los?«

»Rosies Verschwinden?«

»Zum Teufel mit Rosie, diesem todlangweiligen Ding. Mit uns. Mit dir und mir.«

»Um Himmels willen, Hitch, ich liebe dich noch immer.«

»Das weiß ich doch. Das meine ich nicht. Mickey hat Besuch aus Whitehall gehabt. Vom britischen Geheimdienst. Sie haben ihn über *uns* ins Kreuzverhör genommen.«

Alma war entzückt. »Wie herrlich! Was haben wir ausgefressen?«

»Genau das wollten sie herausbekommen.« Er beugte sich vor. »Mein Liebling, es scheint der Verdacht zu bestehen, daß wir Böses im Schilde führen. Daß wir Spione sein könnten.«

»Wir, Spione? Du? Ich? *Ich*, von der jeder weiß, daß ich ein Geheimnis genau drei Minuten für mich behalten kann?« Sie schüttelte sich vor Lachen. »Oh, das ist wunderbar! Oh, wie köstlich! Und was hat Mickey den Herren von Whitehall gesagt?«

»Er hat ihnen in aller Höflichkeit gesagt, daß sie sich zum Teufel scheren sollen, aber äußerst höflich. Alma? Erinnerst du dich noch, wie ich vor drei Wochen sagte, wir befänden uns doch nicht in einem Spionagethriller? Meine Liebe, ich widerrufe diese Aussage. Ich habe den Verdacht, daß wir höchst unschuldig in eine sehr ärgerliche Situation gestolpert sind.« Er erhob sich von seinem Stuhl, ging um den Schreibtisch herum und half Alma auf die Füße. »Wir haben noch zwei Monate in Deutschland vor uns, mein Liebling. Wir müssen äußerst vorsichtig sein.«

»Hitch«, sagte sie düster.

»Was gibt's, mein Schatz?«

»Deine Bemerkung hat mir gerade einen eiskalten Schauer über den Rücken gejagt.«

»Mir auch, das kann ich dir sagen. Komm, meine Liebste, laß uns in die Kantine gehen und ein paar doppelte Whiskeys zu uns nehmen. Wir haben sie uns verdient und können sie brauchen.«

La-la-la-la . . . la-la-la . . .

»Und kannst du bitte mit dieser verfluchten Melodie aufhören?«

»Es geht nicht, Hitch. Es geht einfach nicht.«

TEIL ZWEI

London, Juni 1936

Fünftes Kapitel

Die Zeit meinte es gut mit Alfred und Alma. Sie heirateten am 2. Dezember 1926, nachdem die Dreharbeiten zu *Der Bergadler* abgeschlossen waren, einem so unglaublich schlechten Film, daß im Laufe der Zeit sämtliche Kopien davon verschwanden (»Glücklicherweise«, war Hitchcocks Kommentar). Am Samstag, den 7. Juli 1928, kam ihre Tochter Patricia in ihrer hübschen kleinen Wohnung in der Londoner Cromwell Road Nr. 153 zur Welt. 1929 führte Hitchcock bei seinem ersten richtigen Tonfilm *Erpressung* Regie; seine Hauptdarstellerin war die sinnliche Blondine Anny Ondra, auf die ihn Fritz Lang einst in dem Münchner Restaurant aufmerksam gemacht hatte. Ihre Stimme mußte allerdings von einer englischen Schauspielerin synchronisiert werden. Im Juni 1936 erholte sich das britische Commonwealth allmählich von seiner Trauer um George V., der am 17. Januar des Jahres verstorben war, um sich trüben Spekulationen hinzugeben, ob der etwas unzulängliche König Edward VIII. das Gerücht über seine angedrohte Abdankung vom Thron wahrmachen würde, wenn man ihm nicht gestattete, seine Herzensdame, die ehrgeizige und geschiedene Amerikanerin Mrs. Wallis Simpson aus Baltimore, zu heiraten.

Elf Jahre nach den ungelösten Mordfällen in München trafen Alfred und Alma Vorbereitungen für ihren zwanzigsten Film. Während der letzten zwei Jahre hatte Hitchcock mit so hervorragenden Spionagethrillern wie *Der Mann, der zuviel wußte, Neununddreißig Stufen, Secret Agent* und *Sabotage* zunehmend internationale Anerkennung gefunden. Das Drehbuch seines nächsten Spielfilms *Eine Dame verschwindet* machte ihm allerdings Sorgen. Den Drehbuchautoren Sidney Gilliat und Frank Launder gelang es einfach nicht, Hitchcocks Vorstellungen aus Ethel Lina Whites Romanvorlage *The Wheel Spins* herauszuarbeiten; das konnte nur Alma, und Hitchcock ahnte bereits, daß sie das Projekt in die Hand nehmen mußte. Es war sein zweiter Film mit dem Produzenten Edward Black, wobei der erste, *Jung und unschuldig*, nicht ganz so erfolgreich gelaufen war wie die anderen, so daß sich Hitchcock und seine Kritiker ausnahmsweise einmal einig waren.

Zusätzlich zu ihrer Wohnung in der Cromwell Road hatten sich die Hitchcocks ein bescheidenes Cottage in dem ruhigen und pittoresken Dorf Shamley Green in der Nähe von Guildford zugelegt. Man konnte es von London aus in weniger als einer Stunde mit dem Auto erreichen. Sie nannten das Häuschen, das ihre Zuflucht war, »Winter's Grace« und hielten sich darin so oft auf, wie sie konnten. In letzter Zeit war Alma häufig allein dort. Hitchcock war meistens in seinem Büro in den Gaumont-British-Studios anzutreffen, um seinen Drehbuchschreibern ein Script zu entlocken, das seinen Wünschen entsprach. An diesem speziellen Tag im Juni verbrachte Patricia ein langes Wochenende bei ihrer Tante Nelly und deren Kindern. Hitchcock hatte vor einiger Zeit angerufen, um Alma mitzuteilen, daß er heute früher nach Hause kommen, dafür aber einen Überraschungsgast zum Abendessen mitbringen würde. Alma war von dieser Art Überraschungen nicht besonders angetan; immerhin hatte er sie diesmal anständigerweise gewarnt, so daß sie ein leidliches Dinner hatte vorbereiten können. Sie war sich noch nicht ganz sicher, was sie als Nachspeise servieren sollte – Früchte mit Sahne, was Hitchcock gewöhnlich langweilte, oder einen Pudding mit allem Drum und Dran und einem gefährlich hohen Kaloriengehalt. Hitchcock hatte während der letzten elf Jahre so zugenommen, daß Alma jedesmal mit einem schlechten Gewissen kämpfte, wenn sie ihm eine ausgewogene Mahlzeit zubereitete. Sein Blick, wenn sie ihm gekochten Fisch und Gemüse vorsetzte, war unerträglich, es war der Blick eines betrogenen Mannes, verheiratet mit einer Frau, die vor ein Erschießungskommando gehörte, egal, wie sehr er sie liebte. Alma entschied sich für Biskuitkuchen mit Marmeladenfüllung.

Das Telefon klingelte.

Alma erkannte die Stimme sofort. Schon wieder diese verdammte Reporterin, die versuchte, aus Hitch eine Geschichte herauszuholen. »Miss Adair, ich habe Ihnen heute schon dreimal gesagt, daß Mr. Hitchcock im Studio ist. Ich habe nicht die geringste Ahnung, wann er nach Hause kommt«, log sie ungerührt. Sie mochte Nancy Adair nicht. Sie hatte nicht die leiseste Vorstellung, wie sie aussah, weil sie nichts als eine körperlose Stimme am Telefon war, eine Stimme, die ihrem Mann seit drei Tagen nachstellte. Die zu allem entschlossene Stimme einer freiberuflichen Journalistin, die begierig war, sich ein paar Pfund mit irgendeiner Story über Englands berühmtesten und angesehensten Regisseur zu verdienen. Nun ja, selbst Hollywood säuselte schon honigsüß in sein gar nicht so taubes Ohr.

»Ich weiß, daß er im Studio ist, weil ich vor dem Tor parke. Ohne Besuchserlaubnis will man mich aber nicht einlassen.«

»Wäre es dann nicht das beste, wenn Sie nach Hause gingen?« Wo immer *das* auch sein mag, und jetzt laß mich wieder mit meinem verdammten Biskuitkuchenrezept allein.

In Nancy Adairs Stimme hingen Tränen. »Bitte helfen Sie mir, Mrs. Hitchcock. Ich will ja nicht mehr als eine halbe Stunde seiner Zeit. Es würde so viel für meine Karriere bedeuten. Sie können sich nicht vorstellen, wie schwer es für eine Frau ist, einen Fuß in die Fleet Street zu bekommen . . .« Dann versuch's doch mal mit einem anderen Körperteil, dachte Alma. Und gleichzeitig fragte sie sich, ob diese Frau womöglich eine gute Figur und, noch schlimmer, blondes Haar hatte. Hitch war leichte Beute für eine gute Figur und einen blonden Haarschopf, ganz gleich, ob er mit Wasserstoffsuperoxyd gefärbt war oder nicht. Sie wußte, daß er eine heimliche Schwäche für Hollywoodblondinen wie Jean Harlow, Helen Twelvetrees und Alice Faye hatte. Derzeit suchte er eine Blondine für *Eine Dame verschwindet.* Die atemberaubende Madeleine Carroll, mit der er zwei seiner neueren Filme gedreht hatte, war im Moment nicht abkömmlich, und sein Produzent schreckte vor den Kosten zurück, eine Blondine aus Hollywood zu importieren. »Miss Appleby ...« – so hieß Hitchcocks Sekretärin – »hat gesagt, wenn *Sie* Mr. Hitchcock bäten, mir einen Gesprächstermin zu geben ...«

Alma unterbrach sie schroff. »Ich habe auf die beruflichen Angelegenheiten meines Mannes keinen Einfluß, Miss Adair ...« (möge Gott mir diese Aussage verzeihen!), »... und darum tut es mir leid, aber ich muß jetzt Schluß machen. Auf Wiedersehen.« Alma hängte ein.

Nancy Adair, die in einer Telefonzelle vor dem Eingangstor der Gaumont-British-Studios stand, knallte den Hörer auf die Gabel und stieß brüsk die Tür auf. Sie überquerte die Straße zu ihrem parkenden Wagen, während der Wachmann am Tor ihre perfekte Figur und die herrliche Mähne ihres blonden Haares bewunderte. In ihrem raffiniert geschnittenen Herrenanzug, einem Stil, den Marlene Dietrich unlängst in Mode gebracht hatte, wirkte Nancy Adair, als hätte sie die Dreißig noch vor sich. Ihr Gesicht war ein Meisterwerk ihres kunstfertigen Kosmetikers, dem Hochachtung gebührte, ihr Temperament verdankte sie ihren verstorbenen, unbeweinten Eltern. Sie setzte sich an das Steuer ihres Wagens, schlug die Tür zu, zündete sich eine Zigarette an und trommelte mit den Fingern ungeduldig auf das Lenkrad. Sie war eine sehr entschlossene junge Frau.

»Aber es ist doch ungemein schädlich, soviel Gewicht mit sich herumzutragen!« entfuhr es Hans Meyer, als er mit Hitchcock aus dem Verwaltungsgebäude trat und zusammen mit ihm auf dem Rücksitz der Limousine Platz nahm, die sie zum Cottage fahren sollte. Hitchcock hatte zugenommen und war gleichzeitig kahler geworden. Trotzdem fühlte er sich mit Ende Dreißig noch zu jung, um sich über Sterblichkeit Gedanken zu machen.

»Sie reden genau wie mein Arzt, und der ist ein physisches Wrack.« Hitchcock saß mit über dem Bauch gefalteten Händen da. »Aber ich möchte nicht über mich sprechen, sondern über Sie und was in Deutschland geschieht.«

»Was in unserem Land geschieht, ist eine *Schrecklichkeit.*« Das deutsche Wort klang häßlich, und Hitchcock zuckte zusammen. »Das bedeutet lähmende Angst, gräßlichen Horror, etwas Fürchterliches.«

»Wie meine letzten beiden Filme. Fahr doch vorsichtig, Edgar!« mahnte er den Chauffeur. Sie hätten fast einen Wagen gestreift, der von einer Blondine gelenkt wurde und im selben Augenblick von der anderen Straßenseite her losfuhr, als sie das Studio verließen.

»Das war ihre Schuld, Sir, die verdammte Schlampe«, sagte Edgar, der nur Hitchcock chauffierte, eigentlich war er Bühnenzimmerer von Beruf.

»Sie sagten gerade, Hans –«

»Ich weiß nicht, wo ich anfangen soll. Ich habe so ein Glück gehabt, heil herauszukommen.«

»Sie sind doch kein Jude, oder?«

»Nein, aber die Nazis beschränken sich nicht auf die Verfolgung von Juden. Sie verfolgen auch Zigeuner, Homosexuelle und Intellektuelle, die sich weigern, vor Hitler und seiner Bande einen Kratzfuß zu machen, und die mutig genug sind, offen gegen ihn Partei zu ergreifen . . .«

»Die Filme, die man hier von euch zu sehen bekommt, sind ziemlich scheußlich«, sagte Hitchcock, der vor kurzem ein Angebot, in Berlin zu drehen, entschlossen abgelehnt hatte.

»Wie können sie anders als scheußlich sein, es gibt ja nur Nazipropaganda oder altmodische Operetten.«

»Woher wußten Sie, daß Sie auf ihrer schwarzen Liste stehen?« Hitchcock fragte sich, was aus dem bleistiftdünnen Schnurrbart des Mannes geworden war. Glattrasiert und müde war Meyer vor zwei Wochen in England eingetroffen und hatte seinen Ohren nicht getraut, als ihm Hitchcocks Sekretärin mitteilte, daß sich Mr. Hitchcock durchaus an den jungen Schauspieler erinnerte, der bergsteigen konnte. Was noch wichtiger war: Während der letzten zehn Jahre hatte sich Meyer als Darsteller von Schurken und als *oddball*-Komiker nicht nur beim deutschen, sondern auch beim französischen und italienischen

Film einen Namen gemacht. Hitchcock hatte ihn in einer Reihe von Rollen gesehen und erwog, ihn in *Eine Dame verschwindet* unterzubringen.

»Wenn nach zehn Jahren kontinuierlicher Arbeit das Telefon nicht mehr klingelt und der Agent nicht mehr zurückruft, dann macht man sich langsam Gedanken, ob man nicht ein Problem hat.«

»Das kann ich mir vorstellen. Scheiß-Agenten. Aber jetzt sagen Sie mir bitte die Wahrheit. Was haben Sie getan, das die Mißbilligung der Nazis hervorrief?«

»Ich hatte eine Auseinandersetzung mit Leni Riefenstahl. Sie kennen ihre Arbeit?«

»O ja. Sie haben ein paar ihrer Sachen bei uns gezeigt. Sie steigt auch auf Berge.«

»So haben wir uns kennengelernt. Bei den Dreharbeiten zu *Das blaue Licht*. Sie ist ein großer Liebling der Nazis. Es ging auch das Gerücht, daß sie eine Zeitlang Hitlers Geliebte war.«

»Ich dachte, er bevorzugt Männer.«

»Sein Geschmack ist eher eklektisch. Übrigens vermutet man, daß er asexuell ist, nur muß das nicht unsere Sorge sein.«

»Aber seine.«

Meyer seufzte und rieb sich die Handflächen an den Hosenbeinen. »Die Riefenstahl wollte, daß ich mich den Nazis anschließe, aber ich konnte mich mit der Idee nicht anfreunden. Wissen Sie, ich habe immer davon geträumt, nach Hollywood zu gehen.« Hitchcock lächelte. »Nun ja, ein paar Schauspieler haben es ja auch geschafft, nicht wahr?«

»Immerhin hat es Peter Lorre zu einem Vertrag gebracht, trotz seiner schlechten Zähne und *seiner* Leibesfülle. Er wird wahrscheinlich den Rest seiner Karriere damit verbringen, den Fiesling in Krimis zu mimen.«

Hans Meyer fragte: »Glauben Sie, daß sich Mrs. Hitchcock noch an mich erinnert?«

»Gewiß doch, Hans Meyer, gewiß. Es vergeht keine Woche, in der wir nicht über diese fürchterlichen Morde sprechen. Alma und ich würden nämlich liebend gern einen Film über die Zeit damals drehen, aber wir haben noch keinen MacGuffin gefunden.«

»Einen was?« Hitchcock erklärte den MacGuffin. »Ach so!«

»Eine Zeitlang dachten wir noch, Rosie Wagner als unseren MacGuffin einzusetzen, aber uns fällt einfach nichts ein, was aus ihr geworden sein könnte. Haben *Sie* eine Ahnung? Sie waren offenbar mit ihr befreundet.«

»Nein, war ich nicht«, beeilte sich Meyer zu sagen.

»Aber Sie haben sie doch mit dem Krankenwagen in die Nervenheilanstalt begleitet.«

»Sie tat mir leid. Ich dachte, sie liegt im Sterben. Sie hatte ja niemanden mehr, so hat es mir jedenfalls der Studioarzt erzählt. Ihre Mutter war tot. Der Vater ermordet. Darum habe ich mich bereit erklärt, ins Sanatorium mitzufahren.«

»Wissen Sie, ob sie jemals wieder aus diesem katatonischen Zustand erwacht ist?«

»Muß sie ja wohl, sonst hätte sie nie so verschwinden können.«

»Wie ist sie denn verschwunden?« Hitchcock fragte sich, ob er endlich eine Spur hatte. Der Chauffeur namens Edgar verfluchte den leichtsinnigen Fahrstil der blonden Frau im Wagen hinter ihnen. Schon zweimal hatte es so ausgesehen, als ob sie entweder überholen oder neben ihnen herfahren wollte, und beide Male wäre sie fast mit einem entgegenkommenden Auto zusammengestoßen.

»So wie ich es gehört habe, verschwand sie auf ziemlich mysteriöse Weise. Es war wiederum der Studioarzt, der mir das erzählte, als Sie mir freundlicherweise die kleine Rolle in *Der Bergadler* gaben.«

»Erwähnen Sie bloß diesen *entsetzlichen* Film *nie wieder*. Edgar! Was ist denn hier los, zum Teufel noch mal? Wir befinden uns auf der Straße nach Guildford, nicht nach Le Mans!«

»Ich mache ja gar nichts, Hitch, sondern diese verfluchte Frau da in dem Wagen hinter uns. Das ist 'ne echte Landplage, sag ich Ihnen!«

»Dann versuchen Sie doch einfach, sie abzuhängen!«

»Was glauben Sie, was ich die ganze Zeit tue?« Edgar schwitzte, was für den stets kühl und gelassen wirkenden jungen Mann untypisch war.

Hitch wandte sich dem Schauspieler zu. »Was hat Ihnen der Arzt erzählt?«

»Anscheinend hat sie sich in Luft aufgelöst. Niemand hat sie gehen sehen. Und falls es Komplizen gab, hat man jedenfalls keinen das Krankenhaus betreten oder mit ihr verlassen sehen. Ist das nicht rätselhaft?«

»Allerdings sehr rätselhaft. Lassen Sie mich nachdenken – dieser reizende Inspektor, Farber. Ja, ich glaube, Farber hieß er.«

»Ja, genau. Wilhelm Farber.«

»Haben sich Ihre Wege jemals wieder gekreuzt? Am letzten Drehtag dieses *entsetzlichen* Films kam er noch einmal vorbei, um sich zu verabschieden und sich bei Alma und mir für das bißchen, was wir für ihn tun konnten, zu bedanken. Bei der Gelegenheit sagte er, daß er mit uns Verbindung halten und Bescheid geben würde, wenn es ihm jemals gelänge, die Morde aufzuklären. Leider haben wir nie wieder etwas von ihm gehört.«

»Soweit ich weiß, hat man sie bis heute nicht aufgeklärt.«

»Und ist Farber immer noch in München?«

Meyer befeuchtete seine Lippen und sagte dann: »Farber ist tot.«

Hitchcock griff sich ans Herz. »O nein!«

»Nun ja, falls Sie sich erinnern, war er ein ziemlich merkwürdiger Mann. Er hatte Sinn für Humor . . .«

»Höchst unpassend für einen Inspektor, es sei denn, es handelt sich um eine Romanfigur«, bemerkte Hitchcock spöttisch.

». . . und ein klares Augenmaß. Ich habe erfahren, daß er die Nazis beleidigt hat und . . . nun, man hat ihn in Dachau tot aufgefunden . . .«

»Dachau. Ja, ich entsinne mich, das ist nicht weit von München.«

»Ungefähr zehn Meilen.«

»Wie kann man nur in Dachau tot aufgefunden werden?«

Hans Meyer zuckte die Achseln. »Dem wenigen, was in der Zeitung stand, konnte man entnehmen, daß er inoffiziell hingefahren war, um irgend etwas auf eigene Faust zu ermitteln. Man fand ihn in einem Graben vor der Stadt, sein Wagen zu Klump gefahren, sein Körper von Kugeln durchsiebt . . .«

»Der Ärmste. Ob er vielleicht eine Spur verfolgte, die mit den Morden an Anna Grieban und Rudolf Wagner zusammenhing, oder ob es vielleicht etwas anderes war? Wir werden es wohl nie erfahren, nicht wahr?«

»Ich fürchte, nein.«

Hitchcock kurbelte das Fenster hinunter und schrie Nancy Adair an, als ihr Wagen sie überholte. »Du unfähige blöde Kuh! Edgar! Fahr da vorn in die Einfahrt, damit wir diese Frau ein für allemal loswerden! Unglaublich! Und eine hinreißende Blondine obendrein!« Hitchcock kurbelte das Fenster wieder hoch und lehnte sich zurück. Eine Weile fuhren sie schweigend dahin, während Hitchcock darauf wartete, daß sich sein heftig pochendes Herz wieder beruhigte und sein Blutdruck auf Normalmaß hinunterging. *La-la-la-la . . . la-la-la . . .*

Hans Meyer lächelte. »An diese Melodie erinnere ich mich noch genau!«

»Alma sorgt dafür, daß auch ich sie nicht vergessen kann. Selbst nach all den Jahren spukt sie uns beiden andauernd im Kopf herum. Alma ist davon überzeugt, daß sie irgend etwas zu bedeuten hat. Wissen Sie, Alma hat einmal gegenüber Rosie Wagner erwähnt – noch bevor ihr Vater ermordet wurde –, sie wünschte, es gäbe einen Text zu der Melodie, da hat Rosie sehr geheimnisvoll geantwortet: ›Vielleicht gibt es ja einen Text dazu‹, oder etwas in der Art. Jetzt hören wir aber auf, in der Vergangenheit zu wühlen, weil Sie das Ganze sowieso wieder für Alma aufwärmen müssen, am besten, während ich mir einen Ausweg aus den Ungereimtheiten dieses enttäuschenden Scripts einfallen lasse, das mir meine Drehbuchautoren da vorgesetzt haben . . .«

»Diese Rolle, von der Sie meinen, daß sie zu mir passen könnte . . .«

»Doktor Hartz. Ein echter Schurke. Das Problem ist nur, so wie er hier beschrieben ist, hat er keinen Charme. Ich möchte meine Schurken gern charmant haben. Ich möchte, daß sie dem Publikum gefallen. Und was werden mir meine Drehbuchautoren erzählen, wenn ich ihnen sage, daß Dr. Hartz keinen Charme hat? Sie werden mir erzählen, daß ich einen charmanten Schauspieler für die Rolle engagieren soll.«

»Ich kann sehr charmant sein, Hitch.«

»Das weiß ich, Hans. Ich weiß. Ich erwäge Sie auch ernsthaft. Und wenn es nicht klappt, werde ich sehen, wie ich Ihnen hier anderweitig helfen kann.« Er seufzte schwer. »Es gibt in London neuerdings so viele Flüchtlinge, die beim Film unterkommen wollen. Die eine Hälfte kommt aus Deutschland, die andere aus Hollywood, weil sie dort gestrandet sind. Conrad Veidt will die Rolle. Paul Lukas will die Rolle. Und die Schauspielergewerkschaft sitzt mir im Nacken, weil ich sie mit einem Engländer besetzen soll. Das Leben kann ganz schön hart sein.«

Edgar der Chauffeur quietschte vor Freude. »Sie hat eine Reifenpanne! Die verdammte Landplage hat eine Reifenpanne!«

Sie sahen, wie Nancy Adair sich ein Stück weiter vorn abmühte, einen Reifen zu wechseln. Hitchcock kurbelte sein Fenster hinunter und schrie im Vorbeifahren: »Mieten Sie sich ein Pferd!«

Eine Viertelstunde später trafen sie im Cottage ein. Der Chauffeur wollte so schnell wie möglich wieder bei seiner Frau in London sein, schlug daher eine Erfrischung aus und fuhr los. Alma gab Hitchcock, der Hans Meyer in das hübsche Wohnzimmer führte, einen Begrüßungskuß. Hitchcock fragte sie: »Erinnerst du dich an diesen jungen Mann? Jetzt ist er elf Jahre älter, und ihm fehlt sein bleistiftdünner Schnurrbart; in seinen Schläfen haben sich ein paar Spuren von Charakter-Grau eingenistet, und er befindet sich auf der Flucht vor den Nazis!«

Alma warf die Arme hoch und lachte. »Der Bergsteiger! Ich kann mich beim besten Willen nicht an Ihren Namen erinnern, aber Sie sind der Bergsteiger!«

»Hans Meyer«, sagte er, und sie umarmten einander herzlich.

»Was für eine nette Überraschung! Hitch, kümmre dich um die Drinks. Das Abendessen dauert noch ein bißchen, ich habe da ein Problem mit dem Nachtisch.«

»Oh, bitte keinen Nachtisch für mich!« sagte Hitchcock. »Ich mache ab sofort eine Diät.«

»Fangen Sie mich auf, Hans«, rief Alma. »Ich falle in Ohnmacht!«

Zwei Stunden später hatten sie gegessen und saßen bei Kaffee und Brandy im Wohnzimmer zusammen. Während des Dinners hatte Meyer noch einmal alles berichtet, was er Hitchcock im Auto erzählt hatte, wobei ihm Alma gebannt zuhörte. Jetzt fragte sie ihn: »Aber was ist mit Ihrer Familie? Es muß doch schrecklich für Sie sein, sie zurückzulassen. Mein Gott, wir wissen ja nicht einmal, ob Sie verheiratet sind. Sind Sie's?«

»Ich bin ein freier Mann«, antwortete Hans. »Ich habe als kleiner Junge meine Eltern verloren und wurde von der Familie meiner Mutter großgezogen. Sie sind nach Österreich ausgewandert und befinden sich in Sicherheit.«

»Dann müssen wir sehen, wie wir Ihnen hier helfen können«, sagte Alma, »nicht wahr, Hitch?«

»Wir werden unser Bestes tun. Noch etwas Brandy?« Meyer hielt ihm sein Brandyglas hin, und Hitchcock schenkte großzügig nach.

»Übrigens, Hitch. Irgendeine freischaffende Journalistin namens Nancy Adair hat ein paarmal hier angerufen, um einen Interviewtermin mit dir zu vereinbaren. Ich habe ihr gesagt, daß sie es im Studio versuchen soll . . .«

»Das hat sie getan, und ich habe keine Zeit für sie. Sag ihr, sie soll aufhören, hier anzurufen. Verdammte Quälgeister, diese Journalisten – ausgenommen natürlich, wenn man sie mal braucht.«

Das Telefon klingelte.

Almas Augen wurden zu Schlitzen. »Wenn *sie* das wieder ist . . .«

»Also *ich* gehe jedenfalls nicht ans Telefon«, sagte Hitchcock und goß sich sein Glas wieder voll.

»Vielleicht wäre es ja hilfreich, wenn ich abnehme?« erbot sich Hans.

»O ja, tun Sie das!« sagte Alma und lächelte glücklich. »Es könnte natürlich Patricia sein, aber gehen Sie nur ran.«

Hans ging zum Telefon hinüber. »Ja?«

»Könnte ich bitte Mr. Hitchcock sprechen? Ich heiße Nancy Adair und ...«

»Nun, Miss Adair ...«, Hitchcock und seine Frau warfen sich gequälte Blicke zu, »... er ist im Augenblick nicht abkömmlich.«

Während Hans Meyer Nancy Adair abwimmelte, sagte Alma zu Hitchcock: »Ich finde, wir sollten Hans fragen, ob er nicht über Nacht bleiben möchte. Dann könnte er morgen früh mit dir nach London zurückfahren.«

»Wenn es dir keine Umstände macht, Liebling.«

»Überhaupt nicht. Denn ich würde liebend gern noch etwas weiterschwatzen. Ich möchte noch soviel über die Dinge erfahren, die sich da drüben abspielen.« Sie wurde plötzlich ernst. »Diese wunderbaren Menschen, mit denen wir in München zusammengearbeitet haben. Ich wüßte gern, was aus ihnen geworden ist.«

Hans kam eben zurück und hörte, was Alma zuletzt gesagt hatte. »Viele von ihnen sind inzwischen sehr treue Nazis geworden.« Alma ließ die Schultern hängen. »Miss Adair hat vom Dorf aus angerufen.«

»Ach du Schreck!« schrie Hitchcock.

»Sie wollte vorbeikommen, aber ich habe sie entmutigt.«

»Gott segne Sie, lieber Hans«, sagte Alma. »Und soeben haben wir beschlossen, daß Sie hier die Nacht verbringen, es sei denn, Sie haben noch eine dringende Verabredung in London. Für den Fall könnten wir ein Taxi für Sie aus dem Dorf kommen lassen, aber das ist sündhaft teuer. Ansonsten können Sie morgen früh zusammen mit Hitch in die Stadt fahren. Edgar holt ihn gewöhnlich gegen neun Uhr ab. Ach, bleiben Sie doch bitte, ich würde zu gern noch hören, was mit –«

Das Telefon klingelte.

»Das kann doch nicht wahr sein«, sagte Hitchcock, »das kann einfach nicht wahr sein. Wenn das wieder diese Frau ist ...« Er winkte Alma und Hans zurück, die beide Anstalten machten, zum Telefon zu gehen. »*Ich* nehme ab!« Er schälte sich unwillig aus seinem Sessel heraus und schleppte sich schwerfällig durch das Zimmer zum Telefonapparat. »Wer ist da?« bellte er in den Hörer.

»Herr Hitchcock?« Die Stimme am anderen Ende gehörte einem Mann und war sehr schwach.

»Hitchcock am Apparat. Mit wem spreche ich, bitte? Ich kann Sie kaum verstehen. Könnten Sie vielleicht etwas lauter reden?« Er lauschte.

»Herr Hitchcock, hier spricht Friedrich Regner.« Das Sprechen bereitete ihm scheinbar viel Mühe. »Erinnern Sie sich an mich? An München? Die Emelka-Studios? Ich habe Ihnen damals ein Manuskript gegeben ...«

»Das mir nicht gefallen hat! Freddy Regner, wie geht es Ihnen, zum Teufel?«

»Freddy Regner!« rief Alma aus. »Ist es wirklich Freddy?« Hans Meyer starrte Hitchcock an und nippte an seinem Brandy.

»Es ist wirklich Freddy«, teilte Hitchcock Alma amüsiert mit. In die Sprechmuschel sagte er: »Das war Alma, die sich erkundigte, ob wirklich Freddy am Apparat sei. Wie geht es Ihnen, Freddy? Wo sind Sie? Geht es Ihnen gut?«

»Ich bin in London. Ich wohne bei einem Freund.«

»Wir möchten Sie so bald wie möglich sehen. Wo können wir uns verabreden?«

»Herr Hitchcock, es geht mir nicht gut. Wissen Sie, ich habe eine sehr schlimme Zeit in Deutschland hinter mir.«

»Wie furchtbar, Freddy.«

»Und es war nicht einfach, das Land zu verlassen. Aber jetzt bin ich hier und habe erfahren, daß Sie ein Haus auf dem Land besitzen, und da in Ihrer Londoner Wohnung niemand das Telefon abnimmt, habe ich hier angerufen. Ist das in Ordnung?«

»Natürlich. Wo wohnen Sie? Wenn Sie krank sind, komme ich Sie besuchen.«

»Ich habe ein Drehbuch für Sie, Herr Hitchcock.«

»Bitte nicht dasselbe, das Sie mir vor zehn Jahren gegeben haben«, scherzte Hitchcock.

»Ich glaube, daß Sie dieses sehr interessant finden werden. Ich möchte es Ihnen gern schicken. Heute abend noch.«

»Aber wenn Sie krank sind . . .«

»Der Freund, bei dem ich wohne, Martin Müller, wird es Ihnen bringen. Wenn Sie einverstanden sind, werde ich Martin ans Telefon rufen, damit Sie ihm den Weg beschreiben können. Bitte.«

»Ja, natürlich.«

»Und Sie werden das Script sofort lesen?« Die Dringlichkeit in Regners Stimme war nicht zu überhören. »Es ist sehr wichtig, daß Sie es sofort lesen. Es handelt nämlich von München. Als wir alle in München waren. Von den Morden.«

»Wie wunderbar! Alma und ich haben uns selbst schon an einem Drehbuch versucht, aber es wollte uns nicht so recht gelingen. Alma, Liebling! Freddy hat ein Drehbuch über die Münchner Morde geschrieben!«

»Wie wunderbar!«

Hans Meyer lächelte Alma zu, und sie hörten mit, wie Hitchcock ein paar einfache Anweisungen an Martin Müller durchgab. Dann meldete sich wieder Regner, um noch etwas zu sagen.

»Herr Hitchcock. Sie müssen äußerst vorsichtig sein. Das Drehbuch darf nicht in die falschen Hände fallen. Es gibt hier in London eine Reihe von gefährlichen Leuten, die mit den Nazis sympathisieren, und das Script stellt für diese Leute eine Bedrohung dar. Verstehen Sie mich, Herr Hitchcock? Ja? Verstehen Sie?«

»Ich verstehe. Ja, ja, ich verstehe durchaus. Haben Sie einen Arzt, der sich um Sie kümmert?« Aber die Leitung war tot. Hitchcock starrte das Telefon an und hängte dann ein. »Sehr merkwürdig. Wirklich äußerst merkwürdig. Daß sich Freddy Regner nach all den Jahren meldet. Sie kannten doch Freddy, nicht wahr, Hans?«

»O ja, vor vielen Jahren im Studio. Aber wir waren nur flüchtig miteinander bekannt. Er schickt Ihnen dieses Drehbuch durch seinen Freund?«

»Ja. Irgendein Mann namens Martin Müller. Sagt Ihnen der Name was, Hans?«

»Müller ist in Deutschland ein sehr geläufiger Name. Wie Jones oder Smith bei Ihnen.«

»Bei uns in England, Hans, ist Smith Smythe«, sagte Alma, »und Jones steht nie allein. Meistens folgt ihm ein Bindestrich und ein hochtrabender anderer Nachname, so wie Jones Bindestrich Hepplewhite. Etwas in der Art.«

Hitchcock saß jetzt wieder in seinem Sessel und wärmte sein Brandyglas in den Händen; nachdenklich schaute er vor sich hin.

»Stimmt etwas nicht, mein Schatz?«

»Ich bin mir nicht sicher. Das beunruhigt mich.« Er wiederholte Regners Warnung.

»Wie melodramatisch, Hitch«, sagte Alma. »Das klingt ja wie eine Szene aus einem unserer Filme.«

»Ja, es hat mich tatsächlich an Lucie Mannheims Warnung erinnert, die sie in *Neununddreißig Stufen* Robert Donat zuraunt, als sie mit einem Messer im Rücken in sein Schlafzimmer taumelt.«

Hans Meyer ergriff das Wort. »Wenn ich hier übernachten darf, muß ich meinem Freund in London Bescheid sagen, damit er sich keine Sorgen macht, wenn ich nicht nach Hause komme. Erlauben Sie?«

»Sie müssen an der Gabel rütteln, damit sich das Fräulein vom Amt aus dem Dorf einschaltet«, sagte Alma, »dann wird sie Sie durchstellen.« Als Hans zum Telefon ging, sagte Alma zu Hitchcock: »Stell dir das vor. Da hat er doch tatsächlich ein Drehbuch über die Morde in München geschrieben. Der arme Inspektor Farber. Wie gern hätte er es gelesen.«

Hitchcock antwortete nicht.

La-la-la-la . . . la-la-la . . .

»Ob wohl *darüber* etwas im Drehbuch steht?« sagte Hitchcock.

Sechstes Kapitel

Martin Müller war ein kleiner Mann mit großen Problemen. Sein altmodischer British Ford war der holprigen Straße, die zum Cottage der Hitchcocks führte, in keiner Weise gewachsen. Er kannte sich auf englischen Landstraßen nicht sonderlich aus; genauer gesagt kannte er sich mit dem englischen Verkehr im allgemeinen nicht sonderlich aus. Zweimal wäre er beinahe mit entgegenkommenden Wagen zusammengestoßen, weil er immer wieder vergaß, daß man in England auf der linken Straßenseite fuhr. Diese Engländer – o diese Engländer, gastfreundlich waren sie ja, aber nicht gerade freundlich. Und würde er sich jemals mit dem lauwarmen Bier und den Würstchen, die sich hauptsächlich aus Hafergrütze zusammensetzen, anfreunden können? Und der Rundfunk. Der BBC. Andauernd diese seichte Musik, bestens für Tanztees geeignet. Und dann die Sprache, diese komische Sprache. »Gekochte Süßigkeiten« bedeutete im Gegenteil »harte Bonbons«. Ein »kip« war ein Bett für die Nacht, nicht etwa die Abkürzung für Hering. Und ein »butcher's« wies keineswegs auf ein Geschäft hin, wo man Fleisch kaufen konnte, sondern bedeutete im Cockneyslang, sich etwas anzuschauen. (»Butcher's hook, have a look, kapiert, Martin?« – »*Nein*, kapier ich nicht.«)

Feiner Nieselregen fiel herab, und der monotone Rhythmus der Scheibenwischer machte ihn schläfrig. Er erblickte weiter vorn ein Cottage und besah sich noch einmal die Richtungsanweisungen, die Hitchcock ihm diktiert hatte. Das mußte es sein. Überall im Haus brannte Licht, und da es bereits nach Mitternacht war, konnte dies nur bedeuten, daß Hitchcock noch auf war und auf ihn wartete. Er trat aufs Gas. Als er die Auffahrt zum Haus erreichte, kam er an einem parkenden Wagen vorbei, der aber leer zu sein schien. Er fuhr noch ein Stück in die Auffahrt ein und brachte dann sein Auto zum Stehen. Er schaltete die Scheinwerfer aus und ergriff Regners Manuskript, das in einem versiegelten Umschlag auf dem Beifahrersitz lag. Um es vor dem Regen zu schützen, schob er es unter seine Jacke und umklammerte es fest. Er stieg aus, warf die Tür zu und eilte die Einfahrt hinauf, die von sorgfältig geschnittenen Hecken eingefaßt war. Außer dem Geräusch des niedergehenden Regens hörte er nichts.

Wenn das nicht das Hitchcock-Haus war, hatte er keine Ahnung, was er als nächstes tun sollte, außer Regner in London anzurufen und sich neue Anweisungen geben zu lassen. Freddy würde bestimmt ungehalten reagieren. Es würde bedeuten, daß Freddy Hitchcock noch einmal anrufen, Krankheit vortäuschen und um neue Wegbeschreibungen bitten müßte. Dann würde er Müller in irgendeiner Telefonzelle zurückrufen müssen, falls er das Glück hatte, in dieser einsamen Gegend überhaupt eine zu finden. Er hörte das Klavierspiel. Die Melodie. Rudolf Wagners Melodie. Gott sei Dank. Ich habe es gefunden. Er lächelte.

Dann wurde ihm das Messer in den Rücken gerammt.

Müller rang nach Luft und stolperte nach vorn. Die Klinge war so scharf, daß er sie kaum spürte. Aber er fühlte die Hände, die an seinen Armen zerrten, an seiner Jacke zerrten. Es machte ihn wütend. Es war nämlich eine neue Jacke. Er hatte monatelang dafür gespart. Jetzt würde es einen Dreiangel am Rückenteil geben, dort, wo die Klinge eingedrungen war, und nicht einmal ein Meisterschneider würde in der Lage sein, einen solchen Riß zu kaschieren. Martin kratzte eine Handvoll Dreck und ein paar Kieselsteine zusammen und rollte sich zur Seite, wobei er jetzt den Schmerz zu spüren begann, und warf den Sand und die Steinchen seinem Angreifer ins Gesicht. Wer immer es war, trug eine Wollmütze, die Gesicht, Ohren und Hals bedeckte – mit Ausnahme der Augen, der empfindlichen Augen. Der Angreifer schrie vor Schmerz auf und strauchelte rückwärts. Mit einer übermenschlichen Anstrengung rappelte sich Martin Müller auf und erreichte, indem er mit versagender Stimme nach Hitchcock rief, die Haustür und drückte die Klingel. Dann hörte er, wie sein Angreifer fluchte und in die entgegengesetzte Richtung davonlief.

Beim Läuten der Türglocke erstarrten Almas Finger auf der Klaviertastatur. Hitchcock sagte: »Ich gehe öffnen«, und watschelte an Hans Meyer vorbei, der ein Gähnen unterdrückte. Die Hitchcocks hatten schon vor einer Stunde versucht, ihn ins Bett zu schicken, aber er bestand darauf, aufzubleiben und gemeinsam mit ihnen zu warten. Hitchcock öffnete die Tür, und Martin Müller fiel ihm in die Arme. Hitchcock schrie um Hilfe. Alma und Hans kamen angerannt und halfen ihm, Müller ins Haus zu tragen.

»In meiner Jacke«, keuchte der Sterbende, »in meiner Jacke.« Hans Meyer trat einen Schritt näher, aber Hitchcock machte sich schon am Reißverschluß zu schaffen.

»Um Himmelswillen«, sagte Alma. Ihr Gesicht war blaß und blutleer. »Das Messer! Man hat es bis zum Schaft hineingestoßen! Hans! Rufen Sie das Fräulein vom Amt an! Sagen Sie ihr, daß sie einen Arzt und die Polizei vorbeischicken soll! Beeilen Sie sich!« Meyer rannte ans Telefon.

Hitchcock entfernte den Umschlag aus dem Inneren der Jacke und warf ihn auf die Couch. Er wußte nicht, was er mit Müller machen sollte, und beschloß, daß es das beste sei, ihn ausgestreckt auf dem Teppich vor dem Kamin liegenzulassen. Er wußte, daß der Versuch gefährlich war, das Messer ohne medizinische Kenntnisse zu entfernen, und er versuchte sein Möglichstes, den Mann irgendwie zu trösten. Müller bewegte die Lippen, aber kein Laut war zu hören. Meyer schrie ins Telefon, während Alma einen Brandy einschenkte und das Glas an Müllers Lippen hielt. Er schüttelte unter großer Anstrengung den Kopf, er war zu schwach, den Schnaps anzunehmen. Alma stellte das Glas auf den Kaffeetisch und kämpfte mit den Tränen. Er war ein so junger Mann, so klein und so verletzlich, und die Jacke schien auch neu zu sein; ihr haftete noch der herrliche Ledergeruch einer brandneuen Windjacke an. Wahrscheinlich ist er noch keine dreißig, dachte Alma, und entdeckte dann den ängstlichen Ausdruck in Müllers Augen, als er etwas beobachtete, was hinter ihrem Rücken geschah. Sie drehte sich um und sah, wie Hans Meyer den Umschlag von der Couch nahm. Instinktiv ging Alma zu Meyer hinüber und sagte: »Vielen Dank, Hans. Ich nehme Ihnen das ab.«

Hans Meyer händigte ihr den Umschlag aus; Alma preßte ihn fest an die Brust und kehrte wieder zu Hitchcock zurück. Hitchcock versuchte mit sanftem Druck, dem Mann Freddys Telefonnummer und Adresse zu entlocken, aber Müllers Augen waren geschlossen, und seine Ohren schienen nichts mehr aufzunehmen. Vorsichtig befühlte Hitchcock den Halsansatz des Mannes. Er konnte keinen Pulsschlag feststellen. Hitchcock setzte sich auf den Teppich. »Ich glaube, er ist tot.«

»Ihr schöner Teppich«, bemerkte Hans Meyer, »voller Blut. Ich fürchte, er ist hin.«

Alma blickte zu ihm auf und dachte, was für eine merkwürdige Aussage in einem so tragischen Augenblick. »Den Teppich kann man ersetzen«, stieß Alma schwach hervor, »den Mann nicht.« Sie hörte, wie irgendwo draußen auf der Straße ein Motor angelassen wurde und dann, unter dem vernehmlichen Quietschen von Reifen, das Geräusch eines sich entfernenden Wagens. Sie ging zum Fenster und zog den Vorhang zur Seite, aber obwohl sie den Wagen davonfahren hörte, sah sie nichts.

»Gott sei Dank ist Patricia nicht hier«, sagte Hitchcock. Er war aufgestanden, zu Alma ans Fenster getreten und legte den Arm um ihre Schultern.

»Ich habe gerade ein Auto wegfahren hören. Glaubst du vielleicht, daß . . .«

Hitchcock las ihre Gedanken. »Erzähl das der Polizei.« Wie auf Stichwort konnten sie in der Ferne das Auf- und Abheulen einer Polizeisirene hören.

»Das wird der Dorfsheriff sein«, sagte Alma.

Hitchcock stöhnte. »Hoffentlich hat er einen Dolmetscher mitgebracht. Ich verstehe kein Wort von dem, was der Mann sagt. Komm, wir brauchen einen Brandy. Es passiert ja nicht jede Nacht, daß uns ein Ermordeter in die Arme fällt. Gib mir das, bitte.« Hitchcock nahm Alma den Umschlag ab, ging zu seinem Schreibtisch, öffnete die oberste Schublade und schloß sie wieder zu, nachdem er den Umschlag darin verstaut hatte. Den Schlüssel steckte er ein. »Brandy, Hans? Nehmen Sie ruhig einen. Ich fürchte, wir müssen uns auf eine lange Sitzung mit der Dorfpolizei gefaßt machen. Ihr gesamtes Kriminalwissen haben sie sich aus Hollywoodfilmen abgeguckt; wir müssen viel Geduld mit ihnen haben.«

Fünf Minuten später traf Peregrine Hunt, der Dorfsheriff, mit zwei Schutzmännern ein, zwei grünen Jungs, die sich, wie Hitchcock mutmaßte, einen IQ von unter dreißig teilten. Peregrines Frau war die Postvorsteherin des Dorfes und gleichzeitig das Fräulein vom Amt. Die beiden teilten sich die Macht über ihr kleines Reich und schikanierten zu zweit die Untertanen. Die Hitchcocks nannten sie die Lunts. Peregrines schlechtsitzendes Gebiß bewirkte, daß er meistens undeutlich artikulierte. Die Hitchcocks hatten jedoch inzwischen gelernt, seine Worte zu den häufigen Gelegenheiten, wenn sie ihm beim Einkaufen im Dorf über den Weg liefen, mehr oder weniger zu dechiffrieren. Da Hitchcock die Berühmtheit des Ortes darstellte, verdächtigte er Peregrine, ihm überall aufzulauern, um ihm eine Unterhaltung aufzuzwingen. Peregrines Frau, die auf den seltsamen Namen Effinasia hörte (den Alma »Euthanasia« aussprach und manchmal, wenn sie mit der Frau zusammen war, mit Vergnügen in die Tat umgesetzt hätte), war eine Filmnärrin und in der Lage, ellenlange Dialoge aus beinahe jedem Hitchcock-Tonfilm auswendig herzusagen. Diesen Rekord hatte sie erst kürzlich durch ihre phantastische Nachahmung von Mae West auf einem Wohltätigkeitsball des Dorfes eingestellt. Die Nachhut der Polizeibeamten bildete der Dorfarzt, Oliver Grundle, den Alma, als er ihr vor mehreren Jahren vorgestellt wurde, als jemanden beschrieb, der von Rechts wegen in eine Aufführung von *Ein Mittsommernachtstraum* gehörte. Er war ein magerer, eckiger Mann, sicherlich schon jenseits der Fünfzig, der mit Vorliebe Äußerungen wie »oje« und »tss, tss« von sich gab und grundsätzlich Aspirin und starken Tee verschrieb, ganz gleich, ob man an einer Erkältung oder an Tuberkulose erkrankt war. Als er die Leiche sah, machte er »tss, tss«, sagte »oje« und kniete sich neben Müller auf den Boden.

»Er ist tot«, sagte der Doktor, und Hitchcock hielt sich gerade noch zurück, ihm zu der Diagnose zu gratulieren. »In den Rücken gestochen«, fuhr er fort, und Hitchcock goß sich Brandy nach. »Ermordet«, stellte der Doktor fest. »Ich kann eigentlich nichts weiter tun, als ihn ins Leichenschauhaus bringen zu lassen.« Er überlegte einen Augenblick. »Wir haben ja gar kein Leichenschauhaus.« Hitchcock erwog kurz den Vorschlag, man möge die Leiche im Schaufenster des Gemischtwarenhändlers ausstellen, beschloß dann aber, daß kleine Scherze den Doktor nur noch in größere Verwirrung stürzen würden.

»Wir werden ihn nach Guildford schaffen«, sagte Peregrine Hunt mit beinahe bewundernswerter Autorität. Er wandte sich einem seiner Untergebenen zu und befahl: »Rufen Sie Effinasia an und sagen Sie ihr, sie soll den Kohlenwagen vorbeischicken.« So klang es zwar nicht ganz, aber der junge Mann beschäftigte sich in seiner Freizeit mit dem Dekodieren und war in der Lage, Mrs. Hunt den Auftrag zu übermitteln, die gewöhnlich ihren Telefonschalter um ein Uhr früh schloß, in polizeilichen Notfällen jedoch mannhaft auf Posten stand, wie der Kapitän eines sinkenden Schiffes.

»Kohlenwagen ist unterwegs«, sagte der junge Mann und lächelte alle Anwesenden breit, aber im wesentlichen unbeachtet an.

»Also, Mr. Hitchcock, was können Sie mir über den Verstorbenen sagen, und wie kommt es, daß er mit einem Messer im Rücken auf Ihrem Teppich liegt?« Peregrine zückte einen Bleistift und ein Notizbuch, und einen kurzen Moment lang sehnte Alma die Anwesenheit des verstorbenen, weltgewandten deutschen Inspektors Wilhelm Farber herbei.

Die Aussagen der Hitchcocks und ihres Gastes waren kurz und sachlich. Sie erzählten dem Sheriff die ganze Geschichte, angefangen von Regners Anruf bis hin zur Übergabe des Umschlags durch den erstochenen Mann. Hitchcock bemerkte, wie Peregrine Hunt bewußt wurde, daß ihn der Fall völlig überforderte, daher schlug er taktvoll vor, Scotland Yard zu benachrichtigen und um Mitarbeit zu bitten. Während der Dorfpolizist sich mit seiner Entscheidung Zeit ließ, schenkte sich Dr. Grundle ein Gläschen Gin ein und wanderte im Zimmer umher, wobei er die Drucke bewunderte, mit denen Alma die Wände geschmückt hatte. Als der Kohlenwagen eintraf, hatte Peregrine Hunt bereits seine Frau gebeten, ihn mit Scotland Yard zu verbinden, und Hitchcock, der eine lange Nacht voraussah, bemerkte zu Alma, daß wohl eine große Kanne Kaffee und einige Sandwiches angebracht seien. Hans Meyer begleitete Alma in die Küche, die für seine bereitwillig angebotene Hilfe dankbar war.

Hitchcock nahm an seinem Schreibtisch Platz; es juckte ihn in den Fingern, die oberste Schublade aufzuschließen und einen Blick auf das Manuskript zu werfen. Peregrine Hunt hatte vorgeschlagen, die Leiche mit einem Laken zuzudecken, woraufhin Hitchcock einen von Hunts jungen Männern den Weg zu einem Wandschrank oben am Treppenabsatz wies. Er war zu erschöpft, sich selbst zu bemühen. Während er auf das Eintreffen der Männer von Scotland Yard wartete, rief sich Hitchcock soviel wie möglich von den Mordumständen in München ins Gedächtnis. Dann ging er im Geiste noch einmal die mysteriöse Unterhaltung mit Freddy Regner durch, die mittlerweile einige Stunden zurücklag. Alma und Hans Meyer trugen kaffee- und sandwichbeladene Tabletts herein, und Hitchcock sagte: »Wo zum Teufel finden wir jetzt Freddy Regner?«

»Regner. Friedrich Regner.« Kriminalhauptkommissar Michael Jennings vom New Scotland Yard war seit zwölf Jahren bei der Polizei, ein Veteran, den seine Kollegen nicht ohne Neid bewunderten und respektierten. Er war ein Polizeibeamter, der keinen Schmus duldete. Zwei Jahre nach seinem Beitritt in die Polizei hatte er sich von seiner Frau scheiden lassen, als er einsah, daß ihre ständigen Beschwerden über seinen Beruf ihn davon abhielten, sich vollständig auf seine Arbeit zu konzentrieren. Später erfuhr er, daß sie England verlassen hatte und

Krankenschwester in einer Leprakolonie auf Hawaii geworden war. In einer Menschenmenge wurde Jennings zu einem Jedermann ohne besondere Merkmale; gerade das war ihm bei einer Ermittlung besonders von Nutzen. Hitchcock bewunderte seine rasche Auffassungsgabe und die Gründlichkeit, mit der er die Aussagen der Hitchcocks und Hans Meyers aufnahm und sich dann darauf konzentrierte, Friedrich Regner ausfindig zu machen. »Als erstes morgen früh werde ich mich mit der Einwanderungsbehörde in Verbindung setzen. Sie müssen ja eine Akte über ihn führen. Keiner kann das Land betreten, ohne sich registrieren zu lassen, müssen Sie wissen.« Wieder stellte er sich vor den Kamin, wo Martin Müllers Leiche gelegen hatte, die aber längst mittels Kohlenwagen zum Leichenschauhaus in Guildford transportiert worden war. Er starrte mit einer solchen Intensität auf die leere Stelle, daß Hitchcock fast vermutete, er hoffe, dort alle Antworten lesen zu können. Ein anderer Beamter von Scotland Yard betrat das Haus und schloß leise die Tür hinter sich zu. Er war dankbar, daß der Regen aufgehört hatte, aber er sehnte sich nach seinem warmen Bett, das er neuerdings mit seiner frischgebackenen Ehefrau teilte.

»Im Wagen des Opfers ist nichts besonders Nützliches zu finden, Sir.« Er hieß Peter Dowerty und war erst kürzlich Kriminalhauptkommissar Jennings' Team zugeteilt worden. Jennings mochte ihn, hütete sich aber, ihm das zu sagen.

»Gut, erzählen Sie mir, was Sie gefunden haben, dann werden wir sehen, ob nicht doch etwas Nützliches dabei ist.«

Alma und Hans boten jedem im Wohnzimmer von ihren Imbiß-Tabletts an. Die Sandwiches und der Kaffee verschwanden so rasant, daß Alma sich an jene Heuschreckenplage erinnert fühlte, die einst ausgeschickt worden war, um die Verfolger der Israeliten zu vernichten.

Peter Dowerty räusperte sich und sagte seinem Vorgesetzten, daß er auf dem Beifahrersitz eine Seite mit Richtungsanweisungen gefunden hatte, jedenfalls nahm er an, daß es Richtungsanweisungen waren, da er darauf englische Ortsnamen erkannt hatte. Alles andere war jedoch in Druckschrift in einer fremden

Sprache vermerkt, von der er meinte, daß es vermutlich Deutsch war. Ferner lagen im Fach der Fahrertür ein Stadtplan von London und Umgebung, außerdem ein Schokoriegel und ein angebissenes Käsesandwich. »Cheddar«, sagte Dowerty, und Alma fand ihn richtig süß.

»Keine polizeiliche Anmeldung?« fragte Jennings ruhig.

»Hier, Sir.« Dowerty händigte Jennings die Bescheinigung aus. Jennings las mit sanfter, fast kultivierter Stimme vor: »Martin Müller, achtundzwanzig Jahre alt, ledig, männlich, Weißer und so weiter und so weiter und so weiter, wohnhaft in der Liverpool Road Nr. 8003, London. Gut, das wollen wir uns gleich mal ansehen. Dowerty, nehmen Sie sich das Telefonbuch von London vor, und schauen Sie, ob es eine Eintragung unter Müller gibt.« Dowerty befolgte eifrig die Instruktionen. Unter Martin Müller, Liverpool Street 8003, gab es keine Eintragung. »Das habe ich mir gedacht«, sagte Jennings beinahe selbstgefällig, »die Hausnummern in der Liverpool Road haben nämlich keine vierstelligen Zahlen.«

Hans Meyer gähnte und entschuldigte sich sogleich dafür. Jennings sagte ihm, er könne zu Bett gehen, wenn er wolle, da Jennings seine Aussage aufgenommen hätte und er nicht wüßte, was er der Ermittlung noch hinzufügen könne. »Also, Mr. Hitchcock . . .«

»Ja?« Hitchcock zog das Wort in die Länge wie einen Kaugummifaden. In Wirklichkeit kaute er auf einem Schinkensandwich herum und fragte sich, warum Alma den dazugehörigen Senf vergessen hatte.

»Glauben Sie, daß das Manuskript, das Ihnen der Mann gebracht hat, irgendeine Rolle bei diesem Mord spielt? Ich meine nur, wir sollten die Sache von allen Seiten aus betrachten. Ein alter Bekannter ruft an und bittet Sie darum, ein Szenarium zu lesen. Es hat nicht einmal Zeit bis morgen früh, nicht einmal für die Postzustellung, sondern es muß Ihnen noch heute nacht überbracht werden. Und« – er warf einen Blick in seine Notizen – »dann warnt er Sie außerdem, daß es gefährlich wäre, wenn es in die falschen Hände fiele. Wer könnte damit gemeint sein?«

»Wahrscheinlich irgendein anderer Regisseur«, sagte Hitchcock gleichmütig.

»Dürfte ich einmal in das Manuskript schauen?«

»Aber natürlich.« Er warf Alma einen Blick durch den Spiegel zu, der über dem Schreibtisch hing. Er sah außerdem im Spiegelbild hinter ihr, wie Hans Meyer, der soeben die Treppe hinaufsteigen wollte, sich anders besann und kehrtmachte, um das Gespräch zwischen Hitchcock und Jennings mit anzuhören. Hitchcock schloß die Schublade auf, entnahm ihr den Umschlag und schlitzte dann den Falz mit einem Briefmesser auf. Er holte das Manuskript heraus, das in einen lila Buchdeckel gebunden war. Hitchcock schnitt eine Grimasse.

»Stimmt etwas nicht?« fragte Jennings.

»Ich hasse lila. Ich finde lila vulgär. Das weckt Erinnerungen an lila Vergangenheiten und lila Wutausbrüche und einen grauenhaften Film, den ich einmal gesehen habe, der den Titel *Riders of the Purple Sage* trug, aber ich sollte nicht abschweifen. Das Manuskript ist viel zu dünn für ein Filmdrehbuch. Erlauben Sie, daß ich zuerst einmal selbst hineinschaue? Denn immerhin«, fügte er mit seinem typischen entwaffnenden Lächeln hinzu, »war es ja für mich bestimmt.«

»Unbedingt«, sagte der bewundernswert geduldige Jennings. Es war ganz offensichtlich, jedenfalls für Alma, daß der Mann seine Untersuchung abschließen und zum Hauptquartier zurückkehren wollte, um breiter angelegte Maßnahmen zu veranlassen.

Hitchcock verkündete: »Es trägt keinen Titel.« Er blätterte eine Seite um. »Und außerdem ist es überhaupt kein Szenarium. Es ist nichts weiter als eine Synopsis einer Drehbuchidee . . . Ich nehme an, daß Sie sich im Filmjargon ein wenig auskennen, Mr. Jennings?«

»Ein wenig.«

Hitchcock überreichte ihm das Script. »Schauen Sie hinein. Mir sagt es nichts. Lassen Sie sich nicht aufhalten, Hans. Ich glaube, hier gibt es nichts, was noch von Interesse wäre.«

Hans verstand den Wink mit dem Zaunpfahl und ging nach

oben. Jennings überflog die Seiten und sagte: »Hier steht ja eine Musiknotation.«

»Tatsächlich?« fragte Hitchcock freundlich. »Ich habe mal bei einem Musical Regie geführt, *Waltzes from Vienna.* Es wurde ein Riesenreinfall. Der Film war weder Wiener noch Walzer.«

Jennings gab Hitchcock das Manuskript zurück. »Ich fürchte, das bißchen, was ich hier überflogen habe, sagt mir nichts. Morde in München, ein verschwundenes Mädchen ...« Alma stockte der Atem. »Und die Melodie, die von einem ... stimmt der Ausdruck? Von einem Stimmungsmusiker komponiert wurde? Ist das überhaupt eine Berufsbezeichnung?«

»Damals beim Stummfilm gab es so etwas. Stimmungsmusik war zu jener Zeit ein Hilfsmittel, die Schauspieler in die jeweilige Gemütslage zu versetzen, die sie darstellen sollten. Gelegentlich hat es sogar was genutzt.«

»Aha. Eine letzte Frage noch, und dann lasse ich Sie zu Bett gehen. Ich denke, wir könnten alle etwas Schlaf gebrauchen.« Peregrine Hunt war bereits im Sitzen auf der Couch eingeschlafen. Der Doktor hatte sich längst verabschiedet, und Hunts grüne Jünglinge saßen neben der Küchentür und schauten völlig desinteressiert aus der Wäsche. Jennings richtete das Wort an Alma. »Sind Sie sicher, daß Sie das Auto, das Sie kurz nach dem Mord davonfahren hörten, nicht gesehen haben?«

»Nein, wie denn? Ich hörte es in einiger Entfernung, offensichtlich befand es sich schon irgendwo draußen auf der Landstraße, und außerdem sind die Hecken zu beiden Seiten unserer Auffahrt ziemlich hoch. Man kann unmöglich über sie hinwegschauen.«

»Es sei denn, man stünde auf der obersten Sprosse einer Leiter«, schlug Hitchcock vor. Jennings sah ein, daß es an der Zeit war, sein Verhör an diesem Punkt vorübergehend abzuschließen. Keinem war der gereizte Unterton in Hitchcocks Stimme entgangen, und inzwischen war es fast vier Uhr morgens. Viel Zeit zum Schlafen blieb ihnen nicht.

Ein paar Minuten später, als Jennings und seine zwei Assistenten in ihren Dienstwagen stiegen und Dowerty das Steuer übernahm, fragte Jennings: »Haben Sie einen anständigen Reifenabdruck von dem Wagen gefunden, den Mrs. Hitchcock davonfahren hörte?« Der dritte Mann, Angus McKellin, ein sturer Schotte, der sich schon als Teenager von Glasgow aus nach London aufgemacht hatte, sagte jetzt:

»Alle Spuren waren verwischt und unbrauchbar, Sir. Das Auto war auf einem Grasstück geparkt. Ich kann es aber noch mal versuchen, wenn Sie wollen.«

»Nicht nötig«, sagte Jennings, während Dowerty aus der Auffahrt herausfuhr, »wahrscheinlich war es sowieso ein Mietwagen. Selbst wenn wir ihn ausfindig machen, stoßen wir nur auf einen falschen Namen und einen gefälschten Führerschein.«

McKellin sagte fröhlich: »Mrs. Hitchcock ist ein flottes Frauenzimmer, was denken Sie, Chef?«

Der Chef dachte zwar, aber nicht an Alma Hitchcock. Seine Gedanken beschäftigten sich mit Friedrich Regners Manuskript. Er hatte genug davon gesehen, um überzeugt zu sein, daß eine eingehendere Prüfung des Materials erforderlich war, aber er wünschte nicht, daß die Hitchcocks Verdacht schöpften. Er zog seine Taschenuhr hervor und warf einen kurzen Blick darauf. Ein Anruf bei Sir Arthur Willing mußte wohl oder übel noch ein paar Stunden warten. Der leicht erzürnbare alte Knabe reagierte ziemlich ungehalten, wenn man seinen Schönheitsschlaf unterbrach.

Hitchcock und Alma saßen nebeneinander am Küchentisch und verschlangen das Manuskript. »Diese Schreibmaschine ist eine Katastrophe«, bemerkte Hitchcock. Alma war zu sehr in den Text vertieft, um einen Kommentar abzugeben. Sie las schneller als Hitchcock und trieb ihn an, sich ein bißchen zu beeilen. »Hör auf, mich zu drängeln«, sagte Hitchcock ärgerlich. »Das muß sehr sorgfältig gelesen werden.«

Eine halbe Stunde später lehnte er sich zurück und rieb sich die Augen. Almas Kopf ruhte in ihrer Handfläche, den Ellenbogen hatte sie auf den Tisch gestützt. »Nun, meine Angebetete, wie haben wir das Ganze zu verstehen?«

»Das ist doch sonnenklar, Hitch. Wir befinden uns mitten in einem Spionagekomplott. Wir stecken schon von Anfang an, seit den Morden in München, bis über beide Ohren in der Geschichte. Und es ist ziemlich offensichtlich, daß die Protagonisten in der Londoner Sequenz, der Regisseur und seine Frau, du und ich sind.«

»Wie ausgesprochen unangenehm. In dieser Story« – er tippte mit dem Zeigefinger auf das Manuskript – »ermorde ich jemanden, du wirst gekidnappt, ich flüchte vor der Polizei und begebe mich auf eine lange, gefährliche Suche über Land, um den Kopf eines Spionagerings zu stellen. Ich dachte, das hätten wir alles schon in den *Neununddreißig Stufen* erledigt!«

»Und die Melodie ist auch dabei. *La-la-la-la . . . la-la-la . . .*« Sie klatschte in die Hände. »Ich wette, sie *hat* auch einen Text. Erinnerst du dich, Rosie Wagner sagte doch, vielleicht gibt es ja einen Text dazu; ich setze ein ganzes Pfund gegen deinen Shilling, daß der Text in der Musiknotation versteckt ist. Laß uns zum Klavier gehen.« Bereitwillig nahm Hitchcock das Manuskript und folgte Alma zum Klavier, die sich davor setzte. Sie blätterte die Seiten des Manuskripts durch, bis sie die Noten gefunden hatte. Dann schickte sie Hitchcock zum Schreibtisch, um einen Bleistift zu holen, und er verzog angesichts des Blutflecks auf dem Teppich das Gesicht. Sobald Alma den Bleistift hatte, spielte sie leise die Noten ab, um Hans Meyer, der in dem darübergelegenen Zimmer schlief, nicht zu wecken. Aufmerksam las sie, was sie soeben aufgeschrieben hatte, und zuckte dann frustriert die Achseln. »Nichts als Noten. *Do mi fa sol, sol fa sol . . .* ich werde nicht schlau daraus.«

»Wir brauchen etwas Schlaf. Wir sind doch schon ganz benebelt. Es gibt viel zuviel, worüber wir nachdenken müssen, und das sollten wir mit einem klaren Kopf tun.«

»Glaubst du, daß wir Freddy Regner finden werden?«

»Wieso glaubst du, daß wir ihn nicht finden?«

»Ich kann mir vorstellen, daß Mr. Jennings die deutschen

Flüchtlingsorganisationen nach einer Spur abklappern wird, aber trotzdem, trotzdem . . .«

» *Was* trotzdem?«

»Ich glaube, Freddy Regner wird erst dann aufkreuzen, wenn ihm verdammt noch mal danach ist.« Sie dachte einen Augenblick nach und fügte dann düster hinzu: »Hitch? Glaubst du, man benutzt uns als Lockvögel?«

»Als Lockvögel wofür?«

»Mir fiel nur gerade ein, damals in München, nachdem wir die Dreharbeiten zu *Irrgarten der Leidenschaft* beendet hatten.«

»Was ist damit?«

»Du hast Michael Balcon in London durchs Telefon zugebrüllt, wie bitter nötig wir eine Geldspritze brauchten. Und da hat er dir erzählt, daß jemand von Whitehall bei ihm gewesen sei und Fragen über uns gestellt hat.« Hitch war plötzlich hellwach.

»Stimmt, ich erinnere mich. Ich habe es auch nie vergessen.« Alma folgte ihm in die Küche. Hitchcock hatte das Manuskript liegenlassen, aber Alma machte ihn darauf aufmerksam, und er nahm es vom Klavier herunter. In der Küche setzte Alma den Teekessel auf und stellte zwei Becher bereit. Im Fenster erschienen die ersten Strahlen der Morgendämmerung, aber weder Hitchcock noch Alma dachten daran, sich schlafen zu legen. Ihr Adrenalin arbeitete auf Hochtouren.

»Hitch. In *Eine Dame verschwindet . . .*«

Er riß erstaunt die Augen auf. »Die kleine alte Dame, die verschwindet! Sie bringt den beiden jungen Leuten eine Melodie bei, die sie in der kleinen Bergpension gehört hat, wo sie alle logieren. Und am Schluß der Geschichte entpuppt sich die Melodie als ein Geheimcode. Aber wie zum Teufel soll irgendein Spion vor elf Jahren in München geahnt haben, daß ich eines Tages eine verschlüsselte Melodie in einem Film benutzen würde, den ich erst in ein paar Monaten drehen werde, wenn alles gutgeht?«

»Die Antwort ist doch ganz offensichtlich. Niemand hat es vorausgeahnt. Das ist reiner Zufall. Verschlüsselte Melodien hat es auch früher schon in amerikanischen Spionagefilmen gegeben. Da war doch dieser fürchterliche Streifen mit Constance Bennett . . .«

»Ich frage mich, ob sie nicht für *Eine Dame verschwindet* genau die Richtige ist. Sie dreht ja gerade hier bei Gaumont-British einen Thriller mit Oskar Homolka und . . .«

»Hitch! Wir müssen diese Melodie entschlüsseln.«

»Nicht so schnell, mein Mädchen. Nicht so schnell.« Der Kessel pfiff, und Hitch sah geistesabwesend zu, wie Alma den Tee aufbrühte. »Ich schlage vor, daß wir morgen früh wieder in unsere Londoner Wohnung ziehen.«

»Warum denn, um Himmels willen? Es ist doch so schön hier.«

»Schön? Im Nebenzimmer haben wir einen schauerlich bluttränkten Teppich. Ein ermordeter Mann ist mir in die Arme gefallen. Man händigt uns ein mysteriöses Manuskript aus, das mir eine Karriere als Mörder und dir eine als Opfer einer Entführung prophezeit, aber du möchtest lieber auf dem Lande hocken und die Schönheiten der Natur bewundern. Meine liebe Alma, was ist aus deinem so schrecklich englischen Sportsgeist geworden? Wenn man uns schon als Lockvögel benutzt, dann finde ich, daß wir auch kooperieren sollten, meine Liebe.« Er hielt das Manuskript hoch. »Du weißt doch selbst, wie wir uns ständig die Hakken nach gutem Drehbuchmaterial ablaufen. Hier haben wir den Stoff, hier in meiner Hand. Aber wir müssen vorsichtig sein, sehr vorsichtig sogar. Wir müssen an das Wohlergehen unserer Tochter denken.«

»Du meine Güte!« entfuhr es Alma.

»Was denn? Was ist los?«

»Ich habe gerade an diese furchtbar hartnäckige Person gedacht, Nancy Adair! Wenn die Ärmste wüßte, was heute hier passiert ist und daß sie das alles versäumt hat, würde sie sich die Pulsadern aufschneiden!«

»Und keine Minute zu früh«, fand Hitchcock, nahm seinen Teebecher und trank.

Die Tür ging auf, und Hans Meyer steckte seinen Kopf in die Küche. »Guten Morgen!« Alma, die mit seinem plötzlichen Auftauchen nicht gerechnet hatte, stieß einen kleinen Schrei aus.

»Entschuldigung, wenn ich Sie erschreckt habe!«

»Lieber Gott, Hans«, rief Alma, »ich hatte Sie völlig vergessen.«

»Ich nicht«, sagte Hitchcock leise und nahm noch einen Schluck Tee.

Siebtes Kapitel

Es freute Sir Arthur ungemein, wenn er nach vielen Jahren alte Freunde wiedertraf und sie sagten: »Nanu, Arthur, du hast dich ja kein bißchen verändert.« Aber er hatte sich verändert; sie wußten es, und er wußte es, da der Mensch sich unweigerlich verändert. Früh am nächsten Morgen nach dem unerfreulichen Abenteuer im Cottage der Hitchcocks saß Sir Arthur im Konferenzzimmer des Geheimdienst-Hauptquartiers und stocherte mit einem Streichholz in seinem Pfeifenkopf herum. Seine langjährigen Assistenten Nigel Pack und Basil Cole waren bei ihm, außerdem Kriminalhauptkommissar Michael Jennings. Nigel Packs schütteres rotes Haar war den Weg allen schütteren Haares gegangen. Jetzt war er kahl, fünfzehn Pfund schwerer und unglücklich mit der Frau verheiratet, der er vor elf Jahren, als sie noch Sekretärin war, den Hof gemacht hatte. Basil Cole war Junggeselle geblieben, jedoch waren die Spuren seiner Gesichtsbehaarung schon geraume Zeit verschwunden, genauer gesagt an dem Tag, als er mitbekam, wie eine Frau in einem Restaurant über seinen dichten Schnurrbart und die üppig wuchernden Koteletten folgende Bemerkung gemacht hatte: »Das letztemal, als ich so ein Gesicht gesehen habe, bekam es gerade von Tarzan eine Banane.«

Jennings blickte durch das Fenster in den dichter werdenden Nebel – eine merkwürdige Erscheinung für einen Junitag – und wartete darauf, was Sir Arthur über die Ereignisse der vergangenen Nacht im Hause der Hitchcocks zu sagen hatte. Sir Arthur war eben dabei, Tabak in seinen Pfeifenkopf zu stopfen und sich laut zu fragen, warum noch niemand eine neue Kanne Tee bestellt hatte. Nigel Pack läutete eine Empfangsdame an und gab die Bestellung durch. »Was ist mit diesem Schauspieler Hans Meyer?« fragte Sir Arthur. »Was wissen wir über ihn?«

Jennings konsultierte sein Notizbuch. »Kürzlich eingetroffen, um Zuflucht vor den Nazis zu suchen. Offenbar seit einigen Monaten auf der schwarzen Liste der dortigen Filmindustrie. Kann eine ziemlich ordentliche Schauspielkarriere in Deutschland, Frankreich und Italien vorweisen, spricht mehrere Sprachen fließend. Hat ein Visum für die Vereinigten Staaten beantragt. 1925 in einem Hitchcock-Film in München mitgewirkt.«

»Irgendwas Politisches?«

»Unsere Nachforschungen über ihn sind noch nicht abgeschlossen.«

»Keine familiären Bindungen? Keine Ehefrau?«

»Keine Ehefrau. Die Familie hat vor einigen Jahren Deutschland verlassen.«

»Jüdisch? Homosexuell?«

»Nein, und wahrscheinlich auch nein. Aber andererseits kann man sich da heutzutage nie ganz sicher sein, nicht wahr?« Er hörte einen Stuhl knarren und schaute Basil Cole an, der einen unbehaglichen Eindruck machte.

»Nun, Mr. Jennings, Sie leisten gute Arbeit. Ich darf doch annehmen, daß Sie ein paar Ihrer besten Leute auf die Hitchcocks angesetzt haben?«

»Bewachung rund um die Uhr. Den Schauspieler lasse ich von mehreren Männern beschatten.« Jennings unterdrückte ein Gähnen und rieb sich die Augen, als eine Sekretärin mit einer frischen Kanne Tee den Raum betrat.

»Ah! Der Tee! Der wird Sie aufmuntern, Mr. Jennings. Geben Sie mir Ihre Tasse.« Sir Arthur plapperte wie ein Kasperle. Jennings fand, daß er nichts weiter brauchte als sein Bett, aber ach, sei's drum, für König und Vaterland (wobei er in diesem lausigen König kaum eine Respektsperson sah).

In ihrer gemütlichen Wohnung in der Cromwell Road Nr. 153 schnitt Alma Brotscheiben zum Toasten ab. Der Nebel kroch durch die Fenster; Hitchcock hatte versucht, die Fensterritzen mit Handtüchern abzudichten, aber es nützte nichts. Den ganzen Vormittag über hatte er mit Flüchtlingsorganisationen telefoniert, um Friedrich Regner ausfindig zu machen, aber nur frustrierende Auskünfte erhalten.

»Hör auf, so finster zu schauen, Liebling«, riet ihm Alma, »du siehst ja wie ein Verbrecher aus.«

»Es macht mich wahnsinnig. Ich wünschte, daß sich wenigstens dieser Kommissar bei mir melden würde.«

»Wenn du einfach mal die Leitung freimachst, dann hätte er eine Chance.« Das Telefon klingelte. »Siehst du?«

Hitchcock klemmte den Hörer zwischen Kinn und Schulter, während er eine Passage in Regners Manuskript überflog. Schläfrig und gedehnt fragte er: »Jaaaaa?«

»Mr. Hitchcock? Endlich!« zwitscherte Nancy Adair. »Hier spricht Nancy Adair!«

Hitchcock bedeckte die Sprechmuschel mit einer Hand und raunte Alma zu: »Jetzt haben wir den Salat.« Ins Telefon sagte er mit aufgesetzter Leutseligkeit: »Ah, Miss Adair, wir scheinen einander ständig zu verfehlen, wie eine Armee kurzsichtiger Soldaten.« Alma stellte das Radio an, um Nachrichten zu hören. Hitchcock hörte Nancy Adair zu, die um ein Interview bettelte. »Einen Augenblick, bitte, Miss Adair.« Hitchcocks Hand bedeckte abermals die Sprechmuschel, als er Alma mitteilte: »Wir werden diese Nervensäge nie mehr los, solange ich mich nicht mit ihr treffe. Erträgst du es, wenn ich sie bitte, heraufzukommen?«

»Bringen wir's hinter uns, wie Mutter zu sagen pflegte, wenn sie mir den Löffel Rizinusöl in den Mund schob.«

Nancy Adairs Stimme umschmeichelte dankbar Hitchcocks Ohr, während Alma laut ihrer Verwunderung darüber Ausdruck gab, daß die Nachrichten nichts über den Mord an Martin Müller gebracht hatten. Hitchcock sah auf seine Taschenuhr und sagte: »Vielleicht steht etwas in den Nachmittagsausgaben. Schließlich« – er plusterte sich wie eine Kropftaube auf – »bin ich Alfred *Hitchcock*.«

Alma schmierte Butter auf die Toastscheiben, während Hitchcock sich wieder über das Manuskript beugte. »Was machst du da?« fragte sie ihn.

»Ich mache eine Aufstellung aller Schritte, die Regner für uns in seinem Exposé vorgesehen hat.«

»Hör auf, *wir* zu sagen, als wären wir seine Protagonisten.«

»Hat er nun über einen Filmregisseur und seine Frau geschrieben oder nicht?«

»Nur ein kleiner Trick, um dein Interesse und dein Ego anzustacheln. In der Geschichte gibt es verdammt viele Löcher. Mindestens drei davon sind groß genug, daß ein ganzer Leichenwagen hindurchfahren könnte.«

»Was für ein unglücklich gewähltes Bild. Aber du hast recht. Es gibt hier mehr unverknüpfte Fäden als in *Sabotage*, und da habe ich reichlich unverknüpfte Fäden herumhängen lassen. Zum Beispiel verrät die Auflösung nicht, wer der Schuldige ist, der sich hinter alledem verbirgt. Das ist sehr nachlässig von ihm; seine Plots waren sonst immer bis ins letzte Detail ausgearbeitet. Und diese Melodie, die ich allmählich ebenso verabscheue und hasse wie die Schlager von Ivor Novello, ergibt nach wie vor keinen Sinn. *Do mi fa sol, sol fa sol.*« Er biß von seinem Buttertoast ab und starrte zum Fenster hinaus. »Verdammter Nebel. Verdammter Freddy Regner.« Das Telefon läutete. »Verdammte Nancy Adair.« Ins Telefon sagte er: »Jaaaaaa?«

»Mr. Hitchcock? Hier spricht Kriminalhauptkommissar Jennings.« Hitchcock erklärte Alma mit Gesten, daß Jennings am Telefon war. Sie lächelte und schenkte den Tee ein. »Es tut mir leid, daß ich mich jetzt erst bei Ihnen melde, aber ich habe den ganzen Vormittag in einer Sitzung verbracht.«

»Ist es Ihnen vielleicht gelungen, Friedrich Regner aufzuspüren, Mr. Jennings?«

»Ich fürchte nicht, Mr. Hitchcock. Es macht ganz den Anschein, als habe er das Land illegal betreten.«

»Geht denn das?« Hitchcock wußte, daß es ging. Er hatte aber häufig die Erfahrung gemacht, daß aufgesetzte Naivität ihn beim Herauskitzeln von Informationen weiterbrachte.

Jennings war ihm eine Nasenlänge voraus. »Wir wissen beide, daß es durchaus möglich ist. Er ist nicht bei der Einwanderungsbehörde registriert; das bedeutet, daß er wahrscheinlich mit einem Privatboot ankam und irgendwo an einem Küstenabschnitt an Land gesetzt wurde, von dem man wußte, daß er unbewacht ist.«

»Wahrscheinlich ist er dabei krank geworden«, bemerkte Hitchcock zwischen zwei Schluck Tee.

»Oh, natürlich. Sie erzählten ja, daß Regner erkrankt sei. Das hat er Ihnen jedenfalls gesagt. Es heißt noch lange nicht, daß er wirklich krank ist.«

»Das ist tatsächlich eine Idee. Er täuscht Krankheit vor, um seine Deckung nicht preisgeben zu müssen. Übrigens, Mr. Jennings, im Radio hat man über den Mord nichts gebracht. Ist das mit Absicht geschehen?«

»Sie könnten uns eigentlich dankbar sein. Oder wollen Sie etwa, daß Horden von Reportern Sie belagern?«

»Das macht mir nichts aus«, erwiderte Hitchcock leicht verärgert.

Jennings lachte. »Ihr Filmleute! Ihr könnt doch nie genug Publicity bekommen.«

»Mr. Jennings«, sagte Hitchcock feierlich, »Publicity ist eine große Hilfe, wenn man Kinokarten verkaufen will.«

»Haben Sie denn gerade einen Film, der verkauft werden muß?«

»Wo waren Sie eigentlich in der letzten Zeit, Mr. Jennings? In Tibet? Mein Film *Sabotage* läuft im Moment im Westend, und er kann jede Hilfe gebrauchen, die er kriegen kann.«

»Verstehen Sie, Mr. Hitchcock, wir haben beschlossen, so lange nichts über den Fall durchsickern zu lassen, bis wir mehr Informationen über Regner und das Opfer in der Hand haben. Aber ich werde weiter mit Ihnen in Kontakt bleiben.«

»Ich bin immer äußerst dankbar für kleine Gefälligkeiten. Auf Wiederhören, Mr. Jennings.« Als Hitchcock den Hörer einhängte, fügte er hinzu: »Wo immer du auch steckst.« Er berichtete Alma fast wörtlich, was Jennings gesagt hatte, woraufhin Alma ehrlich entrüstet die Hände in die Hüften stemmte.

»Bodenlose Frechheit der Polizei. Warum geben wir die Geschichte nicht selbst an die Presse weiter?« Hitchcock fand ihren verschlagenen Gesichtsausdruck entzückend.

»Findest du, wir sollten uns trauen?«

Es klingelte an der Tür.

Alma faltete fromm die Hände und lehnte sich gegen das Küchenbüfett. »Man kann dir schwerlich einen Vorwurf machen, wenn dir versehentlich etwas gegenüber unserer geliebten Miss Adair rausrutscht.«

Es klingelte noch einmal. »Geduld«, bemerkte Hitchcock, während er sich zur Gegensprechanlage an der Wand schleppte, »gehört offensichtlich nicht zu ihren Tugenden.« In die Sprechanlage fragte er: »Jaaaa?« und Nancy Adair quäkte ihren Namen. Hitchcock drückte auf den Türöffner, ging zur Wohnungstür und hielt sie auf. Alma warf einen prüfenden Blick in den Wohnzimmerspiegel und konstatierte, daß sie nichts verbessern könnte. Sie hörten, wie ihr Gast behende die Treppen heraufeilte, und Alma bemerkte, daß sie wie ein Steinbock klang, der von Fels zu Fels springt. Als Nancy Adair auf dem Flur ihres Stockwerks ankam, setzte Hitchcocks Herzschlag einmal aus, und als sie durch die Tür trat, mit einem Gesicht, das wie eine Bogenlampe leuchtete, wurde aus Almas Mund ein grimmiger dünner Strich. Eine Blondine. Eine schlanke, schöne Blondine.

»Sie sind also Nancy Adair«, sagte Hitchcock, als sie das Zimmer betrat und seine Hand schüttelte. »Das ist Mrs. Hitchcock.« Nancy Adair schüttelte Alma mit festem Griff die Hand.

Alma setzte ein gezwungenes Partylächeln auf und fragte die Reporterin: »Tee? Whiskey? Port? Oder Wein?« Man einigte sich auf Tee für alle, und Hitchcock und die Blondine nahmen einander gegenüber Platz, während Alma sich in die Küche zurückzog.

»Soso, Nancy Adair. Sie sehen überhaupt nicht wie eine Nancy Adair aus.«

Nancy wühlte in ihrer übergroßen Handtasche nach einem Notizbuch und einem Stift und erkundigte sich kokett: »Und was haben Sie erwartet?«

»Eine der üblichen unerotischen Fleet-Street-Gorgonen von

der besonders übereifrigen Sorte. Für welches Blatt schreiben Sie?«

»Ich arbeite freiberuflich. Ich dachte, das hätte ich Ihnen schon gesagt. Das Interview ist mit einem Zeitungsverbund in den Vereinigten Staaten abgestimmt worden. Wie ich höre, soll Ihr Film *Sabotage* demnächst dort anlaufen.«

»Jaaaa. Silvia Sidney, die die Frau des Spions spielt, ist in Amerika recht bekannt. Sie kennen ja das alte Sprichwort: ›Lache, und die Welt lacht mit dir. Weine, und du bist Silvia Sidney.‹«

»Darf ich Sie zitieren?« fragte sie begierig.

»Dafür sind Sie ja hier.« Er hatte sich mit über dem Bauch gefalteten Armen in seinen Stuhl zurückgelehnt und erwog eben, sie zu warnen, daß triviales Geschwätz ihn handgreiflich werden ließ. Aber erstaunlicherweise hatte sie eine Liste mit intelligenten Fragen vorbereitet, die er fast alle gutgelaunt beantwortete. Alma stellte mit dem Tee Kekse auf den Tisch und hoffte, daß sie nicht zu altbacken waren; die Büchse stand schon wochenlang in der Speisekammer.

Zwanzig Minuten später schaute Hitchcock auf die Uhr auf dem Kaminsims und wurde langsam unruhig. Nancy Adair fragte: »Und Ihr nächster Film?«

»Er soll *Eine Dame verschwindet* heißen. Es handelt sich um eine Adaption des Romans *The Wheel Spins* von Ethel Lina White. Eine Spionagegeschichte.«

»Waren nicht Ihre letzten fünf Filme ausnahmslos Spionagegeschichten?«

»Ja, wohl ein bißchen der gleiche Trott. Aber Spione sind doch sehr interessante Leute, finden Sie nicht?« Eigentlich wußte er, daß das Gegenteil der Fall war. Er wußte, daß sie meistens langweilig, unglücklich und verängstigt waren und obendrein schlechte Zähne hatten.

»Ich weiß nicht so recht. Ich glaube, ich habe noch nie einen Spion kennengelernt.« Sie lachte ein süßes kleines Lachen, und Alma faltete ihre Beine auseinander und wieder zusammen. »Sie?«

»Manchmal denke ich, schon.« Hitchcock kratzte sich am Kinn. »Ich glaube, daß ich vor elf Jahren in München Spionen begegnet bin. Jedenfalls glauben Alma und ich, daß sie Spione gewesen sein könnten, nicht wahr, Liebling?«

»Ja«, sagte Alma und wünschte sich, Nancy Adair endlich loszusein, aber Hitchcock tischte ihr soeben als Leckerbissen die Mordsgeschichte aus München auf.

»Das ist ja eine phantastische Story!« rief die Blondine. »Warum wurde sie all die Jahre unter Verschluß gehalten?«

»Das weiß ich auch nicht so genau«, sagte Hitchcock. »Ich kann mir aber vorstellen, wenn die Opfer internationale Stars gewesen wären, hätte man ihnen vielleicht in diesem Land die eine oder andere Schlagzeile gegönnt. Aber leider waren sie im Leben genauso unbedeutend wie im Tod.«

»Wie der Mann, der letzte Nacht ermordet wurde?«

Alma ließ fast ihre Teetasse fallen, und Hitchcock fragte: »Woher wissen Sie das?«

»Haben Sie ganz vergessen, daß ich zu dem Zeitpunkt in Ihrem Dorf war?«

Alma fragte: »Sind Sie etwa noch geblieben, obwohl ich Ihnen gesagt hatte, daß es keinen Sinn hätte zu warten?«

»Ehrlich gesagt, ich wollte später noch einmal anrufen und ein letztes Mal versuchen, Sie umzustimmen, darum aß ich im Gasthof zu Abend und verbrachte auch die Nacht dort. Das Fräulein vom Amt rief dann offenbar die Frau des Pensionsinhabers an, um ihr von dem Mord zu berichten. Als sie das Frühstück servierte, erzählte sie mir davon. Ich kann mir vorstellen, daß inzwischen das ganze Dorf Bescheid weiß.«

Hitchcock sagte zu Alma: »Soviel zu Mr. Jennings' Geheimhaltungstaktik.« Nancy Adair war aufgestanden.

»Sie haben so eine reizende Wohnung, Mrs. Hitchcock. Ich würde sie gern ein wenig in meinem Artikel beschreiben. Haben Sie etwas dagegen, wenn ich mich ein bißchen umsehe?«

Alma sammelte das Teegeschirr auf einem Tablett ein und führte sie in die Küche. »Es gibt nicht besonders viel zu sehen. Eigentlich ist es eine ganz gewöhnliche kleine Wohnung. Wir halten uns hier nicht mehr so oft auf wie früher. Wir lieben unser Cottage sehr.« Hitchcock folgte ihnen in die Küche und dachte daran, daß er Alma tadeln sollte, weil sie trockene Kekse serviert hatte.

»Und sind das Ihre Notizen für Ihren neuen Film?« Miss Adair stand am Tisch und blätterte ungeniert die Seiten des Manuskriptes um. Was für eine Dreistigkeit, dachte Alma. Hitchcock nahm ihr das Manuskript ab und legte es mit dem Titel nach unten auf seine eigenen Notizen.

»Ich mag es nicht, wenn man meine Notizen liest, Miss Adair«, sagte Hitchcock vorwurfsvoll.

»Oh, das tut mir schrecklich leid. Das ist bei uns Reportern einfach eine Berufskrankheit.«

Alma unterbrach sie. »Hitch, ich habe das Gefühl, daß wir uns zu der Sitzung verspäten. Sie müssen uns verzeihen, Miss Adair, aber wir haben gleich eine Produktionssitzung im Studio.«

Hitchcock starrte nachdenklich die Blondine an. Dann explodierte er: »Sie haben gestern versucht, uns von der Straße abzudrängen!«

»Oje, ich habe schon befürchtet, daß Sie mich erkennen werden.«

»Sie erkennen! Ich sollte Sie erwürgen!«

»Ich wollte Sie doch gar nicht abdrängen, wirklich nicht. Ich wollte nur Ihre Aufmerksamkeit . . .«

»*Das* ist Ihnen allerdings gelungen!«

Alma sagte zu Hitchcock: »Davon hast du mir ja gar nichts erzählt.«

»Ich wollte dich nicht beunruhigen.«

»Vielleicht ist die Sache ja schon ein bißchen verjährt«, sagte Alma, »aber ich bin auch jetzt noch beunruhigt.«

»Ich möchte Sie nicht länger aufhalten«, sagte Nancy Adair und lief eilig ins Wohnzimmer, um ihre Sachen zusammenzusuchen. »Ich bin Ihnen wirklich dankbar für die Zeit, die Sie mir geopfert haben, Mr. Hitchcock.«

Hitchcock hielt ihr die Tür auf. »Schicken Sie mir auch bestimmt eine Kopie Ihrer Story, wenn Sie sie geschrieben haben.«

»Unbedingt. Auf Wiedersehen, Mrs. Hitchcock, der Tee war wunderbar.«

»Die Kekse waren altbacken.«

Alma funkelte Hitchcock wütend an, und nachdem die Reporterin gegangen und die Tür wieder geschlossen war, sagte sie: »Ich mag diese Frau nicht.«

»Das wichtigste ist dir dabei entgangen«, sagte Hitchcock, als Alma ihm in die Küche zurückfolgte.

»Nämlich?«

»Sie hat offensichtlich nicht versucht, den Mord an Martin Müller an eine Zeitung zu verhökern.«

»Oh!«

»Allerdings. Oh.«

»Vielleicht hat sie es ja doch versucht, nur hat sich die Polizei mit allen Zeitungen in Verbindung gesetzt und angeordnet, die Story zurückzuhalten.«

»Vielleicht. Aber mir schmeckt die Sache überhaupt nicht. Ich glaube, ich sollte Kommissar Jennings davon in Kenntnis setzen.« Hitchcock rief New Scotland Yard an, mußte aber erfahren, daß Jennings nicht im Büro war. Er hinterließ seinen Namen und seine Telefonnummer. Dann vertiefte er sich wieder in seine Notizen, während Alma mit ihrer Schwägerin telefonierte und mit Patricia plauderte.

»Patricia amüsiert sich köstlich«, sagte Alma zu Hitchcock und stellte das Teegeschirr in den Ausguß. »Der Nebel hat ihnen einen Strich durch das Picknick gemacht, darum gehen sie ins Kintopp. Fred Astaire und Ginger Rogers. Hitch, du hörst mir gar nicht zu.«

»Das liegt an diesem verdammten Manuskript. Irgendwas ist faul daran, aber ich weiß einfach nicht, was. Offensichtlich möchte Regner, daß ich die fehlenden Mosaiksteinchen einsetze, aber ich weiß nicht, wie.« Er lehnte sich in seinem Stuhl zurück, der unter der Last ächzte. »Ich kann diese Geschichte einfach nicht knacken.«

»Vielleicht hättest du Miss Adair bitten sollen, sie sich einmal vorzunehmen«, sagte Alma angriffslustig.

»Vielleicht sollte ich mir lieber *dich* vornehmen, Freundchen, ein für allemal.« Das Telefon klingelte. »Das ist vielleicht Jennings.« Er ging zum Telefon. »Jaaaaaaa?« Er hörte zu und zischte in Almas Richtung, damit sie am Abwaschbecken Ruhe gebe. Sie drehte die Hähne zu und blickte interessiert zu Hitchcock hinüber. »Wo sind Sie? Sie klingen so komisch. Und Ihr Manuskript ...« Alma stellte sich neben Hitchcock. »... ist ausgesprochen merkwürdig. Ich glaube kaum, daß ich etwas damit anfangen kann, solange wir es nicht gemeinsam durchsprechen. Außerdem sucht die Polizei nach Ihnen. Müller ist ermordet worden. Ja, Sie haben recht gehört, ermordet, genau auf meiner verdammten Türschwelle – im wahrsten Sinne des Wortes.« Er raunte Alma zu: »Das arme Schwein ist außer sich vor Angst, und wir haben eine grauenhaft schlechte Verbindung. Er klingt überhaupt nicht so wie gestern abend. Hallo, hallo, hallo. Was für eine fürchterliche Leitung.« Er lauschte mit angespannt verzerrtem Gesicht, während er versuchte, sich aus dem, was am anderen Ende gesagt wurde, einen Reim zu machen. »Natürlich weiß ich, wo das ist. Ich werde so schnell wie möglich dort sein. Ein Taxi in dieser Waschküche zu finden wird zwar die Hölle sein, aber wir kommen.« Er knallte den Hörer auf. »Regner ist im Teehäuschen am Serpentinen-Teich im Hyde Park.«

»Einen idiotischeren Treffpunkt hätte er sich bei diesem Nebel gar nicht aussuchen können.« Hitchcock griff nach dem Blatt Papier, auf dem er seine Notizen aufgeschrieben hatte, faltete es und verstaute es in seiner Jackettasche. Alma stand im Wohnzimmer vor dem Spiegel und setzte ihren Hut auf.

»Komm schon«, drängelte Hitchcock, »wir haben jetzt keine Zeit, uns auch noch hübsch zu machen.« Sie jagten aus der Wohnung; Hitchcock machte die Tür hinter sich zu. Als sie die Treppe hinunterliefen, hörten sie noch das Telefon klingeln, aber sie hatten jetzt keine Zeit mehr, noch einmal umzukehren.

In seinem Büro ließ Jennings das Telefon der Hitchcocks noch ein paarmal läuten, dann gab er auf. Er wandte sich wieder Peter Dowerty zu, der ihm am Schreibtisch gegenübersaß. »Komisch. Er hat doch erst vor einer halben Stunde angerufen.«

»Hitchcock?«

»Ja. Ich nehme an, daß sie ausgegangen sind, aber bei diesem Wetter fragt man sich wirklich, warum.«

»Angus wird ihnen auf den Fersen sein.« Er warf einen Blick in sein Notizbuch. »Soll ich weitermachen?« Jennings nickte und lehnte sich in seinem Stuhl zurück. Die Hände hinter seinem Kopf gefaltet, starrte er die Decke an und absorbierte die Informationen, die ihm Dowerty vortrug. »Die Blondine war eine ziemlich hübsche Biene und ist mindestens eine halbe Stunde bei den Hitchcocks oben gewesen. Sie deckt sich mit der Beschreibung von der Frau, die letzte Nacht im Gasthaus von Shamley Green war, wie der Sheriff meldete.«

»Sind ihm außerdem noch Fremde im Dorf aufgefallen?«

»Nur ein paar Lastwagenfahrer, die sich im Café des Ortes Kaffee und Sandwiches bestellt haben. Das Café hat speziell für die Fernfahrer extra längere Öffnungszeiten.«

»Konnten Sie sich die Frau genau ansehen?«

»Ja, Sir.«

»Trotz des Nebels?«

»Ich stand unter der Laterne, unter der sie ihren Wagen geparkt hatte.«

»Und?«

Dowerty grinste breit und zwinkerte. »Ich hätte nichts dagegen, wenn am Morgen danach ihr Kopf auf meinem Kissen liegen würde.«

»Die Zulassung, Sie Knallkopf. Haben Sie die Nummer notiert und überprüfen lassen?«

»Ja, Sir, natürlich, Sir«, sagte Dowerty hastig. »Ich habe ein Fahndungsschreiben darauf angesetzt. Die Kodenummer auf dem Zulassungsschild habe ich erkannt. Der Wagen stammt von einem Autoverleih.«

»Und nachdem sie die Hitchcocks verlassen hat?«

»Da stand ich auf der anderen Straßenseite. Sie hätte vielleicht unter der Laterne mein Gesicht wiedererkennen können, und ich wollte keinen Verdacht erregen.«

»Statt dessen haben Sie nur sich selbst erregt.«

»Entschuldigen Sie, Sir.«

»Noch etwas?«

»Dann kam Angus, um mich abzulösen.«

»Und Sie haben ganz deutlich gehört, wie sie in die Sprechanlage sagte: ›Ich bin's, Nancy Adair.‹«

»Ja, Sir.«

Jennings gähnte und räkelte sich. »Wissen Sie was, Dowerty, manchmal glaube ich, daß Polizeiarbeit sehr gesundheitsschädigend sein kann.« Das Telefon klingelte. »Gehen Sie bitte ran, ja, Dowerty. Ich fühle mich ein bißchen ausgelaugt.«

Dowerty sagte in die Sprechmuschel: »Büro Kriminalhauptkommissar Jennings.«

Ein aufgewühlter Hitchcock saß in seinem Wohnzimmer und wünschte Jennings zu sprechen. Als Jennings das Gespräch annahm, erzählte er ihm, daß er zu einem Treffen mit Regner im Hyde Park bestellt worden war. »Er war nicht da«, sagte Hitchcock, »was natürlich äußerst ärgerlich war, vor allem bei diesem scheußlichen Wetter. Ich fürchte, daß wir in eine Art Falle gelaufen sind.«

»Falle? Was meinen Sie damit? Es hat Sie doch hoffentlich niemand angegriffen?« Jennings umklammerte fest den Telefonhörer; seine Besorgnis steckte Dowerty an, der sich vorbeugte, um Wortfetzen der Unterhaltung mitzuhören.

»Ganz so melodramatisch war es nicht. Anscheinend hat man uns aus der Wohnung gelockt, damit jemand in der Zwischenzeit einbrechen und Regners Manuskript stehlen konnte.« Er hörte, wie Jennings die Information an Dowerty weitergab. »Es ist kein sonderlich gutes Manuskript, aber andererseits ist es die einzige Spur, die wir haben, nicht wahr?« Dann fiel ihm etwas ein. »Moment mal! Ich habe mir eine Seite mit Notizen gemacht, und die befindet sich immer noch sicher in meiner Jakkettasche. Aber warum sollte irgend jemand das Manuskript stehlen wollen? Da ist doch was faul, finden Sie nicht?« Er überlegte wieder. »Ob es vielleicht diese verdammte Adair war?«

Jennings spielte überzeugend den Unschuldigen und fragte: »Welche Adair?«

Hitchcock erzählte ihm von ihrer beharrlichen Art, ihn um ein Interview anzugehen, das er ihr schließlich gewährt habe. Dann fiel ihm ein, Jennings von ihrer Begegnung am Vortag auf der Landstraße zu berichten. Jennings machte sich sorgfältig Notizen und fragte dann: »Fehlt sonst noch etwas in Ihrer Wohnung?« Hitchcock teilte ihm mit, daß Alma eine eilige Bestandsaufnahme vorgenommen hatte und jedenfalls kein Schmuck fehlte, obgleich sich sonst keine halbwegs wertvollen Gegenstände in der Wohnung befanden.

An einem anderen Apparat in Jennings' Büro hörte sich Dowerty den Bericht von Angus McKellin an, der die Hitchcocks bei ihrem ergebnislosen Ausflug in den Hyde Park beschattet hatte. McKellin telefonierte aus der Zelle auf der gegenüberliegenden Straßenseite des Mietshauses, in dem die Hitchcocks wohnten, einem günstigen Standort, da er dabei die Wohnung im Auge behalten konnte. Dowerty erzählte ihm, daß Jennings soeben die Details am anderen Apparat von Hitchcock selbst erfuhr, und McKellin legte auf. Er wünschte, daß der verdammte Nebel sich endlich verziehen würde.

Hitchcock sagte zu Jennings: »Meine Unterhaltung mit Regner gestern abend war ziemlich kurz und, was ihn betraf, sehr emotionsgeladen, trotzdem hätte mir gleich auffallen müssen, daß mich da ein Imitator hinters Licht führte.«

»Vielleicht war es ja keine Darstellung«, vermutete Jennings. »Vielleicht war es wirklich Regner.«

»Welches Interesse hätte er daran, sein eigenes Manuskript zu stehlen?«

Jennings lächelte und sagte: »Ganz recht, Mr. Hitchcock. Ganz recht. Ist Ihr Türschloß stark beschädigt?«

»Überhaupt nicht. Das war die Arbeit eines Experten. Wir werden es auf der Stelle auswechseln lassen.« Er lauschte. »Nein. Von Hans Meyer habe ich nichts gehört. Ich glaube, er erzählte, daß heute einige Interviews auf seinem Terminplan standen. Wie bitte? Lassen Sie mich nachdenken . . . ja . . . ich hab's. Er sagte, daß er im Royal Court abgestiegen ist.« Er lauschte abermals. »Aber natürlich, Mr. Jennings. Wenn die

Mächte des Bösen erneut zuschlagen, rufe ich Sie sofort an. Auf Wiederhören.« Er hängte ein und sagte zu Alma: »Ich habe einen Riesenhunger.«

»Ich mach uns etwas zurecht.« Während sie in die Küche ging, nahm Hitchcock seine Notizen aus der Jackettasche und las sie noch einmal durch. Er las sie wieder und wieder, bis er hörte, wie Alma aus der Küche nach ihm rief. Als er eben die Küche betrat, klingelte das Telefon.

»Jaaaa?« erkundigte sich Hitchcock, während Alma Spiegeleier und Schinken auf zwei Teller verteilte. »Wie äußerst merkwürdig. Vielen Dank, Mr. Jennings. Wenn ich von ihm höre, sage ich Ihnen Bescheid.«

»Was ist äußerst merkwürdig?« fragte Alma.

»Hans Meyer hat aus seinem Hotel ausgecheckt und keine Nachsendeadresse hinterlassen.«

Achtes Kapitel

Um fünf Uhr desselben Nachmittags stand Angus McKellin in der Telefonzelle auf der gegenüberliegenden Straßenseite der Hitchcock-Wohnung und erstattete Kriminalhauptkommissar Jennings Bericht. »Mrs. Hitchcock ist gegen drei zum Einkaufen ausgegangen, war aber nicht lange fort. Sie war beim Metzger und beim Gemüsehändler um die Ecke, und als sie wiederkam, konnte ich sehen, daß sie wahrscheinlich die Nachmittagsausgaben bei sich trug.«

»Filmleute sollen ja hin und wieder lesen«, bemerkte Jennings mürrisch. »Von Rechts wegen müßten zwei von euch die Überwachung durchführen, einer für sie und einer für ihn, aber wir sind hier verdammt unterbesetzt.«

»Eigentlich, Sir«, sagte McKellin, »habe ich das dumpfe Gefühl, daß *ich* beschattet werde, seit wir vom Hyde Park wieder da sind.«

»Werden Sie bloß nicht neurotisch.«

»Ich bemühe mich, es nicht zu sein, Sir«, sagte er und grübelte angestrengt, was »neurotisch« wohl bedeuten könnte.

»Wann kommt Ihre Ablösung?«

»In drei Stunden, Sir. Der Nebel scheint noch dichter zu werden. Verflixt scheußlich, und das an einem Junitag.«

»Seien Sie froh, daß Sie keine Braut sind. Wir sprechen uns später wieder.« Er legte auf. Ein anderer Anrufer wartete bereits auf ihn. »Jennings am Apparat. Ja, Mr. Hitchcock?«

»Ich hatte etwas vergessen, als ich Ihnen den Diebstahl des Manuskripts meldete. Es handelt sich um Nancy Adair.« Er erzählte ihm die kuriose Tatsache, daß sie die Story über den Mord an Martin Müller offenbar keinem ihrer Zeitungskontakte gemeldet hatte.

»Das ist allerdings kurios«, stimmte Jennings zu, wobei er sich innerlich verfluchte, daß er nicht selbst darauf gekommen war. Aber andererseits hatte er soviel um die Ohren, daß der kleine Lapsus in seiner Ermittlungsarbeit verzeihlich war. Er versuchte stets, nicht allzu streng mit sich zu sein. »Gut kombiniert, Mr. Hitchcock.«

»Und noch etwas«, sagte Hitchcock nebenbei.

»Es steht nichts über den Mord an Müller in den Zeitungen.«

»Das natürlich auch. Wie klug von Ihnen, davon auszugehen, daß wir uns die Nachmittagsausgaben gekauft haben. Aber ich dachte, es interessiert Sie vielleicht, Mr. Jennings, daß wir jeden Augenblick einen Besuch von Hans Meyer erwarten.«

Jennings beugte sich vor und stützte die Ellenbogen auf den Tisch. »Haben Sie gefragt, wo er wohnt?«

Hitchcock antwortete: »Er sagte, er sei zu einem Freund gezogen, um Kosten zu sparen. Möchten Sie, daß er sich bei Ihnen meldet?« Warum eigentlich, fragte sich Hitchcock.

»Ja, dafür wäre ich Ihnen dankbar. Übrigens sollten Sie wissen, daß wir eine Fahndung nach Miss Adair in Umlauf haben. Sie scheint ihre Aktionen nur aus ihrem Mietauto heraus durchzuführen.«

»Wie äußerst merkwürdig«, fand Hitchcock.

»Sie scheint keine feste Adresse zu haben. Und keinen Telefonanschluß, nicht einmal eine Geheimnummer.«

»Weder eine eingetragene noch eine Geheimnummer«, gab Hitchcock an Alma weiter, die gerade dabei war, das Blatt Papier mit den Notizen zu studieren, die sich Hitchcock von Regners Manuskript gemacht hatte.

»Wahrscheinlich kampiert sie in irgendeiner Einzimmerbude in Earl's Court«, mutmaßte Alma. »Diese Sorte neigt dazu, so zu leben.« Hitchcock teilte Jennings Almas Vermutungen mit.

»Ja, das *ist* eine Idee«, sagte Jennings höflich. »Was ich Sie noch fragen wollte – haben Sie inzwischen Ihr Türschloß auswechseln lassen?«

»Das kann nicht vor morgen früh erledigt werden. Aber es

macht nichts, wir bleiben heute abend zu Hause. Ich werde dafür sorgen, daß Hans Sie anruft, wenn er kommt. Wie lange sind Sie noch in Ihrem Büro?«

»Oh, wahrscheinlich bis in alle Ewigkeit. Auf Wiederhören, Mr. Hitchcock.«

Hitchcock gesellte sich zu Alma, die am Tisch saß, rückte sich einen Stuhl heran und nahm ihr die Seite mit seinen Notizen ab. »Laß mich mal sehen. Im Glauben, seinen Angreifer ermordet zu haben, und aus Angst vor der Polizei begibt sich der Regisseur zu der Kirche, wo Orwell um Speise und Asyl gebeten hat. Wer zum Teufel ist Orwell?«

»George Orwell«, belehrte ihn Alma. »Der Schriftsteller. In seinem Lebensbericht *Erledigt in Paris und London* ist er furchtbar arm; er schläft in Pennen und erbettelt sich seine täglichen Mahlzeiten bei den Wohltätigkeitsvereinen. Mit Vorliebe wandte er sich an eine Kirche am King's Cross Bahnhof, wo der gütige Vikar die Obdachlosen mit Brot und Tee durchfütterte.«

»Glaubst du denn, daß es in dieser Kirche immer noch einen gütigen Vikar gibt, der Tee und Nächstenliebe und vielleicht sogar Informationen verteilt?«

»Wahrscheinlich. In England gibt es gütige Vikare wie Sand am Meer. So wie sie sich bei uns vermehren, sollten wir vielleicht einen Plan ausarbeiten, wie wir sie am besten exportieren.« Sie überlegte einen Moment. »Was für Informationen könnte man denn von einem Vikar bekommen, außer einer direkten Wegbeschreibung in den Himmel?«

»Wenn ich das wüßte, mein Schatz, würde ich nicht fragen.« Er tippte mit dem Finger auf das Blatt mit seinen Notizen. »Aber so steht es da.« Er las laut vor: »Bittet um Unterschlupf in Kirche, die Orwell kannte, und um Informationen beim Vikar.« Hitchcock summte vor sich hin. »Verdammt noch mal! Jetzt summe *ich* ja schon diese verfluchte Melodie. Was hältst du von der Idee, daß der Vikar dieser Kirche vielleicht Verbindungen zu Deutschland hat? Du weißt schon, zu jemandem in Deutschland, der Informationen an ihn weiterleitet, die er wiederum an Whitehall weitergibt. Meinst du, so könnte es sein?«

»Oh, ich hoffe es!« sagte Alma mit unverhohlener Begeisterung. »Es ist so eine herrliche Idee. Warum haben wir uns so etwas nie selbst für ein Drehbuch ausgedacht?«

»Wir können nicht an alles denken, obwohl wir es versuchen, Gott ist mein Zeuge. Jetzt laß mal sehen . . . Nach der Kirche geht der Mann aufs Land, sein Ziel liegt irgendwo in Mittelengland, in einem Dorf namens Medwin und bei einer Frau namens Madeleine Lockwood. Wo steckt schon wieder die Landkarte von Großbritannien?« Alma ging ins Wohnzimmer, um die Karte zu suchen. Sie fand sie im Schreibtisch und brachte sie Hitchcock. Er faltete sie auseinander und brummte: »Medwin, Medwin, Medwin . . . wahrscheinlich so ein Nest, von dem noch nicht mal Missionare gehört haben. Na, wer hätte das gedacht. Hier ist es. Medwin! Ha! Was soll der merkwürdige Gesichtsausdruck?«

»Ich habe nur nachgedacht. Der Höhepunkt der Geschichte besteht darin, daß alles bei diesem Mann zusammenläuft, der über Informationen verfügt, hinter der beide Seiten her sind, aber Regner sagt uns nie, für wen er eigentlich spioniert, für uns oder für sie.«

»Vielleicht für beide. Wahrscheinlich ist er ein Doppelagent.«

»Wenn aber beide Seiten seine Identität kennen, warum wenden sie sich dann nicht direkt an ihn?«

»Weil sie nicht wissen, wer er ist. Warum liest du dir das Ding nicht richtig durch!«

»Das habe ich getan, und schrei mich nicht an.«

»Entschuldige bitte; aber warum mußt du auch immer auf logischen Abläufen bestehen. Es ist eben nicht alles logisch! Sieh dich doch um. Hitler, ist der logisch? Er ist absoluter Schwachsinn, und trotzdem gibt es ihn, mitsamt seinem Chaplin-Bärtchen und seiner Herrenrasse, ha! Und wie steht es mit unserem blassen Abklatsch von einem König und seiner glühenden Leidenschaft für eine geschiedene Amerikanerin? Ich dachte, derartiger Kitsch sei mit dem Stummfilm ausgestorben! Der Mann, nach dem ich suche, ist jemand, der Informationen an andere durchsickern läßt; den müssen wir finden. Und allmählich merke ich, wieso Regner so verflixt schlau gewesen ist.«

»Sei so lieb und erleuchte mich auch.«

»Hab Geduld und laß uns die Sache Schritt für Schritt durchgehen. Vor elf Jahren werden Anna Grieban und Rudolf Wagner in München ermordet. Regner gibt ihnen im Script andere Namen, aber das kann uns Wurscht sein, er meint offensichtlich die beiden. Sie waren Spione der britischen Regierung.«

»Du bist dir aber nicht sicher.«

»Ich muß mir sicher sein, sonst hat Regners Handlungsablauf nichts von deiner gottverdammten Logik. Jetzt sei still und hör zu.« Von Almas Gesicht hätte sich jeder Stoiker eine Scheibe abschneiden können. »Diese verdammte Melodie von Wagner war ein Kode, einer, der möglicherweise noch existiert. Wenn ein Kode nicht von der Gegenseite geknackt wird, kann er wunderschön reifen, wie ein anständiger Wein. Also. Die Person, die die beiden ermordet hat, ist möglicherweise der Mann mit dem entstellten Gesicht, erinnerst du dich?«

»Aber natürlich! Der MacGuffin.«

»Vielleicht ist er es gewesen, wissen können wir das noch nicht. Dann ist da noch Hans Meyer und Wagners grauenhafte Tochter; wie hieß sie noch gleich, Rosie?«

»Rosie. Was wohl aus Rosie geworden ist?«

»Das wissen die Götter. Wahrscheinlich ist sie ein Mitglied der Nazipartei und denunziert reihenweise ihre Nachbarn. Das würde ich ihr durchaus zutrauen. Und selbstverständlich, meine Liebe, gibt es auch noch Regner selbst.«

»Ah ja! Der ist mir schon im Hinterkopf herumgespukt.«

»Du kannst ihn jetzt rauslassen. Und dann, mein Schatz, gibt es auch noch uns.«

»Wir haben sie nicht ermordet.«

»Stimmt. Aber erinnerst du dich noch an das, was mir Mickey Balcon damals am Telefon erzählt hat? Man hat sich in Whitehall nach uns erkundigt.«

»Oje, mein Herz, du glaubst doch nicht etwa, daß man uns auch für Spione gehalten hat?«

»Ja, aber viel schlimmer, als du denkst. Sie hatten uns im Verdacht, für die *Deutschen* zu spionieren.«

»Eine Unverfrorenheit!«

»Warum nicht? Wir waren an Ort und Stelle, als die Morde begangen wurden. Du fandest Wagners Melodie hinreißend und hast ihn Fritz Lang als Komponisten empfohlen. Und wir blieben länger als geplant in München, um noch einen zweiten Film zu drehen. Wieso hätten wir nicht Spione sein sollen? Im Gegenteil, es paßt doch alles sehr gut zusammen. Ich wünschte, wir hätten *Secret Agent* auch so logisch durchdacht. Gleichwohl, kommen wir zur Gegenwart. Hans Meyer ist in London. Regner auch. Und er ruft uns an. Er schickt uns über Müller ein Manuskript. Der ganze verdammte Vorgang steht genauso in meinen Notizen, die ich direkt dem Manuskript Regners entnommen habe. Nur daß er den Mord an Müller nicht voraussagt.«

»Na ja, er ist ja auch kein Nostradamus.«

»Aber er ist verdammt gerissen. Und je mehr ich mir die Sache betrachte, desto einleuchtender erscheint sie mir. Ist dir aufgefallen, daß einige Elemente aus den *Neununddreißig Stufen* in dieser Geschichte stecken? Der Regisseur glaubt, daß er ein Mörder ist, und taucht unter, vor allem, weil er rasende Angst vor der Polizei hat. Das trifft ganz schön ins Schwarze.«

»Ach was, wahrscheinlich hast du damals in München Regner von deiner Psychose erzählt.«

»Natürlich. Und ungefähr jedem anderen auch.«

»Ich habe dich nicht zittern sehen, als die Polizei letzte Nacht ins Cottage kam.«

»Ein bißchen geschwitzt habe ich schon, aber nicht so, daß es irgend jemandem aufgefallen wäre. Jetzt hör auf, abzuschweifen! Warum sollst du gekidnappt werden, oder wie immer er die Frau in seinem Szenarium nennt?«

»Damit du redest, da sie glauben, daß du ein Spion bist und über Informationen verfügst, die sie haben möchten.«

»Aber welche ›sie‹? Wie die Amerikaner sagen würden, die Guten oder die Bösen?«

»Das, mein Liebling, gehört in die Rubrik ›Spannung‹.«

»Genau. Sehr richtig. Ich hätte gern gewußt, wo Hans Meyer

bleibt. Hoffentlich spekuliert er nicht darauf, daß wir ihn zum Abendessen einladen.«

»Er soll sich hüten. Es ist gerade mal genug für uns beide da.«

»Was steht auf dem Speiseplan?«

»Schnitzel, Gemüse und Salat. Du sagtest ja, daß du eine Diät machen willst.«

»Mußt du denn alles glauben, was ich sage?«

»Das hoffst du immer, aber ich tu's ja nicht. Und wer schweift jetzt ab?«

»Entschuldige.« Er warf einen Blick auf seine Notizen und murmelte: »Vikar ... Medwin ... Madeleine Lockwood ...«

»Madeleine Lockwood. Ein hübscher Name für eine Schauspielerin.«

»Regner führt sie als ehemalige Varieté-Sängerin. Nette Nuance. Jetzt laß mal sehen ... Wanderzirkus ... Ich nehme an, daß wir eine Liste von all denen bekommen könnten, die gerade durch die Provinz tingeln. Laut Lockwood droht beim Zirkus Gefahr, aber Regner läßt uns im ungewissen, welcher Art diese Gefahr ist. Und dann kulminiert die Handlung des Scripts in einem Dorf am Ärmelkanal ... schönes Detail ... ein Dorf, von dem aus der Schurke notfalls in aller Eile ins Ausland verschwinden kann.« Er las wieder in den Notizen und murmelte etwas.

»Was hast du gesagt?« Alma hatte sich die ganze Zeit, in dem Versuch, aus der nackten Regner-Geschichte einen stringenten Handlungsablauf zu erarbeiten, ihre eigenen Notizen gemacht.

Es klingelte.

Sir Arthur Willing war nicht glücklich. Der Grund für sein Unglück war das gestohlene Exposé. Zu Nigel Pack und Basil Cole, die beide ungeduldig darauf warteten, daß er für heute Schluß machte, jedoch schon ahnten, daß sie noch stundenlang mit ihm eingeschlossen sein würden, sagte er: »Das Szenarium befindet sich in gefährlichen Händen. Das bedeutet eine ernsthafte Bedrohung für Mr. und Mrs. Hitchcock.«

»Was sollten wir Ihrer Meinung nach unternehmen?« fragte

Basil Cole, der über seinen nicht vorhandenen Schnurrbart strich und dann, peinlich berührt, hastig die Hand vom Gesicht entfernte.

»Ich schlage vor, daß wir gar nichts unternehmen und weitere Entwicklungen abwarten. Jennings läßt die Hitchcocks abwechselnd von drei Männern rund um die Uhr überwachen. Eigentlich brauchte er sechs Leute, pro Schicht für jeden der beiden einen Mann, aber Jennings leidet unter Personalmangel; soviel zum Jahresbudget von Scotland Yard.«

»Aber wenn die Hitchcocks in Gefahr sind?« beharrte Nigel Pack.

Sir Arthur winkte irritiert ab. »Wir alle sind von Gefahr umgeben! Jeder ist von Gefahr umgeben! Jeder von uns könnte im nächsten Augenblick von einem Bus oder einem Taxi oder einem Lastwagen überfahren werden! Von einer fehlgeleiteten Kugel niedergestreckt werden!«

»Von woher fehlgeleitet?« fragte Basil Cole.

»Basil«, sagte Sir Arthur seufzend, »ich glaube allmählich, daß Sie dringend Urlaub brauchen.«

Hitchcock stand auf dem Flur vor seiner Wohnung und brüllte ins Treppenhaus hinunter: »Hans, sind Sie das?« Es kam keine Antwort. Alma stand im Türeingang.

»Hitch, das gefällt mir überhaupt nicht. Komm sofort wieder herein.«

»Du hast ihn doch klar und deutlich über die Gegensprechanlage gehört. Er sagte, er sei Hans, und er klang auch wie Hans!«

Alma schrie.

Sie hatten die Männer nicht gehört, die geräuschlos die Treppe heraufgekommen waren. Profis. Experten. Sie kannten sich aus in ihrem Job. Hitchcock wurde von hinten gestoßen und fiel mit dem Gesicht nach unten ins Wohnzimmer. Alma rannte ans Fenster, um um Hilfe zu rufen, aber einer der Angreifer war schneller als sie. Er packte sie und verdrehte ihr die Arme auf dem Rücken. Hitchcock rappelte sich auf die Knie hoch und schrie den Mann an. Der Mann befahl den anderen, die hinter

Hitchcock standen: »Stopft ihm das Maul.« Hitchcock schaute hinter sich und sah einen Mann auf sich zukommen, der in seiner erhobenen rechten Hand einen Totschläger hielt, bereit, ihn auf Hitchcocks Schädel niedersausen zu lassen. Hitchcock kämpfte sich verzweifelt und erstaunlich agil auf die Füße und lief in die Küche. Er griff nach einem Fleischermesser. Aber die beiden anderen Männer waren auf ihn vorbereitet, als er ins Wohnzimmer zurückgerannt kam, um seine geliebte Alma zu verteidigen. Sie standen rechts und links neben der Tür mit dem Rücken zur Wand. Der eine stellte dem hereinsausenden Hitchcock ein Bein, so daß er abermals zu Boden fiel, der andere versetzte ihm mit dem Totschläger einen Hieb auf den Hinterkopf. Hitchcock, der immer noch das Messer umklammerte, wurde bewußtlos. Alma versuchte, sich ihrem Häscher zu entwinden, der daraufhin den Mann mit dem Totschläger anknurrte: »Schaffen wir sie verdammt noch mal hier raus, bevor der da wieder zu sich kommt.« Alma fiel auf, daß der Mann mit dem Totschläger ein nervöses Zucken gleich unter dem linken Auge hatte. Hitch, dachte sie, mein liebster Hitch, sei bitte nicht tot. Mein liebster, liebster Schatz, sei nicht tot. Als man sie aus der Wohnung hinausschleppte, glaubte sie auf der Treppe, die zum Dach führte, den Schatten einer vierten Person zu sehen. Wer immer du bist, du verdammter Idiot, hilf mir. Hilf mir.

In der Telefonzelle auf der gegenüberliegenden Straßenseite vom Haus der Hitchcocks kam langsam wieder Leben in Angus McKellin, der mit einer häßlichen Blessur an der rechten Schläfe am Boden lag. Allmählich erwachte er aus seinem Dämmerzustand, aber nicht rechtzeitig genug, um mitansehen zu können, wie Alma von den drei Männern aus dem Haus geschleppt und in einen Leichenwagen verfrachtet wurde. Er kämpfte sich auf die Füße und versuchte mühsam, sich zu orientieren. Mechanisch wählte er die Nummer des Hauptquartiers, aber jemand hatte die Leitung des Telefons gekappt. Er bemühte sich, seine Augen auf Gegenstände zu fixieren, und erkannte, daß gegenüber die Haustür offenstand. Daraufhin taumelte er über die Straße und die Treppen hinauf, und als er oben angelangt war, sah er Hitchcock auf dem Fußboden liegen. Das Messer in Hitchcocks Hand konnte er nicht sehen, denn es war nicht mehr dort. Es befand sich in der Hand der vierten Person, die darauf gewartet hatte, die Wohnung zu durchsuchen, bis die drei Männer mit Alma verschwunden waren. »Mr. Hitchcock!« schrie McKellin. »Mr. Hitchcock!« Er rannte zu dem dicken Mann und kniete sich neben ihn. Das Messer wurde McKellin brutal in den Rücken gestoßen. Er starb sofort, was seine Mutter ein wenig tröstete, als sie es später erfuhr. Das blutverschmierte Messer wurde aus der Leiche gezogen und Hitchcock in die rechte Hand gedrückt. Dann wurden die Telefonleitungen zerschnitten und Hitchcocks Blatt mit Notizen aus der Küche entfernt.

Der Mann mit dem nervösen Zucken saß am Steuer des Leichenwagens. Im rückwärtigen Teil saß eine gefesselte und geknebelte Alma. Die Fenster des Wagens waren von innen verdunkelt worden. Die beiden Männer, die bei Alma saßen, rauchten und scherzten, und der Mann mit dem Zucken war sich sicher, daß sie keine Ahnung hatten, wohin er den Leichenwagen fuhr.

Hitchcock öffnete langsam die Augen. Der Schmerz in seinem Hinterkopf war unerträglich. Er hielt irgend etwas in der rechten Hand umklammert. Es fühlte sich wie ein Messergriff an. Langsam und sehr vorsichtig drehte er den Kopf, um seine rechte Hand zu betrachten. »O du mein Gott«, flüsterte er. Die Klinge war voller Blut. Hitchcock ließ das Messer fallen und setzte sich mühsam auf die Knie. Alma! Wo um Himmels willen war Alma! Er stand auf, und jetzt erst sah er Angus McKellins Leiche. Hitchcock begann, am ganzen Leibe zu zittern. »Alma!« schrie er, »Alma!« aber Alma antwortete nicht. Er kniete sich neben die Leiche und starrte das Gesicht des Mannes an. Obgleich der Zwischenfall mit den Männern alptraumhaft gewesen war, hatte Hitchcock sich deren Gesichter genau eingeprägt. Der Mann mit dem nervösen Zucken unter dem linken Auge, der Alma überwältigt hatte, und die anderen zwei, die eine perfekte

Besetzung als Meuchelmörder abgegeben hätten, aber der Tote auf dem Fußboden war keiner von den dreien. Hitchcock lief in jedes Zimmer und rief nach Alma, aber sie war nicht da. Dann starrte er das Messer an. Mein Gott, wurde ihm langsam klar, mein Gott! Das Messer hat den Mann getötet, der da drüben liegt, den Mann mit dem häßlichen roten Fleck auf dem Rücken. Und ich habe das Messer in der Hand gehalten, als ich zu mir kam.

Mein Gott! Ich habe einen Mann getötet!

Die Polizei! Sie werden mich verhaften! Er schwitzte, obwohl ihm das Blut in den Adern gefror. Nicht die Polizei. Das war nichts für ihn, nein, bitte nicht die Polizei. Alma. Er mußte Alma finden. Hitchcock setzte sich auf einen Stuhl und starrte McKellins Leiche an. Er mußte nachdenken, und zwar scharf nachdenken. Die Sache war unheimlich. Denn genauso hatte es Regners Szenarium vorausgesagt. Hitchcock ein Mörder, Alma entführt worden. Das Schwein! Hatte er sie reingelegt? Hatte Regner sie als Lockvögel benutzt? Hitchcock wurde wütend. Was ein gutes Zeichen war. Denn Wut machte ihn entschlossen, und wenn er entschlossen war, wurde Hitchcock zu einem Tiger, der zum Sprung ansetzt. Er lief in die Küche, um seine Notizen zu holen, und mußte feststellen, daß sie verschwunden waren. »Arschlöcher«, murmelte er, »Arschlöcher«. Doch weil er stundenlang an den Notizen gearbeitet hatte und sie wiederholt mit Alma durchgegangen war, hatte er sie sich fest eingeprägt. Dann dachte Hitchcock einen Augenblick an Kriminalhauptkommissar Jennings. Sollte er es wagen? Würde der Mann seine Geschichte glauben? Er war Polizist. Hitchcock traute keinem Polizisten. Im Schlafzimmer fand Hitchcock sein altes kariertes Jackett und zog es über. Dem obersten Schubfach des Kleiderschranks entnahm er einen dunklen Hut, den er tief in die Stirn schob. Dann tastete er nach der Blechdose, bis er sie gefunden hatte, seine und Almas geheime Geldreserve, die sie dort für den Notfall aufbewahrten. Er schüttete den Inhalt der Dose aus, der weit über hundert Pfund ergab, und wußte, daß Alma ihm verzeihen würde. Alma! Er mußte die Polizei wenigstens über Alma in Kenntnis setzen.

John Bellowes, ihr Anwalt. Er konnte ja John anrufen und ihm erzählen, was passiert war. John würde wissen, was zu tun sei. Hitchcock ging ins Wohnzimmer zurück und zum Telefon, dann stöhnte er verzweifelt auf. Die Schnur war durchgeschnitten. Diese Schweine dachten wirklich an alles, warum eigentlich nicht auch seine Drehbuchautoren? Er eilte aus der Wohnung, stürzte die Treppen hinunter und lief so schnell er konnte zu der Telefonzelle auf der anderen Straßenseite. Verdammt, verdammt, verdammt! Die Leitungen waren auch hier gekappt! Eine solche Effizienz war schon bewundernswert. Hitchcock schlug im dichten Nebel seinen Jackettkragen hoch und machte sich eilig auf die Suche nach einer anderen Telefonzelle. Sie konnten ja schlecht sämtliche Telefone in der Cromwell Road demoliert haben.

John Bellowes war ein Anwalt der seltenen Art. Die Leute mochten ihn. Er konnte zuhören. Er leierte nicht unablässig sein Juristenchinesisch herunter, das die meisten normalen Menschen langweilt. Er war ein vernünftiger Mann, der mit einer vernünftigen Frau verheiratet war, die er als Student in Oxford kennengelernt hatte. Bettina, seine Frau, hatte einen reichen Vater, was noch vernünftiger war. Die Bellowes lebten mit ihren beiden Söhnen, neun und sechs Jahre alt, in einem vernünftigerweise alleinstehenden Haus in Hampstead.

Für diesen Abend hatten John und Bettina einige ruhige, gemütliche Stunden miteinander vorgesehen. Nach dem Essen, wenn sie die Jungen vernünftig ins Bett gesteckt hätten, wollten sie eine Partie Backgammon spielen, wonach Bettina vorhatte, sich in ein oder zwei Kapitel des neuesten Evelyn Waugh zu vertiefen und John ganz vernünftig seine Schriftsätze für den nächsten Tag durchgehen wollte. Dann rief Alfred Hitchcock an und brachte John Bellowes um seine Vernunft.

»Was soll das heißen, du *glaubst*, du hättest einen Mann getötet und daß Alma entführt wurde? Hitch, bist du betrunken?«

schimpfte Bellowes ins Telefon, während Bettina hinter ihm stand und die Hände rang wie eine Stummfilmdiva, die im nächsten Moment an die Eisenbahnschienen gefesselt werden soll. Sie mochte die Hitchcocks, obwohl sie den Regisseur zu fett und seine Frau ein bißchen reserviert fand, aber sie waren ja Filmleute, und John hatte sie gewarnt, daß alle Filmleute ein bißchen merkwürdig seien, besonders Regisseure und ihre Ehefrauen.

Hitchcock schrie ins Telefon. »Ich bin nicht betrunken, sondern ich mache die Hölle durch. Jetzt hör genau zu. O Gott, diese Kopfschmerzen!« Er schilderte ihm haarklein, wie die Schurken sie überfallen hatten, wie Alma entführt wurde, er mit einem blutbesudelten Messer in der Hand aufgewacht und ein vierter Mann mit einem Messereinstich im Rücken tot am Boden gelegen hatte. »Nein, ich habe nicht die geringste Ahnung, wer der Tote war. Nein, ich habe nicht nach seinen Papieren gesucht. Mir war nicht danach, ihn zu identifizieren. Mein einziger Gedanke war, davonzulaufen und irgendwie Alma zu finden. Ich bin in der Eile nicht einmal darauf gekommen, meine Fingerabdrücke vom Messerschaft zu wischen.«

»Das war nicht gerade sehr schlau«, sagte John Bellowes schulmeisterlich.

»In Zeiten seelischer Anspannung bin ich auch nicht in der Stimmung, schlau zu sein. Jetzt hör mir gut zu . . .« Er instruierte den Anwalt, Jennings bei Scotland Yard anzurufen und die Information an ihn weiterzuleiten. »Und wenn du fertig bist, leg ein gutes Wort für mich ein. Ich muß jetzt Schluß machen.«

»Hitch! Hitch!« brüllte Bellowes ins Telefon, »wo willst du hin?«

»Ich gehe in die Kirche!«

»Hitch! Hitch!« schrie Bellowes noch einmal und sagte dann zu seiner Frau: »Er hat aufgelegt.«

»Liebling, ich habe dich noch nie so laut schreien hören«, sagte sie. »Stimmt etwas nicht? Was hat Alfred ausgefressen?«

»Das Schlimmste, meine Liebe, das Schlimmste. Und Alma ist verschwunden.«

»Was? Alma verschwunden? Sie ist doch gar nicht der Typ.«

Er ignorierte sie, da er schon dabei war, Scotland Yard anzurufen. Er verlangte, mit Jennings verbunden zu werden, der sich interessiert Bellowes' einleitende Worte anhörte und ihn daraufhin bat, einen Augenblick zu warten. Dann befahl er über die Gegensprechanlage einem Stenographen, an den Apparat zu kommen, und als sich jemand meldete, trug er ihm auf, sich an einen Nebenanschluß zu setzen und jedes Wort der Unterhaltung mitzuschreiben. Als das erledigt war, schaltete er sich wieder bei Bellowes ein, der ihm knapp und sachlich die Informationen weitergab, die er von Hitchcock erfahren hatte.

»Der ermordete Mann. Er wußte nicht, wer der Tote war?« Jennings war blaß geworden. Es könnte Angus McKellin sein. Er warf einen Blick auf seine Armbanduhr. Es war noch nicht acht Uhr – der Zeitpunkt für McKellins Ablösung.

»Nein.« Bellowes fügte hinzu, um Jennings einen überzeugenden Beweis für Hitchcocks geistige Verwirrung zu geben: »Er hat nicht einmal seine Fingerabdrücke vom Messerschaft abgewischt!«

Jennings starrte fassungslos in die Sprechmuschel und dachte, danke, lieber Gott, danke für die kleinen Gefälligkeiten. Er bat Bellowes, seinen Namen, seine Telefonnummer und seine Anschrift zu wiederholen, um sicherzugehen, daß der Stenograph sie auch genau notierte, und teilte ihm mit, daß er sich wieder mit ihm in Verbindung setzen würde. »Und lassen Sie mich unbedingt wissen, wenn Sie wieder von Hitchcock hören!« Jennings hängte ein und bestellte einen Streifenwagen mit drei Beamten, der ihn in fünf Minuten vor der Einfahrt erwarten sollte. Dann erreichte er Sir Arthur Willing unter seinem Privatanschluß. Nachdem dieser Jennings Neuigkeiten verdaut hatte, sagte er leise: »Halali! Die Fuchsjagd hat begonnen.« Dann beauftragte Sir Arthur seinen Sekretär, Nigel Pack und Basil Cole zusammenzutrommeln; eine lange und arbeitsreiche Nacht stand ihnen bevor.

Hitchcock fuhr mit der U-Bahn zum King's Cross Bahnhof. Er

fand, daß dies sicherer und anonymer sei, als ein Taxi zu nehmen. Die Bahn war überfüllt. Hitchcock zwängte sich gegen die Tür, den Hut tief in die Stirn gezogen, um sein Gesicht zu verdecken, die Fäuste in den Taschen des Jacketts vergraben. Die klappernden Räder schienen »Alma-Alma-Alma-Alma« zu rufen. Hitchcock war völlig durcheinander. Er hörte, wie Rudolf Wagners Melodie die Namen untermalte, die ihm im rasenden Tempo im Kopf herumwirbelten: Wagner, Grieban, Rosie, Regner, Hans Meyer und der Mann mit dem entstellten Gesicht. Jennings. John Bellowes. Guter, guter, liebenswerter und ewig öder John Bellowes. Hitchcock hoffte, daß er Jennings erwischt hatte.

Während Hitchcock den Unbequemlichkeiten einer langen U-Bahn-Fahrt zum King's Cross ausgesetzt war, eilten Jennings, Dowerty und zwei weitere Kriminalbeamte die Stufen zu Hitchcocks Wohnung hinauf. Auf der Straße war Angus McKellin nicht zu sehen gewesen, und der Zeitpunkt für seine Ablösung war immer noch nicht gekommen. Jennings fürchtete das Schlimmste, und er fand es in Hitchcocks Wohnung.

»Es ist Angus«, sagte Peter Dowerty, der neben der Leiche kniete, um sich das Gesicht näher anzusehen. »Und dafür wird jemand hängen.«

Neuntes Kapitel

Als Hitchcock aus dem U-Bahnhof in King's Cross trat, überkam ihn der absurde Wunsch, er hätte die Mordwaffe mitgenommen, um sich damit einen Pfad durch diese Suppenküche zu hauen. Die Nebelschwaden waren noch dichter geworden und lasteten drückend auf ihm, so daß er nur mit Mühe atmen konnte. Gegenüber vom Bahnhof stand ein Zeitungskiosk, der von einer Petroleumlampe beleuchtet wurde. Der Besitzer war ein schmuddeliger kleiner Mann, dem die oberen Vorderzähne fehlten und der einen scheinbar einwöchigen Bartwuchs vorzeigen konnte. Er verhökerte unter großem persönlichem Einsatz seine Zeitungen und hoffte, daß der dicke Mann, der jetzt vor ihm stand, sich endlich für ein Blatt entscheiden und wieder trollen würde.

»Gibt es hier in der Nähe eine Kirche?« fragte Hitchcock, der nicht gerade ein Bild der Frömmigkeit war.

»Welche Glaubensrichtung, Chef?« Der Kopf des kleinen Mannes neigte sich neugierig zur Seite, wodurch er einem zerzausten Star glich.

»Ich habe gehört, daß der Vikar Tee und Brot an Obdachlose ausschenkt.«

»Sie sehen mir nicht besonders hungrig aus, Chef.«

»Falls es Sie interessiert«, sagte Hitchcock, der kurz vor einem Wutanfall stand, »ist seit meinem Abendbrot bereits geraume Zeit vergangen, und mein Mittagessen hat ziemlich zu wünschen übriggelassen.«

»Sie klingen mir ganz wie ein feiner Pinkel, der 'n bißchen Pech gehabt hat, Chef.«

»Mein Glück war in letzter Zeit auch nicht gerade der Rede wert.« Er fragte sich, ob Bellowes Jennings erreicht und man alle Hebel in Bewegung gesetzt hatte, um Alma zu retten.

»Lassen Sie mal sehen«, sagte der Mann und kratzte sich am Bart, »Sie meinen wahrscheinlich Mr. Peach, Mr. Lemuel Peach. Wenn Sie bei der Kneipe da drüben um die Ecke gehen, werden Sie gleich gegenüber die Kirche von Mr. Peach sehen. Meistens ist er im Keller.«

»Vielen Dank. Sehr freundlich von Ihnen.« Während Hitchcock sich die Wegbeschreibung anhörte, gelang es ihm, noch ein paar Schlagzeilen zu überfliegen. Die Zeitungen berichteten weder über ihn noch über den Mord im Cottage. Er begann sich überflüssig zu fühlen. Vor der Kneipe an der Ecke wurde er von einer Prostituierten mit breiten Joan-Crawford-Schultern angesprochen. Eine Zigarette hing ihr in einem waghalsigen Winkel aus dem Mundwinkel, ein Täschchen baumelte an ihrem Handgelenk. »Hallo, Süßer«, sagte sie, und Hitchcock fand, daß man auf ihrer Fahne Polka tanzen könnte, »Liebe zu verkaufen.«

»Ich hasse dieses Lied«, fuhr Hitchcock sie an und ging weiter in Richtung Kirche. Was die Prostituierte ihm hinterherschrie, war eine technische Unmöglichkeit. Die Kirche lag in einer Sackgasse, und als Hitchcock näher kam, stellte er fest, daß sie sich in einem traurigen Zustand des Verfalls befand, der vielleicht seinem eigenen Leben im Moment nicht ganz unähnlich war. Über der Eingangstür zum Keller brannte eine schwache blaue Lampe, und mit größter Vorsicht stieg Hitchcock die Steinstufen hinab, die die Fußtritte vieler Jahrhunderte blankgewetzt hatten. Durch die schwere Holztür meinte er zu hören, wie drinnen jemand hin und her schlurfte. Er versuchte, den Türgriff zu bewegen, aber es war abgeschlossen. Dann fand er einen Klingelzug und rüttelte daran. Kurz darauf öffnete sich eine Holzklappe in der Tür, und Hitchcock blickte in ein Paar stahlblauer, durchdringender Augen. Eine dröhnende Stimme erkundigte sich:

»Sind Sie ein guter Christ?«

Hitchcock schluckte und antwortete feierlich: »Einer der besten.«

»Ich kenne Sie nicht, Sie sind wohl zum erstenmal hier?« In der Stimme lag ein leichter Akzent – nicht nordenglisch, aber auch nicht walisisch.

»Sie sind mir wärmstens empfohlen worden. Man hat mir erzählt, daß Sie Brot und Tee austeilen.«

»Sie sehen nicht hungrig aus.«

»Äußerlichkeiten können täuschen.« Beinahe hätte er hinzugefügt, Vikare auch – das hieß, wenn es denn überhaupt der Vikar war, der diesen Eingang wie Cerberus den zur Unterwelt bewachte.

»Ich kann Ihnen heute kein Bett geben. Wir sind voll belegt.«

»Ich brauche kein Bett. Ich . . . ich bin daran gewöhnt, hart zu schlafen.«

»Das kann ich mir vorstellen, so wie Sie gepolstert sind. Kommen Sie herein.« Die Tür wurde entriegelt und geöffnet, und Hitchcock betrat den Keller. Es war niemand anwesend außer diesem Mann, der offenbar Lemuel Peach sein mußte. In dem Raum stand ein langer Holztisch mit Brotlaiben und Krügen, von denen Hitchcock annahm, daß sie Tee enthielten, aber mit Ausnahme seiner selbst konnte er keine geplagte Seele entdekken. An zwei Wänden des Raumes waren außerdem einige Feldbetten aufgestellt, aber keines davon war belegt. Ein sehr merkwürdiges Obdachlosenasyl, fand Hitchcock. Als die Tür mit einem, wie er meinte, ominösen Scheppern hinter ihm ins Schloß fiel, musterte Hitchcock kritisch seinen Gastgeber, während dieser den Riegel wieder vorschob. Er trug einen dunklen Straßenanzug, eine gepunktete Fliege und aus Gründen, die wohl nur dem Mann selbst bekannt waren, eine grüne Augenblende von der Art, wie sie gewöhnlich Croupiers drittklassiger Spielcasinos in Hollywood-Western aufhaben. »Hier entlang«, sagte der Mann und führte Hitchcock zum Tisch, schnitt ein paar Scheiben Brot ab, schenkte einen Becher schwarzen Tees ein und setzte das kärgliche Mahl seinem Gast vor, der nervös seine dicken Finger verknotete. »Warum sind Sie so unruhig?«

»Sind Sie der Vikar? Sind Sie Mr. Peach?«

»Ich bin Lemuel Peach.«

»Sie sehen nicht wie ein Vikar aus.«

»Abends bin ich meistens in Zivil. Auf die Dauer sind Priesterroben so langweilig.« Er blickte Hitchcock streng an. »Was wollen Sie hier? Sie haben keinen richtigen Hunger. Sonst würden Sie Ihr Essen hinunterschlingen. Oder haben Sie Schmalz auf Ihrem Brot erwartet? Ich serviere kein Schmalz. Sie sind hier nicht in der Küche Ihrer Mama, falls Sie das glauben, sondern in einem Gotteshaus, und mein Gott ist ein bißchen knapp bei Kasse.«

Hitchcock lehnte sich mit der Haltung »den letzten beißen die Hunde« über den Tisch. »Mr. Peach, ich bin hier, weil ich Informationen brauche.«

»Die einzigen Informationen, mit denen ich Ihnen dienen kann, stehen in der Bibel.«

»Wo ist Friedrich Regner?«

Der Mann antwortete viel zu hastig: »Ich habe keine Ahnung, wovon Sie sprechen.«

Hitchcock wurde langsam ungeduldig und wütend. »Mr. Peach, in den letzten vierundzwanzig Stunden haben sich zwei Morde und ein Fall von Kidnapping ereignet, und zwar in einer Form, die alle bedrohlichen Anzeichen trägt, sich zu einer Epidemie auszuweiten – dank eines Szenariums, das sich Friedrich Regner ausgedacht hat.« Er trug dem Vikar eine Zusammenfassung von Regners Manuskript vor.

Nachdem Hitchcock geendet hatte, fragte Peach: »Aber wie geht die Geschichte aus?«

»Genau das versuche ich herauszufinden.«

Leise sagte Mr. Peach: »Sie sind ein sehr törichter Mann. Sie wandeln am Rande eines Abgrunds.«

»Ich bin wild entschlossen, und ich bin wütend. Man hat mir meine Frau gestohlen, und ich finde es entsetzlich deprimierend, andauernd über Leichen zu stolpern. Sie und diese Kirche werden in dem Szenarium erwähnt, was nichts anderes heißt, als daß auch Sie ein Faden in diesem Spionage-Gobelin sind!«

»Spionage-Gobelin? Schön gesagt. Hat Sie die Baroness Orczy ins Ohr gebissen? Ihre Sprache klingt so nach *Das scharlachrote Siegel.*«

»Und Sie klingen so nach Deutschland.« Es war offenbar

ein Zufallstreffer, denn Mr. Peachs Augen verengten sich bedrohlich.

»Wenn Sie hergekommen sind, um mir Schwierigkeiten zu machen, dann kann ich dafür sorgen, daß man Ihnen auch Schwierigkeiten machen wird.«

»Das ist kaum der fromme Trost, den ich mir von Ihnen erhofft habe. Sie sprechen so gar nicht wie ein Vikar. Wenn Sie wirklich ein Geistlicher sind, dann frage ich mich, für welchen Herrn Sie arbeiten.« Und plötzlich kam Hitchcock die Erleuchtung. »Mein Gott! Ich wette, Sie sind gar nicht Lemuel Peach.« Er wich zurück, als die Hand des Mannes langsam nach dem Brotmesser tastete. »Sie können mir keine Angst machen, wer Sie auch sein mögen. Sie sind nicht Peach, habe ich recht?«

»Ich sagte doch, daß ich Lemuel Peach bin.«

»Das sagen Sie, aber ich bezweifle es. Vielen Dank, ich möchte kein Brot mehr. Sie können also das Messer wieder hinlegen.«

»Ich habe meine Meinung geändert. Sie dürfen doch über Nacht bleiben. Es wäre unchristlich, Ihnen in einer solchen Nacht einen Schlafplatz zu verweigern. Sie haben sich noch gar nicht vorgestellt.«

»Mein Name ist Nemesis«, sagte Hitchcock zynisch.

»Ich mache mir nicht viel aus den alten Griechen«, entgegnete der mögliche Vikar, »und von Drohungen halte ich auch nichts.«

»Sie arbeiten für die Deutschen.«

»Ich arbeite für Gott.«

»Sie sind Teil eines Netzwerks, das sich von hier bis zu einem Dorf an der Ärmelkanalküste streckt.«

»Ihr Szenarium ist blanker Unsinn.«

»Aber mein Instinkt nicht. Warum bedrohen Sie mich sonst mit dem Messer?«

»Weil Sie wie ein Verrückter daherreden. Ich habe hier schon einen Haufen Irrer gesehen, aber die werden selten gewalttätig.«

Hitchcock war jetzt bis zur Tür zurückgewichen. Mit einer Hand versuchte er, den Türriegel hinter seinem Rücken zur

Seite zu schieben. »Ich begreife allmählich, warum Sie in Regners Szenarium vorkommen.«

»Hat er mich namentlich erwähnt?« schrie der Vikar, falls es der Vikar war.

»Nein, nicht namentlich. Im Manuskript stand nur ›Vikar‹. Ich wette, daß es hier schon eine ganze Reihe von Vikaren gegeben hat, die Lemuel Peach hießen. Ein echter Vikar trägt keine grelle Fliege. Echte Vikare denken nur an ihre Berufung.«

»Ich denke auch nur an meine Berufung!« tobte der unwahrscheinliche Vikar und warf das Messer mit der Zielsicherheit eines Profis nach Hitchcock. Hitchcock schrie auf und wich ihm behende aus. Das Messer sauste ein paar Zentimeter an Hitchcocks Kopf vorbei und grub sich in die Holztür ein. Restlos überzeugt, daß dieser Mann ganz bestimmt kein Vikar war, stürzte Hitchcock zur Tür hinaus, von dem einzigen Wunsch beseelt, daß der Nebel ihn verschlucken möge. Er rannte die steinernen Stufen hinauf und über die Straße, ohne an die mögliche Gefahr herannahender Automobile zu denken. Als er die Kneipe erreicht hatte, blieb er stehen und rang nach Atem.

»Na, hast du es dir anders überlegt, Schätzchen?« fragte die Prostituierte, die sich auf kleinen Dirnenfüßchen angeschlichen hatte.

Hitchcock setzte seine Flucht fort. Im Laufen erinnerte er sich plötzlich an die wiederkehrenden Alpträume, die ihn vor elf Jahren in München gequält hatten, und er fragte sich, ob die Verfolger von damals ihm wieder auf den Fersen waren. Er sah eine Fish-and-Chips-Bude und trat kurz entschlossen ein. Wenig später stand er mit einer Zeitungstüte voller Fish and Chips in der Hand sowie einem Becher Tee mit Milch in greifbarer Nähe in der Bude und versuchte, sich auf das Treffen mit dem offensichtlichen Ersatz-Vikar einen Reim zu machen. Jedenfalls hatte es Regner in seinem Manuskript so angedeutet: Die Kirche war von Spionen übernommen worden. Das mußte stimmen, warum hätte der fadenscheinige Lemuel Peach wohl sonst ein Messer nach ihm geworfen? Seine Bemerkung über grelle Fliegen konnte es wohl kaum gewesen sein. Er machte sich im Geiste eine Notiz, über John Bellowes Jennings zu informieren, sobald er sein Abendessen beendet hatte. Er konnte sich nicht entsinnen, daß ihm Fish and Chips jemals so gut geschmeckt hatten.

Nigel Packs Frau hieß Violet, und in diesem Augenblick machte ihre Gesichtsfarbe ihrem Namen alle Ehre. Denn Pack hatte soeben verkündet, daß er nach Whitehall zurückkehren und vermutlich den Rest der Nacht durcharbeiten müsse. »Ich hätte dich nie heiraten sollen!« zeterte sie.

»Da hast du recht«, stimmte Nigel ihr zu, während er sein Hemd wechselte. Er verfluchte Sir Arthur Willing und Basil Cole und Alfred Hitchcock und alle Amateurspione und wünschte, er wäre der Assistent eines Klempners geworden. »Unsere Ehe ist auf der Sandbank falscher Hoffnungen gestrandet. Du hast gedacht, daß wir ein ebenso aufregendes wie angenehmes Leben führen und es möglicherweise zu einem Vermögen bringen würden. Nun, die Stunde der Wahrheit ist gekommen. Die Arbeit für den britischen Geheimdienst ist ermüdend und zermürbend, aber es ist die einzige Arbeit, von der ich etwas verstehe. Wir werden es nie zu einem Vermögen bringen, weil du mein Geld ebenso schnell wieder ausgibst, wie ich es verdiene.«

»*Unser* Geld.« Sie spie ihm die Worte förmlich ins Gesicht.

»Und wir können uns nicht scheiden lassen, weil wir nicht den Mut dazu aufbringen. Außerdem können wir es uns nicht leisten.«

Sie setzte sich an ihren Frisiertisch, nahm geistesabwesend eine Bürste zur Hand und begann, sich das Haar zu kämmen. »Ich glaube, ich werde einige Zeit zu Mama und Papa fahren. Die Seeluft wird mir enorm guttun, glaube ich.«

»Es wäre mir lieber, wenn du nicht fährst.«

Sie knallte die Haarbürste auf den Tisch. »Es langweilt mich unendlich, was ich deiner Meinung nach lieber tun oder lassen sollte.«

»Du wirst schön hier in London bleiben, solange die Sache

mit den Hitchcocks noch nicht aufgeklärt ist. Dann können wir schauen, wie wir unsere jämmerliche Situation in den Griff bekommen. Laß dir gesagt sein, nachdem ich meine Freunde, mein Haar und mein Selbstwertgefühl verloren habe, wird mir dein Verlust auch keine großen Qualen bereiten.«

Violets Wut schlug in Niedergeschlagenheit um. Sie sagte traurig: »Daddy hat aber Sonntag Geburtstag. Ich glaube nicht, daß er noch allzu viele Geburtstage feiern wird.«

»Schick ihm telegrafisch ein paar Blumen.«

»Fahr doch zur Hölle.«

»Nach dir, meine Teuerste.«

Basil Cole war fast eine Stunde vor Nigel Pack in den Büroräumen des British Intelligence eingetroffen, und zwar in bester Laune. Man hatte ihn in seinem Club aufgespürt, wo er gerade fürchterlich bei einem netten kleinen Pokerspiel verlor und über die unverhoffte Rettung heilfroh war. Sir Arthur saß an seinem Schreibtisch und beendete mißmutig sein einsames Abendessen. »Sie dinieren heute sehr spät, Sir.«

»Wir sind hier in Whitehall, Mr. Cole, nicht an der Französischen Riviera.« Sir Arthur war schlecht gelaunt, was bedeutete, daß er weder Gin noch Wein bekommen hatte, und es bestand begründeter Anlaß zu der Sorge, daß sich die Ereignisse weder zu seiner Billigung noch zu seiner Zufriedenheit entwickeln würden. »Wo ist Pack?«

»Ich weiß es nicht, Sir«, sagte Basil Cole, als er gegenüber von Sir Arthur Platz nahm und einige Notizen durchlas, die ihm sein Vorgesetzter über den Tisch schob. »Hat man ihn nicht benachrichtigt?«

»Vor über einer Stunde, Herrgott noch mal. Sie haben ihn auf irgendeiner Dinnerparty in der italienischen Botschaft gefunden. Er verbringt für meinen Geschmack viel zuviel Zeit in der Gesellschaft dieser Leute.«

»Ich glaube, seine Frau ist schuld daran, Sir. Violet schwärmt nun mal für extravagante Partys.«

»Violet ist eine Vogelscheuche.«

Cole hatte die Notizen durchgelesen und pfiff traurig durch die Zähne. »Schlimme Sache, dieser Mord an einem Kriminalbeamten. Glaubt man wirklich, daß es Hitchcock war?«

»Auf dem Messerschaft sind seine Fingerabdrücke.«

»Falls er es wirklich getan haben sollte, dann bestimmt nicht mit Absicht. Ich meine, wenn man in seine Wohnung einbricht und seine Frau entführt, dann muß er ja in Panik geraten – «

»Ach, hören Sie doch mit Ihren Vermutungen auf. Jennings sitzt an dem Fall, und er ist ein sehr fähiger Mann. Wir haben noch eine lange Nacht vor uns.«

»Wie ich den Notizen entnehme, hat sich Hitchcock verdünnisiert.«

»Ja, ein Wunder bei dem Mann. Aber wir werden ihn schon schnappen.«

»Das tun wir in den meisten Fällen.« Basil Cole grinste fröhlich.

»Da kommt ja endlich Pack«, brummte Sir Arthur. »Wo sind Sie so lange gewesen?«

»Entschuldigen Sie bitte, Sir. Der Nebel. Das Taxi ist wie eine Schnecke gekrochen.«

»Was haben Sie da für Kratzer im Gesicht?«

»Ich hab mich beim Rasieren geschnitten.«

Basil Cole, der es besser wußte, verkniff sich die Bemerkung: »Nimm nächstes Mal lieber eine Rasierklinge anstatt Violets Fingernägel.« Statt dessen händigte er Nigel die Unterlagen aus und sah ihm zu, wie dieser in ein Sofa sank, um sie zu lesen.

Etwa zur gleichen Zeit, als Hitchcock sein einsames Abendessen zu sich nahm und Sir Arthurs Mitarbeiter in seinem Büro eintrafen, saß Alma Hitchcock auf einer kleinen Couch in dem eleganten Salon einer Stadtvilla, von der sie annahm, daß sie sich irgendwo in Mayfair befand. Sie nippte an einem Glas, das offenbar edlen Madeira enthielt, und wartete auf das Abendessen, das man ihr angekündigt hatte, wobei sie sich fragte, ob der Mann mit dem Zucken unter dem linken Auge ihr auch beim Essen Gesellschaft leisten würde. Er war erst vor ein paar Minuten ins Zimmer gekommen; zuletzt hatte sie ihn gesehen, als man sie irgendwo in Regent's Park im Schutze des Nebels und der Dunkelheit und dem Tiergeschrei vom Zoo her von dem Leichenwagen in einen Lieferwagen umgesetzt hatte. Daran konnte sie sich genau erinnern. Es könnte eine Spur von der Art sein, wie sie Hitchcock mit Vorliebe in seinen Filmen benutzte. Natürlich würde sich das Tiergeschrei am Ende als eine Grammophonplatte entpuppen, die im verborgenen in der Nähe abgespielt worden wäre, und die Umsetzung hätte nicht in Regent's Park, sondern an einem anderen Schauplatz stattgefunden. Der Mann mit dem Zucken goß sich einen Whiskey mit Soda ein. Er war Anfang vierzig und unauffällig gekleidet, was ganz im Einklang mit seiner Anonymität stand. Sein Haar war sehr schwarz und in der Mitte gescheitelt, und wenn da nicht dieses überaktive Zucken gewesen wäre, hätte man ihn als attraktiv bezeichnen können. Er schwieg beharrlich weiter, und Alma fand sowohl ihn als auch sein ganzes Auftreten ausgesprochen irritierend.

»Ich nehme an, daß Sie einen Namen haben«, sagte sie und war erstaunt darüber, wie unnatürlich hoch ihre Stimme klang.

»O ja, doch. Meine Familie konnte sich einen leisten.« Er setzte sich auf die Klavierbank und nippte an seinem Scotch.

Glatt, dachte Alma, das hat er sich bei Ronald Colman abgeguckt. »Wollen Sie mir Ihren Namen nicht nennen?«

»Was verrät schon ein Name?«

»Eine Identität«, parierte Alma. »Wenn Sie mir schon nicht Ihren Namen sagen wollen, würden Sie mir dann freundlicherweise erzählen, was hier verdammt noch mal gespielt wird? Wo ist mein Mann?« Der Mann sagte nichts. »Was versprechen Sie sich von meiner Entführung?«

»Das werden Sie merken, wenn es soweit ist.«

»Ich verstehe. Können Sie mir wenigstens die Sache in Regent's Park erklären? Wir hätten alle umkommen können, als der Lieferwagen uns abdrängte.«

»Ich bin ein sehr guter Fahrer.«

Das war er zweifellos. Irgendwo in Regent's Park war aus

dem Nichts ein Lieferwagen aufgekreuzt, obwohl Alma natürlich im Inneren des abgedunkelten Leichenwagens nicht wissen konnte, um was für ein Gefährt es sich handelte. Das erfuhr sie erst später, als man sie hineinsetzte. Der Leichenwagen kam schleudernd neben dem Lieferwagen zum Stehen, und plötzlich wurden die hinteren Ladeklappen aufgerissen. Die Schurken, die geholfen hatten, Alma zu entführen, zogen ihre Kanonen, wurden jedoch schnell von den vier Männern überwältigt, die sie gnadenlos zusammenschlugen.

»Ihre finsteren Kumpane wurden von diesen vier . . . Männern . . . mir fällt kein besserer Ausdruck für sie ein . . . ziemlich brutal verprügelt. Warum hat man sie gefesselt und im Leichenwagen liegenlassen?«

»Damit man sie entdeckt und ins Gefängnis wirft, natürlich. Warum sonst?«

Er brauchte nicht gleich so überheblich zu klingen, dachte Alma; er behandelte sie ja wie ein zurückgebliebenes Kind. »Was ist mit den Männern, die uns hergebracht haben? Sollte man *die* nicht ins Gefängnis werfen?«

»Es wäre nicht gerade fair, wenn man seine Retter mit dem Gefängnis belohnt.«

»Retter? Das finde ich äußerst verwirrend.« Sie kam sich vor wie Alice im zweiten Teil ihrer Reise durchs Wunderland. »Wieso hat man *Sie* nicht zusammengeschnürt und liegenlassen, um Sie ins Gefängnis zu werfen?«

»Ich gehöre ja nicht zu *denen.*«

»Was hatten Sie dann mit *denen* zu schaffen? Sie haben doch *denen* erlaubt, daß sie meinen Mann zusammenschlagen!«

»Alles zu seiner Zeit, Mrs. Hitchcock.«

»Also gut. Alles zu seiner Zeit. Und wie lange werde ich hier gefangengehalten?«

»Gefällt Ihnen das Zimmer nicht? Wie ich gehört habe, ist es von Syrie Maugham eingerichtet worden.« Er sprach ihren Namen so weihevoll aus, als müßte er mit Leuchtbuchstaben geschrieben werden.

»Aha.« Alma rang sich ein winziges Lächeln ab. »Dann sind

wir also irgendwo in Mayfair. Das ist nämlich Syrie Maughams Territorium.«

»Wir könnten genausogut in Hampstead oder Hammersmith sein.« Sie wußte, daß er sie irreführen wollte. »Mrs. Maugham hat sich gelegentlich dazu herabgelassen, auch in jenen niederen Bezirken zu wirken.«

Sie vermutete allmählich, daß der Mann mit der Krawatte aus gutem Hause stammte und nicht nur drin erzogen worden war. Oder aber er abonnierte einige sehr vornehme Zeitschriften. Jetzt fiel ihr Patricia ein. »Meine Tochter!«

»Sie ist bei ihrer Tante Nellie. Sie ist dort vollkommen sicher; man hat sie inzwischen ins Bett gesteckt, wo sie friedlich schläft.«

»Sie wissen so viel über uns. Wer sind Sie? Was spielt sich hier ab? Wo ist mein Mann?«

»Ah! Da kommt ja das Essen.« Ein Butler betrat den Raum, gefolgt von einer Frau, die einen Teewagen schob. Der Butler sah aus, als hätte er einige Erfahrungen beim Preisboxen gesammelt, und die Frau machte den Eindruck, als würde sie sich als Vorsteherin in einem Frauengefängnis wohler fühlen. »Mrs. Hitchcock, Sie sind bestimmt völlig ausgehungert!«

In der Fish-and-Chips-Bude verputzte Hitchcock soeben seine dritte Portion und fühlte sich wieder in Höchstform. Der nächste Schritt sah vor, nach Medwin zu gelangen und Madeleine Lockwood aufzuspüren. Er erinnerte sich, daß das Dorf auf der Karte irgendwo westlich von Brighton gelegen war, was bedeutete, daß die Züge beziehungsweise Anschlußzüge nach Medwin von Victoria Station losfuhren. Er warf einen Blick auf seine Taschenuhr. Er könnte Victoria vielleicht noch erreichen, bevor die letzten Züge abfuhren, was meistens um Mitternacht herum geschah. Aber zuerst mußte er John Bellowes anrufen, damit der Anwalt sein Abenteuer in der Kirche an Jennings übermittelte. Wahrscheinlich hatte sich der falsche Lemuel Peach längst aus dem Staub gemacht, bevor Jennings eine Razzia in der Kirche durchführen konnte. Auf der anderen Seite, wahrscheinlich auch nicht. Spione, wie Hitchcock sie inzwischen kennengelernt hatte, vor allem die Sorte, die Peter Lorre darstellte, konnten mächtig kaltschnäuzig sein.

Die unschöne Stimme des Ladenbesitzers riß Hitchcock aus seinen Überlegungen. »Ich mach jetzt zu.«

»Oh. Ja. Entschuldigen Sie, wenn ich Sie aufgehalten habe.«

»Möchten Sie vorher noch eine Portion?« Der Mann hatte Hitchcocks Appetit heimlich bewundert. Er selbst war eher ein vorsichtiger Esser, der fand, daß der ranzige Gestank von Fisch und Fritten verboten werden müßte, obgleich das Geschäft sich lohnte.

»Nein, danke. Ich glaube, ich bin satt.«

»Sind wohl nicht aus der Gegend, was?«

»Das stimmt tatsächlich. Wie haben Sie das bemerkt?«

»Von der Art, wie Sie sprechen und wie Sie essen, weil Sie sich nicht vollkleckern.«

»Ich hatte sehr strenge Eltern. Gute Nacht.« Widerwillig trat er ein weiteres Mal in den naßkalten Nebel hinaus und suchte verzweifelt nach einer Telefonzelle. Als er eine fand, stand sie in einer finster und unheimlich wirkenden Straße, die nach Gefahr roch, und Hitchcock ertappte sich dabei, wie er sich ständig umschaute. Unter den gegebenen Umständen konnte er nicht besonders weit sehen. Er betrat die Zelle und angelte in seiner Hosentasche nach ein paar Pennies. Bellowes' Anschluß war besetzt, und Hitchcock verfluchte ihn zähneknirschend. Er wartete einen kurzen Augenblick und wählte die Nummer noch einmal, aber die Leitung war immer noch nicht frei. Hitchcock hoffte, der Grund dafür sei, daß eins der Kinder plötzlich krank geworden war. Er konnte die Bellowes-Kinder nicht leiden; sie hatten den Wunsch geäußert, Polizisten zu werden, wenn sie groß waren, wodurch sie zwangsläufig zum Feindeslager gehörten. Was soll's, dachte Hitchcock, ich muß es wagen. Er wählte die Nummer von Scotland Yard und verlangte Kriminalhauptkommissar Jennings. Ein Schuß ins Blaue – wahrscheinlich lag der Mann längst in seinem bequemen Bett. Er fragte sich, ob er eine bequeme Frau oder eine unbequeme Geliebte oder vielleicht beides hatte. Jennings meldete sich. »Hier spricht Hitchcock.«

»Wo sind Sie?«

»In einer Zelle.«

»Wo?«

»Im Großraum London.«

»Wir haben einen Haftbefehl gegen Sie.«

»Ich habe den Mann nicht umgebracht. Hat Sie mein Anwalt nicht erreicht?«

»Doch.«

»Hat er Ihnen nicht die Einzelheiten erklärt?«

»Doch. Im Augenblick halte ich sie für abträglich.«

»Es ist aber die reine Wahrheit.«

»Mr. Hitchcock, einer meiner besten Männer ist ermordet worden.«

»Oje. Welch ein Unglück.«

»Es ist mehr als ein Unglück, Mr. Hitchcock, es ist eine verdammte Tragödie. Der Mord an einem Polizeibeamten schreit nach dem Tod durch den Strang.«

»Und völlig zu Recht. Ich bin sicher, daß Sie den Mörder finden werden.« Hitchcock zwang sich daran zu denken, daß der Anruf möglicherweise zurückverfolgt wurde, und beschleunigte die Unterhaltung. »Jetzt hören Sie bitte zu. Ich hatte gerade ein seltsames Erlebnis, das eine unverzügliche Ermittlung Ihrerseits erforderlich macht.«

Jennings hörte sich aufmerksam Hitchcocks Abenteuer in der Kirche am King's Cross Bahnhof an, ebenso wie Dowerty an einem Nebenanschluß, und ein Techniker, der versuchte, den genauen Standort von Hitchcocks Telefonzelle auszumachen.

»Und dann«, schloß Hitchcock, »warf er ein Brotmesser nach mir, und im nachhinein kommt es mir wie eine ziemlich professionelle Leistung vor. Zum Glück hat er mich um Haaresbreite verfehlt. Mr. Jennings? Gibt es etwas Neues von meiner Frau? Haben Sie von Alma gehört?«

»Noch nicht. Hören Sie, Hitchcock –«

Hitchcock unterbrach ihn: »Schluß für heute, Leute«, und legte abrupt auf. Er verließ die Telefonzelle und konzentrierte sich auf sein nächstes Ziel, Victoria Station, merkte aber, daß er sich verlaufen hatte. Er konnte sich nicht erinnern, in welcher Richtung der U-Bahnhof lag. Als er aus der Kirche geflohen war, war er blind durch die Gegend gelaufen, bis er den Fish-and-Chips-Laden entdeckt hatte. Er eilte zu der Bude zurück, um sich von dem Besitzer eine Wegbeschreibung geben zu lassen, aber als er dort ankam, lag alles bereits im Dunkeln, und die Tür war verschlossen. Keine Menschenseele ließ sich auf der Straße blicken. Hitchcock beschloß, daß ihm nichts anderes übrigblieb, als weiter im Nebel herumzutapsen, bis er auf jemanden stieß, der ihm den Weg weisen konnte. Und dann hörte er irgendwo in der Nähe die Straßenmusikanten.

Es waren eindeutig Straßenmusikanten. Er hörte das Pling-Plong eines Banjos und das Geklapper von Schlaghölzern, das Geräusch steptanzender Füße auf dem Asphalt und hoher greinender Stimmen, die die Weise von Burlington Bertie sangen. Mit frischem Mut eilte Hitchcock in Richtung der Musik.

Was für ein merkwürdiger Ort für Straßenmusikanten, dachte Hitchcock. Ziemlich weit entfernt von ihrer normalen Biege. Eigentlich gehörten sie ins Westend, unter die hellen Lichter der Theater und in die Schatten der teuren Restaurants, aber nicht nach King's Cross. Vielleicht waren sie eine Gruppe aus der Gegend.

Und wie kam es, daß sie zu dieser Stunde noch unterwegs waren? Er hatte plötzlich ein mulmiges Gefühl in der Magengrube und fragte sich, ob es wirklich eine gute Idee wäre, sie nach dem Weg zur U-Bahn zu fragen. Er blieb unter einer Laterne stehen und beschloß, wieder kehrtzumachen.

Sie tauchten aus dem Nichts auf und kamen auf ihn zu. Es waren fünf an der Zahl, alles Männer in Musikantentrachten, auf denen Tausende von bunten Knöpfen festgenäht waren; noch buntere Knöpfe zierten ihre Mützen, die sie verwegen auf dem Kopf balancierten. Einer zupfte das Banjo, und ein anderer ließ die Schlaghölzer rasseln, die drei anderen Männer tanzten, wenn auch sehr ungelenk. Hitchcock bekam schreckliche Angst. Die Straßenmusikanten sahen wie böse Geister aus, die ein unsichtbarer Dämon heraufbeschworen hatte, um Hitchcock zu fangen und zu Tode zu erschrecken. Er wich langsam zurück, aber die Musikanten schwärmten aus und kreisten ihn ein.

»Geld für die Musikanten«, verlangte einer der Tänzer, der das Gesicht eines Wiesels und die Nase einer Ratte hatte.

»Geld für die Musikanten«, sagte der mit den Schlaghölzern. Häßliche Warzen bedeckten sein Gesicht, und zottiges gelbes Strohhaar schaute unter seiner Mütze hervor.

»Gib uns dein Geld, Chef«, sagte der dritte Musiker, und eine schmale, stilettähnliche Waffe blitzte unter seiner Jacke auf.

Hitchcock wollte schreien, aber Angst lähmte seine Stimmbänder. Nicht das Geld, er durfte sein Geld nicht hergeben, er brauchte es für die Odyssee, die ihm noch bevorstand. Andererseits durfte er sein Leben nicht hergeben, da dann sowohl die Odyssee als auch das Geld wenig Sinn mehr hätten. Ein Fluchtversuch war zwecklos, das wußte er. Nicht nur, daß sie jünger waren – obgleich er selbst erst sechsunddreißig war und agil noch dazu, wie er fand –, jeder von ihnen wog gut und gern fünfundzwanzig Kilo weniger als er. Dennoch wich er weiter zurück.

»Her mit dem Zaster, Chef.« Diesem Musikant lief die Nase, die er sich mit dem Handrücken abwischte.

Wo steckt nur die Polizei zu dieser Nachtstunde? fragte sich Hitchcock. Warum ist sie nicht unterwegs, um unbescholtene Untertanen des Königs zu beschützen? Andererseits war ein Streifenbeamter das letzte, womit sich Hitchcock in dieser Nacht herumschlagen wollte.

Dann hörte er das Aufkreischen von Reifen, als ein Automobil scharf neben ihm zum Halten kam.

»Schnell, steigen Sie ein!« rief eine Frauenstimme.

Die Beifahrertür wurde aufgestoßen, und Hitchcock sprang in den Wagen, der unter erneutem Aufheulen der Räder mit Höchstgeschwindigkeit davonfuhr und ihn in letzter Sekunde von den diebischen Bettelmusikanten erlöste.

»Danke sehr, vielen herzlichen Dank«, keuchte Hitchcock, während er sich mit einem Taschentuch die schweißnasse Stirn abwischte.

»Was für ein Glück, daß ich gerade vorbeikam, Mr. Hitchcock.«

Hitchcock drehte sich zum Fahrersitz, um die Frau näher in Augenschein zu nehmen. Es war Nancy Adair.

»Wie man so schön sagt«, murmelte Hitchcock, »vom Regen in die Traufe.«

Zehntes Kapitel

»Und wohin fahren wir jetzt?« fragte Hitchcock Nancy Adair, die sich weit über das Lenkrad vorbeugte und angestrengt versuchte, durch den Nebel zu schauen.

»Wohin Sie wollen. Aber weit werden wir in diesem scheußlichen Nebel nicht kommen.«

»Miss Adair. Von den vielen Dingen, die mir mein Vater beigebracht hat, lernte ich auch die folgende Weisheit: ›Wer allein reist, reist am besten.‹ Haben Sie etwas Vergleichbares von Ihrem Vater gelernt?« Sie antwortete nicht. »Sie hatten doch einen Vater? Man bekommt sie schon ganz preiswert.«

»Oh, natürlich. Ich hatte einen Vater. Und wir verschwenden unser Benzin, wenn wir weiter hier herumgondeln. Wohin möchten Sie fahren?«

Er kniff die Augen zusammen, schaute durch die Windschutzscheibe und stellte fest, daß sie irgendwo in der Nähe von Kensington Gardens waren. »Halten Sie hier an.«

»Warum?«

Hitchcock fragte sich, ob sie ihn für ihren Gefangenen hielt. »Weil ich mit Ihnen sprechen möchte.«

»Wir sparen Zeit, wenn wir zu Ihrem Ziel fahren und uns dabei unterhalten.«

»Mein Ziel ist der nächste Bordsteig. Jetzt halten Sie an.«

Sie parkte den Wagen und wandte sich ihm zu. »Also?«

»Woher wußten Sie, wo Sie mich finden würden?«

»Pures Glück.«

»Das glaube ich nicht. Sie sind mir gefolgt.«

»Ich brauche eine Story.«

»Ich habe Ihnen ein Interview gegeben.«

»Das war auch reizend von Ihnen. Ich weiß aber, daß Sie noch mehr in petto haben. Von dem Augenblick an, als vor

Ihrem Cottage der Mord verübt wurde, wußte ich, daß da eine heiße Suppe am Köcheln ist.«

»Warum haben Sie die Geschichte nicht an die Zeitungen verkauft?«

»Weil ich dachte, daß sie sie bereits von ihren Informanten bei Scotland Yard bekommen hätten.« Hitchcock schaute sie ungläubig an. »Seien Sie nicht naiv, Mr. Hitchcock. Die Zeitungen haben ihre Spione, gutbezahlte Informanten, und zwar überall. Jeder ist käuflich. Jeder hat seinen Preis.«

»Wie zynisch.«

»Fressen und gefressen werden, oder?«

»Ich bin doch nicht blöd, Miss Adair. Ich mag vorübergehend ein wenig verwirrt und nicht gerade in Hochform sein, aber mir ist trotzdem bewußt, daß Sie mir seit ein paar Tagen folgen, und zwar seit dem Zeitpunkt, als Sie begonnen haben, meine Sekretärin und meine Frau wegen des Interviews zu belästigen. Gestern haben Sie vor dem Studio auf mich gewartet, und dann sind Sie mir bis zum Cottage nachgefahren. Dabei hätten Sie uns fast in den Graben gedrängt.«

»Zugegeben, das war wirklich dumm von mir. Ich dachte, wenn ich Sie dazu bringe anzuhalten, würde ich mein Interview bekommen.«

»Ein sehr verzweifeltes und waghalsiges Unterfangen. Sie hätten uns alle umbringen können.« Hans Meyer. Mein Gott, dachte Hitchcock plötzlich, Hans Meyer. Er war nicht in der Wohnung erschienen. Statt dessen diese Rohlinge.

»Ich habe feststellen können, daß Ihr Chauffeur ein ausgezeichneter Fahrer ist. Darum habe ich mir keine Sorgen gemacht.«

»Woher wußten Sie, wo Sie mich heute abend finden konnten?«

Sie zündete sich eine Zigarette an. Eine französische Zigarette, deren Geruch ihm unangenehm war. Hitchcock kurbelte sein Fenster herunter, konnte dann aber nicht genau sagen, was schlimmer war, der Rauch oder der Nebel.

»Das fing nach dem Interview an. Als ich Ihr Haus verließ,

stand auf der gegenüberliegenden Straßenseite in der Nähe der Telefonzelle ein Mann. Ich hatte ihn schon gesehen, als ich gekommen war. Es war ziemlich offensichtlich, daß Sie unter Polizeibewachung standen.«

»Ja. Das ist mir seit kurzem auch klar.«

»Darum ahnte ich, daß ich vielleicht noch eine bessere Story aus Ihnen herausholen könnte. Heute abend fuhr ich an Ihrem Haus vorbei, um mich zu vergewissern, daß man Sie rund um die Uhr überwacht. Ich sah Sie aus dem Gebäude herausstürzen und direkt zur Telefonzelle rennen. Aber Sie haben gar nicht telefoniert – «

»Die Leitung war gekappt.«

»Ah! Dann rasten Sie die Straße entlang, und ich verlor Sie im Nebel vorübergehend aus den Augen. Sie sind phantastisch schnell auf den Beinen, Mr. Hitchcock«, sagte sie und unterließ es galanterweise hinzuzufügen, für einen Mann mit einer solchen Leibesfülle.

»Ich bin immer schnell, wenn man mich anspornt. Sie haben mich aber wiedergefunden.«

»Das stimmt. Sie kamen aus einer anderen Telefonzelle und verschwanden dann in der U-Bahn.«

Hitchcock wünschte, daß sie endlich ihre verdammte Zigarette aufrauchen würde. Er wünschte sich außerdem, daß er einen tragbaren Lügendetektor bei sich hätte. »Sie müssen Hellseherin sein, da Sie mich mehrere Stunden später in King's Cross wiedergefunden haben.«

Sie lächelte. »Ganz und gar nicht. Als ich mir Ihr Manuskript auf dem Küchentisch ansah, gelang es mir, das meiste, was auf der ersten Seite stand, zu überfliegen, bevor Sie es mir wegnahmen. Da stand etwas von Orwells Kirche in King's Cross. Ich wußte, daß diese bestimmte Untergrundlinie nach King's Cross führt, darum fuhr ich dorthin. Und weil ich wußte, daß ich vor Ihnen da sein würde, genehmigte ich mir unterwegs noch ein Sandwich. Als ich die Kirche erreichte, sah ich Sie gerade den Keller betreten. Als Sie dann später wieder herausgeschossen kamen, kurbelte ich mein Fenster hinunter und rief nach Ihnen, aber Sie haben mich nicht gehört. Sie schienen völlig außer sich zu sein.«

»Immerhin hatte gerade jemand ein Brotmesser nach mir geworfen.«

»In der Kirche?«

»Warum nicht, so abwegig ist das gar nicht. Die Bibel ist doch ausgesprochen blutrünstig, finden Sie nicht?«

»Das kann ich nicht beurteilen. Ich habe sie nie gelesen.«

»Das sollten Sie aber nachholen. Manche Stellen sind ganz schön kernig.«

»Jedenfalls blieb ich Ihnen auf den Fersen. Ich sah, wie Sie von dieser Frau angesprochen wurden.«

»Sie war eine Hure. Ich verabscheue Huren.«

»Und dann dachte ich, Sie würden wieder in die U-Bahn steigen, wobei mir ehrlich gesagt das Herz in die Hose rutschte. Ich hätte keine Ahnung gehabt, wo ich Ihre Spur wiederaufnehmen sollte.« Sie drückte ihre Zigarette im Armaturen-Aschenbecher aus. »Aber mein Glück hielt an. Sie ließen die U-Bahn-Station links liegen, und ich folgte Ihnen zu der Fish-and-Chips-Bude.«

»Warum kamen Sie nicht herein?«

»Offen gestanden, ich wußte nicht genau, wie ich meine Anwesenheit erklären sollte.«

»Aber jetzt wissen Sie es.«

»Sie vor den Musikanten zu retten machte die Sache leichter.«

Hitchcock sah etwas verdutzt aus und sagte dann: »Nun, ich muß zugeben, daß Ihre Anwesenheit in jenem Moment ein ziemlicher Segen war, und ich danke Ihnen. Trotzdem trennen sich hier unsere Wege.«

Sie umklammerte sein Handgelenk, als er Anstalten machte, die Tür auf seiner Seite zu öffnen. Sie hatte einen sehr harten Griff. »Mr. Hitchcock, Sie brauchen mich.«

Hitchcock kochte vor Empörung. »Ich brauche nichts weiter, als daß Sie mein Handgelenk loslassen, junge Frau.«

»Mr. Hitchcock. Ich weiß, warum Sie auf der Flucht sind. Denn auch ich kenne jemanden bei Scotland Yard. Ich weiß, daß man Ihre Frau entführt hat. Ich weiß, daß in Ihrer Wohnung ein Polizist ermordet wurde, und ich weiß außerdem, daß Sie im Yard als der Verdächtige Nummer eins gelten.«

»Mit Ihren außerordentlichen Fähigkeiten müßten Sie von Rechts wegen die Welt regieren, Miss Adair.«

Sie lächelte. »Nur einen kleinen Teil. Ich bin nicht gierig.« Sie ließ sein Handgelenk los. »Ich habe meinen Freund angerufen, als ich meine Sandwichpause machte. Er flehte mich an, ihm zu verraten, wo Sie sich aufhalten, damit er Sie stellen und höheren Ortes lobend erwähnt werden könnte. Aber ich habe Sie gedeckt.«

»Was für eine rührende Geschichte. Fehlt nur noch die Untermalung Ihres keuchenden Atems.«

»Sie brauchen mich, Mr. Hitchcock. Sie sind ein Prominenter auf der Flucht. Ein sehr dicker Prominenter. Solange Sie allein sind, wird man Sie leicht erkennen. Mit mir zusammen sind Sie ein untersetzter Mann, der mit seiner jungen blonden Begleiterin unterwegs ist. Denken Sie darüber nach, Mr. Hitchcock. Schon morgen früh wird es ein Riesengeschrei geben. Sie haben mittlerweile zwei Mordfälle und die Entführung Ihrer Frau auf dem Hals. Und dieser Nebel wird nicht ewig die Stadt unsichtbar machen. Sobald er sich lichtet, schwinden Ihre Chancen, unentdeckt zu entkommen. Man wird Sie aufspüren. Sie brauchen mich.«

Hitchcock dachte angestrengt nach. Sie zündete sich eine weitere Zigarette an, und er widerstand der Versuchung, sie ihr aus dem Mund zu schlagen und aus dem Fenster zu werfen. Miss Adair, soviel wurde ihm jetzt bewußt, war zweifellos ein harter Brocken. Als Gegnerin stellte sie eine ernste Bedrohung dar. Als Verbündete könnte sie ihm vielleicht sehr nützlich sein. »In meinen Filmen«, sagte Hitchcock, »ist die junge Frau, die den Mann auf seiner Flucht begleitet, meistens eine Komplizin wider Willen, die nur auf den günstigen Moment wartet, davonzulaufen und ihn bei der Polizei zu verpetzen. Sie sind zwar nicht unfreiwillig bei mir, aber ich bin sicher, wenn ich nein sage, gehen Sie zur Polizei, nicht wahr?«

»Vielleicht, vielleicht auch nicht.« Ein kontinentaler Tonfall schwang in ihrer Stimme mit, und zum erstenmal an diesem Abend betrachtete Hitchcock prüfend ihr Gesicht. Selbst im Dunkel des Wagens, da sie beim Parken vorsichtigerweise die Innenbeleuchtung nicht angeschaltet hatte, konnte er einen harten Zug in diesem Gesicht wahrnehmen. Sie hatte zuviel Make-up aufgetragen, vor allem zuviel Maskara auf den Wimpern und dicke Schichten Rouge und Lippenstift. Sie war wahrscheinlich mindestens fünf Jahre jünger als er und ungefähr zehn Jahre schlauer. »Also, Mr. Hitchcock?«

»Miss Adair, ich bin mir im klaren darüber, daß ich, wie man so schön sagt, in der Klemme sitze. Und für einen Mann meiner Ausmaße, wie Sie es so treffend formuliert haben, fühlt sich das ziemlich ungemütlich an. Ja, ich kann einen Verbündeten gebrauchen, und ich bin bereit, Ihnen diese zweifelhafte Ehre zu gewähren.« Er klang jetzt wieder ernst. »Aber ich warne Sie, sollten Sie mich zu irgendeinem Zeitpunkt hintergehen, werde ich Sie als Komplizin in den Fall hineinziehen und keine Gnade zeigen.«

»Mr. Hitchcock, allein die Tatsache, daß ich hier bei Ihnen bin und Sie nicht bei der Polizei anzeige, macht mich schon zur Mittäterin.« Sie ließ den Motor aufheulen. »Wohin, Mr. Hitchcock?«

»Zu einem Dorf namens Medwin. Es liegt irgendwo hinter Brighton, aber mehr landeinwärts. Ich nehme an, daß Sie eine Karte von England dabeihaben?«

»Im Handschuhfach liegt eine.« Sie fuhr vom Bürgersteig hinunter. »Es ist schon spät. Wir sollten eine Unterkunft für die Nacht suchen.«

Hitchcock errötete, aber in der Dunkelheit konnte sie das nicht sehen. »Ich bin nicht im geringsten müde.«

»Sie werden es bald sein.« Sie lachte. »Keine Angst. Ich weiß, daß Sie mir keinen unsittlichen Antrag machen werden.«

»Ja, aber was ist mit Ihnen?«

»Mr. Hitchcock, ich versichere Ihnen, daß Sie nicht mein Typ sind. Also dann« – sie spähte durch die Windschutzscheibe nach vorn –, »irgendwo muß hier eine Umgehungsstraße sein, die uns auf die Straße nach Brighton führt. Ah, da ist sie ja.« Eine Zeitlang fuhren sie schweigend weiter. »Einen Penny für Ihre Gedanken, Mr. Hitchcock.«

»Ich bin mir sicher, daß Sie mir noch mehr dafür bieten würden.«

»Sie denken an Ihre Frau, nicht wahr?«

»Ich denke immer an Alma. Jetzt mehr denn je; trotzdem glaube ich irgendwie, daß die Polizei sie finden wird, und zwar unversehrt. Ich glaube, daß man sie für den Fall gefangenhält, daß ein Austausch erforderlich werden sollte.«

»Ein Austausch? Was meinen Sie damit?«

»Mrs. Hitchcock gegen Mr. Hitchcock. Seien Sie nicht so begriffsstutzig, Miss Adair. Ich weiß, daß Sie ein kluges Köpfchen haben. Den ersten Absätzen des Szenariums haben Sie doch entnehmen können, daß ich eine Spur des Schreckens verfolge, die mich zu einem Meisterspion, einem Spionagering und Mord und Totschlag führen wird.«

»Dann wird die Sache ja noch spannender, als ich dachte«, sagte sie.

»Und außerdem schrecklich gefährlich, möchte ich meinen. Mein Leben auf des Messers Schneide und dergleichen.«

»Und meins auch!« trällerte Nancy Adair vergnügt und fügte noch ein schallendes »Ha-ha!« hinzu.

»Wie seltsam, daß Sie die Aussicht, eines gewaltsamen Todes zu sterben, so spaßig finden«, sagte Hitchcock. »Ein interessantes Verhalten, das ich gern einmal näher untersuchen würde, wenn ich später wieder Zeit haben sollte. Sie wissen ja hoffentlich, daß dies kein kleiner Scherz von der Art ist, wie ihn sich meine Drehbuchautoren auszudenken pflegen, obgleich diesen Trotteln weiß Gott die Phantasie für ein Abenteuer von diesem Kaliber fehlt. Wir haben soeben John-Buchan-Terrain betreten, und das ist eine ziemlich tückische Landschaft. Zwei Männer wurden ermordet, die mit Sicherheit etwas mit den Münchner Morden von 1925 zu tun haben.«

»Damit erscheint die Geschichte in einem ganz anderen Licht, oder?«

»Noch ist es nicht zu spät, abzuspringen, Miss Adair.«
»Sind Sie verrückt?«
»Nein, aber Sie, glaube ich.«
Ihre Hände verkrampften sich auf dem Lenkrad, und eine Zeitlang fuhren sie weiter, ohne zu sprechen. Dann sagte sie fröhlich: »Ich hatte Ihnen doch einen Penny angeboten.«
»Na schön, da wir ja jetzt aufeinander angewiesen sind und es von Zeit zu Zeit nötig sein wird, meine Gedanken mit Ihnen zu teilen: Ich habe über den Mann nachgedacht, der mich gestern vom Studio zu meinem Cottage begleitet hat.«
»Ach der. Wer war denn das? Ich konnte hin und wieder einen Blick auf ihn werfen, ein sehr gut aussehender Mann.«
»Er ist ein Schauspieler namens Hans Meyer, der vor den Nazis geflüchtet ist. Ursprünglich sollte er mich heute abend besuchen, statt dessen sind dann diese Gangster aufgekreuzt, die mich k. o. geschlagen und Alma entführt haben. Ich frage mich, was aus ihm geworden ist.«
»Vielleicht traf er gerade in dem Moment ein, als man Sie niederschlug, bekam es dann mit der Angst und lief davon.«
»Nein, er hatte wenige Minuten bevor wir angegriffen wurden an der Haustür geläutet. Wir sprachen über die Gegensprechanlage miteinander. Ich habe daraufhin den Türöffner gedrückt und ihn hineingelassen.«
»Dann sind Ihre Angreifer auf diese Weise ins Haus gelangt. Als er das Haus betrat, überwältigten sie ihn, schlugen ihn k. o. und kümmerten sich dann um Sie. Sie wußten offenbar genau, was sie taten.«
»Aber mein Schatten von Scotland Yard hätte sie doch sehen müssen.«
»*Naja*«, sagte sie gedehnt, damit Hitchcock nicht entging, wie ausgesprochen naiv sie ihn fand, »wenn ich ihn schon heute nachmittag so leicht erkannt habe, dann werden diese Leute erst recht gewußt haben, wer er war, und ihn niedergeschlagen haben. Ein Kinderspiel, sich im Nebel anzuschleichen und ihm eins mit dem Totschläger überzuziehen.«
»Natürlich.« Er lächelte. »Ich sagte doch, daß Sie ein kluges

Köpfchen sind. Ja, und dann ist er irgendwann wieder zu Bewußtsein gekommen und in die Wohnung gegangen, um nachzusehen, was passiert ist . . .«

»Wo Sie ihm dann in größter Panik – im Glauben, es handele sich um einen Ihrer Angreifer, der zurückgekehrt war, um Ihnen den Rest zu geben – das Brotmesser in den Rücken stießen.«

»O nein, keineswegs.« Hitchcock war sichtlich verärgert. »Ziehen Sie nicht gleich voreilige Schlüsse, nur weil ich Ihnen ein Kompliment über Ihre Weitsicht und Ihre Intelligenz gemacht habe. Diese Männer haben mich bewußtlos geschlagen, und es tut übrigens immer noch weh, verdammter Mistkerl, der das getan hat. Ja, ich hielt das Messer in der Hand, ich hatte es ja aus der Küche geholt, bevor ich niedergeschlagen wurde, aber ich versichere Ihnen, junge Frau, genauso wie ich es meinem Anwalt und Kriminalhauptkommissar Jennings von Scotland Yard versichert habe: Als ich wieder zu mir kam und ein blutbeflecktes Messer umklammerte, hatte offensichtlich ein anderer den Polizisten erstochen und mir anschließend das Messer wieder in die Hand gedrückt. Das ist eine uralte Masche; Edgar Wallace hat sie bis zum Erbrechen in seinen überzogenen Krimis angewandt.«

»Sie haben also mit Ihrem Anwalt *und* mit Jennings von Scotland Yard gesprochen?«

»Sie haben mich doch gesehen, als ich das erstemal in der Telefonzelle stand. Glauben Sie, daß ich die Zeitansage angerufen habe?«

»Daß Sie Ihren Anwalt anrufen, ist verständlich, aber Scotland Yard? Man hätte den Anruf zurückverfolgen und Sie schnappen können.«

»Haben sie aber nicht, oder?« Hitchcock kostete seinen Triumph aus. »Ich weiß doch, wie die Bullen funktionieren, schließlich führe ich bei Krimis Regie. Mir war klar, daß man versuchen würde, meine Leitung anzupeilen. Da habe ich eben schneller gesprochen als sonst, und schwupps, hier bin ich – und wo sind wir?«

»Auf der Straße nach Brighton hoffentlich. Halten Sie schön

die Äuglein nach einem Bed and Breakfast auf. Davon gibt es Dutzende an der Wegstrecke nach Brighton.«

»Die Leute werden es ziemlich verdächtig finden, wenn wir zu dieser späten Nachtstunde und ohne Gepäck bei ihnen einkehren wollen.«

»Nein, das werden sie nicht. Man wird uns im Gegenteil für vernünftig halten, wenn wir dem Nebel und den Lastwagen auf der Straße entkommen wollen. Und außerdem werde ich langsam schläfrig. Da! Da vorn, auf der rechten Seite! Was steht auf dem Schild?«

Hitchcock kniff die Augen zusammen, bis er die Schrift entziffern konnte. »Es ist ein Bestattungsinstitut. Vielleicht sollten wir anhalten und die Leute mit Scotland Yard in Verbindung setzen.«

»Wie komisch.« Sie lachte nicht. »Sie sind nicht mehr so angespannt. Sie fangen an, mir zu vertrauen.«

»Da haben Sie recht. Ich bin nicht mehr so angespannt.« Er hüllte sich in Schweigen und ließ seine Gedanken um Hans Meyer kreisen. Nach einem Weilchen fiel ihm im Zusammenhang mit dem Schauspieler eine Zeile aus *Hamlet* ein, daß nämlich irgend etwas faul war im Staate Dänemark.

Nach seinem frustrierenden Plausch mit Hitchcock verfluchte Jennings zuerst sich selbst, dann Scotland Yard und den Idioten von einem Techniker, der schließlich die Telefonzelle aufgespürt hatte, aus der Hitchcock aber längst verschwunden war. Jennings machte sich sofort daran, einen Sturm auf den Keller in der Kirche bei King's Cross zu organisieren. Er beauftragte Dowerty und drei andere Männer, sich als Penner zu verkleiden und dort um Mahlzeit und Unterkunft anzuhalten. Er gab Hitchcocks Beschreibung von Lemuel Peach einschließlich der gepunkteten Fliege an sie weiter, und kurz vor Mitternacht erschienen die vier Männer vor der soliden Holztür zum Keller der Kirche. Dowerty zog an der Klingel und wartete ungeduldig.

»Versuchen Sie es mal mit dem Türgriff«, flüsterte einer seiner Leute hinter ihm. Dowerty drehte am Türknauf, und sie traten ein.

»Es ist niemand da«, flüsterte einer der Männer.

»Warum flüstern Sie dann noch?« fragte Dowerty unfreundlich. »Schauen Sie mal dort hinein.« Er zeigte dem Mann eine Tür hinter dem Tisch mit den Teekrügen und Brotlaiben. Dowerty befühlte einen der Krüge; er war kalt. »Komisch«, sagte er, »daß niemand um diese Zeit hier ist. Wo sind denn all die Unglückseligen, die eine Bleibe suchen?« Er schaute auf die Feldbetten. »Nanu? Wer liegt da auf dem Bett unter dem Fenster?«

Der Polizist, der die Tür hinter dem Tisch aufgemacht hatte, meldete, daß dort eine Treppe sei, die zur Kirche hinaufführte. Aber Dowerty stand wie angewurzelt neben dem Mann, der mit dem Gesicht nach unten auf dem Feldbett lag und aus dessen Rücken ein Brotmesser herausragte. Vorsichtig hob er den Kopf der Leiche. »Mr. Lemuel Peach, nehme ich an«, sagte er, nachdem er die gepunktete Fliege erkannt hatte. »Mr. Jennings wird die Sache kein bißchen gefallen.«

Hitchcock und Nancy Adair hatten sich für ein Bed and Breakfast entschieden, das kurz vor Brighton direkt an der Landstraße lag. Hitchcock sträubte sich wie ein bockiger Esel, den Pensionsinhaber zu einer so unwirtlichen Stunde noch zu wecken, aber Nancy Adair setzte sich über seine Ängste hinweg. »Haben Sie ein Taschentuch?« fragte sie, als sie in die Einfahrt fuhren und parkten.

»Natürlich habe ich ein Taschentuch. Wofür brauchen Sie es?«

»Halten Sie es sich vor das Gesicht, und täuschen Sie Atemnot vor. Überlassen Sie mir das Reden.« Er folgte ihr die Holzstufen zur Veranda hinauf, und sie drückte die Klingel. Die Dielen der Veranda knarrten unter ihrem Gewicht, und Hitchcock beschlich das bange Gefühl, daß das gebrechliche Gebäude bei der nächsten falschen Bewegung über ihnen zusammenstürzen würde. »Na los, komm schon«, brummte eine ungeduldige Nancy und drückte noch einmal auf die Klingel.

»Ich komme! Ich komme!« rief ihnen im Haus eine schwache

Stimme zu, eine Stimme, die Hitchcock genauso gebrechlich vorkam wie das Haus, das sie betreten wollten. Die Tür wurde geöffnet, und der Kopf einer Frau mit Nachtmütze lugte heraus. »Oh«, sagte das zerbrechliche Stimmchen atemlos, »Leute!«

Nancy Adair wickelte die Frau charmant ein. »Es ist mir wirklich unangenehm, Sie um diese Zeit zu belästigen, aber wir haben uns im Nebel verfahren, und es schien uns zu gefährlich, noch weiterzureisen. Mein Mann leidet schrecklich unter Asthma, dieser Nebel bereitet ihm Höllenqualen.« Hitchcock erwartete, daß die kleine Dame jetzt in Tränen ausbrechen würde, aber sie blickte nur scharf die Blondine an, dann Hitchcock und wieder zurück. »Ich hoffe ja so, daß Sie ein Zimmer für uns haben.«

»O ja, ich habe sogar eins, in der Tat.« Hitchcock schloß von ihrer Art zu reden, daß sie eine jener englischen Damen aus gutem Hause war, die durch die schlechten Zeiten gezwungen waren, ihren Stolz hinunterzuschlucken und sich als Pensionsinhaberinnen ein kleines Zubrot zu verdienen. »Kommen Sie herein! Kommen Sie herein! Es ist wirklich scheußlich draußen.« Hitchcock betete insgeheim, es möge drinnen nicht genauso scheußlich sein. »Ich habe ein sehr hübsches Zimmer auf diesem Stockwerk hinter der Treppe für Sie. Es kostet eine Guinee, Frühstück inbegriffen, das pünktlich um acht serviert wird. Äh ... wenn Sie sich bitte hier eintragen wollen.« Sie zeigte auf das Hauptbuch, das auf der Rezeption lag. Nancy fand einen Füllhalter neben dem Buch und schrieb sich ein. Hitchcock, der sein Taschentuch vors Gesicht hielt und häßliche Geräusche machte, während er nach Luft schnappte, schaute ihr dabei über die Schulter. Sie hatte für beide als Mr. und Mrs. Jennings unterzeichnet. Freche kleine Hexe, dachte er, mußte aber schmunzeln. »Ich bin Miss Farquhar.« Sie sah Hitchcock mitleidig an. »Sie Ärmster. Wie Sie leiden müssen. Ich könnte Ihnen ein Inhaliergerät aufstellen. Das macht gar keine Umstände. Ich habe eins in der Küche. Mein Vater litt auch an Asthma, darum weiß ich, was Sie durchmachen. Hat ihn umgebracht, dieses Asthma, ein schrecklicher Tod. Er hat sich eine Ewigkeit gequält, bevor er erlöst wurde.« Ungefähr genauso lange dauerte es, bis sie sie zu ihrem Zimmer geführt hatte.

Sie schloß die Tür auf, stieß sie auf und machte Licht. Das Zimmer enthielt zwei Einzelbetten, wie Hitchcock mit einem stillen Seufzer der Erleichterung feststellen konnte. »Wie hübsch«, sagte Nancy Adair. »Ist es nicht hübsch, Liebling? Und es hat sogar zwei Betten.« Zu Miss Farquhar sagte sie: »Wenn er einen seiner Anfälle hat, ist es besser für ihn, allein zu schlafen. Nicht wahr, Liebling?« Hitchcock setzte sich auf einen Stuhl und röchelte.

»Oje, ich könnte den Inhalator wirklich ganz rasch für Sie aufstellen.« Miss Farquhar schien wild entschlossen zu sein, den hilfreichen Engel zu spielen.

Hitchcock sagte durch sein Taschentuch: »Es geht mir schon viel besser, jetzt, wo wir drinnen sind.« Er kramte eine Pfundnote und einen Shilling aus seiner Hosentasche und hielt das Geld ihrer Gastgeberin hin. »Sie sagten doch eine Guinee?«

»Ach, das können Sie mir auch morgen nach dem Frühstück geben«, sagte Miss Farquhar, aber Hitchcock bestand darauf, gleich zu bezahlen. Er war fest entschlossen, noch vor dem Frühstück aus der Pension zu verschwinden. »Das Badezimmer liegt gleich über den Flur, und ich versichere Ihnen, daß Sie niemanden stören werden, wenn Sie es benutzen. Ich beherberge im Moment keine anderen Gäste. Der Nebel wird sie abgeschreckt haben. Normalerweise bin ich um diese Jahreszeit ausgebucht. Sie werden genügend Handtücher finden, und zusätzliche Decken gibt es im Schrank. Hätten Sie gern noch eine Tasse Bovril, bevor Sie zu Bett gehen?« Armes einsames Ding, dachte Hitchcock, sie kann sich so gar nicht von uns losreißen.

»Ich glaube nicht. Wir sollten lieber gleich schlafen gehen. Es ist schon sehr spät, und wir sind schrecklich müde, aber Sie sind wirklich äußerst liebenswürdig.« Miss Farquhar wünschte ihnen eine gute Nacht und stieg langsam die Treppen zu ihrem Schlafzimmer hinauf.

Hitchcock stopfte das Taschentuch wieder in seine Jackettasche und fragte Nancy: »Haben Sie die Karte mitgebracht?«

Sie winkte damit. Er stand auf, ging zu ihr hinüber und faltete die Karte auseinander. »Medwin, Medwin, Medwin«, brummte er, während er das Dorf suchte. »Hier ist es. Medwin. Gleich nördlich von Ridgewood. Ich schätze, daß wir in Ridgewood Frühstück bekommen können.«

»Was spricht dagegen, hier zu frühstücken? Wir haben doch bezahlt.«

»Ich kann wohl schlecht ein Taschentuch vor mein Gesicht halten, während ich eine Mahlzeit einnehme. Ich beabsichtige, daß wir uns schon lange vor dem Frühstück aus dem Staub machen.« Ohne die Kleider abzulegen, streckte er sich auf einem der Betten aus.

»Möchten Sie sich nicht waschen oder dergleichen?«

»Ich wasche mich morgen früh und habe auch kein dringendes Verlangen nach sonstwas oder dergleichen.«

Sie setzte sich auf das zweite Bett, nachdem sie ihre Jacke ausgezogen hatte. Hitchcock konnte jetzt feststellen, daß sie schlicht gekleidet war: Rock, Bluse und die Jacke. Die Baskenmütze, die sie die ganze Zeit aufgehabt hatte, schleuderte sie quer durchs Zimmer, wo sie auf einer Kommode landete. Sie stieß die Schuhe von den Füßen, und während sie ihre Strümpfe abstreifte, fragte sie ihn: »Was suchen wir in Medwin?«

»Kein etwas. Einen Jemand. Eine Frau namens Madeleine Lockwood.«

»Und wer ist sie?«

»Ich weiß nur, daß sie früher als Sängerin beim Varieté aufgetreten ist und eine Zeitlang die Geliebte einer hochgestellten Persönlichkeit war.«

»Haben Sie das im Szenarium gelesen?«

»Ja.«

»Sie haben es doch nicht dabei?«

»Man hat es mir gestern aus der Wohnung gestohlen.«

»Das haben Sie mir gar nicht erzählt!«

»Ich habe Ihnen vieles nicht erzählt.« Wenn Alma im Zimmer gewesen wäre, hätte sie gewußt, daß er kurz davor war, einzunicken. Seine Antworten kamen nur noch langsam und leise.

»Aber Sie haben es auswendig gelernt?«

»Ich habe mir meine eigenen Notizen gemacht. Ich mache mir von jedem Szenarium eine eigene Zusammenfassung. Viel war ja nicht dran. Ziemlich schlampige Arbeit von Regner. Ich habe meine Notizen mehr oder weniger auswendig gelernt. Habe sie so oft gelesen, daß ich . . .«, er begann leise zu schnarchen.

Nancy Adair nahm ihre Handtasche und ging ins Bad. Dort starrte sie sich im Spiegel an und verzog den Mund zu einem schiefen, falschen kleinen Lächeln. »So weit, so gut«, flüsterte sie und ließ das Wasser in die Badewanne einlaufen.

Um drei Uhr morgens war in Sir Arthur Willings Büro eine hitzige Debatte im Gange, und zwar zwischen ihm selbst und Kriminalhauptkommissar Jennings. Außerdem waren Nigel Pack, Basil Cole und Peter Dowerty anwesend, letzterer noch als Penner verkleidet.

»Ich bestehe darauf, daß davon kein Sterbenswörtchen an die Presse durchsickert«, sagte Sir Arthur, »zumindest nicht in den nächsten vierundzwanzig Stunden. Sie müssen da mitziehen. Hitchcock schwebt auch so in größter Gefahr. Jetzt werfen sie sogar mit einem Brotmesser nach ihm . . .«

»Das wie von Zauberhand geführt die Richtung ändert und im Rücken seines Angreifers landet.«

»Sie glauben doch nicht im Ernst, daß Hitchcock den Mann umgebracht hat!«

»Der Mann ist jedenfalls nicht der, für den er sich ausgab. Er sagte Hitchcock, daß er Lemuel Peach, der Vikar, sei, aber Lemuel Peach ist verreist. Er macht irgendwo im Norden eine Kur. Das hat mir der Verwalter der Kirche erzählt, den wir im Haus nebenan aus dem Schlaf gerissen haben.«

»Aber wer ist dann der Tote?«

»Das wissen wir nicht. Morgen früh dürfte ich mehr wissen.«

»Hatte er denn *gar* keine Papiere bei sich?« fragte ein verblüffter Sir Arthur.

»Man hat ihn gründlich gefilzt. Seine Taschen waren leer.«

»Und keine Abdrücke auf dem Messerschaft.«

Jennings wünschte, der Mann würde sich in einer Rauchwolke auflösen. Er war müde. Dowerty sah aus, als brauchte er ein Paar Streichhölzer, um zu verhindern, daß seine Augen zufielen. Sir Arthurs Assistenten starrten mit glasigem Zombieblick ins Leere. Sie brauchten alle etwas Schlaf. »Sir Arthur, das sind wir alles bereits durchgegangen. Wir müssen uns ein bißchen ausruhen. Sie möchten diese Geschichte aus den Zeitungen raushalten, gut, dann beuge ich mich Ihrem Wunsch. Aber es hilft uns nicht gerade dabei, Hitchcock aufzuspüren oder seine Frau zu finden.«

»Sie befindet sich in Sicherheit«, sagte Sir Arthur barsch.

Jennings blickte ihn fassungslos an. »Wissen Sie das genau?«

»Mr. Jennings«, sagte Sir Arthur und zündete sich seine Pfeife an, »ich werde Sie doch nicht auf den Arm nehmen.« Obwohl ich schon viele dort geschaukelt habe, mutmaßte er im stillen. »Es gibt Momente, da sollte man Vertrauen in den britischen Geheimdienst haben.«

»Es ist mir keine große Hilfe, wenn Sie Geheimnisse vor mir haben.«

»Manchmal ist es aber nötig. Bitte vertrauen Sie mir, Mr. Jennings. Ich bin eine der ältesten Huren in diesem Geschäft, und im allgemeinen schätzt man mich dafür, daß ich meinen Preis auch wert bin.«

Nigel Pack fuhr mit großem Charme dazwischen, wie er selbst meinte. »Uns zieht er auch nicht immer ins Vertrauen, falls Sie das tröstet, Mr. Jennings.«

»Ich will nicht getröstet werden«, erwiderte Jennings kühl, »sondern drei Mordfälle aufklären, eine vermißte Frau finden und weiteres Blutvergießen vermeiden.«

»Ich sagte Ihnen doch, die vermißte Frau befindet sich in Sicherheit«, sagte Sir Arthur, »und glauben Sie mir, auch ich möchte, daß diese Morde gesühnt werden. Und was das Vermeiden von weiterem Blutvergießen betrifft, die Gabe der Weissagung besitze ich leider nicht. Aber hoffen wir, daß nicht noch mehr in der Richtung geschieht.«

»Ich denke, wir sollten für heute Schluß machen«, schlug Jennings vor. Dowerty pflichtete ihm bei.

Basil Cole sagte zu Sir Arthur: »Sie müssen doch auch todmüde sein, Sir.«

»Tot bin ich noch nicht«, sagte Sir Arthur und paffte seine Pfeife, »oder haben Sie das nicht bemerkt?«

Alma konnte nicht einschlafen. Man hatte ihr ein Nachthemd und einen Bademantel und andere notwendige Dinge gegeben, und der Mann mit dem Zucken war ausgesprochen charmant gewesen, als er ihr gute Nacht gesagt und sie in ihrem Zimmer eingeschlossen hatte. Es gab sogar Gitter vor den Fenstern, durch die sie auf einen kleinen Garten schauen konnte. Der Garten wurde von einer scheinbar fünf Stockwerke hohen Mauer eingefaßt, die den Blick auf alles, was dahinter lag, versperrte. Was wurde unternommen, um sie zu finden? fragte sie sich. Und Hitch. Wie erging es ihrem armen, geliebten Hitch? Sie hatte gerade noch gesehen, wie er niedergeschlagen wurde und auf dem Fußboden zusammengebrochen war, das Messer immer noch umklammert, mit dem er sie so tapfer hatte verteidigen wollen. Sie betete, daß er nicht ernstlich verletzt war.

Sie ging unruhig auf und ab; all die verwirrenden Gedanken bereiteten ihr Kopfschmerzen. Ihre verschwenderische Umgebung (und dieses Schlafzimmer war absolut umwerfend), die freundliche und verbindliche Art, die ihr hier entgegengebracht wurde, die Aufmerksamkeit, ihr mitzuteilen, daß es Patricia gutging, gab ihr Rätsel auf. Schlafen! dachte sie mit einem Seufzer, vielleicht auch träumen! Wo bist du, Hitch? Wo bist du in diesem Augenblick? Bist du zu Hause und schläfst?

Hitchcock war nicht zu Hause, aber er schlief, und er schnarchte. Nancy Adair lag auf ihrem Bett und starrte die Decke an, wobei sie sich verfluchte, weil sie keine Ohrstöpsel besaß.

TEIL DREI

Der MacGuffin

Elftes Kapitel

Basil Cole war ein ordentlicher Mensch. Seine zwanghafte Pingeligkeit hatte dazu geführt, daß ihm seine Freunde, seine Geliebten und die Verwandten davongelaufen waren, alles entbehrliche Posten, wie er fand. Seine Hingabe an den britischen Geheimdienst grenzte ans Fanatische, was ihn für Sir Arthur Willing zu einer wertvollen Stütze machte. Erwartete die Firma, wie man sie im Hauptquartier des Geheimdienstes nannte, von ihren Mitarbeitern äußerste Loyalität, so erwartete Basil von der Firma äußerste Gründlichkeit. Basil, der um vier Uhr früh nach seiner Nachtsitzung mit Sir Arthur, Jennings und Nigel Pack im Bett lag, war viel zu beunruhigt, um einschlafen zu können. Nachdem er die Büros des Geheimdienstes verlassen und kein Taxi bekommen hatte, war er nach Hause gelaufen, was ein Fußweg von weniger als einer Meile war. Der Nebel begann sich zu lichten und in Richtung Themse abzuziehen, und von dort aus vermutlich auf das offene Meer, wo er Basils Meinung nach auch hingehörte. Der Spaziergang hatte Basil wieder munter gemacht, und als er in seiner sehr ordentlichen kleinen Wohnung in der Upper St. Martin's Lane ankam, war er gleichzeitig hellwach und verärgert. Auf seinem Spaziergang hatte er sich noch einmal die Sitzung durch den Kopf gehen lassen und war zu dem Schluß gekommen, daß sie ausgesprochen unordentlich verlaufen war. Es baumelten in diesem Fall viel zuviele lose Fäden herum, die Basil sorgfältig verknüpft und an ihrem richtigen Platz sehen wollte. In Basils Augen sollte jede Aufgabe wie ein gutes Sticktuch angelegt sein, so wie das unvermeidliche »Gott schütze unser glückliches Heim«, das Basil selbst gestickt (ein heimliches Laster) und in seinem Flur aufgehängt hatte.

So wie er es sah, war der Entwurf für das Sticktuch, das Hitchcock, dessen Frau und die Mordfälle darstellte, zu schlampig entworfen worden. Die Farben der Fäden waren vollkommen falsch, sie bissen sich. Über Basils Kopf schwebte eine Wolke, die er mit der Aufschrift »Unterlassungssünde« versah. Entweder wurden Informationen unterschlagen oder in verschiedenen Köpfen falsch eingeordnet oder aber nur fahrlässig ignoriert. Zum Beispiel war Sir Arthur ein unglaublich intelligenter Mensch, trotzdem befaßte er sich überhaupt nicht mit den beiden ungelösten Morden, die in München vor elf Jahren verübt worden waren. Jeder Versuch, den Basil unternahm, sie ins Gespräch zu bringen, wurde mit einer ungeduldigen Handbewegung weggewischt, und doch spielten die meisten der Beteiligten jenes Falles heute wieder eine Hauptrolle. Die Hitchcocks, Hans Meyer, Friedrich Regner. Die einzige fehlende Protagonistin war Rosie Wagner, die kurz vor ihrem Verschwinden als jemand charakterisiert worden war, der einen noch größeren Vogel hatte als ein gescheitertes Filmsternchen. Sauber und ordentlich breitete Basil die Fakten vor sich aus, als er aus dem Bett stieg, seinen Morgenrock von Sulka überstreifte, in die Küche ging und das Wasser für seinen Morgentee aufsetzte. München 1925: Anna Grieban, Scriptgirl und Informantin für den britischen Geheimdienst, brutal in der Dusche erstochen. Rudolf Wagner, Klavierspieler und Komponist, ein weiterer Informant der Firma, ebenfalls mit einem Messer im Rücken im Studio aufgefunden, wo man den Mörder leicht hätte fassen können, der aber dennoch ohne jede Spur entkam. Elf Jahre später kreuzt Regner mit seinem merkwürdigen Szenarium auf, das vorsätzlich auf die Hitchcocks abzielt; sein Sendbote Martin Müller wird auf Hitchcocks Türschwelle erstochen. Am nächsten Tag wird das Manuskript gestohlen, die Hitchcocks werden angegriffen, Mrs. Hitchcock entführt, und Hitchcock, der noch von einem Schlag über den Schädel bewußtlos daliegt, wird der Mord an dem Polizisten Angus McKellin in die Schuhe geschoben.

Und vor nur wenigen Stunden erzählte Sir Arthur Jennings, daß Alma Hitchcock sich in Sicherheit befand. Woher wußte er das? Warum hatte er weder Nigel noch Basil darüber informiert, wenn die Firma sie festhielt? Seit mehr als zwölf Jahren arbeiteten sie nun zusammen, und soweit Basil wußte, hatte er sie stets in allem ins Vertrauen gezogen, selbst in der geheimsten Verschlußsache, von diesem oder jenem kleinen Versäumnis einmal abgesehen. Aber diesmal hatte Sir Arthur sie nicht eingeweiht. Und das war fürchterlich unordentlich.

Der Kessel pfiff, und Basil goß heißes Wasser in die Teekanne, Teil eines Services und Erbstücks einer unverheirateten Tante, die in einer Schneelawine in der Schweiz umgekommen war. Das einzige, was man von ihr fand, waren ihre Skier, und die hatte sie seinem Cousin Ben in Norfolk vermacht. Während der Tee zog, ging Basil zum Fenster und schaute hinaus. Dort sah er Anzeichen einer grauen, etwas zögerlichen Dämmerung, was genau Sir Arthurs plötzlicher Geheimhaltungstaktik entsprach – grau und zögerlich. Den kleinen Leckerbissen über Mrs. Hitchcocks Sicherheit hatte er ihnen nur deswegen serviert, weil er einen Wutausbruch Jennings' verhindern wollte, der offenbar kurz bevorstand. Jennings hatte sich ihnen gegenüber sehr anständig benommen. Er hatte ihnen alles gesagt, was er wußte, und nichts für sich behalten. Es beruhigte Basil, mit einem solchen Mann zusammenzuarbeiten. Er bewunderte ihn, obgleich er ihn kaum kannte. Jennings war auch pedantisch, sehr sauber und ordentlich. Ein Beispiel dafür war, wie er die Untersuchung über den falschen Lemuel Peach gehandhabt hatte.

Basil goß sich eine Tasse Tee ein und wartete darauf, daß die schlaffen Teeblätter sich auf den Boden der Tasse setzten. Und während er wartete, faßte er einen plötzlichen Entschluß. Er wollte Sir Arthur zur Rede stellen und von ihm verlangen, daß er ihm den Aufenthaltsort von Mrs. Hitchcock mitteilte. Schließlich blieb die Dreckarbeit immer an ihm hängen.

Alma wurde von dem Geräusch eines Wägelchens, das in den Raum geschoben wurde, aus verworrenen Träumen gerissen. Sie hatte nicht gehört, wie die Tür aufgeschlossen wurde, und stützte erwartungsvoll den Kopf auf den Ellbogen. Da kam auch schon das gottlose Paar, der Butler, der wie ein Preisboxer aussah, und das Zimmermädchen, das so sehr einer Gefängniswärterin glich. Zu ihrer Erheiterung hatte Alma die beiden Dempsey und Brunhilde getauft. Brunhilde schob den Teewagen in die Mitte des Raumes, während Alma sich fragte, ob ihr wohl der Mann mit dem Zucken Gesellschaft leisten würde. Als sie aus dem Bett stieg und das Negligé überzog, das man ihr am vorherigen Abend zur Verfügung gestellt hatte, konnte sie feststellen, daß auf dem Wagen genug Essen für eine ausgehungerte Familie bereitstand.

»Ich esse kaum etwas zum Frühstück«, sagte Alma. »Leistet mir Wie-heißt-er-gleich Gesellschaft?«

»Wie-heißt-er-gleich?« fragte Brunhilde verständnislos zurück, während Dempsey Tee einschenkte. Sie hatte eine Baßstimme.

»Der Mann, der anscheinend mein Gastgeber ist.«

»Ach *der.* Zwinkerchen.« Zwinkerchen! Warum bin ich eigentlich nicht selbst darauf gekommen? dachte Alma. »Der ist weg.«

»Weg? Wohin?« Alma überlegte, ob ihn vielleicht etwas, das sie gestern abend gesagt hatte, in die Flucht geschlagen hatte. Wie konnte er es wagen, einfach zu verschwinden, wo sie sich gerade an ihn zu gewöhnen begann! Sie hatte sich sogar auf ein mögliches Frühstück mit ihm gefreut. Er war ihr einziger Vertrauter in dieser nervenaufreibenden, beengten Lage, und ihrer Meinung nach war er für sie verantwortlich. Wie konnte er es wagen, sich ohne die kleinste Vorwarnung, ja nicht mal einem »Ciao, Herzchen, war schön, dich kennenzulernen, aber ich muß weiterziehen« aus dem Staub zu machen?

»Er wurde wegbeordert«, sagte Dempsey, der eine überraschend sanfte und kultivierte Stimme hatte. »Er hat anderswo ein neues Engagement angenommen.« Alma entging nicht der Blick, den er mit Brunhilde tauschte. »Er ist nämlich Berufsmusiker, wissen Sie.«

»Wußte ich nicht. Ich weiß überhaupt nichts über ihn, außer daß er mich gekidnappt hat.« Alma setzte sich auf den Stuhl, den Dempsey ihr zurechtrückte, und beäugte mißtrauisch die gedünsteten Pflaumen in einem Schälchen, das vor ihr stand. »Ich mache mir nicht viel aus gedünsteten Pflaumen.«

»Es gibt auch Rhabarber oder Aprikosen, wenn Sie das lieber mögen«, sagte Brunhilde und ließ hastig die Pflaumen verschwinden. Dann lüpfte sie den Deckel eines kleinen Präsentiertellers, aus dem heraus Rhabarber und Aprikosen, ebenfalls gedünstet, Alma anstarrten, als habe man sie zur letzten Ruhe gebettet, ohne ihnen das Privileg einer priesterlichen Grabrede zu gewähren.

»Ich nehme nur ein bißchen Tee und Toast.«

Brunhilde zuckte die Achseln.

Dempsey sagte: »Er spielt Saxophon.«

»Was? Wer spielt Saxophon?« Wie unwirklich das alles ist, dachte Alma, wie schrecklich unwirklich. Hitch wird es himmlisch finden. Wir müssen versuchen, diese Szene irgendwo einzubauen.

»Zwinkerchen. Er spielt ziemlich gut«, sagte Dempsey.

»Saxophonspieler sind so rar in meinem Leben«, sagte Alma. »Wo nimmt er dieses neue Engagement wahr?«

»Aber, aber, Gnädigste«, schalt Dempsey sie, »wir wollen ihn doch nicht verpetzen.«

Eine plötzliche Wut bemächtigte sich Almas. »Und was wird aus mir?«

»Ich weiß es nicht so recht, Gnädigste«, sagte Dempsey, während er Alma Tee nachschenkte. »Ich kann leider nicht die Zukunft aus Teeblättern lesen.«

Zum erstenmal seit vielen Stunden bekam Alma einen Lachanfall.

»Nanu, Miss Farquhar«, fragte Hitchcock, »haben Sie die ganze Nacht auf der Lauer gelegen?«

Er und Nancy Adair waren um sechs Uhr früh auf Zehenspitzen aus ihrem Zimmer geschlichen und mußten feststellen, daß die kleine Dame bereits hinter der Rezeption Posten bezogen hatte und gerade an einer kostbaren Uhr nestelte, die an ihrem Kleid festgeheftet war.

»Wie ich sehe, haben Sie Ihren Asthmaanfall überstanden. Ich bin ja so froh.« Es war Hitchcock gar nicht in den Sinn gekommen, sein Gesicht hinter dem Taschentuch zu verbergen, da er nicht damit gerechnet hatte, daß ihre Wirtin schon so früh auf den Beinen sein würde.

»Aufrichtigen Dank«, sagte er und lächelte liebenswürdig. »Das Zimmer war ausgesprochen gemütlich, und nun müssen wir uns auf den Weg machen, nicht wahr« – er wandte sich Nancy Adair zu, die hinter ihm stand –, »Liebling?«

»Aber ich habe doch schon das Frühstück vorbereitet!« Miss Farquhar sah aus, als hätte sie soeben erfahren, daß der Krieg ausgebrochen sei. »Hering und Würstchen, gebratener Schinken mit gedünsteten Tomaten und Spiegelei, heiße Muffins und Butter und Gelee und Tee und Rosinenbrötchen . . .«

»Gnade, gnade . . .« stöhnte Hitchcock.

»Es geht leider wirklich nicht«, unterbrach Nancy, »wir hätten schon längst in Medwin sein müssen.« Hitchcock hätte ihr bei der Erwähnung von Medwin am liebsten gegen das Schienbein getreten.

»Medwin? Was für ein seltsames Reiseziel.«

»Warum?« fragte Hitchcock. »Stimmt etwas nicht mit dem Ort?«

»O nein, gar nicht. Es ist eben nur so ein winziges kleines Dörfchen, und niemand scheint freiwillig dorthin zu fahren.«

»Aber Sie sind offensichtlich schon einmal dagewesen«, sagte Hitchcock.

»O ja, ich habe eine Cousine dort. Cousine Phoebe. Phoebe Allerton. Eigentlich ist sie bloß eine Cousine zweiten Grades. Wir sind zusammen aufgewachsen. Sie wohnte bei uns, als wir noch Mädchen waren. Oh, Sie müssen einfach frühstücken, bevor Sie fahren.«

Hitchcock war im Grunde ziemlich ausgehungert und gestand es ihr. Er zog es vor, Nancys mißbilligenden Blick und ihr ungeduldiges Räuspern zu ignorieren, und folgte Miss Farquhar in das kleine Speisezimmer, wo das Frühstück äußerst verlockend auf einem Büfett arrangiert worden war. »Sieht das nicht einfach himmlisch aus, Liebes?« fragte Hitchcock und langte ordentlich zu. Nancy Adair begnügte sich mit einer Tasse Tee und einem Rosinenbrötchen. Während Hitchcock Speisen auf einen vorgewärmten Teller häufte, fragte er seine Gastgeberin: »Sind Sie bei einem Ihrer Besuche in Medwin jemals einer Miss Madeleine Lockwood begegnet?«

»Aber ja«, zwitscherte Miss Farquhar, »die Spionin.«

Hitchcock ließ beinahe seinen Teller fallen. Nancy Adairs Unterkiefer fiel herunter, aber sie klappte ihn hastig wieder zu. »Eine Spionin?« Hitchcock trat an den Tisch, und Miss Farquhar wies ihm einen Platz zu.

»Nun ja, ich weiß nicht, ob sie heutzutage immer noch aktiv ist, aber während des Weltkriegs war sie eine sehr bekannte Spionin. Sie hat ein Buch darüber geschrieben. Ich besitze ein Exemplar davon. Würden Sie gern einen Blick hineinwerfen?«

»Sehr gern sogar, wenn es Ihnen keine Umstände macht.« Er tauschte einen Blick mit Nancy. Nancy zündete sich eine ihrer französischen Zigaretten an, aber Hitchcock befahl ihr, mit dem Rauchen zu warten, bis er sein Frühstück beendet hatte. Miss Farquhar begab sich ins Nebenzimmer, auf dessen Tür »Die Bibliothek« stand, während Nancy ärgerlich ihre ungerauchte Zigarette ausdrückte.

»Stell dir das vor, Liebling«, sagte Hitchcock und stapelte Ei und gebratenen Schinken auf seine Gabel, die er sodann in seinen weit aufgesperrten Mund schob, »unsere Madeleine ist eine Spionin. Ich frage mich, wie Freddy Regner das in Erfahrung gebracht hat?«

»Vielleicht hat er ja das Buch gelesen.«

»Ach, glaubst du, daß es eine deutsche Ausgabe gab?«

»Das bezweifle ich«, sagte Miss Farquhar, die eben zurückkam und Hitchcock das schmale Bändchen überreichte. »Es ist ein Privatdruck.«

»Ich verstehe.« Auf der Rückseite des Schutzumschlags war ein Foto der jungen Madeleine abgebildet. Hitchcock betrachtete das Porträt. »Sie war ja eine richtige Schönheit. Schau mal, Liebes« – er zeigte Nancy das Bild –, »sah sie nicht prächtig aus?«

»Ja, richtig prächtig.« Ihr Kompliment hätte genausogut einem gepökelten Schinken gelten können.

»Jetzt ist sie's nicht mehr«, sagte Miss Farquhar, während Hitchcock das dünne Buch durchblätterte.

»Die Schönheit ist dahingewelkt, ja?« fragte Hitchcock.

»Nach dem Skandal.«

»Wollen Sie sich nicht zu uns setzen, Miss Farquhar?« Hitchcocks entwaffnender Charme tat seine Wirkung. Miss Farquhar nahm Platz. »Was sagen Sie da über einen Skandal?«

»Sie hatte einen Liebhaber beim Militär, ein sehr hohes Tier. Und außerdem ein ziemlich reicher Mann. Sie hat ihn zu Fall gebracht.«

»Wie meinen Sie das?«

Miss Farquhar beugte sich vor und flüsterte konspirativ: »Er hat ihr *Geheimnisse* verraten.«

»Wie unklug von ihm.«

»In der Tat. Er fiel in Ungnade. Mit Schimpf und Schande aus der Armee entlassen. Hinter den Kulissen wurde einiges gemauschelt, um ihm eine noch schlimmere Bestrafung zu ersparen. Die ganze Geschichte wurde soweit wie möglich vertuscht. Einflußreiche Familie. Verbindungen zum Königshaus, wissen Sie.«

»Ach, die.« Nancy Adair prüfte kritisch einen Fingernagel. Merkwürdige Frau, dachte Hitchcock. Äußerst merkwürdige Frau. Wenn er Reporter wäre, und wenn auch nur ein freischaffender, oder besonders als freischaffender, würde er sich von der Art Informationen, mit denen sie Miss Farquhar versorgte, Notizen machen. Madeleine Lockwood wurde ein immer faszinierenderes Bindeglied in der Kette der Ereignisse, und er freute sich mehr denn je auf ein Treffen mit ihr.

»Genau die. Es war bekannt, daß er mit dem verstorbenen König George befreundet war. Brachte dem kleinen Edward das Polospiel bei.«

»Steht das alles in diesem Buch?«

»Aber nein. Das Buch ist vom Feinsten. Voller Glanz und Pomp, wissen Sie, die Fröhlichkeit und das *joie de vivre* der Spionage.«

»Natürlich«, sagte Hitchcock, *»pour le sport.«*

»Und Madeleine Lockwood will Sie empfangen! Was sagt man dazu! Sie lebt doch so zurückgezogen!«

»Tatsächlich? Dann ist sie gar nicht mit Ihrer Cousine Phoebe befreundet?«

Miss Farquhar beugte sich wieder vor. »Tatsächlich ist Phoebe eine der Auserwählten im Dorf, denen sie erlaubt, ihr Haus zu betreten. Sie braucht ja jemanden, der für sie einkauft und kleine Gänge erledigt. Und Phoebe mischt sich nicht groß ein, da sie ein bißchen schwer von Begriff ist.«

»Und schnell auf den Beinen.«

»Sie ist erstaunlich agil für eine Frau ihres Alters, das muß man ihr lassen. Sie ist fast siebzig. Madeleine übrigens auch.«

Hitchcocks Augenbrauen wanderten einen Millimeter nach oben. »Demnach war Miss Lockwood um die Fünfzig, als sie im Krieg als Spionin für uns arbeitete.«

»Sie hat doch nicht für uns spioniert. Sie spionierte für die *anderen.*«

»Die Deutschen? Donnerwetter! Wie hat sie es geschafft, dem Erschießungskommando zu entgehen?«

»Durch *ihn* und seine Verbindungen!«

»Das muß eine ziemlich späte Liebe zwischen den beiden gewesen sein.«

»Hält sich Liebe an Stundenpläne?« fragte Miss Farquhar schelmisch.

»Nein, ich schätze nicht.« Hitchcock widerstand der Versuchung, sie in die Wange zu kneifen.

Hitchcock betrachtete ein weiteres Mal die Fotografie von Madeleine Lockwood. »Auf diesem Foto sieht sie nicht wie fünfzig aus.«

»Warum auch? Das Foto wurde vor vierzig Jahren aufgenommen, als sie noch beim Varieté Kapriolen machte.«

»Hmmmm. Ich frage mich . . .« Hitchcock hatte sein Interesse am Frühstück verloren. Nancy Adair trommelte ungeduldig auf dem Tisch und versuchte, ihren Mut zusammenzuraffen, um sich eine Zigarette anzuzünden.

»Ja?« sagte Miss Farquhar.

»Ich frage mich, ob Sie uns vielleicht helfen könnten.«

»Etwas mehr Tee?«

»Nein, vielen Dank. Miss Adair und ich . . .« Er hörte, wie jemand scharf die Luft einzog. Es war Nancy Adair.

»Wer ist Miss Adair?« fragte Miss Farquhar.

»Das ist mein professioneller Name«, sagte Nancy Adair geistesgegenwärtig. »Im Privatleben bin ich Mrs. Jennings, aber ich schreibe unter dem Namen Nancy Adair.«

»O ja, natürlich! So viele Schriftsteller benutzen ein Pseudonym.« Sie wandte sich Hitchcock zu. »Sie fragten sich, ob ich Ihnen helfen könnte? Brauchen Sie eine Wegbeschreibung nach Medwin?«

»Wir brauchen eine Empfehlung für Miss Lockwood.«

»Ich dachte, Sie erwartet Sie!«

»Das tut sie nicht. Sie weiß nicht einmal, daß wir existieren.« Hitchcock sprach schnell, in der Hoffnung, den enttäuschten Gesichtsausdruck der kleinen Lady wieder wegzuschwatzen. »Es ist nämlich so. Nancy und ich arbeiten gemeinsam an einem Buch über Spionage, und wir recherchieren in erster Linie die weniger bekannten Spione. Wissen Sie, all jene, die nicht in die Schlagzeilen gelangten oder durch einen spektakulären Tod berühmt wurden, so wie unsere Miss Lockwood.« Er hoffte, sie mit seiner besitzergreifenden Haltung gegenüber Madeleine Lockwood einigermaßen zu besänftigen. »Sie wissen das wahrscheinlich nicht, aber es gibt durchaus Leute, die von ihr gehört haben und sie für eine kleine Legende halten, wie zum Beispiel mein deutscher Bekannter, den ich vor ein paar Minuten erwähnte. Ist es nicht so, Liebling?« Nancy rang sich ein Lächeln ab, während sie dachte, Scheiß-Rücksicht, und sich eine Zigarette anzündete. »So kommt es, meine liebe, großzügige Miss Farquhar, daß wir uns auf dem Weg nach Medwin befinden und in diesem Augenblick Ihre großzügige Gastfreundschaft genießen.«

»Möchten Sie, daß ich Phoebe anrufe und sie bitte, sich für Sie bei Miss Lockwood zu verwenden?«

»Wäre das zuviel verlangt?«

»Keineswegs. Nach allem, was Phoebe über Madeleines aufgeblasenes Ego erzählt hat, wird sie sicherlich hocherfreut sein, wenn man sie wieder ins Rampenlicht rückt.«

»Allerdings können wir ihr kein Gastspiel anbieten, Miss Farquhar. Wir möchten nur ein bißchen mit ihr zusammensitzen und sie interviewen. Ich nehme an, daß es noch zu früh ist, Cousine Phoebe anzurufen?«

»Ganz und gar nicht. Sie steht mit den Hühnern auf. Ich bin gleich wieder bei Ihnen.«

Als Miss Farquhar aus dem Zimmer ging, sagte Hitchcock zu Nancy Adair: »War das nicht ein unglaublicher Glückstreffer?«

»Ein unglaublicher Zufallstreffer.«

»Sie klingen nicht gerade begeistert.«

»Ich möchte nur, daß wir unser Programm einhalten.«

»Darf ich Sie daran erinnern, junge Dame, daß das hier *meine* Show ist. Sie haben sich mir aufgedrängt, und zwar als Nebenrolle. Um noch deutlicher zu werden, ich bin hier der Regisseur und bestimme, wann gedreht wird.«

»Aber selbstverständlich, *Mr.* Regisseur.«

»Und Sarkasmus ist hier fehl am Platz.«

»Entschuldigung. Verzeihen Sie mir. Ich habe sehr schlecht geschlafen.«

»Ich auch.«

»Das glauben auch nur Sie.«

Miss Farquhar kam wieder. »Phoebe wird versuchen, ein Treffen zu arrangieren!«

»Das ging aber schnell!« rief Hitchcock.

»Warum soll man Zeit vertrödeln, wenn sie so erbarmungslos dahinschwindet?« Sie beschrieb ihnen, wie sie Cousine Phoebe Allertons Haus finden konnten, und Hitchcock überschlug sich in seinen Dankesbekundungen für Miss Farquhars Hilfe. Sie begleitete sie noch bis zu ihrem Wagen und winkte ihnen beim Davonfahren mit einem spitzenbesetzten blauen Taschentuch hinterher, das sie aus ihrem mageren Busen gezogen hatte. Dann ging sie ins Haus zurück, marschierte geradewegs in die

Bibliothek, wo sich ein Nebenanschluß ihres Telefonapparats in der Rezeption befand, und ließ sich eine Nummer in London geben.

»Phoebe Allerton, Hollyhock Lane 22, rechts bei der Tankstelle am Ortseingang von Medwin einbiegen«, deklamierte Hitchcock. »Was glauben Sie, wie lange wir bis Medwin brauchen werden?«

»Ich schätze weniger als eine Stunde, wenn wir Glück haben. Aber jetzt tauchen schon Lastwagen auf der Straße auf, und wir bleiben möglicherweise vor Brighton im Verkehr stecken.«

»Nancy?«

»Ja?«

»Haben Sie Miss Farquhar schon vorher gekannt?«

Nancy fing an zu stottern und setzte dann neu an. »Wie kommen Sie denn darauf?«

»Weil Sie plötzlich beim Frühstück so still wurden. Bis dahin war Ihr Mundwerk ja kaum zu bremsen.«

»Das habe ich Ihnen doch erklärt. Ich war müde. Es dauert immer eine Weile, bis ich morgens in Schwung komme.«

»Es hat auch ziemlich lange gedauert, bis Sie sich für dieses spezielle Bed and Breakfast entschieden haben.«

»Mr. Hitchcock«, sagte Nancy gelassen, »Sie haben zu viele Spionagegeschichten gelesen. Jetzt lehnen Sie sich zurück und entspannen Sie sich.«

Er lehnte sich zurück, aber er entspannte sich nicht. Seine Gedanken schossen hin und her, siebten diesen und prüften jenen Tatbestand, und noch einen, und noch einen. Die einzelnen Hypothesen und Möglichkeiten wechselten einander ab, und ein bestimmter Verdacht ließ in seinem Kopf sämtliche Warnsignale aufleuchten. Irgendwie mußte er einen Weg finden, Miss Nancy Adair abzuschütteln.

»Das gefällt mir nicht. Das gefällt mir ganz und gar nicht.« Sir Arthur trug einen Anzug aus irischem Tweed, der an Knien und Ellbogen ausgebeult war. Er fand, daß Basil Cole mit seinen tiefen Ringen unter den Augen entsetzlich aussah, und er wünschte, Nigel Pack würde endlich damit aufhören, mit seinem linken Bein das darüber gekreuzte rechte zu kippeln. Kriminalhauptkommissar Jennings war kurz davor, das Wort zu ergreifen, beschloß aber diplomatisch, lieber zu warten, bis Sir Arthur damit fertig war, seinem Mißbehagen über die Neuigkeiten Ausdruck zu geben, die er soeben erfahren und an sie weitergegeben hatte. »Was wissen wir über diese Frau, die sich Nancy Adair nennt? Sehr wenig, wie ich feststellen muß.«

»Allerdings, herzlich wenig«, stimmte Nigel Pack ihm zu. »Wir haben ein Fahndungsschreiben über sie in Umlauf gesetzt, nachdem wir erfahren hatten, daß sie in der Nacht, als Müller vor Hitchcocks Landhaus ermordet wurde, im Dorf war. Sie hat kein Telefon, keine Adresse und natürlich auch sonst keinen Lebenslauf.«

»Mit anderen Worten, sie ist nie geboren, sondern einfach erfunden worden.« Sir Arthur atmete aus. »Das gefällt mir ganz und gar nicht. Jedenfalls war es sehr scharfsinnig von unserer lieben Miss Farquhar, uns anzurufen, nachdem sie Hitchcock erkannt hatte. Sie kannte Fotos von ihm und wunderte sich, warum er inkognito durchs Land reist, um eine ehemalige Spionin zu besuchen.« Er schöpfte Luft und fuhr dann fort: »Mit einem blonden jungen Ding noch dazu, das in keiner Weise den Fotos glich, die sie von Mrs. Hitchcock gesehen hatte. Verflixt schlau von dem alten Schätzchen. Sehen Sie zu, daß man ihr etwas schickt, ja, Basil? Pralinen oder ein paar Bücher. Ich würde ja Geld vorschlagen, aber ich entsinne mich ihres Stolzes, obgleich der vor ihrem Fall kam. Schade, daß wir uns von ihr trennen mußten.« Zu Jennings sagte er: »Übrigens hat die Frau mit Mr. und Mrs. Jennings im Gästebuch unterschrieben.«

Jennings lächelte und kratzte sich am Ohr. »Das ist gut zu wissen. So können wir wenigstens davon ausgehen, daß sie weiß, wer ich bin. Aber woher wußte sie, daß ich der Kommissar bin, der mit dem Fall betraut wurde? Ich schätze, wir haben einen Informanten im Yard . . .«

»Oder bei uns«, fügte Sir Arthur hinzu. »Hoffen wir, daß

Miss Farquhar nicht ein ähnliches Schicksal ereilt wie unseren falschen Lemuel Peach. Hitchcock hinterläßt eine Spur von Leichen. Wie bedauerlich, daß wir diese Möglichkeit nicht vorhersehen konnten. Was bedrückt Sie, Basil?«

»Miss Farquhar.«

»Warum wir sie fallengelassen haben? Sie konnte nichts für sich behalten.«

»Nein, warum Hitchcock und diese blonde Frau ausgerechnet ihre Pension als Nachtquartier wählten.«

»Ich würde mal denken, mein lieber Basil, die Antwort liegt irgendwo bei dieser angeblichen Miss Nancy Adair, da ich bezweifle, daß Hitchcock vor gestern nacht jemals etwas von Miss Farquhar gehört hat. Also schön, Mr. Jennings, Sie sehen so aus, als wollten Sie weitermachen.«

»Will ich auch. Ich habe noch eine Menge zu erledigen, und die Zeit drängt.« Er richtete sich ein wenig in seinem Stuhl auf und schaute in sein Notizbuch. »Wir haben Lemuel Peachs Doppelgänger identifiziert.«

»Ah! So fängt der Tag doch gleich viel schöner an«, sagte Sir Arthur. »Sein richtiger Name ist Nicholas Haver, und er wurde in München geboren. Er hat bereits zweimal dieses Land besucht, wobei er beide Male festgenommen und unter dem Verdacht der Spionage ausgewiesen wurde. Mit Betonung auf Verdacht, da man ihm nichts beweisen konnte, aber die Behörden hielten es trotzdem für ratsam, ihn mit einem Fußtritt aus dem Land zu befördern.«

»Und zu seinem eigenen Schaden nahm er einen dritten Anlauf.« Sir Arthur schnalzte verdrießlich. »Wie gelingt es diesen Leuten, sich immer wieder von neuem einzuschleichen, nachdem man sie vor die Tür gesetzt hat? Darin sind sie echte Meister. Jedesmal, wenn sie einen von uns erwischen, müssen wir komplizierte Austauschmanöver veranstalten, um sie wieder freizubekommen, oder uns gleich um die Pension für ihre Witwen kümmern.«

»Darf ich bitte fortfahren, Sir Arthur?« Jennings war nicht mehr in der Lage, seine Ungeduld zu verbergen. Sir Arthur nickte und fragte sich, warum Basil Cole immer noch so geistesabwesend aussah. »Haver war Musiker von Beruf. Er war sogar Geiger in einem Trio bei den Emelka-Studios in München, und zwar damals, als Rudolf Wagner der Pianist dieses Trios war.«

»Na wunderbar!« rief Nigel Pack. »Sehr schön, das dürfte die ganze Angelegenheit in Ordnung bringen.« Bei der Erwähnung des Wortes »Ordnung« warf Basil ihm einen Blick zu.

»Es bringt gar nichts in Ordnung«, sagte Jennings, »denn wenn er Wagner ermordet hätte, dann hätte der andere Geiger ihn dabei beobachtet. Und wie bewiesen wurde, waren die Hände beider Musiker mit Instrument und Bogen beschäftigt. Außerdem gibt es erst seit zwei Jahren Unterlagen über Havers Spionagetätigkeit, was bedeutet, daß er relativ neu bei der Sache war.«

»Wie wurde er in die Kirche bei King's Cross eingeschleust?«

»Über den Hausverwalter, der sich aus dem Staub gemacht hat.«

»Glauben Sie, daß der Mann auch einer von ihnen ist?« fragte Sir Arthur.

»Eigentlich nicht. Er übt die Stelle schon seit Jahren aus und fand wahrscheinlich Havers Schmiergeld-Angebot unwiderstehlich.«

»Gibt es einen Anhaltspunkt darüber, wann Haver sich den Nazis angeschlossen hat?«

»Vor zwei, drei Jahren ungefähr. Er wurde von irgendeiner Frau angeworben. Viel mehr wissen wir nicht. Jedenfalls gehörte Haver zu einem Ring, den man hier eingerichtet hat, um Informationen zu übermitteln.«

»Und was glauben Sie, wie Friedrich Regner von alledem erfahren hat? Es steht ja in seinem Manuskript, also mußte er darüber Bescheid wissen.«

»Wir wissen, daß Regner Zugang zu vielen Geheimdokumenten hatte, weshalb er auch aus Deutschland fliehen mußte. Sie bringen ihn um, wenn sie ihn jemals erwischen.«

»Was haben Sie noch?«

»Hans Meyer ist und bleibt auf freiem Fuß. Wir können nicht das geringste über ihn herausfinden.«

»Früher oder später wird er schon auftauchen«, sagte Sir Arthur gereizt. »Sie tauchen alle früher oder später wieder auf. Ist das alles, Mr. Jennings?«

»Das ist alles, was ich heute früh mitteilen kann, Sir. Und wenn es von Ihrer Seite aus nichts mehr gibt, würde ich gern wieder zum Yard gehen.«

»Nein, und besten Dank. Ich glaube, daß wir ganz hübsch vorankommen. Basil, was für eine Laus ist Ihnen *jetzt* wieder über die Leber gelaufen?«

»Wenn ich um eine Unterredung unter vier Augen bitten dürfte, Sir Arthur«, sagte Basil, als sich die anderen zum Gehen wandten.

»Worüber?« bellte Sir Arthur.

Basil Cole richtete sich tapfer auf. »Es geht um Ordnung, Sir.«

»*Ordnung*?«

»Ordnung.«

Zwölftes Kapitel

Phoebe Allerton trug ihren Namen zu Recht. Sie zwitscherte wie ein Vogel. Ihre Hände flatterten beim Sprechen, und ihre Augen waren groß wie die einer Eule, obgleich sie nicht gerade Weisheit widerspiegelten. Ihr hübsches Häuschen in der Hollyhock Lane Nr. 22 in dem abgelegenen kleinen Dorf Medwin stammte aus dem frühen siebzehnten Jahrhundert und war im neunzehnten Jahrhundert, wie Miss Allerton ihnen gerade erzählte, der Schauplatz einer Serie blutiger Morde gewesen.

»Sechs Leichen haben sie unter genau diesen Dielenbrettern gefunden«, sagte Phoebe Allerton. Hitchcock glaubte ihr kein Wort. Sie saßen im Wohnzimmer, wo sich auf jedem Tisch Berge von Kriminalromanen stapelten. Miss Allerton war wahrscheinlich Feministin, da sie weibliche Autoren zu bevorzugen schien. Hitchcock sichtete Bücher von Agatha Christie und Dorothy Sayers und Ngaio Marsh und Mary Roberts Rinehart und Mignon Eberhart, jedoch kein Werk eines einzigen Mannes.

»Und wie hat man die Mordserie damals genannt?« Hitchcock beschloß, ihr ein bißchen schönzutun, bis sie sich dazu durchrang, ihnen Madeleine Lockwood vorzustellen. Sie waren schon fast eine halbe Stunde bei ihr, nachdem sie das Haus problemlos gefunden und ihrem Angebot von Limonade und hausgemachten Schokoladenkeksen nachgegeben hatten, weil Hitchcock nicht entgangen war, wie sehr sich die bejahrte Frau nach Gesellschaft sehnte, so kurz sie auch sein mochte.

»Na, die Hollyhock-Haus-Morde natürlich! Haben Sie etwa noch nie davon gehört?« Sie schenkte ihnen lauwarme Limonade nach. Nancy Adair versuchte Hitchcock mit Blicken aufzufordern, der alten Dame ein bißchen Dampf zu machen.

»Ich fürchte, nein. Hat irgend jemand darüber geschrieben?«

»*Ich* schreibe darüber.« Ungeachtet ihres fortgeschrittenen

Alters schoß sie wie eine Primaballerina, die sich den wollüstigen Avancen eines Fokine-Fauns entwindet, mit einem Satz von ihrem Stuhl hoch und trippelte zu einem Schreibtisch, der sich am anderen Ende des langen, schmalen Raumes befand. Sie ergriff eine umfangreiche Loseblatt-Sammlung und überreichte sie Hitchcock. Dann trat sie mit vor der Brust gefalteten Händen und erwartungsvoll gerötetem Gesicht einen Schritt zurück, als erwarte sie vielleicht Beifall, während er das Buch auf der ersten Seite aufschlug.

Er las den Titel laut vor, damit Nancy Adair auch etwas davon hätte: *Blutrünstig.* Er hatte ihren Blick aufgefangen und dessen Botschaft verstanden, aber er konnte ihr im Moment schlecht mitteilen, daß man Miss Allerton bei Laune halten mußte, bis sie bereit war, sich für ihre Gäste in Bewegung zu setzen. Zu der alten Dame sagte er: »Mit dem Titel wird das Buch ein Renner.«

»Er *gefällt* Ihnen also!« Sie piepste wie eine Piccoloflöte.

»Er ist nicht zu schlagen. Wie lange arbeiten Sie schon an dem Buch?«

»Fast vierzig Jahre.«

»Ich würde mich freuen, es eines Tages lesen zu dürfen.«

»Könnten Sie nicht jetzt schon ein bißchen darin lesen? Ihr Urteil würde mir viel bedeuten.« Ihre Hände flatterten, und sie scharrte mit den Füßen, so daß Hitchcock befürchtete, sie könne jeden Moment abheben.

»Leider ist unsere Zeit zu knapp, Miss Allerton. Sie werden sicherlich verstehen, daß es fürchterlich wichtig für uns ist, Madeleine Lockwood zu treffen.«

Miss Allerton nahm ihr Manuskript wieder an sich und preßte es gegen ihren kaum vorhandenen Busen. »*Ihr* Buch ist lausig. Mußte es ja selbst drucken lassen. Limitierte Ausgabe. Und *er* durfte es auch noch finanzieren.« *Er,* dachte Hitchcock, der mit Schimpf und Schande aus der Armee entlassene Liebhaber? »Alles Blüten ihrer Fantasie.« Sie trug das Buch wieder zum Schreibtisch zurück.

Nancy Adair beschloß, die Sache selbst in die Hand zu nehmen. »Wohnt Miss Lockwood hier in der Nähe?«

Miss Allerton nahm wieder Platz und zupfte ihren Rock zurecht, dann antwortete sie: »Sie wohnt gleich gegenüber. Das große Haus mit dem strohgedeckten Dach. Sie haben es vielleicht gesehen, als Sie Ihren Wagen parkten. Es sieht von außen sehr überwältigend aus. *Er* hat es ihr vor ungefähr fünfzehn Jahren gekauft. Drinnen herrscht das reinste Chaos. Sie werden es ja selbst sehen. Und sie ist auch ziemlich chaotisch. Manchmal scheint es, als wäre sie geistesabwesend, aber ich weiß, daß sie meistens nur schauspielert. Sie ist eine unglaublich clevere Person. Aber wenn es wieder mal so aussieht, als wäre sie nicht ganz da, dann müssen Sie eben etwas Geduld haben und sie wieder zum Thema zurückführen. Sie war ja mal beim Theater.« Sie blickte Hitchcock direkt an. »Sie weiß, wie man Regieanweisungen befolgt.«

Sie weiß, wer ich bin! dachte Hitchcock. Laut sagte er: »Wir sind gekommen, um sie für unser Buch über Spionage zu interviewen.«

Miss Allerton bekam ein ganz klägliches Stimmchen. »Sie schreiben auch ein Buch? Gibt es denn irgendwo noch jemanden, der *kein* Buch schreibt?« Es gelang ihr nicht, ihre Verbitterung zu kaschieren. »Ein Buch über Spionage? Sind Sie etwa *auch* Spione?«

»Um Himmels willen, nein«, sagte Hitchcock, »wir suchen nur Material für unser Buch.«

»Ein dreckiger Beruf, die Spionage. Hat Jane ruiniert.«

»Welche Jane?« erkundigte sich Hitchcock.

»Sie hat Sie doch hergeschickt! Jane Farquhar!«

Hitchcocks Mund fühlte sich plötzlich trocken an. Er warf Nancy Adair einen kurzen Blick zu, die mit einem Mal sehr damit beschäftigt zu sein schien, an einem Keks zu knabbern und ihm nicht in die Augen zu sehen. Hitchcock trank einen Schluck von seiner scheußlichen Limonade und fragte: »Jane Farquhar war eine Spionin?«

»Keine besonders gute. Sie war ja ein Klatschmaul, das seinesgleichen sucht. Es begann, als sie im Krieg drüben als Krankenschwester arbeitete. Im Kriegsgefangenenlager. Sie war da

Oberschwester. Na ja, und ein paar von diesen Gefangenen waren bei den Deutschen ziemlich hohe Tiere, und die redeten und redeten, und zwar mit unserer kleinen Jane. Jane hat natürlich die Informationen an unsere Behörden weitergeleitet, und bevor man sich's versah, hatte sie zwei Berufe, Krankenschwester und Spionin. Sie hat's aber nicht lange durchgehalten.« Mit einem argwöhnischen Gesichtsausdruck fragte sie ihre Gäste. »Wie war noch gleich Ihr Name?«

»Jennings, Mr. und Mrs. Jennings«, entgegnete Hitchcock. Er hatte die Antwort gekrächzt, weil sich eine unsichtbare Schlinge um seinen Hals gelegt zu haben schien, die ihm langsam die Kehle zuschnürte.

Es folgten einige Augenblicke unbehaglichen Schweigens, dann beugte Phoebe Allerton sich vor. »Madeleine ist heute vielleicht nicht besonders gut in Form.«

»Ich versichere Ihnen, daß wir sehr sanft und behutsam mit ihr umgehen werden«, sagte Hitchcock.

»Gestern hat hier in der Nähe den ganzen Tag lang ein Zirkus kampiert.« Hitchcock bekam kribbelige Finger. »Am Nachmittag haben sie eine Vorstellung gegeben. Kein sonderlich großes Publikum. Aber erstaunlicherweise hat sich Madeleine in ihre Schleier gehüllt, und wir haben uns die Aufführung angeschaut. Irgendwie verloren wir uns dann aus den Augen, und als ich Madeleine wiederfand, wußte ich sofort, daß irgend etwas sie aus dem Gleichgewicht geworfen hatte. Vermutlich die Monstrositätenschau, weil ich sie aus ihrem Zelt herauskommen sah, was ein Glück war, denn sie fühlte sich sehr schwach. Ich setzte sie in mein Auto und brachte sie nach Hause. Sie sprach die ganze Fahrt über kein Wort, aber mir war auch so klar, daß sie irgend etwas beunruhigt hatte. Hat sich in ihrem Haus eingeschlossen und ist nicht einmal in den Garten gegangen, soviel ich weiß. Das sagte sie jedenfalls, als ich sie heute früh anrief und sie fragte, ob sie Sie empfangen würde, als Freundschaftsdienst gegenüber Cousine Jane.«

»Natürlich kennt Sie Ihre Cousine Jane«, sagte Hitchcock.

»O ja. Sie haben immer an kalten Winterabenden zusammengesessen, wenn Jane mich besuchen kam, und sich in Sachen Verrat ausgetauscht. Jane schaut in letzter Zeit nicht mehr so oft vorbei, seitdem sie Geschäftsfrau geworden ist, sozusagen.«

Nancy Adair meldete sich wieder zu Wort. »Wann glauben Sie, können wir Miss Lockwood sprechen? Wir sind ein bißchen in Zeitdruck.«

»Junge Frau«, sagte Phoebe Allerton pikiert und offenbarte jene Seite ihres Wesens, die ansonsten Vertretern an der Haustür vorbehalten war. »Ungeduld ist keine Tugend.« Sie stand auf. »Wir können jetzt gehen. Ich habe gesehen, wie Madeleine heimlich aus dem Fenster geschaut hat, als Sie eintrafen, also weiß sie, daß Sie hier sind. Ich habe ihr genügend Zeit gelassen, sich seelisch vorzubereiten ...«, sie verbesserte sich hastig: »... sich zu sammeln.« Sie führte sie mit fahrigen Trippelschritten aus dem Haus, und Hitchcock befüchtete vorübergehend, daß sie ihnen davonfliegen und somit die Einladung bei Madeleine Lockwood ein für allemal geplatzt sein könnte. Aber nein, sie marschierte brav vor ihnen zum Gartentor hinaus, über die Straße auf das beeindruckende Landhaus mit dem Strohdach zu. Schweigend liefen sie hinter ihr her.

Natürlich weiß sie, wer ich bin, dachte Hitchcock. Jane Farquhar, die Frau von Welt, hat mich sicherlich erkannt. Ausgerechnet Jane Farquhar eine Spionin. Miss Allerton weiß ganz bestimmt, wer ich bin ... ihre Bemerkung über die Lockwood, die Regieanweisungen befolgen kann. Aber von alledem stand nichts in Regners Szenarium. Andererseits war ja dieses Exposé bestenfalls als fürchterlich skizzenhaft zu bezeichnen, voller Löcher, die, wie Alma, *seine geliebte Alma*, ihm aufgezeigt hatte, groß genug waren, um Leichenwagen hindurchzulassen. Löcher, die zweifellos von Hitchcock gestopft werden sollten. Nun, gestopft wurden sie ja wohl, soviel stand fest.

Er warf einen schnellen Blick auf Nancy Adair, die vor ihm herlief. Wer bist du *wirklich*, Miss Adair? Du hast uns zu Jane Farquhar geführt, obwohl wir an mindestens einem halben Dutzend ebenso einladender Bed-and-Breakfast-Pensionen vorbeigefahren sind, die du anscheinend übersehen wolltest. Und dein

Gesichtsausdruck, als uns Miss Allerton von dem Zirkus erzählte, ist mir auch nicht entgangen. Ich habe gesehen, wie du dich auf deine Unterlippe gebissen und wie du dich geräuspert hast: Wenn du das Szenarium wirklich nur kurz überfliegen konntest, woraus dir der Standort der Kirche in King's Cross ersichtlich wurde, wie konnte dich dann die Erwähnung des Zirkus derart aus der Fassung bringen? Der Zirkus hat gestern seine Zelte abgebrochen und ist weitergezogen. Weit kann er nicht gekommen sein. Zirkusse reisen langsam, besonders Wanderzirkusse. Zuckerwatte und Popcorn und Würstchen im Brötchen.

Ein verschlossenes schmiedeeisernes Tor schirmte Madeleine Lockwood von der Außenwelt ab. Miss Allerton kramte einen großen Schlüssel aus ihrer Handtasche, mit dem sie das Tor öffnete. Sie winkte sie hinein; die beiden Gäste folgten ihr auf einem kurzen Pfad zur Haustür, für die Miss Allerton abermals einen passenden Schlüssel fand. Sie schloß auf und machte ihnen ein Zeichen, einzutreten, dann schloß sie die Tür und sagte: »Warten Sie hier.«

Die Eingangshalle, in der sie warteten, mündete in eine breite Wendeltreppe, die zu den drei oberen Geschossen führte. Das Mobiliar, beschloß Hitchcock, stammte direkt aus dem viktorianischen Wohnzimmer der frühen Miss Havisham in *Große Erwartungen.* Er schaute zur Decke auf, da er sich sicher war, dort Spinnenweben zu entdecken, und wurde nicht enttäuscht. Nancy Adair fragte ihn, ob er den muffigen Geruch von Alter und Verwesung weniger anstößig fände als Zigarettenrauch, aber Hitchcock beachtete sie nicht. Er beobachtete Phoebe Allerton, die gerade die imposante Treppe hinaufstieg, um ihre Gastgeberin zu suchen. Porträts zierten die Wände neben den Stufen, und Hitchcock trat einen Schritt näher, um in dem trüben Licht besser sehen zu könnne. Nancy Adair merkte, daß sie in dieser unheilschwangeren Atmosphäre zu zittern begann, und schaute sich nach einer Sitzgelegenheit um, aber es gab keine.

»Diese Dinger haben bestimmt ein verdammtes Vermögen gekostet«, sagte Hitchcock. Eines der Porträts war ein John Singer Sargent, ein anderes von Mary Cassat. Der Whistler war sicherlich auch ein hübsches Sümmchen wert.

»Wie nett! Ihnen gefällt meine Galerie!«

Vom plötzlichen Klang einer fremden Stimme aufgeschreckt, wandte sich Hitchcock dem Treppenabsatz zu, wo eine Erscheinung aufgetaucht war, die Madeleine Lockwood sein mußte. Phoebe Allerton stand ein paar Schritte hinter ihr und umklammerte fest ihre Handtasche.

»Ihre Galerie ist absolut beeindruckend«, sagte Hitchcock, während Nancy Adair hinter ihn trat, um die Erscheinung besser sehen zu können.

Madeleine Lockwood, wie sie wußten, war einmal eine große Schönheit gewesen. Die Jahre waren nicht spurlos an ihr vorbeigegangen, dennoch hatte sie offenbar unter spartanischen Mühen versucht, der Zeit ihr niederträchtiges Handwerk zu legen. Ihr Make-up bestand aus dicken Schichten von Rouge, Lippenstift und Maskara. Sie trug eine schlechtsitzende schäbige rote Perücke, deren grelle Tönung eine Kampfansage an jeden Sonnenaufgang darstellte. An ihren Ohren baumelte ein Paar schwerer Smaragdohrringe. Um ihren Hals hatte sie ein schwarzes Tuch geschlungen, in dem offenkundigen Versuch, ihre Runzeln zu kaschieren. Es war allerdings unmöglich, die dicken hängenden Hautfalten zu verbergen. Sie trug ein mit breitem Brokatmuster durchwirktes Empfangskleid, das eher zu einer Dinnerparty vor vierzig Jahren gepaßt hätte. Eine Perlenhalskette und etliche Anstecknadeln und Broschen bildeten den weiteren Schmuck. Ihre Hände verschwanden in schwarzen Spitzenhandschuhen, von denen die eine einen Fächer aus Federn hielt. Wenn sie gestern in diesem Aufzug beim Zirkus erschienen ist, dachte Hitchcock, muß sie für gewaltigen Wirbel gesorgt haben. Sie schritt langsam die Treppe hinab, gefolgt von Phoebe Allerton. Miss Lockwood blieb bei jedem Bild stehen und erklärte ihnen die darauf porträtierte Persönlichkeit, während sie sich mit dem Fächer leicht Luft zuwedelte.

»Das hier ist Le Comte du Ferrante. Er wurde 1912 geköpft, weil er Staatsgeheimnisse an die Kroaten verraten hat. Ein sehr schlechter Geschäftsmann. Die Kroaten haben noch nie gut bezahlt.« Sie stieg ein paar weitere Stufen hinunter und hielt wieder inne. »Das ist Dimitri Razumov, von dem man behauptete, einer der Liebhaber Rasputins gewesen zu sein. Zur Zeit der russischen Revolution versuchte er, die neue Regierung an die Amerikaner zu verkaufen, aber sie zeigten sich nicht interessiert. Dimitri wurde vor ein Erschießungskommando gestellt, ohne Augenbinde, Gott segne ihn. Und hier haben wir Adriana Borgesi, eine der unbesungenen Heldinnen der Spionage. Sie floh von Italien in die Schweiz, als Il Duce die Macht übernahm; er schickte ihr ein Stoßkommando hinterher, das sie aufspüren und meuchlings ermorden sollte. Aber sie war zu schlau für sie. Freunde halfen ihr, aus der Schweiz zu verschwinden, und brachten sie nach Holland, von wo aus sie mit einem Frachtdampfer nach Kanada entkam.« Sie stieg langsam die Treppe hinunter. »Von Kanada aus ging sie nach Hollywood. Wie ich gehört habe, ist sie mit kleinen Nebenrollen und Komparsennummern ganz gut im Geschäft.« Sie ließ ein trockenes kleines Lachen hören. »So wie ich Adriana kenne, verhökert sie Geheimnisse von einem Studio zum anderen. Sie war eine ausgekochte kleine Hexe.« Miss Lockwood hielt Hitchcock eine behandschuhte Hand hin. Hitchcock ließ sich von ihrem Spielchen anstecken und hauchte ihr einen Kuß auf die Hand. »Ich weiß Qualität zu würdigen, Mr. Jennings«, sagte sie. Sie wandte sich Nancy Adair zu, die soeben meinte, ein neckisches Zwinkern im Auge der alten Dame entdeckt zu haben, und sich wunderte, worauf es sich bezog. »Wie reizend, Sie kennenzulernen, Mrs. Jennings.«

»Wie überaus freundlich von Ihnen, uns zu empfangen«, antwortete Nancy Adair, woraufhin Hitchcock ihr im stillen hundert Punkte für ihre charmante Zurschaustellung guter Manieren gab.

Madeleine Lockwood führte sie in einen Salon. Die Fenster waren mit dicken Gardinen verhangen, und auf Miss Lockwoods Befehl hin flatterte Phoebe Allerton hin und her, um das Tageslicht hereinzulassen. Sie befanden sich auch hier inmitten einer antiquarischen Ungeheuerlichkeit, in der Hitchcock noch schwelgen würde, als er sie eines Tages Alma nach ihrer Wiedervereinigung beschrieb. Miss Lockwood zeigte auf ein Sofa, auf dem sie Platz nahmen, und setzte sich ihnen gegenüber auf einen Thronsessel, von dem Hitchcock vermutete, daß er entweder von Adam oder von Hepplewhite entworfen worden war. Sie beorderte Phoebe Allerton majestätisch in die Küche, um Tee zu kochen, woraufhin sich die alte Frau mit hängenden Schultern trollte.

»Eigentlich wollte ich Sie gar nicht empfangen«, sagte Miss Lockwood in einer so völlig unmelodischen Stimme, daß Hitchcock sich wunderte, wie sie einst ein Vaudeville-Publikum bezaubert haben konnte.

»Vielen Dank, daß Sie Ihre Meinung geändert haben«, sagte Hitchcock.

»Das verdanken Sie Phoebe, die sich sehr für Sie eingesetzt hat. Sie schreiben also angeblich ein Buch über Spionage.« Sie lächelte und entblößte dabei ihre falschen Zähne. »Und was führt Sie wirklich zu mir?«

Hitchcock stürzte sich in die Schlacht. Er berichtete ihr rasch und bündig von Regners Manuskript. Es war offensichtlich, daß auch sie Hitchcocks wahre Identität kannte, und der einzige Weg, sie zur Mitarbeit zu bewegen, war wohl, ihr reinen Wein einzuschenken. Als er geendet hatte, setzte sie eine gezierte Pose auf, indem sie ihr Kinn auf der offenen Handfläche ruhen ließ.

Schließlich sprach sie. »Also spiele auch ich eine Rolle in dieser ausgesprochen seltsamen Chronik.« Sie seufzte theatralisch. »Ich tauche immer wieder an den merkwürdigsten Orten auf. Ich kann mich aber nicht entsinnen, jemals einen Friedrich Regner kennengelernt zu haben, obgleich ich seinerzeit weiß Gott viele Kraut-Spione kennengelernt habe, wie Sie sicherlich wissen.«

»Ja. Jane Farquhar hat uns ein bißchen über Sie erzählt.«

»Weil sie einfach nicht das Maul halten kann.« Sie seufzte noch einmal. »Spionage ist nicht mehr das, was sie einmal war. In den guten alten Zeiten hatten wir Charisma und das richtige

Ambiente. Selbst so eine fettarschige Kuh wie Mata Hari besaß einen Hauch Finesse. Ich meine, von dieser Hure verraten zu werden, das hatte noch Klasse, verstehen Sie, was ich meine? Übrigens, die Jennings-Scharade ist wohl nicht mehr nötig, oder? Sie *sind* doch Alfred Hitchcock, *n'est-ce pas*?«

»Der bin ich in der Tat, und ich hoffe, daß Sie wenigstens in diesem Fall mein Geheimnis für sich behalten.«

»Bei mir haben Sie nichts zu befürchten. Bei Farquhar schon, die warnt ja noch die Eskimos vor einer drohenden Hitzewelle. Können Sie sich vorstellen, daß diese Irre monatelang in dem Ort verbrachte, wo man Nijinsky eingesperrt hatte, weil sie ihn überreden wollte, Spion zu werden und verschlüsselte Nachrichten einzuüben? Sie hatte die glorreiche Idee, daß man Nachrichten choreografieren und überall herumtanzen könne.« Hitchcock fand die Idee gar nicht so schlecht und merkte sie sich im stillen vor; vielleicht fand er später einmal Verwendung dafür. Sie wandte sich Nancy Adair zu und fragte sie schroff: »Wer sind Sie? Sie sind nicht seine Frau. Also wer sind Sie?«

Nancy, die zunächst von diesem Überraschungsangriff aus dem Gleichgewicht geworfen wurde, fing sich wieder schnell und sagte: »Ich heiße Nancy Adair. Ich bin Reporterin, freischaffende Journalistin. Ich helfe Mr. Hitchcock.«

»Ich möchte lieber, daß Sie Phoebe in der Küche helfen.«

»Aber verstehen Sie doch, ich –«

»Meine liebe Miss Adair.« Miss Lockwood schnitt Nancy Adairs Rechtfertigungsversuch ab wie ein fanatischer Vivisektionist. »Ich weiß, daß Phoebe Hilfe gebrauchen kann. Phoebe kann, wie man Ihnen bestimmt erzählt hat, anderen durchaus nützlich sein, so wie sie mir nützlich ist. Aber wenn sie auf sich selbst gestellt ist, kann sie gelegentlich sehr hilflos sein. Sie haben doch bestimmt das Geschepper in der Küche gehört.« Hitchcock hatte nichts dergleichen vernommen, da er annahm, daß in einem hochherrschaftlichen Gemäuer wie diesem die Küche irgendwo weit im hinteren Teil des Hauses verborgen lag. »Phoebe braucht Hilfe. Durch die Tür da hinten, die Halle entlang, beim Tintoretto rechts hinein, da ist dann schon die Küche.« Nancy Adair starrte die Frau fassungslos an, aber Hitchcock wußte, daß im Kampf der Willensstärke Miss Lockwood die Oberhand behalten würde. Er wußte außerdem, daß er nichts von der alten Spionin erfahren würde, solange Nancy noch im Raum war. Offenbar mochte die alte Dame Nancy nicht, oder sie mißtraute ihr. Miss Lockwood erwiderte Nancys Blick aus sengenden, feuerspeienden Augen, so daß Nancy plötzlich aufsprang und das Zimmer verließ. Als Hitchcock gerade etwas sagen wollte, brachte Miss Lockwood ihn mit einer Geste zum Schweigen, dann trippelte sie auf Zehenspitzen an die Tür, durch die Nancy hinausgegangen war. Sie horchte und riß dann die Tür mit einer jähen Bewegung auf, zweifellos um dahinter eine geduckt lauschende Nancy zu finden. Nancy Adair war nicht dort. Miss Lockwood machte vorsichtig die Tür wieder zu und kehrte zu ihrem Thronsessel zurück.»Wer ist sie?« fragte sie.

»Meine Liebe, was sie Ihnen erzählt hat, hat sie mir auch erzählt.« Hitchcock berichtete ihr von den Ereignissen der letzten beiden Tage, und Miss Lockwood nahm wieder ihre Pose ein, das Kinn auf die Handfläche gestützt.

»Irgend etwas an ihr gefällt mir nicht und macht mich mißtrauisch. Ich kann Frauen ziemlich gut einschätzen; es war auch eine Frau, die Rufus und mich hintergangen hat. Ich hatte Rufus vor ihr gewarnt, aber nein, aber nein, keine Frau konnte Rufus ja betrügen, besonders nicht seine treue und ergebene Ehefrau. Nicht Miranda. *Medusa!*« Sie spuckte den Namen aus. »Medusa mit einer Frisur frisch aus der Schlangengrube. Kaum zu glauben, aber sie ist immer noch mit ihm zusammen, während ich hier versauern muß, allein, ungeliebt, überflüssig . . . eine eingefrorene Aktie«, fügte sie mit einem selbstmitleidigen Seufzer hinzu. Sie wedelte nachdenklich mit dem Fächer und sagte schließlich: »Ich schätze, daß Ihnen inzwischen klargeworden ist, daß dieser Friedrich Regner selbst ein Geheimagent sein muß.«

»Allerdings. Trotzdem fühle ich mich geschmeichelt, daß er mich zu seinem Medium gemacht hat, obwohl er dadurch meine arme Alma der Gefahr aussetzte.«

»Ich habe Ihren Film *Neununddreißig Stufen* gesehen.« Sie klang, als hätte er ihr nicht sonderlich gefallen.

»Ich hatte keine Ahnung, daß Sie gelegentlich aus Ihrer Abgeschiedenheit ausbrechen, um ins Kino zu gehen.«

»Gestern bin ich sogar in den Zirkus gegangen, aber darauf kommen wir später zurück. Ich werde Ihnen sagen, warum ich mich ins Dorf geschlichen habe, um Ihren Film zu sehen. Rufus hatte mich angerufen und ihn mir empfohlen.«

Braver Junge, dachte Hitchcock. Laut sagte er: »Sie halten immer noch mit Rufus Kontakt?«

»Natürlich halten wir Kontakt. Warum stehen wir wohl sonst in Regners Szenarium? Aber zurück zu Ihrem Film. Angeblich basiert er auf dem Roman von John Buchan, aber mit Ausnahme des Spionagerings, der im Mittelpunkt der Handlung steht, hat Ihr Film mit der ursprünglichen Story kaum noch etwas zu tun. Ich werde Ihnen sagen, was Rufus an Ihrem Film störte und weshalb er mich aufforderte, ihn mir anzusehen. In Ihrem Film fehlt dem Schurken ein Teil des kleinen Fingers der rechten Hand.« Sie beugte sich vor. »Wußten Sie, als Sie den Film drehten, daß Rufus auch ein Stückchen von seinem kleinen Finger fehlt?«

Hitchcock war ehrlich verblüfft. »Ich habe von Ihrem Rufus heute früh zum erstenmal gehört, als ihn Miss Farquhar erwähnte, aber sie nannte nicht einmal seinen Namen. Erst *jetzt* weiß ich überhaupt, daß er Rufus heißt.«

»Ich habe Rufus wahnsinnig geliebt. Ich liebe ihn noch heute. Ich verdanke all dies« – sie zeigte auf ihre Umgebung – »Rufus.«

»Hat er die Wände gestrichen?«

»Selbstverständlich nicht!« Dann lächelte sie. »Wie ich sehe, haben Sie Sinn für Humor.« Sie musterte ihn kritisch von oben bis unten, und Hitchcock fragte sich schon, ob sie ihn vielleicht verführen wollte. »Sie sehen gar nicht so übel aus, wissen Sie. Ich fühlte mich früher zu dicken Männern hingezogen. Rufus war auch stämmig, aber bei ihm waren das alles Muskeln. Die Zeit hat, wie ich gehört habe, auch von Rufus ihren Tribut gefordert. Ich habe ihn jahrelang nicht mehr gesehen, obwohl wir ständig in Verbindung stehen. Man hat mir erzählt, daß er inzwischen ziemlich hager und dünn geworden sein soll.«

»Wer ist Rufus?« fragte Hitchcock.

»Sir Rufus Derwent natürlich. Wie viele Rufuse kennen Sie sonst noch? Sie sind doch der Filmemacher. Sie recherchieren doch hoffentlich wahre Begebenheiten, oder? Erinnern Sie sich denn nicht an den Rufus-Derwent-Skandal?«

Hitchcock schlug sich mit der flachen Hand gegen die Stirn. »Aber ja! War das nicht 1920?«

»Und Miranda hat uns verraten! Wir scheffelten Geld wie Heu, indem wir Staatsgeheimnisse ans Ausland verkauften, aber *sie*, diese ausgemergelte eifersüchtige Ziege, mußte uns ja unbedingt die Tour vermasseln! Mein armer Liebling wurde vor ein Kriegsgericht gestellt und aus der Armee geworfen, und nur das diskrete Einschreiten des Buckingham Palace hat uns vor dem Strick bewahrt. Jetzt sind wir beide Exilanten im eigenen Land, ich hier in Medwin und er mit seiner Medusa in Harborshire!«

Harborshire. Hitchcock erinnerte sich an seine Notizen. *Die Antwort liegt vielleicht in Harborshire.* »Wo in Harborshire kann man ihn finden?«

Sie lächelte geheimnisvoll. »Machen Sie sich auf eine Überraschung gefaßt. Sein Haus steht auf einer Klippe, die den Ärmelkanal überblickt. Man kann die Stelle von der Straße unten über eine lange Reihe von Stufen erreichen, die zum Haus hinaufführen.« Sie faltete die Hände in ihrem Schoß, die immer noch den Fächer umschlossen. »Es führen exakt neununddreißig Stufen zum Haus.« Hitchcocks Mund stand weit offen. »Und das Haus heißt Die neununddreißig Stufen. Halten Sie *das* für einen Zufall?«

»Miss Lockwood«, sagte Hitchcock, »das haut mich um.«

»Rufus hat es allerdings auch umgehauen, als er sich Ihren Film ansah. Um ganz fair zu sein, Rufus verdächtigte Buchan, den Autor des Romans, über diese Informationen zu verfügen. Ich riet ihm, Buchan zu verklagen, denn die Stufen und der fehlende kleine Finger waren schließlich eindeutige Beweise. Aber er meinte, um Himmels willen, bloß nicht, damit würde man den ganzen Skandal wieder ausgraben und neue Publicity schaffen und – na ja, bis hierhin und nicht weiter.«

Bis hierhin und nicht weiter – aber weitergehen muß es doch irgendwie, dachte Hitchcock. »Miss Allerton sagte, daß sich gestern etwas beim Zirkus ereignete, was Sie beunruhigt hat. War es etwas, worüber Sie mit mir sprechen können?«

»Ich habe mir von einer alten Zigeunerin die Zukunft sagen lassen.« Sie hob stolz ihren Kopf und sagte tapfer: »Sie eröffnete mir, daß ich bald sterben würde.«

»Wie scheußlich, jemandem so etwas zu prophezeien!« Hitchcock war aufrichtig empört.

»Sie hat mir aus der Hand gelesen. Ich lege ja selten meine Handschuhe ab, aber sie hatte eine enorm überzeugende Art. Es macht mir nichts aus. Der Tod macht mir keine Angst. Das Leben hat mir viel mehr Angst gemacht. Macht es noch.« Sie senkte ihre Stimme, so daß sie fast flüsterte. »Das Leben ist für Leute wie Sie und mich gefährlich, Alfred Hitchcock. Regners Manuskript, die Informationen, die Sie, wie Sie sagen, in Ihrem Kopf herumtragen, sind sehr gefährlich, und ich sage Ihnen auch, warum.«

»Ich bin für jede Hilfe dankbar«, sagte Hitchcock. Sie winkte ihn zu sich. Er verließ die Couch und zog sich einen Schemel heran, den er vor ihre Füße stellte, dann setzte er sich darauf.

»Sie erledigen die Arbeit für diese Leute. Diese Kunst beherrschen Sie besonders gut.«

»Was meinen Sie damit?«

»Sie suchen einen Doppelagenten.«

»Aber jemand muß doch wissen, wer er ist. Wie soll man ihn denn sonst bezahlen?«

»Seien Sie nicht so begriffsstutzig, Mr. Hitchcock. Das läuft über geheime Bankkonten in fremden kleinen Ländern und exotischen Inseln; die gibt es überall. Es läuft über Zwischenhändler ihres Vertrauens. Man hat Sie mit Regners Manuskript geködert, diese Reise zu machen, in der Hoffnung, daß irgend jemandem unterwegs ein Fehler unterläuft und Ihnen unfreiwillig die Spur zu ihrem Beutetier weisen wird. Er hat sowohl die

Deutschen als auch die Briten gut bedient, bis sie entdeckten, daß er jede Seite der anderen verraten hat; jetzt stellt er eine noch größere Gefahr dar. Ich vermute, daß er für die Nazis eine noch größere Bedrohung ist als für uns, weil sie schreckliche Pläne für die Zukunft haben, Pläne, die so häßlich und so gemein sind, daß man gar nicht darüber nachdenken kann, ohne in die Kirche zu gehen und Trost im Gebet zu finden. Und Sie stecken mittendrin, Mr. Hitchcock, mittendrin, und man hat Ihnen ein Blatt gemischt, in denen Sie nur Luschen finden können. Sie schlagen sich ganz gut, wissen Sie. Ich bin sicher, daß wenigstens ich Ihnen weiterhelfen kann.«

»Sie sind absolut wunderbar.«

»Finden Sie?« Sie nestelte an ihrer Perlenkette. »Ich nehme an, daß es gar nicht so lächerlich wäre, ein Comeback zu erwägen. Nicht beim Vaudeville, das ja fast schon ausgestorben ist. Aber seitdem es den Tonfilm gibt, ist mir aufgefallen, daß scheinbar ein Mangel an guten Schauspielerinnen meines Alters und meiner Statur besteht – soviel ich den wenigen Filmen, die ich gesehen habe, entnehmen kann. Was halten Sie davon, Mr. Hitchcock, vorausgesetzt, ich überlebe die Prophezeiung dieser Zigeunerin?«

»Ich finde es gar nicht so abwegig«, sagte Hitchcock höflich. »In meinem nächsten Film, *Eine Dame verschwindet . . .*«

»Hoffentlich keine Vorhersage, die sich erfüllt.«

». . . ist eine Rolle für eine kleine alte Dame vorgesehen, die zufällig eine Spionin ist.«

»Tatsächlich? Hieße das nicht, die Rolle mit einem dem Typ entsprechenden Schauspieler besetzen?«

»Ich bevorzuge ja Typendarsteller. Sie geben meinen lächerlichen Plots die fehlende Würze und lenken die Aufmerksamkeit des Publikums von den undichten Stellen ab. Ich nenne sie meine MacGuffins.« Sie fragte, was das sei, und er erklärte es ihr.

»Wie schlau von Ihnen.« Ihr Blick wanderte in die Ferne, und schließlich sagte sie: »Wenn man es recht bedenkt, sind so viele in unserem Betätigungsfeld im Grunde nichts anderes als MacGuffins.«

Hitchcock kam wieder zum Thema zurück. »Diese Zigeunerin beim Zirkus. Gehört sie zu dem Netzwerk? Ist sie eine Spionin?«

»Der Zirkus nennt sich Zirkus Pechter. Er kommt ursprünglich vom Festland, und für Festland können Sie getrost Deutschland einsetzen, obwohl die Mitarbeiter eher bunt zusammengewürfelt sind. Franzosen und Griechen sind auch dabei, sowie eine Handvoll italienischer und spanischer Künstler.« Sie machte eine Pause. »Sie waren gestern ein bißchen außer Fassung. Ihr Messerwerfer ist ihnen abhanden gekommen.« Hitchcock erbleichte. »Er war ein paar Tage zuvor nach London gefahren, um etwas zu erledigen, und hätte längst wieder da sein müssen.« Hitchcock erinnerte sie an das Brotmesser, das man im Keller der Kirche in King's Cross nach ihm geworfen hatte. »Wenn er es wirklich war, dann haben Sie unwahrscheinliches Glück gehabt, daß Sie ihm um Haaresbreite entkommen sind. Sie werden den Zirkus heute in Lingate finden, das liegt zwanzig Meilen die Kanalküste hinauf, auf dem Weg nach Harborshire.«

»Befindet sich dort nicht ein Marinestützpunkt? Mir ist so, als hätte ich Lingate einmal als möglichen Drehort für *The Secret Agent* erwogen, aber die Behörden haben uns Schwierigkeiten mit der Freigabe gemacht.«

Sie lächelte wieder ihr rätselhaftes Lächeln. »Sie lernen, Mr. Hitchcock, Sie lernen. Dieser Zirkus spielt schon seit Wochen in den Küstenstädten, besonders in denen, wo es Marineanlagen gibt.«

»Sie haben mir wirklich sehr geholfen. Das habe ich nicht erwartet. Darf ich fragen, warum?« Hitchcock ergriff ihre Hand, und sie drückte herzlich die seine.

»Ich bin eine alte Dame. Rufus ist ein alter Mann. Unsere Zeit ist fast abgelaufen, vorbei. Wir sind beide sehr unglücklich. Wir würden alledem gern den Rücken kehren, aber wir sitzen in der Falle. Ja, Mr. Hitchcock, wir sind immer noch Spione. Wenn einem die Sache erst mal ins Blut gegangen ist, dann ist es wie bei einer Geschlechtskrankheit: meistens unheilbar. Aber machen Sie sich bitte keine Sorgen um mich. Zigeunerin hin, Zigeunerin her, was sein muß, muß sein, *que sera*, stimmt's?«

»Das werde ich mir merken«, sagte Hitchcock, »*que sera*, was sein muß, muß sein. Die beiden lassen sich aber fürchterlich lange Zeit mit dem Tee.«

»Das habe ich auch vorhin mit Phoebe so abgesprochen, für den Fall, daß ich Ihrer blonden Begleiterin von eigenen Gnaden nicht trauen würde. Und ich traue ihr nicht. Ich muß Sie warnen, Mr. Hitchcock, es ist irgend etwas Unwirkliches an ihr.«

»Ich mag sie auch nicht sonderlich, aber sie hat sich mir nun mal aufgehalst. Ich habe keine Ahnung, wie ich sie wieder loswerden soll. Obwohl ich zugeben muß, daß ich es sehr bequem finde, von ihr herumkutschiert zu werden.«

Miss Lockwood flüsterte ihm ins Ohr: »Es ist schon mal vorgekommen, daß Chauffeure absichtlich in eine Sackgasse fahren. Ich kann mich hoffentlich darauf verlassen, daß auch Sie eine Sackgasse ansteuern, wenn sie Sie über das aushorchen will, was Sie heute von mir erfahren haben.«

»Sie können mir vertrauen, meine liebe Madeleine Lockwood«, sagte Hitchcock mit einem Augenzwinkern, »schließlich bin ich ein Meister im Erfinden von MacGuffins.«

Die Tür öffnete sich, und Phoebe Allerton schob einen Teewagen herein, gefolgt von Nancy Adair, deren Gesicht einen Sturm ankündigte. »Tee!« trällerte Miss Allerton.

Miss Lockwood polterte: »Und warum hat das so lange gedauert?«

Dreizehntes Kapitel

Sir Arthur Willing war ein Pedant, was Kontinuität betraf. Umwege und Abweichungen störten ihn ebenso wie alle anderen Formen von Zeitverschwendung. Aus diesem Grund zeigte er Verständnis für Basil Coles leidenschaftliche Ordnungsliebe. Nachdem Hauptkommissar Jennings und Nigel Pack gegangen waren, hatten sie ein Gespräch unter vier Augen geführt, das sich für beide Parteien als befriedigend und erfreulich erwiesen hatte, vergleichbar mit dem Rendezvous eines unschlüssigen Liebespaars, das nun endlich zusammen ins Bett geht und feststellt, daß die Affäre klappen könnte. Es erstaunte Sir Arthur, daß er in den zwölf oder mehr Jahren der Zusammenarbeit mit Nigel und Basil nie gesellschaftlichen Umgang mit ihnen gepflegt hatte. Nie waren sie gemeinsam ins Theater, ins Kino oder zu einem Kricketmatch gegangen, nie hatten sie zusammen gefrühstückt, zu Mittag gegessen oder diniert, sofern es sich nicht um einen Anlaß handelte, den die Dienstpflicht mit sich brachte. Sir Arthur war einmal mit den Packs ausgegangen und hielt die Ehefrau Violet für eine ziemlich trübe Tasse, aber selbst an jenem Abend hatte sich das Gespräch nur um die Bedrohung durch die Bolschewisten gedreht, sowie um den Verdacht, daß Oberst De Basils Monte-Carlo-Ballett eine Brutstätte von Spionen sei. (Ihre Ermittlungen vor Ort ergaben, daß es sich um eine Brutstätte zweitrangiger Tänzer handelte.)

Basil Coles fünfzehnminütiger Diskurs über Ordnung, mit der gebührenden Logik und Emotionslosigkeit vorgetragen, hatte Sir Arthur sehr beeindruckt. Er hatte häufig darüber gerätselt, was es in Basils Leben außer dem britischen Nachrichtendienst sonst noch geben könnte, und war entzückt, endlich eine Spur gefunden zu haben: Ordnung.

»Sie haben vollkommen recht, Basil. Es baumeln in diesem Fall zuviel lose Fäden herum, aber es ist nun einmal so ein Fall. Wir wissen noch nicht genau, in welche Richtung er sich entwikkelt, darum können wir die Fäden nicht auflesen, bevor wir nicht ganz sicher sind, wie wir sie in das Muster weben sollen. Das klingt zwar alles ein bißchen blumig, aber besser kann ich es nicht erklären. Mache ich mich verständlich?«

»Oh, durchaus«, sagte Basil und fügte vage hinzu: »Glaube ich.«

»Wir können wohl davon ausgehen, daß wir einen Spion suchen, der zwei Herren dient, ihnen und uns, dessen Identität uns ganz bestimmt nicht bekannt ist und ihnen, wie ich inzwischen überzeugt bin, auch nicht.«

»Der Mann muß ein Genie sein, wenn er in der Lage ist, beide Seiten gegeneinander auszuspielen, ohne seine Identität preiszugeben.« Basil empfand einen gewissen Respekt vor diesem anonymen Gegner, der offensichtlich ein Pfundskerl war.

»Es ist ja nicht der erste Fall dieser Art. Es hat andere gegeben, es gibt wahrscheinlich im Moment auch andere, und der Herr weiß, daß es immer wieder andere geben wird. Sie sind einfach brillante Meister des Spionagehandwerks, mit der einmaligen Begabung ausgestattet, Netzwerke zu schaffen, die ihnen dienen. Friedrich Regner war schon auf seine Art brillant genug, eine Theorie aufzustellen und sie in Form dieses Szenariums zu Papier zu bringen. Und als ihm schließlich klar wurde, daß diese Story den Hitchcocks wie auf den Leib geschneidert ist, gab er sie an die beiden weiter.« Sir Arthur zog an seiner Pfeife und schaute aus dem Fenster, wo er an diesem nebellosen Tag einen Blumenkarren erblickte, der die Straße entlanggeschoben wurde, vermutlich in Richtung Green Park. »Leider ist diese Idee auch zu den Deutschen durchgesickert, die genauso darauf erpicht sind wie wir, die Identität des Schurken aufzudecken. Verstehen Sie, Basil, er wird uns zu gefährlich. Er weiß mehr, als jeder Seite lieb ist. Wir haben so eine Ahnung, daß er bald zu den Russen überwechseln wird, und dann sitzen wir alle schön in der Tinte.«

»Sie meinen, nach Rußland auswandern und sich für immer dort niederlassen?«

Sir Arthur blickte ihn fragend an. »Was ist schon für immer? Wer weiß denn genau, ob er dazu überhaupt die Grenze überqueren muß? Lesen Sie denn keine Zeitungen, junger Mann?«

»Natürlich lese ich die Zeitungen, Sir«, entgegnete Basil und unterließ es, ihn darüber aufzuklären, daß er die Überschriften überflog, die Sportergebnisse las, hin und wieder nachschaute, welcher Film im Westend uraufgeführt wurde und, wenn er Zeit hatte, sich der Herausforderung eines Kreuzworträtsels stellte.

»Haben Sie in letzter Zeit zwischen den Zeilen gelesen?«

»Ich verstehe nicht ganz, was Sie meinen.«

»Die gefährlichen Andeutungen der Auslandsberichte, vor allem unserer Korrespondenten auf dem Festland. Es wird Krieg geben, Basil, und es wird der fürchterlichste Krieg von allen sein.« Basils Handflächen waren feucht geworden; er rieb sie an seinen Hosen. »Hitler will die Welt, er ist ein sehr gieriger kleiner Mann. Und denken Sie an meine Worte, er wird sich eine große Portion davon einverleiben. Vieles davon werden ihm die Versöhnler, die zu dumm sind, um zu begreifen, daß auch sie auf seinem Vernichtungsweg liegen, auf einem silbernen Tablett servieren. Er will Frankreich und Polen und die Tchechoslowakei und die Niederlande. Und er will uns.«

»England? Großbritannien?«

»Das Commonwealth. Alles. Er macht keine halben Sachen.«

»Bestimmt nicht wegen der englischen Küche.«

Sir Arthur gluckste. »Der ist gut. ›Nicht wegen der englischen Küche.‹ Der gefällt mir. Muß ich den Jungs im Club erzählen. Aber genug gescherzt. Traurige Tatsache ist, daß er bald auf dem Vormarsch sein wird, soviel wissen wir. Er beobachtet uns mit der tückischen Verschlagenheit einer Schlange, die den Piepmatz im Visier hat. Wenn Edward abdankt, wird Hitler ihn umgarnen . . .«

Basil erbleichte. »Abdankt? Wissen Sie das genau?«

»Der Mann ist ein Waschlappen. Kein Mumm. Er droht mit der Abdankung, wenn er Wallis Simpson nicht heiraten und sie zu seiner Königin machen darf. Können Sie sich das vorstellen, die beiden nebeneinander auf dem Thron?« Er schnaubte. »Da haben ja Grimms Märchen mehr Logik und Überzeugungskraft!« Er wunderte sich allmählich, warum er immer noch nichts von der Person gehört hatte, die man beauftragt hatte, Hitchcocks Spur in Medwin aufzunehmen, was dank der Hinweise von Miss Farquhar nun möglich war. »Es geschehen zur Zeit gräßliche Dinge in Deutschland; man hat uns unter großen persönlichen Gefahren Informationen zugespielt. Regner hat zuverlässig erfahren, daß die Deutschen dabei sind, ein Netz von Konzentrationslagern aufzubauen, wo sie Millionen von Juden umbringen wollen. Eins operiert schon in Dachau, und das ist nur zehn Meilen von München entfernt. Hitlers Terrorherrschaft breitet sich aus; Sie können das auch an den Flüchtlingsströmen sehen, die ins Land kommen, die armen Schweine. Was sollen wir mit ihnen machen? Wir leiden immer noch an den Folgen der Depression. Die Wirtschaft ist ein einziges Chaos – und sagen Sie mal, Basil, was halten Sie von Violet Pack?«

Der Gedankensprung warf Basil nicht aus dem Gleichgewicht. Diesen Trick wandte Sir Arthur häufig an, und Basil war stets davor auf der Hut. Nigel Pack brachten sie regelmäßig aus der Fassung, nicht aber Basil. »Nun Sir, sie ist nicht gerade mein Geschmack.«

»Da wir gerade dabei sind, was *ist* eigentlich Ihr Geschmack? Sie scheinen ein so wohlgeordnetes Leben zu führen, finden Sie das nicht sehr ermüdend?«

Basil wurde rot. »Ich fürchte, Sir, daß ich für derlei Dinge nicht sonderlich viel übrig habe. Ich gehe ganz in meinem Dienst an der Firma auf.«

»Das freut mich für die Firma.« Er fragte sich, ob Basil homosexuell sei, was er sich in der Vergangenheit schon mehrmals gefragt hatte, zog es aber vor, seine Neugier für sich zu behalten. Basil war ein guter Mann, und gute Männer waren schwer zu finden, wie die wunderbare Amerikanerin Sophie Tucker bei ihrem letzten Gastspiel im Palladium gesungen hatte. »Was ist also mit Violet Pack?«

»Nun, offen gestanden, Sir, ich weiß nicht recht, was ich dazu sagen soll. Wir haben uns noch nie über sie unterhalten.«

»Hatten auch nie die Gelegenheit dazu. Wir schaffen es ja so selten, mal bei einem kleinen Plausch zusammenzusitzen.« Sir Arthur lächelte liebenswürdig. »Ich finde es ganz gemütlich. Das sollten wir öfters tun. Es ist folgendes: Nigel, der einer meiner bevorzugten Leute ist, wie Sie wissen . . .«

»Ja, Sir.« Lehrers Liebling, nannte ihn Basil insgeheim, aber ohne jede Eifersucht.

»Er ist schon etwas länger bei uns als Sie, und seine Leistungen waren immer beispielhaft und sind es noch. Ich hege den Verdacht, daß mit den beiden nicht alles in Ordnung ist. Hat er Ihnen irgend etwas davon erzählt?«

»Nein, Sir.«

»Nicht einmal andeutungsweise?«

»Nicht einmal das.«

»Worüber sprechen Sie eigentlich, wenn Sie zusammen sind?«

»Hauptsächlich über die Firma.«

»Wollen Sie damit sagen, daß Sie beim Lunch und beim Tee und über einem Drink immer nur fachsimpeln?«

»Ja, mehr oder weniger, Sir.«

»Wie langweilig.« Seine Sprechanlage brummte, und er nahm den Hörer ab. »Ja? Stellen Sie ihn durch. Also, was ist los, Herbert? Wo sind Sie? Immer noch in Medwin?« Er warf einen Blick auf seine Armbanduhr. »Sie scheinen offenbar mehr aus dem alten Mädchen herauszuholen, als ich dachte. Sie halten sich schön bedeckt, nicht wahr? Gut. Daß die Sie bloß nicht erkennen. Wir sprechen uns später noch mal.« Er hängte ein und sagte: »Fachsimpelei.«

»Tut mir leid, Sir. Sagen Sie, wer ist Herbert? Der Name ist mir neu.«

Sir Arthur lehnte sich auf seinen Schreibtisch und nahm die Pfeife aus dem Mund. »Basil, ich fürchte, das ist wieder so ein Faden, den wir noch ein Weilchen baumeln lassen müssen.«

Wie sich herausstellte, hatte Phoebe Allerton ihnen eher ein

Mittagessen als einen einfachen Tee-Imbiß zubereitet, und Hitchcock stürzte sich mit der Begeisterung eines Scheunendreschers darauf. Anscheinend war er fest entschlossen, jede Faser seines Körpers bis zum Bersten vollzustopfen. Miss Lockwood, die verkündete, keinen Appetit zu haben, setzte sich ans Klavier und gab ihnen ein Konzert, sehr zu Hitchcocks Freude und Nancys Verzweiflung. Ihre Stimme war schwach und unstet, aber anscheinend fest entschlossen durchzuhalten, ihr Klavierspiel im besten Fall eigenwillig zu nennen, und ihre linke Hand schien die schwarzen Tasten zu bevorzugen. Sie eröffnete mit »I Dreamt I Dwelt in Marble Halls« und glitt dann in »After the Ball« über, was Phoebe Allerton die Tränen in die Augen trieb. Hitchcock war sich nicht sicher, ob es sich dabei um einen Gefühlsausbruch oder einen Verzweiflungsanfall handelte. Nancy Adair flüsterte, es sei Zeit zu gehen, aber er zischte ihr nur ein pst! zu und biß in ein ziemlich leckeres Sandwich, das mit zerhacktem Ei und Anchovispaste belegt war. Als Miss Lockwood dann aber einen wilden Ragtime, »I'll Be Down to Getcha in a Taxi, Honey«, in die Tasten zu hämmern begann, fand Hitchcock auch, daß sie sich jetzt verabschieden müßten. Miss Lockwood erhob sich von ihrem Klavierhocker und ging auf Hitchcock zu, hakte sich bei ihm ein und führte ihn und Nancy zur Eingangshalle.

»Auf nach Lingate also, nicht wahr?«

»Lingate?« fragte Nancy Adair, und Hitchcock warf ihr einen Blick zu.

»Ich erkläre es Ihnen im Auto«, sagte Hitchcock; dann wandte er sich wieder mit einem herzlichen Lächeln Madeleine Lockwood zu. »Sie waren absolut entzückend, Madeleine Lockwood.«

»Nun ja, mein Lieber, meine Stimme kann sich nicht mehr ganz mit der von Jessie Matthews messen, aber in den guten alten Zeiten, wie Sie bestimmt noch heraushören konnten, hat sie mir stehende Ovationen eingebracht. Jetzt können Sie sich vielleicht vorstellen, daß ich vor den meisten der gekrönten Häupter Europas singen durfte. Lily Langtree haßte mich wie die Pest, aber ich war nun mal jünger, hübscher, schlanker . . .«

». . . und lauter«, fügte Hitchcock hinzu.

Miss Lockwood kicherte und schlug schelmisch mit dem Fächer nach ihm. »Sie böser Mann.« Er küßte sie auf die Wange. »Wie schön! Die Berührung männlicher Lippen. Das ist schon viel zu lange her. Also gut, hier ist die Tür.« Phoebe Allerton hielt sie für sie auf. »Und Sie müssen sich auf den Weg machen.« Sie ergriff Hitchcocks Hand und drückte sie sanft, was mehr als Warnung gemeint war. »Viel Glück.«

»Ich werde mich bald wieder bei Ihnen melden«, sagte er, und sie freute sich über die Aufrichtigkeit, die in seiner Stimme lag. Er bedankte sich bei Phoebe Allerton und versprach ihr, das Manuskript von *Blutrünstig* zu lesen, vorausgesetzt, daß sie es vor der nächsten Sonnenwende fertigschreiben würde. Die beiden Frauen standen in der Tür und schauten Hitchcock und Nancy Adair nach, die durch das Tor gingen und die Straße zu ihrem Auto überquerten. Als es losfuhr, löste sich ein schwarzer Sedan aus einer Seitenstraße und folgte ihnen in sicherem Abstand.

»Sie werden beschattet«, raunte Miss Lockwood Phoebe zu.

»Ich hoffe, daß es einer von den Guten ist. Andererseits, Kismet ist Kismet, und sie kommen niemals zusammen.« Phoebe folgte ihr wieder ins Wohnzimmer. »Und jetzt erzähl mir mal bitte, Miss Phoebe Allerton, was soll der ganze Schwachsinn über ein Buch, das du angeblich schreibst?«

»Wir müssen bald tanken«, sagte Nancy Adair. »Wie weit ist es noch bis Lingate?«

Hitchcock studierte die Karte. »Ich schätze so ungefähr dreißig Meilen weiter die Küste entlang. Es liegt auf dem Weg nach Harborshire.«

»Was hat Ihnen die alte Dame erzählt?«

»Wann?«

»Als sie mich mit dem Holzhammer in die Küche verbannt hat.«

»Ja, also eigentlich bat sie mich um ein Engagement auf Probe«, antwortete er amüsiert.

»Wenn diese zwanzig Minuten Katzengejaule ein Probesingen waren, dann hätte man sie bei der Geburt erdrosseln sollen.«

»Seien Sie nicht so unbarmherzig. Das steht Ihnen nicht.« Er fragte sich, was ihr im Grunde stand. Nancy Adair war nicht gerade eine schillernde Begleiterin. Das blonde Äußere paßte nicht so recht zu der Launenhaftigkeit. Hitchcock wurde mit einemmal klar, was die ganze Zeit, seit er sich widerstrebend mit der Frau zusammengetan hatte, an ihm nagte. Die Fassade war nicht nur unecht, sie war auch ganz falsch. Sie war eine Blondine ohne ein blondes Naturell. Wahrscheinlich konnte er nicht genau definieren, was ein blondes Naturell eigentlich war, später aber führte er die düstere Brünette Sylvia Sidney als Beispiel an, die in *Sabotage* die Hauptrolle gespielt hatte, von der er glaubte, daß sie niemals eine Blondine spielen könne, weil ihre Persönlichkeit zu dunkel sei.

»Ihre Persönlichkeit ist zu dunkel«, sagte Hitchcock, der selbst erstaunt war, daß die Worte plötzlich aus ihm herausbrachen.

»Wie bitte?« fragte Nancy entgeistert.

»Ihre Persönlichkeit ist zu dunkel«, beharrte Hitchcock, weil es kein Zurück mehr gab. Es war nicht das erste Mal, daß ihn sein Unterbewußtsein verraten hatte, und bestimmt auch nicht das letzte Mal. »Ihr Äußeres ist blond, aber im Inneren sind Sie dunkel.«

»Das ist doch lauter dummes Gewäsch!«

»Nein. Lauter Haarfärbemittel.«

»Na und? Und wenn ich mir das Haar färbe? Wollen Sie allen Ernstes in einer solchen Situation eine dermaßen blöde Unterhaltung führen?« Da war wieder der merkwürdige Tonfall, das merkwürdige Heben und dann wieder Abfallen der Stimme, ein typischer Singsang, der eher bei einer Frau vom Festland zu Hause war.

»Ich weiß nichts über Sie. Wo kommen Sie her?«

»Aus Südafrika.«

Wer's glaubt, wird selig, dachte Hitchcock. »Haben Sie jemals auf dem Kontinent gelebt?« fragte er, wobei seine Augen unbeirrt durch die Windschutzscheibe nach vorn blickten.

»Hören Sie mal, Mr. Alfred Hitchcock, ich bin diejenige, die für Interviews zuständig ist. Ich bin die Journalistin, nicht Sie.«

»Sie wissen schon so viel über mich. Ich weiß so wenig über Sie. Ich fühle mich immer unbehaglich, wenn man mir was voraus hat. Leben Ihre Eltern?«

»Ich möchte nicht über meine Eltern sprechen. Ich möchte über Madeleine Lockwood sprechen. Was hat sie Ihnen erzählt, als Sie mit ihr allein waren?«

Hitchcock verschränkte die Arme, seine Augen wurden zu Schlitzen, und er sagte zwischen zusammengepreßten Zähnen: »Sie kriegen kein Sterbenswörtchen aus mir heraus, solange Sie nicht die Höflichkeit besitzen, meine Fragen zu beantworten.«

Ein beklemmendes Schweigen breitete sich im Wagen aus. Hitchcock war wütend entschlossen, sich nicht umstimmen zu lassen, und Nancy Adair wußte nicht so recht, wie sie damit umgehen sollte. Schließlich sagte sie, wobei sie versuchte, freundlich zu klingen: »Seien Sie nicht so bockig. Das steht Ihnen nicht.«

»Da vorn auf der rechten Seite ist eine Tankstelle«, sagte er, »falls Sie es nicht bemerkt haben.« Sie lenkte den Wagen hinein, und nachdem der Benzintank wieder aufgefüllt war, setzten sie ihre Fahrt nach Lingate fort. Hitchcock fragte: »Haben Sie jemals Friedrich Regner oder Hans Meyer persönlich kennengelernt?«

Sie schnaubte. »Jetzt machen Sie mal einen Punkt. Ich kannte bis gestern noch nicht einmal ihre Namen. Wo hätte ich sie Ihrer Meinung nach kennenlernen sollen?«

»Irgendwo in der Vergangenheit«, meinte er trocken, »vorausgesetzt, daß Sie eine Vergangenheit haben.«

»Mich beschäftigt im Moment eher die Zukunft. Was haben wir in Lingate vor?«

Hitchcock gab sich insgeheim geschlagen. Es hatte keinen Sinn, sich mit der Frau anzulegen. Ihrem ausweichenden Verhalten war nicht beizukommen. »Wir gehen in den Zirkus.« Er sah sie jetzt an, fand aber keine Anzeichen von kindlicher Vorfreude in ihrem Gesicht. »Wie ich sehe, gefällt Ihnen der Zirkus nicht.«

»Mir gefällt die Art nicht, wie Sie mich plötzlich angreifen. Ich dachte, wir wären Freunde. Wir haben einen Handel geschlossen: Ich helfe Ihnen, und dafür geben Sie mir eine Story, und jetzt erzählen Sie mir nichts mehr, und ich habe das Gefühl, im Abseits zu stehen, und das gefällt mir nicht.«

»Sie sind nicht im Abseits, Sie sind auf der Straße nach Lingate.«

»Verschonen Sie mich mit Ihren Scherzchen, Mr. Hitchcock; wir sind hier in eine ernste Sache verwickelt. Ist Ihnen denn nicht klar, daß auch wir Zielscheiben für den Mörder sein können? Ist Ihnen das nicht klar?« Er schwieg. »Was geschah gestern mit Madeleine Lockwood im Zirkus, das sie so aus dem Gleichgewicht geworfen hat?« Er schwieg. »Hat sie es Ihnen nicht erzählt? Hat sie Ihnen gar nichts erzählt? Warum steht sie dann in Regners Szenarium?«

Hitchcock seufzte. Er beschloß, sie ein bißchen zu besänftigen. Vielleicht hörte sie dann auf zu nörgeln. »Eine alte Zigeunerin beim Zirkus hat Miss Lockwood prophezeit, daß sie nicht mehr lange zu leben hätte.«

»Ha! Dazu muß man ihr ja wohl nicht aus der Hand lesen, um ihr das zu sagen! Ein Blick genügt doch, um zu wissen, daß sie jeden Tag zu Staub zerfallen kann!«

»Woher wissen Sie, daß ihr die Wahrsagerin die Zukunft aus der Hand und nicht aus einer Kristallkugel gelesen hat?«

»Wie meinen Sie das, woher ich das weiß? Ich weiß es doch gar nicht! Ich sagte, aus der Hand gelesen, weil es das erste war, was mir einfiel. Was hat sie Ihnen sonst noch erzählt?«

»Es besteht kein Anlaß zu schreien.«

»Tut mir leid. Ich habe nicht gemerkt, daß ich laut geworden bin.«

»Sie hat mir erzählt, daß der Messerwerfer des Zirkus verschwunden ist.«

»Messerwerfer! Ah! Ich verstehe! Sie glauben, daß das der Mann aus dem Keller in der Kirche war.«

»Aber zweifellos.«

»Hat Miss Lockwood das auch geglaubt?«

»Sie hat mir jedenfalls nicht widersprochen.«

»Worüber haben Sie noch geredet?«

»Über die guten alten Zeiten.«

»Welche guten alten Zeiten?«

»Als Spionage noch ein ehrenwerter Beruf war.«

»Sie wollen mich wohl veräppeln.«

»Durchaus nicht. Nur ein bißchen gute Laune verbreiten. Übrigens bemerke ich gerade einen sehr bedeutungsvollen Punkt, den ich in meinen Spionagefilmen bisher übersehen habe.«

»So? Und der wäre?«

»Meine Spione waren bisher immer fähige, weltgewandte Ladies und Gentlemen. Die gibt es gar nicht. Spione sind sehr törichte Leute.«

»Das glauben *Sie*. Schämen Sie sich. Gucken Sie doch bloß, wie schlau sie mit Ihnen umgehen.«

»Nur, weil man es ihnen so hingeschrieben hat. Sie spielen ihre Rollen, als seien sie meine Schauspieler. Nein, es bleibt dabei, Spione sind die Versager der menschlichen Rasse. Sie werden professionelle Betrüger, weil sie vollkommen unfähig sind, auf andere Art und Weise erfolgreich zu sein und anerkannt zu werden. Schauen Sie sich die törichte Miss Lockwood an. Sie war offensichtlich als Berufssängerin eine Katastrophe, und wahrscheinlich hatte sie eine unglückliche Kindheit. Darum war sie dem Glanz der Spionage leicht erlegen –«

»Und dem finanziellen Gewinn nicht abgeneigt«, warf Nancy ein.

»Was sie hat, hat sie von ihrem Liebhaber bekommen, meine Gute, und nicht durch professionellen Scharfsinn erworben.«

»Und was ist mit diesem Liebhaber? Wer war er?«

»Ich weiß es nicht.« Es war so einfach, sie zu belügen; Hitchcock weidete sich an seiner gelungenen Irreführung. Und wie sehr würden ihm seine neuen Erkenntnisse über Spione und das Spionagegeschäft bei *Eine Dame verschwindet* von Nutzen sein, dachte er befriedigt. Alma würde so froh sein. Alma. Er mußte ein Telefon ausfindig machen, um Jennings zu erreichen. Er mußte unbedingt wissen, ob man bei der Suche nach Alma Fortschritte gemacht hatte. Vielleicht hatte man sie gefunden; der Gedanke tröstete ihn ein wenig. Vielleicht war ja alles gut. Vielleicht, ein Wort, das er eigentlich haßte und selten im Mund führte.

Sir Arthur Willings Mann hinter dem Steuer des schwarzen Sedan war erleichtert. Als sie plötzlich in die Tankstelle ausgeschert waren, hatte es ihn unvorbereitet erwischt, wofür er sich Vorwürfe machte. Wenn er bei einem Auftrag allein unterwegs war, neigte er dazu, in Gedanken woanders zu sein, und das war schlecht. Aber kein Profi war perfekt, darum wurden ja auch so viele gefaßt. Von dem plötzlichen Schlenker überrascht, sah er sich gezwungen, weiterzufahren und die beiden hinter sich zu lassen, aber zum Glück fand er eine Ausbuchtung in der Straße, wo er parken und sich über seiner Landkarte vertiefen konnte, bis sie wiederauftauchten. Einen Moment lang hatte er mit einem flauen Gefühl in der Magengrube geglaubt, daß sie vielleicht kehrtgemacht hatten, zurückgefahren wären und er sie verloren hätte. Als sie nach fünf Minuten immer noch nicht aufgekreuzt waren, überlegte er gerade, ob er nicht besser wenden und sich auf die Suche machen sollte. Aber die Götter waren mit ihm. Nancy und Hitchcock fuhren an ihm vorbei, und der kurze Blick, den er auf die Landkarte warf, hinter der er sein Gesicht versteckte, verriet ihm, daß zwischen den beiden eine gewisse Kühle eingetreten war.

Dieses Miststück. Dieses widerliche Miststück. Er legte den Gang ein und nahm erneut die Verfolgung auf. Wie ihn Nancy Adair anwiderte.

Er summte. *La-la-la-la . . . la-la-la . . .*

Vierzehntes Kapitel

Basil Cole und Nigel Pack saßen wie üblich beim Lunch zusammen. Soeben riß Basil sich von seiner Fleischpastete los und wandte sich Nigel zu, der desinteressiert in einem ölgetränkten Salat herumstocherte. »Sag mal, Nigel, hast du irgendwelche Sorgen?«

»Hmmm? Was? Oh, Sorgen? Nicht mehr als sonst. Was hat sich bei deinem Treffen mit dem Alten abgespielt?« Er fügte schnell hinzu: »Wenn es natürlich um Privates ging . . .«

»Also eigentlich« – Basil wünschte, daß weniger schleimiges Bratenfett aus seinem Essen sickern würde – »sprachen wir über Ordnung.« Er erklärte Nigel, der zunächst dreinschaute, als fühlte er sich auf den Arm genommen, was er damit meinte, und nachdem er seinen Vortrag beendet hatte, stimmte Nigel ihm bezüglich der bedrohlichen Zunahme unverknüpfter Fäden zu.

»Hat er irgendwas fallenlassen, was ich auch wissen sollte?«

»Worüber?«

»Über diesen Fall zum Beispiel. Hitchcock.«

»Ach so, ja, da gibt's tatsächlich was Neues. Man hat seine Spur wiederaufgenommen. Tut mir leid, alter Knabe, ich wollte es dir schon vorhin erzählen, aber ich hab's vergessen. Er und das Mädchen haben diese Lockwood in Medwin besucht. Nigel?«

»Ja?« Nigel dachte gerade, daß sein Schinken nicht wie Schinken aussah. Vielleicht war es das Schwanzstück. Er schob den Fleischfetzen an den Rand des Tellers und schnitt mißtrauisch ein Stückchen von einer Tomate ab.

»Haben wir einen Herbert in der Firma?«

»Herbert und weiter?«

»Einfach nur Herbert.«

»Vor- oder Nachname?«

»Keine Ahnung. Mir fällt überhaupt kein Herbert ein.«

»Vielleicht ist er eine Neuerwerbung. Warum fragst du?«

»Herbert beschattet Hitchcock und das Mädchen.«

»Warum hast du nicht den Alten gefragt?«

»Hab ich ja. Aber der alte Fuchs sagte, es täte ihm leid, das wäre auch so ein Faden, der vorerst herumhängen müsse.«

»Na gut, dann müssen wir's wohl erst mal dabei belassen, oder?«

»Wie geht's zu Haus?«

»Warum fragst du?«

»Ach, ich weiß nicht. Du hast in letzter Zeit Violet nicht mehr erwähnt.«

»Es gibt Zeiten, da ist Violet nicht erwähnenswert.«

»Verstehe; so ist das also.«

»So ist das gar nicht, mein Lieber.« Er schob seinen Teller weg und trank einen Schluck Kaffee. »Mieses Essen. Warum essen wir immer in Kneipen? Warum gehen wir nicht ab und zu in ein anständiges Restaurant?«

»Weil es zu teuer ist, darum. Eines Tages vielleicht, wenn wir das Große Los gezogen haben.«

»Kommt darauf an, wer die Lostrommel dreht. Möchtest du Kuchen? Ich habe Lust auf ein bißchen Ingwergebäck.«

»Nein, danke. Aber geh dir ruhig was holen.« Nigel stand auf, und Basil sah ihm nach, wie er sich durch das dichte Gedränge der Mittagskundschaft zum Tresen schlängelte, wo die Speisen ausgelegt waren. *Es gibt Zeiten, da ist Violet nicht erwähnenswert.* Und allerdings, alter Fuchs. Sehr gerissener alter Fuchs. Darum führt auch er das Kommando und nicht wir.

Alma hatte nicht viel zu Mittag gegessen, so daß Brunhilde, als sie den Klapptisch wieder entfernte, den sie vor einer Weile für Alma im Salon aufgestellt hatte, bemerkte: »Die Köchin bevorzugt Leute, die zum Klub der blankgeputzten Teller gehören.«

Es gibt also eine Köchin, dachte Alma. Das hieß, daß drei Personen auf dem Grundstück waren, von denen sie wußte, jetzt, da Zwinkerchen sie verlassen hatte. Es war schön zu wissen, daß der Mann mit dem Zucken hin und wieder die Gelegenheit hatte, eigene Wege zu gehen. »Ich habe leider keinen großen Appetit«, sagte Alma. »Bitte richten Sie der Köchin mein Bedauern aus.«

»Ich bin die Köchin.«

Also gab es doch nur zwei, Brunhilde und Dempsey. »Oh. Also dann, Entschuldigung. Sagen Sie, gibt es hier irgendwo eine Zeitung?«

»Es steht nichts über Sie drin.«

»Ich dachte mehr an meinen Mann.«

»Über ihn steht auch nichts drin.«

Seltsam, dachte Alma; äußerst seltsam.

Brunhilde sagte: »In der Wandverkleidung da drüben neben der Bar ist ein Radio, falls Sie das hören wollen. Das Paneel läßt sich zur Seite schieben.«

»Danke.« Nachdem Brunhilde den Raum verlassen hatte, ging Alma zur Wandverkleidung, schob sie auf, und das Radio kam zum Vorschein. Sie schaltete es ein und hörte gerade noch das Ende der Nachrichten. Ein Symphoniekonzert wurde angesagt, und Alma setzte sich in einen Sessel und versuchte, die Musik zu genießen, aber in Gedanken war sie woanders. Sie war wieder in München, bei den Dreharbeiten zu *Irrgarten der Leidenschaft*. Sie sah Rudolf Wagner am Klavier sitzen, und sie stand über ihn gebeut, während er seine ergreifende kleine Melodie spielte. Sie verzog angestrengt das Gesicht; sie versuchte, sich an etwas zu erinnern, und dann war es da: Der Mann mit dem entstellten Gesicht, der plötzlich hinter der Kulisse auftauchte und ebenso plötzlich wieder verschwand. Das Gesicht. Der Mord. Die Melodie. Sie stellte das Radio ab und setzte sich ans Klavier.

Do mi fa sol . . . sol fa sol.

Sie tippte die einzelnen Tasten mit dem Zeigefinger an. Sie hörte nicht, wie Brunhilde wieder das Zimmer betrat.

La-la-la-la . . . la-la-la . . .

»Hübsche kleine Weise«, bemerkte Brunhilde, die Alma aufschreckte. Sie drehte sich um und sah, wie die große Frau eine Teppichkehrmaschine vor sich herschob.

»Ja, sie ist hübsch. Kennen Sie sie?«

»Nie im Leben gehört«, war die Antwort, die Alma bekam, und Alma dachte, Brunhilde, du lügst.

Peter Dowerty stand Jennings am Schreibtisch gegenüber und blickte auf seinen Vorgesetzten herab, der sich am Telefon mit Sir Arthur unterhielt. Er ließ ein gelegentliches »Ich verstehe« oder »Das ist gut« verlauten oder ein neutrales »Hm«. Dann dankte er Sir Arthur und hängte ein. Jennings teilte Dowerty mit: »Sie sind beim Zirkus, Hitchcock und die Frau.« Er lehnte sich in seinem Drehstuhl zurück. »In einem Dorf namens Lingate.«

»Ist mir nicht bekannt, Sir.«

»Habe ich auch nicht erwartet. Was ist mit Ihnen los? Sie sehen ein bißchen bekümmert aus.«

»Der Vater von Angus McKellin macht mir Kummer. Er hat mich aus Glasgow angerufen. Er möchte, daß Angus sofort nach Hause verfrachtet wird.«

»Ich habe eine Autopsie angeordnet. Eine bloße Formalität.«

»Das habe ich ihm auch versucht klarzumachen, und dann hat er mir genau gesagt, wo ich mir die Autopsie hinschieben kann.«

»Klingt, als könnten wir den alten Knaben hier gut gebrauchen.«

»Er hatte kein freundliches Wort für uns, Mr. Jennings.«

»Das haben wenige Menschen, Dowerty, sehr wenige.« Er seufzte und sagte dann: »Sie können den Transport der Leiche veranlassen. So gegen fünf Uhr wird sie reisefertig sein.«

Reisefertig, dachte Dowerty, als er das Büro verließ, reisefertig. Er dachte an seine Mutter, als er ihr seinen Entschluß mitgeteilt hatte, Polizist werden zu wollen, und was sie ihm damals geantwortet hatte: »Komm mir bloß nicht eines Tages in einer Kiste aus Kiefernholz nach Hause. Wenn du vorhast, in einer Kiste aus Kiefernholz nach Hause zu kommen, dann bleib lieber gleich ganz weg. Warum kannst du nicht Kurzwaren-Verkäufer werden wie dein Bruder Percy?« Weil Percys Anblick beim Kurzwaren-Verkaufen in mir den Wunsch nach einem etwas männlicheren Beruf geweckt hat, darum, Mama. Er fragte sich, ob Jennings etwas dagegen hätte, daß er den Hut herumgehen ließ, um für Angus McKellins Kranz zu sammeln.

Bevor sie den Zirkus erreichten, rief Hitch bei Jennings an und gab ihm die Einzelheiten seiner letzten Erlebnisse durch. Im Gegenzug erfuhr er, daß der falsche Lemuel Peach erdolcht worden war. Ausgleichende Gerechtigkeit, fand Hitchcock.

»Seien Sie vorsichtig, seien Sie äußerst vorsichtig«, warnte ihn Jennings.

Hitchcock versicherte ihm, daß er vorsichtig sein würde, und begab sich wieder zu Nancy Adair. Fast unmittelbar danach fanden sie den Zirkus, der auf einer Wiese am anderen Ende von Lingate kampierte. Es war nur eine Vorstellung angekündigt, die auch erst in einer Stunde beginnen sollte, trotzdem trafen schon die ersten Zuschauer ein. Hitchcock kam das Ein-Manegen-Zelt ein bißchen wacklig vor; das Zelt nebenan, das die Monstrositätenschau beherbergte, erschien ihm noch wackliger. In einer langen Reihe von Buden und Zirkuswagen konnte man sein Glück versuchen und Erfrischungen erstehen, und die Schausteller priesen aus vollem Hals ihre Künste an. Aus einem unerfindlichen Grund hatten die Musikanten des Zirkusorchesters – bestehend aus Trommel, Klavier, Orgel, zwei Trompeten und einem Saxophonspieler – allesamt geschwärzte Gesichter, wie die Mitglieder einer Minstrel-Show. Sie saßen auf einer Tribüne vor dem Hauptzelt, zweifellos um hineinzumarschieren, wenn die Vorstellung begann. Sie waren nicht besonders gut, aber dafür laut, und spielten die unvermeidliche Zirkus-Hymne »The March of the Gladiators«.

»Weckt das Erinnerungen an Ihre Kindheit?« fragte Hitchcock Nancy, wobei er einmal voraussetzte, daß sie eine Kindheit gehabt hatte, ob sie sich nun daran erinnern wollte oder nicht.

»Ich bin nie in den Zirkus gegangen«, sagte Nancy und rümpfte angeekelt die Nase, weil von den Ställen ein Geruch herüberwehte. »Was für ein entsetzlicher Gestank. Wohin gehen wir?«

»Ich denke, ich werde mir mal die Zukunft weissagen lassen.« Er zeigte auf ein Schild, das vor dem Eingang eines Zeltes hing, und auf dem die Worte MADAME LAVINIA – WAHRSAGERIN – SIXPENCE standen.

»Und was soll ich in der Zwischenzeit tun?«

»Sie sind doch Reporterin, meine Liebe. Schnüffeln Sie herum, und suchen Sie eine Story. Schauen Sie mal, der hübsche Kerl da drüben im Indianerkostüm. Ist er nicht ein herrlicher Anblick für eine Squaw?«

Ihr Schatten Herbert parkte seinen schwarzen Sedan so, daß ihn kein anderer Wagen blockieren konnte. Er hatte gesehen, wie Hitchcock die Eintrittskarten kaufte, und sich dann eine große Sonnenbrille aufgesetzt. Nachdem er sich mit einem flüchtigen Blick in den Rückspiegel vergewissert hatte, daß sie seine Augen verdeckte, zog er seine schwarze Mütze tief in die Stirn und stieg dann aus dem Auto, um den beiden zu folgen. Herbert mutmaßte, daß angesichts des spärlichen Andrangs der Einheimischen Lingate dem Zirkus Pechter kein sonderlich einträgliches Gastspiel bescheren würde. Hitchcock und die Frau schlenderten auf ein Zelt zu, dessen Attraktion eine Wahrsagerin war. In der Nähe verhökerte ein als Indianer verkleideter Mann Souvenirs. Hier trennten sich die Wege von Hitchcock und der Frau; Hitchcock betrat das Zelt, und die Frau ging zu dem »Indianer« hinüber, vermutlich, um seine Waren in Augenschein zu nehmen. Herbert postierte sich so, daß er gleichzeitig das Zelt und Nancy Adair beobachten konnte.

Als Hitchcock das Zelt betrat, stellte er fest, daß es viel geräumiger war, als es von außen wirkte. Ein Tisch und zwei Stühle standen darin, und ein Perlenvorhang diente als Raumteiler. Hinter dem Vorhang hörte er eine schwüle Frauenstimme »Fallin' in Love Again« summen.

»Hallo!« rief Hitchcock.

Der Vorhang glitt klirrend auseinander, und die Zigeunerin trat ein. Weder war sie alt, wie Madeleine Lockwood sie beschrieben hatte, noch war sie eine Zigeunerin, vermutete Hitchcock, aber sie sah atemberaubend aus, verführerisch und verlokkend, und ihre Oberlippe kräuselte sich, als sie ihn interessiert begutachtete. Ihr Kopf wurde von einem knallroten Tuch bedeckt; um ihren Hals hing eine Anzahl unterschiedlichster Ketten. Armreifen klimperten, wenn sie die Hände bewegte, und an allen zehn Fingern hatte sie Ringe. Sie trug eine bunte Bluse sowie einen roten Rock, der ihr bis an die Knöchel reichte, und ihr Gürtel schien aus Kettenpanzergliedern zu bestehen. Sie war bizarr und exotisch und stark parfümiert, und Hitchcock hoffte, daß ihre Stimme zu dem Ensemble passen würde.

»Ich bin Madame Lavinia. Ich sehe in die Vergangenheit, die Gegenwart und die Zukunft.« Die Hände verführerisch in die Hüften gestemmt, schob sie sich lässig und mit einer raffinierten Bewegung, die noch bessere Aussichten auf die Zukunft versprach, zum Tisch hin. Die Stimme war perfekt – rauh, melodiös und tief. »Legen Sie Ihren Sixpence auf den Tisch, und setzen Sie sich.« Hitchcock tat, wie ihm gesagt wurde. Sie nahm ihm gegenüber Platz und schob die Münze beiseite. »Zeigen Sie mir bitte Ihre linke Hand.« Er legte seine linke Hand auf den Tisch, mit der Innenfläche nach oben. »Die linke Hand ist die Träumerin. Wußten Sie das?« Sie nahm sie in ihre rechte Hand und begann mit dem Zeigefinger ihrer linken die Linien seiner Hand nachzuziehen. Die Berührung ihres Fingernagels verursachte ein Kribbeln auf Hitchcocks Rücken, wie er es seit seiner Hochzeitsnacht nicht mehr gespürt hatte.

»Ich hab nicht viel mit meiner linken Hand zu tun«, sagte Hitchcock mit einer Stimme, die er selbst nicht mehr erkannte.

»O doch, das haben Sie. Sie träumen sehr viel. Hier, und hier, und hier.« Der Fingernagel sprang von einer Linie zur anderen. »Phantasie beherrscht Ihr Leben. Sie sind bestimmt ein Künstler oder ein Schriftsteller. Ja, ich bin mir ganz sicher. Sie sind ein Künstler. Legen Sie Ihre rechte Hand neben die linke, mit der Handfläche nach oben.« Wieder tat er, was von ihm verlangt wurde. »Sehr verschwitzt.« Er rieb die Hand an seinem Hosenbein trocken und legte sie wieder auf den Tisch. Sie schaute gebannt auf seine rechte Handfläche, als sei sie ein kostbares Juwel. Es hätte ihn nicht im geringsten gewundert, wenn sie jetzt eine Juwelier-Lupe hervorgezaubert und sie sich ins Auge gedrückt hätte, um die Hand einer genaueren Untersuchung zu unterziehen. »Diese Hand ist die Realität, sie spiegelt das wider, was Sie wirklich sind.« Sie drückte das Fettpölsterchen unter dem Daumen. »Ja, Sie sind sehr begabt. Wenn Sie erst gelernt haben, Ihr Talent in die richtigen Bahnen zu lenken, werden Sie es in Ihrem Beruf sehr weit bringen.«

»Und was ist mein Beruf?« fragte Hitchcock sanft.

»Haben Sie ihn schon so schnell vergessen?« Ihre Stimme und ihre Augen amüsierten sich über ihn.

»Natürlich nicht. Aber Sie sind die Wahrsagerin, und ich habe meinen Sixpence bezahlt.«

»Sie erwarten allerhand für dieses lächerliche Almosen.«

»Wenn Ihr Lohn nicht angemessen ist, sollten Sie höhere Preise verlangen.«

»Ich sollte mir höhere Ziele stecken, aber das ist eine andere Geschichte.« Sie zündete sich eine türkische Zigarette an, nachdem sie Zigaretten und Streichhölzer aus einer großen Tasche hervorgekramt hatte, die zwischen den großzügigen Falten ihres Rockes verborgen war. Dann widmete sie sich wieder seiner rechten Hand. »Sie könnten ein langes Leben haben, wenn Sie sehr vorsichtig sind.«

»Und das heißt?« Jetzt war Hitchcock an der Reihe, sich zu amüsieren.

»Ihr Gewicht schadet Ihrer Gesundheit. Machen Sie eine Diät.«

»Und abgesehen davon?«

»Sind Sie ein Spieler in einem sehr gefährlichen Spiel.«

»Das haben Sie nicht aus meiner Hand gelesen.«

»O doch. Es steht in Ihrer Hand. Hier, sehen Sie?«

Hitchcocks Augen wichen nicht von ihrem Gesicht. »Gestern, in Medwin, haben Sie einer Freundin von mir den unmittelbar bevorstehenden Tod prophezeit.«

»Habe ich das?« Sie lehnte sich zurück. »Der Tod ist unvermeidlich und daher leicht zu prophezeien. Ich werde immer von alten Damen und alten Männern aufgesucht. Sie sind diejenigen, die am wenigsten sterben wollen. Die meisten von ihnen wollen niemals abtreten, Gott weiß warum.«

»Diese alte Dame sagte, daß Sie sehr überzeugt klangen. Vielleicht erinnern Sie sich noch an sie. Sie trug eine grelle rote Perücke.«

»Ja, ich entsinne mich.« Sie stieß einen Rauchkringel aus, der einen Moment lang als wackliger Heiligenschein über Hitchcocks Kopf schwebte. »Sie hatte eine Begleiterin, die wie ein aufgescheuchter Vogel aussah. Haben Sie die weite Reise unternommen, um mir die Taktlosigkeit meiner Vorhersage vorzuwerfen?«

»Keineswegs. Ich befinde mich auf dem Weg nach Harborshire, aber als ich den Zirkus sah, rief er schöne Kindheitserinnerungen wach, darum beschloß ich anzuhalten und einen kleinen Abstecher zu machen. Sind wir uns schon irgendwo einmal begegnet?«

»Ich glaube, nicht. Vielleicht.« Sie zuckte die Achseln. »Vielleicht in einer anderen Welt, in einem anderen Leben. In einer meiner Reinkarnationen war ich eine ägyptische Prinzessin.«

»Wie viele Reinkarnationen haben Sie durchgemacht? Soviel Sie kriegen konnten, was?«

Das spöttische Lächeln war wieder da. »Vielleicht haben Sie mich vor vielen Jahren in München gesehen.«

»Woher wissen Sie, daß ich in München war? Das steht in keiner meiner Handflächen.«

»Mr. Hitchcock, wie lange wollen wir eigentlich noch um den heißen Brei herumreden? Wir haben uns eines Abends in München getroffen; Sie und Ihre Frau saßen mit Fritz Lang und seiner Frau Thea zusammen. Ich war in Begleitung von Hans Albers, dem Schauspieler, im selben Lokal. Wir wurden einander nur kurz vorgestellt; ich war damals noch ein halbes Kind und sah ziemlich blaß und mitgenommen aus.«

»Ihr Name ist nicht zufällig Rosie Wagner?«

»Das möchte ich nicht hoffen. So ein gewöhnlicher Name. Nein, ich heiße wirklich Lavinia. Meine Freunde nennen mich Lola. Ich war mit Albers aus, weil ich hoffte, daß er mir zu einer

Filmkarriere verhelfen könnte. Aber da ich nicht so leicht zu verführen war . . . damals . . . kam nicht viel dabei heraus, außer einem Abendessen, das ich bitter nötig hatte. Ich bin sicher, daß Sie sich gar nicht an mich erinnern.«

»Ich habe in München so viele Menschen kennengelernt, daß die Gesichter alle in einer Nebelwolke verschwinden, wenn ich versuche, mich im einzelnen zu erinnern. Aber heute finde ich Sie ziemlich unverwechselbar.«

»Was möchten Sie noch über die Zukunft erfahren?«

»Ich wüßte gern die Identität eines janusköpfigen Spions.«

»Das interessiert auch noch eine Menge anderer Leute.«

»Für wen arbeiten Sie?«

Sie riß ihre Augen in gespieltem Erstaunen auf. »Na, ich arbeite hier für den Zirkus Pechter! Wo der hingeht, baue ich mein Zelt auf.«

»Wie lange arbeiten Sie schon beim Zirkus?« Er verschränkte die Arme, und er fand sie auch nicht mehr so betörend.

»Noch nicht sehr lange. Spielt das eine Rolle?«

»Wie ich gehört habe, ist Ihnen Ihr Messerwerfer abhanden gekommen.«

»Mir ist niemand abhanden gekommen. Aber es stimmt, der Messerwerfer gilt als vermißt.«

»Er ist tot.«

»Tatsächlich? Dann haben also auch Sie übersinnliche Gaben?«

»Nein, ich habe Tatsachen, und zwar von Scotland Yard. Nicholas Haver wurde im Keller der Kirche in King's Cross ein Messer in den Rücken gestoßen, kurz nachdem er versucht hatte, mich umzubringen.«

»Es tut mir sehr leid, die Sache mit Nicholas. Seine Nummer war phantastisch.«

»Sie können seinem Agenten erzählen, daß er nicht länger zur Verfügung steht.«

»Sie haben es gerade seiner Frau erzählt.« Sie steckte sich eine neue Zigarette an.

Hitchcock kratzte sich am Kinn. »Das tut mir fürchterlich

leid. Ich hatte ja keine Ahnung. Ich wollte Sie nicht schockieren.«

»Sie haben mich nicht schockiert«, sagte sie sachlich. »Ich habe ihm aus der Hand gelesen, bevor er nach London fuhr. Und ich habe ihn vor dieser Reise gewarnt. Seine Versicherung ist in Ordnung.«

»Wie äußerst kaltblütig Sie sind.«

»Mr. Hitchcock«, sagte sie leise, nachdem sie zwei Rauchspiralen aus ihren Nüstern geblasen hatte, »nur die Kaltblütigen überleben, und ich bin eine, die überlebt.«

Sie erhob sich graziös und ging auf den Perlenvorhang zu. Sie schob den Vorhang zur Seite und drehte sich noch einmal zu Hitchcock um, wobei sie einen Anblick finsterer Schönheit bot, den er nicht so bald vergessen würde. »Lassen Sie mich noch eins sagen. Meine Prophezeiungen waren zu neunzig Prozent korrekt. Seien Sie sehr vorsichtig, Mr. Hitchcock. Seien Sie sehr, sehr vorsichtig.« Sie machte eine Bewegung, und der Vorhang glitt hinter ihr zu. Hitchcock verließ so schnell er konnte das Zelt.

»Wobei sollen Sie sehr, sehr vorsichtig sein?« wollte Nancy Adair wissen, mit der Hitchcock fast zusammengestoßen wäre.

»Sie haben gelauscht«, warf er ihr äußerst verärgert vor.

»Das habe ich ganz und gar nicht. Ich hatte keine Lust mehr, auf Sie zu warten, da bin ich gekommen, um Sie zu holen, und hörte nur den Schluß. Es wird spät. Wir sollten weiterfahren.«

»Hallo«, ertönte eine piepsige Jungenstimme.

Hitchcock schaute sich um. Er sah einen kleinen Jungen oder jemanden, der wie ein kleiner Junge aussah. Er steckte in einem weißen Frauenunterrock, der ihm bis zu den Oberschenkeln reichte und nackte Knie und Füße entblößte. An jeder Schulter saß ein aufgesteckter Flügel, und auf seinem Rücken konnte Hitchcock einen Köcher mit Pfeilen erkennen. In der rechten Hand hielt der Junge einen Bogen. »Hallo. Wo kommst du denn her?«

»Von da drüben.« Er zeigte in die allgemeine Richtung der Zelte. »Ich heiße Amor.«

»Aha! Daher das Kostüm!« Er wandte sich Nancy Adair zu. »Hören Sie bitte auf, mich am Ärmel zu ziehen!« Er widmete sich wieder Amor. »Und wie stehen die Aktien in der Liebesabteilung?«

»Heute nicht so gut. Ich habe noch niemanden angeschossen. Haben Sie schon die Monstren gesehen?«

Hitchcock betrachtete Amors Gesicht genauer. War er ein kleiner Junge, oder war er ein kleiner Mann, der wie ein kleiner Junge aussah? fragte er sich. »Nein, ich habe die Monstren noch nicht gesehen.« Das Zirkus-Orchester schmetterte wie wild, und das Publikum schien sich seit Hitchcocks Besuch im Zelt ein wenig vermehrt zu haben.

»Sie können nicht in den Zirkus gehen, ohne die Monstren gesehen zu haben. Sie sind im Preis inbegriffen.« Er nahm Hitchcock an der Hand und hielt sie mit einem eisernen Griff fest. »Kommen Sie mit. Ich zeige Ihnen die Monstren. Sie sind meine Freunde.«

Nancy Adairs Stimme überschlug sich. »Lassen Sie uns hier verschwinden! Wir haben keine Zeit, uns die Monstrositätenschau oder irgend etwas anderes anzusehen!«

Amor griff noch härter zu. »Wir scheinen keine Wahl zu haben«, sagte Hitchcock. »Sie können ja hier warten, wenn Sie möchten.« Sie zog es vor, ihnen zu folgen.

Herbert, der ein Frankfurter Würstchen mit Brötchen aß, kaute langsam und nachdenklich. Instinktiv streichelte er seinen versteckten Schulterhalfter. Als die drei im Zelt der Monstrositätenschau verschwanden, sah er sich ein Weilchen die Musiker mit den geschwärzten Gesichtern an. Dann schaute er auf seine Armbanduhr. Die Vorstellung im Zelt sollte laut Programm in zwanzig Minuten beginnen. Er hoffte, daß Hitchcock nicht vorhatte, sie sich anzusehen. In ein paar Stunden würde es dunkel werden. Er fuhr nicht gern bei Nacht. Das Würstchen schmeckte abscheulich. Er warf es in einen Abfalleimer und konzentrierte sich wieder auf das Zelt der Monstren.

Dort sagte Amor gerade zu Hitchcock, während Nancy Adair ihm wütende Blicke zuwarf: »Sehen Sie mal!« Jetzt ließ er

Hitchcocks Hand los und machte eine weitausholende Geste, die all die seltsamen Exemplare der Ausstellung einbezog. »Sind sie nicht wunderbar?«

»Allerdings«, stimmte Hitchcock zu, und seine Augen wanderten von dem Mädchen mit dem Stecknadelkopf zu der bärtigen Dame und dem Mann aus Gummi, dessen Körper sich zu einer Acht verbogen hatte. Dann betrachtete er eingehend Alberta, halb Mann, halb Frau, wobei ihm die weibliche Hälfte zuzwinkerte und die männliche die weibliche in die Rippen knuffte und aus der Mannseite des Mundwinkels ein böses Knurren ertönen ließ. Ein Handlanger verkündete mit Gebrüll, daß die Show im Hauptzelt in fünfzehn Minuten beginnen würde, und das spärliche Publikum im Zelt der Monstren begann sich zu entfernen.

»Hitchcock«, drängte Nancy Adair, »wir haben genug gesehen. Gehen wir.«

»Sie haben meine Mutter noch nicht kennengelernt!« kreischte Amor. »Kommen Sie!« Er packte Hitchcock wieder mit seinem Klammergriff an der Hand und zerrte ihn hinter sich her. »Mama! Mama! Das ist mein neuer Freund!«

Ein siamesisches Zwillingspaar trat gleichzeitig vor. Die beiden waren an der Seite zusammengewachsen. Das Schild über ihrer Bühne trug die Aufschrift HELGA UND LISL – DIE SIAMESISCHEN ZWILLINGE. Helga schimpfte Amor an: »Hör auf, so fest an dem Mann zu ziehen! Benimm dich!«

Hitchcocks Unterkiefer fiel nach unten, und Nancy Adair stockte der Atem. Hitchcock fand seine Sprache wieder. »Das ist also deine Mutter.«

»Ja, ich bin seine Mutter«, sagte Helga und stemmte ihre eine Hand in ihre eine Hüfte, »was gar nicht so einfach war. Das hier ist meine Schwester Lisl.« Lisl schien nicht besonders zutraulich zu sein und erwiderte auch Hitchcocks Gruß nicht. »Lisl ist sehr schlecht gelaunt. Sie hat gerade eine sehr schlechte Nachricht erhalten. Ein guter Freund von uns ist ermordet worden.« Die siamesischen Zwillinge stiegen jetzt langsam die Stufen ihrer Bühne hinab. »Ich glaube, Sie wissen, wen wir meinen, ja?« Ihr

Akzent war sehr breit und sehr deutsch, und Hitchcock hatte das ungute Gefühl, daß die anderen Zeltbewohner, wenn sie den Mund aufmachten, ihn ebenfalls mit einem teutonischen Zungenschlag beehren würden.

»Falls Sie Nicholas Haver meinen, ja; ich habe es Madame Lavinia erzählt.«

»Lassen Sie uns verschwinden«, zischte ihm Nancy Adair ins Ohr. »Wir sind jetzt ganz allein mit ihnen. Es gefällt mir nicht hier drin. Diese Leute sind gefährlich.« Sie bewegten sich langsam rückwärts auf die Zeltlasche zu. Amor versuchte schon wieder, nach Hitchcocks Hand zu greifen, aber Hitchcock stieß die Hand des Jungen weg.

Von links ertönte eine häßliche Stimme: »Sie sind schuld an seinem Tod.« Es war die Dame mit dem Bart, die gesprochen hatte. Hitchcock vermutete, daß es sich bei der Dame mit Bart eher um einen Mann mit Bart handelte, aber jetzt war wohl kaum der geeignete Augenblick, seine Theorie zu überprüfen.

»Bin ich nicht«, sagte Hitchcock und versuchte, sich seine aufsteigende Panik nicht anmerken zu lassen. Sie hatten inzwischen fast den Ausgang erreicht, und Hitchcock versuchte, Nancy hinauszuschieben. Er erwartete schon, daß Amor ihnen ein Pfeil hinterherschicken würde, stellte aber statt dessen fest, daß die Monstrositäten plötzlich wie angewurzelt stehengeblieben waren und ihre bedrohliche Verfolgung aufgegeben hatten.

Der als Indianer verkleidete Zirkushelfer war im Zelteingang aufgetaucht. Er schrie Amor und seine Freunde an: »Zurück, ihr Arschlöcher, habt ihr denn alle den Verstand verloren? Zurück mit euch! Du da! Frieda!« Der Befehl galt der Dame mit Bart, die, wie Hitchcock jetzt erst sah, eine Waffe schwang, die wie ein Gummiknüppel aussah. »Mach keinen Ärger, Frieda.« Vielleicht, dachte Hitchcock, war Frieda doch eine »sie«, aber der Art nach, wie sie die Waffe hielt, ganz bestimmt keine Dame. »Verschwinde, und tu dir Lockenwickler in deinen Bart! Und ihr anderen, geht wieder in eure Zelte! Zurück! Los! Und du, du kleines Ungeheuer« – der Handlanger meinte Amor, der tapfer die Stellung hielt –, »mach dich für die Wildwestnummer fertig.« Hitchcock konnte das Orchester sehen, als er aus dem Zelt der Monstrositäten stürzte, wobei er Nancy Adair an der Hand hinter sich herzog.

»Was ist denn hier passiert? Was ist eigentlich los? Was hat sich zwischen Ihnen und Madame Lavinia abgespielt?« Nancy Adair war nicht zu bremsen, ihre Zunge lief Amok. Sie liefen gerade an der Orchestertribüne vorbei, als Hitchcock plötzlich wie angenagelt stehenblieb und einen der Musiker anstarrte. »Was ist los? Was ist denn jetzt schon wieder los?«

»Dieser Mann da, der Saxophonspieler! Der Musiker mit dem Zucken unter dem linken Auge! Er hat meine Frau entführt! Das ist er! Polizei! Holt die Polizei!«

»Hitchcock, reißen Sie sich zusammen!« schrie Nancy.

Aber Hitchcock war völlig außer sich. Von allen Seiten kamen Menschen angerannt, und der Mann mit dem Zucken versuchte, sich von der Tribüne wegzudrängeln. »Halten Sie diesen Mann fest!« schrie Hitchcock. »Halten Sie ihn!«

Ein Pfeil sauste zischend an Hitchcocks Ohr vorbei und grub sich in Zwinkerchens Brust. Er ließ sein Saxophon fallen, und einen Moment lang starrte er aus fassungslosen Augen ins Leere. Sein schwarzes Make-up mischte sich mit Schweiß und begann zu zerfließen. Sein Auge zuckte mit der Geschwindigkeit eines verzweifelten Signalmastes. Dann ruderte er mit den Armen, während er rückwärts in ein Schlagzeug fiel. Menschen schrien und kreischten und rannten in alle Richtungen davon. Handlanger kamen aus allen Winkeln des Zirkusgeländes herbeigeeilt.

Hitchcock gebärdete sich wie irre, und Nancy Adair gab ihm eine Ohrfeige. »Sie fetter Idiot!« schrie sie ihn an. »Wir müssen hier verschwinden, bevor die Polizei kommt! Schnell! Hier entlang!« Sie zog ihn an der Hand, und sie liefen los; halb stolpernd, halb rempelnd bahnten sie sich einen Weg durch die sich ansammelnde Menschenmenge. Sie kamen an einem Mann mit Sonnenbrille und einer schwarzen Mütze vorbei, der nach seiner Pistole griff, sie aber gleich wieder erleichtert in den Halfter schob, als er beobachtete, daß Hitchcock und Nancy Adair mit rasendem Tempo auf ihr Auto zuliefen. Herbert rannte zu seinem Wagen und saß bereits am Steuer, als Nancy die Gänge hochzog und ihr Auto auf die Straße lenkte.

»Das war er«, schluchzte Hitchcock, »das war er. Der Mann, der Alma gekidnappt hat! Das war er!«

»Reißen Sie sich zusammen, um Himmels willen! Wahrscheinlich ist er schon tot. Es sah ganz so aus, als hätte ihn der Pfeil direkt ins Herz getroffen.«

Hitchcock wischte sich sein nasses Gesicht mit einem Taschentuch ab. »Der Pfeil! Glauben Sie, daß es das Kind war? Aber *warum*? Warum wollen sie einen ihrer eigenen Leute umbringen?«

Leise sagte Nancy, die das Lenkrad fest umklammert hielt und gebannt nach vorn auf die Straße blickte: »Vielleicht gehört er ja gar nicht zu ihnen.« Sie wartete einen Moment, bis ihre Worte angekommen waren, dann fügte sie hinzu: »Und Sie haben ihn verraten.«

Fünfzehntes Kapitel

Hitchcock war tief in Gedanken versunken. Er starrte seine Handflächen an, während der Wagen auf der Straße nach Harborshire entlangsauste. *Vielleicht gehörte er ja gar nicht zu ihnen, und ich habe ihn verraten.* Aber wenn er nicht zu ihnen gehörte, was hatte er dann mit diesen Halunken zu schaffen, die mich überfallen und Alma verschleppt haben? Und ausgerechnet als Saxophonspieler mit geschwärztem Gesicht aufzutreten, das war der Gipfel an Ironie! Nancy Adair hatte mit seinem plötzlichen Lachanfall nicht gerechnet, er machte sie nervös. Verlor er langsam den Verstand, dachte sie, und wenn ja, wie sollte sie damit umgehen?

»Was haben Sie bloß?« schrie sie ihn an. »Was ist los?«

»Ich bin ein blöder Idiot, das ist los. Der Mann mit dem Zukken. Das geschwärzte Gesicht. Der Musiker. Das kam alles in meinem letzten Film vor, *Jung und unschuldig*, nur daß der Mann mit dem Zucken der Drummer war! Ist es denn möglich, daß das Leben die Kunst nachahmt?«

»Nichts weiter als ein Zufall.«

»Ein beabsichtigter Zufall, glaube ich eher. Aber wird Gott mir verzeihen, wenn ich der Anlaß dafür war, daß ein unschuldiger Mensch sterben mußte?« Trotzdem ging ihm das Bild, wie der Mann mit Alma kämpfte, nicht aus dem Sinn.

»Ich will versuchen, Harborshire vor Einbruch der Dunkelheit zu erreichen. Wir sollten nicht wegen irgendwelcher Nichtigkeiten unterwegs anhalten.«

»Ich habe keinen Hunger, wenn Sie das meinen. Ich müßte eigentlich hungrig sein, bin es aber nicht. Ich habe überhaupt keinen Appetit.« Er starrte wieder seine Handflächen an. »Madame Lavinia. Sie hat die Monstren auf uns gehetzt. Sie ist die Witwe von Nicholas Haver. Wissen Sie noch? Der nachgemachte Lemuel Peach, der Vikar. Sie sagte, wir hätten uns 1925 in München kennengelernt, aber ich kann mich überhaupt nicht an diese Begegnung erinnern. Zuerst dachte ich, sie wollte mir zu verstehen geben, daß sie Rosie Wagner sei, aber sie war es nicht. Rosie war ein roher Teigklumpen, langweilig und unappetitlich wie ein ungebackener Keks. Lavinia war das ganze Gegenteil. Sie gucken ja so merkwürdig. Plagen Sie etwa irgendwelche Gewissensbisse, Miss Adair?«

Sie blickte entsetzt in den Rückspiegel.

»Was ist los?« fragte Hitchcock.

»Ich weiß es nicht genau. Hinter uns ist ein Lastwagen, der immer näher kommt. Ich habe ihn vorher nicht bemerkt.«

»Dann fahren Sie doch an den Rand und lassen Sie ihn vorbei! Verlangt das nicht der Anstand der Landstraße?«

»Ich glaube kaum, daß sich der Fahrer für Anstand interessiert. Ich glaube, daß er sich ausschließlich für uns interessiert.«

Hitchcock verrenkte sich in seinem Sitz, um aus dem rückwärtigen Fenster zu schauen. Ein großer roter Lastwagen kam mit hoher Geschwindigkeit auf sie zugerast. Als der Laster ausscherte, konnte er die Aufschrift auf der Seite lesen: ZIRKUS PECHTER.

»Es ist ein Zirkuswagen! Und ich kann den Mann am Steuer erkennen. Er ist es! Der Indianer! Was zum Teufel hat er vor? Lassen Sie ihn überholen, verdammt noch mal, lassen Sie ihn vorbei!«

»Er will uns gar nicht überholen! Er will uns in den Graben drängen!«

Herbert stieß in seinem schwarzen Sedan eine Reihe von Flüchen aus. Er hatte den roten Lastwagen freundlicherweise überholen lassen, bis er den Namen des Zirkus gelesen hatte und ihm bewußt geworden war, daß er es auf Hitchcock und die Frau abgesehen hatte. Aber das war doch ganz unlogisch. Niemand trachtete Hitchcock nach dem Leben. Aber vielleicht der Frau. Nancy Adair. Sein Fuß drückte das Gaspedal bis zum Anschlag hinunter, aber der Laster war offenbar mit einem frisierten Motor ausgestattet. Er fluchte wieder, nur diesmal lauter.

Nancy bemühte sich, das Lenkrad unter Kontrolle zu halten, während Hitchcock dem Lastwagenfahrer mit der geballten Faust drohte. Der Laster fuhr immer wieder von hinten auf ihren Wagen auf; die einzigen Ruhepausen gönnte ihnen der Fahrer nur, wenn er ausweichen mußte, um einen Zusammenstoß mit entgegenkommenden Fahrzeugen zu vermeiden.

»Versuchen Sie, in eine Auffahrt zu fahren!« schrie Hitchcock. »Da vorn kommt eine! Sehen Sie sie?«

»Ja, ja, ich sehe sie!« Das Auto machte einen fürchterlichen Ruck, als sie wieder von hinten angebufft wurden.

Nancy Adair riß jäh das Lenkrad um und fuhr in die Auffahrt hinein. Sie war mit Unkraut und dichtem Laubwerk bewachsen und voller Furchen und Schlaglöcher; die Insassen des Wagens wurden heftig durchgerüttelt, als wären sie in einer Zementmischmaschine gelandet. Wenige Meter vor ihnen stand etwas, das wie ein verlassener Kornspeicher aussah, ein traurig heruntergekommenes Gebäude aus Holz, dessen Türen von verrosteten Scharnieren herabhingen. Der Lastwagen sauste an der Auffahrt vorbei; vielleicht war dem Besessenen am Steuer Nancys Manöver entgangen, da es hinter einer Kurve stattgefunden hatte, die ihm einen kurzen Moment lang die Sicht nahm.

»Vorsicht!« schrie Hitchcock, als Nancy, die Schwierigkeiten hatte, die Geschwindigkeit des Wagens zu drosseln, und durch wurmzerfressene Türen und splitterndes Holz in das Gebäude fuhr. Eine Seilwinde, die vor langer Zeit einmal dazu gedient hatte, das Getreide in die darüberliegenden Speicher zu befördern, hing von einem Balken herab. Nancy trat mit aller Wucht auf die Bremse und brachte das Auto endlich unter der Winde zum Stehen. Beide drehten sich um und schauten aus dem Rückfenster; erleichtert stellten sie fest, daß von dem Zirkuswagen nichts mehr zu sehen war.

Und dann sackte der Boden unter dem Wagen weg.

»Wir stürzen in eine Grube!« schrie Nancy, während sie die Fahrertür mit einem Ruck aufstieß und sich mit einem kühnen Sprung aus dem Wagen rettete. Ungeschickt tastete Hitchcock nach seinem Türgriff. Das Auto versank noch tiefer in der Grube.

»Ich sitze fest!« schrie Hitchcock.

»Ich hole Hilfe!« rief Nancy und rannte auf die Straße.

Hitchcock saß regungslos da, Schweißperlen rannen ihm über die Stirn. Wenn er still sitzenblieb, ermahnte er sich, wenn er versuchte, sich nicht zu bewegen, dann blieb das Auto vielleicht an der Stelle hängen, wo es jetzt war. Und wenn es nicht hängenblieb? Wie weit würde es hinabstürzen? fragte er sich. Wie tief waren diese Gruben in Kornspeichern? Tief. Sehr tief. Das Auto stöhnte, und der Boden ächzte, und Hitchcock fühlte, wie der Wagen immer tiefer in den Abgrund sackte. *Vater unser, der du bist im Himmel . . .*

Herbert sah, wie Nancy aus der Einfahrt herausgerannt kam. Er sah auch, was sie nicht sah. Der Zirkuswagen hatte gewendet und kam wieder angefahren. Die Tür öffnete sich, und der Mann im Indianerkostüm sprang heraus und jagte Nancy Adair. Herbert nahm den Fuß vom Gas. Der Handlanger fing Nancy ein, packte sie an der Taille und schulterte sie grob, dann trug er die schreiende, um sich schlagende Frau in den Lastwagen. Herbert schien nicht im geringsten daran interessiert zu sein, ihr zu Hilfe zu eilen. Nachdem er Nancy auf den Vordersitz des Lasters gestoßen hatte, stieg der Zirkushelfer ein, und mit einem ohrenbetäubenden Kreischen der Gänge raste der Lastwagen davon. Herbert lenkte seinen Sedan in die Auffahrt und parkte, während ihm allmählich Hitchcocks mißliche Lage bewußt wurde.

Nigel Pack war nach Hause gekommen, um seinen Anzug zu wechseln. Es sah wieder einmal so aus, als würde ihm eine lange Nachtsitzung in der Firma bevorstehen. Eine Erholung sollte den müden Knochen offenbar nicht vergönnt sein, solange der Hitchcock-Fall nicht zufriedenstellend gelöst war. Er hatte versucht, Violet telefonisch zu erreichen, um ihr mitzuteilen, daß er nach Hause käme, aber es hatte sich niemand gemeldet. Wahrscheinlich war sie wieder einkaufen, schloß Nigel, was eigentlich jetzt schon wieder? Sie hatte ihrem Vater Anfang der Woche ein Geburtstagsgeschenk geschickt, und heute früh war es wieder einmal zu einer dieser zermürbenden, endlosen Auseinandersetzungen über ihre Verschwendungssucht für überflüssige Dinge gekommen. Er hatte eigentlich geglaubt, daß die Sache damit ein für allemal erledigt sei.

Er knallte die Wohnungstür hinter sich zu und rief: »Violet!«, dann noch einmal, lauter: »*Violet?*« Er ging ins Schlafzimmer. Ihre Schranktür stand offen. Sofort wurde ihm klar, daß ihre Reisetasche fehlte. Diese blöde Kuh! Habe ich ihr nicht ausdrücklich verboten, zu ihren Eltern zu fahren und an der Geburtstagsfeier ihres Vaters teilzunehmen? Blöde, sture Kuh! Er ging zu seinem eigenen Schrank hinüber und riß die Tür weit auf, dann begann er sich auszuziehen.

Blöde Scheißkuh, das wird sie mir heimzahlen.

». . . Geheiligt sei dein Name . . .«

»Mr. Hitchcock?«

Rettung!

»Mr. Hitchcock, können Sie mich hören?«

»Ja!« schrie Hitchcock.

»Versuchen Sie möglichst ruhig zu bleiben und nicht durchzudrehen. Hören Sie mir zu, befolgen sie genau meine Anweisungen, und in ein paar Minuten habe ich Sie hier rausgeholt. Fertig?«

»Ja!« Er hatte Angst zu sprechen, Angst, irgend etwas zu tun, weil das kleinste Geräusch, die kleinste Bewegung das Auto noch tiefer in die Grube hinabschicken könnte. Er hörte, wie die Kurbel einer Apparatur in Bewegung gesetzt wurde, die unbedingt geölt werden mußte.

»Ich lasse jetzt die Winde hinunter. Ich habe sie ausprobiert. Sie funktioniert noch. Während ich das tue, möchte ich, daß Sie Ihre Wagentür ganz vorsichtig aufmachen. Ich weiß, daß Sie da unten nicht sonderlich viel Bewegungsfreiheit haben, aber es müßte reichen, um das Seil um ihre Hüfte zu wickeln und ganz vorsichtig aus dem Auto zu steigen. Den Rest überlassen Sie mir.«

Hitchcock blinzelte, während er vorsichtig, sehr vorsichtig, den Türgriff fand und es ihm irgendwie gelang, ihn hinunterzudrücken. Der Wagen schwankte leicht. Hitchcock befeuchtete seine Lippen und stieß langsam die Wagentür auf, als das Seil auftauchte. Er tastete sich sachte mit ausgestreckten Fingern heran; er lechzte danach, es zu berühren, lechzte mehr danach als ein Verliebter, der sich nach einer Liebkosung sehnt. Er fühlte das Seil und wickelte es langsam um seine Hand, bis er es sicher im Griff hatte. Dann zog er es ins Wageninnere und band es sich, wie eine übergewichtige Frau, die sich in einen Hüfthalter zwängt, um den Bauch. Schließlich hatte er das Seil fest verknotet.

»Wie kommen Sie voran?« fragte sein Retter mit einer sehr freundlichen und beruhigenden, sehr männlichen Stimme, in der untrüglich ein Festland-Akzent mitschwang.

»Ich bin bereit«, sagte Hitchcock.

Das Auto bewegte sich leicht.

Sein Retter sagte: »Klettern Sie jetzt schnell aus dem Auto, und umklammern Sie im selben Moment das Seil mit beiden Händen, so fest Sie können.«

Hitchcock sagte: »Ich bin kein großer Athlet.«

»Ich verlange ja keinen Flickflack von Ihnen. Ich möchte nur, daß Sie sich fest an das Seil klammern und den Rest mir überlassen.«

Wie selbstbewußt diese Stimme klang, wie die eines kleinen Schreiberlings, der eine gute Drehbuchstory vortrug, die er gerade irgendwo geklaut hatte.

Er hatte ihn mit seinem Namen angesprochen! *Mr. Hitchcock.* Der Mann wußte, wer er war. O lieber Gott, und wenn er einer von *denen* war, vielleicht sogar, Gott bewahre, der Mann im Indianerkostüm?

Der Boden unter dem Wagen ächzte.

Und wenn schon, dachte Hitchcock; wenn er mein Feind wäre, würde er mich in den sicheren Tod stürzen lassen. Der

Wunsch, am Leben zu bleiben und mit Frau und Kind wiedervereint zu werden, gab ihm in diesem Augenblick frischen Mut und neue Kraft, und er rutschte aus dem Wagen. Es war eng, und er mußte sich quetschen, aber er schaffte es. Als er verzweifelt nach dem Seil griff, erbebte der Wagen, und der Boden darunter gab nach. Hitchcock schloß die Augen und machte sich auf das Schlimmste gefaßt. Das Auto war bestimmt mindestens dreißig Meter in die Tiefe gesaust. Der Krach, den der Aufprall und der zerberstende Wagen verursachten, erschütterte Ohren und Herz; die aufsteigenden schwarzen Staubwolken ließen Hitchcock fast nichts mehr sehen. Er hörte seinen Retter husten und flehte innerlich, daß das Husten ihn nicht veranlassen würde, seinen Griff an der Kurbel der Seilwinde zu lockern.

Nachdem der Staub sich gesetzt hatte, rief der Mann: »Alles in Ordnung?«

»Ziehen Sie mich rauf!«

Mehrere Sekunden lang geschah gar nichts. Fürchterliche Angst stieg in Hitchcock auf und schnürte ihm das Herz ein. Dann schmeichelte sich das herzerfrischende Geräusch einer Kurbel in Hitchcocks Ohren, und er fühlte, wie er langsam nach oben gezogen wurde. Es war ein langsamer, qualvoller Prozeß. Der Balken, der an der Winde befestigt war, stöhnte unter Hitchcocks Gewicht. Holzstaub begann von oben herabzurieseln. Herbert schaute hinauf und sah, daß der Balken Spuren eines Risses aufwies. Nervös pfiff er durch die Zähne, schaute hinab und stellte fest, daß Hitchcock nur noch etwa ein halber Meter von seiner Erlösung trennte. Er drehte weiter und verankerte seine Füße fest im Boden. Er konnte Hitchcock schnaufen hören. Er hörte auch, wie der Holzbalken langsam auseinanderbrach. Er hatte Hitchcock fast soweit, daß er über den Boden und aus der Grube schaute.

Der Balken, so wurde ihm jetzt klar, konnte jeden Moment auseinanderbrechen und Hitchcock in den sicheren Tod schikken. Er faßte einen schnellen Entschluß. Er ließ die Drehkurbel los und sprang beherzt auf Hitchcock zu, wobei er ihn mit eisernem Griff an beiden Handgelenken festhielt. Hitchcock schrie auf, als er spürte, wie das Seil nachgab, aber Herbert war in ausgezeichneter Form. Er zog Hitchcock auf den sicheren Boden; der dicke Mann lag jetzt mit geschlossenen Augen keuchend auf dem Rücken und rang nach Luft, dabei flüsterte er unentwegt: »Danke, danke.«

Der Balken brach entzwei, und die Winde sauste in die Grube hinab, woraufhin der Kornspeicher erzitterte, als sei er von einem Erdbeben erschüttert worden. Herbert half Hitchcock schnell auf die Beine und führte ihn zu seinem Auto hinaus. Hitchcock lehnte sich gegen den Wagen, noch immer nach Luft ringend.

»Immer mit der Ruhe, Kumpel«, sagte Herbert.

Hitchcock seufzte erleichtert auf und wandte sich dann seinem Retter zu. »Um Himmels willen«, entfuhr es ihm, »um Himmels willen!« Herbert hatte seine Sonnengläser und die schwarze Mütze auf dem Vordersitz seines Wagens liegenlassen, als er Hitchcock zu Hilfe geeilt war. »Sie«, sagte Hitchcock leise. Er blinzelte, und sein Herz schlug heftig. »Sie sind das.«

Herbert war der Mann mit dem entstellten Gesicht, der Mann, der im Münchner Studio herumgeschlichen war, der Mann, der sich mit Anna Grieban in der Nacht, als sie ermordet wurde, im Restaurant gestritten hatte. »Ah! Sie haben mich also nicht vergessen«, sagte Herbert ungerührt. »Mein Name ist Herbert Grieban, Mr. Hitchcock, und ich glaube, wir sollten hier so schnell wie möglich abhauen.« Er hielt Hitchcock die Wagentür auf, und nachdem er ihn gut verstaut hatte, lief er um das Auto herum und setzte sich ans Steuer. Der Motor sprang an, heulte auf, und sie fuhren die Ausfahrt hinaus. Hinter ihnen brach mit einem Krach, der vermutlich die ganze ländliche Nachbarschaft aufschreckte, der alte Kornspeicher zusammen und bot dabei den Anblick einer herrlichen Ruine. Hitchcock drehte sich um und schaute aus dem Rückfenster. »Schade«, sagte er leise, »was hätte das für eine herrliche Aufnahme abgegeben.« Er machte es sich wieder auf seinem Sitz bequem und sah zu, wie Herbert sich die Sonnenbrille und die Mütze aufsetzte. »Ich möchte Ihnen nochmals danken, Mr. Grieban. Sie sind ein tapferer Kerl.« Grieban, dachte er. Anna Grieban. Natürlich. Er und Alma hatten richtig kombiniert. Er war Annas Ehemann gewesen. »Sie sind Anna Griebans Mann.«

»Witwer.«

»Ja. Eine tragische Geschichte.«

»Sie war aber auch sehr unvorsichtig. Und Ihre Nancy Adair übrigens auch.«

Nancy Adair! »O Schreck!« rief Hitchcock, »die habe ich ja vollkommen vergessen! Haben Sie eine Ahnung, wohin sie verschwunden ist?«

»Die habe ich in der Tat«, sagte er mit einem Lächeln, das wahrscheinlich früher einmal, vor seinem schrecklichen Unfall, die Damenwelt in helles Entzücken versetzt hatte. »Sie ist entführt worden. Ich habe gesehen, wie man sie unter einigem Widerstand in den Zirkuswagen verfrachtet hat, der Sie von der Straße drängen wollte.«

»Warum? Wollte er uns fangen, weil er dachte, daß wir für den Mord an dem Mann mit dem Zucken verantwortlich waren? Oh, Verzeihung. Sie wissen ja gar nicht, wovon ich spreche.«

»O doch, das weiß ich wohl. Ich war im Zirkus. Ich habe den Mord beobachtet. Der böse kleine Zwerg ist ein guter Schütze.«

»Dann war es also *doch* Amor!«

»Pech für Oskar, daß er ein Amor ohne Liebesgefühle ist.«

»Wer ist Oskar?«

»Das Opfer. Der Mann mit dem Zucken.«

»Ein Freund von Ihnen?«

»Ein flüchtiger Bekannter. Wir stehen beide im Dienst des britischen Nachrichtendienstes. Das heißt, jetzt nur noch ich. Armer Oskar, er war ein hervorragender Musiker, aber als Agent ein unsicherer Kandidat. Dieses Zucken war ein hohes Risiko, hat ihn todsicher verraten.« Er gluckste. »Das sollte kein Wortspiel sein.«

»Warum hat man ihn dann nicht pensioniert?«

»Er war ein viel zu guter Agent. Dennoch sollte traurigerweise dieser Auftrag sein letzter sein. Er hatte ein Angebot, bei

Ray Nobles Orchester mitzuspielen. Aber so ist es nun mal, wieder hat das launische Schicksal ein Opfer gefunden.«

»In diesem Fall war es ein launischer Pfeil. Wohin fahren wir?«

»Nach Harborshire«, verkündete Herbert.

»Ich nehme an, daß Sie alles über mich wissen. Dieses schreckliche Schlamassel, in dem ich stecke.«

»Ich bin Ihnen seit Medwin auf den Fersen, dank Miss Farquhar.«

»Sie kennen Miss Farquhar?«

»Aber ja doch. Quasselstrippe und ich kennen uns seit dem Krieg. Ich geriet in Kriegsgefangenschaft, wo man mir auch mein Gesicht wieder zusammengeflickt hat, nicht daß damit noch viel anzufangen war, nachdem die Mine unmittelbar vor mir explodierte. Miss Farquhar war meine Krankenschwester. Sie hat mich rekrutiert.«

»Man stelle sich vor«, sagte Hitchcock ehrfürchtig, »man stelle sich vor, derart leicht wiederzuerkennende Leute zu rekrutieren, wie beispielsweise einen Mann mit einem Zucken oder einen Mann mit einem ... einem ...«

»Entstellten Gesicht.«

»Verzeihen Sie mir, bitte.«

»Warum denn? Es ist ja nicht Ihr entstelltes Gesicht. Aber warum sollte man uns nicht rekrutieren? Ist das denn schlimmer, als eine Frau wie Miss Farquhar für den Geheimdienst zu gewinnen, die die Klappe nicht halten kann? Sagt Ihnen das Datum 7. Mai 1915 was?«

Hitchcock überlegte einen Moment. »Ich fürchte, nicht. Das Denken fällt mir im Augenblick etwas schwer. Ich habe mich immer noch nicht ganz davon erholt, dem Tod im letzten Moment von der Schippe gehopst zu sein.«

»Es war der Tag, an dem die *Lusitania* unterging.«

»Tatsächlich? Na und?«

»Miss Farquhar.«

»Miss *Farquhar*? Wollen Sie damit sagen, daß *sie* dafür verantwortlich war, daß ...«

»... sich diese gespenstische Tragödie ereignete. Posaunte alles bei ein paar Drinks mit Sir Rufus Derwent aus, der nichts Eiligeres zu tun hatte, als die Information an die Deutschen weiterzugeben, und Sie wissen ja sicher, daß er sich mit dieser Geschichte selbst zu Fall brachte.«

»Mein Gott, wenn man diese Tatsachen heute publik machen würde ...«

»Dann würde sie einem niemand glauben.«

»Eine herrliche Idee für einen Film. Ich werde sie mir für später vormerken.«

»Wissen Sie, Mr. Hitchcock, Spionage ist keineswegs nur ein einziges romantisches Abenteuer, wie Sie es in Ihren Filmen darstellen. Spionage ist sehr harte, ermüdende Knochenarbeit. Manchmal vergehen Tage und Wochen, bevor irgend etwas passiert. Darum braucht man dafür auch Leute mit einer Engelsgeduld. Leute wie unseren armen bedauernswerten Oskar und mich. Ich bin ein sehr geduldiger Mann. Meine arme Frau war es nicht, darum ist sie tot, und ich bin noch am Leben. Und darum ist auch Rudolf Wagner tot. Er war ungeduldig. Als er seinen brillanten und bisher undechiffrierten Kode komponierte ... *la-la-la-la ... la-la-la ...* erkennen Sie diese Melodie?«

Hitchcock stöhnte. »Die sitzt bei mir mindestens so fest wie ›God Save the King‹.«

»Wegen dieser Melodie hat man Rudolf umgebracht. Die Deutschen wollten den Kode; die Engländer, die Amerikaner und die Russen wollten ihn auch.«

»Diese paar kleinen Noten? Woher wußten sie alle davon?«

»Über ein sehr kompliziertes Informationsnetz, mit dem nur wir in diesem Geschäft vertraut sind. Glauben Sie mir, wenn ein neues Produkt auf den Markt geworfen wird, spricht sich das schnell herum; die einzelnen Länder entsenden daraufhin Kundschafter, die ihre Angebote abgeben. Manchmal geht es dabei ein bißchen unsanft zu. Spitzel neigen nun mal dazu, sich gegenseitig umzulegen, weil jeder als erster den Zuschlag haben und, wie man so schön sagt, absahnen will. Sie müssen sich das so vorstellen: Rudolf Wagner saß im Studio und klimperte vor sich hin, gleichzeitig breitete er vor jedem Interessenten in seiner unmittelbaren Umgebung quasi seine Warenproben aus. Was allerdings niemand wußte, war, daß ich den Zuschlag schon bekommen hatte. Ich hatte als Emissär für England das höchste Angebot gemacht. Wir haben das Geschäft an jenem Tag abgeschlossen, als Ihre Frau mich in meinem Versteck hinter den Kulissen entdeckte. Ein Pech für Sie und Ihre Frau, Mr. Hitchcock, daß man in gewissen Kreisen glaubte, Sie seien *ebenfalls* Spione mit einem Angebot, weil Mrs. Hitchcock sich so auffällig in die Melodie verliebt hat!«

»Also verdammt noch mal!«

»Fast wären Sie's gewesen.«

»Man vermutete außerdem, daß Anna in die Sache verwickelt war. Aus diesem Grund hat man sie umgebracht. Offen gestanden, wenn der Gegner sie nicht getötet hätte, hätte ich es selbst erledigen müssen.«

Hitchcock sagte: »Ihr Streit im Restaurant.«

»Genau. Annas Leben war die Hölle. Sie war arm, ständig hungrig, ständig arbeitslos. Als sie glaubte, daß ich gefallen sei, ging sie auf den Strich, aber sie war eine schlechte Hure. Hat man mir jedenfalls erzählt. Auf jeden Fall erwog sie, zu den Russen überzulaufen, die nach 1925 wieder verstärkt in ihre Spionagetätigkeit investierten, nachdem sie wieder ein bißchen liquide geworden waren. Sie vermutete, daß Wagner mir den Kode verkauft hatte, und versuchte, ihn mir abzuluchsen. Natürlich beteuerte ich, daß er noch nicht in meinem Besitz sei, aber sie wurde hysterisch, und wir stritten uns. Ungeduld. Ungeduld kann tödlicher sein als eine unheilbare Krankheit. Jedenfalls war sie tot, und dann wurde Rudolf ermordet, weil er mir und nicht dem Vaterland den Kode verkauft hatte, wie er es als guter Patriot hätte tun müssen.«

»Also dachte man damals, daß wir Spione seien! Was für eine typische Hitchcock-Situation!« Herbert stellte die Scheinwerfer ein. Hitchcocks Magen knurrte.

»Was glauben Sie, warum Sie Fritz Langs Frau, Thea von Harbou, so zäh umworben hat?«

Der Erinnerungsfilm in Hitchcocks Kopf spulte rückwärts ab. Er saß mit Alma und den Langs im Restaurant, und Thea versuchte ihn zu überreden, in München zu bleiben, indem sie ihm Versprechungen für eine glorreiche Zukunft bei der deutschen Filmindustrie machte. »Also darum ging es an jenem Abend.«

»Armer Lang. Wie er seine Frau gehaßt hat. Nun ja, jetzt ist er in Hollywood und in Sicherheit.«

»Und sie?«

»Oh, sie ist eine stramme Nazisse. Schreibt immer noch Drehbücher. Heil-Hitlert nur so in der Gegend herum, ein phrasendreschender Papagei, der die besten Jahre hinter sich hat.«

»Der Zirkus ist ein deutsches Spionagenest, hab ich recht?«

Herbert gluckste. »Ist der Groschen also doch noch gefallen?«

Hitchcock war sichtlich verärgert. »Wenn das so ist, warum hebt man die Bande nicht aus und sperrt sie ein?«

»Erstens ist der Zirkus stark mit unseren eigenen Leuten durchsetzt. Und zweitens arbeiten dort eine Reihe von Leuten, die von den geheimen Machenschaften nicht die leiseste Ahnung haben, verstehen Sie?«

»Natürlich.«

»Der arme Oskar wurde gerade erst dort eingeschleust. Es hat ewig gedauert, bis wir ihn beim Orchester unterbringen konnten. Aber der eigentliche Grund, warum wir sie nicht entlarven wollen, ist die Hoffnung, daß sie uns zu dem Mann führen, der den Kopf des gesamten Spionagerings in England bildet. Ansonsten stellen sie keine große Bedrohung unserer Sicherheit dar.«

»Aber sie schlagen doch ständig entlang der Küste ihre Zelte auf, wo es Marinestützpunkte gibt!« polterte Hitchcock wütend.

»Das stimmt. Aber sie sehen nur die Dinge, die wir sie sehen lassen. Man wird das Nest aber bald ausheben, das verspreche ich Ihnen. Bald werden sie nicht mehr den geringsten Nutzen für uns haben.«

»Wieso hat man den Mann im Lastwagen hinter uns hergeschickt?«

»Um Nancy Adair zu fangen.« Er gluckste schon wieder. »Und sie haben sie gekriegt.«

»Nun ja, ich muß schon sagen, wenn sie sich in einer prekären Lage befindet, dann tut mir das sehr leid, aber ich verstehe trotzdem nicht ganz, was das Problem sein könnte, außer daß sie vielleicht eine kleine Schwindlerin ist.« Er dachte weiter nach, und dann schoß ihm das Blut ins Gesicht. »Mein Gott, ich bin doch der größte Idiot aller Zeiten! Natürlich ist sie eine Schwindlerin! Sie wollte mir weismachen, daß sie aus Südafrika kommt, obwohl ich genau wußte, daß sie vom europäischen Festland ist. Dieser kontinentale Tonfall in ihrer Stimme war unmöglich zu kaschieren, obwohl sie perfekt englisch spricht. Ist sie eine russische Spionin?«

»Nein, sie gehört zu den Nazis. Wir sollten irgendwo anhalten und zu Abend essen. Ich bekomme allmählich großen Hunger.«

»Sie gehört zu den Nazis! Dann wurde sie also auf mich angesetzt, weil sie dachten, daß ich ein Spion bin. Und Alma wurde aus demselben Grund entführt.«

»Mr. Hitchcock . . . ach, übrigens, darf ich Sie Alfred nennen?«

»Nennen Sie mich Trottel.« Er hielt inne. »Nennen Sie mich Hitch. Nur Alma sagt Alfred zu mir, und auch nur dann, wenn ein Streit im Verzug ist.«

»Hitch, die Antwort auf Nancy Adair liegt direkt vor Ihrer Nase. Sie kennen sie schon seit Jahren, zumindest haben Sie sie vor vielen Jahren kennengelernt.«

Hitchcock winselte gequält, weil ihn seine eigene Begriffsstutzigkeit anwiderte. »Jetzt erzählen Sie mir nur noch, daß Nancy Adair Rosie Wagner ist!«

»Genauso ist es. Rosie Wagner. Rosie hat ihren Vater und meine Frau umgebracht. Es gibt wohl nur wenige, die darauf kämen, daß die kleine graue Maus in Wirklichkeit eine gefährliche Tigerin ist. Jetzt bekommt sie Ärger mit ihren eigenen Leuten. Sie hatte nämlich den Auftrag, Sie umzubringen.«

Sechzehntes Kapitel

»Herbert«, sagte Hitchcock, »mir ist eben das Blut in den Adern gefroren.«

»Ihre Leute sind doch blöd. Sie hätten sich gleich damals von ihr verabschieden sollen, als sie ihren Nervenzusammenbruch bekam, aus Reue über den Mord an ihrem Vater, obwohl sie ja immer wieder beteuert hat, wie sehr sie ihn haßte. Dennoch hätte ihnen das schon damals eine Warnung sein müssen. Gefühle sind die Achillesferse der Spionage. Aber Rosies Liebhaber überzeugte ihre Arbeitgeber, daß sie ihnen weiterhin nützlich sein würde, wenn sie sich erst richtig erholt hätte und sich wieder neuen Aufgaben widmen könne. Sie hat dann auch tatsächlich während der letzten zehn Jahre gute Arbeit für ihre Leute geleistet, das muß man ihr lassen.«

»Wer war denn Rosies Liebhaber? Sie war so ein schrecklich unansehnliches Mädchen.«

»Sie hat sich absichtlich auf reizlos getrimmt. Eine gute Fassade. Genauso, wie der Nancy-Adair-Typ später zu einer guten Fassade wurde. Aber unter der Oberfläche dieser grauen Maus brodelte ein Vulkan sexueller Leidenschaft. Haben Sie sie nicht letzte Nacht in Miss Farquhars Pension flachgelegt?«

»Um Himmels willen, nein! Ich könnte Alma niemals untreu sein!«

»Darum hat sie wahrscheinlich so lange gezögert, Sie umzubringen. Hätten Sie sie gevögelt und sich als unzulänglich erwiesen, hätte sie Ihnen wahrscheinlich die Eingeweide rausgeschnitten.«

»Wirklich, Herbert, ich finde das in höchstem Maße peinlich.«

»Dann sind Sie also ein Mann des Films, aber kein Mann von Welt.«

»Ich bin ein guter Ehemann, ein guter Vater, ein guter Katholik« – er nahm Haltung an – »und ein absolut hervorragender Regisseur.«

»Nancy Adair hat sich in Sie verliebt.« Er hörte, wie Hitchcock die Luft einzog. »Darum war sie nicht in der Lage, Sie zu töten.«

»Woher wissen Sie das? Oder raten Sie nur?«

»O nein. Als Sie sich die Zukunft lesen ließen, oder was immer sie da mit der Witwe des Messerwerfers trieben, habe ich die Adair im Auge behalten. Sie sprach den Mann im Indianerkostüm an, und ich ging zu seinem Stand hinüber, scheinbar um den Trödel anzuschauen, den er verkaufte. Sie sprachen deutsch miteinander, was die Sache für mich noch einfacher machte. Ich habe ein paar Wortfetzen auffangen können, woraus ich mir zusammenreimte, daß er ihr eine Standpauke hielt. Sie sagte so etwas wie, sie könne es nicht tun, das müsse jemand anderes erledigen. Als sie Sie dann aus dem Zelt kommen sah und zu Ihnen rannte, wollte sie Sie nur so schnell wie möglich aus dem Zirkus rausbekommen.«

»Das hat sie in der Tat versucht, das muß ich zugeben. Aber dann kam Amor dazwischen.«

»Absichtlich. Man hatte ihn geschickt, um Sie in die Monstrositätenschau zu locken. Sie hatten beschlossen, den Mord an Ihnen selbst in die Hand zu nehmen, aber der Mensch im Indianerkostüm wollte nicht, daß man Sie auf dem Zirkusgelände umbringt, was ja einleuchtend ist. Dieses kleine Monster beschloß dann, Sie auf eigene Faust zu erledigen, aber er war ein schlechter Schütze.«

Hitchcock machte runde Augen. »Wollen Sie mir etwa erzählen, daß der Pfeil, der Oskar tötete, für *mich* bestimmt war?«

»So ist es.« Hitchcocks Mund stand weit offen, und Herbert ließ sein vertrautes Glucksen hören. »Jemand, der ein Ziel wie Sie verfehlt, sollte mal zum Augenarzt gehen.«

»Wissen Sie«, sagte Hitchcock leise, »ich kann mich gut an das Geräusch des vorbeisausenden Pfeiles erinnern.«

»Bestimmt sogar. Als Sie dann Ihr Gezeter losließen, mußte

Nancy natürlich zusehen, daß Sie beide sich schleunigst aus dem Staub machten. Im Zirkus lauerte Gefahr, und sie hatte außerdem keine Lust, sich einem Polizeiverhör zu unterziehen, weil – und das müssen Sie sich vor allem klarmachen – sie immer noch versuchte, ihre eigene Haut zu retten.«

»Und jetzt haben ihre Leute sie erwischt. Glauben Sie, daß man sie töten wird?«

»Vielleicht. Vielleicht auch nicht.«

»Nichts von alledem stand in Regners Szenarium. Nicht ein bißchen.« Er dachte kurz nach. »Mein Gott, war vielleicht Friedrich Regner Rosies Liebhaber?«

Herbert lachte. »Nein, Hitch. Ihr Liebhaber war Hans Meyer.«

Hitchcock sackte gegen die Tür. »Ich hätte nie gedacht, daß er ein Spion ist. Die Besetzung hat einfach nicht gestimmt. Darum habe ich auch so gezögert, ihm eine Rolle in *Eine Dame verschwindet* zu geben. So heißt der Film, den ich als nächstes drehen werde.« Er fügte mit einem resignierten Seufzer hinzu: »Falls ich ihn überhaupt jemals drehen werde.« Sein Magen knurrte wieder, und er wünschte, daß ein Landgasthaus mit guter, solider englischer Küche aus dem Nichts auftauchen würde. Dann schoß ihm sein Cottage und der Mord an Martin Müller durch den Kopf. »Natürlich!« rief er.

»Natürlich was?« Herbert warf ihm von der Seite einen fragenden Blick zu.

»Nancy Adair hat Martin Müller ermordet!« Sein Adrenalin lief auf Hochtouren. »Hans Meyer kann es nicht gewesen sein; er war die ganze Zeit bei uns im Haus.«

»Sie hat auch Nicholas Haver ermordet, den falschen Lemuel Peach.«

»Das Mädchen greift ganz schön schnell zum Messer. O mein Gott. Mir wird richtig flau. Ich war ja *ganz* nah daran, ermordet zu werden. Sie hätte mich letzte Nacht bei Miss Farquhar leicht abmurksen können.«

»O nein, dann hätte sie ja auch Miss Farquhar umbringen müssen, weil Minnie Mouth . . . wie wir Miss Farquhar manchmal nennen . . . sie sofort der Polizei gemeldet hätte. Außerdem wußte sie über die Farquhar Bescheid und wählte ihre Pension wegen der Sicherheit aus, die sie sich darin erhoffte. Nein, Nancy Adair hätte irgendwo an einem einsamen Straßenrand halten und Sie dort ins Jenseits befördern können.«

»Wir standen ja an einem einsamen Straßenrand, als wir nachts im Nebel parkten. Da hätte sie mich leicht töten können.«

»Aber zu jenem Zeitpunkt, davon müssen wir ausgehen, war sie Ihnen schon verfallen. Es ist nämlich so, Hitchcock, Nancy Adair hat ein Laster, das nur wenigen Ausgewählten bekannt ist. Sie hat ein sogenanntes Fettmops-Faible, das heißt, sie schwärmt für dicke Männer, sie sind ihre geheime Leidenschaft.«

»Gott sei Dank habe ich meine Diät vorerst abgebrochen. Wann essen wir endlich?«

»Wir sind jetzt nicht mehr weit von Harborshire entfernt. Es muß hier irgendwo in der Nähe ein Gasthaus geben. Halt! Was ist das da vorn?«

Hitchcock spähte durch die Windschutzscheibe. »Ein Gasthof. Das Schild verspricht gutes Essen und Wein. Das Abendessen geht auf meine Rechnung.«

»Auf keinen Fall. Die britische Regierung lädt heute ein. Ich mache hier schließlich Überstunden.«

Eine halbe Stunde später stürzten sich die beiden Männer auf ihr Brathuhn. Beim Aperitif, einem Scotch mit Soda, hatte Hitchcock erfahren, daß sich Alma in einem geheimen Unterschlupf in Mayfair, der der Firma gehörte, in Sicherheit befand. Oskar, den Hitchcock dabei beobachtet hatte, wie er Alma überwältigte, hatte sich in die Gruppe eingeschlichen, die Alma entführen und als Geisel nehmen sollte, als Pfand für ihre eigene Sicherheit, wie Hitchcock kombinierte. Zu dem Zeitpunkt wollten beide Seiten, daß Hitchcock sie mit Hilfe von Regners Manuskript, das Nancy Adair aus ihrer Wohnung gestohlen hatte, zu dem Meisterspion führte. Hans Meyer war es gewesen, der sich am Telefon als Regner ausgegeben und auf diese Weise die

Hitchcocks fortgelockt hatte, und somit Nancy die Gelegenheit gab, mit einem Dietrich in die Wohnung einzudringen und das Szenarium mitgehen zu lassen.

»Ich habe mir doch gleich gedacht, daß sie zuviel über die Handlung im Manuskript wußte, als sie mich in King's Cross aufgabelte«, bemerkte Hitchcock.

»Na, jedenfalls«, sagte Herbert, »haben wir es so arrangiert, daß Oskar mit unseren Leuten im Regent's Park zusammentreffen sollte. Auf diese Weise hat man Ihre Frau gerettet.«

Sie aßen jetzt schweigend ihre warme Mahlzeit und genossen jeden Bissen. Beim Kaffee sah Hitchcock zu, wie Herbert sich eine Zigarre anzündete und zufrieden zurücklehnte, wobei er eher einem erfolgreichen Geschäftsmann glich, der mit einem Verhandlungspartner diniert, als einem berufsmäßigen Spion, dessen Mission sich ihrem Ende zuneigt.

»Woran denken Sie, Hitch?«

»Ich dachte daran, einmal gut durchzuschlafen.«

»Aber nicht hier, fürchte ich. Schauen Sie mal da rechts aus dem Fenster.«

Hitch sah den roten Lastwagen vom Zirkus auf der gegenüberliegenden Straßenseite parken. Das Fahrerhäuschen war verlassen. »Hartnäckiger Mistkerl, wie?« sagte Hitchcock. »Wie hat er uns hier wohl gefunden?«

»Hat er gar nicht.« Herbert blickte in den angrenzenden Schankraum. »Er steht mit einem Sandwich und einem Bier an der Bar. Er hat sich umgezogen, er trägt jetzt einen Overall.«

»Glauben Sie, daß er uns gesehen hat?«

»Er könnte uns in dem Spiegel an der Bar sehen, sobald er aufgehört hat, sein Essen hinunterzuschlingen. Abscheuliche Manieren hat der Mann.« Seine Sonnengläser waren ihm heruntergerutscht, und er schob sie sich wieder auf die Nase. Sie saßen in einer abgelegenen Ecke, die Herbert ausgewählt hatte, da er etwaige Gefühlsausbrüche, die sein entstelltes Gesicht auslöste, vermeiden wollte, besonders in einem Restaurant. Im Moment war nur noch ein anderer Tisch besetzt, und zwar von zwei feinen Damen, die bis über die Ohren in mittelmäßiges Essen und exquisiten Klatsch vertieft waren, wie Hitchcock es später formulierte. Ihre Stimmen waren äußerst tragend.

»Ich glaube, wir sollten jetzt zahlen«, sagte Hitchcock bedeutungsschwanger, »und dann versuchen, seiner Aufmerksamkeit zu entgehen, indem wir das Lokal durch die Hintertür verlassen.« Er machte dem Gastwirt ein Zeichen.

»Nehmen wir mal an, es gibt keine Hintertür.« Herbert schnipste lässig die Zigarrenasche in ein Schälchen.

»Es muß eine Hintertür geben. In Spionagethrillern gibt es immer eine. In meinen Filmen auch. So eine Hintertür ist sehr beruhigend.«

Während Herbert darauf wartete, daß man ihm die Rechnung brachte, sagte er: »Sie sind ein bemerkenswerter Mann, Hitch.«

»Nein, das bin ich nicht. Ich bin ein sehr schüchterner Mann, der sich in einer sehr einschüchternden Lage befindet. Ich denke, wenn mir daran gelegen wäre, könnte ich Sie bitten, mich sofort nach London zurückzufahren. Aber das kann ich jetzt nicht tun. Nicht, weil ich sonderlich mutig wäre, ich bin es nämlich nicht, sondern weil wir uns dem Ende der Spur nähern, und ich muß unbedingt wissen, wie die Geschichte endet. Ich kann jetzt nicht einfach aussteigen. Das würde ich mir nie verzeihen, und in gewisser Hinsicht glaube ich sogar, daß Alma mir auch nicht verzeihen würde.« Er wagte nicht, sich umzusehen und zu schauen, ob noch Gefahr an der Bar lauerte.

Herbert las seine Gedanken. »Er ist noch da. Er hat gerade ein neues Bier bekommen.«

Hitchcock rutschte auf seinem Stuhl herum. »Herbert, ich habe doch den Polizisten nicht ermordet, nicht wahr? Ich meine, mit einem blutbesudelten Messer aufzuwachen, das ist schon . . .«

»Natürlich nicht. Schüchterne Männer stoßen ihrem Retter kein Messer in den Rücken. Schüchterne Männer verkriechen sich, kauern in einer Ecke und machen komische Geräusche. Ich habe sie im Krieg und ich habe sie in den Puffs erlebt. Hans Meyer hat Angus McKellin umgebracht.«

»Dann war er es also *doch* an der Gegensprechanlage!«

»Natürlich. Wie hätten sie sonst ins Haus kommen können? Oskar hat uns alles erzählt, nachdem er Ihre Frau in unseren Unterschlupf gebracht hat. Hans hat sich auf der Treppe versteckt, die zum nächsthöheren Stockwerk führt. Als die anderen fort waren und der Kriminalbeamte, den man in der Telefonzelle gegenüber niedergeschlagen hatte, aufwachte und in Ihre Wohnung rannte, ging Hans ihm nach und tötete ihn mit dem Messer, das Sie in der Hand hielten. Oder vielleicht war Hans auch schon vorher in der Wohnung, wo McKellin ihn dann antraf und Hans ihn tötete.«

»Und er ist immer noch auf freiem Fuß?«

»Und wie.«

»Und wo ist Friedrich Regner?«

»Er befindet sich in Sicherheit.«

»Ist er wirklich krank?«

»Er liegt im Sterben. Die Nazis haben ihn letztes Jahr aufgegriffen. Sie hielten ihn in einem Krankenhaus fest, das sie für den Zweck eingerichtet haben, ihre Feinde systematisch zu zerstören. Ich erspare Ihnen die Details der bestialischen Methoden, mit denen man ihn dort gequält hat. Nachdem wir ihn in einer Geiselaustauschaktion herausbekommen hatten – übrigens eine sehr kostspielige Angelegenheit –, verbrachte er drei Monate in einem Schweizer Sanatorium. Ein Teil der Behandlung hat angeschlagen. Ein anderer leider nicht. Aber er ist ein wackerer Kämpfer. Er setzte die Arbeit an seinem Szenarium fort, und wir brachten ihn ins Land, damit er weiterhin daran teilhaben könne. Es war sein Wunsch, und wir waren es ihm schuldig.«

Der Wirt brachte die Rechnung, und Herbert bezahlte. »Sagen Sie bitte«, fragte Hitchcock den Mann, »gibt es hier einen Hinterausgang?«

Dem Wirt waren ausgefallene Wünsche nicht fremd. »Wenn Sie das WC suchen, wir haben fließend Wasser im Haus.«

»Nein, danke, eigentlich geht es um etwas anderes. Mein Freund hier« – er zeigte auf Herbert – »möchte es vermeiden, jemandem an der Bar zu begegnen.«

»Gerichtsvollzieher?« fragte der Wirt.

»So einfach ist es nicht«, sagte Hitchcock. »Wissen Sie, mein Freund hat eine Affäre mit der Frau des Mannes, und der Mann hat geschworen, ihn umzubringen, falls er ihn je zwischen die Finger kriegt.«

Der Wirt musterte Herbert mit unverhohlener Bewunderung. »Ach so ist das, was? Na, dann kommen Sie mal mit.« Er führte die beiden durch die Küche. Ihr Anblick hätte sie – wenn sie sie vor ihrer Bestellung besichtigt hätten – zur vorzeitigen Flucht veranlaßt. Hinter dem Gasthof standen etliche Mülltonnen, aus denen der Abfall quoll und an denen ein räudiger Hund herumschnüffelte. Der Wirt versetzte dem Hund einen Tritt, der winselnd das Weite suchte.

»Haben Sie herzlichen Dank«, sagte Hitchcock, der sich zurückhielt, seinerseits den Wirt zu treten, und eilte mit Herbert davon.

Der Mann an der Bar hatte noch flüchtig gesehen, wie der Wirt Hitchcock und Herbert zur Hintertür führte. Das Bierglas, das er gerade zum Mund führte, blieb mitten in der Luft stehen, als seine Hand erstarrte und seine Augen sich fassungslos auf die davoneilenden Figuren hefteten, die er im Spiegel hinter der Bar erkannte. Er setzte das Glas ab, steckte sein Wechselgeld ein und stürzte hinaus.

Herbert warf den Motor an. Sie fuhren in dem Moment los, als der Mann im Overall aus dem Gasthaus kam und auf den roten Lastwagen zulief. Herbert sah ihn durch den Rückspiegel. »Er kommt uns nach«, sagte er grimmig.

»Können wir ihn abhängen?« Hitchcock wunderte sich, warum seine Stimme eine Oktave höher klang als sonst.

»Lassen Sie uns beten.« Herbert beugte sich über das Lenkrad und drückte das Gaspedal hinunter. »Wir sind schon fast in Harborshire. Ich werde nach der nächsten Gelegenheit suchen, Sie irgendwo im Dorf abzusetzen, ohne daß er es merkt.«

»Nein. Wir stecken gemeinsam in der Sache. Sie haben mich gerettet. Sie sind mein Retter.« Hitchcock starrte gebannt in den Rückspiegel. »Kennen Sie nicht das berühmte chinesische Sprichwort? Das Leben eines Geretteten gehört seinem Retter.«

»Tut mir leid, Hitch, aber ich nehme keine Angebote für Neuerwerbungen entgegen. Ich reise mit leichtem Gepäck.« Der Lastwagen holte zwar nicht auf, aber sie befanden sich trotzdem in Sichtweite. »Wenn ich Sie abgesetzt habe, machen Sie sich nach Sir Rufus Derwent auf die Suche. Er ist das letzte Glied in dieser Kette. Er stellt mit Sicherheit die Verbindung zu dem Mann dar, den wir suchen.«

»Und wenn Sir Rufus selbst unser Mann ist?«

»Na, dann haben wir ihn doch beim Schlafittchen, stimmt's?«

»Aber er ist es nicht, nicht wahr? Dann hätten Sie ihn längst hopsgenommen.«

»Sir Rufus lebt in Saus und Braus.« Sie konnten bereits die Lichter von Harborshire erkennen.

»Warum denn auch nicht, er verfügt ja offenbar über ein beträchtliches Vermögen. Wenn man bedenkt, wie verschwenderisch er Madeleine Lockwood beschenkt hat.«

»Das war noch vom alten Geld, als Geld noch etwas wert war. Das meiste davon hat er 1929 beim Börsenkrach verloren. Danach ging es ihm ziemlich dreckig. Aber plötzlich und wie gerufen bekam Sir Rufus vor drei Jahren, als die Nazis an die Macht kamen, wieder neue Geldspritzen. Merkwürdig, oder?«

»Was Alma den kurzen Arm des Zufalls nennen würde. Ich glaube, wir haben ihn abgehängt.«

»Ich werde jetzt in die Channel Road einbiegen. Sie führt am Dorfrand entlang. Danach müssen Sie sich allein zu Sir Rufus durchschlagen. Sie wissen ja, das Haus heißt Die Neununddreißig Stufen.«

»Wie könnte ich das je vergessen? Hören Sie mal, Herbert, was geschieht mit Ihnen, was werden Sie tun?«

»Das Schwein loswerden.« Das Auto hielt mit quietschenden Bremsen. »Steigen Sie aus! Schnell!« Hitchcock hatte sich nicht mehr so behende bewegt, seit er in seinem Cottage von einer Feldmaus attackiert worden war. Er schlüpfte in eine Gasse, während Herbert in einer scheußlichen Abgaswolke verschwand. Hitchcock hielt sich so lange versteckt, bis der Zirkuswagen an ihm vorbeigefahren war. Er sprach ein Stoßgebet für Herbert, dann machte er sich auf die Suche nach Sir Rufus Derwents Villa.

Die Channel Road führte über Klippen, die schroff und gefährlich in die Tiefe ragten. Wütende Wellen krachten gegen die Klippen und schleuderten Wälle salzigen Schaums wie donnernde Raketen in die Höhe, die gegen die Felsen klatschten, um gleich darauf wieder emporgeschleudert zu werden. Der Wind pfiff und heulte, und obgleich der Himmel klar und sternengespickt war, fragte sich Herbert, ob sich vom Meer her nicht ein plötzlicher Sturm zusammenbraute. Der Lastwagen hatte ihn wiedergefunden, aber Herbert wußte inzwischen, wie er sich des Feindes zu entledigen hatte. Sie verließen jetzt das Stadtgebiet von Harborshire, wo die Landstraße sich den Berg hinaufschlängelte und immer schmaler wurde. Aus der Gegenrichtung waren ihm kaum Autos entgegengekommen. Herbert drosselte absichtlich das Tempo und ließ den Laster näher herankommen. Der Fisch schluckte den Köder, und der Lastwagen raste von hinten auf Herbert zu wie ein hungriger Hai, der Plankton sichtet. Die Straße war an dieser Stelle naß und rutschig, und Herbert merkte, wie die Reifen seines Wagens ins Schlingern gerieten. Der Lastwagen fuhr jetzt knapp einen Meter hinter ihm, bereit, in ihn hineinzusausen und ihn durch die hölzernen Leitplanken in einen sicheren Höllentod auf die darunterliegenden Klippen zu schicken. Herbert ging das einzige Risiko ein, das ihn retten konnte. Er bremste scharf und riß sein Fahrzeug nach rechts. Der Lastwagen traf ihn auf der linken Seite und geriet ins Schleudern. Er raste in die Leitplanke, sauste durch splitterndes Holz und stürzte über den Klippenrand. Herbert wartete geduldig ein paar Sekunden ab. Dann hörte er den ohrenbetäubenden Aufprall, kurz darauf die Explosion, und schließlich konnte er den Widerschein des in Flammen stehenden Wagens erkennen. Herbert seufzte, zündete sich eine Zigarre an und blieb still paffend sitzen. Wenn sich seine zukkenden Nerven erst einmal beruhigt hatten, würde er ein Telefon suchen und einen Bericht an London durchgeben. Anschließend wollte er sich auf die Suche nach Alfred Hitchcock begeben. Alles in allem war es ein ziemlich ungewöhnlicher Tag gewesen.

Von der Channel Road zum Zentrum von Harborshire führte ein steiler Kletterpfad bergaufwärts, dem Hitchcock natürlich überhaupt nicht gewachsen war. Der fast volle Mond beleuchtete seinen Weg, da das Dorf unter einem notorischen Mangel an angemessener Straßenbeleuchtung litt. Er wußte, daß Harborshire eine Künstlerkolonie war und früher einmal für seine Austern gerühmt wurde, die jedoch auf mysteriöse Weise verschwunden waren, nachdem Erosionen an der Küste ihre Betten zerstört hatten. Die Häuser, an denen er vorbeikam, waren pittoresk und ließen sich bestenfalls als drollig, um nicht zu sagen schäbig bezeichnen. Harborshire blühte im Sommer, und Hitchcock sah, wie die Dorfbewohner sich um einen frischen Anstrich ihrer Fassaden bemüht hatten, um dem Dorf seine berühmte sommerliche Farbe zu verleihen. Vollkommen erschöpft und atemlos erreichte er den Dorfplatz und ließ sich auf eine Bank sinken. Gegenüber stand die Statue eines Mannes, den er nicht erkannte, und er fragte sich, ob sie im Gedenken an einen unbekannten Künstler errichtet worden war. Der Wind schwoll an, und ebenso Hitchcocks Nervosität. Er hoffte, daß Herbert dem Zirkuswagen entwischt war. Er hoffte auch, daß noch irgend jemand unterwegs wäre, um ihm den Weg zur Villa Die Neununddreißig Stufen zu weisen. Dann wünschte er, sich nicht so durch die Mangel gedreht zu fühlen und so offensichtlich danach auszusehen, da sich seine Kleidung in einem jämmerlich abgerissenen Zustand befand, besonders nach dem Zwischenfall im Kornspeicher. Er schob im Dunkeln seinen Hut nach hinten, in der Hoffnung, daß ihm das ein forsches, verwegenes Aussehen verleihen würde, aber im Grunde seines Herzens wußte er, daß ein verwegenes Aussehen mit seiner Leibesfülle nicht zu vereinbaren war. Er dachte über die letzten achtundvierzig Stunden nach und staunte, wieviel sich in dieser kurzen Zeitspanne ereignet hatte. Die Charaktere, denen er begegnet war, setzten sich zu einem Kaleidoskop zusammen, das nur ein geistesgestörter Choreograph ersonnen haben konnte. Alma und Hans und die Leiche von Martin Müller spielten darin eine Rolle. Es enthielt Nancy Adair und Kriminalhauptkommissar Jennings und die Leiche von Angus McKellin. Oskar mit dem Zucken, ein Messer, das nach Hitchcock geworfen wurde, sowie die unheimlichen Straßenmusikanten. Miss Farquhar, die mit ihrer Cousine Miss Allerton eine Gavotte tanzte, und Madeleine Lockwood, die »There'll Be a Hot Time in the Old Town Tonight« sang, einen Schlager, den sie wahrscheinlich irgendwann einmal in ihrer Karriere in Angriff genommen und mit Erfolg vernichtet hatte. Miss Lockwood wurde von einem Mann in einem Indianerkostüm grob zur Seite geschubst, der seinerseits einem Zwerg namens Amor weichen mußte, der von siamesischen Zwillingen, einer Frau mit einem Stecknadelkopf und einer bärtigen Dame umringt war ... Eine Hand legte sich schwer auf seine Schulter, und Hitchcock schrie überrascht und verängstigt auf.

»Wollte Sie nicht erschrecken, Sir. Aber Sie haben mit sich selbst geredet.« Ein junger Schutzmann, der besorgt dreinschaute, stand neben ihm. Er konnte ja nicht ahnen, daß Schutzmänner, egal, welchen Alters, Hitchcock in helle Panik versetzten.

Hitchcock stand auf. »Ich spreche häufig mit mir selbst. Das ist ja die einzige Gelegenheit, eine intelligente Antwort zu erhalten.«

»Ich habe Sie noch nie hier gesehen, nicht wahr?« Er hielt seinen Polizeiknüppel mit beiden Händen nach vorn gestreckt, als wäre er ein Trapezkünstler, der auf seinen Einsatz wartet.

»Nein, das haben Sie nicht. Ich bin noch nie hier gewesen.« Bleib ruhig, du blöder Idiot, ruhig bleiben. Hör auf, so nervös zu sein, du machst ihn noch mißtrauisch.

»Und bei wem wohnen Sie?« Er blickte von oben auf Hitchcock herab, wie die meisten Leute.

Hitchcock überlegte schnell. »Ja, also eigentlich werde ich bei Sir Rufus erwartet.«

»Ach. Sie auch.«

»Ich auch, wobei?«

»Bei der Party.«

»Der Party?«

»Gehen Sie denn nicht zur Party?«

»Bei Sir Rufus?«

»Wo sollte heute sonst noch eine stattfinden?«

»Ich habe nicht die leiseste Ahnung. Ich komme nicht viel herum.«

Der Schutzmann beäugte Hitchcock mit scheinbar nicht gerade wohlwollender Neugier. »Wenn man Sie in den Neununddreißig Stufen erwartet, dann sind Sie hier, um seinen Geburtstag zu feiern.«

»Aber natürlich!« Hitchcock grinste. Was der Polizist auch tat. Hitchcock fühlte sich wohler. »Die Party.«

»Dachte mir doch, daß Sie zur Party wollen, so wie Sie angezogen sind.«

Hitchcock hätte ihm gern eine reingehauen, dann wurde ihm klar, daß er wie ein Penner aussah, und das kam ihm gerade recht. »Es ist natürlich ein Kostümfest.«

»Und wo haben Sie Ihre Maske gelassen?«

»Ach herrje«, sagte Hitchcock, der wie ein frecher Barockengel aussah, »ich wußte doch, daß ich irgend etwas vergessen habe.« Er spitzte die Lippen und sagte dann: »Darum habe ich Selbstgespräche geführt. Ich versuchte mich zu erinnern, was ich vergessen habe. Wie Sir Arthur Sullivan, der seinen verlorenen Akkord sucht.«

»Oh? Ist er auch in der Gegend?«

Der junge Mann war anscheinend nicht sonderlich mit Grütze gesegnet. Hitchcock war aber dankbar, denn er hätte ihm gefährlich werden können, wenn er auch nur ein bißchen Verstand hätte. »Können Sie mir sagen, wie ich zu den Neununddreißig Stufen komme? Ich habe mich offenbar verlaufen.«

»Selbstverständlich, Sir.« Er benutzte seinen Schlagstock als

Wegweiser. »Sie gehen quer über den Platz, an der Statue da vorn vorbei, und dann kommen Sie in die Mason's Lane. Sie laufen die Lane bis ganz nach oben hinauf . . .«

»Den Berg hinauf?« Der Polizist nickte, und Hitchcock sank das Herz.

»Wenn Sie oben angekommen sind, biegen Sie links ein und gehen ungefähr noch hundert Meter weiter. Dann sehen Sie eine Reihe von Stufen, genau neununddreißig an der Zahl. Die steigen Sie bis ganz oben hinauf . . .«, Hitchcock wünschte, er hätte einen Alpenstock dabei, ». . . und da ist dann schon die Villa. Sie können sie gar nicht verfehlen. Sie können sie schon von unten erkennen, besonders heute. Sie können das Orchester hören und den Schein der Lampions sehen, die an den Zweigen der Bäume aufgehängt sind. Alle sind gekommen. Sir Rufus' Geburtstag ist das Ereignis des Jahres.«

»Ich bin sicher, es wird genauso hoch hergehen wie an Guy Fawkes Day.«

»Da haben Sie richtig geraten. Ein Freudenfeuer gibt es auch. Es wird immer kurz vor Mitternacht angezündet. Passen Sie auf, wenn Sie hochgehen. Die Mason's Lane ist nicht besonders gut beleuchtet.«

»Ich werde schon aufpassen«, sagte Hitchcock und meinte es ernst. Er dankte dem Schutzmann und machte sich auf den Weg nach Sir Rufus Derwent und den Neununddreißig Stufen.

Eine vertraute Runde hatte sich bei Sir Arthur Willing im Büro versammelt – Jennings, Basil Cole und Nigel Pack. Sir Arthur Willing legte in diesem Moment den Telefonhörer auf die Gabel und wandte sich den anderen zu, die ihn erwartungsvoll anschauten.

»Sie sind in Harborshire. Leider haben sie sich trennen müssen.« Er wiederholte Herberts Bericht über die Geschichte mit dem Zirkuswagen. »Hitchcock ist jetzt allein.«

Basil Cole sagte: »Mr. Grieban wird ihn doch sicherlich wieder einholen.«

»Das hat er auch vor«, bestätigte Sir Arthur. Er erzählte ihnen, wie knapp die Rettung im Kornspeicher gewesen war. »Erstaunlicher Kerl, dieser Hitchcock. Absolut erstaunlich. Grieban hat ihm während des Abendessens angeboten, sich aus der Affäre zu ziehen, aber er hat es rundweg abgelehnt. Ich bin froh, daß wir auf ihn gesetzt haben. Basil, bestellen Sie uns ein bißchen Kaffee und Sandwiches, ja? Seien Sie ein guter Junge. Kopf hoch, Nigel, lange kann es jetzt nicht mehr dauern.«

»Oh, mir geht's gut, Sir. Nach einer Tasse Kaffee wird's mir noch besser gehen.« Nigel Pack setzte einen anderen Gesichtsausdruck auf.

»Und nun zu Ihnen, Mr. Jennings. Wie sieht's in Ihrem Gefängnis voller Monstrositäten aus?«

»Es sind die siamesischen Zwillinge, Sir Arthur, die uns Kummer machen, Helga und Lisl. Helga ist die Mutter des Zwerges. Eine Hyäne. Sie versteht sich nicht mit Lisl. Lisl beteuert lautstark ihre Unschuld, behauptet, daß sie niemals in irgendeinen Spionage-Mumpitz verwickelt war, aber gegen ihren Willen mitmachen mußte, weil sie offensichtlich keine andere Wahl hatte. Sie verfluchen und ohrfeigen sich pausenlos gegenseitig. Ein äußerst bizarrer Anblick. Was passiert mit Lisl, wenn sie sich als unschuldig herausstellt und man Helga verurteilt?«

»Woher zum Teufel soll ich das wissen?« entgegnete Sir Arthur und zündete sich seine Pfeife an. »Bin ich König Salomo?«

Alma Hitchcock war neugierig. Nach dem Abendessen hatte sie Dempsey und Brunhilde gebeten, ihr wenigstens einen Spaziergang in dem abgeschirmten Garten zu erlauben. Man hatte ihr den Wunsch gewährt, und Brunhilde begleitete sie. Alma sagte zu Brunhilde: »Sie haben wohl Angst, daß ich um Hilfe schreie?«

»Warum sollten Sie um Hilfe schreien? Hier sind Sie sicher. Und wenn Sie trotzdem schreien« – sie erhob eine fleischige Hand –, »würde ich damit Ihren Mund zuhalten.«

Alma schaute zum Himmel auf und fragte sich, wo Hitchcock wohl sei. Sie hoffte, daß auch er in diesem Moment irgendwo zum Himmel aufschaute und an sie dachte. Sie fragte Brunhilde: »Wem gehört dieses Zimmer da?«

»Welches Zimmer?«

»Dieses dort, gleich da oben.« Alma zeigte darauf. »Wo gerade das Licht angegangen ist.« Dempsey erschien am Fenster und zog die Vorhänge zu. »Befindet sich dort noch ein Gefangener?«

»›Gefangener‹ ist so ein häßliches Wort«, sagte Brunhilde. Sie hatte sich einen Pullover über die Schultern geworfen und hüllte sich jetzt enger darin ein. Es war kühl. Alma hatte man mit einem Tuch versorgt, aber sie spürte die Kälte nicht. »Sie sind ein Gast.«

»Und wer ist der Gast da oben?«

»Es gibt keinen anderen Gast.«

»Ich weiß, daß Sie nicht taub sind. Ich habe eben den Schrei gehört. Sie müssen ihn auch gehört haben.«

»Na schön, ich denke, es schadet nichts, wenn Sie's wissen. Obwohl sie mir gesagt haben, daß ich es Ihnen nicht erzählen soll.« ›Sie‹, dachte Alma, welche ›sie‹? »Es ist ein kranker Mann. Ein sehr kranker Mann. Er liegt im Sterben.«

»Warum ist er nicht im Krankenhaus?«

»Morgen wird er ins Krankenhaus gebracht.« Der Mann schrie wieder auf.

»Der arme Kerl, wie er sich quält«, sagte Alma. »Ich habe ein bißchen Pflegeerfahrung, vielleicht könnte ich mich nützlich machen.«

»Was könnten Sie schon tun? Man hat ihm alle Arten von Beruhigungsmitteln gegeben, aber sie zeigen keine Wirkung. Der Mann ist wirklich durch die Hölle gegangen. Verdammte Nazis.«

Verdammte Nazis. Endlich faßte Alma wieder Mut. Sie sagte: »Sie arbeiten für den britischen Geheimdienst, nicht wahr?« Brunhilde antwortete nicht. »Warum hält man mich hier fest? Warum darf ich nicht nach Hause gehen?«

»Weil Ihr Zuhause noch nicht sicher ist, Mrs. Hitchcock. Man hält Sie zu Ihrem eigenen Besten hier fest. Ihr Mann weiß, daß Sie hier sind.«

»Dann geht es ihm gut?« fragte Alma wißbegierig.

»Hoffen wir es.« Und Almas frischgewonnener Mut schwand wieder dahin. Ein erneuter Schrei drang aus dem Schlafzimmer.

»Bitte lassen Sie mich zu ihm gehen. Vielleicht hilft es ja schon, wenn ich mich nur an sein Bett setze und seine Hand halte.«

Brunhilde überlegte einen Augenblick, dann führte sie Alma wieder ins Haus und zum Schlafzimmer des kranken Mannes hinauf. Sie stießen mit Dempsey zusammen, der eben den Raum verließ. Brunhilde warf ihm einen Blick zu, der bewirkte, daß er ihnen nicht den Weg versperrte. Alma betrat das Zimmer, gefolgt von Brunhilde. Es war von einer einsamen Lampe erleuchtet, die in der Nähe des Bettes stand. Auf dem Tisch sah sie eine Anzahl unterschiedlicher Arzneiflaschen, Pillenröhrchen, eine Spritze und eine Schüssel, die Wasser und einen Schwamm enthielt. Auf dem Bett lag eine Gestalt, die in eine dünne Decke gehüllt war. Skelettfinger zerrten am Rand der Decke, und aus dem Mund kam anhaltendes, herzerschütterndes Stöhnen. Der Mann war völlig abgemagert, sein Körper verschrumpelt. Alma wünschte, daß er den Tod so sehr herbeisehnte wie der Tod ihn. Neben dem Bett stand ein Stuhl. Alma schob ihn näher an den Sterbenden heran und setzte sich.

Irgend etwas an ihm kam ihr bekannt vor. Sie betrachtete das ausgemergelte Gesicht und versuchte, sich ihn als einen gesunden und munteren Mann vorzustellen. Seine Augen öffneten sich flackernd, als hätte er ihre Anwesenheit gespürt, und hefteten sich auf ihr Gesicht. Die Lippen bewegten sich, aber sie formten keine Worte. Mein Gott, dachte sie, er lächelt ja. Er scheint zu glauben, daß er mich kennt.

Sie beugte sich vor. »Guten Tag. Wie fühlen Sie sich?« Eine dumme Frage, das wußte sie, aber gab es für Sterbende noch schöne Worte?

Er flüsterte etwas, und sie beugte sich weiter vor, um ihn verstehen zu können. »Ich wünschte . . . daß Hitler . . . sich so . . . fühlt . . . wie . . . ich . . . Alma . . .«

Und jetzt erkannte sie ihn. »O mein lieber, lieber Freddy«, rief sie, »was haben die mit Ihnen gemacht?«

Siebzehntes Kapitel

Hitchcock stieg langsam die neununddreißig Stufen hinauf, wobei er jede einzeln zählte. Er hörte die Musik, die von der Geburtstagsfeier nach draußen drang, und er sah den Schein der bunten Lampions. Je näher er seinem Ziel rückte, desto schneller schlug sein Herz. Nicht von der Anstrengung des Kletterns, sondern einer Vorahnung dessen, was ihn oben erwartete. Er dachte an Herbert Grieban und hoffte inständig, daß er den Wahnsinnigen am Steuer des Zirkuswagens überlistet und irgendwie ausgetrickst hätte. Als er die oberste Stufe erreichte, spielte das Orchester »Over My Shoulder«, einen Swing, den Jessie Mathews in ihrem letzten Film populär gemacht hatte; er wünschte sich, daß die berühmte Tänzerin und Sängerin anwesend sei, um ihn zu begrüßen. Er hätte sich über jedes bekannte Gesicht gefreut, das ihn willkommen hieß, und zu seiner Überraschung und großen Verblüffung waren sie alle da, schlenderten ins Haus hinein und wieder heraus und hielten Drinks und mit Speisen beladene Teller in der Hand.

Er sah mehrere Adolf Hitlers und die Marx Brothers und mindestens drei Noel Cowards. Ein Mussolini hüpfte in einem wilden Tanz mit der Jungfrau von Orleans auf dem Rasen herum. Durch die geöffneten Flügeltüren, die zum Ballsaal der Villa führten, konnte Hitchcock das Orchester erkennen, das von einem kadaverhaften jungen Mann mit einem schlechtsitzenden Toupet ähnlich einem Golfhügel dirigiert wurde. Während Hitchcock sich unter die raffiniert maskierte und kostümierte Menge mischte, bewunderte er den Einfallsreichtum einiger Gäste im Ballsaal. Es gab eine Greta Garbo und eine Marlene Dietrich und einen Winston Churchill und einen Clark Gable. Hinter den Tanzenden breitete sich ein üppig beladenes Büfett aus, vor dem ein hoffnungsvoller, aber unzulänglicher

Tarzan im Lendenschurz stand, der einen Körper zur Schau stellte, dem es sehr an Muskeln mangelte, zusammen mit einer Jane, der es sehr an Busen mangelte. Ein russischer Zar mühte sich unbeholfen mit einer chinesischen Kaiserin durch einen Twostep, und unmittelbar vor ihm befanden sich zwei Merkwürdigkeiten, ein Mann in einem Kostüm, das über und über mit Daumen behangen war, und eine Frau, deren Kostüm lauter Ohren zierte. Beide trugen Harlekinmasken.

»Hallo!« sagte der Mann leutselig zu Hitchcock. »Ich bin Tolpatsch, ganz Daumen. Und das ist meine Freundin, sie ist ganz Ohr. Und was sind Sie?«

»Ich bin ganz erledigt«, antwortete Hitchcock wahrheitsgemäß.

»Oh, er ist ganz erledigt! Ist er nicht göttlich?« sagte Ganz Daumen zu Ganz Ohr.

Ganz Ohr steckte ihm eine spindeldürre Hand entgegen und sagte: »Ich heiße Rosemary, jeder ist mir treu. Hihi.«

Hitchcock fragte sich, welcher der Anwesenden wohl sein Gastgeber sein mochte. »Ich nehme an, Sie brennen darauf zu erfahren, wie ich heiße.«

Ganz Ohr machte wieder Hihi. »Sie können meine Gedanken lesen!«

»Nicht gerade schwere Lektüre«, sagte Hitchcock. »Mein Name ist Alfred.«

»Er ist Alfred der Große!« sagte Ganz Daumen. »Stimmt's? Sind Sie nicht Alfred der Große?«

»Na ja«, sagte Hitchcock und dachte, wenn diese jungen Leute die Zukunft des Landes bedeuteten, dann saß das Commonwealth ganz schön in der Tinte, »ich bin in der Tat ziemlich großartig.«

»Ich finde Sie ausgesprochen einnehmend, hihi«, sagte Ganz Ohr. »Sie haben ja gar nichts zu trinken! Wo ist Ihr Drink?«

»Wenn Sie mir vielleicht den Weg zur Bar weisen könnten«, schlug Alfred vor. Sie zeigten auf einen Raum, der gleich hinter dem Orchester lag, das in diesem Moment mit »Just One of Those Things« Cole Porter schamlos hinterging. Das Gedränge der Maskierten wogte wie eine Mauer aus Menschenfleisch. Sehr vorsichtig bahnte sich Hitchcock einen Weg durch diese Mauer, wobei er freundlich lächelte und sogar plauderte oder höflich antwortete, wenn er angesprochen wurde.

»O Liebling«, schrie die Garbo zu Mussolini hinüber. »Hast du meinen Mann gesehen?«

»Ja, mein Schatz, vor wenigen Minuten!«

»Wo war er denn?«

»Am Rande der Verzweiflung.«

Eine Tallulah Bankhead hakte sich bei ihm unter und hinderte ihn am Weitergehen. »Ich bitte Sie, wer immer Sie auch sein mögen« – ihre Stimme war noch rauchiger als die der Bankhead –, »verwickeln sie mich in eine Unterhaltung. Schnell, Süßer. Ich versuche, diesen Trottel da hinter mir abzuhängen.« Ein Abraham Lincoln war ihr auf den Fersen. Hitchcock fand es verblüffend, daß die Amerikaner nicht nur die englische Filmindustrie, sondern auch die englischen Maskenbälle dominierten.

»Ist er irgend jemand, den Sie kennen?« erkundigte sich Hitchcock und hoffte, sie würde endlich ihren Klammergriff lockern.

»Ja, er ist mein Liebhaber. Morgen kriegt er den guten alten Tritt in den Hintern. Spuckt nicht einen Penny aus, um mich bei Laune zu halten. Er ist knickrig wie ein ungebügeltes Hemd.« Abraham Lincoln ging schnurstracks an ihnen vorbei.

»Ich glaube, er hält Ausschau nach grüneren Weiden«, bemerkte Hitchcock.

»Das macht nichts, mein Schatz«, sagte sie. Sie ließ Hitchcock los und rückte ihre Maske zurecht. »Unsere Affäre war eine einzige lange Grimasse. Wer sind Sie, Süßer; ist das eine Maske oder Ihr Gesicht?«

»Es ist mein Gesicht, das allerdings mitunter eine Maske sein kann. Wenn Sie mich nun entschuldigen wollen.« Er ließ die anstrengende Dame stehen und setzte seine Pilgerschaft zur Bar fort. Wie, fragte er sich, stelle ich es an, Sir Rufus zu demaskieren? Wahrscheinlich, beschloß er, indem ich einfach irgend jemanden frage, welches Kostüm er trägt. Er erreichte die Bar und lenkte nach einigem Winken die Aufmerksamkeit des Barkeepers auf sich, der ihm daraufhin einen Scotch mit Soda brachte. Dicht neben ihm tauchte Little Bo-Peep aus dem Nichts auf. Sie verlangte und bekam ein Ginger Ale, woraufhin sie ihren Hirtenstab gegen die Bar lehnte, Hitchcock mit ihrem Drink zuprostete und einen tiefen Schluck nahm.

»Den hab ich gebraucht, verdammt noch mal«, sagte Bo-Peep. Sowohl ihre Stimme als auch diejenige Hälfte ihres Gesichtes, die nicht von der Maske verdeckt wurde, bestätigten Hitchcock, daß die Zeit der Gutenachtgeschichten für Bo-Peep bereits ziemlich zurücklag und sie weit in die mittleren Jahre vorgerückt war. Sie fuhr ungefragt fort: »Diese Party ist eine einzige Langeweile. Wissen Sie was, Kolumbus hatte doch nicht recht. Die Welt ist flach. Genau wie dieses Ginger Ale. Was trinken Sie denn da?« Er sagte es ihr. »Ich sollte eigentlich nicht, aber ich tu's doch. Barkeeper!« Während man ihr einen Scotch mit Soda mixte, fragte sie Hitchcock: »Wir kennen uns nicht, oder?«

»Ich weiß es nicht. Wer sind Sie?«

»Ich fühle mich zwar wie der Geist vergangener Weihnachten, aber im richtigen Leben bin ich Angelica Thornwell.« So wie sie da stand und ihn erwartungsvoll anstarrte, rechnete Hitchcock mit einem Paukenschlag. »Ich bin Alfred«, sagte er.

Sie lüpfte die Maske, unter der ein Paar blaßgrauer Augen zum Vorschein kam, denen er anmerkte, daß sie damit mehr zu sehen vermochte, als einem vielleicht lieb war. »Sagt Ihnen mein Name nichts? Angelica Thornwell. Die Romanschriftstellerin.«

»Ach ja! Natürlich!« Er hatte noch nie im Leben von ihr gehört.

»Ich schreibe Kriminalromane!«

»Natürlich!« Kriminalautoren langweilten ihn. Sie waren immer so schrecklich angespannt.

»Haben Sie denn noch nichts von mir gelesen?« Ihr Mund schnappte auf und zu wie das Maul einer Schildkröte.

»Ich lese kaum Unterhaltungsliteratur«, log er galant.

»Dann schämen Sie sich! Ich habe während der letzten zwanzig Jahre über zwanzig Bestseller geschrieben.« Sie ergriff wieder ihren Hirtenstab und schwenkte ihn wie einen Zepter, während sie Hitchcock von der Bar wegführte. »Die Jahre haben mich wirklich gut behandelt. Die Kritiker nicht. Aber die können mir gestohlen bleiben, ich bin furchtbar reich. Da, schauen Sie mal aus dem Fenster.« Hitchcock schaute aus dem Fenster. In einiger Entfernung ragte hoch über einer Klippe, hinter der sich der Kanal ausbreitete, eine übergroße, protzig-häßliche Villa auf. »Das da haben mir meine Bücher eingebracht! Ist es nicht herrlich? Das ist mein Anwesen. Mein Mann hat es zu Ehren meiner Bücher »Weithergeholt« genannt.

»Ich muß unbedingt Ihren Mann kennenlernen«, sagte Hitchcock.

»Horatio ist aber nicht hier. Er haßt Parties. Vor allem haßt er Rufus' Parties. Um ehrlich zu sein, er verabscheut Rufus leidenschaftlich.« Sie lehnte sich verschwörerisch gegen ihn: »Bestimmt wissen Sie alles über Rufus und den Skandal, der ihn zu Fall gebracht hat.«

»Ich habe ein paar Gerüchte gehört«, antwortete Hitchcock unverbindlich.

»Horatio findet, das Familienmotto der Derwents sollte ›Unehre vor dem Tod‹ lauten. Nimmt kein Blatt vor den Mund, mein Horatio. Und zweifellos geht er in seinem Hobby auf.«

»Und das wäre?«

»Schmetterlinge. Und was machen Sie?«

»Ich habe kein Hobby.«

»Ich meine doch beruflich, Sie Dummkopf.« Sie stubste ihn neckisch mit dem Hirtenstab, den sie offenbar genauso geübt handhabte wie ein Dirigent seinen Taktstock.

Und jetzt, beschloß Hitchcock, kommt die Stunde der Wahrheit. »Ich bin Regisseur.«

»Beim Film?« Sie sah aus, als hätte sie soeben ihre entlaufenen Schafe wiedergefunden.

»Spielfilm.«

»Wie war noch gleich Ihr Name?« Hitchcock fand, wenn sie ihm noch weiter auf die Pelle rückte, würde sie gleich hinter ihm stehen.

»Ich habe Ihnen nur meinen Vornamen genannt, und der lautet Alfred. Der vollständige Name ist Alfred Hitchcock. Haben Sie schon von *mir* gehört?«

»Das habe ich in der Tat! Sie haben *alle* meine Romane als Drehbuchvorlagen abgelehnt! Sie böser, böser Mann, Sie!«

»Dafür müssen Sie nicht mir die Schuld geben. Geben Sie meinen Lektoren die Schuld.« Gib Alma die Schuld, die in meinen Augen in alle Ewigkeit ohne Fehl und Tadel sein wird.

»Vielleicht gefällt Ihnen aber mein neues Buch. Es erscheint nächsten Monat. Es handelt von einem Mädchen, das in Not geraten ist und eine Stelle als Gouvernante bei einem jungen Mädchen annimmt, die mit ihrem Vater, der Portchester heißt, in einem seltsam viktorianisch-gotischen Landhaus in der Nähe des Hochmoors lebt, und was aber diese junge Gouvernante, die Janette heißt, nicht weiß, ist, daß die verrückte Frau von diesem Portchester oben auf dem Dachboden hinter einer Eisentür in Ketten gefangengehalten wird und von einer treuen Dienerin, die sich als genauso geistesgestört entpuppt, versorgt wird und – na, wie finden Sie das?« Sie machte eine Pause, um Luft zu holen, und wartete darauf, daß Hitchcock die Kurzversion ihres Plots verdaute.

»Ich finde, daß es irgendwie nach einem Déjà vu klingt«, verkündete Hitchcock besorgt.

»Déjà vu in welchem Sinne?« In ihrer Stimme schwang eine Kampfansage mit.

»Meine gute Frau«, sagte Hitchcock und fragte sich, ob sie ihn vielleicht auf den Arm nehmen wollte, »Sie haben mir gerade die Handlung von *Jane Eyre* erzählt!«

Ihr Gesicht verzog sich zu einer unschönen Fratze. »Jane *Wer*? *Mein* Buch heißt *Janette in Gefahr*. Wie ich feststelle, sind Sie an diesem auch nicht interessiert. Wie kann jemand mit einem so schlechten Urteilsvermögen im Filmgeschäft weiterkommen? Wahrscheinlich haben Sie nur eingeheiratet. Sie müssen mich jetzt entschuldigen. Ich sehe gerade, daß mein Geliebter mir zuwinkt.«

Sie rauschte mit einem indignierten Grunzer an ihm vorbei,

und Hitchcock sah ihr nach, wie sie auf einen Adolf Hitler zusteuerte, der sie mit seinem Zeigefinger hypnotisch anzulocken schien.

»Sie ist ganz schön enervierend, finden Sie nicht?« Die Stimme gehörte zu einer Frau aus gutem Stall.

Hitchcock drehte sich um und stand der Kaiserin Joséphine gegenüber. Jedenfalls nahm er an, daß es Joséphine war, im Gegensatz zu Eugénie oder Carlotta, weil Napoleon Bonaparte an ihrer Seite war. Keiner der beiden trug eine Maske, und beide waren schon ziemlich betagt, obgleich sie sehr gut aussahen. »Bitte verzeihen Sie uns. Wir kamen nicht umhin, Ihr Gespräch mit anzuhören. Angelicas Stimme könnte ja auch Eichen fällen. Guten Tag, Mr. Hitchcock. Was führt Sie nach Harborshire?« Kaiserin Joséphine gewährte ihm die Gunst eines rätselhaften Lächelns.

»Ich suche einen Gentleman, dem ein Stückchen am kleinen Finger seiner linken Hand fehlt.«

Napoleon hob seine linke Hand. »So wie bei mir?«

»Guten Tag, Sir Rufus.« Er wandte sich der Kaiserin Joséphine zu. »Und Sie sind Lady Miranda, wie ich vermute?« Sie nickte. »Und der Gegenstand, der mich da in den Magen sticht, ist offenbar eine Pistole.«

»Eine sehr kleine Pistole«, sagte Sir Rufus. »Sie befindet sich seit vielen Jahren im Familienbesitz, von einer Generation an die nächste weitergegeben, wie ein Rezept für gefüllte Pasteten.«

Das Orchester spielte »The Very Thought of You«, und Hitchcock dachte an Alma und Patricia, und einen kurzen Augenblick lang auch an Herbert Grieban. Erstaunlich gefaßt sagte er: »Sie werden mich doch nicht etwa hier erschießen wollen.«

»Um Himmels willen, nein!« rief Lady Miranda. »Ich habe gerade die Fußböden bohnern lassen. Führen Sie doch freundlicherweise den Weg zur Halle an. Ich versichere Ihnen, es ist in Ihrem eigenen Interesse, wenn Sie keinen Aufstand machen. Wir haben viele Freunde hier.«

»Von denen sich die meisten, möchte ich meinen, als Adolf Hitler verkleidet haben.«

»Was sind Sie schlau! Rufus, ist Mr. Hitchcock nicht schlau?«

»O ja, das ist er. Es wäre mir lieber gewesen, wenn er in unserer und nicht in der gegnerischen Mannschaft mitgespielt hätte.« Er stieß Hitchcock wieder mit der Pistole an. Hitchcock wandte sich um und bahnte sich langsam durch die Gäste einen Weg zur Halle, während sich Rufus und Miranda dicht hinter ihm hielten.

»Mama? Papa? Wo wollt ihr denn hin?« Shirley Temple gesellte sich jetzt zu ihnen, die einen übergroßen Lutscher in der Hand hielt und an dem sie gelegentlich lasziv leckte. Ihre Lokken hingen in schlaffen Troddeln herab, und ihr bonbongestreifter Kleiner-Mädchen-Rock enthüllte ein Paar unglaublich wohlgeformter Beine.

»Wir wollten gerade zu unseren Zimmern hinaufgehen, um uns ungestört zu unterhalten, Liebling«, sagte Lady Miranda. »Kümmere du dich solange um die Party.«

»Hallo«, die Frau begrüßte Hitchcock, »Ihr Gesicht habe ich doch irgendwo schon mal gesehen.« Dann kam die Erleuchtung. »Ich weiß! In der Zeitschrift *Picturegoer!* Sie sind Filmregisseur!«

»Ich bin Alfred Hitchcock«, verkündete er, wobei er es klugerweise unterließ hinzuzufügen, daß er ein klein wenig in Bedrängnis geraten war.

»Genau, der Thrillerspezialist. Ich bin *deren* Tochter, Violet Pack.«

»Sehr erfreut, Miss Pack.«

»Mrs. Pack, obwohl ich's lieber nicht wäre. Was hast du denn da, Papa?« Sie sah die Pistole. »Oh. Na dann schau ich mal nach den Gästen.« Sie tänzelte davon und leckte dabei an ihrem Lutscher, während Sir Rufus Hitchcock mit der Pistole vorantrieb. Als sie in der Halle ankamen, machte Lady Miranda einem Lakai ein Zeichen, und als Hitchcock vor den beiden die Treppe hinaufging, gab sie dem Mann einige Anweisungen, die Hitchcock nicht hören konnte. Dann holte Lady Miranda Hitchcock und ihren Mann wieder ein, wobei sie ihren Rock anhob, um beim Stufensteigen nicht über den Saum zu stolpern.

Am Treppenabsatz lenkte Sir Rufus Hitchcock links herum. »Da vorn, rechts, die blaue Tür.« Hitchcock drückte die Klinke hinunter und öffnete die Tür. Auf einem Stuhl, der an der gegenüberliegenden Wand stand, saß Nancy Adair.

»Man trifft doch auf Parties immer wieder die merkwürdigsten Leute«, sagte Hitchcock.

»Es tut mir leid, Hitch. Es tut mir so leid«, sagte sie. Hitchcock hörte, wie die Tür hinter ihm zugemacht wurde. Die Pistole stach ihm nicht mehr in den Rücken. Sir Rufus und Lady Miranda waren zur Seite getreten. »Ich dachte, Sie seien tot. Ich dachte, ich hätte Sie Ihrem sicheren Tod überlassen.«

Hitchcock sagte: »Ich saß ziemlich in der Klemme, aber es ist mir gelungen, mich irgendwie herauszuwinden.«

»Aus dieser winden Sie sich nicht heraus«, sagte eine bekannte Stimme hinter ihm.

Hitchcock drehte sich um. Hans Meyer saß in einem Sessel vor einem Wandspiegel, der von der Decke bis zum Fußboden reichte. Hitchcock konnte sein eigenes Spiegelbild darin sehen, ebenso Nancy Adair und Lady Miranda, die auf einem kleinen Sofa Platz genommen hatte, sowie Sir Rufus, der sich gegen die Tür lehnte und seine Pistole auf Hitchcock richtete. Wäre da nicht die Pistole in Sir Rufus' Hand gewesen, sie hätten ein Gruppenbild abgegeben, das einer Salonkomödie von Noël Coward alle Ehre machen würde.

»Na, Hans, wie ich feststelle, sind Sie im Moment sehr beschäftigt. Sie werden wohl keine Zeit haben, in meinem Film aufzutreten.«

Hans Meyer lachte. »Das muß man Ihnen lassen, Hitch.« Hitchcock ärgerte der vertrauliche Ton, den der andere anschlug. »Sie sind wirklich ziemlich einmalig. Ich hätte gewettet, daß Sie heute abend nicht hier aufkreuzen. Ich war mir ganz sicher, daß Sie kneifen und sich der Polizei stellen würden.«

»Das wäre nicht nötig. Ich weiß ja, daß die Polizei von meiner Unschuld überzeugt ist. Denn die Polizei weiß, daß Sie diesen armen bedauernswerten Kriminalbeamten umgebracht haben.« Er wandte sich wieder Nancy Adair zu. »Und was *Sie* betrifft,

Rosie Wagner, Sie sind wirklich ein niederträchtiges Geschöpf. Die vielen Morde, die Sie begangen haben! Ich versichere Ihnen, Morden ist eine Phase, aus der man nie herauswächst.«

»O Hitch«, schluchzte sie, »ich wünschte, wir hätten uns unter anderen Bedingungen kennengelernt. Ich hätte Sie so glücklich gemacht.«

»Genau das hat Crippen zu seiner Frau gesagt, bevor er sie umbrachte. Nun, Sir Rufus, Sie wissen, warum ich hier bin.«

»Das weiß ich in der Tat. Aber das ist vergebliche Liebesmüh. Ich verrate meine Leute niemals.«

»Da habe ich aber etwas ganz anderes gehört. Ich muß schon sagen, Sie sind eine gemeine Bande, sich auf die Seite einer Nation zu schlagen, die in dem lächerlichen Versuch, den Gang der Geschichte zu beschleunigen, ohnehin dem Untergang geweiht ist.«

»Wie naiv Sie sind, Hitch«, sagte Hans. »Heute sind wir nur Deutschland. Aber morgen die ganze Welt.«

Es klopfte. Rufus ließ seinen Revolver von der rechten in die linke Hand wandern und öffnete Violet die Tür, die ein Tablett mit einem Glas Milch trug. Lady Miranda fuhr sie schroff an: »Was machst du denn hier? Wo ist der Diener?«

»Er war vom vielen Dienern so erschöpft, daß ich die Milch für Mr. Hitchcock gebracht habe.« Sir Rufus machte die Tür zu und nahm die Pistole wieder in die rechte Hand.

»Ich trinke keine Milch«, sagte Hitchcock und starrte gebannt auf das Glas, mit dem Violet langsam auf ihn zukam.

»Diese werden Sie trinken«, sagte Lady Miranda. »Heute abend werden hier keine Schüsse laut. Kommen Sie, Mr. Hitchcock, trödeln Sie nicht. Es ist ein ganz schmerzloser Tod.« Violet blieb einen Meter vor Hitchcock stehen. Ihre Blicke begegneten sich. In ihren Augen spiegelten sich Seelenqualen, und er hatte das Gefühl, als wolle sie ihm etwas mitteilen, oder klammerte er sich in seiner Verzweiflung nur an einen Strohhalm? Er mußte Zeit gewinnen, das Schreckliche hinauszuzögern, was für diese Leute anscheinend die einzige Lösung war. Es gab nur noch eine einzige Hoffnung, und das war Herbert Grieban. Wenn Grieban dem Lastwagen entkommen war, dann würde er sich zu den Neununddreißig Stufen durchschlagen, das wußte Hitchcock. Er hatte nicht die Absicht, diesen Leuten einfach sein Leben zu überreichen, so wie man jemandem eine Zigarette anbietet.

Er sagte zu Violet: »Sie wollen sich doch nicht an einem Mord mitschuldig machen, Mrs. Pack. Haben Sie denn noch nicht begriffen, ganz gleich, ob ich die Informationen, hinter denen ich her bin, bekomme oder nicht, daß man Sie alle verhaften und einsperren wird?«

»Wir werden gar nicht hier sein«, entgegnete Lady Miranda. »Im Kanal liegt ein Boot, das auf uns wartet. Es wird uns ins Ausland bringen, wo wir sicher sein werden.«

»Verstehen Sie, Mr. Hitchcock«, sagte Sir Rufus, »man hat uns angeboten, noch einmal von vorn anzufangen. Vielleicht meinen Sie, wir seien zu alt dafür; wir finden das nicht. Mr. Hitler hat uns Transsylvanien versprochen, dort wollen Miranda und ich herrschen. Violet wird uns begleiten, nicht wahr, Violet? Selbstverständlich ohne Nigel. Nigel ist Violets Mann, aber er mag uns nicht. Er hat so spießige Ansichten über unseren schlechten Ruf. Armer Irrer, wenn er das geahnt hätte, hätte er Violet nie geheiratet. Sie arbeitete vor zehn Jahren als Sekretärin beim britischen Nachrichtendienst. Ihren Namen hatte sie aus verständlichen Gründen geändert, sie hieß damals Violet Danvers.« Er gluckste. »Glauben Sie mir, als Nigel erfuhr, daß er bei den Derwents eingeheiratet hat, gab es einen Riesen-Skandal. Unser Schwiegersohn ist ein Assistent von Sir Arthur Willing. Ein *köstlicher* Scherz, finden Sie nicht auch, Mr. Hitchcock?«

»Nigel Pack«, sagte Hitchcock, »dann ist er es also, nicht wahr?« Violet lachte. »Ich hab's. Natürlich. So hat er Sie benutzt. Und darum ist er auch dem britischen Geheimdienst immer eine Nasenlänge voraus, weil er selbst zur Firma gehört!« Er sah, wie sich Hans Meyer, Rufus und Miranda Blicke zuwarfen. Nancy Adair starrte auf das Glas mit der Milch, während Violet Pack Hitchcock nicht eine Sekunde aus den Augen ließ.

»Mr. Hitchcock«, beharrte Lady Miranda, »seien Sie ein braver kleiner Junge und trinken Sie Ihre Milch.«

Hitchcock hörte ein lautes Krachen hinter sich. Nancy Adair schrie und sprang auf. Hans Meyer langte in seine Brusttasche und zog einen Revolver, dann sauste eine Kugel an Hitchcocks Kopf vorbei. Hitchcock suchte mit einem kühnen Sprung hinter dem Stuhl Deckung, den Nancy Adair gerade aufgegeben hatte; er sah Herbert Grieban, der auf einem Knie hinter den Trümmern der eingebrochenen Balkontür Stellung bezogen hatte. Herbert war nicht allein. Zwei Polizisten in Zivil standen ihm zur Seite. Hitchcock erfuhr später, daß sie zu einer Einheit des britischen Geheimdienstes gehörten, die in der Gegend stationiert war. Hitchcock hörte, wie die Schlafzimmertür aufgestoßen wurde, im selben Augenblick, als Sir Rufus auf Herbert zielte. Herberts Kanone bellte. Sir Rufus ließ seine Pistole fallen, griff sich an den Bauch und fiel tot zu Boden.

»Rufus!« kreischte Lady Miranda. »Rufus, Liebling!«

Violet Pack leerte das Glas Milch in einem Zug.

Die Tür gab nach, und weitere Männer tauchten auf. Hans Meyer, dem der Angstschweiß auf der Stirn stand, ließ seine Pistole fallen und hob die Hände. Nancy Adair schaute voller Panik auf Herbert Grieban. Hitchcock traute seinen Augen nicht, als er sah, was dann geschah. Griebans Kanone bellte ein weiteres Mal, und Nancy Adairs entsetzter Blick wich einem Ausdruck ungläubigen Staunens. »Hitch!« keuchte sie, »liebster Hitch.« Mit einem seligen Lächeln sank sie nieder, als Blut aus der Wunde an ihrem Herzen zu fließen begann, dann schlug ihr Kopf auf den Boden auf, und kurz darauf lag sie regungslos da.

Grieban war zu Hitchcock getreten. »Mußten Sie sie töten?« fragte Hitchcock, während man Hans Meyer und Lady Miranda festnahm.

»Eine Gerichtsverhandlung wäre zu teuer geworden«, knurrte Herbert. Er sah Hitchcock tief in die Augen. »Sie war für beide Seiten eine Todeskandidatin. Glauben Sie mir, was ich getan habe, war noch menschlich.«

Lady Miranda kämpfte mit ihrem Häscher, wobei sie für

jemanden, der so zierlich aussah wie sie, eine bemerkenswerte Stärke zeigte. »Meine Tochter! Sie braucht mich! Lassen Sie mich zu Violet gehen!«

Violet Pack saß auf einem Stuhl und wartete, daß das Gift seine Wirkung tat.

Lady Miranda schrie: »Im Badezimmer! Beeil dich! Im Medizinschränkchen ist das Gegengift!«

Violets Augen flehten Hitchcock an. Er ging zu ihr, während Herbert einen Beamten ins Badezimmer schickte. Er nahm ihre Hand; sie war kalt und feucht. »Nicht Nigel«, flüsterte sie. »Es war nicht Nigel.« Hitchcock hörte den Lärm, der unten im Ballsaal entstand, als man die Gäste verhaftete. Ob man die Adolf Hitlers wohl auch festnahm, fragte sich Hitchcock. Der Mann im Badezimmer hatte das Gegengift gefunden und kam damit angerannt. Violets Gesicht war schmerzverzerrt, als sie Hitchcock stöhnend einen Namen zuraunte. Dann sagte sie: »Der Herr vergebe mir!« Ihre Augen verdrehten sich, und Hitchcock hörte ihr gräßliches Todesröcheln, als sie in seine Arme sank. Hitchcock hob sie hoch und trug sie zu einem kleinen Sofa. Lady Miranda heulte hemmungslos wie ein höllischer Klagegeist. Hitchcock sah Grieban an.

»Violet hat mir den Namen genannt. Wer ist Basil Cole?«

Achtzehntes Kapitel

Basil Cole kannte seine Zelle gut. Während seiner Dienstzeit beim britischen Geheimdienst hatte er hier zahlreiche Verhöre durchgeführt. Er freute sich, daß man sie frisch gestrichen hatte. Er mochte den Geruch frischer Farbe. Das versprach einen neuen Anfang. Er war fast froh darüber, daß man ihn verhaftet hatte. Es schuf Ordnung. Es baumelten keine losen Fäden mehr herum, und falls es doch noch irgendwo welche geben sollte, würde er sie für Sir Arthur Willing gern an den richtigen Stellen verknüpfen. Er mochte und bewunderte Sir Arthur aufrichtig. Nach mehr als einem Jahrzehnt der Zusammenarbeit respektierte er den Mann wegen seiner Fairneß, seiner Intelligenz und der Art, wie er seine Abteilung leitete. Zugegeben, Willing hatte keinerlei Verdacht geschöpft, daß sich ein Verräter direkt vor seiner Nase eingenistet hatte, aber so wurde ja das Spielchen häufig gespielt. Basil Cole war nicht der erste Verräter in der Firma, noch würde er der letzte sein.

Er bedauerte, Nigel nicht eins auf die Nase gegeben zu haben, als Nigel ihm ins Gesicht spuckte, aber andererseits hatte er dem Mann jahrelang Hörner aufgesetzt. Violet war eine so beständige Geliebte gewesen. Nicht sonderlich leidenschaftlich, aber ausgesprochen beständig. Er hätte die Anzeichen erkennen müssen, daß sie an ihrer unglücklichen Ehe kaputtzugehen drohte und daß ihre Eltern wieder den alten unerfreulichen Kurs ansteuerten. Er hätte ahnen müssen, daß Violet einem neuen scheußlichen Familienskandal, der unweigerlich eingetreten wäre, nicht gewachsen war. Ihre jämmerliche Ehe, die sie nicht wagte zu beenden, hatte sie so oft in tiefste Verzweiflung gestürzt, daß Nigel die Symptome ihrer zermürbten und auseinanderbröckelnden Psyche hätte wahrnehmen müssen.

O Gott. Er begann, sich sein qualvolles Ende auszumalen. Sie werden ein Exempel an mir statuieren. Sie werden mich in der Presse und im Radio und weltweit in allen Medien hängen, bevor sie mich richtig hängen. Man sagt ja, daß es schnell geht. Man sagt, der Penis erigiert, und dann stirbt man. Was für eine Verschwendung. Was für eine Verschwendung von erigiertem Penis.

Hitchcock. Was für ein merkwürdiger Mann. Allein auf die Idee zu kommen, daß er die Exklusivrechte an meiner Lebensgeschichte besitzt. Eben hat ihm noch der Tod ins Gesicht gestarrt, und einen Augenblick später denkt er nur noch an den Stoff für einen Film. Basil durchmaß seine schmale Zelle vom einen Ende zum anderen. Na und, warum nicht? Warum eigentlich nicht meine Lebensgeschichte verfilmen? Laß mal überlegen. Was wäre ein guter Titel? *Der Märtyrer.* Zu plump. Na ja, irgend jemand wird sich schon noch einen passenden Titel einfallen lassen. Und wer soll mich spielen? Herbert Marshall? Paßt überhaupt nicht, außerdem hat er ein Holzbein. James Cagney? Gar nicht schlecht, falls sie sich dazu durchringen, gegen den Typ zu besetzen. Ich hab's! Ronald Colman! Colman, wie er in *Die Geschichte zweier Städte* gespielt hat.

»›Es ist etwas weit, weit Besseres.‹«

Perfekt. So, nachdem auch das in Ordnung gebracht ist – nun zu meiner Verteidigung.

»Ein Schlaganfall? Oh, die Ärmste! Aber wann? Heute früh?« Miss Farquhar machte mitleidige Schnalzgeräusche, während sich am anderen Ende der Leitung Miss Allerton eine Träne aus dem Auge wischte. »Arme Madeleine. Welche Seite ist gelähmt? Die linke oder die rechte? Oder ein bißchen von beiden?«

»Sie ist tot!« heulte die unglückliche Miss Allerton. »Sie ist in das große Varieté im Himmel eingegangen!«

»Oje, oje, oje«, sagte Miss Farquhar.

»Genau, wie es diese Zigeunerin vorausgesagt hat!«

»Welche Zigeunerin?«

»Die vom Zirkus Pechter. Herrje, das bedeutet das Ende einer Ära, wir nehmen Abschied von einer Frau, die schon zu Lebzeiten eine Legende war.«

»Das hat auch nur *sie* geglaubt«, sagte Miss Farquhar höhnisch. »Und nun erzähl mal, mein Schatz, wer erbt?«

Lady Miranda wurde es gestattet, an der Doppelbeerdigung ihres Mannes und ihrer Tochter teilzunehmen. Sie weigerte sich, in der Nähe von Nigel Pack zu stehen, der es genauso abscheulich gefunden hätte, neben ihr stehen zu müssen. Während der nächsten Tage lagen harte Zeiten mit Sir Arthur Willing vor ihm, aber er hoffte, daß er sich von jeglichem Verdacht freimachen und seine Stellung bei der Firma wieder einnehmen könne. Es war die einzige Arbeit, die er beherrschte. Er konnte sich keine andere vorstellen. Andererseits wußte er, daß Hitchcock einen neuen Spionagefilm in Vorbereitung hatte. Vielleicht konnte sich der Mann ja Nigel als seinen technischen Berater vorstellen. Vielleicht sollte er Hitchcock ein kurzes Schreiben schicken, in dem er ihm dies vorschlug. Heutzutage mußte man ein bißchen dynamischer sein, so wie Basil . . .

Dieses Arschloch. Dieser Verräter. All die Jahre hat er mich mit Violet betrogen, und ich hatte nicht die leiseste Ahnung. All die gemeinsamen Drinks und Mittagessen und Abendessen. Er war doch fast ein Bruder für mich! Schicksal, wie kannst du nur so grausam sein!

Lady Miranda hörte ein Schluchzen, blickte sich durch ihren schwarzen Schleier, den Mainbocher speziell für sie entworfen hatte, suchend um und sah einen weinenden Nigel Pack. In einem bösen Fauchen, das über die offenen Gräber tönte und laut genug war, um die Toten zu wecken, schrie sie ihn an: »Heuchler!«

»Hab ich nicht!« Klatsch.

»Hast du doch!« Klatsch.

»Meine Damen, meine Damen!« rief die Wärterin durch den Schlitz in der Zellentür. »Hören Sie auf, sich gegenseitig zu schlagen!«

»Ich kann ihren Anblick nicht ertragen!« brüllte Helga.

»Sie ist eine Verrätersau!« kreischte Lisl.

»Tut mir leid, Mädels«, sagte die Wärterin, »aber getrennte Zellen kann ich euch nun mal nicht anbieten.«

Hans Meyer lächelte in die Kameras der Wochenschau und winkte den Frauen zu, die ihm Blumensträuße zuwarfen und aufmunternde Worte zuriefen. Er war Englands neues Matinee-Idol, was er seinem kontinentalen guten Aussehen, seiner Lebensart und, angesichts seines Mißgeschicks, einer erstaunlichen Contenance verdankte. Pralinen, Kompott, Pasteten und Aspik wurden ihm in seine Zelle geliefert, neben Tausenden von Liebesbriefen und Heiratsanträgen.

»Sei tapfer, Herzchen!« rief eine Sekretärin. »Ich werde immer auf dich warten!«

»Isser nich fabelhaft, Vi?« fragte eine Verkäuferin ihre Kollegin.

»N richtigjehner Gentleman, das isser«, stimmte Vi ihr zu, »vonner allerbesten Sorte. Bin sicher, daß er unschuldig is.«

Die Polizisten schubsten Hans Meyer in die grüne Minna, und während der Wagen vom Gerichtsgebäude losfuhr, sagte der Fahrer zu dem Beamten, der neben ihm saß: »Haben Sie die eben gesehen? Die fette blonde Schlampe, die ihm Kußhändchen zugeworfen hat? Das war meine Alte!«

Freddy Regner durfte noch eine Rohschnittversion von *Eine Dame verschwindet* erleben. Hitchcock hatte dafür gesorgt, daß man ihn aus dem Krankenhaus in den privaten Vorführraum in der Wardour Street brachte. Freddy sah jetzt besser aus als bei seiner Begegnung mit Alma in dem Unterschlupf, aber sie wußten, daß er nur noch einige Monate, vielleicht sogar weniger, zu leben hatte. Erstaunlicherweise strahlte er immer gute Laune aus, obwohl er wußte, daß er sterben mußte. Auf seine Art war das Szenarium ein großer Erfolg geworden. Hitchcock hatte es zu einem Riesenerfolg gemacht. Freddy war aufrichtig glücklich.

»Freddy«, warnte ihn Hitchcock, »Sie müssen sich immer vor Augen halten – in diesem Film ist jede Ähnlichkeit mit lebenden oder toten Personen absolut ausgeschlossen.«

Alma saß neben dem Kinosessel, auf dem Hitchcock bald Platz nehmen würde, sie hielt ihr Notizbuch auf dem Schoß, bereit, sich während der anderthalbstündigen Vorführung Notizen dessen zu machen, was Hitchcock ihr diktierte. Vor ihr saß Herbert Grieban. Sein Gesicht war mit dicken Bandagen eingewickelt, das Resultat einer neu entdeckten Behandlungsmethode plastischer Chirurgie, der er sich bei einem Spezialisten in der Harley Street unterzog. Der Filmvorführer war noch nicht bereit, den Film abzuspulen, und Hitchcock setzte sich.

»Wann fangen die Gerichtsverhandlungen an, Herbert?« fragte Hitchcock.

»Das wird noch Monate dauern. Vielleicht Jahre. Es gibt noch so viel vorzubereiten. Sagen Sie mir, Hitch, werde ich den MacGuffin in diesem Film erkennen?«

»Wenn nicht, würde mich das ziemlich wundern.« Er rief dem Filmvorführer zu: »Worauf warten wir?«

»Momentchen noch!« rief der Vorführer zurück.

Momentchen, dachte Hitchcock. Na schön. Er hatte ja soviel Zeit, wie er wollte. Sein Abenteuer würde ihm immer frisch im Gedächtnis bleiben. Er erinnerte sich an jenen Nachmittag vor einigen Monaten, als er und Alma sich wiederfanden und wie sie, nachdem Sir Arthur Willings sie vernommen hatte, zu ihrem Cottage fuhren, um allein zu sein, und wie er Alma das ganze Abenteuer in seiner eigenen Version erzählt hatte. Er hatte jetzt noch ihr Gelächter im Ohr, als er sich schließlich, ganz heiser vom vielen Reden, zurücklehnte. »Worüber lachst du denn?«

»Über dich, du Unschuldsengel. Ist dir denn nicht klar, was du die ganze Zeit gewesen bist?«

»Nein. Was meinst du damit, was ich gewesen bin?«

»Mein Liebling«, sagte Alma und nahm seine Hand in die ihre, »du warst der MacGuffin!«

Sir Arthur kämpfte eisern gegen seine immer wieder aufwallenden Depressionsschübe an, aber es war ein schwerer Kampf. Basil Cole war wie ein Sohn für ihn gewesen, vielleicht ein etwas pedantischer Sohn, mit seiner Leidenschaft für Ordnung und

Sauberkeit. Nun ja, für ihn hatte sich jetzt wohl alles ordentlich und sauber gelöst, und die Zukunft hatte nichts mehr für ihn in petto außer der Schlinge des Henkers. Sir Arthur hielt ein flammendes Streichholz an seine Tabakpfeife und blickte Hauptkommissar Jennings an, der ihm an seinem Schreibtisch gegenüber saß. Ihre Arbeit war abgeschlossen. Die beiden Männer hatten mit der Zeit festgestellt, daß sie einander mochten. Heute abend wollten sie bei Simpson's am Strand zusammen dinieren. Im Augenblick waren sie dabei, noch einige kleine Details zu vergleichen, einige, die mit dem Fall Basil Cole zusammenhingen, andere, die von weniger Wert waren, aber dennoch in die Akte gehörten.

»Hör auf damit, Arthur«, sagte Jennings. »Man wird dich nicht wegen Basil Cole zur Rechenschaft ziehen, das weißt du doch.«

»Es gibt subtilere Wege der Abrechnung, mein Junge. Daß er mich all die Jahre hintergangen hat. Warum habe ich nichts vermutet? Warum hatte ich nicht die geringste Ahnung?«

»Warum kein anderer?« Jennings lächelte Sir Arthur an.

Sir Arthur kratzte sich am Kopf. »Na ja, wenigstens gibt es eins, wofür wir dankbar sein können.«

»Nämlich?«

»Daß Basil doch nicht schwul war.«

In dem Vorführraum näherte sich der Film seinem Ende. Hitchcock hatte Alma kaum etwas diktiert. Der Film war gut, sehr gut. Ihm fehlte nur noch der Vorspann, der Abspann und die Filmmusik, dann konnte er den Kinobesitzern vorgeführt werden. Margaret Lockwood hatte sich als eine grandiose Filmheldin entpuppt, eine himmlische in Not geratene Maid. Und auch dem jungen Michael Redgrave in seiner ersten wichtigen Rolle stand zweifellos eine große Filmkarriere bevor. Paul Lukas war ein herrlicher Schurke, obgleich Hitchcock sich hin und wieder vorstellte, wie Hans Meyer den Part gespielt hätte. Und natürlich war da noch die süße alte May Whitty als die kleine Spionin, die Lady, die verschwand. Jetzt kamen bereits die letzten Szenen, Lockwood und Redgrave, die beim britischen Geheimdienst eintrafen und versuchten, sich an die kleine Melodie zu erinnern, den geheimen Kode, den die alte Dame ihnen beigebracht hatte, falls sie London nicht lebend erreichen sollte. Sie traten beide in die Halle, die zum Büro des britischen Geheimdienstchefs führte, aber ihre Köpfe waren völlig leer. Dann öffneten sie die Tür, und am Klavier saß May Whitty, und die Melodie, die sie spielte, jagte allen vier Zuschauern im Vorführraum noch einen nachträglichen Schauer über den Rücken, als sie die Schlußszene betrachteten.

La-la-la-la . . . la-la-la . . .

George Baxt, geboren am 11.6.1923 in Brooklyn, schreibt für Bühne, Film und Fernsehen; lebt in New York; im Haffmans Verlag erscheinen seine Prominenten-Krimis. Bisher: *Mordfall für Dorothy Parker, Mordfall für Tallulah Bankhead, Mordfall für Greta Garbo, Mordfall für Noël Coward.*

G.K. CHESTERTON

ALLE GESCHICHTEN UM FATHER BROWN IN 5 BÄNDEN
NEU ÜBERSETZT UND HERAUSGEGEBEN VON HANSWILHELM HAEFS

I
Father Browns Einfalt
(The Innocence of Father Brown, 1911)

II
Father Browns Weisheit
(The Wisdom of Father Brown, 1914)

III
Father Browns Ungläubigkeit
(The Incredulity of Father Brown, 1926)

IV
Father Browns Geheimnis
(The Secret of Father Brown, 1927)

V
Father Browns Skandal
(The Scandal of Father Brown, 1929)

Jeder Band enthält einen Anhang mit Anmerkungen;
der erste Band bringt eine biographische, der
letzte eine bibliographische Skizze.
Einbandzeichnungen von
Tatjana Hauptmann

HAFFMANS VERLAG

AMBROSE BIERCE

GESAMMELTE WERKE IN EINEM BAND

HERAUSGEGEBEN VON GISBERT HAEFS

Buch 1

Des Teufels Wörterbuch

Deutsch von Gisbert Haefs

Buch 2

Geschichten aus dem Bürgerkrieg

Deutsch von Jan Wellem van Diekmes

Buch 3

Horrorgeschichten

Deutsch von Gisbert Haefs

Buch 4

Lügengeschichten und Fantastische Fabeln

Deutsch von Viola Eigenberz

und Trautchen Neetix

Außerdem

Ambrose Bierce – Allein in schlechter Gesellschaft

Eine Biographie von Roy Morris

HAFFMANS VERLAG

George Baxt · Mordfall für Dorothy Parker

GEORGE BAXT

Mordfall für Dorothy Parker

KRIMINALROMAN

AUS DEM AMERIKANISCHEN
VON
RUTH KEEN

HAFFMANS VERLAG

Die Originalausgabe
»The Dorothy Parker Murder Case«
erschien 1985 bei William Collins Sons & Co. Ltd

Anmerkungen der Übersetzerin
am Schluß des Bandes

Die deutsche Erstausgabe erschien
1992 im Haffmans Verlag.

Für die Brickels –
Gail, Steve, Elsie und Matthew

Veröffentlicht als
Haffmans-Kriminalroman Nr. 26, Sommer 2000
Umschlagbild von Michael Sowa

Gesamtherstellung: Ebner Ulm
ISBN 3 251 30126 8

Erstes Kapitel

Nachdem sie sich die Pulsadern aufgeschnitten hatte, blieb Dorothy Parker in ihrem Badezimmer sitzen und wartete geduldig auf Rettung. Ihre zarten Hände ruhten im Waschbecken, das fast bis zum Rand mit warmem Wasser gefüllt war. Frühere Versuche, sich die Pulsadern aufzuschneiden, waren unsauber und schmerzhaft gewesen, und eine hilfsbereite Krankenschwester in St. Luke's hatte ihr für zukünftige Anlässe geraten, es mit Eintauchen in warmem Wasser zu probieren. Sie hatte Selbstmord bei Mrs. Parker als chronisch diagnostiziert. Einer von Mrs. Parkers wachsender Berühmtheit beeindruckten Schwesternschülerin hatte sie anvertraut: »Diese halbherzigen Selbstmörder sind alle gleich. Wollen nur Mitleid, ein freundliches Wort. Oder sie machen's, um das arme Schwein zu erpressen, das sie hat sitzenlassen. Der ganze Sinn und Zweck ist, dem Scheißkerl Schuldgefühle zu verpassen, wenn er hört, daß sie sich mit einer scharfen Rasierklinge verabschieden wollten. Diese hier hat zum Beispiel nicht tief genug geschnitten. Nur ein paar Kratzer auf der Haut. Wenn sie's ernst gemeint hätte, wäre sie vom Dach gesprungen.«

»Ich habe Höhenangst«, erklärte Mrs. Parker der Krankenschwester. Die wurde rot. Sie hatte angenommen, die Patientin sei nicht bei Bewußtsein.

»Ganz ruhig, meine Liebe«, sagte die Schwester, die sich schnell wieder faßte. » Mr. Woollcott sitzt im Wartezimmer.«

»Und worauf wartet er?«

»Er will Sie nach Hause bringen.«

Diese Szene hatte sich vor zwei Jahren abgespielt. Wer hätte gedacht, daß sie nun bei der Wiederaufnahme des Stückes abermals die Hauptrolle spielte. Wieder saß sie hier und wartete darauf, von Alexander Woollcott gerettet zu werden, der sie vor fünfzehn Minuten zum Lunch im Algonquin hätte abholen sollen. Sie starrte auf ihre Armbanduhr, die auf dem Waschbecken an der Wand lehnte, unterm Spiegel, vor dem sich Mrs. Parker soeben schamhaft abwandte, nachdem sie sich dort gesehen hatte. Alec hatte sich verspätet, und das Wasser im Becken verfärbte sich allmählich zu einem bedrohlich leuchtenden Rot. Ich verliere eine Menge Blut, dachte Mrs. Parker, wiewohl noch nicht sehr beunruhigt. Die Sache könnte tödlich enden. Mrs. Parker seufzte. Das Blut einer Dichterin. Tot, bevor ihre Zeit gekommen war. Nur ein dünnes Konvolut von Werken, das als Beleg ihrer dreißig und ein paar Jahre auf dieser Erde herhalten mußte. Sie dachte an *Enough Rope,* ihre erste Gedichtsammlung, die demnächst bei Boni & Liveright erscheinen sollte, und an den Pulitzer-Preis, den man ihr postum verleihen würde. Sie dachte an Harold Ross, Herausgeber und Verleger des *New Yorker,* und an die Kolumne mit ihren Buchbesprechungen, die schon zwei Tage überfällig war. Zum Teufel mit Ross, zum Teufel mit allen Buchbesprechungen und zum Teufel mit der ganzen kreativen Schreiberei. Ich will verliebt sein.

Sie spürte, daß sie langsam eindämmerte, und richtete sich auf. Sie unterdrückte ein Gähnen. Sie sah auf die Armbanduhr. Woollcott war schon zwanzig Minuten überfällig. Dieser fette Esel. Wenn sie sich mal einen Augenblick nichts vormachte, mußte sie sich eingestehen, daß sie den Kritiker eigentlich gar nicht mochte. Androgyne Leute widerten sie an, und Alec war in ihren Augen zum Kotzen. Als Kritiker hatte er schauderhafte Vorlieben und ekelhafte Vorurteile. Was seine Schreiberei im allgemeinen anging, hätte sie sich oft gewünscht, das Alphabet sei nie erfunden worden. Wenn sie sich gegenseitig Spitzfindigkeiten an den Kopf warfen, so bezichtigte sie ihn regelmäßig, aus der Hüfte zu kalauern. Andererseits hatte er auch seine onkelhafte Seite. Ihr Blick wurde weich bei dem Gedanken daran. Er konnte freundlich und aufmerksam sein. Er konnte warm und herzlich sein. Ja – aber nicht oft. So wie jetzt. Ich sterbe hier, du Hund, und wo steckst du? Sie unterdrückte ein weiteres Gähnen, schüttelte den Kopf, um sich wach zu halten, und überlegte, ob sie frisches Wasser ins Becken einlassen sollte.

Ihr Kopf fiel nach hinten. Sie starrte die Decke an. Dort sah sie das Gesicht ihres letzten Liebhabers, Richman Seward Collins. Verschwinde bloß, Richman, verschwinde. Du bist aus meinem Leben gegangen, also halt dich raus aus meinem Leben. Warte nur, bis du erfährst, daß ich versucht habe, Selbstmord zu machen. Du egoistischer Schafskopf. Du wirst in ganz Europa damit herumprahlen, daß du es warst, der mich da reingetrieben hat.

»Wie kann man sich nur so oft verlieben?«

Sara Murphys Gesicht trat an die Stelle des letzten Liebhabers. Es war die Sara aus der Erinnerung an jenen warmen Nachmittag vor nur ein paar Monaten, als sie ihr auf der Außenterrasse eines Cafés in Cap d'Antibes gegenübersaß. Sie war Gast im Hause von Sara und deren Mann Gerald; damals, als die Geschichte mit Richman Collins noch sehr intensiv war. »Also bitte, Dottie, verrat mir mal: Wie kann man sich nur *so* oft verlieben?«

»Ich habe eben keinen Geschmack.« Mrs. Parker nippte an ihrem Apéritif und wartete auf Saras Protest. Es kam keiner. Mrs. Parker versuchte ihre Verärgerung zu überspielen, indem sie sich in ihrem Korbstuhl zurücklehnte und die Arme verschränkte. »Übrigens ist Richman klasse. Es gibt genug Puppen, die ihn für das Gelbe vom Ei halten.«

»Sicher, attraktiv ist er«, lenkte Sara ein. »Aber aus euch wird nichts. Ihr paßt vom Naturell her nicht zusammen. Dieser ewige Streit!«

»Haben wir sehr viel Krach gemacht?« Sie sah aus wie ein unartiges Kind, und Sara mußte dem Drang widerstehen, ihre Freundin über den Tisch hinweg in den Arm zu nehmen.

»Liebe ist nie ganz einfach für dich, nicht wahr, Dottie?«

»Für wen ist sie das schon, wenn die erste Leidenschaft abflaut?«

»Gerald und ich lieben einander noch immer.«

»Ja, ich weiß. Wie haltet ihr das nur aus?« Die Murphys hatten obendrein noch drei Kinder und waren fürchterlich reich. Aber das war Richman auch. »Ich frage mich, ob sein Nomen ein Omen ist.«

»Wessen Name?« fragte Sara, von dem Gedankensprung leicht verdutzt.

»Richmans. Reicher Mann - kapiert?«

»Kapiert. Zurück an Absender.«

»Er ist so fürchterlich reich. All die Tabakläden, die seiner Familie gehören.« Sie faltete die Hände in ihrem Schoß. »Er gibt mir Geld. Er hat alle meine Schulden bezahlt. Gut, aber heißt das, daß er mich aushält?«

»Nein, das heißt nur, daß er dich abhält.«

»Wovon?«

»Vom Schreiben.«

»Ich schreibe nicht gern.«

»Was kannst du denn sonst?«

»Ich habe schon oft daran gedacht, für die Polizei zu arbeiten«, sagte Mrs. Parker. Sara rutschte unbehaglich auf ihrem Stuhl herum. »Na schön, sag's ruhig, warum nicht?«

»Wenn du dich schon als Detektivin betätigen willst, könntest du gleich mal untersuchen, warum du dich immer wieder in diese Mistkerle verliebst. Nimm zum Beispiel deinen Mann . . .«

»Nimm du ihn, ich kann ihn nicht ausstehen. Ich habe ihn seit sechs Jahren nicht mehr gesehen.«

»Er ist ein Alkoholiker. Wußtest du nicht, daß er Alkoholiker ist, als du ihn geheiratet hast?«

»Dafür war keine Zeit. Er ging vom Altar direkt zur Armee. Von dort kam er als Morphiumsüchtiger nach Hause. Armer Ed.«

»Warum läßt du dich nicht von ihm scheiden?«

»Ja, ja, das erledige ich auch noch eines Jahres.«

»Und was war mit Charley MacArthur?«

»Was soll mit ihm gewesen sein?« Mrs. Parker wirkte unangenehm berührt.

»Er hat dich so weit gebracht, daß du einen Selbstmordversuch unternommen hast.«

Angestrengt betrachtete Mrs. Parker die Segelboote auf dem Mittelmeer. »Charley war etwas Besonderes.«

»Ja, noch so ein Säufer.«

»Alle Zeitungsleute sind Trinker. In der ganzen Algonquin-Meute gibt's doch keinen, der nicht dauernd eine Fahne hat, ausgenommen die halbe Stunde morgens nach dem Aufstehen.«

»George S. Kaufman trinkt nicht.«

»Wir werden ihn schon rumkriegen.«

»Und dann gab's da noch Ring Lardner.«

Mrs. Parker richtete plötzlich empört die Stacheln auf. »Wer hat dir von Ring und mir erzählt?«

»Du. Den ganzen Winter lang, damals.«

Mrs. Parker nestelte am Saum ihres Kleides herum. »Mein Leben ist ein offenes Buch. Aber es ist kein Bestseller. Bestellen wir noch einen Drink.«

Die Luft im Bad war zum Ersticken. Nur so eine blöde Kuh wie ich kommt auf die Idee, an einem der heißesten Tage im August einen Selbstmordversuch zu machen, dachte Mrs. Parker. Auf ihrer Stirn stand Schweiß, und die Augen wurden feucht, als sie an MacArthur und Lardner und ihre unerwiderte Liebe zu Bob Benchley dachte. Sie dachte an Edwin Parker und mußte sich eingestehen, daß sie nie in ihn verliebt gewesen war, sondern ihn geheiratet hatte, weil sie es leid war, Miss Rothschild zu sein. Sie wollte Mrs. Irgendwer sein und ihrer verhaßten Stiefmutter beweisen, daß sie sehr wohl in der Lage war, die Aufmerksamkeit eines Mannes auf sich zu lenken und ihn zu erobern. Schöner Gewinn. Wieder begann der Schlaf sie zu übermannen. Sie ließ den Kopf hängen und döste vor sich hin.

Es war am vergangenen Freitag im Algonquin. Einige der Stammgäste saßen mit Mrs. Parker am Round Table im Rose Room. Franklin P. Adams, der aussah wie eine Taschenratte mit Schnurrbart, betrat den Raum und bemerkte: »Es muß ein

Leben auf dem Mars geben. Hier gibt es jedenfalls keines.« Als er sich setzte, nahm er Mrs. Parker zur Kenntnis. »Wann bist du aus Europa zurückgekommen?«

»Gestern abend.«

»Und darf man fragen, was aus Mr. Collins geworden ist?«

»Schau hinter mich. Ich habe ihn abgeschüttelt.«

»Schade um das viele Geld.« Er warf Robert Benchley, der neben Mrs. Parker saß, einen fragenden Blick zu. Benchley zuckte die Achseln. George S. Kaufman, der die Speisekarte studierte, fragte Mrs. Parker, was sie essen wolle.

»Meine Jungen.«

»Sind nur wir vier zum Lunch versammelt?« fragte F.P.A., während er einem Kellner ein Handzeichen machte, ihm einen Drink zu bringen.

»Wenn wir Glück haben«, sagte Kaufman. Dann sah er, wie Alexander Woollcott eintraf. »Wir haben kein Glück.«

Woollcott erspähte Mrs. Parker und hielt abrupt im Gehen inne. »Mein Gott!« rief er mit einer lautstarken Stimme, die die Aufmerksamkeit des ganzen Raumes auf sich lenkte. »Da sitzt ja das Waisenkind des Sturms! Meine Liebe, meine Liebe, willkommen daheim.« Mrs. Parker machte sich steif, als er zu ihr trat und ihre Wange küßte.

»Wo ist der Liebhaber?«

»Ich habe ihn im Karteikasten meiner Lebensgeschichte abgelegt.« Mrs. Parker hob ihre Teetasse und nippte an ihrem Gin. F.P.A.s Drink kam, und er hob seinerseits die Tasse, um Mrs. Parker zuzuprosten. Woollcott ließ seinen massigen Körper auf einen Stuhl neben Mrs. Parker sinken. Liebevoll tätschelte er ihre Hand.

»Schön, daß du wieder da bist. Wenn du Zeit hast, kannst du mich zu einem der Sommerkonzerte in der Aolian Hall begleiten.«

»Dirigiert Toscanini?«

»Dafür würde ich nicht meinen Taktstock ins Feuer legen«, erwiderte Woollcott prompt.

Mrs. Parker stöhnte. Sie hörte, wie Woollcott laut nach ihr

rief. Die Wohnungstür öffnete sich, und der Hausmeister stand im Türrahmen, wurde jedoch sogleich von Woollcott beiseite geschoben, der jetzt in ihr kleines Apartment stürzte. »Dottie. *Dottie!* Wo steckst du zum Teufel?«

»Der Telefonhörer liegt neben der Gabel«, sagte der Hausmeister ungefragt, während er die abgestandene Luft des Zimmers schnüffelnd einzog. Woollcott hatte Mrs. Parker gefunden.

»Herrgott noch mal, nicht schon wieder!« Er griff sich ein paar Handtücher, trat rasch zu Mrs. Parker und versorgte ihre blutenden Handgelenke mit einer Geschicklichkeit, die er schon als Krankenpfleger während des vergangenen Weltkrieges unter Beweis gestellt hatte.

»Ich wußte, daß du mich retten würdest«, sagte Mrs. Parker. Ihr theatralischer Unterton erinnerte Woollcott an Maude Adams in *Peter Pan,* die allabendlich ihr Publikum aufforderte, an Feen zu glauben.

»Natürlich wußtest du es«, entgegnete Woollcott barsch, »wir waren schließlich zum Lunch verabredet.« Überall im Bad waren Blutspritzer zu sehen. Der Hausmeister stand in der Tür und schnalzte abfällig. Der klägliche Zustand der Wohnung und die Schweinerei im Bad waren für ihn Beweis genug, daß Mrs. Parker eine genauso große Schlampe war wie seine Frau. Woollcott wandte sich dem Mann zu und warf ihn kurz entschlossen aus der Wohnung. »Danke, daß Sie mich mit dem Generalschlüssel hereingelassen haben. Wie Sie sehen, hat sich Mrs. Parker beim Maniküren verletzt.« Der Hausmeister schüttelte angewidert sein Haupt und ging schnalzend hinaus. Woollcott musterte Mrs. Parker strengen Blickes, während er eines ihrer Handgelenke mit einer Rolle Verbandmull umwickelte, die er im Medizinschränkchen gefunden hatte. »Warum schaffst du dir nicht gleich Reißverschlüsse für die Handgelenke an?«

»Sei nicht so gemein.« Ihre Stimme klang so weich, daß er sich anstrengen mußte, sie zu hören. »Dieses Mal habe ich es ernst gemeint. Ich will wirklich sterben.«

Woollcotts Eulengesicht verformte sich zu einem Ausdruck des Mitgefühls. »Kein Mann ist das wert. Und außerdem hast du dir noch gar nicht genug Zeit gelassen, über Collins hinwegzukommen.« Nachdem das linke Handgelenk bandagiert war, konzentrierte er sich auf das rechte. »Das sieht ziemlich übel aus.«

»So übel wie unser letzter Streit in Paris. Ich wurde so wütend, daß ich die Armbanduhr, die er mir geschenkt hat, aus dem Fenster geworfen habe. Und weißt du, was der Mistkerl da macht? Er rennt auf die Straße raus, um sie zurückzuholen. Stell dir das mal vor! Ohne sich auch nur mit einem Wort zu entschuldigen oder abzumelden, läßt er mich mitten im Zimmer stehen und rennt irgendeiner teuren Scheißuhr hinterher. Er könnte sich Dutzende von den verdammten Dingern kaufen und würde nicht mal merken, daß seine Geldberge kleiner werden!«

»Ich kann mir vorstellen, daß es einen schmerzt, wenn man an zweiter Stelle hinter einem Schmuckstück rangiert, aber wir setzen nun mal alle unsere Prioritäten anders. Ich sollte dich eigentlich zu einem Arzt bringen, aber dazu haben wir jetzt keine Zeit.«

»Wozu die Eile? Appetit habe ich jetzt ganz bestimmt nicht.«

Er half ihr aus dem Badezimmer heraus. Angeekelt blickte sich Woollcott in der Wohnung um. »Wie kann man nur in einem solchen Dreckloch hausen! Wann hast du zum letztenmal dieses Zimmer saubermachen lassen?«

»An Neujahr, glaub ich.« Sie ließ sich in einen Sessel fallen und betrachtete nachdenklich ihre verbundenen Handgelenke. »Alec, sei ein Schatz und schau in die oberste Schublade vom Toilettentisch. Da sind ein Paar wunderschöne Samtarmbänder, die ich extra für diese Anlässe habe entwerfen lassen.« Woollcott schleppte sich schwerfällig durch den Raum, fand die Armbänder und sah dann zu, wie sie ihre Bandagen darunter verbarg. »Na bitte!« rief sie und stellte stolz ihr Werk zur Schau. »Sind sie nicht hinreißend?« Woollcott schaute auf seine Armbanduhr und setzte sich dann Mrs. Parker gegenüber.

»Kaufman steckt in der Klemme.« Er sah zu, wie sie sich mit einem Streichholz eine Zigarette anzündete.

»Ist Bea hinter ein neues Herzchen gekommen?« Sie wußte nur zu gut, daß Beatrice Kaufman die Affären ihres Mannes kalt ließen. Sex hatten sie im gegenseitigen Einverständnis aus ihrer Ehe ausgeklammert, und jetzt konzentrierten sich ihre geballten Energien auf das Wohlergehen ihrer unlängst adoptierten Tochter Anne. Kaufman unterhielt ein eigenes kleines Apartment in einem Gebäude nahe der Zweiundsiebzigsten Straße West, das er für seine regelmäßigen Rendezvous - meistens mit Prostituierten - nutzte.

»Es ist etwas passiert, was Beatrice niemals erfahren darf.« Der ernste Tonfall seiner Stimme nahm Mrs. Parkers Aufmerksamkeit vollständig in Anspruch. Sie war sogar so freundlich, den Rauch nicht in sein Gesicht zu blasen. »In Kaufmans Absteige liegt eine Leiche.«

Mrs. Parkers Mund stand vor Schreck weit offen. »Du willst mir doch nicht erzählen, er hat sie umgebracht?«

»Er fand die Leiche kurz vor Mittag. Zu dem Zeitpunkt hätte sie schon längst weg sein sollen.«

»Falls diese Geschichte einen Anfang haben sollte, wäre es mir lieb, wenn du damit beginnst.« Sie drückte die Zigarette aus und beugte sich, die Hände zwischen ihren wohlgeformten Beinen gefaltet, nach vorn.

»Gestern abend hat George sein Apartment an Ilona Mercury verliehen.« Mrs. Parker verzog nachdenklich das Gesicht. Der Name sagte ihr nichts. »Ilona Mercury ist diese exotische Schönheit, die Flo Ziegfeld für seine *Follies*-Aufführung letztes Jahr aus Ungarn importiert hat.«

»Ach ja - die. Ihr Gesicht ging durch alle Zeitungen.«

»Ihr Körper übrigens auch.«

»Hat George mit ihr geschlafen?«

»Letzte Nacht nicht.«

»Hat sie denn kein eigenes Apartment?«

»Sie wohnt in einem Hotel in der Nähe der Dreißigsten Straße West.«

»Wieso mußte sie sich dann Georges Bude leihen?«

»Es gibt eine Reihe von Herren, die Schlüssel zu ihrem Hotelzimmer haben.«

»Ich verstehe. Sie hatte Angst vor einem Verkehrsstau.«

»Einer dieser Herren ist ein berüchtigter Gangster mit einer tödlichen rechten Faust.«

»Ich verstehe. Diesmal hatte also Ilona jemand Besonderes an der Angel, da brauchte sie einen neutralen Treffpunkt für den großen Augenblick. Und da zaubert der gute alte George seinen privaten Sexsalon aus dem Hut. Und jetzt ist Ilona tot, und George kommt als erster in Verdacht.«

»Wer erzählt hier eigentlich die Geschichte?«

»Wo ist George im Augenblick?«

»Bei der Leiche, und wartet drauf, daß wir uns zu ihm begeben.«

Mrs. Parker hatte sich von ihrem Stuhl erhoben und starrte aus dem offenen Fenster. »Weiß George, wie der große Augenblick von gestern nacht heißt?«

»Er schwört, daß er den Namen nicht kennt. Er mochte Ilona schon immer sehr gern, darum gab er ihr einfach einen Schlüsselbund für die Wohnung, und sie versprach, sich bis heute mittag zu verkrümeln.«

»Da hat sie ganze Arbeit geleistet. Glaubst du Kaufmans Geschichte?«

»Warum sollte er lügen?«

»Um sich zu schützen.«

»Willst du damit andeuten, daß Kaufman sie umgebracht hat und uns anlügt? Ich dachte immer, du magst George!«

»Ich bete George an. Ich verstehe nicht, warum ich nie eine Affäre mit ihm hatte.« Sie saß inzwischen an ihrem Frisiertisch und machte sich das Haar zurecht. Ihr konzentrierter Gesichtausdruck erinnerte Woollcott daran, wie er als Kind einmal versucht hatte, seinem verletzten Teddybär ein Auge anzunähen.

»Dottie, ich wünschte, du würdest dich ein bißchen beeilen. Es ist bestimmt nicht angenehm für George, mit einer Leiche herumzusitzen.«

»Vor allem bei diesem Wetter. Hoffentlich war er schlau genug, die Fenster zu öffnen.«

Fünf Minuten später saßen sie in einem Taxi der Firma Chekker Cab, das sich langsam von Dorothys Mietshaus in der Siebenundfünfzigsten Straße West fortschlängelte. »Weißt du, ob noch andere Algonquin-Jungs etwas von Miss Mercurys Gunst abbekommen haben?« Woollcott versank in tiefes Nachdenken. »Marc Connelly? Bobby Sherwood?«

»Bobby auf keinen Fall. Er ist dieser Langweilerin, mit der er verheiratet ist, sehr treu.«

Mrs. Parker ging laut die Liste durch. F.P.A.? Donald Ogden Stewart? Harold Ross? Benchley? Harpo Marx? Heywood Broun? Woollcotts Züge hellten sich auf. »Broun vielleicht.« Mrs. Parker hatte eine kurze Vision von dem bärenhaften Broun, wie er mit der ungarischen Schönheit einen Ringkampf im Bett veranstaltete, doch dann verscheuchte sie die Szene aus ihren Gedanken, weil sie ihr höchst unwahrscheinlich vorkam.

»Sie hätte ein idealer Zeitvertreib für Charley MacArthur sein können«, sagte er.

»Er ist nicht in der Stadt.«

»Und Ben Hecht?«

»Er ist nicht in Reichweite.«

»Und du kommst auch nicht in Frage.«

»Ganz bestimmt nicht, und jetzt dürfte kaum die Zeit für deine kleinen Spitzen sein. Fahrer, was ist denn das für ein schrecklicher Stau da vorn?« Sie waren rechts in den Broadway Richtung Uptown eingebogen, und der Verkehr war nach beiden Richtungen ins Stocken geraten. Aus den Fenstern vollgestopfter Straßenbahnen lehnten Passagiere, die die Insassen festgefahrener Autos anpöbelten. Ein Pferdefuhrwerk, das Bier geladen hatte, stand neben einem eleganten, aus Belgien importierten Minerva Landauer, und der Fahrer der Bierkutsche machte den Damen auf dem Rücksitz des Personenwagens unzüchtige Angebote. Berittene und Streifenpolizisten bemühten sich vergeblich, das Verkehrschaos in geordnete Bahnen zu lenken.

»Ist das eine Parade?« fragte Mrs. Parker.

»Lady, das ist eine Beerdigung«, teilte ihr der Fahrer mit. »Wußtense nich, daß Rudolph Valentino gestern gestorben is?«

Mein Lebenswille auch, dachte Dorothy. »Nein, das habe ich nicht gewußt. Wußtest du es, Alec?«

»Natürlich wußte ich das. Es stand auf der Titelseite sämtlicher Zeitungen. Das arme Schwein. Und erst einunddreißig Jahre alt.«

Der Fahrer malträtierte eine Weile seine Hupe, bis Woollcott ihm befahl, damit aufzuhören. »Ihr gräßliches Hupen wird unsere Lage schwerlich verbessern. Schau dir bloß diese Menge an, Dottie, das ist ja unglaublich. Ach du Schreck, fast alle Frauen sind schwarz gekleidet. Das ist ja *unglaublich.*«

Der Fahrer lachte. »Irgendeine dumme Gans hat heute früh Selbstmord gemacht. Sie hat eine Nachricht hinterlassen, daß sie Rudy Gesellschaft leisten will. Haben Sie schon mal so was Bescheuertes gehört? Sogar meine Alte hat die Wäsche auf Halbmast gehängt. Wissense, das Gerücht geht rum, daß er vergiftet wurde.« Er sprach das Wort »vajiftet« aus.

Woollcott machte sich auf einem kleinen Block Notizen. »Was haben wir heute für ein Datum?«

»Vierundzwanzigster August, Neunzehnhundertsechsundzwanzig«, meldete Mrs. Parker.

»Wie gescheit du bist.«

»Am zweiundzwanzigsten August hatte ich Geburtstag.«

»Aha«, sagte Woollcott, »das hat wohl die unglückliche Entscheidung von heute früh heraufbeschworen, sich derart zu verstümmeln.«

»Die Entscheidung fiel vor zwei Tagen. So lange dauerte es, sie in die Tat umzusetzen. Sollten wir nicht lieber aussteigen und laufen?«

»Es ist zu heiß zum Laufen.«

»Die Luft in diesem Taxi ist zum Ersticken.«

»Wir sind erst in der Sechsundsechzigsten Straße West. Das sind noch sechs Blocks.« Sie starrten durch das Fenster auf Frank Campbells Bestattungsinstitut, wo Valentinos Leiche zur Schau gestellt war. Eine endlose Menschenschlange stand wartend davor, um die sterblichen Überreste zu besichtigen. Zeitungsfotografen schwärmten wie brünstige Heuschrecken wild umher, und Woollcott und Mrs. Parker erkannten mehrere Reporter, die sich vor dem Eingang gegenseitig auf die Füße traten.

Woollcott schrieb eifrig seine Beobachtungen nieder. »Wie kommt man darauf, daß er vielleicht ermordet wurde?«

»Es stand in allen Zeitungen«, sagte der Fahrer. »Er war auf einer von diesen komischen Privatparties, die so ein reicher Fritze, irgendein Van Weber, am Abend des vierzehnten August veranstaltet hat.«

»Lacey Van Weber«, wußte Mrs. Parker beizusteuern.

Woollcott blinzelte mit seinen Eulenaugen. *»Lacey Van Weber?* Klingt wie ein Name, wie ihn eigentlich nur Edna für einen ihrer Romane erfinden kann. Gaylord Ravenal. Magnolia Hawkes.« Mrs. Parker rümpfte die Nase. Sie war keine Bewunderin von Edna Ferber und duldete nur zähneknirschend deren Anwesenheit am Tisch der Algonquin-Runde. Sie wußte, daß Woollcotts Augen fest auf ihr Gesicht geheftet waren.

»Wo hast denn *du* jemals was von Lacey Van Weber gehört?« fragte er.

»Am Montag stand ein Artikel über ihn im *Daily Graphic.*«

»Ich hatte keine Ahnung, daß du dieses miese Klatschblatt liest.«

»Tu ich auch nicht. Aber Neysa.« Die Malerin Neysa McMein und deren Mann John Baragwanath waren Mrs. Parkers Nachbarn. »Ich fand eine Ausgabe bei Neysa vor der Tür, da habe ich sie mitgehen lassen. Mr. Van Weber klingt absolut hinreißend. Und er sieht fantastisch aus.«

»Offensichtlich war der Artikel illustriert.«

»Offensichtlich.«

»Also?«

»Also was?«

»Also was ist nun mit Lacey Van Weber?«

»Was willst du über ihn wissen? Und wieso interessiert dich das?«

»Weil Mr. Valentino auf Van Webers Party krank wurde.«

»Ja und?«

»Seine Begleiterin auf der Party war Ilona Mercury.«

Mrs. Parker drehte sich zu Woollcott, um ihm ins Gesicht zu sehen. »Woher zum Teufel *weißt* du das?«

»Kaufman hat es mir vorhin erzählt. Glotz nicht so. Ich habe dir noch nicht alles erzählen können, was George passiert ist, weil wir keine Zeit hatten. Die kleine Mercury war fürchterlich aufgeregt, als sie George bat, sein Apartment benutzen zu dürfen. Was sie unter anderem so aufgeregt hatte, war Valentinos Tod. Bei der Gelegenheit hat sie George auch erzählt, daß sie mit Valentino auf der Party war.«

»Weiter. Spann mich nicht auf die Folter.«

»Das ist so ziemlich alles, was ich weiß. Wir hatten auch nicht besonders viel Zeit, uns länger am Telefon auszulassen. George war völlig außer Fassung und brauchte sofort Hilfe. Es war unmöglich, dich telefonisch zu erreichen, weil du den Hörer abgenommen hattest. Und wenn das hier so weitergeht und wir noch eine Ewigkeit brauchen, um zu seiner Rettung zu eilen, dann hat er sich wahrscheinlich schon der Polizei gestellt, und den letzten beißen die Hunde.«

»Wir haben's geschafft«, jubelte der Taxifahrer. »Sie sind sich wohl im klaren, daß wir gerade Zeugen eines historischen Ereignisses waren.«

»Junger Mann. Ich habe den Weltkrieg mitgemacht. *Das* war ein historisches Ereignis.«

Der Fahrer starrte Woollcott durch seinen Rückspiegel an. »Hören Sie mal, Mister. Kriege wirds noch 'n Haufen geben. Aber 'n Valentino nur einmal.«

Mrs. Parker lehnte sich mit schadenfrohem Lächeln in ihren Sitz zurück. »Und Henry Mencken wagt es, solche Leute als Blödoisie zu schmähen.«

»Wo zum Teufel wart ihr solange?« George S. Kaufman hielt die Tür einen Spalt breit geöffnet. Seine Freunde konnten sehen, daß er unter großer Anspannung stand. Wie sich Mrs. Parker später ausdrückte, war in den Tränensäcken unter seinen Augen Platz für die Wäsche einer ganzen Woche. Sein Haar, das schon im gut frisierten Zustand einem überdimensionalen Vogelnest glich, verlieh ihm jetzt das Aussehen eines Zulukriegers, der gegen steifen Wind ankämpft.

»Du mußt die Tür schon ein bißchen weiter aufmachen«, meckerte Woollcott. »Durch den Spalt paß ich nicht.« Kaufman ging von der Tür weg, und Woollcott stieß sie auf. Mrs. Parker folgte ihm in die Wohnung und schloß die Tür sanft hinter sich. Das Wohnzimmer war einfach eingerichtet. Die Fenster standen weit offen; sie gingen zur Straße heraus. »Wo ist die Mumie?« fragte Woollcott.

»Im Schlafzimmer natürlich«, meinte Kaufman mürrisch. »wo sie sich am besten auskennt.« Mrs. Parker entschied, daß die gegenüberliegende Tür direkt ins Schlafzimmer führen mußte, und die Männer folgten ihr. Kaufman erkannte die Samtarmbänder, die Mrs. Parkers bandagierte Armgelenke verbargen. »Herrgott noch mal, Dottie, du hast es doch nicht etwa schon wieder versucht?«

»Nur weil es nichts Schrecklicheres zu tun gab.« Sie stieß die Schlafzimmertür auf und war froh, daß Kaufman daran gedacht hatte, die Fenster zu öffnen. »Sie beginnt schon zu verwesen.«

Kaufman war im Türeingang stehengeblieben, die Hände in die Hüften gestemmt. »Ich wünschte, die Leute hätten den Anstand, in ihrem eigenen Apartment zu verwesen.«

Tot sah Ilona Mercury nicht halb so verführerisch aus, wie sie sich Mrs. Parker im lebendigen Zustand vorstellte. Ihr Gesicht war aufgedunsen. Die Zunge preßte sich zwischen aufgequollenen Lippen hervor. Ihre Haut war bläulich-grau. Ihr honigfarbenes, aufgestecktes Haar befand sich in wilder Unordnung, Strähnen fielen ihr in die Stirn und verdeckten fast ganz die halboffenen Augen. Ein ärmelloser blauer Fetzen war bis über ihre Knie hochgewandert, so daß Mrs. Parker einen Moment lang aus Gründen der Schicklichkeit erwog, das Kleid zurechtzurücken, doch mußte sie feststellen, daß der Saum ohnehin kurz über den Knien endete.

»Ich glaube, sie ist erwürgt worden.«

»Laß mich mal ran«, sagte Woollcott.

»Alec der große Draufgänger – immer, wenn sie tot sind.« Woollcott funkelte böse zu Kaufman hinüber.

»Witzig, witzig. Könnten wir zur Abwechslung auf den klugscheißerischen Schlagabtausch verzichten? Das hier ist ernst.« Woollcott widmete sich der Leiche. Kaufman schlenderte in das Zimmer, bis er neben Mrs. Parker stehenblieb. »Natürlich ist sie erwürgt worden. Ich glaube, sie ist irgendwann letzte Nacht gestorben.«

»Ich habe sie zuletzt kurz nach zehn gesehen«, sagte Kaufman zu den beiden. »Ich war mit ihr gegen acht bei Gino's zum Abendessen verabredet, das ist so ein kleiner Laden drüben an der Dreiundsiebzigsten West, um ihr die Schlüssel zu übergeben. Da hat sie mir auch von der Party bei Van Weber erzählt.«

»Ich möchte alles darüber wissen«, sagte Mrs. Parker und führte die Männer ins Wohnzimmer zurück. Sie teilte sich mit Kaufman das Sofa, während Woollcott in einen gepolsterten Lehnstuhl sank. Nach drei Versuchen, die Beine übereinanderzuschlagen, gab er sich damit zufrieden, sie von sich zu strecken, wobei ein Knöchel den anderen bedeckte.

»Ich mochte Ilona«, sagte Kaufman.

»Offensichtlich.« Woollcott klang selbstgefällig. Immer wenn er sich so aufführte wie gerade jetzt, mußte Mrs. Parker sich beherrschen, ihm nicht bei lebendigem Leibe die Haut abzuziehen.

»Sie hatte einen herrlichen Sinn für Humor.«

»George, erzähl uns, was sie über die Party gesagt hat.«

»Ach, zum Teufel mit der Party!« Er sprang auf und raufte sich das Haar. »Was soll ich bloß machen? Ich kann mir keinen Skandal leisten. Wenn sie uns Anne wieder wegnehmen, würde das Bea umbringen. Wie komme ich nur raus aus diesem Schlamassel?«

»Ich helf dir da raus«, sagte Mrs. Parker zuversichtlich. »Mein Freund Jacob Singer wird uns beistehen. Er schuldet mir noch ein paar Gefälligkeiten.« Sowohl Woollcott als auch Kaufman kannten den legendären Polizisten aus Manhattan, Detective Jacob Singer. Big Jake mit den fleischigen Fäusten, Geißel der Unterwelt, Schrecken der Geheimbünde in Chinatown und der Schwarzen Hand in Little Italy. Er hatte sich sogar einmal mit einem bärbeißigen Rabbi angelegt, den er im Verdacht hatte, illegal Altarwein abzufüllen. Jacob Singer hatte nur einen bedauerlichen Fehler: Er war unbestechlich. Alles, was er machte, ging er ehrlich an, seine Karriere, sein Privatleben und sein Pokerspiel. Mrs. Parker hatte schon mehrmals gehofft, er würde ihr einen Antrag machen, aber für einen Mann wie Singer war eine Berühmtheit wie Mrs. Parker eine Unberührbare. »Und jetzt erzähl mir, was Miss Mercury über die Party gesagt hat.«

Kaufman setzte sich. »Ziegfeld hat sie Valentino vorgestellt, der sie dann eingeladen hat, ihn auf das Fest zu begleiten. Ilona kannte Van Weber und war anscheinend verärgert, weil sie keine eigene Einladung erhalten hatte. Sie war von Valentino nicht sonderlich begeistert, ebensowenig von der Aussicht, einen Abend mit ihm zu verbringen . . .«

». . . denn weißt du, Liebschen, ich hab gehört, daß er so ein *Langweiler* sein soll.« Ilona ignorierte den Teller mit Spaghetti, den man ihr serviert hatte, statt dessen nippte sie Rotwein aus der Kaffeetasse, in der man ihn anbot. Clevere Gastwirte ließen sich von der Prohibition nicht unterkriegen, sie wollten sich ihre Trinkkundschaft erhalten. Kaufman war ebenfalls wenig an seinem Huhn Cacciatore interessiert, das allmählich auf dem Teller vor ihm kalt wurde. Mit verschränkten Armen, die auf dem Tisch ruhten, genoß er den atemberaubenden Anblick seiner Begleiterin, wie auch einige andere Herren im Restaurant, die ab und zu zu ihr herüberschielten. »Und außerdem, wie kommt Lacey Van Weber dazu, mich nicht auf seine Party einzuladen? Wo ich ihm so viele von Ziegfelds dollsten Mädels vorgestellt habe!«

Kaufman lachte. »Willst du damit sagen, du hast dich nicht einmal darauf gefreut, daß er einen Annäherungsversuch macht?«

»*Valentino* einen *Annäherungsversuch* bei einer *Frau*? Bist du *verrückt,* Liebschen? Hast du gekokst, oder was?« Sie wußte genau, daß Kaufman weder Drogen nahm, noch Alkohol trank oder Zigaretten rauchte, aber es machte ihr Spaß, ihn zu ärgern.

»Du willst mir doch nicht erzählen, daß die Geschichte stimmt, er sei eine rosa Puderdose?«

»Ich weiß nicht, welche Farbe seine Dose hat, aber Frauen stehen jedenfalls nicht auf seinem Speiseplan.«

»Aber er war doch schon zweimal verheiratet.«

»Hu hahahaha.« Sie klatschte mit der Hand auf den Tisch, daß die Bestecke tanzten. »Frau Nummer eins: Jean Acker. Lesbisch.«

»Ach, geh.«

»Nee, ich geh sogar weiter: Frau Nummer zwei, die derzeitige: Natacha Rambova. Lesbisch.«

»Das glaube ich nicht.«

»Stimmt aber. Sogar an ihrem Namen ist was faul. Sie stammt aus der Kosmetikfamilie, den Hudnuts. Ihr richtiger Name ist Vinifred . . .«, was Winifred heißen sollte, ». . . Hudnut.«

»Mit einem Wort, sie ist eine Hard Nut, schwer zu knacken.«

»Rambova und Acker gehörten zu Nazimovas Harem in Hollywood.«

»Alla Nazimova?«

»Wie viele Nazimovas kennst du noch? Man munkelt außerdem, daß Valentinos wahre Liebe Ramon Navarro ist.«

»Jetzt hör auf mit dem Klatsch, und sprich um Himmels willen ein bißchen leiser, wir bilden bereits das Zentrum der allgemeinen Aufmerksamkeit.«

»Nur weil ich so betörend bin.«

»Weil du so laut bist.«

»Meinetwegen laut und betörend. Wo war ich stehengeblieben? Ach ja. Valentino bümst Navarro. Aber seitdem der in *Ben Hur* mitgespielt hat, ist es ja auch Mode, Ramon Navarro zu bümsen. Auf jeden Fall, die Party findet in Laceys Penthouse am Südlichen Central Park statt. *Jeder* ist da. Lacey begrüßt mich wie eine verlorengegangene alte Liebe.«

»Und bist du's?«

»Ich nenne ihn eine böse Arschloch, weil er mich nicht eingeladen hat, und er sagt ›aber jetzt bist du hier, oder, Liebschen?‹ Dann sieht er, daß ich mit Valentino da bin, und das findet er nicht gut.«

»Aha. Er ist eifersüchtig auf Valentino.«

»Is egal. Valentino ist ganz süß zu ihm. Vom ersten Augenblick an bekommt man den Eindruck, daß sie uralte Freunde sind, so wie Valentino sich aufführt. Doch dann wird Valentino von einem Haufen Leute umzingelt, und ich stehe mit so einem Fremden allein herum. Kennst du vielleicht einen Joseph Force Crater?«

»Richter Crater? Aber ja. Ich hab ihn ein paarmal getroffen.«

»Auf der Party hat er Vera DeLee dabei, eins von Polly Adlers Mädchen.«

»Ich kenne Vera. Ein süßes Ding.«

»Kannst du laut sagen. Richter Crater findet sie einen Hammer. Der Richter war übrigens nicht sehr glücklich auf der Party. Ich erinnere mich, wie er zu mir sagt: ›Eines Tages, liebe junge Frau, wird mich mein Leben einholen, und dann werde ich vielleicht einfach verschwinden müssen.‹ Merkwürdisch, was?«

»Sehr merkwürdig.«

»Dein Freund, der Stückeschreiber, war auch da.«

»Ich habe viele Freunde, die Stücke schreiben.«

»Der Kleine mit der Glatze.«

»Marc Connelly.«

»Genau! Flo Ziegfeld war natürlisch auch da, dem geht's zur Zeit mies wegen Geld und auch wegen seine Frau.«

»Billie Burke läßt sich eine ganze Menge von Flo gefallen. Er ist nicht gerade diskret, was seine Affären angeht.«

»Unter aller Sau im Bett, der Flo.«

»Mit wem war Connelly gekommen?«

Ilona starrte in ihren Wein, wo offenbar der Name von Connellys Begleiterin an jenem Abend Gestalt annahm. »Lily Robson.« Ilona konnte an Kaufmans ausdruckslosem Gesicht ablesen, daß ihm der Name nichts sagte.

»Lily ist eins von Texas Guinans Mädchen. Sie tanzt im Club Guinan. Knallrotes Haar. Sieht immer aus, als steht ihr Kopf in Flammen. Jedenfalls, Filmstars waren auch da, Nita Naldi zum Beispiel, die zusammen mit Valentino in *Blood and Sand* gespielt hat. Sie ist große Klasse, die Naldi. Erzählt mir, daß Mae Murray gern Kubaner bümst. Is niedlich, was? Und dann« – ihr Gesicht verfinsterte sich – »ist da noch ein Mann, den ich verabscheue.«

»Sag bloß, es gibt einen Mann, den du nicht magst.«

»Gibt viele, die ich nicht mag, aber nicht so wie ich Bela Horathy nicht mag.«

Diesen Namen kannte Kaufman. »Dr. Wonne. Daß der auf so einer Ausgeflippten-Party nicht fehlen darf, wundert keinen.«

»Dr. Wonne«, wiederholte Ilona höhnisch. »Er sollte lieber Dr. Caligari heißen. Ich sehe gleich, daß Valentino ihn nicht leiden kann. Sieht jeder. Er weiß, wir alle wissen, daß Bela Horathy mit Rauschgift handelt. Ich möcht gern wissen, wie viele Leben er auf dem Gewissen hat.«

»Die Bullen haben ihn nie festnageln können.«

»Sehr kluger Mann, der Horathy. Ich kann mich noch an Geschichten aus der alten Heimat erinnern.«

»Welcher alten Heimat?«

»Ungarn, du armes dummes Würstschen, welche andere alte Heimat könnte ich wohl *sonst* meinen? Da erinnern sie sich noch an ihn. Und Valentino erinnert sich noch von Hollywood her an ihn. Oh, wie wütend und grimmig er wird, als er Bela Horathy sieht. Er ist wie Vesuv, der ist auch italienisch. Wie Valentino explodiert! ›Mörder!‹ schreit er mit seinem scheußlischen Ittakerakzent, und zeigt dabei mit seine manikürte Finger auf Horathy. ›Du hast Wally Reid und Barbara La Marr und Mabel Normand vernichtet und die arme kleine Alma Rubens süchtig gemacht . . .‹ und er zählt alle diese Hollywood-Filmstars auf, die entweder durch Rauschgift umgekommen sind oder es bald werden, und macht eine fürschterliche Szene. Lacey versucht ihn zu beruhigen. ›Hör mal, alter Junge, laß uns auf die Terrasse rausgehen und ein bißchen frische Luft schnappen.‹« Ilona spielte jede Rolle in dem Melodrama, das sie gerade beschrieben hatte, und das ganze Restaurant hing gebannt an ihren Lippen. »Richter Crater sagt: ›Der braucht einen Drink‹, und holt ihm einen. Später dann hält sich Rudy den Bauch und schreit: ›O mein Gott! Diese Schmerzen! Diese Schmerzen!‹ «

»In der *Times* stand, daß er an Magengeschwüren litt.«

Ilona lehnte sich mit Verschwörermiene über den Tisch und senkte endlich ihre Stimme. »Ich glaube, er wurde *vergiftet.* Kann ich jetzt die Schlüssel haben? Ich will mich nicht verspäten.« Sie gewährte ihm die Gunst ihres atemberaubenden Lächelns. »Heute ist eine ganz besonders wischtige Nacht für Ilona.«

»Das war wirklich die allerletzte wichtige Nacht für Ilona«, fügte Kaufman mit einem verdrießlichen Seufzer hinzu. »Ich begleitete sie zu Fuß hierher und nahm mir ein Taxi nach Hause. Als ich kurz vor mittags hier ankam, um zu arbeiten, fand ich sie tot auf.«

Mrs. Parker sah ihn mit ihren braunen Rehaugen eindringlich an. »Du hast die Leiche nicht berührt? Du hast nichts berührt?«

»Nur das Telefon, um Alec anzurufen.«

Woollcott hatte sich während Kaufmans Bericht ständig Notizen gemacht. Einige seiner besten Artikel waren Abhandlungen über wahre Kriminalgeschichten. Hier witterte er eine neue Perle. »Dieser Mord gefällt mir. Dieser Mord gefällt mir sehr.« Mrs. Parker wartete nur noch darauf, daß er genüßlich mit der Zunge schnalzte, aber er enttäuschte sie. »Ich bleib am Ball. Mein Instinkt sagt mir, daß dies der Beginn einer der faszinierendsten Kriminalgeschichten unserer Zeit ist. Findest du nicht auch, Dottie?«

»Auf jeden Fall ist er faszinierender als ein gutes Blatt beim Mau-Mau. Ich würde zu gern wissen, wer Ilonas Todesengel war.«

Kaufman begann wieder zu toben. »Kannst du nicht um Himmels willen Jacob Singer erwischen und mich aus diesem Schlamassel rausholen?«

»Denk immer daran, George«, sagte Mrs. Parker, während sie das Zimmer durchquerte, um zum Telefon zu gelangen, »auch eine Niederlage kann sich zum Triumph wenden.«

Woollcott verzog erstaunt sein Gesicht und fragte: »Wer hat denn *das* gesagt?«

Worauf Mrs. Parker erwiderte: »Nun, ich. Gerade eben.«

Zweites Kapitel

Während Mrs. Parker damit beschäftigt war, Jacob Singer am Telefon aufzuspüren, studierte Woollcott die Aufzeichnungen, die er sich auf seinem Notizblock gemacht hatte, wobei er sich unentwegt Stirn und Hals mit einem riesigen blauen Taschentuch wischte. Kaufman war in einen Lehnstuhl gesackt, hatte die Hände gefaltet und starrte mit der Leidensmiene eines unter Verdauungsstörungen leidenden Bassethundes den Fußboden an. »Jake?« hörten sie Mrs. Parker trällern. »Ich habe Jake gefunden«, verkündete sie. Ihre Unterhaltung mit dem Kriminalbeamten war kurz und sachlich. In weniger als zwei Minuten hatte sie das Gespräch beendet und wieder auf dem Sofa Platz genommen. »Er ist unterwegs, und zwar in seinem eigenen Wagen. Es wird keine Polizeisirenen geben, kein großes Spektakel, keine neugierige Zuschauermenge. Es wird alles so diskret und privat zugehen wie beim Damenabend im Türkischen Bad. Ich wünschte, einer von euch würde versuchen, fröhlich dreinzuschauen.«

»Erzähl uns von Lacey Van Weber.« Woollcotts Kneifer fiel von seinem Nasenrücken und baumelte an der zugehörigen Kette unter seinem Doppelkinn herum. Er lehnte sich zurück und wischte sich mit seinem Taschentuch die Augen.

»Ich wußte gar nicht, daß du Lacey Van Weber kennst«, sagte Kaufman zu Mrs. Parker.

»Tu ich auch nicht. Ich habe nur zufällig einen Artikel über ihn im *Graphic* gelesen. Mit Bildern. Van Weber sieht ziemlich gut aus, ein bißchen wie ein Filmstar. Wartet mal ...« sagte sie, spitzte die Lippen und rückte ihre Samtarmbänder zurecht. »... er scheint unverheiratet und noch zu haben zu sein, besitzt anscheinend ziemlich viel Geld, kennt jeden, der was ist, und es gab den Hauch einer Andeutung, daß er Verbindungen zur Bande besitzen könnte.«

»Welcher Bande?«

»Ich habe nicht die leiseste Ahnung. Es gibt so viele. Sucht euch einfach eine aus. Zum Beispiel wissen wir, daß eins von Texas Guinans Mädchen auf seiner Party war, und jeder weiß, daß Larry Fay hinter Texas steckt.«

»Sie sind ein Liebespaar«, sagte Kaufman.

»Bitte sehr«, sagte Mrs. Parker liebenswürdig, »dann steckt er also mehr als nur hinter ihr. Und eins von Polly Adlers Mädchen war auf der Party, so daß derjenige, mit dem sie gemeinsame Sache macht . . . ja macht sie überhaupt mit irgend jemandem gemeinsame Sache?«

»Polly behauptet beharrlich, daß sie keine Unterweltverbindungen hat. Sie betreibt ein gutgehendes Freudenhaus, und zwar ohne Einmischung von außen.« Kaufman stand vor einem Spiegel und versuchte, sein Haar zu bändigen.

»Was gibt's noch über Lacey Van Weber?« forschte Woollcott weiter. »Irgend etwas Saftiges, Skandalöses, wo kommt er her?«

»In dem Artikel wurde angedeutet, er käme aus einer britischen Adelsfamilie, obwohl mir Van Weber eher germanisch als englisch klingt.«

»Vielleicht ist es nicht sein richtiger Name«, sagte Kaufman.

»Das ist eine Idee. Notier dir das, Alec.« Alec machte sich pflichtschuldigst eine Notiz, während Mrs. Parker fortfuhr. »Neben seinem Penthouse am südlichen Central Park bewohnt er außerdem eine Villa in East Cove, draußen in Long Island. Er besitzt einen Swimming Pool, Tennisplätze, einen Golfplatz, eine Landebahn. Anscheinend hat er auch eine Pilotenlizenz . . . dann noch ungefähr zwei Dutzend Angestellte, das für Partys zusätzlich engagierte Personal nicht mitgerechnet. Er unterhält ein Büro auf der Fifth Avenue auf der Höhe Mitte der Dreißiger Straßen, wo er vermutlich Geld wie Heu macht. Es scheint keine bestimmte große Liebe in seinem Leben zu geben, und bis vor ungefähr einem Jahr hat noch niemand etwas von ihm gehört.«

»Du machst wohl Witze«, sagte Kaufman.

»Nein, ganz und gar nicht. So stand es in dem Artikel, nicht das man dem groß trauen kann, was der *Graphic* druckt. Aber so wie ich es verstanden habe, ist Mr. Lacey Van Weber, genau wie Topsy aus Mrs. Stowes *Onkel Toms Hütte*, ›einfach gewachsen‹. Habt ihr nicht auch das Gefühl, daß er ein Fantasieprodukt ist, das wie durch ein Wunder zufällig menschliche Gestalt angenommen hat? Ich finde ihn faszinierend.«

»O Schreck«, sagte Woollcott, »Dottie läuft Gefahr, sich in Abwesenheit zu verlieben.«

»Ich würde ihn rasend gern kennenlernen. Ich würde jeden rasend gern kennenlernen, der sexy und geheimnisvoll ist. Kurz gesagt, ich würde rasend gern irgend jemanden kennenlernen. Ich halte es nicht aus, wenn meine Gefühle Staub ansetzen. Dieses Haus in East Cove hat zwanzig Schlafzimmer.«

»Ist das eine Feststellung oder eine Herausforderung?« erkundigte sich Woollcott. Kaufman stand verloren an einem der Fenster, wie ein treibendes Schiffswrack, das auf seine Bergung wartet.

»Stellt euch das nur vor«, beharrte Mrs. Parker. »Ein Mann taucht aus dem Nichts in der Stadt auf, und schon in einem Jahr hat er es so weit gebracht, daß die wildesten Theorien über ihn kursieren. Er hat nichts Großartiges geleistet, weder das Feuer entdeckt noch das Rad erfunden, er ist kein bewunderter Held . . .«

»Außer vielleicht für seinen Butler«, warf Woollcott ein.

». . . und trotzdem braucht er jetzt nur mit den Fingern zu schnipsen, und jeder, der Rang und Namen hat, springt.«

»Gangster, Huren, Revuegirls, bestechliche Richter, sind das die Leute von Rang und Namen?« Kaufman schüttelte traurig den Kopf und vergrub seine Hände in den Hosentaschen.

»Es könnte die Spitze eines Eisbergs sein.« Mrs. Parker strahlte. In nur einer Stunde hatte sie die emotionale Skala von abgrundtiefer Tragödie bis zu prickelndem Melodrama durchlebt. Sie amüsierte sich königlich. »Schließlich wohnt da draußen in East Cove die gesellschaftliche Elite. La Crème de la Crème. Ich wette, daß alle Damen und Dämchen der Gesellschaft, inklusive ihrer jungfräulichen Töchter in ihren teuersten deflorierten Blumenmusterkleidern, sich blutige Schlachten darum liefern, wer von ihnen Lacey Van Webers Namen in ihre Tanzeinladungen eintragen darf. East Cove ist nicht sehr weit von Great Neck entfernt, wie ihr wißt. Die Lardners haben ein Haus in Great Neck. Wir könnten uns an diesem Wochenende von den Lardners einladen lassen, Alec. Dann unter irgendeinem Vorwand nach East Cove hinüberfahren und in Van Webers Königreich einfallen.«

»Wovon *redest* du eigentlich?« schnaubte Woollcott.

»Wir müssen den Mann treffen, wenn wir den Mord an dem armen Ding aufklären wollen, das da gerade im Schlafzimmer verwest. Du hast doch offenbar auch Interesse an dem Fall – sonst würdest du dir nicht so ausführlich Notizen machen.«

»Natürlich bin ich interessiert. Aber sich gleich *physisch* beteiligen?«

»In unserer Lage können wir wesentlich mehr erreichen als die Polizei. Wir sind prominent. Van Weber verschlingt Prominenz. Da sonst nur Huren, Gangster und Pervers-Korrupte auf seinem Speiseplan stehen, bin ich überzeugt, daß er auch mal Appetit auf eine fette Portion Kultur hat. Sicher dürstet ihn danach, Leute wie uns kennenzulernen. Ich wette, er würde darin schwelgen, Witzchen mit Benchley und Broun auszutauschen, seine Meinung über die Barrymores in *The Jest* auszubreiten . . .«

»Es interessiert mich einen feuchten Dreck, was er über die Barrymores in *The Jest* zu sagen hat«, explodierte Woollcott.

»Ich finde, Dottie hat recht«, unterbrach Kaufman sanft, aber deutlich. »Ich glaube, der Kerl führt uns in direkter Linie zu Ilonas Mörder.«

»Und Valentino?« Mrs. Parker trällerte wieder.

»*Falls* er ermordet wurde«, antwortete Kaufman.

Es klopfte an der Tür. Mrs. Parker sprang auf und ließ Jacob Singer herein. »Jacob, Sie sind ein Schatz. Sind Sie allein?« Sie sah an ihm vorbei, konnte aber sonst niemanden im Flur erblikken.

»Ich habe noch ein paar Männer unten im Auto. Ich dachte,

am besten seh ich mal vor Ort, was getan werden muß. Haben Sie sich wieder mal die Handgelenke aufgeschnitten?«

»Nur um in Übung zu bleiben«, antwortete sie und schloß die Tür. »Woollcott und Kaufman kennen Sie ja.«

»Guten Tag, die Herren.« Eine leichte Färbung in der Stimme des Kriminalbeamten war so ungefähr das einzige, was noch von Brooklyn an ihm haftete. Nach zehn Jahren bei der Polizei von Manhattan (davon fünf in der Elitegruppe der »Detectives«), lag Singer daran, sich sowohl äußerlich wie intellektuell zu verbessern. Er gab sein Geld für Kleidung und eine gepflegte Erscheinung aus und zwang sich, Dickens, Henry James und einmal sogar, während einer kurzen depressiven Phase, Tolstoi zu lesen. Er ging so oft er konnte ins Theater und in Konzerte, in die Oper jedoch nur unter Androhung des Todes. Mrs. Parker bewunderte ihn aufrichtig und grenzenlos. »Okay, Mr. Kaufman, was ist das Problem?«

»Ich habe eine tote Frau im Schlafzimmer.«

»Von der Art hatte ich auch ne Menge, aber meistens ziehen sie sich dann an und gehen wieder nach Hause.«

Sie folgten ihm ins Schlafzimmer. »O Mannomann. Da haben wir aber eine häßliche Mumie.«

»Sie war mal ziemlich schön«, sagte Kaufman. »Ilona Mercury.«

Singers schriller Pfiff des Erstaunens durchschnitt die Luft. »Hätte ich nie gedacht. Was sagen Sie dazu – neulich abend habe ich sie noch in Ziegfelds Revue gesehen, *No Foolin'*.«

»Wir glauben Ihnen ja«, sagte Mrs. Parker.

Singer warf ihr einen Blick zu. »*No Foolin'* ist der Name der Show. Sie läuft im Globe.«

»Oh. Ich war verreist.«

»Gehen wir lieber wieder ins andere Zimmer. Das hier ist zu bedrückend. Unvorstellbar, daß sich eine so hübsche Biene in ein so widerliches Stück Fleisch verwandeln kann. So ist das Leben.«

»So ist der Tod«, korrigierte Mrs. Parker.

Im Wohnzimmer saßen sich die vier gegenüber, während Singer sich Kaufmans Geschichte anhörte. Nachdem Kaufman geendet hatte, lehnte sich der Kriminalbeamte zurück und schaute Mrs. Parker nachdenklich an. »Sie wollen, daß ich die Sache für Sie vertusche.«

»Nun ja, George hat sie ganz bestimmt nicht umgebracht. Die Leiche da drüben ist lediglich das bedauerliche Resultat von Georges unangebrachter Großzügigkeit.«

»Und wenn sich herausstellt, daß er sie doch getötet hat, was dann?«

»Dann wandert er natürlich auf den elektrischen Stuhl!« gab sie fröhlich zurück.

»Ich habe sie nicht getötet«, beharrte Kaufman. »Was ich Ihnen erzählt habe, Mr. Singer, ist die Wahrheit.«

Singer rieb sich das Kinn. »Sie glauben also, es könnte da eine Verbindung zu der Fete geben, auf der Valentino krank wurde. O Mann, Sie glauben gar nicht, wie wenig ich mich auf diese Untersuchung freue.«

Mrs. Parker setzte sich auf wie ein eifriges Schoßhündchen. »Wieso nicht?«

»Ach, schon jetzt heißt es doch, daß da einiges um Valentinos Tod vertuscht wird. Zum Beispiel, daß er vielleicht vergiftet wurde, wer weiß das schon, verdammt noch mal. Am Tag der Party wirkte er jedenfalls noch recht gesund.« Er lief jetzt im Zimmer auf und ab. »Mit Ilona war er also an dem Abend verabredet. Und Valentino geht auf Dr. Horathy los.«

»Und Van Weber trug jemandem auf, ihm einen Drink zu besorgen«, erinnerte ihn Mrs. Parker.

Singer starrte sie an: »Das war wohl Ihrer Meinung nach das Gift, was?«

»Warum nicht?« mischte sich Woollcott ein. »Bei einer so überfüllten Party tun sich doch unzählige Gelegenheiten auf, einen Mord zu begehen, ohne daß man dabei erwischt wird.«

Mrs. Parker schnipste mit den Fingern. »Ich hab's! Ilona Mercury hat denjenigen, wer immer es war, beobachtet, wie er Valentino den Gifttrunk untergeschoben hat, und ihn dann erpreßt!«

»Nicht schlecht für den Anfang, Mrs. Parker«, sagte Singer gnädig, »aber warum ihn hierher bringen? Sie hätte ihn ebensogut in ihrer eigenen Bude, in irgendeinem Restaurant, in einer billigen Kneipe oder auch auf einer Bank im Central Park ausnehmen können.«

»Jacob, dieses Apartment ist etwas ganz Besonderes«, sagte Mrs. Parker. »Auf jeden Fall für Mr. Kaufman.«

»Jetzt nicht mehr«, stöhnte Kaufman gequält.

»Unterbrich mich bitte nicht. Ilona kennt Mr. Kaufman gut und weiß daher, daß dieses Apartment etwas Besonderes ist. Wer auch immer es war, den sie gestern abend hierher mitbrachte, er spielte eine besondere Rolle in ihrem Leben. Allerdings war das Gefühl einseitig. Sie hatte dieser Person vielleicht früher etwas bedeutet, aber das war einmal. Aus Gründen, die wir noch herauszufinden haben, mußte sie umgebracht werden.«

»Es hätte auch ein Unfall sein können«, schlug Woollcott vor, »Mord auf der Höhe der Leidenschaft.«

»Auf der Höhe der Leidenschaft, mein Lieber«, sagte Mrs. Parker weise, »kommt es uns manchmal vor wie Mord, aber nur ganz selten geht es tödlich aus, es sei denn, einer der Partner leidet unter Herzschwäche. Nicht Miss Mercurys Herz versagte jedoch, sondern ihre Menschenkenntnis. Jacob, Sie haben sich mit diesem Fall ganz schön was eingebrockt.« Singer bestritt ihre Voraussage nicht. Er fuhr fort, sie mit unterschwelliger Bewunderung zu betrachten, und erwog, wenn auch nur für einen kurzen Augenblick, ob er ihr nicht irgendwann einmal ein kleines Schäferstündchen vorschlagen sollte. »Sie wissen doch, wie die großen Tiere vor der Polizei dichtmachen.«

»Die kleinen Tiere tun das auch«, sagte Singer.

»Nun, mein Lieber, diese Leute sind gegenüber Leuten wie Alec und mir aufgeschlossener. Wir haben die Absicht, der Sache nachzugehen, wissen Sie, wie Sonder-Botschafter. Selbstverständlich werden wir alles, was wir herausfinden, an Sie weitergeben.«

»Mrs. Parker«, sagte Singer, »wir kennen Ihren Todeswunsch

nur allzu gut. Ich glaube nicht, daß Sie aus dem Holz geschnitzt sind, um es mit den großen Jungs aufzunehmen.«

»Das Schlimme an Ihnen, Herr Kommissar, ist, daß Sie sich überschätzen und mich unterschätzen.«

»Schon möglich. Jedenfalls unterschätze ich nicht Leute wie Dr. Bela Horathy. Er ist nicht gerade dafür bekannt, der Gesundheit und einem langen Leben förderlich zu sein.«

»Wieso haben Sie ihn dann nicht aus dem Verkehr gezogen?« fragte Kaufman.

»Aufgrund welcher Anklage? Er ist Arzt. Er hat eine Approbation. Niemand hat ihn dabei erwischt, daß er sich außerhalb des Gesetzes bewegt hat. Und er hat Verbindungen höheren Ortes.«

»Valentino beschuldigte ihn, ein Drogenhändler zu sein«, sagte Woollcott.

»Kennen Sie einen Arzt, der keine Drogen verschreibt?« fragte Singer. »Eben. Darum sind wir völlig machtlos.«

»Horathy ist Ungar«, erinnerte sie Mrs. Parker.

»Sind Sie so sicher?« fragte Singer.

»Ach so, ich verstehe. Darüber gibt es also Zweifel.« Mrs. Parker lächelte die drei Männer an. »Hat denn die Einwanderungsbehörde keine Handhabe gegen ihn?«

»Natürlich. Doch auch solche Hindernisse können aus dem Weg geräumt werden. Mrs. Parker, wir leben in einer Welt und in einer Epoche, wo alle Hindernisse aus dem Weg geräumt werden können, mit einer unvermeidlichen Ausnahme, und das ist der Tod. Nun hören Sie mal zu. Wenn Sie und Mr. Woollcott Ihre Nasen in diesen Fall stecken wollen, dann kann ich Sie nicht daran hindern, es sei denn, Sie lassen sich bei einem Einbruch oder irgendeiner anderen unehrenhaften Handlung erwischen.« *Unehrenhaft,* dachte Mrs. Parker, wahrscheinlich liest er Victor Hugo. »Aber ich möchte, daß Sie mit äußerster Vorsicht ans Werk gehen. Im Ernst, sehen Sie sich wirklich vor.«

»Sie wissen mehr, als Sie uns erzählen«, sagte Woollcott etwas nervös.

»Nein, tu ich nicht. Ich vermute nur mehr, als ich Ihnen erzähle.« Er zeigte auf das Schlafzimmer. »Diese unglückselige Lady ist nicht die erste, die einen Abgang macht, bevor ihre Zeit gekommen ist, weil sie die falschen Leute kannte. Ich geb Ihnen einen Hinweis: Finden Sie heraus, wer sie war.«

»Sie war ein Ziegfeld-Mädchen«, wiederholte Kaufman.

»Aber außerdem, Mr. Kaufman, außerdem. Was war sie noch? Sie war doch auch noch Ungarin, nicht wahr? Sagt sie jedenfalls.«

»Ihr Akzent war so dick, daß man ihn mit einem Buttermesser schneiden konnte«, gab Kaufman zu bedenken.

»Na und? Jeder kann einen Akzent nachmachen. Es gab seinerzeit einen ziemlichen Rummel, als Ziegfeld sie aus Europa importierte. Ich werde mal sehen, was sich da herausfinden läßt.«

»Das arme Ding«, unterbrach Mrs. Parker, »sie muß doch irgendwo eine Familie haben.«

»Wahrscheinlich Bauern, die irgendwo hoch in den Karpaten Ziegen hüten«, schlug Woollcott vor.

»Oder kleine Farmer, die in der Wildnis von Idaho Kartoffeln anbauen«, sagte Singer mit dem Anflug eines Lächelns.

»Das reicht. Genug geplänkelt«, entschied Mrs. Parker. »Alec und ich werden wissen, wie wir uns zu verhalten haben. Und wie entledigen wir uns jetzt der Leiche von Miss Mercury?«

»Also, als erstes bringen meine Jungs einen Wäschekorb hoch, den wir auf dem Rücksitz des Autos liegen haben. Da schmeißen wir die Lady rein. Dann machen wir eine Spazierfahrt mit ihr, in die Wildnis von Canarsie. Zu Ihrer Aufklärung: Das ist ein kleines Dorf draußen in Brooklyn, an den Wassern der Jamaica Bay. Ich bin da in der Nähe geboren. Es ist nicht dicht besiedelt. Die Gangs laden dort meistens ihre Mumien ab, das ist sehr praktisch. Früher oder später wird ein unschuldiger Bewohner dieses Tatorts über die Leiche stolpern und hoffentlich nach den Bullen rufen. Dann durchlaufen wir den langwierigen Prozeß der Identifizierung, dann schreien die Boulevardblätter Zeter und Mordio, und dann beginnt die Untersuchung. Mrs. Parker, Mr. Woollcott, tun Sie mir den Gefallen und verschießen Sie nicht unser Pulver, indem Sie in der Gegend herumfragen, wer Miss Mercury ermordete, bevor man Miss Mercurys Leiche gefunden und identifiziert hat.«

»Oh, nicht mal im Traum würden wir irgendwelche voreiligen Schüsse loslassen«, versicherte Mrs. Parker.

»Ich ziehe es vor, überhaupt nichts mit Schießeisen zu tun zu haben«, fügte Woollcott hinzu.

»Na hör mal, Alec. Schießeisen haben dir im Krieg doch auch keine angst gemacht.«

»Ich hatte im Krieg nichts mit Schießeisen zu tun, meine liebe Mrs. Parker.« Woollcott blickte sie indigniert an.

»Schießeisen sind sowieso nur Phallussymbole«, belehrte Singer die Anwesenden mit einem leicht überlegenen Gesichtsausdruck.

»Darum hat ja auch Mr. Woollcott im Krieg nichts mit ihnen zu tun gehabt«, sagte Mrs. Parker.

»Mr. Singer, was soll ich jetzt machen?« fragte Kaufman.

»Mr. Kaufman, am besten gehen Sie nach Hause oder ins Kino, oder Sie tun, was Sie ohnehin vorhatten. Die Jungs und ich haben hier noch einen Haufen Arbeit, bevor wir die Leiche entfernen. Die Wohnung muß auf Fingerabdrücke untersucht werden, und es wäre mir lieb, wenn Sie nichts mitnehmen würden, sondern alles in seiner ursprünglichen Schönheit belassen könnten. Ich habe eine Damenhandtasche auf dem Toilettentisch im Schlafzimmer bemerkt. Ich nehme an, sie gehörte der Lady?«

»Muß wohl«, sagte Kaufman.

Singer holte die Handtasche aus dem Schlafzimmer und untersuchte in Gegenwart der anderen deren Inhalt. Er leerte die Tasche auf dem Eßzimmertisch aus. »Taschentuch.«

»Ein hübsches Muster«, sagte Mrs. Parker. »Sieht aus wie eine Borte aus Alençonspitzen. Teuer.«

»Schminkkästchen. Puder, Lippenstift, Rouge, Augenbrauenstift. Zwei Schlüsselbünde.«

»Eins davon gehört zu diesem Apartment«, sagte Kaufman zu ihm.

»Gut. Suchen Sie sich eins aus, ich brauch sie nicht.« Kaufman steckte die Schlüssel ein. »Portemonnaie, fünfundachtzig Cents Kleingeld. Scheine.« Er stieß einen Pfiff aus. »Das sind ja fast zwei Riesen.«

»Zweitausend Dollar?« fragte Kaufman ungläubig. »Und ich hab das Abendessen bezahlt!«

»Männer sind ja solche Idioten«, sagte Mrs. Parker, und niemand machte sich die Mühe, ihr zu widersprechen.

»Tatsache, zweitausend Piepen«, wiederholte Singer. »Na, wer weiß, vielleicht ist an Ihrer Erpressertheorie doch etwas dran, Mrs. Parker.« Sie versuchte, nicht selbstgefällig auszusehen. Er zählte die verbleibenden Gegenstände aus der Handtasche der Toten auf. »Puderdose.«

»Rosa.« Mrs. Parker blinzelte nachdenklich. »Hat nicht jemand Valentino so genannt? Die rosa Puderdose? Und hat nicht Valentino den Mann zum Duell gefordert?«

»Was hätten das für Waffen sein sollen?« fragte Woollcott. »Salatgabeln auf zwanzig Schritt?«

»Wißt ihr, Leute, ungefähr eine Woche vor seinem Tod wurde Valentino in der Polyklinik an Magengeschwüren und einem Blinddarmbruch operiert.«

»Er machte keine halben Sachen, was?«

»Ich werde Ihnen was sagen, Mrs. Parker, wenn er am Vorabend auf Van Webers Party vergiftet worden wäre, dann hätten die Ärzte bestimmt eine Spur davon entdeckt.«

»Vielleicht haben Sie's getan, und dann hat man sich ihr Schweigen erkauft.« Singer war fast hypnotisiert von ihren Augen, die sich so intensiv in ihn hineinbrannten. »Sie haben doch gerade selbst gesagt, daß so gut wie jeder in dieser Stadt käuflich ist. Ich bin sicher, daß auch Ärzte dazugehören. Bestimmt ist Bela Horathy ein Beispiel dafür. Ihr Hippokratischer Eid wäre dann natürlich nichts als eine inhaltslose Leier.«

»Ich gehe«, verkündete Kaufman.

»Wo finde ich Sie, wenn ich Sie brauche?« fragte Singer.

Kaufman gab ihm die Telefonnummer seiner Familie. »Dort

weiß man immer, wo ich bin. Aber was sage ich meiner Frau, wenn Sie sich wundert, daß die Polizei anruft?«

»Das gleiche, was du ihr bei deinen merkwürdigen Abwesenheiten sagst«, schlug Mrs. Parker vor.

»Danke«, sagte Kaufman, an alle drei gewandt, »ich weiß das sehr zu schätzen, was ihr für mich tut.«

Nachdem Kaufman gegangen war, sagte Singer, »Okay, Leute. Es besteht keine Veranlassung für Sie, hier weiter herumzuhängen. Lassen Sie uns runtergehen, damit meine Jungs anfangen können.«

»Das Hauspersonal wird keinen Verdacht schöpfen?«

»Nein, Mrs. Parker, wir kennen sie, und sie kennen uns. Kaufman ist nicht der einzige unglückliche Ehemann mit einem Liebesnest. Gehen wir.«

Mrs. Parker hakte sich bei Singer ein. »Sie sind ein guter Mann, Jacob Singer. Ich bin froh, daß wir Freunde sind.«

Halt dich weiter so bei mir fest, dachte Singer, und vielleicht bringen wir es ja zu mehr als bloßer Freundschaft.

Ein paar Minuten später führte Mrs. Parker Woollcott zu dem westlichen Teil des Central Park. Woollcott, der sein Mittagessen hatte auslassen müssen, fühlte sich gereizt und schlecht gelaunt. »Wohin gehen wir?« wollte er wissen.

»Ich dachte, wir könnten eben bei Marc Connelly vorbeischauen.«

»Er haßt es, wenn man bei ihm vorbeischaut, besonders wenn er gerade arbeitet.«

»Woher weißt du, daß er arbeitet?«

»Er hat gestern beim Lunch erwähnt, daß er mit einem neuen Theaterstück anfangen wollte. *The Wisdom Tooth* ist diese Saison gar nicht schlecht für ihn gelaufen, wenn man bedenkt, daß er es allein und ohne Kaufman geschrieben hat.« 1921 hatten Kaufman und Connelly gemeinsam das Stück *Dulcy* verfaßt, das mit Lynn Fontanne in der Titelrolle ein schlagender Erfolg geworden war und beiden Autoren den Durchbruch zu Ruhm und Wohlstand verschafft hatte. »Und da wir gerade von Lunch sprechen, ich möchte meinen, jetzt und sofort.« Er konsultierte seine Taschenuhr. »O Schreck, es ist schon fast drei Uhr. Ich muß völlig ausgehungert sein.«

»Connelly wird dir ein Sandwich machen.«

»Ich will kein Sandwich! Und wenn er nicht da ist?«

»Connelly lügt nie, wenn es um seine Arbeit geht. Er ist ein so eifriger Autor. Es macht mich ganz krank, wenn ich nur daran denke.« Mrs. Parkers Neigung, die eigene Arbeit um jeden Preis vor sich herzuschieben, war eine Schwäche, die ihren Freunden und Auftraggebern bestens vertraut war. »Ich verstehe diese disziplinierten Leute nicht, und auch nicht den Zwang, kreativ sein zu müssen. Ich fand es so angenehm, von Richman ausgehalten zu werden. Er war so großzügig, aber was für ein sturer Esel. Glaub mir, ich bin unendlich erleichtert, ihn los zu sein.« Wütend wandte sie sich Woollcott zu. »Wieso mußtest du eigentlich damit anfangen?«

»Warum zum Teufel bist du auf mich sauer? Du bist doch diejenige, die vom hundertsten ins tausendste kommt. Wie weit ist es überhaupt noch bis zu Connellys Wohnung? Ich komme um vor Hunger!«

Das Mietshaus, in dem Marc Connelly lebte, ging auf den Central Park hinaus. Der Portier kündigte die Eindringlinge über die Sprechanlage an, und beide überkam das Gefühl, mit einiger Zurückhaltung nach oben gebeten zu werden. Als ihnen Connelly die Tür öffnete, konnten sie an seinem Gesichtsausdruck feststellen, daß sie ihr erster Instinkt nicht getrogen hatte. »Wir waren gerade in der Nähe und dachten, es freut dich, wenn wir kurz bei dir hereinschauen«, sagte Woollcott zuvorkommend, während er den Weg in Connellys gemütliches Wohnzimmer anführte. Die bis zum Fußboden reichenden Flügelfenster standen weit offen, um selbst die kleinste Brise hereinzulassen. Connelly wischte sich die Glatze mit einem Taschentuch.

»Und was führt euch eigentlich in diese Gegend?«

»Wir wollten einen Blick auf Valentino werfen, aber alle Vorstellungen sind ausverkauft. Woollcott hat noch kein Mittagessen gehabt, Schatz; kannst du ihm irgend etwas Vernünftiges anbieten?«

»Also nichts, was mit deinem letzten Stück vergleichbar wäre«, fügte Woollcott hinzu.

»Ich kann dir einen Giftbecher anbieten«, sagte Connelly und vermied es krampfhaft, mit den Zähnen zu knirschen. »Zur Küche geht's hier entlang.« Sie folgten ihm in die Küche, wo sich hohe Berge ungespülten Geschirrs im Ausguß türmten.

»Hier sieht es ja genauso schlimm aus wie bei mir«, bemerkte Mrs. Parker. Dann fragte sie, als sie die Mengen schmutzigen Geschirrs bemerkte: »Was in Gottes Namen ist denn *das?*«

»Eine Herausforderung.« Connelly wühlte im Kühlschrank herum. »Hier ist ein bißchen kaltes Hühnchen.« Er kniff die Augen zusammen. »Jedenfalls sieht es aus wie kaltes Hühnchen.«

»Laß mich mal sehen.« Mrs. Parker schob Connelly sanft beiseite.

Connelly bemühte sich mannhaft, nicht aus der Haut zu fahren.

Woollcott blickte haßerfüllt auf Connelly, der dastand und mit geballten Fäusten immerzu Mrs. Parkers Rücken anstarrte. »Anstatt hier herumzustehen wie ein infizierter Niednagel, könntest du dich vielleicht sinnvollerweise mit einem Martinishaker beschäftigen.«

»Warum leckt ihr mich nicht beide am Arsch!« platzte es aus Connelly heraus, und er stürzte ins Wohnzimmer.

»Er muß noch lernen, sein Temperament zu zügeln«, sagte Mrs. Parker, während sie die Teller mit einem aus Essensresten improvisierten Mahl zu einem Tisch hinübertrug.

Zehn Minuten später, im Wohnzimmer, war die Atmosphäre freundlicher geworden; man stieß auf das gegenseitige Wohl an, und Connelly sank in einen überpolsterten Sessel und sah den anderen beiden zu, wie sie sich mit Hühnchen und Salat vollstopften. Noch kauend fragte Mrs. Parker den Stückeschreiber: »Wie gut kennst du Lacey Van Weber?«

»Van Weber? Kenn ich überhaupt nicht gut. Ich hab ihn einmal vor ungefähr zehn Tagen getroffen. Jemand hat mich auf eine Party in sein Penthouse im Südlichen Central Park mitgenommen.« Er rutschte auf seinem Sitz herum. »Übrigens war Valentino mit dieser ungarischen Ziegfeld-Schönheit da. Und es gab eine häßliche Szene. Valentino ärgerte sich über Dr. Horathy. Was ich auch verstehen kann. Schlüpfrige Type, dieser Horathy. Valentino warf ihm lauter schreckliche Dinge vor, die mit dem illegalen Verschreiben von Narkotika in Zusammenhang stehen. Und traurig genug, daß Valentino genau dort krank wurde.« Dann, mißtrauisch: »Woher dieses Interesse an Van Weber?«

»Nun ja«, sagte Mrs. Parker, »ich habe einen Artikel über ihn im *Graphic* gelesen.«

»Wie kannst du nur dieses Käseblatt lesen?«

»Eine läßliche Sünde. Außerdem interessiert er mich als Charakterstudie. Irgend etwas an der Art, wie der Reporter seinen Lebensstil beschreibt, kommt mir fürchterlich bekannt vor.«

»Parvenu und déjà vu.«

»Alec, das ist unwürdig.« Sie widmete ihre Aufmerksamkeit wieder Connelly. »Bekannt insofern, als ich glaube, sein Anwesen in East Cove in einem ähnlichen Zusammenhang beschrieben gesehen zu haben. Marc, mache ich mich verständlich?«

»Wie angewandte Algebra. Lily Robson hat mich auf die Party mitgenommen.«

Mrs. Parker markierte die Unschuldige. »Lily Robson?«

»Sie ist eins von Texas Guinans Mädchen.«

»Ich wußte nicht, daß du auf so etwas stehst.«

»Sie ist kein ›Etwas‹; sie ist eine rasend wunderbare, rasend charmante junge Frau. Sie hat einen köstlichen Sinn für Humor und lacht über alle meine Witze. Ja, auf so etwas stehe ich. Ich stehe auf allem, das mir nicht durch die Finger schlüpft und oft genug ja sagt. Seid ihr mit dem Essen fertig? Gut. Wenn ihr nichts dagegen habt, räumt euer Geschirr selber ab. Meine Haushälterin ist in Urlaub.«

»Ich bekomme langsam das Gefühl, du willst uns verabschieden«, meinte Woollcott verdrießlich.

»Ich wollte euch gar nicht erst begrüßen.«

Mrs. Parker trug das Tablett mit den schmutzigen Tellern und dem Besteck in die Küche.

Connelly fixierte Woollcott mit dem Blick eines Richters, der schnell mit dem Todesurteil zur Hand ist. »Was wollt ihr zwei eigentlich herausbekommen?«

»Warum bist du immer so mißtrauisch?«

»Warum beantwortest du eine Frage immer mit einer Gegenfrage?«

Mrs. Parker kam zurück. »Bei dir gibt's Küchenschaben.«

Connelly erhob sich und machte eine tiefe Verbeugung. »Guten Tag, gute Freunde. Ich habe eine Verabredung mit meinem Schreibtisch.« Mrs. Parker ging zu ihm hinüber, nahm seinen Kopf zwischen die Hände und küßte ihn sanft auf seinen kahlen Schädel.

»Danke dafür, daß du ein so todlangweiliger Gastgeber warst und für die neuen Martinis und das alte Hühnchen. Dafür müssen wir uns einmal revanchieren. Komm, Alec, wir haben genug gestört.« Woollcott folgte ihr aus der Wohnung.

Vor dem Fahrstuhl fragte er sie: »Und was hat uns das Ganze nun eingebracht, außer einem unbeschreiblich ekelhaften Mittagessen?«

»Er hat Ilona Mercurys Geschichte über Valentinos Auftritt bestätigt.«

»Dachtest du, sie könnte gelogen haben?«

»Diese Sorte Mädchen lügt immer. Sie müssen ja. Sie führen so viele Leben. Ihr eigenes und das der Männer, die hinter ihnen her sind. Immerhin wissen wir jetzt, daß Kaufman die Geschichte aus erster Nuttenhand hat.« Auf der Straße fragte sie Woollcott: »Ist es schwer, Karten für *No Foolin'* zu bekommen?«

»Im August ist es nicht schwer, Karten für irgend etwas zu bekommen. Und außerdem geht die Show nur so lala, seit der Premiere im Juni. Ich habe ihr einen Verriß besorgt, der sich gewaschen hat.«

»Vielleicht gefällt sie dir beim zweitenmal besser.«

»Ich habe nicht die leiseste Absicht, mir den Dreck noch

mal anzusehen. Der Volksmund nennt das Stück schon ›*Ziegfeld's Folly*‹.«

»Ilona Mercury hat in der Show mitgespielt. Sie hat sich eine Garderobe mit den anderen Mädchen geteilt. Und Revuegirls reden viel. Häufig über Dinge, die sie für sich behalten sollten.«

Woollcott hörte auf zu laufen, stemmte seine Hände in die Hüften und bombardierte Mrs. Parker mit verbalen Schrotladungen. »Hat uns nicht dieser Polizeifritze gesagt, wir sollten uns so lange zurückhalten, bis die Leiche gefunden und zweifelsfrei identifiziert ist?«

»Das hat er in der Tat gesagt, und wir haben uns ja zurückgehalten.«

»Connelly überrumpeln und nach der Party aushorchen, Karten für *No Foolin'*, das nennst du also ›sich zurückhalten‹?«

»Connelly ist ein guter alter Freund, und wir haben eine kleine Stippvisite bei ihm gemacht. Ich hatte eigentlich gehofft, daß er Van Weber persönlich kennt und uns zusammenbringen könnte. Aber funktioniert die Kriminalarbeit nicht genau so? Eine Sackgasse hier, eine falsche Spur dort. Und was die Show angeht, wir müssen sie uns ja nicht heute abend ansehen. Dafür aber morgen abend. Denn morgen, denke ich, wird Canarsie sein düsteres Geheimnis gelüftet haben und das arme Ding in den knalligen Schlagzeilen der Sensationspresse identifiziert worden sein. Ach Alec, mir macht die Sache soviel Freude, und Freude ist, was ich dringend brauche. Ich habe schon so viele freudlose Zeiten erlebt, und dabei bin ich erst dreiunddreißig. Und schau mal, wieviel Material du auf diese Weise für deinen Artikel zusammenbekommst. Was wird das für ein toller Artikel sein. Harold Ross wird dich anflehen, daß du ihn ihm für seinen *New Yorker* überläßt. Oder irgend so etwas.«

»Ich bin so ein weichherziger, sentimentaler alter Trottel«, schimpfte Woollcott. »Dir deinen Willen zu lassen, kommt einem Liebesakt mit einer Kobra gleich. Also gut. Morgen abend. *No Foolin'*.«

»Und bis dahin werden wir uns einen schlauen Vorwand ausgedacht haben, um hinter die Bühne zu gehen und die Revuegirls ins Kreuzverhör zu nehmen. Ach, und bevor ich es vergesse. Wie gut kennst du Polly Adler?«

Woollcotts Brust schwoll empört an. »Wie wagst du es, mir zu unterstellen, mit einer Puffoberin zu verkehren?«

»Ich habe gehört, daß sie klein und zierlich ist, genau wie ich. Übrigens trage ich mich schon seit langem mit der Idee, eine Studie über Prostituierte zu schreiben, und was wäre naheliegender, als in Pollys Bordell anzufangen. Sie könnte mich mit Vera DeLee bekanntmachen.«

»Mit wem?«

»Vera DeLee. Die Begleitung von Richter Crater auf Van Webers Party.«

»Du handelst übereilt«, warnte Woollcott.

»Ich erkunde nur das Terrain.«

»Nanu«, sagte Woollcott in einem anderen Tonfall. »Wir sind ja schon am Columbus Circle angelangt, praktisch vor deiner Türschwelle. Ich bin eine ganz schöne Strecke gelaufen, ohne es zu bemerken.«

»Da siehst du mal, wie sich manche Dinge bei einem einschleichen. Möchtest du auf einen Drink heraufkommen?«

»Nein, danke. Ich werde mir ein Taxi rufen und mich nach Haus in die Dreiundvierzigste Straße West begeben.« Woollcott teilte sich mit Harold Ross und dessen Frau Jane Grant ein Backsteinhaus. Sie waren ein unverträgliches Trio, aber Woollcott zog es vor, die unsanften Anspielungen, er möge sich eine andere Unterkunft suchen, so lange zu ignorieren, bis ihm ein Umzug gelegen kam. »Ich ruf dich später an. Wir sollten morgen nach dem Theater essen gehen.«

»Vielleicht überreden wir eines der Mädchen mitzugehen.«

»Und welches?«

»Dasjenige, das uns am meisten über Ilona Mercury erzählen kann.« Sie warf ihm eine Kußhand zu, eilte in Richtung Siebenundfünfzigste Straße davon, und ließ ihn verzweifelt nach einem Taxi winkend stehen.

Das Telefon fing an zu läuten, als sie den Schlüssel ins Schloß steckte. Das Läuten dauerte an, bis sie die Tür geöffnet, den

Schlüssel herausgezogen, die Tür zugestoßen hatte und fast über eine kleine Brücke gestolpert war, um den Apparat zu erreichen.

»Hallo?«

»Dorothy Parker!« wütete eine Stimme am anderen Ende. Sie erkannte Harold Ross.

»Du brauchst nicht zu brüllen, Harold. Ich weiß, wie ich heiße.«

»Dein Manuskript ist seit zwei Tagen überfällig. Du hast dich nicht mehr in der Nähe dieses Büros blicken lassen, seit du aus Europa zurückgekommen bist.«

»Das stimmt nicht. Gerade neulich früh war ich dort, aber leider war der einzige Stuhl schon besetzt.«

»Ich sperr dir dein Gehaltskonto!«

»Harold, macht es dir Spaß, deine Tage damit zu verbringen, Frauen zu schikanieren? Ich bin gerade eben nach Hause gekommen. Ich bin durchgeschwitzt und müde. Ich brauche ein Bad und einen Drink oder umgekehrt. Ich hatte einen sehr anstrengenden Tag, und wenn du mich jetzt bitte in Ruhe lassen würdest, schreibe ich heute abend das Manuskript fertig und bringe es morgen früh im Büro vorbei.«

»Das glaube ich dir nicht.«

»Das kann ich dir nachfühlen.« Sie hörte etwas Unflätiges aus dem anderen Ende der Leitung kommen, dann legten beide im selben Moment auf. Sie entfernte die erdrückende Glocke von ihrem Kopf und warf sie auf einen Tisch. Sie ging ins Badezimmer, um das Wasser einlaufen zu lassen. Als die Hähne geöffnet waren, starrte sie ihre geschmückten Handgelenke an, setzte sich auf den Toilettendeckel und brach in Tränen aus.

Eine Stunde später vernahm Horace Liveright vom Boni und Liveright Verlag, der eine Ausgabe von Dorothy Parkers Gedichtsammlung *Enough Rope* in Vorbereitung hatte, entzückt von seiner Sekretärin, Mrs. Parker sei im Büro und frage, ob er sie empfangen würde. Liveright begab sich persönlich in das Vorzimmer, um Mrs. Parker ins Allerheiligste zu führen. Er kam mit ausgestreckten Händen auf sie zu. »Liebe, liebe Dorothy, wie schön, dich zu sehen.«

»Mein Gott, siehst du aber gut aus, Horace!« rief Mrs. Parker, während sie sich eine der ausgebreiteten Hände aussuchte und sie sanft drückte. Sie ging vor ihm in das Büro, wo sie sich in den Sessel setzte, der seinem Schreibtisch gegenüberstand. Nachdem er sich ebenfalls niedergelassen hatte, fragte er sie, ob sie einen Drink wünschte. »Später.«

»Nun, welchem Umstand verdanke ich dieses Vergnügen?«

»Ich sag's dir, Horace. Als ich vor einer kleinen Weile in meiner Badewanne weichte und mir darüber den Kopf zerbrach, wie ich jemandem, der wahrscheinlich ein sehr begehrter Mann in dieser Stadt ist, vorgestellt werden könnte, da fiel es mir plötzlich ein ... Horace Liveright!«

»Aber du kennst mich doch schon.«

Humor, ermahnte sich Mrs. Parker, war nicht gerade Liverights Stärke. »Ich weiß, daß ich dich kenne, Horace, aber ich kenne Lacey Van Weber nicht, und das ist der Mann, den ich kennenlernen möchte.«

Sämtliche Spuren guter Laune wichen aus Liverights Gesicht. »Warum?«

»Warum was?«

»Warum willst du ihn kennenlernen?«

»Warum klingst du so finster?«

»Wie kommst du darauf, daß ich ihn kennen könnte?«

»Weil du jeden kennst. Du bewegst dich in den besten Kreisen. Du bist ein Sproß einer unserer besten Familien.«

»Van Weber ist es nicht.«

»Ach komm schon, Horace, hör auf, dich wie ein alter Brummbär aufzuführen.«

»Wieso interessierst du dich für ihn?«

Mrs. Parker tischte ihm ihre Geschichte vom Artikel im *Graphic* auf. »Die Geschichte faszinierte mich mehr wegen der Dinge, die verschwiegen wurden, als wegen der Dinge, die da gedruckt standen.«

»Und was glaubst du, welche Dinge verschwiegen wurden?«

»Das möchte ich herausfinden. Für meinen Geschmack fehlt zu viel zwischen den Zeilen. In diesem Mann steckt eine gute

Story, und ich habe Harold Ross überzeugt, im *New Yorker* einen Hintergrundbericht über ihn zu bringen. Schließlich soll ja die Zeitschrift genau davon handeln, von New York und den New Yorkern, und ein New Yorker ist er ja wohl, nicht wahr?« Sie wußte, daß Liveright und Ross sich nur flüchtig kannten, und die Chance, daß Liveright hinter ihre Lüge kommen würde, war gering. »Und offen gestanden, ich brauche das Geld.«

»Ich bin gern bereit, dir soviel zu leihen, wie du brauchst.«

»Auf keinen Fall, Horace, du warst mit deinem Vorschuß auf *Enough Rope* schon mehr als großzügig. Zur Abwechslung möchte ich mein Geld mal auf ehrliche Weise verdienen.«

»Ich mag Lacey Van Weber nicht.«

»Es gibt eine Menge Leute, die ich auch nicht mag, aber wenn meine Freunde sie kennenlernen wollen, dann tu ich ihnen eben den Gefallen.«

»Du bist wirklich ein überzeugendes Wesen.« Er machte seiner Sekretärin ein Zeichen. Als sie eintrat, trug er ihr auf, sich mit Lacey Van Weber in Verbindung zu setzen. Er blickte auf seine Armbanduhr. Es war fast fünf Uhr. »Sie werden ihn wahrscheinlich im Athletic Club antreffen.« Einige Minuten später sprach Liveright mit Lacey Van Weber am Telefon.

»Na, alter Junge«, sagte Van Weber, »was für eine Überraschung. Ich bin gerade auf eine Massage vorbeigekommen.«

Liveright kam sofort zur Sache. »Ich bin sicher, daß Sie schon von Dorothy Parker gehört haben. Sie sitzt in diesem Moment in meinem Büro. Sie hat über Sie im *Graphic* gelesen.«

»Sagen Sie ihr, daß ich überhaupt nicht so bin.«

»Genau das vermutet sie auch. Sie würde Sie schrecklich gern kennenlernen. Warten Sie einen Augenblick.« Er bedeckte die Sprechmuschel mit der Hand. »Drinks bei Jack & Charlie's, in einer halben Stunde?«

»Wunderbar. Ich liebe Jack & Charlie's.« Die Flüsterkneipe lag auf der Zweiundfünfzigsten Straße West, gleich an der Fifth Avenue.

Liveright sagte ins Telefon: »Sie werden sie ganz leicht erkennen.«

»Kommst du denn nicht mit?« fragte Mrs. Parker.

Liveright verneinte mit einem Kopfschütteln, während er Mrs. Parker und ihre Kleidung beschrieb.

»Und wenn das nicht genügt, sag ihm, ich klemme mir eine Rose zwischen die Zähne. Außerdem werde ich ihn erkennen. Ich habe sein Foto gesehen.«

Nachdem er aufgehängt hatte, sagte Liveright besorgt: »Sei vorsichtig, Dorothy. Du wandelst am Rande eines Abgrunds.«

Sie warf ihm ein betörendes Lächeln zu. »Ich bin deine Sklavin, Horace.«

Um halb sechs eilte sie die Fifth Avenue in Richtung auf die Zweiundfünfzigste Straße West und Jack & Charlie's entlang. Sie fühlte weder ihre Füße auf dem Asphalt noch litt sie unter der intensiven Schwüle, die diese Stadt zu ersticken drohte. Sie fühlte sich beschwingt und wie eine Achtzehnjährige. Es lag Monate zurück, seit sie zuletzt am Rande eines Abgrunds gewandelt war.

Drittes Kapitel

Während Mrs. Parker beschwingt die Fifth Avenue zu ihrer Verabredung mit Lacey Van Weber entlangschwebte, saß die berüchtigste Puffmutter New Yorks, die winzige Polly Adler, auf einem Klavierhocker in ihrem ebenso individuell wie geschmackvoll eingerichteten Apartment und sah ihrem Dienstmädchen Gloria zu, wie sie Blumen in einer teuren Kristallvase von Tiffany arrangierte. Der Flügel, vor dem Mrs. Adler saß, war speziell für sie von dem großen Musiker Leopold Godowski ausgesucht worden, der auch das Stimmen persönlich überwacht hatte. Das prächtige spanische Tuch, das kunstvoll das Klavier drapierte, war ein Geschenk des gefeierten Cellisten Pablo Casals. Ihre Finger glitten müßig über die Tastatur, während sie nachdenklich die Fotografie ihrer Eltern betrachtete, die auf dem Klavier ruhte. Den Platinrahmen hierfür hatte der berühmte Broadwaystar Holbrook Blinn gestiftet. Ein dutzendmal am Tage betrachtete sie das Ehepaar, ihren gut gekleideten Vater, der ein weißes Käppchen trug, ihre Mutter, klein und würdevoll unter einem prächtigen Spitzenschal, der ihren *Scheitel* bedeckte, eine Perücke, die alle orthodoxen jüdischen Ehefrauen zu tragen hatten. Wenn die wüßten, womit ich mein Geld verdiene, würden sie konvertieren, dachte Polly. Das Telefon klingelte. »Geh ran, Gloria«, befahl Polly in ihrer krächzenden Brummstimme, die dafür bekannt war, daß sie Wände zum Einsturz bringen konnte, vor allem – nach einer Razzia in ihren Geschäftsräumen – die Gemäuer diverser Polizeireviere.

»Es ist Mr. Liveright«, sagte Gloria. Gloria war noch nicht einmal ein Jahr bei Mrs. Adler. Man hatte sie als angehende Prostituierte eingestellt, aber ihr natürliches Talent als Putze stach bald ihre Qualitäten unter der Bettdecke aus. So kam es zu einem für beide Seiten zufriedenstellenden Kompromiß. Ein gutes Dienstmädchen war schwer zu finden. Gute Huren gab es in Hülle und Fülle.

»Was kann ich für Sie tun, Horace?« Sie mochte Liveright nicht besonders, aber er war ein regelmäßiger und lukrativer Kunde.

Liveright saß in seinem Büro, die Füße auf dem Schreibtisch, seinen Drehstuhl nach hinten zurückgekippt. In bequemer Reichweite stand ein Glas Scotch, nicht irgendein selbstgebrannter Fusel, sondern echter Stoff von einer Yacht, die kürzlich aus England eingetroffen war. »Ich könnte ein halbes Dutzend langstieliger Rosen gebrauchen. Ich hätte sie gern zu Mitternacht geliefert. Die übliche Adresse.«

Pollys Augen weiteteten sich ungläubig. »*Sechs?* Ich unterhalte ja nur vier für die Stammkunden, und heute wird eine betriebsame Nacht. Glauben Sie mir, ich habe schon über fünfzehn Voranmeldungen. Den Rest muß ich anmieten, und Sie geben mir nicht gerade viel Zeit, sie zusammenzutrommeln. Was denken Sie denn – einige meiner Mädchen sind ehrenhafte Ehefrauen und Mütter. Sie brauchen Zeit, um die Kinder zu füttern, sie ins Bett zu bringen und darauf zu warten, bis der Herr des Hauses von den Anstrengungen des täglichen Lebens erschöpft zusammengebrochen ist. Was glauben Sie, wer ich bin?«

»Eine sehr kluge Geschäftsfrau«, sagte Liveright. »Vielleicht können Sie sich ein paar Mädchen von Belle Livingston ausleihen.«

»Noch nicht gehört? Belle sitzt auf der Gefängnisinsel Rikers. Gestern abend haben sie eine Razzia bei ihr gemacht, und sie ist an einen neuen Richter geraten, der ein Idiot ist. Er nimmt keine Bestechungsgelder. Können Sie sich das vorstellen, ein von Jimmy Walker ernannter Beamter, der keine Bestechungsgelder nimmt?« Bürgermeister James J. Walker war einer von Pollys respektabelsten Kunden. »Lassen Sie mich sehen, was ich in den nächsten zwei Stunden für Sie tun kann. Wo kann ich Sie erreichen?« Sie notierte sich die Nummer, die er ihr gab, in ihrem Terminbuch auf dem Schreibtisch.

Mit einem Schwung entfernte Liveright seine Füße vom

Schreibtisch. »Besteht die Möglichkeit, daß Miss DeLee zur Verfügung steht?«

Polly studierte ihr Gesicht in einem Spiegel, den der Filmstar Wallace Beery dem Etablissement verehrt hatte. Was sie sah, fand sie immer noch gutaussehend. Prostitution hatte ihr nicht geschadet. Sie war noch immer unter vierzig, und wenn ihre Zeit gekommen war, würde sie schlau genug sein, sich aus dem Beruf zurückzuziehen. Polly hegte den stillen Wunsch, sich eine höhere Bildung anzueignen. Sie wollte das College besuchen. Die New York University bot Abendkurse an, die sie interessierten. Sie wollte Sprachen lernen und Wirtschaft studieren und sich um ihre Investitionen selbst kümmern, ohne sich ständig Sorgen machen zu müssen, daß irgendeine Schlange von einem Börsenmakler sie übers Ohr haute. Der Markt florierte, und Polly mit ihm.

»Polly?«

»Ich bin noch dran, Mr. Liveright, ich bin dran. Ich habe nur eben nachgedacht. Vera hat sich in letzter Zeit nicht besonders auf der Höhe gefühlt. Letzte Nacht ist sie in den Armen eines sehr wichtigen Kunden ohnmächtig geworden, stellen Sie sich das mal vor. Er hat sich vor Angst fast naß gemacht, und ich sage Ihnen, er hat eine Menge Kies übrig. Übrigens glaube ich, daß sie gerade in diesem Augenblick einen Termin bei ihrem Arzt hat. Wenn er es erlaubt, werde ich dafür sorgen, daß sie in Ihrem Verkaufspaket enthalten ist. Und Mr. Liveright« – er spürte, daß eine Ermahnung im Anmarsch war –, »die harten Sachen lassen wir mal schön bleiben, haben Sie mich verstanden? Wo ich herkomme, wissen Sie, sind Ketten für die Sklaven da. Steht dieser schräge Vogel Frank Tinney auch auf Ihrer Gästeliste?« Frank Tinney war ein gefeierter Komödiant, der für seine sadistischen Neigungen gegenüber Frauen bekannt war.

»Ja. Aber machen Sie sich keine Gedanken. Ich werde dafür sorgen, daß er nicht aus der Reihe tanzt.«

»Dazu kann ich Ihnen auch verdammt noch mal nur raten. Zigarrenbrandflecken auf ihren Titten halten meine Mädchen zu lange vom Geschäft fern. Und von Zigarren. Was ist mit Crater?«

»Ich hatte eigentlich nicht vor, den Richter einzuladen.«

»Naja, ich frage nur, weil Vera einer seiner Lieblinge ist. Also gut, Mr. Liveright. Oder sollte ich es ›Live Right‹ aussprechen? Sie verstehen jedenfalls was davon.«

»Hängen Sie noch nicht ein. Polly, wie gut kennen Sie Lacey Van Weber?«

Polly antwortete vorsichtig. »Wir pflegen keinen gesellschaftlichen Umgang.«

»Ihre Mädchen waren auf einigen seiner Parties. Vera DeLee war bei der Party dabei, auf der Valentino krank wurde.«

»Na und?«

»Nun, wissen Sie, meine Liebe, ich fürchte, daß jemand, der mir sehr viel bedeutet, drauf und dran ist, sich aufs Gefährlichste mit ihm einzulassen.«

»Mr. Liveright, Sie veröffentlichen zu viele Liebesgeschichten. So etwas wie ›sich gefährlich auf jemanden einlassen‹ gibt es gar nicht, es sei denn, man betritt ohne Peitsche und Pistole einen Löwenkäfig.«

»Offenbar sind Sie von Lacey Van Weber sehr angetan.«

»Es ist so, wie ich es Ihnen gesagt habe, Mr. Liveright, ich habe noch nie gesellschaftlichen Umgang mit ihm gehabt. Und nun lassen Sie mich die Mädchen zusammentrommeln.« Sie hängte ein und funkelte wütend das Telefon an.

»Kann ich Ihnen irgendwas besorgen?« fragte Gloria.

»Ja. Besorg mir einen neuen Kopf, einen neuen Magen und eine neue Vergangenheit.«

Mrs. Parker war zu früh gekommen. Wenn das den Mitgliedern ihres Lunchzirkels zu Ohren gekommen wäre, hätte einer von ihnen eine Fahne gehißt. Jack Kreindler führte sie an einen ruhigen Tisch im Hinterzimmer, wo sie sich vorstellte und ihm sagte, daß sie auf Lacey Van Weber wartete. »Das hier ist Mr. Van Webers Lieblingstisch«, erklärte Kreindler. »Kann ich Ihnen irgend etwas bringen, während Sie warten?«

Eine Sekunde lang erwog Mrs. Parker, ihn um eine Ausgabe von *Krieg und Frieden* zu bitten, beschloß dann aber, daß jetzt nicht der richtige Augenblick für kleine Scherze sei. Sie bestellte einen Jack Rose, und Kreindler gab den Auftrag an einen Kellner weiter, der eine kleine Schale gesalzener Nüsse auf den Tisch gestellt hatte. Als Kreindler und der Kellner gegangen waren, öffnete Mrs. Parker ihre Handtasche, fand einen Taschenspiegel und unterzog sich einer kritischen Prüfung. Das ist so ungefähr das Beste, was ich jemals zustande bringen kann, beschloß sie. Nachdem der Spiegel wieder verstaut und der Verschluß der Handtasche zugeschnappt war, lehnte Mrs. Parker ihre Ellbogen auf den Tisch, verkreuzte die Finger, und ließ das Kinn auf ihnen ruhen. Da sie ihre Brille nicht aufgesetzt hatte, war ihr Blickfeld eingeschränkt. Der Raum war mit Prominenten und Leuten, die einfach nur reich waren, vollgestopft, das Gedrängel an dem langen Tresen wogte in Fünfzigerreihen. Später verglich sie es mit einer Kolonie von Arbeiterameisen. Der Kellner brachte ihren Drink und ging dann wieder fort, nachdem er erfahren hatte, daß sie sonst nichts brauche. Sie wußte, daß der Drink vorzüglich sein würde, denn Jack Kreindler und sein Bruder Charlie waren berühmt dafür, daß sie einen 1a-Saloon unterhielten. Das hier war keine der üblichen Guckloch-in-der-Tür, Sägemehl-auf-dem-Boden-Kneipen mit ihren Ex-Preisboxer-Rüpeln von Rausschmeißern, die die potentielle Kundschaft vorher begutachteten. Jack & Charlie's war ein Unternehmen von Klasse, das klassische Summen an die korrupte Polizeidienststelle zahlte, damit es auch so blieb. Außerdem war es einer der beliebtesten Erholungsorte des Bürgermeisters in Midtown, und niemand, der in die höhere Beamtenschaft aufgerückt war, hatte es darauf abgesehen, den Bürgermeister zu verstimmen.

»Mrs. Parker?«

Die Stimme war wie erlesener Balsam, der auf eine Wunde aufgetragen wird. Sie schaute auf und unterdrückte mühsam ein Japsen sexueller Erregung. Er war gute Einsachtzig groß und besaß die Figur eines Athleten. Seine Augen waren kobaltblau, und sie wußte, daß in ihren Tiefen die Geheimnisse der Pharaonen schlummerten. Später einmal beschrieb sie gegenüber

Woollcott seine Nase als »unerträglich vollkommen«. Sie war sich sicher, daß er in seinen eleganten Palm Beach Anzug gegossen worden war. Nicht eine einzige Falte, kein Knitter war zu erkennen. Er hielt seinen Panamahut leger in der rechten Hand. Sein Lächeln erfüllte sie mit einer märchenhaften Verzauberung. Seine Zähne besaßen alle Eigenschaften eines Steinwayflügels, und die Beschaffenheit seiner Haut genügte, um ein sechs Monate altes Baby vor Neid aufbrüllen zu lassen. Er war zu perfekt, und er brachte ihren Stoffwechsel durcheinander.

»Ich hoffe doch sehr, daß ich Mrs. Parker bin«, sagte sie zart und mädchenhaft, wobei sie eine Hand vor die Brust gepreßt hielt, weil ihr das Atmen schwerfiel. Er setzte sich neben sie, mit einem Lächeln, das noch breiter wurde und sie noch mehr blendete, und sie fragte sich, ob es sich nicht genauso anfühlte, wenn man kurz vor dem Herzinfarkt stand.

»Das sieht wie Bourbon aus. Ist er gut?«

»Ich habe ihn noch nicht probiert.« Sie wußte, daß ihr Mund sich bewegt hatte. Sie hoffte, daß sie irgend etwas gesagt hatte. Sie konnte nur das Rauschen in ihren Ohren hören.

»Darf ich?« Ohne ihre Zustimmung abzuwarten, kostete er davon. »Er schmeckt herrlich.« Der Kellner kam, und Van Weber bestellte dasselbe für sich. »Ich bin ein großer Bewunderer Ihrer Werke, Mrs. Parker.«

»Das bin ich auch.« Sie fühlte, wie ihre Wangen erröteten. »So eingebildet sollte das gar nicht klingen.«

»Sie haben allen Anlaß, es zu sein.«

»Das glaube ich wirklich nicht. Was ich eigentlich sagen wollte, war, daß ich es bewundere, wenn man eine Arbeit fertigstellt. Ich finde Schreiben furchtbar schwierig. Ich meine, wenn man mich dafür bezahlen würde, einen von diesen Nancy-Drew-Kriminalromanen zu schreiben, wären wir alle ganz schön aufgeschmissen. Ich weiß, daß die Frauen, die sie schreiben, ungefähr einen pro Monat herunterreißen. Für einen einfachen Vierzeiler brauche ich manchmal eine Woche.« Sie schöpfte wieder Atem. »Wir sind aber nicht hier, um über mich zu sprechen. Wir sind hier, um über Sie zu sprechen.«

Er beugte sich verführerisch vor. »Haben wir es denn eilig?«

»Aber nein«, antwortete sie ergeben, »es sei denn, daß vor der Tür schon die Schinderkarren auf uns warten.«

»Wie ich gehört habe, will Liveright Ihre Gedichtsammlung herausbringen.«

Der Kellner servierte seinen Drink und entfernte sich wieder.

»Ja, er ist fürchterlich mutig. Man hat noch nie gehört, daß die Poesie irgend jemanden reich gemacht hätte.«

»Und ich hatte geglaubt, daß Sie einen Haufen Geld verdienen.«

»Um Himmels willen, nein. Ich bin freischaffende Schriftstellerin. Ein Freischaffender ist jemand, der auf eigene Verantwortung verhungert.«

»Aber Sie schreiben doch regelmäßig Beiträge für F.P.A.s Kolumne in der *World*.«

»Das ist für lau und fürs Ego. Frank bezahlt nicht. Aber er hat einen großen Leserkreis, und es ist gut, von ihm veröffentlicht zu werden.«

»Und was ist mit dem *New Yorker*?«

»Jeder Briefträger verdient mehr. Darf ich Sie was fragen? Sie haben einen so merkwürdigen Akzent. Sind Sie Engländer oder affektiert?«

Er lachte, und es prickelte ihre Wirbelsäule herunter. An diesem Mann stimmte alles. Er war absolut vollkommen. Ohnegleichen. Einer unter Millionen. Sie hielt ihre Hände unter dem Tisch, weil sie zitterten. »Es gibt jede Menge Gerüchte über meine Herkunft. Welches davon soll ich Ihnen wiederholen?«

»Mir gefällt die Version, wonach Sie einem britischen Adelsgeschlecht entstammen. Nur wie erklärt sich dann der Name Van Weber?«

»Es gibt eine Menge deutsches Blut im britischen Königshaus. Fanden Sie den Artikel im *Graphic* wirklich so faszinierend?«

»Ja, ich liebe mysteriöse Fälle.« Jetzt verkrampften sich ihre Hände oberhalb des Tisches. Er bedeckte sie, und sie zuckte zusammen.

»Entschuldigung. Ich wollte Ihnen nicht weh tun.«

»Ach, das sind nur meine Handgelenke. Ich hab mich beim Zwiebelschälen geschnitten.«

»Oha, Häuslichkeit als zweite Natur!«

»Nein, meine dritte. Erstens lebe ich nach dem Lustprinzip, zweitens bin ich schöpferisch tätig, und drittens, wenn ich ganz wahnsinnig hungrig bin, muß ich mich ernähren.« Sie nippte an ihrem Drink und fixierte ihn dann mit ihren bezaubernden Augen. »Wer sind Sie, Lacey Van Weber?«

Sein Gesicht verriet keine Gemütsregung. »Was meinen Sie?«

»Alles an Ihnen ist zu perfekt. Sie sind wie ein Gedeck bei einem Staatsessen. Alles genauestens arrangiert. Das Anwesen in East Cove. Das Penthouse in der Stadt. Ein Büro auf der Fifth Avenue. Anscheinend haben Sie die Fantasie und das Vertrauen der *Who is Who* dieser Stadt mit Beschlag belegt. In der Abteilung Aussehen sind Sie eine absolute Wucht.« Er lächelte, und sie fragte sich, ob er nun auch erwartete, nachdem sie ihm diesen verbalen Orden angeheftet hatte, auf beide Wangen geküßt zu werden. »Aber was tun Sie eigentlich genau? Sind Sie Börsenmakler? Ein internationaler Finanzier? Oder nur ein gewiefter Schwindler?«

»Ich bin alles, und ich bin nichts. Ich bin so, wie mich die Leute haben wollen. Ich bin biegsam. Jeder kann mich formen und wieder umformen und somit seine Fantasie befriedigen, wie ich bin oder wie ich zu sein habe.«

»Sie sind außerdem ein Meister der ausweichenden Rede. Ich bin sehr erstaunt, daß uns Marc Connelly so wenig über Sie zu erzählen hatte.«

»Marc Connelly?«

Mrs. Parker war ein wenig überrascht. »Sie kennen Marc Connelly nicht, den Bühnenautor? Er war auf Ihrer Party, an dem Abend, als Valentino krank wurde.«

»Mrs. Parker, es waren so viele Leute auf meiner Party. Es sind immer so viele Leute auf all meinen Parties. Manchmal glaube ich, daß es eine Geheimorganisation irgendwo in den Gedärmen dieser Stadt gibt, deren einzige Aufgabe darin besteht, die Nervtöter auszubrüten, die ungeladen in meine Parties hereinplatzen.«

»Marc ist nicht hereingeplatzt. Seine Verabredung hat ihn mitgenommen. Lily Robson.« Die flüchtige Veränderung seines Gesichtsausdrucks entging ihr nicht. »Ich glaube, sie arbeitet bei Guinan. Kennen Sie sie nicht?«

»O doch, selbstverständlich kenne ich Lily. Wer Lily einmal gesehen hat, vergißt sie nie wieder. Sie hat leuchtend rotes Haar.«

»Das habe ich auch gehört. Man hat sie mit einem in Flammen stehenden Haus verglichen.« Sie fügte mit spröder Koketterie hinzu: »Im Gegensatz zu dem grauen Mäuschen, wie ich eines bin.«

»Wenn es mehr Mäuse wie Sie gäbe, würde ich den flammenden Rotschöpfen weniger Aufmerksamkeit schenken. Sind Sie eine gute Freundin von Marc Connelly?«

»O ja. Alec Woollcott und ich haben heute bei ihm zu Mittag gegessen. Bei der Gelegenheit hat er uns auch von Ihrer Party erzählt. Ist das nicht traurig, die Sache mit Valentino? Erst einunddreißig Jahre. Kannten Sie ihn gut?«

»Hm . . . eigentlich nicht so besonders gut.«

»Bestimmt sind Sie schon in Hollywood gewesen.«

»Ich kenne die ganze Welt wie meine Westentasche.«

Und sie machte sich langsam Gedanken, ob nicht auch die ganze Welt ihn wie ihre Westentasche kannte. Er war schon in der Tat ein komischer Vogel. Wunderschön, aber merkwürdig. Freundlich, aber auf der Hut. »Ich habe das Gefühl, Mr. Van Weber, daß Sie unter einer fürchterlichen Anspannung leben.«

»Wie kommen Sie darauf?«

»Es muß doch anstrengend sein, wenn man jedes seiner Worte so wählt, als müsse es unter der Lupe eines Juweliers untersucht und geschätzt werden.«

»Das macht meine Erziehung.«

»Und wie war die?«

»Sehr streng.«

Das klang sehr preußisch in ihren Ohren. »Sind Sie verheiratet?«

»Sehe ich aus wie die Sorte Mann, die heiratet?«

»Sie wären sicher von Marc Connelly begeistert.«

»Warum?«

»Er beantwortet immer eine Frage mit einer Gegenfrage.«

»Mrs. Parker« – er beugte sich vor, und seine Augen blendeten die ihren –, »wenn Sie mich näher kennenlernen, werden Sie mich kennen.«

Sie wußte, daß das Blut in ihren Adern brodelte. »Und steht es in Ihrem Plan, daß ich Sie näher kennenlernen könnte?«

»Wir können damit anfangen, indem wir morgen abend zusammen essen gehen.«

»Morgen abend? Oh.« Sie war niedergeschlagen.

»Morgen abend geht nicht?«

»Jedenfalls nicht zum Dinner. Mr. Woollcott hat mich zur *No Foolin'* Show von Flo Ziegfeld eingeladen.«

»Ach ja. Ich habe die Premiere gesehen.«

»Hat Ihnen das Stück gefallen?«

»Ich habe schon bessere, aber auch schlechtere gesehen.«

»Man sagt, daß die Mädchen, die dort mitmachen, die besten sind, die Flo zu bieten hat. Das ist Ihnen doch bestimmt nicht entgangen.«

»Sie sind ziemlich wunderbar.«

»Kennen Sie einige von ihnen?«

»Warum?«

»Ich dachte, sie könnten Ihnen dabei helfen, Ihre Parties auszuschmücken. Was ich sagen will: ihr gutes Aussehen könnte eine Zierde für Ihre Parties sein.«

Er spielte mit ihr, und er wußte, daß sie es wußte. Schlaue Lady. Sehr schlaue Lady. Die äußere Fassade ganz das kleine hilflose Mädchen. Und innen drin nichts als clever und berechnend. Sie verwirrte ihn. Aber sie machte ihm keine angst. »Ich habe Paulette Goddard und Claire Luce kennengelernt.«

»Ach, die spielen auch in der Show mit?«

»Ja, allerdings. Sie sind zwei hübsche Dinger. Im übrigen sind sie alle hübsche Dinger. Polly Walker, Peggy Frears, Greta Nissen . . .«

»Ilona Mercury ...«

»Ja, natürlich. Die Dame aus Ungarn. All die anderen Namen haben Ihnen nichts gesagt, und doch kannten Sie Miss Mercury. Wie kommt das?«

Mrs. Parker fühlte sich mehr und mehr in ihrem Element. Sie wandelte am Rande eines Abgrunds. Liverights Warnung leuchtete vor ihren Augen auf. Detective Jacob Singers Ermahnung, keine Ermittlungen aufzunehmen, bevor die Leiche der Ermordeten gefunden und erkannt worden war, hatte sie vergessen. »Och, sie ist die Freundin eines Freundes. George S. Kaufman? Sie *müssen* doch von George S. Kaufman gehört haben.«

»Ja. Ja, ich habe von fast allen Leuten gehört, die sich regelmäßig im Algonquin treffen. Ich lese die Kolumne von Mr. Adams äußerst gewissenhaft. Und er berichtet äußerst gewissenhaft über Sie. Ich habe Sie auf den Arm genommen, als Sie mich nach Marc Connelly befragten. Wir hatten während meiner Party ein langes Gespräch.« Doch Connelly hatte ihr und Alec erzählt, daß er Van Weber kaum kenne. »Ich sollte häufiger im Algonquin zu Mittag essen. Wenn ich Glück habe, sitze ich am Nebentisch und kann mich an Ihrer geistreichen Unterhaltung weiden.«

»So geistreich geht es nicht immer zu. Wir sind ziemlich oft verkatert. Viel zu häufig kommt es vor, daß wir knurrig sind und nacheinander schnappen, dann handelt es sich weniger um ein Treffen zum Lunch als um einen heiligen Krieg. Manchmal, wenn wir alle guter Stimmung sind, was nicht sehr häufig vorkommt, sind wir sogar herzlich und liebevoll und haben noch ein gutes Wort für Frank Case übrig, den lustigen Gastwirt des Unternehmens. Ja, Sie müssen einmal vorbeikommen. Alle haben von Ihnen gehört und rätseln über Sie herum. Das wäre ein dicker Pluspunkt für mich.«

»Na, wen haben wir denn da, hallo, Lacey Van Weber!« Richter Crater tauchte mit ausgestreckter Hand aus dem Nichts vor ihnen auf.

»Hallo, Joe. Was für eine nette Überraschung.« Van Weber schüttelte ihm die Hand. »Kennen Sie Dorothy Parker?«

»Ich habe jedenfalls viel von ihr gehört.«

»Mrs. Parker, das ist Judge Crater.«

»Wie geht es Ihnen, Judge? Wie schön, einem Richter zur Abwechslung einmal rein gesellschaftlich zu begegnen.«

Crater interessierte sich mehr für Van Weber. »Sehe ich Sie heute noch später auf der ... äh ... Sitzung?«

»Ich wußte gar nicht, daß eine anberaumt war.«

»Doch, doch. Mitternacht, wie immer.«

Mrs. Parker faszinierte der geheimnisvolle Wortwechsel. Sie fragte sich, ob ihr das Schlüsselwort entgangen war, mit Hilfe dessen sie ihn hätte dechiffrieren können.

»Vielleicht wartet in meiner Wohnung eine Nachricht auf mich. Aber falls ich nicht kommen sollte, viel Spaß.«

Richter Crater verzog den Mund zu einem schiefen Lächeln. »Versuchen Sie, da zu sein. Es ist jedesmal so eine Freude, Sie auf den Sitzungen dabeizuhaben.« Sein Kopf machte Schwenk auf Mrs. Parker und fixierte sie. »Stella, meine Frau, ist eine große Bewunderin von Ihnen.«

»Oh, wie nett. Grüßen Sie Stella von mir. Wir sollten einmal zusammen Tee trinken.«

»Das würde ihr sicher gefallen. Nett, Sie beide getroffen zu haben.«

Nachdem er sich weit genug entfernt hatte, um sie nicht mehr hören zu können, sagte Mrs. Parker: »Das ist also Judge Crater. Über ihn kursieren auch jede Menge Gerüchte. Daß er Bestechungsgelder nimmt. Mit den Banden zusammenarbeitet. Ungefähr so gradlinig wie eine Serpentine.«

»Diese Stadt ist eine Brutstätte von Gerüchten. Über Sie sind auch einige im Umlauf, wissen Sie.«

»Das weiß ich wohl, und einige davon sind wahr. Es tut mir leid wegen morgen abend.«

»Wo gehen Sie denn nach dem Theater hin?«

»Ich bin mir noch nicht sicher. Wir wissen noch nicht, wo wir zu Abend essen werden. Haben Sie einen Vorschlag?«

»Tony's auf der Sechsundvierzigsten Straße West ist ziemlich gut. Es ist gleich um die Ecke vom Globe Theater, wo *No Foolin'* spielt. Meine Sekretärin kann Ihnen telefonisch einen Tisch bestellen. Man kennt mich bei Tony's.«

Die Glücklichen bei Tony's, dachte Mrs. Parker. Ich wünschte, ich könnte behaupten, dich zu kennen. Gibt es irgend jemanden, der das für sich sagen kann? »Ich bin sicher, daß Alec das mit Tony's gefallen wird. Er macht immer gern neue Erfahrungen. Und ein kurzer Spaziergang vom Theater ist sogar noch besser. Mr. Woollcott hält nicht besonders viel vom Laufen. Er verurteilt jede Form von körperlicher Ertüchtigung. Schon von der Anstrengung, am Morgen aus dem Bett zu kommen, muß er sich anschließend eine halbe Stunde erholen.«

Jack Kreindler war zurückgekehrt. »Alles zu Ihrer Zufriedenheit, Mr. Van Weber?«

»Alles bestens, alter Junge. Könnte nicht besser sein.«

»Kann ich Ihnen noch etwas bringen, Mrs. Parker?«

»Bringen Sie mich hier heraus. Ich bin ein bißchen müde und ziemlich sicher, daß Mr. Van Weber im Begriff ist, sich für eine andere Verabredung zu verspäten.«

»Sie lesen meine Gedanken«, sagte Van Weber.

»Falls das zutrifft, wäre es heute abend das erste Mal.«

Van Weber begleitete sie zur Sixth Avenue, wo er ihr ein Taxi rief. »Wie kann ich Sie erreichen, Mrs. Parker?«

»Ich stehe im Telefonbuch, Mr. Van Weber. Wie lange wollen wir die Formalitäten noch fortsetzen, Lacey?«

»Was bevorzugst du, Dottie oder Dorothy?«

»Ich bevorzuge ein gutes Verhältnis.« Er hielt ihr die Wagentür auf. »Dottie ist das übliche.« Sie setzte sich auf den Rücksitz. Er schlug die Tür zu, und sie steckte ihren Kopf durch das geöffnete Fenster. »Oh, beinahe hätte ich meine guten Manieren vergessen. Danke für den Drink. Es war einfach herrlich.« Das Taxi fuhr davon, während Mrs. Parker dem Fahrer die Adresse sagte. Sie sah zum Rückfenster hinaus. Van Weber hatte sich nicht von der Stelle gerührt. Ohne ihn genau sehen zu können, wußte sie, daß sein Gesicht eine Studie war. Sie lehnte sich zurück und schlug die Beine übereinander. Im Geiste ging sie noch einmal die Unterhaltung mit Van Weber durch. Das Ausweichen. Die

Widersprüchlichkeiten. Der Charme. Die unterschwellige Sexualität. Die Party im Penthouse. Valentino. Lily Robson und Vera DeLee. Ilona Mercury. Ihre Eingebung sagte ihr, daß Lacey Van Weber sie in Zukunft sehr beschäftigen würde. Vielleicht hatte sie ihr Blatt überreizt, aber es schien, als ob er es ihr abgekauft hätte. Was hatte er zu Jack Kreindler gesagt? »Alles bestens, alter Junge.«

Alter Junge.

Sie faltete ihre Beine wieder auseinander und starrte zum Fenster hinaus. In den Straßen drängten sich die Menschen. Es war fast sieben Uhr. Über ihnen donnerte die Hochbahn vorüber. Der Fahrer war dabei, von der Sixth Avenue in die Siebenundfünfzigste West einzubiegen. Sie haßte es, unter der Hochbahn herzufahren. Sie lebte in ständiger Angst vor einem technischen Versagen, das die Bahn auf die Straße herunterstürzen lassen würde. Sie verließen die Sixth Avenue, und sie atmete auf.

Alter Junge.

Sie haßte den Klang der Hochbahn. Sie konnte die Ninth Avenue Hochbahn von ihrem Apartment aus hören, und aus irgendeinem Grund stimmte sie der Klang melancholisch. Alle Geräusche, die durch sich bewegende Dinge hervorgerufen wurden, stimmten sie melancholisch, da sie sie daran erinnerten, daß sie selbst sich nicht häufig oder schnell genug fortbewegte. Dorothy Parker befand sich im Zustand des Stillstands und mußte zum Handeln getrieben werden. Sie mußte nach Hause gehen und das Manuskript fertig schreiben, das sie Harold Ross für den nächsten Morgen versprochen hatte.

»Wir sind da, Lady.«

»Oh, wie schön.« Sie wühlte in ihrer Handtasche herum und gab ihm das Fahrgeld und ein gutes Trinkgeld. Er dankte ihr. Sie sagte: »Das Vergnügen ist ganz meinerseits, alter Junge.« Da, schon wieder. *Alter Junge.*

Vera DeLee lag auf der Couch und starrte die Zimmerdecke an. Jedenfalls vermutete sie, daß es eine Zimmerdecke war. Ihre

Augen konnten nicht besonders klar fixieren. Und ihr Verstand fühlte sich an, als könne er es auch nicht. Ihr Mund war trocken, und der Belag auf ihrer Zunge schmeckte nach Rost. Jemand beugte sich über sie und starrte ihr ins Gesicht. Vera befeuchtete ihre Lippen und sagte: »Was wollen Sie?«

»Fühlen Sie sich besser, Miss DeLee?«

Die Stimme klang vertraut. Sie hatte sie schon mal gehört. Es war eine gezierte Angeberstimme, falsch wie eine Dreidollarnote.

»Miss DeLee?«

»Hä?«

»Fühlen Sie sich besser?«

»Bin ich denn krank?«

»Sie sind ohnmächtig geworden.«

»Wo?«

»Hier.«

»Wo ist hier?«

»In der Arztpraxis.«

In der Arztpraxis. Jetzt konnte sie der Stimme einen Namen zuordnen. Krankenschwester Gallagher. Schwester Cora Gallagher. Dr. Wonnes Cora. Dr. Wonniglich Bela Horathys Schwester Cora Gallagher.

»Wieso bin ich ohnmächtig geworden?«

»Bluthochdruck.«

»Hat er mich gevögelt?«

»Nicht in der Praxis, Liebes. Niemals in der Praxis.«

»Wie lange war ich weg?«

»Fast zwei Stunden. Jetzt ist es nach sieben Uhr.«

»Ach du Scheiße. Ich muß Polly anrufen. Helfen Sie mir hoch.« Schwester Gallagher richtete sie auf, so daß sie zum Sitzen kam. »Meine Füße fühlen sich an wie Gummi. In meinem Kopf dreht sich alles. Ich habe einen Geschmack im Mund, als hätte man Asche reingeschüttet. Was hat er mit mir gemacht?«

»Was er immer macht.«

»Aber so habe ich noch nie reagiert.« Sie hatte Angst. »Sie

können sich doch nicht entsinnen, daß ich schon mal so reagiert habe?«

»Das ist gar nicht ungewöhnlich, nach einer Weile.«

»Was meinen Sie damit, nach einer Weile?«

»Nun, Liebes, Sie bekommen diese Spritzen schon eine geraume Zeit. Nach einer Weile baut der Körper Abwehrmechanismen auf. Die Dosis muß erhöht werden. Manchmal unterläuft dem Körper eine Überreaktion, und man wird ohnmächtig. Manche sogar für immer«, fügte sie fröhlich hinzu. »Das ist auch besser auf die Dauer.«

Veras Augen begannen allmählich, genaue Konturen wahrzunehmen. Schwester Gallagher hatte ein großes rotes Gesicht mit einer großen roten Nase und zwei großen braunen Augen. Links auf ihrem Kinn saß ein Leberfleck, genau wie bei Gloria Swanson, und dort endete auch schon die Ähnlichkeit mit Gloria Swanson. Sie hatte krauses gelbes Haar und breite Hüften, und sie sah groß genug aus, eine Ringkampfmeisterschaft zu gewinnen, sollte sich die Gelegenheit jemals für eine Frau ergeben. Und dann war da noch ihre gezierte Angeberstimme.

»Wo ist Dr. Horathy?«

»Der Doktor hat einen anderen Patienten.«

»Nach sieben Uhr?«

»Er macht für spezielle Fälle späte Termine. Das wissen Sie doch. Sie sind auch ein spezieller Fall. Sie sind auch später gekommen.«

»Wo ist meine Tasche? Ich muß ihn bezahlen.«

»Sie liegt hier bei mir auf dem Tisch. Soll ich mich bedienen?«

»Klar. Bedienen Sie sich. Nur bedienen Sie sich nicht zu reichlich. Ich weiß, was ich bekommen habe, und ich weiß, was ich dafür schuldig bin.«

»Sie können mir vertrauen, Liebes«, sagte sie, jede einzelne Silbe sauber betonend, und nahm das Honorar des Doktors heraus.

»Ich muß mal telefonieren. Hat Polly versucht, mich zu erreichen?«

»Bis jetzt noch nicht.«

»Ich muß Polly sagen, wo ich bin. Helfen Sie mir zum Telefon.«

»Bitte.«

»Bitte.« Die Schwester half ihr zum Telefon. Sie gab der Vermittlung Polly Adlers Privatnummer. »Hallo Gloria. Ich bin's, Vera. Sag Polly Bescheid. Na, dann unterbrich eben ihr Scheiß-Bridgespiel!«

Polly runzelte ärgerlich die Stirn und entschuldigte sich, während sie vom Tisch aufstand. In das Telefon brummte sie: »Wo bist du verdammt noch mal gewesen?«

»Ich bin bei Horathy. Ich fühl mich nicht gut.«

»Ich dachte, er ist dafür da, daß es dir besser geht.«

»Ich fühl mich nicht. Ich kann heute nacht nicht arbeiten.«

»Liveright gibt heute um Mitternacht eine Party. Er hat speziell nach dir gefragt.«

»Bitte, Polly. Sei lieb. Ich fühl mich nicht.«

Polly hatte in ihrem Herzen eine Schwäche für Vera DeLee, die die uneheliche Tochter einer Wäscherin und eines katholischen Priesters war. »Ich bin lieb, Vera, Schätzchen. Geh nach Hause. Schaffst du es nach Hause? Ist diese hochnäsige Krankenschwester noch da?«

»Ja.«

»Sag ihr, sie soll dir in ein Taxi helfen, vielleicht helf ich ihr dann eines Tages, daß man's ihr mal besorgt.«

»Klar.« Nachdem sie aufgelegt hatte, richtete sie Schwester Gallagher Pollys Botschaft aus. Gallagher gab Vera eine Ohrfeige.

»Ich brauche keine Hilfe von irgendwelchen Nutten. So, hier ist Ihre Tasche und Ihr Hut, und jetzt verschwinden Sie.«

»Das mindeste, was Sie tun können, ist mir zu zeigen, wo die Tür ist.«

Das Empfangszimmer war leer. Vera war allein. Sie kramte in ihrer Handtasche nach ihrer Puderdose. Sie prüfte kritisch ihr Gesicht im Spiegel und stöhnte. Während sie noch den Spiegel in ihrer Tasche verstaute, öffnete sich die Tür zu Dr. Horathys Sprechzimmer, und ein Mann trat heraus, der die Tür wieder hinter sich schloß. Er bemerkte Vera nicht sofort, da er damit beschäftigt war, seine Schläfen zu massieren. Dann ließ er die Hände sinken, schüttelte den Kopf und holte unter seinem Arm seinen Hut hervor, den er sorgfältig wieder zurechtbog. Vera lächelte.

»Hallo, großer Junge. Erkennen Sie mich nicht? Ich bin eins von Pollys Mädchen. Vera. Vera DeLee. Wir haben uns vor ein paar Wochen kennengelernt. Ist ja ein Ding, daß wir beide die Dienste von Doktor Wonne in Anspruch nehmen. Kleine Welt, was?«

Jacob Singers Büro in der Direktion seines Polizeireviers auf der Vierundfünfzigsten Straße West war kaum größer als eine Gefängniszelle. Das einsame Fenster ging auf ein trübes Seitengäßchen hinaus und war während der fünf Jahre, die Singers Amtszeit währte, nicht ein einziges Mal geputzt worden. Es gab einen Schreibtisch mit einem Telefon und einer Gegensprechanlage. Hinter dem Schreibtisch stand ein Drehstuhl, auf dem in diesem Moment Singer saß und Nathaniel Hawthornes *Der scharlachrote Buchstabe* las. Mit Mühe. Seine Lippen bewegten sich beim Lesen, und er kniff die Augen zusammen. Die Schrift war sehr klein. Es handelte sich um eine besondere Reprint-Ausgabe, die sich durch minderwertiges Papier, nachlässige Bindung und platzsparenden, engen Satz auszeichnete. Sein begrenztes Budget ließ nur solche Buchausgaben zu. Obgleich er ein Junggeselle war und somit frei von den Bürden einer Ehefrau, Kindern und Hypotheken, unterhielt Singer ein hübsches kleines Ein-Schlafzimmer-Apartment auf der Lexington Avenue in der Nähe von der Grand Central Station. Den Rest seines Geldes steckte er in Wein, Essen und die Kleider, die er am Leibe trug. Hin und wieder drückte er einen Knopf der Gegensprechanlage und fragte ungeduldig: »Haben sie die Mumie schon gefunden?« Die Antwort war immer noch negativ. Singer blickte auf seine Wanduhr. Es war fast acht Uhr. Endlich war es draußen dunkel geworden. Der Sommer neigte sich seinem Ende zu, und nicht einen Tag zu früh, nach Singers Geschmack.

Er war ein Mann für kaltes Wetter. In der Kälte kann man es immer irgendwie schaffen, sich warm zu halten. Aber in der Wärme gelingt es nicht immer, kühl zu bleiben. Wie zum Beispiel in seinem Büro. Die Luft war zum Ersticken. Und obgleich der Ventilator auf dem Aktenschrank angestellt war, herrschte tropische Hitze. Zugegeben, er hielt das Fenster geschlossen, aber das tat er nur, um den Gestank des Mülls und der Tierkadaver aus der zwei Stockwerke tiefer liegenden Gasse fernzuhalten. Er hatte Durst. Er hatte Hunger. Er wurde von Minute zu Minute ungeduldiger. Die Gegensprechanlage summte, und er drückte auf den Knopf.

»Was gibt's?«

»Eine Mumie ist auf einem leeren Grundstück in Canarsie gefunden worden, Grundstück an der Ecke Remsen Avenue und Avenue M gelegen.«

»Wird langsam Zeit.«

»Es ist eine Frau. Weiße. Sie ist erwürgt worden.«

»Schon gut, Cassidy, hör mit dem Scheiß aus den Comic Strips auf. Ich möchte heute noch irgendwann mal abendessen.«

»Es gab eine Handtasche, aber keine Ausweispapiere in der Tasche.« Die zweitausend Dollar waren in einer Blechschatulle im untersten rechten Schubfach von Singers Schreibtisch sicher verstaut. Ihr Schicksal würde zu einem günstigeren Zeitpunkt geklärt werden.

»Bringt sie ins Leichenschauhaus.«

»Brooklyn will sie aber haben«, protestierte Cassidy. Er klang merkwürdig unbehaglich.

»Scheiß auf Brooklyn!« brüllte Singer. »Die wissen ganz genau, daß sie uns gehört! Wir haben sie gefunden, und wir behalten sie auch! Bringt sie nach Uptown, wo sie hingehört, und beeilt euch mit der Identifizierung. Holt euch ihre Fingerabdrücke und schafft sie zur Einwanderungsbehörde, und zwar schnell.« Er schaltete ab, vor Wut kochend. Dann drückte er einen weiteren Knopf.

»Sherman.«

»Sherm, was ist bei der Einwanderungsbehörde los? Haben sie irgendwas über Mercury?«

»Herrgottnochmal Jake, es ist nach acht. Sie haben geschlossen.«

»O Mann, nie kann man in diesem Saftladen mal irgendwas zustande bringen. Jetzt haben sie endlich die Mumie gefunden. Sie bringen sie rauf. Bleib dran. Ich geh auf ein Chop Suey zum Gelben rüber.« Er lehnte sich im Stuhl zurück. Er kniff die Augen zu. Er dachte an Mrs. Parker. Er fragte sich, ob er es wagen dürfe. Ihre Telefonnummer stand in seinem kleinen schwarzen Buch. Er suchte sie heraus und gab sie an die Vermittlung weiter. Ihr Telefon klingelte einmal, zweimal, ein drittes Mal. Er wollte gerade einhängen.

»Hallo?« Sie klang erwartungsvoll.

»Jacob Singer am Apparat. Störe ich Sie bei irgend etwas?«

»Aber nein. Im Gegenteil, ich freue mich, daß Sie anrufen.«

»Ich freue mich, daß Sie sich freuen.« Er atmete tief durch und machte dann seinen Vorstoß. »Mrs. Parker, falls Sie noch nicht zu Abend gegessen haben, es gibt da einen netten kleinen chinesischen Laden auf der Eighth Avenue, nur ein paar Straßenblocks von Ihrer Wohnung entfernt, man kennt mich da, wir können also Schnaps bekommen und . . .«

»Ich kenne das Lokal. Ich treffe Sie in fünfzehn Minuten dort. Falls Sie vor mir da sind, bestellen Sie mir einen Bourbon Sour, aber die sollen sich mit dem Zucker zurückhalten.« Sie legte auf. Er atmete aus.

Mrs. Parker lächelte Neysa McMein an. »Das war Jacob Singer. Er ist Polizeibeamter.«

Neysas Augen wurden zu Schlitzen. »Was hast du angestellt?«

»Nichts Verbotenes.« Sie ging zu ihrer Frisierkommode, wo sie sich daranmachte, ihr Gesicht auszubessern.

»Gehst du aus?«

»Ja. Er hat mich zu einem chinesischen Abendessen eingeladen.«

Neysa war üblicherweise nicht so neugierig. Sie war einer der Lichtblicke am Round Table des Algonquin, weil sie sich weder aufdrängte, noch den Versuch machte, mit den anderen zu konkurrieren. Im Gegensatz zu der Romanschriftstellerin Edna

Ferber, die dazu neigte, ihre Argumente mit der Brechstange in die Diskussion zu hebeln, zog es Neysa vor, sich zurückzuhalten und eine gelegentliche Flaute in der Unterhaltung abzuwarten, um dann einen intelligenten Einwurf zu machen. Sie war eine der beiden Frauen, die Mrs. Parker abwechselnd bewunderte oder der sie sich anvertraute (Sara Murphy in Frankreich war die andere), und sie war es auch, die das kleine Apartment ausfindig gemacht hatte, das Mrs. Parker jetzt bewohnte. Ihre eigene Wohnung über den Hausflur war um ein Mehrfaches größer und konnte während der Parties, die sie und ihr Mann John Baragwanath regelmäßig gaben, mehr als hundert Gäste beherbergen. Sie war eine ausgezeichnete Künstlerin, erfolgreich und von denen, die ihr ebenbürtig waren, anerkannt. Ihre Ehe war sorgenfrei, nicht besonders leidenschaftlich, soweit Mrs. Parker dies feststellen konnte, und ihr Mann war intelligent genug, sich im Hintergrund zu halten, ein Gebiet, das er ganz für sich allein hatte. »Ich will ja nicht meckern, Dottie, aber als ich dich vor fünf Minuten zum Abendessen eingeladen habe, hast du gesagt, du seist zu müde zum Essen.«

»Ich will ja auch nur ein bißchen knabbern. Ich muß mich mit Mr. Singer treffen. Er ist mir gerade bei einem bestimmten Vorhaben von großer Hilfe.«

»Ist er attraktiv?«

»Er ist Detektiv.«

»Ist er ein attraktiver Detektiv?«

»Ja, ich glaube, das könnte man sagen.«

»Und warum sagst du es nicht?«

Mrs. Parker verließ den Frisiertisch und wandte sich ihrer Freundin zu. »Neysa, müssen wir unbedingt genau die Art von gestelzter Konversation führen, die wir in den Stücken von Rachel Crothers so zum Heulen finden?«

»Was machen deine Handgelenke?«

»Die sind in Ordnung. Hast du meine Handtasche gesehen? Ah, da ist sie ja.«

»Was ist mit dem Text, den du Ross versprochen hast?«

»Ich schreib ihn, wenn ich nach Hause komme. Fühlst du dich im Stich gelassen?«

»Ach Quatsch. Ich muß noch eine Illustration für *Harper's* machen. Ich hab hier nur so herumgehangen, um dich davon abzuhalten, wieder irgendeinen Unsinn anzustellen.«

»Ach, da gibt's nichts mehr zu befürchten. Die Sache ist ausgestanden. Komm.«

Sie hielt Neysa die Tür auf, die vor ihr hinausging. Dann knipste sie das Licht aus, schloß die Tür ab und ging zum Fahrstuhl hinüber. Neysa stand im Türeingang zu ihrer Wohnung.

»Amüsier dich gut.«

»Ich werd's versuchen.« Der Fahrstuhl kam an, und sie sagte Martin, dem Fahrstuhlführer der Nachtschicht, beim Einsteigen guten Abend. Sie summte die Melodie von »One Alone«, oder hoffte jedenfalls, daß es »One Alone« war, da sie kein besonders gutes Ohr für Musik besaß.

»Es ist schön, Sie wieder summen zu hören, Mrs. Parker«, sagte Martin.

»Habe ich denn sonst nicht gesummt?«

»Nicht mehr, seit Sie aus Europa zurück sind.«

»Es gab nicht viel zu summen, als ich aus Europa zurückgekommen bin.«

»Ist das nicht schrecklich, die Sache mit Rudolph Valentino?«

»Da gibt's jetzt auch nicht viel zu summen.«

Als sie in der Lobby angekommen waren, fragte Martin: »Brauchen Sie ein Taxi?«

»Nein danke, Martin, meine Verabredung wartet nur ein paar Straßen weiter auf mich.« Als sie aus dem Gebäude eilte, dachte sie, meine Verabredung. Das sind jetzt zwei an einem Abend. Wenn das nicht langsam überhand nimmt.

Alter Junge.

Viertes Kapitel

Das Fan Tan Gardens auf der Eighth Avenue war nicht nur mit einem kurzen und bequemen Spaziergang von Dorothy Parkers Wohnung aus zu erreichen, es war auch ein Paradies für Schnäppchenjäger. Für einen Dollar konnte man ein Abendmenü bekommen; die Portionen waren reichlich bemessen, und das Essen mehr als passabel. Es gab auch ein Vier-Mann-Orchester, die Fortune Cookies, die sich aus einem Klavier, einem Schlagzeug, einer Baßgeige und einem Banjo zusammensetzte.

»Der Banjo-Spieler schielt«, bemerkte Mrs. Parker. Singer kniff die Augen in Richtung auf das Halbdunkel zusammen und bestätigte ihre Beobachtung. »Glauben Sie, es bringt Glück, wenn man einen schielenden chinesischen Banjo-Spieler entdeckt? So ähnlich, wie wenn man ein vierblättriges Kleeblatt findet oder einem Buckligen über den Buckel streicht?«

»Mach ich Sie nervös?« Mrs. Parker fummelte an ihren Samtarmbändern herum, die allmählich an den Rändern durchscheuerten, ebenso wie Mrs. Parkers Nerven. Das war Detective Singers Scharfsinn nicht entgangen.

»Sie machen mich nicht nervös. Ich mach mich nervös.«

»Sie haben Ihren Drink noch nicht probiert. Der Fusel kommt brandfrisch vom Sampan.«

Sie nippte an ihrem Bourbon Sour. »Nicht schlecht. Er ist sauer. Nicht zu viel Zucker dran.«

»Ich habe uns zwei Spezialmenüs bestellt. Ich hoffe, das war okay so.«

»O ja, genau richtig. Ich bin nicht wählerisch. Ich esse nicht besonders viel. Es ist sowieso zu heiß, um so viel zu essen.« Ihre Unterhaltung wurde vom Summen der Deckenventilatoren über ihnen und dem Gebrumm einer Fliege untermalt, die ungeduldig darauf wartete, das Essen mit ihnen zu teilen. Die Fortune Cookies versuchten sich über eine schräge Interpretation von »Alexander's Ragtime Band« in Schwung zu bringen, was Mrs. Parker zunächst für »Rule Britannia« hielt.

»Ilona Mercurys Leiche ist vor einer Stunde gefunden worden. Eine Identifizierung ist noch nicht erfolgt, aber bis morgen früh wird auch das erledigt sein.« Das Essen kam, es roch appetitanregend und sah auch so aus. Singer stürzte sich darauf wie ein Scheunendrescher. Mrs. Parker dagegen inspizierte jeden Gegenstand auf ihrem Teller, als suche sie einen falschen Stein in einem Diadem. »Inzwischen müßte sie im Leichenschauhaus sein. Morgen machen sie dann die Autopsie.« Mrs. Parker legte sachte ihre Gabel zurück und nippte an ihrem Sour. Sie hatte nicht mehr den geringsten Appetit. Das bißchen, das sie eben noch verspürt hatte, war jetzt bei Ilona Mercury im städtischen Leichenschauhaus von New York gelandet. Sie wußte, daß sie ihm von dem Treffen mit Lacey Van Weber erzählen müßte, aber die mögliche Schelte, die sie sich dafür einhandeln würde, schreckte sie ab. Als er bemerkte, daß sie nichts aß, fragte er: »Würden Sie vielleicht lieber etwas anderes bestellen?«

»Nein, nein, ich habe einfach keinen richtigen Hunger. Als Sie mich angerufen haben, saß ich gerade mit meiner Freundin Neysa McMein bei einer Tasse Tee und etwas Gebäck zusammen. Ich bin sicher, daß Sie auch meinen Teller schaffen.«

»Schaff ich. Möchten Sie noch einen Drink?«

»Ich sag nicht nein.«

Er machte dem Kellner ein Zeichen, eine neue Runde zu bringen, und fragte dann Mrs. Parker: »Was ist mit Ihnen los?« Er fürchtete, daß sie es bereits bereute, seiner Einladung gefolgt zu sein.

Sie beschloß, reinen Tisch zu machen. »Ich habe heute etwas getan, das Ihnen absolut nicht gefallen wird.«

»Wen haben Sie umgebracht?«

»Nichts ganz so Schillerndes. Ich habe mich mit Lacey Van Weber zum Drink getroffen.«

Singer verzog keine Miene. »Was haben Sie aus ihm rausgeholt?«

»Nicht viel. Er ist ein ziemlich abgebrühter Typ.« In weniger als fünfzehn Minuten hatte sie die ganze Litanei hergebetet, die damit begann, wie sie Horace Liveright überrumpelt und ausgefragt hatte, und damit endete, wie Van Weber ihr ein Taxi rief. Währenddessen verputzte Singer seine eigene Portion und stürzte sich dann auf Mrs. Parkers Abendessen. Eine dritte Getränkerunde wurde bestellt, und die Fortune Cookies warfen soeben Victor Herbert den Fehdehandschuh hin, indem sie mit der Weise von den »Stout-Hearted Men« abrechneten.

»Ich finde, Sie haben ihn ganz gut in den Griff bekommen.« Mrs. Parker strahlte. Jetzt war sie hungrig, wagte aber nicht, es ihm zu sagen. Er goß sich gerade eine Tasse Tee ein, wobei er angestrengt versuchte, nicht zwischen den Zähnen zu saugen. Er wollte nicht, daß sie ihn für einen unkultivierten Tolpatsch hielt. Er spülte den Tee in seinem Mund umher, aber das entfernte gar nichts. »Liveright bringt Sie also mit Van Weber zusammen, und Richter Crater gibt's noch als Bonus dazu.«

»Finden Sie es nicht auch komisch, daß Leute um Mitternacht Sitzungen abhalten?«

»Mrs. Parker, seien Sie nicht naiv. Ich weiß, daß Sie in Bohemien-Kreisen verkehren. Sie wissen doch genau, was diese mitternächtlichen Sitzungen bedeuten.«

Mrs. Parker war verärgert. Sie richtete sich auf und verschränkte die Arme. »In Bohemien-Kreisen gibt es selten Lehrer. Ich weiß wirklich nicht, was diese Mitternachtssitzungen zu bedeuten haben.« Pause. »Also? Was sind sie?«

»Orgien. Mit Liveright als Gastgeber.«

Mit weit aufgerissenen Augen und angestacheltem Interesse beugte sie sich nach vorn. Sie versuchte angestrengt, ihren vermehrten Speichelfluß im Zaum zu halten. »Horace Liveright veranstaltet Orgien?«

»Junge, und wie der Orgien veranstaltet. Von dem, was ich gehört habe, geht's bei diesen Orgien so heiß und heftig drunter und drüber, daß man die Teilnehmer auf einem schwarzen Brett eintragen muß, um sie auseinanderzuhalten. Glauben Sie mir, mir graust's vor dem Tag, an dem der *Graphic* oder die *Daily*

News oder der *Mirror* oder irgendeins der anderen Skandalblätter Wind davon bekommt.«

»*Mein* Horace Liveright? *Mein* Verleger?«

»Er ist ein Perversling.«

»Ich brauche noch einen Drink.«

»Sind Sie sicher, daß Sie damit umgehen können?«

»Kann Horace mit einer Orgie umgehen?« Die Fortune Cookies zeigten wenig Gnade gegenüber »A Pretty Girl Is Like A Melody«. Eine neue Getränkerunde wurde bestellt. Mrs. Parker hing einen Augenblick lang der unglücklichen Vorstellung nach, daß Lacey Van Weber ein Teilnehmer von Orgien war.

»Sie sehen aus wie jemand, dem man gerade seinen Bonbon weggenommen hat.« Singer ließ sich nun doch zu einem Zahnstocher hinreißen.

»Mich lädt man nie auf Orgien ein. Vielleicht ist es ganz gut so. Ich wüßte nie, wohin ich mich wenden sollte. Was halten Sie von Mr. Van Weber?«

»Ich hab ihn noch nicht kennengelernt.«

»Aber von dem, was ich Ihnen erzählt habe?«

»Verbindlich, glatt und welterfahren. Schlau. Mit seiner raffinierten Fußarbeit könnte er bei jedem Football-Spiel vermutlich ein Dutzend Tore schießen. Und ich glaube nicht, daß er echt ist.«

»O doch, er ist schon echt. Er hat wunderbare Manieren.«

»Mrs. Parker, was Sie gesehen haben, war eine ausgezeichnete Vorführung. Wir haben nichts über ihn in der Hand, und wenn wir über einen Kerl nichts in der Hand haben, werde ich doppelt mißtrauisch.«

»Sie haben Nachforschungen über ihn angestellt.«

»Klar habe ich Nachforschungen über ihn angestellt. Schon eine geraume Zeit, bevor Sie sich für ihn zu interessieren anfingen.« Sie verstand nicht, warum sie errötete. Dafür verstand es Singer. »Wir haben uns schon lange, bevor Valentino auf der Party krank wurde, mit ihm beschäftigt. Von dem ersten Augenblick an, als wir Wind von ihm bekommen hatten, vor etwas über einem Jahr, und er in Walter Winchells Kolumne regelmäßig erwähnt wurde. Da kommt ein Kerl aus dem Nichts in diese Stadt geschneit, macht Furore, wirft die Scheinchen nur so in der Gegend rum, schmeißt verschwenderische Parties, lernt den Bürgermeister und die etwas fragwürdigeren Mitglieder der Stadtverwaltung wie Richter Joseph Force Crater kennen, hängt in den Schuppen von Tex Guinan und Helen Morgan herum, säuft mit Flo Ziegfeld und mindestens zwei von den Shubert-Brüdern, und kauft plötzlich eins der berüchtigsten Besitztümer in East Cove, das ebenso teuer wie überflüssig ist . . .«

»Ich finde, es klingt einfach atemberaubend. Wie Versailles.«

»Vielleicht hat ja Van Weber bei der verblichenen Marie Antoinette Unterricht in Sachen Verschwendung genommen. Dieses verrottete, unkrautbewachsene und von Ratten bevölkerte Anwesen in East Cove hat über zwanzig Jahre brachgelegen, bevor Van Weber es klammheimlich übernahm und repariert, überholt und zu einem offenen Haus erklärt hat. O ja. Es ist heute alles, was die Leute davon erzählen. Es hat außerdem einen großen neuen Hafen, groß genug, ein Kanonenboot zu beherbergen, falls jemals eines hineinsegeln wollte. Ich war da.« Er brach seinen Zahnstocher in der Mitte durch und ließ ihn in den Aschenbecher fallen. Mrs. Parker saß jetzt mit bieder gefalteten Händen am Tisch. Sie lechzte nach einer Frühlingsrolle, war aber zu schüchtern, darum zu bitten. »Ich bin vor ein paar Monaten dort gewesen. Im Zusammenhang mit so einer Geschichte, in der es um illegale Einwanderer ging.« Er spitzte nachdenklich die Lippen. »Ein kleiner Italiener, den wir in einer Gasse in Little Italy ermordet aufgefunden hatten. Kehle durchgeschnitten. Kann nicht älter als achtzehn, neunzehn Jahre gewesen sein. Keine Papiere, nichts. Aber wie es manchmal so läuft, haben wir Glück. Jemand meldet eine vermißte Person. Ein niedliches Ding, Italienerin, Rosie Irgendwas. Wir bringen sie zum Leichenschauhaus, sie identifiziert ihn, und dann erzählt sie uns, während sie Rotz und Wasser heult, daß er in East Cove für Van Weber gearbeitet hat. Also bin ich rausgefahren. Nichts. Nicht die kleinste Spur, nicht ein Hinweis. Keiner kannte den Jungen. Rosie Irgendwas sagt, daß er Angelo d'Amati hieß. Illegal ins Land gebracht. Wollen Sie wissen, was ich vermute?«

»Ich brenne darauf.«

»Man hat ihn mit ein paar anderen Illegalen reingeschmuggelt und an Van Webers Anlegestelle an Land gebracht. Wahrscheinlich auf einem Schiff, das schwarz gebrannten Schnaps geladen hatte. Vielleicht sollte Angelo gar nicht von Bord gehen. Vielleicht sollte er wieder nach Europa zurück, oder wo immer er herkam. Aber ich glaube, er kam auf die Idee, in diesem Land bleiben zu wollen. Seinen Hintergrund kann man sich ja vorstellen. Armut, keine Wasserleitungen in der Wohnung . . .«

»Wie furchtbar . . .«

»Mit der Villa in East Cove als Maßstab sehen die Vereinigten Staaten ziemlich vielversprechend aus. Er haut ab. Aber sie holen ihn ein. Er weiß zuviel. Kehle durchgeschnitten.« Er vollführte eine häßliche Geste quer über seine eigene Kehle. Wieder verlor sie ihren Appetit. »Bis jetzt ist noch niemand hinter Rosie her. Vielleicht wissen sie nicht, daß es sie gibt. Aber was ich Ihnen hier erzähle, habe ich von Rosie, die das alles natürlich von Angelo hat. Auf Italienisch, selbstverständlich. *Kapish?* . . . alter Junge?«

Singer hatte zugleich amüsiert und interessiert reagiert, als sie ihm erzählte, daß Van Webers Lieblingsausdruck anscheinend »alter Junge« war. Ihr vierter Bourbon Sour begann langsam Wirkung zu zeigen. Mrs. Parkers Gesicht war gerötet, und sie hatte das Gefühl, daß die Verbindung zwischen ihrem Kopf und ihrem Körper nicht mehr ganz funktionierte.

»Fühlen Sie sich ganz wohl, Mrs. Parker?«

»Aber natürlich. Warum sollte ich nicht?«

»Sie sehen so aus, als würden die Drinks langsam bei Ihnen Wirkung zeigen.«

Den letzten beißen die Hunde. »Stimmt. Kann ich eine Frühlingsrolle bekommen?«

Er bestellte die Frühlingsrolle. Die Fortune Cookies nahmen sich »Give My Regards to Broadway« vor. Singer drängte Mrs. Parker einen heißen Tee auf. »Was beunruhigt Sie, Mrs. Parker?«

»Lacey Van Weber. Ich bin doch so romantisch, Mr. Singer, und Mr. Van Weber macht so eine romantische Figur, ich könnte es gar nicht aushalten, mir vorzustellen, daß er nicht mindestens erstklassig ist.«

»Mrs. Parker, ich dachte, Scott Fitzgerald sei ein guter Freund von Ihnen. Wissen Sie, jemand, der sich in Ihren Kreisen bewegt, literarisch, Wortwitz, das ganze Drumherum.«

»Ich habe letzten Monat mit Scott und Zelda in Cap d'Antibes zu Abend gegessen. Möchten Sie sie kennenlernen? Ich glaube aber, sie sind noch im Ausland.«

»Klar würde ich sie gern kennenlernen. Sie wissen doch, daß mich Schriftsteller stark beeindrucken. Sie, Woollcott, Kaufman. Das ist für einen Kerl wie mich allerhand. Ich habe Ihnen ja erzählt, daß ich hart daran arbeite, meinen Verstand auf Vordermann zu bringen. Ich versuche die Klassiker zu lesen, selbst wenn ich sie nicht verstehe, ich gebe nicht auf. Ich kämpfe mich durch. Schöne Worte gefallen mir.«

Sie lächelte. »Wie wunderbar. Das ist wirklich wunderbar. Fitzgerald schreibt schöne Worte.«

»Das kann man wohl sagen. Er steht ganz da oben bei den Besten. Wie Sie und dieser neue Knabe, Hemingway.«

»Danke für die Schmeichelei. Mein lädiertes Ego kann ab und zu eine kleine Auffrischung gebrauchen.«

»Worauf ich eigentlich hinaus will, Mrs. Parker, ist, daß Van Weber jeden Kerl, den er trifft, ›alter Junge‹ nennt. Haben Sie denn nicht *Der große Gatsby* von Fitzgerald gelesen?«

»Zweimal. Ich habe Woollcott erzählt, daß ich sehr bald vorhabe, es zum drittenmal zu lesen, da warf er mir vor, mich abhärten zu wollen.«

»Was ist Jay Gatsbys Lieblingsausdruck?«

Ihr Kinn fiel nach unten, gerade als die Frühlingsrolle vor ihr auf den Tisch gestellt wurde. »*Alter Junge*!«

»Sie haben's kapiert. Und wo hat Gatsby gelebt?«

»Draußen auf der Insel. In West Egg. In einer riesigen Villa. Mein Gott. Man ersetze West Egg durch East Cove. Jay Gatsby durch« – sie hielt inne und starrte dann den Polizisten voller Erstaunen an, wobei sie nicht wußte, ob sie lachen oder weinen sollte – »Jay Gatsby durch *Lacey Van Weber.*«

»Eine nette Besetzung, das müssen Sie zugeben.«

»Das darf doch nicht wahr sein.«

»Essen Sie Ihre Frühlingsrolle.«

»Mir ist der Appetit vergangen.« Sie schob ihren Teller zur Seite. Singer zuckte die Achseln und begann, die Frühlingsrolle zu bearbeiten. »Das war sehr gut, Jacob Singer. Das war ein geniales Beispiel Ihrer hervorragenden Detektivarbeit. Stellen Sie sich mal vor! Jay Gatsby. Ich würde gerne wissen, ob sonst noch irgend jemandem die Analogie aufgefallen ist. Ich kann es gar nicht erwarten, Woollcott davon zu erzählen. Das wird er sich nie verzeihen, daß er nicht von selbst darauf gekommen ist.« Sie machte eine Pause, während sie über etwas anderes nachdachte. »Mr. Van Weber, glaube ich, hat die Absicht ... äh ... um meine Freundschaft nachzusuchen.«

»Macht Ihnen das angst?«

»Um ganz ehrlich zu sein, Mr. Singer, ich finde Mr. Van Weber rasend attraktiv. Und wenn er mir nicht nachstellt, werde ich bitter enttäuscht sein.«

»Ich auch«, erwiderte Singer. Ihre Augen trafen sich. Mrs. Parker war kein Unschuldsengel. Sie wußte, daß Singers Interesse an ihr über eine oberflächliche Beziehung hinausging. Seit ihrer ersten Begegnung während einer Flüsterkneipen-Razzia vor zwei Jahren, als er Mrs. Parker zu ihrem Begleiter, einem wohlhabenden Siebziger, »alter Glotzkopf« sagen hörte, wußte Singer, daß er jemand Besonderes in seiner Grünen Minna abführte. Als sie sich auswies, und das war noch zu einer Zeit, als Ruhm gerade erst ihre Rockschöße zu streifen begann, war Singer überwältigt. Auch war ihm ihre zierliche Schönheit nicht entgangen – später beschrieb er sie gegenüber einem Kollegen als eine »süße kleine Pralinenschachtel«. Er legte beim Richter Fürsprache für sie ein, mit der Begründung, daß Mrs. Parkers Angriff mit einer ungeöffneten Sektflasche auf einen Polizeibeamten, der sie festnehmen wollte, seiner Meinung nach ein klarer Fall von Notwehr gewesen sei. Von diesem Augenblick an erklärte ihn Mrs. Parker zu einem lebenslangen Freund. Sie lud ihn zum Lunch ins Algonquin ein, wo er sofort vom Round Table als Gleicher unter Gleichen aufgenommen wurde. Sie versprachen, seinen Namen genauso bekannt zu machen wie den eines anderen berühmten und gefürchteten Kriminalbeamten, Johnny Broderick. Mrs. Parker vergaß nie das erste Mal, als Franklin P. Adams Jacob Singer in seiner Kolumne »The Conning Tower« erwähnte. Singer schickte ihr ein Dutzend Rosen, und Adams eine Flasche Champagner, die er in einer Razzia am Vorabend konfisziert hatte.

»Es würde Ihnen doch nichts ausmachen, wenn Van Weber und ich uns häufiger treffen?«

»Darum geht's doch wohl bei einer Ermittlung, oder? Als Sie sich heute bereit erklärt haben zu helfen, sagten Sie, das sei, weil Sie und Woollcott eher Zugang zu einer bestimmten Personengruppe hätten als ich. Das haben Sie bereits bewiesen. Sie haben Van Weber kennengelernt. Schnelle Arbeit. Dann Richter Crater. Noch besser. Und Liveright kennen Sie schon.«

»Sie wollen doch nicht im Ernst annehmen, daß er mit dem Mord an Ilona in Verbindung stehen könnte.«

»Das werde ich wohl, wenn sich herausstellt, daß sie bei einer seiner Orgien ein Gastspiel gegeben hat.«

»Wenn Sie so genau über diese Veranstaltungen Bescheid wissen, dann verstehe ich nicht, wieso Sie dort nie eine Razzia durchgeführt haben?«

»Erstens ist darüber noch nie eine Beschwerde bei uns eingegangen. Zweitens hat man uns gewarnt, die Finger davon zu lassen.«

»Ich verstehe. Macht Ihnen das nichts aus? Ich meine, ich weiß doch, wie moralisch, wie aufrichtig Sie sind, wie . . .«

»Sparen Sie sich die Lobeshymnen, Mrs. Parker. Wir sind in einer Chinesenkneipe, nicht auf meiner Beerdigung.« Sie wünschte, sie wären auf der Beerdigung der Fortune Cookies. Jetzt zerfleischten sie gerade »Roses of Picardy«.

»Machen diese Jungs eigentlich nie eine Pause?«

»Die Kapelle? Keine Chance. Nicht bei Kuliarbeit. Und übrigens, Mrs. Parker, versuchen Sie bloß nicht, Woollcott oder einen anderen Ihrer Kumpel in eine dieser Orgien reinzuschmuggeln.«

»Woollcott bei einer Orgie? Das wäre ja mindestens so spannend wie einen Sohn von Getrude Stein kennenzulernen. Auf der anderen Seite, woher bekommt Liveright seine weiblichen Teilnehmer? Ich meine, er wird doch wohl nicht die Woolworth-Verkäuferinnen zu Freiwild erklären?«

»Polly Adler liefert ihm die Ware.« Er zuckte die Achseln. »Na ja, verdammt noch mal, dafür ist sie ja schließlich im Geschäft. Sie haben da einen ziemlich hohen Anteil an Showgirls, die es im Leben zu was bringen wollen. Unter denen gibt's immer welche, die blöd genug sind zu glauben, sie könnten sich bei einer dieser Penis-Parties einen reichen Liebhaber angeln. O pardon, falls ich Sie verletzt habe.«

»Wie kann man mich verletzen, wenn ich betäubt bin? Diese armen Mädchen. Diese armen, armen, ausgebeuteten Frauen.«

»Wie ich schon gesagt habe, niemand hat sich bis jetzt beschwert.«

Mrs. Parker schüttelte traurig den Kopf. »Das klingt genauso schlimm wie Mädchenhandel.«

»Lady, *darüber* könnte ich Ihnen einiges erzählen. Seien Sie froh, daß ich's nicht tue.«

»Sagen Sie mir bitte augenblicklich Bescheid, wenn die arme kleine Mercury identifiziert ist. Wissen Sie, ich bin ganz scharf darauf, endlich loszulegen, wenn ich es mal so ausdrücken darf. Woollcott hat für morgen abend zwei Plätze für *No Foolin'* reserviert. Ich möchte hinter die Bühne gehen und mich ein bißchen mit den Mädchen anfreunden, die vielleicht der ungarischen Dame nahegestanden haben.«

»Nur zu. Wahrscheinlich steht sie in den Schlagzeilen der Nachmittagsblätter. Komplett mit Fotos.«

»Und dann möchte ich auch Mrs. Adler kennenlernen. Texas Guinan kenne ich schon.« Sie trommelte mit den Fingern auf die Tischoberfläche. »Andererseits, falls Mr. Van Weber sich entschließt, mir *nicht* nachzustellen ...«

»Ich setze mein Geld auf Sie. Sie werden von ihm hören. Ich gebe Ihnen noch einen Tip. Umsonst. Ein paar hundert Meter vom Bühneneingang des Globe Theaters entfernt gibt es eine miese kleine Kaschemme, das Harlequin. Kaum mehr als ein Loch in der Wand. Wir machen uns nicht einmal die Mühe, eine Razzia bei denen durchzuführen. Aber hauptsächlich deswegen, weil da eine Menge Sänger herumhängen.«

»Oper oder Musical?«

»Meine Art von Sängern, Mrs. Parker. Informanten. Die Art von Ratten, die noch die Blumen vom Grab ihrer Mutter klauen. Besonders einen könnten Sie vielleicht kennenlernen, sollten Sie und Mr. Woollcott erwägen, morgen abend auf einen Drink hineinzuschauen.«

»Mr. Van Weber empfahl uns nach dem Theater ein Abendessen bei Tony's.«

»Nettes Lokal. Gutes Itaker-Essen. Und der Schnaps wird Ihnen nicht die Socken wegätzen. Von dort aus kommen sie ganz bequem zum Harlequin. Sie könnten nach dem Essen hineinschauen. Sid ist meistens da. Sid Curley. Schmalspur-Gauner, aber Top-Schnüffler. Er füttert Winchell mit Material für seine Kolumne. Uns steckt er auch so einiges, gegen einen Aufpreis. Ich gehe nicht hin, weil man weiß, wer ich bin; man könnte mich erkennen, und dann wäre Sid dran. Gehen Sie mit Woollcott rein, dann sind Sie eben ein paar Prominente, die sich unters Volk mischen. Sie sind ja beide nicht auf den Kopf gefallen.«

»Natürlich nicht. Wir sind auch immer daran interessiert, neue Leute kennenzulernen. Wie erkennen wir Mr. Curley? Wir können ja wohl schlecht den Barmixer bitten, uns vorzustellen. Das wäre auf eine ziemlich ungeschickte Art auffällig.«

»Allerdings. Aber überlassen Sie die Initiative Sid. Wenn er da ist, wird ihm schon was einfallen, wie er mit Ihnen ins Gespräch kommt. Außerdem können Sie ihn hören. Er schnieft nämlich die ganze Zeit rum. Er war mal auf Kokain, inzwischen ist er aber sauber. Trotzdem kann er nicht von der Gewohnheit lassen, so zu tun, als würde er noch schnüffeln. Darum macht er ›schnief, schnief, schnief‹. Verstanden?«

»Es hat sich mit Leuchtschrift in mein Hirn gebrannt.«

»Wenn Sie ihn kennenlernen sollten, bringen Sie das Gespräch auf die Show, die Sie gerade gesehen haben, und was für ein Jammer es ist, daß es das arme Showgirl erwischt hat. Das wird er aufgreifen. Irgendwann können Sie dann ganz nebenbei fallenlassen, daß Sie mit mir bekannt sind. Das wird schon bei ihm ankommen. Und dann sagt er Ihnen vielleicht auch was, das ankommt.«

Mrs. Parker lehnte sich zurück und seufzte. »Wenn das nicht ein anstrengender Tag war. Und es sieht ganz so aus, als würde morgen auch ein anstrengender Tag, auf den ich mich freuen kann.«

»Müde?«

»Ja. Ich bin müde. Und herrje! Hören Sie mal! Hören Sie denn nichts?«

»Was denn?«

»Diese Ruhe!« Die Fortune Cookies waren verschwunden.

»Ich muß wieder damit anfangen, den alten Jack Rose pur zu trinken«, verkündete Mrs. Parker gegenüber George, dem Oberkellner im Rose Room des Algonquin-Hotels, wo sich die Mitglieder des Round Table regelmäßig versammelten. »Ich habe in der letzten Zeit lauter so vornehmes Zeug wie Bourbon Sour getrunken, und ich glaube, sie bekommen mir nicht.«

»Das ist ein sehr ernster Entschluß, den du da gefaßt hast«, sagte Robert Benchley, der neben ihr saß und sich fragte, wie lange sie wohl noch dafür brauchen würde, den Prozeß des Handschuhausziehens zu beenden, den sie vor fünf Minuten, als sie sich setzte, begonnen hatte.

»Ich fälle heute vormittag lauter ernste Entschlüsse, Mr. Benchley. Wir scheinen die einzigen hier zu sein. Woollcott hat sich wie immer verspätet. Er führt mich heute abend ins Theater aus.« Sie widmete ihre Aufmerksamkeit wieder dem Oberkellner. »Ich nehme einen Jack Rose mit einem Stück Eis. Und du, Mr. Benchley?« Er bestellte einen Manhattan mit drei Kirschen. George ließ sie allein. »Wie geht es Gertrude, Mr. Benchley?«

»Oh, Gertrude geht es bestens, vorausgesetzt, man mag Gertrude.«

»Ich finde, deine Frau ist einfach fabelhaft.«

»Komm, sei ehrlich. Du kannst dich nicht mit ihr abfinden.«

»Heb deine Stimme nicht so.«

»Ich hebe nie meine Stimme. Sie ist zu schwer.« Sie war immer noch dabei, ihre Handschuhe zu bearbeiten. »Peggy Hopkins hat schon wieder geheiratet.« Miss Hopkins war ein gefeiertes Showgirl, ein männerausnehmender Vamp erster Güte, der man nachsagte, die Inspiration für Anita Loos' köstlichen Roman *Blondinen bevorzugt* gewesen zu sein.

»Und wer war der Brautführer?«

»Alle anwesenden Männer.« Er rieb sich leicht die Nasenspitze. »Wie ich sehe, hattest du schon wieder eine Auseinandersetzung mit deinen Handgelenken.«

»Eine kleine Vernachlässigung der Disziplin. Wie ich höre, gehst du nach Hollywood.«

»Ja, ich brauche Geld. Gertrude braucht Geld. Das hat irgendwas damit zu tun, die Familie zu ernähren und die Hypothek abzuzahlen. Ich hätte dich heiraten sollen. Wir hätten ein sehr vergnügliches, sorgloses Bohemien-Dasein geführt.«

»Aber das tun wir doch, Mr. Benchley, das tun wir doch.«

»Ich wünschte, du würdest endlich aufhören, dich in die falschen Männer zu verlieben.«

»Hör auf, Gouvernante zu spielen. Ach du Schreck, hier kommt Ross. Hallo Harold. Es tut mir leid, daß ich das Manuskript nicht wie versprochen abgeliefert habe. Ich habe mich gestern abend auch wirklich fleißig darangesetzt, aber dann brach meine Feder.« Wortlos nahm Ross ihnen gegenüber Platz. Seine mächtige Pompadourfrisur bebte, als er sich setzte, und da im Rose Room kein starker Wind blies, vermutete Mrs. Parker in ihrer liebenswürdigen Art, seine Haarpracht könne vielleicht ein Nistplatz für eine Familie von Feldmäusen sein.

»Ich brauche dein Manuskript nun doch nicht, Dottie.«

»Oje. Jetzt werde ich bestraft.« Der Kellner brachte Mrs. Parker und Benchley ihre Drinks und versprach, sich mit Ross' Gin Martini zu beeilen.

»Heute früh habe ich einen wunderbaren Text von Janet Flanner aus Paris bekommen.«

»Willst du damit sagen, daß meine Beiträge nicht mehr sehnsüchtig erwartet werden?« Benchley studierte ostentativ die drei Kirschen in seinem Manhattan. Streitereien mit Tötungsabsicht waren ihm peinlich. Mrs. Parker und Ross waren die ewigen Kombattanten eines nie endenden Kampfes in der Arena, die als die Zeitschrift *The New Yorker* bekannt war. Keiner von beiden würde jemals als Sieger hervorgehen. Mrs. Parker machte sich regelmäßig von Mr. Ross' Gönnerschaft frei, und Mr. Ross mußte dann zähneknirschend feststellen, daß das Talent der Dame nicht so einfach zu ersetzen war.

»Deine Beiträge werden immer sehnsüchtig erwartet, Dottie, obwohl sie niemals eintreffen.«

Benchley nahm einen Schluck von seinem Drink und fragte dann in die Runde: »Bildet mal einen Satz mit ›halluzinogen‹!«

Nachdem Mrs. Parker einen Augenblick lang ernsthaft über das Wort nachgedacht hatte, sagte sie mit einem tückischen Zwinkern in den Augen: »Hallo Zino, geh'n wir ins Kino?«

Während Benchley und Ross noch stöhnten, traf Woollcott ein. Er hatte die Frühausgaben mehrerer Nachmittagszeitungen bei sich. »Guten Tag, meine Engel!« Er küßte Mrs. Parkers Hand und machte dabei laute, häßliche Schmatzgeräusche. »Du hast eine so wunderschöne Hand.«

Er ließ sich in einen Stuhl fallen, und Benchley bemerkte: »Es hat sie eine gute Viertelstunde gekostet, sie zu entblößen.«

Mrs. Parker verkündete kummervoll: »Wir verlieren Benchley an die Fleischtöpfe Hollywoods.«

»Wann geht's los?« fragte Ross.

»Samstag früh.«

»Nimmst du Gertrude mit?«

»Welche Gertrude?«

Woollcott legte die Zeitungen Mrs. Parker vor. »Noch ein ermordetes Showgirl, meine Liebe, falls dich so ein Mist interessiert.«

»Alles, was mit Mord zu tun hat, interessiert mich«, trällerte Mrs. Parker fröhlich, »solange ich nicht das Opfer bin.« Ilona Mercury war nun endlich ganz groß herausgekommen. Sie bestritt die Schlagzeilen auf den Titelseiten aller drei Zeitungen. Mrs. Parker fing an, mit ihrer weichen, modulierten Stimme vorzulesen. »Die brutal erwürgte Leiche des Ziegfeld-Showgirls Ilona Mercury wurde früh am gestrigen Abend auf einem leerstehenden Grundstück des Canarsie-Bezirks in Brooklyn aufgefunden.«

»Niemand sollte erwürgt in Brooklyn aufgefunden werden«, sagte Benchley .

»Niemand sollte in Brooklyn aufgefunden werden, erwürgt oder nicht erwürgt«, fügte Woollcott hinzu.

»Eine Autopsie, die heute morgen durchgeführt wurde, schloß Alkohol oder Drogen als Todesursache aus.« Sie blickte auf, und ihre Augen trafen sich mit denen Woollcotts. »Lieber Alec, haben wir Plätze für heute abend?«

»Fünfte Reihe Mitte, meine Liebe. Für das Abendessen habe ich noch nichts reserviert. Hast du irgendeine Vorliebe?«

»Oh, ich hätte dich gestern abend anrufen und dir Bescheid sagen sollen.«

»Ich war gestern abend nicht zu Hause. Was hättest du mir denn sagen wollen?«

»Für uns ist bei Tony's ein Tisch nach dem Theater bestellt, das ist gleich um die Ecke vom Globe Theater.«

»Das Globe. Da läuft doch Ziegfelds Revue.« Ross rümpfte abfällig die Nase.

»Hat sie dir nicht gefallen, Harold?« fragte Mrs. Parker.

»Nicht gerade mein Geschmack. Hast du das Stück nicht schon gesehen, Woollcott?«

»Ja. Jetzt will ich's mir unter soziologischen Gesichtspunkten ansehen.« Er wendete sich wieder Mrs. Parker zu. »Wer hat für uns bei Tony's reserviert? Leg die Zeitung weg und antworte mir, und du Benchley, wink einen Kellner her, ich brauche einen Drink.«

Mrs. Parker faltete gehorsam die Zeitung zusammen und ließ sie zu Boden fallen. »Ich hatte mich gestern am späten Nachmittag mit einem Freund der Geschäftsführung zum Drink verabredet. Ein sehr charmanter Herr namens Lacey Van Weber.« Woollcotts Kneifer fiel herunter.

»Wie zum Teufel hast du es geschafft, ihn kennenzulernen?« fragte Ross.

»Horace Liveright hat es arrangiert. Sag mal, Harold, ich habe eine Bombenidee. Van Weber beschäftigt schon die Fantasie der ganzen Stadt . . .«

»Ja, unter anderem«, warf Woollcott ein.

»Würde er nicht eine tolle Geschichte als Porträt im *New Yorker* abgeben?«

»Keine schlechte Idee«, fuhr Benchley dazwischen. »Gertrude kann gar nicht genug über ihn lesen. Sie sagt, daß er sie an Jay Gatsby erinnert.«

Mrs. Parker erblaßte leicht. »Was meinst du, Harold? Er ist zur Zeit wirklich das Thema.« Und sexy und gutaussehend, und ich möchte eine richtig gute Ausrede haben, ihn besser kennenzulernen, falls er in den nächsten entscheidenden vierundzwanzig Stunden nicht anruft, um sich zu verabreden.

»Ich werd's mir überlegen«, sagte Ross, nicht gerade begeistert.

Woollcott mischte sich ein. »Ich finde, das ist eine geniale Idee. Du darfst geniale Ideen nicht ignorieren, Harold, nur weil sie nicht deine eigenen sind. Und schau dir mal das Gesicht unserer Mrs. Parker an. Wie viele Monate ist es nun her, seit wir mitansehen durften, wie eine derartige Begeisterung ihre Wangen rötete und ihre Augen in explodierende Leuchtkugeln verwandelt hat?«

»Meine Herren«, sagte Mrs. Parker mit einer Stimme, die leicht zitterte, »wenn man vom Teufel spricht, dann kommt er.«

Lacey Van Weber betrat den Rose Room, als stünde er im Mittelpunkt eines Bühnenscheinwerfers. Nach ein paar Schritten hielt er inne, wartete, bis der Effekt auch überall angekommen war, nahm seinen Homburg ab und lächelte zu Mrs. Parker hinüber. Er ließ seinen Stock und die Handschuhe von der rechten in die linke Hand wandern und ging mit der ausgestreckten Rechten forsch auf sie zu. »Mrs. Parker, wie schön, Sie wiederzusehen, und schon so bald.«

Mrs. Parker hoffte, daß jemand Riechsalz dabei hatte, obwohl es ein schrecklicher Gedanke war, es wirklich benutzen zu müssen. Sie schüttelte Van Weber die Hand und stellte ihn den anderen vor. »Wollen Sie sich nicht zu uns setzen?« fragte Mrs. Parker.

»Nur einen Augenblick«, sagte Van Weber. »Nebenan warten zwei Geschäftspartner auf mich. Ich hatte so ein Gefühl, daß Sie hier heute mittagessen würden, darum habe ich mal eben kurz hereingeschaut. Sie sehen wunderbar aus.« Irgend jemand stöhnte. Mrs. Parker verdächtigte Benchley. Van Weber nahm Platz.

Woollcott nahm die Fäden auf. »Wie ich höre, haben Sie uns empfohlen, heute abend bei Tony's zu essen. Ist das eine aufrichtige Empfehlung, oder gehört Ihnen ein Teil des Ladens?«

Van Weber lächelte. Mrs. Parker hielt sich den Magen. »Es ist eine aufrichtige Empfehlung, und mir gehört ein Teil des Ladens.«

»Ich wette, Ihnen gehört ein Teil von einem Haufen Läden«, mutmaßte Benchley.

»Meine Investitionen sind in der Tat vielfältig und weit gestreut. Das müssen sie auch sein. Es ist ein einziges Würfelspiel.«

»Was für ein Zufall übrigens, Mr. Van Weber. Sie sind gerade in dem Moment hier eingetroffen, als ich Mr. Ross davon zu überzeugen versuchte, daß Sie ein interessantes Porträt für den *New Yorker* abgeben würden«, sagte Mrs. Parker.

»Das ist sehr schmeichelhaft«, antwortete Van Weber. »Würden Sie es schreiben?«

»Was ich vorschlage, schreibe ich auch.«

Ross war damit beschäftigt, ein Brötchen zu zerkrümeln. »Wäre vielleicht einen Versuch wert. Sind Sie interessiert, Van Weber? Würden Sie mitmachen?«

»Lassen Sie mich darüber nachdenken. Das geht mir alles ein bißchen zu schnell.«

»Oje!« sagte Mrs. Parker plötzlich und unterstrich ihre Worte mit einem leichten Seufzen. »Ich wette, daß Sie noch nicht die Nachmittagsausgaben gesehen haben.«

»Nein. Noch nicht.«

Mrs. Parker nahm Benchley eine der Zeitungen aus der Hand und breitete sie auf dem Tisch vor Van Weber aus. »Ist das nicht furchtbar?«

Woollcott, der ungefähr so unschuldig dreinschaute wie Jack the Ripper, fragte: »Kannten Sie das Opfer?«

»Flüchtig. Rudolph Valentino brachte sie vor ungefähr einer Woche zu einer Party in meinem Penthouse mit.«

»War das der Abend, an dem er krank wurde?« bohrte Woollcott.

»Leider ja, es war der Abend. Armes Mädchen. Erwürgt. Wie traurig.«

»Und dann noch in Brooklyn deponiert«, sagte Benchley nachdenklich. »Das nenne ich Salz in die Wunde streuen.«

Van Weber erhob sich. »Sie müssen mich entschuldigen. Ich habe meinen Partnern versprochen, sie nicht länger als ein paar Minuten allein zu lassen.«

»Sagen Sie mir Bescheid, wie Sie sich wegen des Porträts entschieden haben?« fragte Mrs. Parker.

Van Weber lächelte und nahm ihre Hand. »Sie werden sehr bald von mir hören.« Er ging, als der Kellner endlich Woollcott seinen Drink brachte. Woollcott warf dem Kellner einen bösen Blick zu und konzentrierte sich dann auf Mrs. Parker.

»Dorothy«, sagte er, »du siehst aus wie Lillian Gish, wenn sie Bauchschmerzen hat.«

Mrs. Parker sagte nichts. Sie hob ihren Jack Rose und trank. Sie hatte das Gefühl, sich eine dicke Suppe eingebrockt zu haben.

»Guten Tag, liebe Mit-Philister.« Woollcott und Mrs. Parker wunderten sich, Kaufman zu sehen. Er trug eine Zeitung unter dem Arm.

»Wo hast du denn gesteckt, George? Ich hab dich wochenlang nicht gesehen.« Ross mochte Kaufman, schon deshalb, weil sein eigener Haarberg den des anderen noch überragte.

»Überall und nirgends, Harold. Hab mich mal über die neuesten Filme auf dem laufenden gehalten.« Ein Kellner näherte sich, und Kaufman bestellte Eistee. Benchley schauderte. »Gestern hab ich den letzten Barrymore gesehen, *Don Juan*. Der Film ist mit Musik und Klangeffekten. Wenn sie so weitermachen, fangen sie als nächstes an zu sprechen. Eine niedliche kleine Schauspielerin macht da mit, Mary Astor. Umwerfend hübsch.«

»Was hast du denn da?« fragte Woollcott und zeigte auf Kaufmans Zeitung.

»Das *Journal*.«

»Das *Journal* haben wir schon gesehen«, sagte Mrs. Parker. Und dann, wie von einer plötzlichen Eingebung durchdrungen, rief sie aus: »O George! Das arme Ding, das man erwürgt und in Brooklyn abgeladen hat. Ilona Wie-hieß-sie-noch-mal?«

»Mercury«, brummte Woollcott.

»Kanntest du sie nicht, George?« Mrs. Parker ähnelte Little Eva, die kurz davor stand, Amok zu laufen.

»Ich hab sie mal getroffen.« Er schlug die Zeitung auf und starrte die widerliche Fotografie der erwürgten Frau an. »Die Schönheit mancher Mädchen verblaßt ziemlich schnell.« Er faltete die Zeitung wieder zusammen und schob sie unter seinen Sitz. »Was gibt's sonst Neues?«

»Ich war gestern abend mit unserem Detective-Schützling, Mr. Singer, zum Essen verabredet.« Sie machte eine dramatische Pause, um die Wirkung ihrer Worte abzuwarten. Kaufman war gerade dabei, eine Pyramide aus Zuckerwürfeln zu errichten, Woollcott studierte die Speisekarte. Benchley und Ross waren mit dem Abnehmespiel beschäftigt, unter Verwendung einer Schnur, die Benchley hervorgezaubert hatte. »Er ist wirklich ein gutes Beispiel eines Autodidakten.«

»Willst du damit sagen, daß er in der Lage war, die Gerichte auf der Speisekarte richtig auszusprechen?«

»Sei nicht so überheblich, Alec«, sagte Mrs. Parker im Tonfall einer altjüngferlichen Lehrerin. »Du könntest durchaus noch ein paar Dinge von Mr. Singer lernen.«

»Und was hast du gestern abend von ihm gelernt?« fragte Kaufman.

Mrs. Parker ließ einen bedeutungsschwangeren Blick über den Tisch schweifen. »Daß es sich häufig auszahlt, sich zurückzulehnen und einfach nur zuzuhören.« Sie sah, wie Edna Ferber den Raum betrat. »Oje. Jetzt setzt schon die Verwesung ein.« Ihre Abneigung gegen die gutverdienende Romanschriftstellerin wurde von allen am Tisch akzeptiert und toleriert, inklusive Mrs. Ferber selbst, die Mrs. Parker für einen Parvenu in der unsicheren Welt der modernen Literatur hielt.

»Hallo, meine Lieblinge«, flötete Mrs. Ferber, als sie sich neben Kaufman setzte, für den sie eine, wie sie glaubte, geheime Leidenschaft hegte. Leider war ihr Gesicht eloquenter als ihre Romane. »Dottie, ich bin gerade deinem Verleger begegnet.«

»Horace?«

»Ja. Er sieht aus wie eine Leiche, die man vergessen hat einzubalsamieren.«

»Als ich ihn gestern getroffen hatte, sah er noch völlig in Ordnung aus. Aber dann«, fuhr sie mit einem Ausdruck geheuchelter Unschuld fort, »hörte ich ihn irgend etwas über eine Sitzung um Mitternacht sagen.« Die Männer tauschten verständnisvolle Blicke. Jetzt wußte Mrs. Parker, daß sie Bescheid wußten. Sie haßte sie, weil sie ihr diese skandalösen Umtriebe verheimlicht hatten.

»Oh, Dottie, Liebling, was hast du mit deinen Handgelenken gemacht?«

»Du weißt verdammt gut, was ich mit meinen Handgelenken gemacht habe, Ferber.«

»Du solltest damit aufhören, Dottie. Offensichtlich funktioniert es nicht.«

»*Touché*«, murmelte Woollcott.

»Wie geht es Beatrice?« fragte Ferber Kaufman.

»Wir sind noch verheiratet. Hat denn niemand Lust, Mittag zu essen?«

»Ich bin am Verhungern«, sagte Mrs. Parker. »Ich habe tagelang nichts gegessen.«

»Und was war gestern abend, als du mit deinem Polizisten aus warst?«

»Gegessen hat nur er.«

»Was macht der *Matzebrei?*« fragte Polly Adler, als sie die Küche betrat, wo Gloria über den Herd gebeugt stand und vorsichtig Eier mit eingeweichtem, ungesäuertem Brot verrührte. Es war eine von Polly Adlers Leibspeisen.

»Fast fertig.«

»Irgendeine Nachricht von Vera?«

»Nicht ein Pieps.«

»Irgendwelche Beschwerden von einem der Mädchen, die für Liveright gearbeitet haben?«

»Nicht ein Pieps.«

»Verstehe. Meine Hühnchen piepsen heute vormittag nicht.« Sie goß sich eine Tasse Kaffee ein und setzte sich dann an den Küchentisch. »Wie läßt sich der Tag so an?«

»Drei Mädchen machen gerade Hausbesuche.«

Mrs. Adler nickte. »Der Mittagstisch-Spezial.«

»Zwei sind für heute abend um sieben gebucht.«

»Der Blaue-Teller-Spezial.«

»Und Mr. Julian Eltinge« – ein gefeierter Frauenimitator – »hat angefragt, ob Agnes zur zweiten Pause in seinem Theater sein kann.«

»Nichts Besonders also.«

Das Telefon klingelte. »Ich geh ran. Bleib du beim *Matzebrei.* Hör nicht auf zu rühren. Ich mag ihn hart.« Sie hielt inne. »Das sollte kein Witz sein.« Ins Telefon brummte sie: »Ja?« Sie schaute auf ihre Armbanduhr. »Mr. Vanderbilt, ich bin zerknirscht und schäme mich. Ich hatte es einfach nicht in meinem Terminkalender notiert. Es tut mir so leid. Sie sehen mich zu Ihren Füßen kriechen. Ich habe Sie bisher noch nie enttäuscht, darum weiß ich, daß Sie mir verzeihen werden. Es ist nur, weil Vera sich gestern abend nicht besonders wohl gefühlt hat. Das hab ich aber erst wenige Minuten, nachdem Sie angerufen hatten, erfahren. Darum habe ich ihr die Nacht freigegeben. Wenn Sie sie immer noch wollen, werde ich sie anrufen und dafür sorgen, daß sie in weniger als einer Stunde in Ihrem Apartment ist.« Was Mr. Vanderbilt sagte, entlockte ihr ein Lächeln. »Mr. Vanderbilt, für mich sind Sie die Nummer Eins unter den obersten Zehntausend.« Sie hängte ein. »Diese dumme Fotze. Sie wußte, daß sie um eins bei Vanderbilt zu sein hatte. Ich hätte sie daran erinnern sollen, als sie gestern abend von Horathy aus anrief.« Sie rüttelte an der Telefongabel. »Hallo Zentrale, wachen Sie auf, Herrgottnochmal, der Krieg ist vorbei.«

Vera DeLee wohnte in einem Apartmenthotel auf der Vierunddreißigsten Straße West nahe der Tenth Avenue. Der Tagesportier erklärte einer ungeduldigen Polly Adler, daß Miss DeLee, soweit er wußte, noch in ihrer Wohnung sei. Er hatte sie nicht ausgehen sehen, und er war um sieben Uhr früh angekommen, und das einzige Mal – Gott war sein Zeuge –, daß er sie um sieben Uhr morgens gesehen hatte, war, als jemand Feueralarm ausgelöst hatte. »Wenn Sie warten wollen«, sagte er zu Mrs. Adler, »schicke ich eins der Zimmermädchen rauf, um sie wachzurütteln. Ans Telefon geht sie jedenfalls nicht!« Mrs. Adler sagte ihm, sie wolle.

Das Zimmermädchen öffnete die Tür zu Vera DeLees Zimmer mit ihrem Generalschlüssel. Es herrschte ein schrecklicher Gestank im Raum. Die Fenster waren geschlossen, und die Jalousien waren heruntergelassen. Sie sah Vera DeLee, die mit dem Gesicht nach oben ausgestreckt über dem Bett lag. Wieder betrunken, dachte sie. Sie schüttelte den Kopf und schlurfte zum Bett. »Miss DeLee!« rief sie, aber der Ruf blieb ihr in der Kehle stecken. Ihre Hände flogen an ihren Mund, jedoch zu spät, um den Schrei zu ersticken, der in ihrem Magen aufstieg und sich seinen Weg an den Lungen vorbei zum Mund hinausbahnte, hinaus in das Zimmer und auf den Flur, wo er eine Reihe von verängstigten Mietern aufschreckte.

Vera DeLee bot keinen hübschen Anblick. Ihr Gesicht war aufgedunsen. Ihre Haut hatte eine häßliche graugrüne Farbe angenommen. Ihre Zunge trat zwischen aufgequollenen Lippen hervor. Ihr Körper war steif vor Leichenstarre. Man hatte sie erwürgt.

Fünftes Kapitel

Jacob Singer saß in einem Lehnstuhl und machte sich Notizen, während die Jungs vom Leichenschauhaus Vera DeLees Leiche für den Abtransport einpackten. Das Zimmermädchen stand mit dem Rücken zum Bett, eine Hand bedeckte den Mund, die andere Faust umklammerte fest einen Staubwedel. Der Portier, Vincent Laurie, hatte die Fenster weit geöffnet; das Gesicht Singer zugewandt und die Arme verschränkt, lehnte er sich gegen die Wand, ein Veteran in Sachen Mord, Selbstmord und anderen körperlichen Auseinandersetzungen. Vor weniger als einer halben Stunde hatte das Zimmermädchen die Leiche der Prostituierten gefunden; Singer hatte bereits die beiden Angestellten sachkundig vernommen, was so gut wie keine Erkenntnisse brachte. Sie hatten ihm sehr wenig zu sagen. Laurie erklärte, daß vielleicht der Nachtportier Singer mehr über die tote Frau sagen könne. Singer unterließ es, ihn darüber aufzuklären, daß er über die tote Frau fast alles wußte, mit Ausnahme, wer sie ermordet hatte.

»Kann ich jetzt bitte gehen?« flehte das Zimmermädchen. »Ich komme langsam mit meinen Räumen in Rückstand, und ich kann's hier nicht länger aushalten. Macht mich ganz kribbelig.« Die Mitarbeiter des Leichenschauhauses trugen soeben die Leiche auf einer Bahre hinaus. Arme Vera DeLee, dachte Singer, ich hoffe, es gibt jemanden, der Anspruch auf sie erhebt. Falls nicht, wußte er, daß er auf Polly Adler zählen konnte, das Richtige zu veranlassen. Schließlich war sie berühmt dafür, ihren Mädchen rechtlichen und medizinischen Beistand zu garantieren. Vera DeLees Ruf im Hurengewerbe war beachtlich. Bestimmt würde sich Polly mit einem anständigen Begräbnis revanchieren. Vera DeLee. Er fragte sich, wie ihr richtiger Name gewesen war.

Singer entließ das Stubenmädchen und den Portier. Nachdem sie gegangen waren, begab er sich zum Telefon und bat die Zentrale, ihn mit dem Algonquin-Hotel zu verbinden. Es war noch nicht einmal zwei Uhr nachmittags. Also war es ziemlich wahrscheinlich, daß Mrs. Parker vorübergehend ihre Zelte im Rose Room aufgeschlagen hatte.

Am Round Table im Rose Room richtete Harold Ross soeben die Frage an George S. Kaufman: »Worum geht's in deinem neuen Stück, George?«

»Es geht um Drillinge. Prinzessinnen.« Mrs. Parker untersuchte ihre Fingernägel und kam zu dem Schluß, daß sie eine Maniküre gebrauchen könne. »Eine ist gut, die andere ist böse, und die dritte ist noch unentschlossen.« Edna Ferber atmete erleichtert auf. Kaufman hatte ihr versprochen, niemandem zu verraten, daß er sich bereit erklärt hatte, sie an seinem neuen Theaterstück mitarbeiten zu lassen, jedenfalls so lange nicht, bis beide mit der ersten Version zufrieden waren.

»Wieso hat Marc Connelly uns im Stich gelassen?« fragte Benchley. »Er ist schon über eine Woche nicht hier gewesen.«

»Ach, habe ich euch denn nicht davon erzählt?« wußte Ferber beizusteuern. »Ich habe ihn heute früh gesprochen. Er leidet an Schreibblockade. Die Qualen sind unglaublich. Offenbar sind gestern nachmittag ein paar ungeladene Gäste über ihn hergefallen, die bewirkten, daß seine zarte Muse die Flucht ergriff.«

»Ich glaube nicht, daß seine zarte Muse deswegen geflohen ist«, mutmaßte Mrs. Parker. »Ich glaube, es war die grauenhafte Einrichtung. Man fragt sich doch, wer seine Innenarchitektin war. Helen Keller?«

Woollcott schluckte das letzte Stück seines Zitronenbaisées herunter und lehnte sich dann zufrieden zurück. »Ich habe heute früh ein Gedicht verfaßt.« Stille legte sich über den Tisch. Die Luft war spannungsgeladen. Woollcott räusperte sich und rezitierte: »Heute früh traf ich einen Pelikan / Dessen Bauch hortet mehr als mein Magen kann.«

»Das war es schon?« fragte Mrs. Parker fassungslos.

»Das war es. Ich werde es Mr. Adams für seine Kolumne anbieten. Ich denke, das wird meine Berühmtheit noch steigern.«

»Aber ja, Alec«, pflichtete ihm Mrs. Parker bei, »es wird dich vielleicht so berühmt machen wie Mona Lisas Ehemann.« Sie sah, wie sich George, der Oberkellner, mit einem Telefon näherte.

»Es ist für Sie, Mrs. Parker.«

Mrs. Parkers Hände flatterten. Unter den möglichen Anrufern gab sie Lacey Van Weber den Vorzug. Wahrscheinlich saß er in einer der Telefonzellen in der Lobby. Vor ihrem geistigen Auge sah sie sein Profil, während er den Hörer an sein Ohr hielt und darauf wartete, sich von ihrer glockenhellen Stimme erregen zu lassen. George stellte den Apparat vor sie auf den Tisch und stöpselte ihn dann in der Wand ein. Mrs. Parker blickte gebannt auf das Telefon, als mache es Anstalten, ein Eigenleben zu entwickeln.

»Das ist doch nicht zu fassen, nun geh endlich ran!« sagte Woollcott gereizt.

»Hallo?«

»Ich bin's. Jake Singer. Es hat einen weiteren Mord gegeben.« Er besaß ihre ungeteilte Aufmerksamkeit. Ruhig hörte sie sich die scheußlichen Einzelheiten von Vera DeLees letztem Abgang an. Sie fragte sich, ob diese Erwürgungen sich allmählich zu einer Epidemie auswuchsen. Ihre Augen wanderten von Kaufmans Händen zu Ross' Händen und dann zu Benchleys Händen. Dann trafen sich ihre Augen mit denen Woollcotts, und sie fragte sich, ob er telepathisch veranlagt sei. Sie hatte das Gefühl, daß er ahnte, Singer sei am anderen Ende der Leitung und daß sie einen neuen Mord in ihre Überlegungen einbeziehen mußten. »Ich werde in ungefähr einer halben Stunde Polly Adler einen Besuch abstatten. Wollen Sie mitkommen? Ich kann Sie in ungefähr fünfzehn Minuten abholen.«

»Mr. Woollcott ist hier bei mir.« Alle Augen waren auf Woollcott gerichtet. Er lächelte süßlich und tat vier Stück Würfelzucker in seine Kaffeetasse. Es war wirklich Kaffee darin.

»Ja, bringen Sie auf jeden Fall Mr. Woollcott mit, falls er für ein Etablissement wie das von Mrs. Adler nicht zu empfindlich ist.«

»Mr. Woollcott ist in den seltensten Fällen besonders zimperlich, also lassen Sie sich deswegen keine grauen Haare wachsen. Übrigens, ist diese Neuigkeit für die Öffentlichkeit bestimmt?«

»O ja, unbedingt.«

»Wir werden in fünfzehn Minuten draußen unter dem Vordach stehen.« Sie hängte ein, und George entfernte das Telefon und sich selbst. »Das war unser Freund von der Polizei, Jacob Singer. Eine weitere Frau von zweifelhaftem Ruf ist ermordet worden.«

»Die Frau von Präsident Coolidge?« fragte Benchley.

»Vera DeLee. Eins von Polly Adlers Mädchen.« Sie sah ihre Tischgenossen an, alle außer Miss Ferber. Sie konnte mit einiger Sicherheit davon ausgehen, daß Edna Ferber nicht auf Polly Adlers Kundenliste stand. Und Woollcott in Betracht zu ziehen war etwa so realistisch wie die Vorstellung, Jack Dempsey beim Abschlußball eines Mädchenpensionats in einer Polonaise herumhüpfen zu sehen.

»Auch erwürgt?« fragte Kaufman, während Ross noch einmal den Artikel über Ilona Mercury in einer der Zeitungen las.

»Und äußerst brutal.«

»In wessen Wohnung?« fragte Woollcott gehässig, und Kaufman warf ihm tödliche Blicke über den Tisch zu.

»Ihrer eigenen.«

»Aha«, sagte Kaufman mit einem gekünstelten Lächeln, »ein häusliches Mädchen.«

Ross beugte sich zu Mrs. Parker vor. »Wie kommt es, daß du in diesen ganzen Geheimkram eingeweiht wirst?«

Ein schelmischer Ausdruck breitete sich über Benchleys Gesicht. »Oh, sag, geheimnisvolle Maid, gibt es bei dir daheim noch mehr, die sind wie du?«

Er wurde nicht beachtet. Mrs. Parker kämpfte mit ihren Handschuhen. »Als ich mich gestern abend mit Mr. Singer zum Essen getroffen hab, da hab ich ihm erzählt, daß Alec und ich ernsthaft erwägen, gemeinsam eine Artikelserie über Morde in unserer Zeit zu schreiben.«

Ross schaute skeptisch drein. »Du und Alec, ihr wollt zusammenarbeiten? Das ist, als wollte man ein Frettchen mit einem Mammut kreuzen.«

»Und wieso nicht?« warf Woollcott ein. »Kann doch Spaß machen. Wohin willst du, Dottie?«

»Wohin wollen *wir*, Schätzchen. Nun, wir wollen uns als Mr. Singers Begleiter zu Mrs. Adlers schlecht beleumundetem Haus begeben. Er holt uns in ein paar Minuten in einem Streifenwagen ab. Wenn du ein braver Junge bist, erlaubt er dir auch, auf dem Trittbrett zu stehen und das Haar im Fahrtwind wehen zu lassen.«

Ferber schnaubte. »Das könnte ein historischer Moment sein - Alec in einem Puff.«

»Und warum nicht?« erkundigte sich Woollcott säuerlich. »Mrs. Adler ist in der Lage, eine höchst anregende Konversation zu führen. Sie äußert sich zu den unterschiedlichsten Themen weitaus intelligenter als ein paar Leute in meiner unmittelbaren Umgebung. Außerdem spielt sie verdammt gut Backgammon.«

»Eine pikante Vorstellung, zum Backgammon in den Puff zu gehen.«

Mrs. Parker war versucht, über den Tisch zu greifen, um Ferber zu erdrosseln.

Ross fragte Woollcott: »Wie zum Teufel hast du sie überhaupt kennengelernt?«

»Sie hat sich einen meiner Vorträge angehört. Hinterher meldete sie sich und stellte ein paar unglaublich intelligente Fragen. Als ich sie bat, sich vorzustellen, tat sie das. Ich hätte nicht erfreuter sein können, wenn ich die Bekanntschaft der Königin Mary von England gemacht hätte.«

»Komm, Alec, wir müssen gehen.« Mrs. Parker war schon aufgestanden, die Handtasche baumelte an ihrer Hand.

»Ihr habt euren Anteil am Mittagessen nicht bezahlt«, grummelte Ross.

»Übernimm das erst mal, Harold,« sagte Woollcott gebieterisch. »Wir rechnen dann später ab.«

Im Gehen hörten sie noch, wie Edna Ferber den anderen von einer Party erzählte, die sie am Vorabend besucht hatte. »Es war eins von diesen mit Stars gespickten Ereignissen, wo der Mensch, der am Klavier saß und Gershwin spielte, Gershwin war.«

Mrs. Parker nahm Woollcotts Arm, als sie durch die Lobby liefen. »Ich habe so eine Vorahnung über uns alle, Alec. Ich habe das Gefühl, daß sich unser Bedarf aneinander sehr bald erschöpft haben wird.«

»Aber wir werden doch immer Freunde bleiben, nicht wahr, Liebling?«

»Das hängt davon ab, wie du meinen Gedichtband besprichst.« Sie sah sich in der Lobby um, aber von Lacey Van Weber war keine Spur zu sehen. Sie machte sich in Gedanken eine Notiz, Ross noch später am Tag wegen des Porträts anzugehen.

Woollcott war schon wieder gereizt. »Was ist jetzt eigentlich mit dir und Van Weber? Ich kam ja erst an den Tisch, als du schon am Ende deiner Darlegungen warst. Du schuldest mir da eine Erklärung.«

»Ganz gewiß tue ich das, und ich habe auch die beste Absicht, dir eine zu geben, aber da ist schon Mr. Singer und wartet in seinem Streifenwagen. Mr. Singer, wie haben Sie es geschafft, so schnell hier zu sein?«

Singer saß auf dem Vordersitz neben dem Fahrer, Detective Al Cassidy. »Wir haben die Sirene angestellt.« Nachdem Mrs. Parker und Woollcott sich auf dem Rücksitz verstaut hatten, stellte Singer sie Cassidy vor, und sie fuhren los. »Cassidy bearbeitet gemeinsam mit mir den Fall. Er weiß über Kaufmans Verbindung mit der Mercury-Mumie Bescheid. DeLee ist jetzt im Leichenschauhaus, ich habe eine schnelle Autopsie angeordnet. Nach allem, was das Zimmermädchen mir erzählt hat, hab ich das Gefühl, daß sie an der Nadel hing. Sie sagte, sie hätte Spritzen und ähnliches Zeug auf DeLees Toilettentisch rumliegen sehen. DeLee behauptete, sie sei Diabetikerin, was eine vernünftige Erklärung sein könnte. Aber ich glaube eher, daß sie süchtig war. Hat einer von Ihnen schon Bekanntschaft mit Mrs. Adler gemacht?«

»Ja, ich«, sagte Woollcott. Cassidy betrachtete ihn im Rückspiegel und unterdrückte ein Wiehern, wobei er sich den Mund mit seiner fleischigen Hand zuhielt. Seine massige Gestalt bebte.

Mrs. Parker erklärte den anderen: »Mr. Woollcott erfreut sich diversifizierter Freundschaften.«

Singer erklärte Cassidy: »Das bedeutet: alle mögliche.«

»Was bedeutet alle mögliche?« fragte Cassidy und wich einem Bierfuhrwerk aus, das von zwei traurigen Kleppern gezogen wurde.

»Erwartet sie uns?« fragte Mrs. Parker.

»Ich habe sie vom Hotel aus angerufen. Sie ist ganz schön durcheinander. DeLee war einer ihrer Lieblinge, so klang es jedenfalls am Telefon.«

Sie fuhren vor Mrs. Adlers Apartmenthaus vor. Der Portier erbleichte beim Anblick des Streifenwagens. »Mrs. Adler erwartet uns«, bellte Singer. »Passen Sie auf den Wagen auf.«

Polly Adler trug eine ihrer teuersten Kreationen von Lucile, die sie anläßlich ihres jüngsten Abstechers nach London, wo sie talentierten Nachwuchs gesucht hatte, extra für sich hatte entwerfen lassen. Es verlieh ihr zusätzliche Größe, die sie gut gebrauchen konnte, und einen Ausdruck fürstlicher Eleganz. Lucile war eine Schwester der berühmten Schriftstellerin Elinor Glyn, der Sexgöttin von eigenen Gnaden, die mit *Three Weeks,* einem schwülstigen Roman über abgründige Leidenschaften bei Königshof und Adel, die ewige Gunst der Hollywood-Mogule errungen hatte. Dort war es auch, wo sie im vergangenen Jahr Clara Bow den Beinamen »The It Girl« verpaßte, womit sie die junge Schauspielerin erfolgreich auf eine Flugbahn von Pech und Unglück abgeschossen hatte. Polly richtete sich am Flügel auf, während Gloria auf das Läuten der Türglocke hin (einer sorgfältigen Komposition von Brahms-Klängen) Jacob Singer, Al Cassidy, Woollcott und Mrs. Parker hereinließ. Während man sich noch vorstellte, zog sich Gloria diskret in die Küche zurück, wo sie ihre Aufgabe zu Ende führte, in einem Eimer Eis in kleine Stücke zu hacken. Mrs. Adler hatte das Bedürfnis nach Drinks und Hors d'œuvres vorausgesehen. Mrs. Parker bewunderte Mrs. Adlers guten Geschmack bei der Inneneinrichtung.

»Gefällt Ihnen die Bude wirklich?« Mrs. Adler kannte Mrs. Parkers Ruf. Sie wußte, daß einem freundlichen Wort mitunter ein Todesurteil folgte.

»Ich könnte gut selbst hier wohnen, nur glaube ich, daß ich Ihnen nicht von Nutzen sein würde.«

»Kommen wir zur Sache«, unterbrach Singer, der einen schweren Tag vor sich hatte und sich nicht darauf freute. Sie saßen mittlerweile im Kreis um ein marmornes Kaffeetischchen herum. Der Marmor stammt mit Sicherheit aus einem Steinbruch in Venedig, dachte Mrs. Parker. »Von dem Zustand der Leiche zu urteilen«, begann er gebieterisch, »schätze ich, daß die Frau irgendwann in der letzten Nacht erwürgt wurde. Bevor ich den Autopsiebericht bekomme, das wird in ungefähr einer Stunde sein, kann ich es nicht mit Sicherheit sagen, aber dennoch, Mrs. Adler, Sie würden uns schon helfen, wenn Sie uns zum Beispiel etwas über ihren Gesundheitszustand erzählen. Wer waren ihre Feinde, falls Sie sie kennen? Wie war ihre Beziehung zu Richter Crater? Wissen Sie, ob sie Ilona Mercury kannte?«

»Mr. Singer«, sagte Mrs. Adler mit übertriebener Geduld, »jede gute Madame bringt einem neuen Mädchen im Geschäft als erstes bei: eins nach dem anderen, mein Schatz.« Gloria schob ein Wägelchen herein, das mit Drinks, Gläsern, Eiswürfeln und Häppchen beladen war. »Fangen wir mit ihrer Gesundheit an, solange Gloria Ihre Bestellungen aufnimmt.« Gloria stellte den Teller mit dem Essen auf den Kaffeetisch und schenkte dann die Drinks ein. »Vera war Diabetikerin. Sie war, was die Ärzte einen Grenzfall nennen, so daß sie sich kein Insulin spritzen mußte.«

»Sie besaß aber Spritzen«, sagte Singer, »also hat sie gefixt.«

»Davon weiß ich nichts«, sagte Mrs. Adler indigniert. »Ich erlaube nicht, daß so eine Scheiße ... verzeihen Sie, Mrs. Parker ... in meinen Geschäftsräumen vorkommt.« Sie machte eine Pause. »Wie ich gehört hab, nahm sie Morphium.«

»Hatte sie gestern abend Dienst?« fragte Singer.

»Hatte sie, aber sie bat darum, sich freinehmen zu dürfen. Sie war für eine Mitternachtsparty vorgesehen.« Mrs. Parker und Woollcott tauschten einen bedeutungsvollen Blick. »Aber sie rief so gegen sieben Uhr an - ich glaube, aus der Praxis ihres Arztes -, um Bescheid zu sagen, daß sie sich nicht besonders wohl fühlte. Deshalb sagte ich ihr, sie soll nach Hause gehen und es gut sein lassen. Ich liefere meinen Klienten ungern angeschlagenes Material. Meine Mädchen sind sauber. Dafür stehe ich mit meinem guten Ruf ein.« Mrs. Parker bewunderte den Ausdruck grimmigen Stolzes im Gesicht der anderen Frau.

»Wer ist ihr Arzt?«

»Horathy. Bela Horathy.«

Singer seufzte. »Der alte Dr. Wonne persönlich.«

Mrs. Adler zuckte die Achseln. »Ilona Mercury hat ihn ihr empfohlen.«

»Was denn, Mercury war auch süchtig?« Der Autopsiebericht hatte keinen Hinweis darauf gegeben.

»Ich glaube, sie behauptete, ihn von ihrer alten Heimat her zu kennen. Schließlich sind sie beide Ungarn, obwohl Ilona reichlich jünger war als er.«

Mrs. Parker räusperte sich, und Singer war sich bewußt, daß es an der Zeit war, ihr das Wort zu überlassen. »Mrs. Adler, hat Ilona auch für Sie gearbeitet? Ich weiß, daß sie offiziell ein Revuegirl für Mr. Ziegfeld war, aber so viele dieser Mädchen haben so teure Hobbies, Sie wissen schon, was ich meine.«

»Ich verstehe, worauf Sie hinauswollen. Ja, Ilona war eins meiner Reservemädchen. Aber sehr wählerisch. Man konnte ihr nicht einfach irgendeinen fetten Provinzheini aus dem Mittleren Westen anbieten. Ilona war scharf auf das große Geld und die großen Namen.«

»Wie Rudolph Valentino?« Mrs. Adler fand, daß Woollcott

wie ein böser Barockengel aussah, aber er spielte verdammt gut Backgammon.

»Valentino war ihr eigener Verdienst, Alec. Sie hat erzählt, daß sie alte Freunde waren.«

Jetzt war Singer wieder an der Reihe. »Ich dachte, sie wäre erst ein Jahr hier gewesen und hätte die ganze Zeit in der Stadt verbracht. Ich wußte nicht, daß sie mal eine Zeitlang an der Westküste war.«

»Davon weiß ich auch nichts«, antwortete Mrs. Adler. »Wir haben nie von Frau zu Frau geredet. Mit den Mädchen zu tratschen war nicht Ilonas Spezialität. Vera war so ungefähr das einzige von meinen Küken, mit dem Ilona ab und zu Umgang hatte.«

Mrs. Parker fragte Singer: »Untersucht denn nicht die Einwanderungsbehörde Miss Mercurys Herkunft für Sie?«

»Das tun sie, aber sie sind sehr langsam. Die verdammte Verwaltung ist überarbeitet und unterbesetzt.«

»Wie mein Laden«, sagte Mrs. Adler traurig. »Jetzt, wo Vera und Ilona wegfallen, kann ich wieder anfangen, Proben auf Anstellung abzuhalten.« Sie warf Mrs. Parker ein leutseliges Lächeln zu, die sich nicht ganz im klaren war, ob es freundlich oder auffordernd gemeint war. »Hier ißt ja keiner was. Kommt, Leute, bedient euch. Diese Pastete habe ich selbst gemacht, aus echten Long-Island-Gänselebern.« Woollcott tauchte hinein.

»Wie steht es mit Feinden? Hat Vera Ihnen je erzählt, daß sie bedroht wurde?«

»Sicher. Oft sogar. Manche meiner Kunden haben bizarre Vorlieben. Manche meiner Mädchen zeigen sich da aber nicht interessiert. Das gibt auf beiden Seiten böses Blut. Inzwischen sehe ich zu, daß ich die Mädchen auf den Geschmack der Kunden abstimme.« Wieder schenkte sie Mrs. Parker die Gunst ihres Lächelns. »In meinem Geschäft kann man jeden Tag was Neues dazulernen.«

»Wie wahr, wie wahr«, pflichtete Mrs. Parker bei. Woollcott bekam einen Hustenanfall. Gloria brachte ihm ein Glas Wasser. Cassidy klopfte ihm auf den Rücken. Woollcott winkte ihn weg. Singer nahm das Verhör wieder auf.

»Was ist mit Richter Crater?«

»Was soll mit ihm sein?«

»Hat er sie oft getroffen? Schließlich wissen wir ja, daß er sie zu Lacey Van Webers Penthouse-Party mitgenommen hat.«

»Naja, Sie wissen doch, wie es mit Joe ist. Er ist immer hinter dem einen oder anderen Flittchen her. Stella, seine Frau, ist nicht gerade die Leidenschaft in Person, verstehen Sie.«

»Was war also mit Vera?«

»Was soll mit ihr gewesen sein?«

»Waren sie fest zusammen?«

Mrs. Adler widmete sich der Frage mit einiger Konzentration. »Ich werd's Ihnen sagen, Mr. Singer. Meines Wissens hat er tatsächlich mehr mit ihr zu tun gehabt als mit meinen anderen Mädchen. Aber fest würde ich das nicht nennen. Auf ein paar von meinen Küken hat er von Zeit zu Zeit auch ein Auge geworfen. Und hören Sie mal, Sie müssen bedenken, daß ich nicht das einzige exotische Etablissement hier in der Stadt betreibe. Übrigens, hält man Belle Livingston immer noch auf Rikers fest?«

»Nee, man hat sie heute früh wieder entlassen«, informierte sie Cassidy.

»Arme Belle. Sie sollte nicht in dieser Branche arbeiten. Sie sollte sich in Italien zur Ruhe setzen und sich dort ihrer größten Leidenschaft widmen.«

»Und worin besteht diese?« erkundigte sich die faszinierte Mrs. Parker.

»Itaker vögeln. Sagen Sie mal, wie sind eigentlich Sie beide in die Geschichte verwickelt?« Sie meinte Mrs. Parker und Woollcott. Woollcott erklärte ihre Zusammenarbeit. »Komisch«, war Mrs. Adlers einziger Kommentar.

»Hat Vera irgendwie Familie?«

»Irgendwo im Norden des Staates, glaube ich. Aber machen Sie sich keine Sorgen. Ich kümmere mich um die Beerdigung. Ich besitze eine Grabstelle draußen in Montefiore.« Sie erklärte Mrs. Parker und Woollcott: »Das ist ein sehr süßer Friedhof draußen auf Long Island. Ich hab ihn für Notfälle eingerichtet. Ich hab schon drei von meinen Kleinen da unter die Erde gebracht. Manche Mädchen sind wahrscheinlich schon von Geburt an todgeweiht.« Woollcott glaubte zu hören, wie Mrs. Parker ein Schluchzen unterdrückte. Mrs. Parker unterdrückte jedoch ein Lachen. Irgendwo mußte das den Stoff für eine köstliche Kurzgeschichte abgeben, wenn eine Puffmutter eine Grabstelle eigens für ihre verstorbenen Angestellten unterhielt. Sie durfte nicht vergessen nachzusehen, ob Guy de Maupassant das Territorium nicht bereits abgegrast hatte. »Gab es in ihrem Apartment keinen Hinweis auf ihre Familie?«

»Da war nicht viel zu finden. Ein Adreßbuch, aber da standen zum größten Teil nur New Yorker Freunde drin. Meine Jungs suchen noch. Wenn sich irgendwas Brauchbares herausstellt, lasse ich Ihnen Bescheid geben. Falls sie Verwandte hat, müssen sie benachrichtigt werden.«

»Wird ihr Mord in den Zeitungen stehen?« Singer versicherte ihr, daß die Boulevardblätter darin schwelgen würden. »Wenn sie also lesen können, werden sie es erfahren. Wer möchte noch mal nachgeschenkt haben?« Niemand meldete sich. »Wann kann ich die Leiche abholen lassen?«

»Vielleicht irgendwann heute nachmittag. Mit Sicherheit morgen früh.«

Mrs. Adler stand auf, als die anderen Anstalten machten zu gehen. »Ich werde ihr ein schönes letztes Geleit geben. Sie wird sich von Campbell's aus verabschieden, genau wie Valentino. Wie ich höre, ist diese Polackin Pola Negri aus Hollywood rübergekommen und schmeißt sich mächtig an Valentinos Sarg ran. Diese Polacken müssen sich ja an alles ranschmeißen. Sagen Sie mal, Singer, ist irgendwas dran an dem Gerücht, daß er vergiftet wurde?«

»Wir haben keine Beweise.«

»Na und? Er könnte trotzdem vergiftet worden sein. Also, Mrs. Parker, es war ein Genuß, Sie endlich einmal kennenzulernen. Wir haben Sie in unserem Literaturseminar im City College gelesen. Warum sind Sie so zynisch und so larmoyant?«

Mrs. Parker war bestürzt, fing sich aber schnell. »Das ist wohl einfach nur mein Stil.«

Mrs. Adler nahm Woollcotts Arm, während sie die Gesellschaft zur Tür begleitete. »Wann kommen Sie auf ein Backgammon vorbei? Wir haben uns schon lange nicht mehr am Brett gegenübergesessen.«

»Sehr bald, das verspreche ich Ihnen, sehr, sehr bald.«

»Und Mrs. Parker, ich würde mich freuen, auch Sie öfter mal zu sehen. Ich meine, jetzt, wo Sie den Weg kennen, machen Sie sich nicht rar.« Gloria hielt die Tür auf. »Und Mr. Detective, wenn Sie das Schwein finden, das sie erwürgt hat, händigen Sie ihn mir aus. Ich werde ihm die Eier abschneiden und sie *gardemffen.*« Für Mrs. Parker fügte sie hinzu: »Das ist eine jiddische Art zu garen.«

»Ich weiß«, sagte Mrs. Parker, »mein Vater war Jude. Wie schön, Sie kennengelernt zu haben, Mrs. Adler.«

Etwas später steuerte Cassidy den Streifenwagen in die Richtung von Mrs. Parkers Apartment in der Siebenundfünfzigsten Straße West.

»Was meinen Sie?« fragte Singer die anderen auf dem Rücksitz.

»Ich finde sie wunderbar«, sagte Mrs. Parker. »Was sagen Sie dazu, sie besucht ein Literaturseminar.« Sie verkniff sich einen Kommentar darüber, daß Mrs. Adler ihre Arbeit als zynisch und larmoyant bezeichnet hatte. Über diese Ausrichtung ihrer Begabung würde sie sich später noch Gedanken machen müssen. Zynisch war ja gut, aber larmoyant?

»Glauben Sie, daß beide Morde die Arbeit ein und derselben Person sind?« fragte Woollcott.

»Haben Sie bessere Vorschläge?« erwiderte Singer.

»Noch zu früh, sie zu formulieren. Trotzdem, beide erwürgt. Die Mädchen kannten sich. Sie teilten sich einen Arzt.«

Mrs. Parker setzte sich aufrecht. »Wieso fahren wir mich nach Hause?«

»Weil Sie mich darum gebeten haben«, sagte Cassidy.

»Sollten wir nicht Dr. Horathy einen Besuch abstatten?«

»Ich wollte noch damit warten, bis der Autopsiebericht raus ist«, erklärte Singer.

»Der Bericht ist doch bestimmt inzwischen abgeschlossen. Lassen Sie uns eine Telefonzelle suchen, und Sie rufen das Leichenschauhaus an, Mr. Singer. Ich meine, warum Zeit verschwenden? Mr. Woollcott und ich gehen erst in ein paar Stunden ins Theater.«

»Ist dir vielleicht schon mal eingefallen, daß ich auch noch andere und wichtigere Dinge zu tun habe?« wütete Woollcott.

»Und die wären?«

Woollcott verschränkte die Arme und starrte verdrießlich aus dem Fenster. Cassidy hielt vor einem Süßwarenladen, durch dessen Spiegelglasscheiben eine Reihe von Telefonzellen nach außen hin sichtbar waren. Singer lieh sich ein Fünfcentstück von Cassidy und verbrachte fünf Minuten in einer Telefonzelle. Nachdem er sich wieder auf den Vordersitz des Streifenwagens niedergelassen hatte, berichtete er den anderen: »Sie war mit Morphium vollgepumpt. Ihr Hintern war voller Einstiche. Offensichtlich war sie schon länger in Behandlung. Ich habe Horathys Adresse im Telefonbuch herausgesucht.« Er sagte sie Cassidy. Bald fuhren sie an Horathys Praxis vor, die in einem Gebäude in der Lower Park Avenue gelegen war. Ein Zeitungsjunge ging mit der letzten Nachmittagsausgabe des *Journal* hausieren. Er lockte seine Kunden mit der Nachricht von Vera DeLees grausigem Mord an, seine durchdringende Stimme hätte es verdient, in der Grand Central Station zum Einsatz zu kommen. Woollcott rang sich zwei Cents ab und kaufte ein Exemplar. Ein Foto von DeLees Leiche im Leichenschauhaus bedeckte die erste Seite. Mrs. Parker machte ein schmerzverzerrtes Gesicht und folgte den Polizisten ins Haus.

Schwester Cora Gallagher saß hinter ihrem Schreibtisch und las die Zeitung. Sie saß so still, daß sie wie das fertige Produkt eines Tierpräparators aussah. Die Tür zum Sprechzimmer öffnete sich, und sie wurde schnell wieder lebendig. Sie faltete die Zeitung zusammen und legte sie zur Seite. Sie lächelte der Patientin zu, die eben aus dem Sprechzimmer zum Vorschein kam, einer unglaublich schönen jungen Frau mit knallrotem Haar.

Dr. Horathy folgte Lily Robson in Schwester Gallaghers Hoheitsgebiet und legte Lily dann den Arm um die Schulter.

»Wenn der Schmerz anhält, verdoppeln Sie die Dosis. Und wenn es schlimmer wird, rufen Sie mich an, ja?« Bela Horathy war knappe einsachtzig groß. Sein Kopf hatte habichtartige Züge und war von einem pechschwarzen Haarschopf gekrönt, durch den eine zwei Zentimeter dicke weiße Strähne verlief. Er besaß die schlanke Figur eines Athleten und die feingliedrigen Finger eines Künstlers. Seine Stimme war einschmeichelnd und honigsüß. Sein leichter Akzent war fast nicht zu merken.

»Ich hab keine Lust, auf das Zeug draufzukommen«, sagte Lily Robson mit einer Stimme, die ihren Schliff in den Slums bekommen hatte.

»Sie scherzen wohl.« Er konnte den Ausdruck in Cora Gallaghers Gesicht nicht erkennen. Lily Robson versperrte ihm die Sicht.

»Ich scherze nicht. Tex Guinan will keinen in ihrem Lokal, der drauf ist. Ist der Stoff ganz bestimmt sicher?«

»Sie werden sich in ihn verlieben. Sobald er alle ist, werden Sie herkommen und neuen haben wollen.« Er ergriff ihre Hand und küßte sie.

Lily lächelte. »Sie sind mir vielleicht einer.« Horathy brachte sie zur Tür. Nachdem sie fort war, zeigte ihm Cora Gallagher die Zeitung.

»Mein Gott«, brummte er und nahm die Zeitung mit in sein Büro.

Als Lily Robson einen Fahrstuhl betrat, kam der zweite auf dem Stockwerk an. Aus ihm marschierten Mrs. Parker, Woollcott, Singer und Cassidy. Singer führte den Weg zu Dr. Horathys Praxis an. Cora Gallagher stand auf, als das Vierergespann eintrat, und Singer und Cassidy ließen ihre Polizeimarken aufblitzen. »Wir möchten gern den Doktor sprechen«, sagte Singer.

»Sie haben keinen Termin«, sagte Schwester Gallagher.

»Mädchen, wir brauchen auch keinen«, sagte Cassidy.

»Ich sehe mal nach, ob er da ist.« Sie begab sich eilig in Horathys Sprechzimmer.

»Keine Diplome«, bemerkte Mrs. Parker.

»Was meinst du damit?« fragte Woollcott.

»Es hängen keine eingerahmten Diplome an der Wand. Alle Ärzte geben mit ihren Diplomen an. Auf welcher Hochschule sie Examen erworben haben. Welche medizinischen Grade sie bekommen haben. Die Wände von meinem Doktor triefen nur so von Diplomen.«

Nurse Gallagher kehrte zurück. »Der Doktor läßt bitten.« Sie machte Platz, als sie Dr. Horathys Sprechzimmer betraten. Es war geschmackvoll in sanften braunen und weißen Tönen eingerichtet. Eine Tür führte zum Sprechzimmer und eine andere zum Labor. Von den Fenstern des Arztes aus konnte man die Park Avenue überblicken. Und hier, stellte Mrs. Parker befriedigt fest, gab es auch eingerahmte Diplome an den Wänden. Sie waren in einer fremden Sprache verfaßt, von der Mrs. Parker annahm, daß sie ungarisch war. Der Doktor stand hinter seinem Schreibtisch, als der Schwarm eintrat und Singer sich und die anderen vorstellte. Horathy beteuerte unter charmanten Glucksgeräuschen, wie sehr er sich freue, Mrs. Parker und Woollcott kennenzulernen, während er ihnen Stühle anbot. Singer verlor keine Zeit, zur Sache zu kommen. Der Doktor gab zu, daß Vera DeLee seine Patientin gewesen sei, und ja, er habe gerade von ihrem tragischen Tod gelesen; er zeigte auf die zusammengefaltete Zeitung, die auf seinem Schreibtisch lag. Ja, er habe sie gestern nachmittag gegen fünf Uhr gesehen, da sei sie vorbeigekommen, um sich eine Auffrischungsspritze geben zu lassen. Sie habe sich nicht wohl gefühlt und sei in Ohnmacht gefallen. Er und die Schwester hätten sie auf die Couch im Wartezimmer getragen und sie bald wieder zu Bewußtsein gebracht. Kurz darauf sei sie gegangen.

»War sie Ihre letzte Patientin an dem Tag?« fragte Singer.

»Ja, das war sie«, antwortete Horathy.

»Was war in der Auffrischungsspritze, die Sie ihr gegeben haben?«

»Es tut mir leid, aber das fällt unter das Arztgeheimnis.«

»Ich könnte Ihre Unterlagen beschlagnahmen lassen.« Er

bluffte, und der Doktor wußte, daß er bluffte. Bis er seinen Gerichtsbeschluß in der Hand hielt, könnte Horathy sämtliche Unterlagen im Büro vernichtet haben.

»Unsere Autopsie weist nach, daß sie Morphium genommen hat. Viel Morphium, und über einen langen, langen Zeitraum hinweg, laut Aussage des Leichenbeschauers. Auf ihrem Hintern finden sich mehr Einstiche als auf einem Nadelkissen.«

Horathy fragte Mrs. Parker freundlich, ob sie und Woollcott Freunde der Verstorbenen seien. Sie erklärte ihre Zusammenarbeit mit Woollcott. Einen Augenblick lang erwog sie, die Erklärung gleich auf Karten drucken zu lassen, für den Fall, daß sich die Untersuchung noch weiter hinziehen sollte.

»Was ist also mit den Einstichen?« beharrte Singer.

»Ich verabreiche Auffrischungsspritzen ins Gesäß, weil Miss DeLees Körper von äußerster Wichtigkeit für ihren Beruf war. Es hätte keinen guten Eindruck gemacht, wenn ihre Arme wie ein Sieb ausgesehen hätten.«

»Und was war mit dem Morphium?«

»Von Morphium weiß ich nichts.«

»Da haben wir aber was anderes gehört.«

»Was Sie gehört haben, ist üble Nachrede.«

Mrs. Parker fuhr freundlich dazwischen. »Aber Dr. Horathy, Rudolph Valentino hat Sie auf Lacey Van Webers Party beschuldigt, ein Drogenhändler zu sein, und soweit ich weiß, haben Sie keine Verleumdungsklage gegen ihn eingereicht.«

»Es hat wohl kaum Sinn, einen Toten zu verklagen«, sagte Horathy, als hätte er es mit einer Schwachsinnigen zu tun.

»Sie könnten seine Erben verklagen.« Sie war sich nicht ganz sicher, ob sie wußte, wovon sie sprach. Hilfesuchend wandte sie sich an Singer. »Kann er doch, oder?«

Singer verfolgte einen anderen Kurs. »Ilona Mercury war doch auch Ihre Patientin, nicht wahr?«

»Eigentlich nicht. Wir waren lediglich miteinander bekannt.«

»Bekannt genug, um Ihnen Vera DeLee vorzustellen.«

»Ich entsinne mich nicht, wie Miss DeLee zu mir kam.«

»Polly Adler sagt, daß Mercury sie bei Ihnen eingeführt hat.

Wir vertrauen Mrs. Adler.« Die Folgerung, daß man Horathy nicht traute, entging dem Doktor nicht.

»Sie haben kein Recht, mich zu schikanieren!« brüllte Horathy. »Das lasse ich mir nicht bieten!«

Singer fragte Mrs. Parker und Woollcott: »Sehen Sie hier irgendwelche Anzeichen von Schikane?«

»Ich finde Sie ausgesprochen charmant«, sagte Woollcott, und meinte es ernst. Er war von Jacob Singer vollkommen fasziniert und beschloß, bei späterer Gelegenheit Mrs. Parker zu ihrer ausnahmsweise richtigen Entscheidung zu gratulieren, den Polizisten in ihren Kreis einzuführen.

»Ich muß die Herrschaften bitten, sich zu verabschieden.« Horathy stand steif und würdevoll da. Mrs. Parker fragte sich, ob er vielleicht einmal Husar in der ungarischen Armee gewesen sei. Sie fand, daß ihm die Rolle gut angestanden hätte.

»Wenn Sie darauf bestehen, bitte sehr«, sagte Singer. »Aber es wäre günstiger, wenn Sie sich in Zukunft ein wenig kooperativer zeigen würden.«

»Ich versichere Ihnen, Sir, es wird kein ›in Zukunft‹ geben.«

»Da würde ich nicht drauf wetten.« Zu den anderen sagte er: »Gehen wir.« Nachdem sie das Büro verlassen hatten und Cassidy die Tür hinter sich zugeknallt hatte, bellte Horathy eine Nummer ins Telefon

Vor dem Fahrstuhl sagte Woollcott grimmig: »Ich mochte diesen Mann überhaupt nicht. Leute mit weißen Strähnen im Haar haben etwas schrecklich Finsteres an sich.«

»Der Kerl hat gelogen«, sagte Cassidy. »Wir sollten ihm mal auf den Zahn fühlen.«

»Das erste, was wir machen, wenn wir auf dem Revier sind.« Der Fahrstuhl kam an. Während sie ihn betraten und der Fahrstuhlführer noch die Türen schloß, fragte Singer Mrs. Parker, was sie von Dr. Horathy hielt.

»Nun, offen gestanden«, sagte sie in einem eher plauderhaften Tonfall, »er kam mir eigentlich vor wie ein Druckfehler. Wenn ich Sie wäre, Mr. Singer, würde ich bei der American Medical Association Erkundigungen über ihn einziehen. Es kann ja sein, daß er gar keine Zulassung hat, in diesem Land seinen Beruf auszuüben.« Sie sah, daß der Fahrstuhlführer die Ohren weit aufgesperrt hatte. »Junger Mann, was Sie eben gehört haben, bleibt absolut unter uns«, ermahnte sie ihn, plötzlich von seiner Stirnlocke hypnotisiert, die von seinem Kopf wie das Periskop eines Unterseebootes aufzuragen schien, »oder meine Freunde hier von der Polizei werden Sie aufs Revier schleifen, um Sie ins Kreuzverhör zu nehmen, oder irgend etwas in der Art.«

In seinem Büro tobte Horathy am Telefon. Am anderen Ende der Leitung versuchte man, ihn zu beruhigen. Horathy tobte weiter. Dann wurde die Stimme am anderen Ende drohend und gefährlich. Horathys Rage klang ab. Nachdem er aufgelegt hatte, brüllte er nach Schwester Gallagher. Sie hörte ihn durch die Tür und eilte zu ihm.

»Vera DeLee war gestern meine letzte Patientin.«

»Aber was ist mit ...«

Er unterbrach sie schroff, und seine Stimme war grob und bedrohlich. »Vera DeLee war gestern meine letzte Patientin.«

»Selbstverständlich, Doktor.«

Als sie an ihren Schreibtisch zurückkehrte, saß sie da und starrte ins Leere; sie fragte sich, ob sie es sich erlauben konnte zu kündigen und sich eine neue Arbeit zu suchen.

Im Streifenwagen hüllte sich Mrs. Parker in seliges Schweigen. Die anderen unterhielten sich im Plauderton, bis Woollcott endlich zu Mrs. Parker sagte: »Dein Schweigen ist unerträglich. Was brütest du da in deinen verschlungenen Hirnwindungen aus?«

»Ich denke nur über die verschlungenen Wege anderer nach. Wissen Sie, was ich an Ihrer Stelle versuchen würde herauszufinden, Mr. Singer? Ich würde versuchen herauszufinden, ob Dr. Horathy noch einen anderen Patienten hatte, während Miss DeLee dalag und sich von ihrem Ohnmachtsanfall erholte. Manchmal bin ich wie andere Frauen, ich habe Anfälle von Eingebung. Klingt das irgendwie plausibel?«

»Das klingt sogar sehr plausibel, Mrs. Parker. Allmählich verstehe ich Sie, wenn Sie plötzlich so still werden. Ich hatte eine Tante, die manchmal auch nur so stumm dasaß. Es machte meinen Onkel wahnsinnig. Und dann rückte sie plötzlich mit einem Knüller von einem Kochrezept heraus.«

Woollcott lächelte Singer an, er fühlte sich behaglich wie an Weihnachten, selbst in dieser drückenden Augusthitze. Tanten und Onkel und Kochrezepte trafen bei ihm einen Nerv, und es war ihm egal, für wie sentimental und vertrottelt ihn seine Zeitgenossen deswegen hielten; er wußte die alten Werte von Familie, Herd und Heimstätte immer noch zu schätzen. Er sah aus, als würden ihm gleich die Tränen kommen, aber nichts dergleichen geschah. Statt dessen schoß er einen verbalen Pfeil auf Mrs. Parker ab.

»Hey du, Tess des stürmischen Landes.« Der schneidende Unterton seiner Stimme entging ihr nicht. »Was hast du mir da für einen Blick zugeworfen, als Mrs. Adler darauf zu sprechen kam, sie habe DeLee erlaubt, einer Mitternachtsparty fernzubleiben?«

»Es war eine so versteckte Anspielung, daß ich mich gefragt hab, ob du weißt, wovon sie spricht. Ich hab's erst gestern abend von Mr. Singer erfahren.«

Woollcott faltete die Hände über seiner Magengegend und blickte überheblich in die Runde. »Sie spielte auf Horace Liverights Orgien an. Der einzige, der denkt, daß sie ein Geheimnis sind, ist Horace Liveright; bei den seltenen Anlässen, wenn er überhaupt denkt.«

»Urteil nicht so hart über Horace«, sagte Mrs. Parker. »Offensichtlich hat er irgendwo eine Macke, die ihn dazu zwingt, sich hin und wieder einer moralischen Entgleisung hinzugeben, und du kannst mir glauben, ich bin nicht erpicht darauf zu erfahren, worin sie besteht. Ich finde es nur abscheulich, was er all den unschuldigen Dingern antut.«

»Unschuldige Dinger nehmen nicht an Orgien teil«, sagte Singer.

Mrs. Parker beehrte ihn mit einem winzigen Lächeln. »Ich wußte schon immer, daß kein Philosoph in mir steckt. Was unternehmen Sie jetzt mit Dr. Horathy?«

Singer drehte sich zu Mrs. Parker und Woollcott um. »Heute abend beauftrage ich Yudel Sherman, der ein sehr guter Detective ist, wenn er seine Gedanken nicht gerade beim Baseball hat, die Liftboys der Nachtschicht in Horathys Gebäude zu interviewen. Die müssen wissen, ob noch jemand zur gleichen Zeit wie DeLee in Horathys Praxis war. Dann schicke ich noch ein langes Telegramm an meinen Kumpel, den Polizeichef drüben in Los Angeles, und bitte ihn um alles, was er mir über Dr. Bela Horathy geben kann.«

»Vergessen Sie nicht Ilona Mercury«, ermahnte ihn Mrs. Parker. Ihre Hände flatterten, und sie wünschte, sie hätte sich ihr Strickzeug mitgebracht.

»L. A. haben wir gestern über Mercury informiert.«

»Oh, wie klug Sie sind.«

»Natürlich ist er klug!« polterte Woollcott, der inzwischen beschlossen hatte, Jacob Singer unter seine Fittiche zu nehmen. »Er ist ein erstaunlich intelligenter junger Mann.«

»Mr. Singer«, sagte Mrs. Parker sanft, »man hat Sie soeben zum Ritter geschlagen.« Singers Gesicht blieb ausdruckslos. Er kannte die Launen und Schrullen der Algonquin-Tafelrunde. Er wußte, daß jeder von ihnen in seiner eigenen Welt lebte, nur vom eigenen Ich beherrscht und geleitet wurde, aber auch vom Ego und Intellekt der anderen zehrte und bisweilen der Ehefrau, dem Ehemann oder der Geliebten Zugang gewährte, die sich dann wie illegale Eindringlinge vorkamen. Er hatte noch von keiner einzigen glücklichen Ehe oder Liebesbeziehung in diesem Kreis gehört. Sie waren verdammt und sie waren gesegnet, und er hatte gelernt, das zu akzeptieren, genauso wie sie gelernt hatten zu akzeptieren, daß es für sie gar nicht anders ging. Singer, ein engagierter Bulle ohne Liebschaften, hatte sogar noch weniger als sie.

»Wohin fahren wir?« fragte Woollcott gereizt.

»Nur so durch die Gegend, bis wir uns entschieden haben«, erklärte Cassidy.

»Ich würde gern ein Schwätzchen mit Richter Crater halten.« Singer zog seine Taschenuhr heraus. »Es ist noch nicht einmal vier Uhr. Er könnte noch in seinem Büro sein. Cassidy, such uns ein Telefon.«

Cassidy fand ein Telefon, in einem Zigarrenladen an der Ecke Dreiundzwanzigste Straße und Fifth Avenue. Mrs. Parker war in den Anblick eines Indianers aus Holz vertieft, der in der hochgereckten Hand einen Tomahawk schwang und neben dem Eingang stand. »Er sieht aus wie Ring Lardner.«

»Wer sieht so aus?« fragte Woollcott.

»Der Holzindianer.«

»Ja, stimmt, wenn er nüchtern ist.«

Jacob Singer bekam Craters Nummer vom Amt und ließ sich mit ihm verbinden. Sie konnten durch das Fenster beobachten, wie er sich unterhielt. »Eigentlich ist es ziemlich gefährlich, Telefonzellen in Schaufenstern aufzustellen, nicht wahr?«

»Wieso?« fragte Cassidy.

»Es macht einen so verwundbar, man ist so exponiert. Wahrscheinlich werden deshalb so viele Gangster in Telefonzellen umgelegt.«

Singer kehrte zurück und wies Cassidy an, er solle nach Downtown zum Rathaus fahren. »Crater erwartet uns.«

»Ich fühle mich gekidnappt«, brummte Woollcott.

Mrs. Parker reagierte verärgert. »Ich bin sicher, daß Mr. Cassidy dich an der Ecke absetzen kann, wenn du es vorziehst, nach Hause zu gehen. Ich treffe dich im Theater, kurz bevor der Vorhang aufgeht.«

»Ach, zur Hölle. Wenn man dem Teufel den kleinen Finger reicht, nimmt er die ganze Hand.« Er lehnte sich zurück und versuchte, die Beine übereinanderzuschlagen, gab es aber auf, als Cassidy auf zwei Rädern um eine Ecke fuhr und ihn fast in Mrs. Parkers Schoß beförderte.

»Alec, bitte hör auf herumzuzappeln«, wies ihn Mrs. Parker zurecht, sehr ungehalten darüber, daß man sie in ihrer Meditation über Lacey Van Weber störte. Offensichtlich hatte er sein Treffen zum Lunch im Algonquin arrangiert, um ihr begegnen zu können. Begegnen, lächerlich; er hatte ihr regelrecht nachgestellt. Auf ihren Vorschlag, ihn für den *New Yorker* zu porträtieren, hatte er sich nicht festnageln lassen. Er sagte, daß er sich melden würde. Vielleicht treffen wir ihn heute abend. Er weiß, welche Show wir uns ansehen wollen. Er weiß, daß wir anschließend essen gehen. Sie fühlte, wie ihr Woollcott einen leichten Rippenstoß mit dem Ellbogen versetzte.

»Wach auf, Dornröschen, wir sind da.«

Es gab kein überflüssiges Vorgeplänkel. Crater erwartete sie, und die Sekretärin führte sie unverzüglich in sein Büro. Ein paar Stühle waren schon so aufgestellt worden, daß sie Craters Schreibtisch gegenüberstanden. Irgend jemand ist hier sehr tüchtig, dachte Mrs. Parker, während man sich gegenseitig vorstellte. Crater war mindestens Einsachtzig groß und von massiger Gestalt, mit grauem Haar und schönen blauen, stechenden Augen. Sie bemerkte, daß er ein Gebiß trug, und später fiel ihr noch auf, daß sein rechter Zeigefinger verstümmelt war. Er trug einen Vatermörder und weiße Gamaschen, und sie konnte beim besten Willen nicht verstehen, wie irgendeine Frau ihn attraktiv finden könnte. Zum Beispiel hatte er eine breite Nase, und Mrs. Parker fand breite Nasen bei Männern verdächtig. Ihr Ehemann hatte eine, und das Objekt ihres letzten Unbehagens ebenfalls.

»Darf ich Ihnen etwas anbieten?« fragte Crater mit einer Stimme, die seinen Gerichtsverhandlungen vorbehalten war, während er sich hinter dem Schreibtisch niederließ.

»Ein paar Informationen«, antwortete Singer. Guter Junge, dachte Woollcott, kommt gleich zur Sache. Keine sinnlosen Höflichkeiten. Ein guter Krieger. Mrs. Parker wünschte, Woollcott würde diesen blödsinnigen Ausdruck von seinem Gesicht entfernen.

»Was kann ich für Sie tun?« fragte Crater, lehnte sich nach vorn und formte seine Hände zu einer Pyramide.

»Wann haben Sie zum letztenmal Vera DeLee gesehen?«

Crater spitzte die Lippen, lehnte sich zurück, schlug die Beine übereinander, verschränkte die Arme und schaute an Singers Kopf vorbei an die gegenüberliegende Wand. Grandiose Vorstellung, dachte Mrs. Parker. Ich wäre zu gern dabei, wenn er Mrs. Crater wieder einmal erzählt, daß er die ganze Nacht mit seinen Kumpels zusammengesessen und juristische Fachsimpeleien ausgetauscht hat. »Also, das ist eine gute Frage«, sagte Crater.

»Ich hab sogar noch bessere«, sagte Singer.

Crater lächelte. Auf seinen falschen Zähnen wurden entstellende Flecken sichtbar. Mrs. Parker war nahe daran zusammenzuzucken, aber es gelang ihr, es nicht zu tun. Seine Häßlichkeit war ihr nicht aufgefallen, als Van Weber sie am Vorabend bei Jack and Charlie's vorgestellt hatte. »Falls ich mich recht entsinne, hab ich Vera zuletzt bei einer Party eines gemeinsamen Bekannten gesehen ...« Er ließ die einzelnen Seiten seines Tischkalenders wie beim Kartenmischen durch die Finger gleiten. »Aha, hier haben wir es, es war der Abend des 14. August. Bei Lacey Van Weber.« Er richtete sein fleckiges Lächeln auf Mrs. Parker. »Ihr Begleiter gestern bei Jack & Charlie's. Veras Tod betrifft Sie doch hoffentlich nicht persönlich, Mrs. Parker?« Mrs. Parker erklärte ihre Zusammenarbeit mit Woollcott, und Crater unterließ es, sie darauf hinzuweisen, daß sie beide bei einer polizeilichen Ermittlung nichts zu suchen hatten.

»Seitdem nicht mehr?« fragte Singer.

»Nein, seitdem nicht mehr.«

»Haben Sie irgendeine Idee, warum sie jemand hätte umbringen wollen?«

»Vielleicht ein Mord aus Leidenschaft?«

»Sie hegten wohl keine besondere Leidenschaft für sie?«

Crater ließ sich weder durch die Frage noch durch die Anwesenheit von Mrs. Parker und Woollcott aus der Ruhe bringen.

»Ich war mit ihr im Bett. Das ist wohl ziemlich klar. Sie werden ja wissen, daß sie eins von Pollys Mädchen ist. Ich schlafe aber nur mit ihnen. Ich töte sie nicht.«

Geschickt mischte sich Mrs. Parker ins Gespräch. »Es gab da einen ziemlichen Tumult auf der Party, zwischen Valentino und Horathy, nicht wahr?«

»Horathy?«

»Dr. Bela Horathy. Den sie Dr. Wonne nennen. Valentino beschuldigte ihn, in Hollywood Rauschgift verschoben und auf diese Weise das Leben einiger seiner engsten Freunde zerstört zu haben. Wallace Reid, Barbara LaMarr, Mabel Normand ...«

»Ja, natürlich. *Jener* Wortwechsel.«

»Und dann wurde Valentino plötzlich krank«, fuhr Mrs. Parker fort.

Singer ließ Mrs. Parker gewähren. Er wußte, daß sie auf irgend etwas hinaus wollte, und mit ein wenig Glück könnte sie vielleicht Crater in eine Falle locken und es herausbekommen.

»Ja, der Ärmste. Ich stand ganz in seiner Nähe auf der Terrasse, als ich plötzlich seinen Aufschrei hörte. Er hielt sich den Magen und rief etwas auf italienisch, glaube ich. Kurz darauf wurde er von der jungen Frau, mit der er gekommen war, von der Party hinausgeleitet ...«

»Ilona Mercury«, warf Mrs. Parker ein.

»Ja, so ist es, ein reizendes Wesen.«

»Auch ermordet.«

»Mein Gott, ja, wie tragisch.«

»Er wurde also von der Party hinausgeleitet, wie Sie gerade sagten ...?«

»Von Miss Mercury und Lacey Van Weber.«

Mrs. Parker spürte, wie ihr Magen einen Purzelbaum schlug. »Sind Sie sicher, daß es Mr. Van Weber war?«

»Ja. Ich hab gehört, wie Miss Mercury nach ihm rief.«

»Sie hat nicht nach dem Arzt gerufen?«

»Soweit ich mich entsinne, wollte Valentino von diesem Doktor nichts wissen, und von einem anderen auch nicht. Es war mit Sicherheit Van Weber, der Valentino zum Fahrstuhl und aus dem Gebäude half.«

»Hatte Vera DeLee etwas dazu zu sagen?«

»Wie meinen Sie das?«

»Machte sie keine Bemerkung über Valentinos plötzliche Erkrankung?«

»Vielleicht hat sie etwas Ähnliches wie ›ach du mein Schreck‹ oder ›au Scheiße‹ gesagt, was einer ihrer Lieblingsausdrücke ist ... beziehungsweise war.«

»Finden Sie es nicht merkwürdig, daß seit dieser Party drei der Gäste unter mysteriösen Umständen ums Leben kamen? Valentino, Ilona Mercury, Vera DeLee.«

»Ein trauriger Zufall.«

»Mord ist kein Zufall, Richter Crater«, sagte Mrs. Parker. »Mord, vor allem geplanter Mord, ist brutal und obszön. Sie sprechen seit vielen Jahren Recht in dieser Gegend; bestimmt haben Sie doch schon vorher mit Mord zu tun gehabt.«

»Sie scheinen dem Gerede Glauben zu schenken, daß Valentino vergiftet wurde«, sagte Crater, der sich langsam zu wundern begann, warum Singer das Rampenlicht Mrs. Parker überließ.

Es schien, als habe Singer Craters Gedanken gelesen, denn jetzt warf er ein: »Bei seiner Autopsie hat sich kein Gift gefunden.«

»Ein Autopsiebericht kann nicht frisiert werden«, sagte Crater.

»Das hoffen wir, aber ganz sicher kann man niemals sein, nicht wahr?« Der Richter war froh, daß Cassidy eine Stimme besaß.

Jetzt schaltete sich auch Woollcott ein. »Wie gut kennen Sie Lacey Van Weber?«

»Lacey ist ein prächtiger Kerl.«

»Wie gut kennen Sie ihn?« wiederholte Woollcott.

»Wir sind uns im Verlauf des letzten Jahres ziemlich oft über den Weg gelaufen«, sagte Crater.

»Waren Sie schon in seiner Villa in East Cove?« fuhr Woollcott fort.

»Stella und ich sind einige Male zum Lunch hinausgefahren.«

»Haben Sie in irgendeiner Weise geschäftlich mit ihm zu tun?« Woollcott bohrte wie das gnadenlose Instrument eines Zahnarztes.

»Ich finde diese Frage irrelevant. Sie hat nichts mit Vera DeLee zu tun. Und ich dachte, deswegen sind Sie hier, wegen Vera DeLee. Sie werden langsam unverschämt, Sir.«

»Ich wollte nicht respektlos erscheinen, Euer Ehren«, sagte Woollcott, der sich fragte, ob Crater der idiotischen Ansicht war, sein Büro sei ein Gerichtssaal und eine Verhandlung im Gange.

Singer hielt es an der Zeit, einzuschreiten. »Ich glaube, Mr. Woollcott will darauf hinaus, daß begründeter Verdacht besteht, die Party mit den Mordopfern in Verbindung zu bringen.«

»Davon weiß ich nichts. Ich habe mich sehr gut auf der Party amüsiert, und soweit ich mich entsinne, ging es Vera ebenso. Es waren sehr viele Menschen auf der Party, und manchmal haben wir uns aus den Augen verloren. Aber ich hatte sie dorthin mitgebracht, war dort zeitweise mit ihr zusammen und brachte sie anschließend nach Hause in ihr Apartment, wo ich, um Ihre lüsterne Neugier zu befriedigen, die Nacht mit ihr verbracht habe.«

Mrs. Parker konnte nicht widerstehen. »War sie gut?«

»Mrs. Parker, ich muß doch sehr bitten!«

»Entschuldigung. Hin und wieder werde ich ein wenig ethnologisch. Noch eine Frage, Richter. Sie kennen doch Horace Liveright, nicht wahr?«

Der Richter holte tief Luft und schnaubte: »Wir gehören demselben Klub an.«

»Haben Sie jemals eines der beiden Opfer auf einer seiner Orgien angetroffen?«

Craters Kinn fiel nach unten. Woollcotts Knöchel wurden weiß. Singer liebte Mrs. Parker leidenschaftlich.

»Nun, haben Sie?«

»Mrs. Parker, Sie verlassen die Geschäftsordnung.«

»Und mich verlassen meine Fragen. Bitte, Mr. Singer.«

»Ich denke, wir haben ungefähr soviel erfahren, wie wir erfahren konnten.« Singer erhob sich, ein Zeichen für die anderen, es ihm gleichzutun. »Vielen Dank, Richter. Ich weiß Ihre kooperative Haltung zu schätzen.« Die Ironie in seiner Stimme reichte aus, um ein Schlachtschiff zu versenken.

Als sie wieder im Streifenwagen saßen und in Richtung Uptown fuhren, sagte Mrs. Parker zu Singer: »Ihnen ist doch sicher auch schon die Idee gekommen, daß Ihr Yudel Sherman, nachdem er die Liftboys in Horathys Gebäude befragt hat, den Herren, die bei Vera DeLee die Fahrstühle bedienen, dieselbe Ehre erweisen sollte. Bestimmt kann sich irgend jemand daran erinnern, ob sie gestern abend in Begleitung nach Hause gekommen ist. Ihre Wohnung verfügt anscheinend über günstige Verkehrsverbindungen.« Dann machte sie mit der Geschwindigkeit von Kastagnetten kleine Schnalzgeräusche. »Wie schaffen das diese Mädchen bloß? Ich meine, eine Nacht nach der anderen.«

»Und häufig auch zur Matinée«, fügte Woollcott hinzu.

»Wie Theaterkritiker«, schloß Mrs. Parker.

»Wohin?« fragte Cassidy mit einem Seitenblick auf Singer.

»Nach Hause, James«, sagte Mrs. Parker mit gespielter Grandezza, »und schonen Sie die Pferde nicht.« Sie lächelte Singer an. »Wir haben doch immerhin so viel erreicht, wie in unserer Macht stand, oder, Mr. Singer?«

»Wir haben verdammt viel erreicht, alles in allem. Ich bin stolz auf Sie beide.« Woollcott strahlte, als sei er von einem Engel geküßt worden. »Natürlich kann Crater überlegen, ob er sich höheren Ortes über mich beschweren will, weil ich Ihnen erlaubt habe, mich bei einer Amtshandlung zu begleiten. Aber vielleicht beschließt er, solange zu lavieren, bis ihm der Druck unangenehm wird.«

Mrs. Parker wunderte sich. »Ich dachte, wir hätten schon eine Menge unangenehmen Druck auf ihn ausgeübt.«

»Mrs. Parker, das war gar nichts. Er ist uns ausgewichen wie ein Profi. Viel haben Sie nicht aus ihm herausgeholt.«

»O doch, das hat sie wohl«, fauchte Woollcott. »Sie hat herausgefunden, daß Van Weber Valentino zusammen mit der kleinen Mercury von der Party weggebracht hat. Möglicherweise haben sie eine Unterhaltung geführt, die für diesen Fall von entscheidender Wichtigkeit ist.«

»Falls es eine gegeben hat, werden wir über ihren Inhalt jedenfalls weder von Valentino noch von der Mercury etwas erfahren«, sagte Singer.

»Wir könnten ja versuchen, es über Mr. Van Weber herauszubekommen«, schlug Mrs. Parker vor.

»Das fällt in Ihr Ressort«, sagte Singer. Sie sagte nichts. Sie schaute angestrengt aus dem Fenster, tief in Gedanken und vom Sog eines Strudels namens »Lacey Van Weber« gepackt.

Dann fühlte sie, wie der Streifenwagen am Straßenrand zum Halten kam. Sie wandte sich Woollcott zu, der zu ihr sagte: »Ich hol dich pünktlich um acht mit dem Taxi ab.«

»Bist du sicher, daß du mich nicht lieber vor dem Globe treffen möchtest? Es macht mir nichts aus, direkt hinzugehen.«

»*Mir* aber. Ich habe nicht die Absicht, unter einer Theatermarkise dumm rumzustehen, während du noch überlegst, welches Kleid du anziehen sollst. Mit der Zeit werden Sie feststellen, Mr. Singer, daß – sollten Sie die Bekanntschaft mit Mrs. Parker überleben – Pünktlichkeit ein Begriff ist, der in ihrem Wortschatz von geringer Bedeutung und Wichtigkeit ist. Punkt acht!« donnerte er.

Detective Yudel Shermans Kindertraum war es gewesen, Preisboxer zu werden. Als herausragender Sportler in der High School, der Thomas-Jefferson-Schule im Brooklyner Brownsville-Bezirk, wo er auf die Welt gekommen und aufgewachsen war, war er von einem kleinen Manager unter die Fittiche genommen worden, der ihn bei Amateur-Schaukämpfen entdeckt hatte. Ein Jahr später, nach drei Siegen und vierzehn Niederlagen, ließ Yudel sich von seinem älteren Bruder, einem Anwalt, überzeugen, daß er sich besser einen anderen Beruf suchen sollte, einen, der ihm eine längere Lebenserwartung sichern würde als der Kampf mit den Fäusten. Yudel legte eine staatliche Prüfung ab und wurde Polizist. Er war ein sehr guter Polizist. Er genoß es, Gangster zu schnappen, Schädeldecken einzuschlagen, Einbrecher zu jagen und kleine Gauner zu verdreschen. Er wurde rasch zum Detective befördert und genoß jetzt die Gesellschaft von Jacob Singer und Al Cassidy.

Weniger genoß er im Moment die Gesellschaft eines der Liftboys in Horathys Bürohaus. Er hatte ihm eine Fotografie von Vera DeLee gezeigt, eine aus der Kartei seiner Abteilung, die sie bei einer der seltenen Razzien in Mrs. Adlers Etablissement aktenkundig gemacht hatte. Der junge Mann erkannte Vera. Ja, er hatte sie gestern abend von Horathys Stockwerk zur Lobby befördert. Es war irgendwann um sieben herum gewesen. Daran konnte er sich auch erinnern. Sie schien nicht besonders fest auf ihren Füßen gewesen zu sein. Er nannte sie »Stelzen«. »Sie stand nicht besonders fest auf ihre Stelzen, verstehnse?«

»Wer war bei ihr?« fragte Sherman.

»Lassense mich mal nachdenken.«

»Denk scharf nach. Laß dir Zeit.«

»Bin mir inzwischen nich so sicher.«

»Ich möchte, daß du dir ganz sicher bist.«

»Bin ja schon am Denken.«

»Würde es dir leichter fallen, dein Denken auf dem Revier zu besorgen?«

»Nee, bloß nich. Ich kann hier prima denken. Lassense mich mal sehen.«

»Nicht sehen. Denken.« Für Sherman war offensichtlich, daß Vera DeLee nicht allein im Fahrstuhl abwärts gefahren war. »War es Dr. Horathy?«

»Nee. Er und seine Schwester da, die sind später zusammen runtergekommen.«

»Fahren wir also aufs Revier.«

»Es war 'n Kerl.«

»Wie sah er aus?«

»War nicht besonders gut zu erkennen. Er trug so'n Gestell mit dunklen Gläsern, die den größten Teil von seinem Gesicht verdeckten. Und er hatte nen Hut auf, der tief in die Stirn gezogen war. Außerdem hat er sich dauernd die Nase geputzt, als ob er ne Sommergrippe hätte.«

»Haben sie sich auch unterhalten?«

»*Sie* hat sich unterhalten.«

»Weißt du noch, was sie gesagt hat?«

»Nich viel. Is ja nur ne kurze Fuhre vom Doktor in die Lobby. Augenblick mal: Sie hat ihn gefragt, ob er zur Mitternachtsparty geht. Ich hab aber nicht gehört, daß er irgendwas geantwortet hat.«

»Ist das alles?«

»Das ist alles, was ich bieten kann. Kann ich jetzt wieder an meine Arbeit?«

Den Telefonhörer am Ohr, saß Woollcott in seinem unordentlich mit Büchern vollgestopften Arbeitszimmer und lauschte einem wütenden Redeschwall von George S. Kaufman. Woollcott versuchte mehrmals zu unterbrechen, aber dann seufzte er und ließ den Strom der Schmähungen ungehindert fließen. Schließlich gelang es ihm einzuwerfen: »Wirklich, George, ich habe mir doch nur einen kleinen Scherz erlaubt.«

»Einen kleinen Scherz! ›Und in wessen Apartment wurde ihre Leiche gefunden?‹ Was hast du mit mir vor, verdammt noch mal? Meuchelmord? Und ich dachte, du wärst mein Freund.«

»Ich bin dein Freund. Ich stecke bis zum Hals in deiner Freundschaft. Deine Freundschaft hat mein Leben, über das ich inzwischen nicht mehr frei verfügen darf, völlig umgekrempelt. Es besteht nur noch aus Ermittlungen in Sachen Mord. Diese Ermittlung frißt sich in mein Leben und in meine Zeit hinein, alles unter dem Deckmantel der Freundschaft. Wir machen das doch nur, um dich zu beschützen, und wenn es mir hin und wieder mal einfällt, zu meinem eigenen Vergnügen einer kleinen Laune nachzugeben, dann werde ich das tun, ohne die Erlaubnis von einem dämlichen Lustmolch einzuholen!« Er knallte den Hörer auf die Gabel.

In Kaufmans Wohnung fragte seine Frau: »Wen hast du denn da eben so angeschrien?«

»Freund Brutus.«

Der Fahrstuhlführer in Vera DeLees Apartmenthotel war jung, eifrig und dumm. Und ob er Vera DeLee kannte! Heiße Nummer, was? Ein laszives Zwinkern und ein lüsternes Grinsen unterstrichen die Aussage.

»Du hast sie gestern abend zu ihrer Wohnung hochgefrachtet?«

»So war's in der Tat, meine Wenigkeit war so frei.« Er vollführte einen schnellen Tanzschritt, um seine Worte zu verdeutlichen.

»Das war gestern abend gegen halb acht oder so?«

»Oder so und so und so, falls Sie verstehen, was ich meine.«

Sherman hätte ihm gern eine reingehauen. »Wer war bei ihr?«

»Es war immer irgendeiner bei ihr. Das war vielleicht eine vielbeschäftigte heiße Puppe. Wo die sich drehte, wuchs bestimmt kein Gras mehr.«

Nein, dachte Sherman, bald wird es über ihr wachsen. »Wer war gestern abend bei ihr? Ein Mann, stimmt's?«

»Allerdings, war'n Kerl.«

»Wie sah er aus?«

Der Junge verzog nachdenklich das Gesicht. »Kann mich nicht gut erinnern. Wirklich schwer zu sagen.« Er schnalzte mit den Fingern beider Hände. »Hut bis über die Ohren runtergezogen. Dunke Brille, hielt immer ein Taschentuch vors Gesicht. Mehr weiß ich nicht. Okay?«

»Okay«, antwortete Sherman müde. Aber immerhin wußte er jetzt, daß jemand an jenem Abend bei Vera DeLee gewesen war, jemand, den sie entweder in Bela Horathys Praxis oder draußen im Flur getroffen hatte, als sie auf den Fahrstuhl wartete. Er rief Singer an, der auf dem Revier wartete. Singer gab die Information an Mrs. Parker weiter, die sich gerade für das Theater umzog. Diese Information, sagte Singer, mache ein neues Treffen mit Horathy erforderlich.

»Er wird lügen«, sagte Mrs. Parker. »Er wird weiterhin denjenigen decken, den er deckt, wer immer das ist.«

»Dann werde ich mir die Praxishilfe vornehmen.«

»Das klingt schon besser«, stimmte Mrs. Parker zu. »Hoffen wir, daß sie nicht in ihn verliebt ist. In den schlechten Romanen, die ich zuweilen lese, um mich moralisch aufzurichten, sind die Krankenschwestern immer in ihre Ärzte verliebt. Wenn sie in ihn verliebt ist, wird sie ihn nicht hintergehen.«

»Darüber zerbrech ich mir den Kopf, wenn's soweit ist. Viel Spaß heut abend.«

»Mal sehen.«

Woollcott erschien pünktlich um acht. Es gelang ihr, um Viertel nach acht unten in der Lobby zu sein. Er schnaubte vor Ungeduld. Das Taxameter tickte unbarmherzig weiter, und Woollcott war ein notorischer Geizhals. Im Theaterviertel herrschte dichter Verkehr, selbst an diesem Wochentag im August. Woollcott berichtete von seinem unerfreulichen Streit mit Kaufman. »Mein Gott«, begann er zu jammern, »werde ich denn nie den Zustand vollkommener Glückseligkeit erreichen? Einmal Nirwana, bitte!«

»Liegt das in Kuba?« fragte Mrs. Parker. Der Taxifahrer zuckte zusammen. »Wer spielt heute alles mit?«

Woollcott wischte sich seine schweißnasse Stirn. »Ziegfeld hat da eine sehr gute Truppe zusammengestellt, muß ich sagen. Er hat die Show schon Anfang des Jahres in Florida ausprobiert, da hieß sie *The Palm Beach Girl.* Das Stück war dort ein großer Erfolg, darum hat er es auch nach New York verlegt. Natürlich ist Florida eine Sache und New York eine andere.«

»Wer spielt alles mit?« wiederholte Mrs. Parker.

»Zunächst einmal James Barton, ein guter Komiker. Und dann Moran und Mack, als Neger geschminkte Weiße. Nicht zu anstößig. Das Publikum liebt sie. Und dann noch Ray Dooley.«

»Ich bete Ray Dooley an. Zieht sie wieder ihre Kindernummer ab?«

»Sie kann ja nichts anderes. Charles King ist Tenor und Claire Luce absolut bezaubernd.«

»Warum ist das Stück dann so mittelmäßig?«

»Die Sketche sind miserabel. Die Lieder so lala. Aber die Ausstattung ist absolut umwerfend. Da wurden keine Kosten gescheut. Du weißt ja, wie Flo ist.«

»Eigentlich nicht. Wir verkehren nicht in denselben Kreisen.«

»Jacob Singer ist ein reizender Kerl, nicht wahr?«

Sie hatte schon darauf gewartet, daß er mit Singer anfangen würde. Protégés und das Unerreichbare übten eine tödliche Faszination auf Woollcott aus. Heywood Broun hatte es einmal so ausgedrückt: Woollcott wärmte sich an den Lagerfeuern, die er für andere Leute anzündete. Zuerst war da seine grenzenlose Leidenschaft für die junge Schauspielerin Ruth Gordon gewesen. Dann hatten sie sich gemeinsam mit ihm durch die Leidenschaft für Helen Hayes gequält. Mrs. Parker hatte Charles MacArthur an sie verloren, Gott sei Dank auch. Zum Glück war Woollcott schnell durch seine F. Scott Fitzgerald Phase gegangen. Jetzt sprach er nur noch voller Abscheu von Scott und Zelda. Armer Scott, dachte Mrs. Parker; *Der große Gatsby* war für viele seiner Schriftstellerkollegen so eine Enttäuschung geworden. *Alter Junge.* Lacey Van Weber. Jacob Singer.

»Ja, Mr. Singer ist ein Original. Spielst du mit dem Gedanken, ihn zu adoptieren?«

»Sei nicht vulgär.«

»Ich bin nicht vulgär, ich bin pragmatisch. Du siehst in Mr. Singer einen potentiellen Schützling. Schützlinge lassen dich aufblühen. Um Mr. Bernard Shaw zu zitieren, Schützlinge sind für dich wie Muttermilch. Vielleicht könntest du in Mr. Singer, wenn du ihn mit Vorsicht, Güte und Verständnis behandelst, einen Freund gewinnen, möglicherweise einen vertrauten Freund. Ich für meinen Teil glaube allerdings nicht daran.«

»Warum nicht?« fragte Woollcott streitsüchtig.

»Er ist ein sehr selbstgenügsamer junger Mann. Er lebt für seine Arbeit. Das wenige, was ich von ihm mitbekommen habe, sagt mir, daß es in seinem Leben nichts außer Arbeit gibt.«

»Er hat dich doch gestern abend zum Essen eingeladen, nicht wahr?«

»Ich vermute, weil er mich gern mal flachlegen möchte.«

»Du kannst wohl nie genug bekommen.«

»Ich bekomme überhaupt nichts. Du weißt genausogut wie alle anderen, daß ich in Herzensangelegenheiten immer ganz schnell das Ende der Fahnenstange erreiche ... wieso klingt das jetzt eigentlich so anzüglich? Wie dem auch sei, gestern abend konnte ich seinem Anruf entnehmen, daß es absolut niederschmetternd für ihn gewesen wäre, wenn ich seine Einladung abgelehnt hätte. Ich mag Mr. Singer. Um ehrlich zu sein, es gibt manchmal Zeiten, da bewundere ich Mr. Singer unbändig.«

»Und du würdest gern mit ihm schlafen.«

»Wenn meine sexuelle Dürreperiode weiter anhält, würde ich sogar mit Judge Crater ins Heu kriechen, Gott sei meiner armen Seele gnädig.«

»Also, ich mag Mr. Singer sehr. Ich glaube, ich werde ihn zum Lunch einladen.«

»Paß auf, daß du ihn in ein Lokal wie Dinty Moore's ausführst. Er ist ein Steak-mit-Kartoffeln-Mann. Er ist handfest und ein Macker.«

»Keine Sorge, ich versteh schon, was du meinst. Übrigens, nachdem wir uns in diese eher morbiden Ermittlungen hineingedrängelt haben, glaubst du, daß wir uns eventuell in Gefahr begeben könnten?«

»Ja Alec, mein Liebling, wieso hat es so lange gedauert? Von der ersten Frage an, die wir einer verdächtigen Person gestellt haben, war mir klar, daß wir uns in Lebensgefahr befinden. Oh, Gott sei Dank, da ist das Globe. Ich hatte langsam geglaubt, daß wir den Rest unseres Lebens in diesem Fuhrwerk verbringen müssen.«

»Was für ein schauerlicher Gedanke«, wetterte Woollcott, während er bezahlte. Der Taxifahrer stimmte Woollcott im stillen zu.

Die Ouverture war schon halb vorbei, als sie den Gang hinunter zu ihren Sitzen geführt wurden. Als sie Platz genommen hatten, sah sich Mrs. Parker um und bemerkte: »Es gibt ja kaum Publikum.«

»Es gibt auch kaum eine Show«, sagte Woollcott.

Nach einer Stunde mußte Mrs. Parker ihm recht geben. Das Theater war ein Backofen. Die Show war in der Tat verschwenderisch ausgestattet. Claire Luce machte ihren spektakulären Auftritt aus einem glänzenden Ei, das sich teilte, um sie den Blicken preiszugeben, in aufreizender Pose und offenbar ungeduldig darauf erpicht, ihren Tanz hinzulegen. Es war ihre erste Show, seit sie vor einem Jahr in Paris das Publikum in Bann geschlagen hatte. Die komischen Einlagen waren amüsant, und die Sänger hielten die Töne, aber sie waren genauso überhitzt und schlaff wie dieser Augustabend. Die Revuegirls waren überwältigend.

Zwischendurch identifizierte Woollcott Greta Nissen (»Skandinavisch. Sie hat einen Vertrag mit Hollywood. Geht zu Fox«) und Louise Brooks (»Sie dreht für Paramount im Astoria. Schau dir diese Beine an«).

Diese Beine, dachte Mrs. Parker, ihr wunderbarer Bubischnitt und ihre leuchtenden Zähne. Ich fühle mich wie eine Vogelscheuche.

Woollcott fuhr fort: »So, und diese Schönheit da rechts ist Paulette Goddard. Sie ist noch ein Kind.«

»Sie wird schnell genug erwachsen werden.«

»Neben ihr, das ist Susan Fleming, und neben Fleming ist Kay English.«

»Wer ist diese verdrießlich dreinschauende Blonde oben auf der Treppe?«

»Ich habe nicht die leiseste Ahnung. Das war Ilona Mercurys Stelle. Das Mädchen muß ihr Ersatz sein.« Er schlug das Programm auf und zündete ein Streichholz an, um in dessen Licht zu lesen. »Hier steht immer noch Mercury. Wahrscheinlich haben sie keine Zeit gehabt, das Programmheft zu ändern.«

Der zweite Akt war angenehm kurz. Dacaporufe gab es so wenige, daß es fast peinlich war. Woollcott stieß Mrs. Parker an. »Der da drüben durch den Notausgang hinter die Bühne geht, das ist Flo Ziegfeld. Komm, wir gehen ihm nach.«

Woollcott bewegte sich erstaunlich agil, als er sie durch eine

Sitzreihe zum Notausgang führte. Nachdem sie erst einmal die Tür passiert hatten, versperrte ihnen kein Aufpasser den Weg. Woollcott marschierte durch die Garderoben wie ein Feuerwehrhauptmann, der eine Sicherheitsinspektion durchführt. Mrs. Parker folgte ihm so gehorsam wie eine chinesische Ehefrau.

»Woollcott!« Mr. Woollcott erkannte die Stimme Ziegfelds. Er stand im Türeingang zur Garderobe der Revuegirls. Offensichtlich gab es drinnen eine, die zu den glücklichen Auserwählten gehörte. »Was zum Teufel machen Sie denn hier? Sie fanden das Stück doch bei der Premiere fürchterlich.«

»Ich habe meine Meinung nicht geändert. Es ist ausgesprochen grauenhaft. Aber die Mädchen sind einfach wunderschön.«

Drinnen hörte er eine Maus quietschen: *»Der* soll reinkommen!«

Woollcott stellte Mrs. Parker vor, und Ziegfeld lächelte breit. »Also *Sie* sind eine Schriftstellerin«, sagte Ziegfeld großmütig.

»Im Gegensatz wozu?« wollte Woollcott wissen.

»Im Gegensatz zu einem Kritiker«, entgegnete Ziegfeld.

»Und wie geht es Ihrer Frau, Flo?« parierte Woollcott mit spitzer Zunge.

»Billie geht's gut. Wissen Sie was, es ist eine göttliche Fügung, daß Sie beide heute abend hier aufgekreuzt sind. Ich fange gerade damit an, die *Follies* für das nächste Jahr auf die Beine zu stellen. Benchley und Kaufman und Lardner haben schon versprochen, ein paar Nummern beizusteuern. Wie steht's mit Parker und Woollcott?«

»Ich werde darüber nachdenken«, sagte Woollcott.

»Mrs. Parker?« Sie verstand wohl, warum Frauen den Produzenten attraktiv fanden. Er betonte ihren Namen, als sei er etwas Besonderes, eigens für ihren persönlichen Gebrauch und ihre Identität bestimmt.

»Ich habe noch nie Sketche für eine Revue geschrieben.«

»Ich zahle gut.«

»Dann will ich's mal versuchen.«

Schallendes Gelächter klang aus der Garderobe. Woollcott

schnalzte mit der Zunge. »So eine lockere Stimmung, wo doch Ilona Mercury tot im Sarg liegt. Gibt's denn im Theater keinen Respekt für die Toten?«

Ziegfeld brüllte ins Zimmer hinein: »Mädchen! Ein bißchen mehr Respekt für die Toten!«

»Ach, machen wir zu?« fragte eine Stimme, die so hoch war, daß Mrs. Parker dachte, noch ein Dezibel, und nur noch Vögel und Hunde können sie hören.

»Wer ist der Ersatz für Miss Mercury?« fragte Mrs. Parker. »Das blonde Mädchen, das oben auf der Treppe stand?«

»Das ist sie in der Tat. Sie springt für alle Mädchen ein.«

»Sie ist furchtbar hübsch.«

»Würden Sie sie gern kennenlernen?«

»O ja, ich würde sie alle rasend gern kennenlernen.« Ziegfeld erfüllte ihren Wunsch und stellte Mrs. Parker und Woollcott den Mädchen vor.

»Und das ist Charlotte Royce.« Es war die Blonde, die Ilona Mercury ersetzt hatte. Bei näherer Prüfung schien sie kleiner und zierlicher zu sein, als sie auf der Bühne gewirkt hatte. Überhaupt stellte Mrs. Parker fest, daß die geschickt geschnittenen Kostüme, die Beleuchtung und die Bühnenausstattung für die eindrucksvolle Erscheinung der Mädchen verantwortlich waren.

»Erschütternd, die Sache mit der armen Miss Mercury«, sagte Mrs. Parker.

»Hhm.«

»Kannten Sie sie?«

»Hhm.«

»Waren Sie eng befreundet?«

»Warum fragen Sie?«

»Weil, soweit wir wissen, die andere junge Dame, die ermordet wurde, Vera DeLee, auch eine Freundin von Miss Mercury war.«

»Haben die Bullen Sie hergeschickt?« Charlotte Royce, fand Mrs. Parker, mochte sich vielleicht wie ein dummes Ding benehmen und auch so klingen, aber für blöd verkaufen ließ sie sich nicht. Dem Ausdruck, der sich auf Ziegfelds Gesicht breit machte, konnte sie entnehmen, daß auch er langsam den Braten roch. Mrs. Parker erklärte daher ihre Zusammenarbeit mit Woollcott.

»Ah, verstehe«, sagte das Mädchen, »Literatur.«

»Miss Mercury war außerdem die Freundin eines Freundes«, erklärte Woollcott, »das macht uns zusätzlich besorgt.«

»Kaufman«, sagte das Mädchen, und Mrs. Parker fing fast an zu zittern.

»Sie kennen Mr. Kaufman?« fragte sie.

»Ich hab ihn ein paarmal getroffen. Ilona hat ihn einmal auf ein paar Drinks raufgebracht. Und einmal ist er mit uns durch die Kneipen gezogen. Netter Kerl.«

Mrs. Parker beschloß, aufs Ganze zu gehen. »Sie haben sich mit Miss Mercury eine Wohnung geteilt?«

»Hhm. Jetzt brauch ich eine neue. Ich kann die Miete nicht allein tragen.« Sie betrachtete Mrs. Parker eingehend von Kopf bis Fuß. »Haben Sie'n Vorschlag?«

Mrs. Parker wich der Frage aus. »Wir würden gern mit Ihnen über Ilona sprechen, wenn wir dürfen.«

»Nicht heute abend. Ich hab ne Verabredung.« Es war offensichtlich, daß Ziegfeld die Verabredung war.

»Ich möchte Sie gern morgen anrufen.«

»Klar. Ich wohne im Wilfred Arms. Rufen Sie nicht zu früh an, ja?«

»Gegen Mittag?«

»Hhm, ist gut.«

Mrs. Parker und Woollcott verabschiedeten sich von Ziegfeld, und als sie Charlotte Royce Auf Wiedersehen sagten, lächelte das Mädchen endlich, zwinkerte mit dem rechten Auge und sagte: »See you later, alligator!«

Woollcott nahm Mrs. Parkers Arm und führte sie schnell aus dem Theater. »Das Wilfred Arms. Vergiß es nicht«, ermahnte er sie.

»Wie könnte ich?« fragte Mrs. Parker. »Das ist das Haus, in dem Vera DeLee ermordet wurde.«

Jacob Singer machte Überstunden. Der unerledigte Papierkram begann ihm über den Kopf zu wachsen. Außerdem mußte er die Autopsieberichte über Ilona Mercury und Vera DeLee so lange lesen, bis er sie gründlich durchgekaut und verdaut hatte. Los Angeles hatte ihm viele Seiten mit Informationen über Ilona Mercury und Bela Horathy telegrafiert. Sie lasen sich besser als jeder Schundroman. In der Geschichte über Ilona Mercury schien Alice im Wunderland durch einen Spiegel in eine unglaubliche selbst erschaffene Welt getreten zu sein. Lewis Caroll wäre vor Neid erblaßt.

Der Bericht lautete:

> Unsere Unterlagen über Ilona Mercury gehen bis auf das Jahr 1919 zurück, als wir zum erstenmal auf die fragliche Person aufmerksam wurden. Sie war damals achtzehn Jahre alt und unter dem Namen Bessie Landau bekannt, als sie wegen Landstreicherei und Erregung öffentlichen Ärgernisses festgenommen wurde. Ihre Kaution stellte ein Mann namens Sands, der sich als Angestellter des Filmregisseurs William Desmond Taylor auswies. Taylor wurde in der Nacht zum 1. Februar 1922 ermordet. Der uns unbekannte Täter befindet sich noch auf freiem Fuß; die Akte über den Fall bleibt offen. Unter den Verdächtigen waren die Filmstars Mary Miles Minter, heute im Ruhestand, Mabel Normand, ebenfalls nicht aktiv, aber dabei, ein Comeback vorzubereiten, Minters Mutter Charlotte Selby sowie Sands, der Butler, der untertauchte und noch auf freiem Fuß ist. Es wird gemunkelt, daß Sands in Wirklichkeit Dennis Deane Tanner, Desmond Taylors jüngerer Bruder sein

könnte; Desmond Taylors richtiger Name war Deane Tanner. Man nimmt an, daß Mercury und Sands im Jahre 1919 ein Verhältnis hatten. 1920 verschaffte Desmond Taylor Mercury ein paar kleine Filmauftritte, und eine Zeitlang sah es so aus, als könnte sie eine Zukunft beim Film haben. Sie verkehrte in einer wilden Clique, zu der auch Wallace Reid, inzwischen an Drogen gestorben, Barbara LaMarr, dieses Jahr an Drogen gestorben, Olive Thomas und ihr Mann Jack Pickford, der jüngere Bruder von Mary, gehörten. Thomas wurde am 10. September 1920 im vornehmen Crillon-Hotel in Paris tot aufgefunden. Sie hatte versucht, für sich und Pickford Heroin zu kaufen. Es bleibt unklar, ob sie ermordet wurde oder Selbstmord beging. Sie war zweiunddreißig Jahre alt und vormals ein Ziegfeld-Mädchen. Die Pickford-Familie besaß genügend Einfluß, die Sache mit dem kleinen Bruder zu vertuschen. Wir vermuten, daß er immer noch fixt, genauso wie Mabel Normand, die Schauspielerin Alma Rubens sowie ein paar andere, die wir wegen möglicher Schikanen der Studios nicht erwähnen möchten. Nach dem Tod von Thomas, dem der von Wally Reid folgte, schien Mercury eine Pechsträhne im Filmgeschäft erwischt zu haben und begann, als singende Bardame im Bluebird Club in Hollywood zu arbeiten. Der Laden steht unter ständiger Beobachtung, weil dort hinter den Kulissen gedealt wird. Als der Skandal um Desmond Taylor Wirbel in der Stadt machte, verschwand Mercury. Wir glauben, daß sie als Mittelsmann diente und Rauschgift an die Stars verkaufte, oder aber ihnen dabei behilflich war, an den Stoff heranzukommen. Desmond Taylor und Sands waren in Verdacht geraten, hier einem Drogenring anzugehören. Sie verkehrten regelmäßig im Bluebird Club. Es geht auch das Gerücht, daß Charlotte Selby Desmond Taylor ermordete, weil er versuchte, ihre Tochter Miles Minter drogenabhängig zu machen. Ilona Mercury war außerdem mit einem Heilpraktiker namens Hans Javor befreundet. Javor war ein Dealer. Er versuchte, näheren Kontakt zur Nazimova-Rambova-Valentino-Clique zu bekommen, aber Valentino wollte nichts von ihm wissen. Javor steht im Verdacht, das Gerücht verbreitet zu haben, Valentino hätte ein Techtelmechtel mit Desmond Taylor, einem mutmaßlichen Bisexuellen, sowie mit dem Butler (oder Bruder) Sands. Javor sagte, daß er Ungar sei. Siehe auch den Bericht über Bela Horathy.

An dieser Stelle endete der Bericht über Ilona Mercury. Singer räkelte sich und gähnte. Die verstehen es da draußen ziemlich gut, sich schnell zu verbrauchen, dachte er, während er zum Fenster hinüberging, um in seine trübe Gasse hinunterzuschauen. Eine Schlägerei war im Gange, und der Lärm störte ihn. Er öffnete das Fenster, wurde von dem Gestank fast umgeworfen und schrie ein paar unzweideutige Ausdrücke hinaus. Dann schloß er das Fenster wieder und kehrte an seinen Schreibtisch zurück, wo er ein weiteres Mal den Bericht über Bela Horathy zu lesen begann.

Hallo Jake, der hier ist ein bißchen unvollständiger als der über Ilona Mercury, weil wir uns über einige unserer Angaben nicht ganz im klaren sind, und Du weißt ja, wie weit man vor einem Gerichtshof mit Beweismaterial kommt, das auf Hörensagen beruht. Wir gehen wieder auf Hans Javor und das Jahr 1923 zurück, als man ihn unter dem Verdacht des Drogenhandels festnahm. Er schien keine Papiere bei sich zu führen, mit denen er sich für unseren Geschmack zufriedenstellend ausweisen konnte, darum setzten wir ihn als unerwünschten Ausländer auf ein Schiff nach Mexiko. Nach etwa sechs Monaten hängt ein Dr. Bela Horathy sein Firmenschild in einem Haus hinter dem Hollywood-Hotel auf. Ehe man es sich versieht, setzt ein gewaltiger Besucheransturm auf seine Praxis ein, vor allem von hochkarätigen

Prominenten wie Barbara LaMarr und Alma Rubens. LaMarrs damaliger Freund Paul Bern war ein hohes Tier bei den Metro-Studios. Bern versuchte, LaMarr von der Sucht zu heilen und startete eine Kampagne, Horathy aus dem Verkehr zu ziehen. Horathy hatte zu dem Zeitpunkt eine Geliebte namens Magda Moreno, die in ihrer äußeren Erscheinung eine starke Ähnlichkeit zu Ilona Mercury aufwies. Wir vermuten, daß Mercury in Windeseile nach Mexiko verduftete, um dort abzuwarten, bis der Skandal um Desmond Taylor abgeklungen war, und daß sie sich dort irgendwie mit ihrem alten Freund Hans Javor zusammengetan hat. Es ist anzunehmen, daß sie dann zusammen in die Vereinigten Staaten zurückgehrt sind, wahrscheinlich über Arizona, von wo aus es immer einfacher ist, illegal ins Land zu kommen, daß sie dann ihre Drogenkontakte wieder angeknüpft und sich als Horathy und Moreno niedergelassen haben. Das heißt, so lange, bis Bern vor ungefähr zwei Jahren das Unternehmen auffliegen ließ. Mercury ist also ein Mordopfer, und Horathy betreibt sein Geschäft in eurem Amtsbezirk. Wenn Horathy immer noch so dick im Drogenhandel steckt, seid vorsichtig. Er ist Strohmann eines sehr mächtigen Syndikats, das ursprünglich aus Sizilien stammt. Er ist nicht allein. Sie kommen über Südamerika und Mexiko herein, und wir haben schon eine Menge seltsamer Leichen gefunden, die vor der Kaimauer in Venice trieben. Manchmal kann man die Fische nicht von den Leichen unterscheiden. Zu Deiner dritten Anfrage: Über Lacey Van Weber haben wir nichts vorliegen.

Singer sah auf seine Armbanduhr. Es war fast halb zwölf. Er war versucht, Mrs. Parker und Woollcott die Berichte bei Tony's vorbeizubringen, aber dann beschloß er, daß es bis morgen Zeit hätte. Er war hungrig und durstig. Und das bekannte Dräuen in seinen Lenden hatte sich auch eingestellt. Er fragte sich, was wohl gerade im Texas Guinan's Club lief.

Nachdem sie Tony's Restaurant betreten und Van Webers Namen erwähnt hatten, wurden Mrs. Parker und Woollcott von Tony persönlich begrüßt, als hätten sie Diplomatenpässe vorgelegt. Katzbuckelnd führte er sie zu einem gemütlichen, von der Küche weit entfernt gelegenen Tisch und bestellte umgehend eine Flasche Wein. »Frisch vom Boot«, vertraute er ihnen an, wobei Mrs. Parker vermutete, daß er die Fähre nach Staten Island meinte. »Der Wein geht auf's Haus«, sagte Tony überschwenglich, und Woollcott hätte beinahe gefragt, wie hoch sich sein wöchentliches Schmiergeld an das zuständige Polizeirevier belief. Er hielt sich aber zurück, weil ihm beim Stichwort Korruption und Polizei Jacob Singer einfiel, und Singer konnte unmöglich ein korrupter Polizeibeamter sein. Er konnte vielleicht gemein und gefährlich werden, wenn er wütend war, aber niemals korrupt.

»Hör auf, die Brauen zu runzeln«, sagte Mrs. Parker, als Tony die Speisekarten verteilte. »Du siehst aus wie ein obszöner Teddybär.«

»Darf ich mir erlauben, das Osso Buco zu empfehlen?« fragte Tony.

»Sie dürfen«, sagte Woollcott, »und zwar den Randalierern an dem Tisch da drüben.« Sorgfältig studierte er die Karte. »Ich glaube, das habe ich irgendwo schon mal gelesen.« Er fragte Mrs. Parker: »Ein bißchen Pasta zum Einstieg?«

»Nichts Schlabbriges«, antwortete sie. »Ich glaube, ich möchte nur Antipasti. Ich habe keinen großen Hunger.«

»Aber ich.« Woollcott bestellte Spaghetti, gefolgt von Kalbfleisch Piccata.

»Ich bin froh, daß du nicht paniertes Schnitzel bestellt hast.« Statt Tony stand jetzt ein Weinkellner mit einer Flasche da.

»Ich esse nie paniertes Schnitzel«, sagte Woollcott betont, während er sich mit einem Zipfel des Tischtuchs seinen Kneifer putzte.

»Gut so. Als paniertes Kalbsschnitzel würde ich Richter Craters Teint beschreiben.«

Woollcott kostete den Wein. »Tödliches Gift, aber ich denke, wir lassen ihn durchgehen.« Der Weinkellner schenkte ihnen die Gläser voll und verschwand.

Mrs. Parker nippte an ihrem Wein. »Du hast vollkommen recht, Alec. Zweifellos stammen die Trauben aus den Weingärten der Medici. Was hältst du von Charlotte Royce?«

»Ich glaube, daß sie eine Menge von Mr. Ziegfeld erwartet.«

»Ich glaube, daß sie es bekommt. Wahrscheinlich keinen Ruhm als Schauspielerin, aber was immer sie von ihm bekommt, es wird eine ganze Menge sein. Bei der Erwähnung von Mercury und DeLee hat sie nicht mit der Wimper gezuckt.«

»Herrlich, wie sie Kaufman ganz nebenbei mit einwarf. Auf jeden Fall denk ich, daß die Mädchen sich als Nachbarn ziemlich gut kannten.«

»O ja. Wahrscheinlich haben sie sich alle naselang besucht, um sich ein neues Mittelchen gegen ihre Berufskrankheiten auszuleihen.«

»Komm, komm. Urteil nicht so hart über die Damen. Sie führen kein leichtes Leben.«

»Ich würde es jederzeit gegen meins eintauschen. Sie müssen keine Abgabetermine einhalten.« Ein Kellner brachte die Antipasti und die Spaghetti. Beide fingen an zu essen, Mrs. Parker eher zurückhaltend.

»Dein Mr. Van Weber hat ganz recht. Die Sauce Vongole ist hervorragend.« Woollcott brach sich ein Stück italienischen Weißbrots ab und tunkte es in die Sauce.

»Mr. Van Webers Geschmack ist hervorragend.«

Woollcott hielt im Tunken inne und beobachtete Mrs. Parker bei dem Versuch, eine Olive aufzuspießen. »Du bist ganz schön von ihm angetan, was?«

»Du hast ihn ja gesehen und gemerkt, wie er sich mir gegenüber benimmt. Er ist makellos.«

»Und viel zu geheimnisvoll.«

»Darin liegt seine Faszination. Jacob Singer hat mich auf etwas gebracht, das mir unbegreiflicherweise entgangen war.«

»Und das wäre?«

»Er gebraucht häufig den Ausdruck ›alter Junge‹.«

Woollcott tupfte etwas von der Sauce ab, die an seinem Kinn hinunterlief. »Viele Leute verwenden den Ausdruck. Ich glaube, er stammt aus England. ›Hallo, alter Junge‹, ›Hallo, altes Haus‹ und dergleichen. Fitzgerald legt ihn Gatsby in den Mund. Gatsby sagt ja in dem entsetzlichen Buch kaum was anderes.« Er hatte seine Spaghetti verschlungen. Jetzt sah er sich gierig nach dem bestellten Kalbfleisch Piccata um. »Was soll das wilde Leuchten in deinen Augen?«

Mrs. Parker lachte amüsiert. »Du hast es haarscharf verpaßt. Soviel also zu deiner Kombinationsgabe. ›Alter Junge‹. Gatsby. Van Weber.«

Woollcotts Mund formte ein O. »Verdammt noch mal, natürlich. Die Villa draußen in East Cove. Der Schauplatz, das Auftreten, der Dialog – es stammt alles aus dem Buch. Und Singer hat es gleich durchschaut?«

»Aber ja. Er ist ein ziemlicher Literaturkenner, unser Mr. Singer. Ich glaube, er hat sogar *Moby Dick* gelesen.«

»Ich habe einmal versucht, *Moby Dick* zu lesen, aber ich mußte es wieder aufgeben. Es hat mich seekrank gemacht. Ah, hier kommt meine Piccata!« Er stürzte sich darauf, als hätte er gerade einen Hungerstreik abgebrochen. »Himmlisch, ein reiner Genuß.«

»Jacob Singer hat uns eine Flüsterkneipe empfohlen, die nur ein paar Schritte von hier entfernt ist.«

»Ach ja? Bist du überhaupt in Stimmung für Flüsterkneipen?«

»Ich bin immer in Stimmung für Flüsterkneipen. Und für diese ganz besonders.« Sie erzählte ihm von Singers Hinweis auf Sid Curley, den Informanten.

»Wie sollen wir ihn erkennen? Wir können ja schlecht einfach nach ihm fragen.«

»Er wird ›schnief, schnief, schnief‹ machen.« Woollcotts verwirrter Gesichtsausdruck sah komisch aus. Sie fragte sich, ob er jemals eine zweite Karriere als Schauspieler erwogen hatte. Andererseits gab ja Woollcott bei allem und jedem eine Vorstellung. Schon vor langer Zeit hatte sie festgestellt, daß sein Leben eine einzige Inszenierung glanzvoller Auftritte war, die er allein für sich geschaffen hatte, die auch keine zweite Besetzung brauchte, weil niemand in der Lage war, die Fußstapfen des Meisters auszufüllen. Sie erklärte ihm, daß Curley seine ehemalige Kokainsucht durch die Gabe ersetzt hatte, Prominente auszuschnüffeln und Informationen herauszubekommen, die die Polizei zu würdigen wußte und großzügig belohnte.

»Ich muß schon sagen, diese Ermittlung bringt uns mit einer faszinierenden Spezies von Mensch in Berührung.« Er zählte die ganze Liste auf und endete mit einer Lobeshymne auf die Prostituierten.

»Der einzige Unterschied zwischen uns und ihnen«, sagte Mrs. Parker, »ist: sie geben zu, daß sie Prostituierte sind.« Sie setzte ihr Gesicht wieder in Stand, während Woollcott dem Ober ein Zeichen gab, die Rechnung zu bringen.

»Sagtest du das Harlequin?«

»Das Harlequin.«

»Gibt es eine geheime Parole, wie ›Joe hat uns geschickt‹ oder ›wir sind Freunde von Abie‹?«

»Ich habe nicht die leiseste Ahnung. Ich denke, wir müssen uns einfach reinschmeicheln.«

Das Orchester im Kit Kat Club schmetterte die Weise vom »Black Bottom«. Die Tanzfläche war mit Nachtschwärmern vollgepackt, die sich benahmen, als stünde das Ende der Welt bevor. Sie tanzten unter einer riesigen sich drehenden Kristallkugel, die von der Decke herabhing, während Kellner die Tanzfläche durchquerten und sich geschickt zwischen ihnen hindurchschlängelten. Florenz Ziegfeld steckte sich eine Zigarre an und lehnte sich in seinem Stuhl zurück. Er betrachtete die Tanzenden mit der Gelassenheit eines orientalischen Potentaten. Charlotte Royce war dabei, ein Stück Apfeltorte zu verschlingen und fragte sich, warum es zwischen ihr und Ziegfeld immer diese langen Schweigeminuten gab. Wie oft hatte sie sich schon bei ihm beschwert: »Immer nur essen, trinken und vögeln. Essen, trinken und vögeln. Nie reden wir mal über was. Bloß essen, trinken, vögeln.« Sie schob ihren Teller zur Seite und lenkte ihre Aufmerksamkeit auf ein großes Glas unverfälschten Scotch. Sie nahm einen tiefen Schluck, schmatzte genüßlich und lehnte sich zurück.

»Dir wird noch schlecht davon«, sagte Ziegfeld.

»Hör mal, Flo, wie steht's mit uns beiden?«

»Was heißt das, wie steht's mit uns beiden? Amüsierst du dich nicht?«

»Klar. Köstlich.« Sie klang, als gäbe es bei einem Massenbegräbnis mehr zu lachen. »Aber bringt uns das weiter?«

»Ich hab dir doch gesagt, nächstes Jahr bei den *Follies* kriegst du deinen Auftritt.«

»Glaubst du, deshalb bin ich hier?« Ziegfeld guckte in ihr Kleines-Mädchen-Gesicht. Sie war so ein hübsches, süßes Kind, aber eben ein Kind. Sie besaß weder die Weltgewandtheit seiner Frau Billie Burke noch den Wortwitz einiger seiner ehemaligen Showgirls wie Ina Claire oder Lilyan Tashman. Vermutlich, dachte er, könnte ein Psychologe eine Erklärung dafür finden, warum er Billie immer mit diesen Revuehäschen betrügen mußte, aber er hatte schon vor langer Zeit beschlossen, daß es keinen Sinn hatte, darüber nachzudenken. Er spielte ein Spiel mit dem Namen ›Wen vögelt der Boss als nächstes?‹ »Ich möchte, daß du auch mal mit mir redest. Es gibt Sachen, über die ich reden will.«

»Und die wären?«

»Ne Menge Sachen. Zum Beispiel warum du nicht über Ilona Mercury redest.«

»Ich spreche nicht über Ilona Mercury.«

»Warum nicht?« Sie kicherte. »Du weißt doch ne ganze Masse über sie.«

Ziegfeld schnipste lässig etwas Zigarrenasche in den Aschenbecher. »Mein Liebchen, du mußt noch lernen, wie man die Fresse hält.«

»Och, ich red ja nicht über sie.«

»Mrs. Parker wird dich garantiert morgen anrufen.«

»Gut. Und wenn sie mich bittet, sie zu treffen, dann treffe ich sie auch. Ich bin gerne mit berühmten Leuten zusammen, die schlau sind. Und ich werde alle ihre Fragen beantworten.«

Ziegfelds Gesicht sah in den Spiegelungen der sich drehenden Kristallkugel finster aus. Seine Augen verengten sich zu Schlitzen, und seine Stimme wurde scharf und deutlich akzentuiert. »Du wirst schön deinen Mund halten.«

»Oh, ha ha ha, da mach ich mir doch einen Witz draus. Du weißt doch, daß ich ihr einen Brei aus Lüge und Wahrheit servieren werde. Ich bin nämlich *sehr* schlau. Und jeden Tag werde ich ein bißchen schlauer. Du hast da ein paar ganz schön schlaue Mädels in deiner Show. Diese Paulette Goddard, Mann, die weiß, was sie will!«

»Und wahrscheinlich kriegt sie's auch.«

»Und diese hochnäsige Louise Brooks. Oje« - sie setzte eine gezierte Pose auf - »was sind wir wieder toll. Trotzdem höre ich ihr gern zu, falls sie sich überhaupt mal entschließt, was zu sagen.«

»Louise und Paulette und die meisten anderen sind zu schlau, um sich auf Drogen einzulassen. Denk immer dran, Kätzchen, gegen Drogensucht gibt's keine Impfung.«

»Wozu tischst du mir diese Soße auf? Ich häng nicht an der Nadel.«

»Das kann ich nur hoffen. Ich hab mir schon manches Mal Gedanken gemacht, wo du doch mit Ilona eine Wohnung geteilt hast und ziemlich nachbarschaftlich mit Vera DeLee standest.«

»Vera hatte eine Macke. Ich konnte sie nie leiden. Aber Ilona war okay. Was für eine beschissene Art zu sterben. Und wird dann so weit draußen in Brooklyn abgeladen, verdammt noch mal. Sag mal, wer kümmert sich eigentlich um ihre Beerdigung? Wo doch ihre Familie und so irgendwo in Ungarn hockt. Glaubst du, man setzt sie auf einen Dampfer, der sie nach Ungarn zurückbringt?«

»Ich kann mir nicht vorstellen, warum«, antwortete Ziegfeld gönnerhaft. »Hier gibt's jedenfalls niemanden, der Anspruch auf die Leiche erhebt, es sei denn, sie setzen sie auf ein Schiff, das ein medizinisches Institut ansteuert.«

Plötzlich hellte sich ihr Gesicht auf. »He, Flo, rate mal, was passiert ist?«

»Was denn?«

Sie sagte begeistert: »Wir haben ja richtig miteinander geredet.«

Der Harlequin Club war im Keller eines Backsteinhauses gelegen. Das Licht einer blauen Lampe warf einen trüben Schimmer über die Zementstufen, die zur Tür führten, die schwarz gestrichen war. Die Tür hatte ein Guckloch. Woollcott geleitete Mrs. Parker behutsam die Treppe hinab und klopfte laut. Nach einem kurzen Augenblick öffnete sich das Guckloch, und eine Stimme, die offenbar zu dem Auge gehörte, das sie soeben kritisch prüfte, fragte: »Waswollnsie?«

Mrs. Parker übernahm sofort das Kommando. »Wir sind Freunde von Lacey Van Weber.«

Das Auge verschwand. Das Guckloch wurde zugemacht. Sie hörten, wie ein Riegel zur Seite geschoben wurde. Woollcott zwickte Mrs. Parker sanft in die Wange. »Kluges Mädchen.«

»Ich hatte so eine Ahnung, daß es funktionieren würde«, sagte sie mit dem Stolz einer Olympiasiegerin. Die Tür öffnete sich, und sie traten ein. Ihre Ohren dröhnten von dem blechernen Geklimper eines mechanischen Klaviers. Mrs. Parker fragte Woollcott: »Hast du eine Machete?«

»Wofür?« erkundigte sich ein erstaunter Woollcott.

»Um uns einen Weg durch den Rauch zu schlagen.«

Der Mann an der Tür sah aus, als hätte er gerade einen Frontalzusammenstoß überlebt. »Wollnsientisch?« Mrs. Parker faszinierte seine Art, die Worte aneinanderzureihen, wie eine manische Näherin.

»Ich glaube, wir fänden einen Tisch ganz wunderbar«, antwortete Mrs. Parker. Der Mann hob seinen Arm und zeigte in die Tiefe des Raums, aber auf nichts, was man erkennen konnte. Mit dem Instinkt einer Pfadfinderin bahnte sich Mrs. Parker den Weg zu einem Tisch nahe dem Ende der Bar. Die anderen Tische waren zum größten Teil besetzt, und sie konnten ein paar Prominente ausmachen. Ein Kellner nahm ihre Bestellung entgegen, Bourbon pur für Mrs. Parker und Gin mit Orangensaft für Woollcott.

»Ich höre kein Schnüffeln«, sagte Woollcott.

»Wie kann man überhaupt irgendwas hören, bei dem Getöse, das das elektrische Klavier veranstaltet?« An der Wand hinter der Bar hingen zahlreiche gerahmte Fotografien von Athleten und Revuegirls. Mrs. Parker fand das ganz einleuchtend. Revuegirls waren auf ihre Art auch Athleten. An der Bar saßen ungefähr ein Dutzend Leute, die meisten von ihnen Frauen, die sich mit den Händen Luft zufächerten. Die Lüftung war im besten Fall inadäquat zu nennen, da nur ein paar kreisende Ventilatoren hin und wieder die Idee einer Brise aufwirbelten. Der Kellner brachte ihnen ihre Getränke, machte sich auf einem kleinen Block eine Notiz und begab sich wieder woandershin. Mrs. Parker nippte an ihrem Drink. »Das ist echte, unverfälschte Lauge.«

»Beleidige nicht unsere Gastgeber. Oh, hallo!«

Eine hochgewachsene schwül-erotische Schönheit mit kohlrabenschwarzem Haar trat an ihren Tisch und lächelte Mrs. Parker zu. »Erinnern Sie sich nicht an mich, Mrs. Parker? Wir haben uns vor ein paar Monaten in Cap d'Antibes kennengelernt. Ich war gerade aus Deutschland angekommen.«

Woollcott hatte sie sofort erkannt. »Sei nicht so begriffsstutzig, Dottie, das ist Nita Naldi!«

»O mein Gott, natürlich!« rief Mrs. Parker aus. »In diesem Qualm weiß ich überhaupt nicht, wer wer ist. Bitte setzen Sie sich doch.«

»Nur einen Augenblick«, sagte Naldi, während sie Platz nahm. »Ich bin mit einem Filmproduzenten hier und kann ihn nicht allzu lange alleinlassen. Denen geht irgendwann immer der Stoff aus, den sie sich selbst erzählen.« Woollcott stellte sich vor. »Was machen Sie beide denn in einem Kellerloch wie diesem?«

»Ich schwärme für Kellerlöcher«, sagte Mrs. Parker schnell.

»Ich nicht, aber wo er hingeht« – Naldi zeigte mit dem Daumen über ihre Schulter in die ungefähre Richtung ihres Begleiters –, »da will auch ich hingehen.«

»Wie lange sind Sie in der Stadt?« erkundigte sich Mrs. Parker höflich. Sie wagte nicht zuzugeben, daß sie sich nicht daran erinnern konnte, den betörenden Filmvamp in Frankreich getroffen zu haben. Damals hatte sie sich in dem Dämmerzustand einer auseinanderbröckelnden Liebesaffäre befunden. Bei derlei Anlässen war sie nicht einmal in der Lage, ihre eigene Telefonnummer aufzusagen.

»Der Himmel weiß es«, antwortete Naldi. »Auf dem Filmmarkt herrscht für Vamps gerade Flaute. Seit den beiden Filmen im Ausland habe ich nicht mehr gearbeitet.«

»Ach, Sie haben in Europa gearbeitet? Mit Fritz Lang? F. W. Murnau?«

»Bitte, Mr. Woollcott, nichts halb so Aufregendes. Ich habe für ein fettes Schwein namens Alfred Hitchcock gearbeitet. Zwei Reinfälle: *The Pleasure Garden* und *The Mountain Eagle*. Die Streifen sind grauenhaft, ich bin sicher, daß sie nie einen Verleih finden werden. Die Produzenten werden wahrscheinlich ihre Hände in Unschuld waschen und die Filme fallenlassen. Was den Regisseur betrifft, der ist dumm wie Schifferscheiße. Trotzdem zieht man heutzutage dorthin, wo die Arbeit winkt, und wie ich schon sagte, für verblassende Vamps sind Jobs nicht gerade dicht gesät.« Sie beschrieb ihre trüben Aussichten mit einer angenehmen Portion Humor, und sie gefiel Mrs. Parker. »Der Knabe, mit dem ich hergekommen bin, erzählte mir, daß er hier in New York ein paar Filme machen will. Darum muß ich wohl oder übel mitspielen, bis er mir den richtigen oder den falschen Antrag macht.« Sie sah auf ihre Armbanduhr. »Mitternacht, und er hat noch nicht mal seine Hand auf mein Knie gelegt.« Sie drehte sich auf ihrem Stuhl herum und winkte dem Mann zu. Er hob sein Glas und prostete ihr stumm und voller Bewunderung zu. »Ich kann mich entspannen. Er ist blau wie ein Veilchen.« Sie brüllte vor Lachen. Dann fragte sie: »Wo waren Sie heute abend?« Woollcott erzählte ihr, daß sie sich *No Foolin'* angeschaut hatten. »Tatsache? Wir auch! Ich habe Sie aber gar nicht gesehen.«

»Warum sind Sie nicht hinter die Bühne gekommen?« fragte Mrs. Parker.

»Bloß nicht.« Ihre Stimme klang jetzt ganz anders. »Ich habe Flo gesehen. Wie Sie wissen, war ich vor Urzeiten eine seiner Entdeckungen. Ich gehöre zu den Mädchen, die noch mal davongekommen sind. Ich mag ihn nicht, hab ihn nie gemocht. Haben Sie über die kleine Mercury gelesen? Er hat noch keinen Finger gerührt, um sich an ihrem Begräbnis zu beteiligen. Morgen fange ich an, den Hut rumgehen zu lassen. Und vielleicht sollte ich gleich bei meinem besoffenen Romeo anfangen.« Mrs. Parker machte sich im Geiste eine Notiz, die Sache George S. Kaufman gegenüber zu erwähnen.

»Waren Sie eine gute Freundin von ihr?«

»Kommt drauf an, wie man ›gut‹ definiert. Ich kannte sie vor vielen Jahren in Hollywood unter einem Haufen anderer Namen, an die ich mich aber nicht erinnere. Sie war vollkommen verrückt, diese Ilona. Ich habe einen Bogen um sie gemacht, nachdem ich erfuhr, daß sie in den Drogenkreisen da draußen verkehrte. Eine gemeine Bande ist das.« Mrs. Parker und Woollcott waren entzückt und tauschten Blicke. Sie waren auf eine Goldader gestoßen.

»Hat sie dort Ärger bekommen?« fragte Mrs. Parker.

»Nun ja, nach dem Mord an William Desmond Taylor ist sie erst einmal verschwunden.« Naldi erzählte ihnen vieles von dem, was Jacob Singer in dem Polizeibericht aus Los Angeles gelesen hatte.

»Und der Butler ist nie wieder aufgetaucht?« fragte Woollcott.

Nita zuckte die Achseln. »Vielleicht ist er tot. Ich habe ihn nie gesehen. Und Desmond Taylor habe ich auch nie kennengelernt. Hören Sie mal, mein bester Freund liegt jetzt in einem Sarg drüben bei Campbell's. Armer Rudy. Armes Schwein. Ich war eine von den wenigen, die gehört haben, wenn er was sagte.«

»Möchten Sie vielleicht einen Drink?« fragte Mrs. Parker, in der stillen Hoffnung, ihren eigenen an die Schauspielerin loszuwerden.

»Nein danke. Ich trinke nicht sehr viel. Ich sehe zwar nicht so aus, aber ich bin ein braves Mädchen.« Sie machte sich mit einem erneuten Lachanfall Luft, der von gesunder Energie zeugte. »Rudy war auch nicht für den Fusel zu haben. O Mann, was hatten wir für Spaß. *Blood and Sand, Cobra, The Sainted Devil.*«

»In *Blood and Sand* waren Sie wundervoll«, sagte Woollcott. Schnell fügte er hinzu: »Glauben Sie den Gerüchten, daß Valentino vergiftet wurde?«

»Wer will das wissen, verdammt noch mal? Mit Sicherheit gab's ein paar Leute, die ihn aus dem Weg haben wollten. Er hatte Kontakte zu Sizilianern. Manche behaupteten, daß er ein paar Gänge für die Cosa Nostra erledigt hat, als er vor einigen Jahren so pleite war. Er ließ einen Vertrag mit Paramount platzen, und sie setzten ihn auf die schwarze Liste. Er hatte schon vorher kaum Geld. Rambova, seine Frau, blutete ihn mit ihren extravaganten Wünschen aus. Tja, wer kann schon sagen, wie er sich verhält, wenn er erst mal in eine solche Lage gerät? Alles was ich weiß, ist, daß ein Haufen Leute auf einer bestimmten Party vor ein paar Wochen gehört haben, wie Rudy einem gewissen Dr. Horathy seine Meinung sagte, und es hat ihnen bestimmt nicht gefallen, daß das, was Rudy gesagt hat, die Runde machte.« Sie blickte über ihre Schulter. Ihr Begleiter stand neben dem Klavier und fütterte es mit Münzen. »Ich gehe jetzt besser wieder zu ihm. Ruhige Typen wie er drehen gewöhnlich leicht durch.«

Mrs. Parker wollte sie nur ungern gehen lassen. Sie hakte mit noch einer Frage nach. »Kannten Sie Dr. Horathy?«

»Na klar. Draußen an der Westküste.« Mrs. Parker und Woollcott richteten sich auf. »Auch da war er Dr. Wonne. Rudy hatte recht. Die Sau hat eine Menge netter Leute an die Nadel gebracht. Hoffentlich bekommt er bald, was er verdient.« Sie stand auf. »Es war ganz wunderbar, sich mit Ihnen beiden zu unterhalten.«

»Das Gefühl ist ganz auf unserer Seite«, sagte Mrs. Parker. In einem seltenen Anfall von Galanterie sprang Woollcott auf, nahm Miss Naldis Hand und küßte sie.

Was Miss Naldi zu der Bemerkung veranlaßte: »Ich wette, das

wird so ungefähr mein einziger Höhepunkt heute abend sein.« Mit einem neuerlichen Lachanfall strebte sie ihrem Begleiter zu. Woollcott setzte sich.

»Nun, war das nicht eine Art Sonderbonus?« sagte er.

»Ja, die Dinge beginnen allmählich, Form anzunehmen. Ich fange langsam an, mich bei dieser Ermittlung wohler zu fühlen.«

Schnief, schnief, schnief.

Sid Curley hatte sich anscheinend auf Katzenpfötchen an ihren Tisch geschlichen. Das war durchaus möglich, denn er war ein kleiner Mann in einem grell-karierten Anzug; mit einem grell-lila Schlips, den er, wie Mrs. Parker später sinnierte, wohl trug, um mit den Farben seiner Vergangenheit zu harmonieren. Auf dem Kopf trug er einen steifen schwarzen Filzhut, der im Augenblick bedenklich weit hochgeschoben war.

Schnief, schnief, schnief.

Mrs. Parker stieß Woollcotts Knie unter dem Tisch an.

»Wie ich sehe, kennen Sie meine Freundin Nita«, sagte Sid Curley zu Mrs. Parker.

»Was für ein aufmerksamer Beobachter Sie sind«, antwortete Mrs. Parker.

»Sind Sie jemand Besonderes?« fuhr er fort, den Kopf wie ein neugieriger Spatz zur Seite geneigt.

Mrs. Parker bemühte sich, eine Pose der Bescheidenheit aufzusetzen. »Nun, ich heiße Dorothy Parker. Haben Sie von mir gehört?«

»Hhm. Ich glaube schon, daß ich von Ihnen gehört habe.« Er verdrehte die Augen, bis sie auf Woollcott zu ruhen kamen. »Und wer ist das da?«

»Meine Gouvernante«, sagte Mrs. Parker.

»Mein Name ist Woollcott, guter Mann«, sagte Woollcott leicht gereizt, da er nie verstand, daß immer noch Leute frei herumliefen, die ihn nicht erkannten, war doch sein Gesicht aus diesem oder jenem Grunde schon häufig in zahllosen Zeitschriften abgedruckt worden. »Alexander Woollcott.«

»Ach so«, sagte Sid Curley, während er sich uneingeladen des Stuhles bemächtigte, den vor kurzer Zeit Nita Naldi freigemacht hatte. »Is noch warm.«

»Ja, es ist schrecklich warm«, stimmte Mrs. Parker zu.

»Ich meine den Stuhl. Nita hat 'n heißen Hintern.«

Mrs. Parker verkniff sich die Bemerkung ›Damit sie dich besser fressen kann, mein Kind‹, weil sie reichlich unpassend war. »Wie nett von Ihnen, uns Gesellschaft zu leisten. Nicht sehr viele Menschen leisten uns Gesellschaft, wenn wir zusammen ausgehen. Es gibt Abende, da sitzen wir uns am Tisch gegenüber, starren in unsere Drinks und fragen uns, wann alles begonnen hat schiefzulaufen, wann der Zauber aus unserem Leben gewichen war.«

»Sie können prima reden, Lady«, sagte Curley.

»Möchten Sie vielleicht einen Drink?« fragte Woollcott.

»Nix dagegen. Sie zahlen?«

»Ich zahle.«

Er rief zur Bar hinüber: »He, Maxie, schick mir 'n Bier rüber. Auf ihre Rechnung!« Maxie an der Bar zapfte das Bier in einen Glashumpen, während Curley die Arme faltete und sie auf dem Tisch ruhen ließ. Mrs. Parker dachte, daß ihm nur noch ein Zahnstocher im Mundwinkel fehlte, um das Genrebild zu vervollkommnen. »Sie sind also eine Freundin von Lacey Van Weber.«

Leicht verwirrt schaute Mrs. Parker ihn an. »Und woher wissen Sie das?«

»Ich hab gute Ohren. Schnapp ne Menge Zeugs auf.«

»Aha. Sie haben mitgehört, was ich durch die Tür verkündet habe.«

»Kluges Mädchen.« Das Bier traf ein, und Curley lehnte sich zurück, um Platz dafür zu schaffen.

»Kommt er oft hierher?« fragte Mrs. Parker.

»Der kommt nie her, jedenfalls nicht, wenn ich gerade da bin.« Er schlürfte einen kräftigen Schluck von seinem Bier, was einen Schnurrbart aus Schaum auf seiner Oberlippe zurückließ. Er wischte ihn mit seinem Jackettärmel fort.

»Woher kennen Sie ihn dann?« fragte Woollcott.

»Ich hab meine Verbindungen.« Er warf über jede Schulter einen vorsichtigen Blick nach hinten und beugte sich dann konspirativ nach vorn. Mrs. Parker fragte sich, ob sie wie ein Bolschewisten-Trio aussahen, das die kommende Revolution ausheckte. »Suchen Sie hier irgendwas Spezielles?«

Mrs. Parker beschloß, die Sache in die Hand zu nehmen, da Woollcott etwas ratlos dreinschaute. »Eigentlich hat uns ein sehr guter Freund dieses Lokal empfohlen. Wissen Sie, Mr. Woollcott und ich schreiben nämlich an einem Artikel über diese zwei Mädchen, die ermordet wurden.«

»Hab darüber gelesen«, sagte Curley. Irgendwie tat es Mrs. Parker gut zu wissen, daß der kleine Mann lesen konnte. Sie fragte sich auch, ob er wohl steptanzen könne. So wie er ausstaffiert war, dachte sie, fehlte ihm nur noch ein Spazierstock und ein Choreograph, um die Menge hier im Sturm zu erobern. Über Curleys Filzhut hinweg sah sie, wie Nita und ihr Begleiter aufbrachen. Nita blieb am Eingang stehen und winkte ihnen zu. Mrs. Parker winkte zurück. Curley drehte sich auf seinem Sitz herum und winkte auch. Mrs. Parker war sich sicher, daß Nita Naldi den kleinen Mann noch nie in ihrem Leben gesehen hatte. *Schnief, schnief, schnief.* »Wo war ich stehengeblieben?«

»Sie hatten über die Mädchen gelesen«, half ihm Mrs. Parker auf die Sprünge.

»Wer war der Freund, der Sie hergeschickt hat?«

»Kommen Sie etwas näher«, sagte Mrs. Parker, die sich königlich amüsierte und die dieses Spiel nach Sid Curleys etwas blödsinnigen Regeln schrecklich genoß, »und ich flüstere Ihnen den Namen ins Ohr.« Curley gehorchte, und sie flüsterte: »Jacob Singer.«

»Schschscht!« zischte Curley, als hätte man ihn mit einem glühenden Eisen angesengt, »flüstern Sie bloß nicht so laut!«

Mrs. Parker entschuldigte sich. »Manchmal ist sich ein Mädchen seiner eigenen Kräfte nicht bewußt.«

Curley trank sein Bier aus, und Woollcott machte dem Barmixer ein Zeichen, ein neues herüberzuschicken. Mrs. Parker hoffte, daß sich die Sitzung mit Mr. Curley nicht in die Länge ziehen würde. Sie wußte nicht, wie lange sie das Treffen durchhalten könnte, ohne etwas zu sagen oder zu tun, das ihre Dekkung platzen ließe, was immer das auch heißen mochte. Sie konnte sich erinnern, eine ähnliche Formulierung in einem Krimi gelesen zu haben. Curley hielt den Kopf gesenkt und schien in sein Bier hineinzubrummen. Während sie zuhörten, hoffte Mrs. Parker, daß er nicht durch die Blume sprechen würde. »Was ich Ihnen erzählen werde, ist zwanzig wert. Haben Sie zwanzig?«

»Zwanzig?« wiederholte Woollcott. »Meinen Sie Dollar?«

»Ich rede jedenfalls nicht von Zloty«, entgegnete der kleine Mann leicht erzürnt. Mrs. Parker stieß erneut Woollcotts Knie unter dem Tisch an.

»Ja, selbstverständlich habe ich zwanzig Dollar.«

»Schieben Sie sie mir unter dem Tisch rüber. Vorsichtig! Lassen Sie keinen sehen, daß Sie nach Ihrer Brieftasche greifen.«

»Ich habe einen Clip für Geldscheine.« Mrs. Parker wünschte, er würde weniger überheblich klingen. Irgendwie gelang es Woollcott, seine Körperfülle in Bewegung zu setzen, seinem Clip in der Jackentasche einen Zwanzigdollarschein zu entnehmen und ihn unter dem Tisch Sid Curley zuzuschieben.

»Also hören Sie, aber hören Sie genau hin, denn ich quatsche nicht zweimal dieselbe Geschichte aus. Ich muß leise reden, weil ich nicht will, daß wer mithört. Die Wände haben Ohren.« Mrs. Parker dachte, wer immer sie in diesem Getöse hören konnte, besaß etwas, das er sich patentieren lassen sollte. »Diese Mädchen« – er sprach das Wort *Meechens* aus – »haben vielleicht 'n bißchen zuviel gewußt über das, was sich im Privatleben einer bestimmten Person in dieser Stadt abspielte, einer, der sie mit ungefähr hundert anderen« – *andan* – »vor ein paar Wochen in sein Penthouse eingeladen hat ...«

Mrs. Parker spürte, wie ihre Hände zu zittern begannen, und faltete sie.

»In wichtigen Kreisen wird gemunkelt, daß er seine Villa da draußen auf der Insel als Depot für geschmuggelten Alkohol aus

Kanada unterhält. Gibt auch welche, die sagen, manchmal geht's noch dreckiger« - *dreckja* - »zu, und gewisses andres Zeug soll angeblich auch da abgeladen werden. Hinter dem Typ steckt eine Masse Protektion, Protektion, wie ich erfahren habe, die sogar bis Washington großes D und großes C raufreichen soll.«

O Schreck, dachte Woollcott, hoffentlich bahnt sich da nicht ein neuer Teapot-Dome-Skandal an.

»Und Sie kennen die Person« - *Pason* -, »von der ich spreche.«

»Ja, das tue ich«, sagte Mrs. Parker. »Und da kommt er gerade mit einem umwerfenden Rotschopf herein.«

Lacey Van Weber hatte das Lokal mit Lily Robson betreten, die sehr wacklig auf den Beinen stand und sich schwer auf seinen Arm stützte. Sid Curley sah sie, und Mrs. Parker vernahm das Zischen schmerzhaft eingezogener Luft. Er machte Anstalten, den Tisch zu verlassen, doch war er der Aufmerksamkeit Van Webers nicht entgangen. Der kleine Mann trippelte von ihnen fort und verschwand durch eine Tür im hinteren Teil der Flüsterkneipe, die wahrscheinlich auf eine Seitengasse hinausging.

Van Weber führte Lily Robson an Mrs. Parker und Woollcotts Tisch.

»Was für ein Glück, Sie hier zu treffen«, sagte er mit seinem hypnotischen Lächeln und seiner honigsüßen Stimme. Mrs. Parker spürte, wie ihr die Knie weich wurden. »Das ist Lily Robson, und ihr ist gerade schlecht geworden.«

»O Gott«, wimmerte Lily Robson und verdrehte die Augen nach oben.

»Mrs. Parker, könnte ich Sie dazu überreden, sie zur Damentoilette zu begleiten?«

»Glauben Sie, daß es hier eine gibt?« fragte Mrs. Parker, während sie die Kraft fand, sich zu erheben und ihren Arm um Lily Robsons Taille zu legen.

»Damentoilette?« rief Woollcott dem Barmixer zu.

»Für Sie?«

»Für sie«, schnauzte Woollcott zurück, und zeigte auf die Damen.

»Da hinten lang«, riet der Barmixer.

»Lassen Sie mich Ihnen bis dahin behilflich sein.« Lacey Van Webers Arm legte sich ebenfalls um Lily Robsons Taille, und seine Wärme erweckte bei Mrs. Parker den Wunsch, sie mögen allein sein, sie und Lacey Van Weber, auf dem Weg in eines seiner Gemächer in seinem Penthouse. Ein Penthouse, soweit Mrs. Parker dies wußte, war für Schlafzimmer zu vornehm. Es besaß Gemächer, hochkarätig und elegant wie eben auch ein Penthouse.

»Ist es etwas, das sie gegessen hat?« fragte Mrs. Parker.

»Ich weiß es wirklich nicht«, antwortete Van Weber. »Es hat sie vor ein paar Minuten auf der Straße befallen. Ich hab sie zu Texas Guinan's begleitet, wo sie arbeitet ...«

»O Gott«, stöhnte Lily Robson, als ihre Beine unter ihr wegsackten.

»... als sie plötzlich nach Luft schnappte und sagte ›ich fühl mich nicht besonders‹. Dann sah ich die Kneipe hier, ich hatte schon davon gehört, und brachte sie herein. Eine göttliche Vorsehung, finden Sie nicht?«

Mrs. Parker beeilte sich, mit Lily Robson in die Damentoilette zu gelangen, wo die Rothaarige sich übergab. Fünf Minuten später wischte ihr Mrs. Parker das Gesicht mit einem Papiertuch ab, das sie mit kaltem Wasser angefeuchtet hatte. Langsam kehrte wieder Farbe in das Gesicht des Mädchens zurück. »Fühlen Sie sich besser? Sie sehen jedenfalls besser aus.«

Das Mädchen rülpste und sagte dann: »Dieses Arschloch. Ich wußte ja, daß die Pillen mich krank machen.«

Mrs. Parker schaute interessiert. »Aha. Sie haben eine Pille genommen.«

»Für meine Nerven. In dem Restaurant oben an der Ecke, wo wir gegessen haben, fühlte ich mich nervös. Also nahm ich die Pille, die mir mein Arzt verschrieben hat. Ich wußte, daß sie mich krank macht.«

»Ihr Arzt ist nicht zufällig Bela Horathy?«

»Woher wissen Sie das? Hat er versucht, Sie auch abhängig zu machen?«

Lacey Van Weber trommelte gegen die Tür der Damentoilette. »Alles in Ordnung?«

»Uns geht's richtig prima«, antwortete Mrs. Parker. »In ein paar Minuten kommen wir raus.« Zufrieden kehrte Van Weber an Woollcotts Tisch zurück. Mrs. Parker lehnte sich gegen eine Wand des schmutzigen kleinen Raumes, während sich Lily Robson im Spiegel anstarrte und dann begann, dicke Schichten von Rouge auf ihre Wangen aufzutragen. Mrs. Parker wollte ihr sagen, daß sie die Tünche nicht nötig habe, daß ihre Elfenbeinhaut, die von dem flammend roten Haar eingerahmt war, atemberaubend gut aussähe, aber sie wußte wohl, daß Schönheit im Auge des Beschauers liegt, und daß sich Lily mit dick bemalten Wangen und Lippen für schön hielt. »Wenn Sie Horathys Ruf kennen, warum gehen Sie dann zu ihm?«

»Weil mir Ilona Mercury versichert hat, daß er als Hausarzt in Ordnung ist. Ich habe Ilona vertraut, und darum habe ich auch Horathy vertraut.«

»Haben Sie von diesen Pillen noch ein paar dabei?«

»Klar. In meiner Handtasche. Bedienen Sie sich. Sie wollen doch nicht etwa eine ausprobieren, oder?« Mrs. Parker kramte vorsichtig in Lilys perlenbesetztem Handtäschchen. Sie fand ein Röhrchen mit grünen Pillen. »Haben Sie Selbstmordabsichten?«

Es gelang Mrs. Parker, vertrauensvoll zu klingen. »Manchmal werde ich depressiv, aber im Moment fühle ich mich ganz obenauf. Ich dachte nur, daß ich mir eine Ihrer Pillen ausleihen könnte, damit ein Freund von mir sie untersuchen läßt.«

Lily löste sich vom Spiegel und streckte ihre Hand nach der Perlentasche aus. »Ich will keinen Ärger haben. Geben Sie mir die Pillen zurück.«

Mrs. Parker hatte dem Röhrchen bereits eine Tablette entnommen, die sie jetzt in Toilettenpapier einwickelte. »Möchten Sie lieber sterben? Ich werde Ihnen keinen Ärger bereiten. Aber wenn Ihr Arzt eine Gefahr für die Menschheit ist, dann muß man etwas gegen ihn unternehmen.«

»Hören Sie mal, Lady, ich kenne Sie ja kaum.«

»Mein Name ist Dorothy Parker. Ich schreibe Kurzgeschichten, Gedichte, Zeitungsartikel und böse anonyme Briefe. Ich werde häufig zitiert, aber meistens nicht richtig. Man legt mir allerlei witzige Gehässigkeiten in den Mund, aber ich kann Ihnen versichern, die meisten von ihnen sind apokryph.« Das Wort »apokryph« schien das Mädchen leicht zu verwirren. Mrs. Parker konnte sich nicht verkneifen hinzuzufügen: »Sie haben doch bestimmt schon mal von den vier apokryphischen Reitern gehört.«

»Na klar. Ich hab den Film gesehen.«

»Sie können mir vertrauen. Ihnen bleibt auch gar nichts anderes übrig. Von wie vielen Leuten können Sie Hilfe erwarten, wenn Sie Ärger haben?«

»Jetzt, im Moment?« Mrs. Parker konnte die Angst und Verwirrung aus ihrem Gesicht ablesen. Sie wollte auf sie zugehen und ihre Hand nehmen und sie beruhigen, aber auf einen anderen Menschen zuzugehen war ihr im allgemeinen so fremd, wie dem Schwur unsterblicher Liebe aus dem Munde eines Mannes Glauben zu schenken. »Ich könnte mich an Tex wenden, sie würde mir helfen.«

»Ist das alles?«

»Früher waren noch Ilona und Vera da, aber jetzt sind sie weg.«

»Lacey Van Weber?«

»Ich kenn ihn kaum. Vor ein paar Wochen war ich bei ihm auf einer Party, da hab ich ihn angemacht. Er rief mich an, um sich mit mir zu verabreden, und Texas meinte, klar, geh mit ihm aus, der Mann ist schwer in Ordnung, und darum bin ich mit ihm hier.«

»Sie kennen auch meinen Freund Marc Connelly.«

Lilys Miene hellte sich auf. »Ja, sicher, ich hab ihn ja auf die Party mitgenommen. Er hängt manchmal im Club rum. Als er sich endlich durchgerungen hatte, Tex zu bitten, uns bekanntzumachen, bot sie ihm eine Tapferkeitsmedaille an. Netter Mensch. Er ist also ein Freund von Ihnen, hm? Sagen Sie mal, sind Sie Mitglied dieser Algonquin-Bande?«

Mrs. Parker war damit beschäftigt, ihr Gesicht zu pudern. »Sie lassen mich hin und wieder dabeisein.«

Lily sagte sehnsüchtig: »Ich wette, einige von ihnen sind Ihre richtig guten Freunde.«

Mrs. Parker antwortete bissig: »In dieser Verbrecherbande ist ein richtig guter Freund jemand, der auf den Rängen sitzt und darauf wartet, daß man auf die Schnauze fällt. Hat Ilona Rauschgift genommen?«

»Quatsch, niemals!«

»Aber Vera.« Schweigen. »Stimmt's?«

»Sie nahm Morphium. Sie hatte kranke Nieren. Irgendsoein Muskelmann in Harlem hat sie mal schlimm zusammengeschlagen. Sie konnte ohne Morphium nicht leben.«

»Sie konnte auch mit Morphium nicht leben. Jetzt ist sie tot. Erzählen Sie niemandem, daß ich eine von Ihren Pillen habe.«

»Trau ich mich auch gar nicht.«

»Sie können mir vertrauen. Sie müssen mir vertrauen.« Sie lächelte aufrichtig. »Ich bin jetzt Ihre Freundin.«

»Ach ja?« Sie beäugte Mrs. Parker mißtrauisch. »Und wo ist der Haken?«

»Der Haken ist, daß wir einander immer die Wahrheit sagen. Wissen Sie, ob Mr. Van Weber in Drogengeschichten verwickelt ist?«

»Ich hab Ihnen doch gesagt, ich kenn ihn kaum.«

»Aber Sie könnten etwas über ihn wissen. Wie sind Sie auf seine Party gekommen?«

»Ich stand auf Tex Guinans Liste. Sie sieht zu, daß wir immer auf irgendwelche Parties eingeladen werden. Manchmal gehen wir auf richtig gute. Wir lernen eine Menge richtig feiner Pinkel kennen.« Sie dachte einen Moment lang nach. »Ich hol soviel für mich raus, wie ich kann, solange ich jung bin. Ziemlich bald bin ich Schnee von gestern. Ich seh doch, was bei diesen Remittenden läuft, die in den Club kommen und immer noch versuchen, unwiderstehlich auszusehen. Nicht mit mir. Ich spar mein Geld. Damit werde ich einen Schönheitssalon eröffnen. Ich habe einen Frisierkurs belegt. Ich kann jetzt schon ziemlich gut Maniküre machen.« Sie zwinkerte. »Ich kann auf mich aufpassen.«

Und wie, dachte Mrs. Parker. Indem du dich den Händen von Bela Horathy anvertraust. »Wenn Sie wirklich auf sich aufpassen wollen, dann suchen Sie sich einen anderen Arzt.«

Lily Robsons Gesicht verfinsterte sich. »Gleich als erstes morgen nachmittag, wenn ich aufwache.« Sie blickte auf ihre Armbanduhr. »O verflucht noch mal, ich muß in den Club. Ich hab schon die erste Show verpaßt. Tex wird mich in Stücke reißen!« Mrs. Parker folgte ihr an den Tisch, wo ein verärgerter Woollcott und ein besorgter Van Weber saßen. Die Männer erhoben sich, als die Damen ankamen.

»Du siehst wirklich sehr viel besser aus«, bemerkte Van Weber freundlich.

»O danke. Ich dachte schon, ich geh über den Jordan.«

»Ich bin Alexander Woollcott.« Er zeigte auf Mrs. Parker. »Ich gehöre zu ihr, als Strafe für meine Sünden.«

»Sei nicht so ein alter Brummbär, Alec.« Lily erklärte sie: »Wenn Sie ihn besser kennenlernen, werden Sie feststellen, daß Mr. Woollcott in erster Linie ein Schwerstschwätzer ist. Rate mal, was wir jetzt machen, Alec? Heute wird eine lange Nacht für uns. Meine neue Freundin Lily Robson hat uns zu Texas Guinan's eingeladen, damit wir ihren Auftritt sehen. Was machen Sie genau, Liebes?«

Lily Robson wußte es auch nicht so recht. »Ein bißchen dies, ein bißchen das, und eine Menge Tralala.«

»Mit anderen Worten«, übersetzte Woollcott, »ein Maximum an Energie, verschwendet an ein Minimum an Talent.«

»Wenn Lily die Bühne betritt, läßt sie den Raum erstrahlen. Das ist alles, was zählt.« Van Weber hatte seinen Arm um Lily

Robsons Schulter gelegt. »Sie besitzt eine besondere Leuchtkraft. Es ist unmöglich, die Augen von ihr zu lassen.« Mrs. Parker konnte ihre Augen nicht von Van Weber lassen. Er kam nicht vom Grabbeltisch mit Sonderangeboten, sondern er gehörte zweifellos in die Auslage eines Luxusgeschäfts. Das sah sie, und ihre Augen trogen sie nie. Trotzdem stimmte etwas nicht mit ihrem Bild von Lacey Van Weber. Irgendwo besaß er einen Makel, einen gefährlichen Makel. Sie spürte ihn, ihre Intuition schrie förmlich, daß es ihn gab. Aber es war ihr egal. Sie mußte ihn haben. Sie wollte seinen Arm um ihre Schultern spüren, seine Lippen auf ihren Lippen, seinen Körper, der fest mit dem ihren verschlungen war.

»Herrgott, Dottie, wieso wirst du denn rot, verdammt noch mal?« Woollcott war dabei, den Kellner zu bezahlen, der ein mageres Trinkgeld befürchtete. Er sollte Recht behalten.

»Es ist hier drinnen sehr heiß. Wollen wir aufbrechen?« Sanft lächelnd nahm Van Weber ihren Arm, während er Lily Robson Woollcott überließ. »Nun, Mr. Van Weber, was für eine angenehme Überraschung, Ihnen hier über den Weg zu laufen. Wird es unser Schicksal bleiben, uns zufällig zu begegnen, oder kann ich Sie auf einen Gesprächstermin für das Feature festnageln, das ich gern für den *New Yorker* schreiben würde?«

»Haben Sie morgen Zeit?« Mrs. Parker wäre fast die Stufen hinaufgestolpert, die zum Bürgersteig führten. »Ich muß zu meinem Anwesen in East Cove hinausfahren, um mich um ein paar Angelegenheiten zu kümmern. Ich wäre entzückt, wenn Sie es sich ansehen würden.«

»Einverstanden, Mr. Van Weber.«

»Wenn ich Sie um elf Uhr abhole, könnten wir rechtzeitig zum Mittagessen draußen sein. Ich weiß, daß dann heute nacht nicht besonders viel Zeit zum Schlafen bleibt, aber . . .«

Mrs. Parker lachte ausgelassen. »Schlaf? Was ist schon Schlaf? Wer hat einmal gesagt, Schlaf sei ein kleiner Tod?«

»Jack the Ripper«, bellte Woollcott hinter ihr. Lily Robson winkte ein Taxi heran. Im Taxi erzählte Woollcott Van Weber, daß die Mittel für Ilona Mercurys Beerdigung knapp seien.

»Das habe ich auch schon gehört«, antwortete Van Weber. »Ich versichere Ihnen, Ilona wird eine würdige Beerdigung bekommen.«

»Ne richtige Wucht«, fügte Lily hinzu, »mit einem Gebinde aus Teerosen für den Sarg und einem Kruzifix, das sie zwischen gefalteten Händen hält, genauso, wie sie es immer haben wollte.«

»Ist Ihnen bekannt, ob sie Familie hatte?« fragte Mrs. Parker.

»Glauben Sie nicht, daß ich mich dann nicht längst mit ihr in Verbindung gesetzt hätte?« Lily knabberte an ihrem Fingernagel. »Meine lebt in Youngstown, Ohio, und Lily Robson ist mein richtiger Name. Mein Vater heißt Frank Robson, er besitzt einen Futtermittel- und Getreideladen. Falls mir also irgendwas zustoßen sollte, wissen jetzt schon mal Sie drei, wo ich herkomme.« Mrs. Parker tätschelte ihr die Hand. »Tut mir leid, daß mir übel wurde, Lacey. Ich hoffe, ich habe dir nicht den Abend verdorben.«

»Der Abend fängt ja gerade an, Schätzchen. Bei Texas Guinan's geht's erst richtig los.« Er wandte sich Woollcott und Mrs. Parker zu. »Sind Sie schon einmal bei Tex gewesen?«

»Ein paarmal«, sagte Mrs. Parker. »Ich finde es ein bißchen zu laut. Ich bin mehr für Ruhe und Frieden.«

»Ruhe und Frieden sind bei Texas Guinan's ziemlich unwahrscheinlich.«

Woollcotts Kommentar: »So unwahrscheinlich wie Mord im Affekt.« Er schniefte selbstzufrieden und fragte dann: »Wo ist ihr Lokal diese Woche?« Texas Guinan wurde ständig von der Polizei schikaniert. Doch jedesmal, wenn ihr Etablissement von einer Razzia heimgesucht und behördlich geschlossen wurde, tauchte sie innerhalb von vierundzwanzig Stunden an einem anderen Ort wieder auf. Ihr Überlebenstalent weckte allgemeine Bewunderung, selbst bei ihren grimmigsten Konkurrenten. Es war ein offenes Geheimnis, daß sie von Gangstern geschmiert wurde, hauptsächlich von Larry Fay, der außerdem ab und zu ihr Liebhaber war. Nur wenige erinnerten sich noch daran, daß vor einem Jahrzehnt Texas Guinan als Cowgirl-Star ein paar kurze Westernfilme gedreht hatte.

»Wir sind auf der Achtundfünfzigsten West zwischen Seventh und Eighth Avenue. Schon fast einen ganzen Monat«, erzählte Lily Robson. Mrs. Parker registrierte zufrieden, daß der Standort nur einen Katzensprung von ihrer Wohnung entfernt war. »Es ist richtig toll. Lauter verrückte Farben. An der Decke hängen Luftballons und Papiertüten, die mit Konfetti gefüllt sind, und wenn die Stimmung richtig hochgeht, dann fallen die Luftballons und das Konfetti runter, und peng! ist es wie Silvester, nur besser!«

Mrs. Parker fragte sich, ob Frank Robson und seine Frau für ihre Tochter jemals eine Geburtstagsparty ausgerichtet hatten, als sie noch ein Kind war.

Woollcott fragte Van Weber: »War das nicht traurig, die Sache mit DeLee?«

»Wie? O ja, sehr traurig.«

»Ich hoffe, es gibt jemanden, der sich um Vera DeLees Beerdigung kümmert.« Mrs. Parker hätte gern gewußt, ob Woollcott vergessen hatte, daß sie eine Parzelle von Mrs. Adlers Grundstück in Montefiore belegen würde, oder wollte er auf etwas Bestimmtes hinaus?

»Polly Adler zahlt die Rechnung«, erzählte Lily bereitwillig.

»Haben Sie die Verstorbene gekannt?« fragte Woollcott Lily.

»Welche meinen Sie? Ich hab sie beide gekannt. Ich werde sie vermissen. Ich meine, sie waren wirklich gute Freundinnen.«

»Dann kennen Sie wohl auch Charlotte Royce. Sie hat sich mit Miss Mercury eine Wohnung geteilt.«

»Ja, ich kenne Charlotte. Sie ist Flos Mädchen . . . seit neuestem.«

»Wären Sie nicht auch gern ein Ziegfeld-Mädchen?« fragte Mrs. Parker.

»Ziegfeld-Mädchen, Guinan-Mädchen oder Mädchen für einen der anderen, George White oder Earl Carroll, wo ist da der Unterschied? Ist doch alles die reine Fleischbeschau. Sie zahlen alle ungefähr gleich, der Unterschied ist nur, daß man bei Tex dicke Trinkgelder kassieren kann.«

Mrs. Parker erzählte Woollcott, daß Lily ihr Geld sparte, um einen Schönheitssalon aufzumachen. Woollcott nickte. Mrs. Parker war sich nicht sicher, ob dies in einer Geste stummer Anerkennung ihrer Klugheit geschah, oder ob er gerade einschlief. Er schlief nicht. »Eines Tages«, sagte er zu Lily, »werden Sie vielleicht ein Buch über Ihre Erfahrungen schreiben.«

»Wer würde schon was über mich lesen wollen?« fragte sie schüchtern, obwohl ihr der Vorschlag offensichtlich schmeichelte.

»Ich zum Beispiel«, sagte Woollcott. »Junges Mädchen treibt in einem Meer des Show-Business, einer Unterwelt voller Verbrechen und Mord, umgeben von der Verderbtheit geiler alter Männer und schmieriger Rauschgiftdealer. Ich wette, Sie hätten eine Menge zu erzählen.«

»Darauf können Sie Gift nehmen!« Sie hatte sich nach vorn gebeugt, um ihm das zu sagen, aber dann sackte sie plötzlich in ihren Sitz zurück und sagte leise: »Aber ich laß es lieber.«

»Wir sind da«, verkündete Van Weber. Sie stiegen aus dem Taxi, und Van Weber bezahlte den Fahrer. Während sie die Straße zum Eingang des Clubs überquerten, erklärte er Mrs. Parker: »Es tut mir leid, daß ich heute abend ohne meine Limousine und Chauffeur unterwegs bin, aber die Frau meines Fahrers ist ernstlich erkrankt, und ich hatte keine Zeit, einen Ersatzmann anzuheuern.«

»Das macht mir gar nichts aus«, sagte Mrs. Parker. »Ich kutschiere gern in Taxis durch die Slums.«

An der Tür nannte Lily Robson ihren Namen. Der Türsteher erkannte Lacey Van Weber und grüßte mit der Hand an der Mütze. Die Tür öffnete sich, und sie wurden von einem irrsinnigen Getöse empfangen, einer Kakophonie aus Saxophonen, Klarinetten, Trommeln und Klavier. Man hörte das Getrappel von vielen Paaren tanzender Füße, die den Tanzboden quälten. »Charleston! Charleston!« Vermutlich war es ein Oberkellner, der Lacey Van Weber erkannte. Er schnipste mit den Fingern, und kurz darauf erschienen Kellner mit einem Tisch und Stühlen, die man am Rande des Tanzbodens für sie aufstellte. Lily Robson umarmte Mrs. Parker und verschwand dann hinter der

Bühne. Ein Kellner brachte einen Eiskübel mit einer Flasche echten französischen Champagners an ihren Tisch. Woollcott schaute auf seine Taschenuhr und seufzte. Mrs. Parker bemühte sich, möglichst weltgewandt und erfahren auszusehen, als der Korken knallte und der Champagner eingeschenkt wurde. Sie rechnete mit einem knurrigen und grantelnden Woollcott, der sich vollkommen unwohl fühlte. Aber erstaunlicherweise war dem nicht so. Er begrüßte jemanden, der hinter ihr stand, mit einem Lächeln, das wie eine gute Tat in einer bösen Welt wirkte. »Da, sieh mal, wer da ist!« rief er in einem Ton, der zu Tiny Tim an einem Heiligabend gepaßt hätte. »Jacob Singer! Was machen Sie denn hier? Werden wir verhaftet oder gerettet?«

»Hallo, Mr. Singer. Was für eine nette Überraschung.« Sie meinte es ehrlich. Sie stellte ihn Van Weber vor, der Singer einlud, an ihrem Tisch Platz zu nehmen. Der Detective nahm bereitwillig an und schlug auch ein Glas Champagner nicht aus. Woollcott erklärte Van Weber, daß Singer der Kriminalbeamte war, der in den beiden Mordfällen ermittelte. Van Weber zeigte sich überrascht, dann erfreut, und bat schließlich, sich entschuldigen zu dürfen, während er sich auf die Suche nach der Herrentoilette begab.

Als sie allein waren, bemerkte Singer: »Er ist ein gut aussehender Kerl.«

»Und ich verbringe morgen den Tag mit ihm.« Mrs. Parker schien ziemlich zufrieden mit sich zu sein.

Woollcott runzelte die Stirn. »Genau das hat Rotkäppchen auch gesagt.«

»Er ist ein verdammter Fortschritt gegenüber einer Großmutter.« Mrs. Parker war fest entschlossen, sich zu amüsieren, und sie wollte sich weder von Woollcott noch von sonst jemandem die gute Laune verderben lassen.

Singer besaß die ungeteilte Aufmerksamkeit der beiden, als er ihnen kurz die Berichte aus Los Angeles vortrug. Mrs. Parker erklärte, daß sie einen Teil schon von Nita Naldi im Harlequin erfahren hatten. Singer erwiderte, daß Naldi auch irgendwo im Club sei, aber daß man in dieser Meute ihren Standort nur vermuten konnte. Aus dem Gedächtnis gab er ihnen die Autopsieberichte über Ilona Mercury und Vera DeLee im Wortlaut wieder. »Mercury war sauber. DeLee ertrank in Morphium. Sie wäre sowieso bald an ihrem Nierenleiden gestorben.« Dann berichtete er ihnen von Yudel Shermans Erfolgen bei den Fahrstuhlführern. Ein Mann war in DeLees Begleitung gewesen, als sie die Praxis von Horathy verließ, und derselbe Mann hatte sie zu ihrem Apartment im Wilfred Arms begleitet. »Haben Sie mit Sid Curley Kontakt aufgenommen?« Mrs. Parker erzählte ihm von dem seltsamen Vorfall und wiederholte, daß sie den nächsten Tag mit Van Weber zusammensein würde, von dem sie sich erhoffte, daß er sich als fruchtbar erweisen würde, wobei sie offen ließ, in welcher Weise. Schließlich berichtete sie von Lily Robsons plötzlicher Erkrankung und von ihrer Unterhaltung mit dem Mädchen in der Damentoilette des Harlequin.

»Sie ist kein dummes Mädchen; im Gegenteil, sie ist sogar ziemlich helle, wenn man bedenkt, wo sie herkommt. Aber ich hab das Gefühl, daß sie Angst hat - Angst vor etwas, das sie wissen *könnte*, glaube ich.«

Diese Worte regten Woollcott auf. »Wenn du in Rätseln sprichst, Dottie, bist du wirklich unerträglich. Und sei so lieb, ein bißchen lauter zu reden; es ist fast unmöglich, euch beide in diesem Laden zu verstehen. Sie sollten hier Hörrohre verteilen, an Leute, die Lust haben, sich zu unterhalten.«

Mrs. Parker strengte sich an, etwas lauter zu sprechen. »Ich glaube, daß sie Dinge von Ilona und Vera aufgeschnappt hat, die ihr damals nichts bedeuteten, die sie sozusagen aus dem Zusammenhang gerissen erfuhr. Aber jetzt, da beide ermordet wurden, hat sie wahrscheinlich das Gefühl, daß jemand denken könnte, sie wüßte mehr, als sie zu wissen oder zu durchschauen zugibt, und daß sie dieser Person gefährlich werden könnte.« Sie wiederholte für Singer Woollcotts Vorschlag, Lily solle doch ein Buch schreiben, ein Vorschlag, von dem Mrs. Parker mit Sicherheit annahm, daß ein unfreundlicher Scherz dahinter steckte (Woollcott gab keinen Kommentar ab), und von Lilys ursprünglicher Begeisterung, die plötzlich von offensichtlicher Angst erstickt worden war.

Woollcott unterbrach sie. »Jacob« - seine Zunge liebkoste den Namen –, »glauben Sie wirklich, daß zwischen diesen Drogentoten in Hollywood und unseren hier ein Zusammenhang besteht?«

»Es muß einen geben. Ilona und Horathy sind die Verbindungsglieder. So wie ich die Sache sehe, sind die Ereignisse miteinander verknüpft.« Er sah, wie Van Weber zurückkam und sprach hastig noch ein paar Worte zu Mrs. Parker. »Passen Sie auf sich auf, wenn Sie mit Van Weber zusammen sind. Geheimnisvolle Männer haben ihren Reiz, aber sie können auch gefährlich sein. Desmond Taylor war auch ein Mann mit Geheimnissen, aber sehen Sie sich bloß diese faulige Kloake an, die sein Mord geöfffnet hat. Haben Sie mich verstanden? Seien Sie vorsichtig.«

»Ich will es auch sein«, sagte Woollcott wie ein schmollendes Kind, das nicht ausgeschlossen werden will.

»Wir sollten uns besser alle vorsehen«; murmelte Singer.

»Wovor vorsehen?« fragte Van Weber, während er sich setzte.

»Zuviel Champagner«, flötete Mrs. Parker und hob ihr leeres Glas, um es sich vollschenken zu lassen. »Wir dachten schon, Sie kämen gar nicht mehr wieder.«

»Ich habe in East Cove angerufen, damit man uns morgen ein anständiges Mittagessen vorsetzt.« Er schenkte ihr, sich selbst und den anderen ein, und machte dann dem Kellner ein Zeichen, eine neue Flasche zu bringen.

»Um *diese* Zeit?« Mrs. Parker machte ein ungläubiges Gesicht.

»Ich habe rund um die Uhr Personal im Haus.« Sie war erstaunt, wie selbstverständlich er in der Lage war, eine solche Aussage zu machen. Woollcott konnte es kaum erwarten, die Aussage am nächsten Mittag im Algonquin mit seiner eigenen Version tödlichen Spotts wiederzugeben. Singer dachte darüber nach, ob er sich jemals eine Putzkraft leisten könnte, die auch nur einmal die Woche sein winziges Apartment saubermachte.

»Und dann wurde ich ein paar Minuten von Pola Negri in Beschlag genommen.«

»Mein Gott, sagen Sie bloß nicht, daß sie *auch* hier ist.« Mrs. Parker lechzte danach, einen Blick auf die sagenhafte exotische Schönheit zu werfen. »Ich meine, Nita Naldi und Pola Negri an einem Abend. Irgendwo muß hier ein Füllhorn herumstehen.«

»Sie ist gekommen, um Valentinos Leiche zur Westküste zurückzubegleiten.«

»Schauerliche Aufgabe«, kommentierte Woollcott düster.

»Sie besteht darauf, daß sie verlobt waren und heiraten wollten.« Mrs. Parker fand das böse Lächeln in seinem Gesicht bezaubernd. Offensichtlich wußte jeder um die Gerüchte über Valentino und seine Nichtbeziehungen zu Frauen. »Rudy ist natürlich nicht mehr da, um die Sache zu bestreiten. Die Publicity ist für sie ein Vermögen wert. Wie ich gehört habe, hat sie ungefähr zwei Dutzend verschiedene Garnituren Witwentracht eingepackt, mit denen sie sich jedesmal auf der Aussichtsplattform am Ende des Zuges präsentieren kann, wenn sie auf den Kleinstadtbahnhöfen einfahren.«

»Was für ein widerlicher Zirkus«, sagte Mrs. Parker. »Ich möchte, daß ich einmal verbrannt werde und meine Asche über den ganzen Rose Room im Algonquin verstreut wird, damit all meine geliebten Freunde weiterhin auf mir herumtrampeln können.«

Sie sah, wie Woollcott Van Weber ins Visier nahm. »Sie waren doch ein Freund von Valentino, wie war er als Mensch?«

»Ein fluchbeladener Unschuldsengel.«

»Soviel zu Mr. Valentino«, sagte Mrs. Parker und hoffte, daß man sie nicht ebenfalls eines Tages postum mit drei Worten abspeisen würde.

»Haben Sie ihn in Hollywood kennengelernt?« fragte Woollcott, den Ellbogen auf den Tisch, das Kinn auf die Hand gelehnt.

»Ich habe ihn ...«, er hielt inne, und fuhr dann fort: »hier kennengelernt.«

»Natürlich weiß inzwischen jeder, wie er Horathy auf Ihrer

Party zur Schnecke gemacht hat. Wie können Sie eigentlich mit einem Mann von derart zweifelhaftem Ruf verkehren?« Woollcott genoß dieses Kreuzverhör sichtlich, und Singer genoß Woollcott. Mrs. Parker wollte nur noch fürchterlich betrunken sein. Sie wollte, daß Woollcott aufhörte und Lacey Van Weber in Ruhe ließ, damit sie sich seiner annehmen könnte. Nach altem Siedlerrecht gehörte er ihr; sie hatte ihn zuerst gesehen und ihren Claim abgesteckt. Was zum Teufel glaubte er, worum es morgen ging? Im Idealfall wollte Mrs. Parker Van Weber und sein Vertrauen gewinnen, und sie war sich sicher, daß er bis zum späten Nachmittag alles ausgespuckt haben würde, was immer »alles« auch sein mochte.

»Ich verkehre nicht mit Dr. Horathy. Wir haben gemeinsame Freunde. Offen gestanden weiß ich nicht mehr, was er auf meiner Party zu suchen hatte oder wer ihn mitgebracht hat. Ah! Da kommt Texas!«

Vom Gong gerettet, dachte Jacob Singer.

»Hallo, ihr Schnorrer!« Texas Guinan war eine Frau, die vergeblich versuchte, gegen das einsetzende Alter anzukämpfen. Ihre Haare waren blond gebleicht und gekräuselt. Sie trug ein rotes Satinkleid, das mit bunt schillernden und funkelnden Ziermünzen besprenkelt war, was die Falschheit ihrer aufgesetzten Überschwenglichkeit nur noch unterstrich. Ihre roten Pantoffeln glitzerten vom Schein wasserheller Bergkristalle, und ihre Handgelenke waren mit diamantenen Schnallen und Armbändern bewehrt. Ihre Ringe protzten mit Steinen der unterschiedlichsten Sorten, die wie Amethyste und Rubine aussahen, bis Mrs. Parker ein einsamer Diamant ins Auge fiel und sie beschloß, daß der ganze Haufen Straß war. »Na, Jacob Singer, bedeutet Ihre Anwesenheit, daß mir eine neue Razzia ins Haus steht?«

Singer hob seine Hände in einer Unschuldsgeste. »Heute abend bin ich als Freund hier, Tex.«

»Okay, Freundchen.« Sie erkannte Mrs. Parker und Woollcott. »Wie schön, Literaten heute abend bei uns zu haben, das gibt meinem alten Kasten ein bißchen Klasse. Gott im Himmel weiß, daß ich alter Kasten immer ein bißchen Klasse gebrauchen kann.« Mrs. Parker fand, daß die Frau zu dick auftrug, und sie langweilte sie. Sie befürchtete, daß ihr Gesicht ihren Widerwillen offen preisgab, aber sie war zu müde, um ein neues aufzusetzen. »Muß wohl der Vollmond sein, der euch Prominente haufenweise heute nacht hier reintreibt. Jedenfalls steht gerade eine ganze Herde von euch an unserer Wasserstelle. Ja, verdammt, da ist ja auch Al Jolson. Hoffentlich vergißt der alte Hurensohn nicht, seine Rechnung zu bezahlen. Hallo, Schnorrer!«

»Hallo, mein kleines Texasbaby, mein kleines Sonnenscheinchen nach Mitternacht.« Er umarmte sie ungestüm und ließ seine Zunge lüstern über ihre Lippen gleiten.

Sie schob ihn beiseite und kreischte: »Ihr kennt doch alle Jolie, oder?«

»Nur auf einem Knie«, sagte Mrs. Parker.

Texas' Hand klatschte auf Mrs. Parkers Schulter nieder. Mrs. Parker fühlte, wie ihre Haut sich zusammenzog. »Famoser Scherzkeks, unsere Dottie. Deine Truppe sitzt da drüben in der Nähe der Bar, Jolie.« Jolson machte sich auf die Suche. »Er geht nach Hollywood, um für die Warners Kintopp zu machen. Klingt doch todlangweilig.« Ein Kellner flüsterte ihr etwas ins Ohr. »Recht hast du, McGillicuddy. Zeit, daß die Show beginnt!« Sie winkte dem Bandleader, der dem Schlagzeuger ein Zeichen zum Einsatz gab. Dieser legte einen langen Trommelwirbel hin, und die Tänzer verließen die Tanzfläche. Eingetaucht in gleißendes rosa Scheinwerferlicht betrat Texas die Mitte der Tanzbühne. »Hallo, ihr Schnorrer!« kreischte sie wieder. »Willkommen, ihr Scheiche und Grazien, willkommen auch ihr Provinzheinis, hier werdet ihr abgezockt.« Lautstarkes Gelächter. Mrs. Parker fand, der Text klang einstudiert. »Wir haben heute abend eine großartige kleine Show für euch zusammengestellt, und eine richtig dicke Überraschung noch dazu. Aber laßt mich zuerst die Mädchen vorstellen.« Der Raum hallte von markerschütternden Pfiffen wider, und der Boden bebte vom Getrampel der Füße.

»Um Gottes willen«, keuchte Woollcott.

»Das ist hier ein Ritual, alter Junge«, erklärte Van Weber. »Texas ist die Hohepriesterin. Eine Predigerin ohne Geschäftsbereich. Sie führt die Herde an, sie ist der Leithammel der Hedonisten. Das ist noch gar nichts, heute abend. Versuchen Sie's mal an einem Wochenende, dann spielen sich hier Szenen ab wie bei einer Orgie von Hogarth.«

»So, hier haben wir die rothaarige Hexe, auf die ihr alle gewartet habt! Die glühende Granate in Person, Lily Robson. Na los, ihr Schnorrer! Ich will einen Riesenapplaus für das kleine Mädchen hören!« Guinan verließ den Scheinwerfer, dessen Lichtkegel sich vergrößerte, als Lily Robson mit weiteren sechs Mädchen auf die Bühne getanzt kam. Sie trug ein Ding, das Mrs. Parker für ein groß geratenes, mit blauen rechteckigen Edelsteinen drapiertes Taschentuch hielt. Ungefähr fünf Minuten lang tat Lily genau das, was sie ihnen erzählt hatte, nämlich ein bißchen dies und ein bißchen das, mit einer Menge Tralala. Sie war herrlich untalentiert und ein wunderbarer Anblick. Die Mädchen in der Reihe hinter ihr tanzten, als ob sie mit Schrot beschossen wurden. Eine süße junge Brünette zwinkerte andauernd zu Al Jolson hinüber. Van Weber vertraute den anderen an, daß sie Jolsons neuer Schwarm sei, Ruby Keeler.

»Bis ›Mammy‹ hat sie noch einen weiten Weg vor sich«, war Mrs. Parkers Kommentar.

Lily Robson und die Mädchen verließen unter donnernden Ovationen die Bühne, was Mrs. Parker zu der Überlegung veranlaßte, ob wohl bei einer wirklich talentierten Darbietung das Dach einstürzen würde. Texas war dabei, eine Tanztruppe vorzustellen: »Frisch aus Madrid eingetroffen. Das ist da drüben in Spanien, wo Zitronen und Oliven und diese zwei grandiosen Flamingotänzer auf den Bäumen wachsen.« Van Weber stellte klar, daß sie »Flamenco« meinte, und Jacob Singer wartete schon auf eine Reaktion von Mrs. Parker, aber es kam keine. Woollcott goß sich ein weiteres Glas Champagner ein, und Mrs. Parker beschloß, daß er aussah, als sehe er seinem baldigen Tod gefaßt entgegen. »Na los, ich will einen großen Applaus für Juan und Juanita hören!« Unter dem explosiven Geknalle von Kastagnetten kamen Juan und Juanita von beiden Seiten auf die Bühne gestürmt. Sie winkten mit den Händen und stampften mit den Füßen und machten häßliche Kehllaute, während sie einander über die Bühne jagten. Es war eine bizarre und wahnwitzig asynchrone Szene, da entweder die Tänzer dem Orchester zehn Takte voraus waren oder aber das Orchester den Tänzern zehn Takte hinterherhinkte.

Mrs. Parker flüsterte zu Woollcott hinüber: »Ich nehme an, daß es Leute gibt, die jeden Abend hierherkommen?«

»Masochisten. Wieviel davon müssen wir noch ertragen?«

Mrs. Parker wußte die Antwort nicht. Texas Guinan belegte wieder die Mitte der Bühne, diesmal in blaues Scheinwerferlicht getaucht, daß sich einem der Magen umdrehte. »Und jetzt, Leute, habe ich einen besonderen Leckerbissen für euch. Einen richtig traurigen besonderen Leckerbissen. Wie ihr wißt, trauert die Welt um den großen Liebhaber, den großen Schauspieler, meinen großen Kumpel Rudy Valentino.« Vereinzelter Beifall folgte.

Mrs. Parker fragte Jacob Singer: »Was glauben Sie, sind die dafür oder dagegen?«

»So einen wie Rudy werden wir nie wieder erleben, Leute. Rudy war ein Einzelstück.« Mrs. Parker erwartete schon, daß sie das Orchester mit der Weise von »Hearts and Flowers« begleiten würde, bis sie sich besann, daß es ohne Geigen nicht gehen würde. In einer Jazzband von Texas Guinan war kein Platz für Streichinstrumente. »Hoffen wir, daß unser Scheich aller Scheiche, Missjöh Beaucaire persönlich, Sohn der Wüste, da oben vor den Kameras der riesigen Filmstudios des Himmels steht.« Sie hatte ihre rechte Hand erhoben und zeigte mit ihrem Zeigefinger auf die Zimmerdecke. Alle waren hingerissen, und es brach ein einziger Tumult los. »Heute abend ist eine großartige kleine Lady bei uns, deren Kummer größer ist als der unsere. Rudys Verlobte.«

»Scheißdreck!« rief eine Frau; Mrs. Parker erkannte Nita Naldis Stimme. Sie machte ihre Tischnachbarn darauf aufmerksam, und zum erstenmal seit geraumer Zeit grinste Woollcott von einem Ohr zum anderen.

Guinan funkelte böse in die Richtung der vulgären Bemerkung hinüber, doch dann fiel ihr ein, daß es noch ein Publikum gab, das hoffnungsfroh an ihren Lippen hing. »Wie ich schon sagte, Rudys Verlobte ist heute abend bei uns. Als Erinnerung an Rudy hat sie sich bereit erklärt, sein Lieblingslied ›Tango d'Amour‹ für uns zu tanzen. Mit ihr tanzt unser aller Liebling, Georgie Raft.« Applaus. »Meine Damen und Herren! Ein gewaltiger, grandioser Beifall für die einzige, einzigartige ... Pola Negri!« Der Laden kochte über. Raft, ein gedrungener Mann mit glatt glänzendem Lackhaar, trat auf. Er rückte seine eng sitzende Bolerojacke zurecht und streckte eine Hand aus. Pola Negri kam gesetzten Schrittes auf die Bühne. Eine schwarze Mantilla bedeckte ihr Haar. Ihr Kleid war mit schwarzen Chantilly-Spitzen eingefaßt, was Mrs. Parker als Rüschenbesatz für schwarze Seide als ziemlich unpassend empfand. Sie trug schwarze Pumps, schwarze Armbänder sowie um den Hals eine Kette mit schwarzen Perlen, es fehlte bloß noch, dachte Mrs. Parker, daß sie eine schwarze Augenklappe angelegt hätte. Das Orchester stimmte den Tango an, und das Getöse schwächte sich zu einem mittleren Geraune ab. Raft meisterte mit Miss Negri elegant die kniffligen Tanzschritte, als das Publikum abermals in den Genuß einer Unflätigkeit von Nita Naldi kam.

»Hühnerkacke!«

Woollcott verriet seinen Tischnachbarn: »Ich spiele mit dem Gedanken, mich in diese Frau zu verlieben.«

»Hat denn Negri überhaupt kein Schamgefühl?« erkundigte sich Mrs. Parker.

»Nicht das geringste«, sagte Van Weber.

»Sie ist eine verdammt hübsche Puppe«, steuerte Singer bei.

»Sie ist aber keine verdammt gute Tänzerin«, sagte Woollcott.

»Ihr Partner ist nicht schlecht, wenn auch ein bißchen zu ölig«, sagte Mrs. Parker.

»Er ist Guinans letzte Errungenschaft«, warf Singer ein.

»Oh? Und was passiert jetzt mit Larry Fay?« fragte Woollcott.

»Er weiß davon«, sagte Singer. »Aber Raft ist nützlich. Er kassiert die Schmiergelder für die Bande. Fay wird ihn bald nach Hollywood rüberschicken. Das ist sowieso Rafts Ziel. Er ist von hier, wissen Sie. Aus Hell's Kitchen, dem übelsten Slum. George Ranft ist sein richtiger Name.«

Der Tanz näherte sich seinem Ende. Raft hielt Negri fest umarmt, ihren Rücken gegen seinen Körper gepreßt. Seine Arme umschlangen ihre Taille, seine rechte Hand hielt ihre rechte Hand umklammert. Ihre Augen glühten vor unterschwelliger Erotik, während von seinen Augen abzulesen war, daß er den Takt zählte.

»Du Polackenhure!«

Der Tanz war vorüber. Der Applaus schwoll an. Blumen wurden Negri zugeworfen. Eine Whiskyflasche verfehlte sie um Haaresbreite; wie sie später erfuhren, war es Nita Naldi, die sie geworfen hatte. Raft küßte Negris Hand, und sie belohnte ihn mit einer Blume. Als ihr plötzlich einfiel, daß sie in Trauer war, brach sie in Tränen aus, und Raft geleitete sie von der Bühne. Jetzt erblickte Mrs. Parker Nita Naldi. Sie schwang einen Stuhl und wurde von ihrem Begleiter zurückgehalten. Guinan schickte zwei Rausschmeißer zu ihr, um die Sache zu bereinigen. Naldi machte hinsichtlich des Stuhls Zugeständnisse, aber nicht in ihrer Verachtung. Sie zischte höhnisch, und unter einer obszönen Nachahmung eines Furzes, die durch die Lärmkulisse schnitt, richtete sie sich auf und marschierte majestätisch aus dem Club, gefolgt von ihrem Freund, dem Gentleman.

»Arme Nita«, sagte Van Weber. »Man hat ihr ganz schön mitgespielt. Es gibt für sie beim Film keine Arbeit mehr. Mit siebenundzwanzig schon erledigt zu sein, das muß man sich mal vorstellen.«

»Mein Gott, so jung ist sie noch?« fragte Mrs. Parker. »Hollywood scheint ein ziemlich grausamer Ort zu sein.«

»Das ist es in der Tat«, sagte Van Weber.

Wenn *das* keine Spur war, dachte Mrs. Parker.

Jacob Singer traute seinen Ohren nicht. Mrs. Parker hatte ihn zum Tanzen aufgefordert. Das Orchester war schwungvoll in die Klänge von »Somebody Loves Me« hinübergeglitten, einer Ballade, der sie beide gewachsen waren. Trotz der lärmenden Kakophonie, die in der überfüllten Flüsterkneipe herrschte, konnten sie das Orchester und einander hören.

»Ich mußte Sie allein erwischen, weil ich etwas bei mir habe, das ich Ihnen schon den ganzen Abend geben will.« Sie hatte die Pille, die sie Lily Robson abgenommen hatte, in ihrer Hand verschwinden lassen, bevor sie Singer zum Tanzen aufforderte, und steckte sie ihm jetzt zu. »Horathy hat diese Pillen heute nachmittag Lily Robson gegeben. Wir müssen sie genau verpaßt haben. Eine davon hat sie beim Dinner mit Van Weber eingenommen. Sie sollen ihre Nerven beruhigen.«

»Van Weber hat sie nervös gemacht?«

»Ich glaube, alles macht sie nervös. Ich habe allmählich das Gefühl, daß etwas so Simples wie das Aufgehen einer Tür einen hysterischen Anfall bei ihr auslösen könnte.«

»Sie glauben, daß eine dieser Pillen sie krank gemacht hat?«

»Irgend etwas hat sie krank gemacht. Im Harlequin war ihr ziemlich übel.«

»Im Harlequin wird einer Menge Leute ziemlich übel. Gleich morgen früh werde ich das Labor an das Ding ransetzen.« Mit der Gewandtheit eines Zauberers ließ er die Pille in seine Tasche wandern. »Wie sind Sie mit Sid Curley klargekommen?«

Drei Minuten und ein neues Arrangement von »Somebody Stole My Gal« später hatte Singer alles über das Abenteuer im Harlequin erfahren. Auf Mrs. Parkers Anweisung hin setzte er für die Dauer ihrer Ausführungen ein Lächeln auf, um so den Eindruck zu erwecken, unterhalten und nicht mit Informationen versehen zu werden. »Ich hoffe, daß ich morgen mehr weiß, nachdem er mich auf seinem Anwesen in East Cove herumgeführt hat.«

»Seien Sie morgen nicht schlauer als nötig.« In seiner Stimme lag ebenso Sorge wie Warnung.

»Um Himmels willen, nein. Ich werde ganz fürchterlich mädchenhaft sein, mit hilflos bebenden Händen, und genau die richtigen Geräusche der Bewunderung von mir geben.«

»Der Kerl, der da neben Pola Negri sitzt, versucht, Ihre Aufmerksamkeit zu erregen. Oder aber er macht mir einen Antrag.«

»Oje, Gott sei mit uns, es ist Horace Liveright. Er veröffentlicht meine Gedichte. Und jetzt ist er mutig genug, als Begleiter von Miss Negri aufzutreten. Ach du Schreck, ihre schwarzen Strümpfe sind mit Fleurs-de-lis bestickt. Ich brenne darauf, sie kennenzulernen, Sie nicht? Hallo, Horace! Was für eine Überraschung, dich hier zu treffen.«

Liveright erhob sich und küßte Mrs. Parker flüchtig auf die Wange. Negri quittierte die Vorstellungen mißmutig und gab etwas von sich, was Mrs. Parker später einmal als eine Art polnischen Grunzer beschrieb. Singer und Mrs. Parker erklärten sich bereit, auf einen schnellen Drink bei ihnen Platz zu nehmen. Liveright bestellte umgehend zusätzliche Gläser und schenkte Champagner ein. Eine völlig unbeschwerte und gut gelaunte Mrs. Parker fragte die Versuchung der Leinwand: »Ich nehme an, Sie haben es lieber, wenn dieses Zeug aus Ihrem Pantoffel getrunken wird.«

»Ziemlich unhygienisch.« Negris Stimme schien aus den Gedärmen ihres Körpers heraufzupoltern, eine verführerisch rauhe Stimme mit starkem Akzent, die Singer den Atem zu nehmen drohte. Er war hypnotisiert.

»Wie tragisch, der Tod von Mr. Valentino.« Mrs. Parker fragte sich, ob Negri vielleicht am Vorabend an Liverights Mitternachtsparty teilgenommen hatte.

»Sehen Sie mich an, ich bin ein Häufchen Elend.« Miss Negri war nicht zu elend, um ein Glas Champagner in einem Zug zu leeren.

»Aber, aber, meine Liebe«, trällerte Mrs. Parker, »der Phönix wird aus der Asche steigen.«

»Ich bin ein Häufchen Elend, nicht ein Haufen Asche.« Liveright schenkte ihr das Glas wieder voll. »Wir sollten die Hauptrollen in Tolstois *Auferstehung* übernehmen. Nun hat man die Nachwelt dieses großen epischen Meisterwerks beraubt. Der Film wird nie wieder das sein, was er einmal war.«

Mrs. Parker erwiderte: »Tolstoi wahrscheinlich auch nicht. Soso, Horace, du kommst ja ganz schön herum, und das mit einigen der aufregendsten Leute. Man stelle sich vor, Pola Negri zu kennen!«

Liveright bemühte sich angestrengt, sich nicht allzusehr aufzuplustern, aber der Versuch mißlang. »Pola und ich kennen uns schon seit ewigen Zeiten.« Negris Augen blitzten bei der Erwähnung von »ewigen Zeiten« wütend auf. »Wir trafen uns zum erstenmal in Deutschland, als sie *Madame Bovary* drehte.«

»Ich war noch ein Kind. Ein ganz junges Kind.« Negris Augen hefteten sich auf Singer. »Warum sind Sie so stumm?«

»Aus Ehrfurcht vor der großen Pola Negri.«

»Ja, das verstehe ich. Wer sind Sie? Was machen Sie?« Sie ließ ihre Zunge um den Rand ihres Glases kreisen, und Singer schlug die Beine übereinander, wie um eine Attacke abzuwehren.

»Ich bin Kriminalbeamter.«

Mrs. Parker glaubte zu sehen, daß sich Liverights Gesicht verfärbte, aber bei der flackernden Beleuchtung war sie nicht ganz sicher. Sie bohrte nach. »Mr. Singer ermittelt in den beiden Mordfällen Ilona Mercury und Vera DeLee. Sie wissen ja sicherlich, daß Miss Mercury die Begleiterin von Mr. Valentino auf der Party war, wo er krank wurde.«

Negri lehnte sich in ihrem Stuhl zurück, fand irgendwo auf dem Tisch zwischen ihrem goldbesetzten Täschchen und einer Packung türkischer Zigaretten ihre Zigarettenspitze, klemmte eine Zigarette in die Spitze und hielt sie hoch, während Liveright wie bestellt ein Streichholz anzündete und daranhielt. Negri inhalierte mit geblähten Nüstern, genauso, wie sie sie in den meisten ihrer Filme blähte, erinnerte sich Mrs. Parker. Sie schickte einen perfekten Rauchkringel auf die Umlaufbahn gen Decke und spießte dann Mrs. Parker mit ihren Augen auf. »Rudy und ich besaßen keine Geheimnisse außer denen, die wir miteinander teilten. Ich war die einzige Frau in Rudys Leben.« Mit ihrer freien Hand führte sie ein schwarzes Taschentuch an ihre Augen. Mrs. Parker konnte nicht die Spur einer Träne entdecken, aber der dramatische Effekt war umwerfend. »Andere Frauen waren Statisten, Komparsen, kleine Nummern. Negri war die Königin, die den Thron mit ihm teilte!« Die Hand mit dem Taschentuch erhob sich eindrucksvoll über ihren Kopf, die Augen waren geschlossen, die Brust wogte (etwas bedrohlich, wie Mrs. Parker fand), die Nüstern bebten und Mrs. Parker widerstand der Versuchung, »Schnitt!« zu rufen. Singer mahnte sie sanft, daß es an der Zeit sei, an ihren Tisch zurückzukehren, und Mrs. Parker stimmte ihm, wenn auch widerwillig, zu. Sie war zum Lästern aufgelegt, was auf ein Übermaß an Champagner zurückzuführen war, sie wollte Liveright über seine Orgien und Negri über Valentinos frigide Frauen befragen, aber Singer half ihr galant auf die Beine, während sie gurrende Laute machte, die die anderen als »Diese Begegnung war absolut denkwürdig« interpretierten.

Singer führte Mrs. Parker an dem Rand der Tanzfläche vorbei. Ihr Tisch hatte sich mittlerweile zu zwei Tischen erweitert. Florenz Ziegfeld und Charlotte Royce hatten sich zu ihnen gesellt. »Schauen Sie sich um, Mr. Singer, geht das hier nicht genauso zu wie bei der Teeparty des verrückten Hutmachers in *Alice im Wunderland*?« Woollcott schien die Gesellschaft, die späte Stunde und die Tatsache, daß Mrs. Parker und Singer ihn im Stich gelassen hatten, erstaunlich gelassen hinzunehmen. Er rauchte eine Zigarette und plauderte offenbar freundlich mit Miss Royce, die an etwas nippte, was wie ein Glas Gin pur aussah. Mrs. Parker entschuldigte sich und Mr. Singer und erklärte den anderen, daß sie einen Drink mit Horace Liveright und der unnachahmlichen, unvergeßlichen Pola Negri eingenommen hätten.

»Was denn, ihr Glückspilze«, schwärmte Woollcott unaufrichtig, »und wie ist Miss Negri so?«

»Zu schön, um wahr zu sein«, kommentierte Mrs. Parker und tippte Van Weber leicht auf die Hand, um seine Aufmerksamkeit zu erregen. Sie brauchte mehr Champagner, und sie bekam ihn.

»Flo hat uns gerade von der großen Saison erzählt, die ihm bevorsteht«, erzählte Van Weber, während er Mrs. Parkers und Singers Gläser auffüllte.

»Eine große Saison. Wahrscheinlich die größte in meiner Karriere.« Ziegfeld starrte in das glimmende Ende seiner Zigarre, als handele es sich um eine Kristallkugel, in der seine große Saison Gestalt annahm. »Ich werde mit *Show Boat* mein neues Theater auf der Sixth Avenue eröffnen.«

Mrs. Parker klatschte in die Hände wie eine freche Straßengöre. »Ein neues Theater! Au fein! Genau das, was New York braucht. Wie heißt es?«

Ziegfelds Brustkasten schwoll an. »Das Ziegfeld.«

»Versteht sich.«

Woollcott mischte sich ein. »Du kannst wohl kaum von ihm erwarten, daß er es nach einem Konkurrenten benennt.«

»Glückliche Edna«, sagte Mrs. Parker und meinte Mrs. Ferber, deren Bestsellerroman die Vorlage für die musikalische Version von *Show Boat* gewesen war. »Das wird sie zweifellos zur Millionärin machen.«

»Hoffentlich macht es uns alle zu Millionären«, sagte Ziegfeld.

Woollcott verkündete: »Miss Royce liest Proust.«

»Wie denn?« erkundigte sich Mrs. Parker. Singer bekam einen Hustenanfall, während Charlotte Royce ihre Aufmerksamkeit einem Mann mit ölig glänzendem Haar widmete, der über das ganze Gesicht lächelnd auf ihren Tisch zukam.

»Na hallo, Lacey, ich dachte doch gleich, daß ich dich entdeckt hätte, als ich mit Pola getanzt habe.« George Raft wartete gar nicht erst ab, daß man ihn einlud, am Tisch Platz zu nehmen. Er entwendete der Gesellschaft am Nachbartisch einen Stuhl und quetschte sich zwischen Van Weber und Mrs. Parker. Van Weber sah alles andere als hocherfreut aus, und Mrs. Parker fragte sich, wer es gewagt hatte, das Kölnisch Wasser herzustellen, das der Tänzer aufgelegt hatte. Raft schien nicht an gegenseitigen Vorstellungen interessiert zu sein. »Lacey und ich sind alte Kumpel, stimmt's, alter Kumpel?« Er machte eine Faust und versetzte Van Webers Arm einen angetäuschten Freundschaftshieb. Van Weber fühlte sich nicht wohl in seiner Haut und bot Raft auch keinen Drink an. Raft schien sich von nichts und niemandem beeindruckt zu fühlen, mit Ausnahme seiner eigenen Person.

Mrs. Parker wollte mehr über die alten Kumpel hören. »Wie lange sind Sie alter Kumpel denn schon alter Kumpel, alter Kumpel?«

Mrs. Parker gefiel Rafts Lächeln nicht, es gelang ihr dennoch, freundlich dreinzuschauen, während sie seine Antwort abwartete. »Ich war vor ein paar Wochen auf Laceys Party«, sagte er.

»Es sieht fast so aus, als sei jeder auf dieser Party gewesen, bis auf die Wiener Sängerknaben«, bemerkte Woollcott.

»Man hat sie wohl nicht eingeladen«, sagte Raft. Jacob Singer unterdrückte ein Stöhnen.

»Kannten Sie Rudolph Valentino?« fuhr Mrs. Parker fort.

»Ob ich Rudy Valentino kannte?«

»Ja, genau das habe ich Sie gefragt.«

»Wissen Sie, wie weit das mit ihm und mir schon zurückgeht?«

»Ich geb's auf. Wie weit?«

Raft brüllte vor Lachen, wobei er den Tisch mit seinen Fäusten malträtierte. In der Nähe des Orchesters, unter einem überwölbten Gang, der zu den Garderoben führte, stand Texas Guinan und beobachtete Raft mit einem wütenden Gesichtsausdruck, beide Hände in die Hüften gestemmt, während ihr rechter Fuß im Stakkato einen Takt klopfte, der nichts Gutes verhieß. »Ich werde Ihnen sagen, wie lange das mit Rudy und mir schon zurückgeht.«

»Ich bin ganz Ohr, Mr. Raft.« Sie war froh, daß er ganz Mund war.

»Ich lernte Rudy praktisch kennen, als er vom Boot stieg. Er war ein Greenhorn. Ein dummer kleiner Itaker, der nicht mal unsre Sprache konnte. Aber Junge, konnte der tanzen.«

»Sie waren sein Tanzpartner?« Mrs. Parker nippte vorsichtig an ihrem Champagner, oder was immer es war.

»Ha, ha, ha! Tanzpartner ist gut!« Raft kippelte mit seinem Stuhl so weit nach hinten, daß die anderen schon damit rechneten, er würde hintüberfallen, aber Gott stand ihm bei. »Hören Sie mal, Lady, Rudy und ich waren allerdings Tanzpartner, aber nicht so, wie Sie denken. Wir wurden dafür bezahlt, die alten Schachteln beim Tanztee übers Parkett zu schieben.«

»Aha, Eintänzer«, sagte Mrs. Parker.

»So ist es. Die Tanten haben uns bezahlt, damit wir mit ihnen tanzten. Und Baby, das war ne Sache, die Rudy beherrschte. Er schob seine Beine zwischen ihre Schenkel und machte seine Scherzchen mit ihnen auf der Tanzfläche und säuselte ihnen irgendwelche Itaker-Liebeslieder ins Ohr, und Baby, was die ihm für Trinkgelder gaben. Auf diese Weise wurde er auch Joan Sawyers Tanzpartner.«

»Und was wurde aus Ihnen, Mr. Raft?« fragte Woollcott.

Rafts Fell war dick genug, um eine ganze Festung zu verteidigen. »Hier bin ich, Kindchen, gesund und munter. Lassen Sie's sich gesagt sein, wir waren ein ganzer Haufen junger Burschen, die sich in den alten Tagen ihr Geld mit Eintanzen verdient haben. Außer Rudy und mir war da noch Denn –« Plötzlich, im letzten Moment, hielt er inne.

»Ja?« Mrs. Parker konnte ihre Augen nicht von Rafts Gesicht abwenden.

Van Weber fand mit einemmal seine Stimme wieder. »Erzähl mal, George, was ist an der Nachricht dran, daß du nach Hollywood gehen willst?«

»Ich weiß nicht, wer diese Gerüchte verbreitet«, erwiderte Raft von oben herab. »Aber die Warners wollen mich nächste Woche in ihrem Brooklyn-Studio unter die Lupe nehmen. Aber weißt du, man sollte nie das Fell des Bären verkaufen, bevor man ihn nicht erlegt hat.«

»Aber man kann ja schon mal nachfragen, was Bärenfelle auf

dem Markt so bringen«, sagte Woollcott mit einer Stimme, an der Eiszapfen hingen.

»Ich finde Sie faszinierend, Mr. Raft«, schmeichelte Mrs. Parker und hoffte insgeheim, nicht vom Blitz erschlagen zu werden. »Was ich sagen will: Hier sitzen Sie, ein Mann, an dem ein Schauspieler verlorengegangen ist, der Rudy Valentino kannte, mit Pola Negri getanzt hat und ein Intimfreund von Texas Guinan ist – oder ist das ein Geheimnis?«

»Nee, verdammich, Tex und ich sind gute Kumpel.«

»Also Mr. Raft, ich glaube, Sie sehen einer ziemlich glorreichen Zukunft entgegen.«

»Donnerwetter, danke auch, Lady, das ist wirklich nett von Ihnen.« Ein Kellner kam, kniete sich neben Raft und flüsterte ihm unhörbar etwas zu, was Rafts gute Laune schlagartig veränderte. »Ich glaube, ich muß mich auf die Socken machen. Die Pflicht ruft.« Pflicht ist gut, Flittchen paßt eher, dachte Mrs. Parker. Raft schob seinen Stuhl zurück und stand auf. »Also, war schön, Sie alle kennenzulernen.« Aber er hat ja niemanden kennengelernt, dachte Mrs. Parker; mit Lacey Van Weber hat er kaum ein Dutzend Worte gewechselt. Sie sah ihm nach, während er wie ein Zwerghahn davonstolzierte.

»Was für ein ungemein seltsamer junger Mann«, sagte Mrs. Parker. Dann wandte sie sich Van Weber zu. »Er ist offenkundig vorbeigekommen, um Ihnen guten Tag zu sagen, und dann hat er Sie fast vollkommen ignoriert.«

»George ist ein aufdringliches Arschloch.« Sie hatten fast vergessen, daß Charlotte Royce eine Stimme besaß.

»Dann kennen Sie ihn also gut«, bemerkte Woollcott.

»Jeder in der Stadt kennt ihn. Vor ein paar Monaten wollte er mich überreden, eine Tanznummer mit ihm auf die Beine zu stellen.«

»Er hat Sie nicht einmal begrüßt!« Mrs. Parker schien entsetzt zu sein. Sie war es nicht. Sie war müde, gelangweilt und frustriert. Sie wußte, daß an diesem Abend irgend etwas Wichtiges geschehen war; daß es Spuren gab, die sich zwischen den Zeilen und den Anspielungen verbargen, hinter den Bemerkungen von

Negri und Liveright und Van Weber und Raft – besonders von Raft, der mitten in einem Namen verstummt war. *Denn . . .* Welcher Denn? Denn, und wie weiter?

»Na klar hat er mir nicht guten Tag gesagt. Warum sollte er? Es gibt größere Fische, die er sich angeln kann. Zum Beispiel Flo hier. Er würde alles drum geben, bei den *Follies* mitzumachen.«

»Er ist ein sehr guter Tänzer«, räumte Ziegfeld ein. »Aber mir gefällt sein Ruf nicht.«

»Und was für ein Ruf ist das?« erkundigte sich Woollcott, der nicht vergessen hatte, was ihm erzählt worden war: daß Raft ein Laufbursche für die Bande war.

»Seine Verbindungen zur Unterwelt.«

»Haben Sie denn keine Verbindungen zur Unterwelt?« Woollcott sprach gelassen und ohne Scheu. Mrs. Parker fand ihn schrecklich mutig und nahm sich vor, es ihm bei nächster Gelegenheit zu sagen. Sie mochte ihn an diesem Abend. Er benahm sich ausgesprochen umgänglich. Seine Zeit zum Schlafengehen war längst gekommen und vergangen, aber seine Zeit für Gehässigkeiten offenbar nicht. Sie hatte den Verdacht, daß er gerade frischen Wind in die Segel bekam, und er machte auch keine Einwände, als Van Weber sein Glas wieder nachfüllte. Sie wagte nicht, auf ihre Uhr zu schauen. Sie wollte gar nicht wissen, wie spät es war. Sie wollte nicht wie Aschenputtel den Tanzsaal verlassen müssen, unter Zurücklassung eines Glases Champagner. Sie wollte die ganze Nacht aufbleiben, bis Lacey Van Weber sie morgens um elf Uhr abholte; sie wollte wieder Anfang zwanzig sein, kokett, schockierend und romantisch. Das Schnarren in Ziegfelds Stimme riß sie aus ihren Träumen.

»Was wollen Sie damit sagen, Mr. Woollcott?«

»Ich will damit sagen: Ist es nicht so, daß Sie auf finanzielle Unterstützung aus der Unterwelt für Ihre Produktionen angewiesen sind? Wir wissen schließlich alle, daß George White sich dort sein Geld für seine *Scandals* holt, und daß sich Earl Caroll aus derselben Quelle die Mittel für seine *Vanities* beschafft.«

»Daher kam auch der Zaster für mein Stück«, sagte Mrs. Parker aus dem Nichts heraus.

»Und was war das für ein Stück?« fragte Ziegfeld, dankbar für die kurze Atempause.

»Was? Sie haben noch nie etwas von dem Stück gehört, das ich zusammen mit Elmer Rice geschrieben habe? Schämen Sie sich, Mr. Ziegfeld. Es ist ungefähr vier Wochen gelaufen. *Close Harmony.* Ich wollte es eigentlich *Close Call* nennen. Das war vor zwei Jahren. Eine sehr deprimierende Erfahrung.«

»Ich investiere in Mr. Ziegfelds Produktionen.« Alle Augen richteten sich auf Lacey Van Weber. »Mein Geld steckt in *Showboat*, *Rio Rita* und den *Follies* für das nächste Jahr. Ich glaube, es wird ein herausragendes Jahr für uns alle sein.«

»Haben Sie Verbindungen zur Unterwelt, Mr. Van Weber?« Woollcotts Stimme klang ruhig und beherrscht, ohne eine Spur von Champagner. Er zündete sich eine Zigarette an und hielt sie wie ein verwegener Mann von Welt.

»Ich habe alle möglichen Verbindungen, Mr. Woollcott. Ich kenne eine große Anzahl von Leuten, die Kontakt zur Unterwelt pflegen. Wer tut das nicht? Ich investiere auch an der Aktienbörse, und wir wissen wohl alle, was für ein zwielichtiges Unternehmen das ist. Schauen Sie sich um, Mr. Woollcott, und was sehen Sie? Sie sehen einen Querschnitt durch die Wohlhabenden, die Fast-Wohlhabenden und die Wünschten-verdammt-sie-wären-es-Wohlhabenden. Wir stehen hier alle Seite an Seite. Die schrägen Vögel, die Legalen und die Illegalen.« Großer Gott, dachte Mrs. Parker, wenn er was zu sagen hat, dann kann er sich wirklich ausdrücken. Jacob Singer saß mit verschränkten Armen auf seinem Platz, ein stiller Zuhörer, dem nichts entging. Er bewunderte Woollcott. »Beantwortet das Ihre Frage?«

»Nun ja, es waren jedenfalls eine Menge Worte«, erwiderte Woollcott.

»Die *Times* brachte ihre Besprechung von *Close Harmony* bei den Todesanzeigen.« Mrs. Parker schüttelte traurig den Kopf, während Woollcott sie mit giftigen Blicken durchbohrte, weil sie ihn unterbrochen hatte.

Ziegfeld sagte zu Charlotte Royce: »Ich glaube, es ist Zeit aufzubrechen.«

»Ja, sicher, Flo.«

»Miss Royce?«

»Ja, Miss Parker?«

»Ich sollte Sie morgen um zwölf Uhr mittags anrufen.«

»Ach, ja. Gut, daß Sie mich daran erinnern.«

»Ich fürchte, ich werde es etwas später am Tag versuchen müssen. Es ist etwas dazwischengekommen.« Sie lächelte Van Weber an, der zurücklächelte. Wie schön, dachte sie, er hat immer noch Interesse. »Wann würde es Ihnen später am Tag passen?« Sie betonte vorsichtig jedes Wort, bemüht, keines zu verschlucken.

»Jederzeit um sechs herum. Ich ruhe mich immer noch ungefähr eine Stunde aus, bevor ich ins Theater gehe.«

»Das klingt ganz prima.«

Plötzlich erhob sich ein Gebrüll aus der Menge, so daß Mrs. Parker sich fragte, ob wohl irgendwo hinter ihrem Rücken Christen den Löwen vorgeworfen wurden. Von der Decke regnete es Luftballons und Konfetti.

»Heissa!« schrie Charlotte Royce. Es überraschte Mrs. Parker nicht, daß sie der »Heissa«-Typ war. Das Orchester schmetterte »There'll Be a Hot Time in the Old Town Tonight«. Singer bemerkte etwas zu Woollcott, das ihn fast vor Stolz platzen ließ. Mrs. Parker beschrieb seinen Gesichtsausdruck später einmal als den einer Sechzehnjährigen bei ihrem ersten Kuß.

»Mein Gott, was für ein Chaos!« rief Van Weber.

Mrs. Parker richtete sich majestätisch auf und verkündete ihm: »Henry Brooks Adams schrieb: ›Aus dem Chaos entsteht häufig neues Leben.‹«

»Wer war Henry Brooks Adams?«

»Ach, seien Sie doch nicht so ein Spielverderber.«

Genau in diesem Moment brach die Hölle los. Polizisten strömten in das Lokal, einige trugen Waffen, andere schwangen Äxte. »Ach du Scheiße!« sagte Singer, der nicht hören konnte, wie Texas Guinan dieselbe Bemerkung machte, weil sie neben dem Orchester stand.

»Welch eine Freude!« rief Woollcott aus. »Meine erste Razzia! Ist das nicht fantastisch! Glauben Sie, daß es beim Niedergang und Fall des Römischen Reiches ähnlich zugegangen ist?«

Singer schrie seiner Gruppe zu: »Folgen Sie mir!« Er packte Mrs. Parker am Handgelenk und zog sie zu dem Wandelgang, der zu den Garderoben führte. Mrs. Parker dachte schon, zu ihrer Linken befände sich eine Maus, bis sie feststellte, daß es sich um Miss Royce handelte, die spitze Quieklaute von sich gab. Ziegfeld hatte das Mädchen an beiden Armen gepackt und schubste sie vor sich her. Mrs. Parker sah, wie Liveright sich mit der Last von Pola Negri abmühte, die offenbar in Ohnmacht gefallen war oder beschlossen hatte, daß sie von irgend jemandem getragen werden wollte. Mrs. Parker bezweifelte, daß Liveright Manns genug war, die Qual zu überleben. Einer der Polizisten, die die Razzia leiteten, stand am Eingang des Gewölbes. Er erkannte Singer und drohte scherzhaft mit dem Zeigefinger, woraufhin Singer ihm nahelegte, etwas mit sich selbst anzustellen, was anatomisch unmöglich ist.

Hinter der Bühne erwischte ein Polizist Raft bei dem Versuch, sich in einer stinkenden Toilette zu verstecken. Raft bot ihm zehn Dollar an, damit er vergesse, ihn gesehen zu haben. Sie einigten sich auf zwanzig. Lily Robson kämpfte in den Armen einer massigen Polizistin. »Hör auf mich zu begrabschen, du Scheißlesbe«, kreischte Lily Robson.

»Warten Sie hier«, sagte Singer zu Mrs. Parker und eilte davon, um Lily Robson beizustehen.

Singer sagte etwas zu der Polizistin, die erwiderte: »Wer sagt das?«

»Ich sage das«, gab Singer barsch zurück, während er ihr seine Dienstplakette zeigte. Die Frau hörte nicht auf zu geifern, so daß Singer nahe daran war, ihr eine reinzuhauen, was eine Degradierung zum Streifendienst im finstersten Staten Island bedeutet hätte.

»Donnerwetter, Kumpel, danke!« rief Lily Robson, während Singer jetzt sie und Mrs. Parker durch eine Hintertür vorwärtstrieb.

»Sie kennen sich hier ja bestens aus!« rief Mrs. Parker voller Bewunderung.

»Ich weiß nicht, wieviel dutzendmal wir in dieser Kneipe schon eine Razzia gemacht haben, auch wenn sie immer anders heißt«, sagte Singer zu ihr. »Hier entlang. Links herum.« Die Gasse führte sie auf die Siebenundfünfzigste Straße West.

»Oh, wie schön«, verkündete Mrs. Parker, »ich wohne gleich am Ende der Straße. Wer möchte noch einen Schlummertrunk?«

Woollcott lehnte atemlos keuchend an einem Schaufenster. Ziegfeld scheuchte Charlotte Royce in ein Taxi, und sie rasten davon. Singer bot der halbnackten Lily Robson sein Jackett an, aber sie begnügte sich mit einer Leihgabe von fünf Dollar und einem Taxi. Van Weber sagte zu Singer und Woollcott: »Ich werde Mrs. Parker nach Haus begleiten.« Mrs. Parker hakte sich glücklich in den Arm ein, den er ihr bot, wünschte Woollcott und Singer über die Schulter eine gute Nacht, und versprach, sich morgen abend bei ihnen zu melden. Dann fragte sie sich, ob Mr. Van Weber ihre Gastfreundschaft für den Rest der Nacht in Anspruch nehmen wollte. Falls ja, würde er sie bekommen.

Texas Guinan war den Beamten entkommen. Sie saß am Schreibtisch in ihrem Büro über dem Club, das durch eine geheime Treppe zu erreichen war, und brüllte ihren verschlafenen Anwalt wütend durchs Telefon an, er möge gefälligst seinen fetten Hintern Richtung Downtown schieben und ihre Mädchen heraushauen. Fünf Minuten später hatte sie das Gehör eines sehr verschlafenen Polizeidezernenten gefunden, dem sie in einer Sprache, die selbst einem Hafenarbeiter die Schamesröte ins Gesicht getrieben hätte, auseinandersetzte, daß sie eine Rückerstattung all der Tausender erwartete, die sie ihm und seinen Häschern unter dem Tisch zugeschoben hatte, um ihr letztes Unternehmen razziafrei zu halten. Er wehrte sich mit zahlreichen Entschuldigungen und Erklärungen, behauptete, von dem ganzen Schlamassel völlig überrascht worden zu sein, und versicherte ihr, daß sie morgen abend wieder neu eröffnen könne.

»Das Lokal liegt in Trümmern!« schrie sie ins Telefon. »Ihre Gorillas sind mit Äxten und Brechstangen über uns hergefallen!«

Der Dezernent versicherte ihr, daß als erstes morgen früh eine Arbeitstruppe vom Polizeirevier bei ihr antreten würde.

»Das möchte ich auch stark hoffen!« drohte Guinan, während sie den Hörer aufknallte. Sie stolzierte die Treppe hinunter, um eine Bestandsaufnahme des angerichteten Schadens vorzunehmen, als sie im Flur hinter der Bühne George Raft sah, wie er sich aus der Toilette herausschlich. »Du mieses kleines Arschloch!« brüllte sie; sie stürzte sich auf ihn, riß ihn an den Haaren und zerkratzte ihm sein Gesicht.

»Hör auf damit, Tex, hör auf«, schrie Raft und versuchte, sich vor ernsterem Schaden zu bewahren.

»Hab ich dir nicht gesagt, du sollst die Finger von Lacey Van Weber lassen? Er kann deinen Anblick nicht ertragen!«

»Wie kannst du nur so einen Haufen Scheiße erzählen! Wir sind alte Kumpel!«

»Ihr seid so alte Kumpel, daß er mich ermahnt hat, dich ja von ihm fernzuhalten!«

»Ach ja? Und wieso hat er mich auf seine Fete eingeladen?«

»Du bist in seine Fete *reingeplatzt*, du aufdringlicher ungarischer Gigolo! Du hast Valentino und Mercury mitgenommen und bist reingeplatzt, weil du wußtest, daß man dir mit Valentino im Schlepptau nicht die Tür weisen würde! Du hast ja gesehen, was daraus geworden ist!«

»Konnte ich ahnen, daß Horathy auch da sein würde? Hör auf, mich zu kratzen, du Scheißhure, sonst zerschlag ich dir deinen beschissenen Unterkiefer!« Es gelang ihm, sie an den Handgelenken zu packen, aber ihre Beine hatte er damit nicht im Griff. Ihre ungestüme Wut ließ einfach nicht nach. Sie trat ihn ans Schienbein und versuchte, ihr Knie in seine Leistengegend zu stoßen.

»Du widerlicher kleiner ungarischer Schleimer, für dich ist hier Schluß, hast du mich verstanden? *Schluß!*«

Sid Curley flehte mit den Augen. Mit seinem Mund konnte er nicht flehen, weil der fest mit Klebeband versiegelt war. Seine Hände waren fest hinter seinem Rücken gefesselt, und seine Füße waren feucht. Zwei Herren zweifelhaften Ursprungs drückten sie kräftig in einen Eimer fest werdenden Zements. Der eine hatte eine Messernarbe auf seiner rechten Wange, die vom Ohr bis zum Mund verlief. In diesem Mund hing eine kalte Zigarre. Sein Griff auf Sid Curleys linkes Bein war wie ein eiserner Schraubstock. Der Mann, der Curleys rechtes Bein festhielt, war kahl, was auf eine Metallplatte in seinem Kopf zurückzuführen war, einem Andenken aus dem letzten Krieg. Ihm fehlte ein Teil seines rechten Ohres, und obgleich er noch nicht dreißig war, besaß er ein komplettes Gebiß schlecht sitzender falscher Zähne. Sid Curley fing wieder an, sich zu winden. Er wand sich, seitdem die beiden Killer ihn in seiner Pension in der Eleventh Avenue nahe der Dreiundvierzigsten Straße, in bequemer Reichweite des Times Square und, tragischerweise für Sid Curley, des Hudson River, aufgegriffen hatten. Ein äthergetränktes Tuch hatte dafür gesorgt, daß sich Curley im Flur vor seinem Zimmer unauffällig benahm, und die beiden Killer waren in der Lage gewesen, ihn ohne Zwischenfälle in ihren wartenden Sedan zu tragen. Die Wirtin der Pension, eine ehemalige Taschendiebin, war an den Anblick von Körpern gewöhnt, die mehr oder minder lebendig aus ihrem Haus entfernt wurden. Es tat ihr ziemlich leid, Curley entschwinden zu sehen. Sie mochte den kleinen Mann. Er hielt sein Zimmer in Ordnung und sich selbst nicht weniger als adrett. Er zahlte pünktlich jeden Freitagmorgen seine Miete, und mitunter wickelte er eine frisch erstandene Schönheitsrose in die Geldscheine ein. Jedoch hatte die Dame schon bald erkannt, daß das Schicksal Curley früher oder später einholen und ihn zur Kasse bitten würde. Curley wußte das auch, aber genauso wie andere bezahlte Informanten bildete er sich ein, daß er derjenige sei, der verschont bleiben würde.

Als der durch den Äther herbeigeführte Nebel sich verzogen hatte, war Sid Curleys Mund zugeklebt. Seine Hände waren hinter seinem Rücken und seine Füße an den Stuhl gefesselt, auf dem er saß. Die beiden finsteren Rächer rührten inzwischen den Zement in einer Schüssel an, die der Kapitän der Müllschute, die soeben auf die Mitte des Flusses zusteuerte, zuvorkommenderweise bereitgestellt hatte. Als der Zement eine Konsistenz erreicht hatte, die den Killer mit der Stahlplatte zufriedenstellte, band man Curleys Füße los. Er kämpfte heftig dagegen an, daß man seine Füße in die tödliche Mischung eintauchte, aber es nützte ihm gar nichts. Er erntete nur einen Kinnhaken, der ihn wieder in Ohnmacht fallen ließ, doch diesmal hatte er einen eher süßen Traum, er sah seine Mutter und seine Schwester, wie sie ihn am Bahnhof von Baronowitsch verabschiedeten, einem kleinen Schtetl an der russisch-polnischen Grenze.

»Ich lasse euch sehr bald nachkommen!« rief er ihnen auf polnisch zu, »sobald ich meine ersten hundert Dollar in Amerika verdient habe!«

Er hatte viele Hunderte von Dollar in Amerika verdient, aber es irgendwie geschafft, sein Versprechen zu verdrängen, das er ihnen vor zwanzig Jahren als gerade vierzehnjähriger Bursche gegeben hatte. Wie er mit schmerzendem Unterkiefer und ohne Zukunft erwachte, erinnerte er sich an seinen Traum und dachte sehnsüchtig an die winzige Mutter und die winzige Schwester, die immer noch in der alten Heimat dahinsiechten, vorausgesetzt, daß sie nicht einem Pogrom zum Opfer gefallen waren. Sie schrieben nie, weil man ihnen das Schreiben nie beigebracht hatte. *Schnief, schnief, schnief.*

Das Boot kam zum Stillstand. Um sie herum war es höllisch finster. Mit Hilfe des Kapitäns wurde Sid Curley aus seinem Stuhl herausgehoben und langsam über die Seite des Bootes hinabgelassen. Ein Schrei stieg in seiner Kehle auf, konnte sich jedoch keinen Weg nach draußen bahnen. Die Zementschüssel trug Sid Curley äußerst langsam auf den Grund des Hudson River. Er starb nicht unmittelbar. Er hielt die Luft an und hoffte auf ein Wunder, er verdrehte die Augen verzweifelt in alle Richtungen auf der Suche nach einem Taucher, der ihm mit einem Messer zwischen den Zähnen zur Hilfe eilen würde, wie er es bei Douglas Fairbanks immer im Kino gesehen hatte. Was er statt dessen zu seiner Überraschung und beinahe Freude erblickte, waren einige alte Freunde, die er in letzter Zeit nicht mehr in der Stadt gesehen hatte. Zu seiner Linken befand sich Looey der Penner, der Arnold Rothstein, den gefährlichen Gangster, einmal zu oft verpfiffen hatte. Und direkt vor ihm war Polizeileutnant Barney Fermelli, der Schmiergeld angenommen und hinterher den Spender gelinkt hatte.

Schnief, schnief, schnief. Sid Curley fühlte sich wohler. Er befand sich unter Freunden. Er würde nicht allein sterben.

Van Weber begleitete Mrs. Parker bis zu ihrer Tür, wo sie unter den neugierigen Augen des Nachtportiers ihre Vorsicht über Bord warf und ihn auf einen Schlummertrunk nach oben einlud. Er bedankte sich für das Angebot, lehnte es aber ab, ohne ihren Charme oder ihre Gesellschaft oder was immer es war, was sich hinter der Einladung verbarg, ja vielleicht verkroch, zurückzuweisen. Statt dessen machte er sie schlicht darauf aufmerksam, daß sie am nächsten Morgen um elf eine Verabredung hätten. Bis dahin blieben ihnen nur noch sechs Stunden, und er brauche etwas Schlaf. Mrs. Parker zeigte sich verständnisvoll. Es gab ja immer noch morgen. Schamlos bot sie ihm ihren Mund, und zärtlich nahm er ihn an. Es fühlte sich an, als hätte ein fliegender, oder aber flüchtiger Kolibri ihre Lippen gestreift. Sie sah ihm zu, wie er in ein Taxi stieg und davonfuhr.

Der Liftboy der Nachtschicht erwachte, nachdem sie ihn kräftig gerüttelt hatte, und fuhr sie, von einigem übelriechenden Gegähne begleitet, zu ihrem Stockwerk hinauf. Während sie noch mit Schlüssel und Schlüsselloch kämpfte, konnte sie das Telefon in ihrer Wohnung klingeln hören. Wer immer am anderen Ende der Leitung war, hatte nicht die Absicht aufzugeben, ohne sie zu erreichen. Atemlos keuchte sie in die Sprechmuschel: »Ja?«

Es war Jacob Singer. Er war sicher, daß er sie nicht geweckt hatte, da sie sich vor kaum mehr als zehn Minuten verabschiedet hatten. Mrs. Parker erklärte ihm, sie sei eben erst nach Hause gekommen und außer Atem, weil sie eine Auseinandersetzung mit ihrem Schlüsselloch gehabt hätte. Sie setzte sich auf den Stuhl neben dem Schreibtisch, auf dem das Telefon stand. Seine nächste Frage ahnend, antwortete sie: »Ja, wir können frei sprechen. Ich bin allein.« Singer hatte diskreterweise nicht unterstellt, daß Van Weber bei ihr sein könnte.

»Ich wollte Sie noch heute abend erwischen, bevor uns morgen etwas dazwischenkommt.« Er saß mit einem warmen Bier in der Hand auf dem Fußboden seines winzigen Wohnzimmers, den Hörer zwischen Ohr und Schulter geklemmt. »Ich möchte, daß Sie da morgen bei Ihrem Ausflug mit Van Weber äußerste Vorsicht walten lassen. Ich meine, er wich heute abend ziemlich geschickt aus, als ihn Freund Woollcott auf seine Verbindungen zur Unterwelt festnageln wollte.«

»Ja, ich war ziemlich stolz auf Woollcott. Ich sag's ihm morgen abend, wenn ich wieder hier bin.«

»Ich wiederhole, versuchen Sie nicht, die Heldin zu spielen. Ich bin froh, daß Sie diese Chance erhalten, mit ihm allein zu sein, weil wir jedes Stückchen Information brauchen, das Sie aus dem Kerl herausholen können. Ich bin ziemlich überzeugt, daß zwischen ihm und diesen Morden ein Zusammenhang besteht.« Ich auch, dachte Mrs. Parker, aber ich sag es nicht; ich will mir den morgigen Tag nicht verderben. Schließlich bin ich selbstmörderisch veranlagt, und was für eine göttliche Art zu sterben. »Ich möchte morgen spätestens um sechs von Ihnen hören.«

»Warum?«

»Weil ich dann weiß, daß Sie sicher in die Stadt zurückgekehrt sind.«

Mrs. Parker richtete sich auf. »Hören Sie, Mr. Singer, Sie glauben doch wohl nicht, daß mir morgen irgend etwas zustoßen könnte, oder? Jeder am Tisch hat mitbekommen, wie er mich bat, den Tag mit ihm zu verbringen.«

»Sie könnten einen plötzlich Unfall haben.«

»Das hoffe ich nicht.«

»Das hoffe ich auch nicht. Aber er weiß, daß Sie und Woollcott hinter Informationen her sind, und daß Sie sie langsam bekommen. Er weiß, daß Sie verabredet sind, um mit Charlotte Royce zu reden. Er weiß, daß Sie gemerkt haben, wie Raft sich beinahe verquatscht und den Namen von jemandem genannt hätte, mit dem Raft und Valentino in ihrer Jugend herumgehurt haben, einen Namen, von dem ich stark den Eindruck hatte, daß Van Weber ihn nicht wiederholt haben wollte.«

»Und er stimmte zu, daß Hollywood ein sehr grausamer Ort ist.«

»Das ist mir nicht entgangen.«

»Das hätte ich auch nicht angenommen, Mr. Singer. Ich muß feststellen, daß Ihnen nicht sehr viel entgeht.«

»Ich bemühe mich. Aber ich wiederhole, Mrs. Parker, ich möchte nicht, daß Sie zu weit hinausschwimmen.«

»Ich bin eine sehr gute Schwimmerin, Mr. Singer. Und ich werde dafür sorgen, daß wir bis um sechs Uhr wieder in der Stadt sind. Und Mr. Singer . . .«

»Hhm?«

»Schlafen Sie gut, und süße Träume.« Sie legte auf, ging ins Badezimmer und ließ Wasser einlaufen. Langsam zog sie sich aus, tief in beunruhigende Gedanken versunken. Sie schüttete Badesalz ins Wasser und verrührte es, wobei sie einen kleinen Strudel aufwirbelte. Und in diesem Strudel sah sie Lacey Van Webers Gesicht, das sie anlächelte. Doch konnte das Lächeln nicht die Augen kaschieren, die Augen, die sie bei jeder Gelegenheit im Club von Texas Guinan beobachtet hatten.

Blau. Kalt. Und grausam.

Zehntes Kapitel

Der Mann benutzte seinen Dietrich, um sich in George Rafts Hotelzimmer Einlaß zu verschaffen. Plötzlich aus dem Nichts aufzutauchen, war seine Spezialität. Ungesehen hatte er das Hotel betreten, ungesehen war er die Hintertreppe hinaufgegangen und ungesehen hatte er den Flur zu Rafts Zimmer überquert. Es war leicht wie Mord. Vor weniger als einer Stunde hatte er den Auftrag bekommen. Er war es gewöhnt, daß man ihm zu ungewöhnlichster Stunde ungewöhnliche Arbeiten zuwies. Sechs Uhr morgens war eine ausgezeichnete Stunde für einen Überraschungsbesuch. Er hatte sogar noch genügend Zeit, sich zwischendurch in einer Cafeteria am Times Square, die rund um die Uhr geöffnet hatte, Kaffee und Krapfen zu bestellen. Die Doughnuts waren frisch und knusprig, die erste Lieferung des Tages. Der kochend heiße Kaffee duftete aromatisch; es war die Hausmarke. Es machte nichts, wenn man ihn erkannte. In dieser Gegend war sein Gesicht zu jeder Tages- und Nachtzeit ein gewohnter Anblick. Das war eine der Spielregeln, bloß keine Überraschungen.

Er sah sich voller Abscheu in dem bescheidenen Quartier um. Rafts Smokingjacke lag neben der Zentralheizung auf dem Boden. Die Hosen hingen über einem Stuhl, die Unterwäsche war in der Mitte des Fußbodens neben einem Haufen aus Tanzschuhen und einer schwarzen Strumpfhose fallengelassen worden. Raft lag auf dem Bett, er war nackt. Beide Fenster standen offen, und der Mann konnte hören, wie auf der Straße die Mülltonnen geleert wurden, was ihn daran erinnerte, daß es Arbeit für ihn zu tun gab. Ein elektrischer Ventilator stand auf einem der Fensterbretter. Er war auf Raft gerichtet und gab ein schwaches Summen von sich. Doch die Hitze konnte er nur wenig lindern. Das Kopfkissen tränkten Brillantinelachen aus Rafts Haar. Auf seinem Gesicht waren Kratzer und an den Knien blaue Flecken zu sehen. Der Mann hob ein Bein an und trat Raft sanft in die Seite. Er zeigte keine Reaktion. Er trat noch einmal, mit verstärktem Druck. Ein Grunzer von Raft. Der dritte Tritt hatte schließlich Erfolg. Raft riß die Augen weit auf. Der Tänzer blickte fassungslos im Raum umher, bis die fleischigen Züge des Mannes Konturen annahmen. Raft war verwirrt und, als er den Mann schließlich erkannt hatte, verängstigt. Der Mann ließ seine massige rechte Faust in Rafts Rippen krachen. Rafts Aufheulen wurde jäh unterbrochen, als der Mann ihm ein Kissen aufs Gesicht drückte.

»Du redest zuviel«, sagte der Mann. Raft blieb regungslos und schwer atmend liegen, in dem Bewußtsein, daß der Mann nicht gekommen war, um ihn zu töten. Seine Rippen schmerzten, und sein Herz hämmerte, und er wußte, daß er sich nicht wehren durfte. Er wartete, daß der Mann den nächsten Schritt machen würde. »Du redest zuviel über deinen Freund Rudy und deine anderen Tanzkumpels. Du bist zu ehrgeizig, Georgie. Du drängelst dich rein, wo man dich nicht haben will, und wo man dich nicht braucht. Man hat dir deine Belohnung versprochen. Du wirst ein großer Filmstar werden. Wir brauchen da drüben einen großen Filmstar, von den anderen sind zu viele tot oder kurz davor. Du mußt geduldig sein, Georgie. Erfolg braucht seine Zeit. Nur noch ein paar Jahre vielleicht, und dann *wumms.*« Wieder versetzte ihm der Mann einen Hieb in die Rippen. Raft stöhnte. »Aber du mußt geduldig sein, verstehst du? Nächstes Mal, Georgie, brechen wir dir die Beine. Und jetzt bleib schön da liegen, bis ich hier weg bin. Schlaf wieder ein. Es ist noch früh.« Der Druck auf das Kissen nahm ab. Er hörte den Mann sagen: »Mannomann, was bist du für ein unerfreulicher Anblick.« Dann öffnete sich die Tür und schloß sich wieder leise. Raft schmiß das Kissen auf die Erde und richtete sich mühsam im Bett auf, sein Gesicht war schmerzverzerrt. Er lehnte sich gegen das Kopfende aus Messing und atmete mehrmals tief durch. Dann griff er nach der Zigarettenpackung und der Streichholzschachtel, die auf seinem Nachttisch lagen. Nach dem ersten Zug heulte er los wie ein kleines Kind. O Scheiße, dachte er, o Scheiße, ich gehöre ihnen ein Leben lang. Ich gehöre ihnen in alle Ewigkeit. O Scheiße, laß es sich wenigstens lohnen.

Neysa McMein wollte ihren Ohren nicht trauen. Es war zehn Uhr früh, und Dorothy Parker kratzte Einlaß heischend an der Tür. Neysa fragte ihren Ehemann, der am Küchentisch saß und in einen Teller mit Rührei und Schinken vertieft war: »Hörst du, was ich höre?«

»Wir sind im selben Raum.«

»Aber Dottie, um zehn Uhr morgens?« Neysa schloß die Tür auf, und Mrs. Parker schwebte herein, eine Vision aus leichtem grünem Chiffon und einem gelben Strohhut, den sie lässig an einem Band hielt. Ihre rechte Hand umklammerte eine kanarienvogelgelbe Handtasche; sie erinnerte sich, sie in Spanien bei einem bemitleidenswerten Straßenjungen erstanden zu haben, dessen Arme mit Krätze übersät waren.

»Bin ich zu früh dran für euch?«

»Nein, du bist zu früh dran für *dich*«, erwiderte Neysa.

»Darf ich eine Tasse Kaffee schnorren?«

»Du kannst sogar Eier mit Speck bekommen, wenn du deine Trümpfe richtig ausspielst«, antwortete Neysa, während sie siedendheißen Kaffee in einen Keramikbecher einschenkte. Mrs. Parker setzte sich an den Küchentisch und lächelte Baragwanath an, den sie einmal als einen Mann beschrieben hatte, der sich in dem Versuch durchs Leben kämpfte, die Notwendigkeit seiner Existenz zu beweisen.

»Hattest du eine gute Nacht, John?«

»Nein«, antwortete er durch einen Mund voll Ei. »Ich hatte eine sehr schlechte Nacht.«

»Du hast immer eine sehr schlechte Nacht«, erinnerte ihn Mrs. Parker.

»Das stimmt. Meine letzte gute Nacht war die Nacht vor dem Tag, an dem ich Marjorie heiratete.« Marjorie war Neysas richtiger Name. Sie verabscheute ihn.

»Und wie war deine Nacht, Neysa?« Neysa hatte den Kaffee und eine Tasse für sich selbst mitgebracht und setzte sich neben Mrs. Parker.

»Ich bin noch gar nicht zu Bett gegangen«, antwortete die Künstlerin fröhlich. »Ich war die ganze Nacht auf und habe Gin in der Badewanne hergestellt. Die ganze Bande kommt heute abend zu uns. Du brauchst natürlich keine offizielle Einladung.« Sie nahm einen Schluck Kaffee. »Alle Achtung, das ist wirklich gutes Zeug.« Mrs. Parker stimmte ihr zu. »Das macht der Armagnac. Und zwar echter, nicht so ein Terpentin aus der South Bronx.«

»Welch Luxus!« rief Mrs. Parker.

»Spann uns nicht länger auf die Folter, Parker. Erzähl uns von *deiner* Nacht.« Neysa McMein kannte die Dame gut. Sie war ihre beste Freundin, eine der wenigen Frauen, denen Mrs. Parker erlaubte, eine gute Freundin zu sein. Da sie selbst Schriftstellerin, die andere eine begabte Künstlerin und Illustratorin war, konnte es zwischen ihnen keine Konkurrenz geben. Sie hatten einen völlig entgegengesetzten Geschmack, was Männer betraf, wobei Mrs. McMein zum sanften Typus neigte, wie ihr eigener Mann einer war, in dem Mrs. Parker nichts als eine formlose Null sah. Mrs. Parkers Geschmack tendierte mehr zum Neurotischen oder Unerreichbaren, zu Männern mit schwachem Charakter oder starken Ehefrauen.

Mrs. Parker war hocherfreut, daß Neysa so schnell auf ihr Stichwort reagierte, und übernahm begierig das Rampenlicht. Ihre Litanei begann mit *No Foolin'* und endete mit dem zarten Gutenachtkuß, mit dem Lacey Van Weber sie beehrt hatte. Die Litanei dauerte drei Tassen Kaffee pro Person. Währenddessen hatte Mr. Baragwanath die Wohnung unbemerkt verlassen – sein üblicher Abgang –, und Mrs. Parker standen noch fünfzehn Minuten bis Van Webers Ankunft zur Verfügung. »Was hältst du davon?« fragte Mrs. Parker.

»Ich finde es alles so rasend hinreißend und spannend«, sagte Neysa, aber es entging Mrs. Parker nicht, daß sie das nicht wirklich dachte.

Mrs. Parker sprach es ohne Umschweife aus. »Was hältst du ehrlich davon?«

»Ich glaube, du bist auf dem falschen Dampfer, und auf dem falschen Kurs. Ich habe deinen Lacey Van Weber noch nie gesehen, aber Gott ist mein Zeuge, daß ich alles über ihn bei Winchell und in den anderen Dreckblättern, die ich so unwiderstehlich finde, gelesen habe. Ich finde, Texas Guinan ist abartig, und was ermordete Huren betrifft, nun meine Liebe«, fuhr Neysa fort, während sie einen Fingernagel mit einer hölzernen Nagelfeile bearbeitete, »Prostitution ist nicht gerade eine Besonderheit der Neuzeit. Genausowenig ist Mord, um jemanden zum Schweigen zu bringen, etwas Neues, aber wenn er sich auf deiner Türschwelle abspielt, bin ich ganz dafür, das Gesundheitsministerium anzurufen oder sich eine neue Wohnung zu suchen. Du und Alec, ihr scheint mir nicht gerade Musterdetektive zu sein. Holmes und Watson seid ihr jedenfalls nicht, zumal kein Conan Doyle herumsteht, der euch Regieanweisungen erteilt.«

»Glaube mir, Alec war gestern abend schrecklich beeindrukkend.«

»Im Leichenschauhaus aufgebahrt wird er noch schrecklicher beeindruckend sein.« Sie verfolgte den Gedanken, während sich die Leinwand vor ihrem geistigen Auge weiter ausbreitete. »Und Ring Lardner organisiert am Fuße des Katafalks ein Würfelspiel. Dottie, ob du nun meinen Rat hören willst oder nicht, hier ist er. Zieh den Kopf aus der Schlinge, bevor sie dir jemand um den Hals legt. Jake Singer sollte sich was schämen, dich in grünem Chiffon in die Höhle des Löwen zu schicken!«

»Gefällt dir das Kleid nicht?«

»Es ist absolut hinreißend.« Neysa verkniff sich die Bemerkung, daß es einem von D. W. Griffiths Unschuldsengeln noch besser stehen würde, aber ach, wozu. »Willst du auf mich hören?«

»Natürlich will ich nicht auf dich hören.« Sie war dabei, ihre grünen Chiffonarmbänder zurechtzurücken, die sie vorher in aller Eile für ihre Handgelenke zusammengenäht hatte. Neysa erkannte den Tonfall in ihrer Stimme. Das letzte Mal hatte sie ihn gehört, als sie versuchte, Mrs. Parker davon abzubringen, im Springbrunnen des Plaza Hotels herumzuwaten. »Was ich vielleicht mache, ich lade Mr. Van Weber heute abend auf deine Soirée ein. Wäre das *au fait*?«

»Das wäre ganz fabelhaft. Und Dottie« – Mrs. Parker war schon an der Tür, in der Absicht abzutreten –, »zier dich nicht, um Hilfe zu schreien, sollte der Fall eintreten.«

»Ich küsse dich inbrünstig«, sagte Mrs. Parker, dann schloß sie die Tür hinter sich.

»Ich küsse dich inbrünstig, auch das noch«, brummte Neysa, während sie sich auf den Weg ins Badezimmer machte, um den Gin zu panschen.

Als sie wieder in ihrer Wohnung war, rief Mrs. Parker Woollcott an. »Habe ich dich geweckt?«

»Ich habe die ganze Nacht kein Auge zugemacht«, log Woollcott, während er seine Zähne in seine dritte Prune Danish hieb. »Ich habe nämlich darüber nachgedacht, ob wir in dieser Sache nicht den Mund zu voll genommen haben.« Er kaute mit Verve.

Mrs. Parker klang gekränkt, blickte aber entschlossen drein. »Alec, du kannst jetzt unmöglich Jacob Singer im Stich lassen!« Die Erwähnung von Jacob Singer machte Woollcott weich. Die Bewegungen seines Kiefers verringerten sich, und er sah aus, als ob er einem Kastratatenchor bei der Aufführung eines Haydn-Oratoriums lauschte.

»Selbstverständlich kneife ich nicht«, brauste Woollcott auf, während er sich fünf Löffel Zucker in seinen Tee schüttete, »aber schließlich ist das nicht gerade ein Pfadfinderausflug, worauf wir uns hier eingelassen haben. Hast du nicht bemerkt, daß gestern abend überall Gefahren auf uns lauerten?«

»Ja, war es nicht aufregend?« Sie blickte aus dem Fenster und verfolgte den Verkehr unten auf der Straße. Vor ihrem Haus wartete noch kein Wagen. Sie hatte noch Zeit. Er würde sie nicht enttäuschen. Nicht Lacey Van Weber.

»Zugegeben, es hat mein Blut mehr in Wallung gebracht als

ein gutes Mau-Mau-Blatt. Ich schätze, du bist heute morgen ganz kleines Mädchen und verführerisch?«

»Alec, es gibt etwas, was ich dir noch sagen möchte.«

»Und das wäre?«

»Ich fand dich gestern abend bei Texas Guinan einfach wunderbar.«

Woollcott wand sich unbehaglich. Ein Kompliment von Parker zog in den meisten Fällen ein herabsausendes Fallbeil nach sich.

»Als du Ziegfeld und Mr. Van Weber gefragt hast, ob sie Verbindungen zur Unterwelt hätten, wollte ich über den Tisch reichen und dir ein Verdienstkreuz an die Brust heften. Natürlich trage ich die Dinger nicht mit mir herum, aber der Gedanke war aufrichtig.«

»Und großzügig«, räumte Woollcott ein, der jetzt vor einem Spiegel posierte, der an der Wand neben seinem Frühstückstisch hing. Glücklicherweise waren Harold Ross und seine Frau Jane Grant, mit denen er sich das Haus teilte, schon vor geraumer Zeit gegangen, Ross in sein Büro beim *New Yorker*, seine Frau zu einem Ehefrauenklatsch oder Einkaufsbummel am Vormittag.

»Alec, du bist so ziemlich meine liebste literarische Figur. Oje, das ist die Haustürklingel. Ich sehe dich heute abend bei Neysa.« Sie legte auf.

Woollcott gellte in das tote Telefon: »Wieso, was ist heute abend bei Neysa los?« Er wurde mit seiner bebenden Entrüstung alleingelassen.

Lacey Van Weber stand neben seinem Pierce-Arrow Cabriolet auf dem Gehsteig. Er trug einen blauen Blazer, weiße Sporthosen, eine Ascot-Krawatte, die kunstvoll um seinen Hals geschlungen war, und einen gelben Strohhut. »Was sehen Sie wundervoll aus«, sagte er, als Mrs. Parker aus dem Haus geeilt kam.

»Und pünktlich noch dazu. Ich komme selten zur rechten Zeit, aber Sie, nicht wahr? Sie sehen frisch aus wie ein Maiglöckchen.« Er hielt ihr die Wagentür auf. »Erstaunlicherweise habe ich keinen Kater. Haben Sie einen Kater?«

»Ich habe nie einen Kater«, womit das Thema Kater ein für allemal abgehakt war. Er fädelte sich in den Verkehr ein und nahm Kurs auf die Brücke an der Neunundfünfzigsten Straße.

»Was für eine aufregende Nacht«, sagte Mrs. Parker. »Aber andererseits sind Ihre Nächte wohl immer ziemlich aufregend, oder?«

»Ich bin noch nie in eine Razzia geraten.«

O wie schön, dachte Mrs. Parker, habe ich dir endlich einmal was voraus. »Ich schon. Auf die Weise habe ich Jacob Singer kennengelernt.« Sie erzählte ihm von Singers Rettungsaktion. »Hat Ihnen Mr. Singer gefallen?«

»Der alte Junge ist ganz in Ordnung, nehm ich an. Ich fühle mich in Gegenwart von Gesetzeshütern immer ein bißchen unbeholfen.« Sie fragte sich, wie oft er schon die Gegenwart von Gesetzeshütern erlebt hatte, unbeholfen oder nicht. »Ich bin mir nie ganz sicher, ob ich die richtigen Sachen sage oder einen falschen Schritt mache.«

»So was kümmert mich nicht. Ich bin immer ich.«

»Und sehr bezaubernd obendrein«, sagte er, ohne den Verkehr aus den Augen zu lassen. »Haben wir nicht ein Glück mit dem Wetter? Ich habe in East Cove angerufen, bevor ich Sie abgeholt habe. Das Wetter ist ganz fantastisch draußen. Wenn es so bleibt, können wir eine Spritztour in meiner Jenny machen.«

»Was ist Ihre Jenny?«

»Mein Flugzeug.« Mrs. Parker erbleichte. Sie hatte wahnsinnige Höhenangst.

»Wußten Sie, daß ich eine Pilotenlizenz habe?«

»Ich erinnere mich, etwas Derartiges im *Graphic* gelesen zu haben«, sagte Mrs. Parker mit einer Stimme, der die Kräfte schwanden.

»Ich fliege rasend gern Jennies. Sie sind Restposten aus dem Krieg, bekannt als JN-4D. Heutzutage werden sie fast nur noch von Scheunenstürmern benutzt.«

»Meinen Sie diese Sensationskünstler und Leute, die sich an den Beinen von Strickleitern herabhängen lassen, und andere ähnlich Geistesgestörte?«

Van Weber lachte. »Sie können ganz beruhigt sein. Ich bin schon mal mit einer Jenny quer über den Kontinent geflogen.«

Quer über den Kontinent, dachte Mrs. Parker; langsam kommen wir zur Sache. »Verbringen Sie viel Zeit in Hollywood?«

»Wie kommen Sie darauf, ich verbrächte viel Zeit in Hollywood?«

»Sie sagten doch eben, Sie seien quer über den Kontinent geflogen.«

»Ich könnte ja auch nach San Francisco geflogen sein.«

Mrs. Parker fing sich. »Verbringen Sie viel Zeit in San Francisco?«

»Ich verbringe viel Zeit auf dem ganzen Globus. Ist der Wind zu stark für Sie? Soll ich die Fenster hochmachen?«

»O nein. Ich liebe den Wind in meinen Haaren. Das hat so was von Faith Baldwin.«

Woollcott hatte George S. Kaufman am anderen Ende der Leitung festgenagelt und beeindruckte ihn mit der Neuigkeit, daß er, Woollcott, und Mrs. Parker sich seinetwegen den ungeheuerlichsten Gefahren aussetzten. »Was höre ich da für scheußliche Geräusche, Kaufman?«

»Eva LeGallienne ist gerade bei uns; sie möchte, daß ich etwas für ihre Städtischen Bühnen schreibe. Im Moment rennt sie gerade mit der kleinen Annie huckepack durchs Zimmer.«

»Wie ekelhaft.«

»Du weißt gar nicht, Alec, wie dankbar ich euch für alles bin, was ihr tut.«

»Ich weiß es wirklich nicht, da ich nie was von dir höre.«

»Sei nicht ungerecht. Ich habe gestern mehrmals versucht, dich und Dottie zu erreichen, nachdem ich erfahren habe, daß Vera DeLee ermordet wurde, aber keiner von euch beiden war irgendwo aufzutreiben.«

»Na gut, dafür kannst du mich heute verdammt noch mal zum Lunch einladen, und komm ja nicht mit der faulen Ausrede, du hättest eine Verabredung, Bea Lillie zu vögeln, oder eine andere von deinem Schnellfick-Bereitschaftsdienst.«

»Ich treffe dich um eins im Algonquin.«

»Bring einen Haufen Moneten mit. Ich bin sehr hungrig.« Woollcott hängte seufzend ein und schnalzte beim Gedanken an das Mittagessen die Lippen. Er blickte zur Wanduhr hinüber. Es war fast zwölf Uhr. Er hätte gern gewußt, wie es Mrs. Parker inzwischen erging.

»Dort ist es«, sagte Lacey Van Weber, als sein Anwesen auftauchte. »Es liegt gleich hinter der Anhöhe da vorn.«

»O Gott«, sagte Mrs. Parker, aufrichtig beeindruckt. »Das müssen ja Tausende von Morgen Land sein.«

»Ein völlig heruntergekommenes, verwahrlostes Gut, als ich es gekauft habe. Es hat ein Vermögen gekostet, das wiederherzurichten.«

»Aber das war es wert. So ein schnuckliges kleines Herrenhaus für ein gelegentliches Wochenende. Ich wette, das macht mehr Spaß, als in der Loge von Loews Kino herumzuknutschen.«

Sie fuhren durch ein schweres Eisenportal, das ihnen von einem Angestellten geöffnet wurde, der, wie Mrs. Parker später beharrlich beteuerte, seine Stirnlocke berührte, als sie vorbeifuhren. Die gepflegte, baumgesäumte Auffahrt zum Hauptgebäude erstreckte sich über eine Meile. Auf dem Weg dorthin erblickte Mrs. Parker Stallungen und einen Hangar, der wohl die vermaledeite Jenny beherbergte.

Mrs. Parker hatte sich nicht geirrt. »Dort zu Ihrer Rechten ist das Flugfeld; man kann den Hangar sehen. Links liegen die Ställe.«

»Züchten Sie Pferde?«

»Ich besitze ein paar ziemlich gute Tiere. Noch habe ich sie nicht bei Rennen laufen lassen, alles zu seiner Zeit.«

Das Hauptgebäude war drei Stockwerke hoch, mit Türmchen. Es war leuchtend blau gestrichen, und gelbe Läden rahmten die Fenster ein. »Wer hält all diese Zimmer in Ordnung?« fragte Mrs. Parker ehrfürchtig, die Hand auf die Brust gepreßt. Ihre Stimme war mehrere Oktaven höher als normal.

»Ach, ich habe Dutzende von Angestellten.«

»Woher wissen Sie, welcher welcher ist?«

»Das brauche ich nicht zu wissen. Ich habe einen Majordomus, der sich um sie kümmert.«

Eine halbe Stunde später war Mrs. Parker immer noch auf der großen Besichtigungstour. Er hatte sie durch makellos angelegte Reihengärten geführt, und sie hatte ehrerbietig den überdimensionalen Swimmingpool bewundert. Sein privates Hafenbecken verfügte über einen Kabinenkreuzer sowie über ein Motorboot, das in der Nähe vertäut lag. Ein kleines Stückchen weiter vorn stand ein imposanter Leuchtturm, der auf einer Landzunge errichtet worden war, die den Eingang zur Privatbucht des Anwesens überschaute und gleichzeitig absicherte. Als er sie schließlich zum Hauptgebäude zurückführte, fragte Van Weber: »Hungrig?«

»Ich verschmachte«, sagte sie, und meinte es ernst.

Selbstverständlich war das Interieur fürstlich ausgestattet und mit treffsicherem Geschmack eingerichtet. Mrs. Parker dachte wehmütig an ihr trauriges Einzimmer-Apartment und fragte sich, wie sie wohl nach dieser Erfahrung jemals wieder darin leben könnte. Van Weber, der den kurzen Marsch in den Speiseraum anführte, erläuterte: »Die Inneneinrichtung haben zum größten Teil Syrie Maugham und Elsie de Wolfe entworfen. Die Bilder sind mehr oder weniger eklektisch, finden Sie nicht auch?«

»O ja, das finde ich auch«, sagte Mrs. Parker, die einige Tintorettos, ein paar verstreute Van Goghs, den einen und den anderen eher scheuen und zurückhaltenden Van Dyck und das ziemlich prächtige Porträt eines Dandys aus dem 16. Jahrhundert erkannt hatte.

»Von wem ist das da?« fragte Mrs. Parker.

»Ach das, das hat ein unbekannter Meister gemalt. Möchten Sie sich jetzt vielleicht ein bißchen frisch machen?«

Jacob Singer sah unbehaglich aus. Al Cassidy meldete soeben, daß er bei ihrem vereinbarten Rendezvous über eine Stunde auf Sid Curley gewartet habe. Singer rief Curleys Vermieterin an, die ihn in vorsichtig gewählten Sätzen wissen ließ, daß Curley weder die Nacht zu Hause verbracht noch sich sonstwie gemeldet hätte; ein für Curley sehr merkwürdiges Verhalten. Singer verstand, was sie ihm damit sagen wollte. Er hatte schon vor langer Zeit gelernt, die verschlüsselten Aussagen von Vermieterinnen zwielichtiger Etablissements zu deuten. Er sagte zu Cassidy: »Sieht aus, als hätten sie Curley ausgemustert.«

»Scheiße.«

»Genau.«

»Was glaubst du?«

»Ich glaube, daß Mrs. Parker und Mr. Woollcott gewisse Leute ein bißchen nervös machen.«

»Das ist schlecht.«

»O nein, das ist gut.« Singer zündete sich eine Zigarette an und lehnte sich in seinem Drehstuhl zurück. Cassidy saß ihm gegenüber und wischte mit einem Taschentuch im Innern seines Stetsons herum. »Diese Leute fangen an, Fehler zu machen. Und wir bekommen unsere Chance. Irgend jemand wird es mit der Angst zu tun kriegen und angerannt kommen und uns um Hilfe anbetteln, und dann wird er reden. Das wird das Loch im Deich sein. Erst fängt das Wasser an durchzusickern, das Loch wird größer, und bald darauf kracht der ganze verfluchte Deich zusammen, und wir haben den ganzen miesen Verein am Schlafittchen. Was glaubst du, Al?«

»Sehr anschaulich. Wie wär's, wenn wir jemanden nach Sandwiches und Kaffee schicken? Ich hab seit heute früh nichts außer schwarzer Brühe und Doughnuts zu mir genommen.«

»Die Forelle ist ein Gedicht.« Mrs. Parker meinte es ehrlich, und die Aufrichtigkeit in ihrer Stimme reichte über den Tisch hinweg und knabberte zart an Van Webers Ohr.

»Noch etwas Wein?«

»Nur eine Idee.«

Der Lakai hinter Mrs. Parker schenkte Wein nach. Der Lakai hinter Van Weber wunderte sich, wie die Dame die Gräten aus ihrem Fisch bekam, ohne ihre Handschuhe auszuziehen. In der

Küche stand der Chefkoch mit verschränkten Armen und zitternder weißer Mütze und wartete bange, daß der Herr des Hauses ihm zu seiner Kunst gratulieren möge.

»Oje, ich fürchte, daß ich einfach nichts mehr essen kann. Es war alles zu fantastisch.«

Van Weber wandte sich einem Lakaien zu: »Meine Komplimente an den Chef. Sagen Sie ihm, daß er sich selbst übertroffen hat.«

Die Botschaft wurde dem Chefkoch überbracht, der sie an seinen Mitarbeiterstab weiterleitete und das Zeichen gab, ihr eigenes Mittagessen zu servieren, ein teures Filet Wellington, das mit importierten Artischockenherzen und Trüffeln abgerundet wurde. Für Van Weber bestand ein Festessen aus Fisch, Erbsen, Kartoffelbrei und Salat.

»Wir nehmen den Kaffee im Wintergarten«, sagte Van Weber über seine Schulter, während er Mrs. Parker aus dem Speisezimmer hinausgeleitete. Die Wände der Halle, die zum Wintergarten führten, schmückten Gemälde der Modernisten. Mrs. Parker erkannte Picasso, Utrillo, Modigliani und Sargent.

»Die Bilder sind bestimmt ziemlich hoch versichert.«

Van Weber zuckte die Achseln. »Kein Dieb könnte in das Anwesen eindringen.« Mrs. Parker fragte sich in aller Unschuld, warum eigentlich nicht, da ihr weder Zugbrücke noch Wassergraben aufgefallen waren. Dann wurde ihr bewußt, was die ganze Zeit in ihrem Hinterkopf geschlummert hatte. Die Dutzende von Angestellten waren alle Männer. Es gab keine Dienstmädchen, nicht die Spur einer Haushälterin. Das ist kein Anwesen, das ist eine Festung. »Was denken Sie gerade?« fragte er sie, während sie es sich im Wintergarten bequem machten, wo es eine Bar und einen überwältigenden Blick über die Meerenge von Long Island gab.

»Ich denke gerade, daß Sie ein Multimillionär sein müssen, um ein solches Riesengrundstück Ihr eigen zu nennen.«

»Möchten Sie einen Brandy?«

»Nein, danke. Ich glaube, im Moment könnte ich keinen vertragen.«

»Haben Sie etwas dagegen, wenn ich einen nehme?«

»Bitte, tun Sie sich keinen Zwang an.«

Sie beobachtete, wie er sich katzenhaft zur Bar bewegte und kurz darauf auf den Platz neben ihr zurückkehrte.

»Sie sind sehr schön, Mrs. Parker.«

»Trinken Sie noch einen Brandy.«

Er lächelte. »Ich hätte gerne gestern die Nacht mit Ihnen verbracht.«

»Aber Sie haben es nicht getan, nicht wahr?« Sie war nervös, sie fühlte sich wie ein Teenager, und sie bebte vor Aufregung. Er hatte sie überrumpelt und legte für ihre Begriffe ein zu schnelles Tempo vor. Für romantische Gefühle war es noch zu früh nach dem Essen. Gib dem Magen eines Mädchens etwas Zeit, sich zu beruhigen; wühl ihn nicht gleich wieder mit unerwarteten Emotionen auf.

»Ich will Sie, Mrs. Parker.«

»Oh.«

Sie lagen sich in den Armen, und er küßte sie leidenschaftlich. Fort war der Kolibri; herein schwebte ein Paradiesvogel.

»Du hast noch nicht die Schlafzimmer gesehen«, flüsterte er. »Ich möchte dir die Schlafzimmer zeigen.«

»Ich bete Schlafzimmer an.« Sie klang heiser, und ihre Knie wurden weich. Das ist es also, dachte sie, so fühlt es sich also an, wenn einem der Boden unter den Füßen weggerissen wird. Es ist mir noch nie passiert, und es ist wunderbar. Sie wußte nicht, wie sie über Plüschteppiche, vorbei an weiteren Gemälden und teuren Portieren und einem Gobelin, von dem er erzählte, daß er einst im Trianon-Palais gehangen hatte, nach oben geführt wurde. Jetzt waren sie im großen Schlafzimmer, und er war dabei, sie auszuziehen, wobei er sie mit exquisiten kleinen Küssen bedeckte. Danach zog er sich selbst aus, und als entblößter Apollo gesellte er sich zu ihr auf das Bett. Mein Gott, ist das nicht viel besser als jedes Dessert? dachte Mrs. Parker.

Woollcott hatte noch eine Stunde gebraucht, um sich zu sammeln, bevor er Kaufman zum Lunch im Algonquin traf. Er hatte die Zeit an seinem Schreibtisch verbracht, wo er umfangreiche Notizen über die Morde zusammenstellte. Er notierte sich Stichworte, die ihn erinnern sollten, Jacob Singer über den Mann im Fahrstuhl zu befragen, der mit Vera DeLee zusammengewesen war, zuerst bei Horathy und dann in ihrem Apartment-Hotel. Er schrieb den Versprecher auf, den George Raft beinahe begangen hätte, *Denn ...* welcher *Denn*? *Denn* und wie weiter? Er las noch einmal Lily Robsons Namen, den er sauber niedergeschrieben hatte, und fragte sich, ob sie irgendeine Bedeutung für den Fall hätte oder nur eine lästige Finte war. In der nächsten Zeile war Charlotte Royces Name aufgeführt. Er mochte sie nicht. Er mochte sie überhaupt nicht. Aber man konnte sie nicht ignorieren. Noch nicht. Nach dem Mittagessen hatte er sich vorgenommen, sich mit Singer in Verbindung zu setzen, um mit ihm seine Notizen durchzugehen. Ach ja, Jacob Singer, der Sohn, den ich vielleicht gehabt hätte. Aber wer hätte lange genug stillgelegen, um die Mutter zu sein? Woollcott gab einen typischen Woollcott-Seufzer von sich, einen, der für alberne Wunschträume vorbehalten war, von denen er in letzter Zeit so viele hatte. Jetzt war es an der Zeit, aufzubrechen und Kaufman zu treffen.

»Was liest du da?« fragte Cassidy, während er den Zucker in seinem Kaffeebecher verrührte.

»Den Laborbericht«, antwortete Jacob Singer.

»Worüber?«

»Eine Pille.« Al Cassidy schaute aufmerksam auf. »Eine Pille, von der Mrs. Parker dachte, daß sie vielleicht Lily Robson vergiften sollte.«

»Und, ist sie giftig?«

»Sie ist nicht nur ungiftig, sie ist vollkommen harmlos, wirkungslos, ein Placebo. Trotzdem wurde Robson gestern abend heftig krank, nachdem sie eins von diesen Dingern geschluckt hatte. Sie war mit Lacey Van Weber zum Abendessen aus.«

»Dann war es wahrscheinlich nichts als eine gute alte Lebensmittelvergiftung. Bei dieser Hitze und der miesen Kühlung in den meisten Restaurantküchen bin ich immer darauf gefaßt, daß mich irgendein Bazillus erwischt.«

»Cassidy, was bist du für ein Fatalist.«

»Was kann man sonst sein, wenn man Bulle ist?«

»Ich würde zu gern wissen, wie Parker da draußen auf der Insel mit Van Weber vorankommt.«

Mrs. Parker schien ganz fabelhaft voranzukommen. Sie hatten ein erfrischendes Bad im Swimmingpool genommen, nachdem Mrs. Parker eine herrliche Kollektion von Badeanzügen in einer der Umkleidekabinen am Pool vorgefunden hatte. Dann fuhr er sie auf dem Landsitz spazieren, dessen verschwenderische Anlage sie überwältigte; er redete ununterbrochen, während ihr Herz jubilierte. Eines Tages würde sie sich daran erinnern, daß seine Liebeskunst einer Symphonie von Beethoven gleichkam – im Vergleich zu den Ragtime-Rhythmen, mit denen ihre anderen Liebhaber bisher aufgewartet hatten. Sie gelangten an eine Weggabelung, die ihn zu verwirren schien. Mrs. Parker fragte sich: Wohl nicht sonderlich vertraut mit deinem eigenen Besitz, was, Mr. Van Weber? Er machte eine Rechtskurve, und bald darauf erreichten sie etwas, das wie ein Grundstück innerhalb des Grundstücks aussah, mit einer riesigen Konstruktion aus Stein, auf der ein qualmender Schieferschornstein saß. Zwei Männer kamen aus dem Gebäude heraus und liefen eilig auf das Auto zu.

»Alles in Ordnung, Jungs. Ich bin's. Ich habe mich verfahren!«

Die Männer sahen zu, wie Van Weber im Rückwärtsgang aus dem Gelände hinausfuhr. Mrs. Parker unterdrückte ein Schaudern. Der eine Mann hatte eine häßliche Narbe auf seiner rechten Wange, die von seinem Ohr bis zum Mund verlief. Dem anderen fehlte ein Teil seines Ohres, und er schien Probleme mit einem schlecht sitzenden Gebiß zu haben.

Mrs. Parker ermahnte sich, daß sie hier war, um Informationen zu sammeln. »Was spielt sich denn da ab?«

»Ach, da? Wir führen dort ein paar landwirtschaftliche Versuche durch. Ich besitze einige Morgen Brachland, und wir überlegen, ob wir darauf Getreide anbauen wollen.«

»Du hast Partner?«

»Was meinst du damit?« fragte er scharf.

»Du sagtest doch eben, ›wir überlegen, ob wir anbauen wollen‹.«

»Ach, das. Das war Pluralis majestatis.«

»Natürlich. Im *Graphic* stand, daß man allgemein annimmt, du seist in England aufgewachsen.«

»Wie ich schon gesagt habe, ich bin überall auf dem Globus gewesen. Wie wär's jetzt mit einer kleinen Spritztour in der Jenny?«

Scheiße, dachte Mrs. Parker. Und ich hatte gehofft, er hätte es vergessen. »Ich vertrage die Höhe nicht besonders gut«, warnte sie ihn. »Wenn ich zu weit nach oben komme, wird mir fürchterlich schlecht. Darum wohne ich ja auch im zweiten Stock. Man hat mir ein Apartment im Dachgeschoß angeboten, aber davon wollte ich absolut nichts wissen, ich habe denen klipp und klar gesagt, daß ich auf einem der unteren Stockwerke wohnen will, und . . .«

Van Weber unterbrach sie. »Mrs. Parker, du brabbelst dummes Zeug.«

In einem Restaurant der Childs-Kette gleich am Columbus Circle hielt Marc Connelly zärtlich Lily Robsons linke Hand. Mit ihrer Rechten bearbeitete sie einen Berg Pfannkuchen, der in Ahornsirup getaucht war und in einer Lache aus gelber Butter schwamm. Ihre Augen waren ein wenig feucht, und sie wirkte eingeschüchtert, aber es gehörte mehr als Angst dazu, um ihren gesunden Appetit einzudämmen. Sie hatte am Vorabend ihr Abendessen gründlich verloren, und das hier war Frühstück. Sie war schweißnaß vor Angst erwacht, daß man sie vergiftet haben könnte, wie Mrs. Parker es angedeutet hatte. Gleich darauf hatte sie einen bedrohlichen, geheimnisvollen Anruf von Charlotte Royce bekommen, sie solle ja schön ihren Mund halten, falls diese Parker, die in alles ihre Nase hineinsteckte, und ihr ständiger Begleiter Woollcott vorbeischauten, um Informationen auszuschnüffeln.

»Aber was weiß ich denn?« jammerte Lily zwischen zwei Bissen Pfannkuchen.

»Ich weiß es nicht, Liebes«, sagte Connelly mitleidig. »Vor allem weiß ich nicht, was du weißt, das Dottie und Alec interessieren könnte.« Diese Idioten, dachte er, was führen sie jetzt wohl wieder im Schilde? Und dabei fiel ihm ein, warum waren sie eigentlich vor zwei Tagen so plötzlich bei ihm hereingeschneit? Worum ging es da andauernd? Um diese Party bei Lacey Van Weber, um Valentinos Krankheit, aber was sollte das alles? »Arbeitest du heute abend?«

»Nein, bevor ich herkam, um mich mit dir zu treffen, habe ich Tex angerufen. Die Kneipe liegt in Trümmern. Die Bullen werden mindestens zwei Tage brauchen, bevor sie wieder aufmachen kann.«

»Die Bullen?« Connelly war fassungslos.

»Es ist einfach zu kompliziert, dir das zu erklären, Mr. Connelly. Ich sollte am besten wieder nach Youngstown zurückgehen und einen Bergarbeiter heiraten oder so was. Diese Stadt wächst mir über den Kopf.«

Connelly seufzte. »Sie wächst einem ganzen Haufen von uns über den Kopf.« Er gab ihre Hand frei. »Wie schmecken die Pfannkuchen?«

»Ganz okay.« Ihre Stimme klang teilnahmslos, ganz im Gegensatz zu der Begeisterung, mit der sie ihr Essen verschlang.

»Hättest du Lust, mich heute abend auf eine Party zu begleiten?«

Ihre Miene hellte sich merklich auf. »Wer gibt die Party?«

»Eine gute Freundin. Neysa McMein. Sie hat eine Badewanne voll Gin vorbereitet und unsere ganze Bande für heute abend eingeladen.«

»Ach ja? Wer ist sie?«

»Neysa ist eine sehr begabte Künstlerin. Sie macht Illustrationen für die besseren Zeitschriften.«

»Und sie macht Badewannen-Gin?«

»Ausgesprochen hervorragenden Badewannen-Gin. Ihr eigenes Rezept. Außerdem ist sie eine Numerologin.«

»Tatsache? Und dann?«

»Und dann, am siebten Tag«, fügte Connelly resigniert hinzu, »ruht sie.«

Die Jenny schwebte über die Meerenge von Long Island. Van Weber hatte Mrs. Parker und sich selbst mit Fliegerbrillen ausgerüstet und sie sodann sicher in ihrem Sitz angeschnallt. Sie hatte bis zum Start unablässig protestiert, und jetzt versank sie noch tiefer in ihrem Sitz hinter Van Weber, der elegant das Flugzeug steuerte. Sie riskierte einen kurzen Seitenblick auf das Wasser, das sich Hunderte von Metern unter ihnen befand, und verkroch sich sofort wieder ängstlich in ihrem Sitz.

»Ist das nicht aufregend?« hörte sie ihn rufen. Sie öffnete den Mund, um ihm zu antworten, aber kein Laut drang aus ihrer Kehle. »Halt dich fest! Ich mache jetzt eine Rolle!« Was um Himmels willen ist eine Rolle, fragte sie sich, als das Flugzeug sich einmal um sich selbst drehte. Sie fand ihre Stimme wieder und kreischte. Sie hörte, wie er lachte, und dachte, du sadistisches Schwein! »Halt dich fest, gleich kommt ein Looping!« Der Looping stellte gegenüber der Rolle keine Verbesserung dar.

Mrs. Parker hatte Angst. Sie wußte, daß sie sicher angeschnallt war, trotzdem hatte Van Weber sie angeschnallt, nicht sie sich selbst. Sie zog an den Riemen, sie hielten. Könnte ein Mann einer Frau so etwas antun? Sie erst vögeln und danach aus einem Flugzeug abladen? Vielleicht in einem Monumentalfilm von Cecil B. DeMille, aber bestimmt doch nicht hier über der Meerenge von Long Island. Bring mich wieder runter, betete sie, bring mich runter. Das soll nicht meine Erinnerung an diesen Nachmittag sein; das ist nicht die Seite, die ich von dir kennenlernen möchte.

Aber ich muß Gewißheit haben. Darum bin ich ja hier. Ich muß dich ausquetschen, bis auf das letzte Tröpfchen, Mr. Van Weber, falls du den Ausdruck entschuldigst.

Er drehte sich vom Führersitz zu ihr herum und lächelte sie an.

»Heißaaaaaa!« schrie Mrs. Parker, und dann stellte sie dankbar fest, daß das Flugzeug zur Landung ansetzte.

»Ich muß bis um sechs wieder in New York sein«, beharrte Mrs. Parker. Sie und Van Weber saßen beim Tee auf der Terrasse hinter dem Haus zusammen.

»Irgendwas Besonderes?« fragte Van Weber.

»Ich habe versprochen, einen Freund zu treffen, und dann«, fiel ihr plötzlich ein, »ist da noch Neysas Party.«

»Neysa McMein?«

»Wie nett. Du hast von ihr gehört.«

»Ich habe von euch allen gehört. Ich komme viel herum und habe meine Informationsquellen.«

»Ich wette, du hast die eine oder andere Theorie, warum die beiden Mädchen ermordet wurden.«

Er schluckte den Köder nicht. »Hast du eine?«

Die furchtlose Parker stürzte sich in die Schlacht. Falls Van Weber das Rasseln der Säbel hörte, ließ er es sich nicht anmerken. »Wenn du mich so direkt fragst: in der Tat. Ich glaube, daß ihre Morde mit Rauschgift im Zusammenhang stehen.«

»Du meinst, daß sie Teil irgendeines gefährlichen Drogenringes waren?«

»Ich meine, daß Vera DeLee abhängig war und Ilona Mercury zuviel wußte.«

»Worüber?«

»Über das, was Valentino auf deiner Party herumschrie, als er Dr. Horathy angegriffen hatte. Er hat Horathy aus seiner Zeit in Hollywood wiedererkannt.«

Van Weber hatte sich eine frische Tasse Tee eingegossen und verschüttete etwas davon. Mrs. Parker sah es. *Ich habe einen Nerv getroffen.* »Ist das alles reine Vermutung, oder weißt du es genau?«

»Ich weiß es genau. Jacob Singer hat einige sehr zweckdienliche Informationen von der Polizei in Los Angeles erhalten, die Horathy und Ilona Mercury mit einer Drogenbande da drüben in Verbindung bringen.« Verzeihen Sie mir, Jacob Singer, falls ich zuviel ausposaune, aber ich muß diesen Mann von seinen olympischen Höhen herunterholen, ich muß ihn verunsichern und dazu bringen, daß er einen Fauxpas begeht. Vertrauen Sie mir, Jacob Singer, meine Intuition sagt mir, daß ich es richtig mache. Zugegeben, dank meiner Intuition habe ich Ed Parker geheiratet und mit einigen Schuften, die von Rechts wegen in Madame Tussauds Kriminalmuseum gehörten, das Lager geteilt, aber manchmal liege ich auch richtig, wie damals, als ich beschloß, eine Freundschaft mit Ihnen einzugehen, Jacob Singer.

»Mrs. Parker, du bist absolut bezaubernd«, sagte Van Weber mit erstaunlicher Gelassenheit.

»Ja, wenn nötig, kann ich ein bißchen zaubern und die Hexe sein. Kanntest du William Desmond Taylor?«

Er stellte seine Tasse auf den Tisch. Seine Hände ruhten auf der Tischkante, die Knöchel traten weiß hervor. »Jeder hat über den Fall gelesen.«

»Jacob Singer vermutet, daß zwischen den Mordfällen hier und dem Desmond-Taylor-Fall in Hollywood ein Zusammenhang besteht. Ist das nicht faszinierend?«

»Überwältigend.«

»Jetzt wirst du verstehen, warum Alec und ich nicht die Finger von der Sache lassen können. Mr. Van Weber, du hörst mir nicht zu.«

»Doch, ich höre zu, mir ist kein Wort entgangen.« Er warf einen Blick auf seine Taschenuhr. »Wenn du um sechs wieder in der Stadt sein willst, müssen wir uns jetzt auf den Weg machen.«

»Würdest du heute abend gern auf Neysas Party mitkommen? Sie wohnt bei mir gegenüber. Sie braut ihren eigenen Gin. Der ist absolut himmlisch und macht garantiert nicht blind.«

»Wie äußerst freundlich von dir.«

Wie äußerst förmlich von dir, dachte Mrs. Parker, nach der Intimität heute nachmittag. Sie fragte sich, ob das schon vergessen sei.

»Was wolltest du gerade sagen, Mrs. Parker?«

»Du kannst mich Dottie nennen, weißt du.«

»Danke, alter Junge, mit Vergnügen.«

Alexander Woollcott sah aus wie der erste Hahn im Hühnerhof, als er von seinem Haus in der Siebenundvierzigsten Straße West zum Algonquin Hotel auf der Vierundvierzigsten Straße West stolzierte. Gehorsam wartete er an jeder Straßenecke, bis die Ampel auf Grün schaltete. Schließlich hatte er die Ecke Sixth Avenue und Vierundvierzigste Straße West erreicht. Wie es der Zufall wollte, sah er George Kaufman auf der anderen Straßenseite der Sixth Avenue auf die Vierundvierzigste West zuschlendern.

»George!« rief Woollcott, während er Anstalten machte, die Straße zu überqueren. »Kaufman! Hallo!«

Kaufman hörte ihn, drehte sich um und sah Woollcott. »Alec!« brüllte er, »geh zurück! Vorsicht!« Eine Frau stieß einen Schrei aus. Woollcott hörte einen noch spitzeren Schrei und stellte fest, daß es sein eigener war. Ein Lieferwagen ohne Kennzeichen raste auf ihn zu.

Elftes Kapitel

»Alec war angewandte Poesie«, beschrieb Kaufman Woollcotts Begegnung mit dem Tod, die fast ein schlimmes Ende genommen hätte. »Ich rief ihm eine Warnung zu, eine Frau schrie, Alec schrie, ein paar Leute rannten zu ihm hin, um ihn vor dem heransausenden Lieferwagen wegzuziehen, aber Alec hatte schon die Flucht ergriffen. Er segelte auf den Bürgersteig zurück, mit einem Satz, der Nijinsky vor Neid hätte erröten lassen.« Kaufman hob seine mit Gin und Orangensaft gefüllte Tasse – heute war einer der seltenen Anlässe, an denen er Schnaps trank –, um Woollcott aufrichtig zuzuprosten. »Bravo, Alec!«

Woollcott saß regungslos da wie eine Buddhastatue, seinen Blick nach innen gerichtet und immer noch aufgewühlt. Er sann darüber nach, wie lange es noch dauern würde, bis Singer ihn aus den Klauen seiner Freunde befreien käme. Der Round Table war spärlich besetzt; mit Harold Ross und Robert Benchley bildeten sie ein Kleeblatt.

»Armer Alec«, bemitleidete ihn Ross, »spulte sich dein ganzes Leben noch einmal vor deinem geistigen Auge ab?«

Der Buddha bewegte sich leicht. Die Augen verformten sich zu gefährlich schmalen Schlitzen. »Ich hab nichts weiter gesehen als einen Aufmarsch von euch nutzlosen Mistkerlen, und ich sage euch, ihr wart ein gräßlicher Anblick.«

»Hast du den Mann am Steuer gesehen?« fragte Ross.

»Nur ein kurzes verführerisches Aufflackern dessen, was danach kommt. Eigentlich verspürte ich eine brennende Wut. Denn ich wollte schon immer nach meinen eigenen Vorstellungen sterben. Für mich geht's nicht unter dem Märtyrertod.«

»Und im Namen welcher Sache?« fragte Benchley.

»Meiner. Das höchste Opfer.« Er wandte sich Kaufman zu. »Ich nehme an, kein kühler Kopf hat daran gedacht, das Kennzeichen zu notieren?«

»Die Nummernschilder waren verhangen.«

»Oh.« Woollcotts Stimme war weich und klein geworden. Verhängte Nummernschilder. Ein Wagen, der ohne Warnung aus einer Seitenstraße herausprescht. Er muß draußen vor dem Haus auf mich gewartet haben, dachte Woollcott. Er ist mir hierher gefolgt und wartete auf eine Gelegenheit, zuzuschlagen. Ich bin ein vorsichtiger Fußgänger. Ich warte an den Straßenekken, bis die Ampel grün zeigt. Ich war sicher, bis ich diese Ecke hier erreichte, und wie das Schicksal so spielte, war Kaufman auf der anderen Straßenseite, und wie ein verdammter Idiot trete ich auf die Straße, um ihm zuzuwinken. Angewandte Poesie.

»Worüber lächelst du so?« fragte Kaufman, der sich Sorgen machte, daß Woollcott sich womöglich im Schockzustand befand und medizinische Hilfe benötigte.

»Ich hab eine äußerst willkommene Euphorie genossen.«

»Eufürie«, meinte Kaufman, »oder dagegen.«

»George«, sagte Woollcott pathetisch, »ich bin derjenige, der unter Schock stehen sollte.« Er lehnte sich in seinem Stuhl zurück und sah aus wie ein Löwe, der darauf wartet, daß ihm der Dorn entfernt wird. Der auf Jacob Singer wartete, der endlich kommen und ihn trösten sollte. Kaufman hatte auf Woollcotts Bitte hin den Detective angerufen, als sie in der Lobby des Algonquin angekommen waren. Ein Streifenpolizist hatte ihre Aussagen und die anderer Augenzeugen zu Protokoll genommen, aber das war Routine gewesen. Was beinahe mit Woollcott geschehen wäre, durfte kein kleiner Zwischenfall sein, der im Berichtsbuch eines Streifenbeamten unterging, dafür würde Jacob Singer sorgen. Er nahm einen Schluck Gin und starrte Kaufman an. Der Ausdruck von Besorgnis in dessen Gesicht war fast rührend. Woollcott war sich darüber im klaren, daß in der Seele dieses Mannes wohl kaum eine sentimentale Saite schwang. Er war selbstsüchtig und distanziert; eine gelungene

Schlußzeile für einen dritten Akt zu finden, interessierte ihn mehr als alles andere. Sei es, wie es sei, sie konnten den Mordanschlag ohnehin nicht richtig diskutieren, ohne den Verdacht von Benchley und Ross zu erregen, die sich gerade an ihrer eigenen geistreichen Konversation ergötzten. Das konnte nur mit Singer und Dottie geschehen, wenn sie wieder in der Stadt war.

Dottie. Ach du lieber Gott. Ob sie in Sicherheit ist? fragte er sich, ohne zu wissen, daß sie genau in diesem Moment ein Kompliment über eine gegrillte Forelle aussprach.

Kaufman, der an Woollcott vorbeischaute, rief: »Da kommt Jacob Singer.«

»Ah«, sagte Woollcott, und drehte sich mit einem onkelhaften Lächeln in seinem Stuhl herum. Benchley und Ross blieben in ihr Gespräch vertieft. Nicht einmal die Ankündigung der Wiederkunft Christi hätte sie beeindrucken und dazu bewegen können, ihre Unterhaltung zu unterbrechen.

»Ich bin so schnell ich konnte hergekommen, Mr. Woollcott.« Er erwiderte Kaufmans Gruß und ignorierte die anderen beiden, denen offensichtlich nicht daran lag, gestört zu werden. Woollcott erhob sich und schlug vor, sich mit Singer in den anderen Raum zurückzuziehen, der kleiner und ruhiger war.

»Ich rufe dich später an, George. Tut mir um unsere Verabredung zum Mittagessen leid. Ich laß mir deine Einladung gutschreiben.«

»Paß auf dich auf«, waren Kaufmans Abschiedsworte.

»Das sagt er mir jetzt«, kläffte Woollcott gereizt, während er den Detective aus dem Rose Room hinausgeleitete.

Zehn Minuten später, als sie sich an einem abgelegenen Tisch gegenübersaßen, betrachtete Jacob Singer Woollcott voller Mitleid. »Irgend jemand wird langsam nervös«, bemerkte Singer.

»Ich auch«, erwiderte Woollcott und ließ seine Finger auf den Tisch trommeln. Ihre Gintassen wurden wieder aufgefüllt. Als Singer vorschlug, etwas zu essen, sagte Woollcott, er würde eventuell ein Club Sandwich schaffen. Der Kellner nahm ihre Bestellungen entgegen und verschwand.

Singer lächelte. »Sie sehen ruhig und gefaßt aus, Mr. Woollcott. Sie können offenbar gut mit Stress umgehen.«

»Junger Mann«, sagte Woollcott voller Verve, mit neuerwachten Körpersäften. »Ich habe das Flankenfeuer deutscher Kampfflugzeuge überlebt. Ich habe, mehr als mir gebührt, die Schlingen und Fallen eines unbarmherzigen Schicksals hinnehmen müssen. Aber lassen Sie es sich gesagt sein, ich habe mich noch nie im Leben so hoffnungslos ausgeliefert gefühlt wie in jenem Augenblick, als mir klar wurde, daß der Mann hinter dem Steuerrad die Absicht hatte, mich zu töten.« Er wischte sich den Schweiß von der Stirn. »Etwas so Tödliches habe ich seit Ethel Barrymores Auftritt als Julia nicht mehr durchgemacht. Und was ist mit der armen Dottie? Wenn man schon mir an einer der belebtesten Kreuzungen der Stadt nach dem Leben trachtet, dann ist sie doch draußen im tiefsten Long Island nichts als ein wehrloses Opfer!«

»Sie ist ja nicht allein.«

»Was meinen Sie damit, ›nicht allein‹? Was wissen wir schon über Van Weber? Der alte Junge könnte sich als skrupelloser Killer entpuppen!«

»Ich habe sie von der Minute an, als sie von ihrem Apartmenthaus losfuhren, beschatten lassen.«

»Oh.«

»Von einem meiner besten Leute, Yudel Sherman.«

»Haben Sie ihn nicht schon einmal erwähnt?«

»Er hat uns die Informationen über den Mann beschafft, der am Mordabend mit Vera DeLee zusammen war.«

»Wie steht's eigentlich damit?«

»Was wollen Sie darüber wissen?«

»Wie meinen Sie das?« Woollcott fuhr sich nervös mit der Hand durchs Haar, das daraufhin wie eine zerklüftete Landschaft aussah. »Haben Sie die Sache weiter verfolgt? Haben Sie Horathy oder seine Sprechstundenhilfe in die Mangel genommen?«

»Das machen wir alles, wenn der Zeitpunkt günstig ist.« Singer schmierte sich Butter auf sein Brötchen, als wäre er gerade dabei, ein Rasiermesser auf einem Riemen zu schärfen.

»Wenn der Zeitpunkt *günstig* ist! Sie meinen wohl *ungünstig*, oder? Ich bin keineswegs darauf erpicht, daß diese Ermittlung zu meiner Grabinschrift wird. Sie sehen einen mehr als aufgebrachten Mann vor sich.« Singer wußte, daß er einem mehr als reizbaren Mann zuhörte. »Es widerstrebt mir, zur Ausrottung bestimmt zu werden, ohne daß man mich vorher konsultiert. Mir gefallen Krimis, in denen das Opfer eine Warnung im voraus erhält, die ihm wenigstens die Chance einräumt, sich zu wehren. Ich hätte es besser gefunden, wenn mir jemand auf der Straße ein schwarzes As oder einen Zettel mit einem roten X zugesteckt hätte, ein kleiner Anflug von Sportsgeist, falls Sie wissen, was ich meine.«

»Gedungene Killer haben nichts Sportliches an sich.« Singer kaute friedlich grübelnd sein Butterbrötchen, ganz wie ein Ochse auf der Weide. »Der Anschlag auf Ihr Leben war offensichtlich eine Auftragsarbeit. Das war nicht dasselbe Arschloch, das die Mädchen erwürgt hat.«

»Auftragsarbeit? Sie meinen, jemand setzt sich mit jemand anders in Verbindung und sagt, Hallo, du, hast du Lust, eine Landplage für zwanzig Kröten umzulegen, so was in der Richtung?« Woollcott war richtig fassungslos. Singer konnte kaum glauben, wie naiv er war. Er hatte immer gedacht, Zeitungsleute seien Männer von Welt, die mit allen Wassern gewaschen waren und wußten, wo's langging, und die angelegentlich darüber plauderten, wer wohl gerade als Killer gut im Geschäft sei.

»Hundert Scheinchen kommen wohl eher hin, Mr. Woollcott. Das war jedenfalls der branchenübliche Preis, den ich zum letztenmal gehört habe.«

Woollcott bemerkte leise: »Was für eine böse Welt, in der wir leben. Mein lieber Jacob, ich sehe Sie plötzlich in einem ganz anderen Licht. Ihr Job setzt Sie ständiger Gefahr aus, nicht wahr? Irgend jemand könnte mit einem Revolver hinter diesem Vorhang auftauchen und versuchen, Sie zu töten.«

»Nicht mit einem Revolver«, erläuterte Singer sachlich, »mit einer Zweiundzwanziger. Sie ist klein genug, um in Ihre Handfläche zu passen. Niemand kann sie sehen, bevor Sie zielen und schießen. Sehr effektiv.« Das Essen wurde serviert, und Singer warf sich mit großem Appetit auf seinen Rinderschmorbraten. Woollcott starrte etwa dreißig Sekunden lang angeekelt auf sein Club Sandwich, bis sein Hunger die Oberhand gewann. »Jetzt erzählen Sie mir Ihre Version des Zwischenfalls.«

»Sie meinen den Versuch, mich umzubringen?« Des Zwischenfalls. Wir leben in verschiedenen Welten, wir sprechen nicht dieselbe Sprache, dämmerte es Woollcott allmählich. Der Zwischenfall. Woollcott begann seinen Vortrag, und als er geendet hatte, beobachtete er Singers Gesicht, auf dem nichts Besonderes zu bemerken war, mit Ausnahme seiner gewohnten männlichen Attraktivität.

Endlich sagte Singer etwas. »Verhängte Nummernschilder sind nichts Neues. Der Lieferwagen war wahrscheinlich gestohlen. Irgendwann wird er heute noch aufkreuzen, in irgendeiner Seitengasse abgestellt. Eine der Zeuginnen hat uns so was wie eine Beschreibung des Täters gegeben.« Woollcott spitzte die Ohren. »Nichts sehr Nützliches, aber immerhin besser als ein Schuß in den Ofen. Die Frau war wahrscheinlich dieselbe, die geschrien hat, als der Laster auf Sie zuhielt. Sie sagte, der Fahrer trug eine Mütze, die tief über seine Stirn bis zu den Augen gezogen war, und seine Augen waren von einer Sonnenbrille verdeckt. Sie glaubt, daß er Handschuhe trug. Wenn er ein bißchen Grips im Kopf hatte, dann trug er auch Handschuhe. Er wollte ja wohl kaum Spuren auf dem Lenkrad hinterlassen, mit denen wir was anfangen könnten. Fest steht jedenfalls, daß die Beschreibung auf ein paar hundert Jungs in dieser Stadt zutrifft, die für diese Sorte Aufträge in Frage kommen.«

Woollcott wollte sich gerade über sein Club Sandwich hermachen, als ihm ein irritierender Gedanke kam. »Es könnte einen weiteren Anschlag auf mein Leben geben.«

»Diese Möglichkeit habe ich schon bedacht. Sie werden eine Zeitlang Gesellschaft haben. Jedenfalls so lange, bis dieser Fall gelöst ist.«

»Ich verstehe.« Woollcott dachte einen Moment lang nach und erkundigte sich dann arrogant wie eh und je: »Hoffentlich jemand Annehmbares.«

»Sie werden gar nicht merken, daß er da ist.«

»Oh.«

»Ich hab noch mehr schlechte Nachrichten.« Woollcott wartete. »Sid Curley ist verschwunden.« Woollcott erinnerte sich – *schnief, schnief, schief.* »Er war mit meinem anderen Partner, Al Cassidy, verabredet, aber er hat ihn versetzt. Wenn ein Informant der Polizei nach einer Stunde immer noch nicht zu seinem Rendezvous aufkreuzt, muß man ziemlich sicher annehmen, daß ihm ein Unglück zugestoßen ist. In den meisten Fällen ein vorbereitetes.«

»Glauben Sie, unsere Unterhaltung mit ihm gestern abend war daran schuld?«

»Sagen wir mal so, es kann gut der Tropfen gewesen sein, der das Faß zum Überlaufen brachte. Damit wir uns richtig verstehen: Sie und Mrs. Parker stecken inzwischen zu tief in der Sache, um noch einen Rückzieher machen zu können. Sie haben gestern fast den ganzen Tag damit verbracht, mit mir auf Schnüffeltour zu gehen, und so was spricht sich schnell herum. Und dann gestern abend, als Sie Kontakt zu Curley im Harlequin aufgenommen, und später noch im Texas Guinan Club« – Singer begann vergnügt in sich hineinzulachen – »Flo Ziegfeld und Lacey Van Weber so herrlich bearbeitet haben . . .«

»Ich war ganz schön teuflisch, was?«

»Sie waren umwerfend, absolut umwerfend.«

»Dottie rief mich heute früh auch an, um mir dazu zu gratulieren. Wirklich reizend von ihr. Man weiß ja nie, wie man bei Dottie dasteht. Erst tätschelt sie einem den Kopf, und im nächsten Augenblick rammt sie einem das Stilett in den Rücken. Immerhin, langweilen tut man sich selten mit ihr.«

»Jedenfalls, Mr. Woollcott, um noch mal auf Curleys Verschwinden zurückzukommen, nehmen wir einmal an, daß er ein Opfer seines etwas dubiosen Gewerbes geworden ist. Und sehen Sie mal, es kann noch ein paar andere geben, die jetzt vielleicht auch in Gefahr schweben.«

»Nämlich?«

»Zum Beispiel Lily Robson.«

»Die Pille! War sie giftig?«

»Harmlos wie ein Karamelbonbon.«

»Was hat dann diesen heftigen Anfall ausgelöst?«

»Mein Kumpel Cassidy vermutet eine Nahrungsmittelvergiftung. Meine schmutzige Fantasie tendiert mehr zu einem kleinen Mittelchen, das ihr jemand in den Drink geschmuggelt hat, als sie nicht hingesehen hat.«

»Meinen Sie Van Weber?«

»Van Weber oder eine ganze Anzahl anderer Leute. Ich habe ihre Spur bis dorthin zurückverfolgt, wo sie gegessen haben. Bei Gallaghers. Immer rammelvoll. Jeder kann unbemerkt etwas in einen Drink tun, wenn das Haus gut besetzt ist. Trotzdem, das Mädchen behauptet steif und fest, daß sie von nichts weiß.« Er bestellte Kaffee für zwei, während der Kellner den Tisch abräumte. »Aber sie war in der Lage, eine Menge Dinge mitzubekommen, die gefährlich sein könnten, vorausgesetzt, sie ist so schlau und hat sie sich gemerkt und zwei und zwei zusammengezählt. Ich glaube zwar nicht, daß sie schlau genug ist, aber irgend jemand könnte ja der Ansicht sein, er dürfe kein Risiko eingehen. Und dann ist da noch Charlotte Royce.« Der angewiderte Ausdruck in Woollcotts Gesicht sprach für sich. »Ein hochnäsiges, betrügerisches kleines Luder, aber schlau. Mächtig schlau. Ehrgeizig. Darüber wird sie eines Tages stolpern. Ist meistens so.« Er lehnte sich zurück, als der Kaffee serviert wurde. »Charlotte Royce ist nicht von schlechten Eltern. Sie hat sich auf Hochseefischerei eingelassen und sich einen dicken Fisch geangelt, Flo Ziegfeld.«

»Glauben Sie wirklich, daß Ziegfeld etwas mit diesen Morden zu tun hat? Auf jeden Fall kannte er Ilona Mercury.«

»Er hängt aufgrund seiner Erkenntnisse mit drin. Er weiß

über die Rauschgiftszene Bescheid. Ziegfeld redet viel. Vielleicht hat er der kleinen Royce was erzählt.« Singer zuckte die Achseln. »Wer zum Teufel weiß schon, wie Leute dazu kommen, in so einer Scheiße drinzustecken, absichtlich oder aus Versehen? Man hört zufällig ein Gespräch an der Bar irgendeiner Spelunke mit, und schon steht man auf der schwarzen Liste.«

»Das habe ich gar nicht nötig«, bemerkte Woollcott indigniert. »Ich stehe jetzt schon auf der schwarzen Liste!«

»Mr. Woollcott, ich setze auf Sie. Sie sind einer, der überlebt. Sie werden uns alle überleben.«

»Nun, in der Tat, Jacob«, sagte Woollcott mit einem Anflug von Stolz, »Mrs. Parker hat einmal gesagt, sie glaube, man müsse mich eines Tages mit Gewalt im Sarg festbinden.«

Singer lachte und trank einen Schluck von seinem Kaffee. »Nun zu den anderen, die sich zur Zeit auch ein bißchen unwohl fühlen dürften. Da ist einmal Ziegfeld selbst, obwohl ich in seinem Fall kaum glaube, daß er ernsthaft in Gefahr ist. Dann wäre da noch Bela Horathy, dessen Existenz allein mir schon den Mund wäßrig macht, bei all den Informationen, über die er mit Sicherheit verfügt.«

»Warum holen Sie ihn dann nicht aufs Revier und verhören ihn?« fragte Woollcott ungeduldig.

»Weil er an der Oberfläche sauber ist.«

»Besitzt er überhaupt eine Approbation?«

»Klar hat er die. Fragen Sie mich nicht, wer sie ihm frisiert hat, aber er hat eine. Der Kaffee ist unter aller Sau.«

»Das ist er immer. Ertränken Sie ihn in Sahne. Wie steht's mit Horathys Sprechstundenhilfe?«

»Das ist das Schätzchen, hinter dem ich her bin. Cora Gallagher. Man muß sie mit Samthandschuhen anfassen, aber ich glaube, ich habe gestern ihre Angst gerochen, als wir in der Praxis waren. Sie weiß, wer der Mann ist, der bei Horathy war, als auch Vera DeLee dort war. Aber mit diesen Dingern muß man behutsam vorgehen. Eine potentielle Zeugin darf man nicht einschüchtern. Mach ich sie nervös, kann es sein, daß sich Gallagher entschließt, ihre Schwester in Oregon zu besuchen.«

»Ich hatte keine Ahnung, daß sie eine Schwester hat.«

»Ich auch nicht. Aber in einem Notfall passiert es immer wieder, daß irgendein entfernter Verwandter aus der Versenkung auftaucht. Oregon, Manitoba, Passaic, New Jersey – mit tödlicher Sicherheit. Sehr irritierend, aber auch eine Herausforderung.«

»Und wie sieht's mit dem aalglatten Tänzer aus, den wir gestern abend kennengelernt haben?«

»George Raft?«

»Ja, Raft.«

Singer hing einen Augenblick lang seinen eigenen Gedanken nach. »Raft ist ein ziemlich merkwürdiger Fall. Die Bande benutzt ihn als Kurier. Er ist übrigens auch ungarischer Herkunft.«

»Stellt das eine Verbindung zu Horathy und Mercury her?«

»Nur zufällig, denke ich mal. Außerdem habe ich meine Zweifel, ob Ilona Mercury wirklich Ungarin war oder ob sie eine andere Staatsangehörigkeit hatte.«

»Ein falscher Fuffziger, genau wie ich vermutet habe.«

»Wahrscheinlich. In Hollywood hat sie sich eine Zeitlang Magda Moreno genannt; Gott allein weiß, als was und unter welchem Namen sie ihr Leben begann. Früher oder später wird's schon rauskommen. Aber Raft hat eine große Klappe. Sie haben ja gesehen, wie er sich gestern abend an unseren Tisch geschleimt hat, ohne daß ihn jemand darum gebeten hat.«

»Ich hatte den Eindruck, daß Van Weber von seiner Gegenwart nicht sonderlich angetan war.«

»Van Weber.« Singer schüttelte den Kopf, als wollte er ihn freimachen. »Ich wünschte, ich könnte den Kerl irgendwie festnageln.«

»Wir werden wohl warten müssen, bis Dottie heute abend wieder in der Stadt ist.«

»Sie wollte um sechs zurück sein. Das hat sie mir versprechen müssen. Nur eine Vorsichtsmaßnahme. Ich wollte nicht, daß sie Van Webers Charme erliegt und dort mehr Zeit verbringt, als für sie gut ist.«

»Und wie steht's mit Van Weber?«

»Sie meinen als potentielles Opfer?«

»Nun, er kommt viel herum. Er kennt eine Menge Leute. Er erfährt so einiges.«

»Wissen Sie, was ich glaube, Mr. Woollcott? Ich glaube, daß Van Weber ganz bestimmt ein Opfer ist.«

»Aha!«

»Aber nicht die Art Opfer, wie Sie denken. Ich kann es nicht genau sagen. Nur soviel – er ist nicht echt, verstehen Sie, was ich meine? Was ich auch schon zu Mrs. Parker gesagt habe, und was sie Ihnen sicher erzählt hat, es ist, als ob er die Rolle einer künstlich geschaffenen Figur spielt. Hier haben wir also Lacy Van Weber als Jay Gatsby. Warum sollte er sich ausgerechnet einen Schmalspur-Gangster, der nach Höherem strebt, zum Vorbild nehmen? Warum nicht jemand Grandioses, verstehen Sie, was ich meine?«

»Vielleicht jemanden wie mich«, sagte Woollcott mit einem Augenzwinkern. »Mrs. Parker sagte mir, ich sei ihre literarische Lieblingsgestalt. Meinen Sie, sie wollte mir damit sagen, daß sie mich unwirklich findet?«

»Nun ja, dem bloßen Auge und dem Uneingeweihten mögen Sie schon ein klein wenig abgehoben erscheinen.«

»Abgehoben, wie entzückend«, sagte Woollcott, der wieder zu seiner alten cholerischen Natur zurückgefunden hatte. »Ich bin gerne etwas abgehoben. Ich wünschte, ich wäre abgehoben genug, damit mich niemand mehr überfährt.« Empörung schüttelte ihn beim Gedanken daran, daß er eben noch dem Tod ins Auge gesehen hatte.

»Jedenfalls werden wir hoffentlich mehr über Van Weber wissen, wenn Mrs. Parker wieder in der Stadt ist.«

»Oje, oje.« Woollcott prahlte ein wenig. »Warten wir ab, bis sie erfährt, was mir zugestoßen ist. Wenn sie das nicht aus den Socken haut. Übrigens, was machen Sie heute abend?«

»Wer weiß?«

»Neysa McMein gibt eine Party. Mit ihrem eigenen Badewannen-Gin. Glauben Sie mir, das ist ein erlesener Jahrgang. Es wird die Hölle sein. Alle werden hingehen. So wie ich Mrs. Parker kenne, wird sie wahrscheinlich Van Weber dazu einladen. Das könnte hilfreich sein.«

»Wo wohnt Mrs. McMein?«

»Gleich gegenüber von Mrs. Parker!« verkündete Woollcott mit einer Stimme, der nur noch die Begleitung einer Trompetenfanfare fehlte.

»Das wird uns weiterhelfen. Ich werde Mrs. Parker ohnehin einen Besuch abstatten, um mir ihren Bericht über den Tag auf dem Land anzuhören. Warum kommen Sie nicht mit? Wollen wir uns um acht verabreden? Paßt Ihnen das, Mr. Woollcott?«

»Sieht aus, als würde mir das ganz prächtig passen. Und ganz nebenbei, Jacob, soviel Altersunterschied besteht doch gar nicht zwischen uns beiden, oder? Es macht mich verlegen, wenn man mich mit Mr. Woollcott anredet. Mrs. Parker tut es zwar, aber bei ihr ist es eine Marotte. Die hat sie sich schon vor ein paar Jahren zugelegt, als sie mit Benchley bei *Vanity Fair* gearbeitet hat. Damals haben sie sich in aller Förmlichkeit angeredet, und, wie Sie vielleicht bemerkt haben, es auch beibehalten. Sie werden noch feststellen, daß Mrs. Parker eine Vielzahl der merkwürdigsten Marotten hat, von denen die eine oder die andere einen zuweilen ganz schön aus dem Gleichgewicht werfen kann. Falls Sie also nichts dagegen haben, Jacob, nennen sie mich Alec. Nicht Alex, was ich auf den Tod nicht ausstehen kann, sondern Alec. Glauben Sie, das könnten Sie schaffen?«

»Das schaffe ich, Alec.«

»Ich hoffe, ich störe nicht.« George S. Kaufman klang besorgt.

»Setz dich«, befahl Woollcott, »und da du mir ein Mittagessen schuldest, kannst du gleich diese Rechnung bezahlen.«

Kaufman quetschte sich auf die schmale Bank neben Singer.

»Bitte hört mir mal zu, ihr beiden. Ich bin euch sehr dankbar für das, was ihr bisher für mich getan habt, aber der Mordanschlag auf Alec rückt die Geschichte in ein neues Licht. Mr. Singer, ich glaube, ich sollte öffentlich zugeben, wo Ilona ermordet wurde, um Alec keiner weiteren Gefahr auszusetzen.«

»Nanu, Georgie Kaufman«, sagte Woollcott mit einem deutlich spürbaren feindseligen Unterton, »unter diesem Eisberg atmet ja doch noch eine Seele. Jetzt ist es aber zu spät, du Schafskopf. Wie der Priester zum Matrosen sagte, ich stecke zu tief drin. Und ich bin sicher, daß Jacob in diesem Punkt mit mir übereinstimmt, daß du am besten deine Meinung für dich wie auch einen kühlen Kopf behältst. Wir haben alle nichts davon, dich auch noch in diesen Schlamassel hereinzuziehen. Sie stimmen mir doch zu, nicht wahr, Jacob?«

»Unbedingt. Gehen Sie nur weiter Ihrer Arbeit nach, Mr. Kaufman, und lassen Sie uns unsere Arbeit weiterführen.«

»Ich kann es nicht ertragen, daß diese Sache auf meinem Gewissen lastet«, beharrte Kaufman.

»George, warum gehst du nicht einfach zu Ferber und entspannst dich ein bißchen mit ihr im Bett?« schlug Woollcott vor.

»Dann hätte ich doch lieber ein schlechtes Gewissen.«

»Eben. Ich nehme an, du hast es fertiggebracht, daß auch Harold Ross und Robert Benchley Verdacht geschöpft haben?«

»Überhaupt nicht. Noch bevor du mit Mr. Singer den Raum verlassen hast, haben sie schon vergessen, daß ihr jemals da wart. Wir haben Poker zu dritt gespielt. Ich habe dreißig Dollar an Benchley verloren.«

»Sind meine Freunde nicht wunderbar?« fragte Woollcott Singer, und jedes einzelne Wort spritzte Gift. »Sie sind die Liebe in Person. Kaufman, sehe ich dich und Beatrice heute abend bei Neysa?«

»Wahrscheinlich. Hat sie dich eingeladen?«

»Das wird sie tun, sobald ich sie anrufe. Ober! Die Rechnung für Mr. Kaufman, bitte!«

Mrs. Parker hatte das Gefühl, daß die Reifen des Pierce Arrow kaum den Asphalt berührten. Fast als würde sie wieder mit Van Weber in der Jenny sitzen und in die Stadt zurückfliegen. Sie war froh, daß sie es nicht taten. Sie schaute auf ihre Armbanduhr. Sie würden noch vor sechs in der Siebenundfünfzigsten Straße ankommen und sogar noch ein bißchen Zeit haben. Van Weber war merkwürdig wortkarg. Er blickte andauernd in den Rückspiegel, und sie fragte sich, ob darin irgend etwas Besonderes zu sehen sei.

»Nichts allzu Besonderes«, sagte er milde lächelnd, als sie die Frage schließlich laut stellte. »Wir werden verfolgt.«

»O Schreck! Von jemand Interessantem?«

»Das weiß ich nicht. Er hält einen beträchtlichen Abstand. Er ist uns schon auf der Hinfahrt von New York gefolgt.«

»Nun denn«, sagte Mrs. Parker freundlich, »dann ist er sicherlich froh, zu einer menschlichen Uhrzeit in die Stadt zurückzukommen.«

Van Weber brüllte vor Lachen.

Das Gelächter ist nicht echt, dachte Mrs. Parker. Es paßt überhaupt nicht zu ihm. Es ist zu laut, zu unbändig. Es gehört nicht zu Lacey Van Weber. Sie erinnerte sich, wie er gelacht hatte, weil sie sich all seine Charaktereigenschaften und Bewegungen in der kurzen Zeit ihrer Bekanntschaft genau eingeprägt und ihm vorgeführt hatte. Laceys Lachen war sanft und introvertiert, ein charmantes Glucksen. So, wie er im Garten gegluckst hatte, als sie ihm ohne eine Miene zu verziehen mitgeteilt hatte, daß seine Sonnenuhr nachging. Sie hatte nicht bemerkt, daß er gesprochen hatte. »Wer, glaubst du wohl, würde uns von New York und wieder zurück verfolgen?«

»Ein Abenteurer?« schlug sie vor.

»Ein Polizist.«

»Ach wirklich? Das ist mir noch gar nicht in den Sinn gekommen.« Es war ein schwacher Versuch, und sie wußte, daß er sie durchschaute.

»Du wirst bewacht, Mrs. Parker. Man traut mir nicht. Und wenn man mir nicht traut, warum hast du dann den Tag mit mir verbracht?«

»Weil ich es wollte. Wirklich, Mr. Van Weber, so altmodisch kannst du doch gar nicht sein. Wir sind miteinander ins Bett gegangen. In manchen Teilen dieses Landes würde das bedeuten, daß wir praktisch verlobt sind, wenn nicht gesellschaftlich geächtet. Du bist ein äußerst seltsamer Mensch, Mr. Van Weber. Und ich bin eine sehr neugierige Frau. Du faszinierst mich. Ich möchte dich näher kennenlernen. Und du willst eben, daß ich und jeder andere nur soviel weiß, und nicht mehr.« Seine Augen klebten auf der Straße vor ihnen. Sie hatte nicht die leiseste Ahnung, was in ihm vorging. Was sie betraf – den letzten beißen die Hunde. Sie fuhr fort, ihn weiter zu bearbeiten, weil sie langsam glaubte, daß dies wahrscheinlich ihre einzige Gelegenheit sein würde. Die Erkenntnis, daß sie drauf und dran war, sich in ihn zu verlieben, machte sie unglücklich. Es war ganz falsch; es konnte gar nicht gut gehen. Es war immer ganz falsch, und es ging nie gut. Irgend jemand hatte einmal gesagt, in die Hölle geraten immer die anderen. Ach ja? Dorothy Parkers Liebhaber, das war die Hölle. Nun, wenn es wirklich so sein sollte, bitte sehr, dann war sie entschlossen, aus dieser hier Kapital zu schlagen. Nach einem kurzen Schweigen nahm sie das Gespräch wieder auf. »Die Leute mögen es nicht, wenn jemand etwas zu verbergen hat. Das ist unmoralisches Verhalten. Man verachtet sie, aber man fühlt sich davon auch hochgradig provoziert. Was ist dein Geheimnis? Wer bist du? Wo kommst du her? Hast du Familie? Wie hast du all den Mammon gescheffelt?« Pause. »Wie in ›Um dein Lächeln zu sehn, würd ich tausend Meilen geh'n, mein Mammon‹.«

»Ich spreche nicht gern über mich«, sagte er mit einer Stimme, die sie nicht erkannte und die sie nicht mochte. »Das einzige Leben, das ich mag, ist das, das ich jetzt führe. Du siehst das, was es zu sehen gibt.«

»Scott Fitzgerald würde sich fürchterlich geschmeichelt fühlen; er wäre hingerissen, wenn er wüßte, daß du dir dieses neue Leben genau nach dem Vorbild von Jay Gatsby geschaffen hast.«

»Es sieht schon ein bißchen nach Fitzgerald aus, nicht wahr? Aber Gatsby ist ein mieser kleiner Schieber. Glaubst du, daß ich ein mieser kleiner Schieber bin?«

»Mr. Van Weber, ich bin doch nicht naiv. Und ich glaube auch nicht, daß du mies und klein bist. Du bist ein ganz schön schlaues Kerlchen. Das mußt du auch sein, um all diesen Reichtum anzuhäufen.« Sie wollte noch hinzufügen, falls es wirklich dein eigener Reichtum ist, aber dann warnte sie ihr Instinkt, besser den Mund zu halten.

»Ich habe Glück gehabt.«

»Ist unser Schatten immer noch da?«

»O ja, er hängt noch hinter uns. Hartnäckige kleine Sau. Wir haben's fast geschafft.«

Wir vielleicht, aber nicht ich, dachte Mrs. Parker zerknirscht. Bei diesem Mann komme ich einfach nicht weiter. Trotzdem habe ich eine ganz gute Vorstellung davon, was er ist und was er nicht ist. Das klingt, als ob ich mich mit meinen Gedanken im Kreis bewege, aber das stimmt nicht. Jetzt brauche ich Jacob Singer und Woollcott, um alles mit ihnen zu besprechen; ich brauche ihre Köpfe, damit sie mir beim Sieben, Sondieren und Prüfen helfen. Denn ich bin mir ziemlich sicher, daß dieser Mann *nicht* seine eigene Schöpfung ist. Und jetzt bleibt uns noch ein bißchen Zeit für small talk. »Aus welchem Teil Englands kommst du?«

»Ich wurde in London geboren.« Das kam zwar nicht wie aus der Pistole geschossen, aber es war draußen.

»Und danach?«

»Bin ich aufgewachsen.«

»Ich nehme mal an, als du noch ein junger Mann warst, bist du in dieses Land ausgewandert, und nach einem Aufenthalt in New York, wo nicht viel geschah, das dich finanziell weiterbrachte, hast du den Weg nach Westen eingeschlagen, wo du deine Zelte in Los Angeles aufschlugst.«

»Ein interessantes Szenario.«

»Irgendwie kamst du dann mit Leuten vom Film zusammen, und du lerntest Bela Horathy und Ilona Mercury kennen. Hast du jemals eine Frau namens Magda Moreno getroffen?« Sein Unterkiefer klappte eine Etage tiefer.

»An eine Magda Moreno kann ich mich nicht erinnern.« Ein Punkt für Mrs. Parker. Sie war sehr zufrieden mit sich. Allmählich begann sie, die hohe Kunst des Polizeiverhörs zu beherrschen. »Magda Moreno« hatte gesessen. Es bewies, daß er in Los Angeles gelebt hatte. Sie war überzeugt, daß ihr Szenario stimmte. Von London nach New York nach Los Angeles. Sie mußte sich beeilen. Sie hatten die Brücke überquert und fuhren jetzt auf der Siebenundfünfzigsten Straße Ost in westlicher

Richtung zu ihrem Apartment-Haus. Es war zehn Minuten vor sechs.

»Hast du Valentino dort kennengelernt, oder kanntest du ihn noch aus der Zeit, als er und Raft Eintänzer waren?«

»Du meine Güte«, sagte er mit einem mißmutigen Seufzer. »Ich kann mir gut vorstellen, daß du eine fürchterlich nörgelnde Ehefrau abgeben könntest.«

Hier ist er also, der Tritt in den Hintern, dachte sie mutlos. Die letzte Abblende. Musik schwillt an, Publikum verläßt den Saal. »Ich bin eine sehr schlechte Ehefrau«, sagte sie. »Ich habe nicht die leiseste Ahnung, wo mein Mann ist, und falls es mir jemand erzählen sollte, werde ich mich in einer Depression verkriechen und mich hüten, wieder herauszukommen, nicht einmal, um einen Schatten zu werfen. Ich habe dir nie von Ed erzählt, nicht wahr? Aber wie konnte ich auch? Wir hatten ja gar keine Zeit. Ed war Alkoholiker. Ein Liter pro Tag. Dann stieg er auf Drogen um. Hauptsächlich Morphium. Gelegentlich ein Zug Opium, und ab und zu ein Schuß Kokain. Als ich das letzte Mal von ihm hörte, hatte er gerade gelobt, sich in ein Sanatorium einweisen zu lassen, um eine Ausnüchterungskur zu machen, oder wie immer das heißen mag, was Süchtige machen, um Gevatter Tod von der Schippe zu springen. Ich hoffe, er schafft es. Im Grunde ist er nämlich ein netter Kerl. Todlangweilig, aber nett.«

Sie hielten vor ihrem Haus. »Vielen Dank für einen interessanten Tag, Mr. Van Weber.«

»Ist es nicht langsam Zeit, daß du Lacey zu mir sagst und ich zu dir Dottie?«

»Offen gestanden hatte ich schon das niederschmetternde Gefühl, daß du nie mehr etwas zu mir sagen würdest.«

»Nicht doch, junge Frau. Du mußt lernen, mehr Selbstvertrauen zu haben. Ich bin daran gewöhnt, daß man mir Fragen stellt und Leute versuchen, in meiner Vergangenheit herumzustöbern. Es hat mir großen Spaß gemacht, dem *Graphic* das Interview zu geben, obwohl mir stark davon abgeraten wurde.« Von wem wohl, fragte sich Mrs. Parker. »Ich habe das Interview gegeben, um allen weiteren Fragen über mich einen Riegel vorzuschieben.«

»Du konntest ja nicht ahnen, daß ich alte Klette aus dem Hinterhalt angekrochen kommen würde.«

»Eine charmante Wende der Ereignisse. Du bist eine reizende Begleiterin, ich genieße deinen Witz, und es war herrlich, mit dir zu schlafen.«

»Ich bin so froh, daß du das gesagt hast«, sagte sie leicht vorwurfsvoll. »Meistens bin ich auf Matinées noch nicht in Bestform.«

»Was dein Frage- und Antwortspiel betrifft« - er lächelte wie ein satter Kater, womit er ihr nebenbei kundtat, daß er wieder ganz Herr der Lage war -, »ich fand es amüsant. Hast du erfahren, was du wissen wolltest?«

Freches Schwein, dachte sie, als sie aus dem Wagen ausstieg. »Lacey, alter Junge, ich glaube, ich habe ein paarmal ins Schwarze getroffen.«

»Bin ich immer noch eingeladen, dich heute abend auf Neysa McMeins Party zu begleiten?«

»Wenn du bereit bist, natürlich. Die Stimmung heizt sich meistens nicht vor zehn Uhr auf. Warum klopfst du nicht einfach um die Zeit an meine Tür, und dann können wir Arm in Arm fröhlich über den Flur zu Neysa hüpfen.«

»Also bis später.« Er fädelte sich in den Verkehr ein und ließ sie in einer Abgaswolke auf dem Bürgersteig stehen.

Zehn Minuten vor sechs rief Jacob Singer von einem öffentlichen Telefon in einem Zigarrenladen, der sich unweit von Bela Horathys Praxis befand, den Doktor an. Wie er es gehofft hatte, war Cora Gallagher am Apparat. Kurz zuvor hatte er den diensthabenden Sergeant vom Revier aus anrufen und sich die Sprechstunden des Doktors durchsagen lassen. Von zwei bis sechs Uhr nachmittags, die Vormittage nach Vereinbarung. Er war sich sicher, daß sie seine Stimme nicht wiedererkennen würde, da sie ja am Vortag kaum ein paar Sätze gewechselt hatten. Er fragte, ob er innerhalb der nächsten zehn Minuten den

Doktor sehen könne, woraufhin sie ihm kurz angebunden mitteilte, daß die Praxis gerade geschlossen würde. Ob er einen Termin für den nächsten Vormittag vereinbaren wolle? Singer sagte, er werde es sie wissen lassen, und legte auf. Er verließ den Zigarrenladen, überquerte die Straße und stellte sich in einen Hauseingang, von dem aus er unbemerkt nach Cora Gallagher Ausschau halten konnte. Nach einer Viertelstunde kam sie mit großen Schritten aus dem Gebäude. Ohne ihre Schwesternuniform und in normalen Straßenkleidern sah sie aus wie eine Hausfrau aus der Gegend, die eben noch ein paar letzte Einkäufe erledigt. Sie lief, ohne Singer zu erkennen, an ihm vorbei und ging gezielt auf einen U-Bahn-Eingang am Ende der Straße zu. Dort holte Singer sie ein und bot ihr galant den Arm. Verschreckt hielt sie im Gehen inne und blickte von seiner Hand, die ihren Ellbogen hielt, auf sein Gesicht, das sie mit einem freundlichen Lächeln begrüßte. Irgendwie kam er ihr bekannt vor, aber sie konnte ihn nicht einordnen. »Was wollen Sie?« fragte sie barsch.

»Ich möchte mit Ihnen reden. Wir sind uns gestern in Ihrem Büro begegnet. Ich war mit Dorothy Parker und Alexander Woollcott dort.«

Ihr Gesicht wurde aschfahl. »Ich erinnere mich. Sie sind der Detective. Also, was wollen Sie?«

»Ich hätte jetzt gern ein Sodawasser mit Eiskrem. Auf der Lexington gibt's eine nette Eisdiele.«

»Ich bin schon spät dran. Ich muß nach Hause.«

»Sie werden eher nach Hause kommen, wenn sie mir ein bißchen Ihrer Zeit schenken. Und wenn wir uns nicht bald von diesem Eingang wegbewegen, besteht die Gefahr, daß man uns zu Tode trampelt. Also, wie steht's? Ein Erdbeersoda mit Vanilleeis. Genau die Krönung für einen heißen Tag wie diesen.«

»Sie haben kein Recht, mich in dieser Weise zu belästigen.«

»Ich dachte, eine Eisdiele wäre weitaus freundlicher als mein Büro auf dem Revier. Da ist es öde, schmuddelig, heiß, und es stinkt. Seien Sie nett, und vielleicht lade ich Sie ja zum Polizeiball ein.«

Bela Horathy stand unter dem Vordach vor seinem Gebäude. Er klemmte sich ein Monokel in sein rechtes Auge und versetzte seinem grauen Derbyhut einen kessen Klaps. Er brachte seinen Spazierstock, der von seiner rechten Hand herabhing, in Position und schaute plötzlich scharf zum U-Bahn-Eingang hinüber, wo er seine Praxishilfe wahrnahm, die sich gerade mit einem Mann unterhielt. Erst nachdem die beiden um die Ecke und außer Sichtweite in die Lexington Avenue eingebogen waren, fiel ihm ein, daß der Mann in Coras Begleitung Detective Jacob Singer war. Horathy beeilte sich, in sein Büro zurückzukehren.

Lacey Van Weber hatte sich in die Einsamkeit des Arbeitszimmers in seinem Penthouse am Central Park South zurückgezogen. Er trug seinen Lieblingsmorgenrock, den Paul Poiret aus Paris für ihn entworfen hatte. Eins der Fenster ließ sich zur Terrasse hin öffnen, die den Blick über den Central Park freigab. Er hielt ein hohes Glas Scotch mit Wasser und nur einem kleinen Stückchen Eis in der Hand, das perfekte Bild des perfekten Gentleman, der die Abenddämmerung vor ihrem perfekten Hintergrund genießt. Alles an ihm war perfekt, nur nicht sein Gemütszustand. Sein Butler hatte ihm eine Nachricht überreicht, die während seiner Abwesenheit eingetroffen war. Er würde einen wichtigen Telefonanruf eines sehr wichtigen Gentleman erhalten, der eine besondere Gabe besaß, andere wichtige Gentlemen zu kreieren. Van Weber nahm einen Schluck von seinem Drink und sah den Spaziergängern im Park zu. Von dem Verkehrsbrausen der Straßen, die unten entlangliefen, hoben sich die fernen Klänge eines Orchesters ab, das zum Tanztee im Park-Casino aufspielte. Aus einer anderen Richtung vernahm er die Drehorgelklänge eines Karussells und von einer weiter unten gelegenen Terrasse das verführerische Lachen einer Frau. Hinter ihm klingelte das Telefon; er beeilte sich, den Hörer abzunehmen. Es war ein Privatanschluß, zu dem sein Personal keinen Zugang hatte. Er setzte sich an seinen Schreibtisch und meldete sich. Die Stimme am anderen Ende war herzlich und melodiös, sie zeugte von guter Erziehung und perfekten Manieren. Sie stellte eine Frage, und Van Weber beschrieb seinen Tag mit Mrs. Parker, wobei er nichts ausließ. Er war präzise und geschäftsmäßig, als ob er das Protokoll einer vorhergegangenen Vorstandssitzung eines respektablen Unternehmens verlesen würde. Ja, Mrs. Parker schnüffele in der Tat ziemlich viel in der Gegend herum. Ja, er sei ihren Fragen mit der Präzision eines Meisters im Gesellschaftstanz ausgewichen. Ja, sie sei eine ziemlich clevere Frau und ja, sie sei eng mit Jacob Singer in Angelegenheiten verstrickt, in denen es um Mord und Rauschgift ging, und er stimme zu, daß sie gefährlich werden könne. Sein Gesicht verriet nichts, als er erfuhr, daß ein Anschlag auf Woollcotts Leben fehlgeschlagen war. In der Abendzeitung, die er sich gekauft hatte, hatte nichts darüber gestanden. Auch er fand es klüger, an Mrs. Parker dranzubleiben und fortzufahren, sie bis zum Wochenende auf die falsche Fährte zu lenken und sein Bestes zu tun, um etwaige Pannen zu vermeiden. Jacob Singer sei etwas anderes. Darauf habe er keinen Einfluß. Ihm wurde mitgeteilt, daß dies von seiner Seite aus nicht nötig sei. Auf die Frage, ob er eine kleine Schwäche für Mrs. Parker entwickele, hielt er sich eben noch zurück, »ganz gewiß nicht!« zu rufen. Er sagte, daß sie charmant und witzig und im Bett außergewöhnlich begabt sei, und daß es ihm keine Mühe bereite, die Zeit mit ihr zu verbringen. Er sagte, daß er sie in wenigen Stunden auf eine Party bei Neysa McMein begleiten würde, woraufhin er eindringlich gewarnt wurde, dort auf der Hut zu sein; diese Clique kämpfe mit harten Bandagen. Er erfuhr auch, daß Bela Horathy ein kleines Problem mit seiner Sprechstundenhilfe habe, da er sie zusammen mit Jacob Singer gesehen hatte. Van Weber gab dazu keinen Kommentar ab und wartete.

Er bekam noch mehr zu hören. Raft hatte von dem »Mann« eine Warnung bekommen, und diesmal bestand Anlaß zur Hoffnung, daß das kleine vorwitzige Arschloch seine Lektion gelernt habe. Darüber hinaus würde die größte Schiffsladung, an die sich das Unternehmen jemals herangewagt habe, am Samstagabend eingeschmuggelt werden. Ob es ihm möglich sei, ein improvisiertes Wochenende in East Cove zu organisieren, zu der Mrs. Parker, Woollcott und einige andere geladen würden, so daß ihr grandioser Coup, an dem sie jahrelang geübt hatten, jetzt mit einem herausragenden Erfolg abgeschlossen werden konnte? Van Webers Mund war trocken, seine Stimme rauh. Er würde wegen des Wochenendes sein Bestes tun. Aber diese Leute seien wie Quecksilber. Die Stimme am anderen Ende war höflich, aber bestimmt. Das improvisierte Wochenende sei notwendig, um die Ankunft der Ladung zu tarnen. Es folgte ein Versprechen, daß Van Weber bald ein sehr reicher Mann sein würde, reich genug, um nach Europa zurückzukehren und eine endgültige Identität für sich aufzubauen. Ob Van Weber verstanden habe? Van Weber verstand.

Ein zartes Klopfen machte sich an der Tür bemerkbar. Sein Diener verkündete, daß sein Badewasser eingelaufen sei. Van Weber rief, daß er in wenigen Minuten kommen würde. Ins Telefon sagte er Auf Wiedersehen, bis später, und nachdem er eingehängt hatte, nahm er einen sehr tiefen Schluck von seinem Drink und starrte aus dem Fenster in den Park hinaus.

Mrs. Parker. Was sollte er mit Mrs. Parker machen? Was tun? Was tun? So habe ich nicht mehr für eine Frau empfunden, seit . . . ach, kommt es darauf an? Aber Mrs. Parker ist etwas anderes, und ich traue mich nicht, es ihr zu sagen. Ich werde mich niemals trauen, es ihr zu sagen. Ich darf nicht soviel für Dorothy Parker empfinden.

Zwölftes Kapitel

Cora Gallaghers Zitronenlimo wurde langsam warm. Sie hatte sie noch nicht einmal probiert. Sie stand vor ihr auf dem Tisch, unbeachtet, ungewollt, wie ein Waisenkind ohne Zukunft. Sie und Jacob Singer teilten sich eine ruhige Nische am rückwärtigen Teil der Eisdiele. Jacob hatte die Bestellung aufgegeben und sich die langen Vorreden gespart.

»Miss Gallagher, Sie haben ein Vorstrafenregister.«

»Das ist mir nicht neu. Ihnen?«

Sie war offenbar entschlossen, die Sache offensiv anzugehen. Das gefiel Singer. Er wollte, daß sie Mut zeigte, denn am Ende ihrer Unterredung würde sie ihn brauchen. »Miss Gallagher, seit ich festgestellt habe, daß ich anders gebaut bin als die Mädels, wundere ich mich über gar nichts mehr. Ich weiß, daß Sie es eilig haben; ich hab's auch eilig, verschwenden wir also keine Zeit und kommen wir zur Sache. Wer war vorgestern Horathys letzter Patient?«

»Vera DeLee.«

»Ich sagte doch, wir wollen keine Zeit verschwenden. Ein Mann war auch da. Der Fahrstuhlführer hat ihn gesehen. Er fuhr mit DeLee im Lift herunter. Sie verließen zusammen das Gebäude. Sie gingen zu ihr. Der Liftboy dort bestätigt die Aussage, daß der Mann mit zu DeLees Wohnung raufgefahren ist.« Die Limo und das Eiskrem-Soda waren serviert worden, und ein ungeduldiger Singer hatte der Kellnerin gesagt, sie solle bloß nicht so ein Gewese machen. Sie hatte mit ihrem Gewese aufgehört und war verschwunden. Cora Gallagher hatte den Wunsch, sich in Luft aufzulösen, aber sie wußte, daß das nicht ging; sie arbeitete für einen Doktor und nicht für einen Zauberer. Singer löffelte ein wenig von seinem Eis und beschloß, daß sie genug Zeit zum Nachdenken bekommen hatte. »Zwingen Sie mich nicht, ungemütlich zu werden, Miss Gallagher. Dieser Mann steht im Verdacht, DeLee ermordet zu haben.« Er wartete zwanzig Sekunden. »Wann haben Sie zuletzt Ihren Bewährungshelfer gesehen?«

»Ich weiß nicht, wie der Mann heißt, das ist die Wahrheit. Er ist einer der Patienten, die Horathy nach Sprechstundenschluß empfängt, wie DeLee. Er gibt ihnen ihre Auffrischungsspritzen.«

»Geben Sie mir eine, Miss Gallagher. Beschreiben Sie ihn.«

Sie beugte sich vor. »Wollen Sie mir bitte glauben, wenn ich Ihnen sage, daß ich sein Gesicht noch nie genau gesehen habe? Wollen Sie mir bitte glauben?«

»Wieso nicht?«

»Weil er immer ein Taschentuch vor seine Nase hält. Und zwar hält er es so, daß es den größten Teil des Gesichts bedeckt. Außerdem bin ich nicht immer nach sechs Uhr in der Praxis. An manchen Abenden gehe ich, bevor Horathy Schluß macht, und ich weiß nicht, was da abläuft, das ist die Wahrheit, so wahr mir Gott helfe!«

»Ich glaube Ihnen ja, ich glaube Ihnen. Mögen Sie Ihr Getränk nicht?«

»Ich habe keinen Durst. Darf ich jetzt gehen?«

»Noch nicht. Ich fühl mich immer so einsam. Wie groß ist der Knabe?«

»Nun, er ist ungefähr so groß wie Sie.« Singer nickte und saugte an seinem Strohhalm. »Breite Schultern, ich meine echte, nicht ausgestopfte; so was kann ich beurteilen.« Singer machte mit seinem Strohhalm gurgelnde Geräusche. Er hatte Gurgelgeräusche mit Soda-Strohhalmen gemacht, seitdem er begriffen hatte, worum es bei Eiskrem-Soda ging. »Kein Dickwanst. Ich schätze, er müßte etwa in Ihrem Alter sein.«

»Auf was ist er drauf?«

»Das weiß ich nicht.«

»Horathy hat doch seine Unterlagen, oder?«

»Es gibt da einen abgeschlossenen Aktenschrank, zu dem ich keinen Zugang habe. Er behält den Schlüssel. Und es gibt nur einen Schlüssel.«

»Hat Ihnen der Mann neulich abend nicht seinen Namen genannt?«

»Er sagte so was wie Der Mann oder Mr. Man. Ich schwöre, so wie er den Lappen über seinen Mund hielt, konnte ich gar nicht richtig verstehen, was er sagte.«

»Wie klang seine Stimme?«

»Heiser. Unangenehm. Ich schwöre bei Gott dem Allmächtigen, ich war schon völlig außer mir, weil DeLee im kleinen Empfangszimmer ohnmächtig geworden war, und ich hatte eine rasende Angst, daß sie vor meinen Augen abkratzt.«

»Spritzt Horathy normalerweise mehr als gut ist?«

»Was meinen Sie damit?«

»Überdosis.«

»Himmel, nein! Er ist sehr vorsichtig. Er will ja keine Mumie am Hals haben. Er ...« Sie lehnte sich vollkommen niedergeschlagen zurück. Nun hatte Singer bekommen, was er gesucht hatte. Sie hatte zuviel geredet. Er war sehr zufrieden mit sich und spielte mit dem Gedanken, ihre Zitronenlimonade zu übernehmen, aber er fühlte sich schon von seinem Eiskrem-Soda ein bißchen unwohl. »Geben Sie mir eine Chance, Mr. Detective. Wenn Horathy erfährt, daß wir hier zusammensitzen, kann ich den Good-Bye-Blues singen.«

»Schwester, Sie werden sich um Horathy bald keine Sorgen mehr machen müssen. Sprechen wir noch mal von DeLee. Der Autopsiebericht hat festgestellt, daß sie bis über beide Ohren in Stoff schwamm.«

»Wir glauben, daß sie etwas eingenommen hatte, bevor sie in die Praxis kam. Das hat sie vorher auch schon gemacht. Horathy hat sie gewarnt. Aber sie hatte dieses Nierenleiden. Ich glaube, es hat sie nach und nach umgebracht. Sie hatte fürchterliche Schmerzen.«

»Wie stand Horathy zu Rudolph Valentino?«

»Ich kann da nur raten. Ich glaube, daß sie sich vor Jahren in Hollywood kennengelernt haben. Horathy mochte ihn nicht.«

»Und wie war das mit Ilona Mercury?«

»Sie war damals Horathys Freundin.«

»Als sie noch Magda Moreno hieß?«

»Davon weiß ich nichts. Ilona war ein falscher Fuffziger. Sie lebte in einer ganz anderen Welt. Sie hatte eine Menge Welten. Ein paar waren ungarisch. Manche russisch. Einmal war sie Französin. Sie verfügte über ein breites Repertoire an Akzenten.«

»Und Einbildungskraft.«

»Und Einbildungskraft. Wir waren ziemlich erstaunt, daß sie in einer Ziegfeld-Revue untergekommen war. Denn sie war ja mindestens zehn Jahre älter als seine anderen Showgirls, verstehen Sie. Sie hatte aber einen fabelhaften Körper.«

»Auf dem Seziertisch sah sie gar nicht so fabelhaft aus.«

»Ich weiß nichts darüber, wie sie gestorben ist, das schwöre ich beim Grab meiner Mutter.«

»Ihre Mutter lebt draußen in Bensonhurst.« Immerhin hatte sie den Anstand zu erröten. »Schwören Sie lieber beim Grab Ihres Mannes.«

»Da spuck ich drauf.«

»Das ist es, was mir an manchen von euch Weibsbildern so gefällt. Dieses Herzliche. Was war zwischen Mercury und Horathy? Wofür hat er sie bezahlt? War es banale Bestechung oder irgendwas Anspruchsvolleres?«

»Ein bißchen von beidem. Sie führte ihm Patienten zu.«

»Also Junkies.«

»Nehme ich mal an.«

»Muß ich erst bitte bitte sagen?«

»Also gut, verdammt noch mal, ja.« Sie sackte in ihrem Sitz zusammen. »Glauben Sie mir, wenn ich Ihnen erzähle, daß ich versucht habe, da rauszukommen? Glauben Sie mir das?«

»Ich glaube Ihnen, Miss Gallagher. Ich glaube Ihnen wirklich. Warum tun Sie's nicht?«

»Ich habe Angst.« Sie schaute sich um, als wäre es ihr zum erstenmal in den Sinn gekommen, daß jemand ihr Gespräch mitanhören könne.

»Wie sind Sie überhaupt an Horathy geraten?«

»Schon mal auf Bewährung gewesen, Mr. Detective? Schon

mal mit einem Vorstrafenregister einen anständigen Job gesucht? Prostitution, Diebstahl, das waren die Angebote, in der Reinigung an der Mangel stehen. Davon hab ich im Knast genug gehabt. Ich kannte Sid Curley. Kennen Sie ihn?«

»Kannte ihn. Er steht auf der Liste der vermißten Personen.«

»Mein Gott«, flüsterte sie.

»Wir nehmen an, daß man ihn auf der Mitte des Hudson beerdigt hat. Ich wünschte, sie würden damit aufhören. Es verscheucht die Fische, habe ich gehört. Also Curley hat Sie bei Horathy untergebracht.«

»Ja.«

»Wer hat Ihnen Ihre Zulassung als Sprechstundenhilfe verschafft?«

»Jemand mit einer direkten Leitung zum Rathaus.«

»Jemand wie vielleicht Richter Crater?«

»Vielleicht.« Sie sah müde und abgespannt aus. Singer schätzte sie nicht älter als knapp über dreißig. Im Moment sah sie aus wie fünfzig.

»Kennen Sie Lacey Van Weber?«

»Horathy hat mal seinen Namen erwähnt.«

»Ist er ein Patient?«

»Nein.«

»Aber sie sind befreundet.«

»Ich glaube, ja.«

Singer wurde langsam ungeduldig. »Was heißt, Sie glauben? Horathy war genau an dem Abend auf Van Webers Party, als man Valentino was ins Glas geschmuggelt hat. Valentino hat ihn wüst beschimpft, Ihren guten Doktor.«

»Sie mochten Valentino nicht.«

»Da wette ich drauf. Er hat zuviel über die Nadelparties damals in Hollywood gewußt. Wahrscheinlich wußte er genausoviel über die Dinge, die sich hier abspielen. Wissen Sie, ob Van Weber ein guter Tänzer ist?«

Sie schnaubte. »Was für eine blöde Frage. Bis jetzt waren Sie klasse. Woher soll ich wissen, ob er ein guter Tänzer war? Er hat mich noch nie zum Tanztee ins Plaza eingeladen.«

»Vielleicht wird es eines Tages irgend jemand tun.«

»Klar. Cora Gallagher. Die Ballkönigin. Was wollen Sie sonst noch wissen?«

»Macht es Ihnen langsam Spaß, ja?«

»Ich stecke schon bis zum Hals im Wasser, da kann ich ruhig noch ein bißchen schwimmen.«

»Erzählen Sie mir, wen er mit Stoff versorgt. Ich will große Namen hören.« Sie spulte einige Namen herunter. »Das war wirklich ausgezeichnet, Miss Gallagher. Setzen, eins. Wer ist sein Verbindungsmann bei der Polizei?«

»Ich schwöre Ihnen, das weiß ich wirklich nicht.«

»Aber es gibt jemanden.«

»Muß ja wohl, oder?«

»Richtig. Das ist der springende Punkt. Es muß jemanden geben. Cora, sie waren ein braves Mädchen. Ist zwar schade, daß Sie Ihre Limo verschmäht haben, aber mir haben Sie gutgetan.« Er erklärte ihr, wie sie sich mit ihm in Verbindung setzen könnte, falls sie ihn brauchte. Sie hoffte, daß es nicht nötig sein würde, aber beide wußten es besser. »Jetzt gehen Sie lieber allein hier raus. Sie können nach Hause gehen.«

»Ich gehe nicht nach Hause. Ich werde mir Gloria Swansons neuen Film ansehen. Da fühle ich mich gleich besser. Sie gerät immer in noch größeren Schlamassel als ich. Tschüs. Und danke für die nette Karussellfahrt.«

Sag ihm, daß der Mann hier ist. Oder Mr. Man. Oder vielleicht Mr. Mann. Wer weiß.

Mrs. Parker, von einem kühlenden Bad erfrischt, kam endlich bei Woollcott durch. »Deine Leitung war fast eine Stunde lang besetzt«, schimpfte sie. »In der Zeit hätte ich empfangen und abtreiben können.«

»Na und, hast du?« schnarrte Woollcott.

»Ich hatte vielleicht einen Tag.«

»Kein Vergleich zu meinem!« Er malträtierte ihre Ohren mit einer dramatischen Wiedergabe von dem Anschlag auf sein Leben, die Mrs. Parker ihrerseits mit einem gelegentlichen »O nein!«, oder »Um Himmels Willen, nein!«, oder »O armer Alec« unterbrach. Nachdem er geendet hatte, hörte sie Woollcott nach Luft schnappen. Sie hätte ihm einen tosenden Beifall von Herzen gegönnt. Immerhin bot sich jetzt die Gelegenheit, ihren eigenen Senf dazuzugeben.

»Ich bin froh, daß Jacob dich unter Polizeischutz gestellt hat.«

»Polizeischutz! Ich weiß ja nicht einmal, wie der Mann aussieht. Ich habe die Befürchtung, daß ich den Rest meines Lebens damit zubringen werde, über meine Schulter zu gucken!«

»Nun ja, Alec, immerhin bist du ein Held. Und der Himmel weiß, daß wir unter einem schweren Mangel an Helden leiden. Hast du eine Ahnung, wo Jacob steckt? Ich habe ihn pflichtschuldigst um sechs im Revier angerufen, aber er war nicht da. Übrigens hat er mich auch den ganzen Tag beschatten lassen.«

»Das möchte ich auch stark hoffen, jetzt, wo unsere beiden Köpfe auf dem Schaffot liegen.«

»Ich sehe mich zwar nicht ganz als Ann Boleyn, doch ich schweife ab.« Sie fragte sich außerdem, ob der Mann, den man auf sie angesetzt hatte, durch irgendein Wunder mitbekommen hatte, was in Lacey Van Webers Schlafzimmer geschehen war. »Ich muß euch beide noch vor Neysas Fete sehen.«

»Siehst du auch. Um Punkt acht Uhr, bei dir in deiner Bude. Jacob hat das beim Lunch mit mir ausgemacht.«

»Oh, wie nett, ihr habt zusammen Mittag gegessen.«

»Es war sehr freundlich und aufmerksam von ihm, mir in der Stunde der Not zur Seite zu eilen. Auf jeden Fall, mein beflecktes Veilchen, es ist jetzt schon nach sieben, und ich habe meine Abendtoilette noch nicht ganz beendet. Gib mich frei, und wir sehen uns um acht.«

»Sei bitte sehr vorsichtig.«

»Das sagt sie mir jetzt.« Sie hängten gleichzeitig ein. In einer seltenen Anwandlung von Zuverlässigkeit rief Mrs. Parker Charlotte Royce an, und hatte sie gerade verpaßt. Sie war schon auf dem Weg ins Theater. Mrs. Parker hinterließ eine Nachricht und bat dann das Fräulein vom Amt, die Nummer von Lily Robson festzustellen. Die Nummer wurde festgestellt, aber Miss Robson war ebenfalls nicht zu Hause.

In einem Schlafzimmer in der Baracke für die Angestellten auf Van Webers Anwesen in East Cove fragte der Mann mit der Stahlplatte im Kopf und dem fehlenden Ohrläppchen seinen Zimmergenossen, den Mann mit der Narbe, die über seiner rechten Wange vom Ohr bis zum Mund verlief, ob er mit nach Great Neck fahren wolle, um sich einen Film anzusehen.

»Was für'n Film?«

»Dachte da an *The Black Pirate*.«

»Wer spielt mit?«

»Douglas Fairbanks.«

»Diese Schwuchtel.«

»Is keine Schwuchtel. Er ist mit Mary Pickford verheiratet.«

»Viele Schwuchteln heiraten.«

»Aber nicht Mary Pickford. Also was is, kommste mit oder nich?«

»Ich komm nich. Zu müde. Die Nacht auf dem Fluß gestern hat mich umgehauen. Wo nimmst du bloß diese viele Energie her? Du rennst zuviel in der Gegend rum. Mach mal halblang. Weißte, hier wirste bald lernen, halblang zu machen. Weißte doch, daß wir Sonnabend ne große Nacht haben. Jede Menge Kilos zum Abladen. Oder weißte nich?«

»Doch, hab ich gehört.«

»Willste also immer noch ins Kino?«

»Klar geh ich. Is doch noch früh, oder?«

»Du wirst ne Genehmigung brauchen.«

»Hab ich schon.«

»Okay. Mach nich so'n Lärm, wenn du nach Hause kommst.«

Yudel Sherman war erschöpft. Jemanden in der Stadt zu beschatten war eine Sache, ein Kinderspiel mit all den Hauseingängen, in denen man Schutz suchen konnte, wenn man meinte, daß der Beschattete Verdacht schöpfte. Aber draußen im Freien gab es keine Hauseingänge, vielleicht mal einen Baum, hinter dem man sich verstecken konnte, nicht aber hinter dem Steuer eines Ford, dessen Notsitz klapperte. Das einzige, was ihm an der Sache Freude machte, war das starke Fernglas, mit dem man ihn ausgestattet hatte. Damit hatte er ein paar Dinge zu sehen bekommen, die er nicht erwartet hatte, und er genoß den Anblick von Jacob Singers errötenden Wangen, als er ihn darüber informierte, was er ganz nebenbei im Schlafzimmer eines gewissen Jemand in East Cove beobachten konnte. »Wahrscheinlich haben sie gedacht, da draußen wäre es nicht nötig, die Rollos herunterzuziehen.«

»Hast du eigentlich gar keinen Respekt vor dem menschlichen Privatleben?« fragte Al Cassidy.

»Ich hab sie zufällig gesehen«, verteidigte sich Yudel.

»Klingt in meinen Ohren nicht sehr nach Zufall«, sagte Cassidy.

»War auch kein Zufall, sondern ein Unfall – eine Art Frontalzusammenstoß.«

Singer tippte seine Notizen über das Interview mit Cora Gallagher ins reine. Hin und wieder schaute ihm Cassidy über die Schulter. Singer bat ihn, endlich damit aufzuhören, ihm seinen heißen Atem in den Nacken zu pusten und schlaue Kommentare abzugeben.

»Ist irgendwas Besonderes für heute abend geplant?« fragte Cassidy.

»Nein. Aber bleib mit dem Revier in Kontakt.«

»Wo bist du, Jake?« fragte Yudel.

»Ich gehe mit Woollcott auf eine Party.«

»Gehst du jetzt fest mit ihm?« fragte Cassidy.

»Nein«, antwortete Singer, »er hat mir noch keinen Antrag gemacht.«

»Warum eigentlich nicht, frag ich mich«, beharrte Cassidy.

»Ich glaube, er ist nur schüchtern. Und warum gehst du jetzt nicht Abend essen oder fickst dich selbst, was immer du dringender nötig hast.«

»Okay. Bis später.« Cassidy war gegangen.

»Willst du noch mehr hören«, fragte Yudel, »oder habe ich dir genug erzählt?«

»Du hast mir nichts über das Anwesen erzählt, was wir nicht schon vorher wußten.«

»Sieht wirklich hübsch aus. Lauter Faune aus Marmor und solche Geschichten. Wirklich schade, daß man es nicht für was Sinnvolles verwendet.«

»Für sie ist es sinnvoll. Yudel, du mußt hier nicht rumhängen.«

»Ich weiß nicht, wo ich hingehen soll.«

»Geh nach Hause zu deiner Frau!«

»Ach ja, die hab ich ganz vergessen.«

»Warum versuchst du nicht, sie anzurufen. Vielleicht ist es ja immer noch dieselbe Nummer.«

»Sehr witzig.«

Texas Guinans Apartment in Greenwich Village war ein Ausbund an schlechtem Geschmack. An der Stelle von Türen gab es Perlenvorhänge, die, wie ihr einmal ein alter Beau geschmeichelt hatte, wahrscheinlich von ihren runden, glänzenden Augen inspiriert worden waren. Die Möbel waren mit ausgefranstem altem Plüsch bezogen, wobei die Farben Orange, Rot und Braun dominierten. Über das ganze Zimmer verstreut fand sich eine Ansammlung pausbäckiger Kewpie-Puppen und Teddybären jeglicher Couleur. Der Flügel stöhnte unter dem Gewicht zahlreicher gerahmter Fotografien von Prominenten und Verwandten (sie betete ihren Bruder, Tommy Guinan, an, einen Schmalspur-Gangster, der bei Larry Fay in Lohn und Brot stand), einige signiert, einige gefälscht, wie zum Beispiel die des Präsidenten Calvin Coolidge, der Indianerkopfschmuck trug. Von den Fenstern fiel ein in dekorativen Falten drapierter grüner Samtstoff, der kunstvoll von zwei Ex-Prostituierten genäht worden war. Sie hatte ihnen die Nähmaschinen zur Verfügung gestellt (genauer gesagt, hatte sie sie einem Sproß der Singer-Familie abgeschwindelt, der ihr einen Gefallen schuldete). Der Teppich, der den Fußboden des Wohnzimmers bedeckte, war mit schamlosen Faunen und Satyren durchwoben. Texas ruhte in diesem Moment auf einer Chaiselongue, wobei sie wünschte, daß Raft aufhören würde, einen Trampelpfad in ihren liebsten Fußbodenbelag einzutreten.

»Also, was soll ich jetzt für dich tun?« knurrte Guinan, während sie nach einer Ginflasche griff, um das Glas, das sie in der Hand hielt, wieder aufzufüllen.

»Ich will, daß du ihnen sagst, sie sollen mich in Ruhe lassen. Dieses Schwein hätte mir fast die Rippen gebrochen! Stell dir vor, ich hätte heute abend tanzen müssen, stell dir das mal vor!«

»Du mußt ja heute abend nicht tanzen, und kannst du dich um Himmels willen nicht mal irgendwo hinsetzen, mir wird von deinem Hin und Hergelaufe ganz schwindlig. Wenn du hin und herlaufen willst, geh zum Roosevelt Krankenhaus rüber und warte, daß irgendeine dumme Pute ein Kind kriegt.«

Raft sank verdrießlich in einen Lehnstuhl. »Van Weber hat mir was versprochen. Er hat mir ne Menge Dinge versprochen.«

»Na klar. Genauso wie dir Valentino was versprochen hat.«

»Rudy wollte immerhin eine Talentprobe für mich arrangieren, oder?«

»Wollte er?«

»Hat er jedenfalls gesagt.«

»Jetzt wirst du's nie erfahren.«

Er sprang wieder auf. »Ich sag dir, ich muß aus dieser Stadt raus.«

»Warum gehst du nicht für ein paar Monate nach Chicago?«

»Willst du mich loswerden?«

»O Mannomann, du bist doch derjenige, der andauert rumjammert, daß er abhauen will!« Sie nahm einen kräftigen Schluck Gin, zwinkerte vergnügt und schnalzte genüßlich die Lippen. »Was für eine köstliche Art zu sterben!«

»Die sollen mich bloß in Ruhe lassen, die sollen mich wirklich lieber in Ruhe lassen.«

»Sonst . . .?«

»Werden sie schon sehen.«

»Werden sie gar nicht sehen. Sonst siehst du nichts. Jetzt setz dich hin und erzähl mir, wie umwerfend ich bin. Und wenn du dann vielleicht ein guter Junge bist, nehme ich dich auf eine richtig wilde Party mit. Verstehst du, Georgie, es ist so, wie ich dir immer wieder sage. Du bist zu ungeduldig. Du drängelst dich wo rein, wo man dich nicht haben will. Man hat dir gesagt, du sollst es gut sein lassen und erst mal die Segel streichen. Man hat dir gesagt, wenn du wie ein guter Junge ihre Botengänge besorgst, dann würden sie auch das Geld investieren und dich für die große Stunde vorbereiten. Aber du darfst sie nicht hetzen. Du mußt ihnen erlauben, es dann zu tun, wenn sie den Zeitpunkt für gekommen halten. Guck mich an. Guck mal, wie weit sie mich gebracht haben. Und guck dir Van Weber an. Ihn haben sie ziemlich groß rausgebracht.« Er wollte etwas sagen, aber sie machte eine Handbewegung, die besagte, daß sie nicht unterbrochen werden wollte. »Ich war nicht ungeduldig, und Van Weber war nicht ungeduldig. Also sei du's auch nicht. Du mußt außerdem noch lernen, erst zu denken, bevor du redest.«

»Was soll das heißen?«

»Du denkst nicht. Du redest einfach drauflos. Die Hälfte der Zeit klingst du so, als wüßtest du nicht, was du sagst. Und ein bißchen zu oft sagst du die falschen Sachen. Kleine Sachen, aber die falschen kleinen Sachen. Ich habe von deinem Versprecher über Denny erfahren.«

»Mehr war's auch nicht! Ein Versprecher!«

Sie schwang ihre Beine von der Chaiselongue und setzte sich wütend auf. »Ein verdammt gefährlicher Versprecher! Darum haben sie dir auch den Mann auf dein Zimmer geschickt.«

»Du hast gewußt, daß man ihn mir schickt, und hast mich nicht gewarnt?«

»Tex Guinan kümmert sich um Nummer Eins, und zwar nur um Nummer Eins, und das ist Tex. Das hab ich dir gesagt, als wir miteinander angefangen haben. Ich bin kein kleines Küken mehr, Bürschchen. In jeder anderen Gesellschaft wäre ich eine Remittende, der Schnee von gestern. Dank dieser Typen, Gott segne jeden einzelnen dieser mordenden Mistkerle, bin ich die einzige und einmalige Texas Guinan! Die Königin der Nachtclubs!« Sie schwenkte kaiserlich ihre Ginflasche - ihr Zepter. »Und eines Tages wird die ganze Welt erfahren, wer Georgie Raft ist. Aber in der Zwischenzeit, während sie noch auf die Nachricht warten, komm mal hier rübergekrochen und gib mir einen dicken fetten, schweinisch feuchten Kuß.«

Mrs. Parker hatte in weiser Voraussicht chinesisches Essen für ihre Besucher bereitgestellt. Neysa McMein verköstigte ihre Partygäste selten mit mehr als Erdnüssen und anderen Knabbereien, da sie nicht von ihrer Hauptattraktion, dem selbstgemachten Gin, ablenken wollte. Woollcott war kein Fan von chinesischem Essen, aber bald umgarnte und bezirzte ihn der vorzügliche Duft, und er packte sich den Teller voll. Jacob Singer liebte chinesisches Essen, er konnte es mühelos sieben Tage die Woche zu sich nehmen, und diese Woche schien eine solche Woche zu sein. Mrs. Parker knabberte geistesabwesend an einem Häppchen, nachdem ihr aufgefallen war, daß sich Essen auf ihrem Teller befand. Während die Männer aßen, beschrieb Mrs. Parker das Anwesen, den beeindruckenden Schiffsanlegeplatz, die überwältigende Landschaft, wobei an diesem Punkt Woollcott gereizt feststellte, daß ihre Ausführungen in eine Ausgabe von *Vanity Fair* gehörten. Dann erzählte sie ihnen von ihrer Rundfahrt mit dem Auto und wie sich Van Weber in das Grundstück im Grundstück verfahren hatte, auf dem ein imponierendes Steingebäude mit dem rauchenden Schornstein gestanden war.

»Das ist ihr Labor«, sagte Singer.

»Woher wissen Sie das?« fragte Woollcott.

»Ich weiß es. Ich weiß einiges. Ich weiß, was sie da mit Morphium machen. Verstehen Sie was von Morphium?« Er schob seinen Teller beseite. »Es ist geruchslos, geschmackslos. Es bedarf großen Könnens und großer Geduld, um es in Kokain umzuwandeln.«

»Warum machen sie sich die Mühe?« fragte Woollcott. »Wirkt denn Morphium nicht auch als Morphium?«

»Im Kokaingeschäft steckt mehr Kohle. Der Chemiker, der

die Umwandlung vornimmt, muß wirklich was von der Sache verstehen. Denn bei der Herstellung des Pulvers setzt man sich der Gefahr von tödlichen Dämpfen und Explosionen aus.«

»Kein Wunder, daß das Gebäude so isoliert dasteht«, stellte Mrs. Parker fest.

»So ist es«, bekräftigte Singer. »Bitte fahren Sie fort.«

Er widmete sich wieder seinem Essen, während sie den Faden ihres Berichts wiederaufnahm. »Vor dem Labor habe ich zwei unglaublich häßliche Männer gesehen. Ziemlich häßlich und ziemlich bedrohlich, wie ich finde.« Sie schilderte die Narbe auf der Wange und das halb fehlende Ohr. Woollcott schnitt eine angewiderte Grimasse. Singer fuhr fort zu essen; im Moment fischte er in seinem Chop Suey nach Krabbenstückchen herum.

»Erzählen Sie uns über Van Weber«, trieb Singer sie weiter. »Was haben Sie aus ihm herausgeholt?«

»Nicht allzuviel, aber ich glaube, das, was ich bekommen habe, war erste Qualität. Das wird Ihnen bestimmt nicht gefallen, Mr. Singer, aber ich habe ihm so ungefähr alles erzählt, was in den Berichten aus Los Angeles stand.«

»Das ist schon in Ordnung. Manchmal muß man sie mit Mohrrüben füttern, damit sie den Kiefer bewegen.«

»Einmal habe ich ihn über sein Leben befragt, und ich bekam immerhin das folgende, jedenfalls vermute ich mal, daß es stimmt, und eigentlich bin ich mir ziemlich sicher. Er wurde in London geboren, kam noch als Jugendlicher nach New York, wo er, wie ich glaube, Valentino zum erstenmal getroffen hat ...«

»... und Raft«, steuerte Singer bei.

Woollcott schnipste mit den Fingern. »Natürlich! Wahrscheinlich waren sie alle zusammen kleine Tanzsaal Gigolos.«

»Ganz bestimmt«, sagte Singer, als sei es eine Selbstverständlichkeit, »darum war ja auch Van Weber sicherlich nicht sehr glücklich, als Valentino an jenem Abend mit Ilona Mercury auf seiner Party aufkreuzte. Ich habe so ein Gefühl, daß Raft die beiden auf die Party mitgebracht hat. Ich werde ihn fragen müssen, aber so wichtig ist es nicht. Wir wissen jedenfalls, daß sie da waren und eine kleine Explosion auslösten.«

»Van Weber hat sich wahrscheinlich seit jenen Jahren sehr verändert«, mutmaßte Mrs. Parker. »Ich meine äußerlich.«

»Oh, sicher«, stimmte ihr Singer zu, »er hat eine andere Ausstrahlung, weil er jetzt mehr Klasse hat.« Er lächelte Mrs. Parker an. »Machen Sie weiter. Von New York wohin – nach Hollywood?«

»Ja.«

»Hat er versucht, beim Film unterzukommen? Das Aussehen hat er ja.«

»Ich glaube, daß er dorthin gegangen ist, weil er jemanden aufsuchen wollte, den er ziemlich gut kannte, jemanden, der in dieser ganzen Drogenszene steckte. Desmond Taylor, Mabel Normand, diese Vergnügungs-Clique.«

»Okay. Klingt gut. Er trifft da draußen Horathy und Mercury, unter welchem Namen auch immer, den sie damals benutzt hat. Und dann?«

»Ich glaube, daß er in große Schwierigkeiten geriet und untertauchte.« Woollcott war von Mrs. Parkers Schlußfolgerungen hingerissen.

»Was für große Schwierigkeiten?«

»Nun, die einzige große Schwierigkeit, die ich mir vorstellen kann, wäre der Mord an Desmond Taylor. Der hat bei einer ziemlich großen Anzahl von ihnen dazu geführt, daß sie sich schleunigst verkrochen haben.«

»Mrs. Parker, wenn ich nicht gerade auf etwas Lo Mein herumkauen würde, bekämen Sie jetzt einen dicken Kuß von mir.«

»Das ist schon in Ordnung«, sagte Mrs. Parker mit einem ungewöhnlich süßen Lächeln, »ich nehme den Willen für die Tat.«

»Und was haben Sie uns noch zu erzählen?« fragte Singer.

»Hat er dir einen unsittlichen Antrag gemacht?« fragte Woollcott.

»Alec«, sagte Mrs. Parker sanft, »das hier ist meine Wohnung, kein Porzellanladen.«

»Naja, hätte er dir einen solchen Antrag gemacht und du

ihm nachgegeben, wäre das ein Weg gewesen, seine Zunge zu lockern.« Er dachte einen Moment lang nach. »So wollte ich das eigentlich gar nicht formulieren.«

»Egal wie du es formuliert hättest, Alec, es wäre sowieso immer falsch gewesen.« Sie begutachtete kritisch einen Fingernagel. »Ja, er hat mir einen unzüchtigen Antrag gemacht, ja, ich habe ihm nachgegeben, und nein, es hat seine Zunge nicht gelöst, sondern meine.« Singers Augen hafteten an seinem Essen. Sie hoffte, daß es ihm nicht peinlich war. Schließlich waren sie alle erwachsen, und was war schon ein kleines Schäferstündchen in diesen modernen Zeiten. »Wir befinden uns jetzt in seinem Auto, das mich in die Stadt zurückfährt, ich stark darauf bedacht, meinen Sechsuhr-Termin einzuhalten.«

»Einer der wenigen, den du je geschafft hast«, sagte Woollcott, während er versuchte, ein Bein über das andere zu schlagen.

»Ich bin aufs Ganze gegangen«, sagte sie, wobei sie sich nicht darum kümmerte, ob ›aufs Ganze gehen‹ die rechte Wortwahl war oder nicht. »Ich fragte ihn, wieso er sich ausgerechnet einen Schmalspur-Schieber wie Jay Gatsby zum Vorbild genommen hat.«

»Wie tapfer, meine Liebe«, war Woollcotts Kommentar.

»Nun ja, unser Junge ist nicht gerade eine Plaudertasche. Er hat etwas sehr Liebenswertes, Süß-Trauriges an sich, wenn man mal von seinen ziemlich grausamen Augen absieht, aber was seine Konversation angeht, da ist er bestenfalls eine Witzkanone. Jedenfalls hat er die Unterstellung ziemlich gut heruntergespielt, trotzdem konnte ich sehen, daß ich ins Schwarze getroffen hatte. So auch die Art, wie er auf meine Frage reagierte, ob er jemals eine Magda Moreno in Hollywood kennengelernt hätte.«

Singer schaute auf. »Sie haben uns nicht erzählt, daß Sie ihn das gefragt haben.«

»Habe ich nicht?« Sie sah aus, als hätte man sie beim Stehlen erwischt. »Ich könnte schwören, daß ich es getan habe, aber ich schätze, daß ich einfach wild hin und herspringe. Ich habe mich nicht getraut, mir Notizen zu machen, es ist alles nur in meinem

Kopf – irgendwo. Jedenfalls habe ich ihm diese Frage gestellt, und ich bilde mir ein, daß er vorübergehend Schwierigkeiten hatte, das Lenkrad zu halten.« Sie blickte ihre Freunde ernst an. »Wir verscheißern ihn ja nicht, versteht ihr. Er weiß genau, was wir vorhaben.«

»Das ist kein Geheimnis«, sagte Singer, der endlich mit seinem Essen fertig war. »Ich will, daß er Bescheid weiß. Ich will, daß sie alle Bescheid wissen. Ich will, daß sie nervös werden, unruhig . . .«

»Oder einfach nur wütend und mir nachstellen«, versetzte Woollcott übellaunig. »Liebe Güte, ist euch eigentlich klar, daß Neysas Party mein Leichenschmaus hätte werden können?«

»Was für ein entzückender Gedanke«, sagte Mrs. Parker.

Singer kam wieder zum Thema. »Ihr Freund scheint sich ziemlich sicher zu sein, daß er uns übers Ohr hauen kann, wie?«

»Allerdings. Er kommt auch zur Party.«

»Schön. Das gefällt mir«, beglückwünschte sie Singer.

»Ja, das gibt der Sache einen netten Anstrich, nicht wahr?« sagte Mrs. Parker liebenswürdig. »Ich glaube, er ist ziemlich für mich entflammt.«

»Ich glaube eher, du bist ziemlich für ihn entflammt«, konterte Woollcott.

»Es könnte leicht sein, wer weiß. Oje, ich stelle fest, daß Mr. Singer mit dieser Wende in unserer Unterhaltung gar nicht einverstanden ist. Darum werde ich euch jetzt meine Theorie unterbreiten.« Die anderen lauschten ihr aufmerksam. »Ich glaube nicht, daß irgend etwas von dem Wohlstand, den Mr. Van Weber zur Schau stellt, ihm gehört.«

»Wirklich?« Woollcott blickte starr zum Fenster hinaus und versuchte all das zu verdauen, was Mrs. Parker ihnen gerade darbot.

»Ich glaube, daß er das Aushängeschild einer Organisation ist. Er wurde von ihnen geschaffen, Lacey Van Weber zu sein, reicher Lebemann, Mann mit Geheimnissen, Landadel, obwohl keiner so recht weiß, von welchem Land und welchem Adel, ein verführerischer Prominenter, der jeden von Rang und Namen kennenlernen kann, wenn er will.« Sie fügte ein wenig traurig hinzu: »Ich glaube, eines Tages werden sie mit ihm fertig sein, und dann wird man ihn abstoßen.«

»Wie schade«, sagte Woollcott mit geheucheltem Bedauern, »wo ich gerade angefangen habe, ihn zu mögen.«

»Was glauben Sie, Mr. Singer?« Das schmachtende Element in ihrer Stimme war nicht zu überhören.

»Ich glaube, wenn Sie beide jemals mit dem Schreiben aufhören würden, könnten Sie ein verdammt gutes Detektivpaar abgeben.«

»Ist das nicht reizend. Alec, das ist doch wirklich reizend, oder?«

»Übertreib nicht, Dottie. Die Rolle der Little Eva steht dir überhaupt nicht.«

Singer lenkte die Unterhaltung auf Cora Gallagher und den Mann, der sein Gesicht hinter einem Taschentuch verbarg. Er spickte seine Informationen mit gelegentlichen Andeutungen, wobei er seine Theorien darüber aufstellte, was Ilona Mercury für eine Rolle in diesem hundsgemeinen Melodram spielte.

»Ich glaube, daß sie Lacey Van Weber in Hollywood gekannt hat«, sagte Mrs. Parker.

»Mehr als wahrscheinlich«, stimmte Singer zu. Er dachte einen Augenblick nach, dann sagte er: »Für diesen Sonnabend ist in East Cove eine heiße Nacht angesagt.«

Mrs. Parkers Augen weiteten sich erstaunt. »Sie haben da draußen einen Informanten!« Sie hörte nicht, daß er die Sache bestritt. »Ich wette, daß Sie schon alles wußten, was ich Ihnen zu erzählen hatte, bevor ich es erzählt habe.«

»So gut bin ich auch wieder nicht, Mrs. Parker.«

»Aber Sie versuchen es auf jeden Fall«, antwortete sie.

»Ich hoffe jedenfalls, daß mir mein Schutzengel immer noch im Kielwasser folgt«, sagte Woollcott grantig.

»Ganz bestimmt. Und für Sie ist auch einer da, Mrs. Parker.«

»Wie bitte, Mr. Singer, wollen Sie mir damit sagen, Sie glauben, daß ich – wie sagt man in Verbrecherkreisen – auf der Abschußliste stehe?«

»Sie werden vielleicht ein bißchen mehr Aufregung bekommen, als Sie eingeplant haben.«

»Wie komisch. Ich habe nicht die leiseste Angst«, sagte sie.

»Warum auch!« polterte Woollcott. »So oft wie du dich schon an die Schwelle des Todes begeben hast!«

»Nun, mein Liebling, wir beide wissen doch, daß zwei Dinge im Leben völlig unvermeidlich sind, der Tod und die Steuer!« Sie ging zu einem bis auf den Boden herabreichenden Spiegel hinüber, um ihr Kleid auf Falten zu überprüfen. »Gefällt euch mein Kleid? Ich hab es in Paris gekauft. Es ist von Edward Molyneux:«

»Es ist ne Wucht«, sagte Singer.

»Ich bin so froh, daß es Ihnen gefällt.«

»Ich bin sicher, ihm wird's auch gefallen«, sagte Woollcott.

»Wem?« fragte sie.

»Mr. Van Weber.«

»Oh. Ja. Sicher wird es ihm gefallen. Er holt mich um zehn Uhr ab.«

»Es ist gleich zehn«, sagte Singer zu Woollcott, während er aufstand. »Sind wir noch zu früh dran, um uns unter die Gäste zu mischen?«

Woollcott hatte sich erhoben und putzte sich vor Mrs. Parkers Spiegel heraus. »Es ist nie zu früh, sich unter die Gäste zu mischen. Es wird zweifellos Neysas übliches Tollhaus sein. Der totale Wahnsinn. Ein Turmbau zu Babel. Aber ich paß auf Sie auf, Jacob, ich paß ganz gewiß auf Sie auf.«

Mrs. Parker stand am Fenster. Wenn er in seinem Auto käme, würde Van Weber Schwierigkeiten haben, einen Parkplatz zu finden. Ein Taxi war unter der Eingangsmarkise vorgefahren und spuckte, wie es aussah, Franklin P. Adams und seine Frau Esther aus. »Ich glaube, Frank Adams ist gekommen. Ohne meine Brille kann ich es nicht genau erkennen.« Lächelnd sagte sie zu Singer: »Ich bin so kurzsichtig. Jetzt komm schon, Alec, was soll dieser verdrießliche Gesichtsausdruck? Woran denkst du?«

»An Reißverschlüsse«, antwortete Mr. Woollcott.

Dreizehntes Kapitel

Der Mann. Mr. Man. Mr. Mann. Mein Mann?

Mrs. Parker ging noch einmal im Geiste Singers Verhör von Cora Gallagher durch, während sie in die Küche eilte, um die Überreste des chinesischen Abendessens wegzukippen. Was für ein seltener Anblick, eine Dorothy Parker, die ihre Wohnung aufräumte. Sie fand es sehr schade, daß keine eingebaute Filmkamera das historische Ereignis aufzeichnete. Sie öffnete die Fenster und versuchte, wie ein wild gewordener Matrose beim Handflaggensignal, mit einem Seidentaschentuch den abgestandenen Essensgeruch aus dem Zimmer zu wedeln. Um das Maß vollzumachen, rückte sie auch noch mit einem Parfümzerstäuber gegen die Luft an, deren Aroma sie jetzt an jenen französischen Puff erinnerte, zu dem sie die Murphys an einem launigen Abend in Cap d'Antibes mitgenommen hatten. Sie zog die spanische Wand vor, die die winzige Küche von ihrem Studio trennte, und beschloß, die Möbel umzustellen. Es gab nicht sehr viele Möbel, die umgestellt werden konnten, so daß diese Aufgabe in weniger als fünf Minuten erledigt war.

Sie war unruhig. Sie setzte sich. Ihr Herz klopfte wild. Sie fuchtelte mit dem Taschentuch unter ihrer Nase herum. Das hier war schlimmer als der Versuch, ein Gedicht zu komponieren oder den Plot für eine Kurzgeschichte zu entwerfen. Die Unruhe, die sie ergriffen hatte, rührte von einer Angst her. Am Ende hatte sie doch die Angst gepackt. Das war kein Spaß mehr. Auf Woollcotts Leben war ein Attentat verübt worden; ein Attentat könnte auch auf sie verübt werden. Indirekt, so glaubte sie, war es schon geschehen. Van Weber war mit ihr ins Bett gegangen. War es echtes Gefühl, oder nur ein Schachzug, sie in einer Art falscher Sicherheit zu wiegen, damit sie denken sollte, ihr drohe keine Gefahr, weil er sich in sie verliebt hatte? Liebe, seliges Vergehen, wo war da der Unterschied. Sie schaute ihre Handgelenke an.

Woran denkst du?

Reißverschlüsse.

Dottie hat ihren Handgelenken wieder den Krieg angesagt. Köstlicher Scherz. Ross lacht über Dottie, und Benchley lacht über Dottie, und Ferber lacht über Dottie. Ferber mit ihrem Bisonkopf. Sie gehört auf ein Fünfcentstück. Ferber schlitzt sich nicht aus Liebeskummer die Handgelenke auf; sie schreibt noch einen Bestseller und poliert ihr Bankkonto auf. Sie ist nicht nur reich, sie ist *steinreich*. Und was mach ich, wenn der Typ abhaut? Ich schreibe ein trauriges kleines Gedicht mit einem schnuckligen kleinen Schlenker, und fast alle frohlokken und sagen: »Die liebe kleine Dottie, wie süß und schlau sie ist.«

Auch das noch. Ihre Augen wurden feucht. Sie eilte zu ihrem Frisiertisch, um sie neu zurecht zu machen. Es klopfte an der Tür. »Einen Moment noch«, trällerte sie, während Lacey Van Weber schon hören konnte, wie gegenüber bei Baragwanaths die Party in Schwung kam. Mrs. Parker machte ihre Tür weit auf und lächelte: »Hallo, da bist du ja.«

»Nicht zu früh, hoffe ich.« Er trat ein, und sie zog die Tür ganz sachte hinter ihm zu. Er trug einen hellblauen Anzug und dazu elegante blauweiße Schuhe. Sein Hemd stand am Kragen offen und sie wünschte sich, er würde sie hier und auf der Stelle nehmen. Aber nein, man durfte nicht zu schludrig aussehen, wenn man bei Neysa seinen Auftritt machte.

»Überhaupt nicht. Wie gut du aussiehst. Möchtest du einen Drink, oder sollen wir gleich zu Neysa hinübergehen?«

»Ich möchte erst noch mit dir reden.« Er nahm sie bei der Hand und führte sie zur Couch, wo sie sich setzten, während er ihre Hand noch fester umklammerte.

»Es könnte sein, daß ich bald fortgehe.«

»Oh?«

»Für eine ziemlich lange Zeit.«

»Na, ich schätze, das wär's dann wohl auch mit dem Feature, das ich über dich schreiben wollte. Feuer gefangen und abgestürzt.«

»Komm mit mir.«

Die drei Worte gingen ihr durch Mark und Bein. So war es immer, wenn sie von einem Überraschungsangriff überrumpelt wurde. Zu einer solchen Gelegenheit wünschte sie sich einen hauchfeinen rosa Spitzenfächer, den sie mit der einstudierten Geschicklichkeit einer Südstaatenschönheit vor den Sezessionskriegen aufschlagen und unter ihrem Kinn hin- und herwedeln könnte; unter schamhaft klappernden Augenlidern würde ihr Blick ängstlich in die Ferne schweifen. Was sie jetzt sagte, entsprach sogar den Banalitäten, die ihr gerade durch den Kopf gingen. »O Lacey, das kommt ein bißchen plötzlich.«

»Es ist etwas geschehen, und ich habe beschlossen fortzugehen.«

Fortzugehen. Sich aus dem Staub zu machen, meint er wohl. »Lacey, wir kennen uns doch kaum. Du kannst das doch nicht ernst meinen. Um gemeinsam fortzugehen, müssen wir uns doch lieben, müssen wir ... ich weiß auch nicht, was. Ich kann jetzt nicht logisch denken.«

»Wir könnten irgendwo hingehen, wo uns niemand kennt.«

»Uns nicht kennt?« Dorothy Parker sein und sich bis in alle Ewigkeit zur *Anonymität* verdammen? Ist er verrückt vor Liebe, oder ist er einfach nur verrückt? »Ich weiß nicht, was ich sagen soll. Das ist jedenfalls keine Entscheidung, die ich von einem Augenblick auf den anderen fällen kann. Du kannst doch nicht von mir erwarten, daß ich mein Leben, meine Freunde über Bord werfe, und um Himmels Willen, ich habe auch noch einen Mann ...« Sie hatte ja geahnt, daß er ihr eines Tages nützlich sein würde. »Stell dir vor, er verliebt sich in eine andere und möchte sich von mir scheiden lassen. Und dann kann er mich nicht erreichen und, o Schreck, fängt er wieder an zu trinken oder zu koksen oder noch was Schlimmeres.« Sie entzog ihm ihre Hand, stand auf und ging zum Fenster hinüber. Eine Brise säuselte leise, und vom Broadway her hörte man das Summen der Taxis, kreischende Hupen und das herzerfrischende Rattern einer Straßenbahn. Aus einem offenen Fenster über ihr drang das Geklimper einer Ukulele und die Stimme eines Mannes, der schmachtend »Somebody Loves Me« vortrug, hoffentlich jemandem, der ihn liebte. All das sollte sie aufgeben, für eine unbekannte Größe, für Anonymität und ein Leben auf der Flucht?

Sie hatte ihn nicht kommen hören. Er stand hinter ihr, und seine Hände preßten sich auf ihre Schultern. Ihr Herz hämmerte wie wild. So einfach wäre es jetzt, wurde ihr bewußt. Nur ein sanfter Stoß, und ab über das Fensterbrett und ins Leere … *auf zum Haus der Großmutter.*

»Was summst du da?« fragte er.

»Ich summe immer, wenn ich nachdenke.« Lüge. Ich summe immer, wenn ich Angst habe. Ich summe, wenn ich abends in ein dunkles und leeres Apartment nach Hause komme, und meistens ist es etwas Fetziges wie »Ausgerechnet Bananen«.

»Denk nicht nach. Sag ja. Komm mit mir.«

»Komm flieh mit mir und sei meine Braut.« Ein Zitat, von dem sie im Zustand ihrer Verwirrung nicht sofort wußte, woher sie es hatte. »Ich könnte ja nicht mal eine Braut sein. Wie sollte ich denn gegen Ed die Scheidungsklage einreichen?« Er bewegte sich von ihr fort, und sie gab einen kleinen, winzigen, sehr winzigen Seufzer der Erleichterung von sich. Sie folgte ihm bis in die Mitte des Zimmers. »Ich brauche Zeit, um nachzudenken.«

»Soviel Zeit hab ich nicht.«

»Warum muß es so schnell gehen?«

»Das kann ich dir nicht erklären.« Eine Aussage, die sie zu all den anderen Dingen packen konnte, die er nicht erklären wollte.

»Ich brauche aber Zeit, Lacey. Es ist so, wie ich gesagt hab, wir kennen uns ja kaum. Gib mir ein paar Tage.«

Sein Gesicht wurde ausdruckslos. Als hätte er sich in diesem Augenblick in Marmor verwandelt, ein perfekt gemeißeltes Gesicht, das man bewundern durfte, obwohl es kalt und ohne Leben war. »Na schön«, sagte er. »Sollen wir zur Party gehen?«

»Au ja! Eine Party ist jetzt das einzig Wahre!«

Als man ihnen die Tür zu Neysa McMeins riesigem Atelier öffnete, kamen sie sich vor wie die Zeugen eines Vesuv-Ausbruchs. Aus dem Grammophon dröhnten die scheppernden Rhythmen von »Black Bottom«, und erstaunlicherweise befand sich George Raft in der Mitte des Raums, wo man den Teppich zusammengerollt und zur Seite geschoben hatte. Er tanzte einen sinnlichen Shimmy, während ein Kreis von bewundernden »Flapper«-Backfischen den Takt klatschte und mit den Fingern schnipste und ihn zu immer lüsterner werdenden Bewegungen seiner Hüften anstachelte. Texas Guinan stand mit Horace Liveright in einer Ecke des Studios, anscheinend in eine ernsthafte Unterhaltung vertieft, bis er vor Lachen aufbrüllte. Mrs. Parker war klar, daß es sich wohl wieder um eine von Guinans notorisch dreckigen Anekdoten handeln mußte. In einem anderen Teil des Raumes hatte Marc Connelly sein eigenes schmachtendes Publikum in den Bann geschlagen, und zwar mit seinem Party-Dauerbrenner, dem »Tod der Cleopatra«. Eine imaginäre Giftschlange an seine Brust pressend, schrie Connelly »Jeee . . .sses!«, wonach alle in seinem Umkreis vor Lachen zusammenbrachen. Mrs. Parker wünschte, er hätte einmal einen anderen Partygag auf Lager. Dieser war schon so abgegriffen, daß er Fransen hatte. Sie erkannte Franklin P. Adams und seine Frau Esther, und man tauschte laute Hallos über das Zimmer hinweg aus. Rufe wie »Da ist ja Dottie!« und »Oh, Lacey Van Weber ist auch gekommen!« waren zu hören. Von ihren jeweiligen Kommandoposten in verschiedenen Ecken des Raumes registrierten Woollcott und Singer die Neuankömmlinge. Singer wurde von einem Mädchen mit rötlichem Gesicht und einer Stubsnase auf seinem Stuhl festgeklemmt, als ob sie mit seinem Schoß verwachsen wäre. Sie war dabei, ihm Gin einzuflößen, und hielt den Becher so lässig in der Hand, daß Singer befürchtete, er würde jeden Augenblick in seinem Schritt landen. Auf dem Balkon standen knutschende und trinkende Pärchen und John Baragwanath, der mit einem von Neysas Hüten reichlich albern aussah. Neysa kam mit einem Krug Gin hoch über ihrem Kopf aus dem Badezimmer und schrie zu Mrs. Parker hinüber: »Wo zum Teufel hast du gesteckt?« Mrs. Parker stellte sie Lacey Van Weber vor, der sich höflich bei ihr bedankte, daß sie ihm erlaubt hatte, auf die Party mitzukommen. Neysa schlug vor, er möge sich auch bei ihrem Mann bedanken, denn niemand bedanke sich bei ihrem Mann für irgend etwas, außer wenn er ging. Mrs. Parker hoffte auf eine Gelegenheit, Woollcott und Singer sprechen zu können, um ihnen über die letzte und aufrüttelnde Wende der Ereignisse zu berichten. Jemand drückte ihr ein Glas Gin in die Hand, und als sie sich nach Van Weber umdrehte, sah sie, wie er ebenfalls mit einem Glas Gin in der Hand auf jemanden an der anderen Seite des Raumes zusteuerte, den er offenbar kannte. So schnell schon stehengelassen, dachte sie niedergeschlagen; auf Männer ist einfach kein Verlaß, diese Hunde. Ich habe es satt, wie sie immer auf meinen Gefühlen herumtrampeln.

Durch den Lärm hindurch hörte sie eine bekannte Stimme sagen: »Ich hab Ihre Nachricht bekommen, hatte aber keine Zeit, zurückzurufen.« Charlotte Royce sah in ihrem Perlenkleidchen aus wie etwas, das man an einer Schießbude gewann.

»Wie haben Sie es geschafft, schon so früh vom Theater herzukommen?«

»Ich hab den zweiten Akt geschmissen.« Sie zwinkerte ihr zu. »Der Chef is 'n Kumpel von mir. Bis bald.« Sie schlängelte sich fort, und Mrs. Parker bemühte sich, das Zimmer zu durchqueren, um zu Woollcott zu gelangen. Sie wurde von einem leichenblassen Mann aufgehalten, der sie zu einem ihrer letzten Beiträge für F.P.A.s Spalte, »The Conning Tower«, beglückwünschte. Während sie den Mann anstarrte, hatte sie das Gefühl, in einen offenen Sarg hineinzuschauen.

Ein Arm packte sie am Ellbogen, und sie drehte sich um und blickte in Robert Benchleys lächelndes Gesicht. Er flüsterte ihr ins Ohr: »Wer hier eintritt, der lasse alle Hoffnung fahren.«

»Ich dachte, du gehst nach Hollywood.«

»Das ist mein Abschiedsauftritt.«

»Du gibst mehr Abschiedsauftritte als Sarah Bernhardt.«

Das Grammophon grölte jetzt »The Sheik of Araby«. Mrs. Parker fragte sich, wessen grandiose Idee das wohl gewesen sei, da das Lied von Rudolph Valentino inspiriert worden war. Ihr zur Rechten hörte sie Liveright zu einem Mädchen sagen: »Ich würde dich wahnsinnig gern schlagen!«

»Wobei?« erkundigte sich das ausgewählte Opfer ruhig.

Mrs. Parker blickte an Benchley vorbei, dem sie nicht zuhörte, zu Woollcott hinüber. Sie wollte unbedingt mit ihm sprechen. Neysa fragte Woollcott gerade: »Was kann ich dir besorgen?«

»Einen Einlauf.«

Aus dem Stimmengewirr heraus hörte Mrs. Parker den Satz: »Kennen Sie wirklich Texas Guinan?«

»Ich kannte sie schon vor Jahren, als sie noch jung und fast hübsch war.«

Mrs. Parker fühlte, wie zwei fleischige Arme sie von hinten umarmten. Sie drehte den Kopf herum und erkannte den bärenhaften Heywood Broun. Sie war entzückt. Sie mochte Broun, und nicht zuletzt seine hervorragende Kolumne »It Seems to Me«, die er für die *New York World* schrieb. »Broun, wo zum Teufel hast du dich rumgetrieben?«

»Ich habe versucht, eine Broadway-Revue auf die Beine zu stellen. Und wieso bist du nicht zu Hause und schreibst ein paar Sketche für mich? Das Arschloch da neben dir« – er zeigte auf Benchley – »läßt uns wegen der Fleischtöpfe im Babylon des Westens im Stich.«

»Wir brauchen das Geld«, verteidigte sich Benchley.

»Wo ist deine Frau?« fragte Mrs. Parker Broun.

»Sie schlängelt sich gerade durch diese Haufen verwesenden Fleisches. Ich hab ihr gesagt, sie soll eine Leuchtrakete loslassen, wenn sie Ärger bekommt.«

»Ruth bekommt nie Ärger«, sagte George S. Kaufman, der sich zu ihrer Überraschung zu ihnen gesellt hatte.

»Und wo ist *deine* Frau, Kaufman?« fragte Broun.

»Irgendwo, wo sie Ärger kriegt«, gab Kaufman verdrießlich zurück. Sie zeigten ihm einen Tisch, wo er ein alkoholfreies Getränk und vielleicht einen warmen Körper finden konnte, und er schob sich in die Richtung davon.

Ein »Flapper«-Backfisch packte Kaufman am Jackettaufschlag und quietschte: »Hallo Süßer, wohin so eilig?«

»Zum Herzversagen.«

»Kann ich mit?«

Kaufman zuckte die Achseln und schlüpfte in die Rolle des Rattenfängers von Hameln, obwohl er nur eine kleine Maus abschleppte.

Broun, der über ihre Köpfe schauen konnte, machte sie darauf aufmerksam, daß Woollcott mittlerweile ein nicht zu übersehendes Publikum um sich versammelt hatte. »Er spielt sich auf wie ein Kurienkardinal beim Konzil.«

»Ihr müßt nett zu Alec sein«, sagte Mrs. Parker, »er hat einen fürchterlichen Schock erlitten.«

»Ich hab's schon gehört«, sagte Broun.

»Wir haben's alle schon gehört«, sagte Benchley gelangweilt, und mit dem entsprechenden Gesichtsausdruck.

»Sei nicht so unfreundlich, Mr. Benchley, das war eine traumatische Erfahrung. Der arme Junge hätte leicht umgebracht werden können.«

»Nichts kann Woollcott umbringen«, sagte Broun, »nicht einmal eine silberne Kugel.«

Zwei Mädchen schoben sich an ihnen vorbei. Eine von ihnen sagte: »So ein Langweiler! Er erzählt immer wieder denselben Witz.«

Mrs. Parker unterbrach die beiden mit dem zarten Hinweis: »Vielleicht liegt er auf der Kalauer.«

»Dottie«, sagte Benchley, »du brauchst Nachschub.«

Nachdem er außer Hörweite war, fragte Broun Mrs. Parker: »Hast du Benchleys letzten Text gelesen?«

»Ein bißchen.«

»Mir hat er nicht gefallen. Was so leicht und locker wie ein Sahnebaiser daherkommen sollte, entpuppt sich als so schwerfällig und unheilverkündend wie eine erste Liebesaffäre.«

»Streich diese Metapher«, sagte Mrs. Parker.

Ein Mann mit einem dichten Bart und Schnurrbart zwängte sein Gesicht vor das von Mrs. Parker. »Sind Sie nicht Lillian?« polterte er.

»O nein. Lillian ist heute früh von uns gegangen.« Der Mann

taumelte davon, und Mrs. Parker fächelte sich mit der Hand Luft zu. »Das letzte Mal, als ich so ein Gesicht sah, hat es Tarzan mit Bananen gefüttert.«

»Mrs. Parker! Wie schön, Sie so bald wiederzusehen!« Es war Florenz Ziegfeld. »Und wie gefällt Ihnen dieses römische Gelage?«

»Ungefähr so wie Ihre Show gestern abend.«

Jacob Singer schubste das Mädchen von seinem Schoß, und sie glitt angetrunken zu Boden. »Hey!« schrie sie, »so benimmt man sich aber nicht gegenüber einer Dame!« Er stieg über sie hinweg und kämpfte sich auf der Suche nach Mrs. Parker seinen Weg nach vorn. Er konnte hören, wie Franklin P. Adams ein junges Ding fragte: »Und aus welchem Teil des Südens kommen Sie?«

»Aus West Vagina.«

»Guten Abend, Mr. Singer.« Singer drehte sich herum und blickte in das lächelnde Gesicht von Lacey Van Weber. »Wie amüsieren Sie sich?«

»Ich weiß nicht genau, wie«, antwortete Singer. »Mrs. Parker hat mir erzählt, daß sie sich jedenfalls heute bestens mit Ihnen amüsiert hat.«

»Ja, es war ein wunderbarer Ausflug. Sie müssen auch einmal herauskommen und sich das Anwesen anschauen.«

»Ich hätte nichts dagegen«, erwiderte Singer galant.

Van Weber schien nachzudenken. »Vielleicht ließe sich etwas für dieses Wochenende arrangieren. Wir könnten Mrs. Parker und Woollcott und ein paar andere dazuladen. Ich erwarte einige Freunde aus Europa. Sie segeln auf ihrer Yacht und werden in meinem Privathafen einlaufen.«

»Etwas übertrieben.«

»Sie können es sich leisten. Lord und Lady Wussex. Fred und Elfreda. Sie haben sicherlich von ihnen gehört.«

»Also ehrlich gesagt, ich bewege mich nicht viel in Yachtkreisen, aber trotzdem, ich habe von ihnen gehört. Sie werden also irgendwann Samstagabend bei Ihnen anlegen.«

»Wäre das nicht nett, eine kleine Willkommensfeier für sie zu veranstalten?«

»Sind Sie sich sicher, daß sie nicht lieber von ihren eigenen Freunden willkommen geheißen werden wollen?«

»Fred und Elfreda interessiert es nicht, wer sie willkommenheißt, solange sie überhaupt willkommen geheißen werden.«

»Nun ja, warum nicht?«

»Eben, warum nicht, alter Junge? Sollen wir die anderen fragen?«

»Klar, wenn wir sie finden können. Die Bude hier ist ja so voll wie Madison Square Garden an einem Freitagabend.«

»Hör endlich auf, Broun beleidigen zu wollen«, kritisierte Mrs. Parker Benchley, der mit neuen Getränken zurückkehrte. »Da könntest du gleich Papierkügelchen nach einem Elefanten schmeißen.« Hinter Brouns imposanter Gestalt, die tatsächlich an ein zerzaustes Mastodon erinnerte, erblickte Mrs. Parker Lily Robson, die zusammengekauert und allein an einer Wand lehnte. »Ich sehe jemanden, den ich kenne. Amüsiert euch mit jemand anders.« Sie ließ sie abrupt stehen und bahnte sich mit den Ellbogen einen Weg zu der kleinen Robson.

»Hallöchen«, sagte eine ölige Stimme, die zu dem schmierigen George Raft gehörte, »erinnern Sie sich an mich?«

»Wie an das Massaker von Fort Alamo.«

»Ich habe gehört, daß Sie einen Besuch draußen bei meinem alten Kumpel Lacey gemacht haben.«

»Oje, ein anständiges Mädchen ist einfach nirgendwo mehr sicher.« Mrs. Parker fehlte nur noch der Klumpen Kaugummi, um ihre Nachahmung einer jungen Verkäuferin perfekt zu machen. »Was für ein alter Kumpel ist eigentlich Ihr alter Kumpel Lacey genau?«

Rafts Gesicht lief rot an. Er hatte sich schon wieder verplappert. Nur ein paar Worte, aber er hatte zuviel gesagt. »Sie wissen doch, was ich meine, wenn ich alter Kumpel sage. Ich sage immer alter Kumpel, wenn ich von einer Zufallsbekanntschaft spreche.«

»Lacey ist keine Zufallsbekanntschaft. Er ist ein richtiger alter Kumpel.«

»Ach ja?« Raft versuchte, die Sache ins Lächerliche zu ziehen. »Sie wissen wohl was, was ich nicht weiß.«

»Mr. Raft, jedes dreijährige Kind weiß etwas, was Sie nicht wissen.« Sie schubste sich an ihm vorbei, wobei ihr das Knurren entging, das sich um seine Mundwinkel zu formen begann.

Franklin P. Adams deklamierte vor einer Gruppe, die er in seinen Bann geschlagen hatte, ein neues Gedicht. Benchley hörte eine Minute lang zu und erkundigte sich dann lautstark: »Hat irgend jemand Lust auf Tennyson?«

Ein Mann zwängte sich vor Mrs. Parker. Sie erkannte ihn. Es war Carl Van Vechten, der hochaufgeschossene, gertenschlanke Romanschriftsteller und Fotograf. »Oje, Mrs. Parker, Sie sind das« - er lächelte affektiert -, »ich wollte mich wirklich nicht vordrängeln.«

»Nur zu, Mr. Van Vechten«, sagte Mrs. Parker, »Scheintote haben Vortritt.«

Lily Robson lächelte, als sie Mrs. Parker erkannte. »So wahr mir Gott helfe«, keuchte Mrs. Parker, »Peary hat es wahrscheinlich schneller zum Südpol geschafft als ich zu Ihnen. Wie geht es Ihnen, Liebes, Sie sind doch nicht etwa allein hier?«

»Mr. Connelly hat mich mitgebracht, aber ich habe ihn verloren.«

»Hoffen wir, daß Ihr Glück anhält. Wie fühlen Sie sich?«

»Verdammt viel besser, das kann ich Ihnen sagen.«

Mrs. Parker senkte verschwörerisch ihren Kopf, so daß sich die größere Frau leicht zu ihr hinunterbeugen mußte, um sie besser verstehen zu können. »Die Pille war unschuldig. Die hat sie nicht krank gemacht.«

»Oh, danke, daß Sie mir das sagen. Ich war so fertig mit den Nerven, daß ich schon den ganzen Tag versucht war, eine zu schlucken.«

»Außerdem sind sie wirkungslos.«

»Wie meinen Sie das?«

»Sie sind wie Bonbons. Schmecken gut, aber wirkungslos.«

»Sie meinen also, Horathy hat mich übers Ohr gehauen.«

»Es ist schwer zu sagen, was der böse Doktor im Schilde führt, weil er eine so undurchsichtige Figur ist. Wenn ich Sie wäre, würde ich in Zukunft einen Bogen um ihn machen.«

»Das müssen Sie mir nicht zweimal sagen. Glauben Sie mir, das war das letzte Mal, daß er meinen Rücken zur Tür hat rausgehen sehen. Scheiße, Texas winkt mir zu.«

»Winken Sie zurück.«

»Sie hat jemanden bei sich, den ich kennenlernen soll.«

»Das ist Horace Liveright. Er ist mein Verleger.«

»Ist er nett?«

»Das dachte ich mal.«

»Was meinen Sie damit?«

Mrs. Parker erzählte ihr von Liverights Orgien.

»Das ist aber wirklich nicht nett!« sagte Lily.

»Meine Liebe, untertreiben Sie immer so maßlos?« Mrs. Parker schnalzte die Zunge. »Die meisten seiner Gespielinnen holt er sich aus Polly Adlers Serail, aber ab und zu hat er gern ein bißchen frisches Blut. Seien Sie sehr vorsichtig.«

»Vielen Dank für die Warnung. Ich seh Sie später.«

»O ja, ich bin hier.« So wahr mir Gott helfe, dachte sie, ich bin ganz bestimmt hier.

»Wir haben dich überall gesucht.« Van Weber und Singer hatten sie gefunden.

»Glaubt mir, ich hatte mich nicht versteckt. Laßt uns zum Fenster hinübergehen. Ich ersticke.« Am Fenster wiederholte Van Weber seine Einladung für Samstag. Singer sah so unschuldig aus wie eine Katze, die einen Kanarienvogel verschluckt hat.

»Habt ihr auch Woollcott eingeladen?« fragte sie, während ihr etwas flau wurde.

»Ich bin sicher, daß er gerne kommt«, sagte Singer mit der Gewißheit eines Henkers, der eben die Falltür öffnet.

»Sie sind sicher, daß *wer* gerne kommt, und *wohin*?« Woollcotts Ankunft war ein gelungener Zufall. Er wischte sich mit einem Papiertaschentuch die Stirn. Van Weber wiederholte seine Einladung. »Lord und Lady Wussex? Fred und Elfreda? Sie haben eine *Yacht*? Wo zum Teufel haben *die* eine Yacht her? Als sie zuletzt im letzten Sommer in Südfrankreich gesehen wurden, pfiffen sie absolut auf dem letzten Loch! Ja, es sah fast so aus, als läge ihre *Pension* gleich um die Ecke vom Armenhaus! Unglaublich, wie das Unglücksrad sich manchmal zurückdreht!« Woollcott war nicht mehr zu bremsen, er sprudelte Wortkaskaden wie ein Marktschreier, der ein verloren geglaubtes Publikum zurückerobern will.

»Wie nett, daß Sie sie kennen!« sagte Van Weber schmeichlerisch. Und dann zu Singer: »So wird auf jeden Fall ein alter Freund zu ihrer Begrüßung da sein.«

»Wer sagt, daß ich da bin, um sie zu begrüßen? Sie sind unglaublich grauenhafte Leute. Sie hat verfaulte braune Zähne und lispelt, und er leidet unter Gicht und einer schiefen Nase.«

Singer unterbrach ihn. »Van Weber meint, daß sie eine Meute von Prominenten mitbringen.«

»Na bitte, Alec. Ist das nicht verlockend?« Mrs. Parker erklärte Van Weber: »Alec schwärmt für Massenauftritte berühmter Leute. Schauen Sie nur, wie er jetzt in seinem Element ist. Kaum zu glauben, daß dieser Inbegriff guter Laune heute fast sein Leben verloren hätte.«

»Ich bin froh, daß du meine schauspielerische Leistung zu würdigen weißt«, sagte Woollcott, der sich majestätisch aufrichtete. »Es ist unwahrscheinlich schwierig, dies die ganze Zeit über durchzuhalten.« Er gönnte Van Weber ein halbherziges Lächeln. »Ich bin hocherfreut, mich am Samstag zu Ihrem erlesenen Zirkel zählen zu dürfen. Ich nehme an, daß es Limousinen gibt, die uns hin- und wieder zurückfahren werden.«

»Mit livrierten Chauffeuren, wenn wir unsere Karten richtig ausspielen«, fügte Mrs. Parker hinzu. Vom Grammophon her vernahm sie die Klänge von »Poor Butterfly«, die sie traurig stimmten. Sie war froh, daß Singer sie zum Tanzen aufforderte, und berichtete ihm, sobald sie sich von Van Weber und Woollcott entfernt hatten, von Van Webers Angebot, mit ihr durchzubrennen, was sie mit den Worten kommentierte: »Ich bade im Glück, und womöglich ertrinke ich darin.«

»Kommt das nicht ein bißchen plötzlich?«

»Genau das ich habe ich auch gesagt.«

»Irgendwas ist im Busch. Es hat mit der Yacht zu tun.«

»Von dem, was Woollcott erzählt hat, könnte man eher meinen, daß jeder vor den Wussexes fliehen müßte.«

»Die Yacht ist nur Tarnung. Ich kann Ihnen jetzt schon sagen, was sich im Schiffsbauch befindet.«

»Schwarz gebrannter Schnaps?«

»Und vieles mehr. Kiloweise Morphium. Kokain. Das ganze Zeugs. Man hat uns einen Tip gegeben, daß jemand mit der dicksten Ladung, die wir je gesehen haben, einfahren will.«

»Und wir sind eingeladen, um uns das Ganze mit anzusehen?«

»Wir sind eingeladen, um es mit anzusehen und nie zu melden.«

»Sie meinen, man will uns umbringen? So böse kann doch Lacey gar nicht auf mich sein, nur weil ich ihn ein bißchen zappeln lasse!«

»Wir sind die Versicherung. Wenn irgendwas schiefgeht, sind wir da draußen, und zwar mitten im Gefechtsfeuer. Genau dann hauen Van Weber und seine Knaben ab. Die Yacht ist wahrscheinlich mit frisierten Motoren ausgerüstet und kann die Küstenwache abhängen.«

»Mr. Singer, gerade ist mir eingefallen, daß ich am Samstagabend schon zu einem Nähkränzchen eingeladen bin.«

»Sie werden doch jetzt nicht etwa kneifen, Mrs. Parker. Glauben Sie denn, ich lasse uns ohne jeden Schutz in so ein Wespennest hineinlaufen?«

»Nein, das glaub ich nicht. Aber andererseits waren Tapferkeit und Opferbereitschaft noch nie meine Stärke.«

»Denken Sie daran, was für ein Spaß das wird.«

»Ich kann's gar nicht erwarten, Alecs Gesichtsausdruck zu sehen, wenn Sie es ihm beibiegen.«

»Ich werd's ihm nicht beibiegen.«

»Ich hatte schon so eine Ahnung, daß Sie das sagen würden. Die Musik ist zu Ende.« »Poor Butterfly« mußte »Bambalina« weichen.

Mrs. Parker hörte, wie Florenz Ziegfeld eine dralle, überschminkte und überjuwelenbehangene mittelalterliche Frau fragte: »Und wie geht es Ihrem Mann?«

»Meinem Mann?« Sie kreischte vor Lachen. »Aber er ist doch mit der *Titanic* untergegangen! Irving war immer so umsichtig.«

Mrs. Parker und Singer gesellten sich wieder zu Woollcott und Van Weber. Woollcott verkündete: »Die Wagen werden uns Samstagabend pünktlich um sechs Uhr abholen. Freizeitkleidung.«

»Ich wollte noch ein paar andere einladen«, sagte Van Weber, und beehrte dann Mrs. Parker mit seiner Aufmerksamkeit. »Hast du irgendwelche Vorlieben?«

»Buffalo Bill und General Pershing.« Van Weber lachte. Singer unterdrückte im letzten Moment seinen Drang, sie warnend in die Seite zu kneifen. »Ich brauche einen Drink«, bat Mrs. Parker, »einen sehr großen Drink.« Van Weber bot sich an, sie in die Küche zu begleiten. Während sie sich von den anderen entfernten, fragte Mrs. Parker: »Ist das nicht ein bißchen komisch, Lacey?«

»Ich entscheide mich immer von einem Augenblick auf den anderen. Ich hoffe, deine Antwort am Samstag ist ›ja‹. Du hast also Zeit, es dir zu überlegen.«

»Genau. Ich kann in Zeit geradezu baden.«

Auf den Stufen saß ein junges Pärchen, das sich leidenschaftlich knutschte. »Wer sind denn die?« fragte Charlotte Royce George S. Kaufman.

»Ach, das sind die Wilmots, vor einer Woche getraut und benehmen sich immer noch wie Frischvermählte. Kommen Sie häufig hierher?«

»Ich bin mit Flo Ziegfeld hier.«

»Oh. Naja, er kommt jedenfalls nicht sehr häufig.«

Woollcott hatte Singer an einer Wand festgenagelt. »Also, was werden hier für Ränke geschmiedet?«

»Es ist ja nur eine Einladung. Warum sollten wir uns groß darüber den Kopf zerbrechen?«

»Es gibt solche und solche Einladungen, und diese hier ist eine der verdächtigen Sorte. Was führt dieser finstere junge Mann eigentlich im Schilde?«

»Keine Ahnung. Klingt doch ganz lustig. Ich werde nicht oft gebeten, mich auf den Spielplätzen der Reichen zu tummeln.«

»Es wird Sie wahrscheinlich bis ins Mark verderben. Ausgerechnet die Wussexes! Sie war eine Akrobatin im Palladium, und er ist ein gescheiterter Playboy!« Hinter sich konnte er eine Gruppe von Leuten hören, die hitzig über Sacco und Vanzetti diskutierten, und ob sie es verdient hätten, hingerichtet zu werden. Singers Augen waren auf George Raft geheftet. Während Woollcott noch erwog, in die Debatte einzusteigen, ließ ihn Singer stehen und bahnte sich einen Weg zur Raft.

»Hallo, George.«

Raft erbleichte, als er den Detective erkannte. »Oh, hallo zurück, Jake. Wußte gar nicht, daß Sie hier sind.«

»Jetzt weißt du's. Ich wollte mich sowieso mit dir in Verbindung setzen.«

»Ach ja? Worum geht's denn?« Raft schwitzte und lockerte seinen Kragen.

»Ach, um dies und das, hauptsächlich dies. Du und Valentino, ihr kanntet euch schon lange, was?«

»Wie ich schon gesagt habe, wir haben damals die alten Tanten aufgemischt.«

»Darum hast du ihn und Ilona Mercury auch auf Van Webers Party mitgenommen, ja?«

»Naja, es lief gerade nichts Besseres, darum . . .« Er bremste sich zu spät. »Eigentlich hatte Ilona die Einladung bekommen.«

»Nein, hatte sie nicht. Zufällig weiß ich, daß sie Van Weber, gleich als sie ankam, die Hölle heißgemacht hat, weil er sie nicht eingeladen hatte.«

»Sie hat ihm nicht wirklich die Hölle heißgemacht, sie hat so ne Art Witz draus gemacht.« Er konnte Texas Guinan nicht sehen, aber intuitiv fühlte er, daß ihre heißen Augen auf ihm ruhten. O Gott, nicht noch so eine Sitzung mit dem Mann, nur das nicht. Gott erbarme dich; sonst hilft mir ja keiner.

»Van Weber mochte Valentino nicht.«

»Ach hören Sie auf, Jake. Was sollen denn plötzlich die Daumenschrauben? Wir sind hier auf ner Party, erinnern Sie sich?«

»Ich erinnere mich wohl, daß es ne Party ist. Es gibt ein paar Dinge, von denen ich gern hätte, daß du dich auch daran erinnerst.«

»Unterbreche ich gerade ein wichtiges Gespräch?« gurrte Texas Guinan, als sie sich bei Raft einhakte. »Baby braucht einen Drink, mein Schätzchen, warum gehst du mir nicht einen holen?« Raft ergriff bereitwillig die Flucht.

»Wie geht's, wie steht's, Texas?«

»Es wird mir besser gehen, wenn mein Schuppen wieder aufmacht. Gibt's ein paar neue Spuren in den Mordfällen?«

»Ich würde vielleicht ein paar kriegen, wenn Leute wie Sie nicht dauernd unterbrechen würden.«

»Sie meinen Georgie? Georgie hat doch von nichts ne Ahnung. Der ist doch nur ein dummer Eintänzer aus der Unterwelt.«

»Georgie hat doch ne Ahnung. Ich vermute mal, daß man ihn gewarnt hat, er solle lieber vergessen, was er weiß.« Er sah sich in dem Raum um. »Ich sehe ja Dr. Horathy gar nicht. Wie kann er sich so eine Party entgehen lassen?«

»Weiß ich nicht. Warum rufen Sie ihn nicht an und fragen ihn.« Sie ging davon, um Raft den Weg abzuschneiden, der mit ihrem Drink zurückkam. Singer konnte sie nicht verstehen, aber so, wie ihr Mund arbeitete, konnte er sich gut vorstellen, daß Raft am nächsten Morgen mit einem akuten Hörsturz aufwachen würde.

»Haben Sie Mrs. Parker gesehen?« Van Weber renkte sich den Hals aus.

»Nicht, seitdem Sie mit ihr davongegangen sind«, sagte Singer.

»Mr. Benchley hat sie in Beschlag genommen, das war das Letzte, was ich von ihr gesehen habe. Übrigens, ich habe Neysa und ihren Mann zu Sonnabend eingeladen. Sie sagte, sie würde liebend gern kommen – wenn sie daran denkt.«

»Oh, fantastisch. Sie ist eine prima Puppe.«

Unter den Stufen, die zum Balkon hinaufführten, hatten Mrs. Parker und Robert Benchley eine vorübergehende Zuflucht gefunden. Sie teilten sich ein zerschlissenes kleines Zweiersofa und hielten Händchen.

»Werde ich dir fehlen, wenn ich fort bin, Mrs. Parker?«

»Du wirst mir sehr fehlen, Mr. Benchley.« Sie klangen wie die beiden Clowns in einer Minstrel Show, es fehlte nur der Sprecher.

»Ich hätte dich heiraten sollen, Mrs. Parker.« Er drückte ihre Hand.

»Ich habe es von Zeit zu Zeit auch erwogen. Wir waren aber nicht dafür bestimmt, einander zu heiraten, Mr. Benchley. Ich fürchte, wir sind auf ewig dazu verdonnert, nur gute Freunde zu sein.«

»Ich liebe ja meine Frau, aber, o du Herzchen.« Sie lächelte. »Wird das allmählich ernst, die Sache zwischen dir und Van Weber?«

»Ich glaube, er hätte es gern.«

»Und du?«

»Du kennst mich doch, Mr. Benchley. Ich muß immer jemanden haben.«

»Ich finde ihn vollkommen farblos.«

»Oh, da irrst du dich. Er hat sehr viele Farben. Er ist weitaus interessanter als die meisten meiner vorhergegangenen Eroberungen.«

»Tu dir diesmal einen Gefallen, Mrs. Parker. Denk lange, angestrengt und ernsthaft über die Sache nach, bevor du dich in seine Landschaft malen läßt.«

»Nanu, Mr. Benchley, das ist ja fast poetisch.«

»In mir ist schon immer Poesie gewesen, Mrs. Parker; du wolltest sie bloß nie wahrnehmen.«

Sie küßte ihn sanft auf die Wange. »Laß dich von denen da drüben nicht korrumpieren.«

»Ich werd mir große Mühe geben. Aber wenn Geld spricht, dann hör ich zu.«

»Wer tut das nicht? Es spricht bloß nicht so oft in meine Richtung.«

Sie wurden von Neysa McMein unterbrochen. »Ist der Detective hier? Offensichtlich ist er nicht hier, es sei denn, er versteckt sich unter dem Sofa.«

»Was ist los?« fragte Mrs. Parker.

»Ein Anruf für ihn. Irgendeine Frau, die sich absolut hysterisch aufführt. Man hat ihr auf dem Polizeirevier gesagt, daß er hier ist.« Sie folgten ihr ins Zentrum des Tollhauses. Mrs. Parker erblickte Singer, der sich mit Lily Robson unterhielt. Sie winkte, um Singers Aufmerksamkeit zu erheischen. Lily Robson sah sie und winkte zurück. Mrs. Parker zeigte auf Singer. Lily Robson sagte etwas zu Singer, der sich umdrehte und Mrs. Parkers lockende Gesten wahrnahm. Mit den Ellbogen bahnte er sich einen Weg durch die Meute, und von Neysa McMein erfuhr er, daß ihn jemand am Telefon verlange. Der Apparat sei in der Küche. Singer nahm Kurs auf die Küche, mit Mrs. Parker im Kielwasser.

Er nahm den Hörer auf: »Jacob Singer.« Er lauschte. »Nun mal ruhig, ganz ruhig. Wo sind Sie? Das ist gar nicht weit von hier.« Er nannte ihr Mrs. Parkers Adresse. »Ich warte in der Lobby auf Sie. Okay. In fünf Minuten.« Er hängte ein und sagte zu Mrs. Parker: »Das war Horathys Praxishilfe, Cora Gallagher. Jemand hat versucht, sie zu ermorden.«

»O Schreck!«

»Jemand hätte sie beinahe vom obersten Balkon im Paramount Theater runtergestoßen.«

»Ausgerechnet da«, sagte Mrs. Parker, und sie fühlte, wie eine kalte Schweißperle langsam ihren Rücken herunterrann.

Während der fünf bangen Minuten, in denen Jacob Singer und Mrs. Parker auf das Eintreffen von Cora Gallagher warteten, setzten sie Woollcott über das fehlgeschlagene Attentat ins Bild. Zur selben Zeit schwappte eine neue Welle von Gästen über Neysas riesige Wohnung. »Dottie! Dottie!« - ein weinerliches Jaulen zog Mrs. Parker in die ausgebreiteten Arme von Edna St. Vincent Millay. Nachdem sie Mrs. Parker umarmt hatte, glitten ihre Augen zur Decke, und sie deklamierte mit Verve: »O seht, seht, seht nur, wie die riesigen Türme der Wolkenkratzer den Himmel durchbohren!«

Den Stückeschreiber Robert E. Sherwood überredete man, seine Party-Spezialität zum besten zu geben, und während Marc Connelly von seiner Ecke des Zimmers aus schmollend zuschaute, stellte man das Grammophon ab, Vincent Youmans setzte sich an das blecherne Piano, und Sherwood schmetterte die Weise von »When the Red, Red Robin Comes Bob, Bob Bobbing Along«. Lily Robson flüsterte Neysa ins Ohr, daß Charlotte Royce gerade ein Bad im Gin nehmen wollte. Mit einem Aufheulen, den ein Pekinese nicht besser zustandegebracht hätte, bahnte sich Neysa einen Weg zum Badezimmer und kam gerade noch zurecht, die nackte Miss Royce mit Gewalt davon abzuhalten, den Gin zu verunreinigen. Lily hatte Ziegfeld gefunden, und beide standen Neysa bei.

Harold Ross und Jane Grant trafen in dem Moment ein, als Jacob Singer an ihnen vorbeieilte, um in der Lobby auf Cora Gallagher zu warten. Der Schlüssel zu Mrs. Parkers Apartment steckte in seiner Tasche. Er war aufgeregt. Er hatte nicht beabsichtigt, Cora Gallagher als Zielscheibe aufzubauen, als er sie auf der Straße abgefangen hatte; er hatte nur mit ihr sprechen müssen und sie erwischt, als sie nicht darauf gefaßt war. Das

Überraschungsmoment funktionierte meistens zu seinen Gunsten. Trifft man mit einem Zeugen oder einem Verdächtigen eine Verabredung, gibt man ihm Zeit, sich eine Geschichte auszudenken, die haarsträubender ist als die Vaterschaftsklage eines Bastards. Cora und auch er selbst hatten Glück gehabt, daß sie ihrem Angreifer entkommen war. Er fühlte ein Kribbeln in seinen Fingerspitzen; die Puzzlesteine, die zur Lösung eines Falles erforderlich waren, begannen, zueinander zu passen und Gestalt anzunehmen. Dies war die komplizierteste Aufgabe, die er jemals in Angriff genommen hatte, und das mit einer Besetzung wie aus einem Rube-Goldberg-Comic. Doch er genoß jede einzelne Minute. Er war sicher, daß sie eines Tages seinen Memoiren einen gewissen Pep verleihen würde.

Auf Neysas Party drängte Harold Ross Mrs. Parker in eine Ecke. »Ich habe mir die Sache mit dem Feature über Lacey Van Weber durch den Kopf gehen lassen. Ich halte das für gar keine so schlechte Idee. Glaubst du, er macht mit?«

»Lieber Harold«, sagte Mrs. Parker. »Ich frage mich allmählich, ob es nicht leichter wäre, Baron Münchhausen in den Griff zu kriegen.«

Am Piano legte Vincent Youmans aus dem Repertoire seiner eigenen Schöpfungen tapfer ein Stück nach dem anderen vor. Horace Liveright prahlte vor George S. Kaufman: »Meine Lebensversicherung ist mittlerweile über zwei Millionen Dollar wert. Was sagst du dazu?«

»Ich würde mir einen Vorkoster anschaffen«, erwiderte Kaufman.

Lacey Van Weber bemerkte, wie Ziegfeld und Lily Robson versuchten, Charlotte Royce anzuziehen, die sich wie ein Aal wand. Van Weber besah sich die Szene so angeekelt, als habe er einen faulen Fisch gerochen. Mrs. Parker beobachtete ihn, und als er plötzlich ihren Blick auffing, pustete er ihr einen Kuß zu. Sie lächelte und machte sich dann auf die Suche nach Woollcott. Sie wollte dabeisein, wenn Jacob Singer Cora Gallagher in ihre Wohnung brachte. Andererseits hätte sie gern in aller Ruhe ihre Gedanken geordnet, weil es ihr langsam dämmerte, wer Lacey

Van Weber wirklich war. Fast den ganzen Tag lang hatte sie in ihrem Hinterkopf herumgespukt, diese Lösung, die sie ständig aus den kleinen Informationsteilchen zusammenfügte, die Lacey Van Webers unfreiwilligen Hinweisen und den Berichten der Polizei in Los Angeles zu entnehmen waren. Sie wollte diese Lösung weder mit Singer noch mit Woollcott besprechen, solange sie sich nicht als handfester, begründeter Verdacht herauskristallisiert hatte. Ebenso wie sie ein Gedicht oder eine Kurzgeschichte nur dann einreichte, wenn sie ganz sicher war, daß jedes Wort richtig saß, präzise und treffend. Sie erspähte Woollcott und winkte ihn zu sich herüber.

In der Lobby stand Singer und ballte unablässig die Fäuste. Es waren jetzt fast zehn Minuten vergangen, seitdem er mit Cora Gallagher gesprochen hatte. Ein Taxi nach dem anderen fuhr vor und entlud entweder Bewohner des Miethauses oder frischen Nachschub für Neysas Party. Der Portier versuchte, die Beschwerden, die von Neysas Nachbarn auf ihn niederprasselten, taktvoll entgegenzunehmen. Singer ging auf die Straße hinaus, als hoffte er, seine Anwesenheit dort würde Cora Gallaghers Ankunft beschleunigen. Er erwog eben, wieder nach oben zu gehen, sein Revier anzurufen und eine stadtweite Fahndung nach Cora Gallagher anzuordnen, als er sah, wie sie vom Broadway her auf ihn zulief.

»Ich habe kein Taxi bekommen«, keuchte sie, als sie bei ihm war. Er nahm ihren Arm und begleitete sie eilig ins Gebäude.

»Ich hatte gerade beschlossen, die Bluthunde auf Sie zu hetzen.«

Auf der Party brüstete sich in diesem Moment Marc Connelly vor George S. Kaufman, daß ihm eine Wasserstoff-Blondine einen Antrag gemacht habe. Kaufman bemerkte mit Kennermiene: »Schau niemals einem geschenkten Pferdchen ins Maul. Wo geht denn ihr beiden hin?« Mrs. Parker und Woollcott hatten versucht, sich an ihm und Kaufman vorbeizudrängeln.

»Endlich ist es soweit«, keuchte Mrs. Parker. »Ich nehme Alec mit in mein Apartment, wo er mich vergewaltigen wird.«

»Oh, wie wunderbar«, sagte Kaufman. »Ich hoffe, du hast irgendwo eine Gebrauchsanleitung herumliegen.«

Mrs. Parker und Woollcott erreichten die Halle in dem Moment, als Singer und Cora Gallagher aus dem Fahrstuhl stiegen. Singer hatte den Schlüssel zu Mrs. Parkers Apartment gezückt, und nachdem sie eingetreten waren, eilte Mrs. Parker an die Fenster und zog die Gardinen vor.

»Warum tust du das?« fragte Woollcott gereizt. »Sollen wir alle ersticken?«

»In den Gangsterfilmen ziehen sie doch auch immer die Vorhänge vor, stimmt's, Mr. Singer?« Mrs. Parker schenkte Cora Gallagher, die zu entnervt war, darüber nachzudenken, wie man in einer derart spartanischen Umgebung hausen konnte, einen kräftigen Scotch ein. Singer blieb neben Cora Gallagher stehen und blickte erwartungsvoll auf sie herab, bis alle ihre Drinks bekommen hatten. »Sie brauchen jetzt keine Angst mehr zu haben, Cora.« Er wartete, während sie einen ordentlichen Schluck Scotch herunterschüttete. Mrs. Parker und Woollcott saßen nebeneinander auf der Couch.

»Ich weiß nicht, wie ich's geschafft habe, hier zu sein«, sagte Cora. »Er hat mich wirklich beinahe erwischt. Wenn nicht dieser Platzanweiser gewesen wäre . . .« Sie schüttelte den Kopf und fing an zu zittern.

»Möchten Sie eine Beruhigungstablette, meine Liebe?« fragte Mrs. Parker.

Cora lehnte ab. »Mir geht's schon wieder besser.« Sie nahm noch einen tüchtigen Schluck. Mrs. Parker hoffte, daß sie genügend Scotch im Hause hatte, um Coras Bedarf zu decken.

Singer versuchte, ihr mit Fragen den Weg zu bahnen. »Wieso waren Sie da oben auf dem zweiten Balkon?«

»Ich konnte sonst nirgendwo in dem Schuppen einen Sitzplatz kriegen. Es war voll bis oben hin. Sie wissen doch, was bei einem Gloria-Swanson-Film los ist. Wenn Sie mich nicht am Schlafittchen gepackt hätten, wäre ich rechtzeitig zur ersten Vorstellung im Paramount gewesen, so wie ich es vorhatte. Nun mußte ich ungefähr eine Stunde Schlange stehen, bevor ich reinkam. Ich sitze also im zweiten Balkon, erste Reihe, und seh mir den Film an und alles ist pechschwarz. Nach einer Weile fiel mir ein Kerl auf, der die Gänge rauf und runterging, als würde er sich nach einem Platz umgucken. Es gab noch ein paar freie einzelne Sitzplätze, aber er schien sich nicht dafür zu interessieren. Darum dachte ich, daß er nach einer Frau ohne Begleitung Ausschau hielt, neben die er sich setzen könnte, so ein Anmacher, wissen Sie, sicher sind Sie auch schon mal von solchen Typen belästigt worden, Mrs. Parker.«

»Ja, ja. Das Gegrabsche an den Knien.«

»Naja, dann sehe ich, wie er im Gang steht und sich nach einem Sitzplatz in meiner Reihe umsieht. Aber es gab keinen und ich hörte, wie jemand hinter ihm sagte, er soll sich setzen oder abhauen. Also zog er weiter. Später wurde mir klar, daß er *mich* suchte.« Sie nahm noch einen Schluck Scotch.

Singer griff sich einen Stuhl und setzte sich rittlings darauf. »Wer außer mir wußte noch, daß Sie sich einen Swanson-Film ansehen wollten?«

Coras Gesicht nahm einen grimmigen Ausdruck an. »Horathy. Er wußte davon. Er hat gesehen, wie ich die Anfangszeiten in der Zeitung herausgesucht habe, und als ich ihm erzählte, was ich mir ansehen wollte, machte er noch so einen Witz über irgendeinen reichen Laffen aus Boston, mit dem Swanson angeblich was laufen hat.«

»Erzählen Sie weiter. Wie ist Ihr Angreifer vorgegangen?« Singer führte sie behutsam weiter.

»Naja, der Film war wieder an der Stelle, wo ich reingekommen war, und es war schon spät und ich hatte Hunger und ich sah nicht ein, warum ich mir den Rest des Filmes noch mal ansehen sollte, darum stand ich auf und wollte gehen. Ich stehe mit dem Rücken zum Gang, der vom Balkon hinaufführt, und suche in meiner Tasche nach meinem Lippenstift, als ich plötzlich von hinten geschnappt werde und er mich gegen die Brüstung stößt. Dann höre ich den Platzanweiser rufen: ›He, was zum Teufel machen Sie da?‹, und dann liege ich schon schreiend auf dem Boden, und ein paar Leute helfen mir hoch. Zuerst habe ich gedacht, daß der Kerl meine Handtasche grabschen wollte, aber er hat versucht, mich über die Brüstung zu stoßen. Der Platzanweiser sagte auch, daß es so für ihn ausgesehen hätte. Und bei allem, was mir heilig ist, Mr. Singer, ich hab den Platzanweiser gefragt, ob er den Mann beschreiben könnte, aber er konnte es nicht. Er sagte nur, daß er kräftig war und einen großen Hut trug und daß er mich ganz bestimmt über die Brüstung schubsen wollte, und o mein Gott ...« Sie brach in Tränen aus. Mrs. Parker ging zu ihr hinüber und legte schützend und tröstend den Arm um ihre Schultern. Cora wühlte in ihrer Handtasche, fand ein Taschentuch, wischte sich die Augen, putzte sich die Nase und verlangte noch einen Scotch. Woollcott sorgte dafür, daß ihr Glas wieder aufgefüllt wurde. Er hoffte, daß Mrs. Parker noch einen Reservevorrat hatte.

»Horathy muß uns in der Nähe des U-Bahn-Eingangs gesehen haben«, sagte Singer.

»Na klar hat er das«, sagte Cora schniefend. »Er wollte ja auch gehen, als ich ging, nur blieb er noch, um schnell einem seiner Patienten einen Termin am Sonnabend telefonisch abzusagen.«

»Er nimmt am Sonnabend Patienten an?« fragte Singer.

»Klar. Aber an diesem Sonnabend fährt er übers Wochenende weg. Er hat ziemlich große Summen von seinen Konten abgehoben.«

»Warum haben Sie mir das nicht schon früher erzählt?« fragte Singer.

»Sie haben mich nicht gefragt.« Sie dachte einen Moment lang nach. »Sagen Sie mal! Glauben Sie etwa, daß der verduften will?«

»Klingt ganz danach. Haben Sie eine Idee, wohin er an diesem Wochenende fahren wollte?«

Sie biß sich auf die Lippen und sagte dann: »Nach East Cove raus. Zu Van Webers Schuppen. Da fährt er oft hin.«

Zu Mrs. Parker und Woollcott gewandt meinte Singer: »Es gibt solche und solche Schlaue und manchmal solche, die nicht schlau genug sind. Ich habe diese Lady hier länger als eine halbe Stunde befragt und gedacht, ich hätte alles aus ihr rausgekitzelt, was rauszuholen war, inklusive Namen, und jetzt muß ich feststellen, daß ich nicht ein halb so schlauer Bulle bin wie ich immer gedacht hatte.«

»Seien Sie nicht so streng mit sich, Jacob«, schalt ihn Woollcott. »East Cove kam erst vor ein paar Stunden ins Spiel. Mr. Van Webers seltsame Einladung, die – wie ich übrigens erfahren habe – auch für Kaufman und einen Schwarm weiterer Leute gilt, kam eben erst spontan auf der Party.«

»Wollen Sie wetten?« konterte Singer.

»Worauf?« fragte Woollcott, und seine Augen blinzelten schnell.

»Daß das nicht spontan war.« Er ging zum Telefon hinüber und rief sein Revier an. »Singer. Welche Polizistin hat heute abend Dienst? Ja, gut, sie ist genau richtig.« Er gab dem wachhabenden Sergeanten Mrs. Parkers Adresse und Apartmentnummer. »Sie soll sich beeilen, und behalt's für dich. Ich will, daß niemand erfährt, wo sie hinbeordert wurde. Wenn's einer erfährt, bist du dran, klar?« Er hängte ein und bat die Zentrale, ihn mit dem Royalton Hotel zu verbinden, das über die Straße vom Algonquin Hotel gelegen war. Als er seine Verbindung bekommen hatte, verlangte er den Nachtportier. Sie schienen einander recht gut zu kennen. »Ich möchte ein Doppelzimmer mit Bad unter dem Namen Gladys Shea, und zwar weder in der Nähe eines Notausgangs noch des Treppenhauses noch des Fahrstuhls oder mit Blick auf die Vierundvierzigste Straße. Am liebsten wäre mir, es liegt im ersten oder zweiten Stock. Ich möchte das Zimmer bis Sonntag. Und wie immer möchte ich, daß keiner was davon weiß. Schick mir persönlich die Rechnung. Ich werde dich in meine Gebete einschließen. Tschüß, mein Junge.« Singer legte auf und ging durch das Zimmer auf Cora zu. »Ich nehme Sie in Sicherheitsgewahrsam.«

»Ach du Scheiße«, winselte Cora.

»Wollen Sie lieber, daß ich Sie draußen frei herumlaufen lasse, wo ein Killer hinter Ihnen her ist?«

»O Scheiße.«

»Sie werden mit einem meiner besten Mädchen, Gladys Shea, ins Royalton gehen. Sie ist wie ein Panzer gebaut und bewegt sich wie eine Gazelle.«

Coras Stimme wurde mißtrauisch. »Sie ist doch hoffentlich keine Lesbe, oder?«

»Nicht im Dienst«, antwortete Singer.

»Auch das noch. Wie komme ich an meine Kleider?«

»Darüber machen wir uns später Gedanken.« Er wandte sich Mrs. Parker zu. »Sie sollten wieder auf die Party zurückgehen. Wir wollen doch nicht, daß Lacey Van Weber Verdacht schöpft.«

»Dafür ist es längst zu spät, und Sie wissen es«, sagte Mrs. Parker, während sie sich erhob. Woollcott saß da und starrte die plärrende Sprechstundenhilfe an, als sei sie ein Wesen von einem anderen Stern. »Er hat Verdacht geschöpft, die Leute, die hinter ihm stehen, haben Verdacht geschöpft, und am Sonnabend treffen wir uns alle in Gethsemane.«

»Es steht Ihnen frei abzusagen«, sagte Singer.

»Das weiß ich, und Sie wissen auch, daß ich es nicht tue. Die furchtlose Mrs. Parker hat den Ruf, gern am Abgrund zu wandeln. Ist es nicht rasend komisch, Harold Ross hat mir grünes Licht für das Porträt über Van Weber gegeben.«

Woollcott riß sich von Cora Gallaghers Anblick los. »Hat er nicht! Er hat heute abend zu Hause nichts dergleichen erwähnt!«

»Nun, er hat es aber erwähnt, als er bei Neysa ankam. Wer weiß, vielleicht schreib ich's ja auf jeden Fall, egal was am Sonnabend passiert.«

»O Scheiße!« Alle Augen richteten sich auf Cora Gallagher. »Morgen werde ich bezahlt. Was mache ich *jetzt*?« Sie sprang auf die Füße. »Und was passiert, wenn ich nicht im Büro erscheine?«

Mrs. Parker verkündete unschuldig lächelnd: »Vielleicht ist es Ihnen mittlerweile in den Sinn gekommen, daß Ihr tödlicher Quacksalber Sie morgen gar nicht zum Dienst erwartet.«

»Oje. Natürlich. Das Schwein hat mich verladen.« Sie klammerte sich an Singers Arm. »Und was passiert nach dem Sonntag? Wieso glauben Sie, daß ich nach Sonntag in Sicherheit sein könnte?«

»Vertrauen Sie mir, Lady«, Singer klang zuversichtlich, »vertrauen Sie mir einfach.« Ein scharfes Klopfen ertönte an der Tür. Singer machte Mrs. Parker ein Zeichen, nachzufragen.

»Wer ist da?« trällerte Mrs. Parker.

»Gladys Shea«, kam die polternde Antwort, und die Tür bebte. Mrs. Parker ließ Gladys Shea herein, und einen Augenblick lang dröhnte die Kakophonie von Neysas Party durch Mrs. Parkers Apartment. Cora Gallagher starrte Gladys Shea an und schluckte nervös. Gladys Shea war zwar nicht ganz Einsneunzig groß, wirkte aber Einsneunzig breit. Sie hatte die Ausmaße einer Olympiakämpferin, und Cora erfuhr später, daß sie eine Meisterin im Speerwurf, Kugelstoßen und Ringen war. Sie diente bereits mehr als zwei Jahre bei der Polizei. Mrs. Parker fiel hinterher ein, daß sie bei der Razzia auf Texas Guinans Club dabeigewesen war. Gladys salutierte forsch vor Singer, als sie eintrat, und hörte aufmerksam und mit einem intelligenten Gesichtsausdruck zu, während er sie über den Stand der Dinge unterrichtete. Sie war in Zivil gekommen, eine Vorsichtsmaßnahme, die sie in eigener Verantwortung getroffen hatte, als sie der wachhabende Sergeant informierte, daß sie einen Personenschutz übernehmen solle. »Ich habe mir Yudel Shermans Klapperkiste geliehen. Sie parkt unten in zweiter Spur.«

»Lassen Sie den Wagen lieber da stehen«, riet ihr Singer. »Ich laß ihn später abholen. Sie gehen am besten ein paar Straßenblocks zu Fuß und nehmen dann ein Taxi. Fahren Sie nicht direkt zum Royalton. Steigen Sie Vierundvierzigste Ecke Sixth aus und laufen den Rest, wissen Sie, so wie zwei Mädchen, die von einem Zug durch die Kneipen nach Hause kommen.«

»Kapiert«, sagte Gladys. »Möchten Sie, daß ich torkle?«

»Sie müssen nicht übertreiben, Gladys.«

»Gut. Okay, Miss Gallagher, gehen wir.«

»Einen Augenblick noch«, rief Singer. »Wir haben da ein paar Figuren gegenüber, die Miss Gallagher nicht zu Gesicht kriegen sollen.« Er ging zur Tür, machte sie vorsichtig auf, guckte, ob die

Luft rein war, und winkte die Damen hinaus. Nachdem sich die Fahrstuhltür hinter ihnen geschlossen hatte, gab Singer Mrs. Parker ihren Schlüssel zurück und riet ihr, zusammen mit Woollcott wieder zur Party zurückzukehren.

»Und wo gehen *Sie* hin?« fragte Woollcott, ohne sich die Mühe zu machen, seine Enttäuschung zu kaschieren.

»Zurück aufs Revier. Ich habe noch einen Haufen Arbeit zu erledigen. Zwischen heute und Sonnabend bleibt uns nicht mehr viel Zeit. Im Grunde haben wir nur noch morgen.«

»Ich liebe den Freitag«, sagte Mrs. Parker ohne einen erkennbaren Grund.

»Genau wie Robinson Crusoe«, bellte Woollcott.

Lacey Van Weber sah Mrs. Parker und Woollcott zurückkommen, und nachdem er sich mit viel Mühe zu ihnen durchgeschlagen hatte, erkundigte er sich: »Was haben Sie beiden denn getrieben?«

»Och, wir haben ein bißchen herumgeschmust«, sagte Woollcott und strahlte über das ganze Gesicht. Dann brüllte er quer durch den Raum zu Harold Ross: »Ross, du Zitterfurz, ich will dich sprechen!«

»Ob wohl noch Gin übrig ist?« fragte Mrs. Parker laut. Van Weber bot sich an, sie zum Badezimmer zu begleiten. »Ironischerweise, Lacey, hat mir Harold Ross jetzt für das Feature über dich grünes Licht gegeben.«

»Dafür haben wir keine Zeit mehr«, entgegnete Van Weber.

»Es gibt immer noch morgen.«

»Morgen fahre ich nach East Cove hinaus.«

»Oh. Natürlich. Vorbereitungen für Sonnabend treffen.«

»Möchtest du mitkommen?«

»Nein, morgen denk ich nach. Und o Schreck, ich muß sehen, ob ich bei meinem Kosmetiker irgendwie noch einen Termin bekommen kann. Ich werde den alten Zauberfinger brauchen, um mich für Sonnabend in Form zu kneten. Wie ich höre, hast du Neysa und ihren Mann und Kaufman eingeladen.«

»Und noch ein paar andere«, erwiderte er mit einem breiten Lächeln. Das Grammophon war wieder in Betrieb und quietschte »When Francis Dances with Me«. Mrs. Parker bekam ihr Glas Gin. Van Weber drückte sie leidenschaftlich gegen die Wand. »Sag, daß du mit mir kommst. Bitte. Ich kann uns am Morgen bis nach Montreal fliegen, und von dort aus können wir eine Schiffspassage nach Griechenland buchen. *Bitte*, Dottie.«

Sie hatte Schwierigkeiten zu atmen. Sein plötzlicher feuriger Ausbruch war ein Überraschungsangriff, auf den sie nicht vorbereitet war. Benchley rettete sie.

»Mrs. Parker, ich brauche deine Hilfe. Man hat mir soeben eine Frage gestellt, und ich habe gesagt, daß Mrs. Parker eine Autorität auf diesem Gebiet ist. Wie vögelt man im Auto auf einem Notsitz?«

»Mit größter Not«, erwiderte die Autorität. Van Weber machte sich von ihr frei. Sein Gesicht war gerötet, und sie fühlte, wie sein heißer Blick ihre Augen suchte. Als sie ihn ansah, sagte sie: »Bis Samstagabend, Lacey.«

»Natürlich. Ich werde dir noch die Einzelheiten mitteilen. Jetzt muß ich gehen.«

»So früh schon?« sagte Benchley. »Der Abend hat doch gerade erst angefangen. Und die Marx Brothers waren auch noch nicht da.«

»Ich muß morgen früh aufstehen«, sagte Van Weber. Er küßte Mrs. Parker auf die Wange. »Bis Sonnabend.« Er wartete ihre Antwort nicht ab, sondern bahnte sich mit den Ellbogen einen Weg zur Tür und ging.

»Ich mag diesen Mann nicht, Mrs. Parker«, sagte Benchley.

»Wie kommt das?« fragte Mrs. Parker. »Warum magst du diesen Mann nicht, Mr. Benchley?«

»Er hat mich nicht auf seine Soirée am Samstagabend eingeladen.«

»Weil du ihm erzählt hast, daß du an dem Morgen mit dem *Twentieth Century Limited* nach Los Angeles fährst.«

»Ach so.« Er legte nachdenklich sein Kinn in die Hand. »Warum schaust du so düster drein?«

»Sieht man mir das an?«

»Hast du daran gedacht, dich fester mit Van Weber zu liieren? Ist die Sache schiefgelaufen?«

»Ja. Ich habe an eine feste Liaison gedacht, und ja, die Sache läuft schief.«

»Warum willst du dann am Sonnabend zu ihm hinausfahren?«

»Weil ich beim Finale dabeisein möchte.«

Kaufman kam mit seinen Anträgen bei Lily Robson nicht weiter. »Junge Frau, ist Ihnen eigentlich klar, daß ich Ihnen gerade die besten zehn Minuten meines Lebens geschenkt habe?«

»Oh, da ist ja Marc!« Sie winkte Connelly am anderen Ende des Raumes zu.

»Immer Marc«, sagte Kaufman bitter. »Ich verstehe einfach nicht, wie Sie sich mit jemandem abgeben können, der aus reiner Neugier auf die Welt gekommen ist.« Aber Lily hatte ihn schon verlassen. Mürrisch sah er auf seine Armbanduhr und machte sich auf den Weg zum Ausgang, wo er von Woollcott aufgehalten wurde.

»Wie ich höre, hast du dich dazu herabgelassen, mit uns Bauern am Samstagabend Ringelreihen zu tanzen«, sagte Woollcott.

»Beatrice besucht mit der Kleinen die Swopes in Great Neck, da dachte ich mir, daß ich mir Van Webers Räuberhöhle mal ansehen könnte, es ist ja gleich um die Ecke.«

»Es gibt ein Feuerwerk«, verkündete Woollcott bedeutungsschwanger.

»Ich finde Feuerwerke hinreißend, Alec, das müßtest du doch allmählich wissen. Jetzt laß mich hier raus. All diese Ausgelassenheit macht mich depressiv.«

Ein ohrenbetäubender Schrei gellte durch den Raum, gefolgt von einer Reihe von Schmerzensrufen, und Mrs. Parker trat zur Seite, als Charlotte Royce und ein anderes Mädchen mit der Inbrunst zweier Schwertfische aufeinander losgingen. George Raft stand neben Mrs. Parker und sagte etwas Widerwärtiges über Charlottes Gegnerin. »Wie sagten Sie, heißt das Mädchen?«

»Lita Young, und sie ist ein ganz mieses Stück. Wie zum Teufel ist sie überhaupt auf diese Party gekommen?«

»Was ist das Miese an ihr?« wollte Mrs. Parker wissen, weil ihr einfiel, daß sie noch ein Gespräch unter Frauen mit der kleinen Royce führen wollte.

»Sie hängt an der Nadel, das ist das Miese. Sie hat sich den ganzen Abend an Ziegfeld rangemacht, und Charlotte hat kein Verständnis dafür, wenn jemand auf ihrem Territorium herumwildert.« Baragwanath und Ziegfeld versuchten, die Mädchen auseinanderzureißen. Raft stachelte die beiden an. Texas Guinan baute sich vor Raft auf und stieß ihn in die Rippen. Er heulte vor Schmerz auf und hielt sich die Seite. Irgend jemand spielte »The Star Bangled Banner« auf dem Klavier. Die Mieter der anliegenden Wohnungen bummerten auf ihre Heizkörper. Ein aufgebrachter Nachbar stand im Flur und hämmerte gegen die Tür. Mrs. Parker machte Woollcott ausfindig und teilte ihm mit, daß sie jetzt die Party verlasse, bevor die Bude explodierte. Woollcott versprach ihr, sie am nächsten Morgen anzurufen. Dann sauste laut krachend ein Stuhl durchs Fenster, und Mrs. Parker fand Neysa McMein in der Nähe des Ausgangs. Sie saß mit einem Glas Gin da und zog in aller Seelenruhe an einer Zigarette.

»Kennst du das Mädchen, das da gerade Charlotte Royce zerfleischt?« fragte Mrs. Parker Neysa.

»Ich schätze, sie ist das fehlende Glied in einer Kette von Polonaisetänzern.« Neysa war sternhagelvoll.

»Sie heißt Lita Young. Hast du eine Ahnung, wer sie mitgebracht hat?«

»Wie sieht sie aus?«

»Wie ein Trümmerhaufen. Davor war sie eine Wasserstoff-Blondine, die drogensüchtig ist. Das hat mir George Raft erzählt.«

»Ach, Raft. Der hat sie doch eingeladen, für den Fall, daß er Texas Guinan abstoßen kann. Wo ist mein Mann? Wo ist Jack?« Sie kämpfte sich auf die Füße. »Jack!« schrie sie. »*Jack!* Ich möchte diese Scheißbude anzünden!«

Mrs. Parker ging allein aus der Wohnung und schloß sich in ihrem Apartment ein. Sie zog sich schnell aus, schenkte sich den restlichen Scotch ein, setzte sich ans offene Fenster und hoffte, daß Müdigkeit sie überkommen würde. Sie hörte, wie Gäste lärmend die Party verließen, außerdem ein herzzerreißendes Schluchzen, von dem sie annahm, daß es entweder von Charlotte Royce oder Lita Young stammte. Dann verdrängte sie die Party und dachte nur noch an Lacey Van Weber und die Verabredung am Sonnabend. Allmählich verstand sie die Logik, die dieser Party zugrundelag; eine derartige Ansammlung von Prominenten würde das Risiko eines Schußwechsels, falls eine Polizeirazzia stattfinden sollte, auf ein Minimum reduzieren. Während der Festlichkeiten würde die Yacht im Handumdrehen entladen und für die Flucht benutzt werden können, wobei wahrscheinlich Lord und Lady Wussex auf dem trockenen sitzen blieben, was ihnen recht geschah. Sie stellte das Glas Scotch auf dem Fensterbrett ab und betrachtete ihre Handgelenke. Plötzlich fühlte sie einen durchdringenden Kälteschauer und umarmte sich selbst.

Allein. So tödlich allein. So sehr nach Liebe ausgehungert, nach einem Mann, der ihr gehörte. Nach dem ersten besten Mann in stürmischen Zeiten. Aber Lacey Van Weber konnte dieser Mann nicht sein. Nicht er. Denn so sicher wie der liebe Gott die kleinen grünen Äpfel erschaffen hatte, so sicher war sie sich, daß er ein Mörder war.

Unterdessen schnaubte eine wütende Texas Guinan auf der Party: »Wo ist George? Hat irgend jemand George gesehen?« Jemand meinte gesehen zu haben, wie er mit dem wasserstoffblonden Drachen, Lita Young, verschwunden sei. Guinans Augen loderten wie ein Waldbrand, und sie verließ die Party in großer Eile.

Auf der anderen Seite der Stadt steckte George Raft seinen Schlüssel in das Türschloß seines Hotelzimmers, während Lita Young leise schmachtend obszöne Liedertexte sang. Ihr zerkratztes Gesicht und ihre zerzauste Frisur waren ihr offenbar egal.

In seinem Büro plante Jacob Singer emsig seine Strategie für Samstagabend. Am Morgen würde er seinen Kollegen in Nassau

County und den Captain der Küstenwache von Long Island anrufen. Er hatte Nachricht von Gladys Shea erhalten, die ihm berichtete, daß Cora Gallagher wie ein Baby schlief, obwohl Babies nicht schnarchten, und daß sie sich ihr Essen aus einem Café in der Nähe bestellen mußten, da das Royalton keinen Zimmerservice anbot. Singer versicherte ihr, daß sie und ihr Schützling gut versorgt werden würden, und daß sie sich hinlegen und tüchtig ausschlafen sollte. Er rief Yudel Sherman an, entschuldigte sich, ihn zu dieser nachtschlafenen Zeit zu wekken, aber es handele sich um einen Notfall. So kam es, daß Yudel Sherman im Morgengrauen auf dem Revier aufkreuzte und eine Tüte mit dem selbstgemachten Apfelstrudel seiner Frau und mehreren Bechern Kaffee bei sich trug, die er beim Griechen um die Ecke erstanden hatte.

Im zweiten Stock des Ross'schen Backstein-Hauses saß Alexander Woollcott in einem zerschlissenen Bademantel in seiner Bibliothek. Er versuchte, seine Gedanken zu ordnen und machte sich Notizen. Nach vielem Nachdenken, Überdenken, Aufschreiben, Durchstreichen und Nachschauen in seinem Notizbuch, das seine Aufzeichnungen über die Polizeiberichte aus Los Angeles enthielt, kam er, ein klein wenig traurig, weil er dem Mann ein gewisses Maß an Bewunderung entgegenbrachte, zu dem Schluß, daß Lacey Van Weber sehr wahrscheinlich ein Mörder sein könnte.

In ihrem teuren, verkommenen Apartment tätigte Texas Guinan einen Anruf, und im ersten Licht der Morgendämmerung verschaffte sich der fleischige Mann Eintritt in George Rafts Hotelzimmer. Raft schlief nackt, er hatte seine Arme über Lita Youngs Körper geworfen. Der Mann nahm sich ein Kissen von der Couch und hatte binnen weniger Minuten alles Leben in Lita erstickt. Der Mann verließ den Raum. Raft hatte überhaupt nichts gehört.

Früh am Freitagmorgen verließ eine Prozession Frank Campbells Bestattungsinstitut und machte sich in Richtung

Grand Central Station auf den Weg. Der Leichenwagen führte den Zug an und barg Rudolph Valentinos Sarg. Die Limousine, die dem Sarg folgte, enthielt Pola Negri und Valentinos Bruder Alberto. Zwischen den beiden saß Valentinos ehemaliger Presseagent, S. George Ullman. In der St. Malachy's Kirche hatte es einen bombastischen Begräbnisgottesdienst für den Schauspieler gegeben, bei dem zahlreiche Größen des Films, Theaters und der Welt der Politik anwesend gewesen waren. Nita Naldi hatte mit Jean Acker, Valentinos erster Frau, in der letzten Reihe gesessen, wo sie unfreundliche Bemerkungen über die polnische Schauspielerin austauschten. Das Gerücht war umgegangen, daß die Leiche im Sarg gar nicht Valentino sei, sondern eine Nachbildung aus Wachs, während man die eigentliche Leiche heimlich nach Kalifornien habe verschwinden lassen.

Mrs. Parker verbrachte eine unruhige Nacht. Sie wachte früher auf, als es ihre Gewohnheit war, trotz der beeindruckenden Menge unterschiedlichster alkoholischer Getränke, die sie am Vorabend konsumiert hatte. Sie mußte einiges erledigen, das stand fest. Ganz oben auf ihrer Liste rangierte ein Treffen mit Charlotte Royce, der Zimmergenossin von Ilona Mercury. Sie würde das Mädchen heute früh sehen, und wenn sie sich vor ihrer Tür häuslich niederlassen müßte.

George Raft erwachte mit einem schrecklichen Durst. Es war noch früh am Morgen, eine ungewöhnliche Zeit für ihn, aber er hatte einfach diesen schrecklichen Durst. Er kroch mit Mühe aus dem Bett und leerte im Badezimmer vier Gläser Wasser, um seinen Brand zu löschen. Im Spiegel untersuchte er den blauen Fleck, den man ihm am Morgen zuvor verpaßt hatte. Texas Guinan hatte ihm auf der Party absichtlich noch einmal darauf gehauen. Der Mann. Dieses widerliche Monster von einem Mann. Er kehrte zum Bett zurück und bemerkte das Couchkissen, das Lita Youngs Gesicht bedeckte. Er schob das Kissen zur Seite. Er hatte vorher schon Mumien gesehen, viele sogar, und er benötigte keinen Tritt in den Hintern, um zu erkennen, daß Lita Young erstickt worden war.

Man hatte ihn gelinkt. Der Mann war dagewesen. Raft wich

zurück. Er sah auf seine Armbanduhr. Es war noch nicht ganz zehn Uhr. Er rief Jacob Singer an und betete, daß man ihn unverzüglich durchstellen würde, betete, daß Singer an diesem Morgen in seinem Büro war. Seine Gebete wurden erhört.

»Was willst du?« fragte Singer, der diesen Anruf lange erhofft hatte, falls Raft zu singen bereit war.

»Man hat mich reingelegt. Ich habe eine Leiche im Bett. Lita Young. Sie wurde erstickt.«

»Alles, während du ihr den Rücken zugewendet hast?«

»Sie müssen mir glauben, Jake! Ich lag noch im Koma, als der Mann mich besuchen kam. Er hat mich nur deshalb nicht auch umgebracht, weil sie mich linken wollen.«

Das klang in Singers Ohren nicht ganz glaubhaft. Die Jungs würden Raft nicht reinlegen. Ihm ab und zu einen kleinen Denkzettel verpassen – ja, aber ihn nicht den Bach runtergehen lassen. Er war als Kurier zu wertvoll, und es dauerte lange, bis man sich einen Kurier ausgebildet hatte. Dahinter mußte Texas Guinan stecken. Eifersucht konnte sehr unvernünftig sein. Er fragte Raft: »Wußte Texas, daß du sie mit der Young betrügst?«

»Gestern abend hätte sie darauf kommen können. Ich habe Lita von der Party mit nach Hause genommen. Sie hat sich mit der Royce-Fotze geprügelt.« Er dachte einen Moment lang nach. »Sie meinen, daß Texas mich vielleicht reingelegt hat?«

»Ich möchte Informationen, Georgie, oder du steckst schwer in der Klemme. Du hast einen Totschlag am Hals.«

»Aber ich sage Ihnen doch, ich hab sie nicht umgebracht!«

»Das ist deine Version, und es wird nicht viele geben, die sie dir abkaufen.«

»Jake, Sie müssen mir helfen!«

»Georgie?«

»Was, Jake, was?«

»Ich hab dich tanzen sehen, Georgie, jetzt möchte ich dich singen hören.«

Stille. Singer wartete.

»Jake, können wir uns irgendwo treffen, wo wir sicher sind?«

»Du kannst herkommen.«
»Da sind wir nicht sicher.«
Genau das hatte Singer gehofft. Daß Raft das sagen würde.

Fünfzehntes Kapitel

Für eine ganze Reihe von Leuten wurde es ein geschäftiger Freitagmorgen. Zwei Beerdigungen lockten die Flennschwestern der Boulevardblätter mitsamt ihren Fotografen im Schlepptau an. Es war kein Zufall, daß Ilona Mercury, deren Leiche auf einem leeren Grundstück in Canarsie gefunden worden war, auf dem Friedhof von Canarsie beerdigt wurde, zumal der Canarsie-Friedhof die billigste Beisetzung von allen sondierten Schindangern zu bieten hatte. Ein kleines Häufchen Trauernder fand sich früh an jenem Freitagmorgen neben dem Grab ein. Es setzte sich aus jenen entschlossenen Seelen zusammen, die sich zu so einer unmenschlichen Stunde, die üblicherweise bei Beerdigungen bevorzugt wurde, zum Aufstehen zwingen konnten. Ungefähr ein Dutzend Menschen gaben Ilona Mercury das letzte Geleit, unter ihnen einer von Ziegfelds Lieblingstenören, John Steele, der in seiner Plärrstimme »A Pretty Girl is Like a Melody« vortrug, ein Lied, das er 1919 in den *Follies* erstmals gesungen hatte. Eines der Mädchen aus *No Foolin'* erkundigte sich, ob irgend jemand die ungarische Nationalhymne singen konnte, fand aber kein Echo. Ein örtlicher Priester aus Canarsie stand unter dem Eindruck, daß es sich bei Miss Mercury um eine Ehefrau und Mutter gehandelt habe, und hielt demzufolge eine völlig unpassende Grabrede, was ihm einiges Kichern und immer wieder unterdrücktes Gewieher eintrug. Der Priester hoffte, die Fotografen würden die vorteilhafte Seite seines Profils aufnehmen, und mindestens drei Leute wunderten sich, warum Charlotte Royce, Ilonas Mitbewohnerin, der Beerdigung gänzlich ferngeblieben war.

Vera DeLee wurde draußen auf Long Island in Polly Adlers privater Grabstätte im Friedhof von Montefiore zur Ruhe gebettet. Pollys Mädchen waren alle zur Stelle und sorgfältig von der Puffmutter selbst für ihre Aufgabe als Ehrengarde gedrillt worden. Ein Sechsmannorchester spielte ein Potpourri beliebter Schlagermelodien, ein Campingtisch bog sich unter der Last von Getränken und Speisen. Polly, die sich über Veras religiöses Bekenntnis nicht ganz im klaren war, hatte das Problem elegant mit einem katholischen Geistlichen, einem evangelischen Pfarrer und einem Rabbi gelöst. Die Herren wechselten sich mit Lobeshymnen auf die verstorbene Hure ab und gaben der Hoffnung Ausdruck, daß sie es ins jeweilige, von ihnen propagierte Jenseits schaffen möge. Pollys Schluchzen war aus echtem Gefühl geboren, doch merkte sie sich vor, Horace Liveright ordentlich dafür die Ohren langzuziehen, daß er nicht den Anstand besessen hatte, Vera durch sein Erscheinen die letzte Ehre zu erweisen. Denn immerhin war ja auch Vera immer erschienen, um *ihm* die Ehre zu erweisen, wenn er sie angefordert hatte; mit Ausnahme der Nacht, in der sie dran glauben mußte.

Nach der Trauerfeier winkte Polly alle Teilnehmer zu den Getränken und Speisen herüber, und das Orchester blieb bei seiner Auswahl von Walzern und Country-Balladen. Eine von Pollys Neuanschaffungen, ein süßes kleines Ding aus dem Bible Belt, der bigotten Gegend in den Südstaaten, war von Ehrfurcht ergriffen und hoffte, daß auch sie eines Tages ein so schönes letztes Geleit bekäme. Polly versicherte ihr, daß sie darauf bauen könne.

Dorothy Parker war in der Stadt geblieben. Im Moment stand sie in der Lobby des Wilfred Arms und belagerte den Tresen des Portiers. Sie hatte das Apartmenthotel mehrmals von ihrer Wohnung aus angerufen und bekam jedesmal zu hören, daß Charlotte Royce die Anweisung hinterlassen hatte, nicht gestört zu werden. Als Singer sie anrief, um ihr zu erzählen, daß Rafts Widerstandskraft allmählich zusammenbrach, bat ihn Mrs. Parker um Rat, was sie bezüglich der kleinen Royce unternehmen solle. Er schlug vor, sie möge doch versuchen, sie auf ihrem eigenen Terrain zu stellen. Daraufhin versuchte sie Woollcott für ihren Feldzug zu gewinnen, aber er war der Meinung, daß sie allein mit der Situation fertig werden könne. Begeistert erfuhr er, daß Raft es wagte, die Gangster zu hintergehen, und er wollte diese Information aus erster Hand von Singer bekommen. Er erwischte Singer gerade noch, als er das Revier verlassen wollte, um sich mit Raft in dessen Hotelzimmer zu treffen, von dem sie beide annahmen, daß es sicher sein würde. Singer versprach Woollcott, ihm die vollständige Geschichte später zu erzählen.

Mrs. Parker fand, daß der Hotelportier mit seinem hervorspringenden Unterkiefer und seinen bedrohlich bleckenden Zähnen wie ein junges Krokodil aussah. »Miss Royce ist krank geworden«, krächzte der Portier mit einer Stimme, die einmal geölt werden müßte. »Sie mußte heute früh die Hilfe unseres Hausarztes in Anspruch nehmen.« Mrs. Parker hatte das Gehacke zwischen Royce und Lita Young auf Neysas Party nicht vergessen.

»Ich weiß, daß sie krank geworden ist«, log Mrs. Parker. »Ich bin ihre Masseuse. Ich bin gekommen, um ihren Rücken wieder in Form zu kneten. Sie muß heute abend noch in ihrer Show auftreten, wissen Sie.«

»Nicht in dem Zustand, in dem sie jetzt ist, Süße.« Er beäugte Mrs. Parker mißtrauisch. »Ne Masseuse, ja? Und wie kommt's, daß ich Sie noch nie hier gesehen habe?«

»Ich mache für gewöhnlich keine Hausbesuche.«

»Also, dann soll sie sich hüten, hier unten anzurufen und mir die Hölle heiß zu machen, sagen Sie ihr das. Sie hat strikte Anweisung gegeben, daß sie auf keinen Fall gestört werden will, aber na ja, wenn's so ist, gehen Sie rauf.« Er gab Mrs. Parker Royces Zimmernummer.

Ein paar Minuten später klopfte Mrs. Parker energisch an die Tür von Charlotte Royce. Sie hörte keine Antwort. Sie klopfte noch einmal, lauter. Sie glaubte zu hören, daß sich das Mädchen in ihrem Zimmer bewegte. »Miss Royce? Ich bin's, Dorothy Parker! Ich werde den ganzen Tag hier draußen stehen, wenn es notwendig ist. Ich muß mit Ihnen sprechen! Miss Royce?« Sie hörte, wie sich der Schlüssel im Schloß umdrehte. Die Tür öffnete sich ein paar Zentimeter.

»Sie haben vielleicht Nerven«, schnarrte Charlotte Royce.

»Ich muß mit Ihnen sprechen.« Mrs. Parker stieß die Tür nach innen auf und betrat den Raum. Auf dem Schreibtisch standen Reste eines halbgegessenen Frühstücks. Die Vorhänge waren zur Hälfte zugezogen, so daß das Zimmer im Halbdunkel lag. Das Bett war ungemacht, und Royces Kleidung vom Vorabend lag im Zimmer verstreut herum. Auf dem zweiten Bett im Zimmer, von dem Mrs. Parker korrekterweise annahm, daß es Ilona Mercury gehört hatte, lag ein offener Koffer. Sie hatte Miss Royce offensichtlich beim Packen ertappt. »Wollen Sie die Stadt verlassen?«

»Was schert Sie das?« knurrte Charlotte. Sie stand neben dem Schreibtisch und goß sich eine Tasse lauwarmen Kaffee ein. Ein Lichtstrahl vom Fenster her erfaßte ihr Gesicht, und Mrs. Parker unterdrückte ein Schauern. Charlottes rechtes Auge war blau und aufgedunsen. Ihre rechte Wange war geschwollen. Fleischwunden bedeckten ihren Unterkiefer. Mrs. Parker fragte sich, ob Lita Young ihre Strafe ereilt hatte, weil sie diesem Mädchen so schlimm zugesetzt hatte.

»Ich fasse mich so kurz wie möglich«; sagte Mrs. Parker und nahm Platz. »Wie lange haben Sie mit Ilona Mercury zusammengewohnt?«

»Schon seitdem wir mit der Revue von Florida nach New York gezogen sind. Man hat mich als Ersatzschauspielerin aus einem Club da unten angeheuert. Flo hat mich ausfindig gemacht, das Arschloch.« Sie nahm einen Schluck Kaffee, schnitt eine Grimasse, knallte die Tasse auf ein Tablett und zündete sich mit zitternden Händen eine Zigarette an.

»Also sind Sie und Ilona enge Freundinnen geworden.«

»Wir teilten uns das Zimmer, weil ich es mir nicht leisten konnte, allein zu leben, und weil sie ein gutes Herz hatte. Hat ihr ja irre was eingebracht, wie man sieht.« Sie fläzte sich in einen Sessel und schnipste die Asche auf den Fußboden.

»Wie war ihr Verhältnis zu Valentino?«

»Sie kannten sich von Hollywood. Sie arbeitete sich da drüben in den Clubs durch. Wissen Sie, Lady, sie war kein unbeschriebenes Blatt mehr. Ich bin neunzehn, und glauben Sie mir, sie muß mindestens zehn Jahre älter gewesen sein, besonders ohne Make-up.«

»Was war mit Dr. Horathy?«

»Was soll mit ihm gewesen sein?«

»Hat sie nie davon gesprochen, daß sie in Hollywood für ihn gearbeitet hat?«

»Sie hat mir erzählt, wie Valentino ihn auf der Party auseinandergenommen hat, soviel hat sie mir erzählt.«

»Hat Sie Ihnen jemals von der Zeit erzählt, die sie in Mexiko verbracht hat?«

»Davon weiß ich auch nichts.« Sie starrte mürrisch auf das brennende Ende ihrer Zigarette. »Doch jetzt, wo Sie's sagen, sie hat ziemlich oft ›La Cucaracha‹ gesummt.«

»Hat sie je den Namen Hans Javor erwähnt?«

»Mensch verdammt noch mal, sie hat einen Haufen Namen erwähnt. So wie sie daherredete, bekam man ja den Eindruck, daß sie jeden kannte, angefangen mit Aimee Semple McPherson bis hin zum Prince of Wales. Sie hatte eine große Klappe, jawohl, sie wollte mich andauernd mit ihren grandiosen Beziehungen beeindrucken!«

»Sie meinen so grandiose Beziehungen wie Lacey Van Weber?«

»Jedenfalls war sie mächtig sauer, daß er sie nicht auf seine Party eingeladen hatte. Ich meine, sie kam ja nur rein, weil Georgie Raft sie und Valentino mitgenommen hat, aber trotzdem war sie mächtig sauer, daß sie keine eigene Einladung bekommen hatte. Sie kam stockbesoffen nachts nach Hause, oder morgens sollte ich besser sagen, denn es war schon nach fünf, und ich war selbst gerade erst gekommen. Erst mal war sie sauer, weil Raft auch keine Einladung hatte, er hat sich einfach reingedrängelt und noch die beiden anderen mitgebracht. Was der für ne Chuzpe hat, dieser George Raft.« Und was der für Probleme hat, wollte Mrs. Parker hinzufügen, aber sie hielt es für besser, nicht gerade jetzt eine Bombe explodieren zu lassen. Das Mädchen war am Reden, vielleicht würde sie ihr ja etwas erzählen, was von Wichtigkeit war.

»Worüber war sie an dem Abend sonst noch sauer?«

»Valentino, was glauben Sie denn? Er wurde doch krank, oder? Das hat ihr den Abend versaut. Sie haben ihn in sein Hotel gebracht, und dann sind Ilona und Raft noch zu Texas Guinans gezogen, wo Ilona alles bezahlen durfte, weil Raft sich eher die Hand abhacken läßt, als einen auszugeben. Der hat noch nie jemandem was spendiert. Da drüben war sie, da lag sie« – sie zeigte auf das zweite Bett – »und fluchte sich ihre kleine Seele aus dem Leib. Drohte, sich an allen zu rächen, vor allem an dem Schwein, mit dem sie verheiratet war.«

Mrs. Parker richtete sich interessiert auf. Da haben wir es, dachte sie, da haben wir das Stückchen Information, das ich brauche. »Mit wem war sie verheiratet?«

»Ich weiß nicht, mit wem, und ich weiß auch nicht, wo, aber alles, was sie sagte, war, wenn sie es an die große Glocke hängt, daß das Schwein ein Bigamist ist . . .«

»Bigamist . . .!«

»Bigamist! Zwei Frauen! Und was noch schlimmer ist, die andere Frau hat ein Kind. Und glauben Sie mir, ich bin überzeugt, das war der Kerl, der sie über den Jordan geschickt hat! Das habe ich auch Flo erzählt, und der hat mir gesagt, ich soll schön die Klappe halten, und Scheiße, jetzt sitz ich hier und plappere alles vor Ihnen aus.«

»Ich verrate nie etwas, was man mir anvertraut«, sagte Mrs. Parker. »Ob sie diesen Mann wohl in Mexiko geheiratet hat?«

»Ich sagte Ihnen doch schon, ich hab keine Ahnung von Mexiko. Ich weiß ja nicht mal, wo das liegt.« Sie ging zum Frisiertisch hinüber, wo sie ihre Zigarette ausdrückte. »Gucken Sie sich das an! Gucken Sie sich doch an, wie die mich zugerichtet hat! Ich könnte diese Lita Young umbringen.«

»Das hat schon jemand für Sie erledigt.«

Charlotte wirbelte herum, aufrichtig schockiert. »Was?«

»Jacob Singer, der Detective, ist ein Freund von mir. Er war gestern abend auf der Party. Sie haben ihn bei Texas Guinan kennengelernt.« Das Mädchen nickte geistesabwesend. »Ich habe heute früh mit ihm gesprochen. Er hat mir erzählt, daß Lita ermordet wurde. Erstickt.«

»O du meine Güte. O du meine Güte. Ich muß hier raus. Ich muß sofort aus der Stadt raus.« Sie begann, Kleidungsstücke in den Koffer zu werfen. Mrs. Parker ging zu ihr hinüber und packte sie am Handgelenk. »Lassen Sie los! Ich muß hier raus! Ich hab Ihnen genug erzählt.«

»Sie waren einfach wunderbar. Was war mit Lita Young? Weswegen haben Sie sich gestern abend geprügelt? Und warum macht Ihnen ihr Tod solche Angst?«

Charlotte wurde von trockenen Schluchzern geschüttelt und setzte sich aufs Bett. »Hören Sie zu, Mrs. Parker, ich sage Ihnen die Wahrheit. Ich hab keine Ahnung von gar nichts. Lita ist eins von Flos Häschen. Sie hat sich gestern in die Party reingeschummelt, weil Flo ihr erzählt hat, daß er mit mir hingeht. Solche Scherzchen macht er gern, der Fiesling.«

»Sie war drogensüchtig.«

»Und außerdem eine Natter. Sie brauchte immerzu Geld. Gestern abend war sie besonders scharf drauf. Darum drängelt sie sich in die Party rein, um Geld von Flo zu kriegen, und weil er ihr keins gibt, läßt sie's an mir aus.«

»Sie ist zusammen mit George Raft gegangen.«

»Klar. Der weiß doch, wo sie ihre Dröhnung bekommt! O Mann. Ich muß sehen, daß ich abhaue.« Sie war schon wieder beim Packen.

»Wo wollen Sie denn hin?«

»Weiß ich nicht.« Sie wimmerte wie ein kleines Kind. »Ich weiß es nicht. Ich weiß nicht, wo ich hingehen soll.«

»Was ist mit Ihrer Familie?«

»Die haben mich vor drei Jahren rausgeschmissen.«

»Haben Sie denn keine Freunde?«

»Ich habe niemanden. Und so wie ich aussehe, will mich auch keiner haben.«

»Sie Unglückswurm«, sagte Mrs. Parker. Sie schrieb hastig einen Namen und eine Adresse auf einen Zettel und gab ihn dem Mädchen. »Gehen Sie dorthin, das ist das Barbizon Hotel für Frauen.«

»Nur Frauen?«

»In Ihrer Lage wäre ich nicht allzu wählerisch. Steigen Sie dort ab, und halten Sie sich bis Sonntag bedeckt.«

»Was passiert am Sonntag?«

»Mit einem bißchen Glück die Wiederkunft Christi. Kommen Sie, ich helfe Ihnen beim Packen.« Als Charlotte begann, Kleider aus dem Schrank herauszutragen, kam ihr etwas in den Sinn. »Übrigens, meine Liebe, hat Ilona jemals jemanden namens Den erwähnt? Oder vielleicht Denny? Oder Dennis?«

Das Mädchen antwortete erschöpft: »Mrs. Parker. Geben Sie mir Ihre Telefonnummer. Wenn mir noch irgendwas einfällt, rufe ich Sie an. Können wir jetzt bitte zusehen, wie ich hier rauskomme, verdammt noch mal?«

George Raft hatte eine Heidenangst. Jacob Singer ließ sich genüßlich Zeit, um zu Rafts Hotelzimmer zu gelangen; er wollte, daß Raft schwitzte, seine Nägel kaute und unruhig auf und ab lief, daß er Litas Leiche anstarrte und bei jedem Geräusch draußen auf dem Flur vor Angst zusammenzuckte. Singer sah Raft förmlich vor sich, wie er die Tür mit jedem greifbaren Möbelstück verbarrikadierte und bange auf das Eintreffen Singers wartete. Singer telefonierte mit Mrs. Parker und mit Woollcott, außerdem mit dem Polizeichef in Nassau und dem Captain der Küstenwache. Nachdem er alles erledigt hatte und er endlich zu seinem Rendezvous mit Raft aufbrechen konnte, war er mit seiner Leistung sehr zufrieden und voller Tatendrang; er bemühte sich sehr, nicht allzu selbstgefällig auszusehen.

Als Al Cassidy sich auf dem Revier zum Dienst meldete, hatten Singer und Yudel Sherman schon die Arbeit für einen ganzen Tag erledigt. »Und was passiert hier so?« fragte Cassidy.

»Du hast ja mächtig lange gebraucht, um herzukommen«, fuhr Singer ihn an. »Wo zum Teufel hast du den ganzen Vormittag gesteckt?«

Cassidy schaute betreten drein. »Ich habe Vera DeLee die letzte Ehre erwiesen. Sie haben sie heute früh beerdigt. Zum

Gottesdienst bin ich zu spät gekommen, aber Fraß und Drinks waren fabelhaft. Polly Adler weiß wirklich, wie man was Feines auftischt.«

»Da bin ich sicher«, sagte Singer. »Polly stand schon immer in dem Ruf, für jeden Appetit etwas parat zu haben.«

»Wo gehst du hin?« fragte Cassidy Singer, der sich seinen Schulterhalfter festzurrte.

»Ich muß mich um ein entlaufenes Schoßhündchen kümmern.«

»Was habt ihr heute für mich in petto?« fragte Cassidy.

»Du hältst hier einfach die Stellung, bis ich wieder da bin.«

Auch Dr. Bela Horathy hatte einen sehr geschäftigen Morgen. Er räumte seine Aktenschränke aus. Eine Reihe von Bankfilialen hatte er bereits besucht, um Konten aufzulösen und Geld auf diverse Bankhäuser in Europa und Südamerika zu überweisen. Damit war die Arbeit, die er Anfang der Woche begonnen hatte, beendet. Es überraschte ihn nicht, daß Cora Gallagher morgens nicht zur Arbeit erschienen war. Was ihn allerdings überraschte, war eine telefonische Warnung, daß sie noch am Leben sei. Der Portier rief an, um ihn wissen zu lassen, daß sein Auto und der Chauffeur eingetroffen seien. Horathy sagte ihm, er solle den Chauffeur heraufschicken.

Als der Chauffeur sich im Büro meldete, begrüßte ihn Horathy barsch und befahl ihm, mehrere handliche Kisten hinunterzutragen, die seine privaten Unterlagen enthielten. Der Chauffeur machte einen mißmutigen Eindruck und schien Probleme mit seinem schlecht sitzenden Gebiß zu haben. Ein Teil seines rechten Ohres fehlte. Er trug die Packkisten, als seien sie federleicht. Horathy war froh, den Mann an seiner Seite zu wissen.

Der Detektiv, der Mrs. Parker beschattete, fragte sich, was sie wohl jetzt wieder im Schilde führte. Sie war zusammen mit Charlotte Royce, deren Koffer sie trug, aus dem Hotel getreten, hatte ein Taxi herbeigewunken und Charlotte hineingesetzt.

Dann folgte ihr der Detektiv zu einer Drogerie, wo sie einen Anruf tätigte. Mrs. Parker informierte Woollcott. Als nächstes rief sie Singer an, aber der war nicht mehr in seinem Büro. Nein, sie wollte weder mit Cassidy noch mit Sherman sprechen. Schließlich ließ sie sich mit ihrem Schönheitssalon verbinden. Man versprach ihr, sie gegen Mittag einzuschieben. Mrs. Parker kam aus der Drogerie heraus, ging mit kühnem Schritt auf den Mann zu, der im Eingang eines Blumenladens herumlungerte, und sagte zu dem Detektiv: »Ich habe noch eine Stunde totzuschlagen. Wie wär's mit einer Tasse Kaffee?«

Bigamist.

Woollcott trug das Wort sorgfältig in sein Notizbuch ein. Ilona Mercury war – so stand es in dem Polizeibericht aus Los Angeles – zu dem Zeitpunkt aus Hollywood geflohen, als William Desmond Taylor ermordet wurde. Warum sie davonlaufen mußte, war nie geklärt worden. Vielleicht war sie nur fortgegangen, um zu heiraten, und das zeitliche Zusammentreffen mit dem Mord an Desmond Taylor war reiner Zufall. Hatte sie Hans Javor geheiratet, oder war Hans Javor in Wirklichkeit Bela Horathy, wie Mrs. Parker, der gute Jacob und er selbst annahmen? Wenn sie ihn geheiratet hatte, warum kreuzte sie dann aber wieder in Los Angeles als Magda Moreno auf? Warum überhaupt dorthin zurückkehren ... es sei denn ... es sei denn ...

Er klatschte vor Freude in die Hände. Natürlich. Das mußte es sein. Sie war schon verheiratet, *bevor* sie nach Mexiko ausriß. Und in Mexiko ließ sie wahrscheinlich jener Schuft von einem Ehemann sitzen, der irgendwann gestand, daß er woanders noch eine Frau (und ein Kind) in Reserve hatte. Darum hatte sie sich mit Hans Javor eingelassen und war mit ihm nach Los Angeles zurückgekehrt, wo er Dr. Bela Horathy und sie Magda Moreno wurden, weil es immer noch nicht sicher war, Ilona Mercury zu sein. Er erhob sich von seinem Stuhl, gähnte, streckte sich und goß sich selbstzufrieden ein herzhaftes Glas Port ein. Er ging zum Fenster und blickte auf die Straße hinaus. Sein Wachhund, der Detektiv, der zu seinem Schutz eingesetzt worden war, saß auf einem Pfeiler und las die Zeitung. Er schaute auf und sah Woollcott am Fenster stehen. Woollcott hob sein Glas und prostete dem Mann still zu, und der Detektiv zwinkerte. Woollcott tänzelte wieder an seinen Schreibtisch zurück, um dort auf Singers Anruf zu warten.

»Ich bin's. Singer.«

Raft erkannte seine Stimme und räumte die Barrikaden von der Tür. Singer trat ein, und Raft verriegelte die Tür hinter ihm. Die Fenster standen weit offen, der Ventilator blies den verräterischen Geruch des Todes hinaus. Raft fragte nervös: »Sind Sie allein gekommen? Wartet noch irgend jemand draußen?«

»Ich bin allein. Als du mir erzählt hast, daß es bei mir auf dem Revier nicht sicher ist, hast du mir ja wohl mitgeteilt, daß da jemand sitzt, der dir die Kehle durchschneiden würde, wenn er dich reinkommen sieht.« Er betrachtete die Leiche. Er sah die Einstiche auf ihren Armen. »Die hier hing wirklich an der Nadel, was?«

»Eine Verrückte. Vielleicht haben Sie gehört, wie sie gestern abend Charlotte Royce zugerichtet hat.«

»Ich muß dich im voraus warnen, George. Ich werde dich auf jeden Fall wegen Mordverdachts einbuchten.«

»Wieso? Wieso, verdammt noch mal? Ich hab Ihnen doch gesagt, daß ich sie nicht getötet habe!«

Singer setzte sich und schob seinen Hut in den Nacken. »George, dein Wort reicht mir aus. Aber für meinen Chef ist dein Wort soviel wert wie ein Grundstück auf Atlantis. Deshalb, George, reden wir jetzt Tacheles. Und wenn du nicht mitspielst, wirst du hier auf der Stelle festgenommen, und dann kannst du dir einen cleveren Rechtsverdreher suchen. Nur daß mir kein cleverer Rechtsverdreher einfällt, der nicht im Dienst der Jungs da oben steht, mit Ausnahme von Clarence Darrow, und von dem habe ich gerade gehört, daß er woanders zu tun hat. Aber du siehst ja, daß ich gekommen bin. Das bedeutet, daß ich an einem kleinen Geschäft interessiert bin, und du weißt, daß ich zu meinem Wort stehe.«

»Das weiß ich, Jake, das weiß ich. Ich schwöre bei Gott, daß ich es weiß.«

»Okay, hör auf herumzutanzen, du machst mich nervös. Und laß uns das hier schnell abhandeln, weil die Mumie langsam ein bißchen Hautgout kriegt, und ich hab noch nicht Mittag gegessen. Wer ist Lacey Van Weber?«

»Sie müssen mir glauben, Jake, wenn ich Ihnen sage, daß ich nicht allzuviel über ihn weiß.«

»Dann sag mir, was du weißt. Sag mir alles, wovon du meinst, daß ich es vielleicht hören möchte. Mach es so, daß es sich für dich lohnt, George. Setz dich hin, George, da drüben, wo wir uns tief in die Äuglein sehen können.«

»Ich hab ihn vor zehn Jahren kennengelernt, als Rudy und ich Eintänzer waren. Er sagte, daß er gerade aus England gekommen wär.«

»Damals war da drüben Krieg. Hat er sich vor der Armee gedrückt?«

»Vielleicht. Davon weiß ich nichts. Jedenfalls taucht er eines Tages in dem Tanzschuppen auf und sagt, daß er Dennis Byron heißt, nur redet er da noch nicht so hochgestochen wie heute. Ich meine, er klang so richtig nach Straße.«

»Wahrscheinlich Cockney.«

»Ja, genau! Cockney! Jetzt fällt's mir wieder ein, Cockneys werden in Reichweite vom Glockengeläut der Bow Bells geboren.«

»He, George, ich wußte ja gar nicht, daß du eine Schulbildung hast.«

»Na hören Sie mal, 'n bißchen hab ich schon was gelernt.«

»Erzähl mir mehr über Dennis Byron.«

»Wollen Sie sich keine Notizen machen?«

»Ich hab ein ausgezeichnetes Gedächtnis. Also Dennis Byron.«

»Er war vollkommen pleite. Er brauchte ein dickes Sümmchen, um zur Westküste rüberzumachen, wo er eine Anlaufstelle hatte, wie er sagte.«

»Hat er den Namen der Anlaufstelle erwähnt?«

»Irgendein namenloser Verwandter.«

»Weiter.«

»Na ja, er war gar nicht mal so schlecht auf den Beinen. Aber an manchen Tagen verdiente er mehr als Rudy und ich, deshalb dachten wir, daß er nebenbei herumhurte. Den Damen noch einen Besuch abstatten, nachdem der Tanztee vorbei war, wissen Sie, um einen extra Zwanziger einzusacken.«

»Du nicht?«

Raft grinste. »Haben wir alle gemacht. Aber Denny zog sein Ding am schnellsten. Wir nannten ihn ›Rein-und-raus-Byron‹. Jedenfalls geht's ein paar Monate so, und dann verschwindet er. Das nächste, was ich hörte, geschah letzten Sommer. Ich hatte mich gerade bei Texas eingeklinkt und schob meine Tanznummer in ihrem Schuppen, da in der Nähe von Macy's, erinnern Sie sich?«

»Klar. Mach weiter.«

»Und da kommt plötzlich eine große Gesellschaft rein, die Art Schnorrer, die Tex gern ausnimmt, nur daß sie gar keine Schnorrer sind, sondern das Feinste vom Feinen. Die großen Jungs. Mit einem Akzent frisch aus Sizilien. Und was nicht aus Sizilien kommt, kommt aus Chicago. Da dachte ich mir, daß muß das Syndikat sein, die Jungs, die Tex und Broadway-Revuen finanzieren . . .«

»Und den größten Drogenschmuggel der Welt betreiben.«

»Das haben Sie gesagt, nicht ich.«

»Hör auf mit den Sperenzchen, George.«

Raft wischte sich seine schweißgetränkte Stirn mit einem Taschentuch.

»Mitten in dieser Truppe, sogar am Kopf des Tisches, um genau zu sein, sitzt Lacey Van Weber. Ich erfahre den Namen von Tex, weil sie vor Stolz platzt, daß die Jungs ihr einen Besuch abstatten. Na ja, Van Weber sieht mich, und mit einemmal guckt er mich an, als wäre ich ein verfaulter Kohlkopf. Ich frage mich, was dem wohl für ne Laus über die Leber gelaufen ist. Ich grüble und grüble und dann fällt's mir wie Schuppen von den Augen. Der Typ ist Dennis Byron. Ich meine, diese Ähnlichkeit, obwohl er sich ziemlich verändert hat. Ich meine, er hat ganz schön angesetzt. Vorher war er ein Klappergerüst, und jetzt hat er Muskeln und Fleisch auf den Knochen. Sein Gesicht ist runder geworden, und er sieht verdammt gut aus, ich meine, gucken Sie ihn sich doch an, er ist ein attraktiver Kerl. Also warte ich mal ab, bis ich sehe, daß er aufs Klo will, und da gehe ich ihm auf die Toilette nach und stelle mich vor. Mann, war der sauer auf mich. Dann haben wir uns geeinigt, also weiterhin alte Kumpel, aber ich soll meine Klappe über Dennis Byron halten . . .«

»Sonst.«

»Die Warnung kam gar nicht von ihm. Sie kam von Tex. Na ja, Van Webers Geschichte seitdem kennen Sie ja. Sie wissen über das Grundstück, sein Stadtbüro, seine Parties im Penthouse Bescheid . . .«

»Er ist ein Strohmann für das Syndikat.«

»Einer von ihnen. Sie haben sie auf der ganzen Welt. Sie lancieren sie. Sie bilden sie aus.«

»Wo?«

»Überall, Herrgott noch mal. Europa, Südamerika, Mexiko . . . Kapieren Sie nicht? Mich wollten sie in Hollywood einsetzen. Sie wollten einen Star aus mir machen.«

»Wurde Valentino vergiftet, weil er Van Weber wiedererkannte?«

»Rudy wurde nicht ermordet. Was ihn umgebracht hat, war echt.«

»Das glaube ich dir nicht.«

»Das kann ich Ihnen nicht verdenken. Aber ich glaube nicht, daß Lacey irgendwas damit zu tun hatte.«

»Valentino könnte ihn in Hollywood gesehen haben.«

»Vielleicht hat er das ja.«

»Hör auf, mich zu verscheißern. Du bist ohne Einladung in Van Webers Party reingeplatzt. Du hast Valentino und Ilona Mercury mitgenommen. Das war ein großer Fehler. Van Weber wollte keinen von euch auf seiner Party dabeihaben, er wollte euch nicht einmal mit einer Feuerzange anfassen. Das hat dir mächtig Ärger eingebracht, stimmt's, George?«

»Ja, ja, stimmt, mächtigen Ärger.«

»Kannte die Mercury Van Weber von Hollywood her?«

»Ich wußte gar nicht, daß sie mal da drüben war.«

»Lüg mich nicht an.«

»Ich schwöre bei Gott, daß ich es nicht wußte.«

Singer erzählte Raft von Mercurys Beziehung zu Horathy in Hollywood, als sie sich Magda Moreno nannte.

»Das ist mir völlig neu«, beharrte Raft, »ich schwöre.«

»Du schwörst zuviel. Wie tief steckt Horathy in der Organisation drin?«

»Er ist einer ihrer besten Handwerker.«

»Wie meinst du das?«

»Im Labor. Er weiß, wie man Morphium in Kokain umwandelt.« Singer stieß einen Pfiff aus. »Die Praxis ist nur ein Aushängeschild. Gut, er verabreicht da oben seine Spritzen und schreibt Rezepte aus, aber das ist für die Organisation alles Kleinkram. Davon wollen sie nichts wissen. Er bunkert die Kohle für sich selbst. Sie lassen ihn; wissen Sie, das ist, wie wenn man einem Oberkellner fünf Dollar rüberschiebt.«

»Weißt du, wer Ilona Mercury ermordet hat?«

»Ich glaube nicht.«

»Vera DeLee?«

»Könnte sein.«

»Wer, glaubst du, hat Lita erstickt?«

»Dieselbe Sau, die mich schon viel zu oft verprügelt hat.«

»Ist er von meinem Revier?«

»Er ist Ihr Mann.«

»Spann mich nicht auf die Folter, George.«

»Al Cassidy.«

Singer stand auf und vergrub die Fäuste in den Taschen. Al Cassidy. Der Mann mit dem großen Hut. Dem Stetson. Al Cassidy. Fünf Jahre haben wir zusammengearbeitet. Ich und Al und Yudel. Cassidy, ein Schurke. Der Mann mit dem Taschentuch vor der Nase. Der Mann, der wahrscheinlich Vera DeLee umgebracht hat. Der Mann, der Raft und der Teufel weiß wie viele andere zusammengeschlagen hat. Der Mann, der versucht hat,

Cora Gallagher vom zweiten Balkon im Paramount hinunterzustoßen. Der Mann, der wahrscheinlich Ilona Mercury getötet hat. Cassidys Frau. Cassidys zwei Kinder. Der Mann, der Lita Young erstickt hat.

»Sie nennen ihn den ›Mann‹«, fuhr Raft fort. »Er ist ihr Mann fürs Grobe. Wenn sie jemand für einen Job brauchen, holen sie sich den ›Mann‹.«

Der Mann. Mr. Man. Singer schüttelte traurig den Kopf und atmete aus. Jetzt kam es darauf an, den Fall unter Kontrolle zu halten, ohne daß es einen Skandal gab. Man mußte der Polizei einen weiteren Schandfleck ersparen. Es gab so viel verdammte Korruption in der Stadt, fast schlimmer als eine Seuche. Wie sollte er mit einem seiner besten Freunde verfahren, Al Cassidy. Singer war erschüttert.

»George, ich nehm dich mit ins Stadtgefängnis.«

Raft sprang auf die Füße. »Das kann doch nicht wahr sein!«

»Jetzt piß dir nicht in die Hosen und beruhige dich. Es dient deinem eigenen Schutz. Stell dir einfach vor, du fährst übers Wochenende weg.«

»Ich fahre nie übers Wochenende weg. Niemand lädt mich ein.«

»Ich lade dich ein. Ich lade dich ins Stadtgefängnis ein, übers Wochenende, das jetzt beginnt. Pack dir einen Handkoffer. Nimm deine Stepschuhe mit, vielleicht kannst du ja den Jungs was vortanzen. Ich lege dich bis Sonntag auf Eis.«

»Tex wird sich fragen, wo ich geblieben bin.«

»Du vergißt wohl, daß Tex dir den Mann auf den Hals geschickt hat?«

Rafts Gesicht verzog sich zu einem rachsüchtigen Knurren. »Diese mottenzerfressene alte Fotze.«

»Fang an zu packen, George. Und stell keine Fragen. Du hast deine Sache gut gemacht. Ich werde noch eine unterschriebene Aussage von dir brauchen. Ich kümmere mich um alles, wenn ich wieder in der Stadt bin. Darf ich mal dein Telefon benutzen?«

Er rief im Revier an, verlangte Yudel Sherman und fragte, ob Al Cassidy da sei. Cassidy war ausgegangen, um ein Sandwich zu essen. Singer beauftragte Sherman, ein paar Jungs und den Leichenbeschauer in Rafts Hotel zu schicken. Er werde Raft in geheimen Gewahrsam nehmen. Sherman sagte, er werde in einer halben Stunde unten im Stadtgefängnis sein. Nein, er würde Cassidy bestimmt nichts davon erzählen. »Ist irgendwas faul mit Cassidy?« fragte Yudel.

»Sehr faul ...« und er konnte sich nicht verkneifen, »alter Junge« hinzuzufügen.

Mrs. Parker verließ den Schönheitssalon und stellte fest, daß sie nicht besser aussah als beim Betreten des Ladens, aber sie war ja immer viel zu bescheiden, wenn es um sie selbst ging. Sie war niedergeschlagen und fragte sich, ob Lacey Van Weber versucht hatte, sie zu erreichen. Sie winkte ein Taxi heran, sah sich um, um sicherzugehen, daß sich ihr Schutzengel auch eines gewinkt hatte, und fuhr Richtung Zuhause davon.

Dort rief sie das Barbizon an, um sich zu vergewissern, daß es Charlotte Royce gutging. Charlotte dankte ihr für die Anteilnahme. Sie wählte die Nummer des Reviers an, wo man ihr mitteilte, Singer sei für den Rest des Tages nicht zu erreichen. Aber er lasse ihr ausrichten, daß er eine Nachricht für sie bei Mr. Woollcott hinterlassen habe. Sie läutete bei Woollcott an, der sie barsch anfuhr: »Na, das wird aber auch Zeit! Wo zum Teufel hast du gesteckt?«

»Ich war im Schönheitssalon, weil sich das für morgen als notwendig erwiesen hat. Also, was war los?«

»Jacob Singer möchte, daß wir heute abend mit ihm essen gehen.«

»Bitte nicht schon wieder chinesisch.«

»Nein, er hat Tony's vorgeschlagen, wo wir nach dem Theater gegessen haben, was mir sehr recht ist. Ich habe übrigens mit Lacey Van Weber gesprochen.«

Ihr Herz schlug einen Purzelbaum. Verdammt sei ich und verdammt sei er. Ich mag ihn, ich mag ihn, und ich darf ihn nicht mögen. Mein Geliebter könnte mein Mörder sein. Mein Mörder. O Gott, o Gott. »Ja? Wie habt ihr euch verabredet?«

»Der Wagen holt uns jeweils um sechs beziehungsweise um Viertel nach sechs ab. Du bist um sechs dran. Sei pünktlich, ja, kleine Lotusblüte?« Seine Stimme war ungewöhnlich freundlich und sanft. Es war ihm nicht entgangen, daß sie sich in einem ihrer häufigen Zustände emotionaler Zerbrechlichkeit befand.

»Ich werde pünktlich sein. Schließlich bin ich ja die Königin vom Abschlußball.«

»So gefällst du mir schon besser! Ich sehe dich um sieben bei Tony's.«

Das gab ihr noch genügend Zeit, in der Badewanne herumzuplätschern. Sie hängte ein und setzte sich an ihren Frisiertisch. Du bist dreiunddreißig Jahre alt, und heute siehst du auch so aus. Dabei ist das eigentlich gar nicht so alt. So alt wie Edna Ferber zum Beispiel. Ich wette, auch Neysa ist älter. Neysa! Mein Gott, ich habe noch nicht einmal nach ihr gesehen. Wie hat sie wohl die Nacht überlebt? Sie eilte über den Flur, aber an der McMeinschen Tür hing ein Schild, auf dem BITTE NICHT STÖREN stand. Sie ging wieder in ihre Wohnung zurück und ließ das Badewasser einlaufen. Wassertropfen fielen in die Wanne, und Mrs. Parker schaute auf, um zu sehen, ob die Decke leckte. Die Decke war aber völlig in Ordnung. Nur Mrs. Parker nicht. Sie weinte.

Bei Tony's war es nicht besonders voll, und der Oberkellner verrenkte sich fast vom vielen Katzbuckeln, als er Mrs. Parker zu dem Tisch geleitete, an dem Jacob Singer und Alexander Woollcott seit mehr als fünfzehn Minuten ihr Eintreffen erwarteten. Sie bestellte einen Jack Rose on the rocks und sagte beiden, wie gut sie aussähen. Dann erzähte sie ihnen von ihrem Vormittag bei Charlotte Royce.

»Bigamist«, sagte Singer. »Ich hätte gern gewußt, wer er war.«

»Ist«, erwiderte Mrs. Parker. »Ich bin ziemlich sicher, daß er noch lebt.«

Jacob Singer erzählte ihnen von seinem Tag mit George Raft. Lita Young war im Leichenschauhaus, wo am nächsten Morgen eine Autopsie vorgenommen werden würde. Der Mord an ihr war den Zeitungen verschwiegen worden und würde auch nicht vor Sonntag, jedoch rechtzeitig für die Abendausgaben, bekanntgegeben werden. Er berichtete ihnen, daß er Raft zu seiner eigenen Sicherheit im Stadtgefängnis festhielt.

»Ich habe Miss Royce im Barbizon Hotel für Frauen untergebracht«, flocht Mrs. Parker ein. »Habe ich das richtig gemacht?«

»Das haben Sie gut gemacht«, versicherte ihr Singer. Der Kellner, der sich in der Nähe herumdrückte, fragte, ob sie schon das Dinner bestellen wollten, aber keiner von den dreien schien Appetit zu haben. Sie beschieden ihn, später wiederzukommen, aber nicht ohne vorher noch eine Getränkerunde aufzutischen.

»Offen gestanden«, klagte Mrs. Parker, »bin ich schrecklich nervös wegen morgen.«

»Ich nicht«, betonte Woollcott stoisch. »Ich verspreche mir einen absolut fabelhaften Zeitvertreib und den Stoff für einen glänzenden Essay über Betrug, Unterschlagung und internationales Verbrechen.«

»Alles wird glattgehen«, sagte Singer, wobei er hoffte, daß keiner von den beiden bemerkte, daß er heimlich beide Daumen drückte. »Ich hab einen schlimmen Sonntag vor mir. Sehr traurig.«

»Ist irgendwer gestorben?« fragte Woollcott.

»Hhm. Einer meiner Partner. Selbstmord. Hat sich in einer unserer Zellen umgebracht. Schwer depressiv. Al Cassidy.«

»O Gott, wie traurig«, seufzte Mrs. Parker. »Wann war das?«

Singer warf einen Blick auf seine Armbanduhr. »Müßte jeden Augenblick passieren.«

Mrs. Parker war entgeistert. »Wollen Sie damit sagen, Sie wissen, daß er Selbstmord begehen wird, und Sie nichts unternehmen werden, um es zu verhindern?«

»Mrs. Parker, er war ein faules Ei«, sagte Singer unglücklich. »Er war einer meiner besten Freunde, und er hat mich betrogen. Er hat die Polizei betrogen. Er hat seine Familie betrogen.« Er starrte in seinen Gin. »Er hat sich selbst betrogen. Er war morphiumsüchtig. Er hat es mir gegenüber zugegeben. O mein Gott, was war das für eine furchtbare Szene. Ich und er und Yudel in meinem Büro, wie die drei Musketiere, und ich hab Al auseinandergenommen und mit allem konfrontiert, was mir Raft erzählt hat.«

»Sie vertrauen diesem Blutsauger?« fragte Woollcott.

»Ich vertraue jedem, der eine exakte Täterbeschreibung liefert. Raft hatte Angst. Man hat ihn gelinkt. Tex hat es arrangiert, daß Cassidy Lita Young in Rafts Bett erstickte. Sie wird ein paar Fragen beantworten müssen.«

»Werden Sie sie verhaften?« wollte Mrs. Parker wissen.

»Ich werde zusehen, daß die großen Jungs ihr die Fragen stellen. Das war Cassidys großer Fehler, daß er Tex für einen Hunderter einen Gefallen getan hat.« Er lehnte sich in seinem Stuhl zurück und seufzte. »Man stelle sich vor, Cassidy, ein Zwei-Spritzen-am-Tag-Junkie, und wir haben nichts geahnt. Trotzdem hätte ich seinen Arbeitsstil erkennen müssen. Er war ein Genie darin, sich ungehört und ungesehen überall Einlaß und Ausgang zu verschaffen. Der Mann mit dem Taschentuch vor der Nase. Der Mann, der versucht hat, Cora Gallagher zu töten. Vor einer Stunde saß dieses massige Ungeheuer auf dem Fußboden meines Büros und heulte Rotz und Wasser wie ein kleiner Junge, der sein Fahrrad verloren hat. Es war fürchterlich. Und der arme Yudel. Ich meine, die beiden waren wie Brüder. Sie sind zusammen bei der Polizei groß geworden. Einmal habe ich Yudel dabei ertappt, wie er mich von der Seite anguckt, als ob ich auch schon verdorben sein könnte. Und ich nehm's ihm nicht mal übel. Wem kann man noch vertrauen, wenn man schon einem Kerl nicht mehr trauen kann, der mehr als ein Bruder war? Wem vertrauen Sie, Mrs. Parker?«

»In meinen Kreisen ist das nicht einfach«, antwortete Mrs. Parker trocken.

»*Mir* vertraust du ja wohl«, polterte Woollcott.

»Bei schönem Wetter«, antwortete Mrs. Parker. »Also stand Mr. Cassidy in ihren Diensten. Wie machen sie das? Wie kommen sie an einen Mann wie ihn heran?«

»In seinem Fall war es der Stoff. Bei anderen ist es die Gier.«

»Es gibt noch andere?« fragte Mrs. Parker.

»Wahrscheinlich. Niemanden, den ich kenne, aber wahrscheinlich. Jedenfalls können wir Cassidy abschreiben. Gehen wir zu den wichtigeren Angelegenheiten über.«

Mrs. Parker staunte über die Art, wie der Detective seine Gefühle abschalten konnte. Cassidy können wir abschreiben. Gehen wir zu den wichtigeren Angelegenheiten über. Trinken wir noch eine Tasse Kaffee, und essen wir noch ein Stück Kuchen. Sie fing Woollcotts Blick auf. Er sagte ihr, man solle Cassidy auf der Sollseite im Hauptbuch vermerken und sich anderen Dingen widmen. Während Singer weitersprach, zerkrümelte er ein Brötchen. Er wiederholte Rafts Bericht über seine frühere Bekanntschaft mit Lacey Van Weber.

»Dennis Byron. Wie poetisch«, sagte Mrs. Parker. »Aber schließlich war Byron auch scheiße.«

»Er war fies, mies, und es war gefährlich, ihn zu kennen«, deklamierte Woollcott honigsüß. »Und falls Sie sich fragen, woher diese schreckliche Zeile stammt, ich zitiere einen Zeitgenossen Lord Byrons, dessen Name mir glücklicherweise entfallen ist.«

»Gentlemen, ich habe eine Theorie.« Mrs. Parker klang wie ein Auktionator, der gerade dabei ist, den Hammer auf ein teures Grundstücksangebot niedersausen zu lassen. »Ich gebe zu, daß viel davon durch Charlotte Royces Enthüllungen über Ilona Mercurys Ehe mit einem Bigamisten inspiriert wurde. Eine Heirat, von der ich geneigt bin anzunehmen, daß sie in Mexiko stattfand.«

»Wenn sie stattgefunden hat«, warf Woollcott ein.

»Sie hat stattgefunden. Die kleine Mercury klang mir nicht so, als würde sie groß herumfantasieren. Wenn sie verheiratet war, dann war sie verheiratet. Weißt du, Alec, du kannst dir das nicht vorstellen. Du hast dir ja nie mit einer Freundin ein Zimmer geteilt.«

Woollcott sah aus, als lägen ihm all seine tödlichen Erwiderungen auf der Zungenspitze, aber glücklicherweise blieb er friedlich.

»Freundinnen schütten sich häufig gegenseitig das Herz aus. In den frühen Morgenstunden, vor allen, wenn Schnaps die Mauern der Vorsicht zum Einsturz gebracht hat und die eine ihr Haar bürstet und die andere sich fragt, warum sie allein nach Hause geschickt wurde. Geht es Ihnen gut, Mr. Singer?«

»Seh ich nicht so aus?«

»Sie sehen traurig aus. Wir brauchen noch was zu trinken.« Woollcott bellte einen Kellner an. Mrs. Parker kehrte zu ihrer Theorie zurück. »Rufen Sie sich den Polizeibericht aus Los Angeles in Erinnerung. Ilona und eine Reihe von anderen fanden es ratsam, nach Mexiko zu fliehen, als William Desmond Taylor ermordet wurde. Ich glaube, daß Desmond Taylor ein Strohmann war, ebenso wie Lacey Van Weber heute einer ist. Ich glaube, daß er das Aushängeschild war, hinter dem sie ihren Rauschgifthandel in Hollywood abgewickelt haben. Zweifellos hat er es sich aus irgendeinem Grund mit seinen Leuten verdorben. Ich persönlich glaube, daß er aussteigen wollte, weil er sich ernsthaft in einen seiner kleinen Stars verliebt hatte, vielleicht in Mary Miles Minter, und weil er sich als Regisseur einen Namen zu machen begann. Desmond Taylor hatte einen Bruder, wie wir erfahren haben. Wir haben auch erfahren, daß Taylors wirklicher Name William Deane Tanner lautete. Ist das nicht schlau? Dieselben Initialen. Jetzt zum Bruder. Es bestand der

Verdacht, daß Sands, Taylors Butler, der zu denjenigen gehörte, die verschwanden, sehr gut dieser Bruder hätte sein können. Der Bruder hieß Dennis Deane Tanner. Ich glaube, daß er Dennis Byron war, auch als Lacey Van Weber bekannt. Und irgendwann zwischendurch heiratete er Ilona Mercury.« Die neue Lage traf ein, und Mrs. Parker war äußerst zufrieden mit sich. »Sind meine Schlußfolgerungen so umwerfend? Ihr seid ja beide so still. Alec? Willst du mich widerlegen?«

»Ich glaube, daß die Heirat stattfand, bevor sie nach Mexiko gingen«, sagte Woollcott und zog seine Notizen aus der Tasche. »Ich habe den ganzen Tag daran gearbeitet. Meine Ergebnisse decken sich zum größten Teil mit deiner Theorie, Dottie, aber jetzt hört euch das mal an.«

Singer ging es schon besser. Er war stolz auf seine Schüler. Mrs. Parker entging nicht der überlegene Ausdruck, der sich auf dem Gesicht des Detectives abzeichnete. Wie gut er seine Gefühle beherrscht. Warum kann das nicht ansteckend sein, wie ein Virus, den ich mir von ihm holen könnte, dachte sie.

»Fräulein Eklig! Du hörst nicht zu«, wütete Woollcott.

»Glaub mir, Alec, du hast die Bühne ganz für dich allein.« Sie betupfte ihre Nase mit einem Taschentuch und sah dabei ungefähr so verschämt aus wie eine Axtmörderin.

»Mercury hat Dennis in Hollywood geheiratet. Eine stille kleine Feier, würde ich meinen, du nicht auch, Dottie?«

»Vermutlich, um die Nachbarn nicht zu stören.« Sie nippte an ihrem Jack Rose und nahm sich vor, später für alle illegalen Schnapsbrenner ein Gebet zu sprechen.

»Desmond Taylor hat wahrscheinlich von dieser Heirat nichts geahnt, weil er wußte, daß irgendwo eine Ehefrau lauerte, die einen Aufstand gemacht hätte. Nach dem Mord an Desmond Taylor war es gelinde gesagt angebracht, daß Dennis verschwand. Er wußte zuviel. Er durfte nicht in die Hände der Polizei fallen. Wenn sie ihn verhört hätten, wäre das ganze Spielchen aufgeflogen. Darum haben sie ihm das Geleit gegeben.«

»Das Geleit gegeben?« Singer lehnte sich über den Tisch. »Was meinen Sie mit ›das Geleit gegeben‹?«

»Ich glaube, daß man ihm den Job angeboten hat, seinen Bruder für die Organisation zu ersetzen. Sie boten ihm an, die Person zu spielen, die wir heute kennen. So ein Angebot war natürlich für einen Mann, der sich einmal quer über den ganzen Kontinent gehurt hat und dann eine Stelle als Dienstbote annehmen mußte, die ihm ein naher Verwandter antrug, unwiderstehlich. Stell dir vor, du bietest deinem Bruder an, dein Butler zu sein.«

»Durchaus eine Überlegung wert«, meinte Mrs. Parker. Woollcott funkelte böse zu ihr hinüber.

»Nachdem er das Angebot der Bande angenommen hat, haut er nach Mexiko ab und hält sich ein Weilchen bedeckt. Aber jetzt hat er ein Problem. Er hat Ilony Mercury auf dem Hals. Er trifft eine kleine geschäftliche Vereinbarung mit ihr, daß sie im Austausch gegen gewisse zukünftige pekuniäre Gefälligkeiten sanft im Hintergrund entschwinden möge, was sie bereitwillig annimmt. Denn mittlerweile hat Hans Javor, wie ich glaube, der spätere Bela Horathy, ihr Augenmerk auf sich gelenkt. Wahrscheinlich hatte Mercury, als sie unter dem Namen Magda Moreno zu leben begann, erkannt, daß Horathys Begabung weit über seine Heilpraktikerei, oder was immer er damals tat, hinausging, und sie machte Van Weber auf sein seltenes Talent aufmerksam, Morphium in Kokain zu verwandeln. Damit schließt sich der Kreis, nicht wahr, meine Freunde?«

»Unser kleiner Kreis ist auch ganz schön zu«, bemerkte Mrs. Parker und nahm einen Schluck von ihrem Drink.

»Horathy tauchte lange vor Van Weber in der New Yorker Szene auf«, warf Singer ein.

»Die Vorhut«, bemerkte Woollcott, dem man ansah, wie zufrieden er mit sich war. »Bis auf den roten Teppich war alles für ihn vorbereitet. Er richtet sich sein Büro ein, Mercury richtet sich in Ziegfelds Show ein, und schon herrscht von seiten der Rauschgiftsüchtigen starker Andrang. Wer also hat Ilona Mercury umgebracht?«

»Lacey Van Weber«, flüsterte Mrs. Parker so leise, daß die anderen sie nur mit Mühe verstanden. »Denn Miss Mercury, wie uns unter anderem auch Charlotte Royce zu verstehen gab, steht nicht mehr hoch im Kurs. Sie hat ihren Zenit bereits überschritten. Der Körper ist noch gut, aber die Schönheit beginnt zu verwelken. Ich nehme an, daß sie einen größeren Anteil haben wollte, als sie bekam, weil sie die Absicht hatte, sich ein kleines Nest zu bauen, irgend etwas in Südfrankreich vermutlich, wo schwindende Schönheiten noch gefragt sind. Maxine Elliot und Pearl White haben sich dort niedergelassen.«

»Und Somerset Maugham«, fügte Woollcott hinzu.

»Sei nicht so zickig, nur weil du noch nichts im Magen hast, Alec.« Mrs. Parker wandte sich Singer zu. »Lacey hat es wahrscheinlich bereut, daß er Miss Mercury in Mexiko nicht abgeschüttelt hatte, aber ich kann mir vorstellen, daß damals nichts anderes in seinem Kopf vorging, als sich die glorreichen Zeiten auszumalen, die vor ihm lagen. Übrigens ist es typisch für Miss Mercury und ihre Arroganz, sich ausgerechnet Georges Absteige für den Tatort ihrer kleinen Erpressung auszusuchen. Es legt den dringenden Verdacht nahe, daß auch sie die Gesellschaft eines Mannes von Ruhm und Macht zu schätzen weiß.«

»Kaufman hat soviel Macht wie ein Katzenfurz«, schnaubte Woollcott.

»Ihr habt Van Webers Hände nicht gesehen. Sie sind lang und sehnig, sehr kräftig; ich weiß es, ich habe sie gefühlt.« Sie machte Jacob Singer unbehaglich. Woollcott spitzte die Lippen und glaubte eine unsichtbare Fackel in Mrs. Parkers Hand aufleuchten zu sehen. »Ich schäme mich nicht, Ihnen zu gestehen, daß ich sehr deprimiert bin und daß mich meine Gefühle für ihn sehr unglücklich machen. Ich bin mir sicher, daß irgend jemand auch Jack the Ripper geliebt hat. Ihnen ist ja hoffentlich klar, daß Miss Mercury nicht sein erstes Opfer war. Er war es, der seinen Bruder ermordet hat. Klingt das nicht alles ganz schrecklich nach Nietzsche?«

Woollcott seufzte. »Jeder braucht eine kleine Nietzsche.«

Singer verschränkte die Arme und sagte: »Jetzt müssen wir das Ganze nur noch beweisen.«

»Das machen wir morgen«, sagte Mrs. Parker entschlossen.

»Er hat mich gebeten, mit ihm durchzubrennen. Wenn das Angebot noch steht, sage ich ihm, daß ich mit ihm gehe.«

»Untersteh dich!« schäumte Woollcott.

»Ach, sei still, Alec, und trink deinen Drink. Natürlich gehe ich nicht mit ihm. Ich tue nur so, um ihn in Sicherheit zu wiegen. Wenn wir dann zum Abmarsch blasen, werde ich meinen Geliebten fröhlich fragen, warum er Miss Mercury, seinen Bruder und Gott weiß wie viele andere umgebracht hat.«

»Worauf er, wenn er ein bißchen Grips im Kopf hat, auch dich umbringen wird.«

»Ich weiß«, sagte Mrs. Parker, »und Mr. Singer wird zur Stelle sein, um mich zu beschützen, nicht wahr, Mr. Singer? Alec, du bist so ein Unschuldsengel. Man hat uns doch genauso reingelegt wie Raft. Wir sind der Käse in der Mausefalle. Deshalb nehmen wir morgen abend an einem Abenteuer teil, das vermutlich unwahrscheinlich bizarr wird. Mr. Singer ist drauf und dran, den größten Triumph seiner Karriere zu feiern, und nichts darf ihn daran hindern. Da geht er über Leichen. Mr. Singer ist ein ehrgeiziger Mann, so ehrgeizig, daß es schon Shakespeareanische Ausmaße annimmt. Er verkehrt gern mit Prominenten, und wenn er zufällig Gelegenheit hat, eine Heldentat zu vollbringen, und mal richtig Punkte machen kann, dann packt er diese Gelegenheit ohne zu zögern beim Schopf. Mr. Cassidy hätte fast einen Strich durch Mr. Singers Rechnung gemacht, aber die Götter standen letzten Endes doch auf Mr. Singers Seite, und so gehört es sich auch. Er ist ehrlich und aufrichtig und hat es verdient, und Mr. Cassidy kann man abschreiben.«

»Lady«, fragte Mr. Singer, »verurteilen Sie mich, weil ich weiterkommen will?«

»Aber nein, Mr. Singer. Ich bin neidisch. Ich scheue den Ehrgeiz. Ich will nicht in die Geschichte eingehen, ich will nur vor Liebe eingehen. Hin und wieder treffe ich andere, die auch vor Liebe eingehen wollen, aber nie auf Dauer. Darum werden Sie wahrscheinlich nicht verstehen, wie ich so leidenschaftlich für einen Lügner, Betrüger und Mörder empfinden kann. Der Grund ist, daß einen kurzen Augenblick lang das Paradies vor meinen Augen aufflackerte; und das, was hätte sein können, wäre einfach wunderbar gewesen.«

Woollcott verkündete pompös: »Wir hörten soeben einen kleinen Diskurs von Pollyanna, dem Glücklichen Mädchen.«

»Oh, ich bin ein sehr glückliches Mädchen, Alec. Sehr glücklich, um diese Erfahrung reicher zu sein. Es ist neu, es ist erfrischend ...«

»Und es ist gefährlich«, brummte Woollcott.

»Du würdest um nichts in der Welt darauf verzichten wollen, und ich ebensowenig. Wir können uns darauf freuen, monatelang davon zu zehren. Und stell dir vor, ich werde langsam hungrig und betrunken, oder auch umgekehrt. Ich nehme an, Alec, daß Mr. Singer sorgfältige Vorbereitungen für morgen abend getroffen hat. Wir werden bis zum Hals in Schutz- und Rette-Engeln stehen, nicht wahr, Mr. Singer?«

»Sie werden sich königlich amüsieren«, versicherte ihr Singer. Er sah, wie Yudel Sherman durch den Raum auf sie zukam. »Da haben wir einen meiner Mitarbeiter«, sagte Singer und stellte Yudel vor. Yudel setzte sich.

»Entschuldige die Unterbrechung, Jake, aber ich habe schlechte Neuigkeiten.« Singer wartete. »Al Cassidy hat sich eben erschossen. Durchs Herz.«

»Hat er eine Nachricht hinterlassen?«

»Hhm«, antwortete Yudel und unterließ es hinzuzufügen, genauso, wie du sie ihm diktiert hast, Jake. »Er war deprimiert und fühlte sich nicht sonderlich.«

»Hast du's seiner Frau gesagt?«

»Hhm. Sie hat's ganz gut aufgenommen. Sie sagte, daß er sich schon seit einiger Zeit komisch benommen hat.«

»Das kannst du laut sagen«, stimmte ihm Singer zu. »Wirklich eine schlimme Nachricht. Wirklich traurig. Wann ist die Beerdigung?«

»Sonntag, genau, wie du's dir ausgerechnet hast.« Singer wurde rot. Yudel hielt die Luft an, weil er sich verplappert hatte.

»Ist schon gut, Yudel«, beruhigte ihn Singer, während er dem Kellner ein Zeichen machte, eine Runde Drinks zu bringen, »die

Leute hier sind im Bilde. Wissen Sie, Mrs. Parker, wenn die Drinks ankommen, möchte ich einen Toast auf Al Cassidy aussprechen. Auf einen Al Cassidy, wie wir ihn einmal kannten, nicht auf den, wie er später wurde. Ich werde ihn immer für das lieben, was er früher einmal war.« Sherman erhob sich hastig vom Tisch und suchte die Herrentoilette. Mrs. Parker legte ihre Hand auf Singers.

»Ist das Leben nicht einfach furchtbar?« seufzte Mrs. Parker.

Die Drinks trafen ein, als Yudel Sherman mit einem frisch gewaschenen Gesicht zurückkam. Mrs. Parker war tief in Gedanken versunken, und Woollcott wollte wissen, was sie da beschäftigte. »Stell dir vor, ich habe über George Raft nachgedacht. Gestern abend hat er auf Neysas Party einen blöden Witz darüber gemacht, daß er nicht wüßte, was Lita Young dort zu suchen hätte, und dabei hat er die ganze Zeit gewußt, was sie dort tat.« Sie war offensichtlich empört. »Ich wünschte, Sie würden ihn nie mehr aus dem Knast entlassen.«

»Leider, Mrs. Parker, wäre das gegen das Gesetz.« Singer fing den Blick des Kellners auf. »Ich glaube, wir sollten jetzt essen.«

Am Samstagmorgen, kurz vor zwölf Uhr, wurde Mrs. Parker vom Läuten des Telefons geweckt. Es war Robert Benchley, der von der Grand Central Station anrief. »Ich hatte eigentlich erwartet, daß du mich zum Zug bringst, die Arme mit Lilien und anderen Zierblüten beladen.«

»Du fährst wirklich?« fragte sie schlaftrunken.

»Das hat mich meine Ehefrau auch gefragt, nur daß sie verdächtig fröhlich klang. Schade, daß ich die Party heute abend versäume.«

»Du wirst für den Rest deines Lebens noch in allen Einzelheiten davon zu hören bekommen. Wie ist denn das Wetter da draußen?« Mrs. Parker hatte die Vorhänge zum Schutz gegen das Tageslicht und die Wirklichkeit zugezogen.

»In den finsteren Tiefen des Grand Central ist es trübe und trostlos und ... hey, was für ein süßes kleines Ding da gerade mit einer Hutschachtel vorbeiläuft.«

»Hutschachteln im Grand Central enthalten meist abgetrennte Schädel.«

»Mein Zug wird angesagt.« Er klang traurig. »Auf Wiedersehen, Mrs. Parker. Ich werde daran denken, dir hin und wieder hübsche Ansichtskarten zu schicken. Bleib ein braves Mädchen. Laß dich nicht auf dumme Beziehungen ein.«

»Das Problem dabei ist, Mr. Benchley, ich weiß immer erst dann, daß eine Beziehung dumm ist, wenn ich mich schon zu sehr eingelassen habe.« Es klopfte an der Tür. »Es ist jemand an der Tür.«

»Ich bin's! Neysa!«

»Es ist Neysa«, übermittelte Mrs. Parker.

»Neysa, heißa«, sagte Mr. Benchley und legte auf. Mrs. Parker erhob sich aus dem Bett, kämpfte sich in ein Negligé, schloß die Tür auf und ließ Neysa herein, die eine Kanne kochend heißen Kaffees mitbrachte.

»In dieser Bude sieht es aus wie in einer Gruft«, bemerkte Neysa.

»Wann warst du jemals in einer Gruft?« erkundigte sich Mrs. Parker, während sie die Vorhänge an beiden Fenstern zurückzog.

Neysa ignorierte die Frage. Nachdem sie die Kaffeekanne auf dem Tisch abgestellt hatte, stöberte sie in der Küche nach Tassen und Untertassen. »Jack und ich fahren heute abend bei dir mit, wenn der Aufmarsch losgeht. George Kaufman auch.« Mrs. Parker war im Badezimmer und putzte sich die Zähne. »Dein Mr. Van Weber hat gestern abend angerufen, um diese brandneuen Instruktionen durchzugeben. Ich habe so eine Ahnung, daß er zu viele Leute eingeladen hat und ihm allmählich die Limousinen ausgehen.«

»Wenn ihm die Limousinen ausgehen«, sagte Mrs. Parker und steuerte auf eine Tasse Kaffee zu, »müssen wir ihn leider fallenlassen.«

»Wo warst du gestern abend? Van Weber hat dich gesucht.«

»Er hätte es mal bei Tony's probieren sollen. Schließlich war er es, der uns das Restaurant empfohlen hat.«

»Mit wem warst du da?«

»Mit Woollcott und Jacob Singer. Dann kam noch ein Detective hinzu, Yudel Sherman.« Sie saß jetzt am Tisch und genoß das Aroma des frischen Gebräus.

»Haben sie ihren Kollegen betrauert?«

»Woher weißt du von der Sache mit Al Cassidy?«

»Es steht in der Morgenausgabe der *World*. Kleine Meldung unten auf der ersten Seite. Du weißt doch, daß ich immer das Kleingedruckte lese.«

Kleine Meldung, dachte Mrs. Parker. Kleine Meldung und großer Verrat. »Ja, es war so etwas wie ein Leichenschmaus gestern abend, aber nach der vierzehnten Runde Schnaps waren wir alle ausgesprochen fröhlich.«

»Was macht dein Kopf?«

»Keine Ahnung. Ist er noch da?«

»Was ziehst du heute abend an?«

»Ich dachte an das flotte kleine Teil, das ich mit Sara Murphys Hilfe in einem Discount-Laden in Paris abgestaubt habe. Ein netter kleiner Tand, den sich Worth erdacht hat, fleischfarbene *peau de soie*.«

»Was immer das auch heißen mag.«

»Und was ziehst du an?«

»Ich dachte an eine Matrosenbluse und Gymnastikhosen. Nicht sexy, aber praktisch.«

»Das klingt nach einer hübschen Grabinschrift. Der Kaffee ist gut.«

»Es ist ein Schuß Schnaps drin.«

»Ich weiß.«

»Hast du vor, mit Lacey Van Weber durchzubrennen?«

Mrs. Parker senkte ihre Kaffeetasse. »Wo hast du denn das her?«

»Er hat es erwähnt, als er gestern abend anrief.«

»Ein Mädchen ist doch heutzutage nirgendwo mehr sicher. Nun, was denkst du darüber? Soll ich mit ihm durchbrennen?«

»Warst du mit ihm im Bett?«

»Ja.«

»Gute Leistung?«

»Vom Feinsten.«

»Das hilft. Er sieht schrecklich gut aus, und er ist so wunderbar weltgewandt und so fürchterlich wohlhabend.«

»Aber ja, meine Liebe«, stimmte Mrs. Parker zu, um sich dann verschmitzt zu erkundigen: »Aber *reicht* das?«

Sie lachten sich beide herzlich aus, doch Neysas Frage lag düster und unbeantwortet in der Luft.

»Was denkst du?« fragte Neysa.

»Ich wünsche.«

»Was wünschst du?«

»Ich wünschte, es wäre Sonntag.«

Um zehn Minuten vor sechs am selben Abend rief George S. Kaufman Mrs. Parker an, um ihr mitzuteilen, daß das Beförderungsmittel unten auf ihn wartete und daß man bald ihre Gruppe abholen würde. Mrs. Parker versicherte ihm, daß sie und die Baragwanaths bereit wären. Dann rief sie Woollcott an, um ihn zu benachrichtigen.

»Nervös?« fragte er.

»Sind wir das nicht alle vor einer Premiere?«

Ihr Transportmittel war beeindruckend. Es war ein Isotta-Fraschini-Viertürer mit einem getrennten Fahrgastraum. Mrs. Parker erkannte den Chauffeur wieder. Er hatte eine Narbe auf seiner rechten Wange, die von seinem Ohr bis zum Mund verlief. Nachdem sie Woollcott aufgelesen hatten und auf die Brücke nach Long Island zusteuerten, fragte Woollcott Mrs. Parker mit einem niederträchtigen Gesichtsausdruck: »Kein Köfferchen für die Nacht dabei, meine Liebe?«

»Aber nein doch, Alec, Mr. Van Weber hat alles, was man braucht da draußen; falls es sich ergibt, daß man es braucht.« Sie wünschte, daß jemand das Fenster hochdrehen würde, das sie von dem Chauffeur trennte. Nicht aus Snobismus, sondern als Vorsichtsmaßnahme.

Woollcott fragte sich, ob Jacob Singer schon in East Cove

war, irgendwo in der Nähe des Grundstücks. Er glaubte sich zu erinnern, daß Van Weber auf Neysas Party auch Singer eingeladen hatte. Singer zog es wahrscheinlich vor, in seinem eigenen und nicht in einem von seinem Gastgeber zur Verfügung gestellten Wagen zu fahren. Er hatte Groschenhefte gelesen, in denen Limousinen wie diese so präpariert worden waren, daß sie die Fahrgäste mit Giftgas erstickten, und unwillkürlich begann Woollcott, schnüffelnd die Luft einzuziehen.

»Alec«, sagte Kaufman, »brauchst du einen Feuerlöscher?«

»Nein, du Pustelarsch, ich dachte nur, ich hätte etwas Merkwürdiges gerochen.«

»Jack«, Neysa beugte sich zu ihrem Ehemann vor, »hast du schon wieder dieses grauenhafte Haarwasser benutzt?«

»Nein, Liebling«, sagte er freundlich, »nur eine Spur Hühnchenfett.«

Der Mann hinter dem Steuer war ein unglaublich guter Fahrer. Sie hatten in weniger als einer Stunde East Cove erreicht.

»Alec?« Neysa hatte wieder das Wort ergriffen. »Versprichst du uns, dich so anständig wie möglich zu benehmen? Ich weiß, wie du dich inmitten einer zügellosen Gesellschaft aufführen kannst.«

»Ich dachte daran, den Abend damit zu verbringen, Scharade zu spielen.«

»Er hat ein Flugzeug«, sagte Mrs. Parker. »Vielleicht nimmt er dich ja mal hoch.« Sie konnte sich vorstellen, mit wieviel Schwierigkeiten der beleibte Woollcott sich in die Kabine zwängen würde.

Woollcott sagte verächtlich: »Mich nimmt niemand hoch.« Mrs. Parker sah den Chauffeur im Rückspiegel; sein Gesichtsausdruck gefiel ihr gar nicht.

Als sie die Straße, die zum Hauptgebäude führte, entlangfuhren, rief Mrs. Parker aus: »Willkommen im Abaddon.«

»So nennt er sein Haus?« fragte Baragwanath.

»Abaddon«, erläuterte Kaufman, »ist der Name des biblischen Jenseits.«

»George, du bist so belesen«, sagte Mrs. Parker.

»Weiß ich«, stimmte der Stückeschreiber ihr zu, »aber schlau bin ich nicht.«

Die Bäume entlang der Auffahrt zur Villa waren hübsch mit japanischen Lampions geschmückt. In ihren Zweigen hingen bunte Glühlampen von berauschender Vielfalt. Im Näherkommen konnten sie die Klänge eines Orchesters hören, und in der Ferne strahlte, ja glühte der Leuchtturm, wie Mrs. Parker fand. Sie konnten erkennen, wie Gäste über den Rasen vor dem Haus schlenderten, und zwischen ihnen trugen Dienstmädchen und Kellner mit Speisen und Getränken beladene Tabletts hin und her.

»Wirklich eine kleine spontane Party«, grummelte Mrs. Parker. »Ich hätte gern gewußt, was er zustande bringt, wenn man ihm Zeit läßt.«

»Woran denkst du, George?« fragte Woollcott.

»Ich glaube, daß Mr. Van Weber einfach nur ein großer Angeber ist.«

»Pst, mein Kleiner«, warnte ihn Mrs. Parker, »Chauffeure haben Ohren.« Sie fragte sich, wo der andere Gauner steckte, dem ein Teil des Ohres fehlte. Wahrscheinlich übt er gerade im Schießstand. »Neysa, was soll dieser seltsame Gesichtsausdruck?«

»Ich bemühe mich gerade, sittsam und reserviert auszusehen. Es ist ein Zeichen von schlechtem Geschmack, wenn man sich vom Wohlstand anderer Leute beeindrucken läßt, besonders, wenn die anderen Leute schlechten Geschmack haben.«

Die Limousine fuhr vor dem Haus vor. »Also gut, ihr Erdferkel«, herrschte Woollcott sie an, »ordnet eure Herzen und Sinne und dann auf ins Gefecht.«

Lacey Van Weber sah durch ein Fenster des Speisezimmers, wie der Wagen eintraf. Er eilte hinaus, um sie zu begrüßen. Er lief die Stufen der Veranda hinab und legte seinen Arm um Mrs. Parker. »Wie umwerfend du aussiehst.«

»Sehr weise von dir, das zu sagen«, antwortete Mrs. Parker, »denn bei mir wirst du mit Schmeichelei weit kommen.«

»Willst du damit sagen, daß du eine gute Nachricht für mich

hast?« Er drückte sanft ihre Schulter, und sie wünschte sich, er hätte es nicht getan. Etwas Falsches lag in dieser Geste. Auch seine Begrüßung und seine Eile, zum Thema zu kommen, stimmten nicht. Er hat es eingeübt, und nur ich muß wieder meine Rolle in dieser Komödie improvisieren.

Sie blickte zu seinem Matinée-Star-Gesicht auf, mit einem Lächeln, das sie wohl zuletzt in der Nacht aufgesetzt hatte, als sie beschloß, ihre Jungfräulichkeit zu opfern. »Wenn du eine gute Nachricht hören willst, bitte. Aber dies ist nicht der Augenblick, darüber zu sprechen.«

»Wir müssen aber bald darüber sprechen.« Das Drängen in seiner Stimme beunruhigte sie.

»Willst du damit andeuten, daß du vorhast, deine Gäste zu verlassen, noch bevor der Abend vorbei ist?«

Woollcott unterbrach sie. »Haben Sie denn keinen freundlichen Willkommensgruß für uns?« Sie folgten ihm die Treppe hinauf und ins Haus hinein, wobei Woollcott die Ornamente der riesigen Eingangshalle durch seinen Kneifer anstarrte, den er ungefähr einen Zentimeter über seinem Nasenrücken in seiner rechten Hand hielt. »Was für ungewöhnliche Ornamente!« Van Weber rang sich ein Lächeln ab. »Wer hat denn diese Bruchbude hier eingerichtet, Graf Dracula?«

Ein Lakai eilte auf Lacey Van Weber zu. Er sagte etwas, das die anderen nicht verstehen konnten. Van Weber verkündete: »Die Yacht der Wussexcs läuft in die Bucht ein. Sie werden in ein paar Minuten anlegen.«

»Oh, himmlisch. Der gute alte Fred und die gute alte Elfreda«, flötete Woollcott mit unverhüllter Gehässigkeit.

»Bist du ein Freund von Fred?« fragte Kaufman.

»Die meisten Freunde von Fred sind entweder tot oder entehrt.«

Van Weber geleitete sie über einen langen Weg zum rückwärtigen Teil des Hauses, der über Terrassengärten bis zur Anlegestelle entlangführte, wo die Yacht festmachen würde.

»Die letzte Meile«, flüsterte Woollcott Mrs. Parker zu.

»Er hat vor, sich frühzeitig von der Party abzusetzen«, sagte sie hastig und in der Hoffnung, daß die anderen sie nicht hören konnten.

»Ich verstehe. Vielleicht hat er ja vorausgeahnt, daß sein kleiner Coup schiefgehen könnte.«

»Heute früh stand eine Notiz über Cassidys Selbstmord in einer Zeitung. Das könnte zu Veränderungen in ihrem Spielplan geführt haben.«

»*Könnte* geführt haben?« Woollcott gelang es nicht, sein Entsetzen zu kaschieren.

Neysa sagte atemlos: »Habt ihr in den Speisesaal geschaut? Er hat Stühle von Marcel Breuer!«

»Neysa, hör auf, dich wie das kleine Streichholzmädchen aufzuführen.« Kaufmans Gesichtsausdruck verriet tiefe Verachtung und Abscheu. »Wann zum Teufel ist dieser Geländemarsch endlich zu Ende?«

Van Weber hatte sie zu den Terrassen hinter dem Haus geführt, wo sich ein Sechsmannorchester polternd mit »It Ain't Gonna Rain No Mo'« anbiederte. Irgendwie gelang es Baragwanath, sich einen Kellner zu schnappen, und sie wurden mit Drinks versorgt. Es war wie eine Wiederaufführung der Party am Donnerstagabend bei Neysa. Mrs. Parker kannte fast jeden der Anwesenden, nur daß Florenz Ziegfeld heute von seiner Frau begleitet wurde, der umwerfenden rotschopfigen Billie Burke. Sie trug ein strahlend schimmerndes Kleid, das Mrs. Parker an einen prächtigen Kerzenhalter erinnerte, den sie in Versailles gesehen hatte.

»Mein Gott!« rief Woollcott aus, »ist das ein Flugzeughangar, was ich da drüben sehe?«

»Stimmt genau«, sagte Mrs. Parker. »Vielleicht nimmt dich Lacey in seiner Jenny mit nach oben.«

»Wer ist Jenny?« erkundigte sich Woollcott.

»Das ist Laceys Flugzeug, nicht wahr, Lacey?«

»Bereit zum Start«, sagte Van Weber zu Mrs. Parker, und der Wink war ihr nicht entgangen.

»Was für ein wunderbares Orchester«, bemerkte Neysa. »Hat man die Musiker erst kürzlich miteinander bekannt gemacht?«

Van Weber antwortete: »Sie sind eine Gruppe aus der Gegend hier. Das Beste, was ich so kurzfristig zusammenbekommen konnte.«

»Ich finde sie wunderbar«, sagte Neysa, »besonders den Geiger. Ich wünschte, irgend jemand würde ihm sagen, daß seine Matte rutscht.« In der Tat bewegte sich das Toupet des Mannes langsam auf seine Augenbrauen zu, als würde es von einer unsichtbaren Hand nach vorne geschoben.

Mrs. Parker entdeckte den Mann, dem ein Teil seines Ohres fehlte. Er war als Butler gekleidet und sah aus, als suche er jemanden. Sie hätte gern gewußt, wo sich Bela Horathy versteckte. Singer war sich sicher, daß er hier Zuflucht gesucht hatte. Ob er wirklich in seinem Labor ist, fragte sie sich, und noch einmal eine letzte Ladung Kokain herstellt, wie ein eifriger Schwarzbrenner, der darauf wartet, daß die Steuerfahnder in seine Destillerie eindringen. Ohneohr verschwand hinter einer perfekt geschnittenen Hecke.

Das Orchester hatte »God Save the King« angestimmt. Die Yacht legte an und wurde von der Besatzung festgezurrt, die sich an Bord versammelt hatte.

»Nicht ganz die *Aquitania*«, sagte Mrs. Parker, »aber ich schätze, sie tut's auch.«

Van Weber zischte ihr ins Ohr: »Wir müssen miteinander *reden*. Wir treffen uns in fünfzehn Minuten am Aussichtspunkt.« Er eilte davon, um die ankommenden Gäste zu begrüßen, die sich jetzt auf Deck eingefunden hatten und darauf warteten, daß der Landungssteg heruntergelassen würde.

»Er sieht ein bißchen enerviert aus«, bemerkte Woollcott zu Mrs. Parker.

»Er drängt mich. Er will, daß ich mich in fünfzehn Minuten mit ihm am Aussichtspunkt treffe. Das gefällt mir nicht. Das gefällt mit überhaupt nicht.«

»Wo ist der Aussichtspunkt?«

»Auf halber Höhe zum Hangar.«

»Aha. Und das Flugzeug ist startbereit. Ich werde dich zum Aussichtspunkt begleiten.«

»Van Weber darf dich auf keinen Fall sehen.«

»Das wird er nicht, meine süße kleine Göre.« Er klopfte sich auf die breite Brust. »Ich war so klug, meinen alten Militärrevolver mitzubringen.«

»Ich hoffe, er funktioniert besser als du.«

»Heute früh frisch geölt und gereinigt. Ah! Und schau mal, wen wir da haben! Wer da hinter dieser wunderschön geschnittenen Hecke hervorkommt.«

Mit Erleichterung erkannte Mrs. Parker Jacob Singer. Und dann fiel es ihr ein. Der Mann mit dem fehlenden Ohr war genau hinter dieser Hecke verschwunden. Vielleicht hatte er ein Rendezvous. Aber mit Jacob Singer?

Singer sah sie und eilte zu ihnen. Er wirkte aufgeregt und nervös. »Die Dinge entwickeln sich schneller, als ich dachte. Sie wissen, daß Cassidy tot ist, und sie kaufen uns die Geschichte mit dem Selbstmord nicht ab.«

»Woher wissen Sie das?«

»Das hat mir gerade ein kleines Vögelchen gesungen.«

Mrs. Parker verspürte eine Welle der Erleichterung. Der Mann mit dem halben Ohr war einer von den Guten, er arbeitete für Singer. So mußte es sein. Sie berichtete Singer, daß Van Weber darauf bestand, sie beim Aussichtspunkt zu treffen. Das beunruhigte Singer.

»Ich muß ihn aber treffen«, beharrte Mrs. Parker. »Ich muß die Wahrheit aus ihm herausholen.«

»Sind Sie so sicher, daß er gestehen wird?«

»Davon bin ich felsenfest überzeugt.«

Woollcott steckte seinen Kopf zwischen die beiden. »Was beunruhigt Sie, Jacob? Geht irgend etwas schief?«

»Wie ich schon sagte, die Dinge entwickeln sich zu rasch. Ich hoffe bei Gott, daß meine Leute darauf vorbereitet sind. Ich habe nicht erwartet, daß es so früh losgeht. Schauen Sie sich mal an, was da auf der Anlegestelle passiert. Sie fangen schon an abzuladen, das geht mir alles ein bißchen zu schnell. Verdammt noch mal, wo bleibt die Küstenwache?«

»O nein«, stöhnte Woollcott, »wollen Sie bitte einen Blick auf

Fred und Elfreda werfen, die da den Landesteg herunterkommen! Sehen sie nicht aus wie frisch exhumiert? Huhu! Fred! Elfreda! Hier entlang zum Mausoleum, meine Lieblinge!«

Siebzehntes Kapitel

Yudel Sherman hatte mit drei Polizisten aus Nassau County in der Nähe des Labors Stellung bezogen. Er war nervös und brannte darauf, endlich losschlagen zu können. Die Jungs aus Nassau County sahen aus wie Pfadfinder, und er fühlte sich alt genug, ihr Fähnleinführer zu sein. Aus der Ferne drang »God Save the King« an sein Ohr, gefolgt von »Land of Hope and Glory«. Er fand es eine Schande, daß Van Weber nicht in der Lage war, eine so schwungvolle Truppe zu engagieren wie die, die bei der Bar Mitzwah seines Neffen aufgespielt hatte. Er unterdrückte ein nervöses Gähnen, ein Reflex, der in der Regel der langen Wartezeit vorbehalten war, während der er seiner Frau beim Ausziehen zusah. Er konnte sich nicht vorstellen, daß sich heute abend auch nur ein Mensch amüsierte. »Give My Regards to Broadway«. Diese alte Schnulze. Er unterdrückte ein weiteres Gähnen.

Zumindest Woollcott hatte einen Heidenspaß. Er war sich nicht sicher, ob sich Fred oder Elfreda an ihn erinnerten; es war schon so viele Jahre her, seitdem er sie zum letzten Mal beleidigt hatte. »Elfreda, Liebling, du siehst wieder genauso aus wie früher, altes Haus«, gurrte er. »Was ist schiefgelaufen?« Mrs. Parker betrachtete mit Abscheu die schwarzen Zähne der Frau. Vielleicht war das Schmelzen von Eisenerz ihr Hobby. Sie fragte sich außerdem, ob das Ehepaar allein gereist sei, und stellte bald fest, daß dies nicht der Fall war. Sie erkannte zwei Frauen, die eben den Landesteg hinunterliefen, wobei die widerwärtige Fette, die voranging, Dutzenden von Menschen lautstarke Begrüßungsworte zuträllerte, als ob sie ihre engsten Freunde seien.

»Der Abend ist perfekt«, sagte sie leise zu Jacob Singer, der das Löschen der Fracht beobachtete. »Die beiden, die gerade ankommen, sind Elsa Maxwell und ihre bessere Hälfte, Dorothy Fellows-Gordon mit einem Bindestrich. Dorothy ist in ihren

Kreisen eher als »Dickie« bekannt. Man verdaut sie besser, wenn man sie sich als zwei Figuren aus einer Gilbert-und-Sullivan-Komödie vorstellt.«

»Huhu, Alec! Du alter Schützenpanzer! Ich bin's! Marie!«

Der nächste Passagier, der an Land ging, war Marie Dressler. Sie war eine große und überwältigende Gestalt, die mehr Gewicht mit sich herumtrug, als gut für sie war. Ihre Trauermiene hatte sie in früheren Jahren zu einer beliebten Komödiantin der Konzerthallen gemacht. Woollcott ging ihr zum Fuß des Landestegs entgegen und drückte ihr einen Kuß auf die Wange. »Was machst du denn bei diesem Haufen?«

»Ich trampe, Baby, genauso wie Maxwell und ihre bittere Hälfte. Was haben die sich während der letzten fünf Tage für Kräche geliefert.« Sie breitete die Hände in einer schwungvollen Geste aus. »Ich bin pleite! Ohne einen roten Heller! Von Armut zerfressen! Die einzige Art, aus Europa herauszukommen, war, mir von diesem Methusalem und seiner Braut die Überfahrt zu erbetteln. Es ist nicht gerade appetitlich zuzusehen, wie Leute vor deinen Augen verwesen. Jeden Morgen, wenn sie aus ihrer Suite kamen, war es, als hätte man Tut-Ench-Amons Gruft geöffnet. Wie sehe ich aus? Sei ehrlich, sag mir die Wahrheit. Ich habe schon jahrelang nicht mehr in einen Spiegel geguckt. Ich hasse es, wenn man mich anlügt.« Sie stürmte nach vorn, ohne seine Antwort abzuwarten. »Was soll der ganze feierliche Tingeltangel? Wieso müssen wir nicht durch den Zoll? Und wer ist dieser Barrymore-Typ, der die Hoheiten begrüßt, oder wie immer man sie auch nennen soll?«

»Ich pflege sie ›es‹ und ›jenes‹ zu nennen«, sagte Woollcott beißend. »Und was die Frage anbelangt, was hier gespielt wird, da bist du in einem Hornissennest gelandet, meine Liebe.«

»Ach ja? Schieß los! Worum geht's?« Woollcott erklärte gerade so viel, wie er in weniger als einer Minute erklären konnte. Er wußte, daß er dieser gestandenen Frau vertrauen konnte. Sie grunzte, stöhnte, und zuckte dann mit ihren imposanten Schultern. »Zeig mir den nächsten Unterstand, und ich werde dort Schutz suchen.«

»Ich glaube, ich sehe nicht richtig«, murmelte Mrs. Parker. »Sieh mal, wer da den Landesteg herunterkommt.« Woollcott trat neben Mrs. Parker, während Miss Dressler von einem Lakai zur Villa geleitet wurde.

»Perfekte Besetzung für unser kleines Abenteuer«, bemerkte Woollcott im selben Moment, als Jacob Singer glaubte, eine wunderschöne Berühmtheit entdeckt zu haben.

»Ist das Jeanne Eagels?« fragte er.

»Das ist in der Tat Miss Eagels«, bemerkte Woollcott mit einem weihevollen Unterton, »die garantiert echte Sadie Thompson aus *Rain*. Sie sieht gar nicht so schlecht aus, nicht wahr, Dottie?«

»Keinesfalls, wenn man bedenkt, daß ihre Seele eine Kloake ist.« Sie sagte zu Singer: »Miss Eagels ist eine notorische Drogenkonsumentin.«

»Ich weiß«, sagte Singer, »mit der großzügigen Hilfe von Richter Crater ist sie ein paarmal mit knapper Not davongekommen.«

»Dottie, Dottie, und der liebe Alec. Wie reizend von euch beiden, mich hier willkommen zu heißen.« Ihre Hände streckten sich ihnen entgegen, und Woollcott ergriff sie beide. »Wo sind wir?«

»In Amerika«, sagte Mrs. Parker.

»Aber wo in Amerika?«

»Du befindest dich in East Cove auf Long Island. Auf dem Anwesen von Mr. Lacey Van Weber«, erklärte Woollcott.

»Aha. Wo ist Elsa? Sie sollte sich eigentlich um mich kümmern. Dottie, wie entzückend du aussiehst. Ist das Modellkleid echt?«

»Ja, echt teuer«, antwortete Mrs. Parker. Jacob Singer hatte sich von ihnen abgesetzt. Er hatte am Horizont etwas erspäht, das sich Van Webers Bucht näherte. Er glaubte Schiffe zu erkennen, die sich in den weißen Strahlen des Leuchtturms widerspiegelten. Arschlöcher, dachte er, es wird ja wohl Zeit. Nach all dem »Laßt-uns-die-Uhren-abstimmen«-Scheiß.

Miss Eagels sagte soeben: »Ich habe Tallulah in London getroffen. Sie macht sich so gut in *They Knew What They Wanted.* Maugham wollte sie ja für *Rain* nicht haben. Sie glaubte, ich hätte ihm das eingeredet. Würde ich jemals so etwas Häßliches tun?«

»Ja«, sagte Mrs. Parker. Woollcott übergab die Schauspielerin hastig einem Lakai, der geduldig in der Nähe wartete. Das Orchester lieferte gerade ein krächzendes »Yes, Sir, That's My Baby«. Mrs. Parker sah Van Weber eilig in Richtung des Aussichtspunkts entschwinden. Sie rannte zu Singer hinüber und informierte ihn, daß sie sich davonmachte, um ihre Verabredung mit Van Weber einzuhalten. Als sie Van Weber nacheilte, rief ihr Singer noch zu, daß sie auf Woollcott warten solle.

Das durchdringende Schrillen einer Sirene erschütterte den Festlärm. Es kam vom Leuchtturm. Die Mannschaft, die die Fracht entlud, war bewaffnet und zog jetzt ihre Pistolen. Woollcott hatte Mrs. Parker fliehen sehen und nahm die Verfolgung auf.

Yudel Sherman und seine Männer stellten sich in Gefechtsformation auf, um den rückwärtigen Teil und die Eingangstüren des Labors im Visier zu haben. Er warnte seine Leute, nicht auf das Innere des Gebäudes zu zielen, falls es zum Schußwechsel kommen sollte. Die Laborgeräte waren wahrscheinlich hochempfindlich und könnten bei Beschuß leicht explodieren und alles in Brand stecken.

Van Weber konnte vom Aussichtspunkt aus hören, wie die Jenny warmlief. Im Hangar hatte der Mann, dessen Narbe vom Ohr bis zum Mund verlief, seine Aufgabe erledigt und verschwand mit einem Revolver in der Hand so schnell er konnte aus dem Gebäude.

Van Weber sah Mrs. Parker näher kommen. Ihre Silhouette zeichnete sich gegen die Lichter der Party ab. Atemlos betrat sie den Aussichtspunkt. Sie konnte die Sirene hören, die sich mit dem Klang anderer Sirenen mischte, die die Ankunft der Streifenwagen aus Nassau County verkündeten. Sie hörte Pistolenschüsse und Menschen, die brüllten und schrien, und sie traute ihren Augen nicht: Van Weber lächelte, als hätte man ihm soeben ein Kompliment gemacht. Er ergriff ihre Hand und sagte:

»Wir haben keine Zeit zu verlieren. Das Flugzeug ist startbereit!« Sie entzog ihm ihre Hand und scheute zurück, bis sie ein Geländer hinter sich verspürte.

»Heiraten wir?« Sie hatte ihre Sprache wiedergefunden. Da ihre Gestalt teilweise von Schatten verdeckt wurde, sah sie aus wie ein Gespenst, aus dem eine körperlose Stimme sprach.

»Natürlich heiraten wir, Liebling.«

»Und was ist mit deiner Frau?« Sie hörte, wie er die Luft einzog.

»Wie hast du von ihr erfahren?« Sie erkannte seine Stimme nicht. Sie war rauh und häßlich. Das war nicht Lacey Van Weber, das war Dennis Deane Tanner.

»Lacey, ich habe viele Dinge über dich erfahren, die einer Erklärung bedürfen.« Es überraschte sie, wie ruhig und gelassen sie wirkte, daß sie kein bißchen Angst vor diesem Mann hatte, der mit Sicherheit in der Lage war, sie jeden Augenblick zu ermorden.

»Ich dachte, du liebst mich.« Er klang immer noch falsch. Mrs. Parker hätte gern gewußt, ob Woollcott und sein treuer ausgedienter Armeerevolver in Schußweite waren.

»Ein Teil von mir wird dich immer lieben.«

»Du wolltest gar nicht mit mir fortgehen.«

»Ich wäre vielleicht mit Lacey Van Weber fortgegangen, aber Lacey Van Weber existiert in Wahrheit nicht. Lacey Van Weber ist eine schwache Imitation von Jay Gatsby, eine wunderbare Idee, aber jetzt schlägt sie gegen sich selbst zurück. Ja, Lacey Van Weber liebe ich, aber nicht Dennis Deane Tanner.« Er sagte nichts. »Du hast deinen Bruder erschossen. Du hast Ilony Mercury erwürgt.«

»Das macht zwei«, sagte er. »Ich bin abergläubisch. Drei ist besser.« Er zog eine kurzläufige Automatic aus der Tasche und richtete sie auf sie. Mrs. Parker verstand auch später nie, warum sie einige Schritte auf ihn zuging, aus dem Schatten heraustrat und es ihm damit leichter machte, sie zu töten.

»Sei kein Idiot. Du kannst nicht ewig so weitermachen.«

Er hob die Waffe. Ein Schuß knallte. Die Waffe fiel ihm aus

der Hand. Er umklammerte seine Schulter, machte kehrt und floh zum Hangar. Woollcott ging zu Mrs. Parker, in der Hand hielt er den rauchenden Revolver.

»Ich danke dir, Alec, ich danke dir vielmals.«

»Ist alles in Ordnung? Schwache Knie oder ein flaues Gefühl in der Magengrube?«

»Ich fühle mich ganz in Ordnung. Hast du gehört, was er gesagt hat? Er hat nichts abgestritten.« Sie sahen, wie das Flugzeug auf die Startbahn zusteuerte. »Er kommt davon. Das stand nicht im Drehbuch, oder? Schurken dürfen im allgemeinen nicht davonkommen.«

Die Explosion war von einer derart erschreckenden Intensität, daß sie den Aussichtspunkt erschütterte. Woollcott warf seine Arme um Mrs. Parker und schrie: »Ein Erdbeben!«

Auf der Anlegestelle und auf der Yacht unterbrach die Explosion den Schußwechsel zwischen Singers Leuten und ihren Gegnern. Zwei Boote der Küstenwache hatten sich in der Bucht postiert und der Yacht jede Fluchtmöglichkeit abgeschnitten. Singer fluchte und hoffte, daß nicht Yudel Sherman ein Opfer der Detonation geworden war.

Yudel Sherman kauerte hinter einer großen Eiche und verwünschte den blöden Esel, der nicht in der Lage gewesen war, richtig zu zielen. Die Flammen schossen wie in einem höllischen Inferno empor und setzten die Baumspitzen in Brand. Ein Wind von der Bucht trug das Feuer und glühende Ascheteile gegen das Haus. In der Villa schrie Elsa Maxwell nach Dickie, und Marie Dressler, von der hereinbrechenden Katastrophe gänzlich unbeeindruckt, stand am Buffet und knabberte an einem Truthahnschenkel. Jeanne Eagels ergriff ihren Handkoffer, der ihre Schminkutensilien, ihren Paß, ihr Bargeld und ihr Rauschgift enthielt, und eilte aus ihrem Boudoir in die Halle hinaus. George S. Kaufman saß mit verschränkten Armen in einem Gartenstuhl, während das Orchester ungerührt »Nearer My God to Thee« anstimmte und Neysa und John Baragwanath dazu auf dem Rasen Walzer tanzten. In seiner Suite erlitt Lord Wussex einen Herzanfall und brach auf dem Bett zusammen, während seine Frau wie angenagelt vor dem Frisiertisch sitzenblieb, wo sie ihre Perücke zurechtrückte. Florenz Ziegfeld und seine Frau schlängelten sich unter dem häßlichen Rattern von .45er Maschinengewehren zu ihrer Limousine durch.

Mrs. Parker und Woollcott standen im Licht des Mondscheins und sahen der Jenny nach, die langsam an Höhe gewann. Woollcott hatte seinen Arm um ihre Schulter gelegt, und er fühlte, wie sie am ganzen Körper zitterte, als der Motor der Jenny zu stocken begann und aussetzte. Mrs. Parker schlug die Hände vor den Mund. Irgendwo auf dem Rasen hörte der Mann mit der Narbe auf der Wange, wie der Motor aussetzte, und er lächelte. Dann spürte er, wie ihm jemand eine Pistole in den Rücken stieß, und das Lächeln erstarb, wenn auch langsam, wie bei der Cheshire Cat aus *Alice im Wunderland*. Der Mann mit dem halben Ohr befahl: »Okay, Killer, setz dich in Bewegung, und keine Sperenzchen.« Das Opfer erkannte die Stimme des Jägers und fluchte. Ein Bulle. Hätte er sich denken können.

Lacey Van Weber kämpfte, um das trudelnde Flugzeug unter Kontrolle zu bringen. Es gab keinen Fallschirm. Er hatte dem Idioten mit der Narbe eingetrichtert, einen Fallschirm einzupacken, und jetzt wurde ihm klar, was gespielt wurde. Plötzlich kam Ruhe über ihn. Sein Tod war vorbereitet worden. Er hätte sich denken können, daß eine Flucht unmöglich war. Sie hatten seinem Bruder gesagt, daß eine Flucht unmöglich sei, wie konnte er sich anmaßen zu glauben, daß es für ihn anders sein würde? Mrs. Parker. Meine liebe Mrs. Parker. Wie weise du warst, es vorzuziehen, mich nicht zu begleiten, aber was hätten wir für herrliche Schlagzeilen gemacht. Das Flugzeug schlingerte in einer Spirale abwärts. Er lehnte sich zurück und schloß die Augen, in der Hoffnung, daß es schnell gehen würde.

Das Flugzeug krachte gegen die Spitze des Leuchtturms und ging in Flammen auf. Das Flugzeug und die Leiche, die darin lag, fielen langsam zu Boden.

»Oh, schaut mal«, sagte George S. Kaufman, »ein Feuerwerk.«

Achtzehntes Kapitel

Die Razzia auf Lacey Van Webers Anwesen und die sie begleitenden tragischen Ereignisse bestimmten die Schlagzeilen des folgenden Abends und den ganzen Montag. Am Dienstag wurden die Schlagzeilen wieder von einem brutalen Sexmord beherrscht, der in einem Hotel in Midtown verübt worden war.

Woollcott vergaß diese schreckliche Nacht nie mehr. Wie Mrs. Parker schrie und wie bitterlich sie weinte und wie er und Singer ihr Bestes taten, um sie zu trösten. Traurig gestand sich Singer ein, daß er, sollte er vor Mrs. Parker sterben, kein Wehklagen und keine bitteren Tränen erwarten könne, wahrscheinlich nur ein leichtes Schnalzen, ein wehmütiges Kopfschütteln, gefolgt von einem vernichtenden Bonmot ihrer spitzen Zunge. Widerstrebend überließ er die Trauernde Woollcott, der in seinem Element zu sein schien, ganz die Henne, die ihr Küken tröstet.

Singer hatte noch das Bild vor Augen, wie er innehielt, als sich plötzlich eine seltsame Stille über das Anwesen legte. Die Villa hatte Feuer gefangen, und niemand unternahm etwas, um sie zu retten. Am Schauplatz des Labors übergab sich Yudel Sherman. Vier verkohlte Leichen lagen im Gras; sie waren so schwer verbrannt, daß man zu ihrer Identifizierung die Unterlagen ihrer Zahnärzte benötigen würde, falls es sie gab. Er wußte, daß einer von ihnen Bela Horathy war. Er hatte ihn vorher durch das Fenster beobachtet und erkannt. Jetzt erkannte er ihn nicht mehr.

Am Sonntag nahmen Jacob Singer und Yudel Sherman pflichtgetreu an Al Cassidys Beerdigung teil. Sherman weinte offen, während Singer es nicht erwarten konnte, zum Revier zurückzufahren und das Puzzle zusammenzusetzen, das sich aus der Razzia am Vorabend ergeben hatte.

George Raft wurde aus dem Knast entlassen, ging in sein Hotel zurück und verlangte ein besseres Zimmer. Man konnte ihm nicht zumuten, daß er in einem Raum logierte, wo man eine Mumie gefunden hatte.

Texas Guinan hielt es plötzlich für notwendig, eine Überfahrt auf der *Mauretania* nach London zu buchen, angeblich wegen dringender Geschäfte. Sie überließ die Geschäftsführung ihrer wiedereröffneten Flüsterkneipe ihrem Bruder Tommy, mit der strikten Anweisung, nicht zuviel vom Gewinn abzusahnen, sonst würde sie ihm alle zehn Finger brechen lassen.

Horace Liveright ließ sich heimlich in ein Krankenhaus einweisen, um einen Ausschlag behandeln zu lassen, der seit dem vergangenen Wochenende seinen Körper überzog. Der Doktor hatte ihn nachdrücklich vor der Gefahr einer schlimmen Infektion gewarnt; Liveright versetzte die Vorstellung einer möglichen Blindheit oder einer Gehirnoperation in panische Angst. Er verlangte und bekam auch eine hübschere Krankenschwester mit üppigem Busen.

George S. Kaufman wurde von einem zuvorkommenden Florenz Ziegfeld zu Ring Lardners Grundstück nach Great Neck gefahren. Dort angekommen, küßte Kaufman pflichtschuldigst Lardners Frau und Tochter, und auf die Frage seines Gastgebers, was auf Van Webers Party vorgefallen sei, antwortete er lakonisch: »Nichts Besonderes.«

Nachdem Gladys Shea Cora Gallagher informiert hatte, daß es ihnen jetzt freistünde, das Royalton zu verlassen, und daß Bela Horathy verstorben sei, packten die Damen ihre Sachen. Sie zogen aus dem Hotel aus und kauften sich eine *New York Times*, um eine Wohnung zu einem vernünftigen Preis zu suchen, die sie, hoffentlich für den Rest ihres Lebens, gemeinsam anmieten wollten.

Am Montagmorgen telefonierte Lily Robson mit Marc Connelly. Der Stückeschreiber war betrübt zu erfahren, daß der sinnliche Rotschopf sowohl von Texas Guinan als auch den Banden und New York die Nase voll hatte. Statt dessen wollte sie das Angebot eines Nachtclubs in Chikago annehmen, der von einem charmanten jungen Italiener geführt wurde. Sie hatte ihn am Vorabend auf einer Party kennengelernt. Sein Name war Al Capone, und sie glaubte ihm aufs Wort, als er sagte, daß er sich um sie kümmern werde. Connellys Schreibsperre war vorüber, und er setzte sich wieder an sein Manuskript.

Stella Crater las den Bericht über die Razzia auf das Anwesen Van Webers und blickte dann ihren Mann, den Richter, über den Frühstückstisch hinweg streng an. »Ich weiß, was du denkst, Joseph Crater, und ich werde dir was sagen: Wag es bloß nicht, mit dem Gedanken zu spielen, abzuhauen!«

Robert Benchley lag in Hollywood in seinem Bett und blickte nachdenklich aus seinem Fenster, das den Blick auf eine dürre Palme freigab. Er hatte die Berichte über die Razzia immer wieder gelesen. Über Mrs. Parker hatte nichts darin gestanden. Er nahm an, daß sie sich gut amüsiert hatte und aus der Geschichte noch wochenlang Kapital schlagen würde. Er stand auf, zog sich an, aß sein Frühstück und rief sich ein Taxi, das ihn zum Studio bringen sollte. Er hatte nicht vor, länger in Hollywood zu bleiben als irgend nötig war.

Jacob Singer saß an seinem Schreibtisch in seinem Büro und ließ sich Mrs. Parkers Ausführungen über seine ehrgeizigen Ziele durch den Kopf gehen. Es wunderte ihn, daß er sie so schlecht verbergen konnte, besonders vor ihr. Er glaubte nicht, daß er ihr sehr viel bedeutete, oder irgend jemand anderem. Er erkannte, daß ihm genau das im Leben fehlte, einem anderen Menschen wichtig zu sein. Aber ob das so erstrebenswert sei, war noch die Frage. Denn es würde bedeuten, sich mit Verantwortung zu belasten, eine tiefe emotionale Bindung mit jemandem aufzunehmen. Aus vergangenen Erfahrungen hatte er gelernt, daß dies eine Last war, an der er keinen Gefallen fand. Wer allein fährt, fährt am besten, stimmt's, Singer? Stimmt!

Am Montag, kurz vor zwölf Uhr mittags, saß Mrs. Parker an ihrem Fenster. Der Himmel war verhangen, und ihr Herz war es auch. Sie hatte sich seit ihrer Rückkehr am Samstagabend aus East Cove in ihr Apartment zurückgezogen, wenig gegessen und viel getrunken. Neysa McMein hatte sich mit ihren flehenden Rufen im Flur heiser geschrien und schließlich auf ihren Mann gehört, der meinte, daß es letztendlich das Beste sei, Mrs. Parker sich selbst zu überlassen, damit sie mit sich ins reine käme. Woollcott rief an.

»Ich habe gestern und heute vormittag die ganze Zeit an diesem Telefon verbracht. In den freien Minuten habe ich meine Notizen ins reine getippt. Wir treffen uns zum Mittagessen und stellen einen Terminplan für unsere Zusammenarbeit auf die Beine. Wir müssen uns an die Arbeit machen, solange diese Geschichte noch heiß ist. Mein Weidenkätzchen, bist du noch dran?«

»Ich denke gerade an meinen Mann.«

»Du meinst, dein Gehirn ist vollkommen leer?«

»Das Schöne an der Ehe mit Ed war, daß ich nicht nachdenken mußte.«

»Jetzt hör mir mal zu«, ereiferte sich Woollcott, stachlig vor Ungeduld, »ich weiß, daß du ein traumatisches Erlebnis hinter dir hast, und ich empfinde mehr als Mitleid für dich. Aber es ist doch sonnenklar, daß eine Beziehung mit Lacey Van Weber, selbst wenn er kein Betrüger und Mörder gewesen wäre, keine Zukunft gehabt hätte.«

»Alec, glaubst du, daß man ihn in einem anonymen Armengrab beerdigen wird? Wer wird Anspruch auf seine Leiche erheben?«

»Die Wissenschaft, ganz bestimmt nicht du. Jetzt wirf dich in einen deiner hübschen kleinen Kittel und triff mich im Algonquin. Ich verspreche dir auch, daß du dir genügend Zeit lassen darfst. Dottie?« Schweigen. »Dorothy?« Schweigen. »Mrs. Parker!« brüllte er.

»Auf Wiedersehen, Alec«, sagte sie wehmütig und legte auf.

Woollcott knallte den Hörer auf die Gabel und begann sich mühsam aus seinem zerschlissenen Morgenrock herauszuschälen. Er hatte sich nach dem Mittagessen mit Polly Adler auf ein Spiel Backgammon in ihrem Haus verabredet. Bei Mrs. Adler hatten die tragischen Ereignisse unverhüllte Freude ausgelöst. Aber sie hatte Woollcott auch gewarnt, daß bald ein neuer Lacey Van Weber in der Stadt aufkreuzen werde. »Die Jungs sind Experten in der Herstellung dieser Art von Schmarotzern. Es besteht immer eine Nachfrage. Und wo es eine Nachfrage gibt, gibt es auch ein Angebot.« Ihre Kehle krächzte, als würde sie mit Sandpapier bearbeitet.

»Also, ich kann nur hoffen, daß ein neuer Lacey Van Weber Dottie nicht unter die Augen kommt. Sie ist diesen Dingen einfach nicht gewachsen. Können Sie sich vorstellen, daß sie einen hysterischen Anfall bekam, als das Flugzeug dieses Mistkerls abstürzte?«

»Alec«, sagte Polly Adler weise, »das Herz einer Frau ist ein sehr seltsames Organ. Es erfordert besonderes Verständnis. Glauben Sie mir, Sie sprechen mit einer Dame, die aus leidvoller Erfahrung hysterische Anfälle kennt. Ich weiß genau, wie sie sich jetzt fühlt. Ich würde sie ja anrufen und es ihr sagen, aber in diesem Moment läßt man die Dame am besten allein. Sie wird sich schon bald genug damit abfinden.«

»Das denken Sie! Sie kennen unsere Dottie nicht, so wie ich unsere Dottie kenne. Wahrscheinlich beäugt sie schon das scharf geschliffene Rasiermesser mit einer Inbrunst, die nur ihr eigen ist!«

Woollcott betrachtete sich im Spiegel, während er seine Krawatte band. Die Worte, die er vorhin an Mrs. Adler gerichtet hatte, spukten noch in seinem Kopf herum. Scharf geschliffene Rasierklinge. Ihr eigene Inbrunst.

»Verflixt und zugenäht!« schrie Woollcott, während er sein Jackett von der Stuhllehne riß und aus dem Zimmer stürzte.

Mrs. Parker saß im Badezimmer, die Rasierklinge über eines ihrer Handgelenke erhoben, ihre Augen und ihre Seele waren tränenfeucht. Sie drückte die Klinge an die Narben des vorausgegangenen Schnitts.

Sie würde warten, bis Rettung eintraf.

ANMERKUNGEN

Die legendäre Tafelrunde im Rose Room des ALGONQUIN-Hotels auf der 44. Straße war ein Literatenstammtisch, dessen Mitglieder im vorliegenden Roman als mehr oder minder tragende Protagonisten auftreten. Die Blütezeit erlebte die Vereinigung von New Yorks führenden Literaten und Theaterkritikern Anfang bis Mitte der 20er Jahre – später dann verkam die vielzitierte esprit- und wortwitzgeladene Bande zu einer alkoholseligen Pokerrunde, die sich aus dem harten Kern der alteingesessenen männlichen Teilnehmer rekrutierte. Sie setzte sich wie folgt zusammen (in der Reihenfolge ihres Erscheinens im Roman):

DOROTHY PARKER (1893–1967) machte im Jahre 1919, als sie noch als Redakteurin bei *Vanity Fair* unter Vertrag stand, ihren ersten Auftritt am Round Table des Algonquin (auch »Vicious Circle« genannt). Zum Zeitpunkt der Handlung schrieb sie neben ihren Gedichten und Kurzgeschichten Beiträge für die Zeitschrift *The New Yorker*. Eine Auswahl ihrer Werke erschien in deutscher Sprache im Haffmans Verlag, zwei Bände mit Kurzgeschichten, *Eine starke Blondine* und *Die Geschlechter*, sowie zwei Theaterstücke: *Close Harmony oder Die liebe Familie* (mit Elmer T. Rice) und *Ladies im Hotel* (mit Arnaud d'Usseau).

ALEXANDER WOOLLCOTT (1887–1943) begann seine journalistische Karriere als Polizeiberichterstatter bei der *New York Times*, wo er 1914 zum Theaterressort wechselte. 1922 ging er zum *New York Herald* und im folgenden Jahr zur *Sun*; 1923–1928 schrieb er die Theaterkritiken für die *New York World*. Er war zu der Zeit der bekannteste und gefürchtetste Kritiker New Yorks, da seine Besprechungen notorisch launisch ausfielen. In Zusammenarbeit mit George S. Kaufman (s.u.) entstanden die Stücke *The Channel Road* (1929) und *The Dark Tower* (1932).

HAROLD ROSS (1892–1951) gründete 1925 die Zeitschrift *The New Yorker*, die zuerst als eleganter Zeitgeistspiegel der modernen Metropole konzipiert war, später aber mehr und mehr ein literarisch-satirisches Image bekam. Herausgeber Ross mußte seine Freunde vom Algonquin ständig um Manuskripte angehen. Berühmte Mitarbeiter waren u.a. Janet Flanner mit ihren »Paris Letters«, einer Kolumne, die sie von 1922 bis 1936 regelmäßig schrieb, und James Thurber, der mit seinen Zeichnungen ebenfalls das Gesicht der Zeitschrift prägte. Woollcott und Parker beteiligten sich mit ihren Kolumnen »Shouts and Murmurs« bzw. »Constant Reader« (Buchbesprechungen), Robert Benchley (s.u.) mit Theaterkritiken.

SEWARD COLLINS (1899–1952) gehörte nicht zum Stammtisch der Algonquin-Runde, war jedoch mit einigen ihrer Miglieder befreundet. Als Erbe einer Kette von Tabakläden investierte er in literarische Projekte und betätigte sich selbst als Journalist, u.a. als freier Mitarbeiter für *Vanity Fair* und später als Herausgeber der Zeitschrift *Bookman*, in der 1927 Parkers preisgekrönte Kurzgeschichte *Big Blonde* erschien.

CHARLES MACARTHUR (1895–1956), Theaterschriftsteller, Regisseur und später Drehbuchautor, wurde vor allem durch seine Broadway-Hits *The Front Page* und *Twentieth Century* berühmt, die Anfang der 30er Jahre in Zusammenarbeit mit Ben Hecht entstanden.

GEORGE S. KAUFMAN (1889–1961) schrieb während der 20er Jahre zusammen mit Marc Connelly (s.u.), Edna Ferber (s.u.) und Ring Lardner (s.u.) eine Reihe von erfolgreichen Broadway-Stücken, u.a. *Dulcy* (1923), sowie die Marx-Brothers-Komödien *Cocoanuts, Animal Crakkers* und *A Night at the Opera*, die später auch verfilmt wurden (Harpo Marx war ein festes Mitglied der Algonquin-Tafelrunde). Mit George Gershwin entstand das Musical *Of Thee I Sing* (1931), für das er den Pulitzerpreis erhielt.

FRANKLIN P. ADAMS (1868–1940) trug sehr zum Ruhm seiner Kollegen bei, indem er deren Bonmots beim Lunch am nächsten Tag in seiner Kolumne »The Conning Tower« abdruckte, die gleichzeitig in *Life, The Smart Set, Vanity Fair* und *The Literary Digest* erschien. F.P.A. veröffentlichte Parkers Gedichte und zitierte sie in »The Conning Tower«, mitunter im Tagebuchstil und in der Sprache von Samuel Pepys. Nicht zuletzt dank dieser Publicity galt Parker im Alter von 27 Jahren als die witzigste Frau New Yorks.

RING LARDNER (1885–1933) war ein erfolgreicher Autor satirischer Kurzgeschichten, die sich durch selbstentlarvende Monologe ihrer Protagonisten und den freizügigen Gebrauch der Umgangssprache auszeichneten, u.a. *Gullible's Travels* (1917), *How to Write Short Stories* (1924), *The Love Nest* (1926), von Robert Sherwood (s.u.) für die Bühne adaptiert, und *June Moon*, eine Satire über die Musiker von Tin Pan Alley (1929), die in Zusammenarbeit mit Kaufman entstand. Eine deutsche Auswahl seiner Kurzgeschichten, *Das Liebesnest*, erschien bei Diogenes.

ROBERT BENCHLEY (1889–1945) wurde nach dem Ersten Weltkrieg Chefredakteur von *Vanity Fair*, später Kolumnenschreiber für *The New York World.* Von 1920–1929 hatte er das Theaterressort der Zeitschrift *Life* inne und schrieb später die Theaterkritiken für *The New Yorker*. Von 1920 bis zu seinem Tod war er der Autor und mitunter auch Akteur einer Reihe von abgrundwitzigen Kurzfilmen, in denen er absurde Themen abhandelte, z.B. *The Sex Life of a Polyp, How to Take a Vacation* u.a. Für den Zehn-Minuten-Film *How to Sleep* (1935) erhielt er einen Oskar.
MARC CONNELLY (1890–1980), Stückeschreiber, Bühnendirektor und später Drehbuchautor, schuf während der 20er Jahre zusammen mit Kaufman mehrere erfolgreiche Broadwaystücke. 1930 erhielt er den Pulitzerpreis für sein berühmtestes Stück *The Green Pastures* (1930).
ROBERT SHERWOOD (1896–1955) begann seine Karriere 1919 als Kollege von Dorothy Parker und Robert Benchley als Theaterkritiker und Mädchen für alles bei *Vanity Fair*. Später wechselte er zu *Life* und *The New York Herald.* Viele seiner Theaterstücke wurden verfilmt; *Idiot's Delight* bekam 1935 den Pulitzerpreis. Er verfaßte außerdem einige Originaldrehbücher, für *The Best Years of Our Lives* (1946) wurde er mit dem Oskar ausgezeichnet. Außerdem war er einer der Drehbuchautoren von Hitchcocks *Rebecca* (1940).
HEYWOOD BROUN (1888–1939) war bekannt für seine sozial engagierten Leitartikel in *Tribune* und *World*. Eine Sammlung seiner Theaterkritiken, *Seeing Things at Night*, erschien 1921, eine Auswahl seiner Kolumnen, *Sitting on the World*, 1924.
EDNA FERBER (1887–1968) schrieb erfolgreiche Unterhaltungsromane und bekam 1925 den Pulitzerpreis für *So Big.* 1926 eröffnete die Musical-Adaption ihres Romans *Show Boat* am Broadway. In Zusammenarbeit mit Kaufman entstanden die Stücke *Royal Family* – eine Satire über die Schauspielerfamilie Barrymore (1928) – *Dinner at Eight* (1932) und *Stage Door* (1936). Der später im Roman erwähnte Gaylord Ravenal ist eine Figur aus *Show Boat*; sie schuf aber auch »Sabra Venable Cravat« und »Clio Dulane Maroon«. Parker über Ferber: »I understand Ferber whistles at her typewriter. And there was that poor sucker Flaubert rolling around on his floor for three days looking for the right words.«

George Baxt hat sich in der Behandlung seiner hier agierenden Romanfiguren, auch wenn es auf den ersten Blick nicht so erscheint, fest an biographische Fakten und Überlieferungen gehalten. Beispielsweise sind die Liebesaffären Dorothy Parkers und Woollcotts Freßsucht historisch belegte Tatsachen, ebenso die Freundschaft einiger Algonquin-Mitglieder mit Polly Adler – bis hin zum Backgammonspiel u.v.a.m. Allerdings hat es der Autor vermieden, Originalzitate zu verwenden, und besonders bekannte Wortspiele abgewandelt.

Seite 37
Die rosa Puderdose: 1926 erschien in der *Chicago Tribune* ein Leitartikel unter dem Titel »The Pink Powder Puff«. Darin hieß es u.a.: »When will we be rid of all these effeminate youths, pomaded, powdered, bejewelled and bedinized, in the image of Rudy – that painted pansy?«

Seite 54
Nancy-Drew-Kriminalromane: Nancy Drew war und ist die Heldin einer Serie von Teenager-Krimis, die von unzähligen anonymen Autoren geschrieben wird. Ende der 30er Jahre wurden sie von den Warner Brothers mit Bonita Granville in der Hauptrolle verfilmt, in den 70er Jahren liefen sie kurz als Fernsehserie in den Vereinigten Staaten.

Seite 74
Walter Winchells Kolumne: Der Journalist Walter Winchell (1897–1972) etablierte 1924 beim New Yorker *Evening Graphic* mit großen Erfolg die Klatschspalte. Sie erschien später landesweit in mehreren Zeitungen gleichzeitig. 1932 führte er seine ebenso beliebten Radiosendungen ein.

Seite 89
Mary Astor: Wurde 1926 als Partnerin von John Barrymore in *Beau Brummel* ein Star. 1936 kam während eines Scheidungsprozesses ihre heimliche Affäre mit George Kaufman ans Licht – der größte Hollywoodskandal der 30er Jahre.

Seite 89
Little Eva: Das kleine blonde Mädchen in *Onkel Toms Hütte*, zeichnet sich durch besonderen Sanftmut aus.

Seite 100
Clara Bow, Beiname »The It Girl«: Eleanor Glyn (1864–1943), Verfasserin schwülstiger Liebesromane, lancierte mit *It* einen neuen Frauentyp, den die Darstellerin der Verfilmung Clara Bow verkörperte. »It« bedeu-

tete das »gewisse Etwas«, das in einem populären Vers der Zeit folgendermaßen wiedergegeben wurde: »Would you like to sin/With Eleanor Glyn/On a tiger skin/Or would you prefer/To err with her/On some other fur?« Am 26. 11. 1927 schrieb Dorothy Parker in ihrer *New Yorker* Kolumne »Constant Reader« unter dem Titel »Madame Glyn Lectures on ›It‹, With Illustrations« einen Verriß, der sich gewaschen hatte. Die Schauspielerin Clara Bow (1905–1965) wurde mit dem Film 1927 zum Prototyp der modernen jungen Frau, des »Flapper«: weltgewandt, furchtlos, sexoffen, mit Bubischnitt und gewagter Aufmachung. Bows Beliebtheit versiegte bald wegen übler Nachrede.

Seite 126
Moran und Mack, als Neger geschminkte Weiße: Polly Moran (1884–1952) und Mack Sennet (1880–1960) drehten Stummfilm-Slapsticks und traten Anfang der 20er Jahre als Komikerpaar am Broadway auf.

Seite 152
Teapot-Dome-Skandal: Präsident Calvin Coolidge (1872–1933) war in den Teapot-Dome-Ölskandal während der Amtszeit seines Vorgängers Präsident Harding verwickelt, den er zu vertuschen suchte.

Seite 155
Schon mal von den apokryphischen Reitern gehört: Mit *The Four Horsemen of the Apocalypse* wurde Valentino 1921 berühmt.

Seite 162
Tiny Tim: Eine Gestalt aus Charles Dickens' *A Christmas Carol.*

Seite 167
Jolie »Nur-auf-einem-Knie«: Al Jolson (1886–1956) war einer der berühmtesten Sänger und Entertainer seiner Zeit. 1927 machte er mit seinem Auftritt im ersten Tonfilm *The Jazz Singer* Filmgeschichte, in dem er ein paar Sätze sprach, u. a. die unsterbliche Wendung »You ain't heard nothin' yet«. 1928 heiratete er Ruby Keeler. Jolsons Markenzeichen war es, am Ende eines Liedvortrags auf ein Knie zu gehen.

Seite 169
»Missjöh Beaucaire«: The Sheik (1921) und *Monsieur Beaucaire* (1924) sind Titel von Valentino-Filmen.

Seite 199
»Hat was von Faith Baldwin«: Faith Baldwin (1893-1978) schrieb über 75 Romane, leichte romantische Kost für Frauen.

Seite 244
Pausbäckige Kewpie-Puppen: Kewpie-Puppen hatten blondes kurzes Haar, große blaue Augen und rote Wangen und Lippen. Die Damen pflegten sie auf ihre Kopfkissen zu legen. Sie waren ein Synonym für Blödheit.

Seite 258
Ein Kreis von bewundernden »Flapper«-Backfischen: Siehe Anm. zu Seite 100.

Seite 274
Rube-Goldberg-Comic: Rube Goldberg (1883-1970) war von 1907-1921 Cartoonist für *The New York Evening Mail* und berühmt für seine verrückten Zeichnungen von extrem verwickelten Bewegungsabläufen.

Seite 317
Pollyanna, das Glückliche Mädchen: Pollyanna, ein berühmter Roman der Jahrhundertwende, beschreibt ein Mädchen, das ekelhaft süß ist und sich über alles freut. Mary Pickford spielte sie in der Stummfilmversion, Hagley Mills im Tonfilm der Walt Disney Productions.

George Baxt, geboren am 11.6.1923 in Brooklyn, schreibt für Bühne, Film und Fernsehen; lebt in New York; im Haffmans Verlag erscheinen seine Prominenten-Krimis. Bisher: *Mordfall für Alfred Hitchcock, Mordfall für Tallulah Bankhead, Mordfall für Greta Garbo, Mordfall für Noël Coward.*

SIR ARTHUR CONAN DOYLE

ALLE GESCHICHTEN UND ROMANE UM SHERLOCK HOLMES
IN 9 BÄNDEN
NACH DEN ERSTAUSGABEN NEU UND GETREU ÜBERSETZT

Eine Studie in Scharlachrot
Romane Bd. I
Deutsch von Gisbert Haefs

Das Zeichen der Vier
Romane Bd. II
Deutsch von Leslie Giger

Der Hund der Baskervilles
Romane Bd. III
Deutsch von Gisbert Haefs

Das Tal der Angst
Romane Bd. IV
Deutsch von Hans Wolf

Die Abenteuer des Sherlock Holmes
Erzählungen Bd. I
Deutsch von Gisbert Haefs

Die Memoiren des Sherlock Holmes
Erzählungen Bd. II
Deutsch von Nikolaus Stingl

Die Rückkehr des Sherlock Holmes
Erzählungen Bd. III
Deutsch von Werner Schmitz

Seine Abschiedsvorstellung
Erzählungen Bd. IV
Deutsch von Leslie Giger

Sherlock Holmes' Buch der Fälle
Erzählungen Bd. V
Deutsch von Hans Wolf

sowie: Das umfassende
SHERLOCK-HOLMES-HANDBUCH
Inhalt: Conan-Doyle-Chronik. Die Plots aller Fälle. Who-is-who in Sherlock Holmes. Holmes-Illustrationen. Holmes-Verfilmungen. Karten, Fotos und vieles mehr. Herausgegeben von Zeus Weinstein

G.K. CHESTERTON

ALLE GESCHICHTEN UM FATHER BROWN IN 5 BÄNDEN
NEU ÜBERSETZT UND HERAUSGEGEBEN VON HANSWILHELM HAEFS

I
Father Browns Einfalt
(The Innocence of Father Brown, 1911)

II
Father Browns Weisheit
(The Wisdom of Father Brown, 1914)

III
Father Browns Ungläubigkeit
(The Incredulity of Father Brown, 1926)

IV
Father Browns Geheimnis
(The Secret of Father Brown, 1927)

V
Father Browns Skandal
(The Scandal of Father Brown, 1929)

Jeder Band enthält einen Anhang mit Anmerkungen;
der erste Band bringt eine biographische, der
letzte eine bibliographische Skizze.
Einbandzeichnungen von
Tatjana Hauptmann

HAFFMANS VERLAG

AMBROSE BIERCE

Gesammelte Werke in einem Band

Herausgegeben von Gisbert Haefs

Buch 1

Des Teufels Wörterbuch

Deutsch von Gisbert Haefs

Buch 2

Geschichten aus dem Bürgerkrieg

Deutsch von Jan Wellem van Diekmes

Buch 3

Horrorgeschichten

Deutsch von Gisbert Haefs

Buch 4

Lügengeschichten und Fantastische Fabeln

Deutsch von Viola Eigenberz

und Trautchen Neetix

Außerdem

Ambrose Bierce – Allein in schlechter Gesellschaft

Eine Biographie von Roy Morris

HAFFMANS VERLAG